龍吟長安

李靖瑜◎著

上卷

陕西出版传媒集团
太白文艺出版社

图书在版编目（CIP）数据

龙吟长安：全2册 / 李靖瑜著．—西安：太白文艺出版社，2014.1
ISBN 978-7-5513-0683-6

Ⅰ.①龙… Ⅱ. ①李… Ⅲ. ①长篇小说—中国—当代
Ⅳ.①I247.5

中国版本图书馆CIP数据核字（2014）第016210号

龙吟长安

作　　者　李靖瑜
责任编辑　钮　琦　强紫芳　康雅琼
封面设计　孙鸿雪　高　薇
版式设计　许玉龙
出版发行　陕西出版传媒集团
　　　　　太白文艺出版社
　　　　　（西安北大街147号 710003）
　　　　　太白文艺出版社发行：029-87277748
　　　　　tbwytougao@163.com
经　　销　陕西新华发行集团有限责任公司
印　　刷　西安市建明工贸有限责任公司
开　　本　787毫米×1092毫米　1/16
字　　数　760千字
印　　张　40.625
版　　次　2010年1月第1版　2014年7月第2版 第2次印刷
书　　号　ISBN 978-7-5513-0683-6
定　　价　56.00元

谨以此书

献给我的父亲及我的父辈们

序

侯兴国

长篇小说《龙吟长安》问世后四年，又重新出版了。我既为这部分量厚重的著作得到读者认可欣慰，也为老朋友呕心沥血的成功感到高兴。

2010年我出国考察前一天，获靖瑜先生题赠《龙吟长安》一本。考察归来后，利用假期，我一口气读完了全书，读后深感这是一部凝聚了作者多年心血的力作，是一部大手笔、大题材的文学作品。

《龙吟长安》描写的是民国时期已经沦为废都的西安，以隆丰福商铺为背景的龙家三兄弟不同的人生际遇。当时的中国，刚从几千年封建统治状态下进入民国时期，固有的生活方式、陈旧的社会结构被打破，人们的传统意识、价值观面临崩溃。各行各业的人们只能苦苦地探索、挣扎，生存环境异常艰难。在民族危亡、内忧外患的风雨飘摇年代，在“九州烽烟群雄起”“城头变幻大王旗”的纷乱岁月，民众们有的忧愤痛苦，有的奋起自救，有的堕落消极，有的随波逐流……

作者以古城西安和河南部分地区的战乱历史为背景，还原了这些地区当年那些三教九流、光怪陆离的往事，描绘了一幅旧中国城乡斑斓多彩、触目惊心的生活画卷。通过龙家兄弟不同的事业和命运的轨迹，折射出旧时代万劫不复、黑暗无序的社会现实，客观上提出了一个振聋发聩的重大主题——社会向何处去，民族向何处去？谁来拯救这个风雨飘摇中的国家？

书中主人公龙定山作为家里老大，他搏击商海，诚信经营，百折不挠，倾向进步，依靠自身的智慧和坚定的意志，苦苦维系支撑着时起时落的商铺。他有经邦济世的思想，却不断遭受挫折，在黑暗势力面前屡败屡起；老二龙定海在风云变幻、错综复杂的社会环境中，先匪后官，后来历经磨难，成为能征善战、屡建战功的将军。在艰苦卓绝的抗日战场上，血染征衣，以身殉国，为民族流尽最后一滴血，成为名噪一时的英雄；老三龙定洋博学多才，机智干练，为官为文都游刃有余。他善于钻研思考，经贵人相帮，官位显赫，最终成为悬壶济世、救治苍生的名医。他也曾想以书生之见为社会进步尽一把力，却由于走错道路而成为时代弃儿。

作者通过三兄弟报国无门又不甘沉沦的曲折命运，展现了一代人的创业史、奋斗史、血泪史。也揭示了一个真理，那就是中国社会和人民，只有在先进思想指导下，进行深刻的社会变革，才能获得解放，走向富强。个人的单打独斗，可在一时成一事，却不可能完成民族解放和祖国振兴的大业。

全书读毕，令人百感交集，掩卷难忘。

后来，我曾与靖瑜先生交谈，探讨这部小说的创作倾向。他说，纵观华夏历史，每在山河破碎、国家兴废之际，往往都会涌现出许许多多以身报国的志士仁人。这些社会的脊梁、民族的精英，在那特定的历史环境中，都会以一腔热血和义无反顾的行动，力挽狂澜，扭转时局，谱写一曲曲感天动地、催人奋进的时代壮歌。陕西虽地处内陆，也不乏慷慨悲歌、侠肝义胆之士，历朝历代都能看到有血性有作为的杰出人物。他们在家里也许是一条虫，出去就有可能成为一条龙。这或许是对《龙吟长安》书名的阐释，也是这部著作的灵魂所在。当然，这条龙是中华民族之龙，是杰出人才的意思。

我读《龙吟长安》，就有这种强烈的感觉。感到作品描写的那些年月，那些令人荡气回肠的故事，就是在国运动荡、金瓯破碎之际，陕西志士仁人奋起自救的缩写。虽然世态有炎凉，人生有蹉跎，但国人主流的价值观、操守观，却是万变不离其宗。而且，越是在危难之时，其表现愈是强烈，千百年来，根深蒂固，生生不息。这其中揭示的，就是一个民族赖以生存、发展、壮大的中华正能量，是民族传承的国之魂。

作品在反映时代特点的同时，不忘突出陕西特色。如描写了西安近代史上驱除反动督军、“二虎守长安”、十八年年馑、金圆券贬值、红军进入陕北、共产党领导民众保护城市等重大事件，以及时时出现的西安大街小巷名称，穿插渲染的牛羊肉泡馍、油泼面、水晶饼、腊羊肉等小吃。它在不断地巧妙地提示读者，作品的故事来自历史悠久的西安，让人感到古朴浓郁的关中风情，历历可数，扑面而来。由于这些地道的陕西文化符号用得恰到好处，对阅读起到了锦上添花的作用，增加了作品的艺术魅力和感染力。

在陕西这片文化热土上，李靖瑜先生属于一位异军突起的作家。他先是于二零零九年推出六十万字的长篇小说《龙吟长安》引起轰动，前不久又推出“长安三部曲”之二的长篇小说《沣桥传奇》，这也是一部地域性明显，可读性很强的作品。其间，他相继又创作了以上世纪六十年代到八十年代为背景的四十集青春励志题材电视连续剧本《冰雪白玉兰》和另一部以河南西部家庭手工业者为背景，以抗日为题材的长篇小说《武二郎和他的三个女人》。听说他还有中篇小说计划和散文写作的想法。在我看来，当一个作家创作盛期到来的时候，作品就会像泉水一样，源源不断地涌现出来，真为他笔耕不辍的精神而高兴。

李靖瑜先生早年在中国人民解放军兰州军区和青海军区部队搞宣传工作，复员后到西安一央企从事工会宣传工作，之后的经济改革大潮，又把他推到民企副总的位置……世事沧桑，沉浮历练，阅人无数，这一切都成为他在文学上厚积薄发、大器晚成的动因。如今的李靖瑜，正以这难得的生活积累为取之不尽的源泉，潜心耕耘于人生的金色夕阳之下，以生命的成熟与睿智，努力开拓文学领域广阔的空间。

总的来看，《龙吟长安》是一部不可多得的好书，在对读者起到教育作用、娱乐作用、审美作用的同时，甚至对研究西安的民俗文化、商业变迁都有一定的参考作用。这部小说写得有情趣、富文采、重史实、耐阅读，且有诗歌、楹联、散文穿插其中，起到调节阅读氛围的作用。在创作上还应用了一些意识流表现手法，既增强了作品的艺术效果，也能看出作者写作的功力。“台上一分钟，台下十年功”。这是作家写作精神的写照，作品只是知识和生活积累到一定程度的爆发，而那漫长的积累过程却是一个艰辛的过程。“为求一字稳，耐得半宵寒”。秘诀没有别的，靠的是勤奋和定力，而勤奋则是成功之母。《龙吟长安》之所以能产生轰动效应，靠的也是勤奋，没有作者倾注大量心血，怎能产生惊世之作？感谢靖瑜先生为读者奉献了高质量的文化产品，同时，也希望靖瑜先生在身体许可的情况下，继续努力耕耘于文坛，为读者奉献更多的佳作。

是为序。

2013 年初秋

（作者为陕西省审计厅处长，《现代审计与经济》主编）

楔　子

西安钟鼓楼西边的西大街上，有一座气势恢宏、雄伟壮观的都城隍庙。据说，全天下城隍庙到处都有，而都城隍庙只有三座，这就是西安都城隍庙、北京都城隍庙、南京都城隍庙。一个都城隍庙要管一方，即西方、北方、南方辖区内所有的城隍庙。而且，城隍庙里城隍的地位，要高于当地所有官员的地位。因此，各级官员上任之初或卸任之时，都要前来拜见城隍，或报到，或述职，或告卸。

最早的城隍庙是汉朝时候在长安敕建的，而西安的都城隍庙，则是由明朝开国皇帝朱元璋亲自下令修建的，始建于明洪武二十年。原在东门内九曜街，宣德八年迁移至现址。清雍正元年毁于大火，时任川陕总督的年羹尧拆用明秦王朱樉府第的木料砖石进行重修。重修后的城隍庙，布局严谨，构建奇巧，重彩精绘，端庄威严，其气势磅礴，雄伟壮观，甲于关中。大街前牌楼背面大匾上的一句：你来了麽。最耐人寻味。

听老人们说，这城隍庙里的城隍可不是吃闲饭的，尽管城隍的隍字是皇帝的皇字旁加了一个耳朵，好像不像皇帝。其实，这有两层意思：一是说，这城隍是神皇不是人皇；二是说，这城隍是天上玉皇大帝派下凡尘来管理一方的，也是玉皇大帝在这一方的耳朵和眼睛，难怪城隍的顶冠服饰都和玉皇大帝差不多。城隍老爷看起来好像老坐在那里不动，其实，他眼观六路，耳听八方。远远近近，大大小小，旮旯拐角，隙隙缝缝，任何地方发生一点儿事情，他都了如指掌。特别是对那些杀人放火、投毒蛊惑、贪墨受贿、祸国殃民、不忠不孝的奸佞小人、乱臣贼子，不仅一一记录在案，还要运用各种手段进行程度不同的惩罚。

据说，康熙年间，秦州的一个官员杀妻另娶新欢，未出三个月，夫妻双双被雷击死于炕上；乾隆年间，吴忠一男子因口角报复，点燃邻家柴房，致使一家五口死于非命，该男子一天夜间回家时，被山上滚下的石头砸死；同治年间，临洮一恶妇，长期虐待公婆致死，在儿子娶亲的当日，突发紧病死于新媳妇进门之时；光绪年间，眉县一乡间小吏，用欺骗的手法拉走一孤寡老人的棺材板一副，卖得银一两三钱，结果回家时，连同他腰间的年饷三两二钱银子一起丢失。拾银之人路过孤寡老人门前，看到老人哭得可怜，将所拾银子全部送与老人，当年，他儿子赴京会试时就中了进士。这样的事例不胜枚举，老人们坐在一起，三天三夜都说不完。

城隍老爷不仅惩恶而且扬善，特别对那些孝子贤孙，清官诤臣，节妇烈子，功臣名士，或授以一定时间的荣华富贵，或增岁添寿，或繁盛子孙，或承享功名；对于那些改恶从善，一心向善，孝敬父母，体恤兄弟，帮助别人的善男信女，则为之祛除烦恼，消除病痛，救助钱财，赐儿送女，老有所终。不少人亲身体验到城隍的恩赐，这也是都城隍庙一年四季香火旺盛的原因。

立夏刚过，一位刚从外地卸任归田的小官员莫名其妙地头疼起来，时急时缓，疼来眼欲爆头欲裂。看遍各处名医，服遍汤丸膏散，始终不见好转。小官员十分纳闷儿：回到家乡，亲水热土，乡情乡音，理应心宽气爽，通体舒泰，咋反倒把人拿捏得死去活来？

一天，头疼使他烦闷心躁，坐卧不安，头上敷着布帕斜靠在躺椅上。他的一位同年，比他早两年归田的朋友来看他，问了病情后又问他：拜见城隍了没有？

小官员被问得莫名其妙：这头疼和拜城隍有何关系？

朋友笑着说：这关系可大得很，难怪你头疼呢！

小官员问：拜了之后，头就能不疼了？

朋友说：那可不一定，百官来到此地，都属城隍管辖，你回来之后对城隍不理不睬，城隍老爷还不用个法子提醒提醒你！至于拜了之后头还疼不疼，这还要看城隍老爷谅解不谅解你呢！

这个说法，小官员以前好像也听人说过，现在又是病急乱投医，为了彻底求得城隍老爷的谅解，他带上自己的四房太太一起去省城拜城隍。临走前要求她们沐浴更衣，素面布裙。每人都给了五个小银锞子，让她们在拜神时投功德箱用。

五挂大车拉着老爷、太太、丫鬟、婆子一大群，来到西大街都城隍庙前。当天正逢四月八，西大街上人头攒动，城隍庙里人山人海。庙旗微风舞动，香烟袅袅飘移，铁狮子身披红缎，庙乐班清音悠扬。牌楼两边的小吃摊儿上：镜糕、凉糕、甑糕、豌豆糕、蜂蜜糕、绿豆糕、泡油糕；糖葫芦、冰糖梨、石头馍、肉夹馍、酥麻花、金线油塔、酸醋馏儿；凉皮儿、凉鱼儿、凉粉儿、锅盔、饸饹、油饼、醪糟、胡辣汤；油泼面、炸酱面、臊子面、酸汤面、鸡丝面、摆汤面、菠菜面、窝窝面、浆水面；水晶饼、柿子饼、羊肉饼、胡麻饼、牛舌饼；花生糖、芝麻糖、琼锅糖、蓼花糖、熬锅黏牙糖；苹果、沙果、山楂果、酥梨、香梨、邠（彬）州梨、柿饼、核桃、狗头枣。

这真是：

甜香味酸香味辣香味油香味，味味扑鼻；
吆喝声招呼声算账声送客声，声声悦耳。

长久不出门的太太们看到这么热闹的场面，见到这么多好吃的东西，左顾右盼，交头接耳，问这问那，简直就迈不动步子，急得老爷叫人一个劲儿催促，半个时辰还没走到山门里边。

过了青石甬道，里头更是热闹非凡：烧香的、化符的、抽签的、求药的、求子的、测字的、解签的、算卦的、相面的，每个摊前都围着一大圈人。人们只能绕着圈圈摊摊向前走。

大殿里的道长看见进来的这个人前呼后拥，气宇不凡，立马安排道士叫人先散开，让出一条路，招呼为首的老爷进入，其他太太则站在门槛外等候。老爷先把一张五十两的银票递到道长手里，然后，虔诚地跪在正中的蒲团上向城隍磕头祷告。老爷默诉的很多很细，足足用了一炷香的工夫，起身时又把一张二十两的银票投进功德箱。

道长请老爷坐在一旁的凳子上，大太太上前跪下，三作揖三磕头，第三个头磕下时，她突然发现蒲团跟前不知是谁掉了一个银锞子，她赶忙捡起来握在手心里，由于她动作快，后边的人都没有看见。从蒲团上站起来的时候，她心安理得地把那个小银锞子揣进怀里，换了两个铜子往功德箱里投去。

二太太也没有投银锞子，她拿手掩饰了一下，投了几个麻钱儿。

三太太拿出老爷给的五个银锞子，磕完头后规规矩矩地投进去四个，站起来后也不知为什么，又从怀里掏出两个，加上刚才留下的一个银锞子放进功德箱。

四太太先投了三个铜子儿后，想了一下说：给我女子撂（丢）一个好的。不料，手指一带竟投进去两个银锞子说：就当把那一个没（丢）咧！

说来也怪，自打拜过城隍之后，老爷的头真地就感觉不疼了。后来虽然不是寿终正寝，但也活到七十岁。四房太太在老爷去世后，各走各的路，各得其所。几年工夫，一个大家族如冰消雪融般的分崩离析，化为人们茶余饭后的千般感叹。不过，其中的一支又引出了一段新的传奇故事。这正是：

纵有富贵伴终老，难保儿孙享祖荫。
走出土塬化龙鱼，一脉佳话说到今。

龙定山兄弟的父亲龙柏廉原来是东塬上一个富家子弟，其父龙在泉原是光绪年间的一位举人，职授湖广盐运司知事，虽是个从八品的小官，却是一个肥缺。在任十八年，告老还乡后回塬上安度晚年。

这里说的塬是西安东南方向灞河旁边的东塬，这个东塬也叫狄寨塬，它是长安城东南方的五个名塬之一。这五个塬从北向南依次分别名为狄寨塬、白鹿塬、八里塬、神禾塬、少陵塬。

塬是黄土高原上特有的一种地貌景观，它是大自然长时期鬼斧神工的经典之作。千百万年来，由西北风沙持续不断搬运堆积成小有几十，大有几百平方公里且高出平川几十、几百米的黄土台地，并经过长期的水流切割而成若干板块的一种非山地非平原的地形。有的塬多与山接缘，有的塬则以河为界。有的塬因高度不同分为头道塬、二道塬、三道塬，像山一样高耸，需要攀缘和环绕，但塬的最上面一般都是一马平川的肥沃土地。塬上天高气爽，一望无际，令人心旷神怡。一到秋天，塬坡上满坡满沟的果木，披红挂绿，奇香醉人。塬上冬无酷寒夏无炎热，亦无都市喧嚣、车马惊扰，实在是一个修身养性、益寿延年的绝佳福地。然而，塬的致命缺点，一是道路难进难出，二是用水特别艰难。当然，对于有车有井的大户人家来说，这些都算不得什么大事！

龙家深宅大院，是仿照京城大户三进三出的结构所建，周边高墙上能让人巡逻值守，大门前里外自有家丁护卫。在塬上和川道里有良田百余亩，在省城还有两铺生意。骡马成群，奴仆成窝，光长工、护院、丫鬟、老妈子就有五六十人，是当时东塬上少有的大户之一。

龙柏廉是举人老爷三房的儿子，大房二房四房的太太都是当地或者外县的，只有三房太太是老爷为官时在当地迎娶，卸任后从湖南带回来的。三太太是旗人，落魄官僚家庭的千金，气质高雅，知书达理，很得老爷的宠幸，生活上常受到特殊照顾。她对龙柏廉要求很严，三岁开始即让其每天习读背诵诗文，五岁时入私塾就学，回家临帖习字，六七岁就能试着写诗作文。

他九岁快过年时，老爷给大门拟了一副对联，打了个草稿写在纸上，琢磨了半天终不满意，稿笺放在桌子上自己散步去了。

龙柏廉来到书房，发现桌上的稿笺，就好奇地看了起来。

雪白梅红岁尽却见祥瑞现福宅
水秀山清秋来方有硕果充新仓

他思索了一会儿，把下联用笔画去，就着上联，工工整整地又写了一个下联：

人寿年丰秋来定是财气满人间

老爷午睡起来喝过茶，心里惦记着对联的事走进书房，拿起稿笺一看，看到有人画掉自己的下联，并重对了下联，心中有些不悦：何人大胆！又一想，家里也无人能对对联呀！他怀着狐疑把上下联仔细品味之后，不禁拍案叫绝！

老爷一拍桌子，把门外端茶准备进来的丫鬟吓了一跳，慌忙摆上茶碗低声问道：老爷，有何吩咐？

老爷指着改写的对联稿子问：这是何人所写？

丫鬟吓得急忙摆手：奴婢不知。

老爷一想，除了三太太，没人对这些事感兴趣，于是就拿着稿笺信步走到三太太的房中。

三太太在绣花，龙柏廉在炕上玩羊胫骨五子打狼。见老爷进来，三太太急忙起身让坐。老爷并不坐，扬了一下稿笺问：这是不是你改的？

三太太接过一看说：我既没有这个胆，也没这个才！看字咋像是柏廉的。

柏廉接过稿笺一看说：就是我改的！

老爷问：你为什么要改？

柏廉说：上联，雪白梅红岁尽却见祥瑞现福宅，触景生情，因情联想，虚写，是一佳句。你的下联，水秀山清还好，秋来方有硕果充新仓是大白话，淡如白水，对仗也不工。

三太太急忙训斥儿子：怎敢如此跟父亲说话！

老爷说：没关系，让他说。

柏廉说：我改为，人寿年丰秋来定是财气满人间，含有期盼和寄托的意思，是实写。人寿年丰、财气东来都是人之所望，从一家写到人间，是大胸怀大抱负，是君子之所期。况且，这大门上的对联，既是给自己看的，也是给外人看的，何不让观看者都赏心悦目？

老爷听罢问三太太：是不是你给他指点的？

三太太认真地答道：妾身真不知柏廉改你对联之事！

老爷说：你不知道就好，说明这是柏廉的真本事，以前，我只知道柏廉喜好念书习字，却不知他在学问上已经有如此功力，哎呀，祖宗护佑，我们龙家要出人才了！说着抱起柏廉在他脸上一阵乱亲，弄得柏廉直喊胡子扎得脸疼。此后，老爷对柏廉另眼相看。

柏廉习书识字虽然很用功，但前面的几位哥哥却对学习无半点儿兴趣，并且仗着家里有钱，与一些纨绔子弟纠缠在一起，斗鸡走马耍牌掷色子，吃喝打斗拐骗玩女人。有人害怕龙家的权势财势忍气吞声，有人暗中窥测动静伺机报复。龙家子弟在外边的种种恶行，一般传不到老爷的耳中，那些护短的妈妈用钱早都把事情压下去了，老爷只是对他们不热心念书，整天无所事事而无可奈何。

开年之后清明刚过，老爷在书房翻看四库全书，突然家人来报，县衙门两位公差要见龙老爷，老爷一时想不出什么缘由，只能说先请到客厅侍茶。老爷见到公差客套了两句，就问二位有何公干？

公差说：贵府二公子和三公子在县城游逛时，调戏猥亵一位代母进香归来的小姐和丫鬟。这位小姐本是县城一大户人家的千金，有人报告给大户，大户家一下来了七八个壮汉，围起他俩一顿乱打，当场就把两个人打得不能动弹，撂到路边没人管，隔了一夜有人来报说，人已死了。现在，打人的人已经质押起来了，两公子尸首停放在东门外的一座庙里。县官老爷说：尸首请先拉回安葬，然后请老爷明日到公堂听候发落。

老爷闻听气得浑身乱抖，嗷嗷叫了两声，就从椅子上溜了下来。

老爷归天之后，家中无人管束，太太和少爷们更是肆无忌惮，挥霍无度，不出几年工夫，家道就中落了。老爷共有五个儿子、两个女儿，龙柏廉在儿子里排行为五，当时只有十岁，三太太娘家又远在几千里之外，根本不是跟其他太太、少爷们竞争的对手。老爷留下的银两珠宝、古玩字画、家具器皿、地契银票、裘皮细软，统统被他们收入房中，后来他们把三进三出的大宅院也画了线砌了墙开了门地瓜分了。给龙柏廉母子分了中院的原来客人住的五间厦房，在南头隔墙处给他们面朝西开了一扇门，算是把他们隔离出去了。龙柏廉的母亲又哭又闹寻死上吊，总算又要回来十亩水地，她把地放出去让佃户耕种，一年能收个五六石粮食，娘儿俩基本上衣食不愁了。

谁知好景不长，没过两年，主持家政的老大带着老四在外跟人赌钱，暗地里做鬼被人抓住，当场拉出去被打个半死不说，还要求给每一个下注的人赔付翻番的赌资。当时，这一伙每个人都把身上全部的钱拿出来让他俩清点，他俩一看一算，这一赔就是几百银洋啊。吓得又磕头又作揖，请求饶了他们，少赔一点儿，可是，这伙人得势不饶人，一阵拳打脚踢之后逼着二人立下字据，限定三天交清。他俩光棍不吃眼前亏，挨个儿给人家摁了手印，像报丧似的回家给大家宣布了各家出钱出物弥补几百银洋亏空的消息。

这一消息立刻在家里炸了营，三百五十多银洋，在大家都说拿不出现钱的情况下，那是只有卖房子卖地才可能还完的大钱呀，四房太太谁都不吭声，最后还是大太太出面说话：欠债还钱，天经地义，事已至此，大房出一百四，二三四房，各出七十！大儿子紧接着补充说：后天一早交齐，大后个人家上门来取呢！

二三四房的太太心里骂道：不是你个害人精，咋有害祸上门来！一个个嘴撅脸吊地离开了大房。

三太太在老爷生前死后，给自己也私存了一些体己钱。通过这次赌博敲诈事件，她看到自己孤儿寡母的危险形势，知道这样的事情以后还可能再发生。不过，明账上的东西就是房子和土地。房子自己住着，他们不能把它咋样；这点土地，那个败家的老大，早晚都会从她手里夺走。于是她决定把地都卖了，用卖地的钱给老大补赌资，并以此断了老大从她这儿抠钱的路子。主意一定，她托人找来中人表明了意思，第二天，中人来说：买主寻下了，五个银洋一亩，三太太嫌低，坚持要七个银洋一亩，中人无论如何不答应，来回跑了两三趟，勉强说到五个半银洋一亩。三太太说：反正也不种地了，一头牛一挂车，犁耙耧锄镬头锨，能用的让都拉走，还是七个银洋一亩，中人来回传话，几经周折，三太太就是不松口，买家无奈，只好同意了。事后一年多，三太太才知道，买她地的人竟是大太太！

苦涩艰难的日子又过了两年，二太太被逼得了噎食病，开始还能走动，后来水米不进，人瘦得枯柴一把，没过半年就咽了气。儿子老四干号了几声，把他妈刚下了葬，就回家抱着大烟枪过瘾去了。四太太头脑灵活，对女儿说：这里不是养娘的地方，干脆把房和地低价一卖，带着十三岁的女儿回户县另嫁人去了，只有三太太仍带着儿子守着几间厦房熬日月。

转眼到了腊八，塬上白雪满地滴水成冰。三太太看见最近大房所属的房子逐渐搬进来几户外姓人，又看见中人从大房里出出进进，知道大房里不是卖地就是卖房呢，心想：活该！她的家产都让她和大儿子要钱抽烟给败糟完了，接下来，看他们的好戏吧！

冬天天黑得早，晚饭后她和儿子柏廉早早坐在火炕上，她依旧绣花，柏廉在灯下写文章。柏廉写完文章又仔细作了些修改后，就脱衣睡下了，三太太把一方花绣完，剪了绒整了色，平铺在枕头下，才吹灯就寝。

半夜时分，三太太被一阵砸门的声音惊醒，她急忙叫醒儿子，自己披衣下炕。房门一下子被撞开了，大太太与大儿子一起拥了进来，手里提着镬头，后面还跟了几个人。大太太凶神恶煞地说道：老三家的，这房你住不成了，已经卖给旁人了！

三太太惊恐不解地问：这是分给我的房，你凭啥卖给别人？

大太太说：家业败了，这庄子已抵押给别人了，房随庄子走，今夜就交割，你现在就搬出去！

三太太十分生气地说：你的家业败了，卖你的房，咋能卖我的房！

老大儿子说：这里没有你的我的，败了一块儿败，少啰唆，收拾一下赶快走，我要挖炕了！

龙柏廉早已忍不住了，说：大哥，你不能欺人太甚，这世间还有王法呢！

老大儿子说：王法？王法也得欠债还钱呀！你还小，这事儿，你不懂，我不跟你说。

大太太挡了老大儿子一下说：别跟他废话，挖炕要紧！她对三太太说：快收拾，快收拾，人家等着收房呢！说完就把三太太往外拉。

龙柏廉下炕把鞋一穿大声说：龙柏乾大哥，你要还有一点儿人性的话，不要为难我妈，你们先出去，我们收拾一下就走！

看着龙柏廉义正词严的神态，大太太和老大儿子一声不响地退出门外。大太太在门外喊着：快一点儿，戞桀囊！

三太太边流眼泪边哆嗦手忙脚乱，龙柏廉拿起自己和娘的包袱，又夹了几本书就往外走，娘一把拉住他，用手指了指顶棚上边，让他上去，龙柏廉跳上炕踩着炕桌摸到顶棚上的一个包，拉了下来，她娘又抱了一床被子，两人才不情愿地出了房门。刚走几步就听见背后传来镢头挖炕的声音，三太太哇的一声大哭起来。

雪下得很大，天很黑，但近处还能看得清，娘儿俩一搀一扶地走到碾麦场边的碌碡旁坐了下来。无声的鹅毛雪越下越大，三太太凄切的哭声也越传越远。龙柏廉和母亲依偎着披着被子浑身发抖。他劝母亲别哭了，三太太无助地搂住儿子哭得更厉害了。被厚雪覆盖了的被子与碌碡形成一体，在空旷的地面上成为一个不规则突出体，只有那凄惨无助的哭声证明，这个突出体里边有着生命的活物。

突然，一个黑乎乎毛茸茸的东西悄没声息地从雪地上滑了过来，由于来得迅猛，等她娘儿俩反应过来，那家伙已经盘尾支腿地坐在他们面前了。三太太一下子止住了号哭，龙柏廉也一下子把被子拉过来盖住脸，大气也不敢出了。他们心里都掠过一个词：狼！

塬上的狼多。塬上的人没事的时候，最爱说狼，说狼是铜头铁腿豆腐腰，打狼打前头越打狼越猛，侧身打狼腰打准一下就能要狼的命；说狼袭人是前蹄爬肩等人转脖项，没经验的人只要一拧头，狼嘴一口叼住人喉咙，这人立马就完了。正确的做法是两手抓住狼的两只前爪，头硬顶住狼的嘴，拼命向前跑，猛然一停，腰一弯把狼往前一摔，狼的腰就被摔断了，就这样，不但能吃狼肉还能落一张好狼皮。还说：晌午端，狼吃烟（人手指）；晌午过，狼吃馍（人头）；半夜三更肚子饿，碰上活物不放过。还说，塬上有一只白狼，体格有一头牛犊子那么大，走路来无声去无影，它看准了猎物，从后面打一个径翦，一下子就出现在猎物的前面，在你措手不及的情况下，一口置你于死地。经常能听到有人说：前村谁家的猪，让狼叼了；后村谁家的驴，让狼把血吸干了；谁家小孩儿的肚子，让狼掏了；谁家的男人走夜路，被狼围起来啃得只剩下骨头架子了。人们对狼充满了神秘、好奇和恐惧。

坐在娘儿俩面前的狼绿莹莹的眼睛半张着嘴巴，嘴巴里冒出的热气都能看见。狼可能弄不清眼前的活物到底是个什么东西，这么庞大的一个躯体，又在不断地抖动，什么面目也看不出来，它在这儿干什么呢？这条狼百思不得其解。又寻思了一会儿，狼可能认为，这是它有生以来遇到的最难的麻缠，脑子都想疼了，不理它了，拖着尾巴离开了，走了一段路，它还踅摸了好几回。

狼早就没影了，碌碡上的母子还紧拥着一动不动，大冷的天，三太太感觉内衣都已经湿透了。龙柏廉小声对母亲说：妈，覅坐这儿了，找我姨妈去吧！儿子的一句话提醒了三太太，她好像立马有了主心骨，抖擞了一下身上的雪，站起身来对柏廉说：走，找你姨妈去！

龙柏廉所说的姨妈，是此去十里路西王寨子里的一户殷实人家。家主王耀明，曾经在县城经商，后因受不得官府、地痞等的盘剥，负气贱价转让铺面回乡务农，内掌柜崔氏因礼佛烧香和喜爱绣花，与三太太先交好后结拜为干姊妹。两人逢年过节，你来我往甚是亲密，两家的孩子也姨妈长姨妈短的叫得亲切，她俩好得就像一对亲姐妹，崔氏也是三太太在塬上除了柏廉以外唯一可以称得上亲人的人。这崔氏比三太太年长约十岁，今年四十二，丈夫去年春天去世，如今跟着两个儿子儿媳一起生活。

腊八第二天天快亮时，崔氏家被一阵敲门声惊醒了。崔氏害怕，喊大儿子去开门，老大披了衣服从门缝向外张望，半天看不出外边敲门的人，只见一团又大又笨的黑影，以为是狗熊，吓得不敢开门，也不敢出声，直到龙柏廉开口大声喊姨妈，老大才把悬着的心放回肚子里，抖抖索索地开了门。

崔氏听出是自己的干妹子来了，急忙开门把她娘儿俩迎进自己房中。三太太坐在炕边缓了半天才哭出声来，从断断续续的诉说中，崔氏才听出原委。先安排她娘儿俩到火炕上休息，自己则进厨房煮了两碗红糖姜汤，端过来让她娘儿俩祛祛寒气。龙柏廉喝完姜汤，很快就睡着了，三太太把一肚子的委屈全部倒给了自己的干姐，崔氏也跟着陪了不少眼泪。

三太太在干姐的火炕上迷迷糊糊地睡了一个时辰，崔氏让儿媳妇把早饭摆在炕桌上，轻轻地叫醒柏廉和三太太。三太太和柏廉洗漱了一下坐在炕桌旁，只见崔氏给她俩每人盛了一碗白米饭，又把两个荤菜推到面前。塬上都是旱地，只有川道里才能种水稻，白米捞饭只有过年或者招待贵客的时候才做，三太太是南方人，每次来，崔氏都是好米好菜招待，这次妹妹落难来投，她自然尽心尽力。她对三太太说：妹子，先吃好喝好休息两天，然后再思量是告官还是找他私了。告官的状子，我叫老大帮你写；如果私了，我就叫老二给你找说话人，不信天下就没有王法了！

三太太感激地说：姐姐呀，这次多亏了你呀，不然，我跟柏廉可能都让狼吃了！跟大房的事，这一口气我咽不下，现如今，我孤儿寡母，一切都靠姐姐主张了。

王家老二同福进来见过三太太说：三姨，龙家老大大雪天挖炕撵人，这是天理不容的事。一会儿，我叫几个人到他屋里说理去！

崔氏说：没有官人在场，你跟他有啥理可讲？说得不好，肯定要打架！

老二说：我就想打他呢！这种人，不打不知道啥是王法！不然，他还要干坏事呢。

三太太说：同福，先不找他，收拾他要找机会。现在，要紧的是给三姨看两间房。

崔氏一听就急了说：立马就过年了，到哪里去寻房？你就住在姐这儿，开春以后，慢慢挑选看好再定。

三太太见崔氏真心实意地留自己，也就不再客气了，取出十块银洋放在桌上说：姐呀，咱俩情归情，义归义，我先在这儿住两三个月，这是房钱和饭钱，请你不要推辞。

崔氏闻听不高兴地说：你把姐这儿当成旅馆咧！要是这，咱姊妹俩就生分了。

三太太说：光咱姊妹，咋都好说，家里还有老大老二和媳妇们呢！

崔氏一想也对，但她说：你跟娃一月一个银洋都用不了，咋能给这么多！说着把一摞银洋又推了过来。

三太太说：过年开销大，另外，有事还要叫老大老二跑腿费心呢，你就不要推辞了。

崔氏说：那我先收下，以后再说。至此，三太太一颗不安的心才算平静下来。

龙家大太太和大儿子没有预料到，赶走三太太母子竟然这么顺利，他们搬走了三太太房中所有的东西，并在三太太房内顶棚上和炕洞内反复搜寻，企图找到她没有带走的财物，结果是一无所获。三太太的房子被抵给一个赌友，那个赌友又把这些房输给另一个赌友，半年多时间，这房子就像一张银票在赌徒的手里倒来倒去，谁也没有把它当真正的房子居住。大太太、大儿子在赶走了三太太、四太太之后，已经没有任何竞争对手了，只有一个二房的老四，那也是老大的跟班，不会对他们有任何的威胁。因此，凭着几十亩地和老爷留下的丰厚财物，仍然过着丢下烟枪摸麻将，掷完色子吸白面儿的奢靡腐败生活。村里人和塬上知情的人在提起他们一家的时候，创造了一个新名词叫：龙家败、龙家害！教育孩子的时候都是说：

治家要养龙家败，做人莫学龙家害！

崔氏叫儿子收拾了一间向阳的房子，把炕洞里的灰掏干净，煨上柴火把炕烧热，让二儿媳拿新织的土布在炕墙上围了一圈炕围子，又让大儿媳抱来里面三新的被子和褥子，连喝水的茶壶、茶碗，洗脸的布帕，晚上用的尿盆，以及洗漱梳妆的用品都送来了。每天两顿饭，三太太都是带着柏廉与崔氏一家同吃，崔家的儿子和儿媳妇对三太太像对自己的母亲一样尊重，对柏廉也十分爱护和关怀。三太太过去是享受惯了的人，突然遭遇不测之后，不仅在精神上受到很大打击，在生活上一时也不知所措。儿子尽管有十五岁了，但只知道念书写字，还没经历过挫折，更不能帮她出谋划策，处理问题。看到干姐姐如此实在诚心，心里那份真诚的感激反而无以言表了，只是望着姐姐准备好的这一切默默地流泪，她庆幸由于信佛，和崔氏相识，又由于菩萨保佑，使自己虽逢灾却免大祸！不过，藏在心里的一个秘密又让她心神不宁起来。

一天午饭过后，三太太把一个丝帕顺手丢在火炕上，看见同福站在门口就打招呼说：同福，我去寻柏廉，一会儿回来！

同福说：姨，你去，我在这儿呢！

三太太在村里有意多转了一会儿，然后带着柏廉回来，没有进自己的房子，拉着柏廉到崔氏房里坐了一会儿，说了些不咸不淡的话，方才回到自己房里。三太太看到房门还是自己走出去时关着的样子，两扇门板上自己挂的一条几乎看不见的丝线还是原样，包着二两银子的丝帕还原封不动地在火炕上。

正月十五过后，天气逐渐转暖，三太太问同福，最近去不去省城，同福说：我到省城没啥事，三姨，你有啥事，你就说。

三太太说：上次出来啥衣服都没带，我想请你去省城给我和柏廉买些布和衣裳，顺便再带些小东西。

同福说：三姨，没麻达，明天一早我就去！

三太太说：我还得给你妈招呼一下，看她还带什么。同福笑了笑，就走出去了。

第二天天刚亮，三太太把柏廉写的一个单子和一个纸包交给同福说：照单子上写的买，纸包里是五块银洋，麻烦你走一趟！同福给母亲打个招呼，又去问哥哥嫂嫂要带什么后，到厨房拿了两个冷馍就走了。太阳落山的时候，同福回来了，背了一个大口袋，满身满头的汗，进门先拿起茶壶把一壶的水吸干了，看着同福饥渴劳累的样子，三太太心里很是过意不去。

同福把母亲和哥嫂让买的东西放在一边，先给三太太一样一样地对着单子交东西：这个布料多少钱，那个丝线多少钱，毛笔和纸多少钱，一共花了多少钱，最后他说：三姨，早晨你给的纸包里是六块银洋，不是五块，剩下的钱都在这儿。

三太太故作惊讶地说：早晨明明包的是五块银洋呀，同福，你是不是把你妈的钱和这个钱搞错了？

同福说：三摊的钱我都分开放分开用的，绝不会搞错。

三太太问：你吃饭花了多少钱？

同福说：在省城就没吃饭，走时带着两个馍呢！

三太太大为感动，拿出一个银洋塞给同福，同福死活不要，站起身把其他的东西拿走，说了声：三姨，以后有啥事，你就说话，出门去了。三太太心中暗喜。后来，三太太借着挑野菜的机会，包着头巾提着篮子到龙家老房子周围去看过两次。

一个春雨连绵的晚上，三太太又到崔氏的房里闲聊，谈了些天气庄稼柴米油盐的话题之后，三太太对崔氏说：姐呀，妹子还有个大事要请姐给帮忙。

崔氏说：不就是买房的事嘛，同福给我说了一户，我没看上，也就没给你说。祥福说，他教私塾的那个村有几间房倒还不错，就是离咱村有点儿远，我不想让你去！

三太太说：房子的事再慢慢找，眼下还有一件要紧的事。

崔氏不解地问：还有啥事？

三太太压低声音说：我还有一点儿体己钱在老屋那边没取出来！

崔氏也低声问：你知道还在不在？

三太太说：看外表像是没人动过。

崔氏问：你想怎样取？

三太太说：我想叫老二帮我取回来。

崔氏说：咱这俩娃都没麻达。不过，这事对你是大事，千万马虎不得！一是你要去，二是同福一个人不行，他弟兄两人必须一块儿去！老大有心计，还能降住老二。三是他弟兄俩一块儿还能有个照应。最后就是这事既要严密又要一次成功！

三太太被崔氏分析和安排的无话可说，只能说：一切听姐的安排！崔氏想了一下说：我看，今晚你们就去！

三太太说：今晚天下小雨，路上没人，那个房子也没住人，今天最好，只怕老大老二已经睡了！

崔氏说：睡了再穿上起来，我去叫他俩过来！

不一会儿，兄弟俩都过来了，崔氏让把门关上，轻声对两个儿子说：你三姨有一件大事要托付给你俩，这事既要今晚上必须办，还要一定办成功！祥福同福兄弟俩都不吭气，不解地看着母亲和三姨。崔氏简单说了一下情况，就征求老大意见。

祥福说：三姨的事就是咱家的事，只要三姨能记清埋东西的地方，我们做好准备去了很快就能拿回来，关键是不能叫人看见！

同福说：三个人，三姨指地方，我挖坑，我哥望风。

崔氏拍了一下手说：对，就是这个安排！

三太太感激地说：那就要麻烦你们兄弟了！

崔氏说：妹子说这话就见外了，老大你再思谋一下咋去咋回，碰见人咋办，遇见麻烦咋办。老二准备个小垥镬和小铁锨，二更时候你们起身。

三太太说：小铁锹就不要了，我拿手刨。

大家分头换衣裳准备工具，单等二更出发。

二更时分，天更黑了，雨也更大了。老二在前面带路，三太太走在中间，老大跟在最后。他们每走过一个村子，都会引起一阵狗叫，三太太担心地问：万一狗叫了怎么办？

老大说：老二有办法！

一个时辰过后，他们接近了原来的龙家大院。

老二让他俩先蹲在一棵大树下候着，自己却轻轻猫着腰靠近三太太原来房屋的大门。门上挂着锁，他把两扇门分别都往上抬了抬，都抬不起来，又使劲拉了一把门锁，锁纹丝不动。只见老二从怀里掏出一个工具用劲往外一别，挂锁的铁链环挣开了一个，他用手一扭铁链断开了但锁还挂在门上，一推门吱嘎一声，身体闪了进去，就在这时，几条狗同时叫了起来。已经起身要过来的老大和三太太不得不重新蹲了下去。约莫过了一袋烟的工夫，狗不叫了，他们才踏着泥泞快步进了大门。黑暗中，老二用火镰打着硝棉让三太太寻找位置，三太太定了定神，判断了一下，指着中间大房门背后一个角的地方说：就在这儿，挖下一尺就是。

老大示意老二开始，自己则到大门后从门缝中观察动静。

无风的雨夜很静，尽管老二的小坢镢挖得很轻，但声音还是传得很远，狗们又开始此起彼伏地吠叫了。老二有点儿着急了，坢镢挖得又重又快，无奈墙角的位置使他有力使不上，这是他始料不及的。他一急干脆把坢镢头拆下来，用坢镢头垂直用力，效果反而更好，三太太也顾不了体面，跪在地上用双手刨土。三太太刨着刨着，手上有些感觉了，就示意老二不要再挖了，自己用手一点儿一点儿往外抠。终于，一个黑瓷的长罐子被提了出来，老二抱在手里感到沉甸甸的。

就在这个时候，一个人走到大门前掏钥匙开门了。

三太太这五间被隔出来的房子，由于不像一个正规的乡间农家住房，因此，它的房契始终在赌场上被赌徒们当作筹码赢来抵去，谁也没想把它当正式房子用。今天这张房契和钥匙落到这个叫仰背的赌徒手上，他一高兴多喝了点儿酒，不想回家，跌跌撞撞地拐到这里来看房子。打开锁，他也没注意铁链子已经开了，把锁往门后一丢就进到里边。

老大是个很有心计的人，就躲在门后，听见他开门，就有收拾他的准备，但一看他丢锁的样子，再闻他的酒气，知道他喝醉了，顺手拉了一截短木头放到他脚下，仰背扑通一声跌趴在地上半天起不来。老二见来人倒地，立即抱着瓷罐轻手轻脚从他旁边走过，三太太慌不择路一脚踩在仰背的手上，踩的和被踩的都呀的一声叫起来，但还是迅速出了门，老大看见两人都出了门，顺手把门带上用锁把门环和铁链子锁起来，仰背在门里又敲又喊，周围的狗也跟着大叫起来了。

清明过后，在崔氏的安排下，三太太就在西王寨子的一家富户手里买了一个小院，几间房子倒也干净整齐，大门和院墙都很坚固完整，就是价钱稍高了一些，但三太太认为物有所值，没有还价就定下了，简单收拾一下就搬了进来。唯一让崔氏不满意的是，这房子与她家一个在村东一个在村西，走动起来多少有些不方便。

搬房一个月之后，三太太跟着同福到省城去了一趟，除了给自己的新家添置了一些急用的家当之外，还专门到一家门面最大生意最好的车具店定做了两挂能拉人又能拉货的硬轱辘大车，要求从硬篷、软帘、窗帷到鞭子、踩凳、鞍桥、挽具等一应俱全，套上牲口就能赶走，该有的设施，一件都不能少。店掌柜面对这么大的一宗买卖，笑得合不拢嘴，满口应承。不但答应一个月内保证交货，而且到时候一定帮忙给选两匹上好的牲口。这两挂车不是三太太给自己用的，这是为感谢王家兄弟，专门给他们定做的。别小看这两挂车，当时在塬上也是稀罕之物，人们轻易见不上，更别说坐这种车了。这两挂车后来成了同福致富的工具，这是后话。

龙柏廉十六岁了，小伙子出落得一表人才，加上飘逸的气质、儒雅的谈吐，几乎调动了塬上所有的专业和业余的媒婆。这些媒婆们知道，上等的人才一定要寻找一流的女色才能般配，她们都是在精挑细选之后才上门提说的。塬上的女孩儿本来就以眼睛大皮肤白有名，现在，媒婆们更像是在花里挑花，将花比花，一个个自己先是挑得眼花了。

东塬上的姑娘长得俊俏是自古以来的实情。听老人们说，这里头有个人老几辈流传下来的故经，清朝时候有人还见过这本书。说是大概元朝时候，东塬上一直驻扎着几支由朝廷调集过来的西域骑兵，这些骑兵为了保持战马的体力，坚持用带来的苜蓿种和豌豆种种的草料喂养，自身则保持着放牧打猎吃肉喝奶的习惯，因此，这支骑兵始终具备旺盛的作战能力，一直受到朝廷的重视。后来，为了稳定军心，他们的首领派人接来他们的家人，又带来数以百计的西域年轻女子，帮助战士们成家。以后，这支队伍被派到外地作战，再也没有回来；而他们的女人和孩子，以及苜蓿、豌豆都留了下来。此后，凡是从这里出去的男人个子都高，从这里嫁出去的女人皮肤都白、眼睛都大、身材都好。西安城里人说起寻媳妇的时候，挂在嘴上的一句话就是：在东塬上办一个！塬上媳妇勤谨，长得西奴（漂亮）！

对于媒人们的殷勤上门，三太太是热情招呼谨慎应承。她心里明白这个媳妇在家里的重要地位，长得如何，还在其次，关键在于是否贤惠能干，因为柏廉今后做学问是一个人才，治家理财方面绝对不是个好手，他太需要一个像他母亲一样的媳妇了。因此，她认真听着介绍仔细询问家教，但最后就是不表态，气得这些媒婆们吃完鸡蛋醪糟出门就喊：家不大，摆势大，难伺候，难说话。几个月下来，此事干打雷不下雨。就在给儿子选媳妇的事情紧张进行的时候，一场意外让这件事情突然停滞不前了。

一天，祥福来找三太太，说是糜坊村一家财东要请一位私塾先生，问能不能让柏廉去？三太太想了一想，认为柏廉已经长大了，应该出去做点儿事情了，就问柏廉：敢不敢去试一试？

柏廉答道：不敢说满腹经纶，却也熟读四书五经，只要主家礼贤下士，试一试何妨！于是柏廉就跟着祥福来到五里路外的高敬山高财东家。高家是个小财东，几十亩地两头牛一挂车五间大瓦房，有两个八岁、十岁的大男孩，一个七岁的小女孩儿。高家和本村的另一个小财东合请一个先生，那个姓张的小财东有一个九岁、一个七岁的男孩。

柏廉见过几个即将入学的孩子，问了一些常识性的问题，交代了一些要准备的东西，就让他们回去了。高财东准备了酒饭款待二位先生并邀请张财东作陪。席间，祥福把柏廉的学问大大地夸赞了一番，并介绍说，川道里有两家财东都请龙先生呢，龙先生嫌远没答应。柏廉不解地看了祥福一眼，他十分不满祥福对他这种没根没底的吹捧。祥福倒没有感觉到，又把柏廉写的诗词又背又讲，弄得柏廉坐卧不安。高财东是个知趣的人，问了柏廉一些起居、口味等的问题，说东边大房里边是先生的起居室，外边是娃娃们念书的地方，地方不是太宽展，但够用了。张财东说：先生吃饭由两家隔天轮换送过来，想吃什么打招呼！双方议定了酬金和先生过来的日子，柏廉和祥福起身告辞。七天以后，同福赶车将柏廉送到高家。

一天夜里，三太太正在睡觉，突然感觉有人上了自己的炕，刚要发问，对方一下用手捂住她的嘴，另一只手用力撕扯她的衣服。俩人在炕上无声地搏斗着，不一会儿，三太太气力不支，被对方剥了个精光，反复蹂躏了多时方才离去。三太太又羞又恼却无法对人讲，只好将此事埋在心里，晚上把门顶好。没想到事过两天，此人又来了，这次是天快亮的时候。三太太都不知道他是怎么进来的，一下子就上了炕，三太太知道反抗也没用，只好任他折腾。完事之后他起身要走，三太太拉住他问：你是谁，为什么要这样做？对方用一条黑头巾捂着脸并不回答，猫着腰闪出门去。从走路的姿势看，三太太心里似乎知道这是谁。

三太太托人把柏廉叫了回来，从妈妈欲言又止哭哭啼啼的样子，柏廉心里就大概明白了。他思考了一下，就对妈妈说：我还是搬回来住吧！三太太附在儿子的耳边轻轻说了几句，柏廉点点头起身又回去了。

又是一个没有月亮的夜晚，三太太睡到半夜就醒了，她估摸他快来了，静静地躺在炕上等着。果然，他又悄没声响地来了。三太太故意把衣服都脱了，他一摸大喜，急忙就脱衣服，就在他翻身要上的时候，三太太突然大叫起来：抓瞎夙呀，抓瞎夙！睡在旁边屋子里的柏廉顺手操起一根枣木棍就跑了出来。那人见喊翻身下炕卷起衣服就跑，从院墙豁口一蹴而过，柏廉赶了过去，看没看清打没打上，踩着一块儿石头才翻过墙去。那人的两条光腿在晚上特别醒目，柏廉盯着光腿狂奔追去，那人看着要被追上，无奈之中把碾麦场边的一个碌碡推了过来，这个碾麦场在高处，柏廉跑来的路在低处，碌碡就在场边上，被他一推咕噜咕噜地就滚了下来。柏廉只顾追赶，没想到碌碡会滚过来，躲闪不及，碌碡从右小腿上压了过去，柏廉一声大叫窝到地上。

看着儿子血肉模糊的腿，三太太痛哭不已。她后悔让儿子回来干这件事，她更痛恨那人的无耻行径，她用手打着自己的脸，毫无顾忌地大声地哭叫着，崔氏和村里一伙女人们怎么劝都劝不下，也陪着她一起抹眼泪。还是崔氏有主意说：别光哭了，先治伤要紧！有人推来一辆推车子，大家七手八脚地把柏廉抬上车，准备往他家送。

有人说：剃头匠老段会接骨，大家就把柏廉推到老段家。

老段会剃头不假，剃完头给人捏捏肩、捶捶背可以，偶然谁的下巴脱挂啦胳膊脱臼啦，找他，他还真有办法。不过，这种粉碎性骨折不知他是否也能拿下来。

老段还没起床，一听有人在门口吵吵让他看病，他穿着长裤光着上身就出来了。一看柏廉这个样子，赶快先让把人推进屋里。老段还是有一点儿经验的，盐水清洗，外伤敷药，手捏复位，夹板固定，服药止疼，样样都弄得像那么回事。大家都松了一口气，三太太也千恩万谢地给老段放下一块银洋，然后请人把柏廉推回家。事后，老段还过来看过几回，嘱咐一百天不能动，一百天以后就长好了，到时候跟正常人一样。

不到一个月，一天，柏廉发现脚跟腿的位置不大对劲，老段过来看了，也看出有麻达，脚掌明显向外拐出一寸，但他也不知道该怎么办。这一下三太太慌了神儿，赶忙请人把柏廉用车送到西江村的老中医那儿。老先生仔细地摸着小腿的骨头，半晌没有说话，最后摇摇头说：骨头接错了，腿骨长拧了，太迟了。

三太太和柏廉的眼泪一下子就下来了，三太太跪在老先生的面前哭着说：先生，请你救救我儿子吧，他还年轻啊！

老先生摇摇头：骨头已经长上了，谁也不能把它折断了重接！就这样了，回去吧。

三太太哭倒在地，她感到天塌下来了！

柏廉呆坐在床上，经过几天不吃不喝不说话的与残酷命运顽强抗争之后，突然，老中医的一句话使他重新燃起了希望。

老中医说：谁也不能把它折断了重接！

柏廉想：为什么不能折断了重接？我要是把腿折断了，老中医不是可以再给我重接好吗？想到这里，他似乎看到了希望，精神一下子振作起来。他开始吃饭喝水并且与人交谈，不过，他心中的计划未向任何人透露，他在选择方法等待时机。

一天，三太太见他情绪好，故意和他多聊了一会儿。柏廉拉住母亲的手盯着她的眼睛问：那天晚上那个人是谁？

三太太扭过脸去：对咱有过恩的人，本不想陷他于不义，只想吓唬他以后不要再来了，不料想却报应在你的身上！说着就又哭起来了。

柏廉拄着双拐拖着残腿每天都在院子里转悠，几天以后，他有了主意。

一个晴朗的早晨，他看见母亲在炕上改衣服，门外的路上人来人往，他把门槛卸掉平铺在门下，又放了两块砖在上面，把大门关起来用腿试了试，感觉可以，把准备好的白酒猛喝了几大口，然后，窝下身去把残腿放到关着的门下，脚跟垫在摞好的砖上，双手扒在门闩上，支撑腿和双手猛地向上一用劲，只听见咯扎的一声闷响和惨烈的一声呐喊，柏廉疼昏过去，腿上的白骨刺破皮肉露了出来。

中医老先生看着这折断的残腿感慨不已，手在微微发抖，他被这十六岁少年坚韧不拔的精神深深地打动了。他使出浑身解数，拿出最好的接骨药，在给柏廉喝了一包黑粉面的药之后，嘱咐柏廉忍住疼，牵引，接茬，扭向，复位，前后折腾了两三天，柏廉被弄得死去活来，他有时也喊叫，但只是一两声，更多地是发自身体深处的哼哼，每次下来，他的衣服都像是从水中捞出来的一样，嘴唇都咬出血了。腿脚的位置终于被校正过来了。然而，两个月以后，三太太和老中医都发现，柏廉的两条腿不是一样长了！老中医愧疚地坚持不收三太太的一个铜子，而柏廉面对走路一高一低的现实，也只好认命了。

三太太把买来不到一年的房子，以原价一半的价格又卖给了房主，带着柏廉离开了这个伤心地。她要给柏廉寻找一个今后能够适合于他养家糊口的门路，她还想靠柏廉支撑龙家的血脉。她知道，这条路是艰难的、凶险的、漫长的，但她一定要陪着儿子走下去！

第一章

七月，被火红日头炙烤了一天的关中平原，燥热的空气和发烫的土地迎来了又一个让人透不过气的夜晚。野地里所有的树都耷拉着叶子，有的野草都开始枯黄了。收过麦子的回茬地里，刚露出头的苞谷苗像个嗷嗷待哺的婴儿，可怜巴巴地望着天空，祈盼着天下雨。

西安城里的人们，嫌屋子里闷热不透气，大部分人家都铺张凉席或者拉块床板睡在马路两边。人们知道，那些送水车、手推车、硬轱辘的马拉轿车，一到晚上，就都不出来了。就是行人，在没有月光的晚上，谁还往外跑呀，一动一身汗。个别家里有露台的，女人和孩子们就睡在露台上，那儿既凉快又安全。放眼望去，街道上由于光线昏暗，只呈现出黑的、白的两种色彩，黑的是房屋和物体，白的就是裸露的肉体和肉体上覆盖着的浅颜色的衣物。黑洞洞的街道被人为地铺展成一种与白天截然不同的景象：像垃圾场、像停尸场、又像激战后暂时静止的战场……

没有月亮也没有风，辛苦了一天的人们，一边抹着汗，一边赶着蚊子，慢慢地都进入了梦乡。夏天本来夜就短，睡得很晚的人们一旦睡着，就睡得很沉很死，即便是“辣子蒜羊血”“金线油塔”“桂花元宵”之类专门在晚上出来挑担的叫卖声，也很难惊醒他们。深沉的夜就像一潭死水，死水似乎窒息了一切有生命的东西。

突然，市中心的地方火光冲天。开始是火苗，后来，那火越烧越大，火焰越蹿越高，把个不大的西安城的天都烧红了。离火光近的地方，亮得竟然像白天一样，人们连街对面商铺牌匾上的落款小字都看得一清二楚。受到热和光刺激的人们，嗖地从地上爬起来，望着前面突如其来的火海发呆，直到有人喊：“失火了，失火了，快救火呀！”一些男人们才把垫在头底下的鞋慌张地套在脚上，迎着火光跑过去。

那火实在太大了，火大得似乎连烟都没有了。一派红白大火伴随着一阵阵沉闷的噼啪爆裂声，肆意地吞噬着周围一切可燃的东西。在这久旱无雨的盛夏，一切东西都变得见火就着。门板烧着了，立柱烧着了，二楼望台烧着了，牌匾也烧着了，向外扑延的火苗子，连街道上老槐树树枝的半边都引燃了。周围相邻店铺里的人纷纷往外抢着搬东西，还有的人像无头苍蝇一样围着大火来回乱窜，嘴里不知道在乱喊些什么。

大火把整个西安城都惊动了。中山大街上的人，一过端履门就能感觉到烈火的炙烤，热浪的扑涌。人们隐隐约约能闻到一股烤焦的竹草的气味、棉花的气味和羊毛的臭味。根据火光的位置和气味的辨别，有人判断，会不会是隆丰福？哎呀，可能是隆丰福，那个位置应该就是的。了不得呀，隆丰福这么大的字号失火了！

失火的就是隆丰福。隆丰福是一家成衣铺、估衣铺和皮衣铺三铺合一的大字号。它位于西安省城中心，中山大街最西头的钟楼根儿底下，是当时西安铺面最大、生意最好、位置最显要的服装店铺。听人说，不知道它每天能卖多少货，光知道每天晚上打门之后，伙计们在账房先生的监督下，用一个大黑皮口袋往东家送账本，送银子和银洋。从背银子银洋伙计走路的样子看，那里头收的钱一定不少。当然，也不一定都是银锭和银洋，肯定还有银票、铜子和麻钱。

隆丰福在钟楼根儿底下开业已有五六年了，开始是一间门面，以后两间、三间，最后是五间连在一起的大铺面。邻家铺子的生意做不过隆丰福，主要是抵不过隆丰福品种、价格的挤兑，只得另换地方，把门面让给它。隆丰福除了前头的五间门面，后边还有一个比门面大一倍的库房和作坊。门面二楼上是掌柜会客、休息以及账房记账、收账的地方。前面门面的伙计有十来个，每间门面都有一位二掌柜，总柜由一位大掌柜和一位账房先生掌管。后面库房作坊，一共有二十多个人，三台英国老式缝纫机，四个做活用的大木头案子和几个小木头案子。

听老账房私下对人讲，尽管每天卖的钱不少，可这官家税和费的名目繁多，隔上几天就出来一个新花样，挣上点儿钱，省府能拿走少一半。相公们月例钱都没多少，可大灶上饭是尽饱吃，十天半个月还能吃上一回肉。在这一带，隆丰福铺子的待呈（待遇）算是最好的呢！

隆丰福的老掌柜每天快到晌午端的时候才到店里来。他知道，一早上没生意，就是有，也是那些小小不言的小买卖，真正的生意是晌午到下午的时候。这时候，铺子不仅人气旺，成交率也高，有的大买主往往到这个时候才进门。因此，他一般是早起把茶喝好之后，再到天锡楼吃一碗羊肉泡馍，或者去其他铺子吃过牛肉块扯面、麻花疙瘩油茶、甑糕、鸡蛋醪糟之类早点，才坐上洋车到铺子里来。

隆丰福的老掌柜其实并不老，论年纪也只有个二十五六的样子。这个人高身挑，白皮肤，条码脸，黑漆一样的眉毛，珠子一样的眼睛，见人活泛，不笑不说话。学相公的时候，掌柜的叫他白相；当掌柜的时候，同辈戏称他为白掌柜；当了主家的掌柜以后，无论是谁，都尊称他为老掌柜。老掌柜其实不姓白，只因为他人长得白，尤其是那一张脸，除了眉毛眼睛是黑的，嘴唇是红的，其余部分全是俊朗朗的一张白脸，宽厚喜庆的一副笑模样。不要说姑娘媳妇了，就是那些谈生意的男人们也忍不住往他脸上多看几眼，同行的老掌柜们笑着指着他说：你到易俗社唱戏，不用画脸子就能上台。由于很少有人呼名唤姓，不少人都不知道老掌柜的真名大姓。

这位老掌柜姓龙，名定山，小名东元，龙定山这个名字还是他父亲请卧龙寺的老和尚给起的。老和尚仔细端详了刚满月的木犊娃后，沉思了一下说，这娃一辈子命如龙行，运旺灾多。五行八作，多与覆物器物为伍。黄兴而红没，官灾而火蚀。取名定山，行高志远。他父亲：问何为黄兴而红没，官灾而火蚀？老和尚一句阿弥陀佛，便再不言语。

从此，龙定山就在卧龙寺舍身寄名，年年生日那天，到寺里让老和尚摩顶启灵，一直持续了几十年。

隆丰福大火烧起的时候，铺子里一共有五个相公和一个二掌柜，五个相公各在自己的门面里的铺柜上睡觉。这五间门面虽然各自卖的东西不同，但每间隔墙的后边都有小门相通。每天晚上打门之后，虽然门面都拿门板上上了，但里边还是互通的，相公们站在各自的小门前聊天、说笑，但不许相互串门。二更过后必须熄灯睡觉。轮换值守的二掌柜熄灯前后要在铺子内各处走动一圈，看看顶门杠是否上紧，看看汽灯是否熄灭，看看作坊内门窗是否关好，再看看守值的人是否在位，一切正常之后，方可就寝。几年来，龙定山严训勤管，相公们墨守成规，铺子一直安然无事。

今晚，二掌柜第二次走动之后，照习惯对各人说了句：黑了小心！就到后边库房里的床上睡下了。

夏天本来蚊子就多，而隆丰福卖的都是成衣、估衣（旧衣）、皮毛成衣、皮筒子等等，本来就是招蚊子的东西。老掌柜为了以凉补夏，又新进了一大批凉席、草席、草帽、扇子、蚊帐、麻鞋、草鞋、油纸伞、雨帽、雨披、玉石枕头、石膏枕头、瓷枕头等等，把个库房和门面塞得满满当当，也为蚊子蛾子栖息做窝繁衍准备了一个好地方。

晚上，只要汽灯一开，蚊子、蛾子、蛐蛐、蚱蜢、蝇子，还有许多叫不上名字的虫虫，围着灯光上下翻飞，你追我赶。有的飞舞调情，有的激情交配，还有的双双在席卷缝中定情而居。要是给灯下亮处放一盆水，不一会儿，水面上就会落满一层虫蛾。等到汽灯一关，它们就会慌不择路地落到周围的货物上。这时候，赤裸的肉体就成了有些嗜血昆虫的进攻目标了。那些潜伏在铺柜夹缝中的臭虱们也纷纷出动，从睡着的人身底下，贪婪地享受着人血的美味。正值年轻又辛劳了一天的相公们，尽管肉体遭到来自空中和地面的轮番攻击，除了偶尔抓挠几下之外，谁都不会因为痒痒而醒来，香甜的梦是他们一天中最大的享受，外界的什么动静，都很难把他们惊醒。

睡在库房里的二掌柜就有些不同了，尽管他才满二十，但他最近心事很重。白天管铺面的时候倒还罢了，一到晚上，坐在床铺上，他就躁动不安，眼前总是晃动着一个个女人的脸、女人的腰、女人的腿。尽管时下女人抛头露面的仍然很少，但只要出来，又是在夏天，那些女人们还有些含羞带怯，遮遮掩掩，但少女们明眸皓齿的粉脸，少妇们窈窕美妙的腰肢，裙子下时隐时现的小腿，让他心驰神往，呆望痴想。在床上，他翻来覆去睡不着觉，最后干脆脱得一丝不挂趴在床上，左翻右挪仍然不能入睡。讨厌的蚊子你来我往，嗡声不断，搅得他打又打不着，睡又睡不了。一气之下，他起身到后面的茅厕里扯了一根火绳，在厨房灶火的灰里煨着，回到库房床前顺手插到门边的墙缝里。过了一会儿，他觉得还有蚊子，又把火绳拔出来插进自己床边摞得很高的羊皮筒子缝里，他明知道插在这里不合适，心想，只熏一会儿就拔下来把火绳踏灭。

蚊烟罩住了二掌柜的身体，蚊子咬不着了，身上的困乏劲也上来了，他用手又在身上折腾了一会儿，不知不觉间进入了梦乡。

火绳燃到羊皮筒子跟前的时候，开始是冒烟。不一会儿，羊毛就泛起了明火，烟往上走，火往上蹿，上面的皮筒子也一起跟着烧起来了。时间不长，芦苇秆加木板盖的房顶很快就被引燃了，堆在旁边的衣物布料棉花皮筒相继都着起火来。火从库房的房顶又烧到作坊大棚，不大工夫，前店后坊都引燃了。烟熏火燎都没有把二掌柜弄醒，等到有的燃着的东西掉到他的肚子上的时候，他才惊醒，望着眼前的大火发呆，愣愣地还沉浸在刚才的梦境里。直到有人喊了一嗓子：失火了！他才彻底灵醒过来——失火了，闯祸了！

慌忙之中找裤子找不见，找坎肩找不见，情急之下拉了一件羊皮大衣光筒子往身上一披，脚在地上一勾两勾找到两只鞋，大喊着：快救火，快救火！跑到门面前抬起横在门板中间的顶门杠，拉开一扇门，慌忙向外跑去。这位二掌柜跑出去后，既没有叫人，也没有去叫老掌柜，他精着身子披着老羊皮光筒子向东边小跑而去。

这位二掌柜叫龙定洋，是龙定山的二弟。

龙定山刚刚睡下，闻听门面失火，一翻身从床上爬起，只穿了一件对襟坎肩和一条短达膝盖的内裤，也不管前来报信的相公，套上布鞋一个箭步跨出大门，飞也似的向铺面跑去，相公紧追慢赶，他已经不见了人影儿。

来到火场，龙定山看了一下火势，问了相公们几句，立即让一个相公去对门山货店拿来几把镬头和铁锨，先把西边山墙推倒，再把后边一家杂货店拆倒，把库房里的成捆货抢出来。安排以后，他对周围看热闹的人喊道：大家过来帮帮忙，干完之后好好谢呈大家！此言一出，十几个精壮小伙子立刻参加进来，跟着相公们钻进火场往外搬东西。

随着大伙儿一声呐喊，西边山墙轰的一声向大火压去，西边的火势明显弱了下去，但东边的火却好像更猛烈了，一些闯进去搬东西的人又被大火逼了出来。龙定山看着这种态势，突然想起自己飞跑过来时，好像看见在柳巷口附近有一家店铺正在用胡基（土坯）垒墙，他灵机一动大声喊来大掌柜，喊道：多叫几个洋车一块儿到柳巷口把它的土坯拉来，一车拉二十给一个银角子！大掌柜迟疑了一下，龙定山一推他喊道：快去！你去交涉，我在这收货发银角子！围着看火的洋车夫们噢的一声叫，一窝蜂似的跟着大掌柜跑了。

不一会儿工夫，十几辆洋车拉着几百页胡基到了，龙定山喊道：俩人一抬往火上撂！车夫们和相公们抬着胡基跑到跟前向火上压去，这一招儿还真灵，几百块胡基压下去，火势明显减少了许多。龙定山一边让账房发银角子，一边指挥着洋车再去，直到把人家的胡基拉完。

尽管隔壁的绸缎庄也被烧了，紧挨着的杂货铺也被拆了，可他们的掌柜来了，谁都没对龙定山提火烧的事，带着自己的相公抢搬自己的货物。反倒是龙定山过去说：覅担心，一切有我！

看着火势得到控制，龙定山拉住正在指挥相公们用铁锨打火的大掌柜问道：今儿黑是谁值夜？大掌柜说是龙二掌柜，龙定山闻说，气得一拳砸手一脚跺地狠狠地说：这贼东西该砍该杀！

东元，先甭上火，安排人救火要紧！随着话声，一个清秀的小伙子拉起龙定山的一只手，龙定山拧身一看是结拜兄弟杨文承，动情地说：兄弟，这回咱把麻达弄大咧！

文承说：大哥，先把火灭了再说。兄弟也带了几个人，咱一块儿上！说着就领着人从旁边钻了进去。

火扑灭了，天也亮了，抢出来的东西在马路上堆成了山，有的还冒着烟，大部分已经面目皆非了。大掌柜把人分成几拨，一拨人现场搜寻，一拨人套车拉东西，一位二掌柜负责向官府报告，一位二掌柜负责清点绸缎庄与杂货铺损失情况，两个相公叫洋车把老掌柜送回家里，另两个相公到龙二掌柜可能去的地方，把他人找回来。龙定山对大掌柜的安排再没说啥，但他不想回家。洋车来了，他对大掌柜说了一句：这儿的事，你安排！然后把杨文承的手一拉说：走，咱俩到澡堂子去！

杨文承与龙定山从相识到结拜，是七八年前的事儿了。

那时，龙定山来到大成估衣铺才两年，正是熬相公最艰难的时候。白天站柜台，早晚干家务，从倒尿盆、倒垃圾、倒脏水、担茅粪、担柴火、担粮食，到烧锅、洗碗、晒被、晾衣、买菜、打酒、割肉，无一不干，天天忙到三更半夜睡觉，天不亮又得起床。因睡过头，挨过老掌柜的鞋底子；因烧锅拉风匣打盹儿挨过内掌柜的擀面杖。但他的机灵和能干，也获得了老掌柜一家人的另眼相看。尤其是一次送老掌柜的老婆——内掌柜回娘家，回来后，老两口彻底改变了对他的看法。

内掌柜回东塬，来回过灞河，都是雇背河的背过去。那时，灞河平时水都是齐腰深，河道不固定，无桥无船，城里人尤其是女人过河，都是由那些精壮的小伙子背过去。龙定山不雇人，自己背着内掌柜过河，尽管河里水深路不熟，走起来磕磕绊绊的，但定山个子高，用脚摸索着慢慢走，也安然地把内掌柜送到了对面，然后再返回去，把带的东西背过来。上塬走八里坡的时候，他给内掌柜雇了一头驴，没想到刚上头道塬，驴艰难地爬到坡塄子上后，一只苍狼迎面猛扑上来见驴就咬，驴吓得一尥蹶子，把内掌柜倒挂在脚蹬上拉着就跑开了。赶驴的吓得坐在地上，龙定山也心惊了一下。但他很快意识到眼前的危险，向扑上来的狼狠踢了一脚，撂下东西奋力向前追驴而去。但“受了惊的驴马难追”。正在危急关头，斜刺过来的小路上闪过一个小伙儿，他先用展开的两臂挡了一下，待驴跑近之后，单手一把抓住驴笼头，驴把他带出去好远才停住。内掌柜被摔得满面是血已经半昏迷了，龙定山与那个小伙儿经过半天折腾，她才缓过气来。回到娘家之后，给钱，小伙子不要；给粮，也不要；让到店铺学相公，也不去。内柜掌越发喜欢他，为报答救命之恩，非要把小伙子和龙定山都认成干儿子，他俩不好再推辞，只好默认了。龙定山与小伙子相谈甚洽，意气相投，私下也成了朋友，以后又共过两次事，彼此以诚相待，相互欣赏，遂结拜为兄弟。这个小伙子就是杨文承。

杨文承不肯学相公，却肯学手艺。

他跟着一个江苏人学了一手弹棉花织网套的技术。江苏人无儿无女，老家无人，西安无家，杨文承跟着老人四处漂泊。这个月在西安，下个月在虢镇，半年后在汉中，今天在城东，明天在城西，后天或许在城南城北。几年下来，路跑了不少，朋友结识了不少，技艺也提高了不少，当然，也攒了不少钱。

前年冬天，老人得了病，杨文承端汤送药问医打卦忙得跑前跑后，老人的病不见起色。老中医号过脉后，偷偷对杨文承说，人不行了，三五天的工夫！杨文承听后双泪长流，掏出十块银洋哭求先生救师傅一命，老中医方知二人并非父子，深为感动，面授文承买独头人参熬汤，不论次数给老人喂服，或许再能延缓十天半月。文承不但买最好的人参，还换着花样买来老人最喜欢的芋艿炖鸭、红烧狮子头、白菜肉丝炒年糕等等，老人尽管每次只能尝一点儿，但从神态上能看得出来心里的满意和感激。老人临终时，让文承把弹花弓拿来告诉他：这弓我用了一辈子，是我的衣食饭碗，不管什么时候，有它就不会饿肚子。老人最后喘了一口气说：弓背上有三个长方槽，每个槽里有一块儿金子，三块一共五两重，是我一生的积蓄。我知道我的病难好，我也用不上了。文承，你人不错，心眼好，将来还有大前程，留给你好好过日子。说完喉咙被痰卡住，咯的一声闭了气。文承像亲儿子一样给老人披麻戴孝、摔盆执幡、奠酒献饭、守坟立碑，半年多就没有消停。后来，他背着师傅留下的弹花弓，带着几个徒弟走南闯北，事业也大有起色。他在西安买房置家，并开了一个弹棉花织网套的作坊，起名叫呈祥行。龙定山开始执掌家业钱款不济的时候，有时候还得找他帮衬一下。

二人从澡池里出来躺在单间里，文承让堂倌叫来两碗鸡丝馄饨、两笼包子，龙定山也不客气，两人一会儿工夫吃了个碗干笼空。文承看着龙定山的眼睛：大哥，从哪里跌倒，再从哪里爬起来！

定山沉思了一下说：兄弟，这一跤跌得太重了，可一下也把我跌清醒了！

你的意思是？文承不解地问。

龙定山沉郁地用手搓了搓脸说：现在，我的心乱得很，怎么再起炉灶，我还没想好，但绝不会就此趴下！

文承露出笑容：大哥，这就对了！银钱的事情随要随说话！

龙定山的妻子香梅病得很重，已经有很长时间不能起床了，猛然听到门面失火的消息，一下子就昏了过去。家里人忙得又是灌药又是掐人中，好不容易救醒过来，又哭晕过去，还是龙定山的岳母左哄右劝，好歹才止住了她哭。龙定山回到屋里的时候，香梅已经睡了。他宽慰了岳母几句，又看了看香梅，嘱咐老妈子晚上勤照看着，就回房去了。

突如其来的打击，在晚上救火的时候，龙定山还没有感到分量的沉重，现在一个人单独沉静下来，才意识到这次灾难的毁灭性。门面没有了，作坊没有了，存货没有了，等于生意没有了。不仅如此，还面临着绸缎庄和杂货铺等铺子的赔款，这些款子虽然拿出来不是啥问题，但要命的是那些供货商一看隆丰福被火烧了，还不挤破头地上门来要货款？想到这里，龙定山的额头上冒出一层细汗。

老妈子送来热布帕，他擦了擦汗，一抬头看见挂在墙上的老掌柜也就是自己老岳丈的画像，他在出差错时，老掌柜训诫的话立马又在耳边响起："开铺子的人，靠的是上下两头人养活，没有货不成铺，没客买挣不了钱，因此，上下两头都必须维持好。可这两头都难伺候，生意顺的时候，人人促烘你，出上一点儿麻烦，那个脸立马就变了。所以说，开铺子就像单腿跳着过独木桥，只能进不能退，退一步跌倒，就很难起来了！想到这里，龙定山觉着自己已经在独木桥上跌倒了，倒了能不能站起来，这回就看自已的本事了！他以拳砸手狠狠地咬着牙说：这次站不起来，我就不叫龙定山！

晚上点灯的时候，大掌柜带着四个二掌柜来见龙定山。大掌柜汇报了现场善后清点情况，一位二掌柜汇报了丝绸庄和杂货铺损失补偿情况，另一位二掌柜汇报了去官府报告的情况，第三位二掌柜汇报说，三个人跑了十几个地方，都没有找到龙二掌柜。龙定山听完汇报，对大掌柜说：丝绸庄在你们定的数上再加五十块银洋，给杂货铺再加十五块银洋，几位二掌柜都表示不理解。大掌柜做了个不要再说的手势，提示大家说：老掌柜这是大处着眼宽厚待人，不给人逢灾抗债遇难赖账的嫌疑，大家学着点。然后对老掌柜说：凉席草帽的贩子已经来要结账了。老掌柜对大掌柜说：这些事情你看着摆顺就是了。然后对大家说：弟兄们今儿个都辛苦了，先回去休息，有事明天商量。其他三位都走了，大掌柜留下来与老掌柜小声商量起来。

龙定山来到大成估衣铺之前，是在甜水井拉车卖水的小伙计，经常给南大街各家铺子送水。

大成掌柜的尽管省吃俭用，吃是买的甜水，用是绞的井水，但每天也得一桶水。一桶水担不成，桶大也不好提。每次龙定山水车一来，香梅就拿一根棍子帮着一块儿抬，俩人说说笑笑很是投缘，时间一长，大成的黄掌柜就有心把龙定山弄到铺子里学相公。

一次送水正赶上铺子里吃饭，香梅硬把一碗泼了热油堆尖的黏面碗塞到龙定山手里，定山推托再三说，自已带的有馍，喝碗面汤就行了。香梅非叫他把面吃了不可。定山不好意思地说：一碗面比一桶水都贵，我吃了面，心里过意不去。

黄掌柜说：崽娃子，香梅给你就端上，一碗面能把我吃穷了？

定山不好意思地圪蹴在地上把面吃了，其间，香梅还不断给他碗里拨菜，定山低着头红着脸冒着汗吃完了这碗面，把碗一放，提桶就走。黄掌柜叫住了他说：崽娃子，嘴一抹就走呀？

定山不好意思地站住看着黄掌柜，黄掌柜问他：送水跟学相公哪个好？定山说：各有各的好。

黄掌柜说：你准备送一辈子水？

定山说：用心送水跟无心学相公，我看还是送水好！

黄掌柜说：那你就到我这儿用心学相公！

定山沉思了一下说：我把这一个月送完再说。

黄掌柜不再勉强他，就说：我候着你！

黄掌柜有意说，龙定山无意听，眼看到了月底，也不见龙定山上门来说到铺子里来的事，黄掌柜倒没有啥，香梅先坐不住了，见了定山就问：啥时候来哩嘛？定山总是笑笑不作回答。眼看腊月一晃就到年跟前了，定山为了多挣几个钱过年不回家，坚持给那些不关门的铺子送水。大成估衣铺年跟前没生意，黄掌柜大年二十六就关了门，准备让老婆和女儿回老家去。不料，今年女儿死活不回去，坚持要守到这儿看门，老两口拗不过宝贝女儿，给她叮咛了几点看门的规矩之后，搭上驴车上塬去了。

黄香梅留下看门是有用意的，她要利用这个机会，一定要说服龙定山放弃送水的活计，到大成铺子来学相公。

香梅一想起龙定山那双乌黑的眼睛和那笑着说话的神情，心里就涌起一股莫名其妙的冲动；只要一看见龙定山，她心里就嗵嗵乱跳；他一离开，她的眼睛就一直要跟着他，直到看不见为止。她为他的辛苦而心疼，为他的冷漠而伤心，为他不热心到大成来而心急，为自己没有机会和他接近而烦心。过年，这是个多么好的机会，又听旁人说，他过年不回家，她高兴得几乎要唱起来了。

腊月二十七这天上午，她把门面的小门开了一扇，搬个凳子坐门扇后边专等龙定山。从上午等到下午，就是不见他过来，她锁上门又跑到甜水井去找，送水工说：两天都没来咧，听说到双水磨给他爸送钱去了，得一两天才能回来。香梅连个谢字都忘了说，失望地扭头就往回走。年前的这几天，她茶不思饭不想，整天坐在门扇后边等着龙定山。

等龙定山干什么，这个香梅也说不清。她只想趁着爸妈不在的时候，跟他好好说说话，劝他别干送水的活了，到铺子里来学相公。这样，她就可以天天跟龙定山在一起了，但是龙定山能听她的吗？她心里也没谱。即便这样，她还是执着地盼望着早点儿见到龙定山。不过，这龙定山也真是，没事儿的时候，他天天准时送水，真要找他的时候，他却不知道跑到哪儿去了，啥时候送钱不行，非得在这个时候送钱！一股期盼、埋怨、思念等等五味杂陈又说不出口的情感，在少女的心里第一次涌起。

大年二十九的黄昏时分，苦等了一天的黄香梅无奈地关上门面房的板门，一个人不吃不喝地和衣躺在床上，跟龙定山生气，也跟自己生气。在她抹了几滴眼泪，迷迷瞪瞪地即将睡去的时候，前面传来了敲门声。她慵懒得理理头发抻抻衣服走过去开门，没想到敲门的竟是她朝思暮想的龙定山！龙定山并不知道黄香梅在盼他等他，只是矜持地对黄香梅说：我想给大伯说一下，把一点儿东西在这儿放几天。黄香梅先是吃惊，再是激动，最后是娇嗔地把他一把拉进门：啥事，你进来说嘛！

对于黄香梅急切地向龙定山罗列了半天拉车送水的种种不好和站铺子学相

公的诸多出息，龙定山并不以为然，只是敷衍地笑笑，对于香梅说过罢年就让他到铺子里来的要求也未置可否，只是答应以后跟他爸商量，黄香梅无法说服他，只好说：嫑走，这个时候了，饭得吃吧？说罢挽袖子洗手和面柔声柔气地说：我给咱擀长面！两个人一个烧火，一个炒菜擀面，顿时厨房里显得生气勃勃。香梅的心情特别好，话也特别多，定山只听不答话，吃完一碗，放下饭碗站起身说：天黑了，我得回去了。

香梅生气地说：你真的是嘴一抹就走的人！

龙定山说：这一两天我再过来。转身就出了门。

大年初二晌午，龙定山来了，黄香梅高兴地拉着他的胳膊开玩笑地说：你是给丈母娘拜年来了？提的啥礼行嘛？

丈母娘在哪里还不知道，礼行给谁送呢！龙定山也笑着跟她开玩笑。

香梅不解地问：你是来拿东西的？定山说：东西再放几天，我是跟你商量个事儿。

一听跟她商量事情，香梅的眼睛一下放了光：快说，啥事儿？

定山坐下慢慢地说：这个铺子过年闲下了有些可惜，能不能借正月时光开开门挣些钱？

香梅听说是这，有些失望地问：咋挣钱呢？

定山并未注意她的表情，接着说：这两天，我在市里转了一下，大年初一，有些地方已经开始挂灯卖灯了，咱这铺子正在街面上，不怕刮风下雪，卖灯保准能红火，为这事，我还专门到大雁塔后边的灯笼村去了一下，满村满街都是灯笼，只要你要，人家赶着牛车送上门！

香梅敷衍地问：谁卖呢，赔了咋办呢？

定山说：我跟你一块儿卖，挣了你七我三，赔了一人一半儿。

听说一块儿干，香梅来了精神，问：本钱需要多少？

定山说：几个银洋就够了。

香梅说：我出钱，你出力，赔了是我的，挣了一人一半！

定山说：既然合伙，我就得出钱，我也有钱呀。

香梅说：那就一切依你，你咋说，咱咋干！

定山和香梅各拿出两块银洋，先把铺子里头收拾挪动了一下，定山就到灯笼村去了。

初三早上天刚放亮，一辆像花龙一样的牛车来到大成铺子门口。定山跳下车叫开门，一边给墙上、顶棚上钉钉子挂灯笼，一边指挥车夫把那些折叠打包的小灯和蜡烛卸到后房里去，拉灯的牛车还没走，买灯的人已经进门问价了。

定山让香梅给车夫拿了两个白面馍把车打发走，赶快过来应付买灯的人，香梅打下手，按照定山的嘱咐，取灯配蜡收钱找钱，直到晌午过了，人才慢慢少了。香梅赶快做饭，两人边吃边算账，灯卖了有一半儿，本钱已经回来了。

香梅高兴地说：我的脑子还没有转过来呢，灯已卖了一半了，定山，你咋想到这一行的？

我也是看了别家的生意才想到的。定山刚吃了半碗面，就又去招呼买主去了。

天快擦黑的时候，定山把门上好，吃过饭对香梅说：我再到灯笼村去，多选些灯笼样子，明天生意应该更好。

香梅说：走夜路，你要小心着点儿。定山说：不怕，惯了！随身就出门朝南走去。

一直到正月十五、十六，大成铺的灯笼卖得多少有点儿名气了，在别家都不开门的情况下，大成的灯笼成了这条街上的一个亮点，也让别的铺子嫉妒不已。龙定山不仅卖灯笼，还把小孩玩儿的刀枪棍棒、官帽鬼脸、飞轮风筝、唱戏的胡子、带哨的泥娃、头上的插花等等，也摆在门口，路过的大人不来，小孩也非把大人拉过来不可，大过年的，谁不给小孩买点儿玩具，也走不了。就这样，定山购进卖出，香梅收钱记账，两人配合默契，分工明确，香梅说，按一人一半的分法，这半个月下来的收入，比开铺子两个月的收入还多！定山也很高兴说：没赔就好。没想到，还能挣这么多。

正月十六的中午，黄掌柜带着老婆从乡下回来了。远远看到自己铺子挂红飘绿，人来人往，把他吓了一跳，不知出了什么事情，又见龙定山跟人讲价赔笑，香梅递蜡提灯收钱，更是丈二和尚摸不着头脑。进门后听香梅如此这般一说，才长长地噢了一声。抬起眼睛注视着龙定山说：崽娃子，这事办得好，是个经商的材料！从明天起，你就到铺子里来吧，从学相公开始，保你吃穿不愁！

香梅说：光吃穿不愁不行，还要有工钱！

黄掌柜说：就依你，可你一定要把他叫到铺子来。

香梅说：这你甭操心！

灯卖完后，定山与黄掌柜很好地谈了一次，又去把送水的差事辞了，这才真正到大成估衣铺里来学相公。那一年，他刚十八岁。

龙定山在大成估衣铺一干就是两年。按照学相公的规矩，他必须服从这个铺子里的掌柜的、内掌柜的和他们独生女儿黄香梅的一切指派。除了在门面上应付生意之外，家里一切生活事情他都得去做。尽管黄香梅时时帮他、处处护他，但也免不了掌柜的斥责、内掌柜的挑剔。这些，龙定山都觉得能够忍受，最让他感到难以抗拒的是，黄香梅对他的亲近。只要一有机会，她就凑到他身边跟他说话，甚至小声地哥长哥短地叫，让他烦不胜烦。老实说，香梅长得并不丑，除了身材不高之外，从五官到皮肤，从性格到人品，都是不错的。盛饭的时候，每次都给他堆得尖尖的，馍给他挑大的，菜给他多加半勺。出力的活能帮就帮他，爸妈训斥他的时候，她总是站出来替他说话，有时候，黄掌柜气得问香梅：你是谁家的人？

这时候，香梅就笑嘻嘻地说：我是爸妈的娃，都是咱家的人！

龙定山对黄香梅的意图很明白，但不知怎么回事，从心里对她爱不起来，另外，对香梅父母的尖刻、吝啬的性格和处处提防着他的做法也十分反感。他从来没有在这个家里长期待下去的想法，只想学相公三年一满，另换个地方当个小掌柜。但是，一件突然发生的事，让他不得不改变了自己的想法。

一天，一个贩子背来一捆估衣，让黄掌柜看样品。货刚打开，贩子说：自己先到湘子庙街去跟人说个话，一会儿就回来。黄掌柜把样品翻开看了看，认为货的成色不好，式样也不行，就让白相拿绳子给捆起来放在铺柜的角上。不一会儿，贩子来了问：货咋样？

黄掌柜说：这些货，我这儿还有，以后需要了，再说。

贩子把他的样品打开检查了一下说：不对呀！这里头的东西不是我的，我的样品比这好多了！

黄掌柜说：我翻开看了一下就没打动，不信，你问我这儿的白相。

贩子翻了一下眼睛说：我谁都不问，我的货，我认得，这明明是把货给换了嘛！

黄掌柜气得用手把货一推，样品都被推到地上说：你还跑到门上讹人来了？你快滚，不然把你娃屎给打出来！

不料贩子把他的样品抖落了一大摊，站到门外大声喊叫起来：

大成铺子掌柜的不要脸，
换了我的样品还把我往出撵。
不要脸、不要脸，
脸当尻子叫狗舔！

无赖贩子在大街上呼天抢地地叫骂，引来不少人围观，把个黄掌柜气得七窍生烟，叫了一声：白相上！自己就先冲上去和贩子扭在一起。贩子身强力壮，几下就把黄掌柜压在身下，龙定山打架不得法，刚上去就叫贩子推了个跟头，再起来与贩子纠缠在一起，黄掌柜躺在地上已经动不了了。后来众人把他们拉开，龙定山光顾救黄掌柜，贩子在收拾他的样品的时候，趁机裹走了几件值钱的衣服。待黄香梅母女从中山大街回来，黄掌柜已经躺在床上说不出话了。

黄掌柜临终之前，拉着内掌柜的手，用眼睛看看眼泪汪汪的香梅，又看看满脸沉痛的龙定山，使劲把她的手握了一下，又用眼睛死盯着内掌柜。内掌柜迟疑了一下，终于明白了他的意思，哭着对香梅和定山说：你俩快给你爸跪下，这是他唯一的要求，在他面前，把你俩的终身大事定了！

香梅扑通一声跪下了，而龙定山却愣住了。龙定山没有想到，黄掌柜会这样安排，更没有想到，这个安排是这样不容置疑。

内掌柜哭着对龙定山说：掌柜的和我早有这个想法，原想等你三年学相公期满，再正式叫你三媒六证把香梅娶了。现在，咱屋天塌下来了，这一摊子全都指望你了！

定山还在愣着，香梅一把拉住定山说：我妈把话都说成这样了，你还不跪下！说着一用力，定山也就跪下了。香梅哭着说：咱爸能好，这个家，咱爸撑着；咱爸万一不好，这个家不靠你，靠谁？从你进这个门那一天起，你就是这个家的人了！

龙定山看着像一桩朽木般躺着的黄掌柜，脑子里闪过深更半夜黄掌柜带着自己翻库房给客户找品种，大热天，俩人背着大捆的衣服上门送货，三九寒冬，他和黄掌柜守着门面坚持到鸡叫头遍才关门的情景。黄掌柜勤俭敬业的精神，慈祥关爱的眼神，使龙定山悲从心起，他含着泪水叫了一声爸，与香梅一起，向黄掌柜连磕了三个头。

两天以后，黄掌柜安详地闭上了眼睛。

第二章

天刚麻麻亮，位于城北大街上的一座四合院大门响起了先轻后重的敲门声。一般敲门三声过后，稍等片刻即有人来开门，可今天连敲三次，都没见有人来开门，敲门的人不由得手就重了点儿。

这是一座一砖到顶青色的双磩挑檐外突内收的四合院门楼，黑漆的门框厚重沉稳，朱红色的大门富贵庄严，大门两边可能是为了调节气氛，一边一个像小狗一样的石狮子则显得十分活泼可爱。房檐下的一对大红灯笼则更为这所宅院增添了喜庆的气氛。然而，富贵喜庆的外表，并没能掩盖住这个家庭沉重的内涵。

这是龙定山搬来不到两年的新府宅。他之所以选中这个地方，是因为这一带都是豪门大户贵胄官僚居住的地方，房高巷深整洁清静，官府时常派兵卫巡视。平民商贾在这儿不过两三户，像龙定山这么年轻的主家，住在这儿还是头一户。

府宅的内当家黄香梅几年来身体一直病病歪歪，龙定山心想，换一换住地，倒一倒宅向，兴许能叫她顽疾脱身，不承想，这一年多来，香梅的病势却更为沉重了。

昨天，香梅时紧时缓的病情，闹得龙定山全家人一夜都没有休息。

香梅与龙定山成婚已经五年了，可她一直没有怀上过孩子，求神问医、朝山拜庙，钱花了一河滩，药吃了一大车，肚子一点儿都没动静。

香梅开始还不太在意，后来就有些受不了人们偷瞄的眼光，指指戳戳的动作，意味深长的话语。她在母亲和龙定山面前哭过多次，母亲总是劝她多求神多烧香，龙定山整天忙于生意，对这事儿不太在意，反而劝她说：有娃没娃，娃有多少，老天爷早就定了，没娃还零干！

香梅可不这么想。她认为，女人不生个娃就没尽到妇道，不能给龙家添个延续香火的男娃，自己无脸见地下先人。因此，从开始的热切盼求到后来的虔心恳求到最后的无望乞求，一次一次的期望化为一次一次的失望，她渐渐地变得神经质起来。只要谁在她面前提说起孩子两个字，她的脸立马就会吊下来，只要谁说个生字，她也会立马把头扭到一边。然而，只要谁说个怀娃的偏方，她立马不管花多少钱，跑多少路受多少苦也要弄来试一下。人们都知道了她的这个毛病，一般都不在这个事上刺激她，但也有的为了讨好她，或者从她那儿弄个小钱，搜罗些偏方验方单方秘方，从天上飞的、地上跑的、水里游的，到鸟叼的、虫吃的、兽拉的，五花八门，无奇不有。香梅吃了以后，跑肚拉稀浑身酸软，轻度中毒脸色乌青，小腹剧痛手脚痉挛，最后到下身见红淋漓不止，嗜睡不醒痛哭不已。她妈和龙定山都劝她抱养一个孩子，可她始终相信自己能生，对抱养别人的孩子丝毫没有兴趣。由于长期的心理负担，加之这次门面大火的刺激，香梅的病情加重了。她一会儿哭自己命苦，一会儿埋怨老天不公，一会儿说梦见老父亲，一会儿又吵着要看门面房。她昏一阵儿醒一阵儿哭一阵儿闹一阵儿，药也灌了几次，针也扎了几回，看病的先生和龙定山都对她束手无策。

天快亮了，龙定山才上床躺下。

敲门的是大掌柜，昨晚他从这儿回去得很晚，天不亮又赶了过来。熬了一夜的老妈子告诉他，老掌柜刚睡下一会儿，意思是让他先回去，不料大掌柜说：我在客房等着。老妈子沏好香茶摆好烟袋刚出客厅门，龙定山就进来了。

龙定山睡觉很机敏，尽管他刚刚迷糊，但大掌柜一敲门，他就醒了，他知道，大事昨晚他俩都商定了，没有特别的事情，大掌柜不会在这时候来，他用凉水抹了一把脸，赶紧就过来了。

大掌柜给龙定山带来一个很不好的消息，隆丰福所在的地皮主家送来一封信札，称因隆丰福经管不严，自酿大火，焚毁店铺，殃及四邻，周边铺面怨声载道，经营无心。恳请隆丰福在五天内将现场清理完毕，并结清损失，主家将另选择新房客。龙定山看过内容，两手扶膝，半晌无语。大掌柜说道：这块地皮寸土寸金，一旦丢失，生意将大打折扣！

龙定山说：我与周掌柜一贯不错，他咋能这样断我后路？不行，我找他面谈面谈。

大掌柜说：我本来要去找周掌柜，一问送信的人，说是一大早，周掌柜就到富平走亲戚去了，得好几天才能回来。我看，这是给咱耍了一个落井下石的逐客计！

龙定山想了一下说：跟周掌柜的协约还有一年多，明年年底才到期，他凭什么让咱们现在就让出，先不管他，今明两天就收拾，收拾完，咱们马上就重盖！

大掌柜见老掌柜这样坚决，心气也提了起来，但仍然谨慎地说：这样也可以，只怕周掌柜已有安排。

龙定山说；凡事要讲理，房钱不欠，协约未到，咱有理气长的嘛，就这样定！

大掌柜说了声好，我立马安排去！刚站起身准备走，一个老妈子气喘吁吁地跑过来对龙定山说：老掌柜，内掌柜又闹起来了，吵着要见你！

龙定山一听对大掌柜说：大掌柜，你等一下，我去看看就过来！说完就急忙出了客厅。

香梅一见龙定山就猛地坐起来，非要让他坐在床边，急切地问：门面的火灭了吗？损失大不大？

定山安慰她说：火早就灭了，损失不大，你放心休息吧！

香梅说：不大就好，一刻也不要等，早收拾早开门！

定山看着苍白消瘦羸弱虚软的妻子，心如刀绞，强忍着眼泪对她说：铺子的事，你放心，我立马就开门，不叫它耽搁。

香梅点点头连说了两个好好，就又昏睡过去。

香梅的一句话提醒了龙定山：早收拾早开门，一刻也不要等！他咬了咬牙，一个主意立马在脑子里形成了。

龙定山过来对大掌柜说：你回去，立即把各位掌柜和相公，以及伙计们，召集到鸿运楼，半个时辰，我就赶到，咱们立马动工，边拆边盖！

大掌柜怔了一下，立即赞同道：边拆边盖，抢在周掌柜回来之前，给他嘴里塞一块砖！另外，让那些要账的看看，也不要逼人太甚。好计好计，我这就去！

鸿运楼坐落在中山大街中段，坐北朝南，是一个两层楼上面加了一个女墙的假三层楼的大饭庄。掌柜的姓范，是一个足有二百斤重的高大胖子，一张弥勒佛的脸，一笑能把嘴角扯到耳朵根儿上。这个人古道热肠心慈面软，爱交个朋友，爱帮个闲忙，上至府台督军，下至道尹师爷，三教九流都有朋友，五行八作都能来往。他做得一手好菜，尤其能铺排大席面、调动水陆杂陈山珍海味。省城的富豪商贾大户人家做满月过喜事，一般都选他这个馆子，既图个店名吉庆，也图个范掌柜手艺好人活络。闲暇不忙的时候，范掌柜兴致一来，亲自上手炒几个小菜，绝对让吃客们拍案叫绝！据说，他曾经在山陕总督府的私厨里当过炉头，也有的说，他给外省的一个大富豪家里做过大厨，谁要是问他，有没有这回事，他总是嘿嘿一笑并不回答。他脾气好人缘好，人们都愿意跟他交往，他的生意也比其他饭馆好得多。不过，朋友里边他最要好的还是龙定山，龙定山跟他是无话不谈的忘年交。他们还有两个朋友，一有空儿就聚在一起，东拉西扯高谈阔论，最后一醉方休。

隆丰福的掌柜相公工匠们一大早就都到了店铺失火现场，大家主动清理、搜寻，根据记忆翻找出不少的工具、用具，甚至在灰堆里还掏挖出十几个银洋。账房先生说，这是留在钱柜里的零用钱，并说，还有铜子呢。果然，不一会儿又掏挖出不少铜子儿。又在库房里和作坊里搜寻出十几个银洋和铜子儿，大家分析，可能是龙二掌柜和哪一个工匠的，全都交给账房先生。大家来到鸿运楼的时候，一个个黑脸黑手，身上黑的黄的灰的，把个长袍马褂抹得五麻六道，就像一群叫花子。范掌柜一见，赶快叫跑堂的帮着拍灰打土，叫厨子倒水洗脸。随后把大家让到二楼，先喝茶后吃饭。大掌柜不断地表示谢意，范掌柜摆摆手说：我跟定山像兄弟一样，这次出这事，我还想着咋帮他呢，今天这点儿芝麻小事感谢个啥！范掌柜指挥着跑堂的放好稀饭桶摆好大蒸馍，每桌四个下饭菜，说道：大家尽饱，吃不够就要！

正在这时，龙定山上来了，看到这个场面，双手抱拳对着范掌柜说：大哥，事先没打招呼，给你添麻烦了。

范掌柜接口说：不说不说，你出这么大的事，甭说今天，就是以后铺子议事，生意筹划安排，人多人少，尽管到这儿来，你就把大哥这儿当作你临时办事的地方，大哥还想给你帮大忙呢！

龙定山听了眼睛一热，但他很快镇定了一下说：大哥，今后少不了麻烦你。

范掌柜说：跟我，你也说麻烦？兄弟，无论多大的事，气要正，心要稳。你也先吃一点儿，再商量事，我还得招呼底下。说着，就下楼去了。

不一会儿，让堂倌给龙定山端来一海碗热气腾腾的海烩三鲜。

众人吃喝完毕，都在二楼坐好，等着老掌柜上来。

龙定山在给大家说话时，没有埋怨斥责任何人，也不谈损失不提欠账，只是简单几句话，铺子必须马上在原地建起来，这几天，大家要不辞劳苦，黑明大干，力争早一天开业。这期间，请匠人买木料购置砖瓦沙灰，以及吃饭喝水等等一切事务，统由大掌柜安排。龙定山说完，大掌柜做了详细布置。

一顿早饭过后，隆丰福的上上下下人员从老掌柜那儿获得了信心，也鼓起了勇气。根据大掌柜的安排，每个二掌柜各把一关，其余相公和伙计各司其职，全体人员又像原先在铺子里做买卖时一样，风风火火地干起来了。

中午吃饭的时候，店铺底摊已经清理出来了。二十多个人拆的拆，拉的拉，装的装，不用催不用喊，个个干得热火朝天。老掌柜早晨的几句话让他们明白：这场大火，烧了门面，烧了货物，可老掌柜的心气不倒，隆丰福垮不了，隆丰福要以新面目重新红火在钟楼根儿下！

过火的木料和砖瓦被拆挖后堆在一边，焚烧的垃圾由十挂马车拉到城外，晌午刚过，木泥工匠陆续进场，新的木料、砖瓦、沙灰、席箔、胡基、胶泥、麦秸也渐次到位。大掌柜从绸缎庄借来一张桌子两把椅子，与账房先生一边指拨人员安排施工，一边验货付款解答疑难。大掌柜又差人购置汽灯马灯挂在四周，看来，晚上也不能停点了。细心的账房先生给大掌柜提醒道：立马派人到东木头市把隆丰福的大牌匾重新刻好，房一盖好，就先把牌匾挂上。

大掌柜一听拍手说：哎呀，你不提醒，差点儿把这个大事给忘了，我立马派人去办！

龙定山下午来过一次，看到现场有条不紊的情景，只是跟大掌柜低声交谈了一会儿，又匆匆忙忙地离开了。他对大掌柜领会自己意图的能力和现场应对调配能力，是充分信任的。这几年，正是有了大掌柜的悉心料理，精心谋划，龙定山的创业思路才能步步为营，节节取胜。因此，龙定山是把大掌柜既当作事业的顶梁柱，又当成自己父辈来尊重的。

这位大掌柜姓李，名万禄，长安县西高桥人氏，是当地一位有名的秀才。虽饱读诗书，写得一手好字、好文章，却屡试不第，只好在家乡开个私塾，带了十来个学生维持生计。有一回，龙定山去户县办事，下午回来赶不到家，晚上借宿在一亲戚家。亲戚家隔壁当晚三兄弟跟父母闹分家，为田亩农具住房谁多谁少吵成一团，父母跟娃他舅调停不了，只好再请一位说话人来从中说合。

当时正是忙罢，天长夜短，屋里嫌热，几条板凳一壶茶的说合会就在院子里进行。一位老者引着一位四十多岁，穿着长衫清瘦的先生进来坐下。不少乡党围过来观看，龙定山也站在人群中间。老舅先说几句，无非是家和万事兴，兄弟同心其利断金的老一套，三个外甥一个看地，一个望天，还有一个在抠指头，老舅一看老调重弹无人赏识，立马知趣地把说话权让给这位请来的长衫先生。

先生望了一眼要分家的三兄弟，发现三个人里有两个是自己教过的学生，立马心里就有了主意，说道：分家在农村是常事，但要分家，总要先有个道理。三兄弟先一个一个说说，为啥要分家。老大先来！

老大是先生的学生，见先生点自己，心里就有些发虚，先生刚进来，自己没有招呼，就觉得失礼，又叫自己在大庭广众之下先说，也有些怯场。因此，刚才的蛮横劲儿一点儿都没有了，低着头半晌不吭气。

先生说：老大不说话，看来是老大不想分，分家的主意是不是老二提出的？

老二也是先生的学生，因为背书背得好，在学堂念书时，先生经常夸赞他。一见先生把罪责压在自己头上，老二慌忙辩解：不是我，不是我，我不想分家。先生把声音提高了一点儿：那就是老三！

老三今年才十二岁，一听先生说自己，吓得哇的一声哭了起来：我啥都不知道，咋能是我嘛！

先生心里明白，此事根子在老大，解决的突破口在老二。他喝了一口茶，缓缓地说：都说不想分家，却又闹着分家；闹分家，却又说不出要分家的理由，不知这闹字的背后是个啥字。姜东民，你把在学堂里学的弟子规从头背一段！老二听见先生叫自己的大名，立马规规矩矩站起来，双手下垂，目视前方，朗声背诵起来：

弟子规，圣人训。
首孝悌，次谨信。
泛爱众，而亲仁。
有余力，则学文。
父母呼，应勿缓。
父母命，行勿懒。
父母教，须敬听。
父母责，须顺承。

姜东民背诵得声音洪亮、吐字清晰、琅琅悦耳，但后边两句声调却明显低沉，似有哽咽。

先生把手一摆示意停止，提气扬声问道：何为首孝悌，次谨信？

姜东民低声答道：孝敬父母，顺从兄长，做事小心，说话诚实，讲究信用。

你做得如何？先生问道。

姜东民停了半晌，带着哭腔回答：学生没有做好！

先生紧逼不放：既然知道做得不好，如何好自为之？

姜东民边哭边说道：圣贤为上，父母为上，尊上爱下，学以致用。

先生说了句好，转过来再问老大；姜东义，你再背诵一段《论语》中的子游子夏问孝。

老大像他兄弟一样，面向老师垂手端立说：离开学堂多年，圣贤之言都忘了，先生的教诲也都淡漠了。子游子夏问孝一段，我实在想不起来了。

先生又叫姜东民背诵。

姜东民背诵道：子游问孝。子曰：今之孝者，是谓能养。至于犬马，皆能有养。不敬，何以别乎？子夏问孝。子曰：色难。有事，弟子服其劳：有酒食，先生馔，曾是以为孝乎？

先生问道：圣人之言，如何理解？

姜东民恭敬地答道：圣人说，现今说的孝，只是局限于对父母的供养。然而就是狗和马，也都能得到人们的饲养，如果对父母没有孝敬之心，那么，供养父母和饲养狗马有什么区别呢？圣人又说：难得的是儿子经常保持和悦的脸色。有事的时候，儿子替父母去代劳；有了酒食和饭菜，供父母吃喝，这难道能叫作孝吗？

先生道：东民书背得不错，理解得也很好。学圣人言，应该立君子行。言行不一，似为小人。父母生我养我，对每个人都是功劳第一，这个情这个恩，一生一世都报不完。小的时候饥了渴了冷了热了，头一个想到的就是爸呀妈呀；受了欺负遇到危险，第一声喊的就是妈呀爸呀。为啥翅膀刚一硬，不是思谋着咋样孝敬父母，咋样让老人心平气顺，安度晚年，而是嫌父母拖累，嫌父母不公，甚至亲兄弟刀棍相见，恨父母如恨仇人！这样的儿子，今后谁还敢生敢养，这样的门风流传下去，那一个家庭的老人还能有人养老送终？

先生的一番话如乱鼓擂心，如惊雷震耳，在场的人听了，有的如芒刺在背，有的如刀子剜心，有的如块垒吐出，有的如醍醐灌顶。老大老二羞臊得几乎要把头钻到裤腰里去了，人群里有人叫好，有人叹息，有人饮泣。

先生略顿了一下缓缓说道：圣人把仅仅供养父母吃喝，儿子对父母经常保持和悦的脸色，有事的时候，儿子替父母代劳，等等，都还认为不能完全算作孝，那么，什么是孝呢？以我的理解，孝是一种发自内心真诚的尊重、真诚的爱戴、真诚的顺从，是精神的依赖、是永恒的怀念。一句话，对父母和父母同辈及以上的老人，一切行为发自内心，一切行为和心理出自真诚，一切都应该真正出自自觉自愿的爱和敬，顺和念。这才能算作孝。孝，外表看起来是一种行为，实质上是一种精神，是一种修养，是一种传统。它是一个家庭，一个家族，一个地区，其实，也就是咱们中华民族，观念、信仰、教育、习俗精华凝聚的结果。

看到大家静气凝神在倾听，先生接着说道：当然，不能一概而论，说分家不对，兄弟们长大了，娶妻生子分开另过，各人按各人的想法过自己的日子，也不能说不对。但做人首先要想到孝悌二字，也就是对父母如何尽孝，对兄弟如何爱护帮助。不把这个放在首位，不思父母难处，不管兄弟弱小，不尽人子之孝，只为自己贪占财产，只顾个人自在安逸，这种行为与禽兽何异？俗话说，清官难断家务事，家事最难是分家。你们老舅都没有解决的分家事情，我也给你们断不了，老大，老二，你兄弟俩跟你父母好好商量吧！

先生对两兄弟说完，转过身对站着的乡亲们说：各位乡党，俗话说，看戏是高台教化，读书是益智修身。孝悌谨信、仁义礼智是做人根本。奉劝各位，种地收获不要忘了叫娃念书识字，耕读方可传家兴业，育人才能光宗耀祖。家里有了读书明理、孝悌谨信、仁义礼智的后代，才是咱庄稼人修来的最大的福分！一席话说完，先生朝大家拱一拱手，拂袖而去。

李先生的一言一行，龙定山看得听得十分真切，自己也很受教益。特别是对李先生，他认为这个人有学识，有谋略，会说话，能办事，是自己期待已久的事业帮手。第二天，他专门拜访了李先生，说明了来意，希望先生能够随自己进城辅佐事业发展。先生听了来意，很平静地说道：我走容易，可我的这十几个学生咋办？受人之托，解惑授业，为师者怎能为一己之私而失信于人？

龙定山道：先生高风亮节，顾全大义，让后生钦佩不已。学生之事，我想，先生一定可以举荐出接替之人；失信于人一说，先生未免过谦。定山不才，刚刚接手了岳丈的生意，急需诚信君子共创大业，有先生帮扶，一定能够实现这个宏愿！

先生说：此事容我再思量思量，不必过于勉强。

龙定山拱手道：定山自然不敢勉强，先生再做思量，过几天，我再来登门相请！

以后又过了八九天，定山再来，先生见定山诚恳，口头上才答应下来。半个月后，定山雇车将先生接到西安。此时，隆丰福在钟楼根儿下才只有一间门面。

店铺重建工程进展十分迅速，开工第二天上午，龙定山再到现场，五间门面的砖包柱都已立了起来，中间和二楼上边的木圈梁已经就位，木工们正严丝合缝地给二楼铺楼板，后面库房和作坊也开始动工。龙定山发现有几根大檩和一些椽条是旧的，甚至还有一些是过火的，他刚要问是怎么回事，大掌柜告诉他：四根大檩是鸿运楼范掌柜派人送来的，他的二掌柜同时还送来一千块银洋；杨文承杨掌柜亲自送来三千块银洋，周围的铺子，有送五十的，也有送八十的，天锡楼和天顺堂也都送了礼。

龙定山说：一笔一笔详细上账，以后好好酬还。

问到过火木料，大掌柜告诉他：这是叫人在废料中挑出来的，能省一个是一个。

龙定山再没有说话，围着看了一圈，对大掌柜说：大家都辛苦，饭一定要吃好。

大掌柜把老掌柜送到路边说：今天有个开杂货铺子的掌柜拿来一件皮大衣筒子硬要卖给咱。他说，前天后半夜一个人精尻子披了件羊皮大衣筒子到他店里，要拿皮筒子换一身单衣裤再要几个银洋，他看着可怜，给了那人一身单衣三个银洋，小伙子一路向东走了。大掌柜说：我看皮筒子上盖的咱的章子，是咱柜上的货。那人介绍的小伙子像是龙二掌柜。

龙定山急切地问：他没说定洋到啥地方去了？

大掌柜说：那人含含糊糊地听说可能是寻他哥去了。

龙定山以拳击手：找定海去了，这么远的路，他能寻得见吗？现在撵也撵不上了。也好，让他闯闯去吧！

大掌柜在鸿运楼订了包饭，早上和中午饭送到现场，干的稀的尽饱吃，中午每人两荤两素，晚上到饭庄吃桌饭，四凉四热一个汤还有酒，吃完再干到鸡叫二遍才收工，收工还有一顿浆水面。收工后统一住在跟前的一家旅馆里，天刚一放明，立即又把大家吆喝起来吃饭上工。匠人们都明白，这是主家赶工期等着开门呢，工钱给得不少，吃喝安排得没啥弹嫌，累一点儿，紧一点儿，他们也不在乎。

大掌柜给匠人们敬酒的时候说：酒喝好，活做好，这两天辛苦大家了，不要嫌我催得紧，铺子重建起来，咱放开好好喝一场！

隆丰福店铺失火以后，南大街上的另一家宏顺兴成衣局生意红火了起来，这家名字叫得很大的估衣铺，其实就是两间小门面，老板是安徽宿州人，姓闫名春德，是个个子不高精明干练的生意人。

闫掌柜来西安已经五六年了，从摆地摊儿干到两间门面，应该说生意不错，但闫掌柜并不满足，他想坐西安成衣市场的第一把交椅。之前，他非常眼红隆丰福中山大街正中的地理位置，多次找地皮商周掌柜，请他在中山大街的好位置里给自己也找两间门面房，周掌柜哼哼唧唧地答应了，但把这事并没有放在心上。这次隆丰福一着火，闫掌柜到现场看过后简直高兴坏了，回过身就找周掌柜说：这一场火可能就再没有隆丰福了，这个地摊子该给我了吧！

周掌柜看着这个幸灾乐祸的家伙狡黠地说：给你可以，两层楼你盖，租赁费在原价上提高一成，先交五十两押金。

闫掌柜一听，像被咬了一口似的，急忙说道：我先盖四间平房，一年半载之后再加盖二楼，房钱就不要动了，还按原来的好不好？

周掌柜一转身回过头来说：你还弹嫌啥呢，我屁股后边跟了好几个要这地方的，算了，等你筹划好了再说吧！转身就走。

闫掌柜一看这家伙商量不成，单怕失掉这个难得的机会，急迈两步追上周掌柜，咬了咬牙掏出一张五十两的银票交给他，说了句：一言为定，改天写协约！就又兴奋又心疼地回铺子安排去了。而周掌柜则立马安排人给龙定山送了一封终止协约的信札，并为了躲避隆丰福的人找他，套上车借口回富平走亲戚去了。

闫掌柜回到店铺，把自己能动用的活泛钱，算了一下，又把开工建门面的工钱、料钱大概筹算了一下，感觉有点儿吃紧。不过，他立即勾画了一个东挪西借的计划，并准备实在周转不开的时候，先把两间门面租出去。

第三天下午，闫掌柜躺在躺椅上，正在为自己勾画的蓝图悠然自得时，一个在柜台前看货的人对另一个同伙说：还是隆丰福的势大，一把火烧完了，“噌”的一下，铺子又搁起来了！

闫掌柜一听，一下子从躺椅上跳了起来，瞪大眼睛问：你说啥，隆丰福怎么啦？

那人说：简直神了，前天夜里着的火，今儿个就又把五间门面连二层楼的架子搁起来咧！

闫掌柜一听，脸的颜色立马变了，急忙勾鞋戴帽子，三步并做两步走，来到隆丰福的火烧现场。过火底摊上六排五间清一色的砖包木立柱直插二楼，二楼的楼板已经铺好，屋脊的大梁已经安放到位，一截大红的绸子缠在最高的大梁上，那是为上大梁挂的红。十几个工匠在梁上地下忙碌着，隆丰福的相公伙计都在周围打下手，眼看着这新门面很快就能竣工开门了。闫掌柜心里像倒了五味瓶，酸的苦的辣的一起泛了上来，他有些喘不过气来。慢慢地转过身擦了一把汗，抬头看见了隆丰福的大掌柜，急忙走了过去。大掌柜见了闫掌柜立即起身招呼。

闫掌柜问：你们还要在这儿盖门面？周掌柜不是说，你们干不成了吗？

大掌柜笑着说：协约还有一年多，不欠房钱不违约，周掌柜凭啥不让我们干了！

闫掌柜尴尬地笑笑：那是！那是！然后木呆呆地转身走了。他去找周掌柜，家里人告诉他：周掌柜回富平去了，五六天以后才能回来。

门面重建的第五天，房顶已经开始坐瓦，山墙开始粉灰，油漆匠开始刮泥子打磨表面，刷头遍漆了。而室内顶棚已经扎好，墙面粉刷过两遍，挂样品的钉子条板也已钉好漆好，青砖地面开始清扫，定制的货架铺柜高凳子低桌子已放到门口，更让人提气的是，隆丰福的黑红描金大匾已经悬挂到二楼的房檐底下了，在一溜儿六个大红灯笼的映衬下，三个楷书金字显得更加耀眼夺目，看到大匾的人，都会不由自主地念一声隆丰福三个字。

龙定山这几天一直都带着主管进货的二掌柜姜东民在组织货源，那些供货商看到隆丰福重建的气势和速度，心里都吃了定心丸，不但不提货款的事，还积极给他提供新样品，这让龙定山心里很是宽慰，短短几天，不仅门面里的样品和货架上的备货齐全了，就是库房里的批货也都充足了。作坊里的工匠暂时以修补火灾中抢出来的那些过火成品和半成品为主。看着即将完工的门面，一个热闹的重新开业仪式，已经在龙定山心里形成了。

宏顺兴的闫掌柜回到自己的店铺里坐卧不宁，逢人就发脾气，对买主也待答不理，时不时还摔东西踢板凳。相公们弄不清他为什么事不顺心，可知道他又犯毛病了。私下议论说：这是掌柜的身上那股邪气没出来，他一去找金吉岭的潘肥桃，保证就好了。

西安的金吉岭是城南一条不起眼的长巷子，说是不起眼，只是位置偏僻，离大街较远。巷子正南正北，两边两排整齐的各色小楼，家家灯红酒绿、笙歌缭绕、车水马龙，每家都挂有一个名字香艳的牌匾，什么倚翠楼、粉香院、暖怀阁等等，里头不时传出推杯换盏、打情骂俏的声音。正经的老百姓没有特殊事情一般都不从这儿走，整条街上都是硬轱辘轿车碾在青石条上过来过去的声音。闫掌柜到这里来一般不坐车，长袍马褂戴一顶礼帽，悄没声息地顺着路边急行，然后闪进绮艳村。绮艳村在巷子的北头，有一个粉头是他的安徽同乡，花名叫潘飞飞，因为长得白皙圆润，形貌清新可人，外边人都叫她潘肥桃。

这个潘肥桃年轻的时候绝对是个大美女，五官周正，身材颀长，两只勾人的眼睛，一朵香艳的红唇，曾经把多少高官巨商名士豪杰纳入她的石榴裙下。现在徐娘半老，声名大不如前，但收罗像闫掌柜这样的精明吝啬之徒，她不仅还有巨大的征服力，而且显然是这伙人的绝对领袖。

看见闫掌柜掀开竹门帘滑了进来，潘肥桃放下手中的扇子，拿起一块西瓜，边吃边问：闫哥哥平时都是昼伏夜出，今天大红的日头，怎么能舍下你的生意？

闫掌柜灰头土脸地答道：受人欺负了，无心做生意！

潘肥桃用绢头揩了揩嘴，缓步走到闫掌柜身边坐了下来：谁如此大胆，敢欺负我家哥哥！说着，就在闫掌柜脸上咂了一口。

小丫鬟送上茶，闫掌柜吸了一口，叹了声气才说：钟楼根儿底下的地面，我把定金都交了，别人又在底摊上盖起门面了，弄得我鸡飞蛋打！

潘肥桃在他背上拍了一下，站起身来说：我当什么事，为一块儿地，你们也争风吃醋！

闫掌柜睁大眼睛瞪了潘肥桃一眼睛，发急地说：这是什么争风吃醋，这明明是从老子嘴里夺食嘛！

潘肥桃不高兴地一扭身子：你给我当老子，我给你当老娘！

闫掌柜一见，急忙赔笑脸说：你当娘我当郎，咱们两个拜花堂！说罢，朝着潘肥桃弯腰打了一拱。

潘肥桃坐下来问：是谁跟你作对呀？

闫掌柜坐在她的对面，带气地说：就是隆丰福的老掌柜龙定山！

噢，是隆丰福呀，那铺子不是在钟楼根儿下吗？潘肥桃不解地问。

烧啦，烧光了，隆丰福一夜之间全烧光了！就是因为它烧了，没有了，我才要那块地皮呢，定金都交了！闫掌柜咬牙切齿地说。

潘肥桃刚明白又不明白了：既然它烧了，你把地皮的定金都交了，他跟你争什么呀？

闫掌柜气得两手一拍：鬼晓得，两天不见，人家又盖起来了！

潘肥桃听得脑子发涨，不耐烦地问：你说得像一盆糨糊，我不听了。想要我帮什么忙？

闫掌柜凑近她低声说：把隆丰福从这块地上赶走！

潘肥桃想了一下说：我试试看，事成之后怎么办？

闫掌柜眼睛盯着她，狠狠地伸出两个指头；二十两！

潘肥桃撇一撇嘴：这是老娘一条骑马布的钱吧！

闫掌柜无可奈何地伸出一个巴掌，潘肥桃眼睛挤成一条缝，扭着屁股走到闫掌柜跟前，又在他的脸上咂了一下，闫掌柜也不失时机地把伸出的那个巴掌插进她旗袍开衩的里边去了。

又是一个晴空万里的早晨，粉刷装饰一新的隆丰福五间店铺像一个穿戴整齐盛装待发的新娘一样，静静地矗立在玫瑰色的晨光中。新油漆的铺面门板油黑乌亮，六个立柱朱红亮丽，二楼飘窗的一溜儿青绿竹帘显得生机盎然，椽头上金黄色的卍字套头更像是一排黄金元宝。尤其是店铺两端红柱上的一副颜体大字对联，把这隆丰福几天来的生死轮回说得一清二白、一目了然；

浴火方为金凰凤
灭顶才看隆丰福
横批：一如既往

店门虽然没有开，但作坊里的四个大案子周围已经坐满了人，隆丰福的全体人员都到齐了。虽然经过几天昼夜不停地苦战，这些人有的是小工，有的是采购，有的是监工，有的则是送饭送茶、传话打杂的跑腿，但一个个认真负责一丝不苟，这一点让大掌柜十分满意。现在，他正在一一评点几天来的工作，并指出今天开门尚待完善的问题，各门的掌柜、作坊的把式、账房先生坐在前头，相公、裁缝、库管、伙夫都按自己业务的小摊摊挨着坐，一个个脸上洋溢着兴奋期待的神情。

龙定山早就到店铺里来了。他从门外到门里，从楼下到楼上，看到一切都安排得井井有条，货物摆放得次序合理，连厨房茅厕这些琐碎小事都无一遗漏，他就不必再给大家说什么了，只等着大掌柜把开业前的事情安排完就开门了。

昨天晚上，在鸿运楼的酬谢酒席上，龙定山面对十几位在隆丰福发生火灾时给予大力帮助的真诚朋友，或者受了连累仍无怨言友好相处的店铺掌柜，以及本店铺的三十多位同人，作了一番感情真挚的讲话，动情处言哽语塞，不能自已，所有在场的人深为他的真诚所感动，许多人眼酸喉咽，跟着老掌柜涕泪长流。

龙定山最后说：生意人这一辈子辛辛苦苦忙忙碌碌，在为啥呢，除过挣钱，其实就是活人呢！这个活就是以心换心，就是相互信赖，就是支持依靠，这个人就是自己的好朋友，就是我们店铺的好邻居，就是我铺子里的好相帮！自己活下的人，平时也许觉不出来，一旦遇到大事，不用声张，全都来了，这一次就是最好的证明。没有你们这些朋友、同人，这次大难，无论如何，我都扛不过去，绝对是死定了！所以，有人对我说，你现在有钱了。我对他说，我不但是有一些钱了，更是有一伙贴心贴肉的朋友了，这是比钱财更重要更宝贵的财富！这是拿钱买不来的。大恩不言谢，我的心迹都在这一碗酒里了。说完，端起桌上的一碗酒一饮而尽。

二楼大厅里六张桌子前坐着的人们鸦雀无声，人人都思忖品评着龙定山说话的味道。鸿运楼的范掌柜站起来说道：定山说得好！人常说，做事先做人，做人先活人，尽管说，世上的人维不完，但我们一定要能维多少维多少！为了定山这一席话，为了隆丰福东山再起，让我们一块儿喝一碗！

五六十只酒碗同时一饮而尽。

日头刚刚摸上树梢，隆丰福门面前就响起了震天动地的锣鼓声，一阵激越的霸王槌城过后，如丝如缕细声慢气的终南丝竹又飘了起来，像秀女吟唱似仙娥群舞，听得人如饮稠酒如品佳茗。人行道前里三层外三层挤满了围观的人群。两支乐队各有二三十人，鼓乐队高擎红缎大门旗，上写东贺村霸王锣鼓。十面大鼓中鼓一字儿排开，大铙小铙响锣堂锣帮衬在旁，一个个红黄头巾甲衣红带，赳赳气势虎虎生威，让围观的人看了，一阵豪气油然而生。

终南丝竹则是一面黑底红边的竖旗，上书终南乐社四个明黄色隶体大字。二十多个人全都坐着椅子，清一色的瓦楞黑帽灰鞋皂袍。在霸王锣鼓惊天动地狂吼的时候，他们一个个静若处子手持乐器端坐不动，锣鼓一停，他们一个个如通上电源的机器，手嘴并用胳膊上下左右挥洒自如，身子则随着曲调轻轻摆动，有的甚至闭上眼睛，完全沉浸在一种忘我的境界之中。

一粗一细、一强一弱、一阴一阳，在这里得到完美的展现，也产生了一种奇异热烈祥和温馨的喜庆气氛。这是龙定山和大掌柜特意安排的开业庆祝仪式。

眼看着阳光洒满五间门面，大掌柜给鼓乐指挥一个手势，鼓乐立马变换成一通开天门迎仙鼓。短暂的鼓声刚停，四根大竹竿各挑起一挂九万字头的大红鞭炮，像炸雷一样地响起来。大炮沉稳震动，小炮清脆炸响，隆丰福门面像过年一样热闹风光！就在这时，隆丰福的五间门面的门板同时卸开了，五个二掌柜同时把手里的算盘晃得哗哗响，每个门面各有两位相公站在门口向大家拱手致意：开门大吉、万事如意！许多人呼的一下从五个门面同时拥了进去，锣鼓和细乐同时又响了起来。

就在此时，一个兵长模样的人带着四个兵丁挤进了门面，一个兵丁高声喊道；谁是龙定山？谁是龙定山？

顾客们一看当兵的上门，都知道没好事，纷纷从铺子里往外出，哗的一下，里边除了相公掌柜的，就没人了。

大掌柜急忙迎上来：长官，有何事？

一个兵丁问：你就是龙定山？

大掌柜赔笑着说：龙掌柜不在，有事请跟我说。

兵丁说：跟你说不上，叫龙定山！

大掌柜一看来者不善，一边急忙招呼兵丁们坐下，让相公上茶，一边揣测对方的来意：不知找我们龙掌柜有何贵干？

让他跟我们到督军府走一趟！兵长模样的人蛮横地说。

龙定山这时已经站在门口，看着大掌柜招呼询问，就没有吱声，一看这些兵坚持要找自己，知道又有麻烦事了，于是主动上前说：我是龙定山，不知是谁找我？

兵长看着龙定山不相信地问：你是龙定山？

龙定山笑着答道：我是龙定山。

兵长说：龙定山，好，绑了！

大家一听要抓人，呼的一声围了上来。

兵长一看把枪栓一拉：谁敢动！绑了！走！

人们让开一条路，四个兵丁押着龙定山朝门外走去。

围观的人们刚散开，龙定山家里的老妈子急匆匆地跑来说：内掌柜去世了！

第 三 章

龙定山被抓走的消息，鸿运楼的范掌柜不到一会儿就知道了。

他正在给隆丰福为庆贺重新开业宴请本地商会、行帮的来宾准备中午的酒席。一听这个消息，解下围裙就往外走，刚走两步又停了下来，他想了一下，又折回账房在太师椅上坐了下来。范掌柜是个外粗内细的人，他本来直接要去找巡卫营的把总把人要回来，忽然一想，能在开业的节骨眼上来抓人，肯定上面是有人物发了话的，到巡卫营，肯定是白去，那么，谁能拿住这个事儿呢？范掌柜脑子迅速转了起来。就在这个时候，隆丰福的李大掌柜进来了。

范掌柜连忙站了起来说：我都知道了，请坐。

李大掌柜边坐边说：听说督军带兵出去了，这是督军手下的一个学监下的签子，姓啥不知。

范掌柜向前一探身问：为啥事？

李大掌柜抿了一口茶说：说是大火把半个钟楼熏黑了，破坏文物！

范掌柜一听就笑了：这不是硬在秃子头上寻虱子呢嘛！

李大掌柜摇摇头：这是有人在里头下蛆呢！

范掌柜噢的一声明白过来说：既然是这，我立马寻人，这是个啥事情！

二人正说期间，五味十字天顺堂的宋先生进来了，一见二人就说：正好，正好，二位都在，没跑冤枉路！

范掌柜哈哈一笑说：吃的穿的看病的来齐了，这事没麻达咧！

宋先生落座后展开纸扇摇了摇说：我打发人问了，定山人在巡卫营，抓人的根苗就在重盖这几间门面房。

两个人才恍然大悟。宋先生继续说：这房肯定撞磕了哪个人了。不然，学监咋能管到这儿呢！

范掌柜问：督军知道不？

宋先生说：我想，这个小事情一般不会惊动督军的。另外，督军也没在省城。

大掌柜问：宋先生还有啥办法？

宋掌柜说：我想寻一下督军的卫士长。

范掌柜说：这人我也熟，要不，咱俩一块儿去！

宋先生笑着说：这样最好！三人商量了一下对策，分头准备去了。

龙定山于当天下午天快黑的时候就被接了回来，人倒没受什么罪，只是情绪非常低落，面对来接他的朋友和自家人，尽管仍然保持着笑容，但都能看出来，那是很勉强的，一种安慰别人的笑容。这个时候，龙定山还不知道妻子香梅病逝的消息，他只是为隆丰福被看不见的几只手掐着脖子几乎窒息的现状而痛苦。

七八辆洋车直接把人拉到鸿运楼，被范掌柜安排到二楼一间两张大桌子的包房里。李大掌柜在喝酒之前站起来说：都是知己人，我先代表东家说几句。人常说：祸不单行，这场火灾给隆丰福造成了一系列的麻烦，感谢各位鼎力相助、热心奔走，我们东家遇难呈祥。隆丰福虽然遭人挤兑，但隆丰福不做亏心事，这块牌子是亮的。隆丰福绝不会因为这一点儿坎坷倒下去，隆丰福今后只能做得更好。我相信，大家很快就能看到一个新的更红火的隆丰福！

李大掌柜的话，不仅是说给大家的，更主要是说给龙定山的。因为他知道，这时候的龙定山是最需要鼓劲的，外界也非常想了解隆丰福的态度，他这样说是有用意的。大家对李大掌柜的一番话，发出一片赞叹声，对隆丰福的今后，心里也有了底。

天顺堂的宋先生说：李大掌柜的话，实际上就是我要说的话。做生意就是在大风大浪里行船，灾灾难难不可避免，心气要在，骨气要在。天顺堂都几百年了，啥世事没见过！

杨文承作为龙定山的结拜兄弟，对大哥近来的遭遇有着切肤的痛惜，他站起来有些激动地说：大哥，火烧也好，劫财也好，只能让人疼一下，很快就会过去，只要有人在，咱的事业就在，一切都能重新开始！

范掌柜接口说：文承说得好，这一辈子谁没遇到过沟沟坎坎？老人们说过，没有过不去的山，没有过不去的河，摊上了，遇上了，牙一咬，过去了！定山，心放大，今儿黑回去睡一觉，明个再重来嘛！

大家七嘴八舌地又劝说又鼓励，唯恐龙定山一时想不开，有个三长两短的。是啊，一个人怎么能在几天之内连续承受这么多的罪孽：店铺失火、夫人病故、本人被抓、巨额赎金等一连串的打击呢！

酒过三巡之后，龙定山端着酒杯站立起来，他微笑着对大家说：今天早上俺的大掌柜给门面写了一副对联，上联是：浴火方为金凤凰，下联是：灭顶才看隆丰福，横批是：一如既往。这副对联写得好。开始，我以为这就是隆丰福的写照，也是我的心声。但是，直到现在，我才稍微明白这副对联的真实含义了。过了一次火的隆丰福，并不是灭顶，更谈不上是金凤凰。灭顶是火灾之后随之而来的一系列打击，这些打击由火灾而起，却比火灾的打击更猛烈更残酷！我现在正处在这个更猛烈更残酷的阶段，这可能才是灭顶阶段。

龙定山停顿了一下，把手里的酒一饮而尽，沉痛地说：隆丰福现在可能就是要灭顶了，因为，尽管大掌柜给人家交了五千银洋，可最后放我出来的条件是，隆丰福不能在这新盖的门面里做生意了。

大家听到这里，都惊呆了，连大掌柜、老范、老宋他们都没想到，事情结果竟然是这样的！

龙定山缓缓地说：火灾之后的事情，我根本就没有想到能是这样，现在，我才知道，隆丰福这时候像在黑地里挨打，光知道有人打你，可你不知道谁在打你，自己有劲儿用不上，有苦说不出，只能干受着。现在，我告诉大家，隆丰福是干不成了，隆丰福真的要灭顶了！

杨文承激动地站起来说：咱们告他去！

龙定山说：兄弟，这个我也想过了，恐怕有人就等着咱们打官司呢，一打官司就要再花大钱，这一伙吃肥了，咱还不一定能打赢。现在，只能退一步，盖好的五间门面不要了！

听着龙定山的话，宋先生回忆着上午到督军府去的情况。

他们三人一起去找卫士长，卫士长随督军外出了。宋先生提出再找一个军需长，这个姓马的军需长倒是在处里坐着。这个马军需长，外号马大牙，平时最爱管一些沾钱过利的闲事，听了宋掌柜的叙述，一口把这事承揽下来，让勤务兵给三位倒茶，他去找关系说话去了。

足足有两个时辰，马军需长回来了。一进门就叫苦：哎呀，人进了大牢啦，罪不轻呀，我跑上跑下，托人说情，总算把这事疏通了，看我的面子，要一万银洋！

一万银洋？三人一听，像被蝎子蜇了一样，都从椅子上跳了起来。

一万你们还嫌多呀？听说要杀头呢！

李大掌柜问：到底是个什么罪名嘛？

罪名多了，破坏治安，毁坏公物，欺行霸市，扰乱流通秩序，擅自大兴土木，聚众阻挠传唤，等等。马军需长龇着被烟和茶熏黑的大牙，嘴巴里忙不迭地吐出了一连串的罪名，后面又补充了一句：还有一个私放纵火犯的罪名没写上！

宋先生一听就知道，这家伙了解一点儿底细但拿不了大事，想靠这事给自己弄点儿钱，于是说：你的哮喘毛病夏天就得治，我给你先攒一服药，你先吃，我再给你熬几张膏药贴一下，保证叫你今冬里不受罪！

宋先生笑着又说：刚才你说的钱的事，要得太多了，大火把铺子烧了，又重盖了一回，拉了一屁子的账，咋能拿得出来嘛！你也不要为难，实在不行，我找督军太太去！

马大牙一听宋先生要找督军太太，有点儿发慌，急忙说：我再去说一说，看能不能再少一点儿。说完就又出去了。

马大牙来回跑了好几趟，最后告饶说：实在降不下来了，最低五千！李大掌柜知道，再压他，结果可能要变，就一口答应五千，但条件是立马放人！马大牙又跑了一趟，回来答应见钱放人！李大掌柜当即掏出银票递给马大牙，然后一起到皇城北门外等了一会儿，龙定山就被送出来了。

宏顺兴的闫掌柜如愿以偿地搬进隆丰福盖好的五间门面房里。闫掌柜把宏顺兴的大牌匾挂在原来隆丰福牌匾的地方。开业的时候，整个店铺张灯结彩，鞭炮齐鸣，不少朋友前来祝贺，潘肥桃也领了一班金吉岭的粉头们赶来凑热闹。富平人周掌柜也参加了宏顺兴在鸡市拐同来吃包的酒席，宏顺兴一时在钟楼周围红火了起来。

李大掌柜派人找了几次地皮商周掌柜，周掌柜避而不见。李大掌柜无奈之下写了一封信留给周掌柜，约请他当面把门面失火前后的事情谈清楚，周掌柜知道总躲不是办法，回了一封致歉信，附了一张一千银洋的银票，算是赔了不是。

龙定山看了信，叹了口气说：算了吧！这事先搁下！

龙定洋在失火那天跑出西安后，在官道上挡了一辆东去的拉货马车，一路上风餐露宿，半个月时间，出潼关到洛阳，又从洛阳找到偃师，终于在县城的一条小街道上找到了定海住的房子。然而房主告诉他：定海半个月前没吭气走了，还欠着半个月的房钱呢，让他先把房钱给清了。定洋一听头都大了，灵机一动撒谎道，我还是找他要钱的呢！你能不能告诉我，他到哪儿去了。房东一听就火了，说：去去去，我要能知道他在哪儿，还问你干什么？定洋没敢吭气，急忙离开了。

投亲不遇的龙定洋一下子就没了主意，摸摸口袋里仅剩的只能买两个烧饼的铜子儿，他茫然四顾，顿时不知该往哪里走。他蛮想找到二哥跟他闯一番事业，过个一年半载的给父亲和奶奶送个千儿八百的，让他们也知道定洋是有本事的。可现在，不仅事业干不成，连吃饭住处都没着落了，从小被奶奶惯着宠着的他，实在感觉到无路可走了。

太阳快要落山了，饥渴难忍的他买了一个烧饼狼吞虎咽地吃了下去，走到一家门开着的草房前轻声问道：有人吗？

一位五十多岁的大娘走了出来，看看他问：你找谁，你是哪儿的？

定洋低声下气地说：我是陕西的，想要一碗水喝。

大娘用陕西话问：你是陕西阿达的？

定洋带点儿惊奇地回答：大娘是陕西人？我是西安的。

大娘露出笑容说：我是华阴的，快进来，快进来！

定洋随着大娘进了屋，在一条板凳上坐了下来。大娘提了一个壶拿了一个碗，倒了水让定洋喝。定洋见大娘热诚，说了句客气话，就不客气地连喝了好几碗。

大娘问：小伙儿，你到爱师来干啥呢？

定洋见问，头上冒起汗来，有些不好意思地说：找我哥，可他不知道跑到哪里去了。

大娘说：哎呀，这你可咋办呀！

定洋站起来对大娘说：没办法，人又找不到，回又回不去，我也不知道咋办呀！大娘，谢谢你。说着就往外走。

你这娃，不管咋说，咱也算是乡党呢，我看能不能帮你忙，你倒是急着走啥嘛！大娘有些不高兴地说。

定洋听到这句话，立即返回又坐在板凳上。

大娘问他：你认不认得字？

定洋说：我不但认得字，还能写文章。

大娘一听高兴地说：那我给你找个事做，行不？

定洋满脸堆笑地说：行啊，是啥事？

等一会儿我儿子回来，我跟他说，听他说，他那衙门里要找一个能认字的跑腿送信的。

定洋一听大喜过望，连忙对大娘鞠躬作揖道：大娘，这事我能干，若能成，我可要好好感谢你呀！

大娘也高兴地说：成不成，还在两可，要等我儿子引荐，我主要是看见乡党亲切，也看你老实，想帮帮你。

后来，在大娘儿子的引荐下，龙定洋在爱师县衙门里当上了一个传差，尽管饷银少得可怜，但至少吃饭住宿有了保证。为了感谢大娘相帮引荐之恩，乖巧的定洋关饷之后，买了四样礼认了大娘为干妈，并经常以干儿子的名义过去看望。

龙定山隆重地为妻子举办了葬礼。他趴在香梅的坟头上放声地痛哭了一场，把最近以来的委屈、痛苦、郁闷、难言之隐，一股脑儿地发泄出来。他哭得激烈、哭得忘我、哭得真情、哭得动人，送葬的亲眷、朋友，看着听着无不落泪。不少人轮番劝他都没能奏效，最后，还是他奶奶和老岳母两位老人动情地哭劝，才将昏昏欲绝的定山扶上了车。定山大睡了三天起来后，整个人像脱了形，一种风吹欲倒的样子。大掌柜时刻不离左右，安排人伺候洗漱奉汤、进膳服药，自己则除了接待应酬之外，调动人员寻地方，选门面，谈价格，积极为开业做准备。不久，隆丰福的大招牌又高挂在南院门的一座两间门面的二层楼上。

龙定山平时很少到店铺里去，经营事务一般都是由大掌柜经管。他在屋里读读书，练练字，偶然出外走一走。外人看起来，他似乎很轻松，实际上，他在思考，他在观察，他正在为自己的经营寻找新的路子。大火之后，经过这一番争斗倾轧，他突然感觉到，自己这种你买我卖的门店买卖，是一种被动的经营方式，受制于供货商，也受制于买货的人。为什么不能跳出这两个受制于，进入一种主动的经营状态呢？可这又是一种什么状态呢？他为此经常睡不着觉，思考着新的模式，权衡着其中的利弊。

一天，天顺堂的宋先生来找龙定山，说是督军府的军需长马大牙有事想找他谈谈。龙定山没见过马大牙，但听大家说过这个人，对这个人没有好印象，碍于宋先生的面子，答应见一下。

马大牙来了之后，先是把自己五马长枪地神吹了一通，然后，就举例说，谁谁跟自己如何挣了钱，谁谁听了他的话，发了一笔财，最后问道：现在有一个机会，龙掌柜愿不愿合作一把？

龙定山勉强地问：什么机会？

马大牙故作神秘地说：一批军装！

龙定山心里磕腾了一下，他对生意找上门的事倒并不奇怪，只是这军装的制作，一下子撞到了他苦苦思索的神经上。他正视了马大牙一眼，问：单的棉的？数量有多少？

马大牙一看龙掌柜有兴趣，马上端起了架子：军队上的事，数量先不能说，只能告诉你，是棉袍。

龙定山知道他在卖关子，故意装作漫不经心的样子说：是兵士过冬棉袍吧，我知道。

马大牙紧盯着他问：你做得了吗？

龙定山笑了笑：成衣铺没有做不了的衣裳，就是看谁做的样子好。

马大牙说：先订一万件，啥价钱？

龙定山说：有啥要求？

大中小三个号，大襟侧扣，长至脚面，紧领上翻，深月白厚布面子，沿红边，中间腰带。

马大牙十分流利地报出规格、要求和颜色，显示出专业水平。

多长时间要货？

一万还要多一点儿，两三个月拿得出来？马大牙似乎话里有话。

时间不成问题，就看你啥时候能定下来？龙定山多少能揣测出对方的心思，有意说得很轻松。

报个价。这是马大牙最关心的问题。

龙定山偏不接招，为了把这个生意切实抓到手，他欲擒故纵地说：马军需长还可以再问问其他铺子，我是想先给你做几件样子，看上了再谈价。

马大牙一听认为这样最好，不过，他感觉这人与其他人有点儿不一样，心里已经对龙定山不再小觑了。

龙定山立即请来大掌柜和两位裁缝一起商量，龙定山说：两个问题。一是咱有没有能力接，二是做成啥样子。

大掌柜说：寻地方，买机器，购材料，都得一大笔钱。目前，库银吃紧，再者，一切弄齐，怕时间来不及。

张把式说：这么多的活儿，最少也得十台机子十台案子做两个月。

牛把式说：做倒不怕，关键是样子要定下来，材料要备齐。

大掌柜接着说：寻了地方买了机子弄了一河滩，这批活儿完了以后可干啥呀！

龙定山笑了笑说：这正是找大家商量的原因。对咱们来说，买进卖出的老方法，咱得换一换了。我想，今后要以加工为主，走出成品的路子，因此，我想拿这批活儿开个头。

老掌柜的这个想法好，牛把式首先赞同，他接着说：我以前在祥泰做活的时候，他就是光做光送，自己不外卖，生意也还凑合。可他只有两台机子。

张把式说：咱自己生产式样能出新，活还可往外走。

大掌柜说：这一下把我说灵醒了，这正是隆丰福要走的路。最近，街上的年轻人都在改旗装换新装，可店铺里卖的还是老式的旗装，不少人都是叫裁缝铺照着样子给改呢，我看，这对咱是一个绝佳的机会。

龙定山高兴地说：咱们想到一块儿了，所以，我想把这次军装作为一次积累资金和经验的机会，然后就专门批量生产衣裳。

大家一听都感觉眼前一亮，十几天以来的忧虑烦闷一扫而光。

大掌柜问道：军装这事把握到底咋样？

龙定山说：这事跑不了，我现在关心的是棉袍的样子，要拿上几个样子让他选，牛师、张师，你俩先画几个样子出来。

两天以后，二位把式画的六七个样子，以及龙定山画的三个样子，都放在桌子上。龙定山仔细揣摩对比，权衡优劣，又提出一些修改意见，让二位把式再改，他自己则突然想起去年冬天，定海从山西回来时穿了一件长袍，大翻领，从上到下对襟开口，穿脱很方便。当时他还笑定海：身子像个桶。定海指着自己的棉袍说：这叫皮大衣，白天是衣裳，睡觉是被子。定山灵机一动：做成棉大衣，当兵的穿起来不是更方便更实用吗！想到这里，他提笔就把大衣的样子简单画了出来。四天之后，三种样子的棉袍样品就送到马大牙的军需处，当然，其中一件就是棉大衣。

定山跟马大牙写了协约。当天晚上，杨文承来看干妈，也就是龙定山的岳母，吃饭的时候，定山说起军装的事情，准备出去买缝纫机。杨文承算了一下时间认为，从去到回，最少得一个半月时间，一万五千件加工得一个半月时间，这其中还不能要一点儿麻达。不如两手打算，一边选机子，一边找铺子谈加工。这样，两不耽误。

杨文承说：我去过汉口，店铺多，作坊也多，能加工服装的多得很。

定山说：你今儿个来得正是时候，这一番话太及时了，我想明天就走。

文承说：如果两手打算都准备好了的话，早去早回，带上两个硬棒人！

定山说：一个牛裁缝，一个姜东民。一个是把式，一个管采购，东民人机灵，身体也好。

定山岳母叮嘱说：钱要装好，人要吃好，天黑了覅出去！

定山说：妈，我记下了。

第二天，大掌柜把牛裁缝和姜东民叫到一边，仔细交代了出去路上要经心注意的事，并把照顾老掌柜起居饮食的要求也强调了一下。直到俩人都表示听明白，记住了，大掌柜才放他俩走。姜东民是大掌柜教私塾时候的学生，上次他家闹分家的时候，大掌柜运用圣贤之道教育了姜东民兄弟。他认为，东民是可用之才，他到隆丰福不久，就把东民叫到他身边，后来把他提拔为二掌柜，专管店铺货物的采买，东民干得出色，老掌柜也很满意。

汉口是当时中国最大的商贸码头之一，城市繁华，客商云集，车水马龙。汉口人最喜欢自豪地对别人夸赞汉口的大，“早起紧走慢走，天黑走不出汉口”。最高最大的楼房，这里最多最挤；最新最好的物产，这里最全最多。可以说，在这里，没有你想买而买不到的东西，没有你想享受而得不到的享受。在这里，你才能知道什么是富有，在这里，你才能明白什么是“人为财死，鸟为食亡”的道理，难怪有人感叹；

苏杭风月无边，
汉口金银堆山。

龙定山他们都没有来过汉口。尽管龙定山是见过大世面的人，但在这样一个商贸高度发达的都市里，他对城市如此壮美，商业如此繁盛，仍然感到震惊，同时，他也产生了一些欣喜，他领略到商贸巨大的影响力和带动力，他似乎找出了西安与汉口存在巨大差距的原因。他很快镇定下来，心里暗暗欣慰地认为：这个地方，这次来对了！

他们很快安顿下来，抓紧时间走访能加工服装的店铺和作坊。

能加工的作坊不少，但有的太小有的太乱，但报的价钱还差不多，这让龙定山心里踏实了不少。两三天过去了，他们终于和一家有十五台机子的工场接洽上了。袁掌柜拿出自己做的活让他们看，他们仔细检查后，基本是满意的。在讨价还价的过程中，袁掌柜充分显示了湖北人的精明，话说得十分客气，但价格上锱铢必较，经过几番较量，袁掌柜终于让了一步，最后擦着脑门儿上的汗说：九头鸟对付不了陕西佬！

龙定山也笑着说：三个陕西佬对付不了一个九头鸟呀！大家在哈哈大笑中，在协约上摁了手印。

第一批样品出来了，龙定山从尺码、式样到针脚，沿边儿、上袖、挂领，一一做了检查，挑了些毛病，但总体是满意的。他安排牛裁缝早晚不离工场，严格监督生产，保证质量不出任何麻达，他让姜东民考察缝纫机，比较价钱，机型确定后，又让他学习机子的检修，保养，置换配件，直到学会学精为止，最后购买了十台机子和备件。一切安排妥当后，龙定山雇车带上机子和备件，又带上五百件棉大衣样品和汉口时兴的服装先回西安，留下他二人继续监督生产。姜东民不放心，通过缝纫机商行给大车雇了两个保镖，又亲自送上北去的大路，看着车走远了才返回去。

定洋当传差已经有半年了，眼看着快过年了，但他不敢回去。他尽管不知道，火灾给大哥造成了多大的损失，但他知道，自己没有脸面再见家人和朋友了。因此，他平心静气地当差，安安静静地生活，没有一点儿年关将近的匆忙和心慌。他干娘问过几次，你几时回家，他总是推说忙得走不开，有时间就回去。

一天上午，县太爷写了一份上报呈文，反复修改多次，要找人抄一遍。平时这都是师爷的事，可现在人家回家过年去了，一般人又抄不了，县太爷不由得发起脾气来，把笔筒摔到地上了。

定洋正好在旁边的房子里坐着，听见老爷发脾气，赶忙跑了出来，捡了笔筒放好，轻声问：老爷，什么事不高兴？

老爷生气地说：师爷走了，连个抄公文的人都没有，这公事还办不办！

定洋看了一眼老爷像画地图一样的呈文草稿，小声说：要是没人，让我试试！

老爷不屑地把头一扭：你？你还是坐到房子里凉快吧！

定洋说：反正也找不到人，我试试看。

老爷见他坚持要抄，说：年轻人啥都敢试，先抄一段让我看看，别给我把稿子弄烂了。

定洋铺好纸，磨好墨，把呈文仔细看了一遍，按照以前师爷书写的格式誊写了一遍，交给老爷。老爷正在打盹儿，见定洋誊好拿过一看：秀丽的柳体，标准的格式，自己修改过的地方全都抄对了，个别错别字也改过来了。老爷惊奇地问：这是你写的？

定洋欠身说：是小人学写的。

老爷问：你上过学？

定洋回答：在父亲的教导下，一直学到十七岁。

这么说，你不仅字写得好，还能写文章？

定洋说：我父亲最看重文章的写作，写不好，就挨板子！

老爷一听更惊奇了：这么说，你的文章写的还不是一般水平？要真是这样，我还要师爷干什么！行，你今天给我写一篇过年期间小心灯火，放炮点花灯远离房屋，不可酗酒打架，不可抽烟赌博等等的告示，拿来我看。

定洋小心答应了，老爷转入后堂吃饭去了。

下午，老爷刚坐到书案前，定洋就把一份书写整齐的文告送到老爷面前。

老爷从头到尾看了一遍，文告格式准确，行文流畅，自己要表达的意思都表达出来了，没想到的意思文中也体现出来了。老爷看完用手拍了一下桌子说：是谁把你放到传差这个差事上的？

定洋一时不知老爷是什么意思，半天回答不上来。

老爷又说：从明天开始，你就到大堂伺候，传差另选人支应。定洋应诺谢了老爷。

老爷不忘嘱咐一句：明天换上长袍马褂！从此，定洋就从跑腿变成坐堂的文笔小吏了。

隆丰福按时如数地给军需处交够了一万五千件棉大衣，督军看了人员试穿效果，对改进后的棉袍式样很是满意，对马大牙说：干差事就是要像这样，多动脑筋，多想办法，把事情干得漂亮。好，这次有赏。马大牙送走了督军大人，喜滋滋地跑到金吉岭去潇洒了一个通宵。

交完货的五天以后，龙定山单独约请马大牙吃饭，他之所以这样做，是要和马大牙在谈支付余款的同时，谈谈怎样给马大牙支付抽红的事。

马大牙坐下之后，闭口不谈付款的事，却挑了棉大衣不少的毛病，什么扣子掉了，什么一个肩膀高一个肩膀低，什么袖子长短不一样，等等。龙定山知道，这是付款前惯用的手段，无非是摆摆架子扯扯皮，为多抽点儿红加点儿筹码罢了。

定山说：不管多少毛病，我保证全部拾掇好，绝不让军需长为难。

马大牙问：啥时候能拾掇完？

龙定山问：有毛病的有多少？

马大牙说：现在天还不冷，大衣还成捆在库房里放着，不发到兵丁手里，就查不出毛病。

龙定山一听，这小子要耍赖，没有要还钱的意思。于是说：军需长的那一份，定山早就准备好啦！

马大牙没有说话，喝了一口酒，又叼了一块儿酱牛肉在嘴里慢慢嚼着，半晌才吐出一句话：我只能按七块银洋给你结。

协约上写的是十二块银洋一件，龙定山跟马大牙私下商谈的时候，答应每件给他提两块，现在马大牙每件要吞五块银洋，不但把龙定山的利润吃光了，还要贴赔进去了。定山心想：你心也太黑了！

他笑着说：军需长，咱们开始不是都说好了的嘛！

马大牙冷笑了一下：说好了是不假，可我还有上司、同僚，都得打点，哪个神敬不到都是麻烦呀！

定山笑着说：孝敬上司，维护同僚，这是为官之道，也是人之常情，在下十分理解。不过，是不是太多了一点儿。我的意思，这次，我的开销太大，先按协约来，下次不用说，我一定多让些！

马大牙闻听，把筷子往桌子上一拍，瞪着眼睛说：你还说下次，这次督军对大衣的样子就很不满意，我说了多少好话，又给督军太太送了礼，督军才让把货收下，你的开销大，我的开销才大呢！

定山一看这小子有恃无恐，看来不让一点儿很难谈下去，他咬咬牙说：我再让一步，你按九个结吧！

马大牙端着酒杯摇摇头。

定山仍然笑着说：军需长，总得让我们也喝口汤吧！

马大牙心想：商人就是这毛病，不挤不压不出血，今天非把你再挤出两块银洋不可。于是又喝了一杯酒说：还是按我说的结吧！

龙定山只觉得一股黑血直冲头顶，照他以往的脾气，他立马会不客气地顶他两句，甚至话都到嘴边了，他顿时清醒地控制住自己，他知道：对这种兵痞要用智慧而不是闹意气。

他故作轻松地笑了笑：军需长，抽花红沾银彩，可不兴一言九鼎哟！再说，一口吃得太多，也难克化呀。哈哈，哈哈！

龙定山软中有硬的话语和轻松调侃的神态，倒是让马大牙不敢再傲慢下去了，他先给自己杯子把酒斟满，又给龙定山斟了一杯，端起来说：龙掌柜，千万别误会，兄弟也有为难之处哇！不说啦，按八块结吧。不过，我的那部分送到，我再付账！说完一饮而尽，把帽子往头上一扣，腰带和手枪一提，打了个酒嗝说了声：就这么定了！摇摇晃晃地出了门。

尽管比较作难，龙定山还是设法凑够了六万银洋，把银票送到马大牙指定的地方。马大牙过了一天，也通知龙定山来督军府拿走了银票。就在龙定山专心专意准备成批加工棉袍、马甲、棉裤时，十月底的一天，又是一个兵长带着四个兵丁把龙定山带走了。

这次他被带到军法处接受讯问。

军法处不同于法院，除了挂有军旗、军刀之外，周围还布置有皮鞭、军棍、吊环、高低凳、水桶、火炉等刑具。几个大汉背手站立在一旁。这阵势让一般老百姓见了腿都站不直。龙定山心里一直在嘀咕：又是什么事？他思来想去，自己正常做生意，无坑无骗，加工棉大衣，有协约，有督军府关防，先货后款已经交割清楚，不会有啥麻达。要说出麻达，只有马大牙！想到这里，他心定了，神态自如地走进了军法处的刑讯大厅。

军旗下的大桌子后边坐着一位穿戴整齐的官长，旁边一个小桌子跟前坐着一位年轻的书记员。官长注视了龙定山一会儿，问道：叫什么名字？龙定山作了回答，官长又问了年龄、职业、家庭住址，等等。龙定山有问必答，不卑不亢，神情自然。官长让人搬过来一把椅子，做了个手势让龙定山坐下。

官长对龙定山说：找你来，是想通过你，了解一下马军需长在做棉袍的事情上，你们之间银钱交往的情况，你要如实回答，能不能做到？

龙定山大声说：能做到，一定有啥说啥，绝不隐瞒。

官长问了数量、要求、价格、交款方式、交款地点、交款人、取款人，等等。最后直接问道：你给他个人送了多少？

龙定山思考了一会儿才回答：回大人的话，这个事情小人是有罪责的，小的愿意承担处罚。

官长威严地问：你有什么罪责？说！

龙定山说：小的给马军需长在结账前送了六万银洋。

官长问：六万银洋！为什么要送他？

大人，因为这里头有的是在写协约时说好的。定山回答。

这么说，送这么多银洋是你自愿的？官长盯住龙定山不放。

龙定山一听这句话，就知道很有分量，他不慌不忙地说：大人，写协约时，马军需长提出每件棉袍给他抽两个银洋，这是我同意的，这是三万，付余款时，马军需长又提出按七块结，经过协商，最后按八块结款，这是另一个三万。大人说到自愿，实话说，不是自愿的，这批棉袍活肯定是有些利润，可两个三万一抽，小的这次就赔大了。所以说，送这么多，不可能是自愿的。

官长追问道：到底是马军需长向你要的，还是你自己提出给的？你必须如实回答！

龙定山赔着笑脸答道：商业界的规矩，一般大生意成了，就是办事的不说话，卖家也要主动送些好处，一则是感谢，二则也是为了下次生意。但从没有送过这么多的。

官长厉声问道：照你这么说，两次都是马军需长开口向你要抽红的？

龙定山答道：是的。

如果我们为了进一步弄清事实，你敢不敢当面对质？你说的话，你必须承担责任！官长紧追不放。

龙定山坚定地回答：我不但敢当面对质，而且对我说过的话敢于完全负责！

好，不过，你现在必须留在军法处，等事情弄明白，你再回去！官长挥了挥手，龙定山被带了下去。

马大牙是个惯走黑路子的人，他利用给队伍办军需供给物资的特权，给自己捞了不少好处。他又买房子又买地，平常又是花天酒地地生活，很多同僚对他颇有微词，不过碍于他是督军远房亲戚的关系，不招惹他罢了。他生性小气却还爱占小便宜，因此，也没交上几个朋友。这次，六万银洋到手后，腰硬嘴贱，不仅说话口大气粗，而且时不时地嘲笑同僚和下属，有人就对他怀恨在心，伺机准备报复他。

阴历十月一刚过，天气已经转冷了。马大牙务农的弟弟赶到省城，找马大牙想要点儿钱给孩子们买点儿衣服。找到军需处，马大牙不在，一个下属就同他闲聊起来，说想向哥哥要点儿钱，那人说：马处长最近给队伍监制了一批棉袍，肯定有抽红，问他要，至少给你个三十五十！他弟弟没想到，他哥没让他到家里去，领他在外面的小饭馆吃了一碗素面两个蒸馍，给了两个银洋就打发他回去。这一下子，把他弟弟气坏了，把两个银洋往桌子上一撂，当时就喊叫开了，羞了先人了，没见过钱，我要这两个银洋日胆呢！你监工棉袍抽了多少红，当我不知道，你扣军饷喝兵血搂了多少油水？你是人过抽血雁过拔毛，自己吃肥了，还舍不得给别人吐块骨头，我就当这个哥死了，回去就给你烧几张纸！

马大牙没想到，弟弟能发这么大的火，一张嘴利得如快刀，他更没想到的是他，竟然能知道棉袍抽红的事！看着一层一层围观的人们鄙夷嬉笑的样子，马大牙恼羞成怒，扔下弟弟独自钻出了人群。让马大牙更没想到的是，督军府竟有人把这件事报告给了军法处。

军法处长其实并不知道马军需长棉袍抽红的事。有人把他弟弟在饭馆里大骂的事情报告了，军法处只想了解一下他弟弟说的棉袍抽红的情况，找他弟弟找不见，又不能问军需处的人，只好把龙定山传来。不想，这一问还真问出一桩案子来。军法处长不敢怠慢，带上讯问笔录来向督军汇报。

走到督军办公厅门口，军法处长放慢了脚步。他想，马大牙是督军的亲戚，关系有多深，他不清楚，先听听督军的意思，不能贸然行事。他向督军汇报了最近队伍里的一些违法乱纪情况后，顺嘴说了句：还听说一宗抽红的情况，不知这事情咋处理。

督军说：小小不言的说说就算了，大的一定要一查到底，此风绝不可长！

军法处长说：大人说得对，这个尺码，我一定把握好。可是，就害怕这类事情出在咱督军府，我这里分寸怎么样把握。

督军一听话里有话，很郑重地问道：督军府里有这情况吗，是谁？

军法处长谨慎地回答：听说是军需处的马处长。

听说？听谁说？怎么说？督军问得很严厉。

军法处长一看督军果然态度不一样，立刻郑重其事地正式汇报，有人如何报告饭馆的情况，供货商龙定山的口供，并呈上龙定山签字画押的讯问笔录。

督军看完了笔录，半天没说话，最后把笔录推到军法处长的面前说：念他是初犯，审一下，打他五十军棍，交回抽红的六万银洋，降职任用。督军说着停了一下，像是在权衡着什么，最后，一字一板地说：把六万银洋还给供货商人！

当龙定山在军法处接到退给他的六万银票的时候，简直惊呆了。他几乎不相信这是事实，吃到嘴里的肉还能吐出来，尤其是队伍！

军法处长告诉他：这是督军大人的命令，盖过队伍关防的协约，写多少给多少，谁都不能克扣！

龙定山千恩万谢地离开了督军府。

马军需处长当天就被关了禁闭。第二天，在督军府全体官兵集合的操场上，马军需长被执行五十军棍的处罚。督军府很少执行过这种处罚，往常出操参差不齐的队伍，今天排列得格外整齐，两个行刑的年轻军官执棍昂首而立，显得十分威武。军法处长宣布了军法处的执法命令，并特地转达了督军大人关于自己部下犯法执法时的训示：天可饶你一棍，地可饶你一棍，我督军也可饶你一棍，这是天有情，地有义，我有爱兵之心，其余的则是你自己作的孽，你自己领罚吧！

马大牙是个瘦子，酒色又淘空了身子，被按在马凳上，十几军棍下去，屁股已经皮开肉绽，又打了几棍，他连叫喊的声音也没有了。军法处长过去看了看，见他确实承受不住，轻声授意两个行刑的军官，在大腿上象征性地把三十七军棍打完。马大牙被拉起来的时候，两眼紧闭，脸色蜡黄，双腿拖地，被人架着放到车上送回家去。看到马大牙的惨劲儿，不少人心里既解气又震惊。从此，督军府出操集合时，队伍比以前整齐多了。

肉体上和精神上的双重打击让马大牙一病不起，老婆又不会伺候，治伤也马马虎虎，他的棒疮不仅没好，反而还越来越严重了。人缘儿不好，没有朋友帮忙，再加上舍不得花钱，快两个月了，他还下不了床。天顺堂的宋先生倒是来过两回，给外伤清洗敷药，又开了几服内服药，叮嘱他老婆给他加强营养，少吃多餐，老婆答应了，也就是在面条里头多放点儿肉，吃完面再让多喝一碗面汤。因此，马大牙的伤势不仅不见好，还出现了深度溃烂的迹象，整个屁股肿得老高，大片溃烂的地方流脓流血，大冬天的一揭开盖布，就能闻到一股逼人的臭味。他整天只能趴着，稍微一动就钻心地疼，马大牙没明没夜地喊叫，连他老婆都有点儿烦他了。

腊月初三，马大牙老婆的爸在乡下突然得了急病，她哥套车来接她回去，他老婆留下九岁的儿子照看他，自己擀了些面放下，嘱咐儿子每天给他爸下两次面，多放些肉，自己两三天就回来。等她埋了父亲匆匆赶回来，儿子坐在地上哭着，马大牙已经死了一天了。

闻听马大牙因棍伤病死，龙定山立即赶到他家，队伍上也来了几个人，正在商量处理后事。龙定山安慰了马大牙老婆几句，对队伍上的人说：我是马军需长的朋友，他的后事由我全力来安排，各位官长有什么要求，可以对我说。

几个军需处的军官听了高兴地说：好，好，有你操办最好。督军让送来五百银洋处理后事，这钱先交给你！

龙定山摆摆手说：这个钱全部交给马大嫂，这里的一切开销，由我来出。

几个军官一听，又是连声说好，把钱交给马大嫂，他们则围着桌子打起牌来。

龙定山从作坊里叫来七八个人，分头去定棺木，布置灵堂，通知亲友，置老衣，打墓圈砖，安排入殓、抬埋等事宜。一切筹办得井井有条，马大牙的老婆和三个孩子，只是披麻戴孝跪在灵堂前，呆呆地看着龙定山指挥着人员跑前跑后。

马大牙的尸首在家里停到第七天，随着马大牙老婆一声凄惨的哭叫，他的大儿子摔了老盆，马大牙顺利地被埋进了墓地。龙定山回来后，在马大牙的灵堂前恭恭敬敬拜了三拜，当着几位军官和宋掌柜的面，把一张三万块银洋的银票交到马大牙老婆的手里。他对大家说；这三万，是我和马大哥写协约时说好的，所以，尽管马大哥不在了，我也必须把它交还给马大哥的亲属。之后，他在鸿运楼又宴请了大家，以表示对各位几天来参与马军需长丧事的谢意。

督军听了军需处几位军官的汇报，特别是对龙定山送还三万银票的事感到很惊讶，他说：唯利是图，无商不奸是商人的通病，像他这样重情意，守承诺，讲义气的商人，还真不多见。此人可交，有时间我见一下！

第四章

龙定海在隆丰福当二掌柜只干了三个月就离开了。他是个受不得约束的人，每天按时开门关门，平时还不能随便离开，他受不了。他爱交朋友，几乎天天都和那些酒肉朋友混在一起，经常有人来铺子找他，龙定山说过他两回，他一甩手不干了。他相信自己也能干成事儿，不愿意让人指拨着干这干那，尤其不喜欢哥哥说他。

离开隆丰福，他跟几个朋友一起去山西贩煤，生意不好又到河南贩药材，两三年下来，也不知道挣钱了没有，反正每次回来都给家里带不少东西，然后邀他的那一伙狐朋狗友喝酒划拳，斗牌猜枚。龙定山知道管不了他，也不说他，只是问问他：要钱不？他翻翻眼睛摇摇头：我有钱。十天半月后，就又走了。

上次弟弟龙定洋到爱师来找他的时候，他已经不干药材生意了。他在当地一个叫细孬的黑道人物带领下，干了一种黑吃黑的行径。他们专拣有钱人下手，或半夜上门或半路堵截，只要钱不伤人，遇上要钱不要命的主儿，打断一条腿或者割下一只耳朵走人，但绝不害命。由于计划周密，行动出其不意，干了三次，次次得手，每人都分了不少钱。

领头的细孬，个子不高，一双小眼睛时常眯缝着看人，他说谁行，谁就行；他说那个事儿能干，准能干成。他有两大特点：一是筹思精细。目标确定之后，他一个人躺在那儿，瞪着眼能考虑两个时辰。咋进咋出，咋说咋办，遇事咋撤，遇强咋斗，遇变故咋化解，遇围堵咋脱身，甚至连劫财咋分，都想好了。行动前，他会一步一步地安排好，到时候按他的步骤做就行了。二是他身手特别灵活，反应快，跑得更快，他们这三四个人里，没有一个能追上他抓住他的。他看不上的人，谁说也不要；他看上的人不想来，使个套也要把你弄进来。龙定海就是钻进套里被拉进来的。

一次，龙定海他们卖完一批药材回来，大伙儿在一起吃饭，一个小伙儿酒喝多了，哭哭啼啼啰啰唆唆不停地说，他把十三块银洋给丢了，这是跑了两个月的辛苦钱，回去咋给老爹交代呢。

龙定海开始还安慰他，说没关系，回去大家给他想办法。可停了一会儿，他又哭开了。龙定海大声喊了一句：别女人样了，不就十三块银洋嘛，大男人像个啥！我给你！说着从荷包里掏出银洋，啪的一声拍在桌子上：拿去！

那小伙子又惊又喜又不好意思拿，怯生生地问：真的给我？

龙定海说：钱都甩在桌子上了，还能有假！

那还要不要我还？

龙定海望着他那熊样儿，不屑地说：有了，你想还就还；不想还了，我绝不找你要！来，大家喝酒！

这一幕，让在另一张桌子上的细孬看得清清楚楚。看着他们喝完酒出了门，他紧追几步赶上龙定海说：是收药材的吧，我那儿东西不老少，能不能约个时间谈谈？

龙定海喝得晕晕乎乎，看了他一眼说：明天晚上还是这儿！

细孬说：中，就这儿，一定！

第二天傍晚，龙定海如约来到那家小酒馆，细孬已经等在那儿了。一见他进来，热情地迎上来，安顿他坐下，立即就把酒斟好说：兄弟可真是个守信的人呀！龙定海笑笑没有说话。

他们聊了一会儿药材，又聊了一些其他生意，细孬问了问龙定海个人的一些情况，龙定海看看没啥意思起身想走。正在这时，门外突然冲进来三个小伙子，抓住细孬就打，细孬尽管左躲右闪，面门上已挨了一拳，血糊了一脸，细孬一个黑虎掏心打倒了一个，而另两个一起发力，把细孬摁在地上狠揍起来。

龙定海本来不想参与这些打架斗殴的事情，本身与细孬萍水相逢并不熟悉，也不知道他们之间为了什么事情，但看见来人打得凶狠，而且三个欺负一个，实在看不过眼，他大喊一声：住手！有话说话，不许打人！其中一个停下手骂道：鳖孙，少管闲事！一下子把龙定海惹躁了，他顺手抓起酒壶砸过去，那人应声而倒，其他两个见状，丢下细孬一齐向他扑过来。龙定海一脚一个全都撂翻在地。就在龙定海准备收拾另一个的时候，门外又冲进来两个，一人拿一个绳子头围着龙定海一转，龙定海没有防备，被他们三下两下给缠了起来，手脚动弹不得。一个大个子像扛麻袋一样扛起他就走。

龙定海被他们拉到一间黑房子里，噼里啪啦挨了一顿暴打，又被吊起来锁上了门。龙定海非常懊恼，后悔跟细孬这样的人交往，不过他想，这伙人不会把他怎么样，明天最多教训他一下多管闲事，而自己确实也是多管闲事了。可他再一看自己现在这个上不着天下不着地的狼狈模样，他把鼻子都要气歪了，他真恨自己呀！

夜半时分，龙定海被一阵窸窸窣窣的声音惊醒了。门被弄开了，一人守门，另外两人在解绑他的绳子。把他放下后，一人背起他就往外走，把他放在一辆木推车上推了很久才到一家人家。借着灯光，他看见是细孬和另外三个人救他出来。细孬鼻子肿得很大，一个鼻孔还流着血。他心里有些感动，坐下之后，细孬赶紧向他赔不是，说：前半年的一桩烂事，今天碰上冤家了，不该把你也牵连进去，让你受委屈了。接着他仔细查看了龙定海的伤势，说：哎呀，好几处青伤红伤，兄弟，你受苦了！

龙定海不在乎地说：绑住我没法动，要不，几个小毛贼咋能打上我！

龙定海起身要走，细孬慌忙拦住：路见不平，拔刀相助，老弟的大恩，我还没谢呢，咋能让你走！有人摆上酒菜，细孬先干为敬，其他几个轮换敬酒，龙定海推辞不过，喝了不少。细孬又安排龙定海休息，他不好意思再推辞，结果一觉睡到日过中天。洗漱过后，细孬又请吃饭又请洗澡，并把龙定海的那一身衣服全换了，连鞋都换成舒适耐看的青口软底跑山鞋。

龙定海不好意思地说：我一个贩药材的，没啥本事，咋能劳你如此厚待，让人过意不去。

细孬说：我实心实意想结交你，不是为了让你感谢我，是为了让你相帮我！

龙定海不解地问：相帮你？我能帮你啥？

细孬说：看得出来，你是识文断字的人，你的身手也不错，你仗义，不贪财，关键时候敢出手，这就是干我们这一行最需要的人。

龙定海问：你们干的是哪一行？

细孬没接话茬继续说：这世道，人穷挣钱难，贩药只能混个肚儿圆，你前天给了那小伙儿十三块银洋，自己只剩下两块了，往后生意咋做？大丈夫不可一日无钱，大丈夫要有自己的事业，老弟，你的事业在哪儿？

我是小本生意的人，那谈上啥事业，能混个肚儿圆就不错了！龙定海有些泄气地说。

细孬摆摆手说：兄弟，不对，大丈夫不管干大干小，都要有自己的事业，咱们上要赡养父母，下要养家糊口，挣不来钱，问心有愧呀！

看着龙定海不吭气，细孬继续说道：你问我是干啥的，告诉你说，我们是专为别人帮忙要账的，我们受人之托，替人办事，不偷不抢，事后光明正大地拿钱。

龙定海似懂非懂地点点头，问：有这么多的账让你去讨？

细孬说：这方面的事儿由我去弄，其他的人，到时候光跟着去就行了。当下我手里就有两个事儿呢！

龙定海将信将疑地问：要账这事儿好干吗？

细孬说：有的好要，有的麻烦，今儿黑就有一桩，你跟着去看看！

龙定海点点头。

鸡叫二遍，一溜儿四个人到了距离县城三十多里的一个靠河边的村子，他们在一家高门楼的大房前停了下来，细孬一摆手，另外两个人架人把一个送过了墙，不一会儿，大门无声地开了一条缝，其他三个一侧身溜了进去。

三人直奔上房，先过墙的那个已经在门轴里灌了蜂蜜，拿刀正在拨门闩，快拨开的那一瞬间，细孬的刀从门闩下面的门缝里插进去，轻轻地托住门闩，一扇门无声地开了。细孬一猫腰拱了进去，另一个在进去的时候拽了一下龙定海的衣服，龙定海也侧身闪了进去。

龙定海感觉这是一个客厅，两边各是两间偏房。只见细孬毫无声息地摸到左边靠里的房门前听了听，然后，一挑门帘蹲走进去，龙定海也轻轻地爬了过去。细孬绕过大尿盆到了炕边，一手搭在一个人头旁，一手卡在脖子边。

他很轻声地在他耳边说：老韩，别吭！别动！王掌柜让我来收账，准备好了吗？那个姓韩的脑袋和身子动了动，又不动了。只听细孬继续说：今天的钱是非拿不可，你要不给，你在这儿就别起来了。姓韩的脑袋一动不动，因为他耳朵后边已经感到一个像刀尖的东西刺进了肉里。细孬继续说：好，这就好，听我说，起来，点灯，穿衣，拿钱，我在炕边蹲着，拿了钱就走！别想着叫人，你这房子有四个人，客厅里有五个，门外还有三个，你要喊一声，其他房子的人马上人头落地，不到一袋烟的工夫，房子全都点着啦！细孬感觉老韩点点头，就松了手。

老韩坐起来尽管有点儿抖，还是慢慢地披上衣服点上灯，并用手在耳后摸了一把，一看一手血。和老韩并排在炕里边睡着的他老婆被灯光弄醒了，不耐烦地嘟囔着：睡得好好的，点灯干啥！老韩也不吭气只管穿衣服，他老婆嘟嘟囔囔也不知又说了些啥，从被窝里爬出来，光着屁股下了炕，蹲在大尿盆上刺刺啦啦地尿了一通，又钻进了被窝，周围三个大男人在黑影里看着她撒尿，她眯缝着眼睛屁股一耸一耸地喷泻着，自己一点儿都不知道有人看她。

老韩下炕摸钥匙开了壁柜的门，又打开一道暗锁，在一个内藏门里头摸了半天才拿出一个小木匣，拿钥匙打开，从里头取出四块亮灿灿的东西递到细孬手里，然后盖上盖子准备放回去。细孬用手一挡，又伸出一个指头，老韩手抖了一下，掂量了半天，最后还是又拿出一块。

跟龙定海一起进来的汉子看到这种情况，轻轻一拽龙定海，俩人一前一后撤了出来，细孬一声多谢，一丝声响也没有地出了偏房。还没走出客厅，只听见里面老韩“嗨”的喊了一声，接着就听见“嗵”的一声人体倒地的声音。细孬第一个窜出大门，消失在夜色中。

这次行动给龙定海分了三十块大洋，因为他是初来，其间也没干啥事儿。龙定海不好意思拿钱，找细孬说：我只是去看了看，又没干啥，为啥给我这么多钱？

细孬说：你是最少的，只要去的都有份儿！

龙定海问：为什么老韩叫了一声又摔倒了？

细孬说：老韩后悔了，想跑出来喊人，可我在老韩一下炕的那一会会儿，就给他腿上套上绊马扣了，他一跑，咋能不摔。

龙定海打心里佩服细孬计划周密，行动不露一丝破绽，他感觉细孬不是个一般的讨债要账的角色。

此后，每天细孬都领着龙定海在这儿吃，在那儿玩儿，就是不谈他入伙的事儿。倒是龙定海沉不住气了，第四天晚上他问细孬：头儿，你再这样下去，我受不了啦，我不值得你这样对我，说句话吧，是不是要我入伙？

细孬双手抓住龙定海的手说：兄弟，这几天我就等你这句话呢！

从此，细孬的队伍里就多了一位身手敏捷，功夫过人的小伙子，细孬他们的活动更频繁了。一次行动中，龙定海意外地发现，同去的一个大个子就是那天晚上合伙打细孬、捆他扛他的那个人。

初春的一天，省长公署的特派员来到爱师县，坐在大堂上才让人叫县长。县长正在午睡，一听省里的特派员大人到了，穿衣戴帽，漱口洗脸，磨蹭了半天才来到堂前。特派员对他这种为官拖沓的官风先有几分不悦，待县长拜见过之后直接就问：贵县现有多少人口？多少田亩？去年税赋征收了多少？

一头雾水的县长大人半晌答不出，支支吾吾地说：本县近日忙于审案，大人问的项目，下官一时想不起来了，可让我的文案回答。

特派员有些生气，软中带硬地说：要是都问文案，还要你干啥？他环视了一下大堂，问道：谁是文案？

站在一旁的龙定洋走到大堂中间向特派员揖拜说：小人便是。

特派员大人一看定洋高挑的身材，白皙的皮肤，清亮的嗓音，便有几分喜欢，口气温和地说：那你回答我刚才的问题。

龙定洋一口气分别报出了人口、田亩和税赋收缴情况。

特派员并不相信他所报的数字，说：把你的账本拿来我看。龙定洋立即到内室拿来账本呈送给特派员大人。大人一边看一边问，龙定洋像背书一样对答如流。特派员大人又问了县长一些问题，大部分还是龙定洋回答的。

特派员大人问了龙定洋的身世、家庭、读了那些书，又看了龙定洋写的一些文章，让他当场写一篇爱师县山川地貌、风土人情、珍宝特产的文章。龙定洋略加思考，援笔疾书，一挥而就。特派员大人看了之后不动声色，把一位随员叫到跟前，低声嘱咐了几句，随员立即展开随身携带的宗卷内页写了起来，不一会儿写毕，呈送特派员大人过目，大人看过点头称是，随员随即当堂宣读道：

爱师县县长卞良书在任已两年有余，命其卸任述职。县长一职暂由现任文案龙定洋接替，正式任命以省长公署官文为准。

此命

省长公署特派员　何秉坤

××年×月×日

清明刚过，督军在督军府召见了龙定山。

这是他第三次进督军府，前两次都是拿枪押着进来的，而这一次，是督军用车接进来的。龙定山看着来人毕恭毕敬在一旁带领自己步入气势恢宏的督军府的时候，不由得感叹世事变化莫测，人生起落无常。

督军仔细地询问了龙定山的生意情况，以及他对做生意的看法和想法，并了解了他对服装生意以外行当的见地。定山有问必答，但话不多，尤其是对服装以外的行当，绝不妄加评论。看到龙定山有些拘谨，督军岔开话题，请龙定山鉴赏一下自己的瓷器、青铜器和字画之类收藏品。龙定山自己也有一些收藏，但在督军偌大的收藏室里，龙定山感觉自己简直就是小巫见大巫。

督军藏品之丰富，门类之广泛，保存之完好，品相之精美，让龙定山目不暇接，赞不绝口。督军看着龙定山那入神的样子，很随意地问：龙掌柜也很喜欢收藏？定山谦恭地答道：不才只是喜欢，其实并不懂行。

督军说：喜欢就好，唯有喜欢才能懂行！

中午在招待龙定山的家庭便宴上，酒过三巡，督军吩咐其他人退下，单独与龙定山叙谈。其实，从来人请他去督军府开始，龙定山脑子一直在琢磨，督军叫自己的目的是什么，即便是在看藏品的时候，也没有悟出什么因由来。

督军说：龙掌柜有没有意思与本督军合作做点儿生意？

定山似乎明白了一点儿督军的意思，说道：不才就是大人治下的小民，不要说合作，就是大人指派小人随便干什么，小人也是万死不辞！

督军说：龙掌柜同意就好。一位外国朋友托我购买一批瓷器，品质色泽一定要好，数量还较大，要去江西进货，关键还要懂行。不知龙掌柜是否有意向？

定山略微思考了一下说：瓷器与服装两个是风马牛不相及的东西，但买卖是一样的，大人如此高看我，我一定竭尽全力，把大人交代的事情办好！

督军高兴地点点头说：既然龙掌柜如此爽快，此事一言为定，采购明细明天我派人送到府上，估计需要十万银洋，既然是做生意，一家拿一半，你跑腿弄货，我把货变成钱，利钱一家一半，你看如何？

定山一拱手说：大人，前头你说得都好，唯有这利钱，不能一家一半。

督军问：你说，两家各分多少？

定山说：我以为，纯利应该是你七我三。

督军说：是你七我三，还是我七你三？

定山说：是我三你七。

督军问：为什么？

定山说：没有督军的朋友关系，就没有这笔生意，督军还出一半本钱，还要派人来回护送，货经督军出手，才能拿回钱，你投的本钱比我大，肯定要拿大头。

督军拿眼睛瞄了定山一会儿，心里暗想：这个人要么是个大滑头，要么就是个通明事理、练达人情的经商奇才，如果是这样，这是一个可以长期共事的朋友。他端起酒杯说：生意还没开始，就先说分钱，也早了一点儿，就先依你。另外，我给军需处说一下，让把两万件衬衣交给你做。

第二天上午，督军处一位军官送来了瓷器清单。下午，军需处候处长亲自上门找龙定山商量定做衬衣的事情。

龙定山把南院门的门面生意交给大掌柜，把加工作坊交给姜东民，自己则另组织六七个小伙子准备去江西的事情。他请教了几位瓷器店的掌柜和古董店的老朋友，又找来几本专门的书反复学习，临出发的时候，他已经对瓷器知识有个基本的掌握了。

督军派人送来一张五万银票和两封书信，一封是路上遇到盘查用的督军府公文，一封是告诉龙定山路线和遇到麻烦时的应对方法，再者是派了两个马弁便衣带枪护卫，并着重强调货的成色和品种。龙定山在只有大掌柜和姜东民知道的情况下，带着八个人悄悄上路了。

龙定海跟着细孬一会儿南下，一会儿北上，有时在乡下，有时在城里，每次都还顺利，但是，好像官府有所觉察了，因为，城里晚上巡查明显加强了。一天夜里，龙定海他们刚从一家大门出来，与相隔十几丈远的巡防队碰上了。细孬一声：有倒包，反跑！自己先向相反方向跑了，龙定海反应快扭身也跑了，最后一个从门里出来的狗蛋，等到反应过来，官兵已经快到跟前了。这家伙也机灵，一看事情不好，立即返回门里把门一关，官兵在外边又叫又打，也无可奈何。不想，人家家里人却出来了，不仅追打他，还开门把官兵也放进来了。狗蛋狗急跳墙，一纵身上了墙，又从墙上跳上房，官兵和那家人又喊又叫，把一街的人都吵扰起来了。狗蛋在房上跑到哪儿，哪儿就有人喊，官兵在下面追堵。眼看着狗蛋跑不脱了，对面房上来了一个人，轻声叫狗蛋，快，跟我走！狗蛋一听是龙定海，猛地一纵跳到另一个房顶上，跟着龙定海一前一后向没人喊的地方跑去。

晚上一起喝酒的时候，细孬回顾了昨晚的情况，他说：赖毛，你在门口听着，官兵过来为啥不知道？你是弄啥的！

赖毛有些发慌，放下手里的鸡腿急忙说：门一直开着一条缝，我瞪大眼睛支棱着耳朵又听又看，可突然过来一个人，我赶快把门闭上，想等他走远了再开，可还没等开，你们都出来了。

细孬瞪他一眼：先别把自己推得那么利落！咱们差一点儿和官兵碰头呀，拼上火，死了倒没啥，抓进去，这一窝全完蛋了。这次分钱罚你一半，明天的事儿你别去了。赖毛委屈地低下头，但也不敢再说什么。

第二天，并没有行动，第三天也没有，到第五天半夜，天下起小雨，细孬叫起龙定海和另外三个人，钻进伸手不见五指的雨夜中，向东北方向疾行而去。这是一个大镇，以粮食和麻丝交易著名。他们赶到的时候，满身湿透，两脚是泥。细孬在一棵大树下观察了很久，最后向龙定海伸出一个指头，向大个子伸出两个指头一摆手，二人贴着墙向对面的大门旁溜去。看着龙定海翻墙进去，细孬几个踩着急促的小碎步，眨眼工夫到了门下，不想半天不见门开，只听见里头铁链子的声音，细孬知道大门加了铁链，海子弄不开。他立即伸出四个指头，那个尖嘴猴腮的弓背踩着大个子蚂蚱腿的肩膀纵过了墙。擤把鼻涕的工夫，门轻轻开了。细孬把手腕向上翻了翻，大家一看都明白：此处有防备，快进快出！

他们绕过照壁，穿过天井，在上房木雕门前停下。蚂蚱腿贴到东边的窗户下，弓背溜到西边的窗户下，龙定海在拨门，细孬在观察。一丝吱扭响，龙定海侧身而入，细孬紧随其后。房里很静似乎没人，但从门里上拴的情况判断肯定有人。细孬知道，这家主人有两个老婆，按当地习惯，大老婆一般住东，小老婆住西，可今晚他跟哪个老婆睡呢？细孬向龙定海做了个两手一分的姿势，然后两个一边一个摸了过去。俩门都上闩，又各自拨门，一前一后门都开了，主家在小老婆房里，细孬是从地上的鞋判断的。但他一听呼吸，主家睡在里面。细孬搭脚一抬上了炕，一腿跪下一腿向前一手就卡在主家的脖子上，主家猛地一惊，腰腿一收，细孬的手像钳子一样把脖子卡死了。睡在旁边的小老婆也醒了，一见一个人压在老爷的身上，"啊"的一声叫了起来，细孬一脚把她连被子都蹬到炕下，稍一分神，细孬没想到，主家左手掏出一把匕首，照着细孬的肚子就刺了进去。细孬身子一抖，右手的柳叶刀也向主家的脖子挥去，自己就势一滚翻下床来，小老婆已被随声而来的龙定海收拾得不喊了。见细孬下炕，龙定海感觉不对，只见细孬一声：撇子！大家立刻扭身往外走。大家来到大树下，细孬才说：人被我杀啦，我也中了一刀。龙定海指挥蚂蚱腿背上细孬，弓背护送，自己则和另一个叫屙沙的断后。

回到住处，屙沙撕开衣服对伤口进行清洗，发现刀口不是很深，但持刀人是个使刀老手，刀刃在里头转了一下，伤口就大了。一路上尽管对伤口做了包扎，但血还是流了不少，细孬到家时，已经有点儿昏迷了。屙沙用了特制的刀疮药，止疼，止血，又仔细包扎了一下，对龙定海说：海子，还得找大夫看看！

龙定海说：在这儿不行，得换个地方。

弓背说：离这二里地，有个小巩村，有个老先生专看刀箭外伤，以前，咱这一个就是在他那儿治好的。

看着脸色苍白的细孬，龙定海知道必须尽快找大夫，但他知道已经出了人命，官家必然加紧搜查，把细孬直接抬过去，惹人注目，必须考虑一个安全稳妥的方法。他先派弓背到小巩庄打探，又和其他弟兄商量办法。

天还未亮，小雨仍在淅淅沥沥地下着，一辆马车出了东街，向北边一个荒僻的小村子驶去。细孬被安排在屙沙的一家远房亲戚家里。亲戚很穷，龙定海让蚂蚱腿去远处买了粮食、菜肉，以及其他用品，告诉亲戚，不要给外人乱说，问得紧了，只说来了亲戚。过了两个时辰，马车把治外伤的老先生接来了。老先生还不知道是咋回事，坐到炕上还问：让我到这儿弄啥？

龙定海递上烟茶，让人摆上点心，才让弓背说：俺哥受了点儿伤，请先生看看。

先生一听，有点儿明白说：也不吭气，正尿呢，抱住我就上车，吓我一跳！

弓背连声道歉：老爷恕罪，老爷恕罪，俺哥流血多，顾不上啦！

老先生喝了茶，用帕子抹抹嘴才问：受伤是谁？

龙定海与弓背扶着老先生到里间看细孬。

老先生把伤口看得很仔细，又把伤口周围压了压，很肯定地说：刀伤，麻烦！

弓背说：就是，不小心让刀戳了一下。

老先生生气地说：骗我哩，我啥不知道，这是匕首戳的，刀子还拧了一下，多亏还不深，不然命都没有啦！让我治，起码得十天，抬到我那儿去吧！

龙定海给弓背使个眼色，弓背说：十天也中，老爷，你就在这儿住十天，看好再回去！

老先生一听就急了：让我在这儿，十天？那不中！我还要看病，我还要做药，在这儿要啥没啥，这病咋看？

弓背说：老爷要拿啥，只管说，我跑腿。老爷，你放心，在这儿绝不让你受一点儿难，吃啥喝啥要啥，我都给你弄得好好的。

老先生还是一百个不愿意：给你说，不让我回去，我就不看病！

龙定海看着这样硬顶着下去不行，由于语言差异，他不便说话，他掏出一封红缎套袋的五十个银洋放到老先生面前，用手一指，让弓背说话。

弓背说：这一封银洋是定银，治好了还有赏钱！

老先生知道暂时是走不了啦，也知道这刀伤不是一般的刀伤，横下心来治病，想写个拿东西的单子，这里连个笔墨纸砚都没有，说：想给你写个单儿，啥都没有，咋弄？

弓背说：都要啥，老爷，你说，我能记下。

老先生生气地说：那么些东西你都能记住，还有药名！

弓背说：老爷，你说，有多少，我记多少，没事！

屙沙说：老爷，他外号叫玉皇蛋，每回尿多少滴，他都记得清清楚楚！一句话把大家都说乐了。

老先生先说笔墨纸砚，再说刀针钩剪，又说丸散膏丹，最后说烟茶姜蒜。弓背问：还有啥？

老先生说：就这些你都记不全。

弓背说：我背一遍你看，笔两支，墨一瓶，纸半刀，砚一方，弯刀偏刃，斜刀带尖，圆针扁针六棱针，拔脓膏止血丹生肌丸健身散，南阳烟、龙井茶、高良姜、紫皮蒜；最后还有包脚布，水烟袋，老花镜，内裤头，外带你的止喘药！对不对？

弓背抑扬顿挫，一气呵成，就跟戏台上丑角念白一样，把大家听得静气屏声，不由得佩服弓背过人的记忆力和口才。

老先生说：你们这里有能人哪！

龙定海说：别闲扯了，给大哥看病要紧，快去办吧，早去早回。

弓背抓起褂子说了声：我走啦！一扭身出了门。

老先生果然是神医圣手，经他外治内服，捏拿推揉，几天过后，细孬恢复得很快，让人搀扶着可以下炕了。老先生也高兴地说：每天专给一个人治病，我还是头一回；好得这么快，你是头一个！

就在这时候，弓背把龙定海叫出去偷偷对他说：外边像有外人转悠，有点儿不对劲。龙定海从窗户向外瞄了瞄，说：我和蚂蚱腿、屙沙从后门出去，你送老先生，等我们走了，再从前门走，把人引开。你们没事，送到后，让老先生多开点儿药带上，鸡叫头遍，咱们在槐树岭底下见。说完进来就赶紧收拾往后走。

龙定海判断很准，他们离开不到一个时辰，官兵骑马就到了，把屙沙的亲戚打了一顿，把房子点着了。在村外小树林里的龙定海他们看着官兵走后，才从树林里出来，屙沙雇了一辆马车，趁着暮色，他们又钻进了官道旁的一个村子。

细孬受伤后很少说话，一方面是伤痛的原因，更主要的原因是这次失手。去的这家是官府的一个小官儿，到他那儿去不是为了钱，而是受人之托搞他的一幅画，这幅明朝的画，据说能值十万两银子，到手后一家一半。这些细孬都没有给大家说，他们向来都是这样，事成了由细孬论功行赏，大家各拿各的钱，谁也不问谁。这次他盘算了很长时间，什么都想到了，就是没想到一个文官睡觉会带刀。受伤这几天，他想了很多，想洗手不干，自己除了这个，好像再干不了其他什么；况且，还有一直跟着自己的几个弟兄们。要再干，这里肯定是不能待了，到哪儿去呢，他没有目标。

屙沙去槐树岭叫弓背了，蚂蚱腿在门口守望，屋里只有龙定海和细孬，两个都在想着心事。龙定海抬起头看着细孬：大哥，我看在这儿暂时干不成了，得重换个地方。

细孬说：我也在考虑这个事，可到哪儿去呢?

龙定海又沉思了一会儿，说：走远一点儿，到西安！我想了，西安不远不近，来去方便，我在那儿很熟，在那儿，这一行仍然能干。

细孬眯缝着眼睛琢磨了一会儿，一拍腿说：中，就去西安，干他半年三个月，既换了地方又避了风头。可以，海子，这个主意出得好哇！他想了一下又说：去西安，不能让他们知道，知道了又是回家安顿，又是难离难分，弄不好还要坏事。光说去远一点儿，愿去就跟着，不愿去不勉强，发点儿散伙费各奔前程。

龙定海说：能行，你看啥时候动身?

细孬说：三两天就走，想得再细一点儿，走的当天再给他们说。

三天后的下午，一行五人先朝东又折北，第二天一早才向西拐去。

龙定山去过汉口，因此，这一路非常顺利，很轻松地就赶到了。到了汉口，当天领着大家转了转，第二天就坐船顺江而下，到九江上岸，又坐了几天的车子才赶到景德镇。

到了景德镇，定山才感到自己的眼睛不够用了。瓷器店鳞次栉比，瓷器层层叠叠，琳琅满目，精品绝活儿随处可见，让人大开眼界，大有光怪陆离、美不胜收的感觉。一条街上熙熙攘攘，买的卖的来来往往，扛的抬的热热闹闹。

在民生凋敝、经济萧条的民国年间，这里可以说是一片繁荣景象。

他们先找了一家偏僻干净的小客栈住下，吃完饭，龙定山安排自己带的几个小相公，一个看行李，其他的分头看品种，问价钱。两个马弁随自己一同走走，一个马弁是江西人，语言上好沟通，再者，有他们在，也安全一些。

这次他们选购的主要是达官贵胄家用的精细瓷器，既要花色齐全，又要门类众多。龙定山前三天领着他们大店小店都进，掌握知识弄清行情，后来就有目标地选择几家重点洽谈。不想无意之中结识了一个朋友，就是这个朋友，对他的生意和今后的生活产生了很大的影响。

那天，他们顺着街道往前走，不知不觉走到城外。初春的天气，在南方已经比较热了，大家都觉得有点儿口渴，看见不远处一棵柳树下有一桌一椅一壶，一人手持一卷书在读。身后翠竹浓郁，池水荡漾，清风拂面。好一幅诗情画意的咏读图，让读书人出身的龙定山眼热心动，感叹不已。他对另外两位说：走，到前面讨杯茶喝！三位快步来到树下。

读书的是一位四十岁上下的中年人，清瘦而高，目光睿朗，竹布长衫。见他们过来，呼唤家人添凳换茶，招呼让座。

龙定山客气地说：读书如此专注，肯定是一位饱学之士了。

对方谦虚地说：哪里哪里，心中郁闷，以书解愁尔。请坐，请坐。

定山说：清流在旁，秀竹垂立，翠柳之下，闲情逸致，何愁之有？定山一句老朋友式调侃，倒把对方说得不好意思起来，连忙说：见笑见笑，请问，客从何处来？

定山答道：从陕西来。请问先生贵姓？

对方欠身答道：免贵姓黄，黄晴池。

定山也自我介绍道：鄙人姓龙，龙定山，这两位，一位姓柴，一位姓梁，都是我的朋友。

黄晴池审视了一眼二位说道：千里迢迢，肯定是为瓷器而来。

定山道：老兄好眼力。想做点儿瓷器生意。

黄晴池说：龙先生一开口就能听出是读书人，怎么经商了？

定山说：见笑了，为生计所迫，寻一碗饭吃。

黄晴池说：瓷器行当要么挣大钱，要么糊口都难，所谓成也瓷器，败也瓷器，就是这个意思。

定山说：兄弟初次涉足此行，还请先生指点一二。

黄晴池给各位续上茶，摆摆手说：我也不是经营瓷器的，对各位也不敢谈指点，只是提醒你们不要上当了就好。

定山问：何为上当？

黄晴池说：依我看，瓷器可分为常用瓷、珍用瓷、珍藏瓷、珍宝瓷几种。

常用瓷你们肯定不会要，千里迢迢买一堆碗盘碟勺，连路费都不够；珍宝瓷你们买不起，一个几千几万，非宫廷大臣巨商不买；你们只是在珍用瓷和珍藏瓷里倒来撞去，许多人就是在这里头高价买假货，拙眼买次品而上当的。

定山听了这一席话，才初步知道一点儿瓷器的分类，也才知道自己要采购的明细归哪一类，他也明白自己碰了好几天，今天才算碰对人了。他诚恳地说：黄大哥，不瞒你说，兄弟这次来，就是想找点儿珍用瓷和珍藏瓷的。还望大哥能助兄弟一把，小弟一定会诚心酬谢。

黄晴池听了定山的一番话，面露不悦之色，说：要说酬谢，我还不给你说这些了，看来，兄弟你已经不是读书人了，言谈话语间有了铜臭味儿了。

定山连忙道歉，一再表示自己出言有失，多有得罪，望大哥见谅！不过，他不得不另眼看待这位儒雅之士了。

黄晴池说：跟我来，让你们先见识一下。说着起身带着他们走进屋里。

看来，这位黄晴池先生不是富贵之家，五间房子全是草房。不过，屋里陈设倒是雅致整洁，其中一间房的柜格上摆满了各式各样的瓷器，尽管屋内光线不是太好，但依然五光十色，形态诱人。黄晴池拿过一个青花瓶，问：认识吗?

定山没有把握地说：是明青花吧?

黄晴池说：看来你还识货，可这是仿的，不是真正的明青花，是前两年我们这里一个窑烧制的。它的胎形、色彩、光泽等等，与明青花看起来几乎分毫不差，骗过了多少人的眼睛。当然，它还是有区别的，可有人就以高价买了回去。我知道，你们不要这些古董，就是珍用瓷和珍藏瓷也有高下之分。

他说着，又拿了一个粉彩碗让定山看。定山说：这个是民国的吧？黄晴池说：不对，这是光绪年间的，官窑的。现在烧得比这个可好多了。

后来，黄晴池又让看了一些样品，教给他一些鉴别的方法，不知不觉太阳落山了，黄晴池硬要留他们吃饭，定山初次见面不好打搅，告辞出来，定好明天一定再来请教。

后来的几天，黄晴池领着他们直接到窑场去看，让定山比较各种瓷器的区别，但绝不谈订货的事情，因为这在当时是犯忌讳的。由于窑场经常有技术方面的问题要请教黄晴池，因此对他带人来也就不计较。而龙定山通过这一番实物、现场的观摩比对，以及黄晴池的对照讲解，基本上搞清了瓷器一般的识别方法，做生意应该是够用了。接下来，在黄晴池的建议下，龙定山与几家商户确定了明细单上全部品种和数量，由于是熟人介绍，又是和内行谈判，不仅进行得很顺利，而且价格比原先预计的要便宜了三成以上。黄晴池又给龙定山推荐了一部分珍藏瓷，告诉他：这些东西不要轻易出手，出手时，没有三五倍的利钱不卖，这些瓷越放越值钱。

半个多月的交往，龙定山与黄晴池从瓷器谈到读书，从做生意谈到做人做事，两人越谈越投缘，越觉得有说不完的话，都有相见恨晚的感觉。龙定山临出发的那天晚上，两人边喝茶边聊天，临分别时，定山拿出一张五百两的银票放在桌上，用手指推到黄晴池的面前，说：小弟的一点儿心意，望大哥一定不要推辞。

黄晴池看都没看银票说：我知道你肯定要有此举，我再推脱就不恭敬了。之所以帮你，是看中你定山兄弟的人品，也愿意交结你这个朋友。说着，从随手携带的一个提兜里掏出一个麻纸包的碗递给定山。

定山接过一看：这是个薄胎彩绘碗，细薄如纸，彩花如真，壁可透光，玲珑剔透，让人一见爱不释手。龙定山赏玩了半天说：这是个珍宝级的东西吧？真让我开了眼，大哥手里还有这样的宝贝儿，难得，难得！

黄晴池平静地说：兄弟一场，临别无以为赠，这只碗权当个念想送给兄弟吧！龙定山一听连忙把碗送还给黄晴池说：使不得，使不得，这个绝对使不得，我龙定山受不得如此大礼！

黄晴池把碗又轻轻放回到定山面前说：能拿来，说明我意已定，兄弟一定收下，不然，这银票我也不能收了。

定山说：既然大哥如此仗义，兄弟我就当仁不让了。不过，这个念想，大哥也一定要收下。说着从怀中掏出一块儿羊脂玉挂件递给黄晴池。

黄晴池接过一看：凝如羊脂，润如婴肤，雕工古朴，构图生动，是一块儿难得的古玉。这回轮到黄晴池惶恐了，他把古玉送还给定山：这不行，这不行，我可不是跟你换东西哇！

定山说：大哥，既然是兄弟情谊，互赠念想，大家都不要在乎赠物如何，都收了吧。

黄晴池感动地点了点头，收起了玉挂。

由于黄晴池的周到安排，从找船、谈价、装货，都进行得很顺利。中午时分，定山与黄晴池在昌江边执手相别，互道珍重，两人眼睛都有些湿润。货船一路顺风顺水，经鄱阳湖进入长江，逆水在汉口码头上岸。定山生怕货物有个闪失，当天就雇车从汉口北上，又专门让人给大家每人买了一套防身的武器。经过七八天的跋山涉水，总算平安回到西安。

定山第二天就把货物交到督军府，一套一套，一件一件地向督军介绍，尤其把特意购买的珍藏瓷的珍贵难得讲得生动感人，淋漓尽致。最后，又把特意给督军大人买的几件精品拿出来，这些都是他藏品中所没有的。督军看了以后非常高兴，连夸定山差事办得好，说：多买了这么多东西，多花了多少钱？定山把遇到黄晴池的事情也说了，并说：除了来回差旅费用，带去的十万银票还略有结余。督军大喜，说：今晚为你接风洗尘！后又说：这批货得送到边界上去，要把珍用瓷和珍藏瓷的种种好处给他们介绍清楚，咱得弄个好价钱！这事儿还得劳你的大驾跑一趟！

定山知道这个事一旦沾手，就必须有始有终，自己在路上都想过了，十分爽快地答应了，说：去见见他们也好，说不定以后还有生意！

事后，据督军说，这笔生意一共挣了十五万，按三七开，定山该拿四万五，督军给龙定山六万，定山把一万五退了两次，都被督军挡了回来，他只好收下了。不过，他在边界上不但接了瓷器的单子，还接了丝绸、茶叶的单子，尤其他还接了一批军装加工的单子，接上这个单子，使他办加工场的信心更足了，他眼界更宽广了，来往于南北之间的商贸活动更频繁了。

第五章

龙定洋在县长的位子上一上任，就干得顺风顺水。

一个毛头小伙子在外地不但站住了脚，而且还当上了官，让人有些不可思议。除了偶然的机遇之外，首先，得益于他受父亲多年的教导，不仅书读得多，文章写得多，更主要的是听父亲经常谈论天下大事，讲述古往今来的兴衰成败，积累了相当丰富的知识。其次，他人很精明，总结了前任县长的经验教训，也在迎来送往的官场活动中，学会了见风使舵、八面玲珑、寻找靠山等手段。同时，他的谦卑，他的灵活，他的乖巧，也让上下左右的人对他颇有好感。当然，当官最重要的还是政绩，龙定洋当上县长之后，两件大事处理得漂亮，顿时让他官声鹊起。

一件事情是，解决了两个村子长期以来小河用水的争执问题。

说是小河，实际上不过是一条一丈多宽水渠似的溪流，别看小河的水流量不是很大，但这可关系到小河两边两个村子几百亩土地的收成问题。哪边浇上了，哪边收成就好；哪边浇晚了、浇少了，收成明显就差许多。这个由来已久的农村特有的矛盾，甚至可上溯到人老几辈，几乎每年到了庄稼用水的季节，两个村就要发生谁先谁后，谁多谁少的争执。开始是吵，接着是骂，最后发展至几个人打，甚至两个村子的人全体参加的血腥械斗！差不多每年都要死人。一河之隔的两个村，从来互不婚配，在外面，两个村的人遇见了，谁跟谁都不说话。

官家多次调停、说和，都说再不打了，可一到时候仍然照打不误。每次官家派兵前去强行制止，每次都有几个兵丁受了伤回来。因此，不管原来的知县，还是后来的县长，每到这个用水时节都是提心吊胆，都害怕因为这个难治的牛皮癣影响自己的升迁。因此，只能稀泥抹光墙，改大打为小打，改长打为短打，只要事情不要闹大，过了用水期，就谢天谢地万事大吉了，谁也不想彻底解决这个看来谁也难以解决的麻烦。

龙定洋早在上任之初，就了解了本县几十桩难弄的事。其中，北牛村和昌军寨年年为水械斗的事，他最清楚，他一直为这个麻烦事在动脑筋。他让人带着亲自把这条小河从上到下走了一遍，又专门在两村最爱闹事儿的地方查看了半天，回去在洗漱的时候，他突然有了一个主意。

临到两个村子即将用水的前十天，人们突然发现，一年四季清流不止的小河突然断流了。开始，两个村的人相互怀疑，以为对方把水截走了，后来一看不是，就一起顺着河往上找，结果发现，小河的水在上游被改道流到另一个山沟里去了，改道的地方还有几个士兵把守。

村民们问：为啥把河改到一边去了?

兵长说：你们两个村为水老打架。没水，你们就不打了。所以就把河道改了。

村民们问：是谁让改的?

兵长说：是县长大人让改的。

两个村的头人又一起来找龙县长，小心翼翼地问：不知大人为何将我们两村的水源改道了?

龙县长说：改道了好啊。有这条小河，你们两个村老打架；没有这条小河，你们肯定就不打架了！不打架多好啊，本县也不用为你们操心了。

昌军寨的头人说：大人，这事不怪我们。我们寨一用水，他们村就过来骂，骂我们：昌军寨，老鳖盖，偷水喝，还要赖！我们用水咋是偷水，我们浇地为啥是要赖，老爷，你给评评理！

北牛村的头人说：你光说我们骂你，你咋不说你们打人呢！三个小伙子抓住我们的人使劲往水里按，差点儿把人淹死，淹了还打，边打还边骂：北牛村，大龟孙，杀牛吃，抽牛筋。老爷，你看狠不狠?

龙县长耐心地听完，微笑着说：我说，把水改了好吧，你们还不让。听听，为了这点儿水，你们两个村又是骂又是打，还要出人命，要这水弄啥，改走了大家都省心，旱地也是一样种嘛。行了，都不要说了，改水就这样定了！

两个头人一听都急了，抢着说：龙老爷，这条河可是我们两个村子的命根子呀，没它浇地，那收成可差一半哪！你可不能让一半的粮食白白流走了啊！

龙县长听了半天没说话，直到两个头人再一次恳求他不要给小河改道，他才慢悠悠地问：在村里，你们二人能不能当家?

两人同时回答：能当家，能当家！

龙县长说：既然能当家，我说几条戒律。能行，马上就办；不行，这河，我是改定了！

两人点头哈腰地说：老爷定的戒律，几条都中，几条都中！

龙县长说：第一条，河流到你们这儿，是你们两个村的河，水也是两个村的水，都能用，都要管，不许抢，不许霸。为了保证公平用水，不起争端，两个村按田亩数，每亩地向县府交五十个铜子儿做抵押。北牛村一百三十八亩，昌军寨一百六十四亩。限五天内交齐，交齐之日，就是放水之时。

第二条，用水以左东右西为序。北牛村在东，以一三五七九日为用水日，昌军寨在西，以二四六八十日为用水日。在一方的用水日，另一方不得用水。一方违规，可罚该方下一个用水日不得用水，县府委派专人专管此事。

第三条，每年冬季，由县府出面组织两村维护小河堤岸和各村的灌溉渠道，不得推诿和拒绝。两村共同出资在小河上修建小桥一座，方便村民相互往来。

第四条，无论哪个村的人，不得借故用水和修渠谩骂、殴打、侮辱他人。发现骂人一次，扣除该村十亩用水抵押银；发现打人一次，扣除该村二十亩用水抵押银；连扣三次的村，县府没收其全部用水抵押银，并罚该村停止用水一年。

以上各条必须传达到每一个农民，因未传达到而触犯上述戒律者，除本人按本县刑律处罚外，还要重罚该村头人。以上各条，听清了没有？

二个头人连连点头：听清了，听清了。好得很，好得很。

龙县长说：听清了就好，本县可是说一不二，这个戒律是板上钉钉，五年为期，我要看着你们两个村和睦相处，成为一方典范。

龙县长吩咐文案将戒律抄写两份，两个村的头人各执一份带回。

三天过后，两个村头人先后交来了用水抵押银，第四天，龙县长亲自带人改渠放水，两个村各按单双日用水。不久，一座由两村共同出钱修建的小桥，也可以过车过人了。后来，据说两个村也开始互娶媳妇，在龙定洋当县长期间，两个村没有为用水再闹过事儿。

另一件是，一家财东侵占一块儿寡妇田地的事儿。

赵寡妇三十多岁就死了丈夫，带着一个七岁的儿子守着二亩地过光景，她每天鸡啼即起，落日才归，整天都在地里忙碌着，日子虽然过得苦巴巴的，但看着儿子一天天长大，心里还是很受活的。

赵寡妇这二亩地在朝阳的一面漫坡上，光照非常好，漫坡顶上就是一条水渠，即使她不放水浇地，整天流水的水渠上漫洇下来的水也会让整块地面十分滋润，并且，这种滋润比大水漫灌的效果要好得多，因此，它是种啥成啥，收成也比一般的地高一两成。因此，人们羡慕地称这块地为白菜心。赵寡妇则把这块地看得跟她的儿子一样，是她的心尖尖。

就是这块心尖尖，被和赵寡妇土地连畔的一个姓徐的小财东看上了。徐财东先是提出用一块儿地与赵寡妇换，赵寡妇一口就回绝了。徐财东又提出买，赵寡妇一听连话都不说扭身就走。徐财东碰了两个钉子，十分气恼，就想出一个恶毒的办法，逼着赵寡妇就范。

有一天，赵寡妇到地里去没带儿子，告诉儿子吃完饭就过来。

结果，一个时辰过去了，儿子还没来，赵寡妇有点儿心慌，扛起锄头就往家里赶，儿子不见了。

赵寡妇寻遍了儿子可能去的地方，都没有，她一下子慌了。她像疯了一样又哭又喊，在村子里挨家问，来回跑，大家都很同情她，但都无奈地摇摇头。她回到家不吃不喝躺在床上，听到一点儿声音，赶快爬起来跑到门外，看看是不是儿子回来了。一连几天都是这样，赵寡妇精神已经崩溃了。就在这个时候，邻村的一个婆子来到她家，嘘寒问暖地说了一会儿，后来神秘地对赵寡妇说：我听到一点儿你儿子的消息。

赵寡妇眼睛一下子亮起来，焦急地问：在哪儿？你快说！

婆子说：听说娃在西山，要五十个大洋！

赵寡妇一听又坐下了：五十个大洋，我哪有那么多钱呀！她一想：这么说，俺娃是被人绑啦？谁跟我过不去，糟害我呀！老天爷呀，你还让不让人活呀！

看着赵寡妇哭得那么可怜，婆子连声说：真是可怜，我是听说，你快想办法吧。说完就走了。赵寡妇哭一阵，昏睡一阵，闹腾了一夜。

第二天一早，她洗洗脸梳梳头，颤颤巍巍地去找昨天来的婆子。婆子只说，她在村口站着，有一个不认识的人跟她说，赵寡妇的娃在他们手上，要五十个大洋。

赵寡妇问：那人长啥样？

婆子说：那人在她背后说的，待她转过身，那人已经走了，没看清。

赵寡妇再问，婆子啥也不知道了。她只好怏怏地回去。

又过了一天，那婆子又来了。她说：有人知道她拿不出这些钱，愿意出钱帮她把娃赎回来，问她愿意不愿意。

赵寡妇问：你说，这人是谁？

婆子说：是谁我也不知道，你要愿意了，我给你去说！

赵寡妇想了想，咬着牙说：中，我愿意，你问他要啥。

婆子说：人家要你那块地！

赵寡妇一下子明白了，原来是他呀！她问：是不是老徐家？

婆子说：老徐听说这事也挺着急，问我，你咋救娃呢，我说，你可能拿不出那么多钱，老徐说，他愿意拿五十个大洋把娃赎出来，可有个条件，就是让你拿那块地顶。

赵寡妇听着就大哭起来：姓徐的你丧大德呀，想要我的地，你坏良心哪！我死都不会给你那块地，我到官府去告你！

婆子等她哭闹一阵过后才说：孩儿她妈，你别乱喊，你凭啥说是老徐绑了你的孩儿，老徐看你没钱，出钱帮你把孩儿赎出来，你不愿意，地还是你的，钱还是老徐的。你不能不识人家好人心哪！

赵寡妇心里明白，自己被别人套住了，她有苦说不出。现在明摆着：要地，就救不了孩子；要孩子，这块地就没有了。她盘算了一下说：老徐先要把钱拿来给我，孩子送回，我给交钱，孩子回来，再说地的事儿。

婆子说：中，我去跟老徐说。

徐财东在婆子的陪同下把五十块银洋交给赵寡妇，婆子又同徐财东一起联系绑孩子的人。当天，赵寡妇的儿子就回来了。在写卖地契约的时候，赵寡妇专门让把卖地是为了救孩子的事写上，最后画了押。

失去土地的赵寡妇在孩子身上绑了一条绳，自己走哪儿把孩子牵哪儿，一刻都不离。她拿着那张契约从县里到省里，逢衙门就闯，见官就告。黑瘦的面容，破烂的衣裳，表述不清的语言，官府的官员都不理她，但都知道，爱师县有一个整年告状的疯女人。

刚解决完小河用水的事情，赵寡妇领着儿子，就又到县府来了。门口的差吏堵住不让进，赵寡妇坐在大门口大声叫喊。时间一长，让里头的龙县长听见了，询问是怎么回事。文案答道：是一个疯婆子告状，告了好几年了。龙县长突然想起本县几十件难弄的事里有一个寡妇告状的事。他说：你去，找个地方先让她洗洗，再弄点儿吃喝给她，完了之后带到堂上来。

龙县长仔细看了赵寡妇那张残破不堪、洇满汗渍的契约，问了她几个问题，心里就明白是怎么回事了。看着赵寡妇羸弱的身体，花白散乱的头发，慌乱无助的眼神和一个衣不遮体、怯生生的半大孩子，他的心里涌起一股怜悯之情。他让文案给了赵寡妇几个铜子儿，告诉她不要再告状了，在家里等着，龙县长要调查一下，审理这个案子。赵寡妇把头在地上磕得咚咚响，半晌才长流着眼泪喊着老天爷睁眼了，带着儿子一步三回头地离开了县府。

审理进行得很简单，把婆子传来，问了几句，婆子倚老卖老说，自己啥都不知道，光是跑了个腿，给赵寡妇报了个信儿。龙县长看着伶牙俐齿的婆子，知道是个外壮内虚的角色，他软中有硬地说：你年纪也大了，用个小刑，你都受不了，我不为难你，有啥话照实说吧！

婆子眼里闪过一丝恐惧，但还硬挺着说：老爷，我真的没啥说呀！

龙县长嗯了一声，一个差役提着几件铁的、木的刑具走过来扔在地上，婆子一见扑通一声跪在地上，磕头如捣蒜地说：老爷，我说，我啥都说！

龙县长说：这叫不见棺材不落泪，站起来说话！

婆子擦擦眼泪带着哭音，把徐财东咋样教她去报信儿，咋样说徐财东愿意出钱赎人，咋样逼迫赵寡妇写了契约都招了。

龙县长问：办这事给了你多少好处？

婆子嘴里嚅动半天才说：五十个铜子。

龙县长说：为了五十个铜子，你看，你把赵寡妇害成啥啦！说完一摆手道：婆子先押下去！把后屯庄的财东徐三夯押上来！

差役们一传徐财东，他心里就知道坏了，赵寡妇没粮食，拾麦穗，刨红薯根，捋榆钱，够槐花，挖野菜，他都看见了，心里也有点儿不忍，但赵寡妇有志气，从来不上他的门，也不到那二亩地里去。后来去告状，他有点儿担心，时间一长没见动静，他又放心了：这世道，没钱你告啥状！赵寡妇你想的清官在哪里呀？他又一点儿不担心了。那天他看见赵寡妇领着儿子回来神情有点儿不一样，心里磕腾了一下，又一想那是个半疯子，又哭又笑的，理她干啥！没想到，第二天他就被传来了。

徐三夯徐财东一进门，就先给龙县长跪下了。

龙县长问他：徐三夯，你知道为啥把你押来？

徐三夯人夯心不夯，知道押他来是为了赵寡妇土地的事，抵赖狡辩是白费劲，不如竹筒倒豆子，全交代了省事。于是一五一十、从头到尾，把赵寡妇二亩地的事说了个一清二楚。最后说：这个事儿我有罪，我贪心，我害人，求老爷处置。

徐三夯这一痛快认罪的态度，是龙县长没想到的，事前他还安排了一套整治他的办法，既然审理如此顺利，一套新的方案在他脑子里就形成了。他威严地对徐三夯说：徐三夯，你强占赵王氏土地不成，绑架她的儿子，以欺骗的手段掠夺她的土地，致使赵王氏丧失生活来源，长期漂泊在外，乞讨为生，身心受到极大伤害，你该当何罪？

徐三夯磕头不已说：愿受老爷处置，咋处置都中！

徐三夯的这种坦诚交代、认罪服罚的态度，不仅让他免受皮肉之苦，也让龙县长降低了对他惩罚的力度。看着还在磕头的徐三夯，龙县长说：徐三夯，你跪好听着：一、你夺取赵王氏的二亩土地，今日起立即归还给赵王氏，不得拖延。二、你强迫赵王氏画押的卖地契约今日起失效，当堂销毁。三、你无偿使用赵王氏二亩土地三年，应赔付赵王氏每年十石共计三十石粮食，夏粮秋粮各一半，三天内向赵王氏交付清楚。四、三年来，赵王氏被逼四处漂泊，无以为生，罚你赔付赵王氏每年十两银子，三年共三十两，三日内一次付清。以上四条，听清了没有？

徐三夯又磕头说：听清了，听清了。

龙县长又说：本县念你尚能认罪，对赔付并未计较，本应判你入狱三年，只要你能尽快做到刚才宣布的四点，即免除你的牢狱之灾！你还有何话说？

徐三夯又磕头说：老爷大人大量，这样的判罚，小人心服口服。

一旁的文案大声问他：说的是不是真话？

徐三夯磕头说：是真话，是真话，真的心服口服！

徐三夯老老实实在服辩上画了押，当堂把契约交出烧毁。没出三天，把应给赵寡妇的粮食、银两，都如数交给了赵寡妇，二亩地里已经快成熟的麦子由赵寡妇收割。赵寡妇在县城定做了一个蓝漆白字的大匾，上书：百姓青天。并和儿子俩人抬着在县城整整转了一天。

龙定洋的这两件事很快在省城就传开了。他的恩师、省长公署特派员何秉坤又来到爱师县，这次他不是来视察的，他是受人之托，来给龙定洋说媒的。

龙定海领着细孬一伙儿来到西安东门附近的一个小客栈住下。

细孬的伤还没有好利落，龙定海又找八仙庵附近的一位有名的治伤先生给内服外用治疗。没出半月，细孬脸色红润，行走自如，恢复得跟以前一样了。龙定海又在八仙庵东南的一个小街道上选中一个小独院房子，细孬看完后又在附近转悠了老半天，最后才确定下来，第二天就搬了过去。一切安排妥当，细孬指示龙定海先回家去看看，顺便摸摸底，大家得活动活动了。

龙定海先去换了一身光鲜的衣服，又买了一些绸缎料子，稀罕食品，时鲜水果，雇了一辆马车，风风光光地来到钟楼根儿的铺子门前，一下车，他就感觉不对，店铺的格局首先与以前不一样；再一看，牌匾也变了，是宏顺兴成衣局。他急忙过去一问，才知道哥哥的铺子已经搬到南院门去了。他又来到南院门，才从李大掌柜嘴里大概知道了一些失火、重建、又遭挤兑的情况。得知哥哥去了外地，他跟大掌柜闲聊了一会儿，就又雇车去双水磨那儿看父母和奶奶。

又是快三年没见了，奶奶见了他就不让别人插嘴，一直向定海问长问短，最后问他看见定洋了没有？因为已听大掌柜说了，定海只能撒谎说，自己在贩药材，已离开原来住的地方，没见过定洋。奶奶急得眼泪都快出来了，嘱咐回去一定要找到定洋。奶奶担心地说：从来就没出过门，又跑到一个人生地不熟的地方，住哪儿呀，吃啥呀，也不回来，这孩子，真让人操心哪！

龙定海把带来的东西交给奶奶，又给了妈两封丝袋装的一百块银洋，跟爸说了一会儿话，起身就要走，奶奶拉着胳膊死活不放手，一定让他在家得住一晚上。定海说几个朋友在等他，必须要赶回去，好说歹说，吃了一碗面才匆匆回到东关，到他们住的地方的时候，鸡已叫头遍了。

细孬他们都没睡，一是在商量几天来摸的情况，二是在等龙定海。摸情况最大的障碍是语言问题。当时在西安的河南人极少，用河南话与当地人一搭腔，对方很诧异，也有点儿警惕。尽管弓背学西安话学得挺快，但到底腔口不纯，两句话过后，人们眼里的疑惑就露出来了。因此，这几天他们摸的情况很不理想。这一点儿是细孬来西安之前所没有想到的。

龙定海汇报的他大哥店铺失火重建后被人合伙挤兑，被迫搬走的情况，很让细孬感兴趣。他说：海子的哥也是大家的哥，海子他哥对这几个鳖孙没办法，我们有办法。刚到，其他的主儿我们不掌握，先拿这几个鳖孙开张！也给海子出出气。

龙定海说：就得拿他们开张，做事太缺德，该治治他。另外，都是拿得出真货的主儿，我带弓背再好好摸准，大哥确定开张时间。

细孬说：摸回来的情况要一五一十地说清，这里的风土人情，我不了解，拿不准，绝不下手！

龙定海答应了，接着把弓背拉到一边商量起来。

宏顺兴成衣局的闫掌柜自从搬进了隆丰福重盖的五间大门面之后，心中好不得意，终于心想事成、如愿以偿了，美得他坐着、站着都乐颠颠的，一条腿由不得抖来抖去。时间一长，生意并不像开始想得那么好，房租又高，他感觉有点儿吃不住了，在没给地皮商周掌柜打招呼的情况下，把靠西边的两间门面租了出去，这样缓解了压力，使得门面的生意也紧凑了一些。但周掌柜看见后不干了，协约上写得清楚，房客无权擅自将所租房屋转租给别人；如果发生，房主有权将所租的房屋收回。闫掌柜自知理亏，在同来吃摆上酒席，专请周掌柜。周掌柜开始推辞不来，闫掌柜的大掌柜来回跑了好几趟，周掌柜才姗姗来迟。

周掌柜坐下之后，一不动筷二不动杯，任凭闫掌柜怎么劝说，周掌柜只抽自己带的水烟，而且，几乎不说话。僵冷的场面让闫掌柜十分尴尬。无奈之下，闫掌柜对他的大掌柜嘀咕了几句，大掌柜雇车把潘肥桃请了过来。周掌柜和潘肥桃也很熟，俩人一见面，相互调侃了几句，潘肥桃就紧靠着周掌柜一坐，周掌柜用手把潘肥桃的大奶子一抓说：又大了，估计又是谁的牛奶给你灌得溢出来了。

潘肥桃娇嗔地在周掌柜身上拍了一下，进而往周掌柜怀里一钻：谁的牛奶，还不是你的牛奶！

周掌柜趁势把她一抱：冤枉，冤枉，谁把好事办了，让我背这个黑锅！

看到他两个旁若无人地调笑，闫掌柜和他的大掌柜知趣地退了出来。周掌柜一看雅间里只剩下他两个，捧起潘肥桃的脸就在嘴上猛嘬起来，潘肥桃也使出看家本领：香舌吸精。一根内卷的舌头硬似棍，柔如风，在周掌柜的嘴里软硬兼施，横冲直撞，上下翻飞，左腾右突，最后猛刺咽眼，一剑封喉。这一番唇枪舌剑，把个周掌柜弄得口舌生香，涎津涟涟，半晌才回味无穷地说：都说你香舌功厉害，今天领教果然了得，神功，神功！停了一会儿，周掌柜不解地问：到你那儿去过几回，咋没见你施过这个功？

潘肥桃边补口红边说：你们男人哪个进了门不是猴急紧上树，三下五除二就直奔下三路来了，然后就像一头出了死力的乏牛，趴在床上打都打不起来，谁还有福气领略本姑娘的香舌功？周掌柜色迷迷望着依然青春艳美的潘肥桃说：上面领略了香舌功，我的下面催着我享受缩紧功呢，咋办？

潘肥桃一脸的妩媚：你找地方，本姑娘几个功夫都给你上一上，免得你今后再喝其他女人的洗脚水！

周掌柜说：我老婆回娘家去了，走，到我家去！他俩给闫掌柜连招呼都没打，就一搀一扶地下楼走了。

周掌柜住在南城门旁边的湘子庙街，进门之后是个一明两暗的四合院布局，两边的厦房大多是空房，靠大门边的一间里住着个老妈子，其余的账房、厨子晚上都回家去了。他之所以敢把潘肥桃领回家，就是因为家里几乎没有人。为了玩儿的尽性尽意，他进门之后，索性连老妈子都打发到她的老姐妹那儿去了。

龙定海和弓背从酒楼开始就一直盯着周掌柜，看见他俩上了马车一路向西，龙定海就判断他们不去金吉岭，有可能到哪一个家去。他俩一路小跑不远不近地跟着马车。看着周掌柜敲门进去，又看着老妈子出门走远，周掌柜才从马车里把潘肥桃接下来进屋的情景，龙定海和弓背都认为：今晚这家除了他俩再没其他人了。

龙定海把弓背拉到一边低声说：今晚机会难得，你立马回去汇报，让大哥带人过来，弓背一应声一溜烟跑了。

当细孬带人进到周掌柜房子的时候，床上两人的表演正进行得如火如荼。潘肥桃知道，周掌柜捏着闫掌柜的生意命脉，也清楚自己肩负的神圣使命，同时，自己也想抓住周掌柜这个送钱的财神。因此，她使出浑身解数，拿出入道后学习和积累的十八般能耐，把个周掌柜折腾得死去活来。这女人的手段真是不一般，每次把周掌柜送到云顶峰尖，老周控制不住，马上就要一泻千里的时候，肥桃突然一个阎王镇鬼，命门处透心一掌，老周一个激灵，如热鬼氽冰水，冲动全消。当老周略显疲惫，战力大减的时候，肥桃一个母狮霸窝，把个攻战不力的老周夹翻下马，压在臀下，然后以摧枯拉朽之势，又把老周送上坐享其成的绝顶。两个人的肉搏进行得大汗淋漓，忘乎所以，完全沉浸在阴阳肉体交合的狂热激情之中。

这种忘我的交合，龙定海和弓背都是第一次见到。以前，一丝不挂的女人见过，夫妻一个被窝搂在一起忽闪也见过，像这样带有表演性质的狂放激情交合，真是让他们开了眼，尤其让龙定海这样很少碰过女人的人，全身热血沸腾，浑身就像向外同时伸出无数只手，恨不得向外拼命抓挠，要把那个根本抓不住的东西抓回来一样。细孬很沉得住气，安静地注视着床上的一男一女，耳朵还搜寻着门外窗外的动静。

终于等到两个家伙一摊烂泥似的瘫在床上的时候，龙定海和弓背都认为时机已到，眼睛紧盯着细孬，细孬一动不动，并不看他们，也没有任何要行动的样子，他们只好耐心地等待着。

时间不长，肥桃起身趴在老周的身上说：闫掌柜——你就放他一马吧，他也挺不容易的。

老周闭着眼睛说：刚才的那些，你都是为了老闫的吧！

潘肥桃自知失言，于是赶忙借鞭赶牛，用两个奶子在老周脸上蹭来蹭去，嗲声嗲气地撒娇道：老闫咋啦嘛，老闫他还没享受过本姑娘的这一套功夫呢，你们男人就爱吃醋，没有老闫，我还到不了你的炕上呢！再说啦，老闫比起你来，那功夫差远了，周哥哥，你那一杆枪好厉害呀！

老周还沉浸在刚才的兴奋中，说：你的小嘴比你那一圈毛围起来的地方能得多，我把话说到前头，你跟老闫咱一码是一码，他的烂事，你不要掺和。

潘肥桃把全身贴在老周身上，见老周这么说急忙问：周哥哥，那我这一码你怎么表示？

老周略带不满地说：咋跟听说书的一样，刚来一段就收钱？

肥桃撒娇地说：谁要啦，我就想知道你有多大的手段嘛！你把话说在前头，我也有言在先，本姑娘手里的绝活儿才使了一半，我要是不高兴，下边的就不精彩啦。说完，她用手在老周的会阴部和丹田部一挑一压，顺着两条大腿内侧两个手指反向一勾，老周的那杆枪又直直地竖起来了。

老周一下子把她搂住自己翻到上面说：只要你的手段好，你周哥不在乎钱！

肥桃一个紧吸缩贴，把老周整个人几乎全部吸包进肉里，一只手在老周腰间的两个穴位上轻轻地按摩着。看着老周渐入佳境，她猛然一松，老周突然像从半空中跌下来，嘴里喊着：哎呀，不行，不行！然而，肥桃却滚到一边，平静地躺着一动不动，老周发疯似的揉搓着肥桃，嘴里喊着：快，快，快！肥桃不为所动，说：哥哥，拿你的手段呀，哥哥不是有大手段嘛！

欲火如焚的老周顺手在大炕旁墙上的一幅条幅背后，叩开一个小门，又用手在里边捣鼓了一会儿，才从里头拉出一个精致的小匣子，端了过来，招呼肥桃过来看，肥桃慢慢爬起来，漫不经心地看着。上边有七八张银票，有五十两的，一百两的，还有五百两的两张，一千两的一张，银票下边是银元宝，有大有小，还有两块金砖，其余的则是些珠子、首饰之类的。肥桃暗想，这匣子最少也能值个上五六千两银子。她在老周脸上“叭”的一声亲了个脆响说：看哥哥给小妹什么手段？老周把匣子盖一合，顺手又塞进条幅后的暗室内说：哥哥的手段最后还要看妹妹的手段！说着把肥桃一搂，两个人又真枪实弹地干上了。

细孬看着机会到来，对着对面的龙定海、弓背一挥手，龙定海抓起快拖到地上的被子猛向床上的男女捂去，并用身体狠狠地压在上面。细孬轻脚快手地跨上两步，一只手在条幅背后一抠，小匣子就稳稳地夹在他的腋下了。看着细孬出门，龙定海一个鲤鱼打挺从床上跃下，弓背不失时机地吹灭了灯，等床上两个野鸳鸯掀开被子，对着一片黑暗发愣时，看了一场好戏的五个人已经三三两两地迈步在小街道上了。

老周始终都想不出，是谁收拾了自己，最后，他认定是闫掌柜和潘肥桃作的局，把账都记在他俩的头上，花钱请人暗地把他俩分别收拾了一顿，时间不长，就把宏顺兴成衣局从那五间门面赶了出去。

细孬他们当然也没有放过宏顺兴的闫掌柜，不过，弄老闫有点儿像在跳蚤身上剔排骨，费了好大的劲，才弄了一张八十两的银票，那么大的一个铺子，不知挣钱没挣钱，也不知他把钱藏那儿了，反正，快把他的命都挤没了，他就是再也拿不出钱了。后来，他们又到宝鸡去待了几个月，在一次夜间行动中，蚂蚱腿被另一伙抢劫的往左胸部连打两枪，当场死亡。从此以后，细孬一伙慢慢都配上了枪。

西安的南院门一带是在清朝末年逐渐形成规模的一个商业圈，到了民国，经过七八年的扩充和发展，以及外地商人的拥入，各种南来的绸缎细布，北京的糕点酱菜，汉口的首饰香粉桂花生发油，江浙一带的弓鞋细袜小洋伞，番禺的珍珠香料洋怀表，以及木梳镜子花边扣子，等等，深得民众的青睐。全国的几个大的书馆书局也在南院门一带设立了门面和经办处，专做西服洋装的铺子也开了起来，西安几个有名老字号的大菜小吃都在这里盖楼设店，甚至世代相传的礼泉黄算卦小屋也在这一带落了户。这里从早到晚车水马龙人流不断，已经成了城里人和乡下人逛街必去的地方。

隆丰福又从两间门面扩展成三间门面，并且，由于店铺经常有商队往来于江西和汉口，各色的布料、成衣、茶叶、染料、瓷器等等，也就充实了门面，生意越发显得红火。地皮商周掌柜托人找到龙定山，劝说隆丰福再搬回钟楼根儿下的那五间门面里去，龙掌柜推说，他现在不管店铺的事，有事找大掌柜去，来人明知是推脱，也无话可说。找到大掌柜，大掌柜连吸了三锅一口香水烟之后才说：不让隆丰福在钟楼根底儿下干，你们是请了督军府的人说的话；这一回叫我们回去，咋没有督军府的人出来说话呢？

来人尴尬地赔笑说：大掌柜说笑话呢，俺们周掌柜跟督军府可没啥瓜葛，过去的事就不提了，现在，咱一切都好说。

大掌柜思谋了一下说：这事先放一放，等筹划好了以后再说。来人只好悻悻而回。

六月初六是督军母亲的七十大寿，时间还有两个月，凡是跟督军府有点儿关系的军政商界人士都忙乱起来了。大家都在相互打听，送什么，送多少，啥时送，龙定山当然也不例外。他想：比咱高一头、大一膀的人多的是，咱礼不能过重，但要高雅机巧，要讨老太太喜欢。他思谋了好久，突然想起在江西见过一个东西，心中一喜，连忙叫人把大魁叫来。大魁名叫龙大魁，是龙定山三年前冬天，在城门洞里看见一个已经冻得快死的小伙子，让相公们抬回来救活的。吃了两碗饭之后，这个十六岁的小伙子见了龙定山翻身跪下，感谢大人救命之恩，并执意要认龙定山为干爸。龙定山被弄得手足无措，不知如何答对。还是大掌柜出面说了话：这小伙儿灵性懂事，老掌柜认个干儿也好。不过，丑话要说到前头，当儿要有当儿的规矩，要以父为尊，孝敬顺从，要勤勉自律，规矩做人，父亲训斥打骂，不得生怨恨之心，无论家庭店铺大事小事，必须由父亲做主，没有授权，凡事不可擅自主张，以上各条凡有违反者，做父亲的随时可以解除父子关系。今日三拜六叩之后，老掌柜将终生终世为你的父亲，能否做到？

大魁在地上连磕九个头，趴在地上发誓道：以父为尊，孝敬顺从，勤勉自律，规矩做人，任凭父亲训斥打骂，绝不生怨恨之心，今日朝干爸一拜，终生终世愿做干儿子！

大掌柜说：改戴大魁为龙大魁，你可愿意？

大魁说：从现在起，我就是龙大魁。

大掌柜说：我写一份文书，你父子二人在上面签字押红，这个干亲就算认成了。

事后，大掌柜又暗地派人专门到大魁的老家，乾县梁山的村子了解大魁的身世，正如大魁自己说的，一间破房已塌了一半，父母双亡，家里已没有人了，只有一个老姑还在二十几里以外的沟里住，老姑在大魁小的时候见过他，现在都没有印象了。这个结果让大掌柜才彻底放了心。

大魁过来叫声爸，问：有啥事？

龙定山就把带他去江西路上看到的东西说了一遍，大魁心领神会地说：这事，我明白了，我明天就动身，一定把事情办好。

龙定山说：这事关键是要把那东西调教好，一定要选上等的品种，配最好的笼子，把侍候的方法学会弄懂。

大魁说：爸，我记住了，你看给我黄伯伯带些啥东西。

龙定山说：他肠胃不好，多带些红枣、山楂、核桃这些土特产，再带一张二百两的银票附上，问问他的病情，代我向他致意。如果他的身体可以，邀请他随你一起到西安，换换环境，再请这里的先生给诊治诊治，或许还能好得快一些。

大魁说：爸，我都记住了，我想明天就走。

龙定山说：好，带谁去，定了吗?

大魁说：我跟大掌柜商量，确定叫新承跟我一块儿去，新承口齿清楚，又灵活，办个事情也利索。

龙定山说：早去早回，路上不要耽搁时间。

大魁与新承两个年轻人一路上有车坐车，无车步行，说说笑笑，没几天就进入江西地界。按照父亲的指点，他们找了好几家饲养花鸟的铺子，看了之后都不理想。中午在一家饭馆吃饭时，店掌柜给他们说：这外边卖的都是一般的货色，要想找到真正好东西，要到老林子边上去，那儿的东西绝对好。大魁他俩听了，问清路线，决定立即赶过去。

翻山越岭，一连一百多里的山路，两人走得气喘吁吁，大汗淋漓，太阳太毒，他们在一棵大树下休息，正巧碰上一个砍柴的樵夫背着一大捆柴也坐下来歇脚。大魁递上一支卷烟，并为他点上火。

樵夫问：你二人干什么去?大魁说明来意，樵夫说：要问别的我不知道，要问虫虫鸟鸟，那你算找对人了。大魁又把要求一说，樵夫说：跟我走，到前边我卖了这担柴，带你去找个人。

大魁说：这担柴要卖好多钱?

樵夫说：三十文。

大魁说：这担柴我买了，给你五十文。

樵夫说：只要三十文，走，我给你挑到哪儿?

大魁说：不往哪儿挑，就放在这儿。

樵夫说：那不行，放在这儿，我们去一会儿回来柴不见了，我还得给你退钱呢，那不行!

大魁又好气又好笑，说：柴丢了是我的，不问你要钱，我要找的东西，你帮我找到了，我还要给你钱!

樵夫说：你不要搞错了，你要的东西找到了，你要给人家钱，你给我钱作么事!

大魁感叹樵夫的善良，说：走，找到东西再说。

樵夫问：这担柴你还要不要？

大魁说：要。

樵夫说：那给三十文！大魁给了五十文。

樵夫说：我没得钱找你，等一会儿，我再砍捆柴给你！

大魁只好顺着他请他带路，翻过一座山，来到一个道观前，樵夫说：这里有一位道长养了不少好鸟，你向道长讨几只。

道观里清净闲适，寂无人声，大魁先到正殿烧香参拜，投了布施，然后转到后院，看见一位长髯白须的道长坐在紫藤花架下看书，听见有人来了，放下手中的书迎了过来。一番寒暄，道长明白了来意。道长说：我这里的鸟儿个个都灵异非常，我给你几只都可以，不过，它们愿不愿去，就得看跟你们有无缘分了。道长轻轻地在肩上拍了拍，立时就有几只白的、绿的、红绿相间的大大小小的鹦鹉飞了过来。有的落在道长的肩上、手上，有一只落在大魁的肩上，有一只落在新承的肩上。樵夫就站在他们旁边，却一只也没落，其他的鸟绕着他们飞了一圈，又都飞回去了。道长拍着手说：好，好呀，看来你们还是有缘哪！那两只愿意跟你们走呀！两只鹦鹉分别叫着：有缘，有缘！要走，要走！

大魁诚恳地询问这两只鹦鹉，道长要多少钱，道长说：我若收你的钱，那就是我卖了它们，那是天大的罪过，它们愿意跟你们去，这是天意。你们必须善待它们。这些鸟长年饮山泉，食野果，空谷传音，松涛练飞，又一直在道观左右栖息，听清音，闻诵经，嗅香烟，见道场，已与仙界结缘，不仅聪慧而且灵异，受不得委屈，听不得呵斥，见不得残暴，稍有违心逆意的事情，宁可绝食绝水或者触笼而亡，绝不苟且偷生。在我的眼里，它们已不是鸟，它们是我的弟子，与我不可一日不见，我若发现那个不见了，一夜都睡不好觉，直到我重新见到它们为止。这些鸟聪慧异常，学人说话，学人念经唱戏，背诵诗文，一听就会，且运用得当。愿跟你们去的这两只，是这一群里的小头领，长的是最好的，也是最聪明的两只。可今天它不聪明啊，跟了你们，他们可就要关笼子，带锁链喽！道长说到这儿有些感伤，半天说不出话来。

看到道长坚持不肯收钱，只好跟道长商量，让新承留下学习养鸟喂鸟的方法，并教鹦鹉学说西安话，以及学说一些逗乐的小段子，之后，将一张一百两的银票投进功德箱。

大魁与新承匆匆而别，约定十天后上午在上山前的那家饭馆里见面。大魁急着要去看望在景德镇他的伯伯黄晴池，算起来从上次他见伯伯到现在，已经有半年多了。

走到他熟悉的伯伯门前，大魁着实吃了一惊：大门上环挂着一长串白纸剪成的网状纸花，旁边还有一副白纸黑字的对联：

一代名师远去　谁能拾遗补缺

冠世功艺在身　奈何天不容人

大魁急忙进门，看见房的正中摆设着灵堂，神主位上写着：先考黄晴池大人之灵位，两边两只白蜡烛燃烧正旺，正中一排时鲜水果，一排精致糕点，一碗新米饭周围摆了四个小菜，旁边放了一双筷子，一个酒壶旁一个酒杯里斟满了酒。一个女孩儿全身重孝坐在供桌旁边，呆呆地发愣。

看到是伯伯黄晴池的灵堂，大魁“哇”的一声就跪下大哭起来。旁边的女孩儿开始还没认出来者是谁，先跪下陪着哭了起来。等着大魁的几声哭叫，女孩儿才明白是父亲西安结拜兄弟的儿子来了。她先是心里一阵激动，接着又十分诧异：没有给西安报丧，他们怎么知道了？看着大魁带着一大堆东西，又没有戴孝，女孩儿分析大魁可能并不知道父亲去世的消息，只不过是到这儿来偶然碰上的。大魁的哭声惊动了黄家的家人，几个老的半老不小的人，戴孝和不戴孝的人一起拥了出来。两个男子把大魁扶了起来，安顿坐下，招呼端茶倒水，问长问短。大魁才知道伯伯去世已经一个多月了，“五七”都已经过了。问起病因，晴池的哥哥告诉大魁，晴池还是原来的肠胃病，不知是怎么搞的，三个月前越来越重，后来竟然水火不通，水米不进，腹胀如鼓，药汤针砭也终不济事，只是在临终前仍然念叨着想见定山兄弟一面，本来想派人请定山兄弟亲来一趟，人还没来得及出发，他已经气若游丝，口不能言了，挨到第二天丑时，未及天明即驾鹤西去了。可怜他满腹才学，一整套烧制精瓷的秘法绝技，都未能流传下来，可惜呀可惜！他哥哥边说边流泪，最后哽咽着说不出话来了。大魁越听越难受，后来索性放声大哭起来。

众人本来是陪着哥哥的叙述流泪的，一见他俩大哭起来，也忘了流泪，反劝起他俩节哀止悲，小心伤了身子。哥哥也才想起来询问大魁吃饭住宿等等安排的事宜。

第二天一早，大魁洗漱完毕，立即就到灵堂前恭恭敬敬地给黄伯伯上了香，又虔诚地三拜九叩，代表父亲把原来的礼品变为祭品，献在黄伯伯的灵位前，最后把那张二百两银票也献在上面。大魁哭着告祭黄伯伯，父亲在西安对伯伯也是朝思暮想，经常念叨伯伯的病情，这次特地对我说，如果伯伯身体可以，一定把伯伯接到西安去住一段时间，请西安的名医给他好好诊治一番，这个病一定能治好。没想到，父亲的承命由我尚未实现，两位大人竟成永诀。倘若父亲知道，不知要悲痛成什么样子。我的好伯伯呀，你为什么走得这么急呀，你应该跟我父亲见一面呀，你让我回去咋向父亲交代呀！

大魁真诚地哭诉，感动了在场的每一个人，既对黄晴池的去世深感悲痛，也为龙定山和黄晴池两人深厚的友谊而感动。经过一番劝说，大魁在抽噎中被扶到椅子上坐好。黄晴池的哥哥说：大魁贤侄节哀，你父亲的一番情意，我们都看到了，晴池他有如此掏心换胆的朋友，他应该满足了，你父亲永远都是江西黄家的朋友和亲戚，现在，我有几句话要说，希望贤侄转告你父亲能按照晴池的遗愿去做。

大魁止住悲痛说：请大伯细述，侄儿洗耳恭听。

大伯拿出一张纸展开念道：我黄晴池一生清白做人，凭学识和经验挣口饭吃，身后无厚财传人，唯留一女尚未婚配，乃心头一件憾事。与龙定山结友，实乃平生幸事。定山，善诚厚德之人也，我死之后，由小女涵玉以我的名义向定山带去我的两件礼物，并恳请定山代我照顾涵玉，详情由涵玉面见定山详述，望定山不负我心。晴池拜泣

大伯在哽咽声中读完了遗嘱，涵玉已经泣不成声了。

大魁含着眼泪问：大伯，那涵玉姐是否要到西安去？

大伯说：原准备涵玉后天过了她父亲的尽七就往西安去，我们还思谋谁送她呢，现在正好你来了，你可以带涵玉过去了，我们就可以少操心了。

大魁说：我们一起来了两个人，路上照顾涵玉姐没有问题。我俩约定第十天见面，现在还有好几天，我再购置些细瓷带上，让涵玉姐也有个准备的时间。

出发的前一天晚上，大魁把自己购置的货物装上了船，大伯把涵玉的东西也准备了一车拉到船上，并反复给大魁交代，涵玉的东西一定要照看好，货不能离人，当晚就安排有人住在船上看货。第二天一早，大伯一家到码头送别涵玉，涵玉含着眼泪嘱咐家人照顾好大伯，并说，以后只要有机会，她一定回来看大家。

大魁顺利地与新承接上头，一起乘船到了汉口，然后雇车让涵玉坐在前头，后面把货物装得满满的，他俩则步行护车。路上，新承把道长如何驯鸟，如何学语，如何教鸟洗澡，教鸟认人，如何给鸟治病，如何鼓动鸟的情绪，如何安排鸟的休息等等，细细讲述了一遍。他感叹地说：道长真是一个善人，一个鸟痴，一个品格高尚令人尊敬的人。但愿这两只鸟到了督军那里活得快活，不受难怅！

车过临潼，卧牛城的西安已遥遥在望了。

第六章

何秉坤特派员一大早骑着马带着四个人来到爱师县府。看到原来破败的衙

门被整修得焕然一新，大门外小广场平整光洁，衙门口站着的两个兵丁也是正装端立精神抖擞。见他们走近，礼貌地上前询问，并主动帮着牵马，派人通报，显示出这里良好的管理和严密的秩序。他心里暗想：龙定洋这小伙子还真能干，看来自己当初还真选对人了！何特派员也是当知县出身，尽管现在是民国了，叫县长不叫县太爷了，可管的事情基本都是一样的，那就是：催款催粮，判案公堂，修河治水，整田开荒，下情上报，迎来送往，一年到头，穷得叮当。以他的体会，所有的官，唯有这知县是最难当的。是官都比你大，谁说你都得听，啥事都得找你，是错都是你错。因此，一般知县干个三年两载，都要投靠钻营，或飞升或迁变，总得动一动。他知道龙定洋没有靠山，也没有做官经验，只是凭着一股热情一股闯劲，这种精神很可贵，但这样下去很危险，他想再帮他一把，也很想在自己还能说上话的时候，再提携他一下。他这次来，其中就有这个目的。

龙定洋正在写一份有关制订乡规民约的计划，听见恩人何大人来了，急忙跑了出来，慌得连帽子都忘了戴，老远就施礼问好，埋怨大人为何不提前打招呼。何大人笑呵呵地握住定洋的手说：很不错嘛，一年多天气，县城已经小有变化了，几件事办得不错，在省上也有了一定政声了。

定洋谦虚地说：小人从来就没做过官，一是有大人经常指点，二是从书上学一些别人的经验，还差得很远呢。

何大人被让到客厅坐下之后，定洋又再次朝何大人行大礼，并诚恳地说：小人自知为官很不成熟，现在碰到有些事情很是头疼，有的案子刚一开审，双方找的关系都来了，一个比一个官大，我想秉公办案，无奈说情太多，我都不知道该怎么办了。有的仗势欺人，上司指示却黑白颠倒。还有死人的案子，上司却将案子收上去审理，杀人者被无罪放出来。我现在才明白，我的前任卞县长为什么明白人却装糊涂，这个县长真不好当啊！

何秉坤静静地听着，偶尔笑笑，待定洋说完才慢慢地说：这就是你为什么还需要历练啊！等你能够熟练地把这些事情处理好，你也就能胜任更高一级的职责了。今天，我来有一公一私两件事。先说公事，北边有两个县为一段相邻的地界争执多年，各不相让，省上两次派官员去调停，两个县长一见面就吵，都要把界线多划过去两丈多，谁都不让，还各组织了一伙农民在边界上吵闹，经常发生一些摩擦，省上也很头痛。我想派你去把这事处理一下，方法由你选，费用由我出，只要他们先消停一段时间就行。

定洋问：不知大人让我何时动身？

何秉坤说：如果不很忙的话，明天就出发，半个月时间大概够了吧。记住，不要和他们多纠缠，不翻旧账，认可签字，不闹就行。

定洋说：我记住了。

何秉坤说：你作为省长特派员的首席代表例行公事，去了要拿起架子，该申斥的就申斥，能和解的就和解，不求彻底解决，只求相安无事。

定洋说：好，一定不辜负大人期望。

何秉坤接着说：第二个私事，首先我要恭喜你，省府的一位厅长看中你啦，想要把他的宝贝女儿许配给你，老夫今天是来做媒的。

定洋一听有点儿脸红，他腼腆地说：大人对我真是恩深似海，这些事情也让大人操心，让定洋真不知如何报答才好。

何秉坤摇摇头说：此话差矣。对公，省长授我荐贤举能之权，把你荐拔到这个位置，完全是由于你的才能，并非是老夫的私心。对私，你人品好，有才干，有人慧眼识珠，愿聘你为乘龙快婿，老夫只求喜酒一杯而已。当然，我们也有师生之谊，但恩深似海这话，老夫可真不敢当。何秉坤呷了一口茶又说：这位厅长就这么一个女儿，是老两口的掌上明珠，聪慧异常，书画音律无不通晓，尤其一笔好字，她父亲经常示人以为荣耀。你的文章，他也看过了，深为赞许，因此，才专意拜托老夫前来说媒。

定洋说：小人何德何能，让这位大人如此垂青。此等好事本应高兴才是。可几天之前，我来本县时认的一位干妈给小人已经提说了一桩媒了，是本县一个小户人家的女儿，听说人品、秉性都十分不错，我口头已经答应下了。

何秉坤一听有点儿着急：你怎么答应的？

定洋就把自己怎样到爱师县，大娘如何给她介绍差事，两年来关心照顾他的情况从头到尾说了一遍，最后定洋说，自己孤单一人，两年来，大娘从吃饭穿衣到接人待物，对他无不关心，对自己的婚姻大事也一直挂记在心，多次走访，才确定了这一个。

关于定洋的身世，何秉坤原来是了解一些的，却没有今天定洋说得仔细。何秉坤大为感叹地说：看来，这爱师县是你的风水宝地呀，婚姻关乎你一辈子的终身大事，你自己可要慎重从事啊！定洋，你看，能不能让老夫会一会你的这位干妈呢？

定洋说：那有什么不能，我派人拿车把老人接过来就是了。

何秉坤说：不可，我应该登门亲自拜访老人家才是，你派人带路就是了。

定洋遵命，立即差人把差役班头郭金柱也就是自己干妈的儿子叫来，告诉他，省上何特派员想见见大娘，让他先回去安排一下。这里，定洋安排好酒好菜款待何特派员及其随员。

见过了定洋干妈，何特派员才知道，定洋干妈选中的是本县一位有名财东的第三个女儿，不仅端庄俊俏，身材高挑儿，更主要的是知书达理，贤淑温柔，另外，二人八字也相合。依大娘的说法，这两个是上世就定下来的一对喜鸳鸯。何特派员也介绍了厅长的女儿。

大娘说：要说起，厅长的官大得很，女孩儿自小山珍海味，绫罗绸缎，蜜罐里泡大的，细皮嫩肉自不必说，舞文弄墨、吟诗作画也理所应当，可她跟了定洋就要东奔西走，在官场里应酬，她能不能给定洋当好这个家，管好定洋的衣食住行，替他出好主意，给他的前程铺好路？

何特派员反问大娘：你说的这位姑娘，能不能做到你说的这些？

大娘自信地说：我说的这姑娘，我看她不是三天两天了，自小就温顺贤淑，稳重好学，还很有主意。我看她跟着定洋，定洋的事儿还能做大。

何特派员当然不能跟大娘争辩，只是说：好，咱们都是替定洋操心，你是从当娘的角度替他想得更周全，婚姻大事，还是慎重点儿好。另外，此事主要还得看定洋的意见。

大娘说：那是，那可不是。

定洋第二天就带着差役班头郭金柱等七个人，到北边的两个县界上去了。他要先搞清楚争执的症结所在，然后再对症下药。

两个县争执最大的地界问题，是一段自上而下三起三落自然隆起的山坡地带，山坡顶上是一个硕大的山包，从侧面和后面看过去就像一个龙头，塄坡上三起三落是起伏的龙身，而龙身的尾部，又耸起一个由高往低扇面状的土包，上面长满了杂树又恰似龙尾。一条小路从龙头处蜿蜒而下直达杂树林。无论在上面看，还是从下面往上看，这条上下三里多的路段都像一条即将一飞冲天的巨龙。定洋从上到下，从下到上反复看了好几次，他终于明白了两县争执的焦点所在。他让人丈量了一下，大约长有三里另九十五丈。看完现场，定洋让人当场画出这一段有争议的塄坡地图形，然后，他决定分别拜访两位县长。

偏东边的照春县土地面积大，可地形不太好，大部分农户靠天吃饭，好年景收入也是一般。县城里房屋破败，市面萧条，连县政府都是一副穷困潦倒的样子。越是穷困的地方，陋习越多。据说，抽大烟赌博，打架闹事，偷窃抢夺，杀人越货的情况经常发生，龙定洋他们来到县府门前的时候，大堂上跪了一片，听旁人说，是两个村为琐事械斗，打伤了五六个，县长正在发落呢。

定洋一行坐在客厅里休息，时间不长，县长急急忙忙地小跑进来，连声表示歉意，并说：今天一早，省上的公文就到了，说龙首席近日要到本县来，我还思谋着准备准备呢，没想到这么快就来了。

定洋说：本人受省长特派员的委托，负责调查解决你们两县一段界限的勘察和划定工作，希望县长能够积极配合。

县长弯腰打拱说：一定配合，一定配合。

定洋请县长坐下，说：鄙人还不了解你们两县的争执情况，请县长先介绍一下来由。

这位身材不高黑胖敦实的罗县长一听要介绍争执情况，顿时说话就带上了气：两县争执起源就是山上的那条龙，以前听说那里原本是一面大慢坡，根本就没有龙，县界就在现在塄坡往西两丈多的地方，两县从来没有为县界发生过纠纷。据县志记载，十六年前一次地震，一夜之间，坡地由中间隆起，山头部分垮塌，就成了现在这个样子。按理说，地形变化都在我们县里，不关他们县的事儿，可金海县几任知县和县长总说，这龙是他们那边的，非要把龙划到他们县界里，还鼓动大家说：

本县山坡一条龙，
滋养秀才多如虫，
个个跳过龙门去，
大官坐满北京城。

他们派人在我们县界里边私埋界桩，把龙括进他们地界，还纠集了一伙人在边界上巡逻，叫喊是护龙队。大人，这事情真是气死人！

定洋听了不动声色，说：把你们的县界图拿来我看。

很快，罗县长就让人把十几年前未地震时的地图和地震后的地图都搬了过来。定洋仔细把两幅地图作了对比，又查看了纸张和墨色，然后让来人把图临摹了下来。最后又征求了罗县长的意见，连饭都没吃，就离开了县府。

他们第二天一早就又赶到争执现场，按照罗县长的图样勘察了一遍，并把勘察结果和分析结果都记录在案。中午刚过，他们就赶到有争执的另一个金海县城。这个县比起罗县长的县来说，明显要繁华得多。不仅店铺众多，人流量也大，人们衣着鲜亮，神态安详，显示出生活的富裕。看着这截然不同的两种对比，定洋感叹地说：为官一任，造福一方，县长的担子不轻啊！他们先在外面的饭馆吃过饭，稍事休息，然后再消消停停地来到县府。

定洋一行进到县府客厅坐下的时候，看见天井里有两个人在下棋，差役泡上茶，歉意地说：请各位慢用，县长大人处理完公务，一会儿就过来。说完就退到门外。大约过了半个时辰，天井里的两人一局终了，其中一人站起，伸伸懒腰，才朝客厅走了过来。定洋坐着没动，看着对方进来打拱问候，就直截了当地问：请问，可是董平杰县长？

董县长一听口气不对，立即赔下笑脸：在下董平杰。

定洋说：董县长的公务里还包括下棋一项啊。

董县长有些尴尬，结结巴巴地说：下人没，没说，说清楚谁，谁来，下官一入棋局有，有点儿忘了，多有得罪，多有得罪。

定洋说：想必省上的公文已经看到了，鄙人此次是专门为解决你们两县那一段界限纠纷而来，在调停之前，我想先听听董县长对此事的看法。

董县长说：这一段龙岗原来就在本县的界内，他们县不知什么时候把这一段划到他们地界里，并把原来的界桩都挖出来，重新埋到龙岗过来朝我们这边两三丈远的地方。一点点地方，我倒不在乎，可老百姓不答应，我们人一去，他们就打，前几天把我们的人打伤了七八个，现在还在家里躺着。

定洋问：前两次省上来人，给你们是怎样调停的？

董县长说：第一次省上来的是王厅长，看完地图之后在龙岗上画了一条线，实际上就是那条路，两家一看都不干了，把龙身从中间一劈两半儿，谁都不干，劈成一半是条死龙，那是要惹祸的呀！

定洋问：那第二次呢？

董县长说：第二次来了一位陈科长，对我说，把龙岗的这块地划给他们县，然后让他们划一块儿相当的地块给我们。我们的人一听就炸了，这龙岗是风水宝地，轻易就能让给别人？听说他们县也不干，龙岗划给他们，他们一寸土地也不给。

定洋问：依着你的想法，你们两家的事情该如何解决？

董县长：很简单，龙岗划归我们县，省上下一纸公文，强制执行。

定洋说：那省上要是下一纸公文，强制把龙岗划给他们县呢？

董县长马上现出一副痞子样，骄横地说：那这个架就得长期打下去，反正我们有的是人，老百姓不答应，县上也没办法。

定洋说：董县长快人快语倒是爽气，不过，这解决不了问题。你在本县做官，你为本县说话，如果把你调到东边这个县，你肯定又要替东边这个县说话，万一去了，你这话可该怎么说呢？

定洋几句话说得很平淡，但善于官场经营的董县长，一下子就听出其中的味道，他想进一步探探这位胡子都没长起来的上司的底，待差役续过茶之后，他说：上司一纸公文下来很容易，可老百姓不听你的，他们要是继续闹事，本官也无能为力。

定洋料定他有这一手。他清清嗓子，呷了一口茶说：据我所知，董县长为官已经有些年头了，深知这为官之道，上司两次派大员下来，你们两个县对处理方案都不接纳，甚至还说，上司一纸公文下来很容易，可老百姓不听，你也没有办法。试问，上司委派你们来这里是为什么？难道是让你在这里无能为力？难道是让你在这里为难上司？难道是让你看着百姓闹事？如果真是这样，这个官要他何用？这样的官不仅不称职，还应该追查他的渎职和藐视上司之罪。

定洋说这番话时语调平缓，声音也不大，但在座的都感觉到了分量，尤其是董县长，大有看似麻纸一戳，一指头捅了马蜂窝的感觉，不仅满头流汗，双腿也有点儿乱晃，他后悔自己轻慢了这位娃娃脸的上司，更后悔自己刚才那一番轻狂的说话。他用帕子揩了揩头上的汗珠，轻声赔笑着说：龙首席，下官刚才接迎不恭，语言鲁莽，措辞失当，多有得罪，还请龙首席大人大量，不记下官之过。界限一事，但凭大人划定，本县的事情由本县自己处理。

定洋看着态度明显改变的董县长，态度依然平和地说：董县长此话差矣，在下刚才的一番话，并不是针对你董县长的接迎不恭而说的，而是针对两县划界这件事情代表省长而说的。如果省上几次派人到这里，连一个小小的划界问题都解决不了，省府对下管理的权威何在？省府人员办事的能力何在？国家共和体制，宪政管理，令行禁止的纲纪如何体现？

说到这里，定洋略停顿了一下，看着又不断擦汗的董县长，继续说道：当然，划界一事，在下绝不会不考虑两县的民情，妄自决断，一定会出台一个大家都能接受的方案，鉴于你们两县目前针对此事对立的状态，两位县长就不见面了，方案拟好后，我会再来的。不知董县长还有什么意见要表达？

此时的董县长已经完全被定洋这种稳健威严的气势和义正词严的谈吐所威慑，但他不愧为一个老官僚，为了挽回一些刚才造成的负面影响，他不失时机地夸赞起定洋：龙首席年少有为，雄姿英发，一番宏论让本官茅塞顿开，如有醍醐灌顶之感，像龙首席这样有才能的官员，无论说话处事，不仅让人心服口服，而且让我学到了不少东西，有龙首席这样的才俊，真是我省有幸，国家有幸！

定洋对这番露骨的吹捧十分反感，他打断董县长的话头说：定洋年轻不假，有为还谈不上，更不会因刚才的几句话，就让董县长茅塞顿开，醍醐灌顶。董县长过的桥可能比龙某走的路都多，该是龙某要向董县长学习的呀！不过，在下这次来划界的事情，是一定要解决的，完成之后要向省长呈送一份详细的实施报告，其中还包括对两位县长官风、品格、政绩的考察。

董县长再也说不出什么话，像被箭射中了一样，两眼发直，呆若木鸡。

定洋看到董县长如此模样，心中不忍，说：当然，定洋不是区区小人，不会在细枝末节上计较，为官不易，都有一家老小，哪些该写，哪些不该写，定洋自有分寸，请董县长放心。

定洋这一番热锅里推下又捞起的交谈法术，把个董县长收拾得服服帖帖，直到定洋说：今日到此，多有打搅，董县长，我们走了。董县长才如梦方醒，慌忙上前打拱说：龙首席，下官已经备下酒席，请你赏脸，无论如何，吃过饭再走！

定洋说：车马已经等候多时了，今天一定要赶回去，改日有机会，一定陪你喝酒。说完，一行人员出门上车而去。

两天后，定洋一行带着一式三份的两县划界议定书，先来到董县长的县，董县长带着县府的全班人马早已等候在县府门口。入座寒暄之后，定洋让人展开一副绘就的龙岗地区图形，他指着图介绍说：龙岗确实像一条龙，省府也尊重当地民众的认定，在两县民众因为对龙岗的占有而引起土地争端的时候，省府决定：

一、居龙岗东边的照春县，其县界可划至龙岗塄坡上小路往西三丈处。

二、居龙岗西边的金海县，其县界可划至龙岗塄坡上小路往东三丈处。

三、龙岗的长度从龙头至龙尾处总共三里另九十五丈，之外地区仍以原县界为准。

四、以上划分方法出现两县同时拥有龙岗的现象，是照顾到两县民众拥有龙岗的特殊心情，因此，龙岗成为两县共同拥有，共同保护的一块儿圣地。双方都有责任保护它，谁都没有权利破坏它。

五、有关龙岗的重大问题会商，在省府的住持下，每十年举行一次。

六、以省府的名义，在龙岗的龙头处勒石立碑，永志纪念。

定洋边念边解释，最后问董县长还有什么意见，董县长连连点头道：省上的决定太好了，既满足了两县民众的要求，又不伤害任何一方，共同保护比一方保护要好，没有意见，没有意见。

董县长顺利地在议定书上签了字。

在东边的照春县，罗县长因为县上经济匮乏，早就对龙岗的事情头疼不已。听了定洋介绍，又不损失土地，他满口赞同，也很痛快地在议定书上签了字。

前后八天时间，定洋带着签过字的议定书到省府何特派员处复命。

一个月后，一块以河南省政府公署名义命名的“照金神龙岗”大青石碑矗立在龙岗的龙头处，两县又各在自己的一侧种树三行，以示保护。每年到了孔圣人的生日，两县的莘莘学子纷纷来到龙岗的青石碑前，颂圣人言，立心中誓，一时间，读书之风弥漫乡里，至此之后，人才辈出，遍布全国。

龙定山无论如何都没有想到涵玉会到西安来。尽管大魁让新承提前赶回报信，定山闻知黄晴池去世的消息大哭一场，但对亡故的挚友黄晴池遗命独生女儿黄涵玉千里迢迢来投奔他，还是百思不得其解。唯一的解释是，自己是晴池的挚友，托孤于他，希望通过他给孩子安排一个好的归宿。想到这里，他心里稍稍安稳，并思谋着尽力先安排好涵玉的生活，然后再给她一定寻一个好人家，把涵玉当作自己的亲女儿一样嫁出去。

定山一共到景德镇去过三次。之后因为边界上的生意，加工场的扩充，和督军的合作等，实在脱不开身，就派大魁代他前往，他几次让大魁把晴池接到西安来，晴池总是推脱身体不好未能成行，不想自己上次去了之后，两人竟成永诀，他真后悔自己再没有去，跟自己贴心贴肉的好兄弟再见上一面。他每次到景德镇去见到涵玉的时候，只是以父辈的身份寒暄一下，从来没有多说过几句话。不过，他对涵玉印象是不错的，这孩子沉静，温和，礼貌，聪慧，说话得体，善解人意。从小失去母亲，为了照顾多病的父亲，坚持不嫁，虽不能说是百里挑一的人才，也属于能够进得大户人家的正堂主妇。令定山还是不解的是，晴池不在了，涵玉还有她的伯父呀，难道涵玉的伯父不比我更亲吗？难道涵玉来还有其他隐情？想到这里，定山就更迷茫了。

定山是在自己家里厅堂上接待涵玉的。他在涵玉未到之前，就安排人把最好的一个套间客房打扫干净，并按照女眷房间的要求做了布置，还安排一个丫鬟、一个老妈子专门伺候涵玉。他还把涵玉来家里的事情向岳母做了说明，岳母高兴地说：来了好哇，多了个跟我说话的。

涵玉见了定山先施了一礼，说起父亲就凄婉地哭了起来，定山也勾起旧情悲痛地流下了眼泪。定山岳母说：覅哭覅哭，先叫娃洗一洗，歇一歇，吃些喝些再说话。定山一听有理，随即让人先领涵玉到房中换衣洗漱，就餐休息。直到半晚掌灯时候，听说涵玉起来了，才请她过来说话。

定山先问了涵玉路上情况，又问了江西家中的安排，涵玉伯父的身体情况，涵玉一一做了回答。定山看出涵玉有话要说，就对大魁说：你扶着奶奶到外边转一转，我陪着涵玉说说话。大魁答应着把奶奶扶到大门外边的街上去了。在街上，大魁对奶奶说：涵玉老远从江西来，在路上我叫她姐也不爱答应，见了俺爸也不叫叔，跟俺爸说话都是白搭话，我看咋怪怪的。

奶奶说：路上累了，心里也难受，把礼数都忘了，过两天就好了。

客厅里只剩下定山和涵玉二人，定山问：涵玉，晴池大哥临终之前有没有给我留下什么话？

涵玉说：父亲跟我说得最多的就是你，说他和你相识相交，是他一生中最感到舒心愉快的事情，你们两人是真正的君子之交，他认为你是个可以永远信赖的朋友，因此，他把我的终身托付给你。

定山感动地说：晴池大哥这样高看我，我对大哥做的事情太少了，我对不住他呀！我一定要把你的事情安排好，要让晴池大哥在天之灵永远安心。说着禁不住眼泪又流了下来。

涵玉也动情地流下眼泪，她哽咽着说：父亲病重时给你写了一封信，说着拿出她伯父给大魁念过的那封信。尽管定山已听大魁回来说过，但定山读完仍然泪流满面，泣不成声。

待定山稍微恢复平静，涵玉说：父亲让我给你带来两件礼物。她随手从地上捧起一个小皮箱，用钥匙打开掀起盖子，一套八个异常精致的薄胎彩绘精瓷套碗呈现在定山面前。定山听晴池讲过薄胎彩绘精瓷佳品，也看过不少样品，但像涵玉拿来的这种成套的绝佳精品，定山还是第一次见到。他欣赏完后，合上盖子，把皮箱推到涵玉面前说：涵玉，这样贵重的东西，还是你自己留下吧，作为传家宝终身带在你身边，也是对你父亲的一个念想。

涵玉说：放在你身边和放在我身边是一样的，对你来说，不也是一种念想吗？

定山说：说的也是，不过，它还是留在你身边，我想你父亲了，我到你那儿去看看就行了。我大哥让你带来的另一样礼品呢？

涵玉的脸红起来了，她低下头半天不吭气，最后慢慢抬起头轻声说：就在你面前。

定山怔了一下才反应过来，立马双手乱摆，嘴里咕噜着：不行，不行，不行，这怎么行！这不行！这不行！

涵玉小声说：父亲知道你肯定不会答应，他又专意给你写了一封信。涵玉又从怀里掏出一个带信封的书信。

定山把旁边灯台上的灯拿过来，在两盏灯下观看晴池留给他的遗书。

定山：

这是我留给你我最后的文字，我不想称你兄弟了，因为我有一桩最大的心愿未能了结，而这个心愿，只有你能帮我了结。

在涵玉给你表明她是我送给你的第二件礼物的时候，依着你的品格，你的为人，你是绝对不可能接受的。那个时候，尽管我不在人世了，但我凭着对你的了解，我知道你肯定会是这样。这就是我必须要写这封信的原因。

涵玉至小没有母亲，我是又当父亲又当母亲把她拉扯大的。我不是夸她，这孩子聪明懂事，自理能力很强，知书达理，颇有思想，遇事有主意，人也不丑，性情温和。我以为，做你一个内助还是适合的。

你总是忙于生意，身边连个嘘寒问暖的人都没有，长此下去，对生意对身体都是不利的。我和你今生是无缘了，涵玉跟你在一起，就如同我们兄弟在一起。更多的道理我就不多讲了，见字如同见我本人，如果我还活着，我当面求你接纳涵玉，在我讲了这许多道理之后，我想，你会照着我说的去做的，那么，我人不在了，我用字写成的话，你不会一点儿都不在意吧！你可能主要顾虑的是伦理问题，这一点儿有我的亲笔书信，你大可不必有任何担心。

看到这里，我想，你心里大概已经有可能接受我的请求了，我只要求你一点儿，就是首先把涵玉当成你的朋友，其次把她当成你的妻子，她会成为你终生可以依靠的人！

说了很多，我累了。定山，我的女婿，我祝福你们！

黄晴池　绝笔

定山看完这第二封信，伏在桌子上痛哭不已，好长时间缓不过气来，涵玉也陪着一起痛哭。房外的下人们不知里边发生了什么事，都集聚在门外，一个灵活的小相公拔腿出了门，跑到大掌柜家里说明了情况，大掌柜跟着小相公搭洋车来到老掌柜府宅。

大掌柜进来的时候，定山和涵玉都恢复了常态。看到生人进来，涵玉有些不自然。定山马上介绍道：涵玉，这位是我的李大掌柜，我这里的大事小事，都是我们两个商量决定，我的事情从来都不瞒他。

涵玉起身向大掌柜行礼并尊称：大掌柜。

大掌柜下午已经知道涵玉来了的消息，也客气地招呼道：今天才到？一路受累了。

涵玉笑笑，对定山说：你们说话，我先回房里去。起身又对大掌柜点点头，出了客厅大门。

定山把涵玉的事情简单说了一下，又把黄晴池的两封信都让大掌柜看了，眼睛期待地看着大掌柜。

大掌柜抽完了一袋烟，缓缓地说：这是个好事。姑娘人品不错，尽管班辈有点儿乱，但一是。有她父亲的两封信，应该是父命为尊，亡父命为天。二是，姑娘只身来投，这叫作衔命配婚，千里求缘。三是，结义兄弟，弟从兄命，无伦理之嫌。这三点古已有之，现在也不乏其例，都在情理之中。不过，姑娘住在你这里不合适，尽管分房另住，难免别人闲话。我的意思，姑娘今晚上就搬到外面住，我们把一切准备好，明媒正娶，大操大办，娶回家来。

定山一听，大声说好，一切按你的安排。可他问：现在黑天半夜，叫她搬到哪里去呢？

大掌柜思量了一下说：如果没有地方，让她搬到我家去，在我那里就一直住到迎娶，我把她当我的姑娘发送，你就当作到娘家一样迎娶，干脆就说是我干女儿出嫁。这样，咱们顺理成章，不露破绽，你看如何？

定山问：你家房子够不够？

大掌柜说：房子宽敞，你叫丫鬟和老妈子都过去，到我那边侍候就行了。

定山说：好，你先回去安排，一个时辰后，我让人就把她送过来。

大掌柜说声好，就急急忙忙地出了门。

第二天，定山带着两个相公骑着马来到城西双水磨，给奶奶和父母汇报涵玉的家世以及自己要成亲的消息。

龙柏廉十六岁的时候随母亲来到双水磨，他们原来在西安城里住了几个月，三太太让柏廉开个私塾教几个孩子，一来让他有个事情做，二来也能有点儿收入。凭着柏廉的才学，家长们与先生交谈一阵，都感觉十分满意，纷纷把孩子送了过来，一下就来了七八个孩子。柏廉先从百家姓、弟子规、千字文开始，再讲诗、词、字，孩子们学得很起劲，家长们也很满意。

一天，柏廉批阅完卷子走到室外，看见几个调皮蛋排着队在学他一拐一拐走路的样子，其他孩子则在一旁拍着手哈哈大笑。他的血一下子冲到头顶，满脸变成酱紫色，返回身扑到卧室的床上久久没有动。后来，他让母亲通知那些学生现在回家，再也不要来了，先生不教课了。三太太左说右说，好说歹说，柏廉就是不教书了，而且也坚决不在城里住了。三太太拗不过他，借同福赶车来看她的机会，到离城较远的双水磨买了一处房子住了下来。

后来，柏廉在看闲书的时候，偶然发现一本讲述造纸技术的书，他读得很专心，感觉很适合自己。恰巧城西南一带就有个纸坊村，他去看了两回，又请了一个把式，从小到大地干了起来。他生产的产品一种是火纸（包装纸），一种是烧纸（祭奠纸），最好的是白细纸（窗户纸）。白细纸销路最好，常有客商上门等货。以后，三太太做主，给柏廉娶了当地街上的一个富户的姑娘，不仅能够料理家务，还帮着柏廉晾纸，裁纸，发货，记账。更让三太太高兴的是，她每隔两三年就生一个儿子，一连生了三个，末了，又过了好几年，可心可意地又生了一个女儿，把个三太太喜欢地走到哪儿，都要把这个小心尖尖带上。

定山多次劝说父母和奶奶搬到城里住，并一直把北大街的府宅里上房里的东套房留给父母和奶奶。奶奶早都答应了，可柏廉死活就是不去，说是城里嘈杂，他不习惯，大家都知道，他是不愿意在人前暴露他不雅的走姿，更经受不起人们那种异样的嘲笑目光。定山只好经常回来看看，带些老人们喜欢的吃食和用品，再给家里送些钱。

听到定山准备续弦的消息，奶奶高兴地说：早就该续娶一个了，成天忙里忙外，回来连个说话的人都没有，我要给你张罗，你爸不叫，唉！

定山妈说：不是不叫，是害怕咱提说的，你心里不悦意。

父亲龙柏廉说：你今年也二十七了，老这样一个人也不是个事情。你刚说这姑娘是江西人，不知那里人与咱们能不能生活到一块儿？

奶奶立即抢过话头说：我还是湖南人呐，几十年啦，不是生活得好好的。

我们南方人，性格细腻皮肤白，定山说的这姑娘一定错不了。

定山妈主要关心的是姑娘年龄，个头，听说姑娘今年十七岁，个头搭到定山鼻子的时候，她才放了心。

几天后，隆丰福老掌柜龙定山要续弦的消息，在西安城商界里迅速传开了，最活跃的当然是鸿运楼的范大掌柜，天顺堂的宋先生，祥宏行的杨文承和李大掌柜。定山的奶奶也让人套车把自己和孙女送到定山家里，她要亲自给龙家顶门大孙子操办这个婚礼。在大掌柜的细致安排下，婚事各项工作在有条不紊地推进着，迎娶的前两天，一切几乎都齐备了。

涵玉住在大掌柜家的一个外厅内卧的套房里，丫鬟老妈子不但从生活上照顾得无微不至，还按照大掌柜的吩咐，给她讲了许多西安的风土人情，礼节讲究。尤其是老妈子牛婶，可会讲笑话，害怕涵玉听不懂，西安话夹插着刚学的半生不熟的江西话，把个涵玉常常笑得前仰后合，气都上不来，急得丫鬟赶忙给涵玉拍背，提醒少奶奶小心闪了腰。

迎娶的前一天，大掌柜派车，把定山的奶奶、父母、妹妹和定山老舅的家人都接了过来，并详细汇报了婚礼安排的情况，柏廉十分满意，也感谢大掌柜的周到安排。正说话的时候，一位二掌柜进来通报，督军府来人了。大掌柜急忙叫二掌柜去通知老掌柜，自己向柏廉打个招呼就迎了出去。

来的是督军府的副官长，后面跟了四位副官，其中一位双手捧着一个托盘，上面盖着一块儿大红缎子。副官长见了大掌柜礼貌地问：请问，龙掌柜在吗？

大掌柜急忙打拱说：在，在，请长官上房客厅里坐。

副官长坐定之后，刚要说话，龙定山从内室出来，朗声笑着说：是曹副官长啊，有失远迎，有失远迎。请坐，请坐。

曹副官长站起来说：龙掌柜新婚大喜，本人受督军大人的指派，代表督军大人特地向龙掌柜贺喜。督军大人备了一份薄礼，以表心意。说着用手揭起红缎子，一个由金银珠宝制作真人戴的凤冠显露出来。金银闪着辉光，珠玉透着宝气，在锦缎和灯光的映衬下，熠熠生辉。

定山看了凤冠一眼，连连说道：这礼有点儿太大了，定山消受不了。

副官长说：龙掌柜不必客气，督军大人说，来日方长，今后还得和龙掌柜一起合作呢。明日大婚，督军大人就不来了，预祝你婚礼圆满顺利。说完，朝定山行了一个军礼，带着人就走。

定山急忙拦住，一定让他们吃完饭再走，副官长说，督军有令，不准打扰。说完，一行就出了客厅大门。

晚饭设在客厅里，龙家一家大小还有定山岳母围坐在一起，大掌柜借故要走，定山死拉活扯硬不让走，大掌柜说：你们一家人在一起说说体己话，我在这儿插不上嘴。定山说：咱们跟一家人一样，说的都是体己话。柏廉也大声招呼大掌柜，大掌柜这才坐了进来。

酒过三巡，奶奶先说道：定山呀，你从一个送水的穷汉娃能到今天，不容易呀，娶个媳妇这么大的排场，连督军大人都给你送礼了，你给咱们龙家撑了脸面了。

大掌柜说：不光督军府，省府的徐厅长、莫厅长、贺科长也都送了礼，西安城里二十四个铺子的掌柜都送了礼，明天待客订了三十桌恐怕还不够，我又预备了十桌。就这，督军府明天还不来人，改日还得专请。

定山说：刚才听东民二掌柜说，连地皮主周掌柜也把礼送来了。明儿个临时可能还有来的。

大掌柜继续说：现在，旁人都促烘咱呢，主要是咱掌柜的为人谦和，做事厚道，重诚信，讲义气，不记仇。为啥跟江西的黄先生只见了三次面，就成了生死之交，并且还让自己的独生女儿千里迢迢跑到西安来衔命配婚。为啥督军那么大人物愿意跟定山交朋友做生意？另外，凡是定山交的朋友都是生死朋友，这是高尚的人品和深厚的人缘儿修化来的，这是作假演戏装不出来的，只有人的道德禀赋和知识学养高度凝聚积累起来，才能达到这个境界。

柏廉笑道：大掌柜不愧是长安名儒，妙语连珠，滔滔不绝。可你把定山夸得太过了，他还年轻，世事经得少，我总担心他栽大跟头。

定山也说：大掌柜过誉了，没有我父母和奶奶的教诲和指拨，没有这边岳父岳母和香梅的抬承，没有你忠心耿耿的辅佐和铺子工场里这么多人手的促烘，我龙定山哪能有今天。尤其是铺子大火，没有大伙儿的支持和鼓劲，那几关我就过不了。

定山正说着，一位二掌柜进来告知：老掌柜，从双水磨送来一封信，来人说是亲戚，说信是送给老太爷的。

定山说：快快请进。

来人是定山的内弟，他说：邮差送到姨父家，家里没人，又打听到我两家是亲戚，嘱咐这是公函，让我今天一定送到，我就跑过来了。

定山赶快安排内弟入座，拿过信函一看，上写龙柏廉大人亲启，落款是河南省政府公署，他吓了一跳，急忙把信函交给父亲。龙柏廉拆开一看落款，高兴地说：是定洋的信！

定山奶奶，定山妈妈，定山妹妹都“啊”的一声，眼睛紧盯柏廉手中的信，因为定洋两年多都没有音信了。

柏廉很快把信浏览了一遍，兴奋地告诉大家：定洋在河南政府当了科长了，之前还当了一年多县长呢！

奶奶一下子就哭了：这没良心的，当了县长了，都不给家里捎个信！

定洋妈也流着眼泪说：不管他当啥，有信儿了就好！

只有妹妹高兴地说：三哥跑到那么远的地方，去当了那么大的一个官。他回来肯定要坐大轿子了。

定山说：三弟真出息了！

奶奶说：从小就是他最聪明，走到哪里人都喜欢，他的右手是个断手纹，我早就说过，就凭这手，他长大一定能当大官！你们看，我说着了吧！

大家都高兴地笑了，一封信在众人手里传递着。

盛大隆重的婚礼根据安排有条不紊地进行。

定山跨着高头大马，胸前挽着红绸连心如意花，头戴步步登高金花迎喜大礼帽，由两马开道，四马护卫，二十四个人的细乐班吹打着，过大街，钻小巷，来到卧龙寺对面的一个门楼跟前。只见一排大红灯笼高高挂起，三挂万字头的大鞭同时点燃，一伙儿衣帽一新的七八岁的男孩女孩儿，看见定山下马过来，纷纷围过去向他讨要红包，定山掏出一把包着银角子的红包撒给他们，好不容易才脱身。大门里的大孩子在他快进门的时候，突然把门关了起来。任凭陪伴的人怎样拍打，里边就是不开，喊着：新郎红包送进来，不然大门就不开！姜东民拿出十个红包喊着：给红包，快开门！大门开了一条缝，一只手伸了出来接了红包，又把大门关了，里边又喊着：想要白头到老，再来十个红包！东民无法又送进十个。才进大门，大掌柜住的上房门又关了，上房里除了大掌柜夫妇，还有即将被迎娶的涵玉。东民又送红包又说好话，上房门才扭扭捏捏地开了，门外院内的人一下子都拥了进去。

定山在两个伴郎的陪同下，先让人把四色大礼抬进去，跟着进门，向坐在正中的大掌柜夫妇行了礼，然后被让在八仙桌前坐下，先喝茶，随即就着一溜串上来的八凉八热八大碗的丰盛官府菜肴，由大掌柜夫妇陪同一起喝酒，最后，一位秀女用红漆掌盘端上两碗象征着夫妻白头偕老的长寿长福臊子面，由定山和涵玉分别吃下去。这时候，一群小媳妇们争着问涵玉：生不生？涵玉不解：什么生不生？大家问：吃了这个面，生不生？涵玉说：面好吃。大家哗的一声都笑了。

鼓乐响起，定山对大掌柜夫妇说：干大，干妈，我把涵玉接走了，我一定会好好待承她的，请你们放心。两个伴娘把穿着大红金丝袍，头戴金玉凤冠，顶着绣金贡缎流苏大盖头的涵玉从内室扶了出来，定山和涵玉在执事的朗声昌导下，向大掌柜夫妇行了礼，定山拉起永结同心牵手红线绸的一端，导引着顶着红盖头的新娘慢慢走出门。大掌柜的夫人象征性地哭了几声，算是舍不得地把姑娘送出了门。

新房设在定山府宅上房客厅旁的东厢房，这是个一客一卧的大套房，两边都是大窗户，房间显得十分敞亮。原来是定山留给自己父母和奶奶的房子，由于柏廉只是偶尔来了住一住，这房子实际上一直是空着的。现在，定山把这里作为新房。不料，住在西厢房里定山的岳母死活不愿在这里住了，一定要搬到下面的客套房里去。

定山对岳母说：你永远都是我的岳母我的妈，你跟我乡下的父母一样，都是咱家的正主家，你住在这儿，正理正茬，谁都不能说一个不字，就是涵玉来了也是一样。

他岳母在定山妈的反复劝说下，哭哭啼啼地又回到自己的房子里。

婚宴自然是隆重且热闹非凡，不过不是设在鸿运楼而是在南院门的厚德居。

定酒席的时候，宋先生说：老范的菜，咱吃得太多了，这一回，咱换个口味。

范大掌柜有点儿急了说：定山兄弟这么大的事情，我能不上手？这回我全换新菜谱，让你尝尝你没吃过的味道！

李大掌柜说：老范这回歇一歇，坐下来咱兄弟们好好喝一下，每一回都是你忙活，咱当一回客人！范掌柜才不吭气了。

酒宴开始后，厚德居的掌柜不断跑来向范掌柜征求意见，范掌柜哼啊哈呀的挑点儿毛病，弄得宋先生很不舒服。

定山挨着桌子敬酒，大魁和东民一直陪着挡酒，尽管定山酒量可以，一圈下来，走路还是有点儿蹒跚了。

洞房花烛夜，涵玉一直端坐着在等定山。她心里忐忑不安，对定山，她只是听父亲讲述，真正接触，除了定山来江西时见面打个招呼之外，就是那天到西安，在一起约有一个多时辰的交谈。倒是住在大掌柜家里的时候，老妈子给她讲了许多定山的事情，才对定山有了一个基本的了解。特别是对定山香梅夫妻，一个广结商缘，把握商机，一个精打细算，拾遗补阙，几年期间把大成扩充成隆丰福，从南大街搬到钟楼根儿下，从一间门面发展成五间门面的神奇经历，她听后对定山的创业精神尤为敬佩，对香梅这个定山的贤内助充满敬意。至于隆丰福和定山后来的大火后重建，被拘督军府，赶出钟楼下，加工军大衣，创办制衣场，冒险贩瓷器，边界寻商机等等经历，每一段都是一个曲折惊险的故事，每一项都充满着商业的传奇色彩，令她心驰神往，崇拜不已。

在开始的时候，她对父亲为她选择了定山还有些疑虑，怕他北方人脾气暴躁，怕他商人重利轻情，怕他纵横江湖用情不专。及至见他看了自己父亲的信后痛哭失声的神情，以及对岳母，对大掌柜夫妇毕恭毕敬的样子，感觉定山不是自己顾虑的那种人，她看出他的机敏决断，也发现他的似水柔情，和他心目中的商人形象大相径庭，心里才稍稍释然。

丫鬟和老妈子一会儿问水问饭，一会儿安慰她静心等待，不要心急乱想。这时候，涵玉什么都不想，她只想尽快见到定山。自从那天晚上离开定山府宅住到大掌柜家之后，她就再也没有见过定山；今天定山接她的时候，她蒙着盖头，只听见他的声音没看见他人，拜完花堂之后就被送到房里，现在盖头还没有揭开。她想：既然上天设缘，先父遗命把自己和这个男人捆绑在一起，自己就应该一辈子陪伴着他，尽自己女人所能，与他共生、共死、共辱、共荣，做一个香梅一样的贤内助。

门外的脚步声响起来了，老妈子牛婶急忙去开门，并与丫鬟一起说道：恭贺老掌柜新婚大喜，少奶奶已等候多时了。

两只江西龙虎山的灵异鹦鹉成了督军老太太七十大寿最惹眼最受宠的礼品。一开始，定山带着新承和大魁把两只鹦鹉挂在督军府宅贺寿大厅的时候，人们都没太注意它。老太太在丫鬟的搀扶下，一件一件看寿礼，走到羊脂玉鹦鹉跟前，老太太说：好漂亮的一只鸟。

没想到羊脂玉鹦鹉接口说：好富态的老太太。

把老太太吓了一跳，对丫鬟们说：哟，这白鸟还会说话呢！

白鹦鹉说：我不是白鸟，我叫麻姑献寿，我是来给老太太拜寿的！

老太太顿时来了精神，问：是谁让你来的？

隆丰福的老掌柜龙定山。羊脂玉鹦鹉说。

老太太噢了一声，还想再问，对面的翡翠胆鹦鹉早就忍耐不住了，说：我叫织女送福，是专门为老太太避灾祛病的。

老太太看着鎏金鹦鹉架上鹦鹉的名字，喜吟吟地念道：

织女送福翡翠胆
麻姑献寿羊脂玉

哎呀，这名字起得多好听，这俩鸟真是一对活宝贝啊！

翡翠胆鹦鹉说：老太太打听个事。

老太太说：哟，这鸟鸟真成了精了，还会问话，啥事，你问！

羊脂玉鹦鹉说：有一位大妈，出门时嘱咐儿子背诗五首，作文一篇，她走之后，儿子贪玩儿，文章未作。

翡翠胆鹦鹉说：大妈回来，将锅吊在梁上，母子俩一天都没有吃饭，儿子知错，补写十篇，以此为戒，发愤成才。

羊脂玉鹦鹉说：请问老太太，这个大妈是谁？

老太太拍着巴掌说：这是我儿十岁时，我教育他的事情。你咋知道?

翡翠胆鹦鹉说：我们不但知道这个，还知道你撵儿退钱的故事。

羊脂玉鹦鹉说：你儿子在外地做了一个小官，你并不知道。腊月二十三大雪飘飘便装回到家，吃饭时拿出五百银洋孝敬你。

翡翠胆鹦鹉说：你一见大怒，立马将儿子推出门去，说：你贪图不义之财，我不认这不肖之子！

羊脂玉鹦鹉说：儿子急忙表明身份，说明银洋是一年的俸禄，你才让儿子重新进门，母亲与儿子抱头痛哭。

老太太听着听着就哭了起来，吓得丫鬟婆子们一边安抚老太太，一边训斥鹦鹉。老太太急忙说：可别说它们，它们是我的心肝宝贝，我家的事，它全知道啊！这个寿礼可送到我的心上了。

两个鹦鹉跟老太太说话的时候，周围已经围了许多来客，灵异鹦鹉的神奇表现，让他们又惊奇又嫉妒。惊奇的是，世上竟有如此灵异的东西，能够表达这么丰富的语言；嫉妒的是，龙定山设心取巧，没花多少钱，竟能博得老太太如此喜欢。其实他们并不知道，新承在龙虎山跟着道长学了七八天，道长除了教给他侍养的方法之外，还密授他训导鹦鹉说话、记忆、应变的方法，新承聪明好学好问，对师父尊重谦恭有加。

道长对这个北方小伙子十分喜爱，临别时对新承说：你有慧根，凭你的天资，跟我学三年，你就有资格到其他道观做道长了。万一你厌倦尘世，向往道门，可来寻我，师父度你。这两只灵鹊，你一定代我精心护持，即便送与旁人，也要经常看望，万一人家不喜欢了，就是花再多的钱，也要把它们赎回来，不能让它们受委屈，千万，千万！

新承跪在道长面前，含泪发誓道：徒弟记下了，一定不让灵鹊受委屈，徒弟忘不了师父恩德，一定会来看师父的！

回到西安后，新承选了一个清净的地方，按照大掌柜写好的祝寿词和督军早年故事，一句一句分开教给两只鹦鹉，鹦鹉学得很快，西安话说得也很地道，再把两只鹦鹉放在一起对话，聪明的鹦鹉像演戏一样，对话非常精彩，并且很快就记熟了。新承又教给它们一些诗词和对联。在送给督军老太太的前夕，定山和大掌柜亲自观看在新承指挥下的鹦鹉对话表演，认为很满意，并告诉新承，所有的鹦鹉在人前说话，你都必须在场。新承从此就一直待在督军家里，直到老太太仓促离开西安。后来，一场特殊的变故，新承果真带着两只鹦鹉去了龙虎山。这是后话。

寿宴即将结束时，副官长过来对龙定山耳语道：督军请你留步，有话要说。定山知道，一定又有合作的生意了。

第七章

龙定山结婚的消息龙定海很快就知道了，他是在街上转悠的时候无意中听人说的。那两个人边走边说，意思就是隆丰福老掌柜娶媳妇的铺排大，送礼的人多，马车洋车把街道都拥满了。新郎官前呼后拥，骑马戴花，吹吹打打，似彩龙游街，像社火闹春。住家户和店铺的人都跑出来看热闹，半个西安城的人都知道了，听说新娘子还是个外地人，等等。他为哥哥成家高兴，也为自己的尴尬境地咫尺天涯无法前往道贺而遗憾。不过，他还是决定要向哥哥表示一番。

定海目前已经积攒了一笔财富。他沉着机智，身手敏捷，人高马大，又有武功垫底，因此，遇事总是冲锋在前，事毕铁定由他断后，成了细孬须臾不可或缺的左膀右臂，理所应当地成为细孬之下收入最多的人。从河南回来的时候，他就把自己的全部资产兑换成几块金砖，缝在裤腰上。到了西安之后，他把资产又偷偷藏在定山上房后面厕所旁边平铺的一块石板下面。这个厕所一般只是上房里的几个人使用，下人和客人们都是使用前面的大厕所。他想，哥哥这房子应该是很稳定的，厕所旁的这块石板轻易也不会移动，而他也很注意地每次都把石板恢复到原状。更重要的是，万一被哥哥发现了，自己跟他说明白，哥哥是不会赖他钱的。他每次都是在夜深人静时候来放东西，然后轻手轻脚地从后墙上离开，从来无人知晓。他不是不想把钱放到父母或哥哥那里，对于这钱的来历，他无法向他们做出解释。他想把钱积攒到理想的数量，自己金盆洗手，用这笔钱干一个正经的行当，也像哥哥一样堂堂正正挣钱，体体面面做人。为了这个目标，他决定跟着细孬再好好干上几次，一旦目标到达，自己就跟细孬分道扬镳，天各一方。没料想，在一次十拿九稳的行动时，他们遇到了麻烦，并提前结束了这种不光彩的生涯。

七夕前的一个风雨交加的夜晚，细孬他们在渭河南边的一个叫眉县的一次堵窝行动中，顺利地拿到了钱，就在他们准备撤退的那一瞬间，七八支长枪短炮围了上来，细孬一拳砸开窗户，刚要抬脚，一支枪筒从窗口伸了进来正对着他。定海卡在门口，他手里一刀一枪，见人围上来闪身到门边正要动作，只见两个枪筒顶在胸前。躺在床上的老财东又把灯点上，慢慢坐起来说：防你们，我已经不是一天两天了，这种法子，你们对付那些土老财可以，我还想用这法子收拾别人呢！

细孬到底还是见过些场面，他不慌不忙地把一只手插在腰里说：都别动，我的枪里是顶膛火，腰间有炸弹，我一动，大家都完蛋。

老财东一摆手说：都别动，先说话。然后对细孬示意：你也坐下。

细孬捡了一个背后靠墙又靠近老财东的椅子坐下说：老先生，请说。

老财东点起水烟抽了一口，慢慢地说：这个鼠窃狗盗的举动能弄几个钱？一旦栽了命都没有了。今儿个我不为难你们，刚才拿走的几张银票就当送给你了，可你们得给我干点儿事情。不然，我真成瓜子了。

细孬不说话，他等着老财东说。

老财东对他们的人说：先把他们的枪下了！

定海看着细孬，细孬说：有话说话，家伙还是各拿各的。不然，咱们谁都不好看！

老财东对他们的人说：都撤了吧。围着的人见他们的头儿一挥手，都收了枪走了出去，只留了一个头儿手持双枪站在屋子中央。

老财东说：你们几个身手不错，我这个人喜欢有本事的人，你们不请自到，这是缘分。我想跟你们合作一个生意，事成之后，保你们都有一笔可观的进项。

细孬说：老先生说说啥事。

老财东说：想让你们帮我把几个古董弄回来。

细孬听了心里一震，随即冷静下来问：有没有目标？有什么要求？

老财东对细孬说：具体细节，我们单独再谈，你的其他人先到客厅喝茶等着。

定海注视着细孬，细孬说：没事，你们等着我。

定海他们来到客厅坐下。

第二天上午，细孬他们四人在享用了老财东特意准备的酒饭之后离开了县城。他们没有回原来的住处，而是在另一座县城住了下来。细孬说：这个县有人挖出了几个青铜鼎，老财东一心想要，想让咱们帮他弄过来。

定海说：这事咱可没弄过，再说这死沉的东西咱咋挪腾。

细孬说：这不用操心，咱只要弄清东西在哪儿，起货是他们的事。

弓背说：这老财东说话算不算数，别让人给耍了。

屙沙说：这老财东老练得很，大哥用刀一逼，说啥听啥，要钱给钱，不喊不叫，可咱刚要走，几杆枪就逼上来了，心计老多。

弓背又说：老财东有枪有炮，他还说，他用咱的方法还对付过别人呢。可他自己不弄，让咱帮他弄古董。我看，这人不好打交道！

定海说：我也同意你俩的看法，我的意思，这人心计太多，这事儿麻烦不少，咱少沾他，咱还干咱自己的事。

细孬沉思半天才说：你们说的都对，但我跟他提了条件，他也都答应了，另外，我还想再开辟一条生财的路子，这次可以先试试。

定海他们不再说什么，细孬像是下决心似的说：就试这一回！

定海说：老大定了，就按他的想法干。老大，说说你的想法。

经过几天的摸底探查，加上老财东派人配合，基本搞清了挖宝和藏宝的情况。挖宝人是个普通的农民，取土时无意中发现了几个青铜鼎，当地的一个小财东知道后，给了农民几两银子，赶着牛车把鼎拉回家了。几天之后，县府得知，又派保安队把鼎拉到县府里。围绕这几个鼎，现在不少人都在打主意呢。

细孬又与老财东商量，最后定了一个声东击西、调虎离山的智取方案，说好由细孬他们智取，摸清宝鼎位置，取出宝鼎，由老财东派人一边调虎离山，引走保安队，一边派人接宝。

细孬回来把方案一说，大家就议论开了。弓背说：我们找到，让他们背走，咱是不是太傻啦？

屙沙说：老财东利用咱们的力量为他取宝，咱为啥不会利用他提供的机会自己把宝弄走？

细孬一拍脑袋说：沙子一句话把我提醒了，咱就来个将计就计，把他们日弄上一次。

定海说：将计就计想法好，可咱们人手不够，我怕没人接应，事倍功半。

细孬想了想说：要是将计就计，咱们真得好好筹划筹划啦，大家都先想一想，晚上吃饭再商量。

又是一个细风密雨的夜晚，惯于夜间行动的细孬他们，鸡叫二遍的时候就上路了，他们离开小旅店的时候，连一贯注意留神门户的店掌柜，都不知道他们出门了。由于早已探查清楚，他们轻易地就靠近了临时储放青铜鼎的房子。这是三间一砖到顶的仓库式且独立于其他民房的房子，凭经验，细孬估计是县府的枪弹库。平时，听说每班只有一个兵丁站哨，最近晚上变成了两个兵丁，看来，官府防备有所加强了。

细孬和定海、屙沙三人翻身过墙，沿着墙根儿悄悄摸了过去，细孬和定海一人一个，把两个兵丁放翻在地，屙沙则利索地连续打开了两道锁。推门进去点灯一看，除了弹药和几条破枪之外，没有青铜鼎。细孬一摆手，二人急忙退出门外，屙沙已经去开另一个门了。第一道锁刚打开，细孬发现有人朝这儿走过来了。细孬轻轻咳嗽了一声，屙沙和定海立即蹲了下去，但屙沙的手并没有停，三下两下就把第二道锁打开了。

来人走着走着突然喊道：二狗，有啥事没有？

定海立即学着对方的腔调说：没有！

来人又问：秃子在不在?

定海又答道：在呢。

来人站住停了一下，返身回去了。

细孬看了一下说：快点儿，对方可能发现有问题。

屙沙在外瞭望，细孬和定海进去一看，青铜鼎果然在里边，一共七个，有大有小。细孬定海二话不说，各从腰上解下一条床单，各包两个，屙沙进来又包两个，然后手提一个大的出来，定海顺手把门关好，三人顺着墙根儿准备从原路出去，刚走一半，细孬示意停下，决定从这里出去。定海做支架，细孬、屙沙踩着定海的肩膀扒上墙头，再把青铜鼎递过去。最后，定海一个燕子贴翻，手扶墙头飞了过去。

这时候，老财东派的人已经在刚才他们进来的地方等着呢，见他们在前边墙上下来，立即奔了过来。细孬他们放下东西，上来一个放翻一个，五六个人都躺在地上。这时候，三匹马疾驰而来，定海朝马迎了过去，抓住一匹翻身上去，细孬给他把两个包袱递上去，定海用手一勾，纵马而去。屙沙给弓背递上两个，弓背也疾驰而去。细孬上了第三匹马，想把提着大鼎的屙沙拉上来，然而，单手拉单手，屙沙另一只手还提着最大的一只鼎，他努力了两次都没有上来。这时，不仅被打倒的人都围了过来，旁边又冲过来几个脸蒙黑布提着武器的人，细孬一看不好，屙沙也丢掉大鼎上了马，但是，两拨人一前一后已经把马围了起来，围在前面的一个一把抓住马缰绳，细孬出手一枪，抓缰绳的应声倒地，屙沙也撂倒一个。对方也开枪了，一枪打在细孬的肩膀上，屙沙也被人从马上拉了下来。细孬还准备纵马离开时，县保安队的十几个全副武装的队员已经悄悄包抄上来，以墙为背形成一个扇面用枪对着他们，齐声喊道：都不许动，把手举起来！

跑了一阵发现细孬他俩没跟上，定海把东西交给弓背，让他等着，自己又骑马返身回去，没跑多远，就听见前面传来保安队员“都不许动，把手举起来”的喊声。定海立即勒住缰绳，下马躲在一旁，眼看着细孬他们一伙人被押走了。

定海与弓背不敢在此地逗留，趁此消息还未传开，他二人骑着马带着六只鼎向东跑去。定海一边跑一边思索，一是先把鼎藏起来，二是马上把鼎卖掉，三是把鼎送给老财东。反正首先要把这个惹人注目的东西安顿好，才能再说搭救细孬他们的事情。他把这三条给弓背一说，弓背立马就只同意先把鼎藏起来的方案，他说：这鼎是无价之宝，咱马上卖给谁？卖多少钱？弄得不好还容易出事。送给老财东更不行。首先，他为人不行，太狡猾，地头蛇我们斗不过他；其次，他的人也叫抓进去了，他不可能帮咱救人。依我说，你家在西安，东西放到你家，是最保险的。定海知道父亲绝不会接纳这些东西，又不好对弓背说，只好说父亲胆小，不敢接受这些东西，而哥哥那里人多嘴杂，怕走漏风声。不过，定海也同意先把东西弄到西安，他再想办法。可他想什么办法呢，一路上他绞尽脑汁在思考，这东西弄到西安后到底放到哪儿。眼看着西安到了，怎么办呢？

他突然想到自己的姑姑，也就是龙柏廉的同父异母的妹妹，四太太的女儿。这位龙家的二小姐比龙柏廉小近十岁，母亲从龙家出来后，一次秋天过河的时候，鞋在桥面上被勾了一下，一个趔趄，掉下河被淹死了。母亲去世后，她就一直生活在舅舅家，她母亲给女儿留了不少钱，因此，少年时代的她不仅没受苦，反而上了私塾，后来又进了西安的一所女子学校。她天生丽质，既聪明又有头脑，十八岁时就嫁给了省府的一个小官吏，她自己后来也进了西安的一所学堂当了先生，经常还给报纸上写些文章，评论时政，介绍新思想。姑姑家的房子很大，后面还有一个很大的院子。小时候，定海和定洋一到姑姑家，就在后面的院子里玩儿。定海想到这儿，心里有了底，心安理得地安排接下来的事情。

他们在距离姑姑家不远的地方找了一个小客栈住了下来，定海把两匹马以一匹马的价格急忙出手，回来时在街上买了六个编织细密又结实的竹筐，又向卖竹筐的要了一些编筐用的粗竹条，还买了一些油布和针线回来，然后换弓背出去吃饭。他在房子里把这些还带着泥土的青铜鼎仔细看了一遍，然后用油布一个个包好缝好，放到竹筐里，再用粗竹条按着编织的方法把上口封起来。等到弓背回来，他已经把六个竹筐全部缝好装好，正在编织封口呢。

第二天，他洗澡理发换了衣服，嘱咐弓背一刻也不许离开房间一步，等他回来再吃饭。他上街买了一些礼品，提着上门来看姑姑。

定海的姑姑叫龙淑媛，在学堂里教国文，中午的时候坐包车回家里吃饭，定海在家里等了不大一会儿，姑姑就回来了。快四十的人了，由于保养得体，生活优裕，加上性格开朗，龙淑媛看起来就像不到三十的人，见到定海她高兴地说：最少两年没见了吧，又高又壮又俊朗，跟你爸一个样！听说你在外省做生意？

定海脸红着说：倒腾点儿药材、煤炭，仅能糊口。

龙淑媛说：那还不如跟你哥哥学相公，他那儿正需要人呢！

定海敷衍着说：等我把外边的账收完了，我就到我哥那儿去。

一块儿吃饭期间，定海把放东西的话说了，淑媛问：是什么东西？

定海撒谎道：是一些珍贵药材，是合伙的东西，暂时出不了手，想先放一放。

淑媛说：那就放这儿吧，院子里有一间放杂物的房子，你把里头整理一下，把你的东西搬过来吧。我可说好，姑姑可不负责保管噢！

定海说：这东西，不干这行的还没人要呢。

吃过饭，淑媛休息了一会儿就坐包车到学校去了，定海由用人领着，到院子后面的杂物房去看。房子不大，里边乱七八糟堆了不少东西，但放定海他们的东西还是绰绰有余。定海看了一下周围的环境，都是大户人家的房子，姑姑家的院子被围在中间，闲杂人等一般也到不了这里，他对这里的环境还是满意的。听姑姑说，姑父晚上有应酬，定海决定晚上就把东西搬过来。

搬东西的时候，定海多了个心眼，说姑父是个官员，不愿意让人打扰，对放这些东西很不情愿，为了避免尴尬，弓背就不要去了，他放好就回来。弓背也没说什么，定海就把东西雇车拉走了。第二天，他们在牙行里租了两匹马返回扶风县，打听细孬和屙沙的情况。

细孬他们十几个人被押走关到一个臭气熏天的房子里，天亮了，大家才互相看清对方的模样，三拨人，一拨不认识一拨，不过大家都认识细孬，因为他肩上中了一枪。路上，细孬和屙沙企图瞅机会逃跑，但保安十几条枪围着他们，且他们地形又不熟悉，几次涌起的冲动都被无奈逼了下去。为了减轻罪责，细孬和屙沙在路上把枪和刀偷偷扔了。当然，护身的秘器他们都藏在一般人搜不到的地方。

大家的手都被绑着，只有腿脚可以活动，有人就过来踢细孬说：你狗日的把铜鼎弄到哪里去了？细孬坐着不吭气，那人又过来踢，一下子把屙沙惹火了，上去一个高鞭腿一下踢到对方的脸上，人多地方小，那家伙被坐着的人脚一绊，一个鲤鱼打挺摔在地上半天起不来。还有两个挤过来也想动脚，屙沙一个窝心脚直接把一个送回到他那一伙中去了。另一个过来的脚还没来得及抬，细孬一个反身勾脚向他胯下一弹，那家伙立马双手护裆，腰一弯痛苦地喊道：我的蛋，我的蛋！

其他人都笑了，再没人敢上来了。

过堂的时候，老财东的一伙人由于事先已把县长打点好了，上来简单问了两句，就带了下去。另一伙蒙面人由于是本地的惯犯，县长大概也都认识，说是另案处理，也带了出去。轮到细孬和屙沙了，县长一听是外省口音，并听说还开枪打伤了人，自己也受了伤，因此就特别重视。

县长问了姓名、籍贯、年龄等等，然后问道：你们两个胆子不小，跑到本县抢宝鼎来了。

细孬说：大人，冤枉，我们是听别人说，这里有人卖古董，让我们半夜到这儿等着，交货的一看人多，骑马就跑了，我们啥都没见着。

县长说：别把你们说得这么干净，听说你们还有枪！

细孬说：哎呀，大人，我们生意人，倒腾个东西挣个小钱，哪儿能有枪啊，我连枪是啥样都没见过。再说，有没有，进来时都搜过了，我们啥都没有，不信，大人，你问问这位老总。

县长扭头问站在旁边的一个人：在他们身上搜到武器没有？

保安队长回答：他们身上没有！刚才那几个身上都有。

县长问：那咋听说你先开的枪，把人打伤后人家才打的你。

细孬说：那一枪是骑马送宝人开的，送宝人三匹马，一匹是接我们的，他看有人要挡我们的马，一枪把他撂翻，他们人还了一枪，打在我的肩膀上。

县长先前听了一下保安队长的汇报，今天又听说四五拨人为了这几个铜罐罐你争我斗，又不断有人来说情，事情没理出头绪，反而越来越乱了；加上内人这几天老跟他闹别扭，心情也不好。心想：这烂事越缠越缠不清，就是弄清了，卖铜鼎的人没逮住，还是自己的麻达。再说，外地人判他坐牢也没多大意思，能来收宝必定有钱，弄他点儿钱也不枉劳神一场。主意一定，大声喝道：大胆狂徒，伶牙俐齿，巧舌如簧，把你推得个一干二净，看来不收拾不行，先押下去，改日细细再审！

细孬他们回到号子的时候，老财东的人已经不在了，只剩下蒙面的几个家伙。他们五六个或坐或站，把门口的地方留给细孬他们，他俩也不在乎，选了个离尿桶远的地方，就地一躺。屙沙悄声对细孬说，你先睡一会儿，我盯着。细孬没说话闭上眼睛。

他们进来的第三天晚上约莫三更时分，这一般是细孬他们行动的时候，细孬和屙沙都醒了，他们靠着墙闭着眼睛，但耳朵却异常灵敏，捕捉着号子里外除了呼噜声以外的任何声响。不一会儿，细孬从轻轻的人体落地声到轻快的走步声，辨别出有人进来了，这动静在一般人就是有意听，也不一定能听出来。他捅了屙沙一下，屙沙也警觉了。但他们还分不清进来的是谁的人。走步声消失了，他知道这人已经靠近了号子，等了一会儿，轻轻的脚步走了一点儿又停了，细孬试探性很轻地咳嗽了一声，外边立马回应了一声。细孬脸转过去对着屙沙耳朵吹了口气，屙沙立马轻手轻脚地摸到门边，手从栅栏的空隙中伸出去，用小钩子几下就把锁子打开了，并一闪身摸到门外，细孬紧跟着也摸了出去。屙沙回身又把门锁上了。这一套连环动作，也就是在人打个哈欠的过程中完成的。

屙沙向弓背指了一下细孬，又轻拍了一下弓背的脊背，弓背立马把细孬背了起来。定海在前带路，四人经过通道小门时，守门的人睡得涎水都流下来了，细孬知道定海给他用了熏香。

出了牢房到了院子，定海有点儿犯难。那天晚上，他听见开了枪，可不知道细孬受了伤。本来他还是计划从墙上出，现在人受了伤，上墙就有困难，但从大门走，风险就大了。正踌躇间，细孬说：从墙上走，要快！屙沙指着很高的土墙上一个豁口说：从这儿走！定海让屙沙警戒，自己搭架，让弓背先过墙，在外接细孬。细孬艰难地上了定海的肩膀，刚要翻墙，后面一枪打在细孬的后背上，屙沙立马用弓背给他的枪回了一枪，对面又打来两枪，定海一急，腰一躬一挺把细孬送上墙头，回过身又给对面还了两枪，那边弓背连拉带扯把细孬接了下去。定海趁着对方躲闪的空隙，一个贴飞按了墙头一下过了墙。弓背给屙沙的枪，是打一枪上一颗子弹的那种，就在屙沙上了子弹准备还击然后翻墙的时候，两枪一前一后打过来，一枪打在腿上，一条腿立马没了力气，屙沙大喊：海子，我腿中枪啦！他举起枪还要还击，又是两枪，屙沙一下子扑倒在地上，血像小溪流一样从他贴着地面的脸旁流过。定海趴在墙头的豁口上刚看了一眼，又是两枪打了过来，定海只得从墙上溜了下来。

墙这边弓背已经把细孬扶上了马，细孬软软的，头耷拉着，无力地趴在马脖子上。定海让弓背扶着细孬骑马快走，自己则上了另一匹马，搜索着周围的动静，然后催马疾驰而去。

他们向东南方向跑出去约一个多时辰，定海估计已经出了县界了，急忙找了一家客栈住进去，先看细孬的伤势。细孬肩膀上一枪，是那天晚上被打的，血痂把伤口已经糊住了，刚才中了两枪，都在后背上，血已经把两件衣服浸透了。细孬紧闭着眼，鼻子只有细微的气息。定海给他喂了一点儿水，把脸上的灰土擦干净，轻声地叫着：大哥，大哥。细孬一动不动。定海又给他喂点儿水，细孬紧皱的眉头舒展开了，定海轻轻地叫着：大哥，大哥。弓背也轻轻叫着。

好久，细孬才吐气似的说：沙子走啦，怪我，怪我呀。

定海说：大哥，你挺住，天亮我就找大夫。细孬好长时间都不说话，定海和弓背一直坐在他身边看着他。天快亮的时候，细孬眼皮动了动，手支撑着想坐起来，但终于没能成功。

定海扶着他问：大哥，你躺着，有什么话，你说，我和弓背都在这儿呢。

细孬脸上似乎有了点儿血色，说话的声音也大了一点儿：我大概不行了，死了把我弄回河南老家。能行的话，把沙子也弄回去。我的钱在西安咱住的房子里定海睡的床板凳子面下边，你们一人不管大小各抽两张，剩下的不管多少分成两份，一份给我父亲，一份给我老婆。海子，你人不错，有啥好事，别忘了弓背、赖毛、狗蛋，给蚂蚱腿家送点儿钱。今后，啥事别贪心，我，我后悔哪，后，悔，悔……细孬头一歪咽了气。

定海给客栈店主许愿给他一匹马，让他同意他大哥在此入殓，并陪同他到邻县把兄弟的尸首搬回来。店主为难了半天，让他们把人搬到后院子里，入殓后棺材从后墙开个门抬走，定海同意了。店主领着他在一家大户，花高价买了一副三寸厚的全柏木棺材，并买了别人为自己准备的、人还健在的一整套寿衣，全全合合地把细孬盛殓好，然后套车从后墙上出去，把封了盖的棺木临时寄放在邻村的一个佛寺里。第二天一早，定海、弓背和店主一起套车到邻县，定海他俩在县城外的一个坡上等着，由店主以死者朋友的名义前来收尸。保安队长在收了一张十两的银票之后，领着店主到一个乱葬坟指着一个新土堆说：早晨刚埋，趁没人赶快拉走。店主以寻车为由回来报信。

定海让店主赶车先走，自己和弓背远远在后面跟着观察。车到地方，他俩伏在一个土塄后头，观察店主刨尸。看到尸体被刨了出来，弓背慢慢走过去到跟前确认是屙沙，才跟店主一起把尸体抬上车。一路上，定海始终与车保持一定距离，他想，这次损失太大了，再不能有任何闪失了。

定海又置了一套棺木和寿衣，把屙沙盛殓好，告别店主，二人把车赶到西安，临时寄放在一家车马店里。他俩到租住的房子里找到细孬的东西，很厚的一沓银票和十几块金砖，定海让弓背先抽，弓背上下各抽一张，一张五十两，一张一百两。弓背又拿着让定海抽，一张五百两，一张八百两。定海把弓背的两张和自己的两张换了一下，让弓背拿自己的两张。

弓背说：这咋能行？

定海说：刚才是天定，现在是人定，就这么办吧！

接下来，他把银票和金砖估摸着分成两份，分别拿油布包好，拿绳子扎好，放进自己贴身的口袋里。然后，定海从自己身上掏出一块儿金砖交给弓背说：那几个青铜鼎我存在亲戚家，啥时候出手，能卖多少，也不知道，今后卖得多，我再给你。弓背推辞了半天才收下了。

定海他们到了河南，俩人一起见了细孬的父母和妻子，把两个银票的包分别交给他们，并按当地最隆重的仪式安葬了细孬和屙沙，定海又把屙沙的存钱和他自己的一部分钱交给屙沙的母亲。在与赖毛、狗蛋他们一起喝酒时，定海又掏自己的钱，给他两人每人一百两银票。在弓背陪同下，他们看望了蚂蚱腿的父亲，尽管先前细孬已经给老人送过钱了，定海又给老人了一百两银票。定海的仁义和大度，感动了他们几个，纷纷提出让定海挑头再干。定海说：自己干这行时间不长，却已经死了三个弟兄，太让人伤心了。这一行不是个好行当，你们用这点钱儿干个其他营生吧！我有时间一定会来看你们的。大家听着都伤心地落了泪。

处理完河南的事情，定海归心似箭，趁着一个晴朗的早晨，搭上一辆西去的马车奔西安而去。不料，当天下午，车走到一个三岔路口的时候，碰上一个军队招兵站，招兵站连招几天，没招多少，干脆来个连招带抓，只要年龄合适，先抓起来再说。定海和车上的三个年轻人没能幸免，被小绳子一绑一连，一串儿赶上就走，窝窝囊囊地被套上了军装，看到有两个逃跑的都被打死了，定海只好无奈地留了下来，等待机会再说。

婚后，龙定山才仔细端详了涵玉。生于景德镇瓷都的涵玉，有着精美瓷器一样白皙细腻的皮肤，眉毛似远山般雅致，眼睛如秋水般润圆，略长的瓜子脸上显露着美女才有的弧度和曲线。她身条匀称，无论是正面的吟吟笑靥还是娉婷袅娜的背影，都让人过目难忘。不过，涵玉的外形美固然让定山赏心悦目，更让定山认为难能可贵的，是涵玉温柔多情并善解人意的性格，优雅得体的谈吐和雍容宽厚的处事气度，使定山品味到母亲、妻子、姐姐、妹妹、情人合一的感觉，几天的相处之后，定山感到有点儿离不开涵玉了，一会儿不见，心里就觉得空落落的。

涵玉除了新婚当日之外，一直在头上戴着白花，脚下穿着白鞋，为父亲守孝，并在自己套房的小客厅里为父亲设立了灵位，每天早晚为灯添油，为灵位上香，独处的时候，常常因思念父亲，暗暗掉泪。不过，见到定山或下人过来，她会立即止悲收泪，恢复常态。倒是定山常常安慰她：想爸爸了，你就哭一阵，没关系。涵玉只是望着定山凄楚地一笑，并不说什么。定山喜欢看涵玉，涵玉后来也喜欢看定山。以前，涵玉除了常常定睛看着自己病得迷迷糊糊的父亲，几乎从没有专注地看过其他男人。现在，感觉自己的丈夫常常深情地注视自己的时候，开始她很有些不自在，眼睛都不敢回看，等到定山不能自持地把她抱在怀里的时候，她才含羞地抬起头，无限柔情地看着这个陌生而又已经和自己结合在一起的男人。

涵玉很惊异定山的俊朗：深邃果敢的眼睛上护卫着森林般浓密粗黑的眉毛，高挺的鼻子使人联想到志存高远的性格，棱角分明的脸型让她看到诚厚和睿智，紧绷的嘴唇则显示出意志的坚强，可当这个嘴唇微微开启，贴向她的脸颊和嘴唇的时候，她分明感觉到这个男人的温情和激越。她伏在他宽阔的胸前，沉醉在渴望的男性气息中的时候，或者定山伏在她身上狂放地爱抚的时候，她仰望这个大山一样的男人，心里默诵着：你是个我可以依靠的人，你是个可以为我撑起一片天空的人，你是个我愿意终生伴随的人！

涵玉父亲百天过后，定山领着她到南院门的店铺和西门马道旁的加工场去看看，给她介绍一些销售和加工的品种、方法，等等。涵玉边向相公、掌柜们打招呼，边问一些不懂的问题，离开时微笑着点头示意。涵玉走后，大家都称赞内掌柜亲切和气，平易近人。

回来之后，定山问涵玉：看了之后有什么想法？

涵玉笑笑说：店铺和加工场的生意不错，店面和加工环境也蛮好。可我有些奇怪，我们一起转了一大圈，偌大的一个西安，怎么没有看见一家专门卖精细瓷器的店铺，是西安不时兴这个，还是没有懂这个行当的人？

定山说：我问的是咱们的商铺和加工场，你怎么又说到瓷器上去了。不过，夫人你看得真细，也真准。西安真还没有一家专门的精细瓷器店铺。夫人有什么想法？

涵玉说：夫君能否在南院门或中山大街再开一个店铺，专卖精细瓷器，我想，生意一定好。

定山说：夫人想法很好，只是我顾不过来呀。

涵玉说：夫君即使能顾过来，也没有我对瓷器知道得多呀！

定山惊讶地问道：难道夫人要到瓷器店里做生意？

涵玉说：是的，我既然到这个家里了，也得为这个家的生意操心呀。跟着爸爸耳濡目染，细瓷古瓷我还是知道一些。我娘家可以进货，这里有店铺生意，本地又独此一家，这是老天又给你的一个生财的机会。这个瓷器铺，你不用太操心，可以让大魁帮我。

定山本来是要坚决反对的，他认为，涵玉就应该静静地守在家里，做自己府宅里的女主人，最多在生意上做自己的一个贤内助，压根儿就没想着让涵玉出面做生意。但涵玉自己提出来了，而她又说的那么有道理，他认为，应该充分尊重涵玉的想法，哪怕就是不同意，也绝不能断然回绝涵玉，因为他打心眼里就不想在任何大小的事情上，对涵玉哪怕有一点点的伤害。这不仅因为涵玉是自己的妻子，更主要的是对涵玉爸爸黄晴池的感恩和尊重。待到听涵玉说此事大魁可以帮她，他立马认为这事可以考虑，或许还可以大魁为主。再进一步想，涵玉轻易对生意不提看法，这次，涵玉既然能说出来，说明她已经有所考虑了，自己就更不能轻易否定她的意见。于是他笑着说：可以，不过，还应该从长计议，这个生意要做，就一定把它做好。

定山就这件事跟大掌柜商量，大掌柜也认为，女人在店铺里执掌生意有些不妥，尤其是涵玉这样出色的女子。不过，他认为，涵玉的眼光独到，这是个缺门，缺门的生意好做，利润还大。咱们要真开一个精细瓷器店铺，目前的掌柜还非内当家莫属。因为一旦开起张来，这个店铺各种成色瓷器都要有，内行外行的顾客都会来，要分门别类能讲出此长彼短，高下优劣来，非内行不可。并且，免不了还有古董瓷器，鉴别论价，收进卖出，没有涵玉这个瓷器世家出来的内行，这生意还真干不成。最好考虑一个涵玉人在店铺，但又不直接出头露面的方法，才能把这个事情办好。

定山决定再跟涵玉合计合计，可还没来得及仔细商量，督军府来人告知：边界那边约见洽谈的时间定了，请龙掌柜明日随卫队一起出发。定山立马召集大掌柜和加工场的掌柜姜东民，以及负责贩运的掌柜龙大魁一起商量，安排他带东民和大魁走后各摊上的管理人手，以及收进卖出的银钱收支问题。

定山说：大的章程不变，大掌柜执掌大盘子，大事小事没有大掌柜点头不得举动，银钱出账，一百银洋以上给内掌柜打个招呼。

定山散会后，还专门跟大掌柜解释了一下：现在有了内掌柜的，遇事给招呼一下，请大掌柜不要多心。

大掌柜豁达地说：这是应该的，本来就有主辅之分，你不叮咛，我也会招呼的。

定山高兴地说：这一点儿，可能是我多心了。

至于细瓷商铺选址筹办的事情，定山和大掌柜都忘了。

定山走后，涵玉知道定山他们没有商量细瓷商铺的事，也不计较。一天，天气很好，涵玉让门房郭头叫了两辆洋车，让老妈子牛婶陪着，把城里几条大街都转了一遍，在南院门的大街小巷都走了走，在钟楼原来的老地方也看了看，遇到有卖瓷器和古董的店铺，都进去看一看，问一问。她还很留意位置好的空闲门面，打发牛婶去问个价。下午回来的时候，她心里已经有了初步的主意。

第二天，她又带着牛婶来到南院门隆丰福商铺二楼的客厅，找自己的干爸大掌柜想谈谈选址和筹备的事。不料，大掌柜出去了，听说是去看一个门面。

第二天上午，涵玉正在桌前展开笔纸，想把筹办细瓷商铺的设想记录下来，丫鬟进来通报说：大掌柜来了。涵玉急忙来到客厅，见了大掌柜，以干女儿的身份道了问候，然后坐下来说话。

大掌柜说：目前，服装生意就数咱们最好，但是，一两年时间里西安一下就冒出来七八家，而且两三家都跟咱们一样有加工场。依我看，咱们的优势，最多也就是一两年，应该拓展新的路子。内掌柜要办细瓷商铺的想法，正是一条新路子。

涵玉说：干爸过奖了，我倒没有考虑什么新路子，只是觉得西安现在没有，而我又有这方面的特长，娘家那边也能保证货源，并且能直接从窑上拿到第一手价钱的货，因此，咱搞这行，比其他人都有优势。

大掌柜呷了一口茶说：内掌柜说得很对，这几个条件特别重要，就是谁要竞争，他不一定能同时具备这几个条件。即便是景德镇的人到西安，他可能还没有咱隆丰福在西安本地厚实的商业基础和人缘儿优势。

涵玉笑笑，很认真地说：干爸，说实话，我可不会做生意，尤其是讨价还价，高报低还，以次充好，等等，我做不了，一定还得有个人在前面支应。

大掌柜说：内掌柜这话说得可不是咱隆丰福人干的事情。咱商铺也好，加工场也好，长途贩运也好，讲究货论一二三等，价分高中低档，一等货一档价，是啥就是啥，谁都不能做昧良心的事情，就是把一等货跟人谈到三档价，咱铺子照单付货，赔了自己认，绝不食言，更不要说以假充真，以次充好。这么多年了，还没出过让人拿着不对路的货找上门的事情。我敢说，走到任何地方，隆丰福的信誉，是任何人也说不出闲话的。

大掌柜说这话的时候，脸并不对着涵玉，好像是跟客户谈生意一样，又像是对有人的质疑在争辩，他有点儿激动，声音也提高了。涵玉从听他第一句话时，脸就腾地红了，很为自己不了解隆丰福的经营思路而无意伤害了它而害羞。她带着歉意不好意思地说：我只是随便说说。我知道，隆丰福的信誉，是定山和你这么多年拿心血浇灌出来的。

大掌柜也感到自己的失态，不好意思地说：我刚才不是说你内掌柜，可别误会。他用喝茶掩饰了一下，转个话题说：昨天你到店铺来的时候，咱原先在钟楼根儿下铺子的周掌柜派人来请我过去说话，我知道他要说啥，正好咱有开细瓷店的想法，我就过去了。

涵玉不解地问：我昨天也到那儿去看过，铺子不是有人干着吗？

大掌柜说：有人干是不假，生意不好，老拖欠房钱，老周不想让他们干了，想请咱们回去。

涵玉问：干爸，你怎么说？

大掌柜说：首先，内掌柜，你感觉这地盘咋样？

涵玉说：这地盘不错，就看价钱怎么样？

大掌柜说：价钱都好说，他求上咱们了，并且他还欠着咱的人情呢！我没说要还是不要，想先晾他一下，等定山回来再定。

涵玉见大掌柜这样说，就依着大掌柜的意思说：就等定山回来吧，我已经给我娘家的大伯写信过去了，请大伯帮我先准备一批货，这边店铺一旦确定，就得派人前去把货拉回来。

大掌柜说：定山回来可能还有瓷器的订货，有的话，去了一块儿就拉回来了。

还真让大掌柜说准了，定山这次去确实又定了不少瓷器的要货，也有冬装加工，也有茶叶，还有马掌挽具，但也有一桩麻烦的生意，就是督军这边想要一批新式武器，让他用一批收缴的大烟土与对方交换。以前，对方在交谈中，提出过想要大烟土，他在给督军汇报的时候，无意中提了一下，没想到，这次督军竟让他来办这件事情。定山从没有沾过这种东西，只知道这是违禁物品，也是一个害人的东西，自己清清白白做生意，可不愿意背上一个倒腾大烟土的坏名声。为这事儿，他几乎好几天都寝食不安。

精细瓷器商铺的事情，定山一回来就敲定了，钟楼根儿下的三间门面房也就定好了。新承按照涵玉对细瓷店铺的要求，将三间门面里头打通，请泥瓦匠和木匠做成台阶和多宝阁、展示架，以及字画框，把定山收藏的部分字画也悬挂出来。门面后面的作坊正好做库房，又做了一些结实的货架，隆丰福的大牌匾又一次挂在这个昔日旺铺的二楼上。一切准备停当，就等江西的货回来开张了。

大魁带着新来的两个小相公一起到景德镇去，都是年轻人，大魁嫌坐车太慢，在西安一个牲口牙行（贩子）手里租了三匹马，请他一起送出潼关，这样就节省了两天时间，进了河南之后，他们又找到黄河渡口，坐下水船到了郑州，然后往南，有马骑马，有车坐车。到汉口后又是长江下水，因此，一路轻轻快快地到了景德镇。

涵玉的大伯早就按涵玉信中要求的品种、数量，把精细瓷器准备好了，还作了细致的包扎。大魁向他结清货款的时候，大魁原来叫大伯，现在改口叫爷爷的涵玉大伯提出，让他的小儿子涵亮一起到西安去，理由是让他去帮帮堂姐做生意，涵亮对瓷器是很熟的，再者，让他到大城市见见世面，将来也能有点儿出息。尽管这个要求突如其来，大魁也没办法请示父母，但他一想，这是母亲的至亲，也是好事，于是就毫不犹豫地答应了。货物办齐之后，依照每次的发货路线，大魁带着三人日夜兼程往回赶。

货车过了郑州转向西去大路走了大半天的时候，一伙当兵的从岗子后面跑出来挡住去路。大魁赶忙跑上前去点头哈腰赔笑脸说：老总，小的是去西安，车上是些瓷器。

一个兵油子过来咋呼着说：瓷器，我看不像，是武器吧！说着就拿枪托要砸草包。吓得大魁连忙用身体护着货车说：老总，是瓷器，是瓷器，可不敢砸呀！

另一个看着这满满的四大车货说：是瓷器也好哇，咱队伍上正缺这些盘子碗呢，走，走，车往团部赶！说着，拿枪逼着赶车的就往另一条岔路上赶。大魁看说话不顶事，连忙掏出几块银洋塞给那个打头的，不料，那家伙一摆手说：少来这一套！没办法，他又去央求另一个，那个说：他是排长，我们听他的。大魁再求排长，甚至又掏了一张二十两的银票，那家伙理都不理，催着让车往前赶。大魁急得都要哭了，他一点儿办法也没有了。

四辆大车正在小路上摇摇晃晃走着，远处迎面跑过来三个骑马当官的，为首一个停下马问道：怎么回事？那个排长立即报告：报告长官，几车瓷器，我看咱们灶上能用上就赶回来了。为首的说：那好，赶回去吧。大魁一听急忙上前央求道：长官，我们是给西安送货的，这些货是人家的，你们拉走了，我们命都没有了！求求长官饶了我们吧！

为首的下了马，用手摸了摸草绳问：你是西安的？

大魁苦笑着回答：小人是西安的。

为首的军官问：给西安谁家送货？

大魁听出长官说的是西安话，心中暗喜说：是隆丰福的货。

长官马上变脸道：你小子还敢骗我，隆丰福是卖衣裳的，就不卖瓷器！

大魁急忙说道：大人有所不知，隆丰福除了服装商铺之外，又在钟楼根儿下开了一家瓷器店，这货就是开店用的。

长官又问：隆丰福的掌柜姓啥叫啥？

大魁答道：姓龙叫龙定山。

长官又问：你是干什么的？

大魁答道：我是龙定山的儿子，叫龙大魁。

长官马上又变脸道：你狗东西还是说谎，我哥哥才结的婚，哪儿来的你这么大的儿子！

大魁立即跪下说：我知道了，你是定海叔叔，我是我爸的干儿子！

龙定海也明白了，问道：你起来，我问你，为什么铺子突然要卖瓷器呢？

大魁稳下心来兴奋地说：新娶的我妈是江西景德镇人，是瓷器的内行，西安又没有细瓷店，所以才准备开这个店的。

龙定海提高声音对那个排长说：王排长，这个事情我处理。你们先回去，回头我找你们连长给你请赏！

王排长答应了个好，带着他的几个兵走了。

定海让大车掉个头往刚来的大路上赶，对大魁说：往西走十里，有一个陈岗镇，你们今晚就歇在那儿，我现在有急事要办，晚上我来找你。说完就带着两个护兵纵马而去。

原来，龙定海被强行抓进军队里后，开始被安排在一个连队里当小炮手。军队里都是大个子排在前面，龙定海每次都站在最前边，一次团长来视察定海他们连队。龙定海个子高，身体又强壮，人也精神。团长走到龙定海面前问他：当兵多长时间了？

龙定海回答：刚来几天。

团长问：原来干啥？

龙定海回答：跑生意。

团长又问：打枪，写字，算账，你都会啥？

龙定海答道：都会一点儿。

团长说：好，就要你这个都会一点儿，马连长，让这个都会一点儿的大个子明天到团部报到！

就这样，龙定海先在团部当传令兵，后来团长发现他不但字写得好，而且还能写文章，枪也打得好，遇事沉着有主意，就把他提拔成自己的贴身副官，一些要紧的事情就交给他处理。定海那颗躁动不安的心，也就慢慢地沉静下来了。可他万万没想到，在这儿居然能碰上哥哥店铺的货车和他的干儿子。

晚上，他给团长告了假，一个人骑马到了陈岗镇找到大魁。他把大魁叫到一个小酒馆里，仔细询问了哥哥店铺的许多事情，甚至连哥哥结婚的情况都问得一清二楚，确信大魁是哥哥的干儿子后，他从怀里掏出一封信郑重地交给大魁说：这是我给你爸的私信，你一定要亲手交给他。这个队伍一直驻守在这里，你和你爸经过这里都可以来找我。龙定海另外掏出一个公函递给大魁说：从这里到潼关都是我们的队伍，谁要挡你，把这个拿出来让他看看就没事了。另外，告诉爷爷和老太太，我在这儿还可以，让他们不要操心，今年我抽时间回去看他们。

大魁把三叔龙定洋在河南先当县长后当科长的情况也告诉了龙定海，最后关切地对龙定海说：二叔在队伍上要多加保重，有事捎个信儿，下次我过来一定来看你。

第二天天还未亮，大魁他们的车就早早上路了。

督军对大烟土换武器这件事十分重视，因为他的队伍里装备是很差的，他想首先配备一个连的新式装备，加强队伍的战斗力，以后再慢慢扩大。现在，战事频仍，各地都在加强自己的实力，实力强了，不仅自己地位牢靠，对上说话底气也足。以前之所以没有扩充，就是因为军费紧张。现在，有这样的好事为什么不干呢？他看出来定山十分为难，也理解定山不是因为这事不赚钱，主要是嫌此事对自己名声不好，但他还必须通过定山来解决这个问题。

定山跟这些边界买卖大户很熟，私下什么东西都可以交易，这些大户神通广大，无所不能。如果队伍上自己出面，一方面路子不通，也没有谈生意的经验；二方面，容易惹上国际麻烦，上头也会追查。定山他们万一有什么事情，督军可以出面摆平。再说，定山办事他很放心，没有出过麻烦不说，每次都能如数把他都搞不清的红利交给他。于是，他很委婉地对定山说：我知道你考虑声誉问题，可我也有难处，上面不给钱，队伍还得维持，也是十分无奈的事情。我想，定山，你完全可以用做买卖的方式，灵活解决这个问题嘛！在这方面你肯定有办法，有啥要求你尽管提，我只要拿到我要的东西就行。

定山知道，这个花钱出力挨人骂的差事只能由自己来承担了。他处心积虑思考了好长时间，心里还是没底，派人把大掌柜请过来商量。

大掌柜听了以后，很长时间没有说话，后来他说：此事因武器而起，督军却又不肯自己出面，我们只好代人受过。不为，则两家失和，关系立即就破裂；若为之，则身背骂名，商界同行侧目，从此人前抬不起头说话了。此事咱们能否换个交易方法，既不伤隆丰福的招牌，又把这事圆成好。定山一听当然赞成，接下来，他二人如此这般地互说互补，设计了一出狸猫换太子的妙计。

一天，天快黑的时候，定山如约来到督军府见督军。寒暄过后，定山只说了一句：咱这儿关的有没有贩大烟土的？督军作了一个阻止的手势说：定山，你太聪明了，你的意思我明白，今后有关这个事情，咱俩都不要参与了，你派一个跟铺子不相干的人，直接跟卫士长接头就行了。贩烟的有好几个，我让人选一个调教好，派人押着跟你的人走，就行了。定山没想到这个难题这么容易就解决了，回来即与大掌柜安排下一步要实施的行动。

定山让新承与卫士长联系，他天天给督军老太太侍候鹦鹉，上上下下的人都认识他，他进出督军府已经习以为常了，谁也不注意他。出发的时候，天不亮，东民、新承二人以保镖的名义一起到西门外坐车，车上拉着满满一车货先走。督军的卫士长派了一个班的武装卫士，押着一个给他承诺回来减刑为三年、名叫秦合贵的死刑犯人坐另一辆车走，身着便衣的卫士们在休息的时候负责保卫前边的货车。

秦合贵是个贩大烟行家，也是个这行生意谈判的高手。由于目标明确，加上事先交代得清楚，秦合贵以大掌柜的身份谈起生意来很自如，把自己当年那套本事都用上了。不仅把自己的货吹得好上了天，而且把对方的交换价格压得很死，原本准备换一百二十条枪的烟土，让他硬是成交了一百三十条枪，还把对方一个王爷手上的大戒指要过来，套在押他的班长手指上。

回来的半路上，按卫士长的安排，班长要找个地方把秦合贵解决掉，东民私下对班长说：我看，这家伙有本事，留下有用，回去我给卫士长解释。就这样，秦合贵捡了一条命，多年后他也给龙定山带来了不小的麻烦。

第八章

定山拿着大魁带回定海的来信，十分高兴。听大魁说，定海在河南的队伍上当了团长的副官，心想：定海性子刚烈，做生意不一定能行，当兵应该适合他的特点。这个弟弟跟自己老有点儿合不来，他也不知该咋样对待他。不过，静下来的时候，时不时地就会想起他，毕竟是从小一起长大的亲兄弟呀。好啦，现在他终于有了着落，自己的心里也就踏实了，奶奶和爸妈那儿念叨起来，也能有个交代了。他捏了捏信，挺厚的一沓，看来写了不少，他忙着给大魁交代明天走的事情，把信往内室里一放，就又和大魁交谈起来。

一直忙到睡觉前，他嘱咐涵玉先睡，自己再把灯拧亮些，才撕开信封。定海的信一共才三页，信纸内包了七八张银票，定山一数约有一千三百多两。他想，定海这么多年也算是有了自己的积蓄了。他把银票放在一旁，仔细看起信来。定海简单叙述了自己几年来贩药材的情况，直接说到被抓当兵，请定山帮他给爸妈送二百两银票，其余的给他保管好，他抽时间会回来的。最后，他告诉哥哥，今后过河南一路可来找他，有他队伍上的公函，这一路都会顺畅无阻。定山看完，长长出了一口气，他为弟弟暂时有了一条适合他的路子而欣喜，也为两个弟弟都有了下落而安心。想着自己兄弟三个一个为官、一个从军、一个经商，各走各的路的现状，他不禁疑问道：谁的路子走得对，走得好呢？也许都好，可都好，是个怎么好呢？他回答不了，也想象不出来两个弟弟目前各自的形象。鸡叫二遍了，定山才不知不觉地睡着了。

定山在思念兄弟的时候，他可能没想到，他的二弟定洋正在为自己的婚事犯愁呢。

定洋在爱师县任职的政绩在省府得到认可，处理照春县和金海县地界纠纷又巧妙合理。另外，定洋品貌端庄，为人谦和，呈写公文，字迹工整，行文流畅，言简意赅，情通理顺，颇有见地，深得几位上峰官员赞许。经特派员何秉坤推荐，省府破例把一个只有二十三岁的县长龙定洋任命为省教育厅第一科科长。

当了科长的龙定洋深知自己资历浅显，担当此任难以服众，因此，虚心学习，不耻下问，义礼属僚，尊重上司。他时刻记着恩公何秉坤对自己的告诫：谦恭处事，低调做人，时刻如履薄冰，不忘重任在肩。他把这四句话改成一副对联，用他拿手的行楷写成一幅条幅，挂在自己客厅的墙上，当作座右铭：

低调做人　时刻如履薄冰
谦恭处事　不忘重任在肩

定洋刚刚熟悉了第一科情况，理清了思路，准备实施第一步计划的时候，他的干妈郭大娘从爱师县赶到省城，找到他办公的科里来了。定洋赶紧把干妈接进客厅，让人泡上香茶，笑着问道：干妈近来身体可好？

干妈笑着说：科长的衙门，可比咱县长的衙门阔气多了。

定洋笑嘻嘻地坐到干妈身边说：干妈取笑儿子呢，是不是嫌我这几天没去看你，不高兴啦？

干妈说：那可不是，我来是问问你，我给你说的那个媒，到底还算数不算数？

定洋假装忘记地拍拍头说：哎呀，最近一忙，真把这事给忘记了。干妈给我说的大媒，我敢说不算数！不过，干妈，你给我说实话，那姑娘人品、秉性到底咋样？

干妈说：我就知道，你最看重这个。早都给你说过了，干妈是依着你的人，才给你挑媳妇呢。那闺女模样儿、秉性都没啥说，知书达理，家教女红样样不差。姐妹三个，她可是挑梢子的人才，媒人们聚着堆给她封了个雅号叫牡丹王，你想想那闺女长得啥样！

定洋说：我知道干妈给我挑的人肯定错不了，不过，最近刚来，事情太多，我想再等等，一有空我就去看你，你看行不？

干妈说：那个啥特派员给你说的那个姑娘咋样啦？

定洋说：那是我的恩公，何特派员上次说了以后再没提过。

干妈说：那我就放心了。

干妈说完就要走，慌得定洋死活拉住不让走，硬要干妈在这儿住几天再回去，干妈执意不留，定洋只好酒饭款待之后，让人买了不少礼物，派了一辆三驾马车，亲自把干妈送到家。

就在送走干妈的第二天，定洋召集下属的几个部门管事商量了些事情，完毕之后刚坐下，准备把几个问题记录下来，楼下传事的进来报告说：有人来访，是一位小姐。定洋一愣，脑子半天反应不过来，只好说：快请，快请。

进来的是一位学生打扮的俏丽小姐，服饰简单却不失高雅，帽子随意更衬出颜面如花，盈盈笑脸透着青春的气息。小姐落落大方地走了过来，冲着定洋含蓄地一笑：您就是龙科长？

定洋回以微笑说：我是龙定洋。请问小姐有什么事？

小姐款款地走到招待客人的椅子旁轻轻坐了下来，一手搭着扶手，一手很自如地把帽子摘了下来。她打量了一下定洋的办公室，然后把目光落在定洋的那副条幅上。她端详了一会儿赞叹道：谨严遒劲，铁画银钩，龙科长的字很有些颜筋柳骨呢！

面对这位素昧平生却又反客为主的高贵美女，定洋竟然有点儿不知所措。他呆呆地望着她，机械地应付着：哪里，哪里，信手涂鸦，取笑，取笑。可他的脑子里却在不停地搜索：这是谁呀？谁呀？脑子转了一圈又一圈，仍然得不出结果。

小姐问道：请问龙科长，何为低调做人？

定洋停止搜索，赶忙先回答美女的问题：所谓低调做人，就是脚踏实地，不事张扬，说俗一点儿，就是夹起尾巴做人。

小姐清脆响亮地笑了一声，随即不客气地说道：尾巴既然是夹着的，那就有不夹的时候，不定什么时候还会翘起来，可见，这低调做人只是一时的韬晦之术。

这话不是一般人能说出来的，定洋脑子里一下子就蹦出恩公何秉坤给自己说媒提起的那个才女来。他恍然大悟，这大概是厅长的宝贝女儿上门来了。揣测明了对方的身份，定洋心中有数，应对起来就自如多了。他说：韬晦不是一个贬义词，它是官场，起码是中国官场的一种为官技巧，一种护官法术。因为做官和做人还有不同，做人你正直诚厚，勤劳简朴，乐善好施，尊上爱下，你就有可能被称为是一个好人、君子。就是说，只要你能把大家认定的道德底线略微提高一点儿，人们不仅认同你，还会推崇你，甚至把你奉为楷模。而做官就不一样了，首先，做官的一般都是人中骄子，有识有为之士，而这些有识有为之士，往往代表着不同阶层的利益或者自己圈子的利益。因此，为了维护自己圈子的利益，实现各自的主张，官场其间必然就充斥着不停息的争斗，今天是座上宾，明天可能就是阶下囚。所以，为了求得生存，或者为了积聚力量，等待时机，那些弱小或者不得势的官员，只能虚与委蛇，忍气吞声，收爪抿牙，不以真面目示人。这样做是为了保护自己，避免遭受打击。另外，也是为了积蓄力量，等待时机。正因为如此，韬晦之术历来都被官员们奉为做官之宝。然而，我这里的所谓低调做人，还不能理解为韬晦之术。我非党非派，与世无争，既无后台之靠，又无越轨之念，不存在忍受等待的问题，只是时时提醒自己戒骄戒躁，居此位无张狂之本，瞬间有颠覆之危。因此，小姐这顶韬晦的帽子，显然是扣错了地方。

定洋滔滔的一篇韬晦之论，虽然是随口而出，却也层次分明，有理有节，把小姐刚才咄咄逼人的韬晦之见软软地顶了回去。小姐一直静静地听着，目不转睛地盯着定洋那张智慧生动的脸。直到定洋话音落定，并朝她报以微笑的时候，她才忘情地收回目光，脸上微微有些发烫发红。

为了掩饰刚才的窘态，小姐调整了一下坐姿说：说得不错，但其中不乏偏颇之词。听人说，教育厅来了一个娃娃科长，我想，这不知又是谁家的纨绔子弟托人使钱谋来的。刚才一番宏论，看来尚不是个酒囊饭袋。不过，夹着尾巴做人的想法，完全可以藏在心里，堂而皇之地把它挂在墙上，实际上，夹着的尾巴已经翘起来了。

小姐说完拿起帽子就往外走，连个招呼都没打，定洋急忙说：小可还有问题请教，小姐怎么说走就走哇。小姐头也不回地说：说话以后还有机会。

定洋回过身看了那副条幅一会儿，立马吩咐人把它取了下来。

当天夜里，定洋失眠了。

两个姑娘，一个小家碧玉，一个大家闺秀，一个是在自己落荒而逃的时候，帮助自己安身立命的干妈牵线的；一个是在自己默默无闻的时候，一再荐拔并使自己从此平步青云的恩公介绍的。两个都是有大恩于自己的人，都希望自己顺从他们的意愿成婚，可成了一个，必然得罪另一个，自己如何舍得得罪其中任何的一个呢？他翻来覆去思考了很多方法，做出了很多设想，都被他一一否定了。这个左右两难的问题，把个遇到难事从不发愁的聪明的小伙子搞得有点儿晕头转向了。天快亮的时候，朦胧中他突然想到父母，哎呀，自己婚姻这么大的事情，怎么能不听听父母的意见呢？想到这里，他好像找到了一个解救的办法，心里感觉似乎有了依靠，香甜地睡着了。

过了几天，定洋找了个理由向厅长告了几天假，坐着厅里的车，由两名护卫陪同直奔西安而来。

隆丰福瓷器店在钟楼根儿下旧址上开业了。

新颖的布置，奇特的造型，精美的瓷品，名贵的书画，让这个瓷器店与其他店铺表现出明显不同，它吸引了东来西往人们的目光，也阻拦住了人们的脚步，许多人都挤进来争着看个稀罕。他们赞叹青花瓷的线条匀称层次分明，惊异薄胎瓷的纤巧精致薄如卵膜，很多人只知道瓷器实用，很少知道古瓷的精妙，藏瓷的价值，名瓷的珍贵。

七八个相公明知看客都不会买，还是耐心地向人们讲解、报价，对于那些珍贵的品种，大声提醒：只许看，不许动！人们用眼睛看看，有的用手偷偷摸一摸，再问问价钱，心里感受到很大的满足，临出门时，还忘不了说上一句：西安独一份，嫽得太（好得很）！

涵玉和定山此时坐在楼上，听着楼下的声音，观察着马路上人们路过店门时的表情。快两个时辰了，还没有成交的信息传上来，定山怕涵玉心里着急，安慰她说：别急，一般开业前三天都没生意，好买卖要在十天以后。涵玉站起来拿起茶壶给定山茶碗里续上水，笑吟吟地说：这个我清楚，这个生意熬的就是时间，十天半月卖一个好东西，店铺一个月的开销用度就都有了。

果然，几天以后，生意慢慢地来了。这类买主大凡都看得仔细，问得详细，挑得精细。有的人在店里一待就是大半天，选上几件，一花就是几十上百个银洋。还有更大的外县外地买主，整桌全套的精美餐具、茶具，一次就定三套五套，另外，像青花三足香炉，海水龙纹瓶，喜上眉梢插瓶，牡丹粉彩薄胎花碗，笔洗，佛像，纹缸，印盒，等等，有货要货，无货预定。有人出高价点名要一套青花十二件月花神细纹杯，这可是价值三百五十两银子仿乾隆朝的俏货。秦宝轩要定一对一人多高的瓷瓶，西五台的居士要请一座半人高的观音，几个会馆也定了不少陈列瓷和名贵的仿古瓷。把个涵玉在楼上忙得不亦乐乎，记事，估价，收定金，写手执，填订单。遇到涵玉拿不准的货品，涵玉的堂弟黄涵亮就显示出他的作用。

涵亮虽然只有十六岁，但他来西安之前，就在景德镇的一家陈列瓷铺当了三年的相公，对各窑上大概有什么货，价钱多少，了如指掌。另外，对外路货，如湖南醴陵、福建德化、浙江龙泉等地的货和价，心里也基本有数。他一般站在门面后面，光注意看货，不太说话，因为很重的江西口音，他怕当地人听不懂。其他相公们对买主提的问题解释不了，或者买主要求的货品，店铺没有时，他就解释回答几句。他只有和姐姐说话的时候是最畅快的，两个人叽里咕噜说得流畅又开心，连去过多次景德镇的大魁都听不明白他们说的什么。涵亮最怕吃面条，吃馒头必须用辣椒陪着下咽，这里的油泼辣子倒是挺香的，但他还是喜欢家乡的笋尖炒鲜辣椒，他认为，西安的大米特别好吃，每次吃大米捞饭的时候，他能连吃三大碗，可面条他最多吃一小碗。涵玉心疼弟弟，每天过来都要给涵亮带一点儿家乡口味的饭菜，过上几天，就把弟弟叫到家里来吃上一顿她亲手做的家乡饭。

半年过后，瓷器店的生意步入正轨，销量稳步上升，大魁和涵亮几乎在店里待不了几天，就得去进货。除了在景德镇进货之外，涵亮又领着大魁跑到醴陵和龙泉的窑上去进货，店里的货品越来越多，花色也更加丰富。定山不得不把后面的库房隔出一块，当作货品陈列室，针对那些搞批发的或者选精品的买主入内挑选。在交通不是很发达，艺术品相对匮乏的西安，这些琳琅满目、做工精细、色彩艳丽的工艺瓷器，成了陕甘宁青新地区部分有钱人的收藏、赏玩、馈赠、送礼的首选。以前他们想要一件心仪东西，得求人从外地去带，十分不容易且价格很高。现在，西安有了店铺，直接可选可定，价钱也合适。这些人一传十，十传百，骑马坐车从老远的地方赶来，把逛西安、买瓷器、吃羊肉（羊肉泡馍），当成进省城的三大乐事。这样，有的外地做分销的掌柜，或者有的大买主为了拿到更低的价钱，不跟二掌柜谈，要直接见内掌柜，这样，涵玉有时就不得不出面应酬了。

涵玉谈生意往往面善嘴软，架不住这些江湖老手们的软磨死缠，结果常常以很低的价钱成交。一些买主掌握了这个诀窍，进门直奔楼上，弄得相公和掌柜们多有怨言，经营效益明显受到影响。涵玉她也十分懊悔，几次向定山诉苦说，自己谈生意不在行，让定山赶快给她这里配个人。定山原来安排是大魁，可大魁老是外出采购，不在店里。让涵亮吧，太年轻，更没经验，语言沟通也有问题。让涵亮单独外出采购，把大魁留下来也不行。一个十七八岁的小伙子，出去带银钱，回来带货物，缺乏经验，尤其缺乏独立处理事情的能力，断然不可。定山思来想去，还确定不了人选，只好一有时间就往这边跑。

定山为了出行方便，利用去汉口的机会，购置了一辆洋车，是日本出的那种枣红色的高靠背，天蓝色可折叠的遮阳篷，细轴银丝的大轱辘，铜杆扶手皮脚踏的新式车型，扶手处右边有一个声音悦耳的小铜铃，左边有一个造型优雅的洋油灯，比在马路上跑的那种无灯无铃黑嘛咕咚的屎巴牛洋车，无论装置式样，轻快程度都高出不知多少倍。尤其是拉车的小伙子上白下蓝的一身干练装束，一路轻快灵活跑起来的姿态，炫耀似的把车铃一摇，独特悦耳的铃声立马招来满街的羡慕目光，有人就会轻声叫道：看，隆丰福的车！

这个车每天一大早先把大掌柜送到南院门服装铺，再回来接内掌柜去钟楼根下瓷器店，最后根据老掌柜的安排，或去西马道巷加工场，或去其他哪一个店铺。拉洋车的是一个十七岁出头的蓝田小伙子，叫冬娃，高个子，方脸盘，大眼睛，厚嘴唇。人健壮也很机灵，这是大魁在东关鸡市拐人市上挑来选去，最后才选中的。为培训冬娃拉洋车，大魁专门请了一个拉车把式给冬娃教了两天，并背熟了一串行车口诀之后，把式和大魁反复试坐了好几次，才敢让他试着拉了三天，大魁在干爸认可之后，才把他定下来的。那行车口诀是这样的：

弯腰扶把请客上，
坐好靠稳杆起扬，
三步轻走定线路，
蹬匀迈开看前方。
七步逢人先摇铃，
五步遇车早避让，
前后左右观察到，
不擦不挂不碰撞。
遇险先保客人安，
把不离手身做墙，
车到停稳压车杆，
人不下完腰不扬。

这冬娃家境贫苦，从小到大一直过着糠菜半年粮的生活。好年景，逢年过节能吃上个白面馍，就能高兴好长时间，长到十七岁，只记得吃过一次肉，那还是他爸有一年冬天出去拾粪的时候，拾到一块被狼啃得只剩下半尺长的猪后腿，他爸赶快放到粪筐里，用粪埋起来立马跑回家，生怕被人看见。后来在锅里连煮三天，直到把那一块儿连毛带骨头的狼啃肉吃喝得没有一点儿能吃的东西为止。这次出门寻活儿，临走时，他妈给他带了三个糠菜馍，嘱咐他：省着吃，三个馍吃完，再饿一天，实在寻不到活儿再往回走。冬娃把三个馍分成六份，一共吃了六天，又饿了两天，到大魁挑他的时候，已经是三天光喝水，没见一星星粮食了。大魁不知道他三天没吃饭，还让他背着买来的一百多斤粗盐回来。冬娃虚汗直流，眼冒金花，走路直打晃，还不敢停下来，他怕失掉这唯一的活命的机会。从鸡市拐扛到南院门，约莫十里多路，冬娃咬牙坚持着，到了地方把盐口袋一放，咕咚一声，人栽在地上不省人事了。大魁灌了半碗水不见动静，厨子老吕看了看说：这是饿的。端来一碗面汤灌下去，一会儿人就醒过来了。

冬娃拉车严格按照行车口诀要求行事，从来没有出过擦剐碰人的事情。闲着没事，他就用一块儿软布把车从里到外擦得干干净净，每天都能擦上好几遍。那车轮子跑起来像银盘旋转，两条黄铜杆扶手像金子般耀眼，铜铃油灯更是一尘不染。没人坐的时候他便把遮阳篷拉起来，用皮帘把座位和踏板全罩起来，自己坐在一旁的石头上候着。涵玉每次上车都爱抚地对这个和自己弟弟一样大的小伙子说：跑慢点儿，别着急！下车时还不忘叮嘱他：跑路多，饭要吃饱！冬娃只是憨厚地说：内掌柜，我记下了。谁也没想到，就是这辆洋车，让隆丰福又经历了一次劫难。

中秋节过后第三天，阴得很重，天早早地就黑下来了，还刮着风。涵玉在楼上跟两个买主在谈一宗要货量较大的生意。买主问得很细，反复让人拿样品比较，并在价钱上一压再压；涵玉从心里有些腻歪，就有不想再谈的意思，但表面上还笑脸应付着。后来她看来人还没有走的意思，就让人通知冬娃先送大掌柜，等冬娃返回接她的时候，店铺把门板都上上了，其他人都到南院门那边吃饭去了，门面只留了一个看门的小相公。这俩人才磨磨唧唧地离去。定山今天也被俩人为一批马掌加工的事情拖住，谈了好久，因为价钱相差较大，没能谈拢，但来人还不罢休，定山脑子里曾闪过一丝疑问，却又被对方几句玩笑化解了。

冬娃把遮阳篷拉起来，用皮帘把涵玉挡好，顶着风顺着固定路线往北大街小跑而去。街上几乎没人，虽然路不远，但这一段石板路年久失修，坑坑洼洼很不好走，加上风大灰大，他不得不低着头挑着好路走。坐在车里的涵玉知道这一段路不好走，任由车子转来扭去也没有在意。突然，她感到车子颤抖并硬拐了一下，随着一声木头打击的钝响，车子猛地前倾了一下，她听见车杆碰地的声音。她急忙掀开布帘一看，冬娃趴在地上，两手抓住铜扶手，头上流着血。另有两人一人一边正在使劲掰冬娃的手指，但就是掰不开，还有两人站在车座两边。涵玉吓坏了，她颤抖着喊道：你们干什么！你们是什么人？那几个人并不回答，掰手指的见掰不开，用鞋硬在手上踩，在手腕上用脚跺。涵玉看见这个样子，立马就要下车。车两边的人急忙用布帘捂住涵玉，催促掰手指的两个：快！快！两个家伙踩着冬娃的手硬把车杆提起来，一个钻进扶手里来拉着车拐进小巷子。涵玉意识到这是坏人想抓她走，她死命地挣脱并放声大喊，一个家伙看着不行，跳上车把涵玉挤在里边，并用一只手捂住涵玉的嘴，一只手使劲掐着她的脖子。涵玉挣扎了一会儿，就什么都不知道了。

定山好不容易才把那两个谈加工的送走，一问看门的，才知道洋车还没来，他有点儿疑惑，今天是怎么啦？来不及多想，他让人给他叫一辆车，可这马道巷偏僻得很，看门的跑了很远才叫了一辆车，定山路上不断催促车夫快点儿，赶到家里一问，才知道涵玉没回来，他急忙打发人到瓷器店里去看，看的人飞也似的跑回来说：内掌柜往回走都半个时辰了。定山一听坐不住了，叫人立马到大掌柜家里去找，告诉说不管人在不在，尽快到瓷器店给他报信。他又让人叫了一辆洋车，飞快地赶到瓷器店，仔细问了涵玉走的时间，两个谈生意人的打扮、模样，相公给他倒的茶也无心喝，只是焦急地等着大掌柜那边的消息。不一会儿，一个相公气喘吁吁地狂奔过来告诉说：内掌柜没去大掌柜那里！定山意识到不好，急忙安排一个相公回家，一有内掌柜的消息立马来报信，一个相公去请大掌柜过来。两个相公刚出门，大掌柜的洋车就到了。

大掌柜听定山简单一说，结合定山说的加工场纠缠和瓷器店相公说的瓷器压价两件同时发生的情况，立马判定这有可能是绑票，他让刚才去请他的那个相公赶快赶到南院门和马道巷，除了一边留三个看守门户的之外，其余的人全部到瓷器店来。

半个时辰功夫，三十多个人都来齐了。大掌柜简单讲了一下情况，把人分成四个队，由东民统一指挥，在城圈里头挨街查，见户问，到各城门口询问是否看见隆丰福洋车出城。城内以洋车为线索，落实内掌柜的下落。一有消息，立马到瓷器店报告。四拨人员出门后，在八九个二掌柜的分别带领下，向四个方向搜寻而去。

大掌柜把搜寻人员安排走之后，坐在定山对面，神情严峻地说：如果真是绑票，大概有这几种情况：一、本地蟊贼，以抽烟土、耍钱赌博为主。二、同行对头，以服装、百货、瓷器、古董、加工的对手为主。三、军警，以队伍、警察、乡下保安队为主。四、土匪流贼，以周边山乡土匪、黑斗虫（恶棍）和流窜进来的马贼为主。目前，我还判断不出大概是哪一类瞎朘（坏蛋）干的。定山，你看能不能给督军打个招呼，让他帮忙给查一查。定山听后连连摆头说：不行，不行，惊动官府，绑匪万一撕票，涵玉就完了。咱宁可出钱，宁可出钱！

正说话间，一位二掌柜叫长泰的跑上楼喘着气说：拉车的冬娃被打得不能动弹了，撂在洋车上，车在北大街咱屋门口寻见了，冬娃身上还插着一封信。说着把信递了上来。定山急忙拆开一看：

如花似玉内掌柜，
轮流陪着爷们睡；
速送银洋十万块，
否则后天搬尸回！

定山看完立马哭倒在地。大掌柜和长泰急忙把老掌柜扶到内间午休的床上，劝说老掌柜节哀。大掌柜把来信反复看了几遍，然后收了起来。嘱咐长泰照顾老掌柜，自己下楼让人叫了一辆洋车到定山府宅来。他看了冬娃，冬娃躺在一张床上，昏迷不醒。老妈子说：先生来看过开了方子，已经让人抓药去了。大掌柜又看了车，车的左侧像在那里碰过，凹进去一块儿，上面沾了些砖灰，两个车轮上沾了不少草屑和马粪，后靠背和坐垫上有不少血迹。大掌柜嘱咐安排两个看门的人，时刻在门里听着门外的动静，听见动静立马开门，争取把人逮住。安排完毕，又叫车去把定山接回来，自己则在瓷器店里等候搜寻的消息。

天快亮时，各路人员陆陆续续都回来了，自然是没有任何成果，大掌柜嘱咐大家对外不要乱说，不管谁问，都说不知道，特殊情况及时报告，休息一下，不要耽搁开门。他又到定山府宅看望定山，对守护的人说：如果冬娃醒了，派人送个信，想问些线索。

定山一夜都没睡，他在筹划营救涵玉的办法，也在等待绑匪的第二封信。天快亮时，看门的人听见有人脚步由远而近，到了门前从门缝里塞信的一刹那间，他猛地拉开门冲出企图抓住他，那人一扭身飞身跑了，他追了好远也没追上，回来时在门口发现一封信。

定山把信递给大掌柜，大掌柜展开一看：

银洋备好出南门，
二更赶到三爻村；
单车单人单匹马，
村西老坟钱换人。

胆敢弄鬼耍滑头，
刀下立见俩死身；
钱少一个砸瓷器，
报官火烧南院门！

大掌柜看罢半天没说话，定山红着眼睛坚定地说：我准备银票，你安排兑换银洋，今儿黑我赶车过去！

大掌柜知道定山心志已决，也不再说什么，嘱咐定山先休息，其余的事情他来安排。

大掌柜让东民挑了四个精壮小伙子带着，提前来到三爻村旁边隐蔽起来，再安排两个机灵点儿的小伙子陪同定山赶车，让新承带着五个人相距一里路远远地跟着车接应。为了不让定山知道，大掌柜把人组织好后，一拨一拨分别交代要求，特别提出宁舍财不舍人，一定要保证老掌柜和涵玉的安全，并要求每人都带上一件拿手的家伙（武器）。

太阳还有一竿子高的时候，一辆装着四个箱子的马车由两个小伙子赶着，走南门出城，定山则坐洋车在八里村等着。接车后，定山让他俩回去，他俩不肯，说是大掌柜有交代，必须让他俩陪着。定山说不行，不按照绑匪的要求，害怕对内掌柜不利。他俩无奈，只好远远地跟着车子走。

一更刚过，定山就把马车赶到三爻村的西坟地，天上有星星没月亮，定山把车赶到一块儿宽敞的地方停好，自己则来回转转，用耳朵辨别来自周围的声音。等了很长时间，定山估摸着二更都过了，大概有三更了，还是没有动静，他开始有点儿着急了，围着马车不停地来回走动。三更又过了，他隐隐约约听见有人小声说：把马车往南吆！他顺着声音找人，哪儿也找不到，只好把车顺着路往南赶，走了约莫半里路，他模模糊糊看见地里背对着他坐着一个人，从轮廓上看有点儿像涵玉，他撂下马车直奔过去，大声叫着：涵玉，涵玉。待他跑到跟前，扶住那人肩膀，那人一回头，原来是一个满脸毛胡子的瘦削老汉，冲着他哈哈一笑，把定山吓了一跳。定山急忙松开手抬起身，只听见另一个人哈哈大笑着走过来，周围一下子又冒出四个人来。

为首的是个小个子，手里握着一把枪，笑着说：龙掌柜，想媳妇想得把我们老骚头当媳妇啦，哈哈，哈哈，其余的也跟着大笑起来。

定山问：人带来了吗？

小个子说：光问媳妇呢，你的钱带来了吗？

定山说：钱在车上，一箱两万五，四箱，一个都不少！

小个子说：我知道不会少，外头谁不知道龙掌柜是个诚信君子呀！大家说是吧？其他几个绑匪是呀、是呀地随声附和着。有两个已经上到车上，打开箱子检查起来。

小个子说：看看就行了，把车吆上走！

定山一步上前挡住马头说：钱，你们看见了，可人呢？

小个子又大笑起来：说你想媳妇，真是想媳妇，你都讲诚信了，我还能说话不算数？说着，把手一扬：把人带过来！一辆牛车吱扭吱扭地被赶了过来。

定山急忙跑过去，把绑着手、塞着嘴的涵玉松开扶下车，涵玉一下子趴在定山的肩上哭了。绑匪们赶着马车走了，把牛车和涵玉留给定山。赶车的两个小伙子跑过来帮着搀扶涵玉，涵玉说：不用，我能走！新承领着五个接应的也围了上来，其中一个还拉着洋车，新承安排定山和涵玉坐上洋车，几个人护着立马进城，其他人则赶着牛车慢慢往回走。

东民带的四个人一直潜伏着没动，看着绑匪赶着马车离开，他们不远不近地跟着，尽管绑匪也很警惕，东民他们还是跟到了这些家伙卸货的地方。东民安排带来的四个人分两处监视动静，必要时，一拨留守，一拨跟踪，自己则快步赶回省城商量对策。

东民赶回来已经天亮了，他简单洗漱了一下，吃些东西等着大掌柜。大掌柜到了听他一汇报，立马带着他来找定山。

定山说：昨天不让举动是为了涵玉，现在，我去跟督军商量一下，看他啥意见。说完带着东民到督军府。

督军听了定山的汇报，半晌没有说话，最后颇为为难地说：合伙做生意的事，有人捅到上面去了，弄得我很被动。这事我就不出面了，让副官长带着，你直接和特务营长商量。

定山看出督军推脱的意思，听了他的一番话笑着说：人已经回来了，老窝咱的人也盯准了，把这七八个人收拾了，也给地方除一大害！实在为难，就不麻烦了。

定山几句话让督军有些不舒服，督军把副官长叫来耳语了几句，推说有事，就离开了客厅。

副官长请定山再坐一会儿，他出去一下。

不一会儿，副官长领着一个瘦脸青茬胡子的军官进来。定山起身让座，对方也不客气，大大咧咧一坐，开口就问：听说你老婆被绑架了？

定山说：人已经赎回来了，匪窝，我们的人已经盯上了，看能否派人去把窝端了。

军官说：你的意思我明白，就是让我们帮你把赎金弄回来。

定山看这家伙说话粗鲁蛮横，心里有些不快，但仍客气地说：一是想要回赎金，二是为地方除害。

军官说：要钱就说要钱，旁的漂亮话甭说。既然副官长说话了，我就给你个面子，我派人去一趟，不管钱能不能弄回来，我出一个人一千银洋，你看你要几个人？

定山一看，这就不是去剿匪，这是在做生意了。既然话已说到这儿了，只有硬着头皮干了，但他又怕这伙人去了应付差事，于是他说：钱不成问题！但一定得把赎金弄回来。

军官说：只要钱在，那是我的事儿，钱没有了，我也没办法。你说，有几个毛贼？

定山说：我在现场看见是六个，加上到铺子里来的起码有十个。

军官问：有枪没有？

定山说：我内人看见可能有三把快枪。

军官说：去两个班足够了。明天早上出发！

定山说：我的人从半夜就监视到现在了，马上不去恐怕夜长梦多。另外，我想，最好不以队伍出面，派人穿上便衣，把他们收拾了就行了。

军官说：你这人买个鸡娃儿立马就想吃鸡蛋，说走立马就要走，你说换衣裳就有衣裳？咋都由了你了！

副官长插话道：郭营长，龙掌柜就是卖衣裳的，立马集合队伍，龙掌柜准备衣裳，路又不太远，三榔两棒子把事解决了再说。

郭营长说：兵贵神速，趁热打铁，这活儿我接了，龙掌柜，你取衣裳我派人，一个时辰出发！

到底还是正规军，待衣裳送到，二十多个人饭已吃过，排成两排正在接受训话，一声换便装口令，一袋烟工夫，二十多个人从头到脚由黄变蓝。再一声上车口令，齐刷刷上了三辆两梢一辕的大马车，一个排长骑马带队，急速向三岔村方向驶去。东民作为向导，穿着同样的衣服坐在第一辆车上。

快到的时候，东民让马车慢行，自己快步跑到昨夜守候的地方，只见着一个人，告诉他说，已拉走两箱，咱的人已跟过去还没回来，这个村的人已走了两个，其余的都还在。停了一会儿，一个人回来了说：另两箱在不远的另一个村子里，马车也在那儿。东民领着他一起向排长报告，排长一听，立马让两个班分开行动，他带一个班直扑另一个村子。

两处战斗进行的时间都不长，但还是激烈地交了一阵火，绑匪枪少但一枪一个准，尤其那个小个子，一见势头不对，从床上飞起一脚，踢开窗户滚了出去，回身朝里边连打两枪，两个兵应声倒地。班长见有人还击说：往死里打！一阵乒乒乓乓过后，除刚逃走的那个外，四个全部被打死。

另一个村，在排长带兵还未赶到时，枪声已传了过去，绑匪刚从屋里跑出来，迎面就和队伍遭遇上了。排长骑在马上被人一枪撂了下来，班长指挥人立马包抄上去，一阵枪响，六个匪徒全部被打死。

东民把人也分成两拨，把银洋都往箱子里装，装上自己的车，准备赶走的时候，两个班长挡住了说：这是战利品，必须交给上司处置，车由他们赶回去。他们的两辆马车，一辆拉排长的尸首和两个伤兵，一辆拉两个屋子里绑匪的财物，士兵们排队徒步回省城。见此情况，东民只好先安排自己的人就近吃饭，自己则一路小跑赶回去报信。

经过定山反复交涉，再请副官长出面说合，郭营长勉强给了两箱，也就是五万银洋。大掌柜说：这一回，除了冬娃受伤，舍财五万，其他再没有啥损失，也算万幸了。定山重奖了东民、新承、长泰，以及守候监视的几个人，其他人也都有奖励。

冬娃昏迷了三天三夜，由于有人喂药喂饭，精心护理，到第四天早晨，他醒过来了。他要喝水，把碗递到手边的时候，他却摸不住碗，牛婶用手在他眼睛前晃一晃，他一点儿都没有反应。牛婶问他：冬娃，你看得见我的手？冬娃说：我眼前是黑的，啥都看不见！牛婶掰开冬娃眼睛一看，眼内充血，她安慰他：不要紧，过几天就会好。冬娃还关心自己的车谁拉着，不要弄坏了。几天过去了，冬娃的眼睛依然看不见，他开始着急起来，先生建议叫眼科先生看一看。眼科先生看了之后说：眼睛本身没有毛病，可能是头上受伤，脑子里出了麻达，要是这样，这眼睛可就不好治了。一句话把冬娃说得大哭起来。

冬娃头上手上的伤基本好了之后，手摸着东西可以在周围走一走，眼睛只有一点儿光感，具体的东西一点儿也看不见。他闲不住，一会儿摸笤帚扫地，一会儿到厨房拉风箱，碰到外边来的人就问，洋车现在谁拉着？牛婶心里明白，这孩子怕丢掉饭碗啊！她私下跟涵玉说：冬娃是个好娃，这眼睛看来好不了啦，得给娃安排个固定事情，娃嘴笨，不会说，也不敢说，你说句话吧！

牛婶几句话把涵玉说得眼泪都下来了，她哽咽着说：冬娃是为了我受的伤，眼睛看不见了，就是养，也要把他养一辈子。

牛婶说：那可就太好了，不过一个大小伙子，让他光吃不干活，他自己也受不了，我看让他到南院门厨房拉风箱，打个下手吧。在这边，人来人往的有些不方便。

涵玉想了一下说：你先给冬娃说清楚，再过去给厨子头老吕交代好，就说我说的，谁都不准欺负娃，饭尽量吃，工钱一个不少，能干多少干多少。冬娃的事有啥跟我说。另外，冬娃的家人来了，给我说一下，我给他父母要有个交代。

听了这一番话，牛婶打心里感动，眨巴着眼泪花儿说：内掌柜，你家乡出产瓷观音，我看你就是你家乡出产的活观音！

涵玉打断她的话说：可不敢乱说，比观音可是罪过，观音在上，我是按着观音的样子学着做人做事呢，这一辈子还学不了万分之几呢！

从此，南院门店铺伙房就有了一个眼睛看不见，但心灵手巧，从不适闲（手脚不闲）的打杂工。

涵玉解救回来不久，定海、定洋兄弟俩不约而同地先后回到了双水磨。奶奶看见一个哭一场，总是埋怨出去这么长时间都不回来看她，你们跑到那么远的地方去干啥呀。

定海不爱说话，问一句说一句，看着奶奶的牙快掉光了，心疼地说：明天我接你到省城给你镶一口金的。

奶奶说：我可不要，一说话嘴里金光闪闪，让人笑话。

定海说：那就镶瓷的，瓷的看起来跟原来的一样。

奶奶说：老了，就这瘪瘪嘴还好用，要镶牙，你大哥早就要给镶了。

定海跟父母说话总是不投机，最后他叹了一口气不说话了。

定海说：爸，你和我妈年纪都大了，这纸场的活又脏又累，又挣不了几个钱，我想给你们在省城买间房，全家都搬到城里住，不要再劳累了。

柏廉说：这话你大哥都说了好几回了，我是哪儿也不去，造纸这行当有钻不尽的学问，我不图挣钱，就图个乐趣，图个自在。几十年都过来了，惯了，不想挪动了。

母亲说：你也快三十的人了，要给自己安个家了，你在省城给自己买一点儿房，娶个媳妇，就算有个根了。

柏廉说：你妈的话是实实在在的结实话。四海漂泊，落叶归根，几年不见你，回来你除了到双水磨，自己连个落脚的地方都没有，不是个办法。

母亲说：年龄越大，媳妇越难寻，我就操心你和定洋的婚事。

柏廉说：我知道你在这儿待不住，你把要给我买房的钱交给你妈，不够了我再添补些，给你在省城买几间，给你先安个家，定个日子，下次回来把婚事办了。另外，你姑捎信回来，叫你回来后，到她那儿去一趟。

定海没有再说话，临走的时候把六千银洋的银票交给妈。

定海来看姑姑，姑姑告诉他一个惊人的消息，他存放在这里的那六包药材不见了。定海一听，头一下就大了。他这次回来，就是专门处理这件事的。

他急忙问，是怎么发现不见的。

姑姑说：你放了之后，我就没去看过。那天下午，我无意中到园子里去，转了一会儿，突然想到你的东西。我找来钥匙打开门一看，怎么都找不到你的东西。我急了，把东西整个翻了一遍，就是不见你说的那六捆药材。我还怀疑，你到底放了没有？

定海急忙跑到后院，打开门一看，自己原来堆在墙角的六个竹筐不见了。他仔细观察了周围的痕迹，包括门锁，都没有强力损坏的迹象，只能说，他刚一放下，有人就很快把东西转移了。他仔细询问了姑姑许多问题，姑姑不但回答不出来，反而一脸无辜地问定海：看样子，你是怀疑姑姑动了你的东西呀？定海当然不能怀疑是姑姑，他突然想到了弓背，如果弓背看见自己进了这个家，那他很有可能从河南返回西安，从这里取走这六件东西。他把这个账记在弓背的身上了。

他很懊丧地离开姑姑的家，又去看了哥哥，见过嫂嫂，并特意到后面厕所看了自己藏着的东西，第二天一早就回军营去了。

定洋回来就不一样了，一个大小伙子一进门，先抱住晒太阳的奶奶亲了几口，把奶奶吓了一跳，待奶奶认出他拉住他的手哭起来的时候，他又对着奶奶说：羞，羞，羞，把脸抠，抠个渠渠种豌豆，今年不收明年收。把个奶奶又逗得笑起来了。

看见妈走过来，猛地跑过去，两手挂住妈的脖子说：妈，我回来吃妈擀的长面来了！他妈险些被他拉倒，他又一用力把妈妈抱起来旋转了几圈，急得妈妈忙喊：快放下，快放下，还是那个二擀子样！

等到爸爸出来，定洋立马收起顽皮的样子，规规矩矩地说：爸，我回来了，你身体可好？

柏廉从心里是最喜欢这个小儿子的。他聪明，不管什么一学就会，尤其字和文章，兄弟三个就数他写得最好。但他人慌慌（轻狂草率），经常给你动（闹）出个啥麻达，上次铺子失火，尽管定山没对他们说过，但从来人到家里找定洋和定洋两年多不见踪影的情况看，这个火灾肯定与定洋有关。本来柏廉早有准备，定洋一旦回来，他一定要问个水落石出。如果是他，非好好教训他一顿，让他给他哥赔不是不可。可一看到儿子，发现他长高了，长大了，懂事了，而且还有点儿官样了，那个父亲的威严劲儿，自己先泄了一大半。他没有直接看他，脸偏了一个角度问道：不年不节的，是因公事回来？

定洋说：公事是借口，就是回来看看。

奶奶不满柏廉问话：洋洋回来看看，还问是公是私，我不管是公是私，回来了就好！洋洋呀，你啥时候给奶奶把媳妇领回来呀？

定洋说：奶奶，就是因为这个难题，我才跑回来的！

妹妹搬来小凳、小桌，提来茶壶，拿来茶碗，给奶奶、爸爸、哥哥倒上水，自己搬个板凳静静地坐在一旁听着。定洋妈一听是定洋媳妇的事，两手沾着面，也从厨房里跑出来站着听。奶奶则急着说：到底是怎么回事，你快说呀！

定洋简单讲述了隆丰福铺子失火，自己没脸见家人，跑到河南，遇到干妈，先当传差，后当文案，最后被恩公提拔为县长，后来因为处理两县划界纠纷有功，恩公推荐升为科长的经历。喝了一口茶，他继续说：现在干妈和恩公都给我介绍了一个媳妇，我不知该如何应对，想请奶奶和爸妈给我拿个主意。

奶奶把两个姑娘的情况都问了一下，她断然地说：肯定是厅长女儿了。财东女儿长得再美，到底是个乡下姑娘，而你是要找一个科长太太，厅长姑娘上过洋学堂，见多识广，大家闺秀，跟洋洋你也般配。

定洋妈说：财东姑娘也是乡下大户人家出身，乡下人实诚，稳重，咱挑媳妇就看人品，懂得仁礼待道，熟知相夫教子就行了，至于念书多少，见识多少都是次要的。

柏廉听了母亲和自己媳妇的意见，想了一下缓缓地说：说起来两个姑娘都不错，又都是两个有恩于洋洋的人介绍的，我想，人品也都不会差。但凡事要讲个礼义，分个先后。首先，你干妈救困于先，说媒于先，你恩公荐拔于后，说媒于后，按常理，应该先考虑在前边的，再考虑后边的。其次，你干妈五次三番主动为你奔波考察，可见老人家实心实意，精心认真。你恩公何大人是受人之托，上门说媒，在跟你干妈见过面之后知趣而退，再不提起此事，是一种大人之风，意在点到为止。再次，乡下姑娘静心等待，厅长姑娘上门较量，可以看出两个人不同的心态，不同的作为。你奶奶说得也有道理，科长太太就应该是厅长姑娘这种见过大世面的大家闺秀。可科长甚至是不当科长的时候，毕竟是要过日子的，真正过日子，到底是大家闺秀好呢，还是小家碧玉好呢？

奶奶听着听着就急了：你拐来绕去，到底是同意哪个？别咬文嚼字的，我烦！

定洋说：我爸的意思很明确了，这事还是让我自己做主，我知道该咋办了。奶奶，你放心，到时候我一定给你领一个让你称心如意的孙子媳妇回来。

奶奶说：那就好，我可等着抱重孙子呢！

第二天，定洋用车拉着奶奶、父母、妹妹，来到鸿运楼，请范大掌柜给开了一间雅间，然后让一个会说话的堂倌去请大哥大嫂和大掌柜。

定山刚刚处理完土匪绑票的事情，心里还不宁静，那一幕一幕的情节经常突然就会浮现在眼前，让人惊心动魄。虽然，他常劝涵玉忘掉那一切，可他自己却不由自主地心猿意马，魂不守舍。

他让大魁出差回来后轻易不要出门了，坚守瓷器店。生意也不要贪大，能做多少做多少。涵玉每天晚来早走，并且不必每天都来，回去的时候，一定要有一个相公跟车送回去。家里也加高了后院的围墙，并增加了两个晚上值守的护院。

听到定洋带着奶奶、父母在鸿运楼设宴请他的消息，他很高兴，急忙让人派车去接涵玉和大掌柜，自己匆匆中断了和一位客户的谈话，坐上洋车直奔鸿运楼而来。亲兄弟两年多后相见，自然有一番时过境迁的感慨，一番浓浓的手足之情。

就在定洋返回河南不久，双水磨传来一个不幸的消息：定山十五岁的妹妹婕雯发烧几天不退，昏迷不醒，柏廉捎话来，让定山赶快想办法。定山闻讯后，立马派人赶车到双水磨，把老少四口一家全都接进了城。

第九章

自从涵玉被绑票经解救回来之后，定山就很少同督军府打交道了。一方面，是督军忙于战事，行踪不定，可能无暇顾及他；另一方面，他也有些心灰意冷，合作的意愿淡漠了许多。通过涵玉这件事，他不仅感觉到督军的反复无常，也看到这种被利用合作的险恶前景。他大概算了一下，合作的几笔生意，除了第一笔挣了些钱之外，其他几笔督军七他三，基本是微利。大烟土换枪，不仅一分没挣，自己还贴赔了不少盘缠和招待费用；更重要的是，沾手大烟土不仅是有违祖训，被人们看不起的勾当，也是国法不容甚至要掉脑袋的事情。即便是后来认识的一些商户合作的那些生意，哪一次完了能不给督军送礼送钱！他把督军完全当作朋友了，可万万没想到，在自己亲人遭难需要帮助的时刻，督军竟然借口推脱。尽管最后事情结局还不算坏，但他深深感到凉透了心。他跟涵玉在说到这些事情的时候，语气中夹带着非常不满的情绪。涵玉劝他不必为此生气，也许督军真有难处，也许动用队伍不像咱们想象的那么简单，与人处事要尽量多替别人着想，不要光考虑自己。定山嘴里应付着，心里还是不以为然，在涵玉劝他有时间去看看督军的时候，他顺嘴溜了一句：去他的吧！

西安有一句人人都会说的俗语：陕西地方邪，说谁不敢撅（笑骂），有点儿说曹操，曹操到的意思。人们在一起往往戏谑地说到他们熟悉的某个人的时候，这个人有可能不一会儿就会出现在他们面前，这样的情景往往出现在无意之中且屡见不鲜，以至于在结果出现时，大家会不约而同地重复这句话。真巧，在定山和涵玉无意中说到督军的时候，这个情景就出现了。不一会儿，守门来报：督军府的人来了。

定山苦笑着对涵玉轻声说：陕西地方邪，说谁不敢撅呀！还真的又找来咧。急忙吩咐守门请来人到客厅侍茶。

来人是副官长，定山一见，急忙打拱问好，并对副官长上次说服郭营长及时发兵剿灭绑匪一事再次表示感谢。副官长摆摆手说：小事一桩，不必再提。接着他喝了一口茶说：陕西战事不宁，人员枪械消耗很大，靠上峰补充十分有限，督军忧心忡忡，还想通过龙掌柜到外藩再换些枪支弹药，不知龙掌柜何时能动身啊？

定山听了这话，立马把刚才心中的不快又勾了起来，他端起茶碗慢慢地喝了一口，缓缓地说：大烟土和武器弹药都是杀人的东西，我是冒天下之大不韪干了一回这事。这件事已经超出生意人的范围了，副官长总不能让兄弟再搅进这与己无益、与世无补的浑汤里头吧！

副官长听了这话，脸上现出不悦的表情，他脱下白手套扔在桌子上，端起茶杯又放下，酝酿了一会儿才说：龙掌柜这话不妥，督军作为一方最高统领，剪除孽党，平定内乱，保一方平安，功莫大焉，大烟土换武器弹药，是督军不得已而为之，咋能说是与世无补的浑汤呢！对方有难处，不愿意和队伍打交道，路上武器也容易招人耳目，我们只好委托龙掌柜代为前往，何况也不白做，龙掌柜不是也揽了不少其他生意吗！

定山苦笑着说：督军对外是严厉禁烟，吸者罚，贩者杀，士农工商无人不对倒卖贩运者侧目而视，恨之入骨，却偏偏把这样违禁的事情派定山当大事去办，无异将我推入万人唾骂的不良不义的火坑。老兄于心何忍？

副官长说：你这是把大烟土往外国弄，就是受害也是外国人，又不是往回倒腾，咋能是把你推向火坑？

定山笑了笑说：大烟土换回的枪炮子弹杀人比烟土还厉害。

副官长站起来说：兄弟是传达督军的命令，这一次时间还比较急，原来的数量老地方，三两天就得走，你赶快安排！说完抓起手套，一声打扰就出了门。

定山坐着半天就没动，他心中十分气愤，感觉自己像是被圈进围栏中待宰的牲畜，不给吃喝，挨着鞭子滴着血还得拼命干活。更让他忧心的是，这大烟土的差事明摆着是个陷阱，无论谁沾着迟早都要栽进去，而现在自己陷入却不能自拔。他沉思了一会儿，最后咬着牙关决定：不去！

涵玉走出来，轻轻地抚着他的背说：你很委屈，也很生气，但识时务者为俊杰，硬抗必然吃亏，上次你用了智慧，这次为什么不用呢？

定山听了心中一动，拉住涵玉的手，涵玉也趁势坐在定山的怀里继续说：上次咱们光是为交换而交换，空耗人力财力，并且与他们同去同回，让外人看见误认为我们是做大烟土生意，这当然是不好。这次我们正大光明地拉上货去，实实在在买上货回来，不用偷偷摸摸，我们怕什么？

定山一听说：嗯，有理，你继续说。

涵玉说：让督军的货自己走，到了地方自己单独住，我们的人负责洽谈，成了以后，让他们自己把货拉回来就行了。这样我们帮忙、生意两不耽误，也减少了与督军换货的嫌疑，这岂不两全其美。

定山听完搂住涵玉一阵狂吻，涵玉也趁势接应，两人从椅子上纠缠到床上，毫无顾忌地激情了一番。

两天后，督军府卫士长按照龙掌柜的安排，从大牢里提出秦合贵，派出十名护卫高手身着便衣，押着一辆封闭严密的大车，天还未亮就悄悄地出了城门。三天以后，隆丰福的四辆大车满载着精细瓷器、茶叶、沙糖、纸张、丝绸、马掌等物，大清赶早甩着响亮的鞭子从钟楼根儿下结队出发，出北门走官道直向北去。看着眼馋的同行们嫉妒地嘀咕：狗日的隆丰福又成了一笔大生意！

尽管定山按照涵玉的想法，大张旗鼓地向外藩发货，其实，这样做是冒了很大风险的。在没有订货的前提下，贸然地长途跋涉把货发过去，能否卖得出去，能否赚到钱，都是没把握的事，经商八大忌讳里其中一条：货到地头死。不过，根据东民的经验，他说这些东西都是当地经常需要的，许多客商还曾经问过他，他认为卖出去没有问题。定山授权东民按自己的想法备货，东民大胆地开了一个丰富的货单，并满怀信心地带领车队北上而去。

定山妹妹婕雯在北上车队离开店铺的当天就被接到省城。定山先让人找有名的中医，再找有名的西医，最后把有名、没名的中医西医的先生们、大夫们都请到家里来，让他们在一起商量妹妹的病怎么办。

名医们都不说话，没名的倒是吱里哇啦（七嘴八舌），最后，大家喝了八壶茶，吃了六盘子水晶饼，两盘子坊上的南糖，从一大堆闲话中，天顺堂的宋掌柜择出了几条意见：中医们认为是热陷心营型，应以清心开窍、泻热护阴之法治疗。名家则认为，是湿热上蒸型，主张清热祛湿，凉血开窍。两边各抒己见，莫衷一是。而西医认为是大脑炎，名家认为是流行性脑炎，共同的意见是必须立即退热消炎，并且多给病人喝温开水。

两方意见既出，就等病家表态。定山请宋先生说话，宋先生说：这娃连烧几天病势沉重，耽搁不得，今天难得中西医同聚一堂、同诊一病，应该是协同作战，珠联璧合。我的意思，以名家诊断下药为准，西医快捷，先攻为上，中医稳准，随后杀入。不知各位意下如何？

大家见说，谦虚了一番，各推举一人开方备药实施救治。一位先生还取手十二井穴、百会、水沟、涌泉、神阙、承浆、关元、四神聪等穴位以银针强刺激，并重灸神阙，果然有些效果。点灯的时候，婕雯高烧退了下来，神智稍见清醒，还喝了一些奶奶专门做的疙瘩调合拌汤。然而到了后半夜，婕雯又烧起来了，涵玉帮着奶奶轮换着给婕雯头上敷井水冷布帕，并不时地用温盐水泡脚降温。天刚亮，看着高烧仍然不退，定山又差人去请昨日的先生和大夫，有人借口有事来不了，有人答应过来就是没来，只有宋先生闻信急忙赶了过来。

宋先生看了之后说：娃的病还没有拦住头，昨天好转只是假象，病根还没找准。我把昨天的方子再加减几味，给娃煎了先服，昨儿黑，我突然想起来草滩有个专治脑病的老先生，不行，派车接来试试？

定山立马说：你把地址说清，现在就叫人去！

下午太阳快压山的时候，先生接来了。先生看起来有八十岁了，一撮山羊胡子随着瘪着的嘴巴一翘一翘，瘦得像一把干柴，人在穿着的衣服里只像一个支撑的架子。先生的那头驴好像是专为他配置下的，不仅老态龙钟，也是瘦骨嶙峋，但脚力不错，驮着像一捆柴草样的老先生脚步还挺轻盈。听车夫讲，老先生坚持不坐车只骑驴，他只好赶着空车一直跟在驴后边。

先生到了之后对于人们的各种招呼问候一概不答话，只说了三个字：先看病。先生被直接领进婕雯睡的房子，他看了婕雯的脚心、手心、后背和舌头，拿手背在下巴底下试了试温度，最后翻开眼皮看了看就走出内室，坐到客厅的桌子旁。宋先生把开的方子递给他看，他推到一边说：娃的病耽搁了，吃我的药，今儿黑烧就退了，可娃的脑子今后怕不中用了。

奶奶一听就哭起来了，定山说：奶奶，先别哭，看先生咋样说。

先生说：没啥说了，脚心跟眼睛的情形都摆明了。

定山说：先生，还有啥办法没有？

先生说：哎呀，把人饿得前心贴到后脊梁杆子上了，先给人吃些喝些再说话。还有，给我的驴也要喂好饮好，我的驴瘦可能吃，老了，多给些细料。定山一听立马指挥人上菜上饭，并特意嘱咐把驴经管好。

先生听了定山的安排，方才安下心，把桌子上的饭菜看了一下说：酒肉我不沾，一壶酽茶一盘素点心就对咧，要是再有一碗苞谷糁，有酸黄菜最好。

定山一听有点儿犯难，茶点都不成问题，唯有这苞谷糁和酸黄菜，城里人一般都不吃，现在要找还真不容易，他问先生：热锅盔夹青辣子，刚出锅的枣沫糊行不行？

先生山羊胡子翘了两翘说：那就凑合吧！

喝茶吃点心的时候，先生从捎马子（褡裢）里取出六包面面药，交给宋先生告诉说：现在用醋汤先给娃灌下去，黑了三更时候再喂一包，以后两天，早晚各一包就对了。然后又掏出六个大黄丸药，告诉宋先生说：掰开沾在娃的鼻窟窿跟前让她闻，早晚换一个。最后又拿出两块像黑胶块一样的东西说：拿好酒给娃擦脚心，完了贴在娃的脚心，拿布把药片包紧。

吃完饭，天已经完全黑了，当定山让人给先生安排住处的时候，先生背起梢马子准备走了。慌得定山赶忙阻拦，先生坚持要走，并且说：我不在外头住，夜路走惯了，狼不吃我，嫌我光骨头没肉。你放心，娃这一会儿就烧得慢了，不信，你摸一摸就知道了。

果然，奶奶急忙走出来说：烧退了，烧退了！定山给先生封了二十个银洋，把先生扶上驴说：药用完了，还得去请你。

先生说：不用了，娃的病这就好了，只是，脑子不胜以前了。

宋先生上前又跟先生说了一会儿话，先生又从捎马子里掏出一片小小的膏药，低声给宋先生叮嘱了些什么，说完就吆喝着驴走了。

第二天果然再没有烧，只是看她有些迷迷糊糊的。奶奶坚持给婕雯服药、嗅药、贴药，她的神智一天比一天清醒。三天的药很快就完了，第四天，宋先生一早过来，拿着老先生临走时给他的那贴膏药说，要看看婕雯的情形，再说能用不能用。

定山说：没见你说，还当是老先生给你自己用的呢。

宋先生说：这是我专门问他要的，他说娃的脑子肯定不胜以前了，我问他还有没有补救的办法，他开始说没有了，后来他拿出这个说，这叫醒开膏，是醒脑开智的意思，对差窍缺心眼、麻迷二百五，有开智灵转的作用。可这个膏药药性太烈，贴后病人反应太大，他轻易不给人用。另外，这个膏药是他爸接他爷的方子，他爸突然去世，方子不知所终，现在他是只有膏药，没有方子，因此，剩下的膏药就金贵得很了。定山听说，对这个小小的硬片片顿时充满了崇敬和希望。

宋先生说：老先生先叫看娃的情形，不忙着用，等身体复原了再贴。

定山说：好，等身体好一点儿再用。

婕雯病着的时候，奶奶就发现她有些发呆，全然没有以前那种聪明伶俐活泼可爱的样子。叫吃就吃，叫喝就喝，不给也不要，吃起来没饥没饱，笑的时候，眼神也怪怪的。奶奶告诉了柏廉，柏廉也看出来了，但他认为这是病还没好，过一段时间就会恢复。柏廉操心着纸场的事，婕雯稍一好转，他就先回到双水磨，定山妈操心柏廉吃饭的问题，也在省城待不住，隔了两天也赶了回去。城里只剩下奶奶陪着婕雯。

约莫过了半个月，宋先生过来观察婕雯的身体已经基本复原，给定山打了招呼，决定给婕雯施用膏药。他先让两个老妈子给婕雯洗头，把百会穴周围的头发剃光，然后用生姜把头皮擦到发红为止，再把烘热的小膏药对准穴位贴上去，用大拇指紧压了一袋烟的工夫后，方才松开。

约莫过了一炷香的时间，婕雯两只眼睛开始不断上翻，脸上肌肉也在抽搐，头也在不停地来回扭摆，嘴巴半张着显得很痛苦的样子。奶奶流着眼泪问宋先生：咋是这个样子？

宋先生说：顽疾要用猛药，偏方气死名医。这一贴膏药兴许能把娃的老病根剜了。奶奶流着眼泪向观音菩萨上香、磕头，恳求保佑孙女早日痊愈。

膏药贴了一个时辰后，宋先生就揭下来了，仔细折好放起来。他说：要是不好，下次再贴一回。婕雯贴了膏药以后，又迷迷糊糊地睡了三天，到了第四天，她自己起来，脸上表情也正常了，说肚子饿了，要吃饭。奶奶赶忙给她弄饭吃，又安排她洗澡换衣服，帮着她把头梳好，一切都跟以前一样了。可是，婕雯说的一句话，又把奶奶吓了一跳。

婕雯说：这又是洗又是换的，得是想着要把我凑合着嫁出去！

婕雯病好了之后，变得特别爱说话，爱往外跑了。生病以前，她爱跟家里人说话，看见外人还是羞答答的，不问不说话。现在，她只要看见人，就主动跟人家打招呼，而且说起来就没完。来人不知咋回事，只好应付她，奶奶紧拉慢拉，她还是说个没完。更糟糕的是，只要一有机会，她就想往外跑，一出门四条大街东游西转，没人往回拉就是不回家。一个十五六的姑娘家，疯獐野鹿，抛头露面成何体统？奶奶不放心，老是跟着她。她爱乱走，又走得极快，奶奶一不留神她就不见影儿了。定山安排一个老妈子专门伺候婕雯，并要求一步不离地跟着她。这婕雯其他心眼不够，甩尾巴的能耐倒挺强，虽然换了几个老妈子，她依然还是经常单独出现在西安的大街道上。

除了爱逛街，她还爱到别家的店铺里去。在别家店铺里也不怕生，爱动人家的东西，爱问这问那，开始人家认为是隆丰福龙掌柜的妹妹，都不敢过多搭理她，后来见得多了，都知道这姑娘有点差成儿（缺心眼），反而常常逗她。她是你问啥她答啥，能说的不能说的她全说，常常把大家逗得哈哈大笑。有些爱使坏的掌柜或相公，不但常问她些酸话脏话，还拿着他们抽的什邡卷烟让婕雯抽，开始她还拒绝，甚至用唾沫吐人家，可次数多了，偶然她也熏几口，一来二去地竟然慢慢抽上瘾了，离不开了。经常见了抽烟的人就向人家要烟抽，而别人就以给烟为名，逗她说些让他们开心的混话。

从此，龙家瓜女子的名字就和隆丰福店铺一样有名了。

定山让人带着婕雯专门到草滩寻那个治脑病的老先生，老先生看后说：我的药只能治到这个程度，已经无能为力了。定山又请了不少先生、大夫给看，甚至借进货的机会把她带到汉口去治病，钱花了不少，病是丝毫没有起色。一位外国大夫检查了说：这是大脑炎后遗症，没有什么治疗的好办法，到这个程度，已经很不错了，最多给她服用点儿镇定药或者安眠药。为此，柏廉和定山伤透了脑筋，也没有什么办法。

又过了一年多，婕雯十七岁，女性的青春特征越来越显著，家里人都认为，这样整天在外疯跑也不成体统。定山和父母商量好，放出话来：省城里四十岁以内的正常单身男人，愿意娶龙婕雯为妻，并能够长期在一起生活者，隆丰福所给的陪嫁是：位置好，生意好，设施完整货品齐全的店铺一间，好车一挂，并资助开业半年期内的费用：每月五十个银洋。以后如有困难，还可继续帮助。条件就是与婕雯一生一世不离不弃。此话一出，倒有不少人上门探问，奶奶自告奋勇，她来挑选，定山请涵玉协助。不是嫌长相太差，就是觉着过于奸猾，要么就是个老实疙瘩，反正奶奶一个都没看上。最后涵玉给定山提出，能不能把婕雯和冬娃凑成一对？定山一听，觉得这个想法不错，但他一想冬娃的眼睛，就怕奶奶不同意。

涵玉说：冬娃老实但不笨，脑子很好，也很厚道，给他个店铺肯定能经管好，眼睛不好，最多给他配两个好相公就行了。把婕雯配给咱自己的人放心，冬娃眼睛不好，肯定更会珍爱这个得来不易的媳妇，婕雯有人爱护关心，加上有铺子的生意牵着，兴许病情还能好转。我想，再没有这么合适的选择了。

然而定山给奶奶把这个意思一说，奶奶一口就回绝了。她说：把婕雯许给一个瞎子，别说做生意，就是生活都弄不了，还能叫婕雯天天去服侍他？不行，不行！

就这样，尽管对外宣布的婕雯身价不高，陪嫁不低，而实际上，家里人挑来选去，高不成低不就，以至于一直拖了下去。时间一长，世事艰辛，商海诡谲，穷于应付，奶奶又去世，就再很少有人提说这事了。一个漂亮的智障姑娘，就这样年复一年地在街上游荡，直到“文革”期间被红卫兵作弄而死，终生都没有嫁出去。

东民带着车队走了大约二十天后，一天，新承晚上偷偷跑来对定山说：督军跑了。新承说：前一段时间，督军就把家眷搬走了，说是回老家看看，可是却搬走了很多东西。前天听说督军府里闹腾了一天一夜，我去都被挡在门外，今天我害怕还不让进，趁中午吃饭时间从厨房进去，里头只剩下一个还没走的厨子，他告诉我说，昨天天快黑的时候，督军拉了几大车东西，带着全部人马出西门跑了。现在里头乱七八糟，他们走了以后还是厨子关的大门。我把那两只鹦鹉提回来了。

定山听到这个消息以后先是一喜，喜的是从此可以摆脱督军的威逼，不会再让他去干大烟土换枪弹的买卖了。再是一忧，忧的是督军能跑，说明大势已去，可能都顾不上这批武器了。只是东民他们还不知道，督军派去的人可能也不知道，一旦拉回西安，风声走漏出去，不仅对自己名声很不好，可能还会惹来新的麻烦。因此，必须想办法把这批武器在路上就拦截掉，不能让它进西安。他站起来在屋子里来回走了两圈说：新承，这个消息很及时也很重要。从现在起，这个消息对谁都不要讲了，你回去好好休息，明天一早过来，有事情要办。

新承走后，定山立马坐上洋车来找杨文承。

杨文承这几年不显山不露水地闷着头干着自己弹网套的买卖。一方面，他依靠前店后场的门面零售，维持日常开销。另一方面，他通过门面招牌招揽团体生意，专做批量订货和上门加工的大宗买卖。他最大的特点，就是为人谦和实诚，凡事商量着办，而且多替买主着想。价钱谈好，遇到中途原料涨价，银铜兑换跌低等情况，他宁可自己赔钱，也绝不卡货赖账。就是购买原料，也是钱货两清，一时钱不凑手（不够），说到明处，立下字据，三日内必定偿还。因此，凡是跟他打过交道的人，都愿意跟他再次合作。

也许是好人真有好报吧，他这两年净遇上好事，一个个的好事好像排着队来找他，让他不接受都不行。有人说，他之所以会有这么好的运气，是和他连做了几件大的好事，广积阴骘有很大关系。每每有人提到这些事儿，文承总是笑笑说：无论是谁碰到这些事儿，都会这么做的，我不过是碰巧赶上了，谁让咱一年到头总是东跑西颠地经常外出，这种机会肯定就比别人多！

头一件，那还是前年的事了。北方大旱，渭北一带赤地千里，夏秋两料庄稼绝收，到处都是逃荒的饥民。文承接了一个炭矿上要加工二百个网套的活，就带着五个徒弟，背着三张弓，往这个半塬半川的炭矿迤逦前行。中午时分，他们在路旁一个小面馆吃饭的时候，看见马路对面跪着一个十五六岁的女孩儿，头上插着一个草标，双手擎着一条旧布，上写：卖己葬父。一个徒弟过去看了看回来说：老一套，说不定又是做样子骗钱哩！另一个叫福胜的徒弟端着一碗面汤过去递给那个姑娘。又饥又渴满脸是汗的姑娘稍一愣神，感激地咧了一下嘴，端起面汤碗一口气就喝完了。姑娘双手把碗还给福胜，给他磕了一个头。福胜心中不忍，又掏出几个铜子儿丢在姑娘面前。

文承不动声色地看着两个徒弟的表现，吃完饭后走到姑娘跟前，看着姑娘消瘦的身子、乞求的眼神，就问：为何卖己葬父？姑娘凄楚地说：佃了财东二亩半地，去年和今年都因天旱交不上租子，财东便把俺住的房收了顶租子，父亲病气交加，死在破窑中。身为儿女，房无一间，地无一垄，要得父亲有个安宁的归宿，我只有卖己葬父的一条路。

文承问：你卖己葬父要多少钱？

姑娘说：我不要钱，我只要给我父买一副棺木，一套新衣，有一块儿葬埋之地，过了三七，我就可随你们走，当牛做马毫无怨言。

文承说：好，有你这样的烈女孝心，我来成全你。走，你领我到停放你父的窑洞看一下再说。五个徒弟跟随师傅一起走，福胜在面馆又买了两个蒸馍递给姑娘，姑娘又是感激地咧了一下嘴，然后就迫不及待地的把两个蒸馍吞了下去。看完姑娘住的地方和停放尸首的破窑，文承把姑娘和福胜叫到跟前说：福胜，我带人要按时赶到炭矿，你留下来帮助姑娘料理置棺木买地皮埋人下葬的事宜。事毕之后，你赶过来寻我们。说着掏出二十个银洋交给福胜，福胜没有言声地收了钱，姑娘"扑通"的一声给文承跪下了，满面流泪，边磕头边说：大人，你是小女的再生父母，救命恩人，三七过后，我一定跟你走！

文承说：你父三七过后，我一定把你的事情安排好。他又对福胜叮咛了一下，带着其他徒弟就上路了。

福胜先领着姑娘去挑了一副人家制作好的松木棺材，又去镇子上买了里外单棉三套的寿衣，给姑娘扯了孝布，然后，去找了收姑娘家房子的财东，自称是姑娘的表哥，问财东：刘麦屯欠你多少租子？

小财东见刘麦屯的外甥气宇不凡，说话理直气壮，先有三分胆怯，慌忙倒茶敬烟，并吞吞吐吐地说：两年合起来，一共一个半银洋。

福胜说：一个半银洋，你就把人逼得家破人亡！

小财东慌忙说：乡里乡亲的，可不能说是我逼他的，我找他要租子，他反而朝我借粮，看他家里穷的那个样子，我害怕他跑了，就收了他的地和房，没想到，他出去不久就死咧，这事做得有些不美气，不仁义。大侄儿，咱有啥好说，好说！

福胜说：欠你的银洋，我给你还；收人家的房子，你还给我妹子。福胜当即掏出两块银洋撂在桌子上。

财东一见连忙说道：房子立马就还，前天，我还叫人把房拾掇了一下，现在不漏雨了，坏了的半扇门也换成新的了。

福胜大度地说：不说了，这不是多给了你半块银洋吗！

财东一听，眉毛立马笑成两弯月牙牙，忙不迭地给福胜倒茶点烟。

福胜接着说：还有一件要紧事。

财东立马弯腰赔笑说：大侄儿，有啥尽管说。

福胜说：我舅人不在了，我想，你不撵他出去，他也不会死得这么快，现在人已成殓好了，就差一块儿地，这事还必须麻烦你！

财东的脸上红一块儿白一块儿，嘴里支支吾吾说不出话来。

福胜说：我知道你害怕白占你的地，告诉你，如果我要是报官，你脱不了干系，到时候，不是我寻你而是你得寻我。人常说，冤家宜解不宜结，亡人尽早入土为安，我一不报官二不白要，买你一块儿地，但有个条件，必须是他原来租种的地，必须是风水朝向最好的。你开个价吧。

这一席话就像严霜打茄子，财东尴尬的笑声有点儿像拉不出屎的乌鸦叫：大侄儿，你都把话说到这个地步了，还让我开个啥价，干脆你说，要哪儿咱划哪儿，钱你看着给就对了。

福胜说：不，说好，划好，标好，还要立个字据，不管啥时候，这都是刘家的坟地！

财东又打拱又弯腰说：依你，依你！

就这样，由福胜挑选，财东同意，村上私塾先生见证的一块三分坟地，以三块银洋的价钱正式写到刘麦屯的女儿刘喜兰的名下，当时，就在四个地角挖坑埋灰砸石立界，在契约上画出图形，标出四至。福胜在小财东画押之后当场交钱，啬皮的小财东还请大家在街上吃了一顿渭北名吃：水盆羊肉月牙饼。

第二天，喜兰在村里几个乡党的帮助下，为父亲入殓，福胜领着雇的人在新买的坟地里打墓。当地打墓是墓坑直下两丈后朝东横挖斜洞的穿堂。按当地风俗，穿堂挖好后，亡人的男性晚辈必须钻进去，象征性地把地面、墓塪整理、铺排一番。既然福胜自称是刘麦屯的外甥，那么，整理穿堂的大事就非他莫属。尽管福胜从来没干过下墓坑这事，尽管从来也没有过这个舅，事已至此，他硬着头皮也得下了。打墓的人告诉他：穿堂不高，人进去只能蹲下，用手摸一摸，铲一铲，大概看一看就可以了。福胜下去的时候，打墓人给他一把小铲和一个小火把。

福胜钻到穿堂里后，仔细地从前看到后，从上看到下，并用手把地面刨平。他看着顶头的立面有点儿凹凸不平，他用铲子铲了几下，突然，一声金属碰撞的声音把他吓了一跳，他用手仔细摸了摸，感觉不是土块，也不是瓦片，而是一个金属的容器，他又摇又刨，费了老大劲才拔出来，他拿火把照了照，是个有些锈蚀的方盒子，他掂了掂有点儿分量。

上面的人见他半天不出来，喊道：上来吧，下面不透气！他答应着，把方盒子推到里面，用土埋了起来，自己才顺着脚窝爬了上来。给打墓人开了工钱之后，他去村里花钱买了一个旧捎马子，要了一块儿土布，又下到墓坑里，把那个金属方盒子包好，塞到捎马子的里头，爬了上来。

埋完人，把喜兰姑娘送回她的老屋，把坟地契约交给喜兰，福胜又给喜兰姑娘留了两块银洋和一些铜子儿，告诉她，过一段时间，他们干完活再过来找她。说完他背起捎马子就往外走，喜兰把银洋和铜子儿丢在地上，拉住捎马子朝福胜跪下，哭着说：恩人，我不让你走！

福胜说：我刚说了，一个多月，我们就回来，到时候，看我们掌柜的咋安排。

喜兰姑娘说：我说过，埋完我父亲，我就是你们的人了，你们走到哪里，我就跟到哪里！

福胜说：你原来不是说好，你父亲三七过后，再跟我们走吗！

喜兰姑娘说：我害怕你们再不过来了。

福胜扶起喜兰说：我们掌柜是个最讲信誉的人，他说过的话，没有不算数的！你放心，我们的活一干完，肯定从这儿路过，一定会来找你的。

喜兰姑娘眼泪汪汪地看着福胜点点头。

找到炭矿，寻见掌柜杨文承和同伙，福胜简单汇报了处理情况，并把剩下的十块银洋交给文承，然后把文承叫到房子里，诉说打墓奇遇，接着拿出那个金属盒子。他俩用了工具，费了很大工夫才把它打开。揭开盖子，里头整整齐齐摆放着八个小元宝，每个元宝上标明三两，福胜没见过金元宝，说：这银锞子咋是黄的？

文承说：这不是银锞子，这是金元宝！

福胜说：哎呀，我还是头一回见金元宝。

文承做了一个轻声的动作说：这盒子价值不菲，是个意外之财，看来，你是有福之人哪！东西我先收着，回去再说咋办。这事先不要对外人说。

这批活刚干完，另有一个炭矿也想加工一批，文承考虑到对喜兰姑娘的承诺，还有挖出的金元宝事情，留下四个徒弟转场干活，自己带着福胜来到喜兰的家里。

喜兰换了衣服，梳洗得整整齐齐，有了吃喝加上心情好一些，出现在文承和福胜面前的时候，竟让他俩认不出来了，分明是一个蓓蕾初放的玲珑少女。喜兰见了他俩，嘴巴一咧，竟要哭出来，文承慌忙安慰道：我们活一干完，就赶过来，没有耽搁呀！喜兰跪下哽咽着说：你们救了我，埋葬了我父亲，要回了我家的房子，我还没感谢两位恩人呢，请受我一拜！说着在地上连磕三个响头。文承和福胜赶忙把她扶起来。

文承问：房子要回来了，我再给你留点儿钱，自己好好过日子，行不？

喜兰说：不，我还没有报恩呢！

文承说：我们不要你报恩，只要你能过好就行了。

喜兰说：我爸说过，知恩不报，禽兽不如！

文承问：那你要怎么办？

喜兰说：跟你们走，当牛做马，毫无怨言。

文承心想，这姑娘孤身一人，要她自己生活，确实有难处。他看看姑娘，知礼重情，知恩图报，是个好女儿。又看看福胜，忠心耿耿，诚厚善良，是个可以倚重的小伙儿。心想，这不是天作之合的一对吗？他把福胜拉到门外，悄声问他：你看这姑娘怎么样？福胜突然红了脸，嗫嚅着嘴里出不来声音。文承顿时明白了说：咱把姑娘带回西安，明媒正娶地给你俩把婚事办了，你看咋向？福胜不好意思地点点头。

文承进来对姑娘说：你既然坚持要报恩，我也应该成全你的美意，那就跟我们走吧，不过，我可是有言在先，你的大小事情，可得由我给你主张哟！

喜兰说：我这命都是恩人给的，理当一切由恩人主张。

回西安后，文承要把方盒子里的金子分给福胜一半，福胜死都不要，说：事情是掌柜派的，钱是掌柜给的。如果遭难了，要掌柜的来解救；那么，遇好事了，理所应当都是掌柜的。文承没有办法，只好以福胜亲戚的名义，给福胜买了一个小院房子，并添置了家具，大吹大擂地为福胜和喜兰举办了婚事，并以娘家的名义，给喜兰陪了丰厚的嫁妆。而喜兰自始至终都不知道，打墓时福胜掘到装有金元宝方盒子的事情。

第二件，文承的呈祥网套店的东隔壁，住着一对老年夫妇，老大伯半身不遂动弹不得，依靠老大娘做针线维持生计，日子过得很是艰难。腊月初八这天，大伯一命归西，瘦弱无助的大娘守着大爷的遗体痛哭不已。哭声惊动了文承的媳妇秦梅，她赶忙过来看望，见此情况立马喊了几个徒弟过来帮忙料理。两个老人日子太困苦了，大娘竟然拿不出几个铜子儿去买香蜡纸表，更不用说寿衣和棺木了。文承回来知道后，立马让秦梅取钱派人采买，并按照大娘提供的地址去通知亲戚，结果一个都没有来。文承只好把大伯抬埋的一切事情承担下来，事后又把大娘的生活全部包揽下来。不料，大伯去世的头七刚过，大娘又不行了，买棺购衣、入殓抬埋，文承又是一番忙乎，店铺的生意耽误了不少。

文承带着抬埋的人刚从地里回来，一个自称是老太太侄子的中年人找上了门，责问埋老太太为什么不给他打招呼，他是娘家人，没见上最后一面，他不答应！文承看出这是闹事的，但还是把他请进门，招呼请坐上茶，问明确实是老太太的亲戚，就把大伯大娘去世的前前后后给他讲述了一遍，笑着说：老太太临终有遗言，如果自己娘家有人来，请娘家人先把购买棺木、寿衣、抬埋的全部花销掏了再说话。我这里有一个详细的单子，请先生过目。

来人一听，头摇得像拨浪鼓一样，连声说：花销我不管！花销我不管！

文承问：那请问，你管什么？

来人说：清理接收我姑的房子和财产。

文承问：可有文书字据？

来人说：临终留有遗言。

文承问：老人临终时你在哪里？

来人说：我在跟前。

文承问：既然你在跟前，为什么刚才说，临终没见上一面，你不答应？既然你在跟前，为什么不料理老人的后事？老人临老时，七八天就住在我家，是我们伺候到去世，从来就没见过你。

几句话把来人问得哑口无言，最后干脆要起无赖说：不管咋样，我是我姑的侄子，你是啥？你凭啥要占我姑的房子？

文承说：我从来就没想要这房子，作为邻居，大伯大娘先后去世，我安排人去请亲戚，结果一个都不来，没有办法，只好代为操办，我并没有想占大娘的房子。不过，这房子也不能这么简单的给你，你必须写一个由你接受你姑房产的文书，让你姑的亲戚都在上面签上字，同意你接收。有了这个东西，今后有谁寻上门，我也好交代。

来人一听面有难色地说：你说得太麻达，实话给你说，除了我，我姑再也没啥亲戚了。这房我也不想要，你看给多少钱，我给你写个字据，有啥麻达，叫他寻我！

文承终于明白了来人的意思，想了一下说：你写字据这理不端，应该是以你姑的名义把房转让给我，你做的见证，这样，谁问起来情通理顺了。

来人一听连说：可以，可以，按你说的办！

来人以姑姑的口吻写了一份房屋转让契约：

受让方在许家二老生病去世前后，负责照顾处理后事，所留房屋一间作为回报，归受让方所有，其他人不得干涉。立此为据。转让人：许尤氏（手印）见证人：尤迁（手印）受让人：杨文承（手印）

许尤氏手印为尤迁的小拇指所按。

文承仔细把契约看了一遍，掏出十个银洋交给尤迁，十个银洋让尤迁眼睛发光，他来时想着最多弄上三五个银洋就心满意足了，没想到给这么多。他在收据上专门写上代姑姑收银洋十块。然后欢天喜地地告辞出来。

文承把房子收拾了一下，又支了一台网套床子，破烂东西都扔了，几件能用的东西拿了过来。

一个雨后的下午，定山带着涵玉出去闲转，洋车路过文承的店铺，定山说：有一阵时间没到文承这儿来了，看看文承去！下车进了门。文承正在带着徒弟们网网套，满头满脸的棉花，见定山夫妇到来，急忙解下围裙，招呼到里头客厅就座，指挥人端茶摆瓜子，自己则在外边洗头洗脸。定山到外边与文承说话，秦梅洗水果去了，涵玉静静地坐着。突然，银柜上的一个瓷瓶引起她的注意，这是一个丰肩细腰青花缠枝瓶，青中略带灰黑，笔触细腻，线条纤细，枝叶秀丽，瓶底为瓷底。涵玉把瓷瓶翻来倒去看得很仔细，最后认定这是明朝洪武年间洪武官窑的珍贵瓷器：洪武青花。洪武青花存世已极其稀少，所见者多为清中晚期的仿品，真品实属罕见。她心里激动不已，父亲当年专门给她讲了这个时期瓷器的特点，叹息见不到真品，没想到，自己在这里无意中碰到了。

秦梅进来，见她在看瓷瓶，就说：你卖瓷器的还看不够瓷器，这是隔壁老太太留下来的，我看还没打（裂纹或缺口），就搁在桌子上，一个旧瓶子，没啥好看的。一会儿文承洗完脸过来，涵玉开玩笑地说：文承，把你这个瓶子卖给我，你开多大价钱我都要。

文承笑着说：嫂子看上了，拿去就行了，还说啥钱呢！

涵玉说：你是家藏珍宝不识货呀。

定山忙问：哪个是珍宝？

涵玉就把这个瓷瓶的年代、特点、稀缺的程度讲了一遍，最后说：文承，别看你有钱，你的全部家当抵不上这一个瓶子。

涵玉的话，让文承、定山、秦梅吃惊得半天说不出话来。最后，文承才问：真有那么值钱？

定山说：涵玉的父亲就是珍瓷的研制和鉴定的专家，涵玉跟父亲学了不少，她说话是可信的。

涵玉说：这东西在西安卖不上好价钱，拿到汉口、北京、上海这些地方，这东西就值钱了。

文承说：没想到，隔壁大娘给咱留了这么珍贵的一个宝贝。

涵玉说：积阴功强似流血汗，做好事锦绣铺前程，这话一点儿都不假。

文承嘴上说，自己也没有干啥呀，心里掠过自己经历过的几件事情，越发感到涵玉两句话的言之有理，默默祝福隔壁两位老人，在另一个世界过得幸福愉快。

这个洪武青花后来被文承和定山拿到汉口让行家鉴定了一下：纯系真品，无法报价。光鉴定费收了五十个银洋。后来，围绕这个瓷瓶又生出许多故事，最后竟不知所终。

定山见到文承没有在客厅说话，而是跟他进了内室，把门关起来悄悄在交谈。定山说：以前听你说过，有一个朋友在靖国军？

文承说：是的，先是个营长，现在已经是团长了。

定山问：关系咋样？

文承说：不错，是换帖子的兄弟。

定山说：这就好。接着，就把大烟土换枪弹的情况，督军跑了的情况，枪弹已在回来路上的情况都给文承讲了一遍，最后说，咱这是一动两受益，他得了东西，咱少了麻烦。我把情况弄准，叫他出兵把枪弹截了，神不知鬼不觉，各得其所。

文承听了说：这对他是求之不得的好事，他出兵没麻达，我写一封信，你派一个灵性人到渭北去找他，咋弄，叫他自己安排，以不给咱留下麻达为原则。大哥，你看行不？

定山说：你写信，我回去安排，这事不敢耽搁，明天一早，让人来拿信，直接出发。

文承说声好，二人就分头准备去了。

事情进行得很顺利，在这批武器还没进到陕西的地界，就在他们睡觉的时候，就全部解决了，没有留一个活口。事后，文承的朋友为了表示感谢，还专门派人送来两千银洋，文承和定山二人推辞了半天，各拿了一千银洋。此事除了定山夫妇、文承夫妇和新承知道之外，再没有任何人知道。不过，过后文承感到，为此事死的这二十个人，深深伤了自己的阴骘，他会为此付出代价的，临老时，到底是应验了。

新承这次也因此经受了很大刺激。

他领着靖国军一个便衣特务排的人，在临近陕西地界，与督军队伍迎面碰上了，新承不动声色继续往前走，押送枪弹的其中有两个认出新承，问：这不是新承嘛，你们干啥呀？

新承假装刚看见答话道：哟，是薛排长呀，我们一批羊皮筒子在前头出了些麻达，我来接应一下。

薛排长问：咋来了这么多人？

新承说：我就两三个人，其他都是搭伙走路的。

薛排长笑笑：好，好。走了几步，他狐疑地回过头看了看：一色的便衣，一致的步伐，这不像普通老百姓，像是当兵的，可又不是自己队伍上的，他们这是干啥去呀？这时候，他还没有把这些人与自己押送的东西联系在一起。不过，当天晚上，他还是改变了以往的做法，十个人睡觉，十个人放哨，两班轮流倒。就在这天晚上，后半夜时分，靖国军近四十个人包围了小客栈，二十个人解决站哨的，十几个人对付睡觉的，没放一枪，全部用刀解决问题。当薛排长被刺一刀，翻身而起喊叫操家伙的时候，一眼看见新承，骂道：新承，狗日的！后面的话还没出来，两把匕首同时向他心窝扎去。

秦合贵因为这次没有派上多大用处，他自己首先感觉到危机的来临，利用一次晚饭后上厕所的机会逃跑了，薛排长发现时，人已不见了，他朝着西北方向连开了几枪，告诉大家那家伙已被打死了。

回到家里新承就病倒了，不吃不喝睡了三天。起来以后，除了侍候两只鹦鹉，什么也不干，拿到月例后对大魁说：我把鹦鹉送回龙虎山去！也不等大魁说话，就提起笼子出了门。

东民带过去的四大车货物到了外藩地之后，通过翻司了解到枪弹已经到了，对方提出还按上次的条件交换，东民答应可以，但要等大掌柜到了后再定。闲聊中了解到，他们手里还有沙金、水银，用大烟土交换也可以，东民对这些东西不懂，只问了价钱，要了样品。他说：他这次带了不少货物，如果先生有兴趣，可先看货单，再看实物。那个留着两撇大胡子，肚子像个泡菜坛子的白俄人高兴得和东民拥抱起来，嘴里不断地喊着：哈拉少，哈拉少。仅他就选了快一半的东西。另外的一半，东民用它换了不少羊皮筒子、狗皮褥子、狐皮领子、熊皮大氅、貂皮帽子。他还给老掌柜、大掌柜和自己的父亲，各选了一件精致的狐皮上衣，然后在押送枪弹的车走了之后，他带着满满的四大车皮货，在对方保镖的护送下往回赶。临走时，由于东民送了白俄两瓶西凤酒，白俄偷偷塞给他一把小巧的手枪和十发子弹，他回来后交给了定山。

隆丰福南院门服装估衣百货店的厨房共有两个厨子，一个姓吕，专管蒸馍、擀面、蒸米饭、蒸包子、搓麻食，属面案。也就是给冬娃灌面汤的那个。另一个姓朱，专管凉菜、热菜、臊子、拌馅、烩汤、蒜泥、沾水，属菜案。两个人虽然都是蓝田勺勺客（厨师），但有点儿面和心不和。尽管做饭时两人相互协作得还不错，但为了显示自己的重要性，都在暗地较劲。较劲就得增强实力，冬娃就成为争取的对象。冬娃一个人要管两个灶火，尤其是快到开饭的时候，冬娃忙得两边来回拉风箱，朱师急忙叫人来帮冬娃一把；吕师捞面的时候，总是给冬娃捞得谷尖谷尖的（像谷堆一样冒出尖来）。冬娃心里当然明白他们的意思，谁叫都热情答应，谁帮助都表示感谢，谁都不得罪。冬娃反而成了他俩关系的黏合剂了，谁有心事，都会给冬娃说。

朱师除了菜炒得不错之外，还有一个绝活儿：吹箫。他常常在傍晚忙完了厨房的活儿，洗完手脸，换好衣服之后，背起装箫的蓝布口袋，就从马道上了南城墙。一个人坐在女墙上，闭着眼睛轻轻地吹了起来。他吹的曲目很多，从黄昏到天黑严，他一首一首曲子不重复地吹下去，如泣如诉，含怨含悲，听得人郁郁寡欢，第二天都提不起精神。一段时间，说人不高兴，就说：看你脸吊得像个茄子，是不是住在南城墙根底下的？为此，有人朝他撂过半截砖头，有人骂过他，可他依然如故。反而是哪天到了时间，箫声没有响起，人们会不解地问：这货今儿个咋没来？

冬娃在眼睛受伤之后，听觉异常地灵敏起来。他能根据每个人的声音特点记住这个人，甚至能勾画出他自己想象的这个人的形象来，几年都不会错。此外，他没事的时候，爱琢磨每个人说话的特点。有的人语速慢，语句间停顿多，间隔长；有的人说话快，言语间爱加嗯，这个，是不是，听我说，等等；有人说话爱重复，几乎每一句都要重复一遍；还有的每说几个字就咳咳一下。当然，也有说话干脆利索的，节奏好，抑扬顿挫好，一开口让人爱听，老掌柜就是这样。不过，他很少听老掌柜说话。因为，老掌柜很少到厨房来，就是来，也是跟吕师、朱师说话，自己的灶火口在厨房的墙外边，见不上也听不见。

朱师晚上吹箫的时候，他就搬个小板凳坐在院子里听。时间长了，他不但记住了许多曲子的旋律、节奏，而且还能体味出每个曲子表达的感情。不过，听得多了，他还能听出来，每个曲子的感情并不是固定不变的，它和吹奏人的心情，联想的问题的不同而不同。比如，有一天，朱师母亲病了，家里人来要钱，要三十个铜子儿，朱师只有二十个，来人说不得够，等着不走，朱师好面子，硬把来人推出门去。当晚，那箫声就有了更多的哀怨。当然，只是在气息上微弱的变化，也只有冬娃听出来了。

渐渐地，冬娃感觉自己也有一些情感要表达，甚至有许多心里话想说出来。他知道，没有人愿意听他说，而有些话，他也不知道该如何用语言来表达。但他自信地认为，这个箫和这个箫吹出的声音是一定能够表达的。一天黄昏，在朱师城墙上箫声响起的时候，冬娃给吕师招呼了一声，一个人拿着探杆摸摸索索地上了城墙，循着箫声，他找到了朱师。正在吹箫的朱师，并没有因为冬娃的到来而停止，他依然沉浸在自己的音乐世界里，不过，冬娃听出来，音符里明显注入了欣喜的元素。冬娃“扑通”一声跪在朱师的跟前。

从此，在朱师的指教下，冬娃开始了吹箫的学习。

朱师说：箫是器乐中的君子，它清丽委婉，哀怨悠长，它不屑于在合奏时，把它淹没在其他器乐之中，只喜欢独自一个在万籁俱静的夜晚，把自己的心声传送到很远的地方。经过改进的箫，音域更为宽广，表现力也大为增强。一般的器乐能给人以悦耳、欢乐、鼓舞，而箫则能让人心动，深思共鸣。吹箫是祛忧解愁、排除胸中块垒最好的方法。

吹箫的曲目，冬娃不少已烂熟于心，指法和用气，他拿着箫先模拟指法配合演练，设想着曲谱中的婉转腾挪运气吐纳，有些心得了，开始试吹，十遍八遍过后，曲子就有模有样了。朱师问他练得咋样，他总是说：还不行，我慢慢练呢！直到有一天，朱师晚上回来，冬娃还在忘情地练习，朱师驻足谛听，一曲长亭送别，冬娃吹得情深意长，柔肠依依。朱师暗暗为冬娃如此之快地掌握吹奏技巧而吃惊，也为他对箫乐如此之高的悟性感到高兴。从此以后，朱师再上城墙的时候，就把冬娃拉上，两人一人一曲，轮换吹奏，几曲终了，俩人谈理解，谈感悟，更多的是冬娃听朱师的点评。朱师爱拿炒菜烧肉的火候、调料、时间的控制来讲解吹箫，同为厨房人员的冬娃，不仅一听就明白，而且很能举一反三理解其中的真谛三昧。有了与师傅同场吹奏，相互切磋，直接点评的机会，冬娃进步飞快，没有在现场看着他俩轮换吹奏的，还真听不出来，这是由两个人分别吹奏出来的。

再往后，冬娃就不满足现有的曲目，他尝试着把秦腔曲牌的短句、小节，甚至选段，加入到自己创作的曲目中去。在哀怨泣诉中增加了陈述、抗辩、赞美等内容，不仅增加了表现内容，更增加了箫乐的听众。时常城上两人在吹，城下一大片人主动在听，遇到人们熟悉或者喜欢的曲段，听的人还会欢呼或鼓起掌来。有了听众的支持，冬娃的信心就更足了，隔上几天，他就会拿出一个新曲段来，连朱师都不得不经常问他：这个段子叫啥名字？

冬娃对关中八景很感兴趣，尽管没见过，他知道，那一定是人间不可多得的美景。他请人仔细给他描述各个景观的风貌、情景，凭着自己丰富的想象，再用他认为适合的旋律，加上自己吹奏的技巧，如湍漱玉、如盘落珠般地倾吐出来。朱师听了说：这是轻风飘雪。冬娃激动地说：师傅，你听出来了，我这是八景之一：灞柳风雪！朱师说：好哇，有眼睛的人看了多少遍，都说不出个名堂，冬娃你个瞎子，却把它刻画得如此动人。不得了，冬娃，你能成个人物呢！

冬娃受到鼓励，信心更大了，紧接着编出了雁塔晨钟、太白积雪、华岳仙掌、咸阳古渡、草堂烟雾几个曲目。到了骊山晚照和曲江流饮，他连请几个人给他讲述情景和感受，由于讲述得不明确，不生动，加上冬娃自身没有感受，吹奏出来总是不尽如人意。一次，大掌柜到厨房来的时候，冬娃因为以前常给大掌柜拉车比较熟悉，他讲明原因，虚心请大掌柜给他描绘一下这两个景观的情景和感受。大掌柜知道他要编关中八景的洞箫曲谱后非常支持，夸赞他人有志气，有见识，鼓励他一定编好。

大掌柜告诉他：骊山晚照，其实就是晴朗夏天，太阳偏西后的一段时间，金色的光线斜着朝骊山泼洒过来，人在骊山之西，往东看过去，光线异常明亮，整个骊山的树影山色，宫殿庙堂，顿时沉浸在一片红金色的奇异景幻中，天上地下辉煌无比，壮丽非常，犹如天上宫阙降临，恰似地上福地飞升，此种景象在其他地方极其罕见。看后让人心胸豁然，一派豪气顿生。

大掌柜似乎还在回味那些美景，停顿了一会儿，才继续说：曲江在雁塔的南边，曾经是水天相接，绿草如茵，芦苇丛生，鱼鸟世界，花草泽国。加之远山近水交融，于是湖光山色，亭台楼榭，薄雾迷蒙，风景如画。因有几条清流注入，滋润涵养，常年鲜花彩鸟不断，四时景色变幻无穷，曲江大水大绿大美，像美女一样顾盼生姿，像鲜花一样清香宜人，让赏游者流连忘返，引来无数文人墨客赋诗作文。从古至今，是长安城最美的一块儿积福孕宝的祥瑞之地。

冬娃听得如醉如痴，那凹陷的双眼中闪动着兴奋和智慧的辉光，他不仅听明白了，那旋律在大掌柜描绘的过程中，已经在他头脑中逐渐生成，呼之欲出了。不久，冬娃晚上就在城墙上一首一首地吹奏关中八景。开始，有人还听不明白，几遍过后，冬娃吹一首，下面应一声：草堂烟雾。再吹一首，下面又应一声：雁塔晨钟。等到八首吹完，下面就有人喊叫：再吹曲江流饮！再吹骊山晚照！从头再来一遍！

在人们的叫喊声中，朱师悄悄背着装箫的蓝布袋，下城墙走了。

第 十 章

吃过早饭，定山刚坐到太师椅上，茶还没顾上喝，账房潘师就送过来几张税单和捐单。定山不解地问：这个月的税和捐，不是才交过不长时间，咋又来了？

潘师说：原来是一月一税，三月一捐，听收税的老宁说，现改成一月两税一捐。

定山问：一个月两头收税，这是啥规矩，官家搂钱再紧，也不能骑双头马！

潘师说：我也是这样问的。老宁说，你说双头马就是双头马，现在把税分细了，上一回是戡乱税，这一回是民用税，捐也增加了，除了房捐、地捐，咱那个洋车也要缴车捐，几台缝衣机还要缴机器捐。

定山听着心烦，看了看几张，数额也不大，就对老潘说：交给大掌柜让他过目，房捐、地捐缴给房主去缴。

这几年，龙定山感觉这生意越来越难做了。尽管街上人比以前多了，可是由于局势动荡，民不聊生，一般老百姓手里都缺钱，进店铺看的问的人不少，掏钱买货的人却不多。以前的“富穿皮袄穷穿布，下苦的爱进估衣铺”的景象也少见了，皮货洋服店铺门可罗雀，估衣店铺情况好些，也是越便宜越好卖。一天卖不了几个钱，相公们也提不起精神，坐在那儿直打瞌睡，偶尔有一两个看货想买的人，相公们殷勤热情得让人有点儿受不了。各铺的二掌柜们一再提醒大家，不要抢生意，要有大店铺的样子，可也没办法，总不能一个个让人看着都是些死眉瞪眼、佯打眯睁的浑人吧。

一个三阵子滚雷大白雨过去的午后，温润的空气中还弥漫着丝丝土腥气，往日脏乱的街道却像新修过一样干净整齐，花草树木也像人刚洗过澡一样昂首挺胸，朝气蓬勃。马路对面一家刚开张的西瓜铺子传来卖瓜的吆喝声：好沙瓤，赛冰糖，刚开园的同州大西瓜！

炎热加上下雨，店铺里一时显得空荡荡的。定山刚在内室的午休床上迷糊了一会儿，打雷声就把他震醒了。他喝了口茶漱了漱口，从望窗看出去，街道上除了几辆洋车跑过，几乎不见行人。他心中突然想起昨天东民告诉的一件事情。东民说，他的一个远房亲戚，他那儿有一批棉活要加工，量还比较大，可有几个条件，要当面和老掌柜谈。定山让东民领到南院门楼上来，东民说，事情有些麻卡（难弄），人家想请你到他住的旅馆去谈。定山脑子一转，为什么？可他就是理不出个为什么来。他说给涵玉，涵玉思索了半天说：可能有难言之隐，也可能这事怕人知道。我的意思，不来咱这儿，也不去他那儿，约他到鸿运楼！定山大喜：要紧三关，还是妹子主意端！好，就在鸿运楼。

定山由东民陪着，在一个包间见了东民的亲戚。来人宽脸直鼻，方头大眼，见定山进来，立马起立，一拱手就说：隆丰福不小，老掌柜不老！

定山见对方豪爽，也就哈哈大笑着说：先生说话如铜钟，做的准是大事情！对方一听，也爽朗地笑了起来，不过，他还是警惕地向定山身后看了看，并示意东民把门关了。

范大掌柜知道，现在这时候来不是吃饭的，只给桌上摆了盐糖花生米、五香煮黄豆、酥炸腌河虾三样磨牙占口的东西，又热了一壶桂花稠酒放在旁边。来人自我介绍道：兄弟姓张，张志鹏，做点儿小买卖，现在揽了一些活，想跟老掌柜商量一下，看能不能变个方子，把这个事情圆成好。

东民说：表哥，你就打开窗子说亮话，啥生意，咋样做，啥要求？

张志鹏见东民这样说，就稍微放开一点儿说：一批棉衣，有布，有棉花，没裁缝，想请你们带人到当地去加工。看老掌柜能弄不能弄，愿弄不愿弄？

定山问：你说的棉衣是队伍上的吧？

张志鹏见秘密被老掌柜一口说破，知道再瞒也瞒不住，就谨慎地点了点头。

定山问：你说的当地就是渭北吧？

张志鹏说：依老掌柜的精明，啥事都瞒不住你。

定山说：我知道，你们和现在的督军是死对头，并且还正在打仗，督军是下了狠心，要彻底剪除渭北这几股跟他过不去的队伍。在这个时候，弄这事情，一旦被督军府知道了，那是不得了的事情。

张志鹏说：正因为此事有风险，我才冒死前来相请。

定山说：与先生首次谋面，说的事情我也听得一知半解，这么大风险的事情，不知怎么商量。

张志鹏说：失敬，失敬，咱都不是外人，我就实话实说。鄙人乃靖国军总司令部军需部参谋，奉命为队伍置办冬装，因数量巨大，不宜异地加工，且经费有限，特地来找老掌柜商量。因督军对渭北来人盯梢很紧，鄙人不得不加小心，敬请老掌柜见谅。

定山说：其实，你不说，我也知道你是渭北过来的，大热的天做棉衣，只有队伍上才弄这事。尽管省府、督军骂你们是贼，是乱党，可谁瞎谁好，我还是能看出来的。这督军又兼省长，大权独揽，一手遮天，包办选举，查封报社，横征暴敛，军纪败坏，闹得民不聊生，市井萧条，学生罢课，商人罢市，乡民交农，士农工商同仇敌忾，要将这祸陕之恶魔驱逐出去！我虽对驱魔做不了大事情，可属于咱分内的事情，能尽力还是要尽力的。

听了定山一番话，张志鹏心里一块儿石头落了地，他起身对着定山行了一个军礼，十分感动地说：听东民说，老掌柜是个很正直、很有正义感的人，今日一见，果然让人钦佩！看来，我这次冒险闯省城，是闯对了！

定山说：此话过奖，我还不知道，你的事情究竟是怎么回事呢？

张志鹏见说，立马拉过梢马子，取出军装的式样，提出要求，报出数量，最后说：靖国军经费很紧，加工费给不了现钱，只能按现钱折合成夏秋两料的粮食，不知老掌柜能否接受？

定山听了半天没有说话，最后说：可以，但要先付一半，我倒成钱后，得给把式和掌柜的先发月例安家。另外说好，我的人在你那里的一切吃喝使用，必须由你料理。

张志鹏满口答应，并说了许多感谢的话。

接下来，双方写了协约，各用了印信。定山要点酒菜，张志鹏竭力阻拦，定山只好让范掌柜给每人来了一老碗油泼扯面。喝完面汤，张志鹏背起梢马子起身要走，定山劝他留住一夜，张志鹏称军务在身，加上省城眼线太多，早走安全。转身下楼，一出门就钻进小巷子不见了。

七八天后，听东民说，四十石麦子已经到了户县。定山约好粮商，由东民带路，看完之后就地转手出去了。当然，带领去渭北加工军装的肯定是东民，干完回来的时候，已经是腊月二十了。

没想到，这趟买卖有始有终，到了结束的时候，出事了。

腊月二十，大雪飘飘，从早晨一直下到天黑，地上积雪有两寸厚，脚踩上去咯吱咯吱的。东民在昨天就把一切该交割的，如交货军装数量，剩余的材料，借用的东西，对方该打的收条等手续全部办清，又去军需部打了招呼，道了谢。军需部长下午专门备了酒菜，为他们十几个人送行，并让张志鹏参谋安排三辆马车，明天一早送人和机器回西安。没料到，早上一起来，这雪下得这么大。尽管如此，东民还是决定要走，大家在外有快半年了，归心似箭不说，马上就要过年了呀！

三辆车进西安北门时，城门马上就要关了，马踏雪泥，人裹寒冰，像三堆雪疙瘩似的滚了进来。东民让车就近停在一家车马店里，人都进到隔壁的伊春楼羊肉泡馍馆里吃饭。每人四个馍双份肉，一个个吃得头上冒汗，脚底发热。完了之后，把式和相公们回工场，东民跟三个车把式招呼了一下，也回了家。

车把式们都是头一回进省城，加上羊肉泡馍吃得满口余香，一天蜷曲的身体得到舒展，立马还都不想睡，三个人说说走走就来到了市中心钟楼跟前。其中一个说：听我爸说，西安有个钟鼓楼，半截伸到云里头。我看，这钟楼咋没有那么高呀！

另一个说：你甭看钟楼不太高，我爷说，钟楼底下是个海眼，西安如果没有钟楼在这儿镇着，早就是一片汪洋大海了！

第三个驳斥第二个说，你说得不对，我老爷说，全中国的中心就在西安，中心点就是钟楼，从这儿到咱国家的任何最远的地方，距离都差不多，不信，你拿地图量去！

第一个戏谑地说，哟，怪不得这钟楼修得四平八稳，真个棱正，雄奇威武，金冠罩顶，原来，这是咱中国的心尖尖呀！

三个人浓重的渭北一带口音，旁若无人地大声说笑，在雪后无人的街道上显得格外明显、突出。

突然，几个黑影扑上来，像老鹰抓小鸡一样把他们抓走了。他们稀里糊涂地被抓到保安团。

原以为他们是靖国军的探子，几鞭子一抽，这三个整天拿鞭子抽牲口的人才知道，这鞭子抽在自己身上的厉害，哭着喊着把啥都说了。原来，这是靖国军做完了军装的机器从北边拉回来的！再问，是谁家的机器，头家是谁，他们一概不知。保安团司令一听完报告大喜道：督军老训保安团吃冤枉，整天端着个枪，连个老鼠都逮不住。这可好啦，正想睡觉，就有人送枕头，好事来了！他命令把这三个严加看管，另派几个人，明天一早在车马店等着，谁来拉机器就抓谁！早晨，东民和一个叫韩五的相公刚一到，就被抓起来，连来拉机器的马车也一起带走了。

车马店掌柜偷偷叫人赶快给隆丰福透了风，定山大吃一惊，立马派大魁去了解情况，大魁知道厨子吕师有个兄弟在保安团做饭，就带着吕师到保安团找人。吕师的兄弟还不了解情况，刚出去一问，立马跑回来说：快，保安团已经集合就要出去抓人了！大魁一听吃惊不小，他俩一个服装铺，一个瓷器店，抄近路赶回去报信儿。大魁出门叫了辆洋车，催着车夫像马一样狂奔到瓷器店，保安团还未到，他大喊：快关店门，然后，连滚带爬地奔上楼喊道：爸，妈，快走，保安团抓人来了！

定山和涵玉一下就明白了，涵玉一把揽过小钱箱，又一把拉着定山就往楼下走，刚出门，保安团的十个兵跑步就快到门口了，他俩相搀着笑吟吟地出了门。门板刚上了一半，兵丁抓了涵亮和其他四个相公，大魁一看跑不出去，立马拿起一个瓷器看起来，兵丁以为他是买货的，推他一把：还不快滚！

南院门那边，由于保安团离得近，吕师紧跑慢跑，他还没到，保安团已经到了。大掌柜早上听大魁说，知道了东民和机器出事的情况，心里就有不祥之感。他在铺子里头，远远看见一队兵丁跑步过来，心里嘀咕起来，急忙就向门外走去。七八个兵丁冲到门前，一下子把三间门面的门口堵住了，大喊：隆丰福的人，全都往出走！十四个相公和伙计，还有账房潘师，厨子朱师，烧火的冬娃，都被赶了出来。有人喊了一句：瞎子也要逮？一个兵长模样的人过来看了一眼，把瞎子拉出来，说：留下看门儿！众人听着都笑了，冬娃留下来，其他人都被押走了。等兵丁们走远了，大掌柜才进门，周围铺子的掌柜纷纷过来打听怎么回事，大掌柜一脸无辜，声称一点儿都不知道为啥。不一会儿，大魁过来告诉大掌柜，瓷器店那边，人也被抓了，他爸他妈没事儿，坐在鸿运楼，请他过去。大掌柜暗想：隆丰福又是一大灾呀！

保安团里有个文书名叫王世光，也是西高桥人氏，与东民虽不是一个村，但相互认识，在省城，他们还有些来往。在押来的人犯名单中，他发现了姜东民的名字，经落实确定为隆丰福的姜东民，他暗暗吃惊，听说如果他们的罪名是通匪资敌，这可是杀头的罪名呀！他寻思了一下，决定到关押室去见一下东民。

他到了关押室一看，二十多个人都关在一间房子里，他指使一个兵长说：听说一个姓姜的是个小头儿，我想单独辨认一下。兵长另打开一间房，喊着姓姜的出来，东民和王世光都进了另一间房子。王世光见兵长走开，立马对东民小声说：统一口径，耍沾靖国军，等待营救。东民也请他多给老掌柜通消息。王世光看着兵长走过来，装模作样把东民上下打量了一番，接着，就让兵长把东民再押回原来的房子。

事实上，东民和韩五被抓来的时候，东民抱定不提隆丰福的事情，都揽到自己一个人身上的想法。不料这韩五是个软蛋，被带到审问室，一见挂着的鞭子、绳子、链子，立着的架子、杠子、笼子，烧着的炉子、打人的胖子、烫人的签子，立马尿了一裤子。还没等问，就说：我是隆丰福的相公，掌柜的叫我看机器，我跟来了，我啥都不知道！审讯的又问东民，东民只好顺坡下驴，也说来看机器，其他也不知道。保安团长听说，问不出来名堂，这才下令到隆丰福铺子抓人。不过，铺子里的人都是不知道去渭北加工军装事情的，去渭北的人都在加工场，保安团只知道隆丰福的铺子，并不知道加工场。所以，大家一口咬定机器的事没听说，不知道。再审三个赶马车的，清醒了的马车夫明白：落到对头手里，说得越多罪越大，只承认自己是受雇赶车的，车上东西的事一概不知道，军装的话是害怕胡说的。保安团长满心想，这回能吃口大肥肉，不想一嘴咬了个猪尿脬，又臊气又生气，一害气，驴脾气就起来了，决定亲自上手，审不出个结果，也要出口气！

这保安团长姓董，名格松，从字面上看，这名字还挺雅致，但用西安话一念，就成了懂个屄（什么都不懂），倒过来念，就是西安人对自作聪明，一无所知的人的一句反唇相讥的口头语：屄不懂！雅致的名字就变成了愚蠢无知的讥讽。不过，不管是讥讽也好，嘲笑也罢，这屄不懂三个字，对于这个满脸横肉、脑满肠肥的保安团长，倒是挺贴切的，因为他除了倚仗后台胡吹冒撂、胡作非为之外，正事一概狗屁不通。然而，尽管人们叫他屄不懂，可人家偏偏懂得吃柿子专拣软的捏的方法，他看了审讯记录，让人把年龄最大的账房潘师和年龄最小的掌柜黄涵亮提出来。二人一进审讯室，这个屄不懂团长就对潘师说：老先生年龄大了，咱就不用刑了，你把隆丰福勾结靖国军的情况，老老实实交代出来。

潘师尽管见过世面不少，但到这地方来，还是头一回，他战战兢兢地说道：隆丰福从来规规矩矩做生意，没听说过跟靖国军有啥瓜葛。

屄不懂团长又问涵亮：老家伙不说，小掌柜，你说！

涵亮说：我卖瓷器，不知道啥个靖国军。

屄不懂团长说：还是个蛮子呢，好，都不知道，我让你俩知道！他一扬手：先给尝个天女散花！只见旁边三四个打手一齐挥动鞭子，朝他们劈头盖脸抽过来，他俩两手护头，满房子乱喊乱跑，打手们边追边抽，棉衣被抽开花了，胳膊和头上都冒出血来，涵亮哭了，潘师倒了。

屄不懂团长问道：还说不知道不？二人都不吭气。屄不懂团长说：看来，天女散花还不过瘾，那就再分开来个烤火喝水，你俩谁烤谁喝？

潘师先跪下，涵亮一见，也跟着跪下，潘师说：我们都是铺子的下人，就是跟靖国军有来往，也是铺子主家的事，主家也不会把这些事叫我们知道！大人开恩！

涵亮也说：我才从南方来，确实没听说过这什么军。也真不知道这什么军跟瓷器店有什么事，望长官饶命！

屄不懂团长听他俩说完，拧着眉毛想了一下说：我说过，请你俩烤火喝水，不能说话不算数呀！来，老的烤火，小的喝水！

打手们噢的一声，两人把潘师绑在吊绳上，用劲一拉，潘师双脚离地悬空吊在一个火炉上方二尺的地方，屄不懂团长笑着说：天气冷，烤烤暖和！潘师的一只鞋掉进炉子里，火焰闪动了几下，就烧没了。屄不懂团长还问呢：老头儿，还行吧，不暖和，我再放低一点儿！潘师哀求道：大人，老汉干骨头一把，再吊一会儿，命就没有了，求你饶了老汉吧！屄不懂团长说：你先烤，烤好了，我饶你！不一会儿，潘师的大裆棉裤从脚底下往上着了起来，潘师凄惨地叫了一会儿就没了声息，房子里充满了皮肉烤煳烧焦的臭味。

涵亮被两个大汉一人一只胳膊架着来到一个大木桶跟前，另一个使劲把他的头往水里按，会水的涵亮使出潜水的功夫，半天没有动静，三个家伙知道他会水，压着他半天不让他出来，涵亮只要稍一露头，吸一口气又能憋半天。三个家伙相互使个眼色，把涵亮两腿一抬，倒插进水桶里。自幼生活在南方的涵亮对木桶的结构很熟悉，他用拳头在桶底猛敲几下，再用头猛一顶，一块儿桶板立马松动，他用手指再一抠一掰，桶板移位，水猛泄出来，三个家伙跑开，涵亮站了起来。

尿不懂一看大怒，命令将潘师放下来，把涵亮吊上去！涵亮知道上去必死无疑，从绑他的人中间一扭身逃脱向门口跑去。尿不懂没想到，三个大汉治不住一个小伙子，竟然让人跑了，顺手掏出盒子炮，推上子弹甩手一枪，涵亮应声倒下。

尿不懂又提审三个赶马车的，被折磨了一通之后，马车夫们供出姜东民是拿事的，自己是他雇来的，其余啥都不知道。尿不懂心想，前边用刑已经死了两个，还没问出个名堂，这回要换个办法，他决定先礼而后兵，用谈判的方式突破这个难题。

姜东民知道，这尿不懂是督军带来的一个亲戚，原在乡间的时候，就是当地的一个孬狗瘪孙，以残暴毒辣、阴损恶坏闻名，他知道落在这货手里，不死也得脱层皮，被带出来的时候已经报着宁死不受辱，不连累隆丰福的思想准备。因此，他既无恐惧，也不抱幻想，唯一遗憾的是，这个自己操办的、本来应该十全十美的事，就因为自己一点儿疏忽，没有着重给三个车把式交代好，或者当晚就把机器卸下来，结果给隆丰福也给自己带来灭顶之灾。东民边走边默默回想着：自己来到隆丰福已经八年多了，从一个对经商一窍不通的打牛后半截子（赶牛种地）的穷汉娃到执掌铺子加工外贸买卖的二掌柜，手下管着三四十号人，山南海北都跑遍了，啥人啥世面也都见过了，比父亲和哥哥都强多了。另外，老掌柜对自己恩惠有加，每月除月例之外，年底还有不菲的年俸，凭着这些，自己才能在省城买得起一砖到顶的四合头房（小四合院），才能把妻子儿女接来当城里人，才能让父母衣着光鲜地在乡党面前挺着腰杆儿说话。想到这里，他感到很满足了。尽管他还不知潘师和涵亮被折磨致死的情况，他横着心，表情坦然地走进了尿不懂的客厅。

在提审东民之前，王世光已经找机会跟团长聊了一会儿，从其他事转到隆丰福这事的时候，团长问他：你看，他们会不会跟靖国军有过来往？

王世光说：靖国军那么多人马，吃喝用度所需不少，肯定四处活动，无孔不入。但省城咱保安团防范得如此严密，白天晚上、明里暗里都在巡查，老百姓也都知道靖国军是犯上作乱，谁敢跟他们染搅？再说，生意人货进货出是常有的事，不能说，只要是从北边过来，就是跟靖国军有麻达。

团长问他：那你看，这事咋了结着好？

王世光说：跟生意人打交道，还不简单，把当头儿的放了，叫回去拿钱赎人，不就完了。

团长说：好，叫隆丰福拿钱！可这事已经吵吵得满世界都知道了，都知道咱们抓住靖国军的人了，咱又把人放了，没有个弯子转一下，咱不好收场呀！

王世光说：这还不简单，豇豆一行，茄子一行，隆丰福的人见钱放人，三个赶马车的处理一下就行了。

团长把手一拍：好，好，好！好主意！隆丰福拿一万银洋，咱就放人，三个赶马车的，明天拉出去枪毙了，就说是靖国军的！

王世光一听打了一个寒战，没想到自己这一番善意的建议，竟然被这个揽钱的霸王、杀人的魔王㞞不懂当成了祸害人的妙计了。他后悔跟㞞不懂说了这些话，事已至此，他知道再说无益，只能坐观其变了。东民被带到客厅时，㞞不懂让兵丁通知王世光过来一块儿参与谈话。

东民进来，兵丁命令他在当庭站下，㞞不懂一摆手说：姜掌柜是场面上的人，请坐，请坐！

姜东民也不谦让，走过去坐在㞞不懂的对面、王世光的下首。㞞不懂客气地说：请茶，请茶！东民也不客气，端起茶杯一饮而尽。说实话，从昨天早晨被抓进来到现在，他们所有人都还水米未进呢！

㞞不懂说：姜先生，渭北是乱党猖獗的地方，你能从那个地方，把东西拉出来，可见你们常有来往啊！

东民说：团长此言差矣，小人尽管在隆丰福学相公，但有时也自己倒腾一点儿小买卖补贴家用。这次有人捎信说，渭河北有几个旧机子想卖，我就给东家扯了个白嘴（撒了个谎），当天就去把机子拉回来，心想拾掇（修理）一下能挣俩钱，没想到出了这事！

㞞不懂问：这不是做军装的机子吗？

东民说：这机子能踏鞋垫儿，能绣花，当然也能做衣裳。做不做军装，我不知道，反正我去看的时候还东一个，西一个，在几个村里撂着呢，有的还散伙着呢。

㞞不懂问：这么说，你不是到渭北去做军装了？

东民很委屈地说：倒腾个小东西，倒还罢咧，做军装，我都不知道袖子在哪儿领子在哪儿上呢！再说，做军装又不是一点点，就凭我，我也没这本事！

㞞不懂说：本来，上级的意思是，把你们按通匪的罪名全部枪毙，是我把你们保下来，但是，保命不保罪，一个人五百银洋，二十多个就拿一万银洋吧，我这里见钱放人！

东民一听立马哭了出来：铺子的人跟这事就不相干，是我个人的事情，连累了大家，要这么多钱，掌柜的不肯拿，我又拿不出，这可咋办呀！

王世光装着训斥的口气说：团长这是为你好，拿钱消灾，你回去先跟掌柜的说，实在不行，没有个多还有个少嘛！再者，回去赶快给你的人送水送饭，小心饿死几个，就更麻烦了！

屃不懂见说：对，对，弄钱，送水送饭！说着，让兵丁赶快把东民送了出去。

东民先到南院门，铺子门面关着。叫了半天，冬娃过来开了门。东民让冬娃和吕师赶快给关着的人烧水做饭，自己拿了一个蒸馍边走边吃。走到瓷器店，门面也关着。敲了几下，大魁开的门，一见东民急忙请进门，知道没吃没喝，立马出去张罗，不一会儿，唐豁嘴的两张皮烧饼和麻子怪的独一家馄饨就一块儿送了进来。东民边吃，大魁边说，东民知道了这两天围绕保安团抓人发生的情况。

昨天，大掌柜一到鸿运楼，定山、涵玉、范掌柜、大魁他们就围坐在一起商量应对的办法，范掌柜说：天顺堂的宋先生叫人捎话说，他正给两个外乡人看病，看完之后，他就过来。

定山说：感谢范掌柜和宋先生，铺子只要有事，都少不了麻烦他们，真是古人说的：是真朋友常见于情急危难之时！

他停顿了一下，接着说：具体情况，我就不说了，做大生意，用大智慧，冒大风险，这是必然的，没想到的麻达既然不期而至，我们只能先向前看，积极应对，不纠缠过去的是非曲直。现在，目的就是一句话：尽快救人，早日开门！

大掌柜说：老掌柜说得有道理。咱的这么多人关在里头，影响生意不说，也影响铺子声誉。因此，救人第一！现在事情很多，人手有限，还是请老掌柜通盘考虑，统一安排。

定山说：这事还是由大掌柜你来调配，由你来指挥实施。

大掌柜说：好，那我就边说边安排，最后由老掌柜定夺。

大掌柜喝了一口茶继续说：头一件，是寻找跟保安团能接上茬口的关系，大魁认识厨子老吕的兄弟，还是从他入手，请他介绍能说上话的人，设法跟这个团长能接触上。

定山插话说：不知范掌柜有没有啥关系？

范掌柜笑着说：这外号屃不懂的董团长我从来没打过交道，只有他手下的一个王队长到咱这儿来请过几次客，说过一句，有事寻他。

大掌柜说：那就请范掌柜带上大魁一块儿去，哪条路通走哪条。

范掌柜说：没麻达，大魁跟我一块儿走！

大掌柜说：第二件，给咱的人送水送饭，包括去看望，也不能耽搁，这个由我来安排。第三件，两个铺子急需充实人员，从工场抽调四个机灵能干的小伙子，服装和瓷器一边各两个，把门看好。另外，东民不在，工场的事情也需要照看一下，这个请内掌柜安排。

涵玉说：好，等一会儿我就过去。

大掌柜接下来说：最后一个，也是最重要的一个，保安团能够同时出动两路人马抓人封门，说明他们认为这事关系重大，抓住了一条大鱼，因此，我们要有准备，一旦双方接谈，对方可能态度强硬，开价会很高。

定山说：大掌柜说得有理，这个我已有心理准备，咱接下来再商量。前面说的三点，先立马行动起来。请范掌柜辛苦一下，带大魁跑一趟。服装店那边，大掌柜一时还走不开，涵玉从工场回来，再到服装店去安排一下，我和大掌柜再说一会儿。

定山说完大家起身，分头坐车而去，包间里只剩下定山和大掌柜二人。定山说：我想直接去保安团，单独会一会这个董团长。

大掌柜说：这个办法，我也考虑过。可是，这个人咱不摸底，万一这小子鲁莽无理，再扣人要挟，我们不仅风险很大，而且将会更加被动！还有一点儿，关在里面的人怎么说的，我们不清楚，你去说的和里面人交代的不一样，不是主动授人以把柄吗？

定山拧着眉头思谋了半天，慢慢说：说的也是，不过，我总是不甘心，一个什么样的东西，竟把咱拿捏得连气都出不来了！

大掌柜说：现在不是前任督军在的时候，南院督军府，北院省政府的大小官员见了你都点头哈腰的，现在，这一伙镇嵩军，原本就是一伙打家劫舍出身的土匪，在豫西祸害豫西，进陕西即祸害陕西，为获大利，公然掳拐陕南几百年轻女子卖到外省；为扩张势力，把持选举、买卖选票，甚至投一票给一碗羊肉泡，以至于民声鼎沸，省城罢税、罢课、罢市；为搂财，滥发纸币，横征暴敛，各种苛捐杂税多如牛毛，士农工商怨声载道，尤其是强迫农民种大烟，逼得农民因“烟亩罚款”而家破人亡者，不可胜数；为控制舆论，限制民声，打砸报馆，摧残教育。而保安团就是他豢养的一条专门咬人的恶狗！这种倒行逆施，千夫所指的独夫民贼，我看离他滚出陕西不会远了。不过，眼目之下，既在屋檐下，不得不低头。首先，咱先得跟保安团斗智斗勇，巧妙斡旋，争取把咱的人尽早解救出来！

定山听了深有同感，他想了一下，说道：我想了一个险招，敢不敢试一下。

大掌柜说：是啥险招？

定山说：假如东民在里头确实没有招出与靖国军的事情，保安团也确实没有掌握咱做军装的事情，他们只是捕风捉影的话，我们给督军府、省政府、保安团和各报馆分别送一封保安团无故封门抓人，扰乱商业秩序的抗议声明，干脆把事情弄大！

大掌柜听了半天没说话，抽了一口水烟说：这事解决，一般有三种方法，通常的一种，是以软对硬，就是服软认错，托人花钱，息事宁人，自己流的血自己舔干；其二，是有能力、有实力的一种，是以硬对硬，不怕打压，不服软，甚至借助外力或者舆论力量，争取社会同情，使事态朝着有利于自己的方向发展，迫使对手有所收敛，不敢报复；你的这险招就是以硬对硬的方法。以硬对硬，作为我们未尝不可。只是现在情况不明，加上我们还没有盘算过，一旦实施起来，我们有多大的号召力量，胜算的可能性有多大；万一失败，我们承受能力有多大。这些如果没有做到心中有数，轻易不要考虑以硬对硬的方案。

定山问：那还有第三种方法呢？

大掌柜说：所谓第三种方法，就是以软化硬，也就是以柔克刚的意思。以柔克刚的结果，就是化敌为友。其实，化敌为友，才是最高境界。

定山重复了一句：化敌为友？

大掌柜说：其实，你刚才的想去会一会保安团长的说法，就包含了化敌为友的成分。只是现在我们，一、没有体面人的引荐，二、缺乏对方有求助于我们的事情，三、更不可能的是，他有和我们交朋友的愿望。

定山说：这么说，我们现在只能等待时机？

大掌柜说：先给咱的人送水送饭，设法安定人心。我估计，这一两日内，情况就有变化。

定山问：那范掌柜和大魁他们联系的人怎么办？

大掌柜说：估计他们联系的都是些能搭上话，但起不了大用场的人。这些人到时候，我去应付一下就行了，你就不必出面了。

果然，大魁和范掌柜回来说，那个王队长见着了，夸下海口，这事儿他给解决，让先送一万银洋，后面再要再送。

大魁说：这人靠不住，这事他办不成。咱再想办法吧！

大掌柜谢了范掌柜，然后对大魁说：咱俩走，你先到瓷器店安排一下，然后一块儿去给咱的人送饭。俩人告辞出来，分头而去。定山在范掌柜安排的房间里休息。

晚饭时候，大掌柜和大魁给定山和涵玉带来了不幸的消息：账房潘师和涵亮被打死了！

定山一下子站了起来，眼睛直直地瞪得老大，涵玉愣了一下，立马扑倒在床上痛哭起来，几次抽噎得闭过气去，定山流着泪掐人中，灌温茶，才使她缓过气来。大掌柜咬牙切齿地骂道：这伙儿吃人的禽兽，害人的魔头，天杀的镇嵩军！他流着泪说：早上不是我出来得快，这死的肯定是我而不是老潘哪！正在大家哭作一团的时候，鸿运楼的伙计敲门说：有位小姐找龙掌柜。大家一愣，除了涵玉之外，都停止了哭泣，一位端庄秀丽的中年女士走了进来。

定山一看是姑姑淑媛，急忙迎上去：姑姑，你怎么来了？

龙淑媛惊异地反问道：怎么都在这儿哭，是因为铺子被封而哭吗？

定山不好意思地说：姑姑先坐，保安团不但封了门，并且还抓了人，刚得到的消息，一老一小在里面被折磨死了，小的就是涵玉的弟弟！

龙淑媛说：我听说封门的事，就过来看看，没想到还打死了人！这保安团太无法无天了！那你们跟他们交涉了没有？

定山说：还没有，我们上午商量先看动向，等待时机。

龙淑媛说：不说缘由，就抓人封门，本身就已违法，酷刑折磨致死人命，更是罪加一等，还等什么时机，这就是最好的时机，最能获得同情，最能获得支持的时机！

定山说：是啊，平白无故抓走二十多人，打死二人，这是什么世道，民生何在？人权何在？我们利用这个契机，要向保安团讨个说法，要让广大民众看清镇嵩军的真面目！

说得好！龙淑媛高兴地称赞道：定山，你把事情的前前后后给我介绍清楚，我很快写一篇稿子，争取明天见报，你们也要做些准备，配合局势进展。

龙淑媛不愧是才女，当场一边收集素材，一边撰写文稿，大掌柜、大魁、定山讲述完了，她的一篇千字的报道也基本写好了，尤其是最后一段夹叙夹议的结尾，把隆丰福的无辜与屈辱，把保安团的无能与残暴，泾清渭浊地呈现在人们面前，并把造成这种结果的根源直接指向祸害陕人的督军刘某人。

大掌柜看着龙淑媛谋篇布局，奋笔疾书，文中常有神来之笔，常出惊人之语，在赞叹淑媛文采横溢之时，也为龙家书香门第人才似锦而叫好。最后他褒扬地说了一句：这是一篇抑恶扬善，锋利无比的讨刘檄文！明天的西安城要响一个炸天雷！

龙淑媛的文章也大大鼓舞了定山的勇气，他彻底放弃了上午的以软对硬和化敌为友的方案，决心以自己柔弱之躯，借助民众之力，与这个长期骑在陕人头上作威作福的铁血魔头较量一番。那个一直隐藏在他血液中的叛逆潜质，不但唤醒了，而且被激扬了！

第二天清早，西安街头和往日一样响起了报童卖报的声音，所不同的是，卖报声中加入了这样的导读喊声：隆丰福被抓人封门，保安团打死老少二人！人们闻听竞相购买，一睹真相。一起由保安团一手制造的情节恶劣、骇人听闻的，对商家封门致死人命案，就这样立马大白于天下。好多人跑到隆丰福的两家铺子门口一看究竟，只见两个店门口都用大纸写着大幅标语：

守法经营，照准纳税，隆丰福何辜遭毒手？
草菅人命，酷刑杀人，保安团祸陕何日休！

在保安团的大门口，隆丰福账房潘仁和的灵堂和二掌柜黄涵亮的灵堂一边一个也搭置起来，在两个相对的灵堂旁边，都有一摊十几个人的响器班，两家班吹奏声此起彼伏，曲目竞相变化，招引了不少人围观。时间不长，就有不少商家、学校、会馆等相继送来声援的条幅、挽联、标语等。大魁安排人在大树上绑绳子，把声援的东西全部张挂起来。尽管天气很冷，人们穿着大衣、长袍，戴着皮帽子、棉帽子，围着大围巾，还是来回转着津津有味地看着。保安团大门外成了一个人头攒动的书法、楹联、诗词展示的广场，许多人从东西南北四大街、四小街、四城关、四面八方赶过来，观看灵堂，品评对联，观赏书法，玩赏诗词，欣赏两家响器班吹奏比赛，更多的是激起人们对保安团和刘督军残暴统治的愤慨之情，有人大声发表着不满之词，有人还给两位被打死的亡人顶礼上香，甚至捐款。

隆丰福在大门上贴的大幅标语在这里变成了一副竖挂的对联，一张纸一个白纸黑字的颜体大字，一边一条长幅，从上到下十分醒目。其余陆续送来的大纸小纸，白纸黄纸，或隶书楷书篆书草书，或诗词对联短句警语，形式五花八门，构思翻新出奇。摘录几条借以赏析：

商人经商不犯法　为何遭遇被残杀
既然督军想杀人　开到东北保国家

缴税纳捐养保安　保安向民抡皮鞭
要知养狼终害己　趁早把㞞饭碗端

军有千条枪　民有万条命
有种你开枪　看谁最后胜

保安团　杀人团
西安人　杀不完

老潘小黄　死得冤枉

老刘小董　　咋样下场（刘指督军刘镇华，董指董格松）

你是董格松　　实际㞞不懂
不仅㞞不懂　　还是大瞎㞞

还有的只写一个大大的悼字，下面一行小字：悼老潘悼小黄，也悼老刘悼小董。有的只写一句话：滥杀无辜者该剐该杀！还有也是一句：去刘去董铲除坏种！过了中午，几所学校的不少学生都赶了过来，不仅主动维持秩序，保护现场，还组织起来，集体朗读声援的内容，以至于两个响器班都主动停了下来，使学生们的朗诵让人们听得更清楚。一时间，保安团大门前诗声琅琅，遇到写得幽默有趣、耐人寻味的词句，人们不仅会发出会心的笑声，还会报以热烈的掌声。

保安团开始不断有人出来看灵堂，看标语，后来见人越来越多，很多人拥在大门口指指点点往里面看，卫兵赶也赶不走，只见一个小军官跑出来，指挥卫兵把大门关了起来。关起门来的保安团依然能够清楚地听到学生们或集体，或两三人，或单人的朗诵声和交相辉映的响器班的吹奏声。

定山、大掌柜、涵玉、龙淑媛、范掌柜、宋先生、杨文承、姜东民他们都在人群中。他们看见有人在给学生们讲，万一有警察或者军队开过来，要注意保护自己，大家要向几个方向分散，走背街穿巷子，并向大家指示了几条紧急撤退的路线。同时，提出要相互照顾，男同学要照顾女同学，手里抄写的稿子尽量保存好，这些都是很好的资料。

午后不久，天阴得更重了，西北风也刮起来了，似乎又要下雪的样子。然而，围观的人们热情不减，还有人源源不断赶过来观看，并且有人继续送来声援的条幅。就在这时，保安团的大门开了，从里头冲出一队保安团的兵丁，前面约有二十多人，站成一排举枪对着人群，后面又冲出二十多个兵丁，他们没有带枪，却人手一根鞭子，见人见物就抽，朗诵的学生，围观的市民，守灵的孝子，吹奏的乐人，都不能幸免，慢一步跑出去的人头上、手上大都带着鞭伤。短短的一袋烟功夫，原来一派文化祥和气氛的声讨活动，霎时间变成了一片肃杀狼藉的肆虐屠场！

由于早有准备，学生有秩序地迅速撤离，带领着市民们顺利逃离了现场，只有乐人和孝子们由于要抢拿乐器和亡人画像等，动作稍微慢了一点儿，被兵丁们前抽后打，受伤较重。定山他们早就料到会有这样的事情发生，在保安团大门刚开的那一瞬间，定山一手拉涵玉，一手拉姑姑，急忙快步撤到街上，随即就上了两辆洋车。大掌柜则拉着范掌柜和宋先生，大魁拉着杨文承，快步跑了出来。大魁把大掌柜、宋先生、范掌柜、杨文承他们送上车，自己则站在保安团大门对面的一家铺子台阶上观看动静，那些器乐班是他请来的，钱还没付呢！他还考虑明天这个形式可能还得搞，等一会儿，他还要跟他们谈明天再来的事情呢。

定山他们来到鸿运楼坐定之后，一个个兴奋之情溢于言表，范掌柜说：没想到来了那么多人，都是看了报纸后去的。

大掌柜说：淑媛的文章就是一声号角，把各个阶层都动员起来了，人们把一直憋着的怒气、怨气，全都通过这件事情发泄出来了。

涵玉说：咱们想说没说的，咱们没想到的，声援的全想到了，全写上了，写得那么好，骂得那么痛快！

龙淑媛说：学生帮了我们很大的忙，正是他们推波助澜，才把这个活动推向了高潮。

定山说：学生们组织得好，发挥得也好，最后撤退得也好。我看有人给他们安排、指挥，那个跟学生们说话的，是不是他们的老师？

龙淑媛说：这个，我不太清楚，不过，我相信，这个事情既然挑起来了，就不是光我们这一家的事情了。很多人通过各种形式，都在支持着我们！我们不孤立！

定山问：接下来，我们怎么办？

龙淑媛说：我回去再写一篇文章。我估计，其他报纸可能也有文章出来，这个形式还得继续。明天，我们把活动地点放到钟楼去，那里人更多，离保安团远一点儿，他们出动，我们可以早做防备。

定山说：好，开弓没有回头箭！再搞就有经验了。

宋先生说：这就好像治病，头一服药下去探个虚实，接下来，才从病根上动手，再来个再二再三，不信它病不回头！

定山说：好，既然大家都这么有信心，我的决心就更大了，明天在钟楼根儿下，咱们再和保安团较量一番！

当天晚上，姜东民回到家里刚坐下，就听到敲门声，他开门一看是王世光，急忙请了进来。

王世光坐下来，环视了东民的客厅后，缓缓地说：姜老弟，日子过得有滋有味的嘛！

东民笑着说：动动嘴，跑跑腿，混口饭吃吧！

王世光介入正题说：隆丰福今天这一举动，董团长可吃不住了。上午，督军把董团长叫到督军府去臭骂了一顿，骂他是个雀头顶不起个官帽子，拿根鸡毛当令箭，听风就是雨。还不知是真是假，刚说个靖国军，就马上抓人封门，当天打死两个不说，还不准铺子给被抓的人送饭，你是想再饿死几个呀？督军说，人家不是靖国军，你打死了人，就不占理了，你明白不明白？现在弄得满城风雨，我看你咋样下台！

定山问：那你董团长咋说？

王世光接着说：这一通臭骂，让董团长头都抬不起来，只是一个劲儿地承认自己错了。督军说，这不光是错了的事情，你现在把火已经引到我头上了。有人说，是我支持你干的。你看看，你都弄了些啥事呀！

东民说：连我们都不知道，送来的诗词条幅中，确实有写督军的。

王世光喝了口茶，又说：董团长临走的时候，怯生生地问督军，那他们在保安团门口唱戏念诗乱喊叫咋办？督军说：人让打死了，让他们闹腾闹腾出出气，不要管他们。

这就是后来为啥关大门的原因。

东民这才明白，中途关大门的来由。不过，他又问：那下午为啥又派兵打人砸场子？

王世光说：那是督军府派人来下的命令，命令说，由于有人把矛头直接指向督军，有煽动聚众闹事之嫌疑，令保安团出动兵力强行驱散，不得抓人，不得开枪！

东民这才恍然大悟，不过，他又问：这些细节，世光兄怎么如此清楚呀？

王世光说：下午我到督军府找他的文书交割几份材料，文书听他副官长说的，文书在送我出门时，告诉我的。

东民问：那董团长现在怎么想？

王世光说：他希望你们不要再闹下去了，出出气就可以了。关的人，你们还得拿钱来赎，多少可以商量。

东民说：他还要钱，他的官帽还要不要？他就不怕这个事情再闹大吗？

王世光说：这么说，你们可能还要再闹？要是这样，就不太好了！

东民说：平白无故封门抓人，没个说法不说，放人还要我们拿钱赎？打死人竟然也就不了了之，不是督军训他，他还不知是错，这样的害人精不群起而攻之，他怎能知错认错！世光兄不会是来做说客的吧？

王世光正色说：我是在他们开会商量此事作记录时了解他们意见的。他们并不知道咱们认识，更没有人委托我来给你们传递消息。作为乡党，我只是想给你透露些信息，让你们早作打算。

东民不好意思地连连道歉，声称不该误解了乡党的好意，感谢世光冒着严寒老远跑来说话，希望今后多加来往。王世光倒也没有计较，说了几句客气话就起身告辞。东民送至门外，看着世光坐上洋车远远离去，自己反身回到屋里，穿上皮袍，戴上皮帽，给妻子嘱咐了几句，就拦住一辆洋车朝老掌柜家去。

龙淑媛说得没错，第二天，三四家报纸果然登出了昨天发生在保安团大门前的声讨保安团草菅人命，封门抓人，野蛮驱除观看人群的报道。还有的报纸配发了评论，题目就是：刀枪向民众，刘氏意何为？一时古城又是一片议论和谴责之声。

已经是腊月二十三了，是祭灶的日子，也是一些经营品种与年节关系不大的店铺，给相公和伙计结账放假的日子。尽管有的铺子关了门，然而，那些专门撵节赶年的外地客商却迎来了自己难得的商机。他们穿州过县，长途奔波，带来了成席包的粉条、粉皮、百合、荸荠、山药、苹果、酥梨、柿饼、花生、藕粉、桂圆肉、葡萄干、牛肉干等等；本省的则有商洛、汉中的核桃、木耳、山菇、腊肉、山鸡；延安、榆林的红枣、羊肉、班粉、烧酒，关中道里省城周边那些县里的出产就更多了，农民们直接就把马车吆进了街道上，在马路边上就地一长溜儿，席地一摆，抡起秤杆就出货进钱地卖开了。过年了，警察也不管事了，年气立马把大街小巷都拥塞得满满当当的。

关中人过年三大件，一个都不能少，这就是：猪肉、烧酒、粉条子。其次，相陪衬的那就多了，仅吃的有：豆腐、大蒜、辣角、生姜、木耳、黄花、竹笋、香菜、茭白、莲菜、芹黄、韭黄、蒜黄；蒸碗子、甜盘子、四碟子、八碗子、糖包子、花饺子、氽丸子、烩臊子，天天不能重样子！棒棒馍、花花馍、油油馍、罐罐馍、石头馍、枣糕馍、锅盔馍；坛子肉、酒糟肉、片刀肉、腊汁肉、酱牛肉、腊羊肉；玩儿的有：兴平的花、蒲城的炮、户县的彩画、凤翔的泥哨、西江村的刀矛、北池头的官帽、金指王村的泥娃娃、神鹿坊湾子的竹马跳；用的有：湖州的纱、苏州的绸、杭州的被面、汉口的细布、广州的针花、宜兴的茶壶，王麻子的剪刀，陈三两的头油。

大凡每年到了这个时候，一般人手里谁还不攒着几个碎银零铜，加之满眼满目堆到眼前的年货，琳琅满目的稀罕玩意儿，无论贫寒富贵，花销起来都显得格外大方，一个个手里多多少少都提着点儿东西。

但是，今天却与往年有点儿不同，不少人手里没提东西，也无意观看街边丰富的年货，而是步履匆匆地向钟楼方向疾走而去。原来，他们听说昨天被保安团打散的亡人祭奠活动，今天又在钟楼根儿下开始了。这场隆丰福的不屈不挠与保安团的凶狠残暴的角力，实际上也是陕西人与军阀刘镇华的角力，究竟孰进孰退，不知今天是否能见个分晓？作为一个稍有血性的陕西人，谁能对此漠不关心！

钟楼根儿下隆丰福瓷器店的大门前，账房潘仁和和二掌柜黄涵亮的灵堂又重新布置起来了。那副标语式的挽联又悬挂了起来：

守法经营　照准纳税　隆丰福何辜遭毒手
草菅人命　酷刑杀人　保安团祸陕何日休

昨天各商号、社团、集体送来的挽联、诗词、短句等，又被依照原样复制出来，几家报纸刊登的文章，用红笔圈起来，也张挂在其中。由于这里比保安团门口地方宽敞，所以气氛更好，效果更明显，容纳的人也就更多。学生们又来了，他们都穿着厚厚的棉衣，戴着帽子和手套，几十个人男的在外圈，女的在内圈，显然是经过安排，并且有组织的。大魁在铺子门口放了一个瓷缸，里面盛满了茶水，旁边的茶几上放了几个碗，专供学生和看客们饮用。响器班还是一边一个，有的人头上手上还包着蓝布，显然，那是昨天挨了鞭子受的伤。不过，受伤并没有影响吹奏的质量，两个班仍然比曲目，比技巧，仍然吹得热火朝天。大魁发现，两边各有的那个打锣的，今天一直都站着，手里在敲打着，那眼睛在不停地左右张望着。大魁知道，接受了教训，这是在放哨呢！

天近中午时，有点儿放晴了，人也越来越多了。穿梭在人群的东民感觉有人拉了他一下，一回头见是王世光，问道：世光，你也来了？世光点点头说：能不能到你铺子里坐一会儿？我这儿还有一位朋友。东民稍一迟疑，立马满面笑容地说：可以，可以，请跟我走！

瓷器店没开门，大魁挪开茶几让三位进去，东民向他丢个眼色，他立马出去把大掌柜找了过来，并给正在看条幅的定山招呼了一声，定山说：让东民和大掌柜先接触，我就在附近，有啥事，你把碗放在耳朵边，我看见就过来。

二楼客厅，三人刚坐定，大掌柜就上来了。东民向王世光二人介绍了大掌柜，王世光也向东民二人介绍了来人：这位是保安团的杜进登参谋。

大掌柜问：不知杜参谋光临本店，有何公干？

杜进登开门见山地说：贵店一再公开祭奠两位亡人，矛头直指董团长和督军，引起市民误解，社会不安。兄弟奉命规劝贵店，立马拆除灵堂，撤掉标语、诗词，然后，和我们坐下来商量后续事情的处理问题。

大掌柜在让过烟茶之后，斟酌着字句，慢慢地说：我们店的二十三个相公伙计，无辜被抓进保安团到今天已经三天了，放回一个，被打死两个，还有二十个人关在里边。抓人时不说青红皂白，关人后也不通知事主，人被打死也不让收尸，祭奠一下却遭到你们皮鞭乱打。在你们门前不让祭奠，在我们门前祭奠，也命令拆除，杜参谋，尽管你们有枪有炮，可我们不是你们的敌人，怎么总跟我们过意不去呢？你们管治安，你们抓坏人去呀，你们把老百姓又抓又打，保的是谁家的治安哪！

杜参谋听了脸上红一阵白一阵，手端着茶杯不停地喝水，大掌柜的话说完了，他也不吭气。王世光只好打圆场：杜参谋也是奉命行事，来的目的，也就是要解决这个问题的。

杜参谋停顿了一会儿，才问：这么说，灵堂，你们是不想拆除了？

大掌柜看出这小参谋是既没本事又想要横，就有意想逗逗他，说：那灵堂又不是啥好看好玩儿的玩意儿，我们当然也不可能老摆在那里，我们希望和保安团通过协商解决问题，但今天保安团第一次与我们见面，非但没有表示歉意，没有提出解决问题的方案；一开口，就是命令我们先拆除而后处理，我们感到这样情理不端！

大掌柜缓和了一下口气继续说：杜参谋，退一步说，就算我们祭奠违法，你们无故打死人命，难道不违法？打死人是大事，在先；祭奠是小事，在后。无故抓人封门是大事，在先；写标语鸣不平在后，是小事。要解决问题，首先要先分清大小先后，谁是谁非，谁主谁次，再说怎么处理。以你刚才说话的口气，这最后的处理，还是要处理我们，是吧？

杜参谋不置可否地看着大掌柜，一言不发。

看到这种情况，大掌柜说：看来，杜参谋还没有一个明确的解决方案，只是来催促我们撤掉这个祭奠形式的。实在对不住，这个祭奠形式，现在还撤不了！

王世光和杜进登只好怏怏而退。

杜参谋走后，定山立马召集包括龙淑媛在内的主要人员商量。后来，龙淑媛又去把一位一直跟学生在一起的老师请了上来，参与商量。大掌柜通报了与杜参谋谈话的情况，最后说：看来，今天的祭奠，对他们造成了更大的压力，由于我们没有松口撤掉灵堂，估计他们要么再派人来谈，要么又得耍昨天的流氓手段。

定山说：两种可能都有，我们要做好两种可能的准备。

龙淑媛说：今天的举动，无疑是给他们施加了比昨天更大的压力，他们派人来谈，就是证明。这个问题看起来，只是一个针对被打死人的祭奠事件，实际上有着很深的政治背景。关于这个问题，我想请赵老师发表一点儿看法。

赵老师自我介绍道：我姓赵，赵明均，是法政专科学校的历史老师，很荣幸参加你们的讨论。两天的祭奠活动，我都参加了，一个商号敢于以自己羸弱的身躯公开对抗军阀刘镇华的残暴统治，本身就是一件十分了不起的举动。现在已经不是隆丰福商号单独与保安团的抗争了，是西安人民，应该是陕西人民，与你们一块儿同军阀刘镇华的抗争。这一点儿，从今天参观参加人员的组成、人数翻倍的数量，就可以看出来。刘军阀的残暴残忍是一种色厉内荏的现象，外表上他官衔加军队，枪炮加皮鞭，似乎很强大，实际上，他在旅京陕西学生进步组织驱刘舆论的压力下，在陕西各界人士连年驱刘风潮推动下，在靖国军和各种武装力量的不断打击下，现在四面楚歌，八面受敌，屡屡受挫，处境岌岌可危。他在穷于应付外界军事行动，已经处于狼狈境地的时候，最害怕自己的老窝里不安稳，实际上，老窝一直就不安稳。他遇到这种情况的时候，是既恼火又害怕，采取先吓唬后拉拢的手段，这两天的行为都是在吓唬，现在吓唬不成，我估计接下来就要拉拢了。我认为，毫不动摇地坚持下去，隆丰福和西安人民是一定会取得胜利的！

定山他们听了都感到心中豁亮了许多，定山刚说了两句，大魁上来说：东民又带了三个人朝门口走过来了。定山说：也许真像赵老师说的，拉拢的来了！他急忙安排除了大掌柜以外的人，下楼从后门出去，留下大掌柜来应付来人。

保安团果然把原来金刚怒目式的面孔换成了一张伪善的笑面虎，为首的副官长一上楼就称赞二楼客厅淡雅闲适，还夸赞大掌柜儒商气质，温文尔雅，一看就是创大业、成大事的商界巨子。大掌柜明知这是在给自己戴二尺五（高帽子），但面对人家满脸的笑容，满脸的真诚，也只好客气地回敬着：哪里，哪里；岂敢，岂敢。

副官长接着在谈到祭奠事情的时候，认为，大家心情可以理解，形式未免失当，搞过就算了，拆掉，就既往不咎。又说，隆丰福是西安商业大户，保安团今后的服装加工、物品采买都要放到隆丰福来。大掌柜则毫不客气地提出几个十分具体的问题，且在原则问题上毫不让步。双方唇枪舌剑，你来我往，足足谈了一个半时辰。谈判的结果尽管不是很理想，但大家认为，还是达到了基本的目的。

一、保安团今天下午即刻放人，隆丰福二十人，赶马车三人。归还三辆马车和车上的全部物品。

二、两具尸体由隆丰福领回安葬，保安团付每人安慰费二十个银洋。

三、保安团以正式的名义向隆丰福道歉，并承诺今后决不报复滋事。隆丰福不得在公开场合再为这二人举办类似祭奠活动。

四、隆丰福在人员被放回后，于天黑前将灵堂自动拆除。

定山看了双方签字的协议，苦笑了一下：商人遇着兵，腰包全掏空！这回还不错，从狼嘴里竟然扯回了四十个银洋的肉来，我再拿两千银洋，也不一定能解决得了两位亡人的事情！唉，一场灾难哪！

第十一章

龙定洋怀着愉快的心情回到了豫州。在终身大事上拿定了主意的他，在具体细节上安排起来，就像处理公务一样得心应手了。

他先到爱师县去看望了干妈，又由干妈陪同，拜见了自己未来的岳父母大人。这是一户住在县城边上的乡绅府宅，老乡绅姓金，五十岁刚出头的样子，身高体壮，豁达爽朗却又不失儒雅之风。本身是个祖传的骨科病先生，又兼着当地的保长。家有五六十亩水田旱地，由大儿子经管，雇有六七个长工种着。县城里还有一处专治骨病的正骨堂和生药铺，由二儿子执掌，金老先生每天上午坐诊看病，下午就在厅堂习字看书，炮制丸散膏丹。两个女儿都已出嫁，只有这三闺女年方十六，陪父亲看书习字，伴母亲绘画绣花，出落得像一枝雨后斜阳里的清水芙蓉花。

门人禀告：老爷，郭大娘领着原来咱县的县老爷拜访来了！

老爷正在写一幅条幅，一个字刚起笔听了禀告就没反应，运笔至一半，忽而慌忙说道：快请，快请！然后快步进到内室，把长袍马褂套在身上。

郭大娘穿得上下一新，头脚光鲜，脸笑得一朵花，人未落座，先跟金太太拉拉呱呱说了一通：这是龙县长，人家现在升到省城里当科长啦！人常说，科长，科长，可着劲儿往上长！一个科长要顶十个县长大咪！

龙定洋微笑着站着，看着干妈得意扬扬地夸赞着自己，他不好插嘴，也不能插嘴。直到金老先生缓步从内室出来，谦恭地称呼他龙县长的时候，他才恭敬而不失身份地叫了一声：大伯！受宠若惊的金先生立即手足无措地招呼：快坐，快请坐！上茶，上好茶！

金老先生坐在上首，一再劝龙定洋坐在他旁边的太师椅上，龙定洋连连谦让着，称自己坐在客位上挺好，还是郭大娘说话，才打断了二人太极拳式的你礼我让。原来，这位金老先生作为保长曾经在县府的大堂上同几个保长一起拜见过龙县长。尽管是民国了，当时的判案、议事，还是县长坐在大堂上，众人当堂一排站立，县长训示，保长恭听，对各地区事务，保长必须有问必答，事毕，向县长打拱称谢垂首依次离开。所以，金保长见了龙县长，总是有下级见上级的感觉。

金太太和郭大娘坐在龙定洋对面的客位上，金太太目不转睛地盯着龙定洋看。人常说：丈母娘看女婿，越看越欢喜。这金太太看着龙定洋英俊的面容，儒雅的气质，再配上这一身新式的官服，真是要多好有多好，一百个比不了！她兴奋地把郭大娘一拉说：让他们在这儿说话，咱姐妹俩到后堂絮叨絮叨。刚进后堂，她顺手就把自己手腕上戴着的翡翠手镯套在郭大娘的手腕上。

见金先生还有些不自在，龙定洋先开口说：大伯脸色红润，声音洪亮，真是龙马精神，福寿同享啊！

金先生笑着说：每天练拳习字，凝气活血，长此以往，必然百脉贯通，杂病不生。

听说金先生习字，龙定洋顿时找到了话题，说道：听说大伯的字写得极有功夫，晚生很想一睹墨宝。

这句话正中金先生的喜穴，他大喜道：看看，看看，指点指点。忙着把他挂起来的字向龙定洋介绍。这位金先生其实最得意自己的书法，他经常对别人说，自己这一辈子最成功的不是医术而是书法，他最喜欢的事就是与爱写字的人谈墨论字，并说，哪一天他不在人世了，他的棺材里不要绫罗绸缎、金银珠宝，用他最喜欢的书法作品铺天盖地，就是最好的发送了。他还让人去给他在省城联系，准备把他的书法作品精选一部分印刷装订成书，他认为，自己的字已经出神入化，形神兼备，达到少有人能比的境地了。所以，龙定洋一说要看字，老先生立马精神百倍，请龙定洋看完挂着的条幅，又招呼人抬书案，铺毛毡，准备文房四宝，然后朝后堂叫了一声：蕊雪，把我裱好的字拿出来！

这蕊雪就是金家的三姑娘，早就听妈说过，给她寻了个女婿是个当官的，她一听当官的，脑子里立刻就浮现出短脖子、大肚子、毛胡子、粗嗓子、孬样子等庸官贪吏的不良形象，心里还真有些腻歪。后来又听不见动静了，她也不在乎。一次，娘偷偷告诉他：给她说的女婿人样儿可好，就是咱县的县长，她模模糊糊地高兴了一阵儿。再后来，又听说人家调到省城去了，媒人郭大娘也再不见来了，她不敢问爹，也不好意思问娘，认定这事没有希望了，偷偷哭过两三回。今天，郭大娘突然把人领来了，她真是喜出望外，心里突突地跳。刚才又听上茶的丫鬟说，三姑爷又白又俊，细眉亮眼，一表人才，坐在那儿稳稳当当就是一副官相的时候，她真是又幸福又焦急。幸福的是，自己的终身到底有了一个好着落；焦急的是，一表人才到底是个啥样儿呀？一听说爹叫她拿字画，慌得连忙跑到画缸跟前，抱起一捧卷轴就走。她刚走两步一想，不行！自己第一次见郎君，我想看他，他想看我。我看他，他玉树临风，谦谦君子模样；他看我，我失神妄智，忙乱如丫鬟一般。岂不是自暴丑陋，自作轻贱？想我蕊雪，熟读圣贤之书，深知闺阁之理，也是女中的娇娥，父母的掌珠，此时此事，自己一定要气定神闲，拿出闺阁的修养和淑女的风范来！她从卷轴里抽出两卷，其余的让一个丫鬟捧了出去。她则让丫鬟给她打水洗脸，梳头换衣，描眉敷粉，插花点唇。一切准备完毕，静静地坐在一旁，专等父亲传唤。

客厅里翁婿二人正在书法世界里高谈阔论。龙定洋指着金先生的一幅唐人诗句说：明月松间照，清泉石上流，诗意恬淡，意境高远，而这幅字也写得疏朗有致，笔意清越，诗与字情景交融，让人过目不忘。这几幅中此幅当数第一。金先生受到鼓励，也深深领略了龙定洋鉴赏的眼力。他又相继展开几幅，龙定洋看了一般性称赞了几句，金先生没有找到自己最得意的两幅，对身边的丫鬟说：跟小姐说，把我那满江红和念奴娇的条幅拿来，她知道，让她拿来。

蕊雪知道爹爹肯定会喊她，也肯定会让她把条幅拿出去。她把两个条幅拿在手上，对着镜子照了照，调整了一下表情，在两个丫鬟的陪同下，微笑着走了出来。

龙定洋眼睛看在字上，眼睛的余光却偏向着丫鬟们进出的门口。一个丫鬟在前导引，一个丫鬟在旁边轻扶着蕊雪，蕊雪眼睛盯着手中的卷轴，移动着莲步轻轻飘着进来。在把卷轴交给爹爹的时候，瞟了一眼站在旁边的龙定洋，龙定洋的眼睛也正盯着她。两人四目相会，像闪电一样相互交换了眼神，然后眼睛又迅速躲开。双方都为对方令人难忘的形象和气质震动了，这一眼长久地留在二人的记忆深处，以至于多年后仍然记忆犹新。

金先生连忙向龙定洋介绍蕊雪：这是小女蕊雪。又对蕊雪说：这位是龙县长，哎，省府的龙科长。

龙定洋急忙说：不才龙定洋。

蕊雪双手一挽，搭在腰间，身子一倾，向龙定洋道福。

金先生又要展开他的卷轴，蕊雪说：爹爹，不要老让人家看你的字了，应该让龙先生给咱家留下墨宝才是！

蕊雪这一提醒，金先生这才恍然大悟，急忙说：对呀，龙县长的字肯定妙笔生花，快拿洒金宣！两个丫鬟领命而去。半袋烟功夫，宣纸铺就，笔墨摆好。龙定洋润笔构思，说了一句：后生班门弄斧了。然后笔走龙蛇，墨吐兰香，洒金宣上留下一片锦绣：

悬壶济世为杏林增色
铁划银钩让翰墨飘香

金先生把龙定洋的字看了一遍又一遍，半天没说话。龙定洋的字俊逸洒脱，点画皆有筋骨，落笔看似毫不经意，书成方觉架构神妙。开始对他的尊重，只因他是个官，现在，他不能不从心里高看这个小伙子了。

蕊雪不仅一直在旁边看着龙定洋写字，而且，像对父亲一样，给龙定洋把宣纸抻平顺展，按他写字的速度和顺序移动着宣纸。她心中突然涌起一股暖流：今后可能一辈子要给这个人抻纸磨墨了，她脸上泛起一抹淡淡的红霞，幸亏大家都在看字，没人注意她。这次，她大胆而又亲昵地往龙定洋脸上多注视了几眼。以至于龙定洋写完了，她还没看清纸上写的什么。

金先生让人收拾书案，又吩咐洗盏换茶，蕊雪自然回闺房休息。金太太和郭大娘也出来一道坐着说话。龙定洋看着火候已到，向干妈使个眼色，郭大娘会意，走到门口一招手，四个人把两个扎着红绸花球的大礼箱抬进了客厅。郭大娘站起来向金先生说：恭喜金保长，金太太，省府的龙定洋科长正式向你的三闺女蕊雪求婚来了！

龙定洋向坐在中堂下太师椅上的金家二老行了大礼，站起来后说：不才龙定洋特来向二老请求，龙定洋愿娶金蕊雪为妻，请二老应允。

金先生笑呵呵地站起来说：应允，应允！有这样的好女婿，这是我们的福分哪！

金太太也满脸喜庆地说：咋不应允呢？三妮跟着你，我一百个放心！你可要对她好呀！

龙定洋说：跟蕊雪的事，我已回西安专门向父母作了禀报，父母都支持这件婚事，二老放心，蕊雪是你们的掌上珠，也是我龙定洋的掌上珠！

金先生说：龙科长这么说，我就放心了。

郭大娘高兴地说：嗨！还叫啥龙科长，都是你的女婿啦，喊他的大号，叫龙定洋！

金太太高兴地说：对，叫龙定洋，叫龙定洋！

龙定洋说：岳父岳母大人如果同意，龙定洋想尽快把婚事办了，具体时间由二位大人和我干妈商定。

金先生说：二人八字已经看过了，陪嫁的东西都是现成的，龙定洋是官府的人，一切按现在时兴的样子办，咋好咋来。

郭大娘说：要这么说，啥事儿都好办，明天我过来，咱仔细商量商量！

金太太说：中，明天我等你！

金先生说：来，咱一块儿吃个饭。他对丫鬟说：请你大掌柜二掌柜过来，先把桌子摆上，把我藏的好酒搬一坛子过来！

半个月后的一个阳光明媚的日子，龙定洋长袍马褂，头戴礼帽，身披十字红绸大花，带着科里六名主事科员，分坐六辆小车，浩浩荡荡来到爱师县迎娶新娘。金先生在县城的福天寿地大酒楼摆下十六桌酒席，把县里的头头脑脑，自己的亲戚朋友，同行高邻都请了个遍。昔日的县长和只听说没见过的牡丹王亲手给大家敬酒，让每个赴宴者倍感荣幸，好多人事后都说，那杯酒是最香的，那一对新郎新娘简直就不像是人，真像是一对天上下来的如意童子和散花玉女。酒喝到一半，金先生和金太太分别被那些熟识的男宾们和女宾们围起来，按到凳子上，一个被抹了个大黑脸，一个被抹了个大红脸，俩人刚挣脱出来，又被好事者堵住，黑上加红，红上加黑，成了一对幸福的男女夜叉。

迎亲车回到省城龙定洋的新房已经是下午了。这房子原是清朝一个六品官员的私宅，雕梁画栋，砖雕石刻，池鱼廊花，天井照壁，一应俱全。龙定洋花了一万五千银洋把它买了下来，稍加修饰，俨然又是一个官府新贵的安乐窝。

龙定山和涵玉早早就等在龙定洋这个整修装饰一新的大小九间房的四合院中。龙定山是代表父母也是以大哥的身份来参加弟弟定洋婚礼的，定洋父母包括奶奶，自然是不可能过来的。不过，这三位对这个最小的孩子最是宠爱，也最是放心不下。龙柏廉给了定山一张一千两的银票让他带给定洋，奶奶也拿出一张五百两的银票交给定山。

定山说：奶奶，该是他孝敬你老的，你怎么还给他呀？

奶奶说：你们不管是谁成亲，奶奶我都要给一点儿，钱多钱少是另一回事，我不能让你们把我忘了！

定山说：奶奶，我们一个个都是你一口水、一口饭喂大的，哪一个也不会忘了你呀！

奶奶说：忘不忘是你们的事儿，这个钱，我是早就准备好了的！

定山妈则细致地缝制了一个自己绣花的粉色连头连心枕，枕头里放了一些红枣、花生、桂圆、莲子。另外，还缝制了两个铺在身下用的绵软小褥子。她说：这些让涵玉交给定洋媳妇。

龙定洋夫妇进门没有按照老一套规程进行，他牵着蕊雪的手从车上下来，径直就走了进去。以至于放炮的还没把炮点着，新郎新娘已经进门去了。

上房里，定山和涵玉见定洋与新媳妇牵手进来，立刻迎了上去，定洋站定亲切地叫了一声：大哥，大嫂！然后向蕊雪介绍说：蕊雪，这是咱大哥大嫂。蕊雪对着二人行礼并亲切地叫道：大哥，大嫂！

定山执着定洋的手说：兄弟，恭喜你！

涵玉也握着蕊雪的手欣喜地说：妹子可真是一个大美女呀，我兄弟真有福气呀！

蕊雪也亲切地回应说：嫂子不但是百里挑一的美人，还是做生意的好手，妹妹学都学不会呢！

正说着，门外进来几位官员模样的人物，龙定洋随即起身迎上前去：李厅长、胡厅长，大驾光临，蓬荜生辉，龙定洋三生有幸！陈科长、刘科长、辛科长，感谢各位同人关心小弟的婚事，今天可得一醉方休啊！接着，六张大圆桌在上房摆开，一个喜盈盈、暖融融的新婚家宴在佳肴美酒中进行。

龙定海本来说好，到时候是一定要来参加定洋婚礼的，可就在前不久，他所在的团突然被调到豫南地区去执行任务，一走就是二十多天，返回后，定洋婚礼已经办过十天了。他只能事后前来祝贺，也很惋惜与哥哥失去一次见面的机会。

龙定海他们团在豫南与当地一个民团打了一仗。民团也就百十来号人，一直都是听从县府调遣的。就因为县警察收缴一家土豪的十几支枪，且都是些好枪新枪，民团得知情报，向县长提出要这些枪。县警察所不给，民团一定要，两家的头儿在县长面前就闹翻了。民团仗着人多枪多，把警察所包围起来，不仅起走了那十几支枪，而且，连警察所的正式装备全部都连锅端了。之后，这一百多人脱离县府的控制，跑到几十里外的一座山上当起土匪来了。打家劫舍，拦路抢劫，杀人放火，无恶不作，成为当地一害。定海他们团到了之后，团长命令把所有的进山通道都封锁起来，然后决定派一个加强营从正面进山往上攻。团长说：这些小蟊贼不经打，专打硬仗的马胡子上去，一个时辰解决战斗！

一个时辰过去了，只听着山上一阵交火的声音，后来就没有动静了。团长正等着马胡子报功呢，不料侦察兵回来报告：马胡子的一个营在山路上被土匪分割成三截，各个击破，连马胡子都被土匪抓去了。

团长一听大惊，抓起帽子在临时司令部里连转了三圈，嘴里说：这蝥贼咋能这么厉害，这么厉害！

一个参谋说：团座，赶快再派一个营上去，去救马营长！

团长举棋不定，左右为难。不派兵，马营长完了；派兵上去，再让土匪打伏击，损兵折将不说，也太丢人了！

定海在一旁看着，忍不住说了两句：团座，情况不明，贸然出兵，是这次失利的主要原因。我看，现在不宜再派兵。

团长烦躁地训斥道：你懂个啥，不派兵，我们来这儿弄啥？现在是派多少兵的问题！

定海说：现在已经下午了，人马从集合出发到上山，走到半路，天就快黑了，情况不明，队伍晚上在山上，是很危险的。

团长问道：那你说怎么办？

定海说：如果团座信得过我，我立马带侦察连上去，摸清山上土匪的情况，你再决定怎么出兵。

团长一听，说：好，你带侦察连上去，见机行事，弄清情况，赶快回来汇报！我命令侦察连长，一切听你指挥，你可得彻底给我把情况弄清楚哪！

定海说：我知道了！敬了一个礼就准备去了。

一袋烟的工夫，龙定海副官带着晚饭未吃只拿干粮的侦察连出发了。路上，他和吉连长边走边商量，决定分两路从东西的小岔路往山上摸索推进，设法插到敌人的背后去。他和侦察连长作了分工，他带一个排从东面上，吉连长带两个排从西面上，并规定了两边联络方式和暗号。他们各安排一个人随时保持两边的联络，不到不得已的情况，轻易不开枪。定海这边在每个班抽出两个人充当斥候，三组斥候担任探路和抓舌头的任务。定海告诉他们，一旦抓住舌头，首先弄清土匪的老巢在那儿，马营长关在那儿，几个山头的兵力分布情况。为了保证情况真实，要多抓几个，分开审问。一有重要情况，立即报告。看那个斥候组先抓到舌头，先抓者有赏！

为了避开土匪视线，定海带的队伍从一个悬崖峭壁缝里爬了上去，走的基本上都是树丛和陡峭的山冈。天麻擦黑的时候，他们已经快到山顶了，可他们当时并不知道，坐在一个大山石下休息。一组斥候摸过来报告：龙副官，咱们现在已经到了土匪的一个窝子的底下了，翻过这个大石头，上面就是他们住的地方！现在，有十几个土匪在里头喝酒吃饭呢！

定海一听大喜说：你们再上去监视，彻底弄清人数，如果真是十几个人，就先端了它！他轻声对排长说，准备战斗！他带着三十多个兵爬上了山冈，蹑手蹑脚地把三大间房子包围起来。斥候又摸过来说：里头就是十三个人，哨兵已经让我干掉了！定海向远处爬着的排长做了个包围、冲进去的动作，排长心领神会，带着一个班迂回过去，定海带着两个班，从另一面包抄过去，一枪未发，干净利落地把里头的土匪全收拾了。

定海让人把大房子收拾一下，派了一个兵丁穿上土匪的衣服在外面站哨，其余的人则分别躲在房子里，等待其余的土匪回来。不一会儿，山道上摇摇晃晃又上来了一个，问站哨的：烂裤裆在不在？哨兵害怕他认出来不对劲儿，装着打个喷嚏转个脸含糊地说：啊，在，在！来人看着感觉不对，问：你是谁？哨兵说：我是我。来人一听不是豫南口音，转身就往下跑，嘴里还喊着：洛阳鳖孙团来了，鳖孙团来了！定海一看，与排长几乎同时小声喊道：追！追的人还没冲出门，只见两个斥候从山道旁一边一个把那喊叫的家伙一夹又提溜上来了。另外一组斥候趴在石头后面监视山下的动静。山大沟深，那家伙的喊声还没传过去，就被捂住了嘴，山下依旧平静。

一审问，这家伙是个炒菜做饭的，叫侯三，上来找烂裤裆是要钥匙开地窖拿酒的。定海问他：这里是什么地方？

侯三说：一营吃饭的地方。

定海问：一营有多少人，营部在哪儿？

侯三问：你们杀我不杀我？

定海说：你是个做饭的，只要说实话，肯定不杀你！

侯三说：我是镇上馆子的炉头，被他们硬抓上山做饭，只要保证不杀我，问啥说啥！

定海说：我说不杀就不杀，你说实话！

侯三说：一营有三十六人，营部在下面山洞里。

定海在问的时候，排长已带着一个班往下走了，定海问：营部现在有多少人？

侯三说：营部我出来的时候有五个人，营长他们正在喝酒，我炒菜出来透透气，就喊我来要钥匙。

定海问：团部在哪儿？俘虏的人关在哪儿？

侯三说：团部在西边的夕阳峰，离这儿三里路，你们被俘虏的人都关在团部。团部有六十多人。从这儿往南的南天门，离这儿二里路，二营在那儿，也有三十多人，三营和团部在一块儿。

定海说：你带我们现在去团部，不准耍孬，事儿完了之后，放你回家！

侯三说：哎呀，我让他们看见，全家的性命都没有了！

定海说：你还害怕他们看见你，你就看着他们死吧！说完，对旁边人说，把他绑起来，嘴堵上，两个人押着，走！

他们一行刚下山坡，排长他们也过来了，对定海说：龙副官，营部那五个，包括两个做饭的，都干掉了。定海对侯三说：不是碰到我，你现在已经死了！这时，第三组斥候摸过来报告说：团部在夕阳峰，距这里三里路，我们被俘人员也关在那里。侦察连吉连长带队伍刚赶到，已潜伏待命。

定海一听情况跟侯三说的基本一致，立即命令第三组斥候即刻下山，向团长汇报情况，请求再派一个连，由斥候带领上山，约定二更时分三声枪响为号，同时动手，口令照旧。他又把他们消灭土匪一营的情况让斥候转告团长。斥候走后，定海和排长商量，想办法先救马胡子营的弟兄们，他们一旦救出来，自己的力量马上就加强了，可这样风险太大，双方打起来，尽管自己人数占优势，环境不熟悉，夜战占不了便宜。定海思考了半天，决定自己带的这个排先隐藏到土匪一营的山洞里，派斥候告诉吉连长妥善隐藏，等待时机，在后援队伍上来时，土匪团部的匪徒必然下山支援，我们不但能趁防卫空虚顺利解救马营长他们，而且与后援队伍配合上下夹击，一定能够全歼山上之敌。目前切记，一定不能暴露目标！斥候领命而去。定海他们撤进一营山洞以逸待劳，两个组的斥候不断把外面的情况收集汇报过来。这期间，又抓了一个传令兵，审讯得知，团长命令一营去把在山下守卫的另一部分弟兄们换上来吃饭，并说今晚可能要有战斗。

定海决定将计就计，给传令兵讲清面临的形势，让他积极配合，打完仗之后，保证不杀他，传令兵点头称是。定海问清山下共有十六个人，他派一个班暗地跟着，让传令兵和厨子一块儿下山传令，先让八个回来，再传另外八个回来。当着厨子和传令兵的面，告诉一块儿去的班长说：他们说的每一句话，必须是我们让他说的，胆敢胡说八道一句，坏了这件事情，你们十二条枪对着他俩一起开火！听清楚了没有？兵丁们和厨子、传令兵一起喊道：听清楚了！

过了半个时辰，传令兵和厨子带回来八个匪兵，八个人刚一进山洞，就被里面俩人一个轻松地收拾了。传令兵和厨子没进门，就又下去带另外八个短命鬼去了。

二更时分，两组斥候分别来报告，一个组说，山下枪响了，是交火的声音，估计咱们的队伍上来了。定海命令再去侦察，把情况摸清楚！另一组说，二营全部土匪都开到山下去了，房子里一个人都没有！刚报告完，负责与吉连长联系的联络员气喘吁吁地跑来报告，敌团部的大部分匪徒与敌三营一起下去迎战去了，看守马营长他们的只有一个班。吉连长已经把那一个班收拾了，咱们的人已经救出来了，正在往这边赶，马营长没找见！定海一听，立马整队，通知让大家多带土匪的手榴弹，快步前进，为了分清土匪和自己人，我们的人帽子反过来戴，把白里子露在外面。

在下山的岔路口，吉连长与定海会合，定海说：干得漂亮，现在咱们快速下山，一排从正面向下突击，与我部形成夹击之势，你和我各领一个排，在山路的左右两侧围堵，防止土匪向两侧逃窜。吉连长答应了是，说：那我在左侧，立马带一个排下去了。定海命令二排快速直下，命令三排插向右侧，自己带着被救出的马营长部下伺机而动。

战斗进行得很顺利，生擒土匪头子以下四十八人，除十一人逃脱外，其余全歼。缴获枪支弹药足够武装一个加强连的，还有大量的酒肉、粮食、山货、布匹、绸缎、银洋和首饰。马胡子营长被俘上山后，被单独关在一间房子里，在吉连长解救他之前，磨破牛皮绳，从后山崖上抓树藤溜下，因为感到丢人，不愿意再见团长，拖着被摔伤的腿回老家去了。

战斗刚一结束，龙定海就被命令接替上次负伤未归的三营长的工作，回兵营之后，即被任命为三营营长。

定海返回后去看定洋的时候，心里感到很对不起自己的弟弟，他放下一张一千银洋的银票，喝了一杯茶，没说多少话，就以队伍上事多要回去。定洋在送他出门的时候，也劝他早一天把自己的婚姻大事解决了。定海一句话未说，在马屁股上甩了一鞭子就疾驰而去。而定山在参加完定洋婚礼之后，陪着涵玉去了景德镇，向涵玉的伯父报告涵亮不幸去世的消息。

如果说，参加定洋婚礼是个令人喜悦的事情的话；那么，去景德镇报丧，则是一个令人十分难堪和悲痛的事情。涵玉、定山不仅要陪着伯父母流泪，还要到坟上去祭奠涵玉的父亲。这样，每天都在痛苦和泪水中度过，到七天后他们离开时，涵玉人整整消瘦了一圈儿。

冬娃已经二十三岁了。在农村，这个年龄还没有娶媳妇成家，别人是要笑话的，不是笑话这家大人不管后辈的终身大事，就是笑话这家太穷，让别人瞧不起看不上，或者笑话人长得太丑，没人愿意把姑娘许给他。冬娃当然不属于这三种。其一，他父母肯定是一直操着心的，其二，自从在隆丰福当伙计，也算是在外头挣钱的人，在塬上有活泛钱的门户，都是让人羡慕的好门户呢。其三，冬娃长得不丑，高大白胖。就是一样，是个瞎子！可瞎子怎么啦，人家瞎子在城里干事，挣的是黄的铜子、白的角子，还是有人家愿意把女孩儿说给冬娃呢！让人不解的是，冬娃不愿意！

他爸几十里路走到省城，不敢到铺子去找，躲到旁边拐角里，看见铺子里有小伙计出来，上前说句好话，求人家把冬娃叫出来说句话。冬娃每回遇到有人跟他说，乡下有人找他的时候，就知道父亲来了，他给吕师打个招呼，到笼里拿两个蒸馍，从偏门出来，他爸就会过来，把他拉到拐角跟他说话。几回来都是说给他说媳妇的事情，冬娃一听，总是冷冷地说一句：我不要媳妇，咱这样子，拖累人家做啥！父亲怯生生地看着他，半天也说不上话来。冬娃把蒸馍塞到父亲手里，从腰里掏出几个铜子儿交给父亲，就再没有话了。父亲舍不得吃白蒸馍，用布帕包好拿回去，叫冬娃的弟妹们尝尝。父子俩就这样一直圪蹴在拐角里，很长时间不说一句话，最后，父亲说：我回去了。冬娃说：爸，你回吧，过年我就回去了。冬娃他爸就背着捎马子沿着来路一步一步走回去，冬娃脸朝着父亲走去的方向，感觉着父亲的身影，一滴凉凉的东西流到脸上。

冬娃还是每天忙完灶火和厨房的事情后，顺脚顺路地就上了城墙，在他熟悉的那个背风的位置坐下来，从蓝布袋里掏出两支箫来，摆正坐姿、调好气息，那来自心灵深处的向往、希冀、祝愿、倾诉、痛苦、愤懑，如风如水，如珠如玉，如吟如诉，如怒如吼的轻流、奔涌、狂泻、倾覆而出！这个时候，他那平时基本没有表情的脸上，随着音乐的变化而丰富多彩地变化着。可惜的是，这时候的这种表情，是没有人看见的。因为，自从他师傅朱师再不上城墙之后，冬娃每次在城墙上吹箫，从开始到结束，始终都是他一个人。然而，冬娃的这种表情，今晚就有人看见了，她不仅看见了，看清了，而且，开始从他脸上的表情里，读出了一些他音乐里的复杂含义。

这人是一个逃荒到西安来无处栖身的瘦弱无助的女孩儿。

这个瘦弱无助的女孩儿是被箫声吸引着找到上城墙的马道，又顺着冬娃上城墙的路走到冬娃跟前的。尽管她一天都没吃东西了，只是在一个井旁喝了一点儿凉水，在漫无目的地走动中听到了这震撼心灵的箫声，箫声牵着她走上了城墙。她轻轻地坐在冬娃的对面，她不知道冬娃看不见，她以为冬娃看见她了，只不过正在吹箫闭着眼睛没有理她。一曲终了，冬娃用袖子擦了一把头上的汗珠，眼睛睁开似乎看了一下，但并没有什么表示，一曲接着又开始了。女孩儿开始怀疑他的眼睛了。不过，她还是没有说话，静静地听着箫声，静静地注视着吹箫人的脸。慢慢地进入了她从未涉足的音乐世界。随着旋律和音阶的变化，她似懂非懂地融进了自己的喜怒哀乐，渐渐地和冬娃脸上的表情同步起来。

夜深了，冬娃吹完了最后一曲，把两支箫甩干擦净，装进蓝布袋里。在准备起身的时候说：你也该回去歇息了。就转身向城下走去。

女孩儿怔了一下说：你知道我在这儿？你吹得真好！

冬娃边走边说：我这是把心里的话用箫向外说呢，也不知道好不好。

女孩儿说：你拿箫说的话，我开始听不懂，后来慢慢地我能听懂一点儿了。你说得好，你在给天说，给地说，你在给自己说。你说了那么多美景，去了那么多地方，你为啥还有那么多不高兴呢？

冬娃一下子站住了，他转过身来，对着女孩儿的方向说：你真的听懂了，你能知道我的心思？

女孩儿说：你怨天地不公，你恨人间不平，为什么给了你那么多的困苦！

冬娃往回走了几步，脸朝着女孩儿的方向说：你是第一个这样说我吹箫的人，你是谁？一个女娃，这么晚了，你为啥还不回家？

女孩儿说：我是个逃难过来的商州娃，在这儿没有家。

冬娃问：那你吃啥喝啥？黑了睡在哪里？

女娃半天没有说话，最后嘴里嗫嚅着说：要上一口就吃，碰上一口就喝，睡也没有啥一定的地方。

冬娃明白了说：你也是个可怜人，你比我还可怜！他从腰里摸出两个铜子儿伸出手说：我也没有多的，这个你拿上，买几个馍吧！

女孩儿没有接冬娃的钱，而是说：我扶你回去吧！

冬娃感激地说：我天天来，路熟得很，你把钱拿上！

女孩儿只是说：我明天还来听你吹箫。她停了一下，又说：我不要你的钱，你还要养家糊口呢！她吞吞吐吐地接着说：明天，要是你有吃不完的干馍疙瘩，给我捎一点儿就行了。

冬娃听了，眼泪流下来了，心里说，又是一个苦命人呀！

第二天，冬娃把自己那一份菜和馍分出一半用一个碗盛着，专门给吕师打个招呼说：自家一个亲戚来了，自己把饭分给他一半，吕师理解地点点头。因为，铺子里相公伙计，不管是谁，来了亲戚朋友，都是分自己的那一份饭给他们，不准在灶上多打饭。晚饭过后，冬娃把饭碗揣在怀里，背着蓝布袋又上了城墙。尽管他看不见，但他的耳朵和鼻子都异常灵敏，周围任何一点儿异动和人的气息，他都能感觉到。他快走到常坐的地方时，已经感到有人在那里，又走了两步，他知道是昨天那个女孩儿了。

女孩儿说：大哥，你每天都是这个时间上来吗？

冬娃说：我是灶房里烧火的，黑了饭吃过收拾毕了以后，我就能出来了，大概都是这个时候。

女孩儿说：大哥，你干的这事真好，起码先能吃饱。

说到吃，冬娃才想到自己手里的碗，赶忙说：这是给你端的菜和馍，快，还热着呢。

女孩儿说：大哥，你把饭给了我，你吃啥呢？

冬娃说：我吃过了，你快吃吧！

女孩儿见说，端过碗就大口吃起来，还说：大哥，这菜这馍香得很！

凭着女孩儿吃饭的声音，冬娃根据自己挨饿的体会，他判断女孩儿起码有半个月没像样地吃过饭了。他问道：女子，你姓啥？

女孩儿边吃边说道：我姓郭，叫柴娟。

冬娃问：哪个县的？

柴娟说：山阳。

冬娃问：为啥跑到省城来？

柴娟说：山塌了，把房埋了，我爸我妈我婆我兄弟都埋到里头了，我在外头打柴，拾了一条命。山里活不下去了，到县里，县里没啥吃。跟着拉板栗的车，走了四天才走到省城，省城也没啥吃。讨口剩饭都没得人给，水都没得喝。

冬娃听着柴娟吸菜汤的声音，知道她已经吃完了，问道：吃饱了没？

柴娟说：饱了，饱了，饱得很。

冬娃说：唉，一个馍，咋能吃饱，要饱，起码得两个馍。

柴娟说：要让我吃饱，起码得五个馍！

冬娃说：看，看，说假话了吧，吃一个还说饱了呢！

柴娟忽然害羞起来，她不好意思地说：大哥，说老实话，我从来都没吃过搁这么多油的菜！

冬娃说：我也是乡下穷汉人家的娃，才来的时候，吃灶上的啥饭都香得很，咱都一样！哎，你多大了？

柴娟说：虚岁十七。哎，大哥，你问这做啥呢？

冬娃说：我随便问问，我估摸着，你也就这么大，来，我要吹箫了。

一曲接着一曲，月色如银，箫声如水，柴娟听得出来，大哥的心里透着丝丝欢快。

厨子吕师发现冬娃这二十多天，天天都要带一半晚饭出去，就有些诧异：冬娃的亲戚是常年四季住到这儿啦，还是流水不断地换着来？他就问冬娃：冬娃，你这亲戚在这儿住的时候不短了，是办事还是看病呢？

冬娃脸一红说：亲戚娃，没地方去，在这儿闲住呢！

吕师说：闲住时间长了，也不是个办法，总得有个啥营生干吧！

冬娃的师傅朱师也注意到，冬娃最近老是揣上饭到城墙上去，就偷偷跟着上去看过，老远看见冬娃和一个女孩儿在一起。看见他们说说笑笑的样子，心里就明白了。他没有给别人说，只是在没人的时候，悄悄问冬娃：城墙上跟你在一起的女孩儿是谁？咋是天天在一块儿？还要你送饭？

对于师傅，冬娃不敢隐瞒，照实把来龙去脉，一五一十都说了。朱师说：男男女女的事情不可随便，孤男寡女单独待在一起容易起是非，唾沫星子能淹死人，可要小心！

冬娃说：她是个要饭的，没个去处，天天在城墙上听我吹箫，白天要不上吃的，黑了就等我给他带一点儿，没有我给她吃的，她说，就得饿死了！

朱师说：话虽这么说，毕竟不是正大光明的事情，千万小心，我就害怕出个啥事情！

冬娃说：师傅，你放心，我行得端，走得正，不害怕别人说闲话！

天渐渐冷了，女孩儿单薄的衣服已经让她常常颤抖不已，说话也明显带着颤音。冬娃给了她几件自己穿的衣服和裤子，柴娟都套在身上，可哪能抵御十冬腊月如刀的西北风啊！搁以往，冬娃都不上城墙了，为了柴娟，他无论雨雪，天天坚持上去陪她。今天，尖利的西北风裹着零散的雪花，在城墙上打着哨子翻卷飞舞。柴娟为了暖和一点儿，开始紧挨着冬娃坐，到后来，实在冻得不行了，干脆就钻进他的怀里。双手紧搂着他的腰，脸贴在他的胸脯上。冬娃用手摸着柴娟的脸在看她，后来就把她抱起来，让她坐在自己的双腿上。两个年轻人的心紧紧地贴在一起，青春的火焰驱赶了自然界的严寒。他们谁都不说话，在爱的战栗中，互相抚摸互相慰藉，两张脸也贴在一起厮磨着。青春的爱意在传递中升华，冬娃转过头用嘴唇寻找着柴娟的嘴唇，柴娟开始还不知所措地躲避着，当冬娃双手抱着柴娟的头，用自己那火热的双唇紧贴在她那紧绷的嘴唇上的时候，那双唇稍停了一会儿，就像溶化了一样立马变得柔软和温润。爱的火山一旦迸发，就不可遏止，第一次迸发尤其威猛激烈，两个肉体在强烈的冲动中狂热地交融了。

过了很久，冬娃对尚在幸福中回味的柴娟说：晚上，你在城墙上不行，这儿风利的很，你得下去！

柴娟说：街道上警察巡逻呢，不让睡。

冬娃说：我那门面旁边有一个小道道，你睡到那儿。

柴娟深情的双眼盯着冬娃说：哥，你说啥，我听啥。

一对幸福的恋人，第一次也是最后一次相互搀扶着，向城墙下走去。

冬娃叫开门的时候，店铺里的人都睡着了。朱师光着身子披着棉袍来给他开门，埋怨地说：这么晚了才回来，雪下得这么大，你弄啥呢？

冬娃抱歉地说：路不好走，跌了几跤。

朱师交代说：把门关好！自己就急忙回房子睡觉去了。

冬娃已经把柴娟安排在夹道里靠墙坐下了，朱师一回房子，就他一个人，他突然想，让柴娟到灶火旁不更暖和一点儿，自己早晨早起来一会儿，把柴娟放出去不就行了？想到这儿，他反身出门，轻轻地走到柴娟跟前，用手示意她不要出声，拉着她进门，把门关好，然后领着柴娟到厨房的灶火旁，把小板凳递给她让她坐下，在她耳旁轻轻说：就在这儿靠着睡，不要出响动，天明再出去。柴娟也轻轻地嗯了一声。冬娃才回房中睡下。

半夜时分，雪越下越大，二掌柜长泰晚上起夜，路过厨房旁的时候，由于雪光的映衬，影影绰绰看见灶火旁坐了一个人，把他吓了一跳，他壮着胆子喊了一句：谁？

柴娟睡着了没听见。

长泰又喊了一声：谁？谁在那儿？

柴娟惊醒了，她动了一下，但没敢出声。

长泰大惊小怪地叫喊起来：有贼娃子！快抓贼娃子呀！他这一喊，把大家都喊起来了，一个个披衣提裤，手拿铁锹棍棒跑了过来。冬娃跑在最前边，喊道：不是贼，不是贼！

长泰问道：不是贼，是谁？

冬娃说：是我乡里的亲戚！

长泰过去把人拉过来一看说：咦，还是个女人！

冬娃急忙说：这是我妹子！

长泰问女孩儿：你姓啥？叫啥？

没见过世面的柴娟吓坏了，抖抖索索地说：我姓郭，叫柴娟，我是山阳的。

长泰说：好呀，冬娃也说谎呢，你蓝田人咋来的山阳的妹子？

朱师把长泰拉到旁边说：这就是冬娃的妹子，是干妹子！

大家一听，联想最近冬娃老是带饭出去的传闻，也就释然了，都把目光集中到女孩儿身上：这是一个瘦弱低个子大眼睛的女孩儿，头发很乱，衣服穿得不伦不类，看人总是怯生生的，见大家看她，头埋在胸前不敢抬起来。

长泰见朱师这样说，也就不再追问下去。不过，他说：不管是谁，外人不能歇在铺子里，又没给谁打过招呼，出了事情，算谁的？

他这一说，谁也不能说话了，冬娃咕哝着说：天太冷，叫她在这儿待到天明，明早上，我给大掌柜说，行不？

长泰说：这我做不了主，我不敢说这话！

柴娟见这样说，对冬娃说：哥，我出去，我到外头去，不让你为难！说着，自己就往外走去，冬娃过去开门把她送出去。

一夜厉风狂雪，冬娃一夜辗转反侧。天刚蒙蒙亮，他就穿衣下床，开门去看柴娟。柴娟没有坐在门面房旁的夹道里，她怕有人再说冬娃，她靠在临街门面的门板前坐着，两手抱在胸前，头由于靠着门而仰着，脸上一丝红晕，嘴角微微上翘着，似乎梦到了什么幸福的事情。腿和上半身全都被雪围着。冬娃过去轻轻拉柴娟，柴娟不动。冬娃以为柴娟还未睡醒，就蹲下去叫她，她一动不动。冬娃用手摸柴娟的脸，脸是冰冷的，手是冰冷的，全身都是冰冷的，柴娟冻死了。

冬娃搂着柴娟的尸体放声大哭起来。一个平时不善言谈，不苟言笑，诚厚老实的人，一旦在自己情感大门被冲开的时候，那个由情真意切而迸发的汹涌澎湃的巨大悲痛，是一般人所无法想象的。那是震撼心灵的痛哭，那是催人泪下的哀号，那是让每个听见的人都坐卧不安的伤心绝唱！冬娃的哭声惊动了铺子的人，惊动了周围店铺的人，也惊动了保安团的人。

听说死了人，保安团派杜进登参谋带了四个兵丁赶到这里，这杜参谋一看死了个女人，又一看在隆丰福的门口，立马来了精神，吩咐兵丁：用铺子的门板把死人抬到团里。冬娃死活不让抬，杜参谋说：把这个活的也带到团里去！朱师上去刚想说话，被一个当兵的一拉他的衣服，把他甩到一边去，那当兵的还骂着：滚远！寻挨打就说话！

大掌柜刚到铺子，长泰就把冬娃的事情报告了。大掌柜一听，立马感到此事非同小可，他没有训斥长泰，而是让他立马过去给老掌柜汇报。自己上楼坐下来寻思对策。他担忧，这次是咱把把柄交到保安团手里的，麻达大了！

定山听了，眉头一皱对长泰说：你坐这个洋车回铺子，立马把大掌柜接到这儿来，顺路把大魁和东民也叫过来。

大家一起也没有商量出个结果，都认为既然和保安团结下仇了，保安团决不会轻易放过他们，尽管夙不懂被撤了，可后来的这团长也是督军的亲信，据说，更阴险更毒辣。东民自告奋勇去找王世光打听一下情况，大家只好等他回来再商量。

时间不长，东民回来了。东民说他见到王世光了，王世光说，正在审冬娃，冬娃太老实，连他跟那姑娘亲嘴之类的事情都说了。具体情况，晚上他两个在酒馆里谈。

定山说：晚上不管再晚，过来把情况给我说一下。

天还未黑，东民就在约好的酒馆里等王世光，足足等了一个多时辰，王世光也没来，找到他家，夫人说：一直就没回来。就在东民在酒馆里等王世光的时候，定山坐的洋车在北大街被一队兵丁拦住，连人带车一起被拉到保安团。

第二天，保安团在隆丰福的大门外贴了一张告示，内容如下：

隆丰福作为一个商业店铺，不守商业道德，姑息纵容店员在店内私养逃荒女，因他人欲行其奸，该女不从，在朔风暴雪之夜，将该女赶出门外，致使逃荒女冻死在其门面之外。隆丰福所作所为，有伤风化，违反人伦，令人发指。世人闻之莫不义愤填膺，士农工商皆怒不可遏，纷纷提出要严惩不贷。保安团顺从民意，匡扶正义，本着惩恶扬善，以儆效尤的宗旨，决定即日起，查封隆丰福服装估衣铺和瓷器铺共两处，听候处理。

××年×月×日

保安团一个兵丁在张贴告示的同时，其他兵丁拥进门面房大声呵斥着相公和伙计们：无论何人，净身出门！快走，快走！

长泰急忙上前赔着笑脸问道：各位长官，请问何事，有话好好说嘛！

一个官长模样的走过来说：你问何事，到外头看告示去！走，都往外走，不走就打了！

长泰还想再缠磨一下：长官，能不能商量商量？

官长说：商量啥呢，你们掌柜的在我们团里跟团长都说好咧，你们出门就行了！

潘师去世后，账房一直没有合适人选，暂时由长泰代理。长泰想上楼去把钱匣拿走，一转身过去要上楼，被官长一枪把敲在头上，当时就趴在楼梯旁不动了。官长从后院到楼上都看了一圈儿，确定没人了，才叫兵丁把长泰架出去，放在门面旁的夹道口。

瓷器店情况也大同小异，只不过涵玉得知定山被抓到保安团的消息后，立即让大魁带人连夜把一些精品瓷、陈列瓷和收藏瓷都运到加工场去藏起来。凭着这两年跟督军府、保安团打交道的经验，她知道，与这些当兵的交恶，一旦有事落在他们手里，不仅损失小不了，还要把人整得死去活来！

涵玉又想起两个月前保安团的一件事：保安团的两个排长带着几个人到戏园子看戏，票是肯定不买的，进去之后就围着前边正中间的一张大桌子一坐，又是要茶又是要瓜子、花生。茶头不敢应承，因为这桌子原是徽州会馆预定过的。执事的小心上前去说明缘由，答应给他们另换一张桌子。不料，一个排长扬手就给了执事的一个耳光，又拧着执事的耳朵，一起去找戏园子的老板。老板远远看见这种阵势，吓得一头钻到放茶壶的桌子底下不敢出来。找不到老板，这个排长还不依不饶，又拧着耳朵把执事的拽到戏台上，让他对着台下陆陆续续进场的观众大声跟他学：

我狗眼看人低，
想把官长欺，
不让往中间坐，
真是个驴日的！

将近五十岁的执事的被当兵的撕着耳朵流着眼泪在台上一句一句学着说骂自己的话，一遍不行，再来一遍，引起台下一阵阵的嬉笑声和叫骂声，自己感到羞愤不已，无地自容，当天夜里就吊死在戏台子上。当时，群声一片哗然，报纸也作了报道。由于背后靠山硬，保安团不理不睬，最后不了了之。鉴于此，涵玉一方面，像对付小人一样对保安团，未雨绸缪，抢先下手。另一方面，托人求情，不惜血本，把定山营救出来。

涵玉对瓷器店的这第一举措，挽回起码上万元的损失。为了防备保安团进一步的报复行动，涵玉当晚把一个皮箱让大魁提到杨文承家里暂存。一切安排好后，她实施的第二举措就是：她亲自带着银票到保安团面见团长！她对大掌柜说：干爸，明天一定要设法救出定山，我跟团长当面谈，只要定山回来，要多少钱给多少钱！

大掌柜思索半天，才说：我有一个预感，保安团一直在等着咱们铺子出麻达，而且一旦有事，目标直接就是老掌柜。

涵玉若有所思地问：干爸的意思，保安团这次寻事的目的主要不在钱？

大掌柜说：最害怕他们是不想以钱了结此事！你独闯保安团，不仅与事无补，而且风险更大。定山不在，大主意还要靠你拿呢！依我看，明天先是坐观其变，做最坏打算的准备，看变化随时准备对策。

涵玉、大魁、东民、长泰、杨文承、宋先生、范掌柜他们，都沉重地点点头。果不其然，最坏的情况首先发生了，第二天一早，两个地方的铺子都被封了门，长泰也被打伤了。大掌柜抢先一步，把铺子的账本带走了。保安团怕隆丰福再闹事，两个铺子门前都派了两个兵丁守护，晚上都不收岗。

龙淑媛带着赵老师过来了解情况，认为这是督军和保安团疯狂的报复行为，建议配合隆丰福的反击，再搞一次声势规模更为巨大的声讨示威活动。她有信心，这次一定能够动员更多的人参加，不仅能帮助隆丰福讨回公道，还一定能够把驱刘活动推向高潮。可涵玉死活不同意，她说：现在和上一次的情形不一样，上次只抓人不动铺子，这次封门之后随即就处理货物，甚至连家具、用品一块儿卖光甩净，大有把隆丰福斩尽杀绝的阵势，更重要的是定山在人家手里，这伙强盗什么事情都能干出来！涵玉表示，她绝不拿定山的性命去作赌注。见涵玉这样说，谁也不好再说什么，淑媛安慰了涵玉一会儿就离开了。

龙定海所在的团最近进行大休整。他以最快的速度给自己营补充够了兵员，调整各连的武器装备，健全了加强营的建制，并安排了详细的训练计划，责成副营长具体执行，每旬由一位连长代行营长职务，指挥全营上下按部就班进行训练。整个加强营官兵士气高涨，显现出官勤兵忙的好景象。团长视察了龙定海新任营长后的第三加强营，对他的治军做法，建制设想，训练计划都很满意，对这个加强营的营长也十分欣赏，他不无得意地说：要不是我慧眼识才，你现在还在班里扛大枪呢！

定海赶紧立正回答：定海永远不忘团座的信任提拔之恩！

龙营长把一切都安排好了之后，然后找团长请假，离家时间太长，也快过年了，要探望一下父母。

团长问：你不在期间，队伍能否正常训练？副营长能否压得住阵？万一有事，如何跟你能联系？

定海一一做了回答，并说自己长则七天，短则五天一定赶回。

团长满意地点点头说：早去早回！定海已经走出门了，团长又把他叫回来说：你们省督军府的副官长程根苗，是我的拜把子弟兄，你回去抽时间看看他，咱这儿也没有啥好带给他的东西，你带一百银洋给他！说着就要去拿钱，定海说了声不用拿了，我一定办好，程根苗，我记住了。一转身就出了门。

定海带着两个马弁三个人骑马进入西安东门的时候，已经是下午时光了，街道上满是冰雪，低屋高房上全是一片银白。他准备先去看望父母和奶奶，然后再过来看哥哥。但当他们走到钟楼根儿下瓷器店门口的时候，定海发现门面关着，旁边贴着一张告示，他勒过马头直接走到店门口才下马。他把告示看了一遍，立马决定先到哥哥家。

守门的秦头儿远远地看见三匹马朝自己门口走来，吓得扭身就往里跑，边跑边喊：保安团来了，保安团来了！定山府宅里立马乱作一团，丫鬟婆子像无头苍蝇乱躲乱藏，男丁们则寻棍弄刀，准备作困兽之斗。还是涵玉沉得住气，大声呵斥道：慌什么？马上回到自己该待的地方上去！大魁，你到门口看着，有啥事，及时招呼！

大魁刚走到门口，就高兴地叫道：是二叔回来了！全家上下顿时都松了一口气。

定海听说两个铺子的货物都被廉价当街叫卖一空，连铺柜、货架、凳子、椅子、汽灯、算盘，做饭的锅碗瓢盆，风箱案板，睡觉的铺板铺盖，私人的箱子包袱，等等，全都变卖一空。连隆丰福的牌子都被摘下来拿枪把砸成块块子了。定海问哥哥呢，涵玉抽泣着说：你哥哥已被保安团抓进去五天了，不准探望，不准送饭，连衣裳也不让送。上下打点了不少，只听说人在里头没受罪，吃喝也有，就是跟团长谈不到一块儿，现在人还出不来！这么冷的天，又快过年了，他咋受得了呀！

定海气得眼睛珠子都瞪圆了，手扶着枪套咬着牙说：这帮狗东西不要犯在我手里！他对涵玉说：嫂子，你不要着急，我来想办法。说完，带着两个马弁骑上马就走了。

他来到督军府找到副官长程根苗，报上团长何大雷的名字，程根苗立马喜上眉梢，异常热情地把三位让到客厅好烟好茶招待。说完了客气话之后，程副官长问起定海的家里情况，定海很巧妙地把隆丰福和哥哥的事情说了出来。

程副官长大吃一惊：原来查封的隆丰福就是龙营长的哥哥呀！真是大水冲

了龙王庙，一家人不识一家人哪！他立马让一位副官去给保安团桑团长送信儿：晚上在八景园请他喝酒！

定海拿出四封银洋放在桌子上，还未开口，程副官长脸上变色道：龙营长，这是什么意思？我跟何团长是割头换帖子的兄弟，你可不许来这一套！

定海赶紧说：程副官长误会了。这一百银洋是我团长让我带给副官长的，他说，带东西麻烦不说，你也不一定喜欢，他说，你见着这银洋了，也就等于见着他的面了。另一百银洋是大哥今晚为小弟说话请客的花销，事成之后，小弟再感谢大哥！

程根苗说：我大哥让你带给我的东西，我收下。今晚请客，是我为你们接风的，一来解决你哥哥的事情，二来化干戈为玉帛，交个朋友。桑团长我们是常在一起喝酒聊天的朋友，其他人我不敢说，老桑，我说话，他绝对要当回事的。

定海说：本来是代替团长来看看你的，没想到，回来之后碰到哥哥这个事情，看望你成了给你找麻烦了，实在是过意不去，这点儿小意思还望大哥你不必客气！

程副官长笑着说：既然兄弟这样说了，我就不客气了，这钱就用在办你哥哥的事情上！其他的一切，你都不用管了。

晚上，八景园饭庄灞柳风雪厅。定海和程根苗一先一后走进包厢，刚坐一会儿，又粗又黑的桑团长就到了。桑团长一进门就嚷嚷：程老弟，今天喝酒安排的是什么乐子呀？

程副官长赶紧向他介绍定海：桑哥，这就是我常给你说的我豫西八拜结义兄弟何大哥的加强营营长龙定海。

桑团长一听立马满脸堆笑伸出手来与定海相握，还文绉绉地说：加强营营长，年轻精悍，英姿勃发，真是英雄出少年哪！幸会，幸会！

定海弦外有音地说：古人云，两季采撷苦覆苦，壮蚕硕茧靠老桑。桑团长可真是督军积茧成山的老桑啊！不才还仰仗桑团长教诲指点哪！

程副官长说：你二人第一次相见，互吹互捧，儒雅之风，令人钦佩，只是我的牙有点儿酸了！

三人一起放声大笑起来！

酒过三巡，程副官长站起来说：桑哥，我再给你介绍一下，这位龙营长就是隆丰福老掌柜龙定山的弟弟龙定海！

桑团长拍着脑门儿说：一进门，我就感觉有点儿面熟，说姓龙也让我脑子吱扭一下，可就没把这些和隆丰福联系起来。哎呀，我明白了，今晚这酒让我来喝是有故事的呀。是不是，程副官长？

定海手端着酒杯，神情沉稳地说：桑团长，兄弟今天从河南到西安，是专程来看父母的，也代我们团长来看望程副官长，压根儿就不知道哥哥的事情，到家才听说。副官长古道热肠，称与桑团长为莫逆之交，今晚正好相约吃酒，一定要让小弟作陪，结交个朋友。至于桑团长说的什么故事，多少是有点儿误解程副官长了。

定海这一番话有一石两鸟的作用，既褒扬了程副官长热心为朋友排忧解难的豪情义胆，也将了桑团长一军，你可以不买我的账，但你不能不给你的挚友副官长面子。

程副官长听了含笑不语，桑团长听了有点儿不自然起来，不过，他不愧为老江湖，借喝口酒掩饰了一下尴尬，立马眼睛一眨，老母鸡变鸭，换成一种豪情冲天的样子：有故事没故事，对我都是一样，你龙老弟就是不提你哥哥的事，我知道了，也不能不吭不哈不给面子呀！咱当兵的提着枪除了混口饭吃，不就是为了多交结一些朋友嘛！既然今天幸会龙营长，又话赶话地说到这儿了，咱干脆就说说你哥哥的事。

定海说：桑团长快人快语，实在是够朋友，今天这个作陪，看来是陪对了。我哥哥以前的事，咱就不说了，现在就说，在桑团长不为难的情况下，团长准备怎么处理？

桑团长说：现在能做的，就是立马放人！

程副官长问：那货那钱，那铺子损失，重新开业的事情，咋办？

桑团长说：说句老实话，龙营长的哥哥本事大得很，去年这时候，他们在保安团门前设堂祭灵，颂诗吟对，闹得人山人海，报纸连续几天采访报道，督军大发雷霆，把董团长给撤了。这次，隆丰福把人冻死在门面前头，你说，保安团能不管？我和你哥谈过几次，希望他能认个错，忏个悔，可他硬得很，宁死不低头，并说，他今生今世都不做生意了，他出去也要把铺子一把火烧了。我就不理解，一个生意人，你和政治搅和什么呢！行了，不说了，明天，不，今晚，把你哥和那个瞎子都放了！

定海说：那太谢谢桑团长了。不过，这事就这样，不能算完吧，总得再说个啥吧？

桑团长说：依龙营长的意思，是否还有赔偿道歉之说吗？

程副官长接过话头问：那卖货的钱不能给隆丰福返还一点儿吗？

桑团长摆出架子说：程老弟，你难道不知道，这次动隆丰福是督军的意思？今天放隆丰福的掌柜，不是你的面子，起码关他到正月十五以后，而且，没有一万银洋，他走不了！

程副官长说：这么说，今晚我的这面子就值一万银洋了？

桑团长说：你的面子十万银洋都值，只是隆丰福掌柜的这一万银洋，谁都给免不了，因为这是督军定的。

定海知道这是故意在敲诈，等着他再求他，定海心一横说：一万就一万，钱为身外之物，这钱还不知道谁花呢！请桑团长出一张手谕，我去把人接出来。

桑团长说：那倒不必，我让人把他俩送到这里，不就结了。

定海知道，他想在哥哥面前显摆威势并故做人情，他知道哥哥的脾气，对这种人深恶痛绝，对这种场面肯定冷面相对。他决不会让哥哥在此蒙受委屈，也不会让桑团长的阴谋得逞。他坚持自己去把哥哥接回去，明天把钱送到保安团。

桑团长看看定海态度坚决，只好手写一纸，让一个参谋带着定海去团里提人。

时间不长，害人作恶的军阀刘镇华被戮力同心的民众驱逐出陕西。后来，定海所带的团与桑团长在战场上遭遇，桑团长被俘，二人相见，甚感惊奇。桑团长求活命，欲攀旧情，定海没有理他，桑团长自知当年自己心黑手辣，自断后路，已无旧情可言，遂在关押的房子里以皮带为绳悬门自尽。这是后话。

定山的岳母在这一场折腾中，经受不了打击，突然病倒，没等到定山从保安团回来，就在不断叫着香梅、定山的名字中恋恋不舍地死去了。

第十二章

冬娃随着老掌柜一块儿被定海从保安团营救出来，老掌柜被安排在洋车上，定海骑着马，让冬娃扶着洋车跟着跑。天晚了，路上无人，洋车跑得很快，冬娃深一脚浅一脚盲目地跑着，渐渐就有些跟不上了。突然，脚下被什么东西一绊，一个踉跄，他一脱手，站起来时，洋车已经跑远了。冬娃明白，人家接人就是接老掌柜的，自己只是个捎带，有没有自己，谁都不在乎。更何况，这次事情完全因自己而起，自己对隆丰福是有罪的呀！自己还有啥脸面去老掌柜的府宅呢！他已听说铺子被腾卖一空，自己的铺盖和衣服还有箫跟探路棍都没有了。自己不仅一无所有，寸步难行，当下连个住的地方都没有了。尽管风停了，雪也不下了，可仍然寒气逼人，要是不找个避风避寒的地方，自己跟柴娟一样，也会被冻死。

想到柴娟，悲哀又从冬娃的心里升起，眼泪不由自主地奔涌而下。几天来，在号房里，时不时地他就会想起她，那是个多么乖巧、多么善解人意的女孩儿啊！要是自己不让她睡在灶火里，让她睡在夹道里，就不会被长泰赶出去了。不行，夹道没有房顶，不挡风不挡雪，就是风能小一点儿。但我在房子里，可以把我的被子给她呀，对了，让她围着我的被子坐在夹道里，柴娟肯定就不会被冻死了，当时，咋就没想到，把被子给她送出去呢！

柴娟披着被子坐在夹道里，再给她寻一个雨帽或者伞，让她遮风挡雪，坚持几天。过年的时候，我把柴娟领回去，让父母看一下，我冬娃自己也能给自己寻个媳妇。我想，柴娟一定也会愿意。柴娟可乖了，我说啥，她都听啥，从不跟我拌嘴。听她说，她还会干地里的活儿，还会做饭，还能做针线活。最要紧的是，柴娟能听懂我吹箫里头的意思，你高兴她高兴，你难过她难过。学吹箫几年，有人能听懂长安八景，能听懂秦腔曲牌，可就是没人能听懂我自己编的曲子。其实，这些才是我的心声，才是我的世界，才是最有意义最有价值的东西，它是我用心血凝聚的精华，只有柴娟能懂。柴娟通过听我吹箫，了解我心里想的啥，想说啥，想做啥。我跟柴娟不用说话，柴娟把我的心思都摸得透透的。柴娟还说，要想个法子，把我这些曲子记下来。我说，不用，都在脑子里。她说，时间长了，曲子多了，容易混了忘了。记下来，混不了，也忘不了，旁人看了也能学。我说，不好记呀。她说，等天不冷了，我慢慢给你试活，我有我的笨办法，山里人唱的山歌，我都记过，她还给我学唱过呢。柴娟嗓子好，唱歌唱得好听，字也咬得真。看来，柴娟不仅乖巧，还灵性得很呢！对，见了柴娟，我一定叫她给我记下来，我想，就是我不说，柴娟一定都会记的，她自己提出来的嘛！记下来，啥时候想吹那一段，叫柴娟一看起个头，我就知道咋样儿往下吹奏，我自己编的曲子，柴娟能给我记厚厚的一大本子！

冬娃边想边走，尽管没有探竿，他依然走得轻快。他满怀喜悦，充满希望，完全是一副马上要见到心上人的感觉。他熟脚熟路又走到城墙马道旁，坚信柴娟就在上面等他。马道已完全被冰雪封盖，大斜长坡滑得很难走上去，冬娃硬是双手抠着城墙，一步一滑，跌跌撞撞地爬了上去。他用嗅觉和听觉迅速扑捉着柴娟的信息，走到他常坐的地方，轻声叫着柴娟，甚至用手去摸她，结果满把冰雪，一片风寒。冬娃突然清醒了，柴娟已经不在了，柴娟冻死了，她不可能再来了！失望至极的冬娃悲从心起，大声地号啕起来。

许久，冬娃从刺骨的寒风中清醒过来，手和脚都麻木了，身子也有些沉重，但他还不想下去，他想吹箫。他习惯用手去摸蓝布袋，布袋没有了，他无奈地坐了一会儿，感觉不是很冷而是无聊，只好百无聊赖地溜下了城墙。多年后，冬娃想起这一晚，当时，如果装竹箫的蓝布袋在身，那晚，他肯定冻死在城墙上了。

下到城墙底下的冬娃才想到，自己无家可归了。铺子被查封了，自己肯定进不去了，老掌柜那儿，自己又不想去。现在，到哪儿去呢？想来想去，他突然想到死，如果自己现在死了，不是可以跟柴娟在一起了吗？跟柴娟在一起，可以毫无顾忌地交谈，感情激越地吹箫，柔情无限地爱抚，刚才路上想的事情，也都可以实现了。俩人可以相互照应，他决不让柴娟再受冻受饿，哪怕是要饭，也让柴娟吃得饱饱的，穿得暖暖的，活得高高兴兴的。跟柴娟在一起，现在是他最大的愿望，也是最幸福的事情！主意一定，他毫不犹豫地朝铺子门口走去。

冬娃在柴娟冻死时坐的位置上坐了下来，头靠着门板，两手抱住双腿，准备静静地睡着后冻死。不料，越是想睡着，越是睡不着；越是想冻死，越是冻不死。不一会儿，手麻腿酸脖子硬，浑身冷得打哆嗦。他生气地站起来嘟囔着：想死都死不了！柴娟，你快来把我接走吧！

一叫柴娟的名字，他突然想到，柴娟的尸首现在还在保安团的后院子停着呢，自己现在死了，还不知道把柴娟咋样安顿呢。我不能死，我要把柴娟好好抬埋发送了，让她有一个好的归宿，才算对得起她！

想到这儿，他站起来，用手在门板上试探着门板的松紧程度，企图找一个薄弱部分把门打开。从东到西，三间门面门板上得紧紧地，里头肯定是用顶门杠顶死了，无法打开。他又转到夹道，夹道的门是用链子锁起来的明锁，当然也锁得紧紧的。冬娃把门一推，门稍微开了一点儿缝，冬娃从门下把手伸进去，勾住一扇门用力向上一抬，门轴离开轴窝，往里一推，门从下面开了一道口，轻轻一推，门轴从上面脱落下来，尽管还被链子拉着，但是，他可以从门下钻进去。冬娃把门上好，又摸了一根棍子把门顶上，才放心地走进自己的房子。床板，凳子都没有了，地上乱七八糟的东西扔了一地，他用手摸索着，搜寻着能用的东西。

乱东西主要是朱师、吕师的破衣服裤子和他们收拾的布头、绳子、铁丝、破碗和废纸。平时，他们都像宝贝似的收着，生怕别人动他的。冬娃拉过来几件衣服想着自己能穿，他一甩，一件衣服的下角扬起来打在他的手上，生疼生疼的，他顺着一摸，竟摸着缝在衣服里的一个银洋来。他知道这可能是吕师的。他又找衣服，又有两件，里头缝着铜子儿、银角子等。想着自己今后流落街头的生活，也只能先对不起他们了，今后有能力、有机会，再报还他们吧！尤其让他高兴的是，他找到了装箫的蓝布袋和探竿。

有了这个收获，冬娃一个一个房间地搜索，衣服比较多，还有一些小用品，也有不少铜子和个别银角子，最后，楼上的账房，他也去了，那里倒没有找到钱，但找到大掌柜的水烟袋、棉窝窝（自制棉鞋）、皮套裤、皮坎肩、石头眼镜，常吃的中药等。后半夜的时候，他觉得有些饿了，就走进厨房里头，习惯地把蒸馍笼盖揭开，用手一摸，里头还有不少蒸馍，他拿了一个闻了闻，稍有些霉味，但仍可以吃。他突然萌发了一个大胆的想法：把这些旧衣服和这些没人要的蒸馍拿回家去，让父母和兄弟们过个好年。可他又一想，这不是做贼吗？父母如果知道自己这蒸馍是偷来的，宁可把馍扔到涝池里去都不会吃！可这能叫偷吗？铺子已经不是隆丰福的了，蛮不讲理的保安团把隆丰福铺子腾空卖净，目的就是要把隆丰福踏倒灭绝，这些馍我不拿搁到这儿坏了不是白坏了，一想到家里父母兄弟那饥饿黑瘦的脸，那看见食物贪婪的眼睛，冬娃就义无反顾地把笼里所有的蒸馍用笼布一包，与那些旧衣服、小东西一起打成一个大包，拿起自己的蓝布袋和探竿，从门下钻出去，把门按原样弄好，趁着天刚放明，城门刚开，朝着东塬方向走去。这是他多年来第一次背这么多东西回家。

当天晚上午夜时分，冬娃又回到铺子，这么急赶回来，是因为他还有一个最重要的事情没有完成，那就是安葬柴娟。他现在有了一点儿钱了，他认为自己有能力把这件事情办好，不办好这件事，他寝食难安。他在房子里很好地睡了一觉，洗漱之后背上装箫的蓝布袋，手持探竿，一步一步向保安团走去。

马上就要过年了，保安团已经没有多少人了，但是，桑团长还在。值班参谋进来报告说：报告团长，隆丰福的那个瞎子来了，他要把冻死的他的未过门的媳妇拉回去埋了，不知是否准许？

桑团长听了一怔：噢，不提，还忘了，后院还有一个死人呢！大过年的，放个死人在后院，多霉气呀，行，让他拉走吧！

参谋双脚一并敬了一个礼同时说了一个是，就转身走出门去。

桑团长突然想起什么，说：回来！

参谋又转身跑回来，面对着团长问：团长，还有什么？

桑团长说：这么便宜就让他们把人拉走啦？你告诉那个瞎子，让隆丰福为这个女孩儿隆重出殡，买棺买地，搭棚唱戏，最少三天，然后再埋。

参谋小心地问：万一他们不管，这尸首不是要在咱这儿过年啦？

桑团长说：他大头都出了，这个小钱他能不出？他要不管，你就带几个兵，雇几个人把尸首抬到他掌柜住的门口去！

参谋领命而去，在门口对冬娃说：瞎子，隆丰福铺子冻死了人，他要给抬埋送葬的，你回去给你掌柜的说，就说保安团说了，买好棺材选好地，盛装入殓，唱戏三天，最后抬埋，立碑祭奠。如果不照办，就把死人抬到你掌柜的家门口。去吧，商量好了，再来抬人！

冬娃不敢争辩，只好畏畏缩缩，走走停停，好不容易才来到老掌柜府宅门前，鼓了半天勇气才敲门。开门的是牛婶，看见冬娃大吃一惊：哟，这不是冬娃吗，这两天，你跑到哪里去了？到处寻你呢！快进来。

冬娃心头感到一热，眼泪快要下来了。他在牛婶搀扶下，迈过门槛，走进牛婶的房子。牛婶几句问话，就弄清了冬娃出来后的遭遇和来这里的目的。说：正好，老掌柜和大掌柜他们都在，一会儿，我看机会去把这事一说，看他们咋说。

这时，客厅里喊道：添开水！牛婶提起壶急忙过去。

不大一会儿工夫，牛婶小跑过来叫道：冬娃，老掌柜叫你过去！冬娃拿起探竿，背起蓝布袋，哆哆嗦嗦地在牛婶的导引下走进客厅。涵玉让牛婶扶着冬娃坐下，冬娃始终低着头。他们都是坐过冬娃拉车的人，原来精壮的一个小伙子，现在成了如此光景，大家心里都十分同情他。老掌柜首先问道：冬娃，那天回来，走到半路，咋不见你了？

冬娃小声回答：车跑得快，我跟不上。

涵玉说：又叫人顺路去找，也没找到，这两天，你都在哪里呢？

冬娃说：在街上胡转呢，胡吃胡睡呢。

涵玉心疼地说：天这么冷，你又没有钱，冰天雪地的，你都咋过呢？

冬娃当然不能提进铺子找东西拿蒸馍的事，他撒了一个谎：人见是瞎子，要着吃都给呢！

大掌柜问：你想把那个女娃埋了，保安团咋说的？

冬娃一提起柴娟，眼泪就下来了，他哽咽着把跟柴娟认识到风雪夜柴娟无处藏身，冷得实在无法偷偷领进灶火旁，后被赶出，在门口冻死的过程叙述了一遍，语无伦次地说：柴娟因我而死，我给铺子闯下这么大的乱子，我都没脸再进这个门了。柴娟尸首现在还撂在保安团的院子里，我哪怕磕头要饭，也要把柴娟埋了，可保安团不让拉人。

牛婶在旁边提醒说：冬娃，保安团咋说的，你给掌柜的说清楚。

冬娃又把参谋在大门口给他说的那些话说了一遍，最后说：我也不要买地买棺材，也不唱戏，只要把人拉出来，我把她拉回东塬去埋了。

大家都没有说话，其实，都是在等定山说话。

定山很矛盾。一方面，是保安团利用冻死人这件事大做文章，乘机报复，釜底抽薪，欲置隆丰福于死地。这使他心灰意冷，在号房待着的时候，他就下决心从此远离商界，不再与官府打交道。另一方面，他那永不服输、永不妥协的性格，使他咽不下这口气，从定海接他回来的路上，他就在想：自己已经经历过多少风浪了，这不过又是一次，决不能栽在这伙祸国殃民的坏蛋手中。哪怕再斗得倾家荡产，也不能让他们心安理得地残害民众。他想了一下，对冬娃说：冬娃，你先跟牛婶下去休息，我们商量一下再说。

冬娃他们走后，定山说：我想，像去年一样把这个祭奠活动搞大一些，让我姑姑他们来配合一下，揭露保安团残害隆丰福的罪行。他杀我们一个措手不及，我们给他来一个回马枪，就这样不屈不挠地斗下去！明天就是大年三十了，初三开始，搭台唱戏，祭灵出殡，正是过年的时候，连弄三天，保安团就吃不住了。弄不好，这个桑团长也得跟着出丧了。

定山说完，自己先笑了。

大掌柜没笑，涵玉没笑，随后进来的大魁也没笑。

大掌柜说：今年这个事，与去年那个事不一样。那是保安团把咱的人打死了，今年是咱自己人没过门的女人，在咱的门面前冻死了，咱搭台唱戏祭灵出殡，是按着保安团的要求办的，保安团咋能吃不住了？

涵玉也说：不能用同一个方法解决不同的问题。这次，保安团让你大操大办，肯定要防备你借机把矛头对准他们自己，咱们一干，正好中了人家的圈套。

大魁说：给上一点儿钱，派上两个人，帮着冬娃把丧事办了就行了，不必要照保安团说的大操大办。

大掌柜说：跟保安团的恩恩怨怨，不在这一时一事，所谓君子报仇，十年不晚。这回我们让他一次，来日方长嘛！

定山点点头说：好，这事，我就不管了，大掌柜和涵玉看着把这事办了吧！

东民、大魁与牛婶带着冬娃，一起去保安团交涉，那个参谋问冬娃：瞎子，上午给你说的条件，你掌柜的都答应了没有？

冬娃说：都答应了，地是我要求在东塬上买，所以，搭台唱戏，立碑祭奠，都得在我老家进行。

参谋问：是真是假？

东民说：我三个就是专门协助冬娃办这件事情的，掌柜的给了二十个银洋专门办这事情。不会有假。

参谋说：我相信你说的话，如果发现作假，到时候拿你俩是问，你俩把名字写上！

东民、大魁都把自己名字写在门口的本子上，然后，吆上装着棺材的马车，到后院把尸首由牛婶盛殓，抬上车出来。

他们自然没有上东塬。来之前，他们就商量好了，因为冬娃跟柴娟没有正式成亲，不能进祖坟，只有就近找一个有人看管的坟地埋了，这样离城也近，上坟也方便。冬娃同意了，就在出东门不远往南的地方选了一块地，把柴娟安葬了。买棺材花了两块银洋，给坟场一块银洋，其余的十七块银洋，大魁全部交给冬娃。不久，为了便于寻找，冬娃又给坟前立了一块石碑。

冬娃买了一个猪头，打了二斤烧酒，称了三斤盐，另外，捎上些辣子、大蒜、烟叶、清油、调料等，在大年三十晚上，回到了塬上自己家里。

他给了父亲十个银洋，父亲捏着银洋双手直发抖，连问了几声：这是阿达（哪里）来的钱？这是谁的钱？咋来的这些钱？冬娃也不解释，只是说：这是正路来的钱，你不要害怕，放心用就是了。大年初六，冬娃辞别家人又到了省城，他先去柴娟坟上给她烧了些纸，然后坐在她坟前给她吹箫，从下午一直吹到天黑尽，雪花飘飘洒洒地下起来的时候才往城里走。从此，冬娃就走上了四处为家、吹箫糊口的生活。

龙定海那天晚上把哥哥龙定山从保安团解救出来之后，由于还有两个马弁和三匹马，住在定山那儿很不方便，就把马放在车马店让喂着，他带着两个马弁住在钟楼旁南大街的一家秦川大旅社里。第二天一早，他安顿两个马弁到大雁塔去玩儿，自己则在小摊子上买了几件小工具带上，从鼓楼门洞进去，在坊上挑着吃了几样小吃，又在街上转了转，估摸着哥哥吃过饭了，才慢慢向哥哥家踱步而去。

定山正在喝茶，见定海进来，急忙喊人给他安顿早饭，定海说已吃过了。定山又问，昨晚睡得咋样，旅馆里能不能洗澡，等等，定海一一做了回答。看见嫂子出去，定海对哥哥说：我有一些东西在这儿放着，今天，我想把它取出来。

定山并不感到惊讶，很平和地说：那就取吧，要不要我帮忙？

定海说：不用，就在后面茅厕里。是一些银票，还得请哥哥帮忙理分（处理）一下。

一会儿涵玉进来，定海招呼了一下，就到后面去了。大约两袋烟的工夫，定海进来了。涵玉知趣地喊牛婶一块儿出去，就拿起手包跟定海打个招呼出了客厅。

定海打开一个很厚的油纸包，从里头抖搂出几十张各式各样的银票和几块金砖来。定山没有表现出惊讶的神情，他知道，自己这个弟弟是很敏感的，稍有不注意，就会引起他的不快。他翻看了一下，银票加上金砖约有两万三千多元。他不问这些钱的来路，只是说：河南和外县的兑换起来比较麻烦，折头要大一些。你打算怎么办？

定海说：我想都兑换成现洋。

定山问：立马要用？

定海说：不用，现洋搁到那儿放心。

定山说：金砖留下，银票是外省和外县的倒换一下，本地的都没啥麻达。

定海说：哥，你缺钱，你可以先用，等你倒过来了，再给我。

定山说：我不缺钱，再封十回铺子我都有钱。我的意思，现在，我陪你到我关系好的一家钱庄去，把你这些钱给你整个倒一下账，换成他的银票。这样就不乱了，你要现洋，叫他给你付现洋。不过，他们一下肯定拿不出这么多，最多能给一半现洋一半银票。

定海说：行，先倒一下也可以。

由于钱庄倒票还要等一两天，定海又去找了他原来的那些酒肉朋友胡吃海喝了一天，直到大年二十九，才把一切办好。两个马弁也在旅馆里睡了两天了。

大年三十一清早，他们到车马店牵了马，在西大街天锡楼每人吃了一碗肉烂汤香、馍劲味长的水围城羊肉泡馍，冒寒风，踏冰雪来到双水磨父母家。

奶奶病了，气喘病犯得很厉害，已经连续请了几个先生来看过了，药吃了不少，病总是不见好，嘴张着，眼瞪着，气管里发出像鸟叫和刮风似的声音，两手乱抓，脸色发青。柏廉急得团团转，请人到省城去叫定山，才知道铺子被封，定山被抓的情况。柏廉急得一上火，牙疼起来，半个脸肿得老高。定海妈又要拾掇过年的杂七杂八，又要照顾两个病人，还要经管那个一会儿城里，一会儿乡下，吃了饭啥都不管的傻姑娘婕雯，再加上定山铺子出事的消息，她真是愁死了，正在厨房里抹眼泪的时候，定海连人带马进了院子。

看着妈妈一把鼻涕一把眼泪的样子，定海立马让一个马弁骑马去三桥镇置办过年的东西，一个马弁担水扫院，生火做饭。他正要骑马出去请先生的时候，远远看见定山带着涵玉和大魁坐着马车，带着年货回来了。往年腊月二十一过，定山准定就会把过年的东西叫人预备好，准时让大魁送回来；有时，连过年的馍和包子都蒸好一块儿送回来。今年铺子一出事，没人经心这事了，他担心父母着急，昨晚才从保安团出来，今天一早就过来了。

定海一见定山就说：哥，咱奶病了！

定山立马跳下车直奔奶奶房中，奶奶见到定山，脸上显现出喜悦的神情，但还是说不出话。定山摸摸奶奶的额头，又在奶奶胸前扑朔（抚摸）了一阵儿，对大魁说：大魁，你立马坐车回去，以我的名义把宋先生请来，你把太奶的病情给宋先生交代清楚，请他把药带全。大魁答应着跟太奶打了声招呼，就急忙坐上刚卸完年货的三套马车，赶回省城。两个时辰功夫，宋先生就接来了。

宋先生拉起奶奶右手，拿着一个用红丝线缠住的一束针从一个麻钱孔中穿过的晶亮东西，从奶奶大拇指根部沿手内臂上行，在几个穴位上来回做鸟啄状叩击，之后又用一红药饼放在奶奶鼻孔边，不一会儿，奶奶哮喘声没有了，静静地睡着了。一直陪在奶奶跟前的婕雯看着奶奶睡了，也趴在奶奶的脚跟睡着了。宋先生留下几服煎服的中药和几片嗅药，又写了一个羊肉炖参芪的方子，交代了制作服用方法，起身就要走。定山、定海一起拦住，一定要让吃了饭再走，宋先生固执地说：一伙病人等在房子里，我咋能吃下去呀！定山知道他的脾气，立马叫大魁陪着宋先生回去。

看着老人病情缓解，两个儿子又都回来了，定山父母一下子愁云消弭，心情豁然开朗。按照宋先生说的，才嚼了一个芹菜根的柏廉，感觉牙也不太疼了，摸摸脸，好像肿也消下去了。定山妈心里高兴手脚快，涵玉在旁边陪着她说话，两个马弁打下手，她是又擀长面又炒菜，又调汁子又烫酒，宋先生刚走，她的四凉四热的酒菜就摆上桌子，接着又烩臊子又下面。过年的气氛在大年三十的龙家大院显得格外浓烈温馨。

大年初一的下午，定山夫妇和定海坐在上房的客厅里，陪着奶奶和父母说话。奶奶尽管有些虚弱，但过年的喜庆和见到两个大孙子的喜悦溢于言表。她先说他们的父亲：柏廉哪，光操心你的纸场，你也不管管定海至今还没有媳妇，定山至今还没有孩子的事。

奶奶随口的一句话把在座的几个人都说得浑身不自在，特别是涵玉，满脸通红，尴尬不已。定山急忙打圆场说：这两年生意不顺，今年立马就要，立马就要！

定海则满不在乎地说：整天东跑西颠，要个媳妇还是个累赘！等两年再说吧。

柏廉夫妇当然感到了没有尽责的压力，不过，柏廉说：定海的事已经开始办了，去年回来时，给屋里搁了六千银洋的银票，我已交给定山让他在省城给定海看一处房。定山说，定海还给他那儿搁了一千三的银票。定山说，在南广济街给看好了一个三合头（三合院），坐西朝东，要价两万三，说到一万八，定山还嫌高，说摞一摞，估计一万五就能拿下来。

定山说：那个房一万五已经定下来了，铺子一出事，我也没顾上，钱的事，定海就不管了，过了初五，咱去把房看一下。

定海说：钱不成问题，差多少，我补多少，不过，初五看房肯定不行，初三我就得走，我只有五天假。

奶奶说：咋这么急，年都不过完就走？

柏廉说：队伍上的事，说几天就几天，也由不得他呀！

定海妈用手捅了柏廉一下，柏廉突然想起来说：给定海说了一门亲，我刚才还跟人家招呼，过了初五去相亲，这咋办呀？

奶奶说：有啥不好办，明天就去吧！

定海说：这事又不着急，以后再说吧！

定海妈和奶奶都急了，定海妈说：你这一去，啥时候回来也不知道，说一个也不容易呀！

奶奶说：雯雯妈，你跟媒人去说，咱也不讲忌讳，干脆今天让定山夫妻陪着，让定海相个亲算了。

定海有点儿不高兴地说：这也有点儿太着急了吧？算了吧，下回再说！

大家都不说话，奶奶有点儿不高兴了，说：你不着急，我还着急呢，我是有今天没明天的人了，你下回回来，还不知道有我没我，我还想看看我的孙子媳妇呢！定海，别看你穿了一身军装，奶奶说话，你就不听啦？

奶奶把话说到这个份儿上了，谁都没话说了，定海妈立马出门找媒人去了。定海也赶快见风使舵说：行，只要奶奶高兴，咋样都行！

奶奶那牙齿残缺的嘴像花儿一样绽开了。

从房子和门楼看，这是一个中等农户。院子里齐整洁净，上房里陈设得体，八仙桌上方，一幅下山虎中堂雄踞中央，一副上下联陪衬得掷地有声：

长啸一声下山去
雄风只为大王来

可能是过年，也可能是媒人打过招呼的缘故吧，主家穿了一身粗糙且又不合身的长袍马褂，一张满脸皱纹黑瘦的脸，见了满身绫罗裘皮，珠光宝气的定山夫妇和一身戎装的定海，一点儿都没有猛虎下山的威势，却现出一副胆怯猥琐的神情，眼睛看着别处，嘴里不断说着：来了，坐，坐，来了！

媒人见了急忙大声招呼：石东家，省城的买卖大户龙家大掌柜，带他兄弟相亲来了，这个官长就是龙家兄弟。

石东家似乎如梦初醒，看着媒人夸张地使劲点头说：对，龙家，省城龙家，我知道，我知道。

媒人喧宾夺主地拿袖子边擦椅子边招呼说：小户人家，他婶去年人不在了，家里冷清一点儿，可后院子粮食满囤，猪羊满圈，骡马成群，红火着呢！

定海和涵玉把四样礼放在八仙桌上，定山打住媒人话头说：石家老叔，听媒人介绍，咱家姑娘聪明贤惠，心灵手巧，我兄弟在外地队伍上，尚未婚配，因公事紧急，临走之前，前来相亲，事情定得匆忙，大过年的，望老叔不要见怪。

石东家连连摆手说：不怪，不怪！彩霞能跟上官长，是她的福分。

定山笑着说：姻缘，姻缘，就是个缘分，只要他俩有缘分，跟上我兄弟，她肯定是享大福的。

媒人自作聪明地说：男人眼大眉长，腰匾银洋，鼻直口方，骑马撂缰，这个官长几样都占全了。你姑娘不享福，我都不答应！一席话把大家都说笑了。

这时，一个高身挑的姑娘端着一茶盘茶盅上来，走到客厅中央向客人一鞠躬说：母亲去世，家中无人招呼，我只能亲自端茶倒水，彩霞给各位拜年了。又鞠了一躬，然后落落大方地给每一位客人和自己的父亲递上了茶盅。

涵玉看着姑娘匀称的身段和剪裁得体的衣服，特别是给她递茶时那温柔期待的眼神，让她感到她的内秀和灵巧。

定山看着那姑娘端着盘子一番从容不迫的表白，他认为，这个姑娘采取这个亮相的方式，不仅别具匠心，而且事半功倍。如果抛开她的性别，他完全可以收她到铺子里当一名相公。

定海则特别注意姑娘的脸盘，瓜子脸上有阳光的颜色，但这种颜色并不影响她的青春和俊美。一双细长的眼睛平时好像眼皮是略微下垂的，只有那偶然看人的眸子一翻，则显得又大又圆。给他递茶时，那眼睛并不看他，只是把茶盅递到手上时，手有意无意地碰了他手指一下，那手有些粗糙。

彩霞上完茶托着盘子下去了。涵玉在此之前一直注视着定海，从他那一直严肃的神情里没有搜寻到对彩霞的态度，她有些失望。

定山还是多少了解一点儿自己兄弟的，他拉了涵玉一下，二人走到门外。定山对涵玉说：你跟媒人说一下，能不能在明天把婚事办了？

涵玉惊讶地说：还不知道定海看上了没有，你就定了？再说，明天也太紧了吧！

定山说：定海基本上看上了，他只有两三天的时间，就在咱爸这儿连接带娶，老人们心定了，定海也就有了根儿了。女孩儿的衣裳，床上的铺盖，你立马回去给准备，在老范那儿请几个厨子过来，这边新房和待客需用的杂七杂八，我在这儿收拾，你看，行不？

涵玉说：还没听人家的意见呢，你就把一切都安排了？

定山说：跟你说好，我就进去说话呀！

涵玉笑着捅了定山一拳说：你把生意上的手段，用到给你兄弟办婚事上了。说着，又进客厅把定海叫了出来。

定山对定海说了自己的想法，最后说：老人们盼着儿媳妇，涵玉在城里做生意，定洋的媳妇在河南，三个儿子，老人见不到儿媳妇，咋能不着急？你经常不回来，城里的房子也要有人照看，这事一办，你今后回来也就有个根儿了。定海，这事对你是急了些，不过，咱急事急办，一切由我操办，一准办得红红火火，热热闹闹，不叫人说闲话，你看咋样？

定海仍然是一脸的严肃，闷着头半天不吭气，最后说：哥，那就依你吧，不过，一切开销都是我的！

定山说：不行，父母在，这事由父母安排，我来操办，你可以把钱给老人，这事还不能说，是你出钱给自己办的。

定海说：哥，我知道了。

二人进屋，媒人着急地问：大掌柜，咋样了？

定山说：你的媒说到这儿就算说完了，你就等着喝喜酒吧。一会儿，还要好好谢呈你呢！

安顿了媒人，定山话锋一转，对石东家说：石家老叔，咱屋的彩霞姑娘人品好，知事通理，我代表我父母给我兄弟正式来提亲，不知老叔愿意不愿意？

石东家很拘谨地笑笑说：愿意，愿意！

定山说：既然老叔愿意，我就要改口叫姨夫了。姨夫，这是五百银洋银票的聘礼，请你老收下。还有一件事有些突然，还非办不可，也请姨夫一定要答应。

石东家说：你说，你说。

定山说：我兄弟两三天就得回队伍上去，此事又耽搁不得。因此，我想，就在明天把婚事办了，你看咋向？

石东家手捏着银票想了想，然后把眼光转向媒人。媒人知道，他拿不定主意，越俎代庖地说：行倒是也行，这大过年的，只怕这东西不好预备，执事帮忙的不好请。

定山仍对石东家说：姨夫，新媳妇从头到脚的行头，今儿黑送过来，陪嫁的东西也一块儿送来，梳洗打扮伺候陪伴的人，明天天不明就过来，咱这边光把接亲的事情安顿好，就对咧。你看，能成不？

话已至此，石东家也没有更多的顾虑了，点点头说：那就对了，那就对了（这就行了）。

媒人也附和着说：这是再好没有了，啥都安排停当，石东家，你啥心都不用操了。好得很！

定山一看大功告成，说定了接亲时间，立马带着大家告辞出门。

定海的婚礼在细致周到的安排下，红火热闹，体面排场地完成了。当客人散尽，定海带着微醉走进新房的时候，彩霞顶着盖头还坐在炕沿上。看见她，定海就想起昨天她端着茶盘说话时，抬头看人的那一双又圆又大的眼睛。他大步走过去，两手抓起盖头往上一扬，坐在那里的彩霞轻轻仰脸，大眼睛向上一翻，两个互不认识的人对视了半天。他高大威武，一副乡下男人少见的阳刚之气，她感到了依靠，感到了安全，她完全被他夺人的气势征服了。她一把抱住了他的腰，头贴在他的腹部。嘴里小声说：感谢菩萨给了我一个好女婿！

定海扭身坐在炕沿上，双手捧住彩霞的脸，仔仔细细地端详着脸上的每一个部位，享受着纯洁异性带给他的愉悦。彩霞的眼睛也不再闪躲，眉目传情地回应着定海那陌生而又闪动着激情的眼光。军营里清一色的男人，使他似乎已经淡漠了女性的存在，一下子和一个自己可以支配的女人单独在一起，他那蕴藏在体内的对异性的渴求逐渐勃发了。

定海并不是第一次才接触女人，跟细孬他们在一起的时候，一次行动完了，他们总是要放松一段时间，除了喝酒赌博之外，就是出去进行肉体释放。那些职业性的皮肉女人，有的外表打扮得像学生，有的像淑女，有的像官太太，其实，都是一个个出租器官的活体，只要门一关上，没有温馨，没有语言，应付差事的她们动作快得出奇，在你还不知所措的时候，眨眼工夫，她们已经像一条鱼一样光溜溜地躺在床上，叉开大腿在向你招手。因此，定海对女人有一种既渴望又排斥的矛盾心理。

就在两人逐渐缠绵即将进入佳境的时候，彩霞忽然起来，整理好衣服下床，把多余的灯吹灭，吩咐伺候人打来一盆热水，把门关好，扭了一条热布帕让定海擦脸，然后自己擦脸，最后把温水倒进另一个瓦盆里，三下五除二脱了定海的鞋袜，给他仔细地把脚洗干净，自己再洗脚。做好这一切，她才从容地放下帐子，铺好被褥，帮着定海脱下衣服，自己再哆哆嗦嗦地把腿伸进被窝，定海看见她那雪白的长腿，顺手一拉，像一只老虎一样把她猛扑在身下。

今年的冬天似乎特别长，龙抬头的日子都过了，天气才开始连续放晴了几日。被寒冷逼在屋里一个冬天的人们，纷纷走到街上，来到城外，望着被层云覆盖，光线依然耀眼的天空，长长地吐了一口气，把那长期郁积在胸中的烦闷、忧愁和不满，尽情地发泄出来。

定山自从保安团回来以后，除了回父母家之外，就再也没出过门。涵玉知道他心烦，就每天找着和他说说闲话，逗逗他开心。大掌柜还是每天过来商量些事情，给他讲一些外面的事情。定山只是看看书，写写字，再就是一个人坐着发呆。涵玉看着，心里很是发急，唯恐他这样闷出病来。开始，她有意多与他缱绻缠绵，希望他提高兴趣、振作精神。但定山当初的那种如饥似渴的威武雄风已经不再了，代之以敷衍了事，应付差事的样子。看着天气好，涵玉又想拉他出去透透气，定山十分勉强地坐在洋车上不想下来，只是让洋车在城外的路上漫无目的不停地乱跑，而他则面无表情地看着眼前的景物不为所动。

看着定山萎靡不振的样子，涵玉最了解此刻定山的悲愤和失意。她知道，这个昔日叱咤风云的商界骄子受到重创之后，他正在承受着巨大物质损失和精神挫伤的双重折磨。这个折磨，他自己默默承受着，既不愿意让别人分担，也不愿意向别人倾诉。她不怕他消沉，因为消沉是暂时的，过一段时间，他就能摆脱。她怕他沉沦，折戟沉沙的沉沦才是最可怕的。她认为定山目前只是消沉，她要让消沉中的定山尽快摆脱重新振作。定山振作了，隆丰福才能振作，隆丰福这个事业才有希望！

涵玉当然也明白，保安团这次对隆丰福的打击是毁灭性的。它的阴险狠毒在于，从底子上铲断了隆丰福的存在根基：收入最大的经营门面没有了，销售和库存的几百个品种，价值几万银洋的货物没有了，创用了十几年的招牌也被砸了，铺子有经验的雇员也被驱散了。更为恶劣的是：保安团借机败坏了隆丰福的名声，对外把它宣告成一个管理混乱，纵容作恶，残忍无情的商户形象。这种杀人不见血的软刀子，比封门散货更歹毒，更邪恶。它的险恶用心，就是让隆丰福在人们的唾骂声中消亡，并永远无法翻身。这才是定山咽不下这口气，却又无能为力消沉的原因。

涵玉知道，自己是能够让定山摆脱消沉重新振作的最主要的人，但在使用了几套办法之后，几乎不见效果，涵玉很有些失望。一天，她看着定山午睡之后，交代了侍候人好生看护，拉上牛婶坐着洋车一起到加工场去找大掌柜。

铺子的相公和伙计们，其实并没有被驱散。他们在大掌柜的管理下，每天都坚持到加工场点卯，有事无事都要接受统一的安排，铺子每月还给大家开支着生活费。在大掌柜的心里，隆丰福迟早还要恢复，隆丰福是西安不可或缺的商户，隆丰福在西安还会有更大的作为。对于定山目前的状态，大掌柜没有刻意地劝他。他知道，定山是有头脑的人，不仅大小道理，他都很明白，而且是个一点就通、举一反三，眼观三步六路棋，开局即能定输赢的人。在一般人看来，他眼下好像心灰意冷，无所事事，甘居失败，实际上，他现在正进行着激烈的心灵拷问，灵魂反思。大掌柜认为，定山最不甘心的是这种：人为刀俎、我为鱼肉的任人宰割的现状，最不明白的是，自己一个本分的生意人，为什么总是被搅进与官府带有瓜葛的旋涡中？最想寻求的答案是：怎样才能不受干扰地按照自己心思，把事业做得像汉口那些大工厂、大字号那么宏伟，那么有气势！这些都是定山以往在跟他闲聊时透露过的。当时，说这话的时候，生意做得还比较顺，只是遇到一些小的不愉快时候说的。因此，他认为，定山目前的情绪起伏是可以理解的，有几个人能在自己事业经历了一场特大浩劫之后无动于衷，泰然处之呢！他相信，经过痛苦的消沉，在大彻大悟之后的隆丰福老掌柜，一定会有更大的作为。

大掌柜认为，隆丰福这支随着铺子成长起来的雇员团队不能散，这是铺子重新兴起的立柱和大檩。有了他们，一夜之间即可为隆丰福撑起一座辉煌的商业巨厦，如果把这些人撒出去，立马在古城的行行业业都能成为出类拔萃的人物。现在养着他们，就是给隆丰福积聚着人才，养着他们，就是养着希望，养着财富，养着铺子的根本。

当涵玉来到加工场的时候，大掌柜正在和东民、大魁、长泰几个一起商量经营的事情。看到涵玉进来，大掌柜做了个请坐姿势，继续说话：针对目前无门面可用，无货可卖的状况，如何创造机会，渡过难关，大家可以不拘一格，畅所欲言。

东民主张先打开番子地以货易货的路子，他人熟路熟，带货上去，换回紧俏货回来，或趸销或储存，咱们始终保持手中有货，来回一趟出进都能挣钱。就是风险稍大一点儿，人辛苦一点儿，但竞争对手少，利润也可观，还能把现在无事可做的人用上。

大魁主张在周边小城市重开隆丰福铺子，保住隆丰福的招牌，先试着开上两三家，统一经管、统一供货，以货好价低取胜，以铺子数量多弥补销量少。

避开保安团，在西安以外一样能做生意。现在有人，加工场可加工一些适合农村穿用的衣裳，加上库存的底子，能解当前燃眉之急。

长泰主张重回老铺子，自己把门面打开，重新开张营业。他的理由是：保安团告示说，听候处理，现在货也让他们倒腾完了，处罚也处罚过了，我们还要吃饭，还得活下去！我们的铺子，我们的门面，为什么不能开？

大掌柜静静地听着，一言不发。涵玉也仔细听着，脑子里迅速分析着各人的方案。几个人仍然论证着自己的观点，指出对方方案存在的问题，争得面红耳赤，谁也没有占据上风，最后，都把眼睛转到大掌柜和涵玉的身上。涵玉笑着看着大掌柜说：干爸，你说说吧。

大掌柜清了一下嗓子，喝了一口茶，才说：三个人的方案各有千秋，都是不错的想法，不仅有眼下可以考虑的，也有今后能够着眼的。不过，目前这三个方案实行起来都有难度，甚至可以说，立马一个都干不成！拿东民的方案来说，以前这是一条很好的生财之道，后来由于沾上烟土和枪械，咱坚决不干了。现在要干，想一想，番子地大概有好几年都没去了吧？那些老关系都还在不在，你不清楚；现在需要什么货，你不清楚；路上的情况如何，你不清楚。几个不清楚，谁敢把货往过放？如果能把这些情况都弄清了，这个事不但能做，而且还要做大。因为，那边不但可以换货、卖货、买货，还可给加工场带来订货。

涵玉轻轻点点头。

大掌柜继续：大魁的想法有新意，化整为零，化大为小，避开保安团的锋芒，把隆丰福的生意做到西安周边的小县市去。这个方法一般都是生意做大了，在周边设分号，还很少听说光设分号而没有总号的。另外，生意扯得线长，管理有困难，费用也高，我以为立马执行不太可能，但以后确实是可以考虑的。

涵玉沉思着。

大掌柜继续：长泰的想法很好，在原址上重打鼓，另升堂，敢不敢？敢！但风险太大，保安团并没有宣布原来的告示解除了，在不了解保安团态度的情况下，贸然行动，保安团敢封你第一次，就有可能封你第二次、第三次，这是拿鸡蛋碰石头的莽撞行为。不过，倒是给我一条启示，可不可以跟保安团接触一下？如果可以通融，倒不失为一个好思路。

大掌柜滔滔不绝地把三个人的方案点评了一遍，有褒扬有否定，头头是道。三个人都低下头琢磨着点评的要义，心里不能不佩服大掌柜剖析事理的能力和把握全局的眼光。大掌柜说话结束的时候，客气地说：正好，内掌柜也在这儿，看内掌柜对刚才大家说的还有哪些看法。

涵玉对铺子的事情一般都是听定山的，要谈看法也是跟定山和大掌柜在一起谈，当着二掌柜这些人，她还很少发表自己的意见。大掌柜请她说话时，她还真有些慌乱；不过，很快她就稳住了神。她开始一板一眼地摆出自己的见解。她说：咱们的铺子遭难了，就跟乡下的庄稼遭了水灾或旱灾一样，需要排涝或浇水，具体怎么个做法，需要领头人拿出办法。今天，除了几个把式头和两个二掌柜不在之外，隆丰福基本上拿大事的人都在这儿呢！

涵玉看了一下三位，继续说道：古人说，疾风识劲草，板荡识诚臣。跟人交朋友一样，只有这时候，才能看出朋友的真假，铺子的忠奸。刚才，大家说的方案，我都听了，都是帮助铺子渡过难关的好计良方。我想，如果让大家再好好筹划一下，还能拿出一些好的办法来的。当然，正像大掌柜说的，每个方案都有不足，这不要紧，不足的补足，不就行了。我的意思，在没有更好的方案出来之前，这三个方案三管齐下，按大掌柜说的，都进行尝试，哪个可行，就先试行那个，三个都可行，三个都进行。哪个不行，停下来就是了，多花两个钱没有啥。这个事，我去跟老掌柜说，他会支持的。干爸，不知我这样理解，对不对？

大掌柜开始请涵玉说话，只是客气性地礼让一下，尽管他知道，涵玉现在看问题处事情，比以前水平提高了不少，但没想到，她今天不但讲得有理有据，而且提出三管齐下，大胆尝试，不成功也没关系的想法。这对一个女人来讲，不能不说是一种了不起的大胸怀、大胆略，他不得不重新审视这个见人总是盈盈笑脸的内掌柜。但他心里也在想，涵玉看来也有定山的处事风格，既然他们是刘邦，那我就当好萧何吧！

方案既然确定了，大掌柜就分别安排他们三人做好各自方案的准备和完善工作。他给每个方案都写了一个详细的调查要点，要求他们在五天之内写出调查结果，然后，他又写了一个三项方案的实施计划，并简单作了一个预算，东民的计划是一万，大魁的计划是六千，长泰的计划是五千。合计为两万一千。

预算交给定山后，定山看了很长时间，最后放在桌子上一言不发。涵玉看过之后，对大掌柜说：我看可以，是不是还少了点儿？

大掌柜说：这只是个初步设想，调查回来，再征求他们意见，最后确定。投钱多少，还要看事情进展情况再作决定。

涵玉说：好，干爸，你给咱把辕驾好，放开叫几个年轻人去闯，我跟定山给你当后盾，我相信，咱这回能扑腾起来。

大掌柜说：定山暂时不管事，你把大旗擱起来。隆丰福就是在不断的抗争中起来的，我也相信，这回，咱一定能扑腾起来。

第六天上午，三个人各拿着自己的调查结果来找大掌柜。

东民在报告中主要回答了几个问题。他是跑到一百多里的铜官上头，北去贩货车队必经之地的金锁关，在车马客栈里专寻从番子地回来的车队的头儿喝酒，获得了很多难得的情况。原来东民熟悉的几个大客商都听不到音信了，只有一个外号叫灰狐的客商现在做得很大。另外，又多了很多新客商，他们需要的货品很复杂，从茶酒布绸、瓷器调料、精米细面到染料白纸、生漆板胶、珠宝珍玩无所不有。他们能提供的货品有狐皮、熊皮、貂皮、狼皮、狗皮、羊羔皮、二毛皮、老羊皮、地毯、毛毡、皮靴、皮帽、钟表、刀枪、鹿茸、鹿胎、羚羊角、银器、铜器、金器、玉器等。由于局势动荡，物价不稳，一般都采取以货易货的方法交换。实在无法换货的才付钱。路上，蒙古境内有时能碰上零星劫道强人，有的给钱就能过，有的则要自己武装护卫。结论是，生意可做，风险较大，要预备武装护卫。

大魁这几天也跑了西安周边的几个县城，看了街道，门面，问了房租，了解了当地人的购买能力，当地有些什么铺子等，并一一作了记录。结论是，渭北泾阳、三原、高陵三县，是陕西的白菜心，西安的粮仓库。三县人少地宽，土地肥沃，粮食富裕，民众购买能力较强，可以在此处选择设铺。号称的金周至、银户县，更是陕西的膏腴富庶之地。依山傍水，田土平整，浇灌便利，出产丰富，购买力自然较强。也是设铺的首选。县城中心最好的门面每月租金铜子儿一百二十到二百枚。以结实耐用的服装、鞋帽最受欢迎。另外，家用的布棉、染料、尺剪、绳线、瓷器、插屏、中堂、祭祀用品等，也非常有市场。

长泰托人见到保安团的军需官，军需官在收了两瓶西凤、两包卷烟之后，答应问一下桑团长。后来听军需官说：桑团长说，我还没寻他们，他们倒是自己找上门了，要回门面可以，再交一万银洋就算了。长泰还想亲自找桑团长谈谈，桑团长说，他来不行；要来，让他掌柜的太太来，不要钱都可以！长泰气得脸都青了。不过，长泰却带回来一个新消息：中山大街上的昌裕德染料行关门了，听说要转出去。

三个方案都摆在大掌柜的桌子上，长泰的方案首先被打了个叉，否决了，在东民的方案上，大掌柜在首页上批了个：风险大，但能做，路子疏通，货品要选得合适，把能去的人选好，何时举动，慎重研究后确定。在大魁的方案上，大掌柜批了个：先把要派的人选好定好，办店的宗旨、路数确定好。派去的人要能独当一面，去了之后要能在当地扎住脚。然后，先试着开上一两家，能办就想办法一定办好，不能办，就不要勉强，不追求遍地开花。

涵玉把三个方案反复看了几遍，对大掌柜的批示深以为是，看来似乎保守的大掌柜在云谲波诡的商海中辨风向，识暗流，避险礁方面，真是一位经验独到的老水手。在铺子经营的大事上，自己还是缺乏历练和经验，大掌柜观察人和事的眼光和把握分寸的能力，不得不让人佩服呀！

一天，涵玉带着牛婶出去办了个小事回来，发现定山正在慌忙收拾东西，房子里还有一股味儿。她没说什么，趁着定山出去上茅厕的机会，把炕柜里的东西拿出来一看，是一套精致的抽大烟的工具，还有一小堆包装精美的银色小块块。她不动声色地把这一套又放了回去。等定山回来洗完了手，给他倒上茶，笑着给他讲了一个刚才出去碰到的可笑的事儿。她说：一个三十岁出头的女人，领着个七八岁的女孩儿，在端履门看见一个穿长衫戴礼帽的男子，从背后上去扯住长衫的后襟，连骂带打：你个死鬼，十几天都不回家，自己在外头快活，把我娘儿俩撂到屋里不管，我今儿个也不活了！说着，女人一扯，男人一挣，那旧长衫也不结实，后襟立马被撕下半截子。也不知是没钱买裤子，还是为了图凉快，反正那男的里头只穿了两条打到膝盖上头的单裤裤腿，跟咱铺子里买的套裤差不多。裤腿上头拿了几根绳子在腰上吊着，腰以下到裤腿，啥都没穿，白晃晃的一个屁股露出来。说到这里，涵玉已经笑得直不起腰了，气也上不来了，趴在桌子上还咯咯咯笑个不停。定山也被她感染得笑了起来，不过，只笑了几声，想起小时候村子里不少人家，一家人只有一两条裤子，谁出门谁穿的情景，他也笑不出来了。

涵玉的笑话还没说完，她继续笑着说：女人扯男人长衫后襟的时候，男人没提防，等长衫后襟撕扯下来，男人也急了，一边用袖子捂住屁股，一边骂道：你个丧门星，扯哪搭不好，你扯这衫子，这衫子还是借人家王老五的，今儿黑了，王老五还用这衫子娶寡妇呢！涵玉又笑得晕了过去，定山也不能不笑了。

天刚擦黑，大掌柜坐着洋车来见定山。

这几天，大掌柜根据长泰报告中染料行转让一句话，不动声色地到现场观察询问，又到周边其他行业铺子打问染料行的生意情况，最后同染料行的大掌柜就转让问题简单商谈了一下。现在，他是来向定山和涵玉汇报染料行转让情况的。

大掌柜说：北上番子地和周边开分号的事，叫年轻人调查再筹划，他们热起来是好事，咱们要凉，先搁两天，冷静下来思谋好了再操持。我这两天抽时间考察了长泰说的那个昌裕德染料行。染料行当，咱以前没沾过手，但这是个大行当，小到一家一户，大到村镇染坊，县城染场，可以说，与人人穿衣裳用布有关。西安城里现在共有三家，昌裕德是最大的，三间门面，五十多个品种，一个月的销量都在两三千多，东民到番子地去，还在这儿调过货呢。它的大掌柜说：如果咱接手，他可以把全部客户的资料都交过来。

涵玉问：既然生意还可以，为啥他自己不干了？

大掌柜说：这个情况，我专门问过了，染料行的老掌柜年纪大了，生意做得很吃力。两个儿子，一个在汉口的学堂里教书，一个在兰州的政府里干事，两个人都不愿意回来接手这个铺子。老掌柜斟酌再三，决定忍痛割爱，连货带铺加上招牌一伙转让。

定山问：有多少存货？有没有债务？房租是多少？

大掌柜说：存货他们盘点了一下，大约一万块，色比台、样板柜、铺柜、台秤、戥子、储料柜、储料罐、货架，还有些专用的杂七杂八的东西，全部都给咱留下，开价两万八。房子是门面三间，楼上三间，后院两间库房，一个院子。整个布局跟咱钟楼根儿底下那三间门面基本一样。房子可卖可租，卖是连地皮是五万五，不带地皮光房是三万八，租金是每月七百六。债务他说，他屁股底下的屎，自己擦干净。

定山听了半晌没说话，大掌柜知道他在权衡着这件事情的利弊大小。涵玉则在回忆着这个铺子的位置，门面的样子，她想了半天，也没有一个完整清晰的印象，因为她从来没用过染料，也没注意过这个铺子。她给大掌柜和定山续上茶水问：干爸，你看，这事比服装的生意能好，还是不如服装生意？

大掌柜抽着水烟思索着咋样回答涵玉也是定山的问题。他吹掉水烟锅里一口香的烟灰，缓缓地说：生意场只能说车走车路，马走马路，各有各的行当，各有各的做法，无法比较那一行比另一行更好。只要市场上有的，都是有人需要的，行当好和不好，只有看谁做得好，谁做得不好，很难有截然的好坏之分。就拿估衣服装和瓷器来说，西安现在大大小小的铺子都有十几家，隆丰福应该是做得最好最大的了，铺子门面大，货品样子多，相公们接待得好，讲解得好，成交之后临出门，还根据天气情况，给买主送个草帽呀，扇子呀，冬天送个毛耳套呀，套袖呀。大件的东西，让伙计送货上门；遇到残次货，拿来就换；不想要的，只要没损坏的，要退就退。这是咱的经营法宝，尽管其他铺子也学咱的，学了皮毛学不到真经。并且，他在学，咱的法子也在变，叫他永远撵不上咱们。当然，万变不离其宗，咱的做最大、做最强、做最好的老宗旨、老根本不变。咱要是把做服装瓷器的那一套用到做染料上，染料是不是也能做得很好呢？

大掌柜把话说完，才注意到定山已经睡着了。涵玉带着歉意说：你看，正商量大事呢，他倒心宽睡着了。

大掌柜说：这也不是急事，让定山好好筹思一下，染料行那边，也先凉一下，在西安像咱这样的能拿下这么大铺子的商号不多！说完，就起身到加工场去了。

过了几天，大魁偶然碰到厨子吕师的兄弟、保安团做饭的吕槐树，问他还在保安团，他说：保安团干不成了。问他为啥？他说：保安团人都开走了，你不知道？

大魁这才想起早晨路上有人说，督军的人马开走了，城西那边的枪声乱成一片，没想到，保安团也跟着走了。他问吕槐树：保安团开走了，没说啥时候回来？

吕槐树说：把我的工钱都没开完，说是回来补，可人家把锅都背走了，大小东西一伙拉完了，那架势就是不回来的样子！我把铺盖先搁到我哥那儿，再寻个地方落脚。

大魁立马跑回去，把这个消息报告给干爸龙定山。涵玉出去了，定山一个人躺在大床上抽大烟，大魁兴奋地跑进来大声嚷嚷着：爸，爸，爸，保安团跟督军都一块儿跑啦！保安团连锅都提走咧！

定山躺着一动不动，甚至连眼皮都没眨一下。大魁的兴奋一下子变成没劲，他放低声音说：城西边枪声从半夜响到清早，督军府和保安团这两个地方听说都没人咧。定山还是一动不动，他只好知趣地从内室退了出来。

听到大魁关上上房格子门，走到天井石板的声音后，定山猛地翻身起床，面朝南面跪下作揖叩头，嘴里念念有词：观音菩萨保佑，害人的魔障罪有应得，此去必入死境，永世不得返回！菩萨保佑，菩萨保佑！魔障罪有应得，此去必入死境，永世不得返回！菩萨保佑，菩萨保佑！此刻，定山泪流满面，饮泣无声，用发自内心的真诚，祈盼感谢菩萨保佑。他内心的阴霾自此一扫而光。

定山亲自到染料行考察，他问得很细，大货能出多少，大到多大为大？小货能出多少，最小的一笔生意是多大？初一到十五，哪天生意好，哪天不好，为什么？每月盘点的账，他要查看，每天的出货账，他也要查看。哪些货卖得好，主要走到哪些地方，客户是谁？把个染料行的大掌柜问得手忙脚乱，穷于应对。事后，他对别人说：看看隆丰福的老掌柜，人家生意咋能做不大？问的都是经营上的要紧三关，掐的都是生意上的玄关命门，咱这一点儿筋筋道道，人家三下五除二，就把咱掏得一干二净。这个染料行到了隆丰福的手里，准能成个摇钱树啊！

定山在把染料出货走向和进货渠道都搞清楚之后，又把进出差价，中途费用，拆零损耗，以及主辅料配方，染煮方法，投料技巧，等等，也都问个大概，在胸有成竹的情况下，与大掌柜一起，与染料行的老掌柜和大掌柜正式商谈昌裕德的转让问题。

商谈的过程很简单，两个大掌柜先交手，最后才是两个老掌柜在大事已定的情况下，嘻嘻哈哈地说些无关痛痒的大实话。

商谈一拉开架势，对方当然不是李大掌柜的对手，整体转让价压下了四成多，八万三的要价最后以五万银洋成交。双方交锋的过程中，大掌柜认为，对方的大掌柜是个诚实负责熟练的执事者，跟定山低声商量之后，当即决定把他留在染料行内继续管事。另外，还挑了五六个精干的相公抓库管，抓配料，抓客户联络，抓门面应酬，各人的月例依照原来定制，暂时不变。协约当时写好，四个人就在不远处的鸿运楼围桌而坐，举杯相庆，范大掌柜又当中人又下厨房，一应交割，都在酒桌上处理完毕。昌裕德七十岁的老掌柜拿到协约和银票的时候，悲从心起，泪流不止，临出门时，把一张二百银洋的银票塞到自己原来大掌柜的手里，哽咽着说：跟着龙掌柜谋个好前程吧！柳大掌柜哭着跪下向老掌柜谢恩，大家看了都唏嘘不已。自此，昌裕德就归在隆丰福的门下了。

真是筹划得再好，不如机缘来得巧。突然插进来的染料行，把原计划的北上番地和周边设分号的计划暂时顶到一边了。大掌柜把长泰调来担任染料行的二掌柜兼账房，协助原来昌裕德的柳凤臣大掌柜主理染料行的事务，同受李大掌柜节制。经过反复商量，染料行还用原来的字号名称不变，除原来留下的几个掌柜外，隆丰福又补充进来七八个掌柜和相公。定山和李大掌柜经常过来，一起商量销售方面的问题，他们很注意柳大掌柜的意见，不仅支持他的一些想法，而且鼓励他大胆实施，销量很快就上去了，重新开业的第一个月，销量就达到今年几个月的最高点。

保安团一跑，隆丰福两个铺子的封门处罚，也就自动解除了。大魁按照定山的安排，分别到两个铺子的前前后后查看了一下，一切都还正常，没有被破坏的迹象，他只是把那已经残破的告示给撕了。他刚准备往回走，迎面就碰上地皮商周掌柜。自从前几年铺子失火，他干了对不起人的事情之后，七八年了，他不敢去见隆丰福的二位拿事的掌柜，只是找大魁、东民这样的能跟拿事掌柜说上话的二掌柜传话。老周一见面不由分说，硬拉大魁去附近的酒馆坐一坐，大魁推辞不过，只好随他到酒馆坐下。老周东拉西扯地说了一些不打粮食（毫无意思）的淡话，然后故作神秘地问：听说你们把昌裕德连皮带肉都买下了？

大魁有意逗他说：我爸还打算再买几个铺子呢！

老周听了，像吃了个猫尿浇了的酸梅杏一样龇牙咧嘴地说：呀！隆丰福真像人家说的是个烧不死，打不烂，整不垮的铁豌豆，而且越弄越大！

大魁说：督军呀，保安团呀，这些都是过眼烟云，忽而地来了，忽而地不见了。只有咱们才是坐地虎，不是有一句话叫坐地为大吗？咱坐在当地，咱不长大谁长大？

老周酸不溜溜地说：唉，都是坐地，这几年，你们都长成大老虎了，可我还是一只小老鼠！

大魁有意揶揄他说：为人首先要讲究心地良善，心善才能心宽，心宽才能容人、容事，结交人，才能有人促烘你，有大人缘儿才能干大事业。其次，是一个信字，也就是诚信，人无信不立，不讲信用的人没人跟你打交道。做生意，宁可自己吃些亏，都不能干那些坑蒙拐骗的事情。我爸这一辈子就是得益于这个善字和信字，因此，在吉凶祸福中不折不弯、不败不垮，事业才能越做越大。

大魁把从大掌柜那儿学来的东西，恰如其分地给这个曾经背信弃义、唯利是图的家伙上了一课。

尽管老周不住地点头，但他知道，再这样谈下去，自己只能越来越尴尬，他把话头一转说：保安团已经跑了，你们两个铺子撂在那儿不开，损失多大呀！

大魁趁机又耍弄了他一下：我爸可能不想要钟楼根儿底下这个地方了，他想换换财气。

像谁拿锥子在老周屁股上刺进去一样，老周一咧嘴，气急败坏地问：为啥嘛？为啥事嘛？

大魁不动声色地说：听八仙庵的道士说，你的那一块儿地方风水不好，不管是谁，干上两年准得出事情，因此，他想重找个地方。

老周说：这是哪个杂毛老道说的？正东正西，坐北朝南，聚气顺风，旺角富边，这么好的地方，别人抢都抢不到手，你们还不想要了！

大魁从老周神态就知道，他最害怕隆丰福不要，因此，故作无所谓地说：有谁想抢啦？让给他吧！

老周也故作豪爽地说：谁抢也不给，这个位置只给隆丰福！他起身给大魁酒杯里倒满了酒，又把两盘菜朝大魁这边推了推，笑嘻嘻地说：你还得给你爸美言几句，让隆丰福就在这儿不要走嘛。

大魁把酒一饮而尽，站起来说：周掌柜，你放心，我回去一定给我爸好好说，这个铺子让他不要换地方。说完，装作摇摇晃晃的样子走了出去。

客厅里，定山正和大掌柜、涵玉、东民一起在商量两个铺子开门的事情。见大魁进来，定山问：两个铺子的情况怎么样？

大魁把查看的情形讲了一遍，并说，从外边看，基本都是原样，要开，立马就可以开门。

定山说：要好好收拾一下。重开，一定要有新气象，不能窝窝囊囊关了，再窝窝囊囊地开。开，就要开得风风光光！大魁，你和东民，一个在南院门，一个在钟楼根儿底下，把门面和里头重新收拾一下，该置的货柜、桌子、板凳一切用具，赶紧就置办。咱的货是现成的，选个好日子，大张旗鼓地正式开门！

号称不死凤凰的隆丰福，又一次在浴火后重生了！

第十三章

清明那天，定山刚到南院门铺子楼上坐下，大掌柜也上楼来，人未坐下先说话：范大掌柜病了！

定山吃了一惊：什么病，啥时候？

大掌柜说：我还不清楚，刚在染料行听柳大掌柜说的。

定山问：你这会儿事忙不忙？不忙，咱俩一块儿去看看。

大掌柜嘴张了两张，最后说：走，有一件事，路上给你说。

二人坐着洋车向东而来。路上，大掌柜说：东民中午跟我提出，他不想在这儿干了。我问，为啥，他说，他自己想出去闯一下。

定山半天没吭气，他脑子里在飞快地分析着原因。嫌月例低？不低呀，他每月二十五个银洋，在隆丰福是最高的，在周围这些商号里也是最高的，一般商号，二掌柜也就是十到十五个银洋，有些商号大掌柜也不过拿二十五个银洋。每年年终，给他最少一百银洋，还不算临时重大成交奖励的三十、五十。他想当大掌柜？不可能，他的老师在这儿当大掌柜，他永远都不敢僭越，况且，他的能力与大掌柜相比，根本不可同日而语。大掌柜是运筹帷幄，指挥全盘，而他只能是按部就班，具体实施得出色一点儿罢了。大概是自己感觉翅膀硬了，想单挑了。说句老实话，东民现在是隆丰福能力最强的二掌柜，他思路开阔，敢于应对挑战性强的工作，有思想，肯吃苦，能够独当一面，应该说，这是一个难得的人才。想到这儿，他问大掌柜：你没劝他一下？

大掌柜说：东民我了解他，不深思熟虑的决定，他轻易是不会说出来的。因此，我只是让他再想一想，并没有劝他。

正说着，洋车已经到了鸿运楼，二人直穿餐厅来到范大掌柜的卧室。范掌柜仰面朝天睡着，眼睛紧闭，嘴张得很大，打着呼噜。鼻子下嘴唇上放着半丸红药丸。床旁边的小柜子上放着一个未喝完的药碗。侍候他的是一个年龄约有二十三四的妇人，她面容姣好，衣着打扮显然不是厨房后面打杂的下手，但也不是范掌柜的夫人，不仅是因为老范在西安就没有家眷，而且她的语言举止显然也不像个主妇。能够解释的是，要么是亲戚，要么是相好。定山想，不管是谁，现在能在老范身边的，就是最难得最可贵的人！

大掌柜倒是见过她两次，这妇人一见来人就回避了。因为是个人私事，老范不说，他也不好问，但心里明白，肯定不是一般关系。

定山问：先生来看过了吧？没说老范是啥病？

妇人答道：宋先生来了两回，说是脱症，已经让人把药送来，煎了之后给灌了下去。宋先生说，晚上一定要再灌一次药，并在鼻子下面和脚心里都还加了嗅药和贴药。宋先生还特别叮嘱，跟前一定不能离人。

定山问：前头门面现在谁管？

妇人说：他发病前有时叫我管一管。现在，我也顾不过来了。

定山问：现在，除了缺人手，还有啥难处？钱缺不缺？

妇人说：再有个搭伙的人就好了，钱，我这里有。

定山说：一会儿就派两个人过来，主要侍候病人。你主要把门面经管好。平时，这银钱进出，你都清楚吧？

妇人说：这些我都清楚，他每天的账都是我给记的。

定山说：这就好，不到万不得已，门面轻易不要关门，生意还要做好。我派的人白天晚上都在这儿，你给她们安排事情就是了。

大掌柜已经把拉洋车的宁娃叫进来，定山告诉他说：你把车拉回去，把牛婶和夏月荷接过来。给她俩说，这几天在这儿侍候病人，要她俩把该拿的东西都带齐。宁娃答应着拉车走了。

大掌柜很客气地对妇人介绍说：这位是隆丰福的老掌柜，我们都是范掌柜最好的朋友。

妇人噢了一声说：是龙掌柜呀，老范整天叨叨你们，我听见过你们说话，没看见过人。龙掌柜，麻烦你了。

大掌柜说：范掌柜不省人事，救人事大。我问几句话，你不要见怪，弄清了，咱好办事。

妇人说：我知道，你要问我和范掌柜的关系，我就直接告诉你。我姓程，叫爱如，去年春上从陕北逃荒跑下来的。看着这是个饭馆，我经常在这儿讨口吃的，主要是这里的掌柜跟伙计不太凶。时间一长，范掌柜看见我老在这儿，就打问我的家世缘由，我都如实给他说了，他问我愿不愿意在饭馆打杂，我一听有吃有住，就答应了。时间一长，感到他人好，他也让我帮他经管些事务，到后来，他的生活起居、穿衣吃喝，都由我照看了。

定山他们一听，心里就全明白了，都认为老范这样安排，是有他的道理的。牛婶和夏月荷来了之后，定山给她们交代了照看范掌柜的具体事项，要求勤喂水，勤翻身，擦身洗脚，水火侍候（大小便）一丝不苟。一有啥事，赶紧给他招呼。牛婶是个聪明透顶的人，老掌柜一交代，她就领会了定山的意思，她说：我明白，黑白不离，把人照看好，听范太太的安排。

在去天顺堂的路上，定山说：这位程爱如既非明媒正娶，又无三朋六友做证，是个不知根底的外路人。她要是好了，不管范掌柜如何，她奉汤喂药、贴身侍候，养老送终，然后由她执掌鸿运楼的家业，这是最好不能的了。她要是不好，看着范掌柜这般模样，把老范的资财一卷跑了，老范的后半世，可咋过呀！

大掌柜说：这个事，刚才我也考虑了，跟宋先生商量一下，无论人和酒楼，咱们都要出面管一管，一定要把老范得病期间的事情管好。

宋先生见定山他俩进来，老远就说：我才说过去给你们打招呼呀，你们倒来了。

定山说：老范这么大的事，你应该早说，咋弄得一下子就昏迷不醒了呢？你看，这病要紧不要紧？

宋先生说：这病来势凶险，我回来重给他配些药，再用针灸强行刺激一下，熬过了这两天，就有救了。

定山说：老范一倒，鸿运楼齐茬没人管了，这个姓程的女人自称是老范的人，可无凭无据呀，万一她卷包走人，这不是把老范坑了！

宋先生说：你不说，我倒还没想这事，你一说，这还真是个事呢！

正说间，芙瑞祥绸缎庄的常松亭老掌柜进来了，一见定山就说：哎呀，龙掌柜也在呀，这老范的病，现在到底要紧不要紧？

紧跟着又进来了三位，有鞋帽庄的付掌柜，罗家烧鸡的罗掌柜，常有余米面铺的席掌柜。都是到宋先生这儿打听范掌柜病情的。一个个见了龙掌柜和大掌柜赶紧打拱问好，显得格外客气。

宋先生急忙安排大家坐下，招呼人送烟递茶，然后介绍范掌柜的病情，并请大家放心，他会竭尽全力抢救范掌柜的。几位后来的掌柜们七嘴八舌又问又说，表示了关切之后，先后离开，绸缎庄常老掌柜见他们走后，也起身要走，定山说：老掌柜请留步，还有些事情要一块儿商量。常掌柜那肥大的屁股刚抬起又稳稳地贴在椅子上，散开的二郎腿又架了起来。

定山说：宋先生，我先说两句。有些话，你不要犯病（多心）。范掌柜这病抢救过来，十天半个月也不一定就能恢复到原来的样子，何况，现在人还昏迷不醒。他已经无能为力，性命就捏在宋先生手里，鸿运楼离开他，生意也是风雨飘摇。我们几个作为老范平时最好的朋友，这时候不能光关心一下就行了，要切切实实为老范帮些忙。

常老掌柜说：定山的话说得好！朋友就是到了这时候，才分真假呢。老范在这儿孤身一人，现在性命交关，又有一摊子家业摆着，咱们确实要一块儿替他想办法。

宋先生说：老范有痔疮，时好时坏，不肯用药。因此，这病起因有一段时间了，精血亏损，阳气衰微，以致突然人事不省。好在老范刚交五十，仍属壮年，我一定尽心尽力，把他抢救过来。不过，这生死有命，富贵在天。重病的病情变化，有如春天的天气，风雨无常，不仅变化让人琢磨不透，而且让人猝不及防。

大掌柜说：我有一个想法，说出来供大家参考。能行就办；不行，咱另想办法。

宋先生说：你说，你说，都是自己人，说出来大家商量。

大掌柜说：头一个是老范看病的事，老范的病不是一般的病，不能离开人照看，也离不开先生随时处置，可宋先生跟老范一个东一个西，离得太远，能不能把老范搬到宋先生药房的跟前，这样随时查看，就近处置，是不是好一点儿？我知道可能有啥忌讳，看看宋先生能不能怎么变通一下。

宋先生想了一下说：可以，我的西隔壁过去三家有一间空房，还有厨房，正好可以租来用。现在，天慢慢暖和了，架个火盆就行。这样，我一天可以多来几趟，随时就能查看。一会儿叫人去把房谈好，今天收拾一下，明天就可把人搬过来。至于忌讳，事已至此，也顾不了许多了。

定山说：大掌柜，你再说第二个。

大掌柜说：这人搬过来了，酒楼咋办呢？没人经管，或者经管不好，酒楼生意垮了，连名气都垮了。这个垮了，以后再想立起来就难了。

常老掌柜说：这话说得是，吃喝行当就是卖个招牌名气，名气一垮，你的门面再大，口味再好，没人来，急死你，都没办法！

大掌柜接着说：因此，我想我们要以最好的朋友名义，联络几个人共同处理范掌柜患病期间的治疗、酒楼营业、银钱出进的问题。这样，就能够解决咱担心的老范的开销、收入和家产问题。老范好了，连钱带账一块儿交给他；老范万一不在了，这些钱和物的处分，也有个依据数目，不至于让谁在这里边钻了空子！

宋先生说：好，大掌柜真不愧是运筹帷幄、决胜千里的诸葛亮，把这事办好，咱也不愧跟老范朋友一场了！你现在就说，下一步该咋办。

几个人一起仔细商量着处理这些事情的细节。

当天下午，宋先生、常老掌柜、定山和大掌柜四人一起坐车来到鸿运楼，宋先生先给老范号脉针灸，又把嗅药在鼻子的位置调整了一下。几个人就在老范卧室坐下来，让程爱如一起坐下说话。

宋先生对程爱如说：这几位都是范掌柜的挚友，也是当地有名的商铺掌柜。范掌柜病势沉重，一时半刻恐难恢复，有关病人的照看，酒楼的生意问题，都必须立马解决。我们四位代表范掌柜的所有朋友，来全权安排他的一切事情。对这个做法，看你还有啥话要说？

程爱如说：多亏范掌柜有你们这些好朋友，你们来替他安排这些事情，真是太好了。不然，我都不知道该咋办了，前面饭馆到明天就开不下去了。你们咋说就咋办，我就是服侍范掌柜，让他早一天好起来。

宋先生说：好，难得你对范掌柜的这一片忠心。我有几个问题问一下，希望你有啥说啥，不要回避。头一个，是范掌柜的存款在什么地方，有多少？

程爱如说：存款在哪儿，我不知道，收的钱都是范掌柜自己收着，平时只给我一些零花钱，昨天到今天的酒饭钱，我收着，今天买菜又用了一些。说着就掏出一把钱放在桌子上。

宋先生说：这些钱，你收着。你跟范掌柜也一年多了，银钱的事情，不能一点儿不知道吧？

程爱如说：他每隔两三个月，就要给湖北老家汇些钱去。平时，我只见过他有时开床底下的一个箱子，我也不问他，所以，其他的啥事我都不知道。

宋先生说：好，一会儿咱当面把箱子打开，把范掌柜的东西清理一下，作个账，以后范掌柜病好了，给他也有个交代。这第二个，我们准备把范掌柜挪到西头我住的地方，为的是随时看病用药方便，你是跟范掌柜过去侍候他呢，还是在这边照看酒楼？

程爱如说：范掌柜好着的时候，对我很好；现在他病了，正是我报答他的时候。这酒楼或开或关，你们咋定都可以。范掌柜到哪儿，我到哪儿！我一定把他照看好。

宋先生感动地说：好，有你这几句话，范掌柜没有白交你一场。我代表范掌柜的朋友，先谢谢你了。

接下来，众人从床底下拉出一个不太大的铁皮包的木箱，程爱如从范掌柜身上找到钥匙，宋先生亲自打开箱子，把里头的银洋、银票，还有些别人的借据等等，由大掌柜一一登记造册，箱子大家推来让去，最后决定还是由宋先生保管。程爱如把范掌柜的生活用品整理好，坐着马车和范掌柜一块儿来到五味十字，牛婶和夏月荷也跟着过来。

定山回到家里的时候，涵玉已经吃过饭了。定山把在宋先生家里讨论范掌柜生病处理的情况，给涵玉讲了一遍。涵玉关切地说：也真是的，范掌柜孤身一人，突然又得了这个病，你们应该全力以赴给范掌柜帮忙！她又问：那个程爱如，你们怎么办？

定山说：首先，把那个程女士按照范掌柜的亲人对待，大事小事都跟她商量，但最后定板还是宋先生。常老掌柜和我，大掌柜管些具体的事情。现在有一个麻达的事情，要跟你商量，而且非你不可！

涵玉吃惊地问：你该不是让我去照看范掌柜吧？

定山笑着说：咋能让你干这事呢，牛婶她们不是在那儿嘛，怎么想到那儿去了？

涵玉说：哪还有什么事情要跟我商量的呢？你总不能让你老婆去开酒

楼吧！

定山一下大笑起来，接着抱起涵玉就亲了一口说：我说，我们涵玉聪明过人吧，果真如此，一下就让你说准了，就是让你去主管鸿运楼！

涵玉一听连连摇头说：这不行，这不行，这种事情，我可干不了！

定山就把他们商量的前前后后都说了一遍，最后说：实在找不出人了，派个男的过来吧，也没有顺手的人；再者，与程女士沟通不方便，一般人还拿不住她。想来想去，只有你啦！

涵玉说：你龙定山在西安也算是个有点儿名气的人啦，咱大小铺子也三四个呢，你让我在鸿运楼那个什么人都有的地方去经管，尽管我少出头露面，但也不能一点儿不出来。何况，有人知道有个女掌柜，故意寻茬找事，我见不见？这些人借酒装疯，闹出点儿事情，对你的脸上无光不说，你生气不生气？另外，你的朋友又多，来了叫我，我出面不出面？搞价的，欠账的，要多加个菜的，你答应还是不答应？定山，你把这个事情想得太简单了！

涵玉这么一说，定山也感觉到，让涵玉经管鸿运楼的安排有欠考虑。当时，他和大掌柜、宋先生、常老掌柜一块儿商量时，考虑过好几个人选，都认为不合适，只有涵玉既有经管能力，人又活泛机灵，跟程爱如配合，应该不成问题。现在涵玉指出酒楼的这些情形，不仅存在，而且定山都亲眼见过，把涵玉推到这种场面跟前，也真让她难于应对。更何况，隆丰福这么大的名气，让自己太太去经管酒楼，也真不成体统。定山不好意思地说：事出无奈，实在是挑不出人呀！

涵玉说：怎么就挑不出人啦，我就能给你推荐一个。

定山说：谁？你说是谁？

涵玉说：牛婶，牛玉莲。

定山一听就泄了气说：她，一个下人，只能做些家务，她能经管酒楼？不行，不行。

涵玉说：你不了解牛婶，那是个很有心计、很有能力的女人。她丈夫死了之后，婆家不能容她，她就搬出来了，哥嫂也不待见她，她就给人洗衣服，补衣服，掐野菜，自己养活自己，从不求人，三十多岁，泼辣能干，遇事有主意，要紧三关知道咋说咋干，她要是个男人，一定不比那几个二掌柜差！再说，我们女人为什么就不能当二掌柜？

定山说：管酒楼，她行？那可是啥人都有！

涵玉说：她一准能管好。咱铺子有些事情，跟她说，她都能出个主意呢。再说，她归我指拨，有事，我给她拿主意。

定山高兴地说：要是这样，那可太好了，你管她，我更省心，就按你说的办！

牛玉莲临危受命，从一个端茶递水的粗使婆子变成了酒楼掌柜，尽管她知道，她仍然是在做一个下人的事情，但她明显感到肩上担子的分量了。不过，经管了鸿运楼以后，这个原来并不被人注意的人，她的管理才能，才有了充分发挥的空间。

第一步，她跟程爱如一起组织厨师、堂倌、伙计，利用每天上午空闲时间，把鸿运楼的里里外外、楼上楼下仔细地打扫了一遍，坏了的墙围、桌椅、窗户、窗帘等，该修的修，该洗的洗，该换的换，把墙壁全部都粉刷了一遍，连厨房那多年不动的地方都翻了一遍，把里头打扫粉刷得干干净净，破旧的碗筷勺碟，都淘汰调换成新的。把雅座和大厅又拿龙涎香熏上，让人进来就有一种清雅的感受。还把多年不管的财神神龛也清理干净，摆在进门显眼的地方，献上点心、鲜果，点上供香，让人看了真有一种红运大发的感觉。

第二步，把厨师召集到一块儿，要求厨师们每人献出自己的看家菜肴，把现在的菜谱调换一遍，并在门口用大水牌写上新增加的各式菜肴的名字。每个厨师都固定一种菜盘的花式，谁的菜客人点得多，超过一定数量，月底有赏。堂倌招呼客人，客人赞扬或点菜点得高贵，达到一定数量，月底也有赏。

第三步，为了招徕食客，在水牌上专门加了一条：点菜三个，送汤一盆。点菜五个，送荤菜一个。

此三步一出，立马就引来不少食客前来尝稀罕，来客一进门，就觉得鸿运楼环境大变，接客的方式和菜肴的味道明显感觉好多了，特别是送菜送汤，笑脸相迎并温馨问候，心里舒服多了。几天之后，生意就慢慢红火起来了。鸿运楼的做法，让其他酒楼、饭馆恨得牙齿发痒。恨虽恨，还得照着学，可有的毕竟是画虎不成反类犬！

东民主动找老掌柜谈了一次。他的理由很简单，在隆丰福干得很不错，但这不是自己的事业。他认为，他出去能为自己干点儿事情。定山听了之后，再也没有劝他，只是告诉他，闯一闯也好，商海凶险，危机四伏，每走一步都要慎思慎行，不能没有朋友，也不能乱交朋友。最后，又送了他五十个银洋，助他创业成功。东民含泪拜别了引导他走入商海的主人。这个踌躇满志的年轻人，从此走上了一条艰辛曲折的创业之路。

两天以后，范掌柜醒了，尽管人很虚弱，见来人仍然客气地打招呼，在程爱如的侍候下，很勉强地喝了半碗面汤，隔了半个时辰，又喝了半碗汤药。宋先生给他号完脉，说了一些要计较（注意）的事项，又给夏月荷交代了几句，就过药店去了。据夏月荷说，晚上，程爱如就跟范掌柜睡在一起，她无法在屋里待，只好回到鸿运楼，跟牛婶住在一起。

一天中午，定山和大掌柜陪一位客人在鸿运楼里吃饭，天顺堂宋先生的一个学生上气不接下气地跑过来说：龙老掌柜，我家先生请你过去，范掌柜可能不行了。定山吃了一惊说：不是都缓过来了嘛，咋又不对了？立马向客人表示了歉意，让大掌柜继续陪客，自己坐着洋车飞也似的朝天顺堂而来。

范掌柜还是仰面朝天躺着，宋先生给他的身上、脸上、头上扎了不少针，程爱如趴在范掌柜的身旁，看着他饮泣不止。定山赶到时，宋先生正在号脉，脸色很难看，见到定山进来轻轻摇摇头。夏月荷给定山搬来一把椅子请他坐下，定山盯着宋先生一言不发。许久，宋先生把范掌柜的胳膊放回到被子下面，轻轻地站起来说：不行了，穿衣服吧！程爱如哇的一下哭出声来。

连续七八天，定山、常老掌柜派的大掌柜、宋先生，以及范掌柜的几个相好的朋友都在忙碌范掌柜的丧事。老范才五十出头，又没有夫人，所以，身后的事情从来都没有准备过。而几个大男人商量置地买棺，抬埋发送等大事，都头头是道。可亡人穿什么，戴什么，含什么，拿什么，铺什么，盖什么，谁都说不清楚。正在大家犯愁之际，定山想到牛婶，立马让夏月荷坐上车，让夏月荷替代牛婶，换牛婶过来操持这一切。

牛婶一到，这个事情所有程序都立马捋分（条理安排）出来了。入殓一套，衣物备品，时间安排，先后次序都确定了；祭奠一套，灵堂七单，奠酒献饭，次序排列，化纸焚香，响器乐人，都安排得井井有条；抬埋一套，打墓清堂，迎魂接神，摔盆出殡，也都有章可循，按部就班。

程爱如始终把自己置于孝子的位置。擦身洗脸，穿衣戴帽，奠酒献饭，摔盆打幡，化纸哭坟，无一不是由她一人担当。连续七天，除了做事，她都全身重孝跪在灵堂前。她真切的哀恸，一丝不苟为老范所做的一切，声嘶力竭与老范的最后诀别，让那些原本对她抱有偏见的人，都纷纷改变了看法。许多妇女在她哭声的引导下，形成了领唱之下壮观的合唱。那幅用碳铅画出来的老范画像，看着这么热闹的场面，脸上充满了笑容。

埋完范掌柜的当天，程爱如就病了。她躺在床上气息奄奄，脸黄得像涂了一层蜡。宋先生号完脉给开了一服药说：不要紧，主要是劳累和悲伤过度，休息一下，再将息将息，三五天就好了。牛婶把她接回到鸿运楼，一天三顿饭两次药精心侍候，不时嘘寒问暖，像亲人一样关心她。程爱如每端起碗，都感动得热泪长流，身体稍微好一点儿，就挣扎着想下床，牛婶总是按住她说：妹子，好好休息，躺着，你还没好呢！

三天以后，程爱如下床了，身子尽管还是一晃一晃的，但吃饭喝药都是坚持自己来，她对让人这样伺候很不习惯，她总认为，自己就是伺候别人的人。这两天，她和牛婶已经比较熟了，知道了牛婶经管鸿运楼的事情，她认为这是天经地义的事情，人家是城里人，人家是本地人，就应该让人家经管。这两天牛婶通过拉家常，也把她的身世大致了解了一些。这也是个苦命人哪！

她是陕北洛川人，是家中最小的姑娘。十六岁那年，被十里路外一家财东看中，以十两银子的价钱，被财东买回去给小她三岁的傻儿子做媳妇。傻儿子啥都不懂，只知道逮蛐蛐、挖屎巴牛玩儿，晚上把脏衣服一脱，就睡得跟死猪一样。她刚过了一年不愁吃不愁穿的日子，傻儿子的两个已结婚的哥哥就盯上了她。一个夏天的晚上，她已睡着了，有人敲门，她毫无顾忌地就开了门，一个人扑进来就把她压在炕上，她不敢喊，害怕财东听见骂她，那人力气很大，她反抗了一会儿，就身不由己了，借着月光她看见是傻子的二哥。他二哥临起身时还说：受活得很吧，傻子又不懂弄这事，以后我常来，不叫你守空房。以后，我敲门你就开！走出门又转回来给炕上撂了一盒擦脸粉。她又生气又害怕，坐在炕上半天不敢动，哭了半天。她刚想下去关门，又一个人影儿进来了，她吓得哦了一声，来人上前一步用手捂住她的嘴，小声说：妹子，嫑哭，嫑言传，哥跟你说个悄悄话。

她生气地说：二哥刚走，你又来，我叫咱爸咱妈呀！

他大哥说：你刚跟老二在炕上翻云覆雨，我都看见咧。你不能跟他受活咧，见了我，你就给咱爸咱妈告我呀，这不行吧。你跟他咋样，就跟我咋样！说着就把她衣服剥了个精光。

就这样，兄弟两个你来我去，把她当成个发泄桶。后来，两个嫂子发觉了，不敢说自己的丈夫，反而骂她是个狐狸精，甚至用枣刺刮她的脸。财东害怕两兄弟闹出丑事，对自己名声不好，也害怕兄弟争风吃醋影响家庭和睦，经过反复讨价还价，交给人贩子，把她卖到邻县的窑子去。她给上房送茶后出门时，听见那个来人问：就是这个？人样儿不错！今儿个能不能把人带走？里头叽叽喳喳地小声说了一阵儿，她听不清，赶紧跑回自己的房子。她知道窑子是什么地方，她死也不到那些地方去！她收拾了一下自己的东西，用小包袱绑在腰里，然后带上傻子女婿出门，她婆婆看见也不问她，因为每天都是如此。就这样，她顺着大路跑到县城，刚到一家馍铺买了个馍还没顾上吃，人贩子和她公公就追了上来，劈头盖脸打了她一顿，然后把她手绑住推上马车就走，他公公拿了钱就回去了。

天黑下来，过了一个村庄又一个村庄，她也不知道走到哪里。突然，车轱辘掉进一个坑里，车身一扭走不动了。车把式和人贩子俩人又抬又推，车轱辘就是出不来，累得满头大汗。她借口解手下了车，趁着他俩又推车的机会，一头钻进路旁的苞谷地，摆脱了人贩子。她知道自己相貌好，容易招惹人注意，她就用锅黑把脸抹黑，把头发弄乱，把那一套较好的衣服翻过来穿着，这样一捯饬真成了个要饭的了。她顺着路尽量朝南走，因为南边不冷。六七年的时间，她当过小庵的尼姑，给一个寡妇当过干女儿，跟着野台班子学唱过戏，也不知道过了多长时间，一个初冬的下午，她来到了西安，后来就碰上了范掌柜。

听她说，范掌柜在湖北公安县还有一个七十多岁的老娘，他是在汉阳给一家大商户当厨师时，跟一个丫鬟相好让人发现，被赶出来后到的西安。先开小饭铺，由于为人厚道，加上菜炒得好，生意特别红火，后来就盘下了这个饭庄，原来是一排四间平房，他筹钱盖了这二楼假三层的酒楼，换个名字叫鸿运楼。范掌柜是个孝子，到西安后就没回去过，但他每两三个月都要给老娘写一封信，汇二十块钱。他提起老娘就泪流满面，打算今年过年的时候回去看看娘，还说，要带程爱如一块儿回去。

牛婶流着眼泪给涵玉讲了程爱如和范掌柜的身世，弄得涵玉也是一把鼻涕一把眼泪的，都对程爱如产生了深切的同情。

范掌柜百天过罢，按当地风俗，亡人魂灵就彻底离开居屋，灵堂就可以拆除了，家里一切也就恢复正常了。但程爱如坚决不让拆，她说，范掌柜不会离开她，她要陪着他。

定山先找宋先生商量，鸿运楼原来只是考虑老范有病，由我这里帮着经管。现在，老范亡故已经一百天过了，鸿运楼这个事情到底咋办，咱得拿出个根本的解决办法呀！

宋先生倒是很沉稳，笑着说：鸿运楼让你的人一管，生意红火了，你就这样一直管下去，就对咧！

定山说：这是人家老范的财产，老范人不在了，还有他老娘，还有程爱如，不能这样黏嘛摊稀（糊里糊涂）撂下，应当捋分清白，拿出一个最终的处理结果才对呀。

宋先生说：好，这是个正经事，也是个麻烦事，还真得下些功夫把它处理好。明天下午，咱在鸿运楼商量一下，还是常老掌柜，你的大掌柜，你和我四个人，对不？

定山说：人还是这四个人，可地方放在鸿运楼不好，那个程爱如在，你叫她参加还是不参加？我的意思，放在中山大街我的染料行的楼上，那儿宽敞，说话也方便。

宋先生说：好，还是你考虑的细发，就在染料行。

第二天，四人准时来到染料行，在二楼客厅坐下，望着宽敞整洁、布置得体的环境，宋先生和常老掌柜羡慕地说：定山的生意越做越大了，也越做样样越多了，真是经商全才呀！

定山客气地说：定山能有今日，全凭各位朋友促烘，老范大哥没少给我出力呀！

长泰上来摆上神禾塬的沙果，切好的灞河滩梨瓜（甜瓜），给每人冲上一杯宁夏三炮台，问了一声定山：老掌柜，还有啥事？定山摆摆手，他就下去了。

大家七嘴八舌一直讨论到日落西山，最后总结出下面几点：

一、鸿运楼的资产，包括范金鸿（范掌柜的名字，由程爱如提供，宋先生查借据证实）的遗产，归范金鸿所有。宋联瑞（宋先生），龙定山，常松亭（绸缎庄掌柜），李万禄（大掌柜）等四位范金鸿的生前好友为遗产管理人。

二、鸿运楼房子、地皮和家具、餐具等共估价四万银洋，以不低于四万的价格出让。

三、如暂不能出让，鸿运楼以每月一百五十银洋出租，承租期最少不得低于一年，连租三年者，每月租金为一百二十银洋。租金每半年一交，承租者必须有省城内知名商铺作保。

四、遗产和遗产所产生的利润，统归遗产组成，必须两人在场，方能记账或出账。遗产管理人为无偿管理，非经四人共同商讨，不得动用款项。

五、程爱如为范金鸿生前同居好友，照料侍候范金鸿一年有余，因范金鸿生前并无书面或口头遗嘱，因此不能定为范金鸿的遗产继承人。考虑到程爱如的实际情况，一次性付给她银洋伍佰块，此后不再与范金鸿遗产有任何纠葛。程爱如有在鸿运楼经管并取得月例的资格。（若出让不含最后此项）

六、有关范金鸿遗产的处分，根据情况随时商讨后确定。

四人签章

××年×月×日

四人把这个议定告诉了程爱如，程爱如哭倒在地，感谢范掌柜的朋友给她这么宽厚的待遇。她说：我从没有想过得到范掌柜的财产，我只认为，范掌柜是我的恩人，我要侍候他一辈子，为她做牛做马！谁料想，范掌柜这么短的时间竟抛下我，自己先走了！

在商量鸿运楼的经管问题时，宋先生和常老先生都赞成由隆丰福把鸿运楼兼并了，可定山死活不愿意接手，理由是，没有专门人才经管，自己也管不过来。建议把出售和出租的告示贴到门口，看有没有人接手。但告示贴出去七八天，来人问得多，真正想接手的人少，并因此让鸿运楼的生意也不如以前了。看到这种情况，大家认为还是维持现状，继续由牛玉莲经管，程爱如协助。由于鸿运楼在一种无主管的状态下经营，正常开销、用品购置、进人出人，都必须经过四人商量决定，而他们又不可能经常到一块儿商量，牛婶她们也是临时经管，拿不了大事，只好能干多少干多少，凑合着经营，当初的热情也减下来不少。由于种种原因，酒楼渐渐在管理疲软中，呈现出效益下滑的态势来。

每天上交的钱逐渐减少，宋先生亲自到酒楼也看过几次，晚上生意最红火的时候，客人也稀稀拉拉只坐了几个。他首先坐不住了，立马召集其他三位商量。常老先生说：开酒楼，一定要有拿事的人坐在那儿随时应酬，该添就添，该免就免，敬烟递茶，八面玲珑，由人代管，限制太多，酒楼肯定就干不好！

宋先生也说：常老先生一言中的，酒楼现状就是如此。我想，还是从根子上把这个病治了。

定山说：宋先生，有啥想法，你就直说。

宋先生说：鸿运楼连房带地皮加上生意，咱估了四万是不是太高了？我的意思降到三万五，想办法把它处理了，咱确实也管不好。

常老先生说：如果降到三万五，确实便宜了，这房跟地皮就值这么多，还不说生意和家当。要是这个价给外人，就亏了。

大掌柜问：看来，常老掌柜是有想法？

常老先生说：我就是有钱，也没有这个人呀！我是不想，不过，肥水不流外人田，我看，还是定山把这一摊子收了吧！

宋先生说：我也是这个意思。

定山说：感谢二位的好意。我也看出酒楼最近生意不尽如人意，这样下去，的确坚持不了多长时间，可我接的话，隔行如隔山，也不一定就能干好。尽管有个牛玉莲，可终归是个女流之辈，难当大任呀！

大掌柜说：现在三个铺子，经营上千个品种，跨了几个行当，实在有些顾不过来了。

宋先生开玩笑地说：服装、皮衣、百货、瓷器、染料、衣被加工，连马掌你都打，你啥弄得不好？我看，就差一个酒楼了。

常老先生说：真是，真是，再有一个酒楼，你这吃穿用行都全活了。定山，这是好事，你接了，肯定挣钱！我要是有个牛啥莲，我毫不犹豫就把它接了。

定山跟大掌柜耳语了几句然后说：既然大家抬举我，既然又是范掌柜的好朋友，既然我的人现在又经管着鸿运楼，我要是再推脱，就不识抬举了。我有两个条件，首先，这个价格四万就是四万，我不能跟我死去的老朋友讲价钱。再者，刚收购染料行时间不长，手头不是太宽裕，我想先付个两万，以后每年付一万五，两年付清。看行不行？

宋先生和常老先生一齐说：这算个啥条件，尤其是付款，我们还说，让你一年一万，分四年还清呢！

定山说：既然这样，现在就写一份交割协约，我派人回去取银票。

宋先生磨墨摊纸，准备协约。大掌柜写了一张手谕，定山看了一下，脱下手指上带的戒指，戒指面上蘸了一点儿印色在手谕上盖了一下，长泰立马回老掌柜府宅找涵玉取银票。

不到半年时间，隆丰福店铺已经扩充为四个，衣食住行的品种都有了。

东民离开隆丰福之后，在家里大睡了三天，其间大哭了一场。媳妇史竹青问他：既然自己闹着要从隆丰福出来，劝都劝不住；现在为什么又号啕大哭，是不是后悔了？他生气地说：我哭，是哭我有幸进了隆丰福；我哭，是哭我终于离开了隆丰福。没有隆丰福，就没有我的今天；离开隆丰福，才有我辉煌的明天！

媳妇听了似懂非懂地说：黏话满口舌拌嘴，就像黄狗喝凉水！明天，明天，我还不知道拿啥去买面呢！人常说，大丈夫眼中有白银，膝下有黄金，既然有志气出来，就不怨不悔干自己的事情，男人最没出息的就是跪下求人，没主意痛哭。开弓没有回头箭，明天的事情先覅管，先想想今天你咋办！

媳妇的几句话把东民说得很不好意思，但他没想到，他的女人能说出那几句因埋怨而顿生的哲理性语言来，在眼下这样的时候，这几句话，对自己是很有启发和鞭策作用的。

媳妇的话，让他彻底斩断了对隆丰福的依恋，并且使他悟出了一个道理：不断奶的孩子永远长不大！奶既然已经断了，长大全靠自己了。其实，在他萌发离开隆丰福想法的时候，他已经确定了自己的创业计划，他要像龙掌柜一样在省城闯出一片自己的事业。他认为，自己不乏智慧，经商的技巧如数家珍，山南海北的朋友也不少，唯一缺乏的是相当数量的资金。他认为资金不成问题，哪个朋友还不给他帮个忙！他踌躇满志，志在必得，立马确定了一个北上番子地以货易货的计划，列出二十多个品种，准备三辆大车，前后不出三个月时间，如果顺利的话，净赚三千个银洋是可以的。有三千银洋，自己的事业就扎住脚跟啦！

东民避开隆丰福到其他铺子谈进货，这些比隆丰福小的铺子掌柜从来见到东民都是点头哈腰，把他请到客厅好茶招待，老掌柜亲自出面洽谈。听到东民说要进货，掌柜的脸上笑成一朵花，但后来一听说，东民已经脱离了隆丰福自己单干，想要赊货或者先付一半款的时候，掌柜的脸上那朵刚开的花，立马像含羞草一样收了起来，变成了一个让人看了很尴尬的咸菜疙瘩。东民就不明白，以前，只要他开口，赊货就赊货，付一半就付一半，咋说咋行。怎么就几天，咋就这么不爽快了呢？这一家说：最近小号存货不足，没有那么多的量，我们还要应付门面。那一家说：自己出货就得见现钱，小本经营实在周转不开。走了几家，尽管推托的理由各种各样，但万变不离其宗：不见现钱不发货。只有一家说是商量商量，东民看着也是推辞的话。他的满腔热情被浇上一盆凉水，豪情壮志被打得七零八落，怀着羞愤的心情走进了一家酒馆。

今天的遭遇是他没有想到的。他第一次领略到商界的世态炎凉，想着如果带着货到了番子地，也是这个样子，他不由得浑身打了个冷战。半斤凤翔大曲已经喝完了，他还不想回家，又加了三两。下酒的花生米已经吃完了，他舍不得再要一盘，因为他知道，自己手里的钱花一个少一个，没有进钱的日子，这些钱花起来，会像是消雪一样很快的。

突然，有人拍了一下他的肩膀，他抬头一看，是原来保安团文书王世光。王世光穿了一身西装，打扮得油头粉面，一副春风得意的样子。他对这个乡党很有些瞧不上眼，上次处理被押人员的事情，约好在酒馆见面，老掌柜还等着消息，可他就是不闪面，在哪儿都找不到他，弄得自己在大掌柜、老掌柜面前很没有面子。这种人就是西安人称的谎儿流，要紧时候靠不住，不好交。不过，眼目之下，东民正是自感落魄之际，碰上这个家伙，也只好强打精神，强笑为欢，请他坐下一起喝酒。王世光一看，一盘水煮花生米只剩下一点儿汤水，心里就明白东民当前的不如意了。他立马招手叫来堂倌吩咐：一盘烧鸡，一盘腊牛肉，一盘炝莲菜，再来一壶好西凤！

王世光坐下，望着已经略带醉态的东民说：兄弟咋一个人喝闷酒？是不是跟弟妹打嘴仗了？

东民尽管醉了，但心里还很清楚，他不能在王世光面前露出自己窘迫的样子，尤其他今天这身打扮，让他很不舒服，就说：我从来就不把女人的事情放在心上，今天一个人高兴自己出来喝点儿酒。老兄，现在在哪里高就呀？

王世光说：跟着桑团长撤到河南以后，打了两场败仗，我看，咱在队伍上也没有啥混头，就给桑团长告了个假出来了。出来后，我到汉口、浦口去了一趟，发现有很多生意，咱都能做。

一听这话，东民立马来了精神，问道：有啥生意可做？

王世光问他：你真有兴趣？

东民说：能挣钱，谁不感兴趣，你先说说是啥生意。

王世光看看周围故作神秘地说：是日用百货。

东民一听，就泄了气说：日用百货哪里没有，这是啥好生意！

王世光说：这你就不懂了，这些日用百货都是东洋货，样子好，色彩艳，价钱还便宜，好卖得很呢！

东民说：说来说去，是日本人的东洋货，那就干不成，西安抵制日货烧了好几回了，我们龙掌柜在街上把自己的东洋车都砸了，这事弄不成！

王世光不紧不慢地说：抵制日货是一阵一阵的，学生们闹腾起来了，就不卖了，过了这一阵，连学生自己都买开了，谁还抵制呢。你是做生意的，你咋就不知道看风行船的道理？

东民说：这么说，你已经干开了？

王世光说：顺风顺水地干了两趟小买卖，这回准备干大一点儿。

东民装作无所谓的样子劝王世光：喝酒，喝酒！

王世光也不再说其他，只是一杯一杯对着喝。菜吃光，酒喝净，王世光拉着已经站不起来的姜东民说：走，我带你去个销魂的地方，消消咱心头这杂七杂八的窝囊气！一个大男人，一辈子不拾掇个十个二十个女人，咱裤裆这万货

（家伙）就算是白长了！

一辆洋车拉上他俩消失在夜色中。

鸿运楼接管的协约签字画押的当天晚上，定山和大掌柜就让人把牛玉莲叫到府宅，与涵玉一起跟她仔细商量酒楼的经管问题。定山先叫牛玉莲谈谈对鸿运楼经管的看法。牛玉莲说：三位掌柜信任我，叫我经管鸿运楼，我也尽心尽力想管好，但这个差事跟小媳妇一样不好当。我举个例子，有人请客花了不少，结完账，问你要个烧鸡，你给不给？不给，把人得罪了；给了，这账没地方出。再比如，队伍上的来吃饭，十有八九钱给不够，三个银洋给两个，有的只给一个，你一争执，他眼睛一瞪，还想打人，你说，你有啥办法！范大掌柜人家好处理，连撅带骂，哈哈一笑：交个朋友！我就不好办，每一宗都在账上记着呢，我卖了多少，就要交多少，总不能这里写个送一只烧鸡，那里写个少给两个银洋，写得多了，你们不问，我都难为情。吃饭的打个碗，算谁的？买来的鱿鱼没人点，坏了算谁的？唱莲花落的在门口，不给钱不走，给不给？不给不行，给了咋记账？以前没干这事，不知道难处，弄了这几个月，越管越难管了。不是我叫苦呢，实在不好干。你重派个人，我给他打下手都可以。

牛玉莲滔滔不绝说了一大篇，诉了不少艰难，倒了不少苦水，三个掌柜听了都能够理解，他们明白，不是这个酒楼开不成，而是对酒楼管的法子不对路。这个不同于门面，你买我卖，它是迎来送往现场伺候人的行当，还真不能用管铺子的方法去管。铺子还有相公、二掌柜、大掌柜，这里就她一个，铺子对她也没有办法规定清，哪个咋办，哪个不能办，也真够难为她了！

定山喝茶不吭气，大掌柜只是抽烟，涵玉问道：那你的意思是怎么才能经管好？

牛玉莲说：我说个不恭敬的话，每天，只有你去坐到那里，才能管好。

大掌柜说：你说这话是不可能的。现在，咱要商量铺子咋样既能省事，还能叫你经管好，还有啥办法？

牛玉莲说：我还想不出啥好办法！

定山问：你给宋先生交了这么长时间钱了，不说最好的，也不说最差的，中不溜儿的一个月是多少？

牛玉莲说：最高交到三百二十个银洋，最差就是这一个月，至多能交一百五十个银洋。这些都是刨过厨子和其他人的月例后交的，不算房钱。

定山说：如果你经管鸿运楼，咋弄我都不管，也不要天天交钱，每月由你付清厨子和其他人的月例，给总柜净交二百个银洋，你看能不能经管好？

牛玉莲说：二百个银洋不成问题，那要是多交的呢？

定山说：每多交十个银洋有你半个，当月尾数不够，累计够了就给你。

牛玉莲问：那我的账还记不记呢？酒楼的厨子伙计，究竟由谁管呢？避奸溜滑的，偷拿混吃不想要的，是由铺子叫走，还是由我这儿叫走？还有，我那儿不敢搁太多的钱，一个月交一回不行。

大掌柜说：他牛婶儿，你始终都要清白，鸿运楼是隆丰福的财产，一个碟子两个筷子都是龙老掌柜的，你只不过是铺子派到酒楼去的一个掌柜，之所以要采取这种交账的方法，一是便于管理，二是把你的心劲儿提起来。经管得好，交得多，可以给你奖一点儿，奖的这些，你也不能都自己拿了，要拿出一部分再奖励那些干得好的厨子和伙计，他们干得越好，客人才能越多，奖给你们的才能更多。

涵玉说：大掌柜说得很好。牛婶，你不是还有很多想法嘛。现在，你不用再向我问这个问那个了，咋样好，你就咋样弄，该花多少钱，你自己定自己拿，肯定是出个小钱挣个大钱。平时的小钱都是由你处置，要用大钱，你说清楚用途，我们商量以后，如果确实需要，我这里拿钱，该花就花。厨子伙计用谁辞谁，当然由你自己决定，不好的该换就换，有更好的，就是高价也要请进来。反正一句话，咱隆丰福的鸿运楼这杆旗由你擱着，你要把鸿运楼这个牌子做成金字招牌！

定山说：涵玉把我的话都说了。还有一条，交钱、交账都交给总柜内掌柜这儿。奖的钱也由她那儿发。钱，你随时都可以过来交。有啥事直接给内掌柜说，内掌柜经常都要过去看一看。对牛掌柜，对，以后就叫牛掌柜。对牛掌柜的人品、能力，我都不怀疑；但是，账还是要记好，每月交钱的同时，要把账拿来，而且，一定要两个人共同记账，这样，才能清白无误。对了，程爱如必须作为你的助手，就不叫掌柜了，叫程师。待遇是，你十五她十个，奖励再多，月例不变。

牛玉莲说：我是个粗使婆子，龙老掌柜和内掌柜、大掌柜抬举我，让我主管鸿运楼。我没有二话，只有尽心尽力把酒楼经管好，有啥不到的地方，该说就说，该训斥就训斥，我决无怨言。今天，又把一些麻缠的事情都说清白了，让给我这么多的有利的条件，我再弄不好，我对得起谁呀！好，我一定把咱隆丰福的鸿运楼这杆大旗擞正扶端，让它也变为咱隆丰福生钱的摇钱树！咱这说法从明天开始。明天，我想请咱隆丰福的全部人员在鸿运楼吃个饭，给咱鸿运楼重新开个好彩头，请几位掌柜一定光临。

定山说：你的好意，我领了，明天是隆丰福的鸿运楼正式开业的日子，也是咱第四个铺子开张的日子，我要请全部员工吃饭，也给鸿运楼赢个红运开门大吉！这个记到铺子的账上，算你们的收入。今后，咱铺子任何人去酒楼吃饭，必须照单付钱，谁都不能吃白嘴，这个章程，就从我们三个掌柜的做起！另外，还有上次剩下的几十石麦子没卖，明天就叫在当地磨成面拉过来，给几个大灶都留一部分，剩下的全部放在酒楼用，价钱算低一点儿。

正如牛玉莲说的，鸿运楼很快就成了隆丰福的一棵生钱的摇钱树。

龙定洋本来在过年的时候，要带着新媳妇回西安看父母和奶奶的。腊月二十这天，他找好了一辆车，把要带的东西都备齐了，准备在二十三出发，二十五赶到家，突然厅里送来通知，三位科长正月初六参加厅里安排的教育资源调查活动，为期一旬，不得请假。定洋望着一大堆备好的东西，真是左右为难。要走的话，初三就得往回赶，可那时候，到哪里去雇车呢？不走吧，自己新婚的第一年过年都不回去，情理上也说不过去，奶奶和父母都盼着呢！还有这一大堆的东西，可咋处理呀！正在踌躇之际，一位同僚告诉他，陕西山西河南这个三角地区最近经常在打仗，路上很不安定，这个时候最好不要往西边去！他查看了最近的几个报纸，果然称豫西地区战事频仍，通往潼关的道路时通时断。他只好打消了过年回去的念头，给父母写了一封问候和致歉的信，让人用双挂号发了出去。

最近，定洋处在一种既兴奋又自责的自相矛盾的状态中。他有时暗自窃喜，甚至还有自豪感；有时他痛恨自己，内心充满了负罪感。自己的新婚妻子金蕊雪聪明美丽，知书达理，不仅温柔体贴，而且善解人意，两人每天分离时就盼着相见，相见时又有久别重逢的感觉，说不完的情话，分不开的缱绻。而那个潘瑶琼对他则是一天派人送两次薛涛笺，或诗词唱和，或行草隶篆。两天一次登门拜访，谈天说地，纵横天下。尽管有时正在进行的公事被打断，正在写作的公文被迫停下，但定洋心里还是十分高兴，因为回家有倾心的古典美人陪着，在这里有浪漫的时尚佳人畅谈，既赏心又悦目，这不是人间最大的美事嘛！

然而，那些同人们却不以为然，私下对她却颇有微词。首先，是这位潘美人旁若无人，进来之后谁都不搭理，只认龙科长。其次，是不管他们和龙科长正在开会，还是商量事情，她进来之后大大方方一坐，或翻报纸或看自己带来的书，全然不把这办公场所当一回事儿。定洋自然不愿意也不可能劝说她，主要是他就喜欢她的这种浪漫不羁的性格，还有，谁让她是厅长大人的掌上明珠呢！

潘瑶琼的父亲是留洋归来的博士，母亲也出身于书香开明之家，对女儿的教育一贯主张率直天真、个性发展的原则。所以，她从小到大思想上没有过多的束缚，造就了她天真烂漫、开朗果敢的性格。学习上由兴趣进入系统训练，加上科学的引导和家庭氛围的熏陶，造就出她音乐和书法绘画方面特有的天赋。对于女儿的婚姻大事，他们也不主张干涉太多，对何特派员的主动提亲，他们哈哈一笑，表示谢意。事后，由瑶琼的母亲给她随便提说了一下，见她很可笑地嘻笑了半天，也就不再当一回事了。把龙定洋调到教育厅，并不是潘厅长的意思，定洋上任之后，他才发现，这是一个非常优秀的人才。

当初，潘瑶琼得知是爸爸的老朋友何秉坤上门给自己说媒之后，心里非常反感。心想，这老头儿太多事，闲着没事，干啥不好偏爱说媒，还给我说媒，本姑娘是那种让人拉扯才能嫁出去的人吗？后来，她听说，说给她的那位竟然调到父亲厅里当了一个科长，心里就更加瞧不起这个家伙，心想，你不仅攀龙附凤，而且神通广大，我倒要会会这个不知来自何方的神圣。见过龙定洋之后，才知道这是一个学养深厚、极具城府的人物。尽管俩人唇枪舌剑，互不相让，但事后她回味的时候，他的形象在她心里留下了深刻的印象，这位高傲的公主，第一次在床上辗转反侧了。

再往后，她又去找过龙定洋两次，俩人在一起海阔天空谈得很愉快，大有相见恨晚的感觉。慢慢地，少女的心里由简单的好感就上升为复杂的爱慕情结。由于这种情结，把她往日的率直变成了含蓄，把对爱情的不屑一顾变成了向往和渴望，她懂得害羞和期待了。她盼望着定洋来找她，来约她，可定洋一次都没找过她，她甚至怀疑起自己了，难道我这个人，他瞧不上？她不知道，定洋正在两个媒人的压力下左右彷徨，十分为难着呢！

终于她得到一个十分不幸的消息，龙定洋要跟一个乡下的女人结婚了！听到消息，开始，她不相信，最后从她父亲嘴里得到证实的时候，这个从来都是快乐的女孩儿跑进自己的房间失声痛哭起来。她恨自己为什么没有早点儿向他表明心迹，她恨定洋为什么既跟自己交往，又与另一个女孩儿确定婚姻关系，也恨那个何特派员，既然做媒你就做到底，说着说着就不见你的面了。

毕竟是理智的有头脑的女孩儿，哭着哭着她明白了，定洋是有心计的人，他在教育厅公干，又娶了厅长的女儿，必然会招致外人的物议，也导致父亲工作的为难，作为一个处在上升阶段的有为青年，他这样决定应该是正确的。但她又想，你龙定洋为了自己的前程，就把神圣的爱情抛在一边了。可见，你也是只重名利不重感情的政客！你和一个只知道柴米油盐的村妇生活在一起，有什么感情，有什么乐趣？了解你的人只有我，我们在一起不仅是郎才女貌，琴瑟之好，而且相辅相成，都能成就一番事业。想着想着她，突然想到，定洋这个婚姻一定不是自主的，他一定是受了哪一方面的压力被迫接受的。可能是家庭的，也可能是上司的，甚至是有封官许愿条件的，要是这样，这个龙定洋就既可卑又可怜啦！在德先生和赛先生（自由民主）呼声甚嚣尘上的今天，作为一个有志青年，把自己的幸福委屈于压力之下，置身于肮脏的交易之中，那么，我潘瑶琼就太瞧不起你啦！仔细又一想，定洋他还不是这样的人，在跟自己的交往中，从来不谈自己在官场的事情，也不问自己的家庭情况，父亲在教育厅当厅长，还是我告诉他的。不管怎样，你这个龙定洋也真能拿得住，跟我交往也有些时间了，应该算是个朋友了，你定下媳妇的事，要结婚的事，从来都没有给我透露半个字，你的城府深得让人看不透呀！不行，我要找他去，我得当面问问他，在人生最大问题的选择上，你为什么不征求我的意见？你能不能悬崖勒马，终止这种不理智甚至是不道德的婚姻？想到这儿，她跳起身简单地洗把脸，素面朝天地出了家门。

潘瑶琼这个时候当然找不到龙定洋，定洋回到西安，父亲的几句话为他点明了为人处事尤其是处大事的原则。回来后，在干妈陪同下及时与金家三姑娘定了亲，接着看房、买房、收拾整理、购置家具。紧接着，就简单而又符合礼节地举办了婚礼。定洋这样做，其实也是很有用意的，他考虑到潘瑶琼知道后的阻挠可能，更担心她阻挠后自己决心的动摇。因此，当潘瑶琼见到龙定洋的时候，已经是婚后一个星期的办公室里了。

定洋正在审阅一个地区教育情况的报告，不时地用笔在上面勾画批点着什么。潘瑶琼轻轻地走进来，站在定洋桌子的对面，定洋抬起头，两人对望着，半天谁都没说话。定洋注意到，她憔悴了，脸色晦暗，眼睛里含着幽怨的微光。定洋站起来说：你，你来啦？

潘瑶琼说：我来晚啦。

两人眼里都涌出了泪水。

涵玉用完早餐，坐车来到瓷器店，大魁不在店里。最近，由于长泰调到染料行，东民辞职，服装估衣百货铺子和加工场管理上有些吃紧，尽管大掌柜已经提拔了两个二掌柜，但他们到底还有些缩手缩脚，不太展拓（放得开），因此，大掌柜经常叫大魁过去帮忙，涵玉倒也没有在意。后来，大掌柜有事过来，问起大魁，涵玉说：他没在你那边呀？

大掌柜说：我过来，就是找他陪着新上来的服装铺子二掌柜，去谈一批进货，他咋没来？

涵玉说：他最近有点儿失魂落魄的，不知有啥心事。

大掌柜喝了几口茶，对涵玉说：大魁来了，叫他到南院门，我现在到染料行去一下。

涵玉答应着好，起身送大掌柜下楼。

大掌柜走了不久，大魁就回来了。涵玉问他，干啥去了？他支支吾吾地说：一个朋友有点儿事，我去给帮个忙。

涵玉看出他眼神的闪躲，知道他没说实话，也不再往下问。只是说：大掌柜过来让你到南院门铺子去，你歇一会儿，就赶快过去吧！

大魁答应着就出去了。

大魁刚才确实是到一个朋友那儿去了。不过，这个朋友是个比他大两岁的女人。这个女人住在皇城里头，是个已有几年不见踪影的省府官员的太太。她住着一个阔绰宽大的老式官员府宅，比大魁干爸的府宅气势架构还要大一些，豪华一些，只是人非常少，大魁去的时候，只见了一个看门的。他今天去，是给她送了一份她爱吃的坊上老穆家的甑糕。穆家甑糕在回坊上是有名的，除了具有其他甑糕的特点之外，它更黏甜，更糯软，吃下去不顶人，不泛酸。不过，老穆家的甑糕每天只卖一锅，去得迟了，就买不上了。

这个女人是一个月前在瓷器店请一座半人高的滴水观音时，点名让他去送货后认识的。当时，她坐在洋车上，观音像又大又重，根本扶不住，拉洋车的也说，这样不行，那女人对他说：再叫一辆车，你坐上扶着，车钱我出。

本来，店铺对大件是可以送货的，但一般都是小相公去，自己几乎没有送过货。可对这样一个形貌昳丽贵妇人不容拒绝的要求，他无法不答应。送到后，他发现这个佛堂里除了佛像之外，还有一尊镏金观音，他把观音像摆好，用软纱轻轻擦拭了一遍。只见那妇人已经点上插好紫云檀香，恭恭敬敬地跪在蒲团上，双眼微闭双手合十，口中念念有词，然后虔诚地三叩九拜，起身后，才发现大魁还站在这儿，略带歉意地说：哎哟，你怎么不到客厅坐呀？

大魁看着她端庄的面容，挺秀的身材，迷人的神态，听着她悦耳的话音，竟有些神魂分离，半晌才反应过来，急忙说：我不坐，我要回去了。

那妇人说：走，到客厅坐一会儿，不急。

来到客厅坐下问大魁：几个娃了？多大了？

她把大魁问得满脸通红，他结结巴巴地说：我，我还没娶，娶媳妇呢！二十二了。

那妇人好看地笑了，一口糯米牙闪着白玉似的辉光。她起身到柜子里取出一盘南糖，摆在大魁座位旁的茶几上，自己坐在茶几的另一旁，对大魁说：这是趣香园的南糖，你尝尝。说着自己拈了一块儿，把盘子推到大魁跟前。

大魁局促地不敢看她，也不敢去取南糖，那妇人看他这样子，笑着把手里的南糖塞进大魁的嘴里。妇人说：我这里也没啥朋友，你要没事就过来，陪我说说话，有时间帮我跑个腿。

大魁说：能成，有时间我就过来。

妇人把两个银角子撂到茶几上，大魁一见跳了起来摆着手说：我有钱，我不缺钱。

妇人道：又不是给你，下回你来的时候，给我捎些稀罕的吃喝过来。

大魁这才拾起银角子往外走，刚走两步，又回过头来问：我再来的时候，门口人问我，我说找谁呢？

妇人说：你就说，找兰馨姐就行了，出门叫个车回去。

大魁答应了一声就出门而去。

从这以后，隔三岔五，大魁都会买点儿像唐豁嘴的两张皮的烧饼，德懋恭的水晶饼，三原的蓼花糖，流曲的琼锅糖，樊记肉夹馍等。兰馨在西安住了有七八年了，几乎从没有尝过这些小吃，大魁每送一个，她都吃得连声说好，津津有味。今天的甑糕，她吃了有少一半，剩下的叫大魁吃。大魁不好意思，她说：你嫌我脏呀？大魁急忙端过来几大口就吃完了。她问大魁：像这样好吃的东西，西安还有多少？

大魁说：咱这里小吃多得很，一天换个样，至少能吃五个月。就是分布得太广，要下茬子到旮旯拐角去寻，我有时候没时间。

通过这一来二去多次接触，彼此的身世都了解了。这位妇人姓那拉氏，名叫兰馨，原是前清一个中级武官的女儿，反正的时候，父亲战死，家道中落，十六岁那年嫁给了这个民政厅的官员，后官员随督军出走，留她在此看管房产，一去四五年都没有音信。这样一来，那兰馨不能不考虑今后的出路了。

兰馨问：大魁，你干爸为啥还不给你说媳妇？

大魁不好意思地说：说了两个，我都没看上。

兰馨开玩笑地说：哟，没看出，俺这大魁眼头儿还蛮高的嘛！你想要个啥样的，姐给你寻一个。

大魁没有了原来那不好意思的样子，直直地盯住兰馨说：我就要寻一个像姐这样的人。

兰馨哈哈地笑起来说：想寻一个像姐这样的，那干脆就把姐嫁给你吧！

大魁被她笑得很不好意思，站起来要走，兰馨跑过来拉住他：生气啦，小气鬼，姐姐不好，你不要就行啦，犯不着发脾气！说着，转到大魁正面，仰着脸看着大魁。大魁急忙解释：姐姐你，我想都不敢想，有姐姐一半就谢天谢地啦！兰馨两手搂住大魁，脸紧贴着他的胸脯讷讷地说：为啥姐姐，你就不敢想，姐姐还想你呢！

大魁转身坐在椅子上趁势抱住兰馨，兰馨那红嘟嘟的嘴唇立马就贴在大魁的嘴上了，那根妖娆的香舌钻进大魁的嘴里，寻找着大魁的舌头，大魁那缩在里边的舌头，立马被紧紧缠绕住了。两人在椅子上扭动着，缠绕着，尽情地吸收着对方身上自己需要的东西，大汗淋漓湿透了衣服。兰馨松开手，先把旗袍解开脱下，接着脱下里头的小衣服，一个白得晃眼的酮体显现在大魁跟前，大魁呆呆地看着，一动不动。兰馨小声说：你不是想姐姐吗，姐姐给你呀！被唤醒的大魁三下五除二把衣服脱了个精光，伸手就抓兰馨，兰馨退后一步，看着大魁的下体：哎哟，好雄伟呀，大魁呀，你不应该叫大魁，你应该叫大炮呀！说着，咯咯一笑，身子一跳，双手勾住大魁的脖子，两腿跳起夹在大魁的腰间，在大魁耳边轻轻地说：姐姐想尝尝大炮的滋味！大魁像战马听到冲锋号一样，急促地驮着她向内室的床上奔去。

第十四章

定山与大掌柜，刚和省立三中谈定了一批学生服装加工的活。大掌柜提示，铺子该上凉货了，他才想起赶忙派大魁带着服装铺子的一个二掌柜靳铁锁，到江西去进一批夏天畅销的竹席、枕席、扇子、凉鞋、凉帽等货品。搁在往年，早就应该派人走了，这范大掌柜的事情一忙，就给忘了，现在猛然提起来，心里一急，定山只能催促他俩明天一早就动身。大魁虽不情愿，却也不敢说话，只好让铁锁回去准备，自己抽身就到兰馨那儿去。有了和兰馨的第一次，以后见面的程序就简单得多了。一进门，两人就紧贴在一起，接下来的一切都是按部就班，顺理成章。狂风暴雨的疯狂过后，俩人整理好衣服坐到椅子上，大魁告诉兰馨说：姐，我爸派我明天到江西去办一批货，可能要一个月才能回来。兰馨一听立马扑过来坐在大魁腿上，用嘴唇亲着大魁的耳朵和脸颊，大魁搂着她，也还以同样的动作，恋恋不舍地样子就像两只路遇的狗。

兰馨问：是不是咱们的事情，你爸知道了？

大魁说：没有，铺子每年都要进这种以凉补夏的竹货呢，每年都是我去。

兰馨说：去江西，那里要经过我的家乡呢！我真想让你带我去！

大魁说：姐，这次是两个人同去，不方便，以后我要求一个人去，一定带上你，咱们出去好好玩儿一玩儿。

兰馨说：你走了，剩下我一个人，可咋过呀！

大魁舔着她的眼泪，亲着她的嘴唇说：姐，我也想你呀，我会尽快赶回来的，今天晚上，我再来。现在我过来看看，看你还有什么要办的事，都给你办好。不然，我走了也不放心。

兰馨突然想起来说：哎呀，我这里米面都没有了，叫看门的去买，说是走了几个粮铺，米面都没有了，你帮我买一点儿。

大魁说：这好办。两个人又闻又啃了一会儿，好不容易才分开，大魁急忙出门去。

原来，铺子各个灶上的柴米油盐都是大魁买来给分送的，后来，他管瓷器店和加工场原料的供应，这个差事就交给定山舅家一个表弟叫永年的小伙儿管去了，论辈分儿，大魁还应该叫他表叔呢。尽管现在他不管灶上采买了，这些粮铺的人他还是很熟的。他熟门熟路就到了丰满囤粮铺。掌柜的见他过来急忙起身相迎，端茶倒水。他先扯了几句闲话，然后就说，买点儿米面。掌柜的问他：听见刘镇华大军围城，西安米面一夜之间都卖空了，大魁掌柜，你还不知道？

大魁说：刘镇华的队伍围了东门、南门我知道，可他并没有把整个西安城都围了呀，粮食进来，应该没啥麻达。

掌柜的说：咋没麻达？西安的粮道，南门进米，北门进面。北门昨天也围上了，现在南北两头不通，只有西门还能进出，可粮食要进来，已经难得很了。

大魁听说，仍不以为然，说道：那就少给我弄一点儿，米面各一百斤。

掌柜的说：哎呀，大魁掌柜，各十斤我现在都拿不出来，真是卖得光光的了。

大魁吃了一惊，没想到这个河南土匪率领的瞎屄军（镇嵩军）二返手围城，还没咋样呢，首先就造成这么严重的粮食紧张和人们的心理恐慌。他问掌柜的：你估摸谁家还有粮？

掌柜的手一摊说：不清楚，不过，家家都差不多，你再跑两家看看。

大魁只好告辞出来，再找其他粮铺，情况果然如丰满囤粮铺掌柜说的，存粮全部卖光了。满以为很简单的一件事，自己却落了个空手而回，实在不好意思去见兰馨，他来到马道巷的加工场。坐在洋车上，他就想好了，他让洋车在门口等着，自己去找管灶的老齐。老齐是个跛子，是拼接挖补皮筒子的把式，也能上锅头炒几个像样的菜，指教别人咋样做饭。因此，东民当时就叫他管灶，制订菜单饭名，分发米面油盐，几年来，老齐倒也管得不错。大魁把老齐叫出来说：我拉两口袋面，我把钱丢下，以后再拿钱买面。

老齐说：面，你拉走；钱，不要丢。你给永年打个招呼，销个账就行咧。

大魁说：这是我个人用的，跟铺子没关系。这钱你交给永年也行，你以后另买也行，我不管也不说。说完就叫开门把面装到洋车上，亲自送到兰馨姐那儿。当天下午，他从涵玉娘那儿取出银票，又拿了些路上零用的银洋，铜子儿。找了两件换洗的衣服装好，跟靳铁锁说好明天见面的地方跟时间，连晚饭都没顾上吃，就一溜烟地拐到兰馨的家里。大魁经过一夜的折腾，天快亮的时候才睡着，靳铁锁在中山大街和尚仁路的丁字路口足足等了两个时辰，从大赶早一直等到晌午过了，大魁才没精打采地搭个捎马子过来，到了东门，才想起镇嵩军已经把东南北三个城门都围上了，才又返回身往西门走。走到端履门的时候，又让靳铁锁坐在槐树下等他一会儿。他又拐着弯跑到兰馨那儿，兰馨正睡着，大魁又把衣服脱个精光，和兰馨滚在一处。

等他出来到大槐树下去找靳铁锁的时候，铁锁已经睡了几觉，又快等了两个时辰了。大魁给他手里塞了两个烧饼，拉着他说：快，出西门！出了西门，天已经黑了，大魁他们只好在西关找了一家小旅馆住下，第二天绕了一个很大的圈子，才走上东去的路。

定山听到永年给他汇报大魁拉走两口袋面的事情，才警觉到刘镇华围城的严重性。隆丰福经常给一些外县的铺子供货。他们有时付不了全款，就拿粮食来顶；有的春天进货，夏粮下来以后用麦子偿还。而隆丰福吃饭的人多，这些粮食又便宜又新鲜，给自己留够之后，剩下的卖给粮铺，自己也不赔钱。今年新粮还没下来，十天前，把去年剩下的几千斤麦子都磨成面给各个灶上和鸿运楼送去，可这些粮最多能吃两个多月。谁知道这个仗能打多长时间呢，万一超过两个月，外粮进不来，自己又无存粮，这些人可怎么办呢？现在粮铺都把粮卖光了，看来，很多人都意识到这一点儿，自己怎么就没想到呢！

定山回到南院门铺子，大掌柜告诉他，他姑姑来过了，等他不见，留下话先走了。他姑姑说，这次刘镇华反扑回来，号称十万大军，此番回来，据说，是要报上次被驱逐之仇，并且准备长期据守西安。这个地痞加兵痞的瞎物（坏蛋），一旦攻破城门，后果不堪设想，隆丰福肯定是打击的对象，要早作准备。另外要把铺子的人组织起来，参加到守城的队伍中间去，刘贼进不来，大家才有安全可言。

定山听了半晌没说话，对自己在时局变化上的迟钝反应有些气恼，更对西安岌岌可危的前景感到担忧。他知道，西安城内统共才几千兵马，虽然李虎臣的队伍士气高昂，坚守阵地，但力量对比相差太悬殊了呀！

定山想得很多很深，他甚至连城被攻破，铺子被抢被烧，自己和家人，以及铺子所有人员被迫出逃，都想到了。他还想，万一像历史上的故事，双方经久相持，外边死围不放，里头硬抗不降，到那个时候，粮食可就成了关键的关键了。而现在这个还没有成为关键的东西，已经在定山的心里成为关键了：提前预备不足，心里很不踏实。

他吩咐永年，立马出西门想办法再采购一些粮食，有时间就回双水磨去看看，招呼一下刘镇华围城的消息，然后，他跟大掌柜商量。他说，现在兵荒马乱的，四个城门被围了三个，铺子门开着，也没有多少生意了，我想，干脆把门关了，把老弱病残的送出城，年轻的组织起来护城护铺子。

大掌柜说：是呀，刘镇华这个瞎㞞二犯长安，的确不能小看，这次来气势汹汹，兵多将广，志在必得。西安守军兵力薄弱，跟敌军对比力量悬殊，虽然现在不能说泄气话，我们早作准备，还是应该的。你刚才说的，我认为都可行，我看，还应该把铺子门面用胡基（土坯）封垒起来，一是表示歇业，二是对铺子保护，隆丰福的匾也应该取下来。

定山说：对，抹泥封门，摘匾歇业，先躲过这一灾，再说。

大掌柜说：铺子的贵重货能不能先倒出去一部分，剩余的在院子挖坑埋起来，尤其是染料，存货不少，价值也高，一定要保护好。

定山说：对，咱俩想法一致。我看，三个铺子一个加工场，都按这个方法办，鸿运楼能开，就再开一阵子。

大掌柜说：鸿运楼最好也不要开了。城一围住，吃喝立马就紧张了，把粮食节省下来，到了要紧三关的时候，能有大用处呢！

定山见说，也就随声附和：好，那就一块儿动手。我的意思，鸿运楼放粮食太显眼，拉过来保管。大掌柜，你负责城东的三个，我负责城西的两个，咱分别动手。

大掌柜说：好，洋车给你，我这三个离得近，来回走路就行了。

他们又说了些别的，定山坐车就先回到家里。

定山让涵玉收拾东西，把银票和现洋都带上，坐车到双水磨去躲避。涵玉过来依偎在定山的怀里，动情地说：定山，我不走。不是我使性子，是我不能离开你。咱们生在一起，死在一起，这个关键时刻，让我走了，我在那边，死不了，也要急死了。我立马出城一趟，把东西送出去，但我还是要回来的。

定山看她坚决，只好依着她，她除了把钱带走之外，还把不少的贵重瓷器、字画、古佛、青铜器，都装上了车。定山提前让人过去给二弟定海的媳妇石彩霞打个招呼说，让她收拾一下，等一会儿车过来，一块儿走。定山又派了四个相公跟着，他把两把手枪交给长泰和一个从队伍上回来的栓柱，告诉他们，离车远一点儿，保护内掌柜和东西，不到万不得已，不要开枪。

车到定海家，石彩霞迎了出来，对涵玉说：嫂子，你走吧，我在这儿看门就要把门看好，我走了，这儿万一有个啥闪失，俺的人回来，我给他咋交代呀！另外，俺爸也给送了些粮食，吃的不缺。

涵玉见她态度坚决，也不勉强，就说：妹子不回去也罢，在这儿多操心，有啥事就到北大街，我今儿去明天就回来。

西门显得异常繁忙，车进人出，马嘶人叫，常常堵得水泄不通，背着枪的守军们又不得不疏导交通，对那些不听指挥的马夫走卒，只得用皮鞭抽，个别的被枪托打得头破血流。涵玉的车好不容易才出了城门。车到双水磨，太阳已经落山了。东西卸下来放在一间屋子里，涵玉安排其他五个人吃饭休息，她到灶房偷偷对婆婆说：妈，这些东西必须放在妥当地方，定山交代让放在他前年修的那个窨子里。婆婆说：我知道，等夜深人静的时候再挪腾。

夜半时分，公公、婆婆和涵玉三个人在牲口圈里边，铲开上面的污泥，露出一个木板，揭开木板，一个洞口露了出来，婆媳俩抬，公公在下面接着。三个人一直忙到天快亮，才把马圈恢复成原来的样子。涵玉小睡了一会儿，就立马坐着拉粮的车回到城里。

城里的很多门面仍在开门，可已经没有多少人来买货了。服装铺子的后院，伙计们正在半个院子里挖坑。在定山的亲自督促下，进度要快一些，工匠们已经在深坑底上铺砖了。四周边砖墙砌好后，又用灰沙抹面，阴干后覆以三层油布，随后才将油布包好的货一件一件堆放起来，最后上面盖以厚重木板，再用地砖恢复原状。

大掌柜管的东片，他先去走了一圈了解情况。据鸿运楼的程爱如和染料行的柳大掌柜说，后院都有修好的储藏室和地下仓库。鸿运楼的储藏室，就是专门存食物的，地方虽不大，但酒楼能放的都堆了进去，不能存放的鲜活东西，就趁开门赶快卖了。染料行的地下仓库，几乎把所有的库存和样品都放了进去，这让大掌柜很是欣慰。他又把瓷器店的一部分货都搬过来放了进去，瓷器店也就不用挖坑了，那些粗大笨重的陈列瓷和日用瓷就打箱包好排列码放。因此，东边店比西边店行动要快得多。在西边坑里还在抹灰的时候，东边已经在用胡基封门了。一些店铺也学着隆丰福的样子，把门用胡基垒了起来，又用草泥裹泥好，干了之后还用石灰水刷成白色。

随着东面和南面的枪炮声加强，城里的人愈加慌乱。街上行人的脚步也比往常快了许多，脸上的神色也凝重了许多，也不知他们都要去干什么，反正不像以往在街上与人见面互致问候的样子：说长道短，嘻嘻哈哈，临别时还弯腰打拱，两步一回头，再招招手。而是匆忙地抬一下礼帽点个头笑笑，就急忙地各奔前程了。

偶尔有两个停下来，这个问那个：做啥去呀?

那个说：屋里心慌得坐不住，出来看看。

这个问：兵荒马乱的，你都看啥呢嘛?

那个说：城门跟前不敢去，害怕碰上流弹，街上胡转转，看人家都咋办呢。

这个问：吃的预备好了没有?

那个说：家里只有三天的粮了，买又买不下，我小舅子说，给我弄了十斤黑豆（牲口料），昨天我去拿，人家说，早叫他姊妹几个抢光了。

这个说：药王洞那儿卖豆腐渣呢，你还不快去!

那个见说：哎哟，我赶快回去拿口袋去!

另外两个，显然是个另类。

一个问：你知道这刘镇华为啥又打回来?

另一个说：为吃羊肉泡嘛。

一个问：把十万人拉回来围西安，就是为一碗羊肉泡?

另一个说：咋可不是，这刘瞎㞞从小在家爱吃糊涂面，到了西安一尝羊肉泡，呀，不仅适口对味，而且满肚子舒坦，天天离不了。底下人说：督军一天不吃羊肉泡，脾气躁得像打炮！再一尝肉夹馍，再一尝秦镇的米皮，再一尝葫芦头，再一尝柿子饼，一个比一个美，真是陈世美他爹——老美！这刘镇华一天换一个，从春分吃到冬至，西安小吃还没尝完。

一个说：听说过为土地打仗，为女人打仗，还没听说为小吃打仗。

另一个说：说耍话为了叫你笑一笑，这时节，开心是金呀！

在钟楼根儿底下，有人在演讲。一个瘦瘦的青年，带副眼镜，显得文质彬彬，站在一家没开门门面的台阶上，对着底下四五个人在讲话：

同胞们，十万铁蹄兵临城下，臭名昭著的军阀刘镇华又杀回来啦！这个被陕西人群起而攻之，驱逐出陕西的恶魔，又要夺取陕西的统治权啦！冯玉祥将军临走时，把督军和省长都让给他，让他看好这个家，为陕西人民多做些好事，可他一朝权在手，便把歪令行。在陕西，不让种粮食让种大烟，贩卖大烟挣黑钱，拐卖妇女挣昧心钱，征收多种苛捐杂税，镇压爱国运动，残杀有为志士，瞎事坏事都做尽了，也把陕西人折腾扎了！

小青年说得满头大汗，声嘶力竭，但听讲的人也越来越多了。就在他略微停顿的间隙，一位老者布鞋长衫，三绺长须，身手轻盈地跳到台阶上，向大家拱一拱手说：小伙子说得好，让他歇一下，我来说一段儿：

咱西安，古有名
十三个朝代建都城
周朝威武灭商纣
秦皇能把六国平
汉朝疆域通四海
大唐万国来朝奉
四关屏护膏腴地
八水环绕物产丰
民风淳厚与人善
四邻相处共安宁
自从来了个刘瞎㞞
横征暴敛税赋重
强迫农民种烟土
三秦缺粮闹饥穷
贩卖妇女到河南
家破人亡害百姓
连年征战田土荒
谁敢反抗就判刑
杀人如麻积怨多

人神共愤恨难平
全省人民齐声讨
刘贼滚出陕西省

老人说得正起劲，下面有人就响应起来，他念一句，大家跟着学一句：

刘贼妄想二进宫 三秦人民不答应
同仇敌忾护家园 誓用血肉抗贼兵

在另一个地方，冬娃也和其他几位街头艺人，用器乐在鼓舞着市民的抗敌信心。他们的旁边有一位老师模样的人在给大家解说：灾难当头，匹夫有责。这是几位街头的演奏艺人，他们中间有的肢残，有的目残，但这并不影响他们同仇敌忾抗击军阀刘镇华的信心和决心，他们说：他们的演奏不图钱，不图虚名，只希望西安人团结一心，抗击刘贼，保护家园！

头一个曲名叫秦王破阵乐。没有分部，没有配器，没有指挥，鼓镲齐鸣，弦管繁急，七长八短，高低不同。但那坚实的脚步，必胜的信心，势如破竹的拼杀，横扫六合的王者气势，都表现出来了。一曲终了，掌声顿起，叫好声和锣盘里的投钱声响成一片。老师模样的人打拱感谢道：承蒙乡党捧场，组织得匆忙，演奏得粗糙，没承想大家能够如此欢迎。下面请陈冬娃给大家演奏由他自己创作的箫乐长安八景之一：曲江流饮。

一阵掌声过后，那个经过冬娃改制，音色亮丽，音域开阔，音量压过笛子的沉抑悠远，如诗如画的箫声仿佛从远古飘来，又把屏耳静听的人们带到一个烟波浩渺、垂柳依依、亭台楼阁、渔歌唱晚的神奇境地，他们似乎听到了水声，闻到了花香，触摸到了那跳到手上的小鱼儿。西安人都知道，那就是曲江，一个让人想起来就意纵天高，心驰神往的地方。

听完了曲江流饮，不少人不依不饶地还要听骊山晚照，还要听灞柳风雪。冬娃毫不推辞，一首接一首地吹得让人如临其境，如餐秀色。他自己却被围在密不通风的人圈里大汗淋漓。最后，还是那位老师出面请大家往后退一退，全体给大家再演奏一曲万众打白狼才解了围，并答应明天再来。散场时，有人边走边说：冬娃的长安八景，真是把这八个景拿嘴吹活了，奇怪，瞎子看不见，咋能比有眼睛的人还看得清白，说得明白？

另一个说：覅看他眼睛不行，那心里明白得跟镜子一样，人聪明得很，剧社请他几回，他不去，嫌受约束，就爱这样一个人自由自在。经常有大户请他上堂会，也有人家红白喜事都请他。冬娃没架子，好说好商量，人们都高看他呢。

这个说：刚才的那个老师，就是个搞音乐的，到陕西来，听说就是专门收集民间音乐的。

另一个说：可惜冬娃没眼睛，要是有眼睛，说不定能弄得更好。

这个说：冬娃要是眼睛好，说不定就是个平常人，根本就不学吹箫，跟咱差不多。就是有了那个不幸的遭遇，才成就了他的音乐才能！

几个人你一言我一语，各抒己见，也不知谁有道理。

永年用马车拉回来一千五百多斤麦面、小米和黄豆，又买了两扇猪肉和一些瓜菜，车上还坐着两个小伙子。定山一见大喜，安排人卸车招呼吃饭。不料车一卸完，两个小伙子吆车就要走，说是害怕万一城被围住，他们出不去了。连饭都不吃，扬起鞭子就走，永年只好给两人一人包了两个蒸馍带上。

永年对定山说：许多人都在城周边乡下收集粮食，粮价已经翻了一番，好在连续几年麦子丰收，今年麦子丰收在望，许多农户都想把现存的粮食卖了换成新粮，他这才买了些粮。刚才在西门口，一家会馆把车挡住，二话不说，就叫把车往他那儿赶，边走边说，价钱好说，价钱好说。我奋力拉过梢马朝咱这边走，他们还拉着不放，一再说：翻一番，不行再加五十，我说，这是隆丰福的粮车，少胡动！他们一听才松了手。

永年洗完脸，换好衣服，又到客厅对定山说：双水磨姨夫那儿都好着呢，说再需要粮食就从家里拉。姨妈说，让你和两个嫂子都回去，明知大难临头，还钻在里头不知道出来。让我再劝你一下。定山听了眼睛有些潮湿说：这一摊子，走不了呀！

永年又说：姨夫说，这城一旦围上，再开就很难说多长时间了。既然不打算出来，就要做长时间准备，守得住不说，一旦攻破，后边的事情要早有安排。刘镇华不是个善类，得势的小人不仅无所顾忌，而且在他有机会施暴时会凶残无比。定山听了良久没有说话。

早上，天下着小雨，长泰跑过来对定山说：杨虎城带着几千人马进城来了！他说，昨天，他在加工场那边去回来，看见队伍上的人把车马都往背巷子里赶，城门也不准进出人了，两边全都站满了拿枪的兵。我弄不清啥事情，一直站在顺城巷子的口上等着，约莫有快一个时辰的工夫，大队人马进来了，一个个灰头土脸的，但人都精神得很。队伍过了好长时间还没过完，当时，也不知道这是谁的队伍，后来才听说，是杨虎城的队伍进来了，有五六千人马呢！好多人都说，这一下，西安有救了。

尽管杨虎城的队伍进城来了，隆丰福还是把老弱病残大约有二十多人暂时安排出城回家了。每人多发了一个月的月例，答应西安解围以后开业的时候，再回铺子里来。这些人流着眼泪表示感激，并请求老掌柜和大掌柜也出城去，把铺子交给年轻人来看管。定山把他们一一送上马车，对他们的好意表示感谢。晚上，定山请大掌柜吃饭。几杯酒下肚，大掌柜说：定山，我明白今天喝酒的意思。按理说，我也属于老弱病残，也应该出城去。你肯定是好意，但是，我已六十多岁了，对我来说，死亡已经是随时都有可能发生的事情。所以，我就没打算走；两个儿子三番五次来劝我回去，我也没有听。我有我的想法，我是准备在你把一切都安排好的时候，跟你好好谈一谈，在隆丰福，可能只有我有资格跟你说这个话。

定山和涵玉都不说话，他们的眼睛紧盯着大掌柜，等着他说。

大掌柜说：定山，你是隆丰福的掌门人，我只是你的最重要的助手。不管这西安城今后变成个啥样子，隆丰福还要存在，隆丰福的生意还要做下去。这隆丰福离了谁都可以，唯独不能离开你！十万大军围攻西安城，几千人在里头防守，如果没有及时强大的外援支持，城破是或迟或早的事情。历史上，这样的事情多得很，献城投降是一种结果，城池攻破又是一种结果。明明知道可能有这种结果，我们还一定要待在城里不走，这不是愚蠢就是无知。既然要紧的东西都转移出去了，既然该埋的埋了，该藏的藏了，该封的封了，所留下的就是几处房产，这城破之日烧杀抢掠，房子，你能看得住吗？房子门面没有了，我们可以再盖再修，上回大火，烧得啥都没有了，咱十来天就把它又盖起来了。可万一人有个啥闪失，隆丰福还有什么指望啊？因此，今天，不是你劝我，而是我劝你，趁着城门还没有封严，你们还是早点儿出城，我在这儿给咱看门，留得青山在，隆丰福就有希望。

大掌柜借着酒劲，滔滔不绝地道出了肺腑之言，说得定山夫妇泪流满面，他们再一次深切体会到，大掌柜对隆丰福的忠心耿耿和长远的眼光。涵玉说：干爸，定山经常说，隆丰福能有今日，大掌柜是有一半功劳的。他说，大掌柜是以父辈的责任和感情，在辅佐我创事业的。我们一定要以对父亲的态度对待大掌柜。

定山说：大掌柜话说到这个份儿上了，我也就不再坚持了，我和涵玉一块儿走，但我有一个条件，那就是你也要一块儿走！把长辈留在这儿受难，我自己跑出去逃生，不仅要留骂名，我父亲也不会饶过我！

大掌柜说：定山的话有一定道理，但把一个关系搞翻了。我的年龄再大，管的事情再多，毕竟是个雇佣，定山，你再年轻，都是主家。尊重也好，父辈相称也好，作为雇佣，首先要明白自己的身份。雇佣永远都是给主家谋事、经管、出力的，你就不可能跟主家一样平起平坐，享有主家的待遇。就跟刘关张桃园三结义一样，相互以兄弟相称，但刘备是君，关张是臣，这个君臣关系永远是不能变的。回到咱们的问题上来，定山，你是主家，出城避难是天经地义的事情；我在这里看守，尽我的职责，也是理所应当的。留骂名也好，饶不过也好，都是你们善心善意的想法，并不违反天下的仁义道德。当然，你的这份善心，从心里，我还是十分感激的。

见大掌柜留下来的态度十分坚决，一番谈话又入情入理，定山也就不好再说什么，只好说：恭敬不如从命，那这些铺子和人员就全拜托大掌柜了，希望你多多保重，万不得已，宁舍铺子不舍人！

大掌柜说：好，一定按你的意思办！

定山说：今天下午，我能出城就出城，这里，你就多费心了。

定山说是当天出城，实际当天就没走得了。定山想到宋先生，想到杨文承，还有几个要好的朋友，他都必须一一地去拜访一下，听听他们走或留的看法。到宋先生药铺，宋先生正在给病人号脉，一副凝神专注的样子，定山没打扰他，径自走进客厅等着。待宋先生把三根指头收起，眼睛微微睁开的时候，他的学生才小声跟他说：龙老掌柜来了。他的眼睛立马恢复了常态，让学生替他继续看病，自己起身到客厅来。另一个学生送上茶，他让端回去，交给学生一包茶叶说：泡这个。学生重泡好端上来，定山一尝：君山银毫！

宋先生笑笑说：不愧为茶园仙客。

放下茶盅，二人切入正题。宋先生说：我不能走啊，每天至少有三五十个病人来看病，我一走，他们咋办呢？就是刘镇华打进来了，他把药铺能咋，他还能不生病？以前，我还给他看过病呢。我不但不走，还派人又去进了不少药材，城一围住，药再没有，那就瞎踏（麻烦）了。但是，定山，你必须走，你跟保安团曾经有过节，万一这一伙打进来，对你、对铺子都不利。另外，现在城里人心都散了，谁还买东西，关门走人是上策。临走，宋先生告诉他说：刘镇华再凶，他还是个过客，兔子的尾巴长不了。咱是西安的主家，他走了，咱还要回来，咱的时间长着呢！定山听了点头称是，嘱咐宋先生多多保重，有什么事情可找大掌柜商量，随即告辞出来。

杨文承已经把加工场搬到乡下去了。他在乡下买了二十多亩地，盖了七八间房，有三间大房用于网网套，一间大房用于存棉花。二十亩地雇人种，收的粮食十几个人一年都吃不完。定山去时，文承已经从乡下返回来了，他正在让人把门用胡基垒起来，用泥封好，只留一个后门，准备走的时候再用胡基封住。见到定山，文承非常高兴，一定要出去找个地方喝酒。

定山说：都啥时候了，还有心思喝酒，要喝，咱等出去以后在外头好好喝！

文承说：好，出去后，我去找你！

就这样，定山虽然确定了要出去，但两天都没走得了。大掌柜来催他走，他才吃过午饭，让人备车往西门走去。车到桥梓口，各种出城的马车把街道挤满了，定山下车左拐右拐走到前面一问，听说刘镇华的兵已经把西安西去的咽喉三桥占领了，守城队伍控制了土门以东的地区，老百姓的车辆等一律不得进出。至此，西安城区已经基本与外界断绝了联系，成为一座孤城！

东民和王世光在汉口、浦口等地转了一圈，眼界大开。那些被叫作百货公司的铺子，场面大，货品多，买货人可以在里头像逛黄会一样东走西看，游游荡荡，有的还是二层楼，三层楼。卖帽子的，可以有几十甚至上百个样子，男的，女的，大人的，碎娃的，老人的，姑娘的，红白蓝黄黑，方圆长高尖，啥颜色都有，啥样子都有；卖镜子的，方的，圆的，菱形，心形，蛋形，大的比人还高，小的可以搁在手心里；手摇留声机，不见人就能听见男的女的唱戏唱歌；自行车，不用马拉人推，脚一蹬就能往前跑。他俩本钱都不大，不敢进大件东西，也不敢进稀奇古怪的东西，只进了一些西安少见的，日常可用又好卖的东西。就这也整整装了一大马车。车到临潼，他俩就听说刘镇华把西安城围了，开始还将信将疑，车到豁口，队伍已经把路挡住了。他俩只好把车往南赶，凭着嘴甜口音熟，东拐西转，马车到了大雁塔后头，就再也往城里钻不进去了。到处都是刘镇华的队伍，车马在即将成熟的麦地里任意践踏，帐篷就搭在麦地边上或灌溉井旁。有几个闲极无聊的士兵看着装得鼓鼓囊囊的马车就跑了过来，吓得东民一扬鞭子赶快钻进村子溜走。

进城进不了，这一车满本能挣钱的货，现在成了随时可能被抢的危险品，东民和王世光的心里都蒙上了一层阴影。他们把车停在离队伍较远的路边大树下，商量应对的办法。东民说：头一回贩货，就遇到刘镇华这个瘟神，真晦气！

王世光说：就是进了城，这会儿可能也没人要咱的货，你看这么多队伍围西安，城里还不知乱成什么样子呢！

东民说：现在兵荒马乱，这一车货在这撂天地里是很危险的，要赶快想办法。

王世光说：对，货搁在这儿不是办法，既然进不了城，我看，能不能在这儿村里寻一间房，把货存起来？

东民听了没吭气，想了半天说：与其把货在这儿存着，还不如连夜把车赶回家，在咱自己的家里放着，既不用担惊受怕，也不用掏房钱。

东民说得合情合理，从根子上解除了因这车货带来的担心和烦恼，王世光没有理由不同意。于是，迎着夕阳，他们赶着马车，疲惫地向西南方向自己的家乡走去。

西安城内，省长公署里二十五位将领的联席会议正在召开。会议公推李虎臣为陕军总司令，兼第一师师长；杨虎城为副总司令，兼第三师师长；泾阳田玉洁为第二师师长，邓宝珊为指挥；卫定一为副指挥，兼第四师师长。因李、杨二人守城期间都未带家眷，一度同住在城西北角的广仁寺。李虎臣部镇守南城、城关及延伸的农村；杨虎城部镇守东城、北城城关及延伸的农村：卫定一部守卫西城、城关及延伸的农村。

杨虎城召集几位手下的将领商量，针对对手人多，枪多，气焰嚣张，急功近利，且又不很团结的特点，也根据自己人畏敌心怯，守城信心不足，赢敌无方的思想，商量出几个应对的方法，这就是：

你硬我软，你来我走，
想走叫你走不离，礼物留下不客气；
你打正规战，我打乱弹战，
叼你一口我就走，你想吃我啥没有；
猪大牛大吃不了，切成块块味道好！

众将领听了心领神会，兴奋异常，回到驻地后，又与部下根据自己防守阵地的特点，制订对付敌人的方法。这一招还真灵，各部守军以连营为单位，变死守为活守，挖空心思琢磨对付敌人的方法，不仅士气大振，并且把敌人整得打不着，进不去，损失大，干生气。十万队伍趴在西安城周边，看着一大块肥肉，口水直流，脑袋一伸，不是鼻子被蜇一口，就是嘴巴被咬一口，简直要气疯了。

定山和涵玉错过了出城的机会，只好又回到家里。大掌柜已经把留下的人员作了分工：四个店铺，一个加工场，老掌柜府宅，大掌柜府宅共七个地方，每个地方固定两个人昼夜看守，长泰总负责，来回巡查，有事立马向在瓷器店楼上的大掌柜报告。其余十五个人，由永年和栓柱负责，两人一组抬一个筐子，在城里街道上捡拾砖瓦石块，往东门和南门的城墙上送，给守城将士提供节省枪弹的武器。他们送来的这些东西，让守城的将士很高兴，很实用，杀伤力也很大。他们的行动也成为其他市民效仿的榜样，不少人都提个篮子在大街小巷搜寻砖石，然后送上城墙，一时间，西安城里街道上的碎砖零石，真是一块难求哇！最后，大家只好把目光盯在那些长期无人居住的破房子上，可这种房子的墙都是胡基垒的，胡基又大又重，一个人搬两块就很吃力了，但大家还是很努力地搬，即便弄得像个土地公公、灶君奶奶的模样，也毫不在乎！

秦腔剧社的一部分男角女角也来到城墙上，给将士们唱戏鼓劲。将士们听说是剧社的名角来了，在敌人进攻的间隙，得到长官的允许后，一下子就集聚过来上百人，把名角们围在中间，那些给城墙上运送砖头瓦块的市民们也过来参插在兵士中间观看。名角们本来准备了许多慷慨激昂的唱段，可兵士们偏要点辕门斩子、红鬃烈马、刘备招亲等段子，剧社班头只好对大家说：只要官长们高兴，点啥唱啥！

正当名角们一个接一个唱得精彩的时候，一个旦角转身刚一下场，从人群中走出一个官长模样的人，他粗短的身材，紫黑的脸膛，一身灰黄不分的军装，加上被灰土弄得很脏的头发，让人看了直想发笑。不过，他身子一缩，两手在耳边做了一个翻手拈鬓花的动作，少女般羞怯地一笑，然后一溜儿小碎步轻巧地迈开一个小转场，立马引起大家一片掌声。打板的见他这一招一式，完全是个受过训练的水平，就用板鼓导引其他器乐配合为他伴奏。他随着器乐做了一系列少女的天真活泼、好奇羞怯、委屈无助的动作后，扬声叫板：哎！乐队立马拉出前奏迎接他的演唱。人们都在想，你这个神气，要身材没身材，要长相没长相的，上场耍个怪，逗个笑，扭几下下去就行了，还敢叫板演唱，并且还敢演唱旦角的唱段，真是活宝一个！大家屏住气看着，为他捏了一把汗，焦急地等待着过门过去，准备听他那五大三粗的躯体里发出难听点儿的噪音。打板的和拉板胡的两个把式刚才一听他一声叫板，就知道他肯定唱得错不了，因此，板眼旋律配合得一丝不苟，板清气长，韵致谐宜，完全是为一个角儿伴奏的架势。果然，这黑胖子一开口就不同凡响：他唱的是《拾玉镯》里孙玉姣的一段。

提起来这冤案世上少有
把一个无罪人攀扯禁囚
傅公子买雄鸡相逢邂逅
这玉镯本是他有意赠奴
刘媒婆偷眼看大树背后
当日里到家中细问情由
她夸口把我的婚姻成就
凭一只红绣鞋定结鸾俦
她言说等消息三日以后
管叫我与公子飞上河洲
盼佳音整五天日夜等候
鱼又沉雁又飞缈音冷丢

如果你没有看见他本人，只是听演唱，你一定会以为，这是一个著名旦角在惟妙惟肖地表演一个情窦初开的妙龄少女在诉说冤情，不仅嗓音甜美，柔情依依，甚至你似乎还能感觉到她那梨花带雨的悲苦表情和婀娜多姿的动作表演。正当大家沉浸在优美的唱腔里如醉如痴的时候，只见他尾音一挑，拉的敲的弹的唱的一起如凤凰落梧桐，大美收而音声无。他见大家没反应，头一低钻进了观众群里头。掌声突然像夏天的白雨疙瘩落下似的响了起来，连乐队的把式们都放下手里的家伙给他鼓起掌来。观众们不依不饶，一致喊着请他再来一个，乐队也重新敲打起来，他又站在场子的中央。就在这个时候，负责观察敌情的哨兵喊了起来：贼兵又攻过来了！将士们哗的一声散开，跑步回到各自的位置，老百姓们提筐挎笼一窝蜂似的从马道跑下城去。

刘镇华在西安东郊十里铺的行营里，看着地图上标示的他十万多队伍在西安城周边的分布情况，脸上露出满意的笑容。这个清末的小秀才，在凭借科举之路光宗耀祖梦想破灭的失望中，依靠见风使舵的手段，投机钻营的技巧，靠着豫西几十个刀客的资本起家，在民国初期群雄并起、政出多门的情况下，一步一步扩大实力，站稳了脚跟。以后又在皖系和直系军阀中间朝秦暮楚地变换着主子，不仅第一次进陕西就从几千人扩展为四万多人，而且还窃取了集陕西督军和省长二者为一身的职务。在像一只野狗似的四处流浪，到处挨打受排挤的动荡日子里，能有一个稳定的地盘，并且名正言顺地身居一方霸主地位，肆意刮取民脂民膏，且能扩充自己的实力，这等好事，他真在陕西碰上了。因此，他把陕西看作是自己发迹的福地，尽管他上次是被陕西各界以及靖国军驱逐出去的，他仍认为，这个地方非他莫属，只要有机会，就一定要杀回来。他认为：陕西是个怡情、养兵、韬晦、发迹的好地方。甚至说过，就是死，能跟这渭北塬上的一百多个皇上埋在一起，也是一种莫大的荣幸。这次，他计划首先把西安拿下，然后，进军渭北，消灭一直是他心腹大患的国民革命军，再把陕南、陕北一举荡平，扩大自己的实力，凭着这个本钱，再跟北京政府讨价还价。

人常说：天时，地利，人和。如果说天时，这次他可是直系总司令吴佩孚任命的讨贼联军陕甘军总司令，十万大军护卫，山西阎锡山负责供应枪支弹药，而且钱粮充足，士气高昂。这是可遇不可求的天时！地利，就不用说了，此前已经在陕西先后待了八年。这次故地重回，轻车熟路，不仅西安，就是关中各县，也都基本清楚，有的甚至比豫西自己老家的有些县还熟悉。这是最难得的地利！人和也没问题。听说我率部打回来，西安城里不少士绅准备在城门口排队欢迎我呢！还有人写信跟我联络，准备在我攻城时，设法给我做内应呢！这不是人和，啥是人和？这个人和，是我以前在西安修为下的呀！看着吧，不出半个月，西安肯定拿下来，到时候，我可要在城里的督军府里喝雄黄酒，吃粽子，吃糖糕，吃绿豆糕，过端午节了。

这时候，门外卫兵高声喊道：柴师长到！刘镇华转过身去，把得意的表情隐去，换上一副冷峻的神情，向自己的虎头靠山椅走去。他刚落座，一个中等个，身体壮硕的军人大步跨了进来，一见刘镇华就喊道：这仗太难打了！正面，打不见人，冲进去两个排，人家上来一个连，连拉带拽，把人弄到小巷子去，拖进院子里弄死。再派一个连冲进去，人家又上来两个连，晚上把尸首给扔回来。我派一个团进去，小街道施展不开，又是扬沙子又是扔砖头，然后从小巷子冲出一队一队的兵，把咱的队伍分成一截一截，各个击破，我已经损失了一个营的兵力了。

刘镇华见说，问道：这是巷战，难道你没打过巷战？

柴师长说：我派的这个团就是打过巷战的，小股穿插不行，就改方阵推进，可一深入到里头，沙子石灰一扬，人马一乱，阵不成阵，兵不像兵，被人家像割肉一样，一下分成多少块，咱的大刀还没拔出来，人家大刀就抡上来了。

刘镇华不耐烦地说：甭说这，我不爱听，你说，咋办？

柴师长说：其他方面都咋弄着呢？

刘镇华说：甭问人家，你说，你现在要咋着？

柴师长说：你让我三天拿下东关，今天是第三天了，看来靠硬攻不中，我的意思让炮兵团轰一轰，我再往里攻。

刘镇华说：中，让炮团配合一下，首先给我把东关拿下来！

柴师长双脚一并说：是。

东关和东门是刘镇华计划首先拿下的目标。所以，把他最能打仗的心腹爱将派在这里，准备先从东关破城，让手下那些不可一世的，光说不练的各路诸侯开开眼。

刘镇华说：给你的钱，也拿出来用用，重赏之下出勇夫嘛！

柴师长说：我拿下了东关，你可不能少给哇！

刘镇华说：不但有赏，还有庆功酒呢！

柴师长高兴得像一个补足气的轮胎，跳跳蹦蹦地走了。

第二天吃早饭的时候，两路探子回来报告，敌人正在向东边一带调运大炮，数量最少有十门。守卫的长官得知，立马向总司令、副总司令报告，杨虎城说：打炮是为进攻开路，你们先把队伍向两边扯开，隐藏起来，炮一打完，立马准备战斗！

前沿的长官刚把队伍撤出去，震耳欲聋的炮声就响起来了。炮弹把那些民房、商铺炸得东倒西歪，街道坑凹遍地，尘土飞扬，不少房子都着起火来。那些没见过大炮的红枪会兵士们看见这灰飞烟灭的场面，都兴奋地喊叫起来了。

几十发炮弹打过，那些喝过鸡血酒，吞下黄表符咒，敞着胸脯，抡着大刀，由红枪会成员组成的镇嵩军敢死队一百多人就冲了上来，后面又跟着有一个营的人马。躲在东稍门两侧背巷子中的守军们看到这种情况，都有些慌乱，一位姓陈的前敌指挥告诉大家：记住杨副总司令的话：你硬我软，你来我走，想走叫你走不离，礼物留下不客气。现在大家沉住气，都不要动，叫敢死队先过去。等到步兵过得差不多了，咱先掐他个尾巴吃。等咱城关里的队伍一打，他们必然往回跑，咱们两边夹击，后面追打，全歼不了，也能收拾他个一半！这是提前商量好的方案，现在，照计划好的行动就是了。

果然，敢死队对冲过来没人应战感到奇怪，东瞅西看，在残垣断壁中寻找活着的可供他们砍杀的对象，一只不知死活的黑狗不知从哪儿钻出来，几个喷着酒气的家伙冲上去，刀光闪闪，黑狗立马断成四五截。他们跳过砖瓦断树，绕过大坑，冒着还未落尽的尘埃，嗷嗷叫着向前冲去。他们不怕中埋伏，他们是给后面的一个营打头阵的。敢死队每人发的五十个大洋，都已收在小包袱里啦，打胜了回去，还有五十个等着，谁能不卖命呢？

步兵营开进来就谨慎多了，前头的一个连分成两队，靠马路两边并排搜索前进，且与敢死队保持一定距离，对每一个可疑的目标都要仔细排查，确认无疑了才继续前进。

第二连就不一样了，四队排列，扛着武器散步前进，各排排长带队在前，连长在后观察，显然是一个很有战斗力的整体。

第三连就有些散乱，也许是前头开道的队伍进展顺利，也许是炮击过后，认为这一带已经无人了。所以，尽管也排着队散步前进，但低着头走的，东张西望的，交头接耳的什么都有，一遇到障碍物，队伍就乱成一团，嘻嘻哈哈不成样子，连长在后边喊叫半天才能聚拢到一块儿，一会儿又乱起来了。

在远处一个楼上的陈指挥用单筒望远镜看到第三连的后边再没有队伍过来，就果断下达命令潜伏在东稍门两侧的三营扑上去，吃掉最后的这个连！

得到命令的三营立马分成前后两个圆弧，一个拦头，一个掐尾，对这个稀松散乱的不成队形的队伍，扬沙撒石灰，鼓肚捏饺子，干净利索地吃了一口肥肉，缴枪一百多支，子弹三千多发。前边的队伍听见后边哭爹喊娘的叫唤，但前头已经打响了，他们还是按照进攻过程中，有进无退的原则，继续快速向前推进。

三营在吃掉这个连之后，迅速打扫战场，把尸体都藏在小巷子里，然后隐蔽在周围。后面派过来的两个探马被收拾掉了，前面跑回来报信的也被拿下，从他口中得知，敢死队已经被打得没剩几个了，两个连正在与陕军交火，城里的队伍也出来助战，他们有点儿顶不住了，营长派他回来要求赶快增援。正在审问过程中，探子过来报告：敌人一个骑兵连冲过来了！陈指挥立马命令：全体隐蔽，等骑兵过去之后，从后面打！

一场围剿战，从中午一直打到黄昏，守城队伍动用了两个团的兵力，运用多种手法，最后吃掉了敌人一个营和一个骑兵连。等到敌人援兵赶到，街道上堆满了砖头瓦块，木料和大树横七竖八塞满了通道，被打死的兵士尸体也扔在路上，别说骑兵，就是步兵，也很难成建制地进来。援军想找守城队伍打一仗报仇，除了被他们大炮炸得一片狼藉的房屋外，什么都找不到。听说那个柴师长大哭了一场，去找刘镇华，刘镇华根本不见他。

这一次交手之后，刘镇华有点儿明白了。西安城墙高大，城河宽深，易守难攻，尽管城里只有一万多队伍，但共同的利益，使他们几股力量空前团结地拧成一股劲。要打败一个团结一致的队伍，是不容易的；要攻下一个有几千年历史的古城，是不简单的。不用计谋，不动脑筋，光靠人多势众是不行的。他也认识到，他面临的对手不是个头脑简单的武夫，而是一伙有勇有谋、意志坚定的军人。这些人要是能归拢到自己帐下该有多好，归拢不了，要战胜他们，不用非常的手段，是不可能的。经过几天几夜的筹思，并与他的幕僚在一起反复商量，制订了一个罪恶残酷的围攻方针：攻不开炸开，围不住围死，攻城与攻心结合，打击一切外界与城里的呼应力量，断绝一切消息来源，让城里的人，在弹尽粮绝的情况下，和解围无人、救援无望的绝望中死去。

端午节前夕，西安城周边的小麦到了收割时候，黄灿灿的麦浪随风起伏，预示着又一个丰收的好年成。各个集镇上的农忙会正在隔三岔五地轮番举行。人们添置农具，准备收割的用品；同时，也给家里买盐打醋，给孩子买个稀罕的小耍货。尽管刘镇华的队伍在麦地里毁踩践踏，糟害了不少庄稼，农民们敢怒不敢言，但大部分庄稼还是顽强地长成了，立马可以收割了，暂时不用担心瞎物们再糟蹋了，他们心里还是有些欣慰。男人们腰上别个烟袋锅子，在自家地里来回看着，心里估摸着产量，筹划着收割的顺序，顺便也看看人家庄稼的长势，蹴在一块儿说些关于麦子收成的闲话。

太阳刚刚出山，人们等着太阳把麦子再晒一会儿，露水下去，麦秆脆了好割再下地的时候，突然，急促的马蹄声打破了这大忙季节即将到来的寂静。接着，就传来呼天抢地的哀号声，大家急忙跑出村，眼前的一幕让他们惊呆了：一个个骑兵手持火把在麦地里狂奔，所过之处，麦地刹那间就变成一片火海。骑兵们反复在地里奔跑，直到每一块麦地都着起火来才罢休。村民们拦住狂奔的战马，跪着哀求骑兵们手下留情，不要再点火了。可那些骑兵们谁肯听他们的，扬手给他们就是一鞭子，继续点火去了。

老实的庄稼人看到火借风势在麦田中左一旋、右一舔地肆意吞噬着自己到口的粮食，一个个眼珠子都红了。不知谁喊了一声：还不快抢！大家好像突然才明白过来，疯狂地奔回自己的家里，拿起早已准备好的割麦镰刀，叫上全家人一起奔向大田里，看见火还没过来的麦地，不管是谁家的，抢着割，抢着捆，堆在一起让人看着。有的人看着火没过来，使劲向里头抢割，突然风向一倒，火向他扑过来，他紧跑慢跑，被火围住，只听见几声惨叫，火苗变成一股闪光的火焰，伴着吱吱吱的声音，越烧越旺，上头还冒着滚滚的黑烟，那些想去救的家人被人拉着，活生生看着亲人被烧死。不少人都被火舔伤了手脸、胸背和腿脚，头发、眉毛、胡子被燎光了的人，更是屡见不鲜。尽管如此，还是有人冒着被烧被烫的危险，在那些已经过火的地方抢回一把两把麦子。老人和女人们坐在地边上哭起来，更多的人因为烧伤的地方接触汗水、麦芒和热风的刺激，剧烈地疼痛起来。不少人忍着剧痛，还在捡拾遗落的麦穗，搜寻着过火后还能收割的地方。

正在这个时候，恶魔的马蹄声又响起来了。那些放完火的骑兵们又反身回来，检查那些中途灭火，还没有烧起来的大的田块，重新再点上火。顺便在路上看见那些农民已经收割回来的麦子，又一次点上火。被人们称之为瞎物的镇嵩军骑兵们，点火点的坏劲儿上来，除了在麦地里点火，路过村子的时候，顺手还把农民用于做饭、烧炕用的麦秸积子和有些草房也点着了。顿时，不少村子也跟麦地一样着了起来。在地里正在抢拾麦子的人们，看见房子也着火了，立马又扑回家里，扶老人，牵牲口，抱被窝，提锅拉风箱，乱成一片。那些轻易不流泪的壮硕厚道的关中汉子，被这一连串的打击折磨得坐在地上无声地饮泣起来。有人则对着天空狂吼：老天爷，西安人把你咋亏待了，你派这一伙害人贼来祸害我们?!

按照刘镇华的部署，西安城周围向外十里路的地方，麦子全部烧完，不留空白，为的是不给城里的人留一口吃的，让城里的人彻底断了从城外补充粮食的念想。刘镇华的手下人大略计算了一下，这次烧毁的麦田约有十万多亩。刘镇华大概想都没想到，这十万多亩麦子造成了多少农民家破人亡，给多少人造成终生难忘的伤痛！这还仅仅是这个瞎物围攻西安施行的第一个缺德举措！

又经过几次惨烈的城东关、城南关反复的争夺战，刘军负多胜少，刘镇华头痛不已，一个参谋给他出主意说：他们之所以进退有余，就是凭借了一个城墙，如果城墙破了，他们就守不住了。咱能不能想办法把城墙给它炸开！

小参谋的一句话，一下子提醒了刘镇华：对呀，想办法把城墙给它炸开，一旦城墙炸开，咱的人马一拥而进，城里的那一点儿兵根本经不住打，好主意！

可怎么炸呀？刘镇华想：用炮轰，城周边都是陕军的队伍，炮拉不到城墙跟前，距离太远打不上。用人背炸药包过去，城墙外十丈就是城河，城河又宽又深，即便冲到城河边，城上的守军一看见人就开枪，很难从城河沿下去，涉水过河，再爬上去最后冲到城墙下。他苦苦思索，没有一个满意的方法。还是那个小参谋，他给出了炸城墙的主意，他也在苦苦思索着炸城墙的方法。实在想不出来，就走出院子转一转。他蹲在地上，看见一群蚂蚁正在忙忙碌碌地往洞里搬食物，他灵机一动：如果也像蚂蚁那样，通过打洞的方法，神不知鬼不觉地把炸药送到城墙下，不就能把城墙炸掉了吗？他飞快地跑到刘镇华的总司令部大厅前，请求见刘总，刘镇华看见他，就说：让他进来。

小参谋说：用蚂蚁挖洞的方法，把炸药送过去，中不中？

刘镇华一听把腿一拍说：鳖孙，咱俩想到一块儿去啦！就凭你这肯动脑子的劲儿，赏你三十块大洋！

就这样，一个浩大的十几里路长的地下挖掘工程就秘密地开始了。那些农民出身的兵士们，干这种活倒还不生疏，问题是在没有仪器定位，仅凭在地面上的感觉，在地下挖着挖着就转向了。好不容易才让有经验的人导引确定了方向，凭夯土层的土样变化，感觉已经到了城墙下面了，他们用棺材装着炸药送到地洞子的最前端，接好引爆装置，等待刘镇华的起爆命令。地面上进攻的人马都已整装待命，传令兵向东边队伍传达着破城就在今夜的鼓舞人心的口号。

午夜时分，一声震天动地的沉闷巨响，把全城的守军和市民都惊醒了，东关东北角的守军更是惊慌万分，感觉以为是城墙塌了，纷纷打着火把在城墙上各处乱照，查看城墙情况，杨副总司令的探马也跑过来探问怎么回事？查看的结果是：东门东北角距城墙二三丈远的地方炸开了一个深不见底的大坑，城墙未受损伤，关墙及角楼的部分地方受损。刘军不了解情况，以为城墙已被炸塌，号叫着冲杀过来，守军也立马出击，双方大战至天将放亮，刘军见城墙完好，又见守军援兵不断增加，不敢恋战，急忙撤退，守军围追堵截，歼敌数百人，缴获枪弹不少，全体守城队伍士气大振。

敌人想用这种方法破城，让李虎臣、杨虎城他们很是吃惊：刘镇华阳的玩不过，玩开阴的了。这是继放火烧麦子之后的又一个阴招。从来阴谋害阳谋，阴谋损狠毒辣，出其不意，让人防不胜防。两个老总亲自来到东城查看刘军挖地道炸开的大坑。李虎臣对守军将领说：多亏敌人的炸药没有埋到城墙底下，一旦把城墙炸开，那后果就不堪设想。敌人能挖一个，就能挖三个五个，十个八个，说不定，现在就正在挖着呢！我们必须想办法破了敌人这个见不得人，又十分阴险的鬼门道！

杨虎城也说道：这鬼门道到底是见不得人的，是钻在地底下的，他在地底下，我们看不到，可是，一挖洞就有响动，想办法在他们有动静的时候，就把他们打掉！

将士们齐声响应，不管是地上的鬼，还是地下的鬼，只要来了，就让它有来无回！

有的兵士趴到城河沿上听，有的贴在城墙上听，还有的趴在井口上听。白天根本听不见什么，到了晚上，倒是能听见地下有挖掘的声音，可很难确定在什么位置。城墙上各处都配备有紧急报警的大铜锣，一个兵士无意中在观察铜锣里头灰土时，发现灰土对震动的反应十分灵敏，他又把灰土换成沙砾，沙砾比灰土更灵敏，最后又换成黄豆、豌豆，发现豌豆的观察效果最好。他们把铜锣面朝下埋在瓷实的地上，把铜锣擦干净，里头放一把干豌豆。这样地下挖土的动静，一下一下都会引起豌豆的一跳一跳，而且，方向在哪儿，豌豆就会往那儿跳。更为难能可贵的是，这种方法解决了靠耳听白天不能侦察地下挖掘活动的问题。

知道了地下地鬼们挖掘的基本走向和位置，守城的将士们就针对目标，在他们还没有过城河的时候就从上往下挖，见鬼就杀，不见鬼就灌水填石头，倒茅粪（屎尿）并把这叫作截鬼道，断鬼生。尽管如此，刘军还是有几条鬼道挖了过来，听说是专门让人从刘镇华巩县老家招来一批矿工。这些人工具好，挖掘技术好，又掌握专门的定位技术，挖黄土比挖煤省力省事，他们像地耗子一样进展迅速，地面上发觉才准备往下挖的时候，他们已经很快钻了过去，还没等捉住他们，爆炸已经发生了。虽造成一些局部的城墙墙体变形，城砖脱落，但城墙仍然昂首屹立。刘镇华的这一损招，最后也以失败而告终。

刘镇华气恼异常，拍桌子打板凳跳着骂娘。冷静之后，他再一次动歪脑筋，寻思守军之所以坚守不降，围而不死，肯定另有原因。经探访，主要原因是周边包围队伍的纪律不严造成的。那些归拢到他手下的队伍，有从其他队伍被打散后收编过来的，有原来就协议好的刀客和红枪会人员，抱着进西安大地方享福目的来的，还有些临时划归过来的其他队伍。这些队伍军纪松弛，打仗能力稀松平常，惹是生非的本事个个能行，除了刘镇华说话，其他谁都不认。他们原想打一仗就进西安城了，吃香的喝辣的，收金的抓银的。没想到，都两三个月了，还住在城外农村里，那种不满甚至怨恨的心理逐渐产生了。他们抢农民的东西，偷宰农民猪、牛，强奸妇女，打架斗殴，后来甚至枪杀民众。这些情况，刘镇华都知道，他了解这些乌合之众，没有经过整治的半吊子队伍，就是这个样子。你管得太严，他翻脸不干了更麻烦，等进了城，再说吧！刘镇华的宽容更纵容了这些家伙。他们有恃无恐，开始有的口子只是收点儿钱私自放人出入，到后来不仅放人给城圈里传递消息，而且还放运粮食和物品，甚至枪弹。有的队伍自己就在往城圈里倒卖粮食、蔬菜和肉食。

知道了这些情况，刘镇华真的生气了，认为这是在自毁围城计划，变相出卖自己，并且他也认为，这是西安城至今还拿不下来的主要原因。当初，拿下西安城，掌控陕甘两省，进而辖制整个西北，然后再向东南发展，这样进退自如，张弛有度。这是直系军阀吴佩孚的一项战略大计，并把希望完全寄托在刘镇华的身上，而他自己也对吴大帅是拍了胸脯保证过的。没想到，这个本来以强击弱、拈指可取的第一步，军事行动，竟然在这里，不仅久攻不下，而且每进一步，都艰难异常！这个局部的战事都解决不了，自己还咋在军界混下去？还有何颜面去见吴大帅？想到这里，他浑身燥热，虚汗暗流，牙关紧咬，又一个罪恶的计划在脑子里产生了。

刘镇华召集各部将领开会，分析围城围而不死，攻城久攻不下的原因，其中就指出围城的各关口私自放人出入，甚至还给城圈里放送粮食弹药等情况。刘说：本来西安城早就应该突破了，之所以造成今天这个局面，就是因为我们中间的害群之马，一个老鼠坏了一锅汤！这个弊端不除，围城的圈子走风漏气，西安城十年都围不死！念着弟兄们从河南跟我到西安，福没享多少，苦吃了不老少，过去的事情，过去就算了，但账，我还得记着。从今天开始，不，从明天开始，我派督察处的人下去白天晚上检查，再要发现，见一个处理一个，情节严重的交军法处审判。不管是谁，绝不留情。你们这些师长、旅长，也不准讲情，哪个队伍出事，就扣那个队伍的饷银！这是第一条。

刘镇华停顿了一下，威严地看了在座的一圈人继续说：第二条，就是各队伍在自己防守的防区内，征集民夫，按照总部制订的统一尺寸要求，开挖宽深各两丈的沟壕，挖出的土再筑成一丈高和宽的围墙，各防区之间的沟壕和围墙都要相互连接，不准再留进出口，队伍在围墙上巡逻，发现有人越过沟壕，即可开枪打死！沟壕和围墙的构筑工作就从明天开始，一个月内必须完成。

刘镇华说完之后，大家面面相觑，谁也不说话。参谋把刘总讲话要点抄成一张纸分送给各位将领，副官长问：各位老总，还有什么要说的没有？大家仍不说话，副官长说：那就散会，请各位老总抓紧执行！

沟壕工程就定在烧麦子的区域内，征集民夫的范围自然就在这个区域内。然而，麦子烧光了，有的房子也烧了，农民哪儿有能力和心思干活。并且，壕沟又可能从他们的地里过，很多农民对抗情绪很大，宁可外逃，也不愿意干这个活。挖壕沟是不给钱、不管饭的劳役，不分晴天雨天，不分青年老年，大家都在兵士的监督下干活。农历六七月正是骄阳似火的时候，繁重的劳动，没有保障的饮食，使许多人都累倒病倒了，工程进度严重受到影响。为了加快进度，各队伍只好不断强行从周边农村征用民夫。为了这个害人不利己的围城壕沟和围墙，刘镇华的队伍先后征集民夫五十多万人（次），挖掘土方七十五万立方米，等于在西安城墙的外边又筑起一个加大一圈的外城墙。西安城再一次与外界断绝了联系。

一天，刘镇华带着一伙将士沿着围城沟壕和围墙的外沿视察施工情况，在一处两个队伍工程的接茬处下马观看，忽然听到一群小孩边玩边念儿歌，起初听不太清楚，后来刘镇华屏住气听了一会儿，他听明白了：

狗军阀，刘镇华
陕西人的对头煞
害了陕西整八年
又挖沟壕把人杀

刘镇华听了一阵，没有说话，从一个护卫的兵士身上摘下一颗炸弹，拉开捻子，朝小孩儿们那边扔了过去，然后骑上马，头也不回地向远处跑去，背后紧随的马弁、参谋、随从的马队扬起一阵遮天蔽日的烟尘。

第十五章

坐落在中国地理版图中心位置的西安，古称长安，是周秦汉唐等十三个朝代的建都之地。四关拱卫，八水环绕，背有渭水舟楫之利，面有秦岭山林之富，平原一望无际，沃野几近千里，风调雨顺，五谷丰登，为历代君王歆羡之地。后来，由于经济政治中心东移，自宋元以后，长安渐渐失去了作为王朝都城的地位，沦为一个省份的经济政治中心。后来，明朝大将徐达攻占元朝奉元路，改奉元为西安，从此，这座两千多年的长安城又有了一个新名字：西安。明朝开国皇帝朱元璋在定都之初还曾经说过：天下山川，唯秦中号为险固。尽管西安最终没有被朱明王朝作为建都之地选中，朱元璋还是把自己二儿子朱樉封为秦王派到西安，执掌西北军政大权。

人常说：汉冢唐塔猪（朱）打圈。在朱元璋高筑墙、广积粮、缓称王政策的号令下，西安城历时八年，于明洪武三十一年，在唐长安城和元奉元城基础上改建而成。城墙后经明崇祯九年陕西巡抚孙传庭和清乾隆四十六年陕西巡抚毕沅等人的大规模维修加固，基本确定为现在的规模。墙体采用黄土加石灰、细沙并掺入麦秸、草渣等，与糯米汁混合后分层夯筑。以后又将整个墙体内外壁及墙顶面用长大厚重的城砖包砌，并在城墙外侧筑有雉堞，上有垛口，用于射箭和瞭望。城墙高十二米，顶宽十二至十四米，底宽十五米至十八米，周长约为十三点七公里。每隔一百二十米修建敌台一座，突出于城墙墙面之外，便于从侧面射杀爬城的敌人。四面城墙共修敌台九十八座，每个上面都有一个驻兵的敌楼。西安城共有东南西北四个城门，每个城门依次向外为正楼，箭楼，闸楼三重城门。正楼与箭楼之间是瓮城，是守城将士活动的地方。为了便于人马登城，有一条缓坡无台阶的马道，全城共有马道十一条。城墙上面每隔一段都有一个自上而下、既能排水又无法攀爬的排水道，对城墙的保护起了重要的作用。城墙外四周环绕着一条既宽又深的护城河，常年水深过人。出入城必须经过各城门前的闸门放下吊桥进出，吊桥是城里控制内外交通的重要手段。刘镇华围城时，尽管有三个闸门和吊桥已经没有了，但城池依然完整坚固，成为西安一道重要的防御屏障。

西安城自从被围困以来，除了驻军和一般老百姓积极主张抵抗，坚决反对刘镇华入城以外，还有一些原来和刘镇华过从甚密的士绅、官僚和商户，却在暗地里期盼着刘镇华赶快回来，或者偷偷进行着与刘镇华的联络和通风报信工作。

围城之初，即西关、北关尚未围住，杨虎城队伍也未进城之前，城内的几个士绅商量组织和平期成会，并怂恿部分外省籍的盐商、马商、珠宝商和给队伍上供应军需的商人，让他们打着小旗，一起出城欢迎刘镇华的队伍回来。东门守军看见，不知如何是好，赶紧报告督办李虎臣，李听后十分生气，立即派副官长前往训斥。这伙人还强词夺理，声称刘督军与李督办共同督陕，两好变一好，两强变一强，陕西从此兵强马壮，百业兴旺，还说陕军应该摒弃门户之见，避免刀兵相接，万事以和为贵，等等。副官长见训斥不听反遭教训，便对带着的人说：三句好话不如一马棒，把这一伙吃里爬外的龟子屄给我狠狠地打！十几条马鞭如金蛇狂舞，刹那间欢迎团成了逃跑团，这伙刚才还摇头晃脑的长袍马褂们，谁也不去出城找他的刘督军，而是赛跑似的往家里跑，身后传来守军们哈哈大笑的声音。

与此相隔时间不长，刘镇华就派人给李虎臣送来一封最后通牒式的来信。李虎臣打开一看，短短几句话，盛气凌人，态度傲慢，趾高气扬，完全是一副兵临城下，不容置疑地带着刺刀的命令：

> 虎臣弟：本人以讨贼联军陕甘总司令的名义命令你，五日之内，带着你的队伍向西撤出西安城，只准朝西，不许回来！
>
> 如果你还想在队伍上混一碗饭，可立即与我围城的任何一支队伍的长官接洽，由他们接受改编，你的官衔，等我进城后任命。如果不愿接受改编，即刻就地交出武器，把你的队伍遣散出城回乡。你愿留，就等我进城；不愿留，就净身出城。
>
> 看到此信就立即行动，不必再找我商量！如果顽抗，我一挥手，十万大军即刻就能把西安城踏为平地，到时候，不要怪我这个当哥的不认你这个小兄弟了。

李虎臣看完这封充满挑战意味又带有侮辱性质的来信，十分愤怒，一气之下要把信撕掉，并决定把送信的人杀掉。可转眼一想，这分明是一封激人发怒，让你利令智昏的挑逗信。自己这样一干，正中刘镇华下怀，为什么要往他的圈套里钻呢？想到这里，他让人把送信人叫到督办府，茶点相待，最后，他出来对送信人说：回去禀告刘总司令，我就不回信了，西安城两个城门被围住了，还有两个是大开着的，他要想进城吃羊肉泡馍，我请最好的厨子侍候他。并在玥梨咏摆好茶与他共赏荷色月光。说完随手给来人丢了五块银洋，让人把来人送出城门。

送信人受了招待，又得了银洋，自然把李虎臣如何客气，对刘总司令如何尊敬，等等，添枝加叶地描绘了一番，再把李虎臣的话一字不漏地传达给刘镇华。刘镇华听了这一番汇报，半天没弄明白李虎臣是什么意思，最后才恍然大悟：这是既不走，也不降，更不散，以一种故作轻松的姿态成心戏弄他。他一生气，对送信人说：滚，滚，滚！这羊肉泡馍还指不定谁请谁呢！他马上让副官长发布命令，驻守十里铺的三师迅速包围北门城关！

李虎臣待送信人走后，北城的宁团长派人前来报告，刘镇华队伍已开到白花村、张家堡一带，有围困北门的企图，他正在指挥人马拦截。李虎臣听了，心中又添了一番烦恼，面对敌军层层紧逼、步步为营的形势，在此之前，李虎臣就顾虑自己兵少将寡，镇守西安城对付刘镇华有困难。正在两难之际，共产党人魏野畴主动协调，时任国民军第二军第十二旅旅长卫定一主动提出，由他出面，把隶属于国民军第三军第三师师长杨虎城请进来。因为此前国民军二军和三军之间几乎没有合作过，加之个人之间还有些过节，李虎臣担心要么人家不来，要么来了不好合作。卫定一劝李虎臣以大局为重，不计小嫌，与友军真诚合作。后来，在三原各方将领联席会议上，为了加强团结，杨虎城提议取消国民军番号，统一为陕西陆军，并力推李虎臣为总司令，会议决定杨虎城为副总司令，卫定一为副指挥。新的格局建立后，陕军群情沸腾，斗志高昂，全体将士决心为保护桑梓，为陕军名誉而战！这时候，李虎臣那颗悬着的心才算落了下来。在其他队伍尚未到达之前，李虎臣坚持每天骑着马到南门和东门一带巡视城防情况。现在，杨虎城说好要在最近开进西安，但迟迟不见动静。他派人去三原联络，到现在也没有回音，他不由得有点儿暗暗着急。

李虎臣从南城门瓮城出来，把马交给马弁牵着，自己顺着南大街往北慢慢走，看见店铺有多一半都关了门，少数开门的铺子也是货架上货物稀少，门面前客官全无。只要有人往里一张望，立马就有人出来热情招呼：进来看看！李虎臣感叹了一声：城还没围住，仗还没打呢，这市面已经如此萧条了。这和两个月前人来车往的繁荣景象，简直就不能比呀！

请问，这是李督办吧？一个咸阳口音的问话传进李虎臣的耳朵。

李虎臣扭头一看，只见一个瘦瘦的五十多岁的老者站在自己身旁，两只炯炯有神的眼睛友善地望着自己。李虎臣愣了一下，半天想不起这人是谁。老者说：督办肯定认不得我，可我认得督办。我是礼泉黄！

老者这样一说，李虎臣立马想起来了，他满脸堆笑说：你就是那个一口准的算卦小屋礼泉黄呀，久闻大名，久闻大名！

礼泉黄说：不敢，不敢，督办神色凝重，心事重重，看来军务烦扰，寝食难安呀！

李虎臣被他说中了心思，突然心血来潮，对礼泉黄说：正好，找个地方给我算一卦。

礼泉黄说：既然督办有此雅兴，不妨到我小屋一坐。

副官长在一旁纠正礼泉黄：现在不叫督办，叫李总司令！

礼泉黄说：哦，李总司令，李总司令！

李虎臣说：叫啥都一样，还是我李虎臣嘛，你那地方远不远？

礼泉黄说：不远，就在正学街南口，牙长的一截路。

李虎臣他们跟着礼泉黄进粉巷，拐竹笆市，过马坊门就到了算卦小屋。卦屋门脸不大，只一间门面，修整得却是松翠鹤闲，月明风清，一派仙风道骨。一副对联让你看了，不由得想进去算上一卦：

能知过去未来 从生说到死
指点运程迷津 叫祸变成福

两个在门口像童子模样的年轻小子，见师傅领人回来，垂手站立问好，并向里边招呼：书房伺候！李虎臣随礼泉黄入内，其余人等，都在门外候着，副官长随后守在书房门口。

童子献茶，给二人各摆上一只茶盅，随后用一把紫砂壶往盅内斟茶，只是这茶盅小得像一只饮酒用的小酒杯。李虎臣用舌尖咂了一下，然后一口吸入徐徐咽下，咂咂嘴说：好茶，好茶。

礼泉黄笑着问道：总司令见多识广，可知道，这是什么茶？

虎臣品着口中的余味说：此茶色泽深绿，初尝味极苦，入口后清香回甜，随即异香入鼻，咽下后口舌生津，余香满口。我喝过这么多茶，还是第一次品尝到这种口味奇特的茶，真不知道这是什么茶。

礼泉黄笑着说：总司令饮茶，第一口就能把感受说得如此细致准确，是我见过的第一人，可见先生阅历之广，查阅之细。这茶是咱礼泉塬上的几种草根树叶，配上南方的高山云雾茶，用我特制的茶缶慢慢煨制出来的。先生可看我的茶缶。

虎臣随礼泉黄进入内室，看见一个小泥炉上吊着一个大小如小斗的陶罐模样的东西，揭开陶盖，只见里面塞满了枝枝干干和像茶叶一样的东西，水从上面轻轻地注入，慢慢洇下。陶罐在文火煨上半个时辰，茶即从下面的一个壶嘴里流出来。

虎臣仔细看了半天，又用茶盅直接在壶嘴上接了一盅，慢慢品着说：不但是好茶，而且是神茶，我感觉这一会儿头脑也清醒了许多。

礼泉黄引导李虎臣回到书房坐定说：这茶的制法是早年我礼泉县上的一个秀才传给我的，老秀才的字写得极好，十里八乡的牌匾、碑志，大多出自他的手。老人一辈子只有两大爱好：一是拓碑写字，二是品茶。我是向他学字的学生，久而久之，情同父子，他就把他制茶的配方告诉了我。这方子，据说，还不是老秀才自己弄出来的，是另一个喜欢他的字的和尚秘授给他的。

虎臣又饮下半盅说：这茶不失茶香，兼有药效，着实难得，你再这一介绍，这茶的来历还真深得很呢！

礼泉黄说：老秀才活到八十八，一辈子不看病不吃药，就喝这个茶，现在他全家仍然都是长寿之人，都说是这个茶的功劳。

虎臣陷入沉思，望着茶盅说：茶好，固然能让人长寿；不打仗了，才能让人安居乐业呀。祈愿天下早日太平，人人颐养天年。

礼泉黄见状说：总司令悲天悯人，志存高远，可佩可敬。

虎臣说：算卦来了，咋又扯到这儿了，算卦，算卦。

礼泉黄说：卦就不用算了，总司令想问的三件事，我一说就对了。

虎臣说：你咋能知道我要问三件事？

礼泉黄说：总司令忘了我是干啥的了，咋知道的就不说了，这是我这一行的规矩。我只说你心里的三件事：头一件，杨虎城进不进城？你放心，后天一早，就有队伍进来，天黑之前，杨司令跟你见面。

虎臣诧异地微微点点头，然后问：第二件？

礼泉黄说：二虎相见，是凶是吉？是二虎相争，还是相辅相成呢？这一点，请你放心。杨为树中伟丈夫，李是木中真君子，杨是为保西安城而来，并非为和你总司令争高下而来。在这个时候，敢于钻进这个黑云压城城欲摧的地方来，除了助你、帮你，再没有别的解释，而且杨甘为你下。

虎臣显然受到鼓舞，急切地说：先生再说第三。

礼泉黄说：西安城围城的结果，谁走谁留？你是李，杨是杨，刘是流水的流，以此时此地来说，你两个是树，有根基。刘镇华是水，是无根之物，看似来势汹汹，铺天盖地，围在帝王之都周围，最后经不住日晒风刮，最后马踏雪泥，水去木生。

虎臣还想问些什么，礼泉黄一摆手说：总司令不要再问，天机不可泄漏。我之所以不出城，先生一想，就明白了。

虎臣让副官长重赏礼泉黄，礼泉黄说：我是总司令辖下的子民，承蒙你的庇护，才能衣食无忧。总司令今日大驾光临，小屋蓬荜生辉，与总司令能坐在一起品茶，乃小人三生有幸，岂敢再受卦资。如果总司令以后想起小人，记住卦辞，以作验证。

虎臣见他说得诚恳，也就不再坚持，见他的画案上有一副尚未完工的二虎镇山图，提笔在右上角题了一首绝句：

虎虎生威关中将　神机妙算礼泉黄
愿将雄风化利剑　肝脑涂地斩豺狼

礼泉黄画完裱好，挂在小屋门厅，一度冷清的算卦小屋又热闹起来了。

果然如礼泉黄所言，四月十六，杨虎城的队伍从早上开始陆陆续续开进西安，还带来不少辎重和粮草。黄昏时分，杨虎城在骑兵营开路，警卫营护卫下，骑马进入西安城。李虎臣率军政长官和警卫营等一干人马在桥梓口热烈欢迎。杨虎城与李虎臣二人执手相见，朗声笑谈，周围的军民看了都感到欢欣鼓舞，对抗击刘镇华围城信心大增。

在城东北尚仁路往南、大差市里头的一个巷子里，有一个建筑精巧的高门楼四合院，两进两出的结构显示着主人曾经显赫的地位。之所以用曾经显赫来说明它，因为终日紧闭的大门和难见的车马走动表明，它的主人似乎已经游离于当前社会之外了。

住在这里的人，是一个五十出头的中年男人，他中等个子，发福的身材，稀疏的头发有些泛白，从那保养得很好的脸上，能够看出一双不甘寂寞的眼睛。其实，他并没有游离于当前社会之外，他是一个表现欲望极其强烈的人。尽管他白天一般不出门，可到了晚上，他最爱钻进酒馆、书场、澡堂子这些地方，听别人议论时政，评价军政要人，交换省城内外动向；也喜欢搜集贩夫走卒、门丁鞋匠们的街谈巷议，奇闻趣事。他把这些整理出来，定期向当局汇报，或利用他省议员的身份，以他听来的见闻和别人的观点发表见解，来显示自己体察民情，见多识广，以图博得上司的青睐。

他是清末的一个落第秀才，不甘乡下苦焦的刨食生涯，通过四处投书自荐，才在一个小县府觅到了一个书办的饭碗。苦熬了一二十年，仕途上毫无长进，始终过着捉襟见肘的困顿生活。刘镇华入主陕西后，他投其所好，写了一篇颂扬文章，直接寄给刘镇华，百般称道热情讴歌，把个刘镇华说成是陕西民众的福星，振兴的希望。刘镇华希望长期统治陕西，也正需要这样的拥护者和支持者，并且正想网罗一批吹手走卒，又见他的文笔不错，字也写得流利，随口问道：哪个地方还有缺额？

主管官员答道：陕北洛川尚缺一名县长。

刘镇华说：就任命这个楮小毖为洛川县县长。

于是，仅凭一篇吹捧文章，楮小毖峰回路转，青云平步地登上了自己梦寐以求的县长宝座。

洛川当年是个塬高沟深，靠天吃饭的贫穷小县。楮小毖上任之后，自恃有刘镇华的靠山，颐指气使，盛气凌人，属僚们噤若寒蝉，县府诸事以楮小毖的意思为圭臬。楮小毖为了向刘镇华显示自己的才能和报效之心，绞尽脑汁搜刮民脂民膏。他曾经给属下交代：民众的民字之所以有时在前面要加一个刁字，称其为刁民，就是因为他们有贫苦可怜的一面，更有刁钻狡猾的一面。我们为官为吏，对上报效国家，对下造福黎民。治不了刁民，就报效不了国家；报效不了国家，也就造福不了黎民。因此，收税收粮，心要硬，手要狠，宁多勿少，宁滥勿缺！要有蝇子腿上剔肉，蚊子身上刮油的精神，刁民再刁，你要比刁民还刁，这才能办成事！

在楮小毖的指示和强求下，收捐派税的差人们个个如狼似虎，强取豪夺，一些尚能生存的农户们被搜刮得一干二净，交不够的立马就牵羊逮鸡，提锅抱被褥。原先还平静的洛川县，很快就变成了鸡飞狗跳、人烟稀少的落难县。而楮小毖把搜刮来的大部分钱粮直接送到省城，博得刘镇华的褒奖。当然，他给自己也没少留，不久，就在省城东南地方给自己买下了这一套房子。

洛川县当时有人给楮小毖编了这样几句顺口溜：

洛川是个好地方
楮贼一来遭了殃
苛捐杂税多如毛
一天三趟催钱粮
吃饭能夺你的碗
欠钱立马剥衣裳
叫人墓中挖枋板
还能揭瓦拆房梁
背井离乡避楮贼
十里乡村八里荒
恶贯满盈楮小毖
将有子弹等你尝

对于乡民的反抗行为，楮小毖采取残酷的镇压措施，不想却激起更大的反抗高潮。楮小崧在强大民众力量面前，不得不有所收敛，但沉重的赋税依然压得民众直不起腰来。后来，在人民一片唾骂和反抗声中，刘镇华被迫将他免职，他灰溜溜地离开了洛川。

回到西安后，靠着搜刮来的脂膏，过了几年清闲的日子，依靠投机钻营的手段当上了省议员。这次，他听说刘镇华又要打回来了，高兴得几天几夜都没有睡好，他认为，自己再度飞升的机会又来了。他积极地做着准备工作，以便在刘总司令一到，给他做一个有关西安城情况详细全面的汇报。没承想，这个军务督办李虎臣，不仅不欢迎刘总司令回来，而且还要凭借自己几千人马去抵抗刘总司令的十万大军，这简直是不识时务，拿鸡蛋去碰石头！后来，他又听说，杨虎城也带兵进城了，又进来五六千人。他认为，两处兵力再加上后来的卫定一部，一共也不过万把人，要对付刘总司令，纯粹是痴心妄想。看到刘镇华的队伍从东南北三面把西安城包围起来，独留西门未围，他认为，刘镇华不愧为大将风范，给西安城造成一种大军压境城欲破的威势，给城里的有识之士提供一个出逃的机会，待到城里人惶惶不可终日，队伍的斗志一触即垮的时候，西安城要么一攻即破，要么不攻自破！想到这里，他立马动笔，把西安城的军事防务情况，民众反应情况，以及由他几人牵头组织的和平期成会情况，原原本本写成书信，并把他自己愿意为刘总司令攻城做内应的想法，都写在信里。写好之后，他又仔细看了一遍，认真封好，安排自己的一个亲信藏好，交代了注意事项和见面后要说的话，让他立马出城，一定要亲手把信交给刘镇华。

楮小崧安排完这件大事之后，志得意满地靠在太师椅上，端起宜兴茶壶慢慢思量起来。上次和平期成会派人出城欢迎，遭到李虎臣属下蛮横的阻拦和殴打，那是这些当兵的不识大局的狂妄之举，也是自己对城内守军态度的一个试探，这是很有必要的。他得意地想，这西安城内有谁能像自己这样，外与围城大军的统帅相通，内又能够以省议员的身份与守军将领直接对话，无论这西安城的前景如何，自己可谓左右逢源，万无一失。在得意之余，他想，这城破是迟早的事，这是李、杨两人心里都明白的事情。自己如果能够给守城的两个将领做通工作，让他们在权衡利弊之后，主动打开城门，兵不血刃，把刘总司令迎接进来，那自己的这个功劳可就大得很了。想到这里，他忽地一下站了起来，把茶壶放下，在房子里来回踱着步子。他认为，自己在完成了与刘总司令的联络工作之后，当前，最大的事情就是说服这城里的两位守将。尽管他们目前态度强硬得很，军人嘛，打仗是天职，一打仗，吃的喝的用的，啥都有了。再者，明知打不过，也要喊叫着打，把样子要做出来给人看。不然，在父老乡亲面前，咋说得起话呢！如果这时候给个台阶，双方都退一步，和平解决，肯定皆大欢喜！说不定，这俩人正等着这个中间人出现呢，而这个中间人，舍我其谁?

想到这里，他在家里待不住了，一改白天不出门的习惯，让人侍候着吃点儿东西，换了衣服，就兴冲冲地朝南院门省议会走去。

围城以来，大大小小的反击战、保卫战、伏击战，已打了有十几仗，由于强敌当前，众志成城，守军上下空前团结，加上指挥得当，将士用命，击退了敌人多次进攻，还粉碎了敌人挖地道破城的诡计和部分特工企图混入城内的阴谋。尽管伤亡不少，却更有效地歼灭了成倍的敌人，使敌人不敢轻易发动进攻。然而，随着战斗的深入，弹药消耗很大，又无法补给，成了守城队伍的一件头等难事。李虎臣首先下令：一切守城将士，不得空放无敌人之弹，要把每一颗子弹都用到敌人身上，要想办法从敌人身上给自己补充弹药。

一天早晨，李虎臣和杨虎城两人在一起用完早餐，军械部长来汇报弹药库存情况。听完汇报，两人神色凝重。半晌，李虎臣问杨虎城：对点子（关中地区名字相同的人亲切互称），弹药极缺，又没有来源。你看，咋办?

杨虎城说：先按你的命令办，禁放空枪，想办法从敌人身上补充。

李虎臣说：几乎天天都有战斗，消耗很大，节省用，终归不是办法；从敌人身上补充，也极其有限。要是确实打光了，怎么办?

杨虎城说：确实打光了，那就用没有办法的办法，拾起啥就是啥，攻上来就用城砖砸，用大刀砍，用刺刀拼，到那时候，就用上咱陕西冷娃的二摲子精神，不怕死，顽到底，鱼死网破!

李虎臣继续问：城守不住了，人打完了，咋办?

杨虎城说：咱俩人上钟楼，一人一个角，上来一个砍死一个，轰轰烈烈地战死!

听到这里，李虎臣的眼睛湿润了，这个轻易不落泪的关中汉子，上前一步紧握着杨虎城的手说：对点子，今日我才算是看透了你的心，咱俩有幸一块儿守西安，生做兄弟，死为鬼朋!

杨虎城也动情地说：对点子，我知道你对我心存疑虑。担心我来西安另有打算，害怕我守不住，屁股一拍走了。这不怪你，咱俩以前没共过事，其间有人还传过闲话，造成些误会。这一回一块儿守城，我看出来，你是有勇有谋，心存大略的一个人，围城的事情过去以后，咱俩在一块儿还能做些大世事!

李虎臣说：对，把刘镇华打出陕西以后，咱俩联手，就像你诗里说的那样，踏上浪头干一场!

又过了一天，杨虎城登上城墙视察防务情况，走到一名负责瞭望的兵丁跟前问他：你都瞭望些什么?

兵丁答道：观察敌人队伍调动情况，番号变化情况，后勤补给情况。

杨虎城问他：后勤补给的啥，能不能看出来？

兵丁答道：大概能看出来，比如，粮菜，服装，还有弹药。

杨虎城问：你咋能看出是弹药？

兵丁答道：弹药车方方正正，一般都拿篷布盖着，还有兵丁护送。另外，车马走路的姿态也不一样。

杨虎城说声好，立马把东城的守将叫过来说：敌人经常给队伍补充弹药，咱瞭望的人看得一清二楚，我想出其不意地行动一次，把弹药给他抢回来！你们看，有没有可能？

守将一听高兴地说：这咋不可能？瞭望的老是汇报敌人又补充弹药了，把咱羡慕的，可就没有想到把它抢回来！

杨虎城说：不要急，观察好，充分做好准备，干就要干成功。

守将说：能行，行动前给你汇报。

过了三天，守将汇报说，敌人又拉来一车弹药和一车给养。杨虎城一听大喜，叫上李虎臣一起来到东城门上，听守将汇报行动方案。守将说：派一个连冲出去猛打，再派一个连直冲军火库，连背带扛，能拿多少，就拿多少！

杨虎城请李虎臣说，李说，你一手筹划的，就筹划到底。

杨说：好，我就把这事管到底。他对守将说：队伍冲出去，一定要真打，让敌人不知道我们是为弹药而来，因此，一个连太少，出去三个连，打过军火库不要走得太远，把军火库周围护住，叫一个连的人搬弹药，不行就派两个连去搬弹药，有多少，搬多少，有啥搬啥，动作要坷里抹叉（快），要把背弹药的方法训练好，回撤的路线规定好，可能遇到的问题都想好，应对的方案提前就做好，要做到万无一失。

李虎臣说：这是一次特别行动，筹划得很好，成功的可能性很大。我们眼下急缺弹药，因此，这个行动对守城的影响也很大。杨副司令安排得很周到，一切按杨副司令的指示进行。你们成功了，让其他城门也这样干一次。另外，我看要把行动的时间选好，一个是晚上，一个是吃晚饭时间。

守将说：甭看晚上黑抹咕咚，敌人防范反而很严，我们计划在敌人吃晚饭时候突击。

杨虎城说：晚饭时候很好，背弹药的人回来的时候，城门、城上都要安排接应，背弹药的人走完，要和攻击敌人的队伍打个招呼，以便队伍能够立马撤回。

太阳慢慢西沉了，城上瞭望哨听见远处营房里响起了梆子声，看着一个个镇嵩军的兵丁们从帐篷里、房子里懒洋洋地走出来，敲着碗筷，排着东扭西歪的队伍向灶房走去。就在这个时候，东城门一个骑兵连后面跟着两个步兵连在城门打开的那一刻，像箭一样窜了出去，直向敌人军火库的方向攻了过去，几乎没等到敌人瞭望和监视的兵丁做出反应，骑兵就冲到他们面前，那些刚端上碗和没端上碗的兵丁们，一时还没反应过来，是丢下饭碗去拿枪？还是拿了枪再端饭碗？还是端着饭碗拿着枪？结果一阵滚瓜切菜式的冲杀，把军火库周边的敌人杀了个屁滚尿流，溃不成军。早就潜伏在城门外防御工事里的两个连的兵丁们紧跟在步兵后面，直插军火库，尖刀排上去后，很轻易地就收拾了军火库的守军，两个库房的大门也很快被打开，兵丁们一拥而上，把弹药箱往结好的绳网里一套，背起就走。这时，一个连长看见运送弹药的大车停在一旁，立马招呼大家把多余的东西都往车上装，两个人驾辕，四个人推车，拉着满满一车东西晃晃悠悠地往回走。两个连的兵丁每个人都背着些东西，还有人挎着两支枪或提着一个桶，最后没啥拿的，把军火库守军的被窝都卷了回来。

前头攻击和护卫的三个连见到回撤的信号，边打边撤，顺利撤回城里，他们也有不少缴获。

回来一请点，发现这可能是一个营的库房，物资已经分发出去，东西不是很丰富。大概有：新旧枪支四十多支，子弹两万多发，炸弹一百多个，炸药两桶，点灯用油十几桶，帐篷十几顶，敌军服装二十多套，军鞋四五箱，马灯十几个。粮食看来也发完了，只剩下几麻袋喂马的黑豆和麸子，一口袋大青盐，全都装回来了。

杨虎城看了高兴地说：东西不在多，有了这个成功的样子，以后打仗就知道要活一点儿，要动脑子打仗。李虎臣也要求南城、西城、北城都学东城的做法，虽然都有收获，但收获不大，因为刘军也加强了防范，有的甚至把军火库都搬到离城较远的地方去了。

一个天气晴朗的中午，西安城上空先后飞来了两个人们叫不上名字却嗡嗡嗡乱叫唤的东西。那东西有头有尾巴，头上不知是个啥在转，一会儿飞得高一点儿，一会儿飞得低一点儿，还会在天上转圈圈儿。少数有见识的人知道这是飞机，绝大部分的军民都不知道这是啥东西，大家目不转睛地跟着天上这个家伙转，纷纷给起着名字。有人说：这是个白老鸹，立马有人反驳：老鸹飞的时候，两个翅膀在扇呢，这翅膀就不动弹嘛！有人说：这是个飞鱼。立马又有人反驳：飞鱼飞一会儿就落到水里了，这咋能一直在天上不下来？还有人提醒说：小心，这东西猛然掉下来，砸到头上，躲都躲不及！正说着，那东西在天上转了两圈，突然从屁股后头拉出来一股白色的东西，有人喊叫：屉屎了，屉屎了！有人说：我说，这东西是个活物吧，你还不信。你看，还会屉屎呢！没见它吃啥，屉得还不少呢！

天上东西屉下的东西不是屎，而是一张一张的碎（小的意思）纸片片子，上头还都写着一行字：

西安孤城守也白守，城破之日鸡犬不留

提李虎臣、杨虎城的头来见者，李头十万，杨头五万

提师长头赏三万，旅长头赏两万，团长头赏一万

弃暗投明者：兵丁当班长，班长当排长，连营团长官升一级，赏大洋一千，旅长师长官升一级，赏大洋五千，副职同样。

后来，有人说，天上的东西叫飞机，撒下来的东西叫传单，并且告诉说：传单上是刘镇华说的动摇军心，惑乱民心的鬼话，千万不要相信它，赶快把它扯了。但人们看着这天上飞机上屉下来的传单挺稀罕的，一张一张铺平，压在炕席下边藏着，至于上面写的什么，开始就没当回事，后来，就忘得光光的了。

刘镇华等了几天，见城里没有反应，又派人拿着大喇叭在离城最近的地方向城里喊话：

枪杀李虎臣、杨虎城者，各赏大洋五万；献二人首级者，各赏大洋十万！

凡投降者，是官再升官，是兵赏大钱！

破城之日，队伍放抢七天，不留活物！

杨虎城指示军中善打冷枪者，专朝喇叭口打进去，一枪一个准。连打了几个，喇叭再也不响了。

刘镇华一计不成，又施一计。他又派手下一个叫张桐轩的人，偷偷来到南城李虎臣的防地，以给李虎臣总司令带几句话的名义，想进城来，被守军拒绝。又到东稍门，自称李虎臣的老朋友，要进城面见总司令。守军立马报告杨虎城，杨虎城当面问李虎臣，是不是有这个朋友？李虎臣称有，并说，他是刘镇华手下的一个参议，和自己见过几面，没有特殊关系。又说：既然他来了，就让他进来，看他能说些啥。

杨虎城说：此人是来当说客的，从我的防地进来要见你，分明是让我知道，刘镇华的人来了跟你见面，挑拨咱俩之间的关系，让部下们知道了，也会产生不好的影响。

卫定一也认为：当前团结第一，刘贼千方百计企图破坏城内的团结，我们不能上他的当。我看，还是不见他为好！

杨虎城半认真半开玩笑地说：对点子，这时候，咱可是石头推到半坡上

头，松劲不得，马虎不得，半点儿幻想都不敢有！

几句话把李虎臣说得不好意思，他也半认真半开玩笑地说：对点子，咱肚子没冷病，不怕吃西瓜。我李虎臣瞎好还是一条汉子，你门缝里看人，把人都看扁了。我不相信他的一张嘴能把我说转了！这样，你把他放进来，当着你二位的面，我一枪把他打在这台阶底下！

卫定一打圆场说：算了，都是说耍话呢，这里头，没有谁信不过谁。我的意思，明天他要是再来求见，放他进来城门口就把他枪打了！

李虎臣见这样说就说：能成，我去城门拿枪打！

杨虎城笑着说：你的枪法肯定不胜我的神射手，这个人让我得罪他！

这个张桐轩，在刘镇华主陕期间，曾任督军府参议，与各地方队伍的将领都有来往，尤其和李虎臣颇能谈得来。刘镇华派他来，就是想采取分化瓦解的办法，能拉过来就拉，拉不过来给其间夹楔子，让内部相互猜忌，甚至产生内讧，这座西安城就不攻自破了。不过，刘镇华想得绝不如杨虎城做得绝，大清早，他就把十个射手布置在城门上，单等这个张桐轩过来。张桐轩昨天晚上想了一肚子的词儿，早晨兴冲冲地朝东城门而来。走着走着，他感觉有点儿不对劲儿，昨天是走一道岗问一道岗，今天咋是问都不问了？距城门稍近一点儿，他似乎看见箭楼上伸出的枪，他感觉不对，转身就跑，慌忙得连眼镜和口袋里的银洋掉了，都不知道。

天有点儿阴，还刮起溜溜的小风，李、杨两位正副司令在城西北的广仁寺里商量着怎么再筹措一部分弹药的问题，一个排长喊过报告后，带着两个兵丁押着一个中年人走了进来。李虎臣不解地问：什么人，你们都送到这儿来？

排长说：报告总司令副总司令，这个人要出城，行为却很奇怪。没下雨，他打个伞，先在一家铺子门口蹲了半天，最后拐回去，停了很长一会儿，才过来出城门。问他为什么出城，他说走亲戚，可走亲戚又没带什么东西，问他亲戚在哪儿，他说在户县，可一出城就往东拐，守城班长看着可疑，就把他拉了回来，在身上一搜就搜出这封信。说着就把信递了过来，并说：一看是给刘镇华的，所以就押了过来。

李虎臣接了信，对排长称赞了几句，让他们把人留下回去。

被押的人三十多岁，黄胖脸，一双躲闪的眼睛，满头流汗，看见两个高大威武的总司令用眼睛盯他，吓得扑通一声跪在地上，连连求饶：总司令饶命，总司令饶命！我只是下人，我替楮小毖跑腿，信里写的什么，我都不知道。饶了我吧！

李虎臣大声喝道：悄着！你叫饶命就能饶命？问清白了再说！

送信人一听不敢再说话，低着头用手不停地抹着汗。

杨虎城看信，李虎臣审问，约莫一炷香的工夫，情况都明白了。杨虎城让人把送信人押到看守房关起来，对李虎臣说：咱能不能利用这封信做个文章。

李虎臣不解地问：咋做文章？

杨虎城小声跟李虎臣说了几句，李虎臣听着听着就笑了：怪不道你姓杨，你就是那个杨六郎转世的嘛！

晚上，杨虎城叫了一个模仿笔迹能力很强的人，依照楮小崧的口气，按照杨虎城的说法，给刘镇华写了一封热情洋溢的信，除了表达对刘总司令的思念之情之外，简略地描绘了城里队伍的布防情况，最后，他写到利用亲戚套亲戚的关系，做通了西门一个团长的反正工作。这个团长想把他的五百多人全部拉过来，具体行动的实施，由送信的也是我的管家带的这个团长的参谋面谈。

信写好之后，李、杨二位都看了一遍，比较满意。杨虎城安排一个长相与楮小崧送信人个头儿，长相都有些相像的人，与那个送信人单独关在一起，对他比较照顾，两人的关系慢慢密切起来，在谈到自己主人的时候，送信人把楮小崧的经历、嗜好、习惯、家庭情况、亲戚朋友，跟刘镇华以前的来往情况等等，介绍得一清二楚，并了解送信人并没有见过刘镇华，这个送信人的角色就确定了。团长参谋也选了一个貌似憨厚内心精明的人，经过交代训练，又把写的信仔细看了几遍，便与送信的人一块儿商量行动的方案。在一个伸手不见五指的夜晚，二人偷偷潜出城，向敌人方向迂回过去。由于城里是真放假打，对方是等待有人过去投诚，所以，二人很顺利地就被送到刘镇华的大本营。

刘镇华又是请飞机撒传单，又是派人拿喇叭喊话，折腾了这么多花样，好不容易来了两个不仅送信而且愿意整团投诚的人，咋能不高兴？况且，这个楮小崧不仅是自己一手提拔，而且是个很能干的人。这次，他能策反一个团，看来，他不仅忠实于自己，而且还很有活动能力，进城之后，这个人可以好好用一下。刘镇华又问了城里的许多情况，参谋告诉他说：城里粮食还多得很，肉和菜也存得不少，李杨二人舍不得拿出来给人吃，弹药也是一样，存了几库房，一点儿一点儿往外拿，说是准备长期抗击围城。原来一天三顿都是干面捞饭，现在改成中午吃干的，早晚两顿吃稀的，只有打仗时，才能全吃干的。弟兄们都喊叫有些受不了了。

刘镇华问：那个楮，楮县长跟这个团长是怎么认识的？

送信人说：我家主人楮小崧现在是省参议员，跟方化如团长是亲戚关系，以前就经常来往，这一段时间，两人接触得多一些。

刘镇华问：这个方团长现在是个什么意思呀？

参谋说：方团长这次派我来，就是想打听一下，他如果带人过来，给他什么待遇？

刘镇华想了一下说：他是头一个。如果拉一个团过来，带上武器装备，我给他一个师长的位子，再赏他两万大洋，以下官长都升一级。

参谋说：总司令真是广纳贤才，一言九鼎，这条件比方团长希望的高多了。还有一个问题，我们都是陕西人，总司令带来的都是河南人，过来以后，会不会有亲有疏，把我们当成后娘养的呀？

刘镇华笑了说：你们方团长想得还怪多呢。过来都是自家人，手心手背都是肉，让你们方团长放一百二十条心，我不仅不会厚此薄彼，干得好了，我还会奖励提拔他！

参谋说：还有一个最大的问题。

刘镇华说：你说。

参谋说：杨虎城对队伍看得很紧，一般出城的行动，成建制的只能带出去一半，并且给城上的守军规定，如果没有上级长官的监视和特许，看见整连、整团的队伍出城，可立马开枪扔炸药包，城外的队伍也可立马阻击。这是防止有人拉队伍出走的狠毒方法。因此，方团长要把一个团拉出来，而且装备齐全，必须要有一个事情，帮助他名正言顺地出来，这就需要总司令派人配合一下。

刘镇华点点头问：怎么配合？

参谋说：咱们事先约好，比如说，我们突然发现远处有一个营的队伍，或者一个运粮队，一个运军火的车队，城上城下都看见了，请示又来不及，时机又不能错过，团长亲自上去打招呼，同时，派人去请示，利用这个机会，一下子把队伍拉出来。

刘镇华说：这个容易，派人配合一下就是了。

参谋说：要是这样，就太好了。停了一下，他又说：要是队伍过来，方团长冲过去两家不打，城上看见立马也会开枪，两边的队伍也会过来阻击，最好是拉粮食或弹药的车，车见人来，赶车就跑，方团长带人假装追击，直接就过来了。

刘镇华说：好，那就让人拉两车弹药过去，你们过来后一块儿拉回来就是了。

参谋说：好，这下就没问题了，咱们定下日子就行了。

刘镇华说：你二人先下去休息，明天再商量。

晚上，刘镇华突然想，这里头会不会有诈？他立马把信拿出来再看了一遍，没看出有什么不妥，又让文书把很早以前楮小毖写给他的信找出来对照，说话口气，笔体几乎都一样。回想他问楮小毖的一些事情，送信人回答也跟他见楮小毖的印象一样，找不出什么漏洞。他安排两个人到他俩住的地方去偷听，看他俩晚上都说些什么。结果回来汇报说，除了称赞总司令雄才大略，比李、杨他们高出一筹之外，那个当兵的主要关心自己过来，能给个什么官当，当兵的还说，他想到总司令身边干，总司令知人善任，将来有出息。那个送信的也说，这次事情办成，他家主人将来肯定还能当大官，自己也能沾上光了。刘镇华听了，就坚信不疑了。

第二天，刘镇华让副官长跟他们一起确定了行动的时间，联络的暗号，方团长过来的路线等，他俩就告辞出来往回走，刚走几步，参谋又转回来说：忘了告诉了，城上负责观察的哨兵由于观察了好几年了，眼头非常厉害。通过人走路的样子，就能判断出带枪没带枪，通过车装的样子，马走的姿势，就能判断出车里装的什么东西，八九不离十。因此，车里千万不敢造假，让他看出来，这事就弄不成了。副官长说：不会的，真枪实弹地配合你们。你说的这些，我回去就给总司令汇报。

参谋回来后的第五天中午，西门瞭望哨发现远远的地方有两辆篷布盖着的大车，在两队兵丁的护卫下，慢慢朝东边移动，杨虎城和卫定一都上到箭楼的最高处，让几个瞭望哨兵都判断车里装的什么。他们用总司令的高倍望远镜反复观察，最后确定拉的是枪械弹药。被称为方团长的房团长带着五百多人冲了出来，在西稍门外埋伏的两个连也悄悄向前运动，看到房团长快要赶到的时候，出其不意地向两辆马车冲过去，简单一交火，马车就开始往东赶，后面约有二里路，刘镇华派出的接应队伍，远远看见军火车被劫，急忙跑过来救援，房团长领的队伍到了，对方一看帽子正中钉的白扣子，知道这是反正的队伍到了，指着向东的方向说：往东走，前头还有队伍接应！没想到一排子弹打了过来，紧接着炸弹也扔了过来，大刀片就抡了起来。一个连的人枪都没来得及打，就被全部消灭了，后面的队伍听到枪声，快速赶来增援，正碰上房团长杀得兴起，双方战成一团。护送弹药车的两个连，把车交给后来的队伍，反身回来增援房团长他们，在以多打少的优势下，歼敌五百多人，还有不少缴获。等到城西围城的队伍赶到时，守城的队伍已经撤回到自己的防地了。

两车军火是实实在在的真枪实弹，完全是从库房提出来没有开箱的原装货。这批枪弹的及时补充，大大缓解了守城队伍弹药即将告罄的窘迫状况。

刘镇华得知结果后大发雷霆，大骂副官长是混账王八蛋，不审察清楚，就盲目下结论说，没问题，还帮着人家说，一定要真枪实弹，不然，这事儿就弄不成！打了一辈子鹰，没想到还让鹰鸽了眼！他骂完了副官长，又骂楮小毖：楮小毖，你个老王八蛋，写信卖好献乖，骗我上当，破城之后第一个先抓他，在钟楼上，我非点他的天灯不可！

这件事对刘镇华刺激很大，他一天一夜都没睡着觉，经过一番思索，又一个更加狠毒的计策，在他脑子里形成了。

楮小毖的送信人被抓住了，楮小毖并不知道。他还认为，信件已经安全地送到了刘镇华的手中，刘总司令会派人和他联系的。他等着刘镇华派给他的任务，或者带来更好的事情，说不定，连委任状都有可能送来。至于送信人回不回来，那都无关紧要，双方关口都卡得很死，能出去，就很不错了。

在省议会上，不少议员发言，提出要上城去慰劳守城将士，鼓舞士气，或者筹集粮草支援守城队伍等。楮小崧在发言时告诫大家，我们不能只想城能守住好的方面，还应该想一想，城守不住攻破了，怎么办的问题，十万对一万，稍有头脑的人想一想，都会明白这最后的结果是什么！在这个时候，我们当议员的，要发挥我们议政能力、参事能力，甚至干预能力，可以和西安军事当局进行对话，规劝其认清大局，采取灵活手段，可以跟联军陕甘军总司令接触，协商解决西安的问题，必要的时候，做出些妥协，也不是不可以的。

楮小崧的讲话，议员们反应冷淡，大家听得出来，这是没有说明白的开城投降论。以前，个别人在私下曾经有过议论，经过会上大家同仇敌忾的发言，尤其是对刘镇华在陕八年劣迹的揭露，异口同声地坚决支持李、杨二位将军的守城行动。当然，也有对楮小崧支持的。楮小崧刚讲完，下面还是响起了稀稀拉拉的掌声。议长认为，作为一家之言，说说无妨，但不符合以前会议确定的精神，不作为议题进行讨论。

在短暂的沉静之后，楮小崧又示意要发言，议长无奈予以同意。楮小崧走上台大声说道：我们作为议员，不能坐在这里吃冤枉（白吃饭），不干事。西安已经到了关乎生死要紧三关的时候了，我们如果再不能有所作为，西安人民还要我们做什么？难道大家都等着城破之日放抢七天，鸡犬不留的日子到来吗？李、杨二人是为了西安的地盘在这儿坚守，西安的老百姓没有义务陪他们在这里一块儿受罪，作为省议员，我们有责任代表西安十几万民众向守军当局说明道理，陈述利害，让他们按照民众的意志办事！

议长一再制止无效后，忍不住大声说：楮议员，你的讲话已经超出今天的议题，言语多有不当之处，请你立马停止！

楮小崧没有理会议长的说话，继续说道：如果议会不同意，我提议，我们议员可以个人的名义同李、杨二人接触。我相信，他们是聪明人，他们最知道西安现在处于一种什么境况，他们能够做出明智的选择的！我有言在先，今后如果发生什么事情，可不要怪我楮议员到时候不给面子，不讲人情。好啦，我也不啰嗦了，愿意跟我去见李、杨二位的，现在可以跟我走，过了这个村，可就没这个店了。

楮小崧说完下台而去，后面有两三个人跟了上去。那些鼓掌的，却没有几个跟他去的。

楮小崧等几人来到广仁寺，跟卫兵提出要见李、杨二位总司令，一位军官告诉说：总司令副总司令正在研究军务，现在不能会见你们。

褚小崧趾高气扬地说：告诉你们正副总司令，就说几位省议员来了，要跟他谈比军务更重要的事情。

军官照实把褚小崧的话传给几位正在开会的将领，李虎臣有些生气地说：请他们进来，在前面会客厅坐着，这里会完了再见他们。

会议整整开了一个下午，结束的时候天麻麻黑了。李、杨二位来到会客厅的时候，几位议员大人靠在椅子上，睡得涎水流到肚子上都不知道。听到卫兵喊：总司令副总司令到！一个个才从周公那里回来，慌得勾鞋拾帽子、擦嘴提裤子。

李虎臣等待他们忙乱过去，正襟危坐之后，才说道：今天讨论了几个关于城防方面的问题，因为事关重大，让各位久等了，请见谅。各位议员先生今日光临，不知有何见教。

褚小崧接口就说：省议会委托我们几位过来，是想同二位总司令一块儿商讨一下，如何解决西安围城的问题。

李虎臣说：好呀，不知各位有何高见？

褚小崧继续说：刘军以十万之众，重重围困西安，其势如虹，气吞如虎，西安城弹尽粮绝，人心浮动，危如累卵，一触即破。在这个时候，还商讨什么城防问题。当前的大事，是赶快保住西安城免遭兵火之灾，十几万军民不受涂炭之苦。

杨虎城很重地咳嗽了一声，这是他生气的征兆，他忍住没有说话。李虎臣笑着说：说了半天，还不知这位先生贵姓？

褚小崧说：鄙人姓褚，褚小崧。

杨虎城一听，忽地一下就想站起来，李虎臣拉了一把杨的衣服，杨稍微平静了下来。李虎臣笑着说：久闻大名，褚议员说了半天，到底有什么法子能解西安之围呢？

褚小崧说：其实很简单，就是用和谈的方法，双方都做出让步，不动干戈，让西安城重现往昔的繁荣。

杨虎城说：你的意思就是，把刘镇华放进城来，让刘镇华重新主政陕西，你还可以到洛川县当县长！

褚小崧听出这话不是味儿，仍振振有词地说：刘督军比以前的陈督军强得多，八年期间给陕西办了不少好事，他进城来和你们共同主陕，陕西一定会更繁荣，更富足。

杨虎城再也忍耐不住了，他猛地站起来，用手指着褚小崧的鼻子说道：你们到这里来，我原以为是来提供什么守城妙计，没想到，你是给刘镇华来当说客的，你为虎作伥，长别人志气，灭自己威风，在我们面前，公然为刘镇华张目，你丢尽了陕西人的脸，还恬不知耻地装作为民请命的样子，在这儿说三道四，你真不知这世界还有这羞耻二字！

一番义正词严的训斥，把其他几个都说得头低下不敢抬起来，唯独楮小崧仍然用挑衅的眼光看着杨虎城，杨虎城刚说完，他也站起来说：杨司令不要太激动嘛。你热爱西安，我也热爱西安，我不能眼看着西安遭到兵匪蹂躏，陷民众于水火之中。

杨虎城早年起事的时候，当过刀客，拉过杆子，成了一方军事首脑之后，最讨厌别人在他面前提说这个匪字，见楮小崧说，我不能眼看西安遭到兵匪蹂躏的话，再也忍不住了，大喝一声：来人，把这个蛊惑军心，暗通敌军，吃里爬外的家伙给我抓起来！

门外立马跑进来两个卫士，把楮小崧的两只胳膊一拧，楮小崧挣扎了几下无效后，像一只鸡一样脑袋向前，胳膊向后一夹站在那里。他的嘴还在不停地喊着：我是省议员，受国法保护，我们受省议会委托，来跟你们谈围城的问题，你们不能这样无理对待我们！另外三个也抖抖索索地站起来说：请杨司令息怒，我们是好心好意来商量的，商量不成就算了，不能抓人呀！

杨虎城说：你们可以不抓，他私通刘镇华，不能不抓！

楮小崧嘴硬地说道：你这是栽赃陷害，血口喷人！

杨虎城大声说道：贼无赃，硬似钢。副官长，把人证物证都带上来！

副官长首先把楮小崧写给刘镇华的信拿了过来。又过了一会儿，楮小崧的送信人也被带了上来。跟来的三个人一看见写给刘镇华的信，都明白楮小崧被抓的原因了，急忙小跑过来到二位司令跟前点头哈腰地说：李司令，杨司令，我们是他叫来的，不知道他还有这一手。请二位司令明察，我们真不知道，他还私通刘镇华呀！

李虎臣说：我们会区别对待的。你们在这纸上把你们名字、职务、住址都写清楚，随时听候传唤！

三个人又点头又鞠躬，手忙脚乱地在纸上写着，有的慌得连自己叫什么都忘记了，半天写不下去。

楮小崧已经完全蔫了，头也低下去了，腰也弯了，腿也开始抖了。但他没有绝望，他等着刘镇华破城以后重见天日。然而，他又失算了。

楮小崧没等到刘镇华攻破城门的那一天，却等来了自己被当作娃样子被公审的那一天。钟楼根儿底下，有上万军民参加的楮小崧暗通嵩匪，蛊惑军心的公判大会在这里召开。会上，李虎臣以陕西陆军总司令部的名义，宣布了楮小崧多次公开鼓吹开城投降，向守城将领宣传休战思想，以图动摇军心，派人送信向刘镇华泄漏军事机密，主动提出充当刘镇华破城内应，组织和平期成会，欢迎嵩匪进城等罪行。全体军民义愤填膺，口号声不断，强烈要求严惩这个西安人的败类！最后，李虎臣宣布，陕西陆军总司令部决定，对暗通嵩匪，蛊惑军心的楮小毖处以枪毙的严刑！

宣布声刚一落音，全场一片欢呼，楮小毖被带离会场，拉到西华门被执行枪毙。人们都说，叫个楮小毖，这一回可吃了大毙了！从此，再也没有人敢声言和谈了。

七月以后，西安城里就不断有饿死人的现象出现了。天气太热，人体力消耗很大，抵抗能力下降，自己家里仅存的那一点儿能吃的东西已经消耗完了，眼睛能看见的可食用东西基本都没有了，光靠喝水维持生命的做法，已经在五六天之后失去了效果，死亡不可避免地来临了。

开始还有人抬着棺材或卷着死人的箔席筒，到荒地里或荒废的房子背后去挖坑掩埋，这些死者以老人和孩子为多。到后来，青壮年人也多起来了。人们见面之后都是问：吃的能维持几天，家里还有几个人在世？慢慢地，活的人都没有能力掩埋死去的人了，李虎臣让队伍上组织了五六个收尸队，每天分片在全城各处收运尸体，草草掩埋在城东北一带的荒地里。进入九月，连队伍的吃粮都已告急，守城将士从每天一个馍变成两天一个馍，有的每天只给每个兵丁发一点儿黑糖和二两烧酒。这些队伍的营长、连长们偷偷指示属下，到城里去找大的商户、大的粮店，以借的名义筹粮。开始还能弄到一些，后来就变成拿枪顶着强要强取了。消息传到李、杨二位总司令那里，认为这是个很危险的苗头，弄得不好，可能会激起民变，引起内乱。杨虎城果断下达指示，立马停止一切与民争粮的行动，有不执行命令者，军法从事！搜粮抢粮的行为才有所收敛。为了给将士们做出榜样，李、杨二人一天只吃一顿饭，这顿饭也是一人一个小馍一碗汤。李虎臣在视察城上守军时，看到兵丁们有的嚼皮带，有的在城砖缝缝里寻草吃，还有的在城墙底下逮老鼠。他看到这里眼泪流下来了，立马命令卫士回去把自己心爱的坐骑号称黑老虎的战马杀了，分成四块，再掺些油渣、麸子等，送给四个城门的守军。当他回来看到卫士们抬着黑老虎的肉，向四个城门走去的时候，在自己的房子里哭得昏了过去，黑老虎在战场上曾经救过他的命啊！

正在这时，陕西商会郭会长找到李、杨二位司令，表示愿意以商会的名义出面担保，向城里存粮富户暂借军粮，用期票形式作为借据，解围后由长安县负责归还。这一建议得到陕西粮台和长安县的支持，也受到存粮户的拥护，在做了不少工作后，给队伍解决了暂时断粮的危机。

队伍上的粮食暂时解决了，城里老百姓的缺粮问题越来越严重了。很多住家户本来就不富裕，加之不知道围城能有这么长时间，因此储备不足，或者根本就没有储备，家里的斗面升米，一两个月就消耗完了，再弄点儿野菜、树叶、豆渣等凑合，维持两个月，等到树皮扒光，猫狗吃完，老鼠逮尽，观音土吃净（一种类白色细腻的黏土）的时候，有人就寻思着在那些刚倒毙还未拉走的死尸上寻找能吃的东西了。

有人偷偷把死尸身上臀部和腿部的肉割回去，用水漂洗干净，然后在锅里拌着树上被捋光树叶后长出的嫩枝炒成一盘菜，在家里人毫不知情的时候端给大家吃。谁都不问这是什么肉，风卷残云一般抢着吃了个干干净净。最后说出真相，有人干呕了几声，却吐不出来，因为胃里太需要食物了。后来，南院门和竹笆市口干脆有人就摆起了卖肉的摊子，大叫挪肉，挪肉！有人问：挪肉是啥肉？

卖肉的说：挪肉就是挪肉，买回去吃就对咧，嫑问啥肉！

有的人明白了，不动声色买一块儿走了。有的人还糊里糊涂追着问：到底是啥肉嘛，说说些。

卖肉的不耐烦地说：挪肉，挪肉，就是撂出来的肉嘛！

这家伙不问了，掏钱买了一块儿，不吭气拿着走了。

在反围城最艰苦的日子里，西安许多志士仁人，尤其共产党团组织与国民党人相互合作，组织青年学生在街头演讲、唱歌、朗诵，甚至还到各城门上去演唱、慰问，表达市民的感激之情。一部分人士积极筹粮筹款，会同慈善机构救济穷人，另一部分则冒着生命危险出城，发动周边的农民运动，牵制刘镇华兵力，减少西安城压力。国民党元老于右任等人积极奔走，吁请冯玉祥出兵解西安之围。礼泉人王授金一直在西安从事教育工作，由于广博的学识，进步的思想，出众的组织能力，在西安民众中享有很高的声誉，曾任国民党陕西临时省党部执委，后又被选为西安国民会议促成会总务。在城里粮食空前危机的时刻，屡屡发生抢粮，甚至为粮打斗丧命的时候，他却主动把家里所有的几百斤粮食拿出来，分给跟他一起进行反围城斗争的共产党员、学生及群众，又用几十块银洋买来一匹骡子，杀了以后分给大家。在反围城斗争最艰苦的时期，他以五十三岁的年龄加入了共产党。

龙定山在围城期间一直也没有闲着，他除了每天到铺子、加工场等五处地方转着看看，与大掌柜聊聊之外，还到各城门跟前看看防守和士气情况。根据大掌柜掌握的情况，给自己铺子在城里的掌柜、相公、工匠等发些粮食，对老弱病残的上门去看望。

七月下旬，他看到街上陆陆续续有饿死人的现象出现，跟大掌柜商量了一下，决定在染料行后院支一口大锅，由牛婶主持，让人擀碎面（细而短的面条）下锅，炒葱花作调料，让五个小伙子用桶担到钟楼根儿下瓷器店门口，分发给街边的穷人。消息一出，先是钟楼周围，后是四条大街无家的，有家的，穷人和不穷的人都来了。拿碗的，端盆的，提桶的，霎时间把个放饭摊围了个水泄不通。几个相公拿扁担顺墙站成一排，让人在墙和扁担之间排成一行，一人一瓢。十桶汤面不到半个时辰就分光了。那些挤不到跟前，未轮到自己的老人们，一人把住一个桶，把那些剩下的汤汤水水刮到自己的碗里。定山看了一阵觉得心酸，红着眼睛对大掌柜说：明天再多做十桶。

大掌柜说：再做十桶也不够，从古至今放舍饭，只是救急救不了命，明天可以排两队，专门让老人小娃排一队，这样，老人娃们就能吃上了。正说着，只见有人拉着一个盲人过来了，听说舍饭放完了，失望地扭身要走，大掌柜一眼看见说：是冬娃！

定山听说是冬娃，仔细看过去，果然是冬娃，他急忙走过去说：冬娃，你咋也来了？

冬娃听出是老掌柜，抬起那双无光的眼睛对着定山说：是老掌柜呀，我光听说这儿放舍饭，可不知是咱铺子，来迟了。

大掌柜问：冬娃，这一向你都在啥地方呢，老咋见不上你。

冬娃笑笑说：我一个瞎子能做啥，还是吹箫嘛！

定山说：冬娃，今天或者明天，你到中山大街染料行去，牛婶在那儿，我叫她给你预备些馍拿上。晌午这顿饭，以后你直接到牛婶那儿去吃，不要在这儿挤了。

冬娃笑笑说：谢谢老掌柜。

大掌柜说：冬娃，你是咱铺子的老人手了，有啥难处就过来，咱这儿，谁都能帮你。没事儿了，也常来看看，大家都惦记着你呢！

冬娃还是笑笑：好，有时间，我就过来！

连放了十天舍饭了，饭越做越多，人也越来越多，每天都有大部分人吃不上，拿着空碗，闪着饥饿的眼光问：今天没吃上，明天还来不？

涵玉总是对牛婶说：多做些，多做些，人太多，不得够！

牛婶说：做多少都不得够，缺吃的人太多了呀！

涵玉后来让留下一桶，分给那些跟着空桶来找吃的人，几天过去可不得了啦，早早地门口就挤满了人，连担面条的担子都出不去了。都知道这里有个好心的女掌柜亲手给大家舍饭，还给得多。因此，那些老弱病残的，羞于在大庭广众下讨吃的女眷们，便端着瓷盆在这儿等着。弄得涵玉在这儿给也不是，不给也不是，左右为难。

又过了十天，牛婶对涵玉说：染料行和鸿运楼的存粮基本用完了，舍饭还做不做？

涵玉跟定山商量，定山思谋了半天最后低声说：先停了吧！自此以后，很长时间，他都不敢去瓷器店那儿，他害怕看见那些等着吃舍饭的人们的眼睛。而冬娃始终也没有去找过牛婶，牛婶烙好的饼一直放着等他来。

商会郭会长找到定山说：龙掌柜，放舍饭这件事办得很好，你救了不少人呀，不少委员都说围城过去，要给隆丰福挂匾呢！

定山不好意思地说：这么个小事情，挂匾就免了吧，存粮有限，没支持多久。

郭会长说：放饭一个多月，天天一二十桶汤面，不容易呀，西安城里没有几家能办到的，不错了。今天寻你还有一件事，守城的将士已经断粮了，咱不吃都可以，将士们不吃，可不行啊！

说到这里，他见定山要说话，用手制止了一下，继续说：我知道你放舍饭出去起码一千多斤粮食，肯定余粮有限得很了，我来招呼一声，有了就拿一点儿，没有了也不勉强。过后，有还是没有，你给我个话。

郭会长走了之后，定山立马跟大掌柜商量，大掌柜报出总共剩余粮食的数字。定山算了一下，按现有人数，每人每天二两计算，这些粮食最多能维持到十月初，减一半，每人每天一两，能拿出五百斤粮食，定山说：咋办？

大掌柜说：十六两秤的一两就是两三口饭，只怕这些守护铺子的小伙子受不了。

定山说：给大家说清楚，国难当头，匹夫有责，每人都要做出些牺牲。过后，我掏高价，看能不能再买一点儿。

大掌柜说：好，咱就按你说的办！

第二天，定山和大掌柜一起找到郭会长说：隆丰福贡献五百斤面粉，一千个银洋。

郭会长说：自己都留够了？

定山说：守城要紧，我们是小事。

郭会长感动地说：路遥知马力，遇事见人心呀。有的商号，一说要捐钱粮，赶紧哭穷，一两一文不出。好，我给你写一张期票。解围之后，由长安县负责归还粮食；银票，商会给你折合成会费。

定山说：不要票，啥都不写，银票现在就交给你，粮食，下午我叫人护送到啥地方？

郭会长让把粮食直接送到东城门，并表示，这票要不要，他都要开。

一个天气阴沉的下午，驻守在西门外西稍门一带的守军派人进城报告，镇嵩军押着一个老人要见卫旅长说话。卫定一一面派人向二位总司令汇报，一面骑马在卫士簇拥下赶到西边防地两军对峙的地方。对面刘镇华手下的旅长孙殿英带着一个团的人马列成阵势，阵前五花大绑押着一个老人。老人六十多岁的样子，尽管被绑着已经站了很长时间了，仍然两腿分站挺胸抬头，一副凛然不可犯的样子。看到对面有人马过来，老人放眼搜寻着自己等待的人。

卫定一老远就看见被绑的人是自己的父亲，他有一两年没见过父亲了，父亲有些瘦了，头发散乱，但依然精神矍铄，还是那种不屈强权，不畏强暴的样子。卫定一急忙下马，跪在地上向老人连磕三个头，大声向父亲说：为儿不孝，让你老人家受罪了！

卫定一父亲说：定一，为父被他们弄到西安来，见你一面就够了。你干的是正事，是为国为民的大事，不要因为我分心动摇，更不能因私而废公！为父年岁大了，这次来，就没想着回去！

孙殿英见老人没说一句他教给的话，急忙出来站在老人前面对卫定一说：卫旅长，请老人来，是万不得已的事情。老人这么大岁数了，你我都舍不得让老人再吃苦。我们的意思很简单，你把人马让开，把城门打开，不管你是带人过来，还是单人过来，刘总司令都给你安排好了一个师长的位子。

卫定一说：你就是那个爱用阴损之术的孙殿英孙旅长吧？人都是父母所生，以人之生父要挟别人，是禽兽不如的行为。看来，你们刘司令攻城无方，只好采取这种让自己断子绝孙的方法了。孙旅长，告诉你，真枪实弹交手，你都得不到的东西，利用个人一己之私的东西，你同样也得不到！

卫定一又跪了下来，朝着父亲再磕三个头，流着眼泪说：爸呀，自古忠孝不能两全，儿为国为民，不能舍公为私，尽忠不能尽孝，只好委屈大人了！他对孙殿英说：孙旅长，老人之事，但凭你处置吧！说罢泪如雨下，跨上战马，头也不回地奔城里而去。

身后传来老人痛苦的一声惨叫。

李、杨二人深为卫定一这种大义凛然的壮举感动，并因此增强了他们之间的信任和团结。此前，为了坚定自己的守城意志，排除一切干扰因素，杨虎城也曾严令属下，不得向他报告蒲城家里的任何事情，以免干扰自己的思想和决心，违令者严惩。之所以这样要求，是因为镇守蒲城的自己部下糇章保已经叛变，归附了刘镇华。

天慢慢冷了，秋雨连绵。其间，大大小小的仗打了不少，双方各有伤亡，互有胜负，但还是当初围城时候的模样，十万大军围在城外，寸步难进；不到一万的队伍守在城墙内外，寸土未失。外边的像狗吃刺猬，围着刺猬转来转去，一下嘴就被扎得嗷嗷直叫；刺猬也因为被狗围着盯着，吃不上喝不着，而筋疲力尽。

围城的各队伍，除了刘镇华嫡系几个师以外，那些收编的，划拨过来的杂牌队伍，本来就军纪不严，一贯在当地为非作歹。现在，近处已经没有什么东西了，他们派出小股人员跑到附近县里的农户家肆无忌惮地抢粮、抓鸡、杀猪、牵牛。他们的行为激起了当地民众强烈的反抗，在共产党的组织领导下，利用游击的形式抗击或者消灭他们，五六个以至整班兵丁消失的情况常有发生，这些队伍又以周围县里民众为敌，不断与他们发生摩擦。刘镇华闻讯后，对这些人不能和自己戮力同心而气恼不已，但也自知尾大不掉，只能在会上发发火，训斥一通了事。

李、杨二人看出敌军这种懈怠的情况，也因为粮弹紧张，军民大量死伤，担心难以长期坚守，商量适时出击，振奋一下军心，接应一下外围自己的队伍。这时偶尔传来沉闷的隆隆响声，城里人开始以为是打雷，仔细再听，确定是炮声，尽管饿得连说话的声音都很小了，但还是手舞足蹈，露出少有的喜色。守城的将士更是激动不已，他们已经看见城外的敌军频繁调动，有慌乱的迹象，一个个摩拳擦掌，整装待发，准备与敌军决一死战。

天气先雨后雪越来越冷，枪声炮声也越打越密，越来越近。一会儿在西，一会儿在北，一会儿西南、西北、东北几个方向同时都响起了枪炮声，一会儿激烈，一会儿平静。城里的人们凭着枪声炮声的方向、大小，判断着战斗进行的趋势。有时，他们站在城墙下边看着城墙上边将士的表情，分析城外敌军的败退情况。这样的情形持续了较长的一段时间，终于，经过一天一夜激烈的枪炮交火，西门首先打开了。救援陕西的冯玉祥将军指挥的国民军联军吉鸿昌旅首先进入西安。接着，其他几个城门也打开了，被围困了八个月的西安城终于重见天日，胜利解围了！

为了纪念这一伟大难忘的日子，知恩重义的西安人，后来把西安城西门北边的一个城门永久地命名为玉祥门。

第十六章

大掌柜的夫人没有等到围城城门被打开的那一天，在开城前两天的夜里咽了气。这个典型的农村妇女，端庄稳重，谨小慎微，一生给李家生育了两儿一女，沿袭着中国妇女一贯的道路，一切以丈夫为中心，相夫教子，勤俭持家，随大掌柜进城后，算是过了一段舒心宽裕的日子。她不是死于饥饿。西城门未封住之前，定山把永年拉回来的那一车面肉和蔬菜，给大掌柜留了近乎有三分之一。定山分给大掌柜的粮食，加上大掌柜原来还存有的粮食，围城前儿子又送了一部分豆子和杂粮，约有一千二三百斤。大掌柜夫妇两个加上两个佣人，一个看门的一共五个人，比定山那边的人少一半。大掌柜让人给染料行的柳大掌柜送了一百多斤，给东民的媳妇送了一百斤，留下的粮食精打细算维持几个人围城期间生活，还是绰绰有余的。大掌柜夫人死于长期的担惊受怕，尤其是突发性事件对她的刺激。几年来，隆丰福失火，封门，抓人，死人，围城，马队声，呐喊声，枪炮声，尤其是开城前两军激烈的交火声，使这个极少出门，基本没有社交，整天在自己小家庭里转悠，外边世界的信息，全靠丈夫和家里人外出回来告诉她，才知道一点儿的人，再也承受不住，排解不了，她在极度恐惧和忧虑中离开了人世。

围城解除后，大掌柜派去报丧的人还没来得及走，两个儿子和姑娘就迫不及待地赶进城看望父母。看到母亲去世，他们放下背上的粮食，立马换上孝服哭成一团。定山夫妇、宋先生和隆丰福的许多相公和掌柜的，自然少不了安排张罗，而牛婶肯定是这里头最主要的角色。她带着程爱如指挥厨房备饭备菜，安排永年跑东跑西采买丧事需要的一切，让长泰负责乡下亲戚接待和安顿工作，派加工场的一个叫常怀德的二掌柜到西高桥大掌柜的家里负责打墓抬埋等等事情。一切捋分停当，亡人倒头的第三天开始由她主持入殓事宜。

定山和宋先生恐怕大掌柜悲痛过度，影响身体，一直陪着他说话，分散他的注意力。大掌柜在痛哭了一阵之后，倒是很快恢复了平静，像诉说又像自言自语地历数着夫人的好处：娃他妈这一辈子都在操我的心，从饮食起居到出门回来，吃喝穿戴都是她经管。进门之前，先拿襁子（一种拍打身上尘土的工具）给我打土，进屋烟茶已经摆好。我不回来，她不吃饭，哪怕等到深更半夜，除非是我叫人给她招呼过。我不回来，她不睡觉，等到天亮也是不睡；不仅不睡，还一直站在街道上，或者在门背后坐着候着。因此，我在晚上跟别人说话的时候，首先想的就是，娃他妈这时候还在街道上候着呢！

大掌柜喝了一口茶继续说：作为夫妻，有事我不能瞒着她。可她一知道就操心得不得了，问长问短，甚至都过去很长时间了，她还放心不下。她对下人特别好，吃的喝的，从来没有分过主家佣人，一视同仁。得知谁家有啥事情，都要出手帮助。她不在了，几个下人哭得像亲人一样悲痛。可怜她没有享上福，跟着我担惊受怕了一辈子。唉，她走得太早了！

定山和宋先生尽量多说些宽心的话，涵玉在一旁流着眼泪。七天后，亡人顺利地被埋进李家的祖坟里。事后，大掌柜说：娃他妈走的时候，正是开城的前夕，这个时间正好可以在开城后抬出城去掩埋，如果放在七八月，家里不能放，外头不敢放，那才把人作难死了。

牛婶擦着眼泪说：好人还是有好报，俺婶是个难得的好人呀！

西城门一开，在大队人马正在往城里行进的时候，大魁就趁着守军看管不严混进了城门，急不可耐地奔到兰馨的住处。敲了半天，才有人来开门，开门的是个四十多岁的男人，问他找谁？

大魁说：我找兰馨姐。

里头一个女人的声音：哟，是大魁吧？接着，兰馨就从里头走出来说：老林，这是我兄弟，让他进来吧！

男人让开路，大魁走了进去，在自己曾经熟悉现在又陌生的椅子上坐了下来。

兰馨依然还是那么年轻漂亮，她笑盈盈地给大魁倒上一杯水，然后对那个男人介绍说：我兄弟在隆丰福当二掌柜。围城时，他到外地进货去了，今天刚开城，就先跑来看我。她又对大魁说：大魁，这是老林，姐的丈夫！

大魁到底年轻沉不住气，一听这男人是兰馨的丈夫，立马急了，站起来问：姐，这到底是怎么回事？

兰馨很为难，却又不得不说：兄弟，姐一个人住这么大一个房子，围城期间没吃没喝不说，经常还有一些不三不四的人来欺负姐，姐实在没有办法的时候碰上老林，老林在省府干事，人又很诚实，给姐帮了不少忙。

大魁说：无论如何，你也该等我回来呀！

兰馨说：等你回来，只能给姐收尸了。

老林听不明白他俩说话的意思，但感觉有点儿不对味，就进到里间房子去了。大魁见老林走开，立马就想过来抱兰馨，兰馨朝他摇摇手轻声说：不能，不能。然后大声说：兄弟，你先回去吧，以后，姐去看你！然后又给大魁使了个眼色，意思让他快走。

大魁并没有走的意思，他把给兰馨买的东西打开，一样一样拿给她看，都是一些头上戴的，脸上搽的，身上穿的，显示着一个男人的爱心和粗心。尽管很多兰馨并不喜欢，但她还是表现出很高兴的样子，赞不绝口。她说：这些东西，姐都收下了，回头，姐请你。然后深情地看了大魁一眼。

大魁知道应该走了，他慢慢站起来对兰馨说：姐，我走了，我还会来看你的。

兰馨哀伤地点点头，送他出门。

大掌柜夫人去世后不长时间就过年了，大掌柜休息了两天，就过来找定山。他说，铺子的人都回来了，今年是个特殊情况，建议过年期间，让瓷器店和南院门铺子的服装百货都开门，甚至鸿运楼也可以开门。他说：围城时间太长了，尽管饿病而死的有五万多人，可是，原来出去的人现在都回来了，并且，随着冯玉祥大队人马的进入，又带来不少随队人员和大量进城务工人员，在别的商家还没有意识的情况下，我们尽早营业，有利于抢占商机。

定山说：大掌柜，你应该在家多休息，铺子的事情，暂时先不要操心了，你说的这些，我也想到了，担心惊扰你，没给你打招呼。我把人员召集起来已经开了会，这两天一边拆门面护墙，一边把埋藏的货物取出来，准备大年三十叫人回去过个年，初二下午全部到齐，初三一早开门。

大掌柜听了定山这一番话，认为安排得很好，他也放心了，说：过年期间，伙食要好一些，让大家安心做买卖。

定山说：好，已经叫永年出城采办去了。

大掌柜和定山又说了一些其他事情。定山要留大掌柜吃饭，大掌柜推说，自己刚吃过来的，起身就走了出来。他先到南院门铺子看了一下，果然正在清理铺面，埋藏货物的大坑已经挖开，相公、掌柜们正忙碌地搬运摆放货物。见到大掌柜，大家都齐声问好，有的还关切地让大掌柜注意休息，靳铁锁要扶大掌柜到楼上去坐一会儿。大掌柜说，不去了，他还要到其他几个地方去看一下。

一圈转下来，瓷器店、染料行、加工场的人都在紧张忙碌地收拾着，各门面在主事人的指拨下，热火朝天地进行着开业前的准备工作。看到这儿，他知道定山已经安排得很周到了，放心地走进了鸿运楼。

鸿运楼主要是在大扫除，牛婶和程爱如，一个餐厅一个厨房，分别领着人在细致擦洗摆放，程爱如用布帕包住头，穿一件男人的宽大衣服，腰上用绳子扎住，正端着一盆碱水在擦洗摆放碗盘的架子，大掌柜进来，她就没看见，直到大掌柜说话，她才转过身来，取下布帕笑着跟大掌柜打招呼。大掌柜对其他几个厨子说：怎么叫一个妇道人家下这么大的苦！一个厨子急忙过去接过抹布干起来。

牛婶和程爱如赶忙把大掌柜让到她俩的住房里，泡上香茶请大掌柜歇着，牛婶出去叫过一个跑堂的，给他几个铜子儿低声交代了几句，跑堂的转身就跑了出去。不一会儿，就端回一大碗热气腾腾的卤汁豆腐脑，一个两张皮脆壳牛肉夹馍，两个黄亮酥脆的热油饼。大掌柜也没有推辞，接过牛婶递过来的筷子和勺子，就趁热吃了起来。刚放下筷子，程爱如就把一个热腾腾的布帕递了过来，大掌柜擦了手脸递还布帕的时候，不由得在程爱如的脸上多看了两眼。

牛婶端茶过来，大掌柜问：准备啥时候开门？

牛婶说：今天晚上，乾州会馆就定了两桌，还有来人问的，准备下午开门。

大掌柜说：给大家说明白，停业时间长了，早一天开业，早补回些损失，过年期间饭馆开门的不多，肯定有生意。

牛婶说：老掌柜也是这么说。我一会儿收拾完了，给大家再讲一下。牛婶停了一下，又说：俺婶不在了，下人难免照顾不周，你经常过来吧，我给你安排，汤汤水水，热热火火地吃个均匀。

大掌柜说：好，能过来，我就过来。

初三一大早，天还黑乎乎的，大掌柜坐着洋车，就把各个点都走了一遍，各铺子包括加工场的人都到齐了，大家新衣新帽，脸上充满着兴奋的表情，都在各自的岗位上进行着最后的准备工作。迎春喜庆的臊子面吃过之后，随着冬日难见的第一缕阳光挂上树梢，隆丰福每个店门口的两挂万字头的大红鞭炮几乎同时响了起来。红黄色的炮纸在空中织成万朵彩花，响声把新年的吉庆祝福和隆丰福开业的信息送到周围军民的耳朵里，把那些还没起床或还没出门的人们，都催促得动了起来。

鞭炮声中，在一阵算盘摇晃的哗哗声中，隆丰福四个门面和加工场的门都打开了。

大魁叫上靳铁锁一块儿向涵玉交账。涵玉看着他递上的账单，然后清点银票和银洋，用算盘打了一下说：我还没问你呢，你把货都咋样卖了，盈利还不小呢！翻了一番还多呢。

大魁说：把难怅（为难困难的事）都受扎了，但后来在三原还是扎住脚了，货都是在三原卖的。

这时候，定山和大掌柜进来了，大魁简单汇报了去南方贩凉席、凉鞋、竹帽、草扇等情况，然后汇报了进不了西安又想办法把货卖出去，最后把生意做起来的情况。几个人听了以后，大掌柜感慨地说：行啊，大魁已经把老掌柜随机应变、化敌为友的一套，都学到手了！这就跟打仗一样，遇到突发的事件，要能够应付自如，这很了不起呀！

定山说：大掌柜说得好，你只有这样历练自己，才能成为一个真正的生意人！

原来，大魁和靳铁锁他们在江西一带，不仅采购了大量的凉货，发现瓷器由于今年贩货的人少，价格普遍低得厉害，就大胆地进了许多，基本把带去的钱用完了。凉货和瓷器装了满满一船溯江而上，到了汉口换装成两大马车迤逦回到陕西。车到临潼，有人就告诉他们说，西安城被河南的镇嵩军围住一个多月了，覅说车，就是人，都是不能出来，也不得进去。大魁将信将疑，把车赶进一家院墙严实的车马店里，让靳铁锁看管着，自己跑回西安。走到灞桥十里铺的时候，看到田野里，河岸边到处都是队伍驻扎的帐篷，不时还有马队疾驰而过。再想往前走，路已经不通了，要过去必须往南绕很大的圈子。他一看，回西安是不行了，急忙赶回临潼。路上，他在琢磨，这两大车货可咋办呀？放在临潼就地卖了？他在临潼街上转了一圈，街上店面稀少，市场清淡，不是一个可以走大货的地方。他信步走进一家山货店，借问凉席价钱与店主攀谈起来。店主告诉他，除过西安，东府周边的商贸中心是三原、泾阳，那地方商铺多，货品全。甘肃、山西、宁夏、蒙古一带的商人都到这儿进大货，沿西路和北路的官道直接就发走了，每天来来往往的人多得很呢！

以前，大魁听干爸说过泾阳、三原的皮毛市场，但不知泾阳、三原还是其他货物的集散地。告别了店主回到车马店，他跟靳铁锁商量了一下，让他继续看好货，自己当天下午就过渭河去了三原。到了三原一看，果然是一个很有规模的货物交易旱码头。街上店铺林立，货堆如山，人来货往，车马喧嚣，显得异常繁华。他转了一圈，发现竹草凉货也有，耀州的瓷器也有，走货的情况还都不错，他的信心更足了。他看好一家空闲的门面带一个库房，讲好价钱，放下定钱，问了当地经营的规矩，一边筹划，一边往回走。

回到临潼车马店，跟马车老板谈好去三原的价钱，第二天一早就上路了。

开门的当天，就有生意上门。大魁正在跟客商谈生意，三个人来到门前，扯扯凉席，摸摸瓷瓶，然后问道：这是阿达的铺子？

大魁一看来者不善，就迎了上去赔着笑脸说道：这是西安隆丰福的铺子！

来人说：西安的？西安人把生意做到三原来了，掌柜的呢？

大魁多了个心眼儿说：掌柜的看着把货安顿好，昨晚上带着五六个人回去了，过几天就来了。啥事？

来人说：啥事？保护费交了！

大魁问：给谁交保护费？

来人用手指着自己说：就给你张大爷我交保护费。

靳铁锁走过去往来人跟前一站，个子比他高了一头，说：在三原，只听说过做蓼花糖有名的张能能，还没听说过什么张大鳖！

来人一看强壮高大的靳铁锁，退了一步问：你是干啥的？

靳铁锁说：我，我是这儿的掌柜的！

来人一看说：好，掌柜的，咱这儿有规矩，开铺子要交保护费。

靳铁锁问：你是谁？

来人有点儿心虚地说：我，我，这一带归我管，保护费归我收。

靳铁锁一步不让：凭啥归你管？你是个哪一路，的啥官衔，官名叫个啥？

来人被问得无话可说，梗着脖子说：啥官衔也没有，就是来收钱！

靳铁锁说：说不上啥名堂，你就闪远，覅耽搁了我这儿的生意。说完拉着大魁就进到铺子里。三个家伙看着这一家的人头难剃，在门口站了一会儿，没趣地走了。

大魁很快就把这一笔生意谈好了，双方写了协约，对方留了定钱，说好第二天客商带车付款提货。第二天，货发出后不久，买货人就垂头丧气地回来了。对大魁说：掌柜的，这货我不要了，把货退了吧！

大魁诧异地问：前后两袋烟的工夫，刚买的，咋又要退了？

客商说：你把这儿的地头蛇得罪了，人家在路口守着，不让车过去，还说谁买你的货，就挡就打谁！

大魁和靳铁锁一听都明白了，大魁想了一下说：走，我陪你一块儿过去。

客商不情愿地说：你去能行？

大魁说：没麻达，我保你平安出三原。

大魁跟着车往路口走，远远看见三个人手里提着刀棍站在那里，就提前走了过去。对三个家伙抱拳说道：三位，保护费的事好说，不能挡车嘛，今晚在池阳酒馆咱喝酒说话。得行？

为首的那个说：你这样说话还差不多，你的掌柜的，咋是个挣屄（难打交道的家伙）！

大魁说：掌柜的人是好人，就是脾气有点儿倔，以后咱们打搅就行了。

为首的说：好，听你这一回！闪开，叫车走！货车顺利地上路了。

太阳落山的时候，大魁来到池阳酒馆，等了好长一会儿，那三个才姗姗而来。见面之后，大魁问：喝啥酒？

低个子说：池阳硬馒头。

大魁问：那酒咋向？

高个子说：有劲，暴得很。

大魁说：太暴咱不喝，把人喝得难受。咱喝西凤，西凤酒全国有名，喝起来谄火（舒服）。

两个都高兴地说：西凤就西凤，光听说西凤是名酒，还没喝过呢！

为首的那个把堂倌叫过来问：有没有西凤？

堂倌笑着说：那酒贵得很，喝的人少，咱这儿还没有。

大魁问：哪达有？

堂倌说：醉倒仙酒馆有。

大魁说：叫人跑快，打二斤回来，一定要真正的西凤，尝出来不是，我可不给钱！

堂倌给掌柜的一说，掌柜的自己提了个罐子去了。

菜上齐了，酒也打回来了，四个人一齐举杯：喝个亮堂！

连喝了三大杯，其中一个就先不行了，再给倒，捏住杯子死活不让，大魁硬给倒了一杯，喝完就趴在桌子上不动弹了。

大魁说：吃菜，吃菜，你这儿吃喝不多，啥时候跟我到西安，我叫你天天不重样，从正月吃到腊月。

大个子说：爷呀，就是个米面嘛，能做出那么多样样来？

大魁看着为首的不说话就问：得是这酒不对劲？

为首的说：酒好，酒好着哩！我看，你这个人不简单。

大魁问：咋个不简单？

为首的说：问你要保护费，你不给；倒愿意叫我们跟你一块儿喝酒，还买这么贵的酒。你到底是啥意思？

大魁说：有一句话叫在家靠父母，出门靠朋友。我从西安跑到三原做生意，没有后台，我不敢来；没有朋友，我站不住脚。后台我有，靖国军现在叫国民革命军，后勤部的部长张志鹏是隆丰福老掌柜割头换帖子的朋友，人现在就在三原。于右任、杨虎城，你知道吧？

为首的点点头。大魁继续说：这都是咱渭北咱陕西的名人，跟咱老掌柜都是朋友，只要到西安，一块儿品茶喝酒，一起谈论国事，经常你来我往。我在三原来开个铺子，他们不知道则已，知道了，还能不来？我要成心跟你们过不去，跟他们哪个一说，还有你们的好果子吃？

为首的说：那你啥意思？

大魁说：我想交你们这几个朋友。刚才说了，出门靠朋友。我在三原做生意，没有朋友不行。看你们三个都是条汉子，今天专意请你们喝酒。

为首的说：交朋友可以，你想叫我们干啥？

大魁说：你们在地面上混，也不容易，养家糊口靠这样收保护费，也弄不了几个钱。我的意思，你们给我拉生意，做成就有利钱，每回不会太多，但回数多了，聚起来就多了。你看咋样？

高个子喝得黏黏糊糊，听了这话说：这事能成，咱天天在街上游哩，碰上这一类贩子叫过来就对咧，又不难办。

为首的说：每拉来一个成了之后，你都要现结。

大魁说：这没麻达，咱先弄一回看嘛，你就知道我这个人咋样了。

为首的把杯子的酒一口喝干说：人都说西安人鬼奸溜猾，我看你说得不错，咱就交往一回，只要可交，咱就是为朋友把这一腔子血倒出来，都不说一句屄话。

大魁说：好，一言为定！

两三天内，这几个给大魁介绍了三四宗生意成了一宗，大魁给为首的五十个铜子儿，另外两个各给了三十个。这三个一看大魁说话算话，给的也不少，拉客的劲头就更大了。一个多月时间，货已发得差不多了。其间，大魁又回了一次西安，围着城转圈圈就是进不去，他想着兰馨姐，想着她在没有自己的时候，那寂寞难耐的样子，心里充满了惆怅。无能为力的他，远远看着北门的箭楼，三步一回头地慢慢走了回来。

眼看凉货快卖完，瓷器也走了一半多，大魁考虑接下来咋办。他知道凉货好卖，但等再去贩货回来，已快立秋了，肯定要压在手上了，瓷器没有季节，但不上量，要熬时间。他在街上转悠，寻找着其他可以介入的行当。

突然，他看到几个外路客商在一家店里挑选围巾、头巾。他走过去，听着他们谈论，问：有没有再长一点儿的？再花一点儿的？颜色再多一点儿的？

商家摇了摇头说：就是这些样子，再没有了。

客商遗憾地放下样品说：我们看看再说吧。

大魁随着他们出门，跟了一段路，他凑上去与他们说话：客官是不是想要围巾、头巾？

其中一个说：是呀，你有？

大魁说：我的货现在还没到，能不能到我的店去坐一坐？

客商问明了地址，就跟着一块儿过来看看。

通过交谈，大魁才知道，这是一伙专做口外生意的客商，现在置办过冬的商品，其他东西已经办得差不多了，还想找一批围巾、头巾。

大魁问他们，能要多少？

他们说：这些东西只要颜色鲜艳，花色多，长一些，宽一些，有多少要多少。

大魁详细问了式样，颜色，谈定了基本的价格和数量，答应十五天一定到货，问他们能不能等十五天？

对方说：不但能等，而且还可以下定钱。

双方写了协约折子，放下五十个银洋做定金，说好十五天后来验货，到时间没货，赔对方一百个银洋。

客商走后，大魁给靳铁锁交代了门面上的注意事项，背上捎马子就走了。

大魁敢定这一批生意，绝不是一时的头脑发热，他在汉口给兰馨选礼品的时候，就看过围巾、头巾、鞋子，也问了价钱，他心里大概有谱儿。这次问清对方要求，谈好价钱后，他对做成这笔生意信心十足。上路之后，还是跟以前一样，什么快坐什么，没有车就租马骑，走捷径抄小路，甚至夜里也坐着车赶路，终于在第四天下午赶到了汉口。

经常过汉口，来回都歇在汉口，所以，大魁对汉口很熟悉。找个地方住下之后，趁着商店还没关门，他就跑到街上去看，结果收获不大。天黑了，无风闷热的街道上睡满了人，一些年轻的女人们也光胳膊亮腿地睡在马路边的竹床上，把个大魁看得耳热心跳，眼前又出现了兰馨跟他在床上的情景。拐过一条街，眼前灯火通明，一排看过去都是不同样式的高门大户，家家张灯结彩，门口的人出出进进，里头传出莺莺燕燕们嗲声嗲气的说话声和男人们挑逗猥亵的笑声。大魁一下子明白，自己跑到烟花巷子里了。他刚要转身，一个香艳的女人用胳膊揽住了他，娇滴滴地说：小哥哥，我来陪陪你呀！

大魁此时虽然有点儿神摇意夺，但他很清楚自己身上带着货款，一旦露出来，那后果不堪设想。他常去江西，用学来的景德镇话说：今天没空儿，明天来！

那女人并不放手，继续把他往里推，并说：老表哇，姐姐陪你一晚上，让你回去十年想！走吧，走吧！

大魁一看缠上了，硬走是走不脱了，灵机一动，反身过来把女人一抱，在她耳边轻轻地说：我还有个兄弟在旁边等着，我把他叫过来，你一个陪我两个行不？

那女人说：那叫双蜂采单窝，要双份的钱哟！

大魁说：双份就双份，我把他叫来。

那女人高兴地在大魁脸上亲了一下，松开了胳膊。大魁乘机摆脱了妓女的纠缠。走在大路上，大魁感到头上身上满是汗水，肚子也咕噜咕噜地叫起来，他才想起自己一天还没吃饭呢。

几个饭馆都关门了，他看见一家烧卤店还亮着灯火，就过去买了些烧鸭猪蹄之类的切好带回，准备回到住房里慢慢吃。进了旅馆门，他看见旅馆掌柜的一个人在拿花生米下酒，看到他回来就问：客官是二楼东房的吧？

大魁说：是的。

掌柜的又问：来汉口是做生意的吧？

大魁说：你怎么知道？

掌柜的说：你们北方人到汉口做生意都是这个样子。

大魁不解地问：什么样子？

掌柜的笑着说：背个布口袋满街转悠。

大魁也笑了说：这叫捎马子，搭在身上腾出双手，方便还能放不少东西。是不是不好看？

掌柜的笑出声说：不是不好看，而是有点儿土，一眼就能让人看出来。以后可以买个包提上，显得洋气一些。来，来，喝一杯。说着，就把酒杯递过来。

大魁见掌柜的是真诚相让，也就不客气，接过来干了。他见桌上只有十几颗花生米，就把捎马子里的烧鸭和猪蹄掏出来放在桌上说：咱俩一块儿喝几杯。掌柜的一见连忙搬过一把椅子来，请大魁坐，自己提着酒壶出门又打了半斤酒。

半个猪蹄三杯酒下肚，掌柜的话就多起来了。他说：看样子，你大概是倒腾个小买卖的，这次来想进点儿什么货呀？

大魁说：掌柜的好眼力，就是小打小闹，这次想看看帽子、围巾之类小东西。

掌柜的说：我们这里有一句话，叫作：喝烧酒吃猪手，碰巧的事情常常有。今天还真叫你给碰上了！

大魁不解地问：碰上什么了？

掌柜的说：我女婿就是专做鞋帽围巾生意的。你说，巧不巧？

大魁问：他在哪里做？

掌柜的说：你不要管他在哪里做，明天，我让他来找你！

大魁还问：样子多不多，货量大不大？

掌柜的说：多不多，大不大，明天一见面，你就晓得了。

半斤酒喝完，掌柜的已经趴在桌子上睡着了，看看夜深无人，大魁就帮他把店门关了。

第二天，大魁还在睡梦中，房间门开始轻敲，后来重敲，最后，像敲鼓一样，才把大魁叫醒。掌柜的一头汗说：我还以为，是昨天的酒把你喝坏了呢！你可睡得真死呀！

其实，一敲门，大魁就醒了，他之所以装着没醒，是有意想压一压掌柜的热情。昨天一说找帽子围巾，就说他女婿是专做这个的，他怕其中有诈。

掌柜的后面跟着一个三十多岁的中年人，白皙的皮肤，精明的眼睛。一见大魁问长问短，显得很热情。大魁先说帽子，他立马报出很多样子规格，又问鞋子，每种也都说得头头是道，最后，大魁才问围巾头巾，他把线的、毛的、长的、短的、男的、女的，介绍得一清二楚。大魁提出要到库房看货，来人一口答应。大魁洗漱完毕，二人各吃了一碗热干面乘洋车去库房。路上，两人相谈甚欢，大魁知道他姓彭，叫沛生。是个商行的售货主管，也真是旅馆掌柜的女婿。

库房里果然围巾、头巾规格多样，颜色艳丽，纯色、花色，让大魁大开眼界，客商列的明细单里的都有，还有一些比他们要求的更好。大魁心里暗暗高兴。最后谈价钱，大魁先都少要一点儿，每种十条，二十条，他们报了一个价，报到一百条，价就下来三成，报到三百条的时候，又下来一成，最后，大魁把几个主要的品种每种各报五百条，对方掌柜的真搞不清大魁到底想拿多少货，他不报价了，他用当地话问彭沛生：这到底是来买货的，还是来询价的？

彭沛生也表示说不清楚，大魁却听懂了，说：隆丰福在西安是最大的字号，经常和口外的外国人做生意，景德镇的瓷器已经发了几十车了，竹草凉货年年一发十几车，每种要你几百条的头巾围巾，只是个小生意，只要价钱合适，今天验货，今天发货，当场付钱！

一席话把掌柜的说得脸上红白不定，又兴奋又不太相信。他和彭沛生咕哝了半天，最后各报了一个比刚才又低一点儿的价，大魁一听，比自己期望的价格还低一些，他不动声色，考虑了一下说：这四种各五百条，其余的各二百条，价钱就依掌柜的报的来，但是，每一种要送我五十条做样品！

掌柜的架在鼻梁上的眼镜一下子滑到鼻尖上，小眼睛左闪右转，两只手在大魁面前乱摆：不行，不行！哪有这样做生意的！

大魁站起来背起捎马子说：那就麻烦了，另外一家商行还等我呢！他笑了一下向彭沛生表示歉意，转身就走了出去。

大魁看出掌柜的极想做成这笔生意，他想再压一压价，他计算着如果每种都送五十条，运回去的路费就有一半多出来了。另外，他看出来，这一带都是经营这种小商品的，自己再看看，或许还有其他发现。他出了门，径直向一家大商铺走去。

他刚要跨上商铺的台阶，彭沛生追过来拉住大魁的长衫说道：龙先生，有话好商量嘛！

大魁扭过头笑笑说：这家，我昨天来过了，谈得也差不多了，我去去再说。

彭沛生一听就更急了，上前挡住大魁的路说：我们好商量，好商量，行不行？

大魁见他如此，就坡下驴，身子转了回来，跟着他又朝刚才那家走去。接下来的事情就简单多了，验货，点货，封包，交款，兑票，装车。由于大魁的银票大，店主还要给他找钱，掌柜的又从内室取出六封银洋和一些零散银洋，算清楚后，一并交给大魁。然后执意要请大魁吃饭，大魁谢绝了，他说急着要赶回去，跟着车就走，彭沛生送他一块儿走。车拐过一个路口，大魁让车停下来，他从捎马子里掏出五个银洋交给彭沛生，对他说：谢谢你的关照，咱们后会有期。

彭沛生感激地收下银洋说：这次，你拿的这个价的确很低了。没想到，你这么会谈生意。今后来汉口，可要找我哟！

正说着，路上走过来三四个人，看着大魁的捎马子表示很稀奇，两个人一前一后捏捏弄弄，嘻嘻哈哈地闹了一阵走了。大魁也没在意，坐上马车跟彭沛生挥挥手就走了。到前边他下车买干粮的时候，才发现六封银洋少了两封，他知道，刚才那两三个人在看他捎马子的时候动了手脚，他叹了口气：唉，各送的那五十条围巾、头巾又没了！

后来，大魁又做了两三次这种先定协约后进货的生意，倒是赚了不少，只是最后一次在回来的路上被几个小杆子堵住，把身上的银洋全部搜光，货物被打开一看，尽是些女人用的香粉、头油、插花、头巾等货物，挑着拿了一些，把其他东西扔了一地，又往货包上砍了几刀，照货包上尿了几泡尿，喊了一声开摇都跑了。之后，他就不想出去了，把门面也退了，两人住在小旅馆里，他经常到西安城边探听消息，直到看见三原的队伍朝西安开过去，风传冯玉祥的队伍过来要给西安解围的喜讯，他俩才往西安跑，西门一开，就先进城了。

开春以后，桃花红了，柳梢绿了，一望无际的麦田里泛着青绿的荧光，大自然蓬勃的生机给濒临死亡的西安城带来了希望和活力。城里在乡下有家有地的人家，纷纷把在围城期间死亡的家人盛殓好的棺木抬出来下葬，没有棺木的人家，用席筒或箱子把遗骸雇车拉到乱葬坟掩埋。那些无人认领的尸体，则由省府和队伍上派人清理。尽管城开之后不久，此项事情就着手进行了，但由于死人太多，分布太广，主要街道和公共场所大致清理干净以后，穷人居住区，城墙根周围，长期无人住的房子里，绝户头，等等，里头还有很多没有清理的尸体。有些是周围人们闻着气味不对报告官方，来人循着气味查找，撬门翻墙进去，才从床上、灶间把人拖出来。甚至半年以后，由于天气太热，在一些人不常去的地方，还发现过围城期间死于冻饿的人。

灾难后的西安没有忘记那个屈辱和抗争的岁月，几万人，人人负土一袋，在城东北角垒起两个大冢，安葬那些无人认领的尸骨。并在两冢之间建亭一座，取名：革命亭。寓意他们是为国民革命而死，是当之无愧的革命志士。隆丰福的全体人员在老掌柜的带领下，都背着土来到这里致哀，并在几天后参加了万人追悼大会。

一个早晨起来，涵玉感到有些不舒服，刚坐一会儿，感觉头昏想吐，就又睡下了。定山喝了一壶茶，进来问她怎么样？

涵玉闭着眼睛说：有点儿难受。

定山说：你洗漱一下，咱俩到宋先生那儿给你看一下。

涵玉答应着，但身子没动。定山过去坐在她身旁轻声问：是不是很难受？是咋样难受？

涵玉慢慢坐起来，用手捋了捋头发说：从来没有过的，也不厉害，我再躺一会儿就好了。

定山说：不行，还是请宋先生看一下放心些。

涵玉只好起身，梳洗过后换了衣服坐上洋车，跟定山一起到五味十字天顺堂来。

天顺堂在围城期间，看病的人少了，买药的人多了。人们都不拿药方，而是问，这啥药能吃饱肚子？

抓药的相公告诉他说，桂圆肉、枸杞子、生熟山楂、薏米仁，这些都能吃。于是人们都买这些药，很快这些药就卖光了。后来，人们干脆给抓药的相公说：你看着给咱配，只要是不难吃的，吃了死不了人的药，你都给称，一回给多称一点儿，没啥吃，拿这当饭吃呢！

结果，有的吃得拉肚子，有的吃得拉不下，有的光打嗝儿，有的肚子胀得像个鼓。

宋先生知道后，把相公们好好说了一顿，告诉他们，食是食，药是药，食能饱腹，药能治病，尽管有药食同源之说，但不同的配伍，不同体质、不同时间的人食用，就会产生不同的结果。卖药是治病救人，把药当粮食卖，是亏人亏心之举。有些药虽能解一时之饥，但乱配胡吃，不但不能疗饥，还会给服用者增病添灾。这就违背了我们医家治病救人的宗旨，此举断不可再为。今后，不见我的方子不能抓药。即便如此，到后来也被人想方设法把药买出去不少，天顺堂终因无药可抓而关门了。

城门一开，天顺堂又恢复了往日的兴旺，宋先生带着几个学生给人看病，忙得不亦乐乎。

宋先生看看涵玉的脸，手在她的腕上只搭了一会儿，就站起来笑着对定山说：定山，你准备请客吧！

定山丈二和尚摸不着头脑，奇怪地问：啥事让我请客？

聪明的涵玉一下子明白了，她看了宋先生一眼，有些害羞地垂下眼帘对着定山说：可不就该请客了。

定山将信将疑地问道：涵玉有了？

宋先生笑着说：已经两个月了吧？

涵玉不好意思地点点头。

定山问涵玉：那你为什么没跟我说过？

宋先生说：她是头一回，不懂。你家又没有个老人关心，你让她给你说啥。

定山笑着说：没想到，这冯玉祥破城降吉祥，还给我送来了一个娃！

宋先生也高兴地说：这个娃来的正是逢凶化吉的时候，要是个男娃，一定要起个好名字。

定山说：说起名字，我一直在想，你看这一回打开西城外围，头一个率军进城将领的名字叫得多好，叫吉鸿昌。吉祥如意的吉，宏图大业的鸿，繁荣昌盛的昌。就凭这个好名字，不仅给西安降吉祥，还能给西安带来繁荣昌盛！

宋先生说：这个名字，叫你一说，还真是有点儿讲头呢。

定山说：娃一生下来就叫龙昌鸿！

涵玉笑着说：还不知道是男是女，你把男娃的名字就起好了，能用不能用，还不知道。

定山笑着说：反正现在已经有了，生男生女，就看你的本事了！

三个人都放声大笑起来。

大掌柜夫人百天过后，设在客厅的灵堂就撤了，儿女们也都回到自己家里，恢复了正常生活。大掌柜的生活却显得不太正常了，他常常在铺子关门很久了，还坐在楼上抽烟喝茶不回家。回到家里后，独自一人喝酒，下人催促几次才想起来睡觉。头也不常剃了，显得胡子垃碴的，人也明显地老了。涵玉看着心里很不是滋味，悄悄地跟定山说：干爸这样子不好哇，我寻思得给他找个人。

定山开始还未在意。涵玉这么一说，他也感到大掌柜最近的迟钝与消沉。他同意涵玉的说法，但在哪里去找个合适的人呢?

涵玉说：我看，就在牛婶和程爱如里选一个。

定山说：你不说，我还真想不起来。对，就她俩，让大掌柜挑一个。

涵玉说：大掌柜是个文人，文人喜欢美女。要让大掌柜挑，他肯定挑程爱如。

定山说：程爱如就程爱如，她嫁给大掌柜，还高抬了她呢。

涵玉说：年龄相差三十多岁呢。我看牛婶合适，牛婶今年三十四，大掌柜今年六十一，相差二十多岁，牛婶人活泛，细心，对人心诚，照顾大掌柜肯定细心入微。

定山说：选谁，你和我都不好说。我看，我去找一下宋先生，请他来当面跟大掌柜谈。

涵玉说：宋先生最好，他们是一个辈分上的人，说起话来方便一些。

定山决定先跟宋先生谈谈，然后再跟大掌柜说。不巧，定山去的时候，宋先生出诊去了，定山回来后不久，宋先生就过来了。

定山说明意思，宋先生立马就明白了。他说：这是个好事，也只有你们这样身份的人，才能替大掌柜安排这样的事情。你们只在这二人里选择，面儿有些窄，我感觉这二人都不是太合适。

定山说：我也考虑了半天，再没有多少可选择的。年龄稍大一些的单个女人，都过不了围城这一关；在乡下寻一个，来了很长时间适应不了城里的生活。大掌柜还是有品位的人，一般人还入不了他的法眼。

宋先生说：最后这个话说得正在点子上，以大掌柜的学识、人品，看来看去，还非这二人莫属。

停了一会儿，洋车把大掌柜从南院门铺子接了过来。宋先生一见开玩笑地说：老哥老是自己偷着喝酒，也不叫我了，哪天，我非把你逮住，喝你的酒不可！

大掌柜闻听笑着说：走走走，我家里现在就有好酒，咱俩好好喝一回。以前，还有你嫂子管呢，现在没人管了，咱俩尽兴！

一句话把大家说得都沉默了，定山赶快补台说：我这儿就有好酒，一会儿在这儿喝！我这儿新来的这个厨子还不错。

宋先生说：好久没在一块儿闲谝了，今儿个没事，来说说闲话。

大掌柜说：就是，生意刚起来，想忙也忙不起来。把人闲得颇烦。

宋先生说：涵玉没在，我给咱先说个笑话，这是来看病的人，等着号脉的时候说的。

大掌柜说：老宋的笑话莹得多！

宋先生说：一个姑娘出嫁，临出门的前一天，她娘给还未开窍的姑娘说，娃呀，嫁出去，就跟在咱屋里不一样了。俗话说，嫁汉嫁汉，穿衣吃饭。白天地里劳作，黑了炕头暖脚。这姑娘本来就弄不明白，她到人家屋里去干啥。现在记住娘的这四句话，心里就有底了。前三句都好理解，唯独这黑了炕头暖脚一句不太明白，这男人的脚，为啥还要暖呢？不管理解不理解，但她知道咋样暖。人了洞房之后，看着男人脱了衣裳，她就把外衣一脱，睡在男人的脚底下说：给你暖脚。就把男人的两只脚紧紧抱在自己的怀里。

男人也是个初出茅庐的半大小子，不明白媳妇这是个啥讲究，一夜把脚由她抱着，一动不动。第二天，他偷偷去问自己的娘。娘听说后：暖脚就是两人在一起睡觉的意思，不是光抱脚。今儿黑你给她说，叫他给你暖中腿。

儿子问：啥是中腿？

他娘说：瓜子，中腿就是男人有，女人没有的那个东西。

儿子还是半天不明白：那个中腿咋样暖？

他娘也不好再说啥，含混地说：你的中腿在她身上，光寻哪里暖和往那里钻，就对咧！

第二天，他娘问他：寻着暖和的地方了没有？

儿子说：寻了一夜，哪儿也不暖和，就是她的胳肢窝那儿还暖和，中腿在那儿夹了一夜。

宋先生还没说完，大掌柜和定山笑得鼻涕眼泪都下来了。

涵玉听见笑声，端着两盘炸馃子和南糖出来问：啥笑话，把人能笑成这样？光听说肿腿肿腿，谁的腿肿了？

涵玉的话，又一次把大家笑得前仰后合。

大家平静之后，定山感慨地说：围城以来，好久没有这样开心地笑过了。

宋先生说：围城的时候，这笑话说出来，人也笑不出来。

大掌柜说：可不，人们腹中空空，心事重重，谁能笑出来呀！

定山说：那个造孽的日子，可不敢再来了。

大掌柜说：能活过来的人是万幸，活着就要好好活着。

宋先生说：大掌柜这话说得好，既然活过来了，咱就要活好，活得滋滋润润的，不能凑合。

定山听了，有意问宋先生：宋先生这话，像是话里有话。

宋先生说：老哥，咱是一辈人，我说话你嫑多心，嫂夫人不在了，你身边没有个人，不行呀！

涵玉也说：干爸，我和定山都是这个意思，想给你身边寻个合适的人照顾你。

宋先生说：大掌柜，你成天把心操在铺子里，回到屋里凉床冷板凳，孤灯寡人，吃喝尽管有人侍候，到底没有个知热知冷的贴心人，这不利于健康，也干不好事情呀！

涵玉说：是啊，你看，最近人也瘦了；听说，饭量也不如以前了。

大掌柜放下水烟袋，叹了一口气说：年过花甲，已经是过一天少一天的人了，再要续弦，叫人笑话。

定山说：中老年人续弦的人多得很，有谁笑话？咱为自己的身体考虑，管他谁说长道短！

宋先生说：谁说啥，都是次要，关键还是你自己咋想的。老哥，你又不是那种看人眼色行事的人。

大掌柜又拿起水烟袋不说话了。

宋先生说：定山跟我都商量过了，咱也不舍近求远，就是咱这儿的牛玉莲和程爱如两个，你挑一个。

宋先生一点破，反倒把大掌柜弄了个大红脸。大掌柜嘴里这，这，这了半天，说不出一句话。

为了缓解尴尬的局面，宋先生说：老哥，你也不要立马确定，筹思一下再定。好饭不怕等嘛！

一句话，把大掌柜和定山都给说笑了。宋先生看着涵玉又出去了，就说：再说一个有关夫妻生活方面的白话。你们嫑笑，这一回不是笑话，这是一位名人写的。我的一个朋友到南方去抄回来的，暗事明说，说得文雅风趣，对人大有裨益。我一边念一边讲，你们听听是否有点儿意思。主要是说夫妻性生活次数的。

青春花郎	切忌连连	（一天不可连做多次）
血气方刚	不可天天	（几年以后不要天天都做）
三十左右	要像数钱	（一五一十数钱式的间隔）
四十出头	教堂会面	（像礼拜一样七天一次）
五十之后	如进佛殿	（初一十五半月一次）
六十相望	像付房钿	（像付房钱每月一次）
六十有五	四季分段	（每季度一次）
七十以上	春思秋盼	（半年一次）
七十有五	好比拜年	（每年一次）
八十在即	解甲归田	（远离性事）

宋先生念完，大掌柜和定山都说好，形象上口，浅显好记，不愧为名人的佳作，也真是养生长寿的劝世良方。

宋先生说：夫妻间的那事情，不可没有，不可过滥。无论男女，长期没有，男人就没有了生气，显得无精打采，女人像花儿一样缺乏色彩，少了灵动和妩媚。也都可能因此而表现出性格和行为的偏执和古怪。然而，过多过滥，这对男人则是一把砍伐的斧头，精血大亏，元气大伤，阴阳失调。你可能在不知不觉中，就得上了什么病，并且，这种病一般都比较难治，甚至因此而丧命。范大掌柜其实就是死于这个方面的病，作为朋友，我不好过多劝说他，老范是干柴遇烈火，程爱如是久旱逢甘霖。两个人在一起长期过量了，老范的脱症，也就由此而起。

大掌柜指着宋先生笑着说：老宋，你是一会儿劝我娶程爱如，一会儿又说，范大掌柜死于程爱如，这不是叫我成也萧何，败也萧何？到底是啥意思嘛？

宋先生说：我为啥要念这一段白话，就是要提醒咱们大家，性事不可无，性事不可滥，少年轻狂尚有青春的本钱在，人一上年纪剩下的那一点儿精血，只能拿出一点点养性，大部分要留着养老。切记不能老夫聊发少年狂，把仅剩的一点儿资本全输光了！至于娶牛玉莲还是程爱如，是谁都不重要，关键在你自己。按上边的口诀自己把握，再加上适当调理和保养，我保你越活越长寿！

大掌柜说：还是那句话，是真朋友要紧处见真情。既然你们大家有此美意，续弦的事，我也就不推辞了，就定牛玉莲吧，她人朴实，是个过日子的人手。不过，这还得问问人家是啥心思。接下来的事，就靠你们几位了。

接下来的事情，实际上都是顺水推舟了，牛婶在涵玉面前扭捏了几下，也就同意了，定山安排人给大掌柜收拾房子，牛婶提出，要换一间房子做新房，并换一张床，大掌柜照办。大掌柜提出，要把原来夫人的遗像挂在原来的房子里，牛玉莲也没有意见。办喜事前一个晚上，牛玉莲把新房的东西挪来摆去，折腾了很长时间，又把自己梳妆盒首饰盒摆在床头的银柜上看来看去，跟大掌柜说了一会儿话后，穿上外衣准备回鸿运楼去。大掌柜起身看着她容光焕发的脸，拉着她的手说：这么晚了，回去不方便吧？

牛玉莲也看着他轻声说：那你说，咋办？

大掌柜过去关上门，回来一口吹灭了灯。

连续几天，大魁都隐藏在老林办公的地方等着，在他出来的时候，偷偷跟踪他，一直跟到兰馨住的房子，基本掌握了老林下班回去的规律。一个细雨蒙蒙的黄昏，大魁躲在一个僻静巷子的拐角，利用一大堆柴火作掩护，等着老林过来。约莫一袋烟的功夫，老林慢吞吞地提着包走过来了。大魁屏住气等着老林过去，突然一个大跨步跳到老林背后，扬起藏在袖子里的链子软鞭就朝他头上甩去。这老林个子比大魁高出半头，听到背后响动，似乎早有防备，一个转身左手用提包护住头部，右手袖子里滑出一根双节棍，随着转身就朝后面横扫过来。

大魁没想到，老林能来这一手，软鞭还没抽回来，脖子上就挨了一下，他本能地用手一捂一闪，刚准备把软鞭再甩出去，不想头上又挨了一下，正砸在天灵盖上，他顿时感觉眼前金花四溅，耳朵嗡嗡直响，身子不能自持，一屁股坐在地上，手里的链子软鞭也被双节棍卷走了。

老林收起双节棍和软鞭，看了大魁一眼，提着包转身走了。

这两棍来得突然，打得凶狠，又都在要害之处，大魁尽管年轻，也被这两棍打得半天站不起来。他坐在地上缓了半天，才慢慢爬了起来。走到正街上，拦住一辆洋车，直接来到天顺堂。宋先生看了伤势，问他头昏不昏，他说不昏。宋先生翻开看着他的眼睛珠说：不昏是假的。不过，不要紧，不重，抹些药再吃些药，几天就好咧！能不能告诉伯伯，咋样弄伤的？说实话。

大魁看着宋先生真诚慈爱的眼睛，知道说假话瞒不住他，就把他和兰馨的事情，前前后后一五一十地都说了出来。

宋先生问：你今年多大了？

大魁说：二十四。

宋先生说：好，你回去啥都不说，好好将息，你的事情，伯伯给你说话。

大魁谢了宋先生坐着洋车回到自己住处。

大掌柜的婚礼举办得极为简单。在鸿运楼的二楼大包房里，一共摆了两桌酒席，一桌为定山，涵玉，宋先生，常老掌柜，柳大掌柜和大掌柜的两个朋友曲炳文，章宗江。另一桌是大掌柜的儿女们和程爱如，夏月荷。大魁因伤未出席。程爱如因为要张罗厨房和支应一楼门面的事情，只过来给大掌柜和牛玉莲敬了三杯酒，就又去忙活去了。夏月荷一看只剩自己一个，跟着程爱如敬过酒后，也下楼去了。

另一桌，实际成了大掌柜子女的一桌，子女们轮流在给牛玉莲敬酒时，都向比自己还小的继母改口称娘，牛玉莲给三个子女每人一封银洋，给六七个已经成家或还未成家的孙子、孙女每人十个银洋，再小一辈的每人一个银洋。孩子们奶奶，太奶奶把个牛玉莲叫得满脸发烧，但她也得到极大的满足。一桌人很快吃完了饭，都下楼去了，定山这一桌其他人喝过几圈酒之后，慢慢也都告辞，涵玉陪着牛玉莲坐到房子里说话去了，桌上只留下定山，宋先生，大掌柜，常老掌柜。大家说了些生意场上的事情，宋先生与定山单独喝了一杯，说道：定山，恕我直言，大魁的事，你该给办了。

定山说：唉，这个娃这几年长见识了，眼头儿高了，前后托人给瞅识了几个，他都看不上。问他想要个啥样的，他也不说，这次挨了打，问他才说，是为自己的相好被人夺走了，气不忿与人争斗被打的。听他说，非这个女人不娶，咱也不知道，这个女人咋样能把大魁迷成这样。

宋先生说：男女之间看人要是看对了眼，缺陷都是美的，九头牛也拉不过来。不管谁劝，越劝还越上劲，这是西方人说的青春期特殊性心理。

定山说：过几天，我想去拜访一下大魁说的这位兰馨姑娘。

宋先生说：拜访就不必要了，哪有公公去找还没过门的儿媳妇说话的。我能不能再给你家乱点一次鸳鸯谱？

大掌柜会心地笑了。

定山说：你说。

宋先生说：把程爱如说给大魁。

定山听了半天没吭气。大掌柜说：论程爱如的长相，大魁应该没啥说的，就是程爱如当年和范大掌柜过了两年，大魁一个小伙子可能有所忌讳。

宋先生说：这个，我也考虑过了，可大魁喜欢的那个兰什么，不也是个出嫁过的人吗？尽管程爱如跟范大掌柜一起生活过，但一未结婚二未生育，也没有任何拖累。这么长时间看过来，人也本分，是个居家过日子的人，就是年龄大两岁，这还更知道心疼自己的人。

定山没有说话，大掌柜说：说起来，他俩搭配还真不错，就看大魁的意思是啥？

定山说：我认为，可能有些不妥。按理说，大魁是我的干儿子，干儿子也是儿子，咱应该给儿子明媒正娶说一房媳妇。可现在，他自己寻的是曾经结过婚被人遗弃的女人，咱给说的，又是一个跟咱最好的朋友一起过了两年的人，不要说，大魁同意不同意，就是我自己心里也过不去。

常老先生也说：定山说得对，咱是大户人家，大魁又是头一个儿子，如果娶一个二婚的人，小打小闹不成体统，大操大办又惹人笑话。

大掌柜听了说：常老掌柜说得很是，我刚才把这个茬咋给忘了，是有些不合适。

宋先生笑着说：看来这个鸳鸯谱翻错了页码咧，见笑见笑，我再翻回来，刚才坐在那边桌子上的那个苗条的姑娘是谁？

大掌柜笑着说：老宋呀，你想说媒，还怕跑腿，光在我们铺子里配对对呢！

定山脸上现出一丝不悦，随即转笑说：那叫夏月荷，据说，已经许配给人了。

宋先生端起酒杯说：以前念过白话的头一句，把青春花郎切忌连连改为说媒走偏，切忌连连，我自罚三杯！

大掌柜和定山都大笑起来，常老先生却看得莫名其妙。

跟兰馨同居的老林，其实是个有家室的人。不过，老婆和孩子都在山东老家，他是经亲戚举荐，到西安找朋友，才谋了个差事混碗饭吃。他在省府不过是个最低一级的小办事员，一点儿微薄的薪水根本不够维持他自己月月租房天天酒肉的生活。他倚仗着早年练就的轻功和一点儿拳脚底子，常常在晚上的时候，飞檐走壁干一些偷鸡摸狗的勾当补贴生活。尽管上了点儿年纪，一般的翻墙越脊，撬门扭锁的玩意儿，他还得心应手。围城时期，趁着有的人举家出走，他弄了不少值钱的东西。一次，他钻进兰馨的家，在几个房子里又搜又翻，装了一大包袱，准备翻墙要走的时候，听到一个女人的咳嗽声，把他吓了一跳。原以为这个家里没人，他搜索时动作满不在乎，现在一听有人，他不禁顿时出了一身冷汗，右手已经从绑腿上把刀子拔了出来。这时，房子的灯亮了，还是那个女人的声音：谁在外头？

他当然不敢出声，窝在墙角随时准备与冲出来的男人搏斗。一阵趿拉趿拉的靸鞋声响，门开了，一个披着睡衣的女人站在门口说：是男人，就站起来说话！

他像被一种魔力控制着站起来慢慢朝她走去，在离她有五六步远的地方站住了。女人说：兵荒马乱的吃一口都难，谁还要东西，黑抹咕咚的，你能找个啥？进来说话吧。

他随着女人进到房子里，尽管灯火不亮，仍能看出屋内陈设的豪华和女人惊人的美丽。女人坐着，他站着，半晌，女人说：我两天都没吃点儿像样的东西了，你能不能给我弄点儿吃的来？

他没想到，她会这样对他提出要求，就像接受上司给他安排事情一样，他只说了一句：行，我去去就来。一反身就出了屋门。她在后面跟着说：走大门出去，回来了敲门。

不到一个时辰，他回来了，提了一大包东西，有馒头、包子、挂面，还有一疙瘩熟肉和半瓶子烧酒。两个人都不说话，抓起东西就吃，倒上酒就喝，在稀里糊涂之中，滚在一起，以至于油灯什么时候灭了，都不知道。

从此，这个被兰馨称之为老林的人，就正式成为兰馨这个住宅的男主人。老林把放在租房里的东西一股脑儿都搬了过来，尽管她对老林这种人不人鬼不鬼的行径不以为然，但看到那一大包琳琅满目的金银玉石首饰和器皿，以及字画古董，还是很动了心。更主要的是，老林经常能弄回来吃的东西。在小户人家一口油渣酒糟不可求，靠喝凉水吃蚂蚁维生，眼看着坐以待毙的情况下，老林不但弄回了米面，还有熟食、清油、调料和干肉。因此，围城的后半时期，兰馨基本没有受多大罪。当然，老林也不是回回都能得手，一次，他摸进一家大户的厨房，刚要卸挂在半空中的锅盔馍笼子，被人拦腰一棍打在大腿上，他忍住疼，一手卸下馍笼子，一手拿双节棍横扫过去，对方应声而倒，他一瘸一拐提着馍笼子翻墙出来，一看笼子里只剩下两块锅盔，他也因此躺在床上半个月没出门。

兰馨在闲暇时候问他，今后有什么打算，老林说：孩子都大了，能养活他妈了。我在家乡有仇家，回不去。再说，现在也离不开你呀！

兰馨说：你干这到底不是个正经行当。再说，年龄慢慢也大了，围城以后也不发饷了，以后省府能不能干，还不清楚。要考虑一个适合自己的事情，长远地干下去。

老林说：我也考虑过，做生意，咱不在行；到乡下去买几十亩地，你也不会去。我跟别人商量，开城之后我们贩几回烟土，这个利大，挣些钱以后，洗手不干就是了。

兰馨说：这不是犯法的事情吗，你还敢干？

老林说：不犯法就挣不来钱，更挣不来大钱，当顺民百姓只能穷死，饿死。与其叫我穷死饿死，还不如铤而走险。这么多年，我背井离乡，妻离子散，一直就是在铤而走险，这不还活得好好的吗！

兰馨想着他弄来的粮食、吃食等，对他的说法也就默认了。兰馨也奇怪，自己和这个男人相处的时间不长，竟有些离不开他了。当然，她也想起过大魁，她认为大魁不过是个还没长大的大男孩，除了对她身体贪得无厌之外，没有居家过日子的长远打算，跟这样的孩子在一起，真不知道还要给他操多少心呢？因此，当城门一开，大魁来看她的时候，她就把话一口说死，想从此断绝了他的念想。不料，大魁还袭击了老林。据老林说，他回击大魁那两下子力量不轻，估计大魁暂时不会再来找兰馨。兰馨有点儿气恼，埋怨老林不该下手太重，她想去看看大魁，又怕勾引起大魁的旧情，想想，大魁不来，自己不去，这根情丝断就断了吧！

老林上班去了。兰馨百无聊赖地躺一会儿坐一会儿，又把那些首饰拿出来戴一戴，比一比，走一走，再照照镜子打发着时光。就在这个时候，前面传来了敲门声。老林有夜出的习惯，因此，早就把门房辞了，兰馨必须亲自从后面走到前面去开门。兰馨走着心里就有预感：可能是大魁来了。

一开门果然是大魁，她问大魁：你跑来干啥，你不怕老林在家呀？

大魁梗着脖子说：老林在不在，我都照样来！没等兰馨让他，他自己一侧身就进了门。

进到房子里，大魁一反身就把兰馨抱住了，兰馨扭了两下没挣脱，只好由他抚摸亲吻，很快大魁抱起她就要上床，这时候，兰馨就不那么温顺了，她使出看家本领，一缩一溜就从大魁怀里脱了出来，气喘吁吁地对大魁说：兄弟，

姐现在是有家室的人了，老林好坏也是个省府的小官，有点儿身份的人。姐不能跟你再像以前那样来往了，希望你能体谅姐。说着用手摸了摸大魁的左脸问：还疼不疼？

大魁没想到，兰馨变得如此绝情，他握住兰馨在他脸上的手，急切地问：姐，你真的不喜欢我了？不要我了？

兰馨拉着大魁分开坐在椅子上说：姐说了，你永远都是姐的好兄弟，姐不会忘了你的，但我们不能像以前一样了，姐已经是老林的人了。说着，眼泪也流下来了。

看见兰馨这么说，大魁站了起来，对着兰馨说：姐，我明白了，我走了！说完，头也不回地出门而去。

东民和王世光在西大街鼓楼斜对面合开了一间门面的百货店，取名叫世东百货店。这个百货店模仿汉口商店的样子，门里门外装饰了很多花里胡哨的东西，还在门口和里墙的四个角各吊了一只灯，店里显得宽敞明亮，白色货架从顶棚一直落到地上，衬托得各色货物颜色鲜亮，品种多样。尤其引人注目的是，摆在门口的一台洋戏匣子，里头放出女人唱歌的声音，把过往的人们吸引得非进去看看不可。正因如此，他俩带着两个小相公忙得是不亦乐乎。

围城期间，他俩弄了一车货，左拐右转就是进不了城，只好凭着本地人路熟口音亲，钻小路，穿村镇，来到了长安县西边最大的集镇斗门镇。斗门镇是个有着几百年历史的大镇，隔两天一集，每逢农历的二、五、八日和带二、五、八的日子，周围十里八乡的人，买的卖的吃的喝的说的唱的，全都汇聚到这里，形成一个周期性短暂的商品交易高潮。他俩把车赶到这里的时候，正赶上这里逢集，看到这里人山人海的情景，东民突发奇想：何不在这里安一个点，把货卖了，不比拉回去堆在家里强？他和王世光一商量，王世光也同意，于是就寻房卸货搭棚支台，逢集日一到，小商品价钱不高，日本货新颖精巧，一下子把个斗门镇轰动了。集市本来是中午一过就结束了，可他们的棚子一直卖到太阳落山还有人来。几个赶集日下来，一车货就基本卖完了。他俩回家去稍事休息了几天，就又起程往汉口跑。连续跑了两趟以后，围城的刘镇华被打跑了，年一过完，他们顺理成章地就把货搬进了城。

一天中午，世东百货店正是顾客盈门的时候，门口来了一大群学生，他们排着队，手里举着小旗，对着店门大声喊着口号：

抵制日货，严惩汉奸！

使用日货不爱国，贩卖日货是汉奸！

销毁日货，打倒汉奸！

不一会儿，又来一队学生，同样是对着门面举着小旗喊着口号。

正在挑选东西的人看到这种阵势，吓得撂下东西赶快就跑，两个相公也吓得躲在后面不敢吭声。王世光见状走出门去，站在台阶上对着学生大喊：你们吵什么？我们是正经的生意人，谁说我们卖的是日本货？不能无中生有嘛！

东民过去拉他，他还不回来，继续说：当学生就好好读书，不要扰民，更不要参与政治，不要让别人当枪使！

王世光开始的几句话把学生们镇住了，口号停了，小旗也不摇了。接下来的几句话，把学生们激怒了，几个男生冲进店里，从货架上拿出几件镜子、钟表、雪花膏、香皂等东西，对着王世光说：你看清楚了，有的上面标签上写着日本国，有的上面写着川丸株式会社、森井株式会社，这不是日本生产的，是哪里生产的？

另一个学生说：你说，我们让别人当枪使了，我们是让中国人当枪使了，还是你们让日本人当枪使了？你说！

门前的同学们纷纷喊着：你说，你说！

打倒汉奸，打倒卖国贼！

愤怒的学生们冲进店里，把货架上的东西拿下来，全部扔到门外的马路上。力气大的学生把货架也拆下来，把几个灯也卸下来，都扔到马路上。外面的学生们用脚踩，用砖头砸。最后，有人点起火来，那些一人高的日本货堆刹时间变成了浓烟和耀眼的火光。

王世光被愤怒的学生打得鼻口流血，躺在地上装死，东民带着两个相公跪在地上给学生们磕头，除了屁股上挨了几脚之外，没受太大的皮肉之苦。警察来了，看到是学生们在查处日货，知道这是爱国行为，驱赶了一下围观的人群，告诫了一下学生，烧完之后，把火弄灭，就排着队走了。

短命的世东百货店开业不到十天，就随着一场火消失了。

第十七章

石彩霞昨天才把父亲送回乡下。她把给定海做的单鞋绱好，放进箱子里，数了一下，这是第五双单鞋了，棉鞋也已经有三双了，她默默算着距离自己计划的数字还差着呢。看着太阳只剩下一竿子高了，她跟妹妹说：我蒸些韭菜鸡蛋孜卷子（多层烫面皮卷菜蒸成的主食），再烧些米汤，你看行不？妹妹说：我最爱吃孜卷子了，我来择菜。说着就搬了个板凳坐到大门口，一边择韭菜，一边看着马路上来来往往的行人和车辆。她是石彩霞唯一的妹妹，今年十三岁，长得很像她姐，只是比她姐白些，活泼些，石彩霞把她留在身边陪伴着自己。她还有一个小弟弟，今年才九岁，本想也留在城里让他念书，考虑到父亲一个人孤独，昨天才让他跟着父亲回乡下去了。望着父亲带着弟弟远去的背影，石彩霞心里突然涌起一阵伤感：父亲也老了，母亲过世后，自己接过母亲的担子，做饭，洗衣，喂牛，喂羊，喂猪。自己出嫁后，父亲一个人带着妹妹、弟弟，还要应付二十多亩地和一大堆家里的事情，真够他一个人难为的。她思谋着抽时间回去找媒人给父亲寻个老来伴儿。好长时间了，她一直在琢磨这件事，今天烫面的时候，又想起来了。

就在这时，妹妹凤霞飞一般跑了回来，大声喊着：姐，姐，好多人跟着一辆车往咱屋里来了！

石彩霞操着两只面手急忙从厨房里出来一看，门口马车上抬下一个行军床，床上躺着一个人。石彩霞的心脏立马停止了跳动，不顾一切地扑上去看：是定海！

定海身上盖着军被和大衣，两眼紧闭着，脸色很黄。听见石彩霞的哭声，慢慢睁开眼睛有气无力地说：到家了，不要哭，先把我安顿到房子里。

石彩霞招呼人将定海连床一起抬到上房，再由床上挪到自己的炕上。因为天气暖和了，她就没有烧炕。现在，她得先去把炕引着。一个官长模样的人走到她跟前敬了一个礼说：嫂夫人，我姓丁，是龙团长的副官，团长这次负伤，已经在当地治疗过了，回来是休养的。我带了一个加强排的人保卫和服侍团长，请你坐在这儿，光说干什么，这里，我来安排。

彩霞被叫得有些不好意思，说：还是我来吧，你们摸不着向（位置）。

丁副官说：没关系，这些人啥都能干，你只动嘴就行了。

彩霞只好说：那就先把炕引着，我给他喂些水。

副官说：不用了，有人烧炕，有人喂水。话未落音，一个小兵立马捧着水壶送到定海的嘴边，彩霞连忙过去招呼着定海喝水。流着眼泪问他：伤在那儿了，要紧不要紧？

定海露出一丝微笑说：小肚子和大腿上叫枪子儿各钻了个眼，子弹已经取出来了，肚子上的手术也做过了，我回来就是将息几天。

彩霞一听稍微放下了心，但她立马想到，要给大哥打个招呼，她洗了手脸，套上一件衣服准备出门。副官长说：嫂夫人，你要出去？

彩霞说：我去给我大伯哥打个招呼。

副官说：不用了。刚才车过南院门的时候，我已派人到隆丰福去打过招呼了。龙掌柜不在，估计一会儿就会有人来的。

正说着，门口有人喊道：有客人到！

只见大掌柜和涵玉一先一后走了进来。彩霞迎了上去称呼道：大掌柜，大嫂，你们来了。见到亲人，这个刚强女人的眼泪又一下子流了下来。

涵玉一边安慰彩霞，一边到炕前看定海。定海叫了声：嫂子。又扭过头去，向大掌柜示意。涵玉告诉定海：你哥今天一早陪天津来的染料行大掌柜到大雁塔游玩去了，下午才能回来。伤得咋样，要紧不要紧？现在还疼不疼？

没等定海说话，彩霞接过话头儿说：伤在小肚子和腿上，已经把子弹取出来了，人虚得很，要好好将息呢。

大掌柜说：我已经叫人派车去请宋先生了，先叫他给仔细检查一下，再看看咋样调理，这样，恢复得会更快一些。

涵玉说：一会儿，我让人送些红枣、元肉、银耳，还有两根东北的老山参一块儿拿过来。

正说着，宋先生就进门了，众人立马让开，一个当兵的搬来一把椅子，放在宋先生身旁，宋先生坐下先给定海号脉。看了看眼睛、舌头，问了问大小便，最后才查看伤口。一个救护兵上前要协助，彩霞挡住他说：我来。

她上了炕，轻轻地掀开被子，把定海的内衣内裤一点点揭开，再慢慢解开纱布。沁出的血和脓已经把纱布糊住了，很难撕开。宋先生说：拿剪子剪开。救护兵赶快递过一把剪刀，彩霞才一点一点剪纱布，等到小肚子上的最后一层纱布打开，一股熏人的臭味立马弥漫了整个房子。宋先生俯下身子查看伤口，只见左腹下还有一个蚕豆大的伤口，仍然有脓血流出。

救护兵提出，他用盐水先把伤口清洗一下，彩霞摆手说：我来。她到厨房端来一个盛着清水的瓦盆，从炕边的柜里取出一个没有用过的新布帕，轻轻地撕开两边的纱布。在人们不明白她要咋样清洗的时候，一个谁也想不到的情景出现了：只见彩霞俯下身去，用嘴对着定海的伤口，把那些奇臭无比的脓血一口一口嘬了出来，嘬一口，往瓦盆里吐一口，用布帕擦一下嘴。不一会儿，瓦盆里全成了红黄相间的颜色了。

在场的人都一动不动地看着彩霞在嘬着脓血，房子里只有嘴唇轻轻地接触皮肤时液体被抽动的声音。涵玉流泪了，定海流泪了，救护兵流泪了，老泪纵横的大掌柜，被人扶坐到椅子上。

感觉到伤口里再也吸不出来东西了，彩霞用舌头把伤口周围舔吸干净，然后，端着瓦盆出去了。

宋先生再看伤口，刚才还污秽不堪的伤口，现在像一个纯洁端庄的红艳艳的嘴唇。救护兵过来想给消毒上药，宋先生用手挡住他说：亲人的唾沫是最好的药，这一吸一嘬，把里头的脏脓脏血都拔出来了，再有一两回，这伤口就长住了。他把带来的一张膏药敷在伤口上面，又看了看腿上的伤口说：腿上不要紧，再吃些汤药补气补血，七八天就可以下床了。

晚上的时候，定山来了，一同来的大魁提了许多吃用的东西。因为涵玉把情况都给他学说过了。因此，他来了之后，只是简单安慰了定海一番，交给彩霞了四封银洋，就到另一间房里，他向丁副官问起定海负伤的情况。

丁副官说：上峰命令我们必须尽快拿下敌人盘踞了好长时间的一座县城，打开东进的通路。这座县城，兄弟团攻了七八天没拿下来，因此我们照常规打，还要进行一场艰苦的攻坚战。在团长的指挥下，我们没有硬干，而是采用声东击西的袭扰策略，与敌人周旋了两天，在敌人误以为我们会全力攻击南门的时候，我们的五百勇士却从西边敌人防守薄弱的地方，一个排梯突袭就跃上城墙，冲了进去并打开了西门，不到半个时辰就拿下了县城，光俘虏就抓了一千多人。进城后，也怪我们大意了，前面警卫连搜索刚过去，我们陪团长下马刚走几步，从侧面墙后射出两颗子弹，都打在团长身上，团长顺手一枪回了过去，那人应声而倒，过去一看是守城的一个营长。由于距离远，子弹进入不深，当天，就请外科大夫做了手术，取出子弹。旅长特别关照，送团长回西安休养，我们紧赶了三天才到。

定山听了问道：辛苦你们了，你们几十个人，现在都咋安排着呢？还有啥需要我帮忙的？

丁副官说：这里都安排好了，为了避免麻烦，我们都是便衣打扮，这里周围都布置了哨兵，不远处有一个小旅馆，我们全包了，吃饭也定了一家饭馆，轮换去吃。这里的一切，你都不用操心。

定山笑着说：丁副官调度有方，一切都安排得井井有条。最近这一段时间，有劳各位了。定山站起身来对丁副官说：我想请兄弟们吃顿饭，具体时间请你决定。

丁副官说：现在，不方便，等走的时候，我请示团长后再说。

定山又去跟定海说了一会儿话，然后告辞出来。

彩霞每天把小米汤熬很长时间，然后把上面的米油撇出来喂给定海喝，每天要喝好几次。彩霞让凤霞带着两个兵到她娘家，给父亲说，把那只奶羊牵回来，副官安排两个兵专门割草，每天挤奶由彩霞热给定海喝。每天定海的三顿饭，早晨她提着瓷罐去买风味小吃，今天芸豆枣沫糊，明天焦叶疙瘩油茶，后天肉丸胡辣汤，大后天羊肉泡馍，反正天天不重样。跟她去的兵，除了自己吃一份之外，还要给丁副官带一份。

中午，她今天做的是岐山臊子面，薄筋光，煎稀汪，酸辣香；明天是鸡汤麻食，五丁五丝，外加黄豆、木耳、榨菜、豆芽、鸡蛋花。后天是羊肉丁炒揪面片，鲜香麻辣油劲滑。大后天是油泼扯面，蒜香辣子红，面长菠菜青。

晚上，轮换的是花样翻新的稀软饮食：鳖汤银丝挂面，五豆桂圆稀饭，荠菜蕨麻水饭，八宝醪糟水蛋。

每天饭还没做好，丁副官已经在厨房里转了三圈了。当然，每次都少不了丁副官的。他每吃一次，都对彩霞说：团长嫂子，我还没媳妇，你给我找一个西安媳妇吧。你们太会做饭了，我吃得都不想回去了。

彩霞笑着说：想当陕西女婿容易，可是，如果不心疼媳妇，不孝敬老人，不关心家庭，陕西媳妇可是要拿擀面杖往出打呢！

丁副官也笑着说：嫂子放心，我呀，绝对让媳妇全家一天高兴得嘴都合不上，甭说打我，喜欢还来不及呢！

每天晚上睡觉前，彩霞用温水从头到脚给定海仔细擦洗一遍，然后把他的内衣内裤脱下来换上干净的，把换下来的洗干净晾上，自己洗漱了才上床。开始两天，定海早早就睡着了。半夜小解，彩霞总是用身子贴着他，或者拿被子包着他，生怕他着凉。两天以后，由于彩霞的精心伺候，伤口愈合得很快，体力也大大恢复，加上心情愉快，定海忍不住就想亲吻彩霞，手也从上到下在彩霞身上到处抚摸。彩霞顺从地配合着。但是，定海一旦要脱她的内衣，她十分坚决地就拒绝了。她像哄孩子一样告诉他：伤口没长上，千万不能干这种事，忍忍吧，好了以后，怎么折腾都可以。

定海说：那你把衣服脱了，我只搂着你。

彩霞说：不行，到那个时候，你我都控制不住了，更害了你。

定海说：我实在难受，你可怜可怜吧。

彩霞说：你让我干啥都可以，唯独现在这个事情不能行！

定海气呼呼地翻身朝里睡了，彩霞也不再说话，只是从背后紧紧地抱住他。

第四天早晨，定海就挣扎着下炕了。尽管一动，伤口就抽着疼，但他想起细孬受伤时，老先生对细孬说的话：要忍住疼，多走动，小心皮跟肉长在一起，到那时候，只要你一走路，就抽着疼，疼你一辈子！

彩霞看着定海一挪一抽的样子，心疼地扶着他，但还是鼓励他多走走，不时地为他擦着头上的汗。定海刚坐下，彩霞急忙把煎好晾温的药汤端过来看着他喝下去，又把漱口水递给他。

彩霞看着他走路还穿着皮鞋，突然想起来，急忙上炕打开箱子，取出她做好的布鞋和布袜子，立马给定海套在脚上，定海站起来试着走了两步说：好，正合脚，这鞋穿上走路才得劲！

定海望着彩霞说：你不是我媳妇，你像我妈，这世上除了我妈对我是这样，现在就是你了。我龙定海有你这样的媳妇，我这一辈子够了！

彩霞笑着说：现在你受伤了，用得上我了。你说这话，回去再寻个洋姑娘，嫌弃我打我的时候，这话可能就忘得光光的了。

定海半晌没说话，停了一会儿缓缓说道：我龙定海到死，都忘不了这次回家疗伤的日子，忘不了你吸脓舔血的事情。今后，我要是有负于你，回去就叫乱枪打死！

彩霞急忙过去搂住定海，用自己的嘴堵住定海的嘴，不让他再说。两个人流着眼泪疯狂地亲吻起来。

定海伤势基本痊愈以后，带着彩霞、凤霞一起到双水磨去看望父母和奶奶，又专门拜访了老丈人，丁副官带着一个班远远地跟着。定海没有说自己受伤的事情，他怕老人们担心，说是临时回来办点儿公事。

定海给两家老人都留了些钱，分别在两家都吃了一顿饭，当晚就回来了。晚上，定海对彩霞说：明天，我要走了。

彩霞一听，就急了说：你还没好利索呢，谁又没有催你，你急啥呢？

定海说：队伍上事情多得很，变动也快得很，旅长恩准回来已经破例了，我不能不懂道理。明天天不亮，我们就走了。

彩霞伏在定海胸前嘤嘤地哭了，刚哭了一会儿，她突然想起了什么，立马起来把箱子打开，她把给定海做的几套内衣内裤，以及袜子、单鞋、棉鞋、鞋垫等，一股脑儿地都拿了出来，让定海看了之后，包了一个大包袱。定海笑着说：我背上这个包袱，真像个从财主屋里出来的强盗！

彩霞听了咯咯咯地笑了，立马又哭了。她把包袱放到银柜上，擦着眼泪说：明天不走，后天走！

定海说：明天，这是定了的事情！

彩霞无可奈何地吹灭了灯。

五更时分，一个加强排的人都已经集合好了，他们没有在一起排队，而是分布在周围等待，三匹马由兵士牵着等在门口，一辆马车上的东西已经装好先走了。彩霞送定海到门口，两个兵士扶着定海上了马，定海对彩霞说：给大哥招呼一声，我走了。接着，他恢复了往日的威势，沉着而坚定地命令：出发！一抖缰绳，头也不回地策马而去。

当彩霞回过身进门的时候，刚才还是满屋子的人，现在一个都没有了。她无力地关上门，摇摇晃晃地走回上房，趴在还带着定海体温的炕上，哭了。

开春以后，隆丰福的生意越来越好。随着大批的人员进入城区，西安不光原来的铺子都开了门，还增加了不少新的商铺，整个市场呈现出购销两旺的态势。大掌柜每天都在几个铺子中穿梭往来，解决货源，调节资金，安排人员，加工场又接了几项大活，人手明显不够，只得派人去鸡市拐人市上招人。瓷器店需货量也大大增加，定山只好让大魁带着靳铁锁和另外两个相公，一起去江西和汉口进瓷器、凉货和日用百货。

临走的前一天黄昏，大魁带着从东民那里借来的手枪，又躲在老林每天回来必然要走的路上，看着老林走过去，他从背后开了一枪。老林向前一个趔趄单膝跪倒在地，脸转过来向后看，鬼使神差地大魁枪法奇准，又一枪打在脸上，老林双手往上一扬，仰面倒下，血流了一地。大魁躲在一家无人居住的门房里边，看着老林随着枪声动作的变化，开始心里有一丝快感，看着血流出来，人死了，突然害怕起来，手抖得厉害，浑身好像一点儿劲儿都没有了，好长时间趴在那里不敢动。过了一会儿，他确认巷子里没人来往之后，才贴着墙边向西跑了。

第二天清早，城门一开，大魁就带着三个人出城到南方去了。

瓷器店刚一开门，兰馨就进来找大魁，相公们说，二掌柜昨天就出门采购去了。兰馨问：昨天什么时候走的?

相公们说：昨天下午就没来，可能下午走的吧。

兰馨默默无语地离开了。

大掌柜坐洋车从服装店到加工场到瓷器店，最后到染料行，一个个店场都看过问过之后，落实当晚值班的二掌柜，提醒相公们早睡早起，注意巡查，小心火烛，临睡之前，前后要再查一遍。最后来到鸿运楼，这是他每天各店铺关门之前必然要例行的一道规程。这项尽心尽力自己给自己规定的工作，他从隆丰福第一间门面开始，几乎天天坚持到现在，回去之后，他还认真地对当天的大事做好日记。所不同的是，原来从鸿运楼检查完了之后，他就回家了，而现在，由于牛玉莲还在主持鸿运楼，他的晚饭也就改在鸿运楼了。

今天，洋车刚到鸿运楼，他抬腿正要下车，东民迎了上来。东民恭敬地站在车旁，看着大掌柜轻声叫道：先生。东民一直以来，对大掌柜都是以学生的身份称呼。大掌柜并不感到惊奇，只是说：噢，东民，走，到里头说话。东民只好跟在他后面进去。

鸿运楼里生意不错，一楼厅里快坐满了，程爱如在安排跑堂的传菜上酒，老远看见大掌柜，就笑着招呼了一声。牛玉莲坐在账房里正在给酒壶里灌酒，看见大掌柜，也笑着说：坐房子吧。又看见东民，就说：二掌柜也来了，好久不见了，一块儿坐屋里吧!

程爱如住的房子里有一张八仙桌，平时是牛玉莲和她吃饭的地方，晚上大掌柜过来，就成了大掌柜和牛玉莲两个吃饭的地方了，程爱如就在伙房里凑合吃一点儿。程爱如看见大掌柜还带着东民过来，她把饭厅的事情安排了一下，就赶快过来问牛玉莲咋安排?

牛玉莲说：东民过来肯定是要说啥事的，我就不过去了。你给安排一下，两凉两热，送半斤酒。

程爱如答应着先到厨房招呼，随即让跑堂的把茶水送过去。

东民简单说了自己贩货的经历，以及日货铺子被砸的损失情况，最后感叹自己时运不济，老天不公。

大掌柜静静地听着，并不断地给东民劝着酒。看着东民不言声了，他给东民添满了酒，问他：那你现在打算咋办？

东民喝干了杯中酒，红着眼睛说：走投无路。

大掌柜沉顿了一下说：那就回铺子来！

东民诧异又不好意思地问：回铺子？老掌柜还能要我不？

大掌柜说：老掌柜不是那种心地狭隘的人。明天早上，你到南院门铺子来等着，我给老掌柜说，但你要说几句服软的话。

东民说：这个我会的。

大掌柜说：当初，你提出要自己闯一闯，我没有阻拦你，三十多岁的人了，敢想敢为是个大男人的本色。不过，我当时没有提醒你，不是每个人都能做成生意，不是每个人都能把生意做大。这里头除了时机，除了走的路数，还有个人的禀赋和性格的区别。为啥有人比别人聪明得多，脑筋灵活得多，甚至文墨也高深得多，生意就做不好，做不成，甚至还赔得个精尻子浪当（精光）。其原因，这和每个人对机会的判断能力，把握能力，对大事的决断能力，与人的交往能力，挫折后的承受应变能力，等等，有很大的关系。

东民若有所思地听着，一言不发。

大掌柜继续说：你的特点是按照布置的要求，你能做得更好，但在目标任务不明确的情况下，你靠自己经验去做，有的能成功，有的就不成功，侥幸的一两次投机取巧，不能算成功。你的这次失败，最根本的是，你没有把老掌柜做买卖最要紧的思路和手段学到手。这是很多人都犯过的毛病，跟着别人干了些时间，自以为生意不过就是这一套，我要弄，兴许比他弄得还好，于是匆忙之间另起炉灶，自立为王，狂妄地认为，挣钱还不就是这么简单。其实，这跟打仗是一样的，一个思想不成熟，筹划不精准，谋略不适用的队伍，打胜仗是奇迹，打败仗才是必然。

大掌柜给东民杯子添了些酒，继续说：不是你今后永远就不能单独干了，你成熟了，仍然可以单挑。然而，现在不能，连想都不要想，踏踏实实把事情干好，能成不？

东民感激地点点头，把杯中酒一饮而尽。

第二天，定山见到东民并不意外，笑着说：回来好哇，想干啥？

东民说：干啥都行。

定山对大掌柜说：刚接了六万个马掌，十天交货，期限紧得很。我看，叫东民领着把这个活拿下来？

大掌柜还没说话，东民接口说：十天六万，紧是紧一点儿。想想办法，我看能行，保证耽误不了交货。

大掌柜说：你现在就过去找王铁匠，跟他商量，材料都是现成的。还有，常怀德现在是加工场的二掌柜，你去先给他招呼一下，回头，我再给他说。

东民说：好，我现在就过去。

定山和大掌柜鼓励地点点头。

原来东民没走之前，由于加工场摊摊很多，加工量也很大，加上还有外番边界贸易，定山有意想把东民也提升为大掌柜，每一摊设一个二掌柜，这样便于管理。但考虑到东民是大掌柜的学生，平起平坐的话，让大掌柜没有面子，迟迟没跟大掌柜商量，东民一走，这事就不了了之了。这次回来，定山有意没有立马任命东民二掌柜的职务，一是告诫大家，隆丰福不是客店，想来就来，想走就走。二是同样提醒大家，二掌柜不是想不当就不当，想当就能当的。要当，必须干出成绩，让大家服你才行。这次六万铁马掌实际是十五天交货，定山有意把时间压得很紧，给东民一个展示自己能力的机会。

不用细说，铁匠摊东民原本就熟悉，跟把式们一商量，他心里就有了想法。他跟铁匠头王师在一块儿喝酒，提出流水作业的方法，即一个炉子只干一道工序。这样，不仅能保证质量均一，而且省火省工，出活儿还快。王师不以为然地说：各干各的，干惯了，你说的这方法没弄过，利火不利火，还不知道，试试看吧！

东民知道王师不想换方法，他把每个炉子加工到什么环节和要求的标准，都写出来，每个炉子之间怎么衔接，也都安排好，第二天一开炉，先试了两遍，大家慢慢适应了，往下就正常了，一只只符合标准的马掌呼呼呼地出来了。负责检查的老耿头儿高兴地说：这真跟一个模子刻出来的一样，返工的少得多了。

流水作业法越干越顺，活儿也越干越精，返工越来越少，速度自然就快得多了。王师不用说，也对东民服气得多了。六万马掌八天就干完了，客商验货后，对这批活儿非常满意，更对提前了五六天交货特别高兴。东民还给他们做了二十副改进后的马掌，让客商回去试用，客商高兴地硬要拉着东民一起去喝酒。

东民返回后的表现，为自己在隆丰福重新立脚奠定了基础。

涵玉在和定山吃早饭的时候，偷偷对他说：夏月荷怀孕了。

定山把放进嘴里的半个油馃子又拉出来问道：什么，她也怀上了？

涵玉说：可不，也三个月了，跟我是一先一后的。

定山说：没有吧，一个没有；有了，一下来两个！都是你的安排，非要让我再纳一个小（二房）。你看，啥仪式也没办，现在怀上了，这叫我咋给外人解释嘛！

涵玉笑着说：没有夏月荷，说不定我还怀不上，我俩一块儿到卧龙寺去烧过香，许过愿，回来都有了，这是菩萨双送子，只能说，是你的大福大德修来的，对外，你还有啥不好说的嘛。

定山说：我本身就是在卧龙寺里舍身寄名的，菩萨肯定对你们格外眷顾，有求必应。

涵玉说：看看，刚才还说不好解释呢，现在又是菩萨格外眷顾，我已经跟下人们说了，以后要称夏月荷为二奶奶。我看，咱们趁汤下面，摆几桌酒，把这事儿挑明就行了。

定山说：你安排吧，染料行那边有事，我一会儿还得过去。

这个夏月荷说起来还有些来历，她也是大户人家出身。她父亲原在西安盐店街开着一家钱庄，经营虽不是多么红火，但由于为人诚信，口碑很好，也基本能做到略有盈余，不少商铺都在他那里存钱借钱。前两年的夏天，督军府的一个旅长，突然要把自己在这个钱庄的存款全部取走，而他把这些钱都在外边放账，一时半刻根本就收不回来，但这旅长不管，叫副官带着人坐在钱庄里等着，两天之内要把几万银洋收齐。夏月荷的父亲东挪西借，登门催账，变卖文物收藏，尚差五千多银洋，求借无门，忽然想到隆丰福老掌柜为人不错，抱着试一试的想法，来求龙定山挪借一点儿。定山跟他有过存兑的往来，但是关系不深。看着夏掌柜一把年纪，在诉说时眼泪吧嗒的样子，定山有些于心不忍，他让夏掌柜先回去，他跟大掌柜和账房商量一下再答复他。

大掌柜说：按理说，人有难，应相帮。可是，夏掌柜这儿明明是个坑，大头资金一抽走，这个钱庄基本就垮了。他放出去的钱，能要回来多少，还难说，咱拿出这五千多银洋，再想要回来，是不太容易了。

定山说：我也看到这一点儿。可如果咱要是不帮他，他可能就走投无路了。

大掌柜说：咱帮了他，他仍然是走投无路。试想，钱庄没钱汇兑，还欠着别人的账，夏掌柜只能天天出去要账，这个钱庄还能办得下去吗？

定山和大掌柜正商量着，夏掌柜又来了，看着定山苦笑着说：副官坐在那儿说：今天再拿不到钱，就把我押起来。

大掌柜问：你放出去的钱，收回来了多少？

夏掌柜说：一半多一点。

大掌柜问：剩下的这些，啥时候能要回来？

夏掌柜说：都答应给，都说现在手头紧，立马拿不出来，可能还得缓一两个月，反正我会天天去盯着，要回来，先还咱铺子的。你看，行不行？

大掌柜没有说话，定山说：好吧，看来，事情把你逼得很难了，我叫账房给你开一张五千的银票，你要用宝号的印信写一份借据。

夏掌柜说：印信我都带来了，立马可写。

夏掌柜用五千银洋免除了牢狱之灾，从此就成了一个讨债人，钱庄基本上是名存实亡了。一个月过去，他给隆丰福送回来两千银洋，再往后就不见来了。定山让账房去看过两次，夏太太总是说：收账去了。一天傍晚，定山坐着洋车来到夏掌柜的钱庄，正巧碰上夏掌柜。夏掌柜看见定山很不好意思，嗫嚅着说：最近实在没要到钱，龙掌柜，你放心，我夏某人决不会赖你的账。

定山说：我不是来逼债的，时间长了没见你，顺路来看看。

夏掌柜说：你不来，我心里也挂记着呢。你来了，我正想跟你商量个事。看看龙掌柜能不能给个方便。

定山坐下笑着问：什么方便？

夏掌柜说：我想回山西一趟，把家里值钱东西倒腾一下，变卖些钱，给宝号把钱还了，另外，再给钱庄补充些款子。

定山说：那你这一摊子呢？

夏掌柜说：由于回去要有一段时间，家眷都走，门也封了。

定山笑了：夏掌柜，这是不想来了吧？

夏掌柜连连摆手说：不，不，龙掌柜别误会，我不是要逃账，我都想好了，我走，把我的老三留下，我不会做那种对不起人的事情。

定山说：你留个孩子在这儿是做人质呀？我可不要！

夏掌柜说：老三可不是个孩子了，她也成人了，留在你那儿不白吃饭，能给你干不少事情呢！

说着就把老三叫了出来，定山一看，竟然是个亭亭玉立的大姑娘。他急忙说：夏掌柜，你把姑娘放在我这儿，主子不是，丫鬟不行，使不得，使不得。三千银洋不是个啥，你如果实在拿不出来，我不问你要了，就是了，你犯不着用孩子做抵押。

夏掌柜的夫人说：龙掌柜，我和掌柜的都看你是个正人君子，也是个古道热肠的朋友，才想把娃托付给你。我家三个姑娘，就数老三机灵，记得一手好账，打得一手好算盘，写得一手好字画，我家钱庄全靠老三呢。

老三姑娘见妈妈这样说她，不高兴地说：妈，你给人家说这些干啥呢！一转身就进了里屋。

夏掌柜说：龙掌柜，我夏金火虽然这次遇到些麻缠，但我说话算话，不想让人指着脊梁骨说话。姑娘托付在你这儿，我有两个意思，一是让你放心，三千银洋我认账，我很快就会回来。二是我这房子家具一大摊，她随时能过来照看一下。

定山说：你这样说，我还能理解。

夏掌柜说：我能把姑娘放到你这儿，我认定你是个真君子，不会亏待她，冷不着，饿不着就行。叫她干啥就干啥，我这娃听话懂事，不用你费心。

见夏掌柜这么说，定山不好再拒绝，只是说回去要跟夫人商量商量，问夏掌柜什么时候准备走。夏掌柜说：我再去收一圈账，七八天后再走，走时把姑娘送过来。

定山回来后，把情况跟涵玉说了一下，涵玉说：一个大姑娘过来，不能到铺子，不能去加工场，只能到府宅里来。就是你说的，主子不是，丫鬟不能，可咋对待呀。

定山想了一下说：就按亲戚对待吧，咱这又不多她这个人。

涵玉说：定山呀，你这脑瓜真好用，想得出这个词，亲戚这个名义也好，适合她这个不尴不尬的角色。

就这样，夏月荷带着几个箱子、几个大包袱，以及绣床、桌椅，还有一个像加工场里的案子，一起搬进了定山府宅。涵玉事先让人打扫了一间房子，并给牛婶交代，按亲戚对待，不要随便指拨人家干什么。牛婶帮着夏月荷把东西整理好，这个房子还真像个小姐的闺房了。

夏月荷是个很乖巧的女孩儿，不仅长得清新可人，言谈举止也极有教养，待人诚挚可亲，长幼尊卑把握得适度得体，上上下下十几口人都夸赞，夏姑娘人好心眼儿好。

往常，涵玉每天要挨个儿收每个铺子的交账，得忙一个晚上，有时定山还要帮她的忙。夏月荷看见以后，主动过来帮忙，她把交来的账目用算盘先算出收入总数，再把支出减掉，得出结果。往往涵玉钱还没点完，她已经核对过两遍了。更绝的是，她在铺子里还能一次接收进出账，用两个手同时打算盘，从不出错；或者一手记账，一手打算盘，杂七杂八的一大堆，她一上手，一会儿就清清白白。还有就是头脑特别清楚，三个铺子一个加工场的账，定山问起来，涵玉还要翻账本，她却能一口报出来。尤其到了年终，各铺子盘点，夏月荷一个人两只算盘，一个报进，一个报销，这边唱报，那边打算盘，一遍过去，分毫不差。定山还不相信，一边再加一个人，两个算盘跟着一起打，有人错了，但夏月荷不会错。铺子里后来就流传一句话：这个数是夏月荷算过的！就是说，绝对不会有错。

没事的时候，夏月荷就在自己房子里写字画画。字以隶书和楷书为主，画以山水花鸟为主。她的几幅画，定山让人托裱以后挂在瓷器店里，有人买了瓷器以后，非要把画也买走，大魁不知道价钱，定山、涵玉又都不在，斗胆要了一个银洋，买主没还价，就把画买走了。大魁回来给定山摆功说：墙上的两幅画卖了两个银洋！

定山说：卖亏了，每幅至少值两个银洋。

涵玉把钱给夏月荷的时候，她说：卖五十个铜子儿就不错了，能卖那么多？

以后，瓷器店把夏月荷的画或字就挂在里面，两个银洋一幅，每个月都能卖出几幅。

涵玉越来越喜欢夏月荷了，走到哪里，都要把她带上，上街尽给夏月荷买东西，后来吃饭，也把她叫来跟着定山一起吃。定山提出把夏月荷配给大魁当媳妇，涵玉不同意，说她还有打算。定山问她有什么打算，涵玉笑而不答，弄得定山莫名其妙。

有一天，涵玉悄悄问夏月荷，愿不愿意给定山做小？

夏月荷一下羞红了脸，半天没有说话。

涵玉说：做小也不辱没你，咱隆丰福这么大一个摊子，定山就是娶个三房四房，都不为过。我到龙家好几年了，一直没有生育，想想也怪对不住定山的，你若能够生个一男半女的，你我还不是平起平坐了。

夏月荷急忙解释说：我不是为大还是嫌小的意思。我父母临走的时候，对我有过交代。他们欠债放我在这里当个质押，就是表明一定要把欠账还清。可是他们回去之后，我爷爷、奶奶半年之内相继去世，家中又被盗了一次，加上亲友逼债，父亲在家里已是焦头烂额，凑不够钱来还债，也脱不开身回西安来收债。得知我在这里一切都好，他们倒还放心。在来信中告诉我，婚姻大事，父母现在无能为力，让我自己做主。如果愿意在龙家，让我通过你，给老掌柜提出来做小；如果不愿意，我父亲将写信给龙掌柜，请他给我做主寻个好人家。我一个女儿家，咋好意思给你开口，我只能等我父亲来西安之后，看他怎么安排我的事情。

涵玉问：既然你父亲已经有让你留在龙家的意思，你又不好意思直接对我说。那么，现在我问你，你到底愿不愿意留在龙家做小？

夏月荷说：我原来担心，你不能容我。现在，你把话都说得这么明白了，我还有什么不愿意的呢。

涵玉说：好，妹子这一关过了，定山那一关还没过呢！

夏月荷问：原来老掌柜还没有这个意思？

涵玉说：有没有，我不知道。但是，我看他挺赞赏你的，这一摊子也需要你这样的人，他从没有给我提过，这是我自己的主张。

夏月荷说：那他不愿意，或者根本就没看上我，咱们说了半天，还不是白说。

涵玉说：定山有时候脾气还怪得很，他要看不上眼，或者心里不愿意，还真把他没办法。这样，我想给他用个计策。接着就在她耳边小声说起来。

夏月荷一听脸就红了，连连摇头：不行，不行！

涵玉说：这没有啥，我都愿意了，你还扭捏啥？就这么定了，就按我说的来！

夏月荷从涵玉说话到她走开，始终都没有抬起头。

加工场又接了一批棉裤棉衣的活，这是陕北炭窑上的货，要薄不要厚，穿上紧称好干活，还要结实耐用。这里头有些技术方面的问题，需要定山最后拿主意。定山让人给涵玉说，晚上回来得迟，让涵玉不要等他，自己先睡。

涵玉让夏月荷洗漱完了以后，到她的房子来，给她叮咛了些注意事情，自己就要到对面的房子去。夏月荷拉住涵玉的手不放说：姐姐，我害怕，你多陪我一会儿。

涵玉无法只好陪她东拉西扯地聊个没完。涵玉看看墙边落地大钟已经快十点了，说：他快回来了。话刚说完，门口响起了敲门的声音，涵玉说：回来了！快，快上床！

夏月荷吓得慌忙爬上床去，涵玉帮着把被子掖好，让她把脸用被子掩住。自己急忙进到对面的房子里去。

定山进屋，看见涵玉已经睡了，就没有打扰她。老妈子陈婶先送上茶，后打来洗脚水，帮着定山脱了鞋袜。定山说：我来吧。陈婶说了声，老掌柜早点儿歇息，就出去并随手把门带上关好。

定山喝了点儿酒，把茶喝了之后，草草洗了脚，就熄了灯，脱了衣服躺进被窝里。他有些疲倦，脸朝里就想睡了。迷迷糊糊中，他感觉有点儿不对，涵玉每天都是只穿一个护胸一条小短裤，而今天她穿着长衣长裤，背对着他，还有一点儿让他奇怪的是，她显然没有睡着，好像病了，身子在不断地发抖。他以为她病了，扒着她的肩膀问道：涵玉，是不是病了？

涵玉不动，定山用手去摸她的脸，她慢慢转过身来羞怯地说：老掌柜，我不是涵玉姐，我是夏月荷。

定山闻声急忙坐起来问：你为啥睡在这里？涵玉呢？

夏月荷也坐了起来，不好意思地说：是涵玉姐让我睡在这里的。涵玉姐睡在对面的房子里。

定山弄亮了灯，不解地问：涵玉为什么让你睡在这里？

这时，涵玉从外面推门进来，笑着对定山说：夏月荷愿意嫁过来给你做第二夫人，今天我特意安排你们圆房。龙掌柜，新婚大喜呀！

定山赤身裸体看着涵玉说：这么大的事情，你也不跟我商量一下，我连个思想准备都没有。

涵玉说：龙掌柜，这叫木已成舟，生米做成熟饭，你还要准备什么？

定山干笑着：这，这，这！扭过头看着夏月荷，夏月荷羞得一下子钻进被子里，而涵玉直接把灯弄灭，转身就出了门。

潘瑶琼又一次拨通了龙定洋办公室的电话，接电话的却不是龙定洋。一个似曾听过但又说不上是谁的声音明知故问道：找谁呀?

潘瑶琼说：龙科长在吗？请他接电话。

电话里说：龙定洋已经不是科长了，他现在也不在这个科了。说完就挂上了电话。

潘瑶琼吃了一惊。前几天在一起时，定洋还谈笑风生，踌躇满志地说起科里的工作时，还列举了几点新想法，并且说：尽管现在时局很乱，只要动脑筋，还是能做一些事情的。新来的厅长提出了一些新的想法，但总体还是老厅长原来的规划。他还说，新厅长找他交谈了一次，感觉新厅长学识渊博，待人和蔼可亲，是个忠厚长者。谁知几天不见，他竟然被免职了。她想问问，龙定洋现在在哪儿，电话接过去，对方就是不接，她气得都要哭出来了。

潘瑶琼的父亲三个月前因身体不适提出辞呈，不再担任厅长职务，专心养病。两三天前，头晕头痛毛病再度发作，全家人忙乱了一阵子，昨天刚好一点儿，潘瑶琼今天就联系龙定洋，不想却得到这样的消息。

潘瑶琼放任率真的性格，超凡脱俗的举动，让厅里除了定洋以外的人颇有微词，慑于老厅长的面子，没有人敢公开说什么，定洋也知道，同僚们背着他说长道短，但他认为，和潘瑶琼的交往虽说有男女之嫌，却是光明正大，他并不在乎别人议论什么。不过，青春年少，学识相当，彼此欣赏，难免日久生情。这两年多来，两人在一起已经从书法和文学，时局与政治，逐渐过渡到个人爱好和情感世界。定洋把内心感受用流行的白话诗歌表达出来，而潘瑶琼不仅把其中一首很快谱成曲，而且亲自弹着钢琴，把它用自己优美的女中音唱了出来。

这首的题目是：《守望》

天雨洗空明
河边草青青
香香的花
甜甜的风
你和我
同在阳光中

翩翩蝴蝶舞
伊人弄清影
潺潺流水
天籁琼灵

我和你
携手浪漫行

身融入山野
心化作清风
相守相望
终此一生
你和我
不虚此生行

潘瑶琼深谙诗意，她曲子写得身临其境，唱得深情投入，最后泪流满面。定洋也被她感染，最后一段与潘瑶琼合声齐唱，声咽以至二人涕泪交加，相拥不能自制。

潘瑶琼以自己留学英国的资历，受聘于当地一座大学堂任音乐教师。一次上课时，她在举例示范时，情不自禁地把这首歌弹唱出来，同学们听了觉得词意清丽直白，曲调委婉缠绵，朗朗上口，《守望》就迅速在校园中传唱开来，当他们知道是老师谱曲的作品，对潘老师就更加崇拜了。

前不久，学校要求潘瑶琼写了一篇关于音乐的社会功能的文章。她翻阅资料，走访教授，召集学生们讨论，最后洋洋洒洒写了一万多字。文章写出来之后，她认为该表达的都表达了，该列举的都列举了，可总觉得观点不明确，条理不清晰，整体缺乏逻辑性。她想整理改动一下，结果越动越乱，索性放下不管了。系主任向她催要了几次，她都搪塞说，正在修改，可她真是不知道该怎样整理这篇文章，才能把学校要求的观点表达明确，并以此证明自己从教的资格。定洋并不知道她的苦恼，进了卧室坐下之后，无意之中看到这篇草稿，他从头至尾仔细阅读了一遍，然后对潘瑶琼说：我能不能给你做点儿改动？

潘瑶琼说：我都对它没信心了，你按照你的意思，随便怎么改都行。

定洋让潘瑶琼找来剪刀和糨糊，他对十七八张纸分别进行了剪裁拼接，个别地方增加了些字词和句子，使文章整体由一个概论和四个部分组成，并在每个部分前都加上一个小标题，让文章的中心思想在层层递进的基础上得到升华，最后，把大标题的前后顺序颠倒了一下，告诉潘瑶琼，好了，抄一遍就是一篇上好的学术论文。

潘瑶琼没有看定洋改好的文章，她知道经过他的手，那一定会变成一个条理清晰，观点鲜明，趋于完美的东西。她轻轻地走过来，两只手勾住定洋的脖子深情地说：看来，潘瑶琼这一辈子都离不开你了。

定洋笑笑说：让我们守望终生吧！

潘瑶琼认真地说：不，与其在守望中痛苦，不如把守望变成直接的相拥相爱！

定洋两手扶着她的后背问道：我们这不是在相拥相爱吗？

潘瑶琼轻声说：不，我想把这虚幻的爱变成实实在在的行动。

定洋激情地望着这张精致纯情的脸，把嘴紧紧贴在那个充满诱惑的红唇上。两人短暂的激情狂吻之后，定洋看着她的眼睛，认真地说：可是，我不能这样做！

潘瑶琼不解地问：为，为什么？因为金蕊雪？

定洋说：当然有她的因素，但更主要的是，我不想让我心中圣洁的偶像被人为地破坏。

潘瑶琼说：说圣洁，我不敢当，偶像也让人难以承受，如果能献给我的最爱，我以为是最幸福的事情。

定洋松开她，用手帕擦掉自己嘴上和脸上的口红，退后一步审视着潘瑶琼，慢慢说道：瑶琼，还是不要让我破坏她的完美和纯真吧，你把它留给你的最爱，我相信，你会获得真正幸福的。说完他歉意地一笑，走出卧室，走出大门。

潘瑶琼气得哭出声来，一连几天都没有跟定洋联系。没想到，就是这几天，定洋的身上竟然发生了这么大的变化。

据说，龙定洋被调至教育厅另一个科任科员。他接到通知后，看了一下，把通知放在桌子上就出去了，一连几天都没有来上班。跟他私交甚好的几个同僚到家里，到茶楼，到书院去找，都没有找到。听说潘瑶琼打来电话，也找龙定洋，他们判断，他大概也没有和她在一起。龙定洋到哪里去了呢？

龙定洋只是对金蕊雪说了一声，要到外边办点儿事情，在包里装了两本书就出去了，连她都不知道，定洋去了哪里。

定洋让一辆洋车拉着左弯右拐地来到包公湖，下车后边走边看，找到一家僻静整洁的小旅馆住了下来。每天一早出去，天黑时才回来。起初两天，他坐在湖边长久地呆望着，对自己这种不公的遭遇愤愤不平。冲动的时候，他想杀人；失落的时候，他想自杀。三天以后，愤懑的情绪有所平复。尤其是看着每天都要碰到的一对三十左右的农户夫妇，天天扛着犁铧，提着水罐，带着一个七八岁的男孩，在湖边不远的地方耕种着一块儿土地。妇人和孩子在前面吃力地拉着，男人在后面默默地扶着犁铧，一圈转过来，舍不得休息一下，娘儿俩又伸长着脖子瞪着眼睛往回拉。一罐水三人相互传递着喝，在太阳暴晒下啃着黑乎乎的野菜饼子。定洋突然想到，自己刚到爱师县的时候，不是连这个样子都不如吗？如果没有干妈的收留和推荐，没有恩师何秉坤的提携和荐拔，自己现在很难说是个什么样子呢！那时候，想过自杀吗？

几年时间，自己现在有了体面的职业，稳定的收入，住在高门大户的宅院里，有着美丽贤惠的妻子陪伴，过着优裕闲适的生活。眼前碰到这么一点儿不如意，竟然死钻牛角，竟然想走绝路！这是为什么？

父母辛苦养育自己，亲友诚心帮助自己，难道就是让你这样轻贱地对待自己？当然，无缘无故从科长的位子上被拉下来，是让人憋屈，但现在到了走投无路的地步了吗？到了让人活不下去的程度了吗？没有！之所以想到极端，是过于顺利的路子，让你变得脆弱了，是虚荣心让你经不得一点点挫折，容不得一点点失败！

想到这里，他不由得站了起来，两本书从腿上滑落下来，一张写着字的竹签纸从书里掉出来。定洋展开一看，这是去年他们科里一位科员被通知离开教育厅的时候，临别时应本人要求，他赠书签字的草稿：

> 这个世界不是为你而存在的，而是你必须在适应这个世界的前提下，才能存在。纷繁庞杂的社会现实教训着并将继续教训我们，不畏艰险，不怕挫折，怀着必胜信心并坚持不懈的人，才有可能实现自己的人生目标。

人生有时会像戏剧一样充满巧合和讽刺，看着一年前自己写给别人的赠言，现在好像正是对自己讲的道理一样。为什么讲给别人时，道理滔滔不绝，轮到自己时，却尽钻牛角尖呢？对照这一段话，他感觉自己突然想通了，不就是不当科长了嘛，难道自己是为科长活着？我要让你知道，我不但胜任科员，胜任科长，而且胜任更高更大的工作！想到这里，他捡起书本，夹起赠言，深情地看了一眼还在努力克服土地阻力，为下半年肚子食物而拼命地一家三口，转身返回旅馆，收拾东西回省城了。

在家里，他休息了一天，本想去拜访一下恩师何秉坤，一想，这时候给老人说这事情，难免让老人心急上火，也有让人感觉自己急于想捞回科长位子的意思。他想等一段时间，自己在科员位置坐定了之后，再慢慢对恩师讲。

定洋从金蕊雪口中得知，几个同僚都来找过他了，潘瑶琼也来过两次。金蕊雪说：那位潘小姐可真是一位妙人儿，不仅长得人见人爱，说话也那么好听。她找你好像有什么急事，你跟她联系一下。

定洋笑笑说：她爸爸原来是教育厅长，现在辞职了。潘小姐是个热心肠，可能很关心我被免职的事情。

听到定洋自己说被免职的消息，金蕊雪才明白，定洋这几天失踪的原因，她并不惊讶，淡淡地说：官场沉浮是很正常的事情。我爸早就说了，定洋聪明不精明，缺乏在官场里摔打的经验。爸早就让我对你说，你要是不想在官场里混了，到家跟他学中医，治骨病。他说，凭着定洋的学识和聪明，一定能成个骨科名家。

定洋说：没想到，爸早都为我考虑好了，你家不是传男不传女嘛，怎么连女婿都传啦？

金蕊雪说：谁让他那么喜欢你呢！不过，我也要说你几句，咱俩夫妻一场，这么大的事，你连我都不说一声，我在你心里算个啥？你心烦，难受，想出去清净清净，带上我一块儿去，我不会惹你烦，只会让你高兴。你一个人在外边，万一有个好歹，你让我可咋活呀！

金蕊雪说到这儿，竟抽抽搭搭地哭了起来。定洋心里十分感动，连忙过来，看着哭声中愈加娇美的金蕊雪，搂住她，在她脸上连连亲吻起来，金蕊雪抱住定洋，像一只依人的小鸟，任由他抚摸揉搓，浑身上下像面条一样柔软。在定洋的手触动她乳头的时候，她突然放声笑了起来，那张撒着泪珠又笑起来的美丽脸庞，这时候真像一朵盛开的粉牡丹，几天都没见金蕊雪的定洋，一下子看呆了，禁不住说道：真是牡丹王呀！

就在这时，门外响起老妈子的敲门声：龙科长，有位潘小姐来了，现在坐在客厅里。

上班之后，定洋首先找科长报到，并说，前两天，他处理了一下家里的事情，今天第一次来，请科长安排。

这个科长姓童，比龙定洋大十岁，是个厅里的老人了。虽说年龄大，资格老，但无论能力还是文才，比起定洋来尚有差距，尽管他嘴上不服气，但心里对定洋的到来，还是怯着几分，给厅长告状的其中就有他。见平日里气宇轩昂的龙科长，现在谦恭地以下级身份对自己说话，童科长慌忙站起来客气地说：龙科，龙先生不必客气，咱们都是同僚，虽说现在屈居我这里，愚以为不过是暂时待职，将来，你肯定还有大用！

定洋说：定洋年轻气盛，做事考虑不周，这次降职移位，也在意料之中。请童科长不必有所顾忌，该吩咐就吩咐。

童科长见说更是不好意思，连忙请定洋坐下，说道：暂且也没有多少具体的事情，目前戏曲文化方面的工作还是空缺，你慢慢熟悉一下，可以拿出一个简单的管理计划来。

定洋说：好，我先了解些情况，下去走访一下，再拿计划出来。

童科长说：好的，好的，不急，不急。你慢慢弄就是了。

定洋来到给自己新安排的办事房，列了一个资料查阅的目录，让人去搜集。然后他又仔细翻阅了各地申报上来的有关材料，详细作了整理记录。搜集的资料送来后，他又进行对照筛选，得出正确的结论。完成了初步的书面概况准备，他决定下到各地去，实地进行考察，得出真实的调查结果，最后再写管理计划。一切准备好了之后，他写了一份请示报告，声称要到各地去考察地方戏曲分布与存在现状。

童科长见到报告，不假思索就签注可行，并呈请厅长批示。他认为，像龙定洋这样的人，他愿意干什么，就让他干什么，只要不影响自己养尊处优就行。他能说会写，又很会笼络周围的同事，在上司面前，他口齿清楚，条理分明，对答如流，时间长了肯定对自己不利。因此，他走得越远越好，时间越长越好。厅长见了龙定洋的报告也有些诧异。他没想到，龙定洋在被免职之后的几天里，很快就能服从安排，并立即投入工作。本来，他认为自己初来乍到，必须树立一下威信，整顿一下风气，找一两个顽劣的对象开刀。听了一些人汇报，说是龙定洋身为一科之长，不知树立风范，洁身自好，长期与前厅长的女儿勾勾搭搭，不仅影响教育部门形象，而且有伤风化。厅长闻说十分生气，又询问了几个人，都说确有此事。因此，他上任后的第一件事，就是先免掉龙定洋的科长职务。本想龙定洋科长被免掉之后，肯定要来找他吵闹，甚至托人说情，结果都没有。听说除了两三天没来上班之外，再没有发现什么情况。现在竟然呈上调研报告，要去脚踏实地地干一件既辛苦费力，又没有什么实质性意义的调查工作。既然科长都同意了，他也顺水推舟在上面批了字。一丝愧疚上来，他又多加了几个字：此调查涉及面广，费时费力，多发给差旅费用。

潘瑶琼来找定洋，其实，并不知道龙定洋已经回来了。她是特意过来问一问，定洋回来了没有。听到老妈子说定洋刚回来，她那颗悬着的心一下子落了地。看见定洋和金蕊雪一起进来，她矜持地站起来说：龙先生，你可回来了，我们都急死了。你跑到哪里去了？

定洋轻松地笑笑说：到外面看看书，散散心，挺好的。

潘瑶琼说：我听说，撤销科长职务的决定是确实的。这个新来的厅长，不过是个不起眼学校的校长，小人物一个，怎么一上任，就拿你开刀呀？真是气人！

定洋笑笑说：我也不清楚，一朝天子一朝臣，撤个下属，耍耍威风，也是正常的嘛！

潘瑶琼说：我把这事给我爸说了，我爸很生气。他说，龙定洋是四个科长中能力最强的一个，肯定是有人谗言，恶意中伤。我让我爸给新厅长打个电话说一下，他死活不肯。后来，我让他写了一封信，现在信写好了，我们一起去找新厅长。

定洋说：我不会去的。我怎么能因为自己已经被免掉的职务，去上门求一个新贵呢？这种没有廉耻的事情，我死都不会干的！

潘瑶琼说：也不是去求他，我们找他问明真相，了解缘由，加上我爸的老面子，我相信，能够把这件事情挽救回来的。

金蕊雪说：就是，去试试看，说不定，新厅长还能认老厅长的面子。

定洋说：欲加之罪，何患无辞？既然能做出这个决定，就不可能轻易收回，除非他的上级给他下命令。我为什么要去求他？古人不为五斗米折腰，我也不会为这小小科长的官帽子折腰！

定洋停了一下又说：出去这两天，我已经想通了，人生的大风大浪还多着呢，丢掉个小科长的事都承受不了，今后还想干什么大事情呢？我既不会自杀，也不会消沉，我还会高高兴兴地去干我的工作，而且还要干得更好！

定洋喝了一口茶，继续说：我认为潘老伯不会写这封信。潘老伯是个正直的学者，既然他能主动辞去厅长之职，说明他不留恋官场这个职务，他把这个世事看得很开，他不是那种狗苟蝇营的人，他不会为了一个小科长免职的事，去乞求一个接手他职务的新贵的！

潘瑶琼被定洋的话折服了，她红着脸说：定洋，你说得很对，这封信不是我爸写的，他决然不肯。无奈之下，我模仿他的笔迹给新厅长写了一封信，请他收回成命，恢复你的科长职务。

金蕊雪感动地说：潘小姐，真是难为你了。

定洋说：为了我的事，让你这么犯难，真是对不起。我准备明天上班，去做一个踏踏实实的称职的科员。

潘瑶琼与金蕊雪相互对望了一眼，都为定洋如此坦然面对这件事情而放下了心。

龙定洋在上班后的第八天就下去搞调查了。本来他是准备一个人去的，金蕊雪不放心他一个人在外边奔波，坚持要陪着一块儿去。定洋只好带着她从东到西，从南到北，整整跑了四个月时间。归来时，定洋顺口念了几句诗，作为对这次调查的总结：

炎夏突遭恶风寒
随缘迁为任下员
豫地自古多良才
俚曲捧红娥英男
访得梨园百家情
换来珠玑十万言
不求闻达求修身
从来厄境出圣贤

定洋到家后，几乎没有休息，立即对搜集的资料分门别类进行整理，按照不同戏曲在河南各地分布区域的大小，影响广泛的程度，大略排出顺序进行编写，从起源，特点，历史沿革，主要剧目，主要演员，群众反应，目前状况，都作了比较详尽的描述。特别是对梆子、曲子、越调三种，着意不惜笔墨，把乡间演出的盛况，百姓们喜欢的程度，以及高台教化效应后的隐恶扬善，精忠报国，尊老爱幼等思想传扬的积极实例，淋漓尽致地表现出来。最后提出扶持、指导、规范管理的具体意见。

定洋一边编写，蕊雪一边一式两份誊抄。定洋最后落笔，蕊雪很快就把厚厚的两叠文稿递了过来。定洋对妻子隽秀的字体和规范的格式，准确地修改订正十分欣赏，尤其对她把自己回家时吟诵的那首诗，改写后放在扉页上作为引言，更是佩服得五体投地。诗是这样改的：

偶得宽余走河南
下乡上山溯渊源
梆曲越调豫地宝　　（河南梆子，河南曲子，越调）
更喜落平二夹弦　　（落子，四平调，二夹弦）
访得梨园百家情
换来珠玑十万言
中州自古多良才
高台教化出圣贤

龙定洋把整理好的调研报告装订成册，恭恭敬敬地呈送给童科长，童科长看了标题、目录、引言诗，又翻了翻后面的章节，感叹了一句：好！想不到龙先生做事如此认真致密，条理有节。我拜读之后，尽快呈送厅长过目。你先安心休息十天，有事，我派人通知你。

不到十天，厅长派秘书上门特请龙定洋到厅里叙谈。厅长对调研报告大加赞赏，认为龙先生此次办了一件大事、好事，准备请有关方面人士讨论认可以后，印刷出书。谈话结束时，秘书当场宣读了教育厅的一项决定，任命龙定洋为厅长秘书兼第一科科长。

在大家起立为龙定洋鼓掌祝贺时，龙定洋站起来，他没有接秘书递来的委任状，而是向厅长递上一张呈文，厅长接过一看：

辞　　呈

厅长：

请接受龙定洋辞去省教育厅科员职务的请求，本人准备回家认真读书，以增高学养。

龙定洋

天气慢慢转凉，寒露一过，不少人的小棉袄都穿上了。涵玉和夏月荷的肚子像比赛似的竞相增大着。据牛婶给两人推算，她俩的产期大概相差二十来天，涵玉在前，月荷在后。冬月底和腊月中，龙家的两个后人就要先后出世了。婆婆来看过几次了，摸摸这个的肚子，摸摸那个的腰，嘱咐几个老妈子看见她们出来，过门槛时要扶着点儿，多做些稀软的饮食，千万不敢让着凉。嘱咐定山，铺子和银柜上的事不要让她们管了，不能让累着，只能在房子里走一走，转一转。

夏月荷的父母在上个月到西安来了一趟，看见女儿穿金戴银，雍容华贵，在龙家过着主子的生活，他们心满意足。并且他们还看到，由于自己姑娘账算上的优势和头脑的精明，已经成了隆丰福不可或缺的人物，经常有人过来问这问那。上房里东西两个厢房，涵玉和月荷各占一个，里头布置得豪华典雅，珠光宝气。老俩口心里暗暗得意，当初把月荷留在龙家这一步棋，真是走对了。尽管定山见了夏掌柜夫妇以岳父母相称，但夏掌柜见了定山，仍然有欠债人的感觉，不习惯直呼定山名字，老是称龙掌柜，弄得定山也很不好意思。

吃过饭大家坐着喝茶的时候，夏掌柜从怀中掏出一张三千银洋的银票，递给定山：龙掌柜，不，定山，这是我欠你的三千银洋，现在我还给你，利息，我就不给你了，请你收好。

夏掌柜的举动把定山弄了个大红脸，他十分为难地说：爸呀，咱都是亲戚了，你咋还弄这事？

夏掌柜说：借钱的时候，我就说过，就是砸锅卖铁，账肯定要还。

定山说：那时候，咱是朋友关系，现在咱已经是亲戚了，月荷在这儿也是个主子了，这点儿小钱你还给我，让我咋见人呢？请大人收起，一定不要让人指我的脊梁骨！

夏月荷说：借债还钱，天经地义。亲戚借债，也是一定要还的。不然，今后让人说闲话。

定山说：既然月荷这样说了，这个钱，我就收上。不过，迎娶月荷，我既没有告知二位大人，也没有登门求亲，彩礼尚欠未送，大人此次过来，这彩礼我一定要补上，请大人收纳。

定山将三千银洋的银票交给涵玉，涵玉换了一张银票交给定山，定山一看是一张五千银洋的银票，满意地看了涵玉一眼，双手递给岳父夏掌柜。夏掌柜接过一看，连说：使不得，使不得，不能这样！

涵玉说：姨夫，就不要客气了，这是定山的一点儿心意。月荷跟我就像亲姊妹一样，铺子里的不少事情还靠她呢。

定山说：岳父母大人在西安多待几天，大雁塔、曲江池、寒窑、临潼，都可以去散散心，月荷陪不了你，我安排人套上车带你们去。

夏掌柜说：我再去要要账，看看西安还有什么能干的事情。

定山说：现在连续两年天旱，收成不好，生意也很难做，大人如果不嫌委屈，你到马道巷加工场当个账房，省得自己再开铺子费脑筋。

夏掌柜没有说话，月荷妈高兴地说：女婿说得好，就当个账房，你爸管账，一个麻钱都错不了。

就这样，夏掌柜把原来的房子收拾了一下，租了出去，自己和老婆就住在加工场，一边当账房，一边慢慢要账。

涵玉在家待不住，瓷器店那边经常要过去照看一下。有时候，有人要一些特殊的珍藏瓷，大魁拿不准价钱，都得涵玉当面谈。涵玉看着下午天气好，就让洋车把自己送到钟楼根儿下，自己让老妈子陪着，带些小吃在楼上半躺半坐着休息。不大功夫，定山带着栓柱也过来了，他本来让栓柱跟他一起去东关看一批布料，准备加工些过冬卖的棉衣棉裤。听说涵玉在楼上，他让栓柱在铺子里坐着，自己上到二楼。老妈子见老掌柜上来，给定山送上茶就下去了。

涵玉见定山上来，笨拙地挪了挪身子，问定山中午在哪里吃的饭，午睡了没有？定山扶着她说：你躺着睡一会儿，不要乱动。

涵玉说：不想睡，小家伙在肚子里乱踢腾呢，我得吃点儿东西。

说着，涵玉从提袋里掏出些梨、枣和蒲城棒棒馍拿出来吃。定山也坐在临街窗前喝着茶，看着当天的报纸。

这时，铺子里传来说话声，他俩也都没在意。一会儿听见一个人说：我跟龙掌柜是老朋友了，我自己上去找他，不用你叫！说着就上楼来了。边上，还边喊：龙掌柜，龙掌柜！

涵玉听见这个人说话的声音，脸色突然变了，她用了一个与她身体不相称的动作，忽地从床上翻起来，赶忙就往楼梯口走。这时，定山也站起来，迎着楼门口看去。来人已经在楼梯口露出脑袋，一只手在怀里掏着。涵玉一见急忙喊道：定山，快躲开！

定山只觉得上来的人有点儿熟，但根本想不起是谁，听见涵玉尖叫，他本能地过去扶涵玉，来人手里的枪响了，由于定山扶涵玉在后，打来的三枪都打在涵玉的胸部和腿部，涵玉应声而倒，嘴里喊着：绑匪，小个子！

小个子还想开枪，被人从楼梯上拽着腿拖了下去，只听见砰的又一声枪响，一阵厮打声后，只听见来人挣扎着说：哈哈，君子报仇，十年不晚，今天，我把四年前的仇报了！仇报了！

龍吟長安

李靖瑜◎著

下卷

陕西出版传媒集团
太白文艺出版社

第十八章

西安围城被打破后的不长时间，陕西连续几年遭遇了据说近三百年以来，规模最大，持续时间最长，危害最深的旱灾、蝗灾和瘟疫。渭河两岸，陕南陕北等地的庄稼从开始的一季减产，到隔年的夏秋两料歉收，到后来的连年绝收。最难忘的是“民国”十八年年馑，号称富饶丰腴之都，周秦汉唐神皋沃区的八百里秦川，天天艳阳高照，举目赤地千里，大河枯瘦，小河断流，放眼四方，几乎见不到一丝绿色，地里满是像火烧了一样的枯干败叶，能够入口的树皮树叶、草芽草根都让人吃光了。鸡鸭猫狗，猪牛马驴，都被人们杀掉吃了。在老鼠、长虫、蜜蜂、屎巴牛、青蛙、乌鸦、麻雀等，都被搜干逮净之后，房前屋后，路边沟里，就不断出现死人了。开始还有好心人挖个坑把尸首埋了，后来死人太多了，自己都顾不了自己了，最多用脚踢到一边，就不管了。再往后，被人扔出去的死小孩儿就经常让人捡回家，甚至刚死的人停在门口，转身出来就不见了。有的人怕死后被人吃了，自己爬到祖坟里头，挖个坑躺在里头，埋上土，只留两个鼻孔出气。常常有野狗在晚上把那些还没有咽气的人咬得惨叫不止。后来的一年，稍有点儿雨水，稀稀拉拉的青苗刚给人们带来点儿希望，蝗虫一起，遮天蔽日，房上树上，地里家里，人身畜体，水缸饭锅，密不透风，落得层层叠叠，打不完赶不走，天地间充满着轰轰轰嚓嚓嚓的声音。人们还没弄清楚怎么回事，呼的一声全飞走了。大家出门一看，树上的叶子，田里的庄稼，房前屋后，凡是它们能吃的东西，一扫而光，像收割一样光秆拉净。最可怕的，还是那虎列拉（瘟疫），好好的一个人，只要感觉有点儿头晕头疼，一会儿的工夫，就会发烧发冷，浑身酸疼，全身出疹子，手足抽搐，胡言乱语，肚子疼，等到吐黄水泻黑水的时候，人就不行了。这种病往往来得快死得快，一般不会超过一个对时（二十四个小时），龙定山的奶奶就是得这种病死的。

不少村庄，罕闻人声，十里八乡，难见炊烟。报纸上说，陕西原有人口近一千二百万，这一年除去死亡的约二百六十万，灾民几近六百万，外逃的五六十万，全省人口锐减至八百多万。造成这种状况，固然以天灾为主，可是兵连祸结，匪盗蜂起，军阀们穷兵黩武，横征暴敛，强取豪夺，无异于率兽食人，在自然灾害之上，更是雪上加霜。三秦大地哀鸿遍野，尸骨累累，民众陷入水深火热之中。西安城内，到处可见零散或者举家逃荒要饭的人流。这些纯朴厚道的农民，衣衫褴褛，蓬头垢面，拖儿带女，扶老携幼，顾不得体面，弯腰下跪，哀求哭诉。白天他们讨吃讨喝，夜晚就蜷曲在门面的台阶上，大户的门道前。常常有幼儿冻饿的啼哭声和老人去世家人哀痛的悲声传来。

在各界志士仁人多方的奔走呼号下，陕西当局成立了赈灾委员会，建立了几个收容所，主要收容妇女和儿童，并在省城四周及各县设立施粥厂，对灾民登记发给食粥票，领粥时验票给一勺，一天不超过两勺。红十字会、天主教堂、浸礼会、佛教寺庙、道教庵观、清真寺等，也都有非官方的施粥场，不问宗教信仰，一视同仁，给予救济。在农村以平价卖给农民粮食和种子，并组织农民开渠，打井，种荞麦谷子等耐旱早熟作物，进行生产自救，才勉强缓解了灾情，稳定了民心。

此时，已经是“民国”二十年的下半年了，每天天不亮，隆丰福的四个铺子门前依然有不少灾民在排队，等着领每人一个的杂面蒸馍。每天只要送馍的马车一到，原来有秩序的队伍，立马就乱了。三四个伙计站在马车上，一边收签子，一边发蒸馍，不大功夫，一百个蒸馍就发完了。

从民国十八年清明开始，隆丰福就在自己四个铺子门前利用开门前的时间放舍饭。每天伙计们到门面外先发签子，老人碎娃先发，青壮年男人后发，一个门面一百个签子，发完为止。起先是稠米汤，后来是米儿面（米汤里下杂面条），最后改为扁豆麦、豌豆麦或者苞谷面掺麸子的蒸馍。之所以改成杂面馍，是因为用勺子打饭，不仅慢，而且人数不容易掌握，常常造成有签子的没吃上，或者签子收完了，还剩下半桶没发完，铺子门开了，还有不少人围在门口，影响生意。

隆丰福放舍饭已经三个年头了。之所以能够坚持这么长时间，首先，是灾情太大，灾民太多，惨状目不忍睹。任何一个稍有良心有能力的人都不会坐视不管。何况，围城时候就放过舍饭。其次，放舍饭这种事情一旦开始，就不好停止，不仅灾民们天天在门口等着盼着，一条街上的商铺也在瞪着眼睛看着，就想看你撑不下去时候的笑话。再者，隆丰福也具备放舍饭的能力。龙定山接受了围城的教训，开城以后，就很注意给铺子屯聚粮食，看着这兵荒马乱的岁月，作为一个精明的生意人，他意识到，在这个时候，粮食是要比金钱更重要，也更能保值的东西。凡是有买主提出拿粮食换东西，他立马对二掌柜们说：把账算清白，把粮食查看好，没麻达的，有多少换多少！因此，各个铺子都收存了不少粮食，并且还在继续换收。舍饭一直放到麦收前灾民大部分回去了才停止。

不仅如此，铺子每月给大家发饷银的时候，要求每人都报清楚，要多少钱多少粮食，因为铺子的粮食要比外头的便宜，既然家里都要买，为啥不从铺子里拿粮食，货好斤两足，谁也不是瓜子（傻子）！

当然，放舍饭给隆丰福赢得了很好的口碑，扩大了名气。其实，这里还有更深一层的意思，定山没有说出来。但大掌柜心里明白，这其中有定山为涵玉祈福的意思。

不过，放舍饭，发饷银，换粮食这些事情，定山只是跟大掌柜商量定出章程，他们都不具体管。定山把这些都交给夏月荷去处理，而夏月荷也最爱管这些婆婆妈妈的事情。

涵玉受伤那天，被车以最快的速度送到广仁教会医院，抬上手术台的时候，孩子就生下来了。产科和外科同时手术，孩子安然无恙，涵玉由于有一枪击中要害，伤势过重，不治身亡。龙定山像疯了一样哭着恳求院长，无论花多少钱，一定要把涵玉救过来。然而，院长看着几个忙碌的医生和护士已经在抢救无效后，对逝者遗体在做整理工作，对定山无奈地摇了摇头。定山当时就昏厥过去，他在医院里躺了五天，才被接回家。隆重地为涵玉举办过葬礼之后，他的额头上从此出现了一个像玉字一样的抬头纹。

涵玉去世半个月后，夏月荷也生了一个儿子。两个儿子的先后降临，固然给定山带来了巨大的喜悦，但始终无法排解他心中像刀扎一样的痛楚。只要他一坐下一闭眼，涵玉笑吟吟的样子，就会出现在他的眼前，他常常脸含笑容却涕泪长流，有时不能控制时就号啕大哭起来。这个时候，一般人都躲开了。他们知道，劝是没用的，涵玉与老掌柜刻骨铭心的情意，那是任何人都体会不了的，他们之间的情感太深厚了！

然而夏月荷有办法，她抱上自己的儿子，奶妈也会把涵玉的孩子领过来，一起塞在定山的怀里，两个小家伙用小手在定山脸上乱摸，嘴里叫着：爸，爸爸，爸，定山一下子就不哭了，他会抱起两个孩子，左亲一口，右亲一口，眼泪鼻涕和孩子们的抹在一起。涵玉孩子的眉眼极像涵玉，定山有时看着，突然就会把夏月荷的孩子交还给她，单独抱着涵玉的孩子，对他说：涵玉，涵玉，你怎么不说话呀？我想听你说话，你说呀！你说呀！孩子被他吓得哇哇大哭，夏月荷赶快让奶妈把孩子抱走。以后，她只抱自己的孩子让定山看，不让奶妈在这种时候，轻易把涵玉的孩子抱过来。然而，定山经常要见涵玉的孩子，或者坚持要两个孩子一块儿来，夏月荷也只好顺着他来。

两个孩子都三岁多了，尽管他俩只差十五天，可一个岁尾，一个年头，属相也不一样。两个小家伙都继承了定山浓眉大眼的特点，涵玉的孩子身条较高，皮肤较白，眼睛细长而大，稍显内向，已经能够像模像样地临帖写字了。夏月荷的孩子，体态壮实，五官端正，一脸的聪明相，且活泼好动，嘴里经常鹅，鹅，鹅，曲项向天歌地背着唐诗。

爷爷奶奶来了，亲亲这个，抱抱那个，爱不释手，笑成一脸花。他俩的名字都是爷爷起的。柏廉说：龙家起名是有排序的，定字辈下来是佩字辈，我看老大就叫龙佩衡，老二就叫龙佩鸣，佩者，金玉系于带曰佩，龙佩者随王者登堂入室者也，衡者，平也，不偏不倚，中庸之道也；鸣者，凤鸣九皋，声闻于天。

定山说：小的就叫佩鸣，大的叫佩涵吧，涵玉的涵，对他妈是个念想。这孩子太苦了！定山说完，眼睛里闪动着莹莹的泪光。

大家听了，都不作声，心里都认为，定山这个名字改得好。

龙佩涵、龙佩鸣这两个名字隐含了兄弟俩一生的命运。

杨虎城主政陕西以后，面对兵燹大荒，民心浮动，财政拮据，百废待兴的局面，在极端困难的情况下，制订治陕大政方针，多方筹措资金，提出首要任务就是：救济灾荒！并立即着手广揽人才，制定计划，兴修水利，鼓励农耕，恢复扩充农棉试验场，林业、垦殖试验场。创办本地资源的工厂，开发矿业，支持商贸，鼓励物产流通，拓展修筑潼关至西安的铁路，修整省内外接公路等，并公布省内资源状况，面向全国发布招商启事。诸多举措给陕西带来了生机和希望，促进了西安经济的繁荣。

定山已经从失去涵玉的巨大悲痛阴影中慢慢解脱出来，这当然和周围朋友的劝解，夏月荷的温存体贴，两个儿子带来的欢乐等因素，是分不开的。然而，时下大环境仍然不尽如人意，尽管铺子的生意一直在由大掌柜尽力周旋，但从夏月荷每天给他的报账和五个账本扎结的数目来看，生意还是萧条非常。这几天，他有时间就坐上车，在各条街道上转，想看看别人都是咋样弄的。可几天看下来，情形都差不多，只是八仙庵一带卖旧货的露水市场（太阳一出来就散的市场）比较红火。市场上桌椅床板，锅灶被褥，眼镜旧鞋啥咕咚马西都有，尤其以被称为“窑货头”的消薄廉价的各式衣服最好卖。而在这里转悠的人们，主要都是进城寻活干的农民、城里的贫苦居民和往农村倒腾旧货的贩子，这一部分人能占到省城人的多一半。

定山在一个摊子前挑了两件，问了一下价钱，价钱便宜得让他吃惊。就这，他看到好多人翻来覆去挑了半天还是嫌贵，讨价还价，放下还是不买。定山感叹道：老百姓果腹之物，尚无保证；穿衣，就只能放在其次了。

回来之后，他寻思城里人穿衣，尚且是这种状态，农村肯定就更困难了。不如趁服装摊活路空闲时间加工一批廉价的服装供应农村，赊销也行，贱卖也行，够本就行。大掌柜听了定山的计划，放下烟袋喝了口茶说：服装摊活儿不多，铁匠摊基本没有活儿，杂品摊也停着，只有皮货摊在给冬季加工成品，细货摊接的西服和旗袍在忙着。但是，我看报纸上说，省政府主持的铁路已经快修到西安了，公路工程也已经动开了。这里头，咱能干的活就少不了，试想一下，这些大工程用的工服、手套、帽子、铁锨、镢头、钎子，还有骡马的挽具、马掌，盖房的钉钉，等等，那得需用多少？咱都能干得了。还有咱可能不知道的活路，估计还不少。我已经派东民和常怀德摸底去了。

定山兴奋地说：大掌柜，你这一说，还真是些门道，我光盯在服装上了，其他的，咋就没想到。

大掌柜说：先让东民他们把这些工程的路数弄清楚，然后再商量怎么办。加工廉价棉衣的事情，先放一放吧。

定山说：好，等他们回来，听听情况，不行，我再出去跑一趟。

大掌柜在加工场和各铺子巡查了一圈儿，回到家里已经是掌灯的时分了。最近，他已经不爱去鸿运楼吃饭了，天天酒菜，他觉得不习惯，也不舒服，倒是回来喝一碗苞谷糁，吃几口酸黄菜，更可口一些。牛玉莲在鸿运楼，这时候正是最忙的时候，天天都回来得晚，并且在饭店已经吃过了。因此，每天都是大掌柜一个人回来吃饭。罗婶见大掌柜进门，先躬身问好，然后，拿祱子给他周身打灰，最后，掀开门帘，请大掌柜进入上房客厅。桌上，水烟袋已摆好，另一个小丫鬟翠屏端上茶壶给大掌柜斟上茶，接着，罗婶就把一盘青菜拌黄豆、一盘生切萝卜丝、一壶烫好的烧酒和酒盅摆上，稍停一时，再把一盘捏得像小元宝似的热气腾腾的饺子端了上来，并把蘸水、香菜、蒜泥、油泼辣子也一同摆好。大掌柜礼节性地问一句：你们都吃了？就拿起筷子，边喝边吃了起来。

看着翠屏端着茶壶出去，罗婶近前一步，小声说道：大掌柜，我想求你个事。

大掌柜抬起头问：啥事？

罗婶说：下午，我娘家兄弟过来对我说，他在渭南铁路上托人寻了一个差事，尽管有人介绍，人家还要他找一家有名气的铺子做铺保，不知这事，咱隆丰福能不能给保一下？

大掌柜问：他寻了个啥差事？

罗婶说：给工程上跑腿的采买。

大掌柜心里一动，说：噢，这是货钱过手的事情，人家难免不放心，有个大铺子作保，出了麻缠有地方寻嘛！

罗婶说：就是，就是，人家就是这样说的。

大掌柜说：铺保这事容易惹麻达，一般铺子都不愿意沾手。当铺保的铺子一要见人，二要押钱，三要看家产。隆丰福还没给谁担过保，这事可能不好弄。

罗婶一听有点儿着急，走进大掌柜跟前，近乎乞求地说：我就这一个兄弟，寻个差事不容易，我再也不认识其他人了，娃这事，大掌柜一定给帮个忙些！

大掌柜说：你先把他叫来，我问一问再说。

罗婶急忙说：行，行，我一会儿就叫他过来！

大掌柜正在灯下看书的时候，罗婶把她兄弟领来了。

这是一个二十八九岁的高身条小伙子，穿了一身浆洗过的黑衣黑裤，头剃得很干净，脸上也刮得清清爽爽，一双有神的眼睛显出精明的样子，随手提了一个包袱进来，一看就是专门为见大掌柜而来。

罗婶谦卑地对大掌柜：大掌柜，这是我兄弟，浩明，快叫大掌柜！

被叫作浩明的人把包袱放在脚下，弯腰打拱笑着称呼：大掌柜好！

大掌柜从他一进门的一举一动，立马就看出这是个经常在外边跑腾的人。他很客气地说：请，坐下来说话。并示意罗婶也坐下。

大掌柜直截了当问到：听说你在铁路上谋了个差事？

浩明站起来答道：学生罗浩明通过远房一个亲戚的举荐，在渭南工地寻了一个采买的差事。

大掌柜问：主要采买哪些东西？

浩明说：采买一共四个人，听说我去了，让管铺路工程需用的杂七杂八零碎的东西，可能有百八十样子呢。

大掌柜问：都是现钱交易？

浩明说：据说，每次都是要货的折子由上头批下来，总管分拨下来，采买凭折子领钱，按回执交货清账。

大掌柜见浩明话虽不多，有问必答，思路清晰，口齿清楚，便有几分喜欢。他想有意为难他一下，看他有何反应。说道：听你姐说，你想请隆丰福为你作铺保？

浩明答道：采买是钱货过手的差事，担责任不说，直接关系工程用度，对采买要求很严，既要人可靠，还要靠山实，因此，一定要有铺保。

大掌柜说：隆丰福从来没有给谁担过保，即使给你担保，你最少先要押二百银洋，而且还要到你家去核计家产，写明你在差事上万一有银货丢失、贪墨、潜逃，所有损失均由家产赔偿。

浩明听罢，脸上的笑容立马消失，现出一副尴尬模样，半天说不出话来。后来结结巴巴地说：我拿不出二百银洋，家里全部家当也不值三十个银洋。刚来时的轩昂气势一下子没有了。

罗婶不解地问：先得押二百银洋，穷寒百姓谁能拿得起呀，大掌柜，看能不能拿个三十二十的？

大掌柜说：担保是啥？担保就是你兄弟出了麻达，弄出乱子，造成损失，又寻不见他本人，或者他还不起，谁担保，谁就要把这些损失全部赔出来。采买有时出去一领，就是几百上千银洋，万一他有个闪失，铺子拿啥赔？只能拿你的押金和家产赔！二百银洋够个啥？你不想想，就凭他每月给铺子交的那两三个银洋的担保费，谁家愿意惹这个麻达？

听大掌柜这么一说，罗婶也泄气了。不过，她还是求着大掌柜给想想办法。大掌柜想了一下说：我有个想法，你可以考虑。愿意，就试一下；不愿意，我也就帮不了你了。

浩明说：大掌柜，请说。

大掌柜提出，隆丰福派一个人跟着罗浩明帮助他一起采买，不要工钱，费用自理。每次采买折子下来，先让我们人看，能在隆丰福定做采买的，尽量在隆丰福定做采买。适当的时候，把负责采买的总管请到隆丰福来，其他三位采买也可以请到隆丰福来坐一坐。如果生意合作得好，隆丰福还要给他一定的酬谢。假如能够答应这些条件，隆丰福可以先担保半年。

浩明听了肯定地说：可以，买谁的都是买。隆丰福给我担保，我肯定先挑咱铺子的货。另外，有个帮手还更好。

大掌柜见他这样说，高兴地说：聪明人一点就破。好，明天下午，你到南院门铺子来。

浩明高兴地点头答应，站起来把带来的包袱提过来，放在大掌柜的书桌上打开，大掌柜一看是个小竹筐里放的一个带底座的青田玉石花鸟透雕。

浩明说：这是学生的一点儿心意，请大掌柜不要嫌弃。

大掌柜站起来推辞道：我这人办事，不管事成事不成，从来不收礼。你把这东西往这儿一放，就是在我下巴底下支了一块儿砖，让我开不了口了。这事，我可就办不成了。你拿走，你赶快拿走！

浩明说：这是个不值钱的东西，是遭年馑那年，旁人找俺爸拿这换了一升杂面。咱穷人家里也摆不起这东西，大掌柜，还是留下吧！

大掌柜说：那个时候的一升，值现在的一石呢！这么说，你更该拿回去了，我看这个玉石有些来历，是个贵重东西，当个宝物传下去吧！

见大掌柜态度很坚决，罗浩明只好把玉石提走了。

第二天，大掌柜与定山把这事一说，定山高兴地说：正瞌睡呢，就送来个枕头，这事办得好！你看，叫谁跟着他去？

大掌柜说：东民是最合适的，可惜人没回来，就是回来，将来活一忙起来，加工场，他还离不开。再寻一个。

定山说：我姑姑介绍过来两个学校的老师都在加工场，那个年纪轻的人特别活淘，遇事有主意，叫他去，你看咋样？

大掌柜小声说：那俩不是被追查的共产党吗？派出去，你就不怕显眼吗？

定山说：不要紧，他自己提出，有外边跑腾的事情叫他去。再说，人家在外头可能还有啥事，这人机敏灵活，不会有啥麻达。

定山说的那个老师，叫吴盛萌，在一个高等学校里教国文，前年被军警追捕，龙淑媛跟定山商量，把他和赵明均老师一起安排在加工场隐藏，外人都不知道。他俩人缘儿好，白天干活，晚上定山安排他们给相公伙计们教认字写字，记账讲书，有时也讲些时事，定山也过来听过几回。相公伙计们都尊称他俩为先生。

定山和大掌柜把吴盛萌叫来，交代了让他跟着罗浩明一块儿到渭南铁路工地上去，就是在那里给加工场寻找活路的目的。当然，也有防备他万一做出对铺子不利事情时，采取应急措施的意思。

七八天以后，罗浩明和吴盛萌就拿着第一份采买折子回来了。铁匠炉能加工的挂钩、铁卡、撬棍、横担、车轮钢带等十几种，杂品摊能加工的工地马车、驴车上用的挽具、缰绳、肚带、笼嘴等，服装摊能加工的工人们上工时穿的号字服、棉背心、棉套裤、棉袜子等，活量虽然不太大，但也够各摊干一阵子了。以后，罗浩明又把其他三个采买都请到隆丰福，大掌柜盛情招待了他们，并请他们参观了加工场和各个铺子，三位采买把能在隆丰福买的东西的折子都拿了过来。一个适当的时机，采买总管有事到西安，罗浩明和吴盛萌两个，巧妙地把他请到隆丰福，定山和大掌柜陪同参观介绍，这个姓龚的总管成了定山的朋友，当然，很多订货都拉了过来。由于杂活挺多，定山干脆让常怀德带着铁匠炉子到工地现场加工。这些活一干就是一两年，让隆丰福暂时摆脱了部分危机。后来，定山带着孩子们坐火车的时候，骄傲地对他们说：修这条铁路，咱隆丰福还出过不少力呢！

加工过程中，吴盛萌向定山提出，现在的好东西都讲牌子，隆丰福也应该把自己的招牌敲明叫响，在加工的服装上加上隆丰福三个字牌子，让人们慢慢都知道西安隆丰福，就跟德懋恭的水晶饼，辇止坡的腊羊肉，月兴兆的烟丝一样，成了名字号老招牌。定山一听连声叫好，立马叫人连夜设计制作，隆丰福三个字就加在这第一批铁路服装上和铁器构件上。从此，隆丰福有了自己的商品品牌。

大魁和兰馨自从老林死后，恩恩怨怨，分分合合，哭哭闹闹，一直就没有消停过。兰馨提出，让大魁给老林山东老家寄一千银洋过去，算是对老林的谢罪。大魁答应，但是提出，寄过钱之后，要兰馨立马同他结婚。兰馨说，她心情不好，等等再说。大魁说，她不同意结婚，就先不寄钱。兰馨说，你打死了人，我不追究，不报官，就算了，你还得寸进尺。大魁说，我们两个相识最早，感情最深，你跟老林就是围城的那一段时间，为什么你对老林比我还亲？兰馨说，老林比你懂事，更知道体贴人，在最关键的时候，不仅救了我，而且一直保护着我。大魁说，当时，我不在城里，我要在，一定做得比老林更好！兰馨说，咱俩这么长时间了，我没有感觉，你给我做了什么，可我能感觉到，老林把心给了我！大魁说，真正给你心的人是我，心是什么？心不是金银珠宝，也不是吃吃喝喝，心是离开就撕心裂肺的想念，心是除了你以外，对所有女人的拒绝，心是冒着枪林弹雨第一个冲进城来看你的勇气！心是几年来一直不变的追求和等待！兰馨说，你的嘴巴比老林会说，可我更喜欢老林的沉默寡言。大魁说，老林已经永远沉默寡言了。现在，你应该喜欢一个永远让你高兴的人了吧！兰馨不说话了。

夏月荷早就知道大魁跟兰馨的事情了，并且有一次还在街上看到了兰馨。作为同龄人，她能理解大魁，也想帮助大魁了却心愿，但却不知道从何入手。今天，她带着佩鸣正在天井里玩儿，看见大魁回来要进他的房子，就叫住了他。说了几句闲话之后，夏月荷就直接问起他和兰馨的事情。大魁支支吾吾不大愿意说，夏月荷说：你就别瞒我了，你那个兰什么，我都看见了，人长得真是妙不可言，大魁真是好福气。怎么就不见你对你爸提说这个事情呢？

大魁见她说得恳切，也就不藏着掖着了，把他和兰馨如何相好，从头到尾说了一遍，老林的事情他没提，只是说，兰馨还丢心不下她前面那个死去的老公。

夏月荷听了颇受感动，说道：女人都是这样，心思细密，只有一个男人的时候，就只把心思放在这一个男人身上，如果有了两个、三个男人，她就要想想这个，比比那个，眼前的总爱挑毛病，过去的总是想好处，这是通病。对这样的人，你要多体贴，多关心，拿心去暖心，不能总是抱怨人家，苛求人家。更要紧的是，要叫人家跟你成亲，你得问问人家想啥，爱啥，要求啥，我看那是个有心计的人，见过大世面的人，你可别把人家按一般女人去对待，想叫人家干啥就干啥。依我看，这个女人，你不娶则罢，你要是娶进门，大魁，她很能帮你成就一番事业呢！

大魁说：娘，很少听你讲道理。今天，你说的这一套，还真把我说动了呢。你不知道，原来她温柔得很，百依百顺，见了爱得就舍不得让我走，把她的不管什么东西都拿出来让我看，什么话都给我说，天天都盼着我去看她。围城开了以后，见了我就显得冷淡得很，跟原来简直就是两种样子。我去她那里，还没坐一会儿就催我走，两人在一起说上两句就要吵架。我现在对她简直是离不得，见不得。我都烦死了！

大魁说着情绪有些激动，眼泪都快下来了。

夏月荷静静地听着，待大魁不说话了，她才慢慢地说：你俩呀，真成了戏文上唱的：一对儿拆不开，合不拢的喜冤家啊！可能你在什么事情上伤了人家的心了！只有你知道。好了，今儿黑了，我陪你跟你爸当面把这个事情说清楚，快刀斩乱麻，把这个事情做个了断！

兰馨原来是清廷湖北一个镶蓝旗籍人家的女儿。父亲死后，母亲带着她和弟弟，被腾房出门回到娘家，看着哥嫂脸色不悦，母亲无奈带着弟弟嫁人。她在舅舅家待到十六岁，由舅母做主，把她嫁给一个回家处理妻子丧事，又想在家乡再找一个内人的中年外路人。她跟着这个叫彭品岗的人，今日进府衙，明日随队伍，后来落脚到西安。彭品岗文笔极好，又善于分析形势，运筹帷幄，深得上司赏识，不出两年，便买下了这个当时还在皇城里的三进三出的宅院，丫鬟婆子五六个，还有看门护院的。后来，紧跟督军的上司随督军离开陕西时叫他一起走，彭品岗给兰馨留下一部分钱，让她看管房产，并说一年之内肯定回来。结果三四年过去，生不见人，死不见尸，连个书信都没有，眼看着坐吃山空，兰馨不能不考虑自己今后的问题了。就在这个时候，她遇见了大魁。

兰馨是个心地善良且聪明过人的女子。她一直跟着比自己大二十三岁的丈夫生活，见到年龄相仿的大魁，有一种亲近自然的感觉，加上大魁青春勃发的男子汉气质和略带大男孩似的活泼顽皮性格，都让兰馨格外喜欢，并因此也恢复了她青春少妇的激情。可是，兰馨毕竟一直是和成熟男人生活的，有着较强的依赖性。当官太太时，衣来伸手，饭来张口，是享受惯了的人。而这大魁只是个大孩子，除了跟她在床上的游戏外，细微的体贴，细心的照顾，知心的倾谈，长远的打算呀这些，几乎很少有过。遇到老林后，她期望的这一切都有了。尽管老林不太说话，可老林有行动，他默不作声地干着这一切，这让兰馨很是满意。另外，老林给她带来了一大笔财产，少说也值几万银洋。可惜老林死了，而且是被大魁打死的！这怎么能不让兰馨既痛心又心生怨恨呢。

大魁好几天没来了，兰馨上街去散散心，顺便买点儿东西。她虽不是卖弄风骚的女人，但天生丽质加上优雅风度，走在街上，还是很惹人注意的。再说，兰馨不是那种谁多看两眼就生气的浅薄女人，遇到有人答话，她会大大方方跟人家接谈。这一天，在开业不久西安最大的鞋店鸿安祥试鞋的时候，就碰见了一个闲转的少掌柜。这人是一家杂货铺掌柜的儿子，虽然三十多岁，但还掌不了银柜的钥匙，两间门面的生意，全由他父亲打理，他倒落个啥心不操，无所事事，整天东游西转。

在街对面，他就看见一个女人卓尔不群，风姿绰约，就跟了过来，随她一起进了鞋店。在兰馨看鞋的时候，他主动上前推荐款式。兰馨试了两双，都感觉不合适，起身要走的时候，他又拿来一双红色高跟鞋说：小姐试试这双，配你绝对再好不能了。

兰馨以为他是鞋店相公，就说：红高跟我有一双了，不用试了。

而这位少掌柜一定要兰馨试，兰馨不好推托，就说：你卖鞋可真尽心呀！

不料，这位少掌柜凑过来嬉皮笑脸地说：小姐呀，我可不是卖鞋的，依我家的资产，买它三五个这样的鞋店都不在话下！我是专门为小姐你效劳的。

兰馨笑笑说：那可就更不敢当了。

这边少掌柜信口开河，那边鞋店掌柜的听着不舒服了，走过来客气地问道：这位是哪个字号的东家呀？请问贵姓大名。

少掌柜被突然这么一问，有点儿下不来台，他当然不能说自己那个杂货铺的名字，为了显示自己有钱，他指着刚才兰馨试过的几双鞋说：这几双鞋才几个小钱，还要问我的字号，把小姐试过的几双鞋全给我包上，多少钱，算账！

鞋店相公忙不迭地把三双鞋包好捆好，急得兰馨连连摆手说：这些鞋都不合适，我不要，不要包。但相公们不听她的，捆好后交给少掌柜，收了七个银洋，找了八个铜子。

兰馨不知所措，有些尴尬地向少掌柜点点头走出门去，而少掌柜收了找回的铜子后，提了鞋急忙就去追兰馨。

走出门的兰馨站在一块儿空地上等着他，少掌柜跟出来后，把鞋递给兰馨说：几双鞋不值几个大子儿，小事一桩！

兰馨说：素昧平生，劳你破费，我受之有愧呀。这个钱我还给你。说着就掏出几个银洋递给少掌柜。

少掌柜用手推拒并说道：小姐太小看人了。我郝某也是场面上的人，今天能够幸会小姐，也是三生有幸，请小姐不要让我为难。

兰馨说：先生为我忙了半天，我还不知先生尊姓大名呢。

少掌柜连忙说：免贵姓郝，郝贵松。请问小姐芳名。

兰馨爽快地告诉他：小女姓梅，名兰馨。她有意识地隐瞒了自己那姓旗人的身份。

郝贵松说：梅兰馨，这个名字一听就带着一股香味。看来，小姐一定是大户人家的千金了。

兰馨说：相识何必问出处呢，以后见面，我们就算认识了。

郝贵松说：不知何时能再见到兰馨小姐呢？

兰馨想了一下说：后天下午，我到城隍庙上香，兴许我们还能见上。

郝贵松说：好，一言为定。后天，我一定也去上香。

就这样，两人一来二去就熟识了。郝贵松贪图美色，工于心计，百般讨好，以求一逞。兰馨在苦闷中也想找个人倾诉。二人频频相见，从街边到内室，这个郝贵松成了兰馨家天天必到的座上宾了。

定山仔细听了大魁关于他和兰馨的前前后后交往的叙述，问道：那个老林最后到哪里去了？

大魁支支吾吾地说：老林叫人打死了。

定山顿生疑心：叫谁打死了，跟你有没有关系？

大魁的头低下了，嘴巴张了几下，没说出话来。定山已经有几分明白。夏月荷说：你爸问你，你就有啥说啥，你爸要给你拿大事呢，你还藏掖个啥嘛！

被夏月荷一说，大魁才说出他两次袭击老林的经过。定山半天没吭气，他站起来走了两步，又坐下说：打死人，这是犯国法的事情。不管是谁当政，逮住都是要抵命的。娃呀，你闯的这祸可不小呀！

大魁“扑通”一声给定山跪下了，带着哭声说：爸，儿子给你弄下乱子了，我一人做事一人当！

定山定了定神说：大魁，你起来，坐好说话。现在不是你好汉做事好汉当的事情，一旦叫官府知道，人家寻的不光是你，主要是寻隆丰福的麻达，你知道不知道？现在，这么长时间没有动静，一个是原来省府那一摊子都换完了，当时局势也乱，那个老林在本地没有根基，民不告，官不究。更重要的一点，是这个兰馨没有告发。她不告发，说明她还是有心在你，并且心地善良。可你为啥跟人家总是吵吵闹闹，不好好相处呢？

大魁说：她让我给老林家里汇一千银洋，把这事了断了。我说，汇完款让她立马跟我结婚，她不同意，说以后再说。我们为这事就一直吵吵闹闹，最近好长时间我都没见她了。

话说到此，定山全部明白了。他基本了解了兰馨这个人，也知道他二人感情危机已经加深了，不立马采取措施，这个事情可能就要发生变化了。他问大魁：现在，你打算怎么办？

大魁已经让定山说得乱了方寸，不知道怎么回答了。只是说：我再去跟她好好说说，不行，就先把钱给汇了。

定山说：汇钱已经不重要了，我担心这个兰馨可能开始变心了。

夏月荷接口道：可不，单身女孩儿，你晾人家时间长了，肯定要去寻别人了。大魁，你这样可不应该呀。

定山说：大魁，你能不能在这一两天，把她请到铺子或者家里来？

大魁说：可以，她原来就说过要到铺子里来看看呢。

夏月荷说：不要到铺子，到家里说话方便。

定山说：行，就到家里。

定山分析得没错，也让大魁没想到的是，到兰馨家里，兰馨不仅不太理睬他，而且，还正和一个男人在一起亲亲热热地说话。大魁黑血一下子冲到头顶，他一步跨过去，到那个男人跟前问道：你是谁，跑到这里干啥来了？

看到大魁气势汹汹的样子，郝贵松急忙站起来，有些心虚地说：我们是朋友，我路过来这儿看看。

大魁一听朋友就更生气了，上手就想抓他：你还敢说是朋友！今天，我就教训教训你这个朋友！一拳擂在这个家伙的左脸上。

郝贵松见势不妙，躲开大魁又上来的拳头，闪身急忙就往外溜。嘴里还说着：有话好说，君子动口不动手嘛！

大魁一直把他追到大门口，这小子倒也机灵，极快地拉开门栓就蹿出门外，大魁抢上一步，朝他屁股上蹬了一脚，骂道：你小子再敢来，腿给你卸下来！

兰馨连喊几声制止不了大魁，索性坐在一边不吭气了。

撵走了郝贵松，大魁关好大门，过来再进兰馨卧室，门死活都叫不开了。大魁柔声细气地给兰馨认错，答应立马给老林汇钱，并请兰馨今晚到家里去，跟他爸妈见个面，等等。好话说了一大堆，兰馨一句话也不说，更不开门。把个大魁急得像个关在笼子里的狗，又叫又喊，又抓又挠，就是没有办法。

门叫不开，人请不去，回去也没办法交代，大魁干脆来个守株待兔，坐在门口死等，不信你不出来。

鸡叫头遍的时候，大魁已经坐在门口睡着了。兰馨把门打开，拍拍大魁说：进来吧！大魁迷迷瞪瞪地跟着进了屋。

看着几天不见有些消瘦苍白精神不振的大魁，兰馨心里有些不忍。说：你不是生我的气了嘛，还来找我干什么？

大魁铁青着脸，一句话也不说。兰馨又说：下午来的那位郝先生，帮着我买粮买柴，给灶房换了一个风匣，帮了我不少忙，你来了，不问青红皂白先打人，你是这家里的什么人？

大魁说：我是这个家里的男主人，你是我老婆！

兰馨生气地说：谁是你老婆？我跟你什么关系都没有，今后，你也不要再来了，我爱跟谁跟谁，你管不着！

大魁见她这么说，立马扑过去抱住兰馨，使劲地追着她的嘴唇满鼻子满脸地乱亲起来。兰馨左躲右闪，偶尔被他噘住嘴唇也是把嘴绷得紧紧的，全然没有以往的那种柔情似水、小鸟依人的样子。大魁抱着一颗不配合的脑袋，累得“吭哧吭哧”的像一头刚卸磨套的乏驴，无奈地松开了手，喘着粗气说道：几天不见，你真是变了心了！

兰馨并不答话，她整理好衣服，又去梳妆台前梳理了头发，然后在大魁对面坐下来缓缓地说：心还是这颗心，只不过叫你的冷酷给浇得凉透了。

大魁说：就是因为老林，你就变得这么无情了？

兰馨说：树伤了，留个疤；心伤了，是要一直疼下去的。

大魁说：这么说，你是不能原谅我了？

兰馨没有说话，两滴眼泪从脸颊滑落到捏着手绢的手背上。

大魁说：我又不是舍不得钱，只不过是急着让你跟我结婚，话说得直了些。停了一会儿，又说道：兰馨姐，我知道，有的事情我做得有些不对路

（不合适），但错了的我会改，以后，我再不错了，还不行吗！

兰馨再没有说话，一直在无声地饮泣，大魁百无聊赖地干坐着，他最害怕兰馨的这个样子。上次老林死，他从汉口回来心怀鬼胎地去看她，给她买了许多东西，兰馨看都不看，只是一个劲儿地流泪不止。他开始还劝，后来就认错，到最后干脆也“哇哇”大哭起来，兰馨还是不吭气，不说话，只顾自己流泪。他采取最后的手段，抱起兰馨狂吻起来，开始还抵制的兰馨经不住大魁的疯狂，到底破涕为笑，怨恨暂时化解。然而，这次这一招就不灵了，大魁暗暗埋怨自己，伤她伤得太深了。

鸡叫二遍了，两只蜡烛已经燃到底下了，火苗摇摇晃晃像快灭的样子，兰馨站起来说：天晚了，你回去吧。明天天黑了，你来接我，我去你家跟你爸妈见个面。

大魁不知这话的含义究竟是什么，面对这个难堪的局面，他也只能走了。

大魁出了门拐过弯不远，猛感觉背后有响动，刚一转身，头上就挨了一下，大魁随手而出的双节棍就打了过去，就听见哎呀扑通倒了一个。另外两个一边一个的棍子也抡了上来，大魁双节棍横扫过去，听见打在肉上的声音，啊的一声又倒了一个，可自己背上也挨了一棍。他从腰里又抽出一个双节棍，两棍交叉一甩，打他的那个也被双棍齐下打倒在地。开始被打倒的那个起来又抡起棍拦腰打过来，大魁双节棍一缠一拉，顺脚一蹬，棍子过来了，人倒过去了。另外两个赶紧爬起来跑了，大魁上前一步，踩在倒地的那个人身上说：贼东西胆不小，还敢给你爷我下黑手！你说，是谁叫你来的？

那人说：饶命，大爷饶命。他叫啥，我不知道，刚才还在这儿呢。下午给我们一人一个银洋，叫我们不管等多长时间，也要把你等上。

大魁问：他是哪里的？

那人说：确实不知道，只听叫他郝掌柜，大爷，你就饶了小人吧！

大魁松了脚，那人爬起来跑了。

大魁自从第一次跟老林交手，就领略了双节棍的厉害。他认识到这种武器平时暗藏不露，出手时猝不及防，打起来软硬自如，能伤人不死人，用来防身，是最合适不过了，于是就暗地给自己准备了一副，又拜了一个高手为师，半年多的工夫，已经按套路练得有招有式了。师傅又教他几招遇棍，遇刀，遇矛，遇群攻，遇软器，遇脱手，遇挨打，遇搂抱时的应对方法，大魁聪明好学，招法全都烂熟于心，整学乱用，见机行事，紧急时双棍齐出，对付几个功夫不强的蟊贼，还是绰绰有余的。

第二天晚饭前，大魁坐着洋车把兰馨接了过来。大魁尽管给她说了夏月荷和自己差不多一样大，但见了面看见年轻秀丽的夏月荷，兰馨还是没办法称呼她，不能叫姐姐，姨娘又叫不出口，嘴一动脸一笑头一低就算招呼了。夏月荷倒也不在乎，热情地挽起兰馨的胳膊，嘴里高兴地说着：哎呀呀，真是玉观音一样的妙人来了！兰馨脸一红随着进了客厅。

刚坐下不久，定山就回来了，四个人围坐在八仙桌旁边吃边说话。

面对着特意安排的丰盛席面，兰馨简单地吃了几口就放下筷子，侧着脸看大魁狼吞虎咽，夏月荷尽给她夹菜，不断劝她多吃，可兰馨微笑着表示谢意，一口也不吃了。定山问了兰馨家里的情况后，直奔主题说：你和大魁认识已经很长时间了，彼此应该是知根知底的，年龄也都不小了，如果没有啥大的问题，能不能在最近就把婚事办了？

夏月荷接口说：可不，婚事一办，心就安定了，好好过日子，好好做生意。

兰馨听了不动声色，夏月荷有点儿急了：兰馨呀，你说，是不是？

兰馨实际比夏月荷还大两岁，但由于大魁的关系，她在月荷面前应该是晚辈。面对三个人都等着她说话的局面，她沉静了一会儿，慢慢抬起头来说道：结婚的事情先不忙说，我有几句话先说到前头，请大人考虑。我是一个结过婚的女人，年龄也比大魁大两岁。大魁是个很能干很有前途的小伙子，作为你家老大，跟我结婚，是不是会有损你们大户人家的名声？这是其一。大魁有他年轻气盛，敢作敢为的一面，也有他桀骜不驯，轻浮顽劣的一面，婚后难免有争执吵闹，轻者骂我二婚婆娘，重者拳脚相加，或者在外寻花问柳，抽烟赌钱。我不想自寻烦恼，也不知该如何应对？这是其二。我出身并不卑贱，只是家道中落，缺了娘家依靠，一个孤身女子，我是要找个终身依靠，不是看上谁家高门大户。我今天能委身过来，主要是看在跟大魁好了这么长时间的份儿上，来把话说清楚，不是上门来求你们接纳我的。实际上，我跟大魁还有些纠葛未了。这是其三。刚才大人说，能不能最近把婚事办了。我想，这些话还没说清楚，这结婚的话，还是先不提为好。

兰馨这一席话尽管声音不高，娓娓道来，可让人听了条条有理，字字惊心。定山感觉自己又一次轻看一个女子了。看见夏月荷想说话，定山干咳了一声接着说道：说得有理，看来，大魁选媳妇还是很有眼光的。能进龙家的媳妇不但要有人才，要贤惠，还要有智慧。兰姑娘的一番话，说出了居家过日子的常理，也显示了见识和智慧。人常说：跟上当官的做娘子，嫁给杀猪的洗肠子。也就是男怕选错行，女怕嫁错郎的意思。作为过来人的孤身女子，该想的，你都想到了，该说的，你也说到了。把话说到当面，你过来以后，话该咋样说，事该咋样办，今天咱就都摆明白，谁做得不好，咱照章程是问，兰姑娘，你看行不行？

兰馨早就听大魁多次说过，他爸商海驰骋，从小到大，逢凶化吉的故事，今日一见感觉不仅人品出众，谈吐儒雅，而且没有那种商人惯有的恃财显富，以财凌人的庸俗做派，尤其是最后几句话，她觉得这个未来公公快人快语，干净利索的处事作风，于常人所少见。她微微点头，算是认同。

定山说：头一条，以前嫁人的事，你不提，我们这里没人会说，以后也没有人说。我们按照明媒正娶，头一个儿子娶亲的方法操办，不存在名声问题，如果有人敢以这个说是弄非，我定责不饶。第二条，隆丰福早有铺规，所有人等，凡是涉及偷、骗、谎、贪、抽、赌、奸、虐之一者，戒尺重责二十，逐出店铺，永不叙用，亲友亦不例外。大魁虽是我的儿子，如有违犯，照责不误。第三条，我这里虽说是明媒正娶，其实，你们早已认识，照大魁的说法，已经是难离难舍。你两个可能都是看上对方的人，而不是看上谁的高门大户，因此，也不存在谁求谁的问题。至于你俩之间的纠葛，我也不好管，也管不了，争争吵吵的事情，都不要计较，退一步，没有啥解不开的。话说到这个份儿上，我想，都听明白了，你们都说说，你俩的事情该咋办？大魁先说。

大魁早就不吃了，低着头听爸爸说话，见定山点自己，立马表态：刚说的那些坏毛病，我都没有，兰馨过来，我绝不会做那些对不起她的事情，婚姻大事，一切听父母安排。

夏月荷催着兰馨说话：兰馨，你爸可把话说尽了，别再扭捏了。

兰馨抬头看了定山一眼，轻声说：兰馨是会听话的人，既然话说到这个地步，我没有可说的了，兰馨在西安没有亲人，以后，全凭二位大人给我做靠山了。

十五天后的一个黄道吉日，兰馨在隆重的气氛中，按正婚大礼，被迎娶到龙家府宅。

杨文承刚进呈祥行的大门，福胜大掌柜就过来说：上午来了两个外地人找你，有点儿南方口音，问有什么事，他们不说，一定要见面再谈。我摸不清底细，说你今天不回来，让他们明天再来。

文承想了一下，想不出自己在哪里还有南方朋友，就边洗脸边说：不管他，等他明天来了再说。他把这件事情根本就没放在心上。

文承围城以后，生意一直还比较平稳，不显山不露水维持呈祥行的招牌，实际上靠外加工挣了不少钱。由于名气不大，招摇不大，税务、警察、保安等不太找他的麻烦。即使上门来了，两个网套案子加一大堆棉花，知道榨不出多少油水，耍耍威风就走了。这两天他又接了一个外加工的活儿，他正忙着调进一批棉花和洋纱，今天早晨，刚把定金交了，明天人家就先送一部分货，其余的陆陆续续送完。

天快黑的时候，他端上一碗臊子面刚吃两口，有人敲门了。伙计开门一看，又是上午来的那两个人。人家问他：杨掌柜，在不在？伙计没经验说：在呢。两个人跟着他就进来了。

文承看了并不认识，就客气地问：请问，你们找谁？

其中一个高个子上前一步拱手说道：是杨掌柜吧，我们找你，可真不容易呀！另一个胖子也谦恭地点头赔笑着说：真不好找，真不好找！

文承问：你们从哪里来，怎么知道我，请问有何贵干？

高个子说：能不能坐下来慢慢说？

文承热情地一指客厅：请。

三人坐定，来人喝了口茶，高个子开口说道：兄弟姓骆，名连方，这位姓惠，惠水铭，我们从汉口来。

文承拱手说：久仰，久仰。

骆连方满脸带笑着说：兄弟是文物研究所的，专门研究古陶瓷的，听说你这里有一个洪武青花的瓷瓶，我们想见识见识，顺便研究研究。

文承一听是这么回事，立马爽快地答应：我以为是什么事情，这个好办。他吩咐伙计到内掌柜那里把瓷瓶拿过来。

内掌柜秦梅是个贤惠又有心计的人，她知道这个瓷瓶当年是涵玉发现的，后来文承和定山带到汉口去鉴定，结果为纯系洪武年间真品，无法报价。她对这两个人千里迢迢跑到这里来看瓷瓶，就有些怀疑，她想了一下，把内室银柜上的一个瓷瓶让伙计拿出去。那个胖子接过来看了一眼，就说：不是这个。

文承也看出不是，他刚要说不是这个，转眼一想，明白了秦梅的意思，接过来看了一下说：就是这个嘛。

那个胖子把头摇得像拨浪鼓连连说道：不是，不是。绝对不是这个瓶子，造型、花色都不是这个样子，你们拿错了。

骆连方也附和着说：看来，是拿错了，把真的拿出来吧！

文承一听知道这不仅是行家，而且专门为这件东西来的。他们是什么用意，仅仅是看一下吗？既然已经给他们这个了，干脆将错就错，看他们怎么说。主意一定，他认真地说：我家可就这一个瓷瓶，我们说是，你说不是，我也没有办法。

胖子说：洪武青花是明朝的东西，这个是当今年代的货，差得远啦，老骆，看来是不想让我们看呀！

骆连方摆出一副不屑的样子说：我们跑这么远，专门来看这个瓶子，是真的话，我们可以出高价把它买了。你们连看都不让看，这个生意就没办法谈啦。

文承装作不懂的样子说：一个瓷瓶能值几个钱？

胖子见他这样说，故意虚张声势地说：是真的话，给你二百个大洋！

文承一听，就从心里笑了，故作惊奇地说：能值二百个银洋，那可真不少，这个你给十个银洋就卖给你。

胖子生气了说：这个一个大洋都不要，那个你拿出来要是真的，我再给你加五十个。

文承继续装傻：值二百五十个银洋，我干一年也挣不来，可惜我这里没有哇！

一胖一瘦两个家伙气咻咻地走了。

晚上，文承坐在床上，跟秦梅说起今天这事儿感到有些不解：这个瓷瓶看来已经让人盯上了，我就不明白，他们怎么就能寻到咱这儿来？

秦梅说：干啥的精心啥，你拿着瓷瓶到汉口去过，汉口有人就知道你是西安的，撵到西安再寻姓杨的掌柜，那就好寻得多了。

文承说：涵玉以前说过，这个瓷瓶谁出一万银洋都不给他，世道好了更值钱，把这件东西要当宝物传下去。

说到涵玉，秦梅眼圈儿一下红了，半天不说话，只拿手帕擦眼泪。哽咽着说：涵玉姐已经走了三年多了，那么好的一个人，突然一下说没就没有了，她死得太惨了，连娃都没见上。不是她，谁能知道这个瓶子能值这么多钱呀！

文承也感伤地说：涵玉是定山最好的帮手，涵玉去世，是定山经商以来遭受的最沉重的打击！定山一下老了许多。我是有劲帮不上他啊！

秦梅说：先不说帮定山，这两个人能跑这么远，到这里寻这个瓷瓶，足见这个瓷瓶的珍贵。我估计，他们不会就这样走了，你该和定山商量一下对策，看看下一步该咋办。

文承一口吹灭了灯说：好，睡吧，明天我跟定山商量商量。

第二天一早，文承刚洗漱完，喝了几口茶，敲门声又响起来了，来的还是昨天那二位。骆连方对着文承连连拱手：多有打扰，实在对不住，我们有事要急着回去，还是麻烦你把真货让我们看一下。

文承十分客气地请他们坐下，并让伙计端来两碗醪糟荷包蛋请他们吃，然后说道：昨天你们走后，我和内人把家里整个儿翻了一遍，没有找到另外的瓷瓶，你说的什么青花，我们也不懂，昨天拿的你们说不是，我也没有办法了。

胖子见文承还是不肯承认有真的洪武青花，只好摊牌说真话了，他问：杨掌柜六年前是不是到过汉口？是不是让阅古斋给你鉴定过一个古瓶？最后，你还付给人家几十个大洋的鉴定费？

文承见他说得有根有梢，看出来，他对这个事情十分清楚，再死不承认，就很难堪了，于是就大大方方地认，可是有这回事，不过，他说那是他帮一个朋友办的，他自己什么也不懂，朋友让他出面找人鉴定，朋友跟着只看不说话，事后朋友带着瓷瓶就回同官老家了，听说遭年馑的前几年就去世了。文承想一下子把这个事情从根子上断了。

不料这两个穷追不舍，立马让文承给他说出这个人叫什么名字，家在哪个县，哪个村，家里还有什么人，等等。文承被追问得无法，只好叫福胜大掌柜报出他媳妇喜兰的父亲刘麦屯的名字，并说清了村名。这个刘麦屯就是文承当年在去炭窑加工网套的路上，救助的那个卖己葬父女孩儿的父亲。文承想：人是有名有姓，村名也实实在在，人反正已经死了，这事情到此为止了。两个人又问了许多有关这个瓷瓶的情况，看到再也捞不到什么更有用的线索，才无精打采地告辞。

文承原想，这事就这样应付过去了，不想麻烦还在后头。

原来，这两个家伙并没有回汉口去，而是根据福胜提供的地址，跋山涉水跑到福胜媳妇刘喜兰的老家去了。在村里一问刘麦屯，年纪大一点儿的人都知道，问到是否知道他有个瓷瓶的时候，村民们都笑了：咱这里离耀州窑牙长的一截路，瓷瓶瓶瓷罐罐家家户户都不少，看你要多少?

胖子说：不是这黑陶，是青花瓷。

村民们说，青花瓷也有。纷纷拿出醋坛子，盐罐子，大老碗和插瓶。胖子看了不少，挑了几个有价值的给了几个铜子，但希望的那个东西还是没有踪影。在他们继续询问刘麦屯家里情况的时候，有人说：刘麦屯死了，姑娘跟人到西安去了，他的房他的一个亲戚住着，啥事，你问他去，他知道。两个人又找到刘麦屯的亲戚。

刘麦屯的亲戚是个穷得连碗茶都供不起的人，问了半天，只是嗯，嗯地点头，说不出个子丑寅卯来，只好问他：刘麦屯死的时候，你在不在跟前?

亲戚说：在呢（他怕说不在，人家说他不亲，收他的房子）!

胖子又问：人装棺材的时候，看见有没有瓷瓶这些东西?

亲戚说：有，有好几个呢（弄不清来人意思，顺着你问的回答）。

胖子说：好，你带我去坟地看看，找到东西，我给你钱。

亲戚带着二人到坟地去看了看，又回到亲戚家。

胖子说：跟你商量个事情，今天晚上，你去把刘麦屯的坟挖开，把棺材打开，把里头的东西都拿出来，特别是一个瓷瓶，千万不要弄坏了，东西交给我，我给你两个大洋。

亲戚一听两个银洋，身子颤抖了一下，随即又摇头说：不行，不行，挖人坟茔是断子绝孙的事情，麦屯的后人知道了，要打死我呢!

骆连方说：晚上挖开，东西一拿就再埋上，第二天，谁也看不出来。

亲戚说：墓坑深得很，里头还有穿堂，打墓三个人都得好好打两天呢，我一个人一个晚上根本就挖不开。掏个洞钻进去也得半夜呢!

亲戚一句话提醒了胖子，他说：对，不用全挖开，挖个洞人钻进去，把东西拿出来就行了。

亲戚说：挖个洞倒是快，就这，我一个人也不行，还得有个帮手。另外，两个银洋不成，得五个，还要先给我，我得要吃饱，还要烧酒，还要烧纸，还要打鬼的孤拐棒，开棺木的家伙，没钱，这都弄不成！

胖子一听说：行，都按你说的办。钱，先给你两个；其余的三个，等你上来见到东西再给。人，你再找一个，东西你自己准备。

亲戚想了一下说：没有合适的人，这事还不能叫人知道，干脆我挖，你两人帮忙往上提土，鸡叫头遍，咱就动弹。俩人一听，说好，胖子让骆连方出去买一些吃的东西，骆连方说：在这里，我连东南西北都搞不清楚，在哪里去买呀，还是叫他去买吧！亲戚拿着一块银洋出去了。

胖子和骆连方见亲戚一走，立马就在房子里乱翻起来。除了烂套子破碗，半袋糠皮，一点儿麦种，几件农具，捡来的树根和烂绳外，什么也没有了。

骆连方调侃地说：要说这样的家里也能藏宝，只有那个尿盆可能值几个大洋了。

胖子瞄了瞄墙根那个粗瓷尿盆一眼说：不要小看这山野荒村，有时还真藏有宝贝，不过，他们不认识，就是认识，在这儿也不值几个钱，碰上了几个大子儿就收回来了。你别说这个尿盆，我看它还真有点儿来历，可能它有上百年的历史了，你把它背回去，我给你五十个大洋。

骆连方有点儿不高兴地说：你别损我了，这么臭的东西，让我背着，才给我五十个大洋，可你一翻手，还不得卖个三五千大洋。我才不当这个傻蛋呢！

胖子说：我吃的就是这碗眼力饭，什么东西经我眼睛一过，马上就能看出它是宝不是宝。你也不要瞧不起这尿盆，上次在湖南走了多少地方，都没看上像样的东西，就在一家卖豆腐的家里看见一个放在茅厕里的尿盆，很有些来历，我花了十个大子儿把它买回来，让人清理完了之后，摆在货柜里，第一天就让人给看上了，我要了五百大洋，他磨了半天，四百大洋买走了。

骆连方羡慕地说：难怪古董行里把你称作孙悟空的屁眼，经常出神气呀！回去你也教教我，让我也吃吃这眼力饭。

胖子说：好，回去我就收你这个徒弟。不过，你必须一切听我的，三年我让你出师！

正说着，亲戚买的酒菜和面饼蒸馍回来了。可能是饿慌了，也可能是给今后准备的，除了两瓶酒、一块儿牛肉、一包花生米之外，他把剩下的钱都买成面饼和蒸馍了。胖子也没说什么，三个人又吃又喝，酒醉饭饱，倒头就睡。鸡叫二遍的时候，三个人像幽灵一样出现在刘麦屯的坟地。

坟地里就是孤坟一座，荒草萋萋，东凹西陷，看来，很久没人来祭扫过了。天上没有月亮，但星星很繁很亮，偶尔有点儿小风和几声狗叫。亲戚提着长板铁铲、小铁锨、小坢镢、斧头、绳子、筐子和马灯。他根据坐北面南的习惯，在坟的北首开挖。亲戚干这活儿得心应手，不一会儿就刨出一个大坑，然后开始往下掏洞，到一人深的时候，让筐子往上提土，渐渐就看不见人了，只能听见地下传来往上拉的招呼声。半个时辰过去，下面传来微弱的喊声：棺材弄不开，得再下来一个人！胖子对骆连方说：你下去！

骆连方后退一步，反问道：我，我下去？

胖子说：对，你不是拜我为师嘛，听师傅的话，下去帮他一把，把东西弄上来！

骆连方胆怯地说：这么深，这么黑，我下去能行？

胖子说：有啥不行，人家都在下面了，你还怕什么，下去！

也许是胖子威严的缘故，骆连方两腿先蹬着坑沿，两手扒着往下蹭，没蹭两下，人扑通一声掉了下去，没想到周边和上面松软的黄土随之哗啦一下垮塌了，腾起一阵土雾，胖子站在坑边，也差一点儿栽了进去，等他再回过头来看时，土洞没有了，坟头变成一个像锅一样的大坑。胖子吓得立马就尿了一裤子，爬在坑沿上颤声叫着：老骆，老骆！坑里一点儿声音都没有，周围死一般的寂静。胖子半晌才清醒过来：闯祸了，老骆给埋进去了，老骆死了！惊悸惶恐的他，发出一声据他自己回来给家人说的凄惨而又恐怖的长号，长号让周围的狗都吓得半天不敢叫了。以后，一个人的时候，他只要想起那天晚上的情景，便会有尿水滴滴答答地流下来，但是，只见记载没见过实物的洪武青花对他的诱惑太大了，他仍然在做着这个梦。

十月一的前一天，文承回乡里去上坟送寒衣，顺便第二天再参加堂侄的订婚仪式。当天下午呈祥行里来了两个警察，进门就喊叫要见掌柜的。福胜大掌柜恰巧刚出去，秦梅过来问：有什么事情？

其中一个年轻的警察问：掌柜的在不在？

秦梅说：掌柜的有事出去了，啥事跟我说。

年轻的警察说：亮宝楼里丢了一些文物，我们奉上峰的命令，例行检查。

秦梅说：亮宝楼的东西丢了，在亮宝楼里找，咋能跑到我这儿来寻？你有啥证据说，是在我这儿？

年轻警察躁气地说：你还不耐烦咧，告诉你，全城都在查呢！覅啰唆，不要妨碍公务，赶快把你家的珠宝玉器瓶瓶罐罐搬出来，让我们检查。

年纪稍大的警察只跟着不说话。

秦梅见他们态度强硬，不容置辩，就进内室把银柜上的那个瓷瓶和自己平时戴的玉镯、银簪、项圈等东西拿出来，叫了一个伙计在旁边看着，她把东西摆在桌子上。年纪稍大的警察看了看瓷瓶，摇了摇头。

年轻警察说：你家不止这些，把其他的往出拿！

秦梅有些生气说：我家的东西，难道我不清楚，你清楚？没有了，就这些。

年轻警察现出一副痞子相说：你要不拿，我就要例行公事了。走，我们到内室去看看。

秦梅说：你们凭啥要搜查？还有没有王法？

年轻警察从口袋里掏出一张公文纸展开说：王法？这就是王法！说着就带着年纪稍大的警察一起进入上房，在两个卧室里翻起来，遇到锁着的柜子、箱子，统统都叫打开，连床底下，柜子底下，席顶棚上边，都检查了一遍。临走的时候，年纪稍大的警察还用皮鞋在地上跺了一圈，才无可奈何地走了。

望着被翻得乱七八糟的家里，秦梅回忆着两个警察的表现，突然一个感觉：这两个警察还是冲着青花瓷瓶来的！她一边从心里嘲笑着这伙人的愚蠢，也忧虑这个东西给家里带来的威胁。她打算等文承回来跟他好好商量商量，咋样把这个既珍贵值钱又担惊受怕的东西处置好。还没等她和文承商量，就传来文承被绑票的消息！

第十九章

春夜，天上淅淅沥沥地下着小雨，周围伸手不见五指，大多数人都已经酣然入梦了。鸡叫二遍的时候，一个黑影从很高的后墙上翻过来，顺着墙边斜放的一根粗竹竿轻轻地溜到地上，贴着墙猫着腰来到院子里地下库房斜坡道的小门前。围城期间这个斜坡道用胡基垒死，上面铺土，跟地面一样平。恢复后，斜坡上有一个防雨的护棚，但没有门，铁门在下面库房口。他对这里的情况看来很熟悉，不用灯光摸着黑掏出钥匙就开锁。就在他刚把钥匙插进锁子的一刹那间，一个铁卡死死地钳住了他的双手，而且越晃越紧，他痛苦地扭动了一阵子后，无可奈何地停了下来。下雨的春夜是很冷的，可他却是满身大汗。沉静下来时，他困惑地想：上两次都很顺利，这次怎么给这里装上了夹环？谁装的？看来他们发现了，肯定大掌柜他们都已经知道了！

在确信两手无法从夹环里脱出来之后，他沮丧地垂下了头。

离天亮还有一阵子的时候，有人到后面上茅子（厕所），他从咳嗽声听出是来柱，轻声叫了一声，来柱胆怯地跑过来一看，黑抹咕咚的大库门口脸朝里站着一个黑抹咕咚的人，吓得他“哎呀”一声就跑，嘴里还喊着：贼娃子，有贼娃子！睡在房子里、门面里的相公、伙计们闻声都起来了，披着棉袄，提着裤子，光头精脚地都围在斜坡道的上边往下边看着，谁也不敢下去。

被夹住的人只好开口说道：我是二掌柜，刚才到库房取个东西，没看清叫夹环夹住了，快取个东西，帮我把这撬开！

众人一听是长泰二掌柜，都松了一口气，立马有两个下来看。只见夹环就固定在锁柱上，套在锁子的上方。有人两手一动锁，手就进到夹环里头，只要一开锁，夹环就猛然收紧，两只手一只也跑不了。有人到灶房拿来捅条和开颜料桶的钳子，忙了半天，那结实的铁夹环纹丝不动，只好停下来等管库的山根来，大家揣摸着夹环肯定是他装上的。

天亮了，山根和柳大掌柜一先一后都到铺子来了，听说夹环把人夹了，急忙跑到库房跟前。看到长泰双手被夹成青色，垂头丧气的样子，柳大掌柜故作惊奇地问：长泰，你咋能在这儿？

长泰不知是羞愧，还是烟瘾犯了，涕泪双流，一言不发。柳大掌柜掏出钥匙给长泰开了夹环，让山根和两个伙计一起，把穿着紧身黑衣黑裤的长泰扶到前头二楼上照看，另派个伙计到南院门去请大掌柜过来。

大掌柜跟柳大掌柜在一起商量了一会儿，又到大库门前看了夹环，然后又一起上楼来跟长泰谈。长泰是聪明人，从困兽犹斗到挣扎无奈，最后浑身大汗沉静下来之后，他就开始思考自己的下场了。他知道，再撒谎都是愚蠢的，在精明的大掌柜面前，只有说实话，痛痛快快把自己一切倒出来，或许还能获得一丝同情，就是这样，离开隆丰福也是肯定的了，这是铺规！这个铺规，每过一段时间，铺子里的人从上到下都要集体背诵，挨个儿给大家讲心得。

大掌柜问长泰：你是咱铺子的老人手了，铺子的啥章程，你都清楚，咋能干这种事情，是不是抽上烟土了？

长泰不敢看大掌柜，只是轻轻点点头。

大掌柜递给他一根金堂卷烟又问：这是第几回了？

长泰急忙点着抽了一口说：第三回。前两回进库都拿了一桶进口煮青。

大掌柜问：都卖给谁了，一桶卖多少钱？

长泰说：卖给渭南三友染坊了，一桶给我八个银洋。

大掌柜说：没说假话，八个银洋，你也卖得太便宜了。铺子标价是二十，最低也要卖十六。你叫山根给你背了这么长时间黑锅，你是二掌柜，娃把你叫哥呢，都扣了娃两个月的饷银了，你太对不住人咧！

听着楼下铺子开门的声音，大掌柜对柳大掌柜说：叫人给长泰端些吃的。柳大掌柜噢了一声，自己下楼去了。

大掌柜问：咋弄的钥匙？

长泰垂着头说：山根有时出去送货，就把钥匙留给我。有一回，他回来迟了，我先走了，就没有还给他，趁机在外头配了一把。

大掌柜问：你一月三十个银洋，媳妇跟娃三口人，多好的日子。柳大掌柜再干几年就回去了，我还指望你接这一摊子呢。你不学好，染上这瞎毛病，又弄出这瞎事，自己把自己毁了呀！

长泰捂住脸痛哭起来。

大掌柜严厉地训斥道：你这会儿哭，迟咧！不争气的东西！我问你，你而今打算咋办？

长泰说：我把人丢扎咧，这烟瘾戒又难戒，瘾犯了，比死还难受，我把人活到这一步，还有啥脸活嘛，只想死了算了。

楼梯响了，山根拿掌盘端上一老碗苞谷糁子，一盘酸白菜，两个杂面蒸馍放到长泰的茶几跟前说：二掌柜，请吃饭。又问：大掌柜，你再吃一点儿？

大掌柜摆摆手，山根知趣地下楼去了。

长泰感激地看了饭菜一眼，又看看大掌柜，没敢动手吃。

大掌柜说：端来就是叫你吃的，趁热吃吧！说完，就下楼去了。

柳大掌柜在内室见大掌柜下来，急忙把他请进来，斟上香茶。

大掌柜问：咋想出的这个办法？

柳大掌柜说：第一次丢货，我怀疑是山根，尽管是他来给我说的，我看门锁好好的，怀疑不上别人。再说，咱这儿从来没有出过这事呀！时间不长，山根又来说丢了一桶，我一想，肯定有内贼。就想了这个法子。

大掌柜问：你咋能有这个东西？

柳大掌柜说：小时候跟父亲打猎，经常在野兽常走的地方下夹子，夹环。这东西好用得很，一夹一个准。给大库门上放夹环，我给山根都没说，天黑了上门后，我里外查看的时候安上，早晨我过来卸掉，已经放了半个月了。我已经怀疑长泰了，近半年以来，他坐到那里没精打采，哈欠不断，全然没有以前那么精神，那么认真了，我怀疑他抽上了。人只要一沾上这个，没钱就得动歪脑筋了，不想，还真是他。

大掌柜说：叫他下来，坐在前头照看门面，谁都不要说他问他，跟平常一样，下午，我过来再说。

晌午的时候，大掌柜在瓷器店见到了定山。他把长泰的事情说了一遍，定山问他，怎么处理？他说，犯了铺规，并且一而再，再而三，净身出门，都是最轻的。

定山半天没有说话，最后轻声对大掌柜说了几句，大掌柜点点头说了声好，就坐上洋车又到了染料行。长泰看见大掌柜过来，立马站起来，低着头不说话。大掌柜没理他，径直走进柳大掌柜的内室。停了一会儿，一个相公过来请长泰到内室去，长泰像一个等待判决的犯人，弯腰低头地进了内室。

大掌柜和柳大掌柜坐着，长泰低着头站在他俩面前。

柳大掌柜说：长泰呀，你是聪明人办糊涂事，隆丰福这么大的摊子，让咱俩经管着，对咱们是极大的信任不说，待咱们不薄呀！你办的这事，实在是太不应该了。当然，我也有责任，我自请大掌柜扣我饷银一个月！

长泰的眼泪流下来了。

大掌柜说：长泰，就你的这件事，铺子如果给警察局打个招呼，立马就把你押起来了。进去挨打受气不说，出来还有谁家敢要你！一个人名声坏了，这一辈子前程就完了。老掌柜不叫惊动警察局，他说，人亏隆丰福，隆丰福不亏人。现在，我把铺子对你的处分说一下：

一、高长泰以二掌柜之职监守自盗，致使染料行直接损失银洋二十个，间接损失银洋十二个。数额虽不大，但性质恶劣，依照铺规一个银洋一下，戒尺重责二十，逐出铺子 。

二、高长泰给铺子造成的二十个银洋的直接损失，必须由他做出赔偿，如果现在无法兑现，由他向铺子写出欠条，限定时间结清。

三、高长泰在离开铺子之前，要在染料行全体同人面前，对自己所为认错领罚，以儆效尤。

四、另对柳大掌柜以失察的过失，扣罚当月饷银十个银洋。

长泰听了蹲在地上痛哭起来。

大掌柜问他：长泰，你对这个处分还有啥说的？

长泰哭着说：不送我到警察局，就开了大恩了，给我的处分，我都没啥说的，我只求戒尺打我的时候，多打几十下，把这瞎毛病给我打得断了根！

往后的两天晚上，除了在染料行晚上关门之后，当着全体人员的面痛哭流涕检讨之外，长泰由两个相公陪着，分别都在晚上，到瓷器店、加工场、服装铺和鸿运楼去当众检讨，最后由大掌柜重申铺规。长泰提出在每个地方检讨完了之后，当众都用戒尺打他二十，大掌柜不同意。长泰哭着说：惩戒我，要叫我心里疼，当众多打一回，我心里多疼一回，就多长一回记性，不这样，我害怕改不了呀！

大掌柜只好同意，每次说到长泰自己要求当众打戒尺的时候，他都忍不住要落泪。最后一次当众检讨并打完戒尺之后，长泰流着眼泪对大掌柜说：明儿个我就不来了。

大掌柜看着他噢了一声没说话。长泰向大掌柜鞠了一躬转身离去。长泰出了门，大掌柜又追了出去，叫住他说：咱的铁匠炉子在渭南铁路上，你到那儿去，光管吃饭没工钱，先干几个月再说，常怀德在那儿，我已经给他捎过话了。

长泰感激地点点头。大掌柜把五个银洋放在长泰的手里说：这是老掌柜让带给你的。

长泰双手握住银洋，大哭着跑回家去。

一·二八事变以后，南京政府宣布将西安定为陪都，并随即成立了筹备委员会。改称西京之后，在一片开发西北的声浪中，南方和其他地方的实业家、商业人士、投机分子纷纷拥到西安参观考察，一些头脑灵活的商户趁机就挤了进来。南院门一带新添了许多商铺，带来了南方或者国外的经营方式和风格，尤其是新开了一种叫百货公司或国货公司的商铺，其建筑风格和西安砖木框架式的敞开门面迥然不同，有的是西方哥特尖顶式的，有的是明清宫殿式的，不仅门面装修得富丽堂皇，铺子里边也多用玻璃、镜子、金属反光材料等装潢，灯光一打，室内光线异常明亮，加上鲜亮的色彩装饰、优美的线条陪衬，再配上清一色的镜子货架和玻璃柜台相对排列，不但让人感觉厅里头宽敞亮堂，也对货架和柜台上的货品增加了色泽鲜亮、质地高贵的印象。

新颖的建筑、新奇的布局，吸引了众多的人来看稀奇，也挑逗了不少人的购买欲望，尤其是那些收入较高、讲究体面的人，也以在这些店里买东西显示自己身份而频频光顾。开始几天，大厅里几乎水泄不通，门外也远观近望围得人山人海，连那些卖小吃要把戏的，都挤过来凑热闹。隆丰福等同类铺子的生意明显冷清下来了。

定山和大掌柜在两三天后人稍微少一点儿的时候挤进去看过一回，大魁和东民几乎每天都进去一趟。尽管他们在汉口和一些南方城市见过这种经营格局，但他两个还是不能不为眼前的这种新颖精致的买卖方式叫好。在和定山与大掌柜讨论的时候，大魁说：不比不知道，一比就看出咱跟人家差得有多远了。人家先拿外表，把买的、不买的都吸引过来，造成人气兴旺的景象。

东民说：更主要的是，人家把里头装饰的宽大明亮，珠光宝气，色彩缤纷，并把服装、衣帽、饰品、器物等等，放在特定的架子或者柜子上，用灯光一打，立马就显得质地上乘，式样尊贵，中等的东西就变成上等的了。

大魁补充道：并且，人还在里头可以走可以看，不问不买也能成。这样，买的人心情宽松，让人悦意进来看看转转。我看，咱也得把咱的这老一套改一改了。

定山没有说话，大掌柜听了说道：你们看得细发，也把人家的特色都点出来了。我想，人家的那一套肯定是好，可它好是它的，咱还学不了，因为咱有自己的特点。咱的特点，决定了咱还得走咱自己的路。

大魁不解地问：咱的老章程还是不想变？可这两天，生意明显不胜以前了。

定山说：趋新向鲜是大多数人的习性，新鲜劲儿一过，才见真面目呢！经商靠的是货好价实、招牌信誉，不能依靠哗众取宠，声色悦人。咱们还要守我之长，改我之短，走咱自己的路。我不相信，它还能把咱们挤得无路可走了！不过，实话说，人家还是有一些咱可以借鉴的地方。

大掌柜说：老掌柜的话说得对。所谓尺有所短，寸有所长。在这时候不能妄自菲薄，把自己看得一文不值。商业行当在互争高下的时候，首先要坚信自己的优势，自己的长处，哪怕就那么一点点，都是我们信心的基础。没有这个，这山望见那山高，总是缺乏自信心，你只有等着让别人吃掉，或者趁早关门歇业。

定山说：学别人，是为了纠正自己，成就自己，不是把自己变成别人。这就跟我们吃猪肉一样，吃猪肉是为了强壮我们，而不是把我们变成猪。经商最忌讳见猪学猪，见羊学羊，学到最后，既不是猪，也不是羊，结果自己什么都不是了。

大掌柜说：老掌柜的经商道理很深刻，宗旨只有一条，永远要有自己！隆丰福开铺子有十几年了，从一间门面一个铺子发展到三个三间门面铺子，一个三间门面两层的酒楼和一个占地六亩的大工场。这是按自己的路子一步步走出来的，能这样走到今天，不但说明我们的路是对的，而且说明我们是在充分自信的基础上成功的。

定山说：当然，世事变了，咱也不能一直食古不化，抱残守缺，也得跟着变，把自己变得适应时代，跟上潮流，但最终，隆丰福还是本色的隆丰福！

看着大魁和东民都在认真听着，大掌柜喝了一口茶，说道：说了半天，咱的特色到底是啥，为什么说，咱再变也不可能跟他们一样？我大概数了一下，它一个大厅里最多四百多样东西，咱一间门面里光服装，男女上衣长袍马褂，按面料式样分，仅单棉丝绸呢料一百五十二种，各式裤裙，仅长短宽窄花色面料不同，就一百零八款。这一间门面主要面对的还是中等及以下的买主。这些人既要选结实耐用，美观大方，还要价钱便宜，因此，咱的特色就是主要靠人一对一的讲解对比，靠相公们不厌其烦地让试让挑，非但这样就做不成生意，像他们那样光摆个样品叫看叫问，很难有多大销量。咱中间门面全是上品细活，也是隆丰福的望子（吸引人的亮点），这是专门应酬高贵买主的。像紫羔银狐，貂鹿狼熊，滩皮二毛，大氅皮袍，帽子围领，挂肩披风，一种一式一样，大小形态，各不相同，很难入柜上架，只能一品一挂，仅这里就有一百八十多个样式。尽管都是冷货珍品，可一年四季都能走货，且利润不菲。还有重要一点儿，这些贵重的东西买回去万一出现点儿毛病，或买主想改个样子，咱们及时就能修改挖补，这一点儿也是他们现在所欠缺的。还不说另一间门面的中山服西服旗袍，锦袄衬衣制服，咱们前店后厂，既卖又做，新式样能够及时推出。这些特色，我估计他们暂时也还不具备。

定山说：大掌柜如数家珍，把南院门铺子点评了一遍，这些特色，经他一说还真是不少，值得我们自豪。不过，东民和大魁提出改变一下咱的经营方式，我看倒有可以尝试的地方。我想了一下，南院门的门面能不能这样改一下。

说着定山在一张纸上画了起来，边画边解释，大家看了一致都说好。定山说：既然你们都同意，从明天开始，停业三天，不分黑白，日夜赶工，第四天一早开门。大魁和东民，你们还是各忙各的；这边，我和大掌柜带着靳铁锁一块儿干！

第四天一早，人们发现，朱红色的隆丰福牌匾周围加了一个金黄色的外圈，围绕图案周边镶嵌了一圈闪光的灯泡，隆丰福三个金字顿时变得闪闪发光，原来的四个大红漆柱改成四个大理石方柱，方柱上安装了四个时髦的铜架玻璃壁灯。门面的门板也换成了近似大理石颜色的磁白色。门板卸开以后，原来的中间门面改为可以直接走进去的一个通道，通道两边的隔墙都拆掉了，三间门面成了一个卖货的大厅，原来两边的门面上各装起了大玻璃，使整个大厅里显得十分明亮，人们从外头就可以直接看到里头。沿通道两侧对应放着两排白色描金的新铺柜。之所以把原来横放的柜台能够改为竖放，就是因为把原来与各门面对应的内室隔墙拆掉了，与外头门面成为一体，这样就增加了门厅里面近三成的长度。买主可以在通道里走来走去，观看两边和里头正面展示的各式货品。两边柜台里面靠墙各是一排白色木板镶玻璃的货架。整个大厅顶上也换成白色的木质天花板，通道的天花板上装着一溜儿华美的吊灯，每个货柜上方也都装有一个明亮的灯泡。

大门一开，所有的灯光一亮，大厅内灯火辉煌，白墙白板和玻璃把灯光反射到悬挂的各色服装上，那些相公们司空见惯的货品，一下子像镀上了金色和银色，熠熠生辉，令他们赞叹不已。经营大厅好像也一下子又大了许多，货品也显得丰富多彩，琳琅满目。围在那些公司门前的人群又围了过来。大掌柜为了烘托气氛，专门到骡马市的一家秦腔剧团请了七八个名角，带着响器班彩服清唱，在铺子门口名角加名段连唱三天，那些平时见不上名角的人，连饭都顾不上吃，围着场子连看三天，过后逢人便说，这三天看戏，比吃肉都香！

隆丰福门前又成了人头攒动、热火朝天的地方了。

定山正在忙着改装铺子的第二天，杨文承坐着车过来看了。他经过几天的调养，脸色好一些，但仍能看出大难以后脸色青黄，目光飘忽的神色。一见文承，定山立马对几个听他交代施工要求的匠人说：你们先按原来说的做，等一会儿，我过来再交代。他赶快叫人端过一把椅子，让文承坐下。

定山关切地问：晚上睡觉还好吧？

文承摇摇头说：还是睡不好，睡一会儿就惊醒，老是被人塞进坑里的感觉。饭也不想吃，心思还是安定不下来。

定山说：你不要再想那个情景了，事情过去了，大难不死，必有贵福。我不是也叫人家绑过一回嘛，不过那是在保安团。

文承说：唉，人活在世上，啥罪都可以受，唯独这个罪是最难受的。

定山有意岔开话题问：你看，门面这样改一下，是不是比原来好一些？

文承说：我看铺子这一改明显宽敞了，买主试衣裳也不害眼了（不尴尬），遇到刮风下雨下雪，买主跟相公们也都不受罪了。

定山说：这是一方面。更主要的是，人家新潮流来了，咱这老一套就显得跟不上了。再不改，人家就得把咱从这儿挤出去了。

文承说：可不是，商业是一个地方的脸面嘛。一个地方要换面貌，肯定先从商业开始。商铺如果有大变化的时候，这个社会也就要变化了。我看，咱西安也要有大变化了。

定山说：文承，你说得好，这世事就应该越变越好。前几年的大灾大难，老百姓把苦受扎了，该过几天安稳日子了。

文承说：唉，谁不想安稳呀。你没看报上说，小日本在咱的东三省烧杀抢掠无恶不作，多少宝贝东西都叫他们运回日本去了，不少地方都组织义勇军到东北打鬼子去呢！

定山说：这消息，我也知道。咱打仗不行，可天下兴亡，匹夫有责。商人嘛，到时候咱多捐些钱，多尽些心吧！

文承说：大哥，我来，就是想跟你商量，如果国家抗战缺钱，需用老百姓捐献的话，我想把"那个"捐出去。

定山知道，文承说的"那个"指的就是洪武青花，就是这个瓷瓶把他害苦了。他低声说："那个"的任何声影可不敢再往外露了，一点儿风声出去，稍微贪财一点儿的家伙都会给你带来大麻烦。你捐出来，是想为抗战出力。收的人要么不识货，当成个普通物件撂在一边糟蹋了；要么是个识货的，自己收起来留下了。你想给抗战出力，不是白出了。

文承说：我现在一做梦，就是被绑票时候的情景，跟刀子刻的一样，在脑子里就再也取不掉，实在把人烦透了。

定山想：文承又扯到绑票那件事情上了。是啊，对文承来说，这件事就像毒蛇一样死死地缠着他，不过，无论哪一个经历过这样噩梦的人，又怎能轻易地摆脱得了呢？那是一次炼狱呀！

那天，文承到坟上烧完纸和纸做的寒衣以后，往村里自己老屋走的时候，迎面过来两个人很客气地问：先生是不是杨文承杨掌柜？

文承打量了对方一眼，感觉很面生，奇怪地问：你们是哪里的，怎么知道我的名字？

一个生意人模样的胖子说：兄弟是渭北炭窑上的。以前，你给我们旁边一个窑上加工过网套，我去看过。你可能记不得了，可我记得你。寻你的意思，就是想请你给我们窑上也加工一批。

文承听说要加工，立马放松了警惕，高兴地问：在啥地方，有多少？

胖子说：在白水，头一批是二百，后头还有二三百个。

文承说：好，咱到屋里说。

胖子急忙摆手说：我的掌柜的在街上酒馆里坐着等你哩，详细情形，他要见面跟你谈。

文承说：好，你稍等一下，我回去打个招呼。

胖子和那个瘦高个儿一齐说：不用，不用，过去坐一下，一会会儿就回来。这时，后边来了一辆硬轱辘骡轿车，两人一边一个扶着文承说：正巧，坐车过去。连拉带推把文承弄上了车。

坐到车上，文承感到很有点儿不对劲，白水自己没去过呀，他们怎么能跑到塬上来找我呢，这个骡车也来得太巧了。正想着，瘦高个儿把文承两只手朝后一扯，顺手就拿绳子捆上了，胖子从怀里掏出一条黑布蒙上文承的眼睛。

文承大声喊道：你们干什么？光天化日之下，你们凭什么绑人？还有没有王法！

两人都不吭气，骡车跑得更快了。

大约跑了有一个时辰，路很不好走，文承感到好像是往东南方向到了一个半塬上的坡道里，他被人扶下车，凭气味判断，好像进了一个窑洞，在一个土炕上坐下。有人解开他绑手的绳子，去掉眼前的黑布，他看见土窑很小，除了一盘炕外，里头也只能站下三四个人。窗台上放着一个菜油灯，炕上坐着一个黑胖子，骗他来的两个站在窑门外，他身边分别站着两个强壮的大汉。

炕上坐着的那个黑胖子面前放着一个小炕桌，上面摆着酒壶、酒盅和一盘子认不出的什么肉。黑胖子见文承转过脸来看他，咧开嘴笑着说：来啦，杨掌柜！

文承问：你们是什么人，把我弄到这里干什么？

黑胖子笑着说：杨掌柜真是个急性子，见面不打个招呼，就先问个为什么，为什么？不为什么，请你来，就是请你给咱网个网套！咋样，不行吗？说完，他和窑里窑外的人都一起大笑起来。

文承趁他们大笑的时候，从窗户看出去，天已是下午了，外头都是塬上常见的柿子树，能看出这是一家独户，旁边有人进出，隔壁可能还有一眼窑。

黑胖子倒上一盅酒，放到桌边对文承说：你是客人，先喝了这盅！

文承瞟了一眼说：我不会喝酒。

黑胖子豪爽地说：好，不会喝，就不喝；啥时候想喝，自己就过来喝。刚才，你不是问，我是什么人吗？告诉你，你二爷妖字号就叫鳖豆簸箕，专门给人报仇要账，出气消愁的。

文承一听鳖豆簸箕，就明白了，这是塬上有名的黑豆虫（地头蛇），心狠手辣，暴戾残忍，杀人不眨眼，常常昼伏夜出，行动诡秘，一伙人或散或聚，个个身手了得。喜欢接手大户人家的恩仇积怨，最爱到事主家里堵门索财，事情办完，给你留个记号作为警告，或割半个耳朵，或在脸上留一道口子，或打断胳膊腿，稍有不从就杀人。县上警察提起他就头疼，一般人一说鳖豆簸箕，也都浑身起鸡皮疙瘩。几任县长都想把这个害人贼打掉，多次得到准确消息前去围剿，去了就扑空，有两次，还叫人家把警察打了伏击，鳖豆簸箕的内线太厉害了。

文承一想，在这个杀人魔王面前，还是装傻一点儿好，他们无非就是要几个钱罢了，能给就给吧！主意已定，他说：老哥不是要网套嘛，要多少？你说。

鳖豆簸箕一听，哈哈大笑着说：网套肯定要，还有的东西也得要，咋样，能不能痛痛快快一点儿？

文承说：没麻达，还要啥，老哥，你说。

鳖豆簸箕把杯中酒一饮而尽说：好，干净利落，你痛快，咱这事就好办！其实，也不为难你，你把家里的那个瓷瓶叫人送来就对咧。

文承没想到，鳖豆簸箕也是为瓷瓶而来，可他并不知道汉口两个人去同官的情况，就说：这个瓷瓶不是我的，是同官一个乡里人的。上次，汉口两个人来找这个东西，我给说了地址，可能都寻见拿走了。

鳖豆簸箕说：还给我说谎呢！你一个谎，把汉口人日弄到同官去了，结果死了两个人，也没寻见瓷瓶，埋的那个是个穷得等老鸹屉屉下来他接着吃的人，他哪里来的宝贝瓷瓶？把棺材盖揭开，把人撂出来，把棺材翻过来，也没有见个瓷片片。我不要你的那啥红的瓷瓶，我是拿人钱财，替人消灾。你犯到我手里，就不要耍花子，你好说好办，我礼仪待人，绝不为难。你再想耍我，一个对时，你出不了这个窑门，就把你埋到炕脚底！

鳖豆簸箕说完下炕，把光板长皮袄一披走了，两个壮汉一个炕上，一个窑门口守着文承。文承一句话也没有，倒头在炕上躺下。他想：看来，这鳖豆簸箕不好对付，干脆把这东西交出来吧，省得操心受累，担惊受怕。可又一想，这是涵玉发现的东西，自己这么轻易地把它处置了，咋能对得起死去的涵玉呢！即使自己同意交出来，秦梅也不一定愿意，秦梅把它看得比自己命都重要呀！说老实话，自己也不愿意把这东西给人，这是上天传给自己的一件宝物呀！哎呀，这可真是把人难死了。想着想着，他迷迷糊糊地睡着了。

等他醒来的时候，天已经黑了。两个壮汉借着菜油灯光，在炕桌上赌钱。文承坐起来下炕，慌得两个家伙急忙过来问：干啥？

文承说：尿一泡！

两个家伙一前一后夹着他走出窑门，在一个坡塄子前站着让他尿。文承站了半天，也尿不出来，最后只滴了一点儿。两个家伙把他弄回到炕上，把门关起来。文承又重新躺下，这回，他无论如何也睡不着了。他把最近的事情连起来想了又想，始终理不出一个头绪。他知道，明天晚上就是自己的大限，不管咋样，明天一定要拿出应付的办法来。他问自己，只有给和不给两条路，难道还有第三条路吗？

文承突然想到，鳖豆簸箕说过，他是拿人钱财，替人消灾，既然别人可以给钱，我为什么不能给钱？如果你鳖豆簸箕绑我就是为了钱，那我多给你一些钱，这个事情不就立马能了结吗？想到这儿，他恨自己，刚才鳖豆簸箕在的时候，为什么不当面把钱的事情说一说，如果早说了，可能自己现在就回家了。

停了一下，他又想：这鳖豆簸箕万一不要钱，或者狮子大张口，要的数目巨大，可咋办呢？他思考了一会儿，决定明天先跟鳖豆簸箕谈钱，数目大一点儿都可以，如果坚持要瓷瓶，不到万不得已，轻易不松口。主意已定，他稍感轻松地睡着了。

半夜的时候，文承就冻醒了，他想坐起来，胳膊腿都被绳子绑着，两个看守他的家伙，盖着老羊皮袄，睡得涎水都流出来了。文承只好硬挺着坚持到天亮他们醒来。

起来之后，他感觉这里就只有他们三个人，其余的人都不见了。两个家伙在地上生了一堆火，不知从哪里搞来十几个苞谷棒子放在火边煨，弄得满窑都是烟，文承被呛得直咳嗽，他知道，这是在准备早饭了。文承有意和他们拉好关系，就从怀里掏出四个银洋，一人递给他们两个，又拿出一个说：随便买些啥吃的喝的吧。

两个家伙一见银洋两眼放光，那个大胡子抓过那块银洋就往外走，回过头来对另一个说：人，你看好，我去买些吃的。出溜一下，就不见了。

文承问：兄弟，贵姓？

年轻的说：姓羊。

文承说：你也姓杨，我也姓杨，咱俩五百年前是一家子。

年轻的说：我姓的是山羊的羊。

文承说：噢，山羊的羊，我听说过，这个姓是从杨大姓里分出去的，杨羊不分，还是一家人嘛！

年轻羊嘿嘿笑笑没说话。

文承继续问：你的头儿啥时候过来？

年轻羊说：我们大脑兮一般不过来了，临走时说，天擦黑的时候，如果你再不说交出瓷瓶，就叫我俩把你在窑里埋了。

文承一听，顿时身上冒出一身冷汗。他看看年轻羊还是个不到二十岁的小伙子，一脸单纯，不像说话骗人的样子，立马想到，鳖豆簸箕杀个人，就像捻死个蚂蚁传说的真实。他看着正在灰堆里翻苞谷稚气未脱的年轻羊轻轻地说：小伙子，我给你五十个银洋，你把我放了，或者你跟我一块儿到西安去，你看咋向？

年轻羊看都不看他说：你就不要动那个心思，你一个人走出去八步，就有人拿枪把你打了，你口袋里的钱到天黑都是我们的，你带不走，多少我们都要交给大脑兮的。

几句话把文承说得目瞪口呆，文承这才明白现在的危险处境了。看来，昨天自己计划了半天的方案，一个都没有希望了。他一个人爬上炕去，靠在窑壁上沉思起来。

黑胡子买回来一包腊汁肉和十个饦饦馍，还有一瓶酒，放在炕桌上招呼道：都过来，喝一点儿暖和。还特地把炕桌往文承这边挪了挪，没等其他人过来，他就连吃带喝起来。

看着年轻羊出去洗手，文承问黑胡子：你们大脑兮啥时候过来？

黑胡子吃得正来劲，含糊地说：他不来了，你啥时候叫人送瓷瓶呢？

文承说：瓷瓶，我没有。我想出钱，想跟他商量一下，看要多少钱。

黑胡子说：有瓷瓶，就有你的命；没瓷瓶，这个炕脚底今儿黑了，就是你的归宿。这炕脚底已经埋了三个了。

黑胡子看着文承不以为然的样子，对刚进门的年轻羊说：羊，你把埋的那三个的头刨出来叫他看看。

年轻羊不情愿地挽起袖子，拿起一把小铁锨，在炕沿旁一尺的地方刨起来，没几下，他说，你看头发。再挖了几下，文承看见半个脸出来了。

黑胡子说：你还不信，这三个都在这儿立着呢！今儿黑你的瓷瓶拿不来，你的坑就在离窑门一尺的地方，吃了晌午饭就叫羊给你挖！

文承一下子软了下来，半天说不出话来。他知道，城里的人，大概还不知道自己被绑票的情况，即使知道，他们也无法寻到自己，也可能他们是故意做套吓唬自己，可要是真的呢？现在，谁都指望不上了，能救自己的只有自己！可怎么个救法呢？

他问黑胡子：那现在，你们跟我一块儿走，到城里我屋里去寻一下，寻见，你们就带回来。

黑胡子说：昨儿个我大脑兮就说了，叫你不要耍花子，你还是要耍，这对你没啥好处。想活命，你就写一封信，告诉你家人，把瓷瓶交给我们去的人，咱这里见到东西立马放人。

文承说：我确实没有你说的瓷瓶，我想叫人去取钱，你看得多少钱？

黑胡子说：我们不要钱，就要瓷瓶。

文承说：昨天，大脑兮不是说，拿人钱财，替人消灾。就是说，你们也是收钱替人办事的吗？

黑胡子说：说得不错，我们收了人家的钱，就要给人家把事办好，咋能收了人家的钱，再收你的钱，那就没有公德了。

文承又生气又好笑地说：你们反正是挣钱呢，把他的钱退了，就说没办成，你们退多少，我补多少，甚至再多给些，这还不成吗？

黑胡子说：你说的那是屁话！那样做事，就没人招你了。我家大脑兮，好坏在这一带也是个人物呢，这样做，叫人就看扁了。给钱的事，你就不要再提了。

文承说：我想请你老哥救我一命！请老哥给我指点迷津。

黑胡子说：唯一的办法，就是你赶快写一封信，我叫人立马到你屋里把瓷瓶取来，你高高兴兴回去，咱俩两不耽搁。

文承问：再没有其他办法了吗？

黑胡子说：再一个办法，就是天擦黑的时候，坑已经挖好咧，你跳下去，我们把土一埋，我在上头踩实，咱各走各的路。

文承一听懊丧不已，弄了半天，说了，等于没说！他无可奈何地说：你取个笔和纸来。

黑胡子说：这就对咧，羊，把笔跟纸拿来。

文承抖抖索索地写了一张纸，两个家伙看来都不认识字，装模作样地看了一下，黑胡子就出门走了。年轻羊从另一个窑里取了一个尖长扁铲就在窑门一尺的地方挖了起来，挖一挖，到外面倒一回土。

文承看得毛骨悚然，他小声问年轻羊：这是挖埋人的坑吗？

年轻羊阴沉着脸说：给你挖的。

文承一听魂飞魄散，颤抖着问：我不是已经写过信了吗？

年轻羊说：大脑兮说，凭这封信，根本就拿不回来东西，天不黑，就送你上路！

文承一听哭出声来，哀求年轻羊说：大兄弟，你不要挖了，我求你救我一命，你得救命呀！

年轻羊不为所动，继续往下挖着。文承这时才感到害怕了。他知道，他在信里写的让秦梅在家里找，看有没有一个是洪武青花的瓷瓶，如果找到，就交给来人带回，从塬上换我回去。这其中隐含了许多意思，不想，让大脑兮一眼就看出来了。他突然想起自己写完，黑胡子就带走了，不大一会儿，年轻羊就过来挖坑了，看来，大脑兮就在跟前，说不定就在隔壁，他疯了一样跑出去到隔壁窑一看，窑里头半截子都塌了，只放了些木棍柴火和一些工具，根本就不能待人。再往两边看，也没有窑洞，更没有人家，他不敢再走了，年轻羊说过，走出八步，就有人开枪。他又折回窑洞。坑已经半人深了，年轻羊用一块儿布做筐子，在坑底用脚往里推土，然后艰难地举上来倒掉。

文承这时真是急了，他对年轻羊说：兄弟，我重写一封信，行不行？

年轻羊仍然在挖坑，没有说话。文承叫天天不灵，呼地地不应，放声大哭起来。

坑终于挖好了，这是一个上下一般粗的直坑，比文承高一头的年轻羊站在里头刚露出头发。年轻羊也不管大哭的文承，爬上来收拾工具，拍打完身上的土，就坐在炕上抓起早上买来的酒，对着瓶口猛灌了几口。

文承过去站在年轻羊的跟前，抽咽着求他：兄弟，你能不能让我跟大脑兮见一面？我有话要说。

年轻羊说：不知道他现在在阿达，他过来的话，我跟他说一声，看他见你不见你。

文承之所以要见大脑兮，是他刚才在大哭的时候，突然想起很久以前秦梅好像说过，她干大（干爸）在荒年曾经救过一个外乡的父母双亡的小男孩，并把他养到二十岁，被抓走当兵去了，以后他跑回来就在塬上干起拉杆子打家劫舍的勾当。有时还过来给干爸送些钱和东西，来一回，让干爸骂一回，东西和钱都给撂到地上。可他还是来，直到后来，他答应只打富豪，不欺良民，干爸才给他个好脸。听说小名叫个蹋踏娃。秦梅没出门（出嫁）时经常见他，文承从来没见过。他想，这个拉杆子的蹋踏娃会不会跟这个大脑兮有些关系？

天擦黑的时候，黑胡子和年轻羊过来对文承说：到时候了，你该上路了。文承赶快跪下给两个磕头作揖，求他们饶他一命，让他和大脑兮见一面。两个家伙不听那一套，把他手往前一绑，黑胡子把他一抱就往坑里放，文承用脚撑住坑口，就是不下，年轻羊把两只脚一抱硬塞进去，文承扑通一下就掉进坑里，他像被杀的猪一样地喊叫起来，黑胡子把一条脏布硬塞进他的嘴里。两个人立马把堆在坑旁边的土用脚推进坑里，一会儿土就埋到文承的肚子跟前。就在这个时候，大脑兮带着人进来了。

大脑兮坐在坑沿上，让人把文承嘴里的脏布去掉，对着眼泪鼻涕一块儿往下流的文承说：给你说过，不要给我耍花子，你还是溜奸耍滑，写信挽花子，你这一套，我一眼就看穿了，我能拿上你写的那东西去找你屋里的人吗？你二爷最恨的就是你这号滑头！现在，你的大限到了，你还有啥要说的话？

文承在坑里根本就看不见大脑兮，他尽量把脸仰得很高，痛哭流涕地说：大脑兮，我错了，我不该写那封含糊其词的信骗你，求你放我一条生路，要钱要瓷瓶，要啥，我都答应！

大脑兮说：你这会儿说这话已经迟了，我宁可不要人家的钱，也要把你这个对我敢挽花子的东西处置了。说罢一挥手：埋！坑周边的土被几只脚同时推进坑里。

文承在一片土雾里用尽最后的力气喊道：大脑兮，你认得不认得踢踏娃，认得不认得宗明举？

大脑兮一听，急忙叫人停下，先把人拔出来。

文承被人放在坑边的地上喘着气。大脑兮走过来圪蹴下问：你认得宗明举？

文承喘着气说：那是我丈人爸（岳父）。

大脑兮又问：你媳妇叫啥？

文承说：叫秦梅。

大脑兮一听，急忙站起来对旁边人说：快，快搀到炕上来，轻一点儿。

文承的最后几句话，对自己起了生命攸关的转折，他不但从阎王爷手里捡回了一条命，而且立马成了大脑兮的座上宾。大脑兮果然就是踢踏娃，他是宗明举从小收养的干儿子，也是秦梅的干哥。由于踢踏娃的名气不好，宗家人很少提起他，踢踏娃也不知道秦梅嫁到西安，更认不得秦梅的女婿杨文承。

大脑兮问了许多有关宗明举和秦梅的情况，文承都说得丝毫不差，并说，就在昨天，他还到丈人家去看了老人，并给老人带去了他爱吃的德懋恭的水晶饼和辇止坡的腊羊肉。

大脑兮让其他人都到外边去，单独与文承说话。在听了文承的一番话之后，确认文承就是自己的妹夫，他对刚才手下对文承失敬的举动一再表示愧疚，请妹夫谅解，并请他回去给妹子好好解释，求妹子原谅。并说，有时间他到省城，一定当面赔罪。在说到这次绑票的事情时，他说，这是西安一家古董店寻到他手下黑胡子，请他们帮忙从呈祥行杨掌柜的手里弄到这个青花瓷瓶，给他们许了一千个银洋，先付了五百个，事成之后再付五百。

文承说：我都给黑胡子说了，我没有瓷瓶，我愿意出钱。说句实话，我已经准备出五千银洋换我出去，可他死活就不接我的茬。这一回，我的命就在最后的惜乎那一下呀！

大脑兮问：你为啥一见面不提我爸或者我妹子的名字？要是一开始就说了，哪儿来的这么多麻烦。

文承说：开始就把人吓坏了，脑子都乱了，啥都想不起来了。后来也是脑子突然闪了一下，又拿不准，只能在最后喊出来。

当晚，大脑兮叫人弄来两匹马，由两个人护送文承回到文承在塬上的家。文承害怕秦梅着急，第二天天不亮，就叫人套车把他送回西安。

西安呈祥行这边乱成一团。秦梅两夜都没睡，在等消息，大掌柜福胜带着七八个伙计，分三摊在塬上到处打听，定山托人请警察局派出一个侦查小组五个人由隆丰福出马车，大魁陪同，先到县上摸底，然后再上塬访查，转了一周八匝，饭吃了五六回，酒喝了十几斤，结论是地广人稀，难查踪迹。最后到鲸鱼沟去再“查访”了一下，就回来了。

第三天快晌午的时候，夏月荷陪着秦梅在上房里屋坐着，正劝着秦梅喝一点儿米汤，小睡一会儿，只听见外头有人飞也似的跑了进来，把秦梅吓得心嗵嗵嗵跳起来，一个伙计进来大声喊着：老掌柜回来了！秦梅还没走出上房，文承已经从天井那边走过来了。秦梅再也忍不住放声大哭起来。

夏月荷立马给一个伙计说：到南院门请老掌柜来！

定海在四个卫兵和两个副官的护卫下，一行骑马急速返回营地。一进团部作战厅，就对等候的人说：又有仗打啦！他脱下手套，走到长桌顶端坐下，看到除了参谋长在，四位营长和侦察连、炮连的连长，也都整整齐齐站在桌子两边，他示意大家坐下。高兴地说：师长在今天的作战会议上专门表扬了我们团，说十八团建制整齐，训练有素，战斗结束后能迅速补充兵力，拉上去就能打出个样子来，称得上是个模范团！

参谋长听了站起来带头鼓起掌来，大家也跟着鼓掌，气氛顿时活跃了。

掌声一落，定海话锋一转，严肃地说：这次，我们面对的是一个刚刚获得新装备的从外地开过来的一支队伍，据说，战斗力很强。我们团这次被安排为第二梯队，打响之后，随时听候调遣。后天晚上，我们赶到指定地点。现在，我命令：一二三营和加强营，从现在起，迅速按中型战斗规模准备，检修武器，补充弹药，充分休息，就地待命。侦察连和炮连，会后听从参谋长的安排，进行特殊准备。

定海布置完毕，停了一下继续说：从现在开始，人员一律停止外出，随时待命，时刻保持联络通畅。听明白了没有？

大家齐声回答：听明白了。

参谋长宣布：各单位所需弹药，后勤兵今天下午全部送到，请各营长现在立即返回各自部队，炮连和侦察连连长留一下。

战斗是在第三天拂晓时打响的。双方一接火，就以强对强，定海他们友团沿山一带守住，以逸待劳打阻击。敌人大部队进入到设定的埋伏圈里，这边一声打，轻重火力一齐开火，显示出强硬的守势。而敌方似乎早有准备，枪声一起，并不慌乱，立即按建制散开，抢占有利地形组织反击。枪对枪，炮对炮，一阵激战过后，打了个平手，不分高下。双方在火力侦察结束之后，下一轮的真本事都使出来了。

敌人先用炮火轰击定海友团方面的前沿阵地，然后，正面进攻的队伍往两边一撤，后面上来一大队轻重火力密集的敢死队，冒着强大的火力，用手中的新式武器狂扫硬冲，进攻速度极快，不大工夫已经冲击到前沿阵地的跟前，经过短暂的交锋，对方以强势的火力和训练有素的战术，拿下了这个阵地，友团的阻击防线被突破了。友团方面立即调集力量进行反击，但是，由于由原来的阻击变成了攻击，有利地形变成了不利地形，加上武器的差别，攻击战术的差别，敌方越打，地盘越大，力量越强，友团越打越被动，反击的能力大大减弱了。敌方看见防线已经被撕开了口子，原来进攻的部分队伍和后续的队伍开始动作，准备从这里通过。

敌人只是动用了一个营的兵力，但它像尖刀一样刺了进来，很快把被动挨打变成主动打人，战斗双方的角力发生了质的变化。如果不能及时扭转劣势，敌人乘胜长驱直入，千里大堤将毁于蚁穴，后果不堪设想。就在这个时候，师部命令及时下达：十八团上去，坚决要把丢失的阵地夺回来，把口子封住！

定海从战斗还未开始，就一直在观察敌人的动向，当看到这一股敢死队以强快攻势制胜的时候，深为这种出其不意的战法而佩服。尽管敢死队左突右攻，强悍地把拥上来反击的队伍打了回去，但他也看出敌方衔接方面的问题，这个机会稍纵即逝，他认为师旅长官不会看不出这一点儿的。他低声对参谋长说：可能该我们了，通知炮连做好战斗准备。果然，传令兵跑步过来传达出击命令。

定海命令潜伏的一二三营从后面左中右三个方向同时扑上去，以多打少，居高临下，发挥手榴弹的威力，快速吃掉这一股暂时孤立的敌人。炮连瞄准敌人增援的方向，随时待命准备火力封锁增援之敌的通路。实际上，三个营和炮连是同时行动的。三面反击刚一开始，敌人的又一股敢死队就扑了上来，由于炮连调动得早，这支敢死队刚冲到炮连的射程内，十几门火炮一齐狂轰，狂妄生猛的敢死队立刻就寸步难行，而那个刚进入阵地的敢死队在三倍于自己火力的打击下，开始还穷于抵挡，经不住成百上千个手榴弹的攻击，不一会儿就成了砧板上的鱼肉，任凭宰割。不消一袋烟的功夫，全部被歼，阵地失而复得。定海急忙命令队伍不要进入阵地，立马回撤。个别人员还在捡拾阵地上的新式武器，回撤得稍慢一点儿，敌人的炮弹就打了过来。

狂轰滥炸的炮火刚一停，那边隐蔽的敢死队就又冲了上来，定海让三个营撤回，安排早已跃跃欲试的加强营上去。加强营长是个二十七八岁的小伙子，绰号叫胆包天，打仗不但肯用脑子，还敢啃硬骨头，凭借灵气和霸气，总能在战场上创造奇迹。定海总是把他放在关键的时候用一下，他也经常能发挥出事半功倍的效果。

胆包天让两个连进入工事掩护，另外两个连由他亲自带着从左侧一个山坡旁插上去，一字儿排开由十几挺轻机枪开道，后面全部是红缨大刀，嗷的一声叫，直冲上去。猝不及防的敢死队，猛一见这阵势略微一迟疑，大刀片子就抡了过来。短兵相接的时候，大刀是最顺手最有效的武器，它比刺刀灵活，能砍能戳，刀刀见血。平时，他们总是训练在肩膀上面削头的动作，士兵们被练得一个个像割高粱的农民，左右翻飞，刀起头落，一穗穗的“高粱头”滚落一地。等敌人后面的增援队伍上来，胆包天已经领着“农民”们撤回阵地了。

胆包天的加强营守着阵地，灵活机动，敌人强攻，一会儿死守，一会儿出击，从上午打到下午，阵地一寸没丢。定海知道光这样死守不是办法，他已经让参谋长带着侦察连分排行动，把敌人部署搞清楚，顺便抓个舌头回来。参谋长和侦察连长出去两个时辰回来了，报告了一个大好的消息：他们趁敌人把注意力都集中在前沿进攻的时候，迂回到敌人后面，干掉了哨兵和副官，抓住了敌人的团长，并把敌人的团指挥部扫荡了一下！

定海一听大喜，说道：敌人现在群龙无首，马上就要乱了，立马命令一二三营准备，然后让吹起冲锋号，向敌人发起全面进攻！定海团的这一行动，让被迫退出阵地的友团也来了精神，从旁边也攻了上去，他们与敌人另一个增援的团遭遇，敌人立足未稳，仓促应战，被他们打了个落花流水。

经过多半个时辰的激烈战斗，击溃敌人两个团，打死敌人四百多人，俘虏敌人二百多人，收缴各式武器一千多件，活捉敌团长一名。打了一个漂亮的阻击歼灭战！

晚上开饭的时候，敌团长被押了过来。定海坐在团部大厅里，参谋长和侦察连长站在旁边，一个粗壮的穿着校官服的胖子被五花大绑押了上来，站在距离定海两丈远的地方。胖子显得很懊丧，低着头咬着嘴唇，一言不发。

参谋长厉声喝道：抬起头来，报上名字！

胖子受到威慑，慢慢抬起头，嘴里嗫嚅着说：二十三团团长桑天星。就在他一边报名一边抬头的时候，眼睛与坐在大书案后面龙定海团长的眼神对上了，他赶快低下头。之后，又猛然抬起头，仔细端详了一下定海，惊喜地说：你不是西安龙家，龙营长吗？

定海也认出这个当年西安的保安团的桑团长，他还没来得及说话，参谋长大声训斥道：不得胡说，这是十八团龙团长。

定海微笑着说：噢，是桑团长啊！

桑团长也满脸堆笑说：龙营长，不，龙团长调度灵活，指挥有方，出奇制胜，把我们胜利的果子硬从嘴里掏出来，真是佩服，佩服！

定海说：没想到，在这里能碰上桑团长，桑团长的敢死队真是横冲直撞如奔丧（桑）呀！

桑团长尴尬地笑着说：老朋友了，能不能把这绳子给解了呀？

定海指示副官给桑团长松绑，并让人搬椅子请他坐下。

桑团长说：西安一别，又是好几年了。我老桑东奔西跑，出生入死，到头来还落了个阶下囚的下场。

定海问：桑团长，你们日夜兼程从百里外赶到我们这里，气势汹汹地打我们，是为了什么呀？

桑团长不自在地笑了笑说：那都是大官的事，咱只是服从命令，让干啥就干啥。

一个副官进来报告：旅座副官长在客厅等候，要面见团长。

定海知道，这是参谋长的安排，站起来对桑团长说了一句失陪，就走了出去。略停了一回儿，进来五个兵士，其中一个对桑团长说：对不起，龙团长到旅部开会去了，请你换个地方。

桑团长说：不用换，不用换，我就在这儿等他，我们还有话要说呢。

兵长说：说话以后有时间，现在还得委屈你一会儿。说完，几个士兵上来，又把桑团长捆了个结实，拉走了。

桑团长路过几个房子，看见里头关着很多自己的部下，有的看见他过来叫着：团长，团长！桑团长梗着脖子，拿出一副不在乎的样子，大步朝前走去。他被单独关在一个小房子里，门前和后窗都有哨兵把守。开饭了，一个伙夫给他房子地上放了一个碗，下面半碗熬白菜，上面两个杂面馍。桑团长看了半天，没吃。

这个桑团长偶然在这里碰见了定海，本来绝望的他，突然看见了一线生机。他想跟定海好好聊聊，利用旧情为自己寻求一线生机。不想没说几句，人就走了，自己也被关了起来，这待遇，就不像个对朋友的样子。看来，这个龙团长还记着以前的那点儿事情呢。唉，那个时候自己有点儿太贪财了。他感到自己到了关键的时候了，不抓住这个龙团长，不利用这个唯一的机会，自己前途难卜呀！他于是想策略，给钱，给多少？他能不能要？他哥是做大生意的，钱很难打动他。要给，就给个狠一点儿的，一下子让他头脑发热，把自己放了！对，就这么办，可给什么呢？思来想去，他认为只有把那个宝贝给他，才有希望。主意一定，他让哨兵叫个当官的过来，他有重要的事情。一个排长过来问：有什么事？

桑团长见他官太小说：去叫个大官过来。

排长说：孬孙，你当你还是团长呢，你现在是我管辖下的俘虏，嫌我官小，你自己出去叫呀！你以为，那大官是那么好叫的吗？给你说，你爷我不伺候你！

桑团长让他噎得半天说不出话来，看着排长的背影，他摘下自己的手表叫道：大排长，你看这个。

排长回过头看见手表，停了一会儿问：咋啦？

桑团长说：这个给你，你想办法，让我跟龙团长见一面。

排长把手表接过来看了看，还给他说：东西，你拿着，我给你问问看。

一会儿排长回来说：参谋长说啦，龙团长参加师部会议去了，马上又要打仗，明天送你到西边去。

桑团长一听急了，尽管他不明白，送他到西边是什么意思，要是一打仗，谁知道他们啥时候回来呀！急忙哀求道：能不能给我拿支笔和纸，我给龙团长写封信。

排长听了没吭气，停了一会儿，一个小兵送来笔墨纸砚。桑团长趴在床边很快写了两张纸，仔细折好，请求哨兵赶快送给龙团长。

定海展开桑团长写的两张纸看着，无非是请龙团长不计前嫌，看在共同朋友程根苗的面子上，放他一马，他愿以从陕西带回的六个铜鼎为薄礼相送。定海看到此处，心里一震：是不是自己的那六个鼎？要是的话，怎么到了他的手上？眼下，这六个鼎在什么地方？他真想立马把桑团长拉出来问个明白，仔细一想，他认为，自己直接出面不利于处理此事，还是让机敏的参谋长去摸清底细。他叫来参谋长，把情况仔细交代清楚，让他见机行事，一定弄个水落石出。参谋长心领神会，把桑团长叫人带到自己的公事房，好酒好肉相待。半个时辰，就把一切弄清楚了，跟定海一商量，他就依计而行，换好衣服，后半夜就带着人上路了。

一支精悍的骑兵小队昼夜兼程，在黄昏的时候，赶到豫北的一个县城，他们把马隐藏在县城外一个小树林里，留下四个人看守联络，其余的十个在天黑以后来到一处大宅院旁，两人敲门进去。参谋长以桑团长的参谋长的身份见到桑团长的父亲，一个须发皆白的老人。

老人见到参谋长说：参谋长不是那个脸上有麻子姓马的吗，咋会是你？

参谋长不慌不忙地说：马参谋长已经提升为副团长啦，我是接替他的，他姓马我姓牛，都是给桑团长当牛做马的。

老人一听哈哈大笑起来，嘱咐人上茶。参谋长掏出桑团长的亲笔信交给老人。老人就着灯光把信看了一遍，放在桌上说：你们桑团长要的那六个东西，我不知道呀，他放在哪儿没有给我说过。他让你来，他能不给你说地方？

参谋长看出来，老人是不愿意给这个东西。于是就说：桑团长给我说了，东西在哪儿放着，可一再交代，要让家里人给拿出来，不能莽撞。

老人说：既然你知道，你就去拿。

参谋长说：那我就得把牛和马都牵出来。

老人一听说：好，我叫人去给你拿。说完，就走了出去。

不一会儿，从外头进来四个人，每人手里拿着两把手枪，对着参谋长和侦察连长，大声喝道：胆大毛贼，竟敢跑到这里来坑蒙拐骗！

刚才老人一出去，参谋长就知道情况要变，坐着给窗外打了个手势。这四个人刚一进门，侦察连的八个兵，其中两个过去控制老人，另外六个在他们喊叫坑蒙拐骗的时候一拥而进，正规军收拾民团，就像饿张飞见着热包子，三下五除二，不知咋回事，枪没了，人倒了，剑拔弩张的危险没有了。四个家伙跪在客厅中央，老爷子又被请回原来坐的地方。

参谋长缓缓地说：桑团长要这个东西，是不得已而为之，也是生命攸关的事情。刚才的无理，请大人原谅，我回去向桑团长请罪。话，我说到这个份儿上，想必大人明白了吧！

老人呆坐了一会儿，无可奈何地对参谋长说：叫他们都出去，就留你我在这儿。

参谋长给侦察连长一个眼色，他们押着那一伙都到了门外。看着他们出去，老人说：咱俩搬开这个八仙桌。

桌子搬开地毯卷起，露出一个木板盖子，开锁以后，木板掀起是一个地道口，参谋长一挥手，进来两个兵士顺着梯子下去，兵士打开手电，看到里面放着几个大小箱子，还有一些瓷瓶玉山之类的东西。靠墙的地方，并排放着六个竹条编的长圆形状的东西，拆开一看，是带铜锈的东西，就全提了出来。他们用绳网套把六个鼎套好，再把绳网套两个一组用绳子连好，由兵士背着出了大门。参谋长给老人道一声，多有得罪，就出门而去，背后传来狠狠的关门声。

战马都在门口不远的地方等着，侦察连长低声命令：上马！三匹驮着铜鼎的战马紧跟着两匹哨马疾驰而去，后面的马队簇拥着参谋长，迎着月光照亮的大路向南奔去。

定海看到自己亲手编的竹条，亲手缝制的油布和亲手装进去的青铜鼎，想起细孬、屙沙、弓背他们在一起的日子，眼睛有些发潮。参谋长告诉他：桑团长说，他这六个鼎是在西安当保安团长的时候，守城兵士从一个河南口音的人坐车出城的时候搜出来的。桑团长见他是河南老乡，留下东西，没有为难他，放他走了。定山听了，心里多年的谜团解开了，明白这是弓背干的。参谋长说：桑团长给自己说，如果龙团长能答应放他，他愿意把这六只鼎给龙团长，这可是无价之宝。鼎就在他老家牛圈下埋着。

参谋长又在无意中问出他老家的地址，家里的情况，就让人仿着桑团长的笔迹，给他父亲写了一封家书要铜鼎。可能家书中的语气，或许哪里不太对路，桑团长父亲看出问题，让护院的家丁收拾他们，最后，只好用硬的手段才逼出铜鼎。

定海告诉参谋长，桑团长死了。他是在你们骑兵小队出发的当夜，用自己的皮带拴在门框上吊死的。他并不知道你们去他家，只是一再提出要和我见一面，并写了一封长信让看押排长带给我，我让看押排长给他带话说：当年，那说一不二的一万银洋和两个铺子被封被贱卖，铺子被整垮的账，该咋结呢？后半夜，排长查哨的时候发现，他已经死了。

牛玉莲生的孩子已经三岁了，这是一个略微瘦弱的男孩儿，没病的时候，由保姆带着在院子里又跑又跳，显得活泼又聪明。他继承了大掌柜的特点：长脸宽额，精明的大眼睛。他不爱背诗，却爱用毛笔在纸上乱画，有时画得还很专注，尽管每次都弄得满手满脸的墨汁，但他还是乐此不疲。宋先生看了说：这娃将来是大掌柜家的千里驹呀！

每天早晨，大掌柜用准备让孩子乱画的纸在上面写一个字，把读音标出来，并把这个字所能组成的词，都一个个列在后面，交给玉莲，让她带到鸿运楼去，闲的时候照着念，照着写。开始，她老是记不住，没少受大掌柜的训斥，慢慢地字越认越多，词语越掌握越丰富，现在已经能够写简单的日记，看个一般的书报了。每天睡下，她都要在大掌柜侧过去的脊背上，把今天的字和词用手画一遍，大掌柜边纠正，边讲解，边举例。写得好时，大掌柜就夸赞几句，玉莲一高兴，一下子钻进大掌柜的怀里，逗得大掌柜激动不已。写得不好，大掌柜说她两句，她就与大掌柜背对背，一夜都不理他。水滴石穿，绳锯木断。几年时间，经过知识积累的牛玉莲，可不是原来的牛玉莲了，说话头头是道，分析事理井井有条，不时地夹杂成语、俗话和名句，人们不得不另眼相看。大掌柜还利用晚上这个黑板的作用，经常给她讲一些经营之道，处事策略，看人用人之法。玉莲本来就是聪明之人，一经点拨，心领神会，日积月累，见识、能力和城府，也就在一般人之上了。

宋先生跟大掌柜两个，隔几天就要在一起喝酒谝闲传（聊天）。今天，宋先生就到大掌柜家里来。几杯酒下肚，宋先生惯有的幽默就开始了。他说：隆丰福的女人，不生都不生，要生，一个赶着一个生。扑腾扑腾一连来了三个男娃，噢，还有一个，听说兰馨的肚子也起来了。

大掌柜说：定山命中就是三十以后得子。至于我，这还不是托了你们的福，没有你们大家撮合，哪来的儿子呢？

宋先生笑着说：我们大家撮合不假，还得你有这个本事，光撮合没本事，只能尿尿和泥给自己捏个泥疙瘩。

大掌柜笑着说：看看，老宋说着说着，就没正经了。

而宋先生一边斜看着大掌柜，一边呱呱呱地笑个不停。

大掌柜也笑着，把一盒精致的什邡卷烟推到宋先生面前说：尝一尝，才叫人捎来的。你老宋哇，不说笑话，就说不成话！

宋先生说：咱这年纪，不说不笑不热闹。说正经话，你跟玉莲年岁差得大，我担心你吃不住火，人家可是三十如狼，四十如虎的年纪，现在又正是狼虎交接之时，更是了得。你跟我呢，已经都是拉完磨的牛，爬过杆的猴，乏了，疲了，不行了，可你不简单，不但能弄出个娃，而且身板比以前还更是硬格铮铮的了。

大掌柜让他说的笑得眼泪都挤出来了，半天喘不过气，也说不出话来。半晌才说：咋是弄出来个娃？这话听着咋不是个味儿。她是狼跟老虎，我也不是老鼠么，咱是打老虎的杠子打狼的棍！说完，自己先笑了。

宋先生笑得合不拢嘴，说：对，你是棍，你是棍！

两人笑得让桌上的酒壶、酒盅跟着乱晃。

停了一下，大掌柜认真地说：你给我教的那个方子，还真有效果。

宋先生问：每次行房，你都含着药？

大掌柜点点头，并说：我平时也自己进补一些，不用煎，不用熬，放到嘴里嚼一嚼，咽下去就行，效果很不错。不但有精神，而且有后劲儿。

宋先生又笑着说：到咱这个年纪，后劲儿可贵，后劲儿难得呀！这东西好，不温不火，四季咸宜，常用无妨，注意，一定要用好的。

大掌柜点点头，换了个话题问：最近，你看报了没有？日本人已经打到热河了。

宋先生说：看了么，咱这儿学生娃娃们隔几天就游行一回，贴标语，喊口号，演文明戏，提出大家一致抗日呢。可咱的省上，咋没见啥动静？

大掌柜说：咋没动静，听说，咱杨主席专门到河北去见老蒋，要带兵上去抗战呢，你听老蒋咋说，说现在抗日还用不上你的队伍。唉，老蒋还是信不过杨虎城！

宋先生说：虎城这人，就是咱老陕的脾气，说话办事，直来直去，不会转弯弯，不会看脸色，所以，进不了人家的那小圈圈。

大掌柜说：虎城主政以来，可给陕西办了不少事，修水利，办工厂，开矿山，兴学校，趁着西安定为陪都的机会，不仅把西安的名扬出去了，还引进了资金人才。这两年，市面也红火了，人也多起来了。

宋先生说：可不是，连我那儿看病的人都多起来了。

大掌柜问：听说，你药铺旁边开了一家专门扎针的诊所？

宋先生说：就是，这是个甘肃人，姓曹，为人不错，手法也不错。

大掌柜说：听说扎针神得很，一般的腰腿疼，连扎带灸两三回就好咧，疑难杂症，他也看好了不少。

宋先生笑笑说：传说的多了，反正每天门口人不少。

大掌柜说：啥时候过去看一下。

宋先生笑着问：你可有啥地方不谄活，要扎一下？

大掌柜又笑了说：老宋，可想说啥怪话呀？

正说话间，只听见前头大门响，传来牛玉莲说话的声音。

宋先生看着大掌柜，脸上坏笑着说：狼加老虎寻棍来了。

大掌柜笑得把酒喷了一地，剧烈地咳嗽起来。

第二十章

兰馨面对着这个专门找上门来的司马先生微笑着问：先生看上什么货了，要问我些什么？

涵玉出事以后，定山规定，生人一律不准上楼，就在门面里接待。因此，兰馨从楼上下来，在门面通往库房的门口桌子前，同来人说话。

身材瘦高，鼻子上架一副眼镜的司马先生文质彬彬地说：我是想说说贵店里挂的这两幅画。请问，这两幅画是怎么得到的？

涵玉去世后，定山安排大魁专门经管瓷器店。大魁和兰馨结婚后，兰馨也像涵玉一样，每天到店里二楼坐着，收钱管账，大魁不在的时候，处理一些特殊情况。原来，瓷器店里总是挂着一些夏月荷写的字画，一方面，是为了填补墙面的空白，另一方面，也为了衬托瓷器的高贵和典雅。不想，很多人在买瓷器的时候，还要挑几幅字画带回去，久而久之，字画也成了瓷器店的一种商品了。最早店里挂的是定山收藏的一些东西，涵玉懂行，择品论价。后来，夏月荷的字画挂上了，两三个银洋一幅就卖，写得跟卖的速度差不多，就一直由她的字画在撑门面。夏月荷怀孕后，尤其是取代涵玉成了掌门太太以后，先是写得少了，以后干脆就不写了。原先，大魁还总是催她快画快写，大魁改口称娘以后，有时只是问问画了没有？看着夏月荷慢慢摆起内当家的架子，连问都不敢问了，更不敢催了。可门面还是要撑呀，兰馨就把自己带过来的一些字画挂出来。没想到，刚挂出来两三个月，有人就找上门来了。

兰馨心里明白，这些字画，除了自己原来丈夫留下的一些之外，主要是老林在围城时候弄的，搬家的时候，自己没把这些分清楚，混到一块儿了，取的时候，也没有仔细看一下。有的东西一挂出去，可能是主家找来了。

兰馨心里有底，自然说话就从容不迫，她微笑着问：先生是想问，这幅画的来历？

司马先生点点头。

兰馨缓缓地说：我们家本身就收藏了许多字画。围城以后，有人主动找到我们，要拿这些东西换口吃的。那时候，谁家都是缺吃少穿的，我们不要，人家不走，说你们能放舍饭，还能没有粮食？没有办法，就给个一升两升的，没承想，这个拿一幅，那个拿一幅，收了十几幅，后来就不敢收了，我们存粮也有限呀。怎么，先生看见家中旧物了？

司马先生说：实不相瞒，围城期间，我家都到乡下去了，回来以后，看门人已经饿死，家中失窃，不光是这些字画，还丢了许多东西。这里正面和东墙上挂的两幅，就是我家的东西。

兰馨收起笑容，带着歉意地说：真是不幸，听说围城时候，不少家里都少了东西呢！

司马先生问：除了这些字画，贵店还收过什么东西没有？

兰馨谨慎地说：没有，没有，几幅字画，最后都收不起了，还敢收其他的。

司马先生站起来，看见铺面后面的陈列室，礼貌地问：我能不能到里头看一看瓷器？

兰馨点点头说：里面都是珍藏瓷和古瓷，你尽可以看。

司马先生看了一会儿出来，说声打扰了就走了。

大魁回来，兰馨给他说了这事，大魁不在意地说：不管他，他说是他的，就是他的？围城的时候乱得很。谁能说得清！

兰馨提出把这两幅取下来不挂了，大魁说：你现在一取掉，正说明你有鬼，我们拿东西换的，不管当时给钱多少，不偷不抢，怕他干啥。

见大魁这样说，兰馨也就把这事不放在心上了。

过了几天，兰馨因为身体不舒服，没到店里来，来了两个穿着体面的人，看了一会儿瓷器，最后把目光移到几幅字画上，他们提出，把画拿下来仔细看看，伙计用挑杆挑了下来，他们看了半天就问价。

大魁见他们看得细发，有意把价钱往高里说：一幅十五个银洋。

两个一听，其中一个白净皮肤的中年人说：这个价钱还可以，如果有，我们还想看几幅。

大魁一听，立马到楼上把几幅都拿下来，两个人逐一仔细看过后说：东西还都不错，价钱也可以，我们全要，今天钱没带够，明天，我们过来取。

对于这种没有根底的口头生意，他都不在意。回来，也没有跟兰馨说，就跟两个小弟弟一块儿玩起来。

第二天上午，瓷器店生意正忙的时候，昨天来的那两个人又来了，他们先在门面里转了一会儿，就进到里面陈列室里看，一出来就上楼。栓柱看见过来挡住问：你们干什么？

来人说：我们是昨天来看画的，现在，找掌柜的说个事。

栓柱说：客人不上楼，有话在这儿说。

来人说：我们要见掌柜的！

栓柱说：我就是掌柜的，跟我说。

正说间，大魁站在楼梯口，一看是昨天要画的，就说：上来，上来，叫上来！二人就上到楼上去了。

兰馨看见生人上来就躲进内室，大魁请他们坐下，问道：今天是来拿画的吧？

白净面皮的说：是的，今天我们把画全部带走。说着，便从怀里掏出一张盖着关防大印的黄纸出来，摊在八仙桌上。

大魁拿起一看，是一个陕西省教育厅下属的文化事务委员会的公函，称：隆丰福瓷器店内藏有西安围城期间丢失的文物一批，现派曲继铭、师光鑫二人前来负责清点和收缴。望全力配合，不得阻拦。关防大印为陕西省教育厅。

大魁问道：凭什么说，我们的东西是你们丢失的文物？

白净面皮的说：不凭什么，我们的东西，一看就知道。

大魁来气了说：你的东西？你说你的，就是你的了？有什么记号？有什么能够证明的东西？

白净面皮并不着急，缓缓地说：不用谁证明，我们这位师先生就是专门管这些东西的，他管的东西，他能不认得？

带点儿南方口音姓师的说：这些字画都是有登记的，确实是我们的，昨天，我一眼就看出来了。

大魁拿出一幅画问：你说，你们登记的在你哪里？

姓师的说：文物上是不能随便乱写乱画的，这上面肯定没有记号，我们家里是有登记的。

大魁说：你们有登记，拿出来看看，光拿嘴说，不行。

白净面皮的说：这么大的关防大印在这儿摆着，还让我们把登记册子搬来不成？

姓师的说：本来我们想把东西拿回去就算了，如果你们不配合，只好请警察局来了。

大魁说：叫警察局，就叫警察局，警察局来了，也不能随便就拿东西！

兰馨看着他们争起来，就走过来说：大魁，既然他们说是他们的东西，就给他们吧，咱们也不指望这几个东西挣钱。

在两个人强硬态度的坚持下，在大红官印公函的威慑下，大魁的气本来就不壮，经兰馨一劝，也就顺驴下坡，不过，他还是强硬地说：你们写清楚你二人的身份，职务，拿走了多少东西，都是什么名目。

白净面皮的说：那是自然，那是自然。说着就让姓师的把每一幅字画的名称全部登记上。大魁大略看了一遍，收了起来，又把那份公函也要收起来，白净面皮飞快地抽了回去，歉意地说：这个，我们还要拿回去存档呢！姓师的已经把楼上的字画连同楼下挂的一起卷好绑好，放进一个带来的布口袋装了起来，抱在怀里，就往楼下走，白净面皮的回头说了声：楼下还有点儿东西，也要带走。说着也下去了。

姓师的把装字画的袋子放到陈列室门口，进去就把几个古瓶，都从架子上拿了下来夹在腋下，提在手里就往外走，白净面皮的过来抱字画袋子。栓柱一看，两手一张挡住去路说：咋的话，随便就拿，不给钱就走，抢人来了？

白净面皮的放下袋子对栓柱说：我们是厅里派来公干的，专门收缴遗失文物的，单子已经给你们掌柜的打过了，你不要阻碍我们执行公务！

栓柱大声喊道：进门说是看字画的，怎么连古瓶都拿开了？

楼上的大魁对栓柱阻拦他们本来不想管，一听说，这两个又拿了古瓶，一下子从楼上冲了下来，扭住白净面皮问：什么时候说是有古瓶了？你们是趁火打劫呀！

白净面皮的说：怎么没有古瓶呢，单子上都写着呢。

兰馨连忙把单子递了下来，大魁一看，在写的字画名目中间穿插写着四五个古瓶的名字。大魁急了：你们拿骗人的一套来糊弄我们，你欺负我们这里人老实呀，今天，你们一样东西都拿不走！栓柱，把东西收回来。

姓师的紧抱古瓶不给，栓柱害怕古瓶打了，也不敢用力，两人撕扯起来。白净面皮的说：你们阻挠执行公务，是犯法的，小心吃官司！

大魁上去就给了白净面皮脸上一耳光：老子就是吃官司，也不叫你把东西拿走！

挨了一耳光的白净面皮气急败坏：你们为什么打人？我们叫警察去，把你小子关起来！

门口围了许多看热闹的人，正在买货的也不买了，都看着这两个强硬的对手谁能搬过谁。就在这个时候，门外进来几个人，为首的一位头戴礼帽，身披呢子大衣，留着两撇精致的八字胡，鼻梁上架一副金丝眼镜，手持一根文明棍，豁开人群，站到门面中央。白净面皮看见，立马跑过来说：厅长，厅长大人来了。

那个厅长很威严地操着弄不清什么地方的话，问道：怎么是你们在这儿？吵什么呀？

白净面皮说：小的在这儿执行公务，店掌柜的不仅阻挠，还动手打了小人！

厅长说：你们执法要有依据，要文明，要给人家讲清道理，不可莽撞。店家也不容易，道理讲清了，店家会配合的，不管是谁，都要守法。你们是不是在收缴流失的文物？

白净面皮恭恭敬敬地说：是的，是的。正在收缴。

厅长说：店掌柜呀，不要为难他们，他们是在执行省府的命令，这个差事干不好，他们是要受罚的！说完，对白净面皮说：曲主任，有什么情况，可以直接找警察局协助！你们的公事办完了没有？如果办完了，还不快走！然后一转身带着人离开。姓师的和白净面皮一听，夹着古瓶抱着字画，跟在他们屁股后头出了店门。

大魁眼看着字画和古瓶被这两个人拿出门去。

栓柱多了个心眼，跟大魁打了个招呼，跟了出去。

大魁让人请定山过来。定山来了之后，大魁和兰馨把前后的情况讲了一下，最后气愤地说：狗日的说，这些东西都是他们丢失的，连我涵玉娘以前收的古瓶都拿走了。

定山问：有公函没有？

大魁说：有，光叫看了一下，又拿走了。

定山一听，感觉不对，立马说：为什么不叫个人跟上，看他们往啥地方走，把去的地方弄清楚。

大魁说：已经叫栓柱跟上去了。

定山又看了他们写下的清单说：今后遇事要平心静气，把他们反复问清楚，把写的东西看清楚，多问多看，就能发现毛病。记着，遇事不要高喉咙大嗓子，人一旦激动起来，处理事情就简单化了，往往就容易把有理的事情，办成没理的事了。

定山又把留下的单子看了一遍说：这是深通文墨的人办的事情。他们真是教育厅的人，咱还可以去找他，就怕他们不是教育厅的人！

晚上快关门的时候，栓柱回来了，他给定山和大魁汇报了跟踪的情况。原来这些人从这里出去以后，那个厅长和几个人坐上屎巴牛（小汽车）往西走了。那两个人走了不远，就上了一辆洋车，往东去了，到了端履门往南，到了木头市又往西拐，最后出南门进了一家丰镐大旅馆。看着他们进了房间，我在外边守候了很长时间，没见他们出来，天黑严了，我才回来。

定山听完沉思了一下说：可能被骗了，本地公家人，咋能住旅馆？得想办法把东西弄回来。

大魁说：我带几个人去把东西要回来，再把这几个骗人贼捶一顿。

定山说：处理这事要动脑筋，要依法度，还是那句话，不要把有理的事办成没理的事了。

栓柱说：要么我带个人今儿黑到旅馆去，悄悄地把东西给弄回来。

大魁说：好，咱只要东西又不伤人，这是个好办法！

定山说：不好，咱是拿咱自己的东西，为啥要去做贼？东西万一没弄回来，叫人抓住，反而说不清了。我看咱这样办。

定山把计划一说，大魁和栓柱都说好。

鸡叫头遍，两个警察带着两个便衣敲开了丰镐大旅馆的门。店主精身子穿着半截裤开了门，看见警察慌忙问：有啥事？

一个警察喷着酒气说：例行检查！走，带我们去七号房间。

店主说：七号房间没人。

一个便衣说：天黑严了的时候，七号人还在里头，你咋能说没人？

店主说：对着呢，可后来人家出去了，到现在还没回来。

一个便衣问：出去的时候拿东西了没有？

店主说：五六个人空着手出去，没见拿东西。

一个警察说：你把门开开。

店主进账房拿了钥匙带着他们打开了七号房子。房门打开，店主拿灯一照，里头果然没人，化装成便衣的靳铁锁和永年急忙进去在各处查看了一下，没有发现古瓶和字画。靳铁锁立马出来问藏在一边的栓柱和大魁，栓柱说，他们肯定住的是七号房间，我还以找人的名义进去，又核实了一下。大魁说，会不会把东西倒到其他房子了？你们在其他房子查一查。

警察又领着他们，把周围的房间一个个都检查过了，没有！

大魁急了，带着栓柱进来再查。栓柱很细心，房间里头查完之后，他打开后窗，上上下下查看了一圈，最后把头伸出去，在顶起的护窗板背后才发现了吊在房檐下面，用床单包裹得很严实的字画和古瓶。他们立马设法解下来，让栓柱带着，坐上洋车先回定山府宅，警察让店主立马恢复房间原貌，告诉店主，不要说有人来过，这事儿还没完！

店主说：我又不是瓜子，我能给他们说，我领的人把东西叫人拿走咧！不过，这伙人万一把我黏上，我丢不离手，你们可要给我说话呀！

一个警察说：这几个都是贼，他偷的东西不见了，他自己挨肚子疼，他还敢喊叫？你甭害怕，我们明儿个还要寻他们的麻达呢！

大魁他们陪着靳铁锁的这两个警察乡党，在酒馆里又喝了不少酒，浑身燥热，其中一个提出：给咱寻一个松松筋骨的地方。

大魁明白他们的意思，他说：我们铺子规矩严得很，谁都不能弄这事。我把钱给各位，你们自己寻个给毛窝窝鼓劲的地方去！说着，拿出二十个银洋，一人十个。说：兄弟失陪了，我们先走一步，保不定明儿个还要麻烦二位。

第二天，定山一早就叫大魁拿着那张收缴清单去省教育厅，找他熟悉的一位科长说明情况。科长说：曲继明、师光鑫都是我们这里的人。不过，这两个人昨天并没有出去，也没有派他们去搞什么收缴遗失文物的事情。科长又让人把他俩叫来，大魁一看，也确实不是这两个人。

大魁谢了科长，立马回去准备给父亲汇报。路过警察局的时候，他突然想到，既然那一伙是假冒的，为啥不叫警察把他们抓了？对，把狗日的叫警察先笼了再说。他顺脚拐了进去。

丰镐大旅馆七号八号两个房子里五六个人还在呼呼大睡。昨天晚上，他们先喝酒，后在养艳阁里鬼混到天快亮才回来。大魁领着警察进到房间的时候，“乏牛”们趴在床上，正做着如意发财的好梦。一个个精尻子被叫起来站着，大魁看见有白净面皮，姓师的，有“厅长”，有兰馨说的“司马先生”，还有两个“厅长”的跟班。警察从他们包里搜出伪造的教育厅公函，然后叫他们穿好衣裳，一同被带往局里。路上，一个警官让两个警察跟着大魁到家里，把昨天他们弄回去的字画和古瓶押解到局里。望着警察把那一捆字画和古瓶的大包搬上车扬长而去，大魁后悔了。

果然，警察局只叫大魁去录了一次口供，就再也不理他了。他去了多次，想把东西要回来，主办的警察总是说，还没结案，让他等着。半年以后，只拿回三幅字画，一个古瓶，大魁问其他的，被告知其余的字画丢了，古瓶打了，其中包括朱石慧（朱耷）的一幅狂草和任颐（任伯年）一幅富贵牡丹图，以及两只雍正青花釉里红胆瓶和海水天球瓶。

定洋尽管没有接任第一科科长，但厅里坚持给他委任了一个厅长秘书的职务。定洋也没有再推辞，但他很少到厅里去，也不太过问厅里的事情，只是厅里以厅长名义通知开会非到不可的时候，他才去听一听，几乎不发表任何意见，薪饷也不去领，厅长对他也无可奈何。

上次，定洋以民间戏曲文化状况调查为由，带着金蕊雪在河南各地走了一圈，感触很大，亲眼看到各地农民在旱灾、蝗灾、兵灾，以及地主和各级官吏的层层盘剥下，苦苦挣扎的现状，结合自己当县长时候的体会，十分同情农民的艰难生存境况，也对造成这种普遍现象的原因提出了质疑：为什么总是这样？为什么不能改变？他感到十分困惑。

利用这一段没有公务烦扰的难得机会，定洋系统地读了许多书，特别是那些志士仁人们关于中国现状和命运的种种论述，使他获得许多新的知识，明白了很多道理。他感觉，自己应该承担起为民请命，为民解忧的责任。他认为，首先应该把自己的想法用文字表达出来。他先试着写了一篇题目为《种地人总是食不果腹，原因何在?》的文章，让人送给一家报馆，隔了两三天就登出来了。很快编辑又找他约稿，他一连写了八九篇反映农民和下层民众困苦生存状态的文章，慢慢在读者中引起反响，也引起其他报纸的注意，大家都在寻访这个署名田夫的作者，希望他能写出更多更深刻的让民众关注且言之有物的文章。

就在这个时候，恩公何秉坤来到定洋的家里。

何秉坤已经退下来了。尽管他不管具体事务了，仍喜欢经常到老上司、老部下、老朋友那里去走一走、聊一聊。一来是散散心，叙叙旧。二来也是互通些情况，掌握些时局动态。他年岁是大了，但他不惹人烦，很会察言观色，揣度对方的心思，话不投机，哈哈一笑，说点儿轶闻趣事，马路消息，当你还想往下听的时候，他一甩袖子走了。遇到志趣相投、观点相近的知己，谈起来直言不讳，肝胆相照，滔滔不绝，让人获益匪浅。这个闲不住的老人，最放心不下的，还是这个他一手扶持起来的龙定洋。

何秉坤啜了两口今年的信阳毛尖茶，放下杯子说：好茶，好茶。接着问道：定洋，还是不想去上任？

定洋谦恭地点点头说：学生主要是趁机会多读些书，多思考些问题。另外，我以为，不致仕也一样能为国家做些事。

何秉坤笑着说：我明白你的意思，那个田夫的文章就是你写的吧？

定洋也赔笑着说：学生的一举一动都逃脱不了大人的眼睛。那只是一些有感而发的小东西，真正的根源，解决的方法，学生还在苦苦地探索，眼下正在读几本有关这方面的书。

何秉坤说：敢于直面社会，大胆吐露心声，你比前两年提高多了，这个动荡无序的病态社会，太需要这样的人了。不过，我以为这个社会更需要既能奔走呼号，又能身体力行的人。你想想，你看见的问题，别人不是没有想到没有看见，只不过，你把它尖锐响亮地喊出来了，这一点，你是有胆识的。接下来，该怎么办呢？就应该一边笔耕呼号，一边尽可能地做一些力所能及的实事。这样，你的思想才不流于空洞，你的抱负才能得以展示。

定洋说：大人所言极是，学生也考虑过如何改变现状这个问题。我想等再过一段时间，读完这几本书后，我到农村去作宣传动员，给地主和士绅们讲道理，用眼前不平等的事实去说服他们，敦促地主士绅们降低地租，遇到灾年减租免租，使农民生活能好一点儿。得到减租免租的农民，可以无偿地为地主打井修路，盖房浇水，甚至看家护院，使地主士绅们也从中获得补偿。我在爱师县的时候，就曾经这样干过，地主和农民都愿意。我有信心以这种形式推广，再动员一部分人加入，逐渐扩大，慢慢扭转农村贫富差距很大的问题。这件事情办好了，也算是对养我的这片土地的一种报答。

何秉坤耐心地听完了定洋的一番情真意切充满理想的陈述，心里在想：这样有思想敢作为的年轻人，应该是当今社会的脊梁，然而他在官场经历的风雨太少，对世事看得太简单，还是太稚嫩了点儿。把他投入到炉子里再好好炼一炼，一定能成个大材料。他呷了一口茶说：定洋，你的想法不错，只是没有注意一个前提。你不想想，你在爱师县的时候，你是什么？你是县长，你说什么，谁敢不听！你要是现在去，别说你什么都不是，你就是省府的科长，你说这话，都不一定有人听，为什么？“县官不如现管”。你直接管不上他了，他还能听你的？农民愿意是肯定的，地主士绅肯定不会愿意的！再说，农村的情况不是你想的那么简单，仅凭一番宣传动员，就能跟着你动。要是这样，那几千年的农民问题早就解决了。要想真心为农民办些事情，你不仅需要良好的思路，更需要实现思路的权力，没有一定的权力，再好的思路只能是空想，它不可能变为现实。因此，你现在不是要下去，而是要上去！

定洋不解地问：要上去，上到哪里去？让我回教育厅去？

何秉坤说：不管回到哪里去，你都要回到能够帮助你实现理想的权力机关去。那些地方掌管着法律法令，掌管着财权、人权、物权，甚至生杀大权。既有宣传动员的能力，更有强制执行的手段。古人有一句话，叫作“工欲善其事，必先利其器”，你手中无器，有器不利，何谈其事？

定洋仔细听着恩公的话，感觉句句在理。他想，恩公像父亲一样关心着自己，总是在自己人生关键的时候击一猛掌，助一臂之力，使自己这个经常迷失方向的羔羊，很快回归到正确的道路上。恩公说得对，没有一定的权力，再好的思路只能是空想，权力机关既有宣传动员的能力，更有强制执行的手段。自己把事情想得太理想化了，妄图凭借一双无缚鸡之力的手，去解决几千年遗留下来的这一对尖锐的矛盾！没有充分估计到政策推行起来的艰难程度，自己的确还是太稚嫩了。

定洋真诚地看着自己的恩公，小心地说：学生明白了，那明天我到厅里去要求事情做？

何秉坤笑笑说：你再回教育厅，已经不合适了。尽管你们之间没有直接的冲突，但是心里彼此都有了阴影，再合作起来很难心无芥蒂。况且，你已经拒绝的东西，自己再张口要，我估计你会很为难，这不是你的性格。

定洋红着脸，感激地看着恩公。

何秉坤继续说：凭着我的老面子，前几天，我见到省府秘书长，得知他的属下尚缺一名敏捷干练的文字秘书。我向他推荐了你，并把你以田夫笔名写的文章请他看，他看了之后说，可以先来试试。我想，这对你来说，又是一次机会。

定洋动情地点点头。

定洋当秘书，真可谓如鱼得水。那些普通的文告、信札、呈文等，他几乎是信手拈来，大的如政令、律条、大政方略、演讲稿等，根据上峰的讲话、发言的要点，结合自己浏览的各种上报文告、数据汇总和报纸时政，再加上自己的见解，很快就能拿出一篇格式规范、有理有据、文采飞扬的东西来。当然，他肯定不忘在起草涉及农民和下层民众利益问题的时候，巧妙地在文字上倾斜和强调一些。他经常与秘书长沟通，征求他的意见，及时在行文中体现。秘书长在审阅了几篇定洋的稿子之后，感叹地说：老何给我送了一宝呀！不久，龙定洋就确定了他在秘书处的地位，很快又被提拔为主任秘书。

一个细雨绵绵的傍晚，他撑着伞回家的时候，听到一个熟悉的声音在叫他，扭头一看，原来是潘瑶琼在一旁的路边等他。他欣喜地走过去，看着潘瑶琼擎着花伞站在一家店铺门旁，显然已经等了一会儿了。

定洋问：等了一会儿了？

潘瑶琼说：你今天回家，倒是挺准时的。听说当上主任秘书了，英雄到底有了用武之地。

定洋让潘瑶琼收起花伞，两人依偎在一柄伞下慢慢走着。定洋说：比作英雄，我不敢当，不过是个上情下达、下情上报的一个抄写匠罢了。“百无一用是书生”，除了抄抄写写、发发议论，再没有什么用处了。

潘瑶琼笑笑说：抄写匠也看是什么位置上的抄写匠。你这个抄写匠，可是个“一纸文书万人忙”的抄写匠。再说，也不仅是抄写，我看过那位省长大人的讲话，里头分明有着你的思想成分嘛！

定洋拥着瑶琼在她耳边轻声说：你肯定是我身上的一根肋骨变的，咱俩血脉相通，心灵互动，我的一举一动，你都了如指掌。你说，你是不是为我而生的？

瑶琼转过头娇嗔地觑了他一眼，嘴里也跟着去了一声说道：你别把我当成金蕊雪了，她才是为你而生的呢！

定洋更紧地搂着她说：金蕊雪是我的妻子，而你是我的妹妹，古人不是说过：妻子如衣履，兄妹是手足吗？

瑶琼笑着抢白道：古人说的是兄弟！她叹了一口气继续说：尽管现在不常见你，但无时无刻都牵挂着你，有时候，关注你的事情真比关注我父母的事情，还灵敏还精心。我常常问自己：龙定洋到底有什么值得你如此忘情的？可我的问题，我自己也回答不了。

定洋也感慨地说：是的，我龙定洋欠你的情欠得太多了，我都不知道该怎样来报还你。

瑶琼说：不，不能说欠。你我相交，彼此应该是相互给予的，这是一种精神上的慰藉和补充，我感到了欣慰和满足，不存在谁欠谁的。之所以有时候拷问自己，完全是一种心灵空虚的惆怅和思念不见的幽怨。我真尝到了守望和相思的苦！

瑶琼说着，眼泪跟着就下来了。

定洋也被她的真情感动了，他掏出手绢替她擦眼泪，自己不由得也热泪盈眶。他想：不管咋样，自己身边还有个金蕊雪，而瑶琼至今孑然一身。听她讲，亲友们说媒的有巨商富豪，学校里追求的有讲师名教，父母推荐的有科长专员。她一个都瞧不上，甚至连面都不见。她坚守守望的诺言，她把一个情字放在心头的首位了呀！

想到这里，定洋愧疚万分，他的眼泪再也控制不住，哗哗地奔涌下来。瑶琼并不知道，这一刻定洋想了这么多，见他这个样子，自责地说：好不容易见一面，我不该说这些让你不高兴的话，让你难过成这个样子，不是有伞挡着，一个大男人哭成这样，在马路上多难看呀！她反过来，又给定洋擦起眼泪来了。

平静下来之后，他俩找了一家僻静饭店的一个角落坐下来，要了酒菜，安安静静地说起话来。

在谈到定洋的几篇文章时，瑶琼说：我们学校有一个学生，家庭遭遇很悲惨，很典型，很值得你一写。接着她细细地把那个学生家庭的遭遇叙述了一遍。定洋听了很是震惊，又亲自到学校找那个同学了解了更为具体的情况，回来整理成一篇情况报告，作为民情探访呈报给上司。

那篇情况报告的简单情节是这样的：

开封某学校二年级学生吴春生，是开封地区一个中下等农户家的孩子。家里有父母和一个姐姐春枝，守着祖上留下的五亩地一头牛，糠糠菜菜地过活着，每年还能挤出点儿钱来供吴春生到省城上学。女大十八变，春枝十六岁那年，出脱成一个十里八乡挑梢子的俊秀大姑娘，方圆的媒婆像赶会一样轮番到吴家说媒提亲，真像有人说的那样，吴家的门槛都快要被踢断了。吴家二老只听不应承，他们暗暗合计着，要给闺女找一个殷实的好人家。而春枝则一切都听从于父母之命。

春枝的美貌一出名，可真不得了，不管她出去干啥，总有不少人围着她。小伙子们陪着锄地，大姑娘小媳妇陪着洗衣服。小伙子们说：看春枝模样，比吃肉还香。姑娘们说：跟春枝在一块儿说笑，自己也能长得俏。她们在一起说得最多的是，春枝走路是这个样儿，头梳的是那个样儿，说话时候，眼睛是咋个咋个好看的样儿。

老一辈人时常告诫说：女大不中留，久留添忧愁。吴家在媒婆们一波又一波的提说下，有点儿挑花了眼，一年过去了，也没有给闺女选中哪一家。可真让老一辈说准了，吴家的忧愁真的来了，春枝怀孕了。

在父母的严厉拷问下，吓坏了的春枝，也说不清自己是怎么怀孕的，她哭着说了一件事情，可把她父母气坏了。春枝说，夏天的时候，自己去河边洗衣服，邻村一个媳妇叫她，说是财东袁家来了一个裁缝，要给袁家制作几套唱戏的衣服，要找一个身材好的姑娘做衣服架子，问春枝愿不愿去，去了只让量一下尺码，人家给一盒胭脂一盒香粉。让她把洗的衣服都放在这儿，一会儿就回来。她跟着那个媳妇去了财东家，让人家量了尺码，喝了一杯茶，手里拿着胭脂和香粉，在椅子上坐了一会儿，好像是睡了一会儿，醒来她还坐在那儿，胭脂和香粉还捏在手里，就跟着那媳妇回到河边。走路时，她觉得下身有点儿疼，到家里一看，才发现内裤上流了不少血，她不知道是咋回事，也不敢给父母说。她说，这是她唯一的一次到别人家去。

她父母一听，就明白了，二人气得浑身乱颤，大叫一声：跟他狗日的拼了！一人操起一把镢头或铁锨，急头急脑地朝袁财东家里扑来。袁家有钱有势，恶奴成群。春枝父母的镢头和铁锨刚抡起来，就被人家缴了械，两个人被绳子捆了个结实，吊到马房的横梁上。尽管两个人“畜生、野兽”的一个劲地骂，可袁家墙高院深，后门一关，谁也听不见。他俩骂累了，垂头丧气地叹着气。

鸡叫二遍的时候，袁财东带着几个人举着火把来了。

袁财东假惺惺地说：乡里乡亲的，有啥话都好说嘛，抡镢头使铁锨的，多不好看呀！听说妮儿怀上娃啦，那好，生下来送过来，娃一斤一石麦，男娃一斤两石麦，称多少算多少，我绝对认账。要不行，现在让妮儿就过来，给我填个四房也中。要是那样，咱可就是两亲家啦！

春枝父母看见仇人怒不可遏，两人齐声骂道：袁麻子，你个老畜生，你这断子绝孙的牲口，你骗奸了我家闺女，还想让她给你生孩子，你妄想！我要到县上告你去，让你蹲大狱，一辈子都甭想出来！

袁麻子被骂得脸上红一阵白一阵，他忍住气，奸笑着说：打官司，你能拿出多少钱？就是你有钱，没有人，你打得赢吗？我劝你消一口气，闺女大了，嫁谁不是嫁？只要你答应把闺女嫁给我，马上请二老客厅就座，山珍海味伺候，三天后，八抬花轿、高头大马迎娶，你看，带劲不带劲？

春枝爹骂道：袁麻子，你还蹬鼻子上脸，想让俺妞明媒正娶嫁给你，你休想，俺们人穷志不穷，这个官司，我跟你打定了，俺妮儿就是死，也绝不嫁给你个畜生！

春枝娘也骂道：俺们恨不得吃你的肉，喝你的血，俺不相信，天下还没有讲理的地方。

一个年纪稍大点儿的随从走过来对春枝爸说：老吴哥，消消气，生米已经做成熟饭，咱就有啥说啥，妮儿这事儿到了这个地步，再嫁人也没人要了，你就退一步，把妮儿嫁过来，你也不失面子，妮儿也有个好落脚的地方。到袁家穿金戴银，吃喝不愁，还有人侍候，应该是一桩美事呀！

春枝爹半天没有吭声，后来说：你先放我下来。

春枝娘说：他爹呀，你可不能听他的鬼话呀！那是替袁麻子说话的，别上他的当呀！

春枝爹被放到地上，身上的麻绳也解开了。他慢慢站起来向前走了几步，猛地扑过去，抢过一个火把，朝袁麻子脸上刺过去，袁麻子头一躲，蘸满清油的火把一下插进他的马褂里头。春枝爹死顶着不松手，马褂也着起火来，把个袁麻子头脸烧得皮开肉绽，躺到地上杀猪似的吼叫。袁麻子的随从们咋拉春枝爹，也拉不开，春枝爹个子大，拿身子顶着火把，两只手死掐着他的脖子。随从们只好拿棍子在他头上身上乱打，直到把春枝爹打得没了气，火把在袁麻子身上都没抽出来，袁麻子连烧带掐，也一命呜呼了。

春枝娘眼看着丈夫惨死在恶奴们的棍棒之下，她悲愤万分，但看到仇人的下场，她又流着眼泪笑出声来。乱成一团的袁家大院，只顾在厅房里抢救袁麻子，把春枝爹娘扔在一边没人管了。春枝娘自己上下翻腾，慢慢弄松了绳子，坠到地上，又把捆她的绳子弄开，扑到被打得浑身是血已经逐渐冰凉的丈夫身上，撕心裂肺地哭了起来。她刚哭了几声，突然想到，自己现在还在虎口里头，要想办法赶快出去，丈夫不在了，女儿和儿子都要靠自己呀！她把丈夫的遗体拖到靠墙的地方摆好，拿了一张晒粮食的席给盖上，然后向后门摸过去。她刚拉过一个坏了的凳子准备踩上去翻墙出去的时候，两个恶奴举着火把到后院来了，他们在院子里找了一下，发现吊着的春枝娘不见了，立马跑到后院门前。后墙很高，春枝娘手够不着上边，见他们过来，一慌就掉了下来。他们把春枝娘用两条绳子死死地绑在一个柱子上，用破布塞住嘴，然后，又出去到春枝家，把春枝也绑了回来，关在一个房子里。

众郎中对袁财东经过一番扎针灌汤推拿的折腾，其实是给死人做样子，让活人看的，袁财东早就带着被烧得皮焦肉烂的头脸见阎王去了。半夜三更，袁家主事的五六个人在一起议事。大家推举袁财东的大儿子主家理事，他妈，也是袁财东的大婆子协助。这个大儿子对春枝早就垂涎三尺，无奈他早早就娶了个整天病恹恹的药罐子。在他挖空心思筹划计谋的时候，他爹却捷足先得，而且一箭中的，他暗暗恨了半天。他爹一死，他表面上哭天抢地，背后却有些高兴。他派人先把春枝从家里弄到他大院来。而他妈却指使着两个人，先把后院的那个活的看好，再去绑春枝。

在讨论这事情如何了结的时候，大儿子说：春枝他爹已死，剩下两个女人也闹腾不起来了，干脆我把春枝纳为妾，把春枝娘放回去，给她点儿钱，这事就算过去了。

他妈骂道：说的混账话！你把春枝纳了，她肚子可怀的是你爹的娃，生出来把你叫爹还是叫哥？再说啦，她爹死到咱这儿啦，春枝和她妈能那么容易就算啦？就算她俩不告不闹，她还有个弟弟在开封上学呢，你能保住他也不闹？

他妈一番话，把大儿子说得不吭气了。大婆子继续说：这事要想息事宁人，把春枝和她妈都放回去，跟她们说好，两家都死人了，谁也不找谁了，让她们把他爹连夜拉回去，咱给点儿钱，就说得紧病死了，一埋算了。

大儿子问：人家要是不愿意呢？

大婆子说：很可能不愿意，要是不愿意，她们出去在外头乱告胡说，弄得咱鸡犬不宁，与其到那个时候花钱赔工夫，不如让他们一家三口都一块儿走了算了。

大儿子一听吓了一跳，没想到他娘能想出这么狠毒的手段来，半天都说不出话来。

大婆子对大儿子说：你爹一死，你就是家中的顶梁柱，啥事都要你拿主意。人常说：无毒不丈夫。不像你爹那样有杀气，你就当不了这个家！你现在看，到底咋样处置这娘儿俩。还要快一点儿，天亮了，就不好弄了！

春枝看着爹娘气哄哄地扛着镢头铁锨到袁财东家去了，很是害怕，从下午一直等到晚上也不见回来，她偷偷跑到袁家大门前听，也听不出什么动静，只好又回到家里等着。就在她惴惴不安的时候，突然传来敲门声，她问了一句是谁？门外也不答声，她知道不是父母，也不敢开门，正在害怕的时候，有人从后面抱住了她，把一块儿手绢塞进她的嘴里，把她用绳子一缠，扛起来就走。进到袁财东家，把她放到一间黑房子里就走了。

春枝身上的绳子，是一个家伙胡乱缠上的。这家伙想占点儿春枝的便宜，拿绳子缠的时候，手趁势在春枝身上乱摸，就没有绑好，因此，春枝没费多大力气就解开了。她去拉门，门是从外面扣住的，拉不开。春枝从门缝向外看，黑乎乎的什么也看不清，她急得在屋子里乱转。她又走到窗户跟前，一个窗扇是松的，一使劲竟然拿了下来。她从椅子上去，从窗户上轻轻跳了下来，看见大房里有灯光，就慢慢靠了过去。袁家大儿子和他妈的说话，她都听见了，她才知道自己爹死了。大婆子的话让她吃惊，自己和娘的命正在关口上呢！可娘现在在哪里呢？

屋子里的人还在商量，其他人跟着闹腾了大半夜，也都睡去了。春枝凭着熟悉当地人居住的习惯，慢慢摸到后院，轻轻开了后门，她一侧身进去，在眼睛搜寻的过程中，她听见很重的出气声，她贴着墙轻轻靠过去，看见自己的娘头低着被绑在柱子上。她急忙给娘取出她嘴里塞的东西，把绳子松开，娘坐在地上喘了一会儿气问：你咋也来了？你爹他，她刚要哭，春枝用手捂住她的嘴，轻声说：人家都没睡，正商量咋样处置咱呢！现在赶快要跑出去，不然，一会儿就没命啦。她娘一听站起来说：那赶快走！

两个人在周围看了一会儿，春枝发现墙脚有一个用木板堵住往外给牲口出粪的洞口，虽然不大，但扒拉一下一个人还是能钻出去。她们先挪开顶住木板的石头，再把周围散落的粪土拨开，春枝先钻出去，她娘跟着也钻了出来。她娘说：往南面到你舅家。二人高一脚低一脚地向南跑去。

刚跑了一阵，她俩就觉得后面有人在跟着，她俩赶快就往一个山坡上跑，后面的几个人加快脚步追了上来，并且低声喊着站住，站住！在一个岔路口，娘儿俩一慌各走了一条路，两人分开了。两个追春枝的家伙把她逼到一个悬崖跟前，春枝并不知道，还是往前闯，一个高个子跨上一步把她拽了回来，顺势就把春枝压在地上。两个气喘吁吁的家伙，迫不及待地就剥春枝的衣服，然后就轮番着把她蹂躏了有一个时辰。受尽屈辱的春枝，在朦胧中感觉两个家伙躺在身边都动不了的时候，才慢慢坐起来，穿好衣服，用手梳理好头发。这时候，天微微有些亮了，她向那无路可走的高处走去，大叫了一声：爹，我跟你来了！就跳了下去。

春枝娘被追得实在跑不动了，在一棵大树下停下来，转过身厉声问道：你们是谁？追俺们干啥！

两个追得热汗直流的家伙喘着气说：追你，就是要你的命！

春枝娘说：袁麻子已经死啦，谁让你们来的？

一个光头的家伙说：袁东家死了，还有少东家，还有大奶奶。他们发话，俺能不听？

春枝娘说：俺听出来了，你是老贺家的大臭，咱两家没有啥过不去的，你还真把婶往死路上逼呀？

另一个长头发的说：不是俺们逼你，是大奶奶让一直跟着你们，看着你们自己死了，才算中。

春枝妈咬牙切齿地说：袁麻子家这是要把俺家斩尽杀绝呀！好，我不让你们为难。说着一头就向大树上碰去，顿时血流满面。

两个家伙看见这样，半天说不出话来，看着春枝娘一动不动，二人慌忙地向山下走去。

春枝家邻居们，第二天才知道她家里出了事，东家帮着喂牛，西家帮着喂猪，喂鸡。跟春枝爹一直老对劲儿的斜对门吴恒德，先把春枝家屋里的各个门都给关好，给东西邻居招呼照看好春枝家的门户，自己拿点儿干粮，走了一天的路赶到开封，去给春生报信。

春生一个十五六岁的孩子听到姐姐和爹娘被财东抓走的消息，只会哇哇大哭。同学们听到这个情况，有的就报告给老师，老师劝春生先回去看看再说，春生就跟着恒德大叔回到家。两天过去，家里还是一个人都没回来，第三天一早，恒德大叔陪着春生到袁家要人。袁家正在大办丧事，有人过来说：你爸把袁老爷气死了，翻墙跑的时候，自己摔死了，尸首就在后院；你娘跑啦，不知道到哪儿去了。要拉你爹尸首，拿一头牛来换！问到自己的姐姐，袁家人说：没来过，不知道！再问其他事情，人家一概都说不知道。

恒德大叔和春生，都知道这其中肯定有冤情，但是势单力薄，只能忍气吞声。回家之后，春生含着眼泪牵着牛到袁家把爹的尸首换回来。埋完爹回来，

有人捎信过来，在离他们村六里路的藏虎岭下的沟里，好像有一个你姐的尸首。

刚埋完爹又埋姐，娘的死活还不知道，对于一个心智尚未发育完全的少年来说，无异是一次严酷的精神摧残！再也找不到钱给姐姐买棺材了，在恒德大叔和乡亲们的帮助下，只好用穷人的方法，用一张草席把人一卷，挖个坑放下去一埋，就算发送了。其后的几天里，春生就像傻了一样，不吃不喝，整天在周边山野树林河边奔跑，寻找娘的下落，每天直到很晚才回来。左邻右舍和恒德大叔给他端吃端喝，孩子给啥吃啥，不哭也不说话，倒头便睡，天不亮，就又跑出去了。慢慢地有闲话传出来了，春枝怎么被袁麻子骗奸，春枝她爹娘怎么上门去拼命，袁麻子怎么被春枝她爹弄死，春枝和她娘如何被逼死等，恒德大叔都知道了。但他不敢给这么小的孩子说，害怕他承受不了，可看见孩子这个样子，心中又老大不忍，孩子到现在还是糊里糊涂的，不知道为什么家里发生这么大的变故，他究竟该何去何从呢？

经过几个邻居认真商量，还是决定把真相告诉孩子。一天晚上，春生从外边疲惫地回来，恒德大叔照顾他吃过东西之后告诉他：春生，先别忙睡，大叔有几句话要告诉你。接着，就把最近听到的情况都告诉了他，最后大叔说：春生，你娘这么长时间没有消息了，可能是走远了，也可能已经不在人世了。你也不用找了，有啥事，大叔会给你说的。你在省城上学，这是大事，赶快回去好好上学，将来有了出息，给你爹娘你姐报仇！家里的猪鸡和粮食，能卖都卖了，当作你的学费。地，我给你种着；打下粮食，给你放着；房子，我给你看着。你就放心上学吧！

春生听了半晌没吭气，突然放声大哭起来。恒德大叔也不劝他，孩子憋了这么长时间了，让他放开哭一哭，消消心中的闷气也好。哭过之后，春生趴到地上，给恒德大叔磕了三个响头，抬起头来说：大叔，我爹娘不在了，你就是我的干爹，我听你的话，回去好好上学，长大一定给我爹娘报仇！这个家，我也顾不上了，都由你来安排吧。

恒德大叔被孩子说得热泪盈眶，急忙扶起春生说：你认我这个干爹，我就要当好这个干爹，你爹娘的仇，你姐的仇，干爹跟你一块儿报。这个家，你放心，干爹一定给你管好。干爹明天就跟你一块儿把猪、鸡和粮食卖了，帮你把家里收拾收拾，后天，你就回学校去吧！春生感激地点点头。

第三天一早，恒德大叔全家和左邻右舍的乡亲们把春生送到村口，恒德大叔又送到了大路口，从怀里掏出两个银洋递给春生说：这点儿钱是大叔的一点儿心意，你到学校一定好好把学上好。记住，你家就靠你了！

吴春生回到学校一言不发，埋头读书，在老师和同学们的一再追问下，才说出了实情。老师和同学们义愤填膺，集体到警察厅把这个情况反映上去，结果如石沉大海，没有一点儿动静。

龙定洋在写这个情况报告的时候，文笔是很简洁的，他没有系统地讲这个故事。但是，他把这个事情表述得很完整，在夹叙夹议的过程中，揭露了当今农村倚强凌弱的黑暗现状和农民申告无门的悲惨情况。由于民情探访是秘书处综合各地情况，专门给本省厅局以上主要官员看的，很快就引起注意，有的官员甚至打电话问秘书处：这件事情是不是真的？当事人为什么不上告？难道这个县里没有县政府？许多相关的省级机关，如教育厅、警察厅、民政厅、法院等纷纷查问此事，甚至直接找到吴春生本人了解情况。

在注意这篇文章的同时，当然，也会注意这篇文章的作者，秘书处龙定洋的名字让许多人都留下印象。一年多以后，省上头目们在讨论副秘书长人选的时候，龙定洋得到许多人提名。

夏月荷生过孩子后，由于晚上经常起来侍弄孩子和打呼噜的毛病，闹得定山睡不好，定山就到对面涵玉原来住的房子里睡。夏月荷对定山睡到对面，嘴上不说，心里十分不高兴。她也不愿意到那个房子去，因为她有点儿说不出口的忌讳。而定山整天把心思都放在生意上，对男欢女爱这种事情本不甚在意，再加上夏月荷缺乏涵玉那样让他依恋的睿智和大度的气质，所以，很少到夏月荷的房子去。这让夏月荷有说不出的气恼和怨恨。

一天晚上，定山与宋先生、大掌柜、柳大掌柜、东民和绸缎庄的常老掌柜一块儿喝酒聊天，回来得晚了。丫鬟桃雯代替陈婶值夜，侍候定山洗脸洗脚就寝。桃雯一边给定山洗脚，一边回答定山的问话，在问到她有没有婆家的时候，桃雯笑了一声摇了摇头，急忙给定山擦了脚，就端着水盆出去了。

第二天，定山、大魁、兰馨他们到铺子去，走了之后，夏月荷让人把除了厨子、伙夫和看门的以外的七八个丫鬟婆子都叫到客厅里一排站开。她坐在太师椅上，叫桃雯站出来，问道：桃雯，谁让你昨晚服侍老掌柜洗脸洗脚的？

桃雯胆怯地说：陈婶昨晚告假，回去有事，临时让我代她值夜一回。

陈婶赶忙上前解释说：是的，昨晚我回去取两件衣服，让桃雯代我值夜。因为看见奶奶你靠在床边睡着了，我给你盖了个小褥子，就没跟你招呼。

夏月荷骂道：这屋里翻天了，谁想咋安排，就咋安排了，眼里还有没有我这个内当家的？侍候老掌柜洗脸洗脚还嘻嘻哈哈的，在这儿还卖弄你骚狐狸精的样子！

几句话把桃雯一下子骂得捂着脸哭了起来。陈婶有点儿不高兴了。陈婶是这里除了牛玉莲以外，来的时间最长的人了，夏月荷才来龙家府宅的时候，是陈婶处处照应她，给她介绍这里的大小人员，府内的规矩，告诫她应该注意的事情。那时候，夏月荷对陈婶一口一个婶，叫得特别亲切。涵玉去世，她被扶正之后，婶就不叫了，改叫陈婶。陈婶倒也不在乎，照样精心伺候她。尤其她生孩子之后，夏月荷母亲过来照顾了几天，由于操心老头子吃饭起居，就回加工场去了，隔几天才过来一回。是陈婶白天晚上帮着夏月荷给孩子把屎把尿，换衣喂奶。夏月荷月子坐满胖了十斤，可陈婶整整瘦了一圈儿。当时，把夏月荷感动地说：你比孩子的亲奶奶都尽心呀！因此，陈婶在夏月荷面前是说得起话的。

陈婶赔着笑说：内当家的，也是我一时疏忽，没给你招呼一下，桃雯年纪小，不到之处，说她两句就罢了，今后我们知道就是了。

夏月荷并不看陈婶的面子，余怒未消地喊道：说得轻巧，知道就是了，就这样轻描淡写一说就算了。今后这个家，我还咋当？

陈婶冷着脸看了夏月荷一眼，没有说话。

夏月荷气恼地接着喊道：桃雯，云霓，你两个立马收拾东西，现在就给我走！

两个面目姣好的十六七岁的小姑娘一听，都“哇”的一声哭出来了，齐齐给夏月荷跪下，桃雯哀求着说：大奶奶，我错了，我再不敢了，饶了我这一次吧！

云霓也不知为什么让自己走，也跟着哀求说：大奶奶，求你留下我吧，我听你的话，我爸病着，还指望我的月例钱看病呢！

夏月荷骄横地说：求我也没用，已经定了。你们下去收拾吧！

陈婶看着两个姑娘哭得可怜，也为桃雯的走因自己而起，心中老大不忍，就忍住气，笑着求情道：大奶奶，这事因我而起，这个月罚我一个月月例，把两个女孩儿留下吧！

夏月荷不屑地说：你还给她们求情呢，你不看看，你还干成干不成？

陈婶惊异地问：难道连我也一起叫走？

夏月荷起身对其余的人说：你们该干啥干啥去，其他的收拾完东西到我这儿算账！扭身就进了自己内室。

两个女孩儿哭着领了按天数算出来的月例钱，走了。陈婶走进夏月荷的内室时，她的那份钱已经摆在桌子上，夏月荷脸朝里在床上躺着，陈婶本来想跟她说几句话，看她这样子，只好默默地拿了钱，转身出去。到门口时，她回过头说：佩涵、佩鸣中午放学回来，给娃加个背心，天气变了，小心娃着凉。夏月荷听了，一句话也不说。

陈婶路过南院门铺子的时候，上楼去见了定山，给他说了早晨的事情。定山听了，半晌没有吭气，后来，在抽屉里拿出五个银洋递给陈婶说：我知道了。陈婶，你回去吧，有啥事到铺子找我。

夏月荷小的时候，就有哮喘的毛病，犯起来声如牛吼，满脸青紫，为这，她爸没少给她看病吃药。后来好一点儿，平静的时候跟正常人一样，但稍有情绪激动就要犯病。今天威风要过之后，哮喘的毛病又犯了。

往常犯病，都有陈婶侍候，而且哪几样药，陈婶都清楚，找到宋先生抓回来一熬吃下去，再拿小膏药在背上几个穴位一贴，半个时辰就好了。现在没有了陈婶，夏月荷只好让专管茶水和煎煮补品的齐婶上手了。齐婶刚交四十，人白白净净，头面收拾得整整齐齐。端茶递水很有讲究，烹制各种时令补品，颇让一家大小满意。然而，让她配药治病，却有些勉为其难，不过，刚刚辞走三个，府内人人自危，齐婶也是小心翼翼地侍候这个脾气越来越古怪的内当家的。她先去宋先生那儿取药，每次都是陈婶来，宋先生按她说的写一个方子，这次齐婶来，说不出配方，宋先生也记不住夏月荷常用的方子，无奈之下，就根据平常的经验开了一个方子，齐婶拿了药回来煎好，就让夏月荷吃了。尽管膏药也贴了，但到了下午日头快压山的时候，夏月荷依然牛喘不止。她一边喘，一边骂齐婶：你配的什么药？一点事儿都不管，你想让我喘死呀！

齐婶很委屈，又没办法辩解，只是偷偷流泪。大魁回来一看问：陈婶呢？大家都不敢作声。兰馨才从齐婶口中得知，陈婶走了。大魁无奈，只好套车去西门外头的马军寨去请陈婶。

陈婶先到宋先生药铺抓了药，来到府宅把药熬好，让夏月荷先喝药，再给她贴膏药，再把药渣用蓝布在两个脚心包好，把高枕头换成平枕头。一炷香的工夫，夏月荷睡着了。夏月荷醒来的时候，定山已经回来了，听大魁说了请陈婶来的经过说：陈婶就不能走嘛，叫留下吧！

大魁说：陈婶把我娘安排好了以后，专门把药方给我说了，我拿笔都记下了，陈婶又给齐婶把服侍我娘犯病时的方法详细说了一遍，趁天还没黑严，自己走了，我出去咋叫，都不回来。

夏月荷躺在床上听了，把头往里一拧，也不说话。

佩涵、佩鸣已经七八岁了。哥儿俩都在后宰门的一个学校上学。佩涵是当年在涵玉被小个子打了两枪之后，急送到一家西医医院里抢救生下来的。涵玉看了儿子一眼，就溘然而逝。佩涵就由几个奶娘轮换着哺养，三岁以后就由苏婶专护，白天晚上都不离开。这个苏婶年纪轻轻就死了丈夫，没有生育过，守寡几年后来到龙府。由于她人生得整齐，干净利索，脾气柔顺又特别喜欢孩子，佩涵、佩鸣也老爱缠着她，定山就指定她专带佩涵。她也像母亲一样悉心照顾佩涵，每天坐着洋车把佩涵、佩鸣送到学校，放学的时候，再去接回来。孩子吃什么喝什么穿什么戴什么拿什么，全由她安排，几年来，从没有出过什么纰漏。本来弟弟佩鸣不归她照顾，可佩鸣无论什么都要学着哥哥，夏月荷只好也让苏婶一块儿张罗。两个孩子让一个人经管有点儿吃力，夏月荷又让陈婶辅助照顾佩鸣。陈婶四十八大苏婶一轮，两个人处得像亲姊妹一样。陈婶一走，两个孩子的经管又都落到苏婶的身上。

苏婶原先的公公是一个针灸推拿的先生，吃不起药或图省事的人，有病时常到他这里让他给捻弄捻弄（医治），花不了几个钱，效果还不错，在周围还有些名气，因此，每天从早到晚都是一房子的人。公公一个人忙不过来，苏婶就一直跟着做个下手。公公常常把一些治病的要诀、绝招告诉她，因此，苏婶对于周边人的一些头疼脑热、伤风感冒、腰酸腿痛的毛病，有的推拿，有的扎针，几次就好了。夏月荷的哮喘，她还是有绝妙方法的，但她看出，夏月荷是个千好不记、稍犯成仇的人。因此，总是推托自己治这个不行，从没有给她诊治过。然而，对两个孩子，她每天在他们晚上上床之后，挨个儿给他们搓脊骨，捏脖子，揉腹背，敲天灵。孩子们不仅睡得好，吃得香，少生病，个子挺拔，并且显示出一股英气和灵气。

大魁和齐婶送兰馨去医院生孩子那天，夏月荷的父母过来了。这对儿平时只吃家乡煮馍的老夫妇，近几年来在隆丰福饮食的滋养下，明显地胖了。夏老先生尽管管着加工场的账目，但定山考虑他年龄大了，给他配了一个小相公专门跑腿。他每天做好账之后，交给小相公送过来，夏月荷审查完了之后再带回去，因此，他平时很少过来。

夏老夫妇今天过来，当然是看女儿和外孙的。更主要的是，想让苏婶给夏老先生治一治腰腿疼的毛病。苏婶下午送完两个孩子上学回来，问了老先生病情，就配了几个穴位行针、留针、捻针，又在腰上拔了三个火罐子。完了之后，老先生穿好衣服站起来，走了几步说：哎呀，真神了，来的时候，上下洋车把我疼得一头汗。现在，咋一点儿都不疼了？

苏婶说：你的病看似在腿上，实际根子在腰上，今儿个暂时不疼了，可病还没有好，还得扎个七八回才能好利索。

老太太说：她苏婶扎针是有名的，她要是个男人，凭这手艺，早就发家了。

老太太一句话提醒了老先生，随后一同进了夏月荷的内室。老先生对女儿说：把苏婶说给你介亭哥，咋样？

夏月荷知道，父亲说的介亭哥是自己大伯的儿子，今年四十二三岁，能说会道，农闲时爱跑个小买卖，但有个抽烟土的毛病，就说：介亭哥，我看苏婶可能看不上，苏婶眼头儿高着哩。

老先生说：跟咱攀亲戚是高抬她哩，她求之不得呢。

夏月荷说：即便成了亲，你让苏婶去山西乡下，她肯定不去，叫我哥来西安，他能干个啥？我看这事悬乎。

老先生说：叫你哥把他那三亩地卖了，到西安来，跟苏婶开一个针灸诊所，还不是吃香喝辣的好日子，他能不来？

不大一会儿，苏婶被叫到夏月荷内室。夏月荷把他父亲的意思说了一遍，老先生又把他侄子夸得好上了天，最后，带着不容置疑的口吻说：就这样定了吧，我写信叫他过来，你俩见个面，把事一办，就过你俩的小日子。

苏婶被说得满脸通红，但听到介绍的是夏月荷的亲戚，出于对她为人的看法，更不愿意和他们拉扯。就说：内当家和老叔的心意，我领了，谢谢替我操心。只是我一个人过惯了，不想再嫁人了。

老先生和夏月荷讨了个没趣，半天说不出话来，苏婶知趣地退了出来。从此，夏月荷就对苏婶没好脸了。

天气慢慢变凉了，苏婶想给两个孩子每人做个夹袄，给夏月荷说，想买些布和棉花，夏月荷半天没有说话，最后给桌子上扔了一个银洋转身走了。还有一次，学校里让一个能拿事的人到学校去开会，苏婶去给夏月荷说，夏月荷说：你就去吧，什么事回来再说。苏婶去了，原来是学校每年一次的请学生家里给学校捐款活动，当场就让报出捐款的数目。苏婶当然不能报，校长先问谁是隆丰福的，看了苏婶以后说：隆丰福是个大字号，又是两个娃在学校里，应该捐头一份，说个数目带个头嘛！

会议室里除了苏婶外，清一色的都是男人。苏婶被校长说得满脸通红，半天结结巴巴地说：回去跟内当家的说说，明天回话。

旁边一个家长说：穿得像个内当家，实际是个拿不了事的！

另一个尖酸地说：大概是个偏房吧。

不少人都哗的一声笑了。苏婶再也忍不住，流着眼泪跑出会议室。回来委屈地给夏月荷一说，她竟说：你不会给当场许个五百银洋，你一跑，这不是给隆丰福丢人嘛！

苏婶是个受不得气的人，当年，丈夫去世以后，一个人在家无聊之极，公公提出让她去扎针的门面帮个下手。她每天包着头巾，捂着半个脸捻针、拔针、艾灸，后来按照公公教她的方法学习推拿、按摩，半年过去，一般的病竟然可以单独诊治了。尽管累得晚饭都不想吃，但心里很高兴，觉得自己不寂寞了，也能挣钱了。因此，不仅脸上有了笑容，嘴里时常哼哼些小调。她还经常问公公一些问题，公公都耐心地给她讲解，手把手教她进针的手法、力度和手感。谁知婆婆不乐意了，跟公公又哭又闹，醋意大发，竟说她和公公有了私情。一天晚上，她刚睡下，婆婆拿个笤帚揭开被子狠狠打了她一顿，还骂她不要脸，想男人想到她公爹头上了。她一气之下，从家里出来，在外头自找了一间房住，过了两年，才进了龙家府宅。她听说公公在她出来一年多后，也去世了。

夏月荷这两次对她的羞辱，她有些承受不了了，学校那次回来夏月荷那样说她，她就想一走了之。可看见两个孩子尤其佩涵对她那小鸟依人的样子，实在不忍心丢下这个没妈的孩子，忍气吞声地在这儿委屈着自己。

一天早晨，她侍候两个孩子吃早饭，一人一碗小米稀饭，一个煎鸡蛋，一盘煮花生米，夏月荷过来看了问：为啥给佩鸣的鸡蛋那么小？

苏婶看了一下就说：厨房里送来的，随便摆的，没注意大小。

夏月荷说：小的为什么不给佩涵而给佩鸣，看来，你的心是偏着呢！

苏婶也不客气地回了一句：都是龙家孩子，我凭什么偏谁向谁？

夏月荷说：好哇，都说你目中无人，果然现在口大气粗，让你看护佩涵，你就觉得自己了不起了，你是不是把自己当成佩涵的妈了？告诉你，我还没死呢，想要我的欺头，还轮不上你！

苏婶哭着跑回了自己的房子，把门关上了。

中午该接孩子的时候，拉洋车的宁娃过来叫苏婶，怎么敲门都敲不开，夏月荷骂道：她不去，你去。离了张屠子，还能吃带毛的猪了！

两个孩子回来，照例也要先进苏婶的门，依然敲不开门。宁娃拿铁钩子把门抬开，进去一看，苏婶穿着整齐的衣服和花鞋躺在床上，双目紧闭，嘴巴微张。宁娃叫了两声，见苏婶不动，上去一动，感觉不对，仔细一看，苏婶头上扎着三根长针，她已经没有气息了。

第二十一章

中午雪停了，太阳从云缝中露出半个脸，街道上耀眼的白雪，人走在上面咯吱咯吱直响。大魁抱着裹得严严实实的两岁的女儿倩倩去看火车。从尚仁路上向北远看过去，新落成的西安火车站，其典雅大气的古朴风格，就像一座雄伟华丽的宫殿，和周围刚拆迁过露出来后面低矮残破的小民房一比，简直就是青春勃发的大美女旁边站着风烛残年的老太婆，更显得新车站鹤立鸡群，精美绝伦。大魁让倩倩看着火车站，给她教了一个形容词儿：花不棱登哈！后来倩倩只要一看到火车站，都会用她那好听的声音说一句：花不棱登哈！引得周围人听了，都会为她天真的神态笑起来。

从东面延伸过来的陇海线，让西安人充满了好奇，最初的几个月时间，火车站周围每天都集聚着很多人看铁路，看火车。望着这从远处伸过来的两根铁马路，看着这喷火冒气铁头钢轮的巨大家伙，拉着一个个铁房子神气活现地猛扑过来，人们不由得往后倒退七八步。尤其是那一声惊天动地的吼叫声，头一回听见的人，真是把苦胆都能惊破了。就是以后再看见火车过来的人，知道它越到人多的地方，越要叫唤几声的毛病，早早地就把耳朵捂起来。

更让人感到惊奇的是那些从火车上下来的人。这些人走到门口把车票交给守门的人出来以后，提着箱子，背着包袱，有的挎着男人，牵着小孩。一个个面带傲气，目不转睛，用一种高人一等的神气昂首挺胸地从紧夹着的人渠中穿过。他们好像是刚从天上下来，被玉皇大帝表扬过几句的土地公婆，有一种傲视愚氓的感觉。穿过围观的人群之后，“土地公婆们”的架势有所松缓，但对于前来拉生意的洋车夫，在被连问几个要车不之后，他们全然不理不睬，而是把箱子往肩上一扛，把包袱一夹，钻进了两边的背巷子。少数坐洋车的沿尚仁路一路向南，车夫一路飞跑，留下一路铃声，又招来一片羡慕的目光。

定山为了让几个铺子拿事的人体验一下坐火车的新鲜感觉，利用夏天一个生意闲暇时间，把大掌柜、柳大掌柜、牛玉莲、姜东民、靳铁锁、常怀德、魏永年、段栓柱、罗浩明一共九个人叫上，从西安到渭南坐了一个来回。这一举动，把那些相公、伙计们都要羡慕死了，围着他们问起来就没个完。大掌柜说：今后，每年年底，铺子都要选几个踏实肯干的人，不论是相公伙计，厨子杂工，谁干得好，就叫坐一回火车。这个决定一出，隆丰福从上到下，干事人人争先恐后，个个眼里有活儿。员工们私下相互戏谑时常说：看把你忙得像争着坐火车去呀！

由于日本人采取“蚕食”侵略政策，东北、华北和南方的有些学校和工厂相继都搬到西安，张学良率领的东北军司令部也设在西安，西安的人一下子就显得多起来了，街道上南腔北调、服饰各异的人随处可见。加上发电厂、面粉厂、纺织厂等大工厂相继建成，市区街道和铺面都通上了电，吃上了“洋面”，穿上了“洋布”，更显得市井繁华，人声鼎沸，市政建设也有规模地开展起来。就在隆丰福生意做得热火朝天的时候，南院门铺子房主过来找到大掌柜，非常抱歉地告诉他说：咱这一带要扩建市政机构，门面房都得拆，而且时间紧得很，十天之内都要搬完！

定山听了大掌柜的汇报立马派靳铁锁去打听情况，中午的时候，靳铁锁回来报告说：听他在省上当差的朋友说，西安因为被定为陪都，按规划，南院门要扩宽马路，还要在这一带进行建设，布告都贴出来了。

定山和大掌柜一听，知道大势不可逆转，决定立马分头寻找合适的门面房，尽快搬离，尽早开业。三天后，有中山大街的，有尚仁路的，有西门口的，有北大街的，一共找了七处可供选择的地方。定山和大掌柜一块儿到各处去详细查看比较，七处中挑出三处准备最后定盘。定山又把东民、靳铁锁、柳大掌柜叫来一块儿商量，大家基本确定了尚仁路中段靠近西京招待所附近的一处门面，一致认为，由于火车的开通，火车站直对的尚仁路必然成为商业的旺街。就在大掌柜准备去写协约的时候，定山的岳父，夏月荷的父亲夏金火来了。

夏老爷子来到楼上，往太师椅上一坐，顾不得喘气，就说：定山呀，听说铺子要挪门面哪？

定山过去坐在老爷子旁边说：是啊，这一块儿要扩建呢。

老爷子问：地方寻好了吗？

定山告诉他说：已经定了尚仁路一个地方。

老爷子问：协约写了没有？

定山说：大掌柜立马准备过去写呢。

老爷子说：看看，我来得正是时候，你妈还让我吃过晌午饭再过来，看看，晚一步，就把大事耽搁了。

定山说：爸，你慢慢说，什么大事给耽搁了？

老爷子说：二府街上有一处三间门面房，那是一家商户借我的钱，多年还不了，把房契押在我手里好几年，估计他也不敢要了，你把铺子搬过去，不是正好。

大掌柜一听那个地方，首先轻轻摇了摇头，定山半天也没有说话。他们都知道，那是北大街上一个向西的僻背街道，不是个经商的好地段。

定山问：你说的，是不是离街口有二三十丈坐南朝北的三间红门面？

老爷子说：是的，是的，就是那三间。

定山笑着说：那个门面空了好几年了，地段不好，恐怕影响生意。

老爷子说：生意是靠人做呢，靠隆丰福的名气，在这儿一样能红火。

定山不好意思驳岳父的面子，就说：我去看一看再说。

老爷子说：要看，现在就走，钥匙我都带来了。

定山无法，只好叫上大掌柜陪同老爷子一起去二府街看门面。

西安门面房架构基本上大同小异，这里头的格局也与定山想象得差不多，关键是地段偏僻，门可罗雀。看完之后，老爷子着急问结果，定山笑笑说：门面可以，还是地段问题，我再筹思筹思。

老爷子一听没有说话，一转弯到府宅找他姑娘去了。

定山晚上回来，夏月荷显得格外殷勤，不仅陪着他喝了几杯酒，而且不断给劝酒夹菜。晚上破例钻到定山的被窝里，极尽缠绵呈送之能事，软语轻轻，娇喘吁吁。待热汗退去，定山知道她要说话的时候，故意把身子转过去，装作要睡觉的样子。夏月荷急忙把他扳过来，趴在定山的身上，亲着他的脸说：亲哥哥，我不找你，你不找我，你现在都成了蔫黄瓜了。我可是天天都盼着你呢，你就不知道心疼人！

定山说：两间房子两对门，宁可盼着你都不过来，你究竟是盼我呢，还是怄气呢？

夏月荷说：我咋敢跟你怄气，在这个宅院里，你见谁都是笑着的，唯独一看见我，那个脸就跟放帘子一样“哗”的一下就吊下来了。我知道在苏婶的事情上，你还生我的气！

定山本不想理她，架不住她又逗又闹，嘻嘻哈哈地折腾，定山双手捧住她的脸很认真地对她说：月荷，这两年，你变得很厉害，原来那么一个知书达理的小女子，几年工夫怎么变成一个能把人逼死的悍妇了？苏婶、陈婶包括齐婶，都是在咱们这里干了多年的人，不多话不多事，本本分分的好人，你不该欺负好人、老实人。两个丫鬟有啥过错让你辞走？从一进这个大门就护着你的陈婶，让你逼走，像亲妈一样照顾佩涵的苏婶让你逼死。你知道苏婶的死给咱铺子惹来多大麻烦？后来的几个，你这个看不上，那个不满意，你咋能变得如此冷漠绝情呢？

定山说到这儿，感觉到月荷伏在他胸脯上，眼泪流下来了。

定山叹了一口气，又说：你说，我不心疼你，不爱搭理你，你不想想，跟一个心地不善良，让人见了泼烦的女人，我能有什么好心情呢？

月荷哭着说：涵玉姐去世后，你整日神情寡淡，少言没话的，我的温存体贴，你总是冷冰冰的，我一肚子苦水向谁倒呀？当时，我也不知道是咋犯的毛病，脾气变得那么坏，说话那么刻薄，做事那么绝情。现在回想起来，我真后悔，我对不起苏婶、陈婶呀！

定山说：涵玉不在了，你是隆丰福的内当家，你应该给我拾遗补阙，增智添力，让咱的生意做得更大更好。可你净给我添乱，我整天在外头苦苦累累，回到家心里都清净不了，跟你这日子还咋过？

月荷依旧无声地饮泣着。

定山继续说道：想叫男人喜欢的女人，应该是善良的女人，聪明的女人，通情达理的女人。而你现在是权欲膨胀，利令智昏，在这个家里，你是一人之下，众人之上，没有变得更聪明，而是变得更愚蠢了，你已经让我忍无可忍了。我几次下决心想让你回家，看在娃的份儿上，我硬忍了。如果再这样下去的话，可能就忍不了了。

停了一会儿，定山想了想，继续说：当然，你年龄还小，还不够成熟，但这都不能成为你专横跋扈的理由。我想，如果你还想当这个内掌柜的话，从现在起，你必须彻底改掉你的这些坏毛病，对长辈尊敬，对下人宽容，少说人不是，多看人长处。没事儿时，多看些书，多写字画画儿，陶冶自己性致，隆丰福铺子里头，绝不能容忍一个霸道的泼妇。

月荷流着眼泪点点头，哽咽着说：最近，我把自己的所作所为仔细回顾了一下，我很后悔，我已经叫人去请陈婶了，陈婶死活不来，我给苏婶已经烧过两次纸了，我给齐婶这个月已经加了工钱，新来的人我绝不为难她们，我会一点儿一点儿改掉我的毛病的。

定山听了没有说话，把她抱得更紧了。夏月荷把脸贴在定山的脸上，微微喘息着说：亲哥哥，今后，我一定再不惹你心烦了，一定作个你的贤内助，把咱这个家帮你管好。

定山用手抚摸着她的头发，在黑暗中看着她的眼睛。

月荷亲了亲定山，欲言又止。

定山问：还有什么话，你说。

月荷说：有一个事，你得答应我。

定山说：你说。

月荷说：就是咱爸说的二府街门面的事。

定山问：噢，这就是你今天晚上演戏的目的吧？

月荷说：开始是这个目的，后来你说的那么多话教育了我，我知道错了，我明白，跟你一心一意管好这个家的重要，也知道了，你是我终身依靠的道理！可咱爸的大事情，还得管呀，下午咱爸来说，这个门面是他最后的一点儿房产，眼看着一年年这房产空撂在这儿，卖不出去，也租不出去，他心疼又没有办法。咱爸说，只有隆丰福能让这个门面起死回生，隆丰福用过的门面才能值钱！而这一次又是一个难得的机会。我想，我平时给你说什么，你都半理不睬的，今天难得我们心贴心说话，我希望你能帮咱爸一把。我今后一定做个让你满意的好女人！

月荷说着又流下了眼泪，随着情绪的激动，她又喘起来了。

定山给她围好被子，整理了一下枕头说：我答应你，好好睡吧！

隆丰福搬过来之后，南院门周边凡是属于拆迁的商户，有的看见隆丰福搬到二府街，在再也找不到更好门面的情况下，也跟着搬了过来。不久，这里就有了七八户商家，连一些饭馆也挪过来，这里逐渐有了一些商业气氛了。隆丰福的生意肯定受到较大的影响，但二府街上的商户们在一起商量，修门面，挂彩灯，唱大戏，降价格，送礼品，想尽办法烘托这里的商业气氛，各家的生意才慢慢有了起色。定山当然不能白用老岳父的门面，他每月给岳父一百个银洋的房租，比南院门倒是便宜了不少。夏月荷信守自己的诺言，逐渐注意控制刁蛮专横的毛病，与下人们的关系也逐渐缓和，慢慢赢得了周围人的尊重。然而，她的哮喘毛病却越来越严重了，原来几天喘一次，现在一天喘几次，不分白天晚上，说喘就喘。喘的时候面色苍白，虚汗乱流，声音怪异，听得人都非常难受，省城里的医院都看遍了，终无济事。以至于先生大夫见她来都拱手相送，请她另寻高人。这真应了医药界的一句俗话：外科不治癣，内科不治喘，谁治谁丢脸！

一场攻坚战结束之后，怒不可遏的团长龙定海，让人把加强营营长、外号胆包天的淡世雄带到团部来。

这个淡世雄是定海最喜欢的一员战将，也是他在河南遇到的一个难得的陕西乡党。四个营长里头，就数他年轻，今年才三十一岁，可打仗就数他瓈火（厉害），定海总是把他放到最关键的时候，去啃最难啃的骨头。他也一点儿都不让定海失望，他出兵速度快，火力猛，下手狠，常常在敌方还不经意间，就被他打得人仰马翻，毫无还手之力。难能可贵的是，他打仗特别喜欢动脑子。开仗之前，他总是拿着望远镜躲在一旁，仔细观察敌方的布局和动态，分析敌方作战的特点，找出他们的薄弱环节。一旦命令他们出击，他早就胸有成竹，避开强大火力点，专拣对方软肋上下刀子。并且，这把刀子一旦插进去，就使着劲儿地往里钻，非置敌人于死地不可。因此，他是定海的一张王牌，平时藏着不露，拿出来的时候，就是注定要赢对手的时候。这次，他们又拿下了敌人盘踞的一座县城，加强营是最先攻进去的，淡营长领着加强连率先抄了敌团部，活捉了团长，打死参谋长和警卫排一排的人，还缴获了不少财物，并且连敌团长的老婆都一块儿逮住了。可淡营长坏就坏在逮住的这个敌人团长的老婆身上了。

攻进县城那天是晚上半夜时分，在十八团围城打得最激烈的时候，担负北城门攻坚任务的加强营淡营长，给副营长安排好进攻策略和节奏，自己则带着加强连从一个缺口突了进去。敌人分兵把守自顾不暇，这股队伍进去只是引起一点儿局部混乱，没有引起守城团长注意。县城墙周边打得热火朝天，城内反而没有遇上什么抵抗的队伍，只有少数老百姓缩头缩脑地跑来跑去。淡营长尖刀直插敌军心脏，闯到敌军团部跟前。加强连与守卫的警卫排一交手，“老虎吃鸡不吐毛”，警卫排带排长全部被消灭。

淡营长稳稳当当地坐在团长的圈椅上，立马命令两个排隐藏在周围警戒，一个排在外游动搜索，一个排在团部里头搜查。不一会儿，一个排长过来报告，在团部的后面发现一个卧室和一个隐蔽的小库房。淡营长带着警卫过去查看，只见位于地下的小库房里头堆着三箱银洋，一些首饰和一箱烟土，还有几把包着油纸的新枪。淡营长命令一个班负责守护，其余人扩大搜查。自己带着警卫到卧室查看，只见床上被子里裹着一个浑身发抖的女人。淡营长环顾了一下房内，看得出这是个有身份人的住宅，他判断这是团长的内宅和团长的女人。

就在他准备询问床上睡着的这个女人的时候，在外警卫的一个排长过来报告：敌人团长在回来时被抓住，四名警卫和一个企图反抗的参谋长都被打死了。淡营长命令把团长绑在团部他的椅子上，严加看管，他一会儿就过来。然后他命令那个女人坐起来！

满头长发的年轻女子用被子遮住身子，慢慢坐起来只露出一张脸。在昏黄的灯光下，依然能够看出那是一张非常俊美的脸，低眉垂目地也掩盖不了她的生动和妩媚。从女人不经意间露出的一段白腿，淡营长判断出，她一定是赤裸着滚在被子里的。淡营长大腿间那休眠了很久的神经被唤起了，他感觉到周身血液的奔涌，眼睛已经离不开那张脸了。他向后摆了摆手，两个警卫知趣地退了出去，并把门反关了起来。

淡营长一把扯开被子，一段像剥净了皮的葱白似的身体白花花地亮了出来。他三下五除二脱了自己的衣服，上前去吹灭了灯，一个饿狼抢肉扑到那女子身上，急不可耐地把自己能够送进去的东西，都给她送了进去。

那个女子倒也配合，尽其所能承应着淡营长饥渴中的贪婪，把女人那些能够激发起男人激情的本事全都施展出来，使淡营长似乎忘记了外边还在激烈进行着的枪林弹雨的战斗，以至于他脸上和双腿间全都溢流着湿乎乎的东西。

像激烈战斗正常的规律一样，随着枪炮声的逐渐减弱，淡营长威猛的进攻节奏，也从开始狂烈到最终无声无息，他伏在那个雪白的酮体上闭着眼睛一动不动。那女子似乎也得到了最大的满足，紧搂着他的脖子，在他耳边轻轻地吹着气，而后莺声燕语地说道：你可真是个能捣鼓的大棒槌！再来一次，行不行呀？我还想再要一次呢！淡营长听了似有所动，腰部以下象征性地动了几下，就停了下来。突然，他惊醒过来，翻身要起来，那女子双腿卡住他的大腿，胳膊勾住他的脖子，娇声娇气地说：急什么？再搂住睡一会儿嘛。淡营长眼睛适应了室内的光线，他能看清女子的相貌了，那真是一张令人销魂的脸。但他清楚当前的环境，明白自己刚才干了什么，挣扎着要起来的时候，那个女子紧箍着他，并说道：答应我一件事，我跟你走！

淡营长问：什么事？

女子说：东西，你全拿走，放了刘团长。

淡营长听了，轻轻地摇了摇头，又要起来。就在这时，女子一只手从枕头下面拿出一个他没看清的东西，顺手就插在他的脊背上。淡营长没想到这小女子能来这一手，他忍住剧痛挣脱起来，套上裤子，勾上鞋子，明显觉得血顺着屁股流下来。那女子也穿好衣服，坐在床边，两只眼睛紧盯着他。

淡营长咳嗽一声，两个警卫推门进来，看见淡营长光着身子有点儿狼狈的样子，吃了一惊，急忙问：营长，什么事？

淡营长一指那女子说：把她绑起来！他给另一个警卫说：快，给我把背上的刀拔下来！

两个警卫一看营长负伤，急忙过来。一看是把剪刀，插得也不深，顺手拿了一块儿布把伤口擦了擦，小心地把剪刀拔了出来。血又冒出来，一个警卫用剪刀剪了一块儿床单捂住伤口。那女子看见他们手忙脚乱地在包伤口，企图从旁边偷偷绕过去，被淡营长用腿一扫，直挺挺地躺在地上。一个警卫立马过去把她绑了起来。

等淡营长再次坐到敌人团部椅子上的时候，县城已经被攻破了。枪声变得稀稀落落，街道上传来杂乱的脚步声，能听见团部门口有人在和警卫交涉的声音。淡营长挺直身子向加强连连长命令道：把库房里的东西弄个车都装上，把这两个分别关起来，把团长关在库房里！

连长说：车已经准备好了，听二营的一个连长说，团长马上就到了。说着就让人把团长和他的女人带了下去。

淡营长立马命令连长：库房的东西登记造册，把俘虏看好，派人在门口准备迎接团长，另外，给我找一个医官来。

连长领命而去。

定海带着团部的全体人员进驻敌人团部，刚安顿了一下，就问淡营长，加强连长支支吾吾地说：淡营长负伤了。

定海一听就急了，忙问：伤在那儿，怎么伤的？

加强连长说：伤在脊背上，不太重。

定海着急地说：枪打在背上，还能不重！他人呢？

加强连长说：已经叫人送回去了。

定海从加强连长不太自然的神态中，已经看出淡营长受伤的蹊跷，因为忙于安顿县城里的诸多事情，也就没有再问下去。他去师部开会回来，才把加强连长和两个警卫叫来问清了情况。

传令带淡营长的副官长刚走出门，淡营长自己喊着报告走了进来。

淡营长双手被绑在背后，没戴帽子，迈着沉重的步子走到龙团长跟前，双脚并拢一个立正，低下了头。

按军纪，淡营长这个行为是很严重的，最轻的是降职，挨军棍和关禁闭，定海当然舍不得这样处治他的爱将。但在战斗进行中，一个官长竟然干出这种事情，不仅让同僚笑话，对属下也开了恶劣先例，如不惩治，自己不仅无法向上向下交代，还可能引发军纪的废弛。因此，定海决定对淡营长采取重罚轻责的策略。

为了不让淡营长难堪，加上他又自绑请罪，定海只是用眼睛盯着淡营长看了一会儿，什么话也没说，让参谋长宣布撤掉淡世雄加强营营长职务，降为加强营一连一排副排长，关禁闭十天，罚饷半年。参谋长宣布完毕，吩咐副官带下去关禁闭。

旅长看到龙团长对淡营长的处罚决定之后，认为警示作用不够，命令龙团长在上述处罚的条款上，再加一条：在全团连以上官长会上，当众打淡世雄四十军棍，以儆效尤。

定海看了这条命令忧心忡忡，四十军棍打过，淡营长没有三个月恢复不过来，弄得不好，还可能落下毛病。这可真让他犯愁了。就在定海绞尽脑汁为四十军棍伤脑筋的时候，一个突然接到的任务，让定海团长顿时找到了机会。

师部给旅部分拨了一批给养，车队经过邻县的时候，被地方民团给劫了。旅部命令龙团长速派一支队伍把给养夺回来。龙团长把任务交给加强营，并授意兼任营长的参谋长安排淡世雄带着人去。

副排长淡世雄带着一个排连夜出发了，夜半时分赶到民团驻地，抓了个“舌头”一问，民团晚上也出动了，他们是去偷袭十几里外驻军的一个军械库。淡世雄弄清了民团人数、装备情况和被劫给养存放的地点，决定先将看管给养的八个团丁拿下，然后派一个尖刀组押着“舌头”，埋伏在民团必定返回的路上，其余人员都潜伏在民团大院的周围。

五更时分，前方埋伏的人飞奔回来报告：民团三十二人赶着两辆马车回来了！民团团部大门立马敞开，一个事先调教好的团丁带着一个化装成团丁的班长在门口站哨。民团团长和几个头目骑着马先进入大门，两辆马车跟在后面，其余人马陆陆续续地也都进了院子，大门随即就闭上了。

看到关闭大门的信号，埋伏在院子周围的三个班和先埋伏后尾随而来的那个尖刀组，几乎是同一时间向民团的人扑了上来。由于是突袭和近战，淡副排长命令一律用大刀和匕首，毫无防备的民团大队，面对突如其来杀猪宰羊般的一对一袭击，枪都来不及拔，几分钟就被连锅端了。淡副排长派人叫来接应的马车队，护送着两车军械，十二车粮秣，民团的二十几匹战马和几十支长短枪支，迅速回到了旅部。

旅部重新给定海的十八团下达命令：鉴于加强营营长淡世雄能够如数追回被劫给养，且能机动灵活抓住突发战机，在无一伤亡的情况下，缴获数量可观的军械、战马一批，可以将功补过，免去罚饷半年和四十军棍的处罚。由于禁闭期未满，暂时代理加强营副营长职务。

事后，团长定海在和淡副营长一起喝酒的时候，定海问道：对旅部给你的处罚，怨恨吗？

淡世雄说：不怨恨，我知道这个错犯得大了，该罚。不是大哥给我机会戴罪立功，那四十军棍打得我可能现在还爬不起来呢！

定海问他：后悔不？

淡世雄说：不后悔，那样的女人跟她有这一次，我值了。

定海说：听说这个女人不仅长得好，还很有情意呢！

淡世雄问：怎么有情意？

定海说：旅部把那个一条腿有点儿瘸的团长枪毙的时候，那女子亲往法场奠酒，团长死后，她抚尸大哭，后来亲手盛殓为其下葬，很多人看了都感动不已。

淡世雄惊讶地说：这个十七八岁的女子，竟能如此钟情于一个比她父亲还大得多的男人，真是情深意长啊。

定海问：一个男人一辈子能碰到一个对自己情真意切的女人，可是不易呀！哎，我问你，如果这个女人还在，兄弟想不想跟她再续前缘哪？

淡世雄怔了一下，半晌没说话。定海岔开话题，两人边喝酒，边聊些别的，分手的时候，淡世雄红着眼睛说：大哥问问她，如果她有意，我不计前嫌，只要她实心实意跟着我过日子，那个团长能给她的，我都能给她！

定海笑了：大丈夫驰骋天下，胸纳四海，但也不能拒绝儿女私情，你的心思，我知道了。

时隔两天，在团以上官长会上，师长宣布命令：因上峰委任一七三旅原旅长邓其云为师参谋长，师部报上峰批准：特委任原一七三旅十八团团长龙定海为一七三旅旅长，委任原一七三旅十八团加强营营长淡世雄为十八团团长。接到命令三日内，务必到任。

消息传出后，十八团上下一片欢腾，加强营筹备为老营长、新团长淡世雄送行庆贺，十八团也为老团长、新旅长龙定海送行庆贺。龙定海旅长对自己提升，并没有多大喜悦，倒是因为自己的离开，给淡世雄创造了一个上升的机遇而感到欣喜。他派自己原来的团参谋长去找扎了淡世雄一剪刀的那个叫柳依依的女子，把意思一说，那个柳依依略微踌躇一下，就爽快地答应了。龙旅长立马命令十八团为淡团长布置新婚洞房，并请师长、旅长们参加淡世雄团长双喜临门的庆贺喜宴。

上百桌的喜宴，从中午一直持续到晚上，等到众人散去，淡世雄醉醺醺进入洞房的时候，鸡已经叫头遍了。柳依依在两个丫鬟的陪同下坐在床边，丫鬟给淡团长打上洗脸水，倒好茶水，告诉他，夫人一天都没有吃东西了。淡团长挥挥手示意她们出去，然后关上门。淡世雄挑开柳依依的盖头，搂住她说：我的小心肝儿，你到底回到我的身边了。说着就在她的脸上亲吻起来。

柳依依冷着脸一动不动，任他拨弄着。

乘着酒兴，淡团长剥光了她的衣服，然后一起钻进被窝，就翻腾起来。事毕，淡团长趴在她身上亲着她说：怎么还是不高兴？

柳依依说：你打死了我男人，抢了他老婆，又升了官，当然你高兴，我高兴啥？

淡团长说：你现在又是团长的老婆了，而且，我不比他差呀！再说，当兵打仗，各为其主，你男人又不是我打死的。

柳依依说：我让你放了他，你为啥不放？

淡团长说：你真是想得天真，围住县城打了一天一夜，就是因为他。我就是听你的话，放了他，周围还有那么多队伍，他走得了吗？

柳依依说：你认为，打死了他，他的老婆就该归你了吗？

淡团长说：我们不要这样说话了，好不好，他不在了，现在，有我呢，今后我一定好好待你，我这个团长一定比他强！

柳依依说：你这团长还不知道能当长不能当长呢！说着似乎无意地又把手伸到枕头下面。有了上次教训的淡团长，以为她又要掏剪刀，身子一翻刚抬起头，柳依依一枪打过来正中他左眼，淡团长顾不得眼睛，一拳抡过去，柳依依连哼都没哼一声，就翻了白眼。

吴盛萌问了好几家铺子，才找到隆丰福新搬的地方。他在渭南跟着罗浩明干了不到一年的采买，很得大掌柜的赏识。他人不仅精明能干，办事周到稳妥，经常还能提出一些新的思路和建议。大掌柜准备在他把渭南的事情办完回来，跟定山说一下，把他提到染料行去当二掌柜。不料，还未到年底，他就来辞工，和赵明均老师一起说是另有事情要离开西安。把个大掌柜遗憾了半天，只好把罗浩明提成染料行的二掌柜。定山单独跟大掌柜谈到吴盛萌和赵明均的时候说：人家两个就不是在这儿学相公的，你还看不出来，我姑当时安排他俩在这儿，是躲风头呢，这两人都是共产党，我看，他俩可能要去干大事情！

大掌柜说：我也看出来，他俩不是凡人，可看着他们兢兢业业的样子，心想也许能长期在这儿干一阵子呢，想把他们留住。

一年多不见，吴盛萌黑了瘦了，但人显得更精神了。他跟大掌柜寒暄了一阵儿，大掌柜看出他找定山有事，就下楼去了。吴盛萌单独跟定山谈起来。

吴盛萌轻声告诉定山，红军主力到了陕北，跟陕北红军合成一股，现在成了大世事了。几万人在陕北集结训练学习，人越来越多了。红军跟国民党军队不一样，这是老百姓自己的队伍，打土豪分田地，主张抗日救国，是专为穷人打天下的。因此，蒋介石千方百计想把这一股力量消灭了，派了几股队伍把陕北方圆包围得死死的。因此，现在陕北这些红军日子艰难得很，衣食住行啥都缺。不瞒你说，我就是刚从陕北下来的。

定山说：怪不得，好长时间都不见你了，你跑到陕北去了。这回回来，是办啥事来了？

吴盛萌说：由于我是咱西安人，组织上专门派我到咱这儿来想办法，弄一些做服装的缝纫机子和布料棉花等。陕北天寒地冻，很多人现在还是单衣单裤，这个冬天都难过呀！

定山一听就明白了，他说：你和赵老师都是有知识有头脑的人，你们看准的事情不会有错。哎呀，几万人刚到一个地方，肯定是要啥缺啥，其他缺了还好对付，这一个吃，一个穿，在陕北那地方，这两样可是最难对付的呀。

吴盛萌说：可不是，好在陕北人不错，腾窑洞，送粮食，凑衣物，可这队伍都要穿一样的服装，戴一样的帽子呀，这就必须要大量制作，还要做得规整，时间还不能耽搁。

定山笑了说：你的意思，是不是想先要在咱这儿给你们加工服装？

吴盛萌说：在这儿加工不行，西安现在到处都是特务，你在这儿即使再小心，难免不露出蛛丝马迹，一旦叫发现了，机子、材料都完了不说，还会给你惹来大麻烦。另外，服装这东西目标太大，做好了往外拉，人家一看就知道了。再说，路上关卡也太多，根本也运不过去！

定山说：看来，只有把机子跟材料都弄到陕北去这一条路了。

吴盛萌说：是的，我先打前站，后面还有不少人要过来，一块儿来解决这个问题。

定山问：你说，你想叫我干啥？

吴盛萌说：我想请你在西安给收购一批机子，最少二十台，越多越好，再派至少三个把式一块儿跟着上去，连裁带做，棉的做了，再做单的，估计最少三个月。

定山说：如果时间不急，我派人带你去汉口买新的，坐火车去，来回有半个月就行。现在时间紧，我出面收购都没麻达，西安估计机子最多也就是五六十台，人家只能把自己多余的卖给你，正常做活的肯定不卖，而且用顺了的机子比新的都值钱，能卖的估计都是多少有点儿毛病的。

吴盛萌听了，也觉得说得有理，可他还是说：有毛病的不能要，辛辛苦苦叫人背上去，结果还有毛病，甚至用不成，还不如不要！

定山说：这是我的想法，咱肯定不能把有大麻达的机子买回来。另外，就是新机子也要出毛病，这不要紧，咱还要有能修理机子的人跟着一块儿上去，不然，一旦遇到个麻达，把人的手不是打住了。

吴盛萌说：要是这样，就太好了，在陕北接受任务时，我就第一个想到你！果然，老掌柜不但靠得住，而且还是个热心肠！这个事情最好就咱们知道，消息漏出去，弄不好，就把锅砸了。

定山笑笑，吴盛萌知道自己的话多余了，不好意思地给定山打了个招呼，就到七贤庄去了。定山先叫东民挑机子多的作坊挨家打听，又叫罗浩明在外县寻找。他们跑了三四天，只寻到五六台机子，而且，据东民说，有两台可能还不好修。吴盛萌来了两次，后一次来说，背机子的人已经到三原县了，别人弄的棉花和布料都开始往回运了，现在给他的任务就是机子，他显然有点儿着急了。东民又跑了几家，也只找了两台。吴盛萌自己也跑出去询问商家，有没有想卖的机子，结果根本就没人搭他的茬儿，他在铺子楼上急得团团转。

定山仔细询问东民各家机子的情况，东民告诉他，有两家机子明明放着不用，就是不卖，他说了半天也不顶用。定山弄清了实情，亲自登门，表明是自己外县亲戚急用要买。卖家不给东民面子可以，但不能不给龙老掌柜面子。定山出面顺利拿下了五台。即使这样，经东民看过能用的，也一共只有九台，还差一半多。吴盛萌沉不住气说：老掌柜，你看，咱铺子里还能不能给凑几台？

定山说：盛萌，你大概准备啥时候动身？

吴盛萌说：凑齐了，随时可走。

定山说：二十台机子，缺多少，我补够多少，数量上，你不用担心，这两天，我正在给你物色上去帮你的把式呢！天冷路远，又在家过不了年，听说路上还有危险，有人正为难着呢。

吴盛萌一听，一颗悬着的心才落下来。他激动地说：老掌柜，我真不知道该咋样感谢你了，我现在就去准备，这儿的一切都拜托你了！说着急急忙忙就下楼去了。

第二天下午，两辆大骡子轿车塞满棉衣棉裤分别从北门和西门出城。西门由于加工场的材料经常进进出出，站岗的都熟了，东民和张把式招呼一下就出去了。北门是大魁事先联系好下午站岗的长泰，给他说好有点儿东西出城，长泰说：没麻达，我在这儿，咱的车随便过。

长泰在渭南的铁匠炉子上干了大半年，超负荷抡大锤的硬活，再加上没有工钱，使他在强迫的环境中戒了烟瘾。大掌柜过年去看望铁匠炉工人的时候，问他，还想不想在这儿干了？他说：再干半年吧！可正月十五一过，他哥托人花钱给他在警察局寻了差事，从此披上了一身黑皮，摇身一变就干起了巡逻站岗的活计，那个抽烟的毛病也又回来了，脸色又青又黄。

大魁想着跟长泰已经说好，出城万无一失，自己就没跟着去，只是给跟车去的牛把式说：牛师，北门，我都说好了，长泰，你大概也认识，招呼一声就对咧。

骡车到北门，长泰以前一直是在铺子的，牛把式是在加工场的，两人不常见面，不是很熟悉。长泰一见车过来，把枪一挡，问道：拉的啥东西？停下检查！

牛把式也不会说话道：都说好了，检查啥呢！

长泰反应过来，还没来得及说话，另一个警察不高兴了：咋的话，跟谁说好咧？检查啥呢，把你要的个大！老子在这儿干的就是检查，今儿个就是要好好检查检查！把车上的东西都卸下来！

这家伙是长泰的副班长，管着他呢，长泰也不敢过多阻拦，只好把牛师训了几句，说：车上装些烂棉裤旧褂褂，把你还牛啥呢，还不赶快下来！

同去的吴盛萌见情况不妙，害怕节外生枝，立马上去，给两人一人塞了一盒卷烟，不料，副班长用手一拨说：不要来这一套！上去就把一捆子棉裤拉到地上。长泰对着吴盛萌赶快用大拇指和食指扣成一个圆形，使了个眼色。吴盛萌会意，立马掏出一个银洋递给副班长，副班长接了银洋，嘴里骂骂咧咧地才转了回去。赶车的立马鞭子一摇赶着骡车先跑了，牛师扛着那捆子棉裤跟着跑出城门。吴盛萌向长泰和副班长弯腰道谢后，满头大汗追了出去。

隆丰福加工场里一共二十三台机子，给吴盛萌补够二十台，只剩下十二台了，而且，给吴盛萌拿走的都是比较好的机子。当时，正在给西安到宝鸡铁路工地上的工人加工棉工服。因为天气冷了，工地上专门派人守在加工场里，做好一批，拉走一批。一半机子一拉走，出活的速度明显慢了。

没等要货的人来找，大掌柜就跟靳铁锁、常怀德、大魁几个一块儿商量对策。大魁首先说：那个吴盛萌跟咱是个啥关系嘛，一年不见，来了就把用得正紧火的机子拉走了，是不是他也要开加工场？

靳铁锁说：这就跟正打仗着呢，把枪缴了，这仗就不好打了！

常怀德说：要想办法赶快先借十台机子，不然，这十二台机子咋样也出不了二十几台的活儿。

大掌柜说：老掌柜能把这些机子给别人，肯定是有他给的道理，不但把机子给了，还把案子上两个把式和东民都派去了，可见那边的重要。老掌柜想的是大事情，不明白，不要乱猜测，也不要乱埋怨，更不能对外头乱说。咱现在就是想办法，咋样能够快出活儿，尽快把这批活儿交了。

几个人都不吭气。定山上来坐下。大掌柜继续说：借机子眼下估计借不了几台，现在都是旺季。我想，一个机子一天出的活儿大概是一定的，如果把一天再延长半天，出活儿能不能就增加一半？

常怀德说：咱现在人一清早就坐到机子上，除了三顿饭，要做到鸡叫头遍才歇工呢，就是再做到半夜，顶多多出一半的活儿，三五天可以，时间一长，害怕人就受不了了。

大魁说：踏机子是个细活儿，时间太长了，人容易走神儿，前天听说蒋师的指头不是叫机针扎了，骨头上连扎了三个眼儿。

靳铁锁也说：时间太长了，活儿做得难免粗糙，返工的也就多了。

定山听了大家的话，仔细想了一下，他在想，机子拉走余下的那十一个人干啥，既然在机子上的人时间长了容易走神儿，那么，把人换一换，是不是就能好一些？两拨人，一拨上去干着，一拨下来歇一歇，过上一个时辰，再换换，是不是就能延长时间？他把这个想法给大家说了，让大家再商量。

大掌柜说：这个方子好，一套机子，两套人马，轮番上阵，这就是古时候的车轮战嘛！

靳铁锁也说：这样，人都不累，干一会儿，歇一会儿，人歇，机子不歇。

常怀德说：机子和人，只有后半夜才能停下来。

大魁说：既然这样，为啥要叫两拨儿人同时侍候一个机子呢，不会叫两拨儿人分开侍候一个机子？

大家还没明白，他说的什么意思，定山首先明白了，他说：大魁说的这个方法好！两拨儿人各做各的，那就不是只多做一半，而是要翻了一番，只是机子要多受些亏了。

大掌柜从定山说的话里才听出来意思，问道：老掌柜是不是说，一拨儿人在机子上，另一拨儿人睡觉，这一拨儿人下来睡觉，那一拨儿人再上机子？

定山兴奋地说：就是这个意思，这叫人歇，机子不歇。

常怀德说：好是好，可就是大白天叫人睡觉，可能睡不着。

大魁说：黑了，做活儿一乏，白天肯定就睡着了。

定山说：机子少了，活儿还催得这么紧，只有这个方法，能解决这个问题。怀德，你把机子上的人分成两拨，一拨儿白天，一拨儿晚上，这拨儿上，那拨儿下，五天一轮换，这样，咱交活儿的时间就不会耽搁！

常怀德兴奋地答应着，赶快到加工场去了。

大掌柜高兴地对大魁说：大魁，这个主意出得好，这两天把人愁得睡不着觉的大事解决了，大功一件呀！

大魁不好意思地说：也不是我想出来的，是话赶话，说到这儿了。不过，我想，不光踏机子的人分两拨儿，修机子的人也要分两拨儿。另外，黑了要整整做一个晚上，时间太长，半夜应该给加一顿饭。

定山说：大魁呀，你又说到节骨眼儿上了，修机子的人肯定也是两拨儿，半夜应该加一顿饭，厨子也得安排两拨儿。你现在就到加工场跑一趟，给常怀德交代清楚，叫他都安排好，从明天开始。

就在这个时候，铺子里一个相公上楼来说：可能是队伍上出啥大事了，街上马队跑来跑去，汽车拉着兵，也过来过去，天上飞机轰轰轰飞个不停，听说前头街道都戒严了。

大掌柜听了说：老蒋到西安好几天了，学生们天天都游行请愿，喊叫着要打日本，要打回老家去，可老蒋到西安却调兵遣将，要打陕北红军呢！是不是因为这个事？

定山忧心忡忡地说：见外敌退缩，打内战积极，这不是本末倒置嘛。照这样下去，老百姓受苦的日子还在后头呢！

大掌柜若有所思地看了看还剩下不多的月份牌，今天的日子是：民国二十五年十二月十二日（公元一九三六年十二月十二日）。

十来天令人心神不安而最终安然无事的这个后来被称为“西安事变”的大事情终于过去了。报纸上说，南京方面的宋氏姊妹（宋美龄、宋子文）代表蒋介石与西安方面正式谈判。而西安的东北军张学良，西北军杨虎城，急电邀请陕北的中共代表过来，三方形成西安方面。会谈双方基本认可了以周恩来为中共全权代表提出的“和平解决西安事变的六项主张”，宋氏姊妹答应停止内战，联合红军抗日，共产党公开活动，改组南京政府，肃清亲日派，加入抗日分子等条件。十二月二十五日，张学良护送着蒋介石坐飞机到了南京。街道上紧张的气氛解除了，一场大雪把那些杂乱的脚印、马粪、车辙、纸屑，统统掩盖起来，西安又恢复到临近过年前的温馨忙碌的气氛中。大部分西安人可能没想到，这个“西安事变”的和平解决，结束了长达十几年的中国内战，迫使蒋介石放弃了“攘外必先安内”的政策，粉碎了南京政府亲日派发动内战的阴谋，促成了国共再次合作，为抗日战争的胜利奠定了基础。这是一个当时在中国，在世界都具有特殊意义的重大事件。

吴盛萌再次到隆丰福的时候，就没有上次那么谨小慎微了。他又置办了许多如染料、缝纫机配件、机用线、尺子、熨斗、画粉饼、扣子、风扣、里衬等东西，满满的七八大包，大大方方地装上车就运走了。他给定山汇报了隆丰福上去的三个人的情况，说他们在上面干得很好，还带会了不少徒弟呢。再有一个多月基本就干完了，他们首长让他好好谢谢老掌柜，以后有机会到西安，一定要亲自来隆丰福看望老掌柜。

定山说：没干什么事情，当时有困难，只能帮这点儿小忙，以后有什么事情尽管来，隆丰福里能出你这样抗日的共产党，也是光彩的事情。

清明刚过，东民和两个把式都回来了。他们兴奋地在铺子里讲述着边区的逸闻故事，说话中夹杂着不少新名词，并且把红军为什么能在陕北这个地方扎下根，为什么那么多的人都愿意到边区去的原因说得头头是道。还说，红军里头有各式各样的人才，有大学教授，有大字号掌柜家里的千金小姐、公子，还有写的书摞起来比他个子都高的文化人，更多的是受苦的农民、工人和学生。他们挖窑洞、放羊、种地、唱歌、跳舞、学习，进行军事训练。他们的目的和理想，就是把日本鬼子赶出中国去，建设一个没有剥削，没有压迫，人人平等，劳动人民自己当家做主的国家。

他们还带来一个不好的消息：吴盛萌上次采办完物资以后，在一次运送被服的过程中，路上碰上当地的土匪，他们寡不敌众，连人带被服一起被掳上山，吴盛萌英勇不屈，被敌人残忍地杀害了。红军消灭了这股土匪，吴盛萌同志被追授为革命烈士。大家听了都默不作声，脑子里都浮现出那个个子不高，一双明亮的眼睛，显得朝气蓬勃的年轻人。

定山为回来的人在鸿运楼置酒接风，牛师和张师喝得醉醺醺地回去睡了，东民和老掌柜、大掌柜继续说话。东民说：二位尊者在上，请让我再敬二位一杯，我有话说。

定山和大掌柜弄不清他要说什么，但知道，他肯定要说出一番不同凡响的话语，只好先喝了酒。

东民放下酒杯，清清嗓子说：这次去陕北，虽然吃了不少苦，却让我长了不少见识，懂得了许多道理。明白了千百年来，穷人为什么穷，种地人为什么辛辛苦苦，一年到头还总是饿肚子，受欺压的原因。这是阶级压迫造成的，是不平等的社会制度造成的。共产党就是要打破这种吃人的剥削制度，带领人民建立一个没有剥削，没有压迫，人人平等的民主国家，这是老百姓不但拥护而且积极支持的事情。这就是这个由共产党领导的工农红军，在那么艰苦的条件下，能从江西打到陕北，老蒋围追堵截打了十年，反而从小到大，从弱到强的原因。

大掌柜说：东民，你这一说，我才知道，陕北红军原来是这么回事。怪不得杨虎城、张学良在西安事变时、要把陕北红军的周恩来请过来共商大事呢，共产党里头不但有能人，而且很有主张呀！

东民看着定山注意听着，就接着讲：我从小受老师的教诲，熟读四书五经，长大又蒙老师和老掌柜的栽培，从一个农家穷汉娃学成了大铺子的二掌柜，大地方都去过了，大世面都见过了，大世事都经过了，按说，也能算是个人才了。可这次到陕北一看，二十几岁的小伙子，碎女子，上阵能打枪，开会能讲话，说起革命道理一套一套的。能把首长在会上讲的西安事变前因后果、重要意义，原原本本学过来传达给被服厂的工人们，还能讲出自己的心得体会。首长常说：红军是个大学校，大熔炉，是个培养革命干部的地方。

定山很注意地听着，见东民停下来就说：东民这一趟差没白出呀，学回来一肚子新名词，新道理，大有长进呀！

大掌柜说：东民，你讲了这么多，可能并不是仅仅为了给我们介绍陕北红军吧，你说一说，你的想法。

东民有些腼腆地说：我是有想法，这个想法，老师听了可能要责怪学生见异思迁，走火入魔，崇信异端邪说，误入歧途了。

定山说：我明白了，你不但接受了共产党的道理，而且有了加入陕北红军的想法了。

大掌柜说：东民一直就是个思想活跃，不安分守己的人。这次去陕北，看来，把你的脑子换了。你不但接受了许多新思想，而且准备选择自己新的要走的路了。尽管你还年轻，但你早已经能够明辨是非，具备很强的判断能力了。我想，我和老掌柜都不会反对你去陕北，老掌柜能够支持吴盛萌的事，也肯定不会反对你去陕北。依我看，这是一条正路，这条路能把你引到更宽阔的大路上去！

定山说：是的，就像你说的，共产党要建立一个没有剥削，没有压迫，人人平等的民主社会，应该说，你走的是一条光明的大路，我们不会认为你走火入魔，误入歧途的。但是，你自己要考虑好，毕竟是要背井离乡，抛妻舍子，去干一件风险很大，但又很有意义的事情。我想，这绝不是投机，这是你人生路上一个重大的转折，你必须要把握好。一旦到了那里，就不能瞻前顾后，左右摇摆，甚至中途颓唐了。要在一个新的境界中，把自己磨炼成一个人才。

大掌柜说：上次，你就离开过隆丰福一次。那时候，你过高估计了自己，又是以发财为目的。这次，你是以接受了新思想为前提的，是投身于一个理想，一个信念，按你说的，是投身革命。这两者之间是不同的，你要去干的，是和吴盛萌、赵明均他们一样的事情，是为天下百姓谋福利的事情，因此，二者不可同日而语。老掌柜把我要说的话，都说了，我不重复了。我想，现在国共两党又在一个锅里搅勺把儿了（合作了），你去了，会更容易些。你给你媳妇说，你走了之后，有啥难处，叫她尽管来寻我。

东民没想到，两位掌柜没有责难自己，甚至没有一句拉后腿的话，而是热情鼓励，谆谆教导自己，这其中的很多话是语重心长的，完全是一种父辈的关怀和爱护。东民给两位掌柜和自己的杯子里都斟满了酒，然后站起来举着杯子说：东民对于两位尊者有报不完的恩。现在，又一次要离你们而去了，你们鼓励了我很多，我从内心深处感激两位像父亲一样关心着我。此去艰难险阻，道路并不平坦，我已经准备好了，赴汤蹈火，在所不辞。他把三杯酒一饮而尽。

定山告诉他：东民，明天到柜上再领三个月的工钱。以后需要，可随时给我招呼。

火车站周围空前热闹起来了。

从火车上下来的有少数商贩、学生和军政人员，大部分都是逃荒和躲避日本鬼子过来的难民。这些人扶老携幼，背着沉重的铺盖行李从出站口出来，望着这个陌生的城市，有些手足无措。一家人或者几家人，聚集在一个向阳背风的地方，围坐在行李上，女人们去找水和吃的东西，男人们则蹲在一块儿商量或找个小摊儿小铺，打听在哪里能寻个安身的地方。车站前的空地上几乎快被占满了。一拨儿走了，另一拨儿又来了，每天都能看见这些拖着沉重的步子，操着外地口音的人群。他们后来大多数都落脚在铁路两旁，或者集聚在城东北一带离铁路不远的地方，租屋子、搭棚子，后来就捡来破砖烂瓦自己盖房子。他们是沿着铁路来的，似乎有一种与铁路离不开的情结。

二府街距离北门较近，往西的铁路就是从北门的箭楼前飞驰而去。铁路以北的大片地区，就是这些外来户居住的地方。他们一般都从北门进城，二府街一带的铺子，就成了最先能看到的小小商业区。

不过，尽管这一带有着不少高门大户，由于商业气氛不浓，加上习惯使然，富人们买东西，还是要到钟楼、南院门一带。因此，隆丰福铺子里那些时尚的服装，像高级的西服，经典的旗袍，高贵的裘皮，以及南方新款的女装，在这里都变成了冷货。卖得好的是那些平民百姓穿的长衫、马褂、棉袍和下苦人穿的粗布棉衣棉裤、皮大衣、棉大衣。甚至还有以前从来都不卖的套裤、棉护腿、棉背心等。看着一天忙忙碌碌，红红火火，打门时一轧账，没卖多少钱。

面对这种情况，定山和大掌柜都知道个中原因，夏月荷也心知肚明，她再也不在定山面前抱怨服装铺子回钱太少了。定山心里萌发了一个想法，还没有来得及跟大家商量，一个突然发生的事情，让隆丰福又经历了一次炼狱。

寒露刚过，天气猛地冷了下来，溜溜的小风吹得人缩头缩脑，随风卷起的灰尘和树叶，让人睁不开眼睛，本来人就不多的街道上，下午几乎看不到人影儿了。就在这个时候，两个人像是突然遇到似的，在隆丰福铺子门口瞅了半天，很内行地看位置，看规模，最后商量了一会儿才进来。进门就要见拿事的大掌柜。

靳铁锁上前问道：有啥事？

一个尖嘴猴腮的人满脸堆笑着说：想跟贵铺商量一个事儿。

靳铁锁说：你说，啥事儿？

尖嘴猴腮说：我们是南方一家大的染织厂，有些布料，想让贵铺看看。说着后面那个一脸憨厚的小年轻急忙递上一块儿样品。

靳铁锁接过一块儿鲜蓝布料仔细看了看，这布经纬粗疏，但摸起来手感柔软，放开后平展。他还没有见过这种布料，自己拿不准，就说：我们都是直接从汉口进料，东西又好，价钱又便宜，这个我们不要。

尖嘴猴腮说：汉口大部分货都是从我们那里过去的，它再便宜，还能比我们厂家的便宜？

靳铁锁说：我们加工场用量大得很，现在布料都进够了，暂时不要。说着，就把布料推了回去。

尖嘴猴腮看出他不是个拿事的角色，拿出一块有两丈多的布料递给靳铁锁说：大掌柜，这块布料，我不要钱送给你，你们先做几件衣服试一试，看看东西再说。另外，这一匹布放这里，当个样品，你卖多少钱，我不管，五丈一尺，我们只收你十六块钱，要得多，还可以再少。过几天我再来，万一有事要找我，可给龙首塬上的惠民客栈招呼一声。说完，俩人就顶着风朝西走了。

大掌柜让靳铁锁拿着那块布到加工场去找定山看看。

定山把布反复看了半天，又让几个裁缝把式看，大家都认为，这种布看起来不像好料子，但色气正，摸起来还不错，手一松平平展展的，真还没有见过。

牛师说：这可能是弄出的新花样，做衣服好看不耐穿。

张师说：这料子只能哄人，我看成衣上不能贴咱的徽标。不然，要挨骂呢！

定山说：好，咱不做这亏人的买卖，这货咱不能要，料子，他来了之后叫他拿走。

靳铁锁出来后，把那块两丈多料子交给常怀德说：这是他们给咱的，不要钱，你叫人做成衣服，咱挂出来试活试活，又不折啥！

常怀德见说得有理，就交给牛师，叫他做成几件学生装。而留下的那一匹料子，靳铁锁把它插在货柜的货旁边，等那俩外地人来了叫他们拿走。

几件学生棉上衣做好了，这种精巧的式样配着少见的鲜蓝色，挂在一片黑色白色中间显得分外突出，很快就有人来看，并带着孩子来试，一问价钱，没还价买走了。靳铁锁因为这个料子便宜，报的价钱不太高。

五件学生服卖得只剩下一件了，靳铁锁正考虑，是不是把这一匹料子拿过去，再让做成学生装的时候，刚过晌午，铺子门口来了一辆汽车。车上下来一个年轻军官，快步走进来，在货柜上看来看去，先看了那件学生装，又叫把那匹布料拿下来看看，而后，急忙跑回到车跟前对里头说了些什么。只见车门打开，从里头下来一个一看就是个大官的人物，披着军大衣慢慢走进铺子。靳铁锁一见，急忙到门口迎接，请来人坐到后头的账房里。端茶递烟之后，才问来人想看什么货。

大官就不理靳铁锁，他对那个年轻军官问：你说，你刚才看见了什么材料？

年轻军官恭恭敬敬地说：我看见了一种适合我们的军装材料。

大官啜了一口茶，掏出一个精致的金色盒子，从里头取出一根包着透明纸的带咬筋的中号雪茄，剥去包纸刚放在嘴上，年轻军官一根划着的火柴已经伸到雪茄跟前，留着胡子的嘴吧嗒吧嗒地嘬了几口，蓝烟就冒起来。大官等到嘴里的黄烟喷出来之后，才用戴着蓝宝石钻戒的手指取下雪茄说：拿过来看看。

年轻军官对靳铁锁说：把那匹布料和那件学生装拿来。

铺柜旁的小相公早已准备好，立马送了过来，摆在桌子上。

大官趁着窗户进来的阳光，仔细把布料和学生装都看了一遍，说：是的，就是它。

年轻军官问：这种布料，是你们的吗？

靳铁锁说：是我们的。

年轻军官问：现在有多少？

靳铁锁反问：官长想要多少？

年轻军官问道：一匹是多少？

靳铁锁说：一匹是五丈一。

年轻军官大概心算了一下说：这种布料我最少需要两千五百匹，要这种颜色。说着从皮包中取出一块布料交给靳铁锁。靳铁锁接过一看，就是这块布料，只是颜色浅一些，是队伍上常用的月白色。

靳铁锁问：是一次要，还是分批要？

年轻军官说：以后还要，第一批就要这么多。

靳铁锁说：这么大的数量，我要和我们加工场商量一下，看看什么时候能拿出来。

年轻军官说：这是队伍上的事情，有就说有，没有就说没有，不敢耽误我们的事情。你这一丈多少钱？

靳铁锁说：平时卖是五块五一丈，要得这么急，得六块一丈。

年轻军官说：要得多应该便宜，你还倒贵了？你这是乘人之急，哄抬价钱呢！

靳铁锁说：不是，不是，本来咱卖饭的不害怕肚子大的，可官长要的量大时间紧，我要四周八匝派人去弄货，给匠人还要贴辛苦钱，开销就大了。

大官对年轻军官发话道：你跟他啰唆什么，一丈不就多五毛钱嘛，不要计较，只要他能拿出来，不耽误咱的事情就行了。说着就站起来往车跟前走去。年轻军官陪着大官上了车，然后又下来对送出来的靳铁锁说：事情成了，给我们处长按每匹一块儿抽红。听见没有？我啥时候听你的消息？

靳铁锁点头哈腰地说：抽红好说，还有你的呢，官长后个儿赶早过来，大概就能定下来。

年轻军官拉开车门，坐了进去探出头来说：后个儿早晨，我一准到这儿！汽车一溜烟地开跑了。

大掌柜不在，靳铁锁立马先派人到龙首塬上的惠民客栈去找那两个人，客栈掌柜的说：这两人到外地去了，说是今天回来，可到现在还没见人，回来以后，我给他说，叫他寻你。

靳铁锁把这些情况当晚给定山和大掌柜都汇报了。大掌柜担心那两个客商供不了这么多的货；定山担心，这么低的价格，他们怎么进得了货。定山让靳铁锁明天一早先到龙首塬去寻那两个人，落实货源。并交代，如果这事能做，就让靳铁锁一直管到底，大掌柜不出面，在后面看着，不要出啥麻达。

早晨，靳铁锁正准备出门，那两个人就来了。几句寒暄之后，靳铁锁直接切入正题，拿出样品问道：能不能染成这个颜色？

尖嘴猴腮仔细看了样品说：照这个颜色染，没有问题，关键是，你要多少？太少我们开一锅划不来。

靳铁锁说：按五丈一匹，先要两千五百匹。

尖嘴猴腮一听不相信地自问自答：多少，两千五百匹？

靳铁锁说：两千五百匹，这还是第一批。

尖嘴猴腮和那个憨厚的小伙子眼里都流露出惊喜和怀疑的神情，尖嘴猴腮还不相信地又问了一句：真是两千五百匹？

靳铁锁说：隆丰福铺子从来说啥是啥。

得到肯定答复，尖嘴猴腮站了起来，有点儿激动地问：咱们铺子付款没有问题吧？

靳铁锁不屑地说：你到其他铺子或者钱庄去打听一下，隆丰福做生意，钉子是钉子，铁是铁，不坑不骗，不拖不欠，保证来回，错了管换！你这点儿钱算个啥！

尖嘴猴腮连连点头说：那就好，那就好。咱们头回打交道，又是这么大的买卖，难免要问清楚。贵铺什么时候要货？

靳铁锁说：这是要问你的，你啥时候能交货？

尖嘴猴腮用手掐算了一下，嘴里咕叽着，最后说：我连来带去，最快得十五天。行不？

靳铁锁问：能不能再快一点儿？

尖嘴猴腮说：这是最快的了，这里头还不能有一点儿差错。

靳铁锁说：那好吧，明天下午，你过来这事定板。

第二天上午开门时候不长，那辆小汽车又停在门口，年轻军官从车上下来直奔账房，靳铁锁急忙陪坐，小相公斟上香片茶。年轻军官开口就问：货落实好了没有？

靳铁锁说：货没有麻达，十五天保证如数交货。

年轻军官说：军中无戏言，十五天后，我一定要见货，到时候，再说没有，咱就不是这么客气地说话了。

靳铁锁说：你放心，跟队伍上打交道，咱这儿不是头一回了，你也不要卡得太死，再放缓三天，十八天一定叫你见货。

年轻军官想了想说：也好，就十八天。价钱咱说好了，六块一丈，两千五百匹，从明天起，十八天交货。

靳铁锁笑着说：咱谈了这么大的生意，我还不知道官长贵姓大名呢。

年轻军官说：我姓白，白俭银，三十七军少校副官，这次陪同军需处长专门置办军服材料。以后咱们熟了，在西安有事，我就直接把单子拿过来。

靳铁锁略带神秘地问：咱们队伍驻扎在什么地方？

白俭银虚张声势地说：在外头，谁敢打听队伍驻地，当头就是一马鞭，拉回去绑到尿桶上三天不给吃饭。这是军事机密！咱们做生意，我不计较，告诉你吧，军部在兰州，总库在平凉。说着从皮包里拿出一份桑皮纸的关防，靳铁锁接过一看，天头上赫然几个印刷宋体大字：三十七军军函，正文为行楷，大意为：军需采办，军令如山，官军商民，广为助援，钱货交易，货真价实，见货付款，不得拖欠，沿路关卡，提供方便。右下方一个血红的方形关防：三十七军军部。

靳铁锁看了双手递还给白俭银，白俭银放进一个卷宗袋中。

靳铁锁说：请官长先把这个定钱交了。

白俭银一听，眼睛一瞪：啥？还要定钱？队伍上买货，从来没有给谁交过定钱！刚才你也看了，关防上写得一清二楚，见货付款，不可能先付定钱。

靳铁锁说：哎呀，不付定钱，这事可能就弄不成了。这么大宗的货，没有定钱，谁都不敢接手。

白俭银把皮包咔的一声锁上，很不高兴地说：早说要定钱，咱就不谈了，裤子脱了下河呀，你可没水了！他走出几步，又折回来说：我看你也拿不了大事，你跟你的脑兮再商量一下，我明天再过来一趟。

靳铁锁想了一下说：好，明天再说。

靳铁锁在账房里和白俭银的一番对话，楼上的定山和大掌柜听得一清二楚。白俭银走了之后，靳铁锁上楼请示，接下来咋办。

大掌柜说：铁锁刚才一番答对张弛有度，环环紧扣，没有疏漏，把他逼到河沿上了，应该说较量成功。谈生意就是要这样，看似风平浪静，实则龙争虎斗。

定山说：对，铁锁长进很大。不过，我看是把咱逼到河沿上了。他不给定钱，咱到底弄不弄？

大掌柜说：他们能寻到咱这个偏僻的地方，估计这个料子南院门一带都没有；咱的报价比进价高了一半儿还多，如果别人还有的话，他能接受咱的，说明咱的价合适；答应明天再来，说明他没有跟别人谈好。

定山说：可这没有定钱，人心里不踏实，风险太大呀！

大掌柜说：风险是大，可不在咱身上，料子咱也不给定钱。

靳铁锁说：对呀，一会儿那两个来了，咱不给他定钱，他愿意做，咱就跟队伍上做，他们不愿意做，咱不做就是了。

定山想了一下说：这样也好，咱把宝押在供货商身上！

铺子里刚换着吃完晌午饭，尖嘴猴腮和小憨厚来了。靳铁锁装作没看见，在打着算盘。两个人在小相公带领下，轻手轻脚走进账房，直到小相公说：靳掌柜，客人来了。他才如梦方醒，歉意地站了起来让座。接谈开始，一切都很简单：两千五百匹；十五天必须交货；样品一裁两半，两家各执一块儿，验货时货必对板；每匹布五丈一尺，按五丈结算；每丈两块八，每匹十四块；抽验十匹，其中两匹及以上尺码不够者，全部缺一罚十；包装破损者不收，淋雨湿水者不收，颜色不正者不收。验货无误后付款。

尖嘴猴腮看着靳铁锁写的这些条件，皱着眉头说：靳掌柜真是把我们逼到墙角了，我们在你画的独木桥上，错了一步，掉下去就淹死了。好吧，我只好把鞋子提在手里过你这桥，为了吃你这口饭，豁出去了！

眼看着这个事情就结束了，尖嘴猴腮突然提出定钱问题。

靳铁锁用看怪物的眼光看着尖嘴猴腮说：什么，什么？定钱？没听说过，我们不管进谁的货，从来没有付过定钱，要是要定钱，咱这事就当是在一块儿说了个耍话，哈哈一笑，各走各的！

尖嘴猴腮像是快哭的样子哀求着说：这么多的货，不给定钱，掌柜也不敢进料呀！拉来了，你们万一不要了，我可该怎么办？这不是要把人往绝路上逼呀！

靳铁锁说：哎，你可别说这话，做生意你卖我买，两相情愿，我没逼你，你认为不好做就不做，我没有箍着你非做不可！隆丰福这么大的铺子，还能赖你不成？

尖嘴猴腮苦着脸点点头，苦笑了一下说：我知道，这叫舍不了孩子套不了狼，行，就冒一回险吧！说完，起身要走。

靳铁锁说：你能来，我就指望你；你不来，我就要寻别人了。这十五天后，你不来，不把我耽搁了！

尖嘴猴腮说：说得是，现在，说啥你也不相信，这样吧。他从中指上脱下一个大金戒指放到桌子上说：这个做个信物，货拉来了，再给我，行不行？

靳铁锁拿起戒指看了看，掂了掂说：好，信你一回吧！随即把二人送出门说：明天晌午见我的话，再走。尖嘴猴腮垂头丧气地答应了。

又在一起商量的时候，大家都认为，这个事情八字已有了一撇了，定山提出明天叫队伍上的把关防留下，此事才算踩稳了。

经过一番唇枪舌剑，那个军需处长最后才表态：咱急着要布料，关防给他们留下，让白俭银再回兰州一趟，重办一封，双方才算把这事最后定死。

十五天像蔫驴拉磨似的，好不容易才过去了。

第十六天一早，白俭银的小汽车就停在铺子门口，他夹着皮包，挺胸抬头地直奔账房。靳铁锁放下手里的算盘，脸上笑得像一个四处裂口的火晶柿子。

白俭银单刀直入问道：货到了没有？

靳铁锁嘴角快挨着耳根上说：前天收到一封信，说：货已装上火车，今天一定到西安。没麻达，误不了你的事。

白俭银说：好，我明天把车带过来。说完，转身就出门而去。

现在该轮到靳铁锁着急了，他立马派人去龙首塬探听那两个人回来了没有。探听的小相公回来说：人还没到。

下午天快黑的时候，尖嘴猴腮来了，他说，货已到了，他的掌柜的一起来了。货现在车站的一个库里，明天一早可以看货，货色、数量都没问题。

靳铁锁一听，一颗悬着的心终于安稳了。

尖嘴猴腮说：我们掌柜的说，提货时要付款。

靳铁锁说：哎呀，真是小气，货都到了，我这里等着要呢，还怕不给你钱！

尖嘴猴腮听说：那好，那好。明天一早，我过来。

一大早，靳铁锁随着尖嘴猴腮一起去库房看了货，对了板，点了数，抽了验，算了款，说好让尖嘴猴腮跟着去结货款。

昨天晚上，定山听了铁锁报告，说一早白俭银来催货，天黑前来人说，货已经到了。在铁锁走了之后，他已经叫人帮着夏月荷把三万五千的银票准备好了，自己随身带着。大掌柜到染料行去会见天津客人去了，他一个人在楼上看报。听见靳铁锁和尖嘴猴腮看完货回到铺子，铁锁安排人给尖嘴猴腮上茶，并嘱咐上好茶，并看着铁锁上楼时轻狂的样子，突然，心里掠过一丝疑惑：这其中有没有诈？这个三万多块钱挣得也太容易了，一个来推销的，恰巧就有要买的，是不是太巧了？他又反回去想了一遍，觉得卖的和买的不像一伙的。货在东，要的人在西，也许是碰巧了。他反复设问，不断推翻，莫衷一是。以至于铁锁过来向他说什么，都没听见。

靳铁锁靠近定山又说：老掌柜，货验过了，一切都没麻达，人家现在要结账呢！

定山才回过神来，连他自己都很奇怪地怎么说了一句：噢，结账？等一会儿，银票就送来了。说完才感到自己这一句下意识谎话说得多么适时。

中午了，尖嘴猴腮有点儿坐不住了，几次催问，送银票的人怎么还没来？靳铁锁叫来几个菜，打来一壶酒，虽然也着急，但他不敢催老掌柜，只是不断劝尖嘴猴腮喝酒，一边不断向外眺望。停了一会儿，小憨厚来了说：咱们掌柜的发脾气了，让快把银票送去。

定山这时候已经定下心了，不见队伍的银票，他的银票就不出手。

晌午过了，就在尖嘴猴腮喋喋不休报怨靳铁锁不守信誉的时候，白俭银的汽车到了，后面还跟了两辆大汽车。白俭银一进铺子就说：我刚从平凉带着车过来，货在哪里？

靳铁锁说：货在火车站。

白俭银说：那就快到车站去！

一个小相公过来说：老掌柜刚才走的时候说，官长来了，请到楼上说话。

一句话提醒了靳铁锁，他连忙请白俭银上楼。

白俭银一上楼，定山就谦恭地站起来说：官长请坐，我是账房，在这里专等官长结账的。

白俭银一听账房要结账，立马就火了：到现在五马长枪说了一通，我连货的影子都没见上，就让我结账，我凭啥给你结账？

靳铁锁被说得张口结舌，定山笑着也以一个办事的身份不说话。

白俭银说：见了货，验了货，点了数，不用你说，我一把结清！他说着拉开皮包，掏出一张银票一晃，这不是银票？买东西来了，还能不带钱？又把银票放了进去。拉起靳铁锁就要走：走，走，见了货当场给钱！刚走两步倒了回来，端起桌子上的茶杯一饮而尽，还说：渴死我了，一路上紧赶慢赶，连口水都没喝。拉着靳铁锁下楼，皮包却留在桌子上。

楼下，尖嘴猴腮拉住靳铁锁问：我的账咋办？

定山赶快下楼，把靳铁锁叫到一旁，偷偷把银票塞给他，轻声说：到库房给他。白俭银的汽车已经开动，靳铁锁只好和尖嘴猴腮两人坐洋车去库房。到了库房，汽车还没到，对方的掌柜也不理靳铁锁，尖嘴猴腮催着要银票，靳铁锁就把银票交给他。尖嘴猴腮看了一眼就交给他的掌柜，掌柜看完收了起来，提起包说：我在外面饭馆等你俩，快点儿过来！尖嘴猴腮答应着给靳铁锁递了一根烟，靳铁锁摆摆手说，不会，尖嘴猴腮说去借个火，就出去了。

靳铁锁把货又看了看，转身出来，看白俭银的汽车来没来，一看，外面什么车也没有，他想：应该到了，怎么还没来？再一看，尖嘴猴腮也不见了，他出门在外面找了一圈，也没见他的影子，他心里隐隐约约有点儿异样，还没等想清楚怎么回事儿，一个小相公飞也似的跑来喊道：银票先不要给！不要给！

靳铁锁回去才知道，白俭银的皮包里的银票只有十个银洋，而那个布料一见水就变成比纱布还要消薄的东西，每一丈只卖四毛钱，鬼市上多的是，尖嘴猴腮留给他的那个大金戒指，金行的把式看过说，这是黄铜里头包的铅条，在醋里泡过，只值一块钱。

第二十二章

前不久，报纸上披露了日本军队在南京屠城的消息。报道说，这些来自东瀛弹丸之地的野兽们，在中国守军将领丢弃十万队伍只身潜逃的情况下，骄横异常，兽性大发。从没有进入南京时就开始，沿路肆无忌惮地砍下中国人的头颅；用刺刀挑开孕妇的肚子，把胎儿挑在枪尖上；把中国军人像屠牛宰羊一样，一批一批地押到长江边上，用刺刀、用枪弹、用武士刀，竞相展开杀人比赛。无数的妇女被强奸，无数的老人小孩被活埋；无数房屋被烧毁；无数国宝民财被抢劫；整个南京城，中华民国的首都，变成了一个大屠场。被杀人数，有的报道几万，有的报道十几万，还有的报道，南京城五六十万人基本被杀光！消息传出，举国震动，大河上下，长城内外一片悲愤的声讨之声，整个中国沉浸在一片国殇的气氛之中。

由部分同学发起，全校大部分师生参加的一场激动人心的声讨日本侵略者大会，在大操场上开始了。讲台上，有人慷慨激昂地讲演，有人声情并茂地朗诵，有人涕泪俱下地歌唱，还有人以自己家庭经历和所见所闻现场控诉侵略者的累累罪行。大家对日寇蹂躏我大好河山，屠杀我善良民众，表现出极大的义愤，会场上不时地掀起一阵又一阵呼喊口号的热潮。有人把一幅日本兵挺着血淋淋刺刀挂着日本旗的漫画在讲台上当场点燃，有个激愤的学生在台上当场咬破自己的手指，在一大张白纸上写下了“给我一支枪，我要上战场！”的血书。还有不少同学纷纷把自己大字书写的誓言、决心挂到台上。台上台下变成了对日本侵略者同仇敌忾，口诛笔伐的战场！

潘瑶琼就坐在学生们中间，她跟同学们一起呼喊口号，一起为同胞们的不幸遭遇而流泪。对台上下来从她身边走过的同学和老师，她都和他们亲切握手给予鼓励。有的同学请她上去唱首歌，她委婉地说：现在没有合适的歌，请放心，我会用我适当的方法来声讨日本侵略者的！

回家的路上，潘瑶琼一直在思考，我用什么方法来为抗日贡献力量？捐款、演讲、义工，这些她都能做到，有的已经做了，但这都不是最适合自己的。自己应该用一种号召力更强，能够打动更多人的方法，来唤起民众，鼓舞士气。她立即想到了音乐，想到了歌曲，也想到了龙定洋。她想让他写些歌词，自己谱曲，通过同学们传唱到社会上去。

龙定洋自从当了省府副秘书长之后，她就很少同他见面了。一方面，是他更忙了，并且还经常开会、出差。另一方面，是他每天都由专车接送，以前她常用的在半路上等候的方法，已经不适用了。尽管他们常用电话联系，但在工作场合，只能讲一些问候之类冠冕堂皇的话语，更深内容的交流就无法进行了。她渴望见他，她知道，他肯定也想见她，为了他的前程，她还是努力控制着自己不去打扰他。但是，今天是个例外。她想，一个热血男儿，在民族危难面前，他一定会和她一样壮怀激烈、拍案而起的，那点儿上不了台面的说长道短，他一定不会在意的。主意一定，潘瑶琼到了办公室，就要通了龙定洋的电话。

电话那头儿，龙定洋显然在忙于给别人交代着什么，听到是潘瑶琼的声音，他礼貌地说：噢，现在，我正忙着，过一会儿，我打过去，你在办公室吗？潘瑶琼只好说声是，就挂断了电话。她一直守在话机旁，直到天快黑了，电话还没有回过来，她忍不住又要了过去，那头已经没人接听了。潘瑶琼满腔热情被当头的一盆冷水泼得心灰意冷。她并不埋怨定洋，她知道，他一定忙得不可开交，一定是被上司叫走，或者被更重要的事情拖住了。她想，他这么忙，哪儿能有时间写歌词呢？

潘瑶琼边走边想。城里已经是华灯初上，街道上出现了三三两两散步的和呼朋唤友的人们。一对对情侣，相依相偎，悄声细语从她身边走过，让她心里略微有一种失落的感觉。她快步往家里走去，想在家里再给定洋打个电话。

当她从一家酒店旁走过时，无意往里头瞥了一眼，一个熟悉的身影晃了一下，她立定观看，只见定洋端着一杯酒往里头一个桌子走去，朝一个矮胖的老者敬酒，嘴里不知说了些什么，满桌的人都笑了起来，大家一饮而尽。定洋向老者和其他人致意后，满面春风地回到自己的座位上。潘瑶琼看见这一幕，能理解这种官场的逢场作戏，但一想到今天的声讨大会，再看看现在的情景，心里总觉得不是个味儿。搁往常，她可以在这儿找个地方等定洋，现在，她一会儿都不想等，径直回家去了。

她没有吃饭，对父母说了声身体不太舒服，就关起门和衣躺在床上，迷迷糊糊地睡了。半夜醒来，觉着口渴，喝了点儿水，就再也睡不着了。她坐起来，把白天的情景想了一下，感到大敌当前，一刻都不能等待，自己应该拿起匕首和投枪，投身到如火如荼的战斗中去！说不定龙定洋都已经先行一步了。想到这里，她翻身下床坐在书桌旁，摊开稿纸准备先写歌词。她的眼前出现了师生们激愤的神情，慷慨的陈词，精彩的演说。一首《把侵略者彻底埋葬》的歌词从笔下轻轻地涌流了出来。

一天早上，
披着军装的豺狼，
闯进家乡，
烧毁房屋，
屠杀爹娘，
还要把中国灭亡！
母亲受难，
国土沦丧，
热血的民族，
中华的儿郎，
血性的国人，
岂能观望！

挺起胸膛，拿起刀枪，
奔赴战场，痛击豺狼，
我们万众一心，

我们坚强如钢，
用智慧和力量，
把侵略者彻底埋葬！

歌词写好后，她反复诵读了几遍，感觉还不是很满意，但很难再作改动，索性就先谱曲。她试着用了几个旋律都不满意，后来，她的眼前出现了那个咬破自己手指写血书学生的形象。一个满腔仇恨、大义凛然的勇士显现在眼前。这是民族的脊梁，这是正义的呐喊，这是黄河的咆哮，这是反击的宣言！一个旋律跳了出来，一组音符像匕首和投枪似的纷纷滚落到纸上，又像是一排排战士挥刀举枪，冲锋陷阵，驰骋疆场。写着写着，她已经在椅子上坐不住了，她站起来，嘴里哼着曲调，脚板打着节拍，手在纸上急速地把“匕首和投枪”安放到准确的位置上。当她在修改和润色后的曲谱画上最后一个休止符的时候，晨光从窗外射了进来。潘瑶琼带着幸福的神情在桌子上睡着了。

几天后，《把侵略者彻底埋葬》这首歌很快就在校园里传唱起来，它还被同学们传抄到校外，其他学校也都唱起来了，甚至在他们街头宣传的时候，排队游行的时候，也都能听到这首铿锵有力的旋律和振奋人心的歌声。同学们还给民众教唱，不久，这首歌就被有的报纸刊登出来。不少人都称赞这首歌词写得激扬，曲子谱得带劲儿，很能体现大家的心声。潘瑶琼并没有在歌曲上署上自己的名字，倒不是她疏忽，而是认为自己不过做了一丁点儿义不容辞的事情，不值得炫耀。不过，她还是很欣慰，在抗击日本侵略者的战场上，自己有了用武之地了。

后来，龙定洋倒是给她回了电话，强调自己如何忙，如何累，并解释那天他跟省主席在一起研究各地县长的人选到半夜，因此，没有给她回电话。潘瑶琼并没有再说什么，也没有提请他写歌词的事，只是说时间长了没见面，问候一下。定洋跟她说了一些无关痛痒的话，就把电话挂了。

潘瑶琼每天除了上课之外，就是在琴房里弹奏一些抗日歌曲，或者帮助一些同学学唱一些歌曲，或者在办公室推敲歌词，为一些歌词谱曲，整天显得忙忙碌碌。回家之后，她茶不思饭不想，只想把自己关在房子里一个人坐着发呆。母亲多次问她有什么心事，她都以劳累为理由搪塞。其实，母亲也明白，女儿早就到了谈婚论嫁的年纪，至今仍然孑然一身，偶尔发些脾气使些性子，也是不奇怪的，然而，为什么别人给提的亲，她总是不愿意见面谈谈呢？她也知道女儿有个龙定洋的朋友，可人家是有家室的人呀！尽管她和瑶琼的爸爸也是在英国留学时自由恋爱的，但她对女儿现在的心思仍然琢磨不透。看着女儿倔强却又心事重重的样子，她只好让厨娘把莲子银耳汤放在桌子上，嘱咐了一句趁热喝，就为瑶琼关好房门到客厅里去了。

过了几天，一个传差到学校潘瑶琼所在的办公室，给她送来一封信，瑶琼打开一看，是一张今天晚上的音乐会票，还有龙定洋附在后面的一张便笺，上面字体张扬地写着：难得的名家演奏，请务必按时光临。潘瑶琼从来对音乐会是情有独钟的，但这次，她只想把它当作一次与龙定洋见面的机会。然而，音乐会开始了很久，她身旁的座位一直都空着。精彩的演奏，柔曼的乐曲，没有让她进入忘我的境地，反而让她心烦意乱，如坐针毡，第四支曲子终了，她礼貌地退了出来。

一次，在随学校一个宣传队下乡宣传抗日的活动中，一个农村艺人演唱的戚继光抗倭的坠子引起潘瑶琼的注意，她突发奇想，把一些歌曲串唱起来，表现一个抗日的小故事，不是更能吸引人吗？这个形式国外叫歌剧，我们为什么不能搞一个轻松活泼的小歌剧呢？如果有情节，有演唱，再化上装，宣传效果不是比只站在台上唱歌更好吗？潘瑶琼为自己的这个新想法而激动，她立刻就开始构思小歌剧的情节，回家后翻阅资料，查找报纸，不久，一个剧情的雏形就有了。由于是第一次搞这样的创作，她心里一点儿底都没有，她渴望着能跟龙定洋商量，然而，总是咫尺天涯，难得见他一面。她召集了部分同学一起讨论，不想同学们很有思路，补充了很多内容和情节，使小歌剧情节更合理，内容更丰满。潘瑶琼在剧本确定之后，即刻就着手谱曲，七八天夜以继日的努力，一个三幕的小歌剧终于完成了。望着厚厚的一叠词曲剧本，她苍白的脸上浮现出灿烂的笑容。

小歌剧定名为《奋起》，剧情写几个日本兵为了抢一头耕牛，把一个在田间劳作的中年农民残酷杀害了，并点燃了他的房子。农夫的妻子和儿子，在家破人亡、哀告无望的情况下，奋起反抗，在乡亲们的帮助下，打死了鬼子兵，最后村民们组织起来保卫家乡的故事。在学生会的交涉下，学校资助一部分费用，潘瑶琼自己又拿出一些钱购置服装，制作道具。老师和学生扮演了歌剧里的角色，学校的民乐队和西洋乐队组成混合乐队伴奏，潘瑶琼聘请一个从上海避难过来的戏剧导演担任导演，她自己则担任剧务和乐队指挥。

一个周末的晚上，筹备了近二十天的《奋起》，终于在学校演出了。

在熹微的晨光中，一个朴实的中年农民赶着耕牛在犁地。一只小黄狗围着耕牛撒着欢儿，鸟儿叽叽喳喳地叫着，农妇带着一个十五六岁的孩子来给丈夫送饭了。爹吆喝耕牛停下手中的木犁，一家人围坐在树下喝汤吃饭。儿子要去替爹犁地，爹告诉他说，你还小，再过一两年，我把全套的农活儿本领都教给你。爹还给儿子讲了一个冬天他用计谋与狼周旋，巧妙地把狼打死的有趣故事，把大家逗得哈哈大笑起来。就在这个时候，三个日本鬼子悄悄地从舞台的另一角摸上来，他们卸下架在牛背上的牛鞅头，拉起黄牛就走。爹爹一见起身上前阻拦，三个日本兵哇啦哇啦说了几句，一个鬼子把爹爹推开，另两个拉牛。儿子打了一个呼哨，牛原地立定，不跟他们走，鬼子与牛僵持，牛突然往前一步，把两个鬼子摔了个仰面朝天。鬼子恼羞成怒，一齐朝爹爹围攻过来，爹爹后退两步，操起一把铁锹抡了过来，三个鬼子挺着刺刀迎了上去。娘和儿子一人抱住一个鬼子的后腰，牛也冲上去，把另一个鬼子撞了个大跟头。爹爹趁机把一个鬼子打翻在地，另一个鬼子向爹爹开枪，爹爹巧妙地躲了过去，并把铁锹砸在他的头上。被牛撞倒的那个鬼子爬起来，哇啦一声狂喊，三个鬼子一齐用刺刀戳进爹爹的腰和胸膛，并把他用刺刀高高地举了起来，娘和儿子凄厉地一声惨叫。大幕急速落下，悲壮的音乐轰然响起。接下来的一幕，是爹爹家的房子被点着了，乡亲们听到枪声赶到，截住正欲逃跑的鬼子，凭借原始的农具，与鬼子展开一场激烈的搏斗，两个农友被打伤，三个鬼子最终被打死。第三幕是鬼子来报复，大家在一个受伤的八路军排长的带领下，利用熟悉的地形，巧妙地各个击破，最后把来犯的鬼子全部消灭。农妇送儿子跟着八路军战士一起去找抗日的大部队。全剧在《把侵略者彻底埋葬》的歌声中结束。

演出获得了全体观众的交口称赞，热烈的掌声持续了很久都不停息，正面演员几次谢幕，观众都不罢休，全体演员只好一起上场，扮演鬼子兵的演员刚一上场，台下突然一阵呼喊：日本鬼子滚下去！打倒日本帝国主义！紧接着，鞋子和果皮就飞了上来，那几个倒霉的、扮演鬼子的演员，只好灰溜溜地躲到后台去。

演出结束后，学校校长专门看望了正在卸妆的演职人员，特别对潘瑶琼老师进行了褒奖。校长说：上峰对抗日的行动并不提倡，并且还责成本人严密注视学生的动静，严防共产党利用学生制造事端。可我也是中国人呐，看着日本鬼子蹂躏祖国的大好河山，屠杀我善良民众，我的心也在流血呀！刚才的演出，我看了很感动，只有中华民族的奋起，才能有中国人挺起胸膛，扬眉吐气的一天！

校长的讲话，博得了大家热烈的掌声。校长最后说：再把小歌剧排练得细致一些，关键的台词再推敲一下，让剧情更生动。有什么要求提出来，学校尽力支持你们，有机会的话，可以到社会上去演，唤醒更多的民众。潘瑶琼代表演员向校长表示感谢，并决心克服困难，把小歌剧处理得更感人，争取让它发挥更大的宣传作用。

通过大家的共同努力，在社会上有识之士的鼎力支持下，《奋起》小歌剧和几个不同形式的抗日小节目，在市区一个剧场演出了。潘瑶琼以本地区一个抗日救助会的名义，向各界名流发了请柬，并以自己的名义给龙定洋也发了一张请柬。

邀请的名流没来几个，倒是那些不知道从哪里得到消息的各界士农工商来了不少，摩肩接踵围在门口赔着笑脸要进去，嚷着要看文明戏，看看洋戏是咋样抗日的。在门口维持秩序的体育老师周长亮，一面指挥学生把好大门，一面把那些不是有意捣乱的人挨个儿放进来，安排到合适的座位上。演出都开始了，门外还围着许多要进来的人。

龙定洋是在抗日救助会的负责人正讲话的时候进来的。看着围了很多人，陪同的秘书上前交涉，周长亮急忙让人闪开一条路，请秘书长进去并安排坐在贵宾席。救助会负责人见省府秘书长驾到，立即兴奋地向大家宣布这一消息，全场响起热烈的掌声。负责人下来恭请秘书长讲话，龙定洋没有说话，陪同秘书说：只来看看，不讲话了。负责人又问：秘书长还有什么指示？陪同秘书说：不要啰唆，快开戏吧！

潘瑶琼在指挥乐队，听到负责人介绍，才知道龙定洋来了。她让一个学生给龙定洋送了一张字条，告诉他自己在指挥乐队，演出结束，她再过来。第一场接近尾声，三个日本鬼子用刺刀举起爹爹，台下有人喊起：打倒日本鬼子！向鬼子讨还血债！中国人不是好欺负的！民众也被剧情所感染，跟着呼喊起口号来。龙定洋在潘瑶琼的字条后面写了几个字，叫人送给潘瑶琼，自己和陪同秘书在一片悲壮的音乐声和口号声中，快步走出了剧场。

《奋起》演出结束，潘瑶琼打开字条，只见龙定洋匆忙写着：省主席约见，不能奉陪，至为抱歉！定洋。瑶琼把字条轻轻折起来，放进包里，不声不响地坐在观众席上。从此，她就很少给龙定洋打电话了。就在她又写了几首抗日歌曲，在社会上声名鹊起的时候，她却收到学校送来的一封解聘书。校长没有露面，叫庶务处送来两个月薪水，并请潘女士谅解。

冬娃离开隆丰福之后，凭着出众的吹箫技艺，厚道的为人处世方式，身边经常聚拢着一群身怀绝技却又生活无着的艺人。开始，冬娃在被大户人家邀请前去吹奏的时候，总是尽量带着他们，帮他们挣点儿小钱，也给他们一些扬名的机会。平常的日子，他们有时候在钟楼附近露天群体演唱，有时候赶庙会，追大集，晒一天太阳，累一身臭汗，挣几个小钱。遇到连阴雨、风雪天的苦日子，只好多睡觉少吃饭。

后来，冬娃把他们按技能调配了一下，组成三个群伙，专门承接婚丧嫁娶的张罗。里头分为张罗（联系和策划）、执事（主持）、乐人（吹奏敲打）和清唱（秦腔）等杂七杂八的职责。规定三个群伙统一价码，不准相互砸价、拆台。各群伙自己寻活儿，得钱后按群伙内个人排位名次分钱。遇到撕扯不清的纠葛，由冬娃调停裁处。不合群的难难缠（刺头加无赖），头回由群伙头敲打，二回由冬娃训诫，三回啥话不说，卷铺盖揭瓦（走人）。每个群伙每月月头给冬娃交三十个铜子。经过整治的三个群伙，连续几个月收入增加，吃喝不愁，相安无事。其间，一个意想不到的情况，却让冬娃他们的生涯发生了巨大变化。

王侉子群伙一次接了四府街口一个蔺姓大户人家八十四岁老太太喜丧的活儿。要求他们连吹带唱七天不断，一天三顿酒肉，外加一顿夜宵，每天两个银洋。对群伙来说，这可是个肥活儿，吃得好给得多，一连七天，这收入一个月的都够了。王侉子拿到定金后，是飘着回来的。

一连六天，王侉子带着一班人一会儿是唢呐呜哇似哭，一会儿是琴瑟凄凄如诉，一会儿是秦腔催人泪下的《祭灵》《哭坟》。响器把式个个忠于职守，清唱的角儿唱得情真意切。大家虽然熬了六个白天黑夜，有时候哈欠不断，一停下来就直打盹儿，但想到明天就回去了，依然兢兢业业，不敢马虎半分。后半夜吃完夜宵，可以休息两个时辰，大家赶快找个地方，横七竖八地躺倒就睡。王侉子下午多吃了些猪头肉，喝了些凉稠酒，肚子有点儿圪拧（隐约疼痛），往常他们方便，都是到另一条街的官茅子（公共厕所）去，因为是晚上，王侉子图个近便，就绕过灵堂，到主家上房后边的茅子去方便。

从茅子出来，他没走原路，从另一侧往回走。王侉子是唱戏出身，走路轻脚轻手。路过一间下人厦房的时候，听到里头传出一种奇怪的声音。他贴在门缝上仔细听，那声音像猫吃糨子，又像光脚在稀泥里搅和，隐隐约约还能听到咂嘴和呻唤的声音。王侉子虽然没有结过婚，但他以前逮住机会，也欺负过几个女娃。娃们开始连哭带闹不从，等到自己搅和开了，她也就不闹腾了，那时候，他也曾听见过自己身下发出的这种声音。好久没有尝过女人滋味的他，被这声音刺激得血脉贲张，腰下的东西直鼓鼓地竖了起来，碰到腿上能感觉到烫呼呼的。他勉强蹲下，耳朵紧贴着门缝，把这种声音作为一种享受。

房里头急促的“不浆不浆”的声音渐渐平息下来，又传来一阵肉体厮磨的响动，很快一切声音都没有了。王侉子觉着里头没戏了，刚想站起来要走，门从里头猛地拉开了。一个三十出头的男人，一脚就把王侉子踢翻在地，并且大声喊道：抓贼娃子，抓贼娃子呀！然后，噼里啪啦抓住王侉子就是一顿暴打。睡觉的和没有睡觉的不少人都跑过来，三下五除二就把王侉子拿绳子捆了个结实，嘴里还给塞了一只臭袜子。

有人问：二爷，是咋回事？

那个二爷说：刚才，我起来小解，看见一个人影儿偷偷摸摸在上房门前听，然后又挨着房子推门，我一直跟着他，看他想干啥，见他要在库房下手，我一顿拳脚，就把他打翻了。

一个管家模样的人说：二爷，送到警察局吧？

二爷说：送警察局，到时候还要把我叫过去问三问四，麻达不说，还要花钱。先把他绑到马圈里，等今儿个把老太太抬埋完了，我再消停地拾掇他，不老实，就把他送警察局。

群伙里也有人过来看了，见是把群伙头绑了，不知道啥事，也不敢上去说话，赶快回到原位待命，一个群伙里排在末位的敲锣小伙儿飞也似的跑出去，给冬娃报信去了。

冬娃正睡着，听见小伙子来说，王侉子群伙出事了，急忙起身匆匆洗了一把脸，穿上长袍马褂，坐上叫来的洋车，在小伙子的带领下来到蔺姓大户家。此时天刚亮，蔺家人上上下下正在忙着起灵前一大摊事情的准备中。身材高大穿着富贵戴一副墨镜的冬娃一下车，就引起正在指挥下人干事的管家注意。他立马过来抱拳道：大人光临，有请，有请！

冬娃在小伙子的搀扶下迈过门槛，凭着声音的方向朝管家拱拱手说：是韩管家吧？我是为我的人来的，我知道来得不是时候，可人被你们绑上了，不得不来呀！

韩管家听了说话，才认出是吹鼓手大班子掌门班头陈冬娃。尽管冬娃干的营生属于下九流，又是个瞎子，可冬娃在这西安城里，还是很有些名望的，从官府军界警界到高门大户，朋友极多。冬娃为人好，交际广，名气大，能办别人办不了的事，能见别人见不了的人，一般人还不敢慢待他。韩管家急忙请冬娃进来，在前厅客房坐下，叫人上茶，然后说道：陈掌班，贵府上的人昨晚在内院欲行窃，被我家二爷当场抓住打了一顿，现在绑在后院里。

冬娃说：好，只要人证物证俱在，该咋办咋办。现在，我要见人。

韩管家为难地说：哎呀，大爷二爷都在忙着老太太起灵埋人的事情，我不好在这个时候去禀告这事情。

冬娃说：你要是不让我见人，我就叫警察局来把人提走咧！

外边不断有人来找韩管家，冬娃这边又不敢撂下不管，韩管家左右为难。他想了一下说：陈掌班，我冒着挨骂去问一下二爷，你等一下，请喝茶。

冬娃笑着说道：你去给你二爷说，下人出事，咱们上头人商量着处置，如果不给我面子，我就叫你们也不好看啦！

韩管家唯唯诺诺地点头而去。不一会儿，他就跑回来说：我们二爷说了，他现在顾不上过来看掌班了。看在陈掌班的面子上，人现在就放回去，他偷窃的事情就不追究了。

冬娃笑着拱拱手说：代我谢谢二爷，有机会请他喝酒！我们班里有规矩，犯什么禁，受什么罚，真的偷了东西，小的剁手指，大的剁一只手，一点儿都不轻饶！现在叫人到后头去，用我们的班绳把他捆结实，回去发落！

韩管家说：不用，不用，我已经叫人把他给你送回去了。

冬娃奇怪地问：为什么不让我见一面，就把人送回去？

韩管家尴尬地说：这个，这个人现在从前门出去也不合适。送回去，你不是也省事嘛！

冬娃站起来一拱手说：多谢，告辞！说罢就由人扶着出门坐车回去。

冬娃到家才知道，王侉子被绑在后院，让人打得动不了了，浑身是伤，气息奄奄。登时大怒，立马叫人把王侉子抬过来，问他前因后果，让他从实招来。王侉子流着眼泪对冬娃说：掌班，我给人家立过誓，不给任何人说这个事情，对你，我什么都不敢隐瞒，请让别人出去，我单独给你说。冬娃挥手让别人出去，自己听王侉子把事情说了一遍。

冬娃明白了，这是蔺家二爷半夜与丫鬟偷情，害怕事情败露，借题发挥，在王侉子身上栽赃，并用毒打的办法企图封住他的口。蔺家二爷当然不敢把王侉子送警察局，因为警察局一审，王侉子偷东西倒没有凭据，而二爷偷情的事情肯定暴露无遗。冬娃筹思了一下，觉得不惩治一下这个蔺家二爷，太便宜他了，另外，这个事情也要给手下人一个交代。他一面让手下的游医何圣手给王侉子用最好的药治伤，一面叫人修书一封送给蔺家二爷，他坐在客厅喝茶，静等着事情变化。

这个蔺家是个盐商，早年跟官府来往很是密切，属于有钱有势的高门大户。近些年虽然盐务由官方直接控制经营，他们插不上手了，凭借厚实的家底，依然过着锦衣美食的富贵生活。蔺家弟兄二人，一直由老大执掌家门。蔺二爷个子不高，识文断字，一派文人模样，家事不让他插手，他除了每天看些闲书之外，斗虫玩儿牌，遛狗耍鸟儿，百无聊赖。别看他人长得温文尔雅，性欲却极强，还有一个硕大无朋的阳货，且从书上学了一套颠鸾倒凤、采阴补阳的手段，所以，他还有一个爱好，就是三天两头要在别的女人身上打些野食。为了方便，家里所用的丫鬟婆子都由他亲自挑拣过目，他不满意的立马打发出门。下人的月例都由他定多少，由他发放。因此，凡进来的女人，都是他储备的发泄猎物。同时，为了他行事方便，给每一个女人都单独安排一个房间。家里人也都知道他的这个毛病，劝说多回也不顶事，索性不管他。只要他不在外头乱花钱惹脏病，睁一只眼闭一只眼，也就算了。偶尔他闹出个风吹草动，丑出在家里，吓唬一下给点儿钱，或者赶出门就毕了，几年来，倒也相安无事。

蔺二爷埋完老人回来，刚坐下，茶还没顾得喝，陈掌班的文书就送到了。他拆开一看，顿时魂飞魄散，他擦了擦头上的汗，又看了一遍，急忙把韩管家叫到内室商量。韩管家看了文书才知道，被打的人已经不行了，几经抢救，现在仍然命在旦夕，人家准备把人抬到蔺家，并请警察局一起裁处此事。半个时辰，如果再不见答复，人就送过来了。

蔺二爷平时没有经过大事，看到这封文书，现在，一点儿主意都没有了，在室内搓着手来回转圈。韩管家说：事已至此，二爷甭着急，你先给我一张五百银洋的银票，我到陈掌班的府上去。如果人没死，咱赶快送医院看病；人死了，咱商量后事咋办。千万不能把人送过来，更不能弄到警察局。

蔺二爷一听就说：按你说的办，按你说的办！说完就开箱子取银票，翻了半天，找不到五百的，拿出两张三百的，一块儿交给韩管家说：赶快去，要啥都答应，千万不敢把事惹到警察局！

韩管家来到冬娃府上，一个群伙头把他领到王侉子睡的房子。韩管家一看被打的人两眼紧闭，面如黄表，嘴角流着血，他拿手在鼻子跟前一试，气息衰微。他站起身刚转过来，几个人把他围住，一个还揪住他的脖领子问：俺的人犯了啥法了，把人打成这样？

另一个问：凭啥说我们偷东西？我们内部规矩严得很，哪怕偷一张纸，抓住就剁一个手指头！

一个胖子过来说：你今儿个不说出个子丑寅卯，你就出不了这个门！

韩管家一面赔着笑脸，一面尽量解释：有话好说，有话好说。我跟陈掌班想见个面谈谈。

一个站在门口的瘦高个儿说：掌班立马就到警察局去呀。

韩管家一听更急了，急忙挣脱要出去，可他的脖领还被人揪住不放，又挣脱不开。正在这个时候，门外传来一个女子的声音：老三，你这像什么样子？有理不打上门客嘛，你揪住人家脖领子算干啥！

那个叫老三的闻听立马松了手。韩管家趁机跑出房子，客气地对那个女子说：小姐，我想见一下陈掌班。

女子微笑着说：是韩管家吧，咱这儿的人礼行差，你甭见怪，陈掌班刚出门上车了。

韩管家一听，顾不得给女子打招呼，就急忙跑出门去，一把拉住洋车车把恳求冬娃说：陈掌班，我代表我们二爷来跟你商量，你可千万不能到警察局去呀！陈掌班，给我一个面子吧。

冬娃见他这样说，只好顺坡下驴说：韩管家，你是体面人，看你的面子，先不去了。走，咱到屋里说。说着，就拉着韩管家进了自己的客厅。

冬娃请韩管家坐下上茶后问道：我的人在你府上偷了什么东西？

韩管家连忙说：就不提这事了，咱先说，这事咋办吧。

冬娃说：不，首先把这事说清楚。他如果偷了，不管他死活，我都要严办；如果没偷，你们把人打成那个样子，总得有个说法吧？

韩管家：偷什么东西，谁都没见，打人都是底下人弄的，我二爷还不知道。不管是谁，在我府上出的事，我们推托不了，现在，掌班你说，咱咋把这事了结了？

冬娃一听知道他没说实话，不由得有点儿生气，站起来说：既然没偷东西，打人的又是下人干的，跟你二爷没有关系，我这里人又命悬一线，把警察局叫来一推问就明白了，咱俩在这儿不用说啥了。说完就往外走。

冬娃这一下把个韩管家吓得慌忙上前挽住冬娃的胳膊，央求着说：刚才我说得不对，你不要生气，好商量，好商量，坐下，坐下来说嘛！

就在这个时候，那个女子进来急头拌脑地说：王侉子发紧呢（临死前抽搐），我已叫人送到医院去了。

冬娃一听立马说：先把钱带上！说着掏出一张银票交给女子，女子急忙小跑着出去了。

韩管家看着这一切，心里更加紧张，看着冬娃，紧绷着脸央求说：这人，我刚才看过了，伤得很重。陈掌班，你说句话，不管人死活，你看多少钱，一把把这事结清了。

冬娃说：人还没死呢，你就想把事情推离，这不可能吧！人只要一倒头，我就要报官。

韩管家气急败坏地说：可不能报官，一报官就成了官司，折财赔工夫，没完没了地闹腾，咱两家都受不了。陈掌班，说句丑话，你不要见怪，咱现在就当这个人死了，你说要多少钱？

冬娃看着时机成熟，沉思了半天抬起头，看着韩管家问：你拿得了你二爷的事？

韩管家点点头说：是他派我来专门了结这个事情的。

冬娃听了半天没吭气，最后伸出三个指头。

韩管家看见略微吃惊地问：三千？

这回轮到冬娃吃惊了，他的意思是三百，没想到，韩管家理解为三千。既然他这样认为了，冬娃就将错就错地点了点头。

就在这时，女子又进来了说：你刚给五十，现在医院还要二百呢！

冬娃训斥她说：你不看正在说话呢，等一会儿再说！女子悄悄地退到一边，不再作声。

韩管家从口袋里掏出两张银票放在桌子上说：这是六百银票，我现在回去，给当家的说一下，天黑之前，一定把银票送到！

女子过去把银票看了看说：对着呢。

冬娃说：好，我等你到天黑。送客！

韩管家像个老鼠一样溜出门。

太阳还有一竿子高的时候，银票就送过来了。韩管家请冬娃的人写一张手执，言明为受伤治疗抚恤费用。冬娃说：如果这样写，人死了，我还要寻你要丧葬抚恤费，你不是更麻烦吗？干脆写成赞助费，名声也好听，还不牵扯人的事情。韩管家一听有理，就说：这样最好。拿着手执回去交差去了。

其实，王侉子的伤并没有那么重，冬娃只想教训一下蔺府的二爷，没想到，因此还得了一大笔收入。这个事情的前前后后，都是这个叫刘春绒的女子安排的。甭看这女子才二十三四岁，聪明伶俐，脑筋活泛。她从小当童养媳，许配给一个大她三十多岁、身体有残疾的男人当媳妇，那人行不得夫妻事，脾气还大得很，动不动就打她，晚上用各种方法折磨她，只要她一从外面回来，就检查她的下身，看跟别人有没有“事”。慢慢长大了，她看着自己这样难以过活下去，利用一次逛庙会的机会，跟着几个走村串乡唱戏的跑了出来，唱个小曲，敲个响器，当个下手混口饭吃。后来，一次偶然的机会遇到冬娃，冬娃从说话的声音上感觉她有一点儿很像柴娟，就特别喜欢她。她同冬娃很能谈得来，时时处处照顾冬娃。当然，她从冬娃身上也体会到大哥哥的温暖和关怀，于是，两个漂泊者碰撞出爱情的火花，她就留在冬娃的身边了。这次，刘春绒看见冬娃去蔺府把被打得很惨的王侉子要回来，就动起了心思。她如此这般地给冬娃一说，冬娃还有些迟疑，她说：跟穷人斗，是斗气呢；跟富人斗，是斗财呢！现在富人惹上咱们了，抓住这个机会，我们演个戏，敲他一笔，有何不可！她说：大家都照我说的来，肯定能成功。干成一次这个事儿，顶咱们辛辛苦苦忙累几个月的。不过，连她都没想到，这次能弄这么多的钱。

第二天，冬娃把全体人员召集在一起说事儿。面对大大小小五十多个人，冬娃说了三件事：首先，是把王侉子美美地日撅（严厉地批评）了一顿，由于人家已经打了他一顿，本掌班就不再处罚他了。如果再犯，立马扫地出门，对谁都一样；接下来宣布，大家吃在这里，住在这里，按群伙交钱，个人没有压力，闲散养懒人，有人整天啥都不干，别人还说不成。从今天起，由群伙每月交钱改为每人每月交饭钱。群伙里排位在前三位的每人每月交十五个铜子，四至六位的每人每月交十个铜子，七位以下每人每月交七个铜子。所有人等不得拖欠；最后，冬娃说，这次，我们大家共同配合挣了一笔钱。这个钱存到银行，一般情况下不得动用。遇到班里人员生老病死，或者出现重大变故，方可拿出来使用。另外，用这笔钱要给我们办一些永久性的挣钱生意。比如，大荔的皮影，这个咱的人手是现成的。再比如，弄一个有大棚，有桌子板凳，能喝茶，有小吃的说唱摊子。总而言之，慢慢要把吃伸手饭变成吃生意饭。

冬娃的话刚一讲完，底下就热烈议论起来，都认为，掌班这个办法好，大家还围绕这个方案提了不少建议。

不久，在八仙庵旁边，一个新搭的席棚披红挂彩，门首边头立一大红木牌，上写：新声听戏茶坊。唢呐响器在门口拉场子，没有见过这个阵势的人，弄不清里头是啥名堂，不敢进去，胆大的进去一看，里头干干净净，要一壶茶三个铜子儿，一盘瓜子一个铜子儿，坐下来边吃边喝，还能听戏，听说书，听人说笑话。一场完了，有人拿个铜锣来收钱，想给的，给锣里撂一个两个铜子儿，哐啷一响，人都拧过头来看你，上头的戏子也给你作揖感谢，撂钱过后，心里那个美呀！不想给，也没人说你。出来的人三传两说，来的人慢慢就多起来了。

同时，在东关，一个旧门面房改成的碗碗腔皮影戏场也开张了。头场是碗碗腔皮影的正本名戏《金琬钗》，时候到了，尽管只卖了三个签子（代用门票），掌盘的刘春绒说：三个签子也演，头三脚难踢，场子踢开了，看的人就多了。果然，清丽的音乐响起，优美的唱腔传到门外，那些探头探脑的人们，有的就慢慢从口袋里摸钱了。

那天早晨，夏月荷把三万五千银洋的银票交给龙定山后，晚上收账时，没见成交后该收回的银票，她就问送账的相公，相公说，他不清楚。夏月荷问布料拉走没有？相公说，他在铺子里不知道，都是靳掌柜经管的。夏月荷心想：这么大的银票，定山可能不放心，自己带着。晚上，定山回来得很晚，夏月荷的哮喘病又犯了，吃过药就早早睡了。第二天，她还没起床，定山就匆匆洗把脸又走了。一连两天都是这样，夏月荷心里疑惑，看着下午出了太阳，地上还干净，她让丫鬟彩云扶着到相距不远的铺子去。就这么一点儿路，夏月荷走得满头大汗，气喘吁吁。一进铺子赶快在凳子上坐一会儿，半天说不出话来。恰巧老掌柜和大掌柜都出去了，靳铁锁跟丫鬟两人把夏月荷扶到楼上，把火盆端到她跟前，倒好茶，正准备下去，夏月荷喘着气叫住了他：靳掌柜，我问你个事。

靳铁锁心虚地站住，很勉强地笑着：内掌柜，有啥事？

夏月荷问：那批布料的生意做成没有？

靳铁锁嘴里含糊地说：生意哦，来了，布料，后来，噢。

夏月荷生气地厉声问道：后来啥吗？布料到底卖了没有?!

靳铁锁满脸通红答非所问：布料还在那儿，还在那儿。

夏月荷气急败坏地吼道：靳铁锁，你是有意戏弄我呢？你为啥不答我的话！我问你，你一手操办的布料生意，到底是个啥结果嘛，三万五拿走了，一个子儿没见回来，你给我说说，是咋回事，咋都把我瞒着干啥？她说着满脸的虚汗不断流下来，嘴唇发白，嘴巴像菜市场鱼摊上的死鱼一样张着，一种可怕的声音从里头传出来。

靳铁锁不敢正视她，他知道自己被逼到墙角了，再敷衍也躲不过去了，索性痛痛快快把实话说了，该咋办就咋办吧。他转过身对着夏月荷说：内掌柜，布料的生意被人骗了，一大堆货现在还撂在仓库里，老掌柜和大掌柜一块儿出去想办法去了。这个祸是我闯下的，这一辈子，我就是做牛做马都要把这个窟窿给补上！说着，他给夏月荷跪下了。

夏月荷几乎是强撑着闭住气听完靳铁锁说话的，等到靳铁锁一跪下，她哦的一声就昏过去了。靳铁锁流着眼泪赶快帮着丫鬟给灌药，扶着把她安放在床上。夏月荷躺了多半个时辰才缓过来，她让丫鬟扶她回去，下楼的时候，靳铁锁又来帮忙，夏月荷厌恶地挡开他的手说：甭碰我，隆丰福就要毁在你的手上！靳铁锁像是雷击了一样，立马僵在一旁，直到夏月荷出门坐上洋车走了，他都没有动。

当晚，夏月荷的病情更重了，几乎是整夜在牛吼似的哮喘，脸憋得紫青。一会儿好像平静了，突然又吼起来，彩云连忙用酒盅给她灌药，又用手从咽喉往下扑朔（按摩），揪她脖子下面的几个穴位。

定山看着她特别不好，急忙又叫人去请先生，又针又灸，中医西医方子开了一沓子，药在桌子上摞了一大堆。药刚吃下去能好一点儿，不过一会儿又犯了。到天快亮的时候，一阵剧烈的抽搐之后，夏月荷断断续续叫了几声，双手抓住定山的手不放，眼睛死死看着他，定山流着眼泪说：我知道你想说啥，你甭操心，咱铺子的天塌不下来，这个小灾立马就过去了。

夏月荷发直的眼睛朝上一翻，艰难地咽下了最后一口气。

等到夏家二老急急火火地赶过来，蒙脸布都给夏月荷盖上了。

龙定山怀着悔恨自责的复杂心情送走了第三任妻子。

生意上的不景气和这次被骗，加上夏月荷的惨死，连续的打击，让这个中年汉子再也支持不住，埋完妻子回来，他就病倒了。和以前两个妻子去世后沉睡不起所不同的是，这次他是睡不着觉。一天到晚在床上睁着眼睛，脑子里一会儿是尖嘴猴腮上门送布料，一会儿是白俭银趾高气扬催货的样子，一会儿是夏月荷疑问的眼神。一想到这里，他就恨自己，当时，白俭银把皮包忘在桌子上，不，他是有意放在桌子上的，自己为什么不立马打开看看，要是早看见那张十个银洋的银票，那三万五银票肯定就不能给他，铺子也就不能塌下这么大的窟窿！唉，后来还是每天送账的相公上来说：他们都提货去了，咱还不看看银票。我才让他把皮包打开，可是，已经晚了。唉，唉，我龙定山做生意讲君子之道，讲诚信待人，结果糊涂到把骗子都当成君子了。人家也就是掌握了我的这个弱点，才敢走这一着险棋。唉，没有这次被骗，月荷还不会走得这么快！

他就这样瞪着眼睛想呀，想呀，从早到晚，不吃不喝。大掌柜来劝过几次，他只是勉强喝点儿茶。并且还多了一个毛病，吃什么吐什么，甚至喝点儿水都吐。

宋先生来看他，号过脉之后没有开方子，他叫人出去买一个大青头的牛角萝卜，把青白交界前后各一寸的这段切下来，削皮切块榨成汁，叫定山一口喝下去。一炷香功夫，定山连吐带泻，大汗淋漓地躺下了。宋先生叫人给盖上厚被子，让他好好睡一觉，然后，把随身带来的独头参切成小段，待定山醒来后用开水冲泡着喝，一杯喝完，把剩渣用药锅煎成汤，早晚各一次。隔了一天，定山已经能够喝点儿小米米汤了。

就在这个时候，一个穿着破烂的年轻人到铺子要见龙老掌柜。刚经历了挫折的隆丰福，上上下下如惊弓之鸟，见到这种不买货要找人或推销的人上门，绝对都是拒之门外。这个人尽管衣衫褴褛，可举止有度，说话彬彬有礼，见相公们待答不理的样子就说：我是咱这铺子姜东民姜掌柜的朋友，有重要的事情要见老掌柜。

靳铁锁说：老掌柜最近有事不在，十天半月才能回来。

年轻人说：那我想见一下李大掌柜。

靳铁锁见他说得有根有梢，就推了一把：大掌柜今天出去了，你明天再来。

年轻人无奈，只好转身走了。下午他又来了，还是礼貌地要见老掌柜或者大掌柜。靳铁锁无奈，只好让他在门外等着，自己上楼去请示大掌柜。大掌柜沉思了一下说：叫他上来。

年轻人向大掌柜行了礼，大大方方地坐下，把相公递过来的茶一口就喝干了。大掌柜问道：请问，先生从哪里来，找我有何贵干？

年轻人说：我和姜东民是同事，是他给我介绍两位掌柜的。

大掌柜问：你和姜东民是在哪里的同事？

年轻人环顾了一下周围，低声说：是在北边边区的同事，他现在是被服厂的副厂长。年轻人继续说：我姓贺，叫贺终成，是边区的一个外出办事的事务员。

大掌柜唔了一声没有说话。

贺终成看了一眼茶壶，大掌柜会意说：喝水，你自己倒。贺终成拿起茶壶连喝了三杯。大掌柜心想：看来真是个漂泊在外、缺吃少穿的人，不知他到底要干什么？想到这里，就问道：姜东民我认识，不过，有一年多没见了，不知先生找我，有何贵干？

贺终成说：我想请贵铺帮我一个忙。见大掌柜不动声色，他又左右看了一下，接着说：我有一个包袱放在城外，想请贵铺给拉进城，寄存在这里，过一段时间，我再来取。不知可行否？

大掌柜说：一个包袱你背进城来，我给你找个地方搁下就是了，用不着这么神神秘秘的。

贺终成顿了一下没说话，他又喝了一杯茶，看看壶里没水了，才不好意思地放下壶说：这个包袱里有一些要紧的东西，我进城门时，看警察盯得很紧，我背过来害怕出麻达，况且，包袱还很重，因此，想请贵铺帮一下忙。

大掌柜没有说话，脑子里在急速地分析、判断：这个人到底是人是鬼？猛不大叉（突如其来）跑来要把贵重东西放在这儿，会不会耍啥花子（耍啥阴谋）？这乱世人心难测，不要又是一场骗局吧？可他又想：东民的事情，他说得差不离，如果真是边区的，咱以前也打过交道，听说是打日本的，帮东民帮边区，都是理所应当，就怕有人再给咱铺子“下蛆”（使坏），隆丰福可再经不起折腾了。想到这儿，大掌柜决心再好好盘问盘问这个贺终成。

当晚，大掌柜给定山汇报了这件事情。定山想了一下说：还是叫靳铁锁去办，东西不进二府街铺子，搁到鸿运楼，交给牛掌柜，不给他写任何字据。这个姓贺的走了以后，把东西放到加工场去，叫魏永年寻个地方存好，给魏永年说清白，绝对不许打动，更不能打开翻看。

第二天下午，隆丰福的马车出了东门，在一个小客栈把东西装上车。靳铁锁看见，还有两个人在客栈里守着这个东西，他们把一个用棉被包着的圆咕隆咚的东西抬上车，东西很有些分量。后来，贺终成坐上马车跟着一块儿到了鸿运楼。东西卸下来，贺终成一再给靳铁锁交代，要保管好，不要打动。第二天，又到二府街铺子跟大掌柜再次交代：希望放个妥帖的地方，小心日本撂炸弹给炸了，一定要由个实在的人看管。

大掌柜说：隆丰福生财有道，跟人交往，以忠诚守信为宗旨，不取不义之财，不为无义之举。你的东西寄放在这里，你啥时候来，它都是原模原样，完好无缺的。你是姜东民的朋友，姜东民会告诉你的。

贺终成听到大掌柜这样一说，才放下心走了，这个东西在隆丰福一放就是两年。

龙佩涵，龙佩鸣，李鸿达（大掌柜与牛玉莲的儿子）哥儿三个，年龄上各差一岁，都在市立小学上学。龙佩涵，龙佩鸣哥儿俩在一个班，李鸿达比他俩低一级。龙佩涵个头儿最高，龙佩鸣长得最壮实，李鸿达最机灵。按说，最小的李鸿达的辈分大，他俩应该叫这个小的叔叔。大掌柜考虑到小孩们在一起玩儿称呼方便，让他们一律以兄弟相称，鸿达称佩涵、佩鸣为大哥、二哥。三个孩子各自的保姆负责孩子的陪送和食宿。隆丰福固定一辆车，每天早中晚准时接送孩子。

佩涵今年十二岁了，是他们班的班长。他的各门功课都学得很好，尤其以文章写得最出色，曾获得过五个学校联合作文比赛第一名。由于他在学校待人和蔼，处事公平，有一定的组织能力，很得老师信任和同学们拥戴。小学还没毕业，就有一个中学提前确定录取他了。

弟弟佩鸣从小由于母亲娇惯，活泼好动，天性率真，记忆力好，学习上爱耍个小聪明，平时马马虎虎，考试前一个突击，成绩倒还不错。他在班上有两个铁心哥儿们，他把和佩涵、鸿达称为大三兄弟，把自己和班上的两个称为小三兄弟。小三兄弟吃喝不分，同进同出，不管谁有事儿，总是一起向前。

鸿达显然继承了妈妈的豁达、聪慧和机敏。学习自然总是排在班上前六名，问他为什么不争个第一？他说，跑在最前头的，是最累的，而且还不一定最后是第一，跟着前三个，关键时候冲一下，夺个第一还不容易？一有时间，他就爱看点儿闲书，《说岳全传》《隋唐演义》《封神榜》《七侠五义》等，他给同学们讲起来头头是道，一下课就有人围着他问长问短，到后来，他还看起外国小说了。

负责拉洋车接送弟兄三个的车夫叫同麦升，韩城人，是个二十三四岁，精明利落的小伙子。麦升光管接送三个学生，学生们上课期间，夏月荷可安排他干别的事情，夏月荷不在以后，定山让齐婶安排。据说，麦升以前在镖局里干过，能使刀剑，还会打枪，大魁在人市上选他的时候，还跟他过了几招儿。当时，大魁问他有什么本事的时候，他说，没有啥本事，只会点儿拳脚。大魁装着要走，趁他不注意，抓住他的一只胳膊，另一只手还没来得及上去，被他一转身把胳膊反卡住动弹不得，大魁不得已，用另一只手甩出双节棍，麦升在他身后一踢他腿弯，大魁跪在地上，飞起的双节棍打在自己头上。麦升赶忙扶起大魁，连声赔不是。大魁收起双节棍说：有两下子，就是你了！

定山根据他的特点，有意让他在府宅里白天拉洋车，再干点儿杂事，晚上听门巡夜。饷银给得高一点儿，有让他看家护院的意思。有时，定山回来稍晚一点儿，尽管铺子还有洋车接送，可大魁还是安排麦升去迎护一下。

一次，定山在东门外跟大掌柜一块儿谈一笔布料印染的加工生意，回来时，天已经很晚了。麦升和康群两个各拉着老掌柜和大掌柜往回走。定山看着大掌柜的车拐进端履门，才让麦升起身往北大街走。没走多远，就听见后边传来吵骂的声音，麦升说：像是康群在喊叫。定山立马叫麦升拐回去看看。麦升拉车到跟前一看，果然是康群出了事。

洋车翻倒在地上，三四个伤兵模样的人围着打康群，大掌柜在一旁劝解，被一个一条腿的伤兵用拐子挡住，嘴里骂着：妈拉个屉子，敢撞老子，今天非把他的皮扒下来不可！你也跑不了，快把钱拿出来！

麦升把车停在稍远一点儿的地方，对定山说；老掌柜，坐着别下来，我去看看。就走了过去。麦升上去把一条腿拄的拐子夺了下来，横着在大腿上一磕，拐子断成了两截。一条腿的伤兵失去了一根拐杖，站都站不稳了，自然推不了大掌柜了。麦升又过去把已经倒在地上的康群拉起来就走，三个伤兵见有人帮忙，就一齐追打麦升。麦升松开康群，回过身来双肘护住面门，大声说道：几个欺负一个算什么本事！一个高个子的骂道：妈的，关你屁事，你是从哪个裤裆钻出来的？说着，扬起皮带当头就抽过来。麦升把身子一侧，躲过皮带，顺手就从他手里把皮带拧了过来，又把他推了一把。三个一见麦升还手，拳头腿脚一齐上来，那个一条腿的伤兵也把剩下的那根拐子向麦升捅了过来。麦升退后一步，把皮带展开，一个长鞭点稍马从各位头上抡过去，前面三个头脸上都挨了一下，对单腿伤兵的拐子，只是使个小劲儿给他送回去，扑腾一声他就倒地了。挨了打的伤兵气急败坏地又喊又骂，围着麦升打起来，麦升把皮带铁扣朝外就放开抡了起来，秋天无人的夜里，皮带铁扣吃着肉的声音分外响亮。

定山赶快过来喊道：麦升，住手！麦升才停下。几个被打败了的伤兵边骂边撤，嘴里还骂着：你小子有种别跑，老子回去拿枪去！麦升奋力把皮带朝他们扔过去说：先把裤子勒好再取枪，你不来是狗娃子下的（生的）！

还有一次，麦升接三个学生回来，路上佩鸣对麦升说：麦升哥，我养的蚕没有桑叶了，你拐一下，咱到那个巷子后边的桑树上捋一点儿桑叶吧！佩涵和鸿达听了，也高兴地赞同，麦升停下车，对后面跟着的三个保姆说：拐一下捋些桑叶。三个保姆就在巷子口等着他们出来。

麦升爬到井边的树上去采桑叶，三个孩子在树下边接边玩儿。

这时，从另一个小巷子里走出来几个半大小伙子，看见他们几个小孩子，骂他们采桑叶把井台弄脏了，佩鸣说：我们没有弄脏！他们说：你个小球毛还敢顶嘴！就冲过来扭住佩涵和佩鸣要打，鸿达连忙溜在一边大喊：麦升哥，快下来，打人了！麦升正在上面的细枝上，听见喊叫大吼一声：狗日的，不要命了！三下两下从树上跳下来。五六个人松开佩涵佩鸣，把麦升围了起来。

麦升说：这桑叶也不是你屋的，你欺负小学生做啥？

那伙人见他只有一个，为首的一个放肆地用手勾了一下麦升的下巴说：不是我的，也不是……话还没说完，冷不防，麦升一个勾拳从底下打上去，他抱住脸就倒下去了。其余的看见，七八个拳头一齐向麦升砸过来。麦升会者不忙，身子往后一闪，左脚往上一踢，正中面前一个两腿间的阴部，那个也哇的一声倒下了。两个倒下，围着的圈子就散开了，但他们还是张牙舞爪地戳拳弄腿，只见麦升撂开双腿左右开弓一脚一个，十分准确巧妙地踢在他们的那个地方，一个个哎哟哎哟地都窝在地上，半天站不起来。

麦升对那几个受蛋伤的家伙们说：我还没放开打呢，咋一个个就软蛋了，看来你们的蛋不是好蛋，以后再欺负人，先把自己的蛋子儿看好，挨的脚多了，小心将来娶的媳妇用不成！

麦升这精彩的一拳几脚把三个学生看呆了。刚才一看人家六个，麦升一个，鸿达还准备跑回去叫人呢，突然之间，他就化险为夷了。这真像小说中武艺高强的好汉一样，一个神奇的四两拨千斤，盘旋腿扫倒一大片。麦升把落下的桑叶放到洋车的坐垫下面，把井台收拾干净，说了一句，多有打搅，拉起洋车走了。

车上，佩涵对两个弟弟说：回去不要给大人们提说今天打架的事情。弟弟们都点点头。

佩鸣说：麦升哥的武功真是了得，没费多大力气，就把六个放倒了。

鸿达说：武功就不是光凭力气的，麦升哥对他们用的是鸳鸯腿点穴功，一脚点到要害处，对方立马丧失反抗能力。

佩鸣说：咱们要是学会这一手，遇到坏蛋就不害怕了。

佩涵说：你才多大个子，能踢得上人家吗？

鸿达说：先把这招儿学到手，对付不了大人，可以对付小孩儿，长大了就能对付大人了。

正说着，防空警报突然响起来，麦升赶紧把洋车拉到一个就近的城墙洞子里躲起来。当大家蹲好安静下来，眼睛适应了黑暗环境相互观察的时候，佩涵突然发现，刚才被麦升哥踢过的几个家伙就蹲在他们旁边。佩涵心里一紧，正寻思咋办的时候，那几个家伙已经挤到一边去了。

从此以后，每天只要麦升不出车，他就带着三个孩子在院子里练功。先练站功，气功，韧功，忍功，再练马步蹲功，练臂力，练腿劲，练腰力，练腾挪，练挨打，练反应，最后才教他们自我保护，反解，脱套，擒拿，攻击和器械的运用。一年多的时间，三个小伙子不仅个子高了，身体壮了，而且，都学会了一套基本的护身本领。定山心里也很高兴，他知道，在这个动荡的年月，孩子们学点护身的本领有多么重要。他特地给麦升加了月例，三个学生也不称麦升为麦升哥了，改叫师傅，继续跟着麦升练功学艺。

一曲探戈舞曲终了，龙定洋把陪舞的一位女士送回座位，迈着轻快的步子回到自己小桌旁。他拿起杯子，对旁边桌子的一位先生示敬了一下，而后自己呷了一口香槟，坐下来休息。这时，一个粉面桃花的年轻女人，笑嘻嘻地端着一只酒杯过来，在他的对面坐下。她注视着定洋，带着明显恭维的口吻说：龙秘书长的舞姿，真是龙舒云展、玉树临风，全场的男人都让你给比下去了。你和那个凌燕女士今晚成了一道风景线了。

受到恭维的定洋，并没有显出受宠若惊的样子，而是轻轻地微笑了一下，拿出官场惯有的应酬方式说：哪里，哪里，是凌燕女士带我带得好，我不过是跟着瞎转罢了。我看廖秘书，你才是今晚的芬芳玫瑰呢！男士们一个个如奉仙女，排着等着与你瑶池同舞，良辰共度呢。

被捧得有点儿发晕的廖秘书得意之余，有点儿娇嗔地说：秘书长真是大文人，说出的话和别人的味儿都不一样。既然人家都等我，那怎么不见龙秘书长赏光于我呀？

定洋笑着说：物以类聚，人以群分。我属于二流跳舞的，自然不敢期望和你这样的高手并肩齐舞。

廖秘书紧追不放：秘书长可真会说话，我可不认为你是二流的，趁着你舞兴正浓，现在，我们跳一曲如何？

定洋连连摆手笑着说：不敢，不敢，我要和你去跳，不出两分钟，你的鞋就被踩得不像样子了。我们还是喝酒吧！

廖秘书见他没有和她跳舞的意思，也就不再勉强了。她和龙定洋碰了一下杯说：我知道秘书长跳舞是有选择的，不跳也罢。等一会儿，我给你要说一个你感兴趣的事情。音乐响起来，她像鱼儿一样滑进了舞池。

这个廖秘书是省府里一个交际很广、活动能力很强的女人。不管谁在这里主政，她很快就能混得很熟。她经常变换部门，几乎满大院的单位，她都熟悉，谁都搞不清她属于哪里。她能知道别人还不知道的消息，也能跟一些别人见不了的人物说上话，因此，很多人都竭力巴结奉承她。每天她都显得忙忙碌碌，随时都可能出现在某个部门。今晚这种热闹的地方，当然一定少不了她。她也不是什么秘书，只不过为了称呼方便，都叫她廖秘书。她身条柔曼，舞姿优美，连跳个十场八场的依然精神抖擞。当然，她的舞伴是有选择的，她一般专找那些官位高、权势大的衮衮诸公们跳。跳舞的时候，她有时伏在舞伴的耳边窃窃私语，有时则放浪地大笑起来，只要她在，她一定是这个地方的中心人物。由于她是一个对掌权者能够施加影响的女人，因此，省府上上下下讨好她的人很多，谁也不敢得罪她。

舞会散场以后，龙定洋戴着礼帽，手臂上搭着风衣，坐在车里正准备走，廖秘书快步走过来，趴在车窗上说：秘书长，我找你，还有个事情要说呢，这么着急就要走？

龙定洋笑着说：有事明天到我办公室说吧，天都这么晚了。

廖秘书调侃地说：害怕回去晚了，嫂子罚你，不让上床，是吧？她笑起来又说：我就几句话，耽误不了你的工夫。

龙定洋无法，只好下车跟她走到路边问：什么事呀？

廖秘书背过身去，小声对定洋说：有个外国人很喜欢你的书法，想约你见面谈谈。

龙定洋惊讶地问：我很少给别人写字，从来没有和外国人打过交道，他怎么能见过我的字呢？

廖秘书说：你没和外国人打交道，你给别人写的字，难免不流入外国人手中。

龙定洋问：这个外国人到底是哪国人，他是什么意思？

廖秘书说：是个日本的文化人，人家没什么意思，就是想和你交个朋友。

龙定洋一听日本人，急忙转身就走，边走边对廖秘书说：日本人我不见，更不想和他交什么朋友，对不起，我先走了。说完上车就走。

又过了几天，廖秘书到办公室来找龙定洋。她一进门就说：秘书长呀，这事非得你不可，没你定板，我可真拿不定主意。

龙定洋不知她说的什么意思，笑着说：什么事呀，我可定不了你的板。

廖秘书说：我看中了一幅何绍基写的中堂，要价一百大洋，我弄不清真假，不敢贸然买下。我想，只有你识货，秘书长呀，你一定得给辨别一下真伪。

龙定洋一听何绍基的字非常感兴趣，他习字初学颜真卿、柳公权，后临何绍基，在根基扎稳之后，才形成自己的风格。尽管他见过不少何绍基的字，但中堂还没看见过，他急切地问：中堂带来了吗？

廖秘书说：我还敢把中堂带到这里呀，这是什么地方？省府秘书处呀！我在家里放着呢。

龙定洋听说就敷衍道：那就以后有机会再看吧！

廖秘书说：那可不行，人家明天就等回话呢，今天，你一定得给看看。下班时，我来接你。说完回头粲然一笑，就一阵风似的出去了。

廖秘书的家是一个不大的一明两暗的小院，里头很整洁，但好像除了她，再没有住什么人。开门之后，他们来到客厅兼卧室的上房里。客厅很宽敞，摆着一套仿明式红木桌椅，正面是一个宽大的供桌，上面摆着香炉、烛台和水果。墙上挂着一幅威武的关公持刀站像，两边是一副对联，站像和对联都有些陈旧了，显然是有些年头了。两边的对联是这样的：

汉封侯　宋封王　明封大帝
儒称圣　释称佛　道称天尊

龙定洋仔细看了这副对联，觉得不仅对仗工整，而且表达准确，字也写得极有气势。看了之后，对这位威风凛凛的武圣人更加崇敬，不由得脱口而出，说了声：好！

廖秘书正忙着沏茶，听见龙定洋说好，就说：这是祖上传下来的，有人说，你一个女孩儿家里挂个关老爷不合适，我说，没啥不合适，我虽女流之辈，也崇尚忠义，明白知恩图报的道理。有些人总是瞧不起女人。其实，女人做的事情有时比大老爷们儿还仁义还刚烈！

龙定洋说：说得不错。廖秘书称得上是一位侠女！

廖秘书把那幅中堂在桌子上展开，龙定洋从起笔运势到落款用印，仔细地看了一遍，确认为何绍基的字无疑，并说：这一百大洋值呀。廖秘书放心地把中堂收了起来。然后她又铺好毛毡，放好宣纸，摆上笔砚，对龙定洋说：秘书长，你得给我留一副墨宝才是呀，请你一次可不容易呀。

龙定洋无法推辞，只好说：好吧，写一副，写什么呢？

廖秘书说：你随便写吧，想啥写啥。

龙定洋想为她写一句，可一时找不到合适的语句，就看着关公像写了一句：

忠义传千秋　多少英雄叹不如

廖秘书一看说：好，我咋看这是一副对子的上联，好像还有一句下联吧？

龙定洋一看也确实应该配个下联，思索了一下又写：

生死结兄弟　从此江湖成楷模

廖秘书把上下联合在一起，很懂行似的品评道：首先，这联拟得好，忠义传千秋 多少英雄叹不如，既点明了刘关张结义之真诚，也颂扬了关羽之大忠大义，引无数英雄自愧弗如。下联：生死结兄弟 从此江湖成楷模，则实写后来江湖上把刘备的仁，关羽的忠，张飞的义作为异姓朋友结拜的典范来效法。这副对联也为我家对联做了很好的注脚。至于这字，更是一绝，豪放不张扬，拙处见功力。

龙定洋听她如此一番点评，尽管有不少过誉之词，但也露出她的不凡见识，从心里有了崇敬之感。他说：小小拙作，引来你这么多赞誉之词，有愧呀。看来，廖秘书还是很懂对联和书法的，失敬，失敬。

廖秘书说：秘书长可不敢夸我，在你面前，我连个学生都算不上，乱说一通，今后，我向你求教的时候还多着呢。

龙定洋又客气了几句，就告辞要走，廖秘书端来温水请定洋洗手，他简单地洗了一下，放下毛巾刚要转身，廖秘书一把从前面抱住了他。龙定洋没想到，她能来这一手，用手推着她说：廖秘书，求我写字，我可没有说要和你跳舞哟！

廖秘书撒娇地说：这时候跳什么舞呀，我，我要给你。

龙定洋装作不懂的样子问：难道这就是写字的回报？

廖秘书看着定洋的眼睛轻声说：这不是回报，这是爱情。

龙定洋一听笑了：我们萍水相逢，只是工作上的同事，何来爱情？

廖秘书说：有时候爱情到来是突然的，在你书写对联的那一刻，我就爱上你了。我是真的爱上你了。

龙定洋揶揄地说：现在突然可以爱上我，明天还可以突然爱上另一个，这大概不叫爱情，只能叫求欢。如果是那样，这跟两只狗有什么区别？我现在不想当狗。

廖秘书没想到龙定洋能拒绝她，她不知所措地看着他的脸。

龙定洋挣开她的胳膊，穿上风衣，戴上礼帽，走了出去。

大约半个月以后，快下班的时候，龙定洋在看一份资料，廖秘书进来把一张银票放在龙定洋的桌子上，笑嘻嘻地说：太对不起了，秘书长写的那副对联刚托裱好，拿出来让朋友一看，非要买走不可，咋说都不行，这不是银票。

龙定洋拿起银票一看，二百大洋。他急忙说：这个东西根本不值这个价，你是不是骗了人家，看人家不懂行，要了这么多？

廖秘书说：秘书长，可别冤枉我，你写给我的东西，我咋能卖呢？就是其中一个朋友的朋友，看了又看，非要买不可，争执了半天，我看人家又特别爱好，实在没有办法，只好让他拿走了。

龙定洋问：买主是个什么人？

廖秘书吞吞吐吐地说：是个日本人。

龙定洋一听就炸了，说：我龙某人不和日本人打交道，你是知道的，为什么要把我的东西给日本人？你是否和日本人有什么瓜葛？

龙定洋这样一问，廖秘书有点儿慌了，连忙摆手否认：不，不，只是一般性认识，没有任何关系，秘书长别误会。人家只是看了以后特别喜欢，一定要买，我还以为是做了一件好事呢！

龙定洋说：谢谢你的好意，这张银票请你拿回去，把那副字要回来。

廖秘书一听，也急了说：人家不过是喜欢你的字掏钱来买，并没有什么其他意思，给了钱，人家就回南京去了，你让我到哪儿给你去找他呀！

龙定洋想了一下，严肃地说：好，既然你这样说了，我就不追究了。不过，这钱我是万万不能要的，银票，你拿走吧。

廖秘书还想说点儿什么，看着龙定洋继续看资料不再理她的样子，只好拿着银票走了。

就是这副字，后来给龙定洋惹来一些不小的麻烦。

第二十三章

两三年来，日军飞机经常从周边省份飞过来，疯狂地朝这里撂炸弹，以发泄他们军队无法进入陕西的仇恨。那些画着膏药旗飞过来像大马蜂一样张狂的家伙，一会儿低一会儿高地在西安和陕西其他城市上空盘旋，然后一个俯冲，像屁蛋一样从肚子里憋出一串子炸弹。炸弹落到哪里，哪里就是一片火海，就是一片血肉横飞和凄惨的哭喊；轰炸造成房倒屋塌，街道损毁，大量无辜民众被炸死炸伤。因此，只要三长三短的防空警报一响，钟楼和四个城门上大红灯笼一挂起来，商铺关门，学校停课，人们立马四散逃亡，各处顿时乱成一团。这个被称为“千年帝都，永享长安”的十三朝古都的居民，两年来整天生活在一片惊恐、愤怒和仇恨之中。

这伙儿没有人性的带翅膀恶魔，有时是十几架，有时是几十架，不仅撂炸弹，撂毒气弹，撂燃烧弹，还用高射机枪从空中向地面人群扫射。他们炸商铺，炸平民住所，炸交易市场，炸公园，炸文物古迹。最让人愤怒的是，西安西头儿回民有一年正在举行隆重的开斋仪式，各清真寺里跪满了虔诚地向真主祈祷的人们。警报声突然响起，二十多架日军飞机呼啸而来，以城西北地区为主要目标狂泻炸弹八十多枚，炸毁清真寺四座，死伤一百六十余人，一百五十多间房屋被毁。几个月之后的一个三八节前夕，十几架日军飞机在西安上空投下一百多枚炸弹。炸毁商铺民宅一千多间，造成大约两三里路长的商业街区大火熊熊，死伤六百多人，多数为妇女。为了防止日机轰炸，土地庙十字和糖坊街的两处天主教堂，按照约定在教堂房顶悬挂起意大利旗帜，结果炸弹就正好落在挂旗的教堂上，教堂全被炸毁。还有一次，听到防空警报，大批人们都拥入桥梓口防空洞，不料一颗炸弹将防空洞口炸塌，上千人被闷死在其中。日本法西斯前后六年期间对陕西轰炸计有一千四百多次，炸死炸伤无辜平民一万余人，炸毁房屋四万多间，给人民带来巨大灾难，犯下的罪行罄竹难书。

由于日军几年来对西安城多次的反复轰炸，隆丰福所在的二府街铺子和中山大街上的鸿运楼都没能幸免。

那天下午，警报响起来的时候，定山正在加工场。加工场靠近城墙，大家像往常一样很快都躲进城墙防空洞，倒还相安无事。二府街离城墙较远，大掌柜让相公们上好门板，赶紧往北边城墙边头跑。靳铁锁请大掌柜也走，大掌柜说：你们走吧，我在这儿看门。

靳铁锁说：看门是我的事儿，大掌柜，你快走！

大掌柜说：我年纪大了，腿脚不好，跑不动了，上次跑出去，就把脚崴了，你带着大家躲躲吧！

靳铁锁说：大掌柜，咱一块儿走，我背也要把你背到防空洞里。

大掌柜说：背上我，你也跑不动，反正这里要留人，我就留在这儿吧，你快走！

靳铁锁死活劝不动大掌柜，这时短促的三声警报声响起，说明敌机已经飞临西安上空了。大掌柜硬把他推了出来，他刚跑到北大街上不远，看着敌机从东边俯冲过来，急忙在一个结实的大墙下抱住头蹲了下来。不一会儿，他听见几个炸弹在距离不太远的地方爆炸了，震得地动山摇，墙上的灰沙落了他一身，耳朵半天也听不见声音。他感觉敌机飞远了，站起来朝二府街方向看去，发现那里灰烟火雾冲天，还传来人们喊叫的声音，就急忙跑了回去。

靳铁锁跑到铺子门前一看，门面前不远处被炸了一个有一间房大的深坑，紧邻的点心铺子已经看不见了，只有招牌和房椽在火中燃烧。其他几家商铺不同程度也都被炸坏。隆丰福的三间门面倒了两间，二层楼上头的桌子板凳都被甩到马路上。靠近点心铺子的那边，已经开始烧了过来。他急忙找个缺口往自己铺子里钻，刚跨进两步，只见大掌柜抱着钱箱往外爬。大掌柜满身满脸的土，额角上流着血，看见靳铁锁，急忙把钱箱递给他说：赶快把人往回叫，搬货灭火！

靳铁锁小心地把大掌柜扶出来，把钱箱交给大掌柜说：大掌柜，我给你叫个车，你先回去。我在这儿盯着，咱的人立马就到了。

大掌柜说：这时候，我还能走？我在外头照看，你赶快进去，先把贵重东西往外搬。

靳铁锁按照大掌柜的吩咐，一纵身又钻了进去，很快把几件狐皮袍子、貂皮大衣抱了出来。大掌柜在对面找了一个空旷地方，把地上的砖头瓦块拨到一边，见地上满是灰土，立马把自己的长袍脱下来铺在地上，把靳铁锁抱出来的东西叠好摞在上面。这时候，铺子的人陆陆续续跑回来了。大掌柜立马安排，一部分人搬货，一部分人灭火，把贵重的东西和成捆的货先抢出来。指挥相公们把门板卸开铺在地上，再把铺柜凳子抬出来并好，把里头能搬出来的货，尽量都搬出来放在上面，时间不长，不太大的空地上，货物已经堆成了山。街道上人慢慢多起来，有的人围在隆丰福门前看。

这时，敌机呼啸着又飞过来，街道上的人又四处乱跑起来。隆丰福的人一个都没跑，仍然在灭火搬东西。大掌柜站在贵重货物旁，观察着天空的情况，指挥着大家摆放东西。就在人们乱跑的时候，一个精瘦的家伙突然跑到大掌柜身旁，趁着他没在意，一弯腰抱着钱箱就跑了。大掌柜忙着把一捆细羔毛筒子摞到狐皮旁边，见贼娃子把钱箱抱走了，急得大喊：快，撵贼娃子！把钱箱抱走了！正在灭火的两个相公听见，各操起一根还在燃烧的木棍立马追了上去，不巧迎面正好碰上赶过来的救火队，稍一耽搁，贼娃子一拐跑得不见影儿了。小相公懊悔地顿足捶胸，大掌柜也气得半天说不出话来。

老掌柜龙定山来了，大掌柜说：钱箱子叫贼娃子抢跑了。

定山听了眉头一皱说：钱箱子没了，就没了，只要人好着就好！等一会儿叫车来把货往加工场倒腾，这地方看来干不成了。

火灭得及时，铺子后面又没有库房，门面塌了但火没烧过来，里头的货物损失不大，只是铺柜、货架、桌子板凳，茶壶茶碗、盆花衣架损失了不少。钱箱里头只是当天的零售款，一张五十的银票和几十个银洋，一些铜子儿。大掌柜叫每天送账的小相公立马到梁家牌楼兴义成钱庄跑一趟，告诉他们，有个马字头的五十个银洋的银票如果见了压住不兑，叫人给咱铺子招呼一声。

夏金火老先生闻讯跑过来看，看到门面全部向西倒过来，两间已经全塌了，而且部分被烧的惨痛样子，蹲在地上痛哭失声，他老婆在旁边劝了一会儿见没用，自己也跟着一块儿哭起来。定山担心两位老人过度悲伤引起毛病，把老人扶上洋车派人跟着送回家去。他刚想到瓷器店等几个东边的门面去看看，只见一个堂倌飞快地跑过来报告说：鸿运楼也被炸了。

鸿运楼这些年在牛玉莲的精心操持下，饭馆的名气越来越大，生意越做越红火。门厅内外全部装饰一新，鸿运楼三个大字用灯泡圈起来，天一黑，整条中山大街上老远都能看见。餐厅的桌子椅子桌布餐巾全部都换成新的，连茶杯茶壶酒盅吃碟都是一崭新的兰花白瓷的。环境好，生意好，从厨子到堂倌，也都呈现出一种喜庆殷勤的新模样。因此，上下两层从中午到晚上，桌子都坐得满满的。

牛玉莲的管理着重就抓住两头，一头是：菜有特色，味要特别。

为了这一点，她没少在厨子身上下功夫。来的厨子只要是你有绝门手艺就留下，凭本事拿钱。你拿手的菜品客人点得越多，厨子自己抽成就越多；你做的菜客人挑一次毛病扣一回钱，如果重炒重做，厨子自己掏钱；没人点你的菜，或者点得很少，你只能拿一点儿钱，不让你走，你自己也待不住了。手艺好又有客人缘，经常能推出新花样的厨子，不仅收入是最高的，能带徒弟，还能当厨子头。逢年过节，牛玉莲还要给这些厨子送些鞋呀、帽子呀、袜子呀、汗巾呀什么的，买勉他们的心。因此，不用你催促，从厨子头到厨子，炉头们一个个整天都在琢磨新的菜谱，绝门的烹调方法，吊汤煸味抢火候，他们各有各的绝活。凉菜厨子则动脑筋的是咋样选得绝，切得细，摆得花，调得香。汁子里先搁啥，后搁啥，搁些啥，是他们秘不示人的隐私。这些绝活和隐私是个人的饭碗子，调调和的时候，他们不是把盆子端到没人的地方，起码也要转过身去，真真假假地舞弄一番。有些小伙计偷着看看多少回还是“狗看星星一片明”，看不出名堂。所以，同样的菜品，常常是人一换，味就变。

牛玉莲抓的另一头是：东西好，还要叫人知道，要挂出去，说出来。

所谓挂出去就是每当推出一个新花样，她就叫人用红漆水牌大字写出来，吸引客人品尝。一些追新求异的饕餮之士和一些经常请客的会馆商号，常常注视着鸿运楼水牌的变化。一有新花样出现，不仅自己品尝，向客人炫耀，还对朋友亲戚传扬，许多人都是听了传扬才来的，果然好，来品尝的不仅人多，而且一点名就是它。所谓说出来，就是叫堂倌把新花样的色香味，口感，以及该菜品的典故，制作特色等，一一介绍出来。要在如何好、好在哪儿上下功夫，让他们听了介绍，感到不尝就错过了美味机会，就要后悔。照牛玉莲的说法：“五花六花糖麻花，舌头要把财神拉”，好堂倌顶得上个大炉头！因此，在厨子们为菜品绞尽脑汁的时候，堂倌们也在为把新花样介绍得更精彩而煞费苦心。因为，堂倌们每月的工钱多少也和自己招呼客人多少，以及卖出去的酒菜多少是挂钩的。

这些年来，牛玉莲在大掌柜的调教下，经管鸿运楼已经不是当初的随心所欲式的操作，而是有计划有目标，并且在人的身上加强管理了。她用人不太讲求资历，只看实绩，特别注意从一般人身上挖掘新东西。从一些小事就可略见一斑。

一次，一个择菜洗碗的小伙计丑环在牛掌柜说他打杂的也要动脑筋把活儿做好的时候，他怯生生地问：糟肉，糟鱼咱这儿想不想上？

牛玉莲还没听过这些东西，厨子头说：我只听说过，没见过。听说味道不错，麻烦得很。

牛玉莲问了这个菜的基本情况，问丑环会不会做？

丑环说：我在河南一家南方馆子打杂的时候，给厨子打过下手，知道咋做。

牛玉莲就让他试试。他要了一块儿肉，一条鱼，一只鸡，要了醪糟醅和其他调料，就做了起来。十几天以后，牛玉莲把这件事已经忘了。正好龙定山和大掌柜过来请几位商会的头脑们吃饭，牛玉莲跟厨子头商量上什么菜的时候，丑环过来说：我做的糟肉、糟鱼、糟鸡都好了，是不是端上去让尝尝？

厨子头说：谁知道你做的那东西是个啥样子，随便敢给老掌柜的桌子上端？

牛玉莲说：你先端到这儿来叫我看看。

丑环把三盘菜肴端上来，牛玉莲和厨子头一看一尝，色泽鲜艳，装盘别致，闻有异香，尝有绝味。客人们来了往桌子上一摆，他们一看，一尝，立马一片喝彩。牛玉莲高兴地问丑环还会什么？丑环说：一下子我也说不上，只能想起一个做一个。就这样，丑环过一段时间弄出个叉烧肉，又过一段时间弄出个酱油鸡，弄一个红火一个。牛玉莲自然不会让丑环再洗碗择菜了，调他到凉菜案子，没过多久，还当上了凉菜案的厨子头。

还有一次，鸿运楼三个字被一阵狂风刮得掉在地上摔得粉碎。这三个字又没有留底子，叫几个书家都写了，因为跟原字的风格不一样，牛玉莲都没让用。可饭店一天不能没有招牌呀，把个牛玉莲急得满嘴起泡。

就在这时候，一个不识字的堂倌老邵过来对牛玉莲说：牛掌柜，咱这招牌，你看我写一下行不行？

牛玉莲惊奇地问：老邵你不认得字，能写了鸿运楼三个大字？

老邵说：我虽然认不得字，可就会画鸿运楼三个字。

牛玉莲问：你能写得和咱这三个字差不多？

老邵说：我先试写一下，你看看。

牛玉莲叫人取笔墨，老邵说：不用，我先在桌子拿抹布蘸水画一下，你看能行，我再在纸上画。

老邵去掉三个方桌上的桌布，拿了一块儿抹布在清水里蘸了一下，就在方桌上画了起来。鸿运楼三个大字写完，尽管大字在桌子上看得不是十分清楚，但三个字的形体基本出来了。

牛玉莲十分高兴，立马叫人把大纸铺好，取来斗笔，磨好墨汁，叫老邵开写。

老邵不用斗笔，还是那块抹布，在一个大海碗里蘸上墨汁，拿出擦桌子的架势，抡起胳膊点画撇捺，一个鸿字就出来了。众人一看，都说：好，就是这个鸿字！接着，又在另外两个桌子上分别写了运字和楼字。

鸿运楼三个大字放在地上，牛玉莲和其他人看了半天，也挑不出毛病，最后，把大掌柜请过来，没有告诉他是谁写的，只让他看字行不行。大掌柜看了半天说：这字不但写得极像原来字的样子，而且，比原来的字还更有气势一些，好！

当他听说是老邵写的时候，十分惊奇地对老邵说：老邵，看不出来，你还是个写字的行家呢！

老邵不好意思地说：其实，我不会写字，只会画这三个字。这三个字，我经常没事的时候就喜欢看它，观察它的架构，揣摩它的笔势，然后在桌子上照着画，慢慢地，这三个字的一笔一点儿都烂熟在心里了。这三个字，我擦桌子的时候，都在桌子上画了十几年了。我就爱看爱画这三个字。

大掌柜听了以后感叹地说：叫写也好，叫画也好，能把这三个字白纸黑字地搁到纸上，就说明，你把其他字也能搁到纸上，只不过你没试过罢了。

大掌柜在桌子上用手指写了个上中下，让老邵在纸上写一下，老邵把三个字看了半天，然后用抹布一张纸一个字，三个笔画最简单的字，让老邵写得顶天立地，气势如虹。大掌柜看了说：老邵，尽管你认不得多少字，可你会看字，能把握字的根，字的形，字的韵，字的势，你的字已经立起来了。我看，你有机会还是写字吧。

老邵说：鸿运楼是我的家，我出去就没家了，还是在这儿当堂倌吧！

牛玉莲给了老邵二十个银洋说：请书家写，人家要十个银洋，咱没用他的，用了你的，就给二十个，我不管名气，只讲实用。

鸿运楼的招牌又挂出来，老邵写字的名气也出来了。东木头市上有个名为招牌久的铺子寻到老邵，请他写招牌。老邵给人家说，他不会写字，招牌铺子掌柜的哪里相信，执意让他按鸿运楼三个字的样子写长安酒家四个字，老邵没有办法只好应接下来。他每天把这几个字看来看去，手指头在桌子上画来画去，黑了睡觉在肚子上还画，人家催了好几回了，他还没写。一天，天下雨，饭店里没生意，老邵给牛玉莲打了个招呼，就磨好墨铺开纸一气写了出来。牛玉莲看了说：写得不错！老邵，你把字的次序放得不对，你念一下。

老邵不好意思地说：我不认得，只会画，不会念。

牛玉莲一念：家安酒长，说：老邵你这一胡安顿，还真出了新意了，以后咱这儿的事，你也给咱胡安顿一下，说不定还能安顿出啥新样样行行呢！说着自己先笑了，笑得岔了气。

鸿运楼被炸的那天晌午的饭口刚过，厨子伙计们收拾完了正靠在一边打盹儿，牛玉莲抽空回家去了一趟。就在她从家里出来往饭馆走的时候，警报响了。别人往城墙根儿跑，而她却往饭馆跑。途中碰见厨子头，厨子头让她往城外跑，她说：人都跑了，店门还要有人看。

厨子头说：我让丑环看着呢，你快躲一会儿吧！

牛玉莲说：我不放心，还得去看看。说完就朝北跑了过去。

几架敌机从东边飞过来，顺着中山大街朝西俯冲，一条线地投下一串儿炸弹，一条街上顿时一片烟火。一颗炸弹在鸿运楼的上空落了下来，牛玉莲这时刚刚跨进饭店大门。

定山和大掌柜从报信儿的堂倌口中知道了牛玉莲被埋在鸿运楼里头的消息，老掌柜龙定山立马像疯了一样直往中山大街跑去，而大掌柜腿一软坐到地上。靳铁锁赶快安排一个相公叫上洋车去追老掌柜，自己在几个相公的帮助下，把大掌柜扶到一把椅子上。大掌柜长出了一口气，紧闭着的眼睛里渗出泪水，嘴里咕噜着玉莲、玉莲的声音。

人们从鸿运楼的废墟中扒出牛玉莲和丑环的遗体。

牛玉莲显然是被门头上的大横木砸在身上受伤的，鲜血从衣服里头渗出来，把胸前蓝白相间的绸衫子全都浸透了。脸上原有的红润都消去了，只剩下一脸的惨白。她被抬回卧龙寺对面的家里，停在她早出晚归回来休息的地方。大掌柜一直坐在她的身旁，双手紧握着她的一只手。

按照本地的习俗，在外面去世的人是不能进家门的。定山已经过去跟卧龙寺的主持说好了，把牛玉莲停放在寺里。但大掌柜不同意，他坚持让把她抬回家，他只是说：玉莲，她太累了，让她回家多睡一会儿。

客厅被布置成灵堂，天井院子里搭起大棚，鼓乐班子和清唱的戏子都在院子里坐着。大掌柜乡下的儿女带着孩子们身穿孝衣，在客厅地上跪了一大片。只要一有人进来烧纸、上香、奠酒，孝子们立马哭声骤起，激越委婉的男女混合悲声，让这个两进两出的大院子顿时沉浸在一片哀痛之中。牛玉莲原来也是做过下人的，特别清楚做下人的苦楚，所以平时和家里的下人们相处得很好。

她不仅说话和蔼，待人亲切，处事公道，还时常周济他们一些衣物和日常用品。因此，内当家的突然去世，这些下人们个个都悲痛难忍，时不时地在干活的时候，背过身偷着抹眼泪。他们的悲痛是出自内心的，其真诚的程度甚至超过了大掌柜的儿女们。

定山把大魁叫过来专门主持牛玉莲的丧事，给他的要求是：丧事要办得隆重热闹，不能让人挑出毛病；把大掌柜一定照顾好，吃好休息好，要经常有人陪着说话，不能让他过于悲痛；把大掌柜家里来的亲戚们安排好，应酬好，回去时，每个人都要给准备一份礼品和零钱。大魁一一记下，答应一定办好，定山一走，他就召集人员说事儿，把要求的事情一一落实到人。定山每天带着孩子们到灵前来上香，奠酒。然后看望大掌柜，说一些让他节哀宽心的话。

牛玉莲去世的第七天早上，随着一挂万字头的白色鞭炮炸响，主头儿执事一声长唱：起灵！两个乐班一起奏起《西天接引》曲，孝子们号哭像合唱一样齐声响起。一口黑漆描金的八大圆柏木棺材被抬上一辆牛拉的大型棺罩里。本来，大掌柜是给自己预备的这口柏木棺材，现在里头盛殓着爱妻牛玉莲。棺罩是棺木入土前运输过程中的一个承载装饰性的器具，一般都是租赁来的，现用的这个是最豪华的一个。棺罩的形状像一个建筑在牛车上雕梁画栋的小型的宫殿，四角飞檐，金龙卧顶，黄瓦兽脊，红柱盘龙，黄缎封窗，周边护栏台阶，层层递进，显得气势非凡，飞檐上分别挂着的四个精致宫灯更显示出一派皇家气象。一幅画着石墙的布幔形成宫殿底座，把牛车围裹在其中，恰似一座宫殿的棺罩在鼓乐声中行进起来，真好像是蓬莱阁降临，瑶池台再现。

李鸿达披麻戴孝摔了老盆后，打着引路幡走在最前面，两边的龙佩涵和龙佩鸣搀扶着他。后面则是纸做的童男童女、丫鬟婆子和香车宝马。一大群白花花的孝子紧随其后。棺罩前后各是一家阵容庞大的鼓乐班，轮流吹打，此起彼伏。再后面还有一大群头上戴孝的长衫短打和没戴孝的体面人跟着，这些都是铺子的部分相公伙计和鸿运楼的厨子、堂倌，以及龙定山、大掌柜的私交好友和隆丰福生意上的朋友。

出殡大队出了西门之后，三十多挂篷车和马车一溜儿排开，停在大路旁边。在大魁的统一安排下，分别上车前往长安西高桥的李家老坟。

牛玉莲被埋在大掌柜前妻对面的位置，她们之间的位置是留给大掌柜的。

大掌柜没有到坟地去，他半躺在曾经停放过牛玉莲的炕上，盖着被子，背后靠着厚厚的褥子，炕烧得很热。龙定山、宋先生、常老先生、柳大掌柜和大掌柜的两个朋友，都坐在周围陪着他说话。大掌柜整个儿瘦了一圈，脸色青黄，两个颧骨显得很高，胡子也没有刮，样子显得十分苍老。显然他们说话已经好长时间了。

常老先生说：小小一个日本，不过弹丸之地，竟然打进中国内省，甚至打到腹地来了，国家养的队伍都干啥去了？

柳大掌柜说：咱的有些队伍也打了，抵挡不住，人家日本的枪好炮硬飞机多呀！

定山说：也不一定都是抵挡不住，开始的时候老蒋就不叫打！

大掌柜的一个姓吕的朋友说：就是的，日本枪好炮硬飞机多，固然不错，但以中国一国之力，几万万人口，对付一个小日本，还是绰绰有余的。问题是现在打日本，上头首先不热心，造成底下的队伍有的出力，有的不出力，甚至还给自己人使绊子，难怪就叫日本人钻了空子。

宋先生说：不是西安事变，老蒋还在叫唤“攘外必先安内”呢。

定山说：老蒋还不是叫杨虎城和张学良拿枪逼着，才答应抗日的。

常老先生问：国共两党不是已经合作了吗？听说共产党的队伍都开到前线去了。

大掌柜另一个姓舒的朋友说：尽管眼下国共已经合作，在抗日这个问题上，老蒋对共产党还是在后头不停地拉胳膊扽腿，听说把胡宗南派过来，就是准备封锁边区呢！

宋先生说：眼下这世事跟前清时候差不多，常老掌柜和大掌柜肯定还记得，当年闹义和团的时候，清朝对其四处追杀围剿，八国联军打进来，义和团提出扶清灭洋口号，并和清军共同抵挡外敌。按道理，官家民间同心协力打洋人，哪有不胜的道理？可由于清朝一直对义和团采取利用、控制和瓦解的手段，合作不同心。后来为求和，西太后坚持对洋人妥协，对义和团镇压，依靠割地赔款换取苟且偷安，造成咱国家国贫军弱，现在又是这个局面。

常老先生赞同地说：唉，国家都成了这个样子了，上头的大人物能看不出来，还在自家屋里头当门背后的霸王。古语说得好，兄弟同心，其利断金。国共要是真心合作一块儿打日本，小日本就不可能嚣张成这个样子！老蒋不知道咋想着呢。

定山笑笑说：信仰不同，主张不同，合作只能是有条件的，国民党最终还是容不下共产党。不过，共产党也不会走到义和团的下场，国民党围剿共产党十来年，没把人家围死，反而跑到咱陕西把世事越弄越大咧！就从这一队一队人马开上去打日本的势头来看，首先得民心，顺民意，这个党就有希望。

定山一席话，把大家说得个个点头称是。

宋先生转开话题问道：定山，鸿运楼还得很快恢复吧？

定山没有说话。柳大掌柜说：我进去看了一下，炸弹正好落在饭店的上头，整个房子基本都塌了，中间成了个大坑。从这两天清理的情况看，要恢复就跟重建一样。

常老先生说：鸿运楼这几年生意越来越好，不恢复，太可惜呀！

定山说：恢复都没问题，重建也没问题，只是牛掌柜不在了，恢复起来，谁来经管呀！

一句话把大家说得都不吭气了。原来脸色稍微活泛一点儿的大掌柜，突然又显出悲戚的神情。

宋先生说：也就是，饮食这个行当是个特殊行当，不是谁去了，都能接上手的。玉莲把这一摊都摆顺了，铺排指挥没人不服的。她经管灵活，人也活泛，结识了不少熟客，眼下真还没有这样的人手！

定山说：做生意开铺子，最要紧的是得有人，没有能给你挑起一角的这个人，你的生意就是能做起来，但肯定做不大，可得这一个人没有三五年工夫是不行的，隆丰福就是靠得人才撑起来的。试看我这一摊子：没有柳大掌柜，染料行开不成；没有大魁，瓷器店开不成；没有常怀德，加工场弄不好；没有了牛掌柜，鸿运楼肯定办不成了；而整个隆丰福这一摊子，如果没有大掌柜，绝对就得瘫痪了。

众人听了齐声赞同，尤其是对大掌柜，大家趁机说了许多真诚肯定的话。

罗婶进来把一碗葱油鸡汤乾州银丝挂面放在大掌柜面前的炕桌上，并对定山说：老掌柜，酒菜在隔壁饭厅摆好了，是不是现在请各位过去？

定山说：好，让大掌柜先吃一点儿休息一会儿，咱们到隔壁坐。

大家向大掌柜说了些安慰的话，都坐到隔壁饭厅。

鸿运楼最终没能恢复，这个二十多年的老字号从此在西安消失了。

一只手在黑漆的大门环上轻轻地敲了四下，略等了一会儿，大门开了一条缝，罗浩明一闪身贴着门挤进去，大门无声地关上了。

这是个大户人家的宅院，从一进门迎面大照壁砖雕上精致大气的《富贵升官图》就可以看出，这个宅院主人过去的威势。绕过照壁，一眼看不透的是宽敞的三进三出厅房天井。能看出，当年的主人是相当讲究的，每一进出段的建筑思路和装饰风韵都是不尽相同的，繁复精美的雕梁画栋、细木镶嵌的窗门和独具匠心的遮阳长廊，各具风采，自成一体。尽管色彩略显陈旧，依然给人金碧辉煌的感觉。

这里居住的是在清末和民国初年威震陕甘两省的一个官宦人家的后裔。当年这里车马喧嚣，门庭若市，进进出出的达官贵人骑马坐轿，前呼后拥，奴仆成群的景象早已不复存在。多年来，这里大门时常紧闭，偶然才有少数人进出。不过，最近在黄昏或者天黑以后，常常有人进出。

最顶头的上房里住着一个七十多岁的老太太，尽管她步履蹒跚，老态龙钟；但她耳聪目明，头脑清楚，脸上透着大户人家的雍容神态。她是一家之主，几十年一直牢牢地控制着这个家族。在陆续失去了几个顶门立户的大男人之后，这里的女人们仰仗丰厚的家资，依然过着优裕的生活。但是，前几年，家里唯一的一个重孙子被绑肉票，家里没有精当的男人出面交涉，老太太花了上万银洋才把人赎回来，但是，十八岁的小伙子已经被折磨得痴呆了。后来又不断地求神问卜看病吃药，病没有治好，家财却花得差不多了。去年过年的时候，竟然不能宽展地拿出钱来购买祭祀祖宗用的祭品。后来的日子越来越难了，上房再也拿不出钱来供养大大小小二十几口人吃饭了，老太太让各房以后自己解决生活问题。习惯了衣来伸手、饭来张口生活的小姐太太们，各自为生以后，并不善于理财，很快把一些体己钱就花得差不多了，各房里经常传出为吃不好、吃不饱而哭闹的声音。

府宅里有个负责采买的伙计叫吆万，见三房里一个丫鬟叫海棠的在啃一个黑菜疙瘩，就问她：咋没粮了？

海棠说：都断顿两天了，这是我把面瓮扫了半天才收罗了这一点儿面蒸的，太太和小姐嫌难吃，我才吃的。

吆万跟海棠聊了一些外头的奇闻怪事，看着海棠听得入神，想了一下悄悄给海棠说：你敢不敢给你家太太说，有人想跟她会一会，看她悦意不悦意，会面有好处呢！

海棠不太理解会一会的意思，问道：咋个会法？

吆万故作神秘地说：你听了可不要乱喊叫噢，这是个年轻女人们挣首饰、收银洋的好手段。我不是看你吃黑菜疙瘩，还不给你说呢。

海棠说：吆万叔，你说嘛。

吆万看看周围小声说：会面有几种形式，有填词唱曲说话逗笑的，有陪酒伴舞戏耍打闹的，有亲嘴搂抱上床睡觉的。一个形式一个价钱。

海棠听了脸上发烧，不好意思地说：咋是弄这呢？羞死人咧！

吆万说：你看，你看，要挣钱呢，还怕羞，你嫌羞就算咧，你还吃你的黑菜疙瘩。说着就要走。

海棠上前拉住吆万说：吆万叔，覅走些，你说的，我也知道，以前我三太太跟她远房的一个二哥弄这事，我盯见过。

吆万说：这不就对咧，你去给你三太太说，她要是有这个意思，就叫我，我跟她说。

海棠答应了。

几天后，吆万跟三太太就说好了，吆万隔一两天，就给她领过来一个，当然都是遮遮掩掩、偷偷摸摸的。尽管十分小心，总是要开门关门的，房子里头也不免有些声音传出来，二房、四房、五房的都察觉了，嘀咕了一阵一起过来问三房的。三房的隐瞒不过，干脆照实说了出来。她们都正值青春年华，听了心里都像是古井里撂进一个石头，嘴上没说啥，脸上许久不见的红晕起来了，心里还突突地跳个不停。这个以前想过却不敢做也做不成的事情，现在竟然有人开了头了，除了每回两三个银洋收入吸引外，身心饥渴对她们诱惑更是巨大的。看到上头的太太和老太太都没有说话，壮起胆子也都偷偷叫吆万给领人进来。

其实，精明的老太太早就看出来了，开始还怒不可遏，要动家法杀一儆百。后来仔细一想，这些人再没有什么本事，不靠这个维持生计，她们咋活呀？这是没有办法的办法！想到这儿，不由悲从心起，诅咒这老天爷咋不开眼，自己这样的大户人家也沦落到“卖门户”的境地了。她只能装聋作哑，天不黑就早早上床，眼不见心不烦罢了。

一天晌午，她把两个儿媳妇叫到上房里来说：家道中落，我不能再养活你们了，你们各门中的儿媳妇都在自寻生活之道了，我明白，你们俩也应该清楚。依我看，只要能弄下钱，现在也讲究不成了。当年在京城时，没落的官僚贵族、倒闭的商人家庭，也有被逼走这条路的，这还有个名字叫“半开门”。外人都知道这半开门是为了生计，不得已而为之，也不拿这当娼门看。但是，有几点，我还是要说，你们给她们一定要说到。

两个老媳妇说：妈，你说，我们一定给她们把话带到。

老太太说：头一条，这个事，四房媳妇只能在屋里，不能外出；二一个，来的人要体面一点儿，不能把下三烂都领进来；第三，自己要拿住分寸，不能弄出麻达，完事儿就叫走，不能过夜，更不能生私情；以后，慢慢要把丫鬟推出来，叫她们给咱挣钱。

两个老媳妇听了都说好，一会儿出去就给她们说。

老太太又补充说：谁违反了这几条，谁招惹出麻达，就把谁从这个家里撵出门，永远不准回来。两个媳妇听了唯唯诺诺而退。

罗浩明是经一个朋友引荐认识了吆万，而后确定与四房的太太来厮混的，这是他第一回到这里来，据说，这个四太太也是第一回接待外人。吆万领他到巷子口，告诉他敲四下门环，就有人接他过去。

罗浩明的媳妇在渭南乡下，他在染料行当二掌柜，一年到头只有腊月二十三一过，铺子封门以后，才能回家，正月十五必须回来，因为铺子过了十五就开门了。所以，他经常也是一个套在辕上没有活动自由，又憋了一肚子干火放不出去的大叫驴。

罗浩明人长得精神，脑瓜又灵活，嘴巴又会说，比四太太小三岁，但四太太保养得好，长得跟戏台子上的旦角一样。两人一见面，四太太开始还扭扭捏捏，两腮血红低头不吭气。罗浩明上前先把她拉起来顺势搂到怀里，说了一句：这么鲜嫩的花骨朵，该浇水了！嘴巴立马像勾搭子一样勾住四太太红活丰满的嘴唇把它吸紧，红活嘴唇不仅温润柔软且有强烈的吸吮功夫，两张用来说话的东西，现在用纠缠来对话了，好长时间就松不开。接下来，两位更是心照不宣了，像蛇一样缠绕着，从椅子上还没扭到炕上，他们的上口和下口都已经接通了。一场狂风暴雨结束，两摊泥一样粘在一起还舍不得分开。时间不长，又是一个回合，罗浩明这次已经没有那么猴急了，开始玩儿出花样，起承转合，狼贪虎霸，给四太太上了一堂从来没有经历过的风流云雨课。直到第三场轻歌曼舞，小桥流水般柔情难忘的缠绵结束，两人才穿起内衣坐着说话。

经历了真正男欢女爱洗礼的四太太脸上泛着青春光彩，她眼睛盯着罗浩明健硕的身体说：你长得像赵云，猛得像张飞。

罗浩明笑着说：你说错了，赵云也是一员猛将。

四太太说：我看戏感觉赵云弄这事一定是文文雅雅的。

罗浩明搂着她说：只要是英雄，战场上是冲锋陷阵的猛将，床板上也一定是攻城略地的枭雄，赵云如果今天在这儿，肯定把你弄失塌了（搞坏了）。说完哈哈大笑起来，慌得四太太急忙捂住他的嘴。

四太太叹口气说：我那死鬼从来都是蔫不拉唧的，还没几下，自已就滚下去了。我今儿个才知道跟男人的滋味，受活得很，过了瘾了。

罗浩明笑着说：那你就得给我过瘾的钱了。

四太太笑着用手在罗浩明的裆里摸了一把说：你跟你媳妇，平时也是这样猛虎下山一样吗？

罗浩明说：我只有见了你，才能这样，不怕你笑话，我媳妇呀，远看像个冬瓜，近看像个倭瓜，一脸的麻子，满头的疙瘩。你想，我能有这么大的劲儿吗？

罗浩明阴阳怪气的描述再加上动作，把个四太太笑得几次都没喘上气来，罗浩明又玩笑地搂着她给她嘴里灌气。

两个人闹到半夜，四太太一再央求罗浩明隔几天再来，罗浩明付了三个银洋，再次亲了她一下，佝偻着腰从大门里出来。

正是五更天最黑暗的时候，罗浩明还没走到巷子口，猛不防他的胳膊被两个人从后面一架，嘴巴一捂带走了。

两天以后，柳大掌柜过来给大掌柜报告说：罗浩明不见人了，一点儿音信都没有。大掌柜问罗婶，罗婶也说不上来咋回事儿。

柳大掌柜说：染料行东西一点儿没少，罗浩明私人的物品都在，会不会是被绑票了吧？

大掌柜说：要是绑票，现在就应该有人给送信了，不像绑票。

定山安排人找了很多他可能去的地方，都没有消息，时间长了，这个事情慢慢就放下了，大掌柜又安排了一个叫武胜的小伙子顶替罗浩明的二掌柜位置。

半年以后，当人们快把他忘记了的时候，罗浩明回来了。人养得白白胖胖，衣服穿得也很整洁。他先去找大掌柜，跟大掌柜一把鼻涕一把眼泪哭诉了一遍，说是那天他晚上出去跟朋友喝酒，回来时被几个土匪绑了票，拉到北山里头关了三天，逼迫他入伙，不从就打。万般无奈，只好答应。他只是给他们写写画画，出出主意，没有杀人放火。一次土匪窝转移的时候，他趁机钻进一个山洞里，在里头躲了两天，趁天黑跑了回来。

大掌柜听了笑笑说：跑回来就好，人也没有受亏，你先歇两天，我给你重新安排个地方。

罗浩明说：我还想回染料行。

大掌柜说：染料行把人都安排了，你回来不能把人家撵走嘛。

后来，大掌柜在跟定山商量罗浩明安排的问题时说：罗浩明这回回来，我感觉有些不对劲，尽管他说得有根有梢，我看不太像，我想把他安排到大魁的瓷器店去。你看，行不？

定山想了一下说：可以，大魁经常还有其他事情，兰馨一个人也不行，他在那边，叫大魁注意一下也好，毕竟有半年多没见人了。

近几年，由于日本鬼子大举进攻，上司为了保存实力，把龙定海的队伍在河南、湖北一带调来调去，避免与鬼子正面接触。龙定海虽然有时也有看法，但他仍然坚决服从命令，藏兵于大山和塬坡的广大区域。龙定海知道，这样总躲着不是办法，老百姓瞧不起你不说，日本人也不会因此放过你。作为一个军人，眼睁睁看着敌人在自己的土地上横行霸道，屠杀自己的同胞，他愤怒，他羞耻，但又无能为力，只能把激愤压在心里，他觉得，跟鬼子的较量或迟或早总要发生。趁着队伍闲住的机会，他一方面乘机增加兵员，一方面加强队伍训练。他首先给各团下达了各自按照加强建制补充兵员的要求，让每一个团的人员都必须达到满员的程度。团长们抱怨说：旅长，装备和军饷经常都不能满足，人家都吃空饷呢，咱还要扩充人员，咱这样是不是有点儿不明智呀？

龙旅长说：打仗的队伍，兵是根本，手中无兵，你拿什么跟敌人打？不仅自己手里的人要多多益善，还要一个个兵强马壮。因此，趁这个机会，我们为什么不抓紧扩充力量，加强训练，提高战斗能力？我们的每个团都要有意磨炼出一个尖刀营，每个营要有一个尖刀连，咱们旅也要打造出一个尖刀团，或者一个加强团。想一想，有这样几把尖刀带在身上，打起仗来，咱还害怕什么样的狼呀，鬼呀！说到军饷，大家记住，多打胜仗，才能有肥肉吃！军饷的事情，你们不要操心，我来想办法。

接着参谋长宣布了关于加强建制强化训练的命令，并设置了一个检查队，专门到各团检查建制和训练的情况。

龙旅长最后强调，旅部还要组织营团级长官进行战术学习，针对近战夜战和恶战的特殊情况，要有目的地加强训练，各级都要培养和加强一支敢于肉搏的大刀队，大刀队要针对长短武器在短促突击时展开训练，要请武功高手给大家教一些绝招，一个好的刀手能起到十个兵士的作用，这是尖刀中的刀尖。这一点，咱们以前在打仗的时候都曾经尝到过甜头。要记住，只有平时多给自己准备几把锋利的刀子，在战场上才能抢占先机，在相持时才能以弱胜强，在不利时才能反败为胜！

三个团长领会了旅长的意图，返回后立即安排实施。

一天夜里，电话铃声突然响起，驻扎在十几里外的三团高团长向旅长紧急报告，处在东南方前沿的二营遭到不明敌人袭击，对方火力很硬，枪炮声有点儿像日本鬼子，他的队伍现正在组织抵抗和调动。

龙旅长当即命令他先稳住阵脚，立即组织反击，要火速调集加强营协助二营，弄清敌人意图和兵力情况立即报告。他挂断电话立即给二团和一团去了电话，让他们紧急待命，时刻准备战斗。他又给师长去了电话，汇报了情况。

师长毫不在意地说：根据我掌握的情况，你们旅所在地区根本不可能有日本军队，要么是小股的八路军骚扰，要么是皇协军虚张声势，让三团收拾一下就行了，不必大惊小怪。说完，就挂断了电话。

龙定海可不这样认为。他知道，队伍较长时间不打仗，思想都有些松懈，敌情观念差。虽然没有和鬼子交过手，但根据他掌握的情况，如果是日本军队，敢于长途奔袭，肯定是有备而来，他们作战行进速度很快，往往出其不意，加上装备好，战斗力是比较强的。这次要真是鬼子，一打就要拼个你死我活。即便不是鬼子，也要趁此机会把队伍练一练，是骡子是马，应该经常拉出来遛遛！许久不打仗的队伍遇到强敌，就是遇到好磨刀石了，看看敢不敢碰硬。想到这儿，他穿上马靴，拿上腰带就朝作战室走去，参谋长、副官长和几个参谋都到了。

龙旅长简单说了情况，指着三团的方位说：周围没有像样的队伍，距离咱们最近的八路军在七十里以外的胡留集，日本军队在一百里外的信阳，据报告，敌人的火力十分强大，我认为，这么强的火力只能是日本鬼子，现在要按照鬼子来了的情况来对待，大家的神经也要紧张起来！

龙旅长讲完问道：三团的情况还没有报过来？

参谋长还没来得及答话，一匹战马已经冲进了院子。来的正是三团的一个参谋，他跳下马跑进作战室，向龙旅长敬了一个礼，急促地说：报告旅长，三团参谋吉正其向你报告，日本鬼子最少一个步兵联队的兵力，正在向我团阵地发动全面攻击，我出发的时候，二营前沿的一个连已经被包围，联系中断。目前，二营已全面接战，加强营已扑上去支援，另两个营在集结待命。

正在这个时候，旅部分布在各方位的监视哨纷纷回来报告：东南方向，我军三团区域枪声大作，从枪炮声分析，像是日本的轻重机枪和榴弹炮。其他地区还未发现敌情。

参谋长指示：严密监视敌人增援情况，扩大搜索，注意战场周边的动静，无论大小情况，随时报告。

这时，一团二团的团长骑马赶了过来，炮营营长和特务营营长也先后进来。参谋长请大家坐下，大家见旅长紧盯着挂图，似乎在酝酿着下一步的行动，也都没有坐，垂手直立，等着旅长说话。

龙旅长转过身，眼睛盯着大家说：鬼子至少是一个联队，就是说，近乎四千人，我们的三团不过一千多人，何况，我们武器不能和鬼子比，三团现在处境十分危险，我们必须以最快的速度去增援三团！

龙旅长顿了一下继续说：现在的问题是，师座并不认为是鬼子的大队人马，没有命令增援。另一个问题是，鬼子的意图和战场情况尚不明朗，现在我们不宜贸然出战。但是，我们不能眼看着三团挨打。我命令：一团二团团长即刻赶回本部，做好一切战斗准备，随时等候命令。

两个团长立刻领命上马而去。

龙旅长又命令：特务营随参谋长即刻奔赴三团附近，摸清敌情，立即报告。炮营现在就向三团二营方向运动，注意隐蔽，不要暴露目标，听候命令。副官长，带领警卫营的加强连随我去师部，其余人立即准备战时指挥部。

当师长听说鬼子来了一个联队的兵力进攻三团的时候，惊讶得半天没有说话。他擦了擦头上的汗水嘟囔着：不可能呀，不可能！他们答应过的呀。

龙旅长焦急地说：师座，可能不可能，现在都打了半天了，我的队伍都已集结待命，你下命令吧！再晚，三团就要吃大亏了。

师长镇定了一下说：如果真是鬼子主动进攻咱们，那就不客气了，你们上去吧，情况随时报告！

龙旅长一个敬礼，转身就往外走，师长又叫住他说：你们上去，把他赶跑就行了，不要揪住不放。

龙旅长迟疑了一下说：是。转身就出了门。路上，他就让传令兵分头给一团二团和炮营传达命令，一团从右、二团从后进攻鬼子的中间和后面两个侧翼，炮营着重轰击鬼子还没有投入战斗的后备力量。各部随时根据战场情况变化调整战术，与旅部保持紧密联系。

龙旅长刚走到半路，参谋长派的人就来报告了：据活捉的一个民夫头儿称，这个鬼子联队是进山清剿八路军的，碰上三团二营的阵地，绕过去太远，想快速通过，没想到，打起来走不脱了，只好就地应战。现在，三团二营的部分阵地已经被鬼子占领了，于同庆副营长受重伤。敌我双方已经拉开架势打开了。龙旅长听了一扬鞭子，把马打得飞跑起来，只有副官长的快马能跟上他。

临时指挥部设在距离前线约两里路的地方。各团的战斗情况不断传来。龙旅长电话向师长汇报了情况。得知三团二营在撤离后重新构筑防线，顶住了几次敌人的疯狂进攻，已经收缩防线，开始有组织地反击了之后，他松了一口气，要通了三团团长的电话。

三团长高克树是个山东汉子，老家被日本人占领，母亲和弟弟遭遇炮火袭击不幸去世。他对鬼子充满仇恨，总想寻机会报这个不共戴天的仇恨。这次鬼子突然袭击二营，又让咬了一口，气得他脸色铁青，牙齿咬得咯咯直响。他先按旅长命令，派加强营上去，拼死把二营的那个被包围的六连解救出来，然后命令两个营迂回到地势较为有利的阵地上开始反击。他带着警卫排，在阵地上观看形势，寻找战机。

天渐渐亮了，一直紧逼的敌人和他们打了一阵儿，突然都退了回去，两个营长一看不好，赶紧命令人员离开阵地分头隐蔽，敌人的大小炮就像刮风一样朝阵地上打过来。

在一边隐蔽处观察的旅参谋长发现鬼子利用炮击的当儿，调换攻击的队伍，立即让参谋用电话将鬼子集中所在的准确位置通知炮营，参谋长报告龙旅长后，命令向敌人中心开炮！

炮声就是命令。完成布防，处在敌人正前方的三团，右侧的一团，后侧的二团一齐向鬼子扑了过去。三团高团长憋着一股劲指挥四个营，像四把尖刀向鬼子正侧面冲了过去，手榴弹打头，机枪步枪一起开火，很快就打乱了敌军的布防，与手忙脚乱的鬼子交缠在一起。二团兜鬼子屁股，向着鬼子辎重运输队、速射炮队、战地厨房和正在用餐的敌人围歼过去。一团就是外号“胆包天”的淡团长率领的团。淡团长被打瞎了一只眼睛，龙旅长想报请师长，让淡团长担任他的参谋长，但淡团长不同意，他还要自己带兵打仗。龙旅长没办法，只好给他配了一个得力的参谋长和两个专门帮他观察敌情的参谋。龙旅长把他们团安排到鬼子联队的腰上，淡团长就明白了旅长的意图。他把自己的三个大刀队分别放在加强营的前中后位置，告诉他们交火以后，一字儿长蛇猛打猛冲勇往直前，后面三个营紧随其后，向两边扩展，目的就是把敌人拦腰截断，使其首尾不能相顾，我们则边打边吃进。

在隆隆的炮火中，三个团各自为战，使出自己的绝招，鬼子固有的作战阵势被打乱了。不仅被分割成三四块，而且大小炮、轻重机枪都无法发挥作用，甚至步枪手枪也不敢放开使用。而我们大刀队却可以尽情发威了，甚至追着敌人砍，他们都无法开枪，害怕伤着自己人。除了三个步兵大队的鬼子可以拼刺刀之外，其他鬼子甚至没有招架之功。

然而鬼子到底还是规范建制，训练有素，慌乱中听到一声长号之后，人员立刻纷纷后撤，并迅速聚拢，企图排开阵势组织反击。各营长知道敌人要拉开距离，发挥他们武器的优势，当即命令兵士贴住他们，穿插进去，不给他们喘息的机会，对已聚拢的敌人，大量投掷手榴弹。一阵激战过后，鬼子明显地露出败势来。

龙旅长在观察战场形势之后，突然感觉后面包抄的二团方面枪声急剧猛烈起来，急忙电话询问已经突到前沿的参谋长。参谋长说，他也发现有问题，正在摸情况。不一会儿，他回电话说：据侦察员报告，从大路上来了七八辆鬼子汽车，好像是增援队伍来了，多少还不清楚。

龙旅长一听，心里暗暗着急，心想：两军人数相当，但装备相差悬殊，由于我们战术得当，现在打了个平手，相持下去，对自己将会很不利。本想教训他一下就撤出战斗，没想到，敌人竟然来了援兵，这样对以肉搏突击的方法与鬼子缠在一起的我军，是极为不利的。他想，现在请师长派兵，恐怕远水不解近渴，况且，师长本来就让赶跑就撤的，这个局面，他一定很有看法。想到这儿，龙旅长把几个重要助手叫到跟前说：命令警卫营和参谋长带的特务营，以最快速度开上去，顶住敌人援兵，命令炮营配合，封锁援兵通往二团的道路，各团见机行事，逐渐撤出战斗！

命令下去了，然而龙旅长心情沉重，这样一来，自己队伍的损失就可能很大。他给师长去电话，说明当前战场情况，师长说他正在交涉，让他再等一等。龙旅长现在最担心的，是一团淡团长他们的处境。

淡团长一团的拦腰突击战术实施得非常成功，鬼子完全没有料到这一招，一下子被打蒙了，首尾不能相顾，感觉前后左右都是敌人。以使用枪炮见长的鬼子，在突如其来的大刀敢死队和短促突击战术面前惊慌失措。即便是能拼刺刀的鬼子，面对大刀片子加武功，根本使不上套路，常常一个移步突刺上去，枪还没抽回来，脑袋就不见了。两个鬼子身子一靠，两把刺刀对一个大刀，眼瞪着刺刀向对方腹部刺过去，一眨眼工夫，刺刀却刺到自己对面的另一个同伙腰上，神出鬼没的大刀也飞到自己的肩膀上。但是，他们如果一旦拉开距离，一个排枪打过去，大刀队就倒下一片。各连营的官长都在不断地喊着：靠上去，插进去！后续队伍源源不断地冲上来和鬼子胶着在一起，刀起枪落，人仰马翻。

淡团长紧跟队伍，看到穿插成功，也意识到潜在的危险，他立即命令各营：中间穿插，围住就打。让队伍在把鬼子分割成两段之后，向左右突进，围一块儿吃一块儿，不要贪图太多。营长们心领神会，以多打少，以快制慢，刀枪并用，各个歼灭。鬼子抵挡不住纷纷败退，他们立即紧贴上去，再围再打。

就在这个时候，旅部下达的见机行事、逐渐后撤的命令到了。淡团长理解命令的意思，通知各营长以哨声示明：长虫蜕皮法！尽管杀得正带劲儿的兵士们听到后撤的哨声有点儿不理解，仍然按连长们的命令：移步后退抛出手榴弹，疾步后撤一段再抛手榴弹，前退后掩护，步步设防分散撤出。开始，鬼子一看，刚才还压着他们打的队伍突然后撤很不理解，害怕又是什么新花样，直到指挥官一阵狂喊，轻重机枪才开火了。炮连和后撤的各连机枪虽然也在掩护，但火力压不住敌人，后撤的队伍被压在地上动弹不得。这个时候鬼子如果再用炮火攻击，加上步兵冲锋，形势将非常危急！

就在我方战场形势遭遇危机的时候，突然枪声喊声大作，有几支队伍从鬼子左前方冲了过来，连长营长都高兴地喊道：好呀，咱们的援军到了！弟兄们打反击呀！卧倒在地上的兵士们起来又冲了回来。鬼子的阵势又乱了，重机枪也不叫了，三支队伍混战在一起。

一直观察的两个参谋仔细一看说：不对呀，这衣服咋是灰蓝色，不是我们这个土黄色呀？淡团长突然明白过来：这是八路军来了！

八路军一队接一队，漫山遍野，杀声震天，个个勇猛无比，一下子冲到鬼子中间，枪击刀挑，两三个对一个。三个团的兵士们士气大振，把鬼子打得屁滚尿流，鬼哭狼嚎，全线败退。这支半途而废的鬼子进剿联队，在被堵在外面的鬼子榴弹炮的掩护下，连滚带爬地逃了回去。

事后，龙旅长派参谋长专程到八路军的驻地拜访了部队领导，对八路军主动协助打退日本鬼子进犯的举动深表感谢，希望今后两军之间多加合作。八路军陈司令说：我们是友军嘛，你们坚决打鬼子的精神很让我们敬佩！现在，消灭日本侵略者是中华民族的大事，是每个中国人责无旁贷的重任，今后我们两军可以相互支持，相互协作，共同为消灭日本鬼子尽心尽力，请代问你们龙旅长好！有时间请他来做客。

参谋长表示，一定把陈司令的好意带给龙旅长。

后来，陈司令一行专程过来看望了龙旅长，两方在一起议定了互不进犯驻地，互不制造摩擦，互相提供方便，共同对付日本鬼子，有事相互打招呼的几项条款。后来他们在相处的很长时间里，也确实做到了这几点。

这次战斗结束之后，由于打死鬼子五百二十多人，缴获鬼子各种武器装备六百多件，自己阵亡三百六十多人，武器装备无大损失的战绩，熊震师长在酒会上对龙旅长大加赞赏，称他遭遇突然袭击，临阵不乱，指挥调度有方，为新一师打出了威风，并当场向龙旅长奖励一万大洋。

几个月后，熊师长在一次只有几位旅长参加的家庭便宴上，两瓶拐子老窖酒喝干之后，师长带着酒劲儿说道：各位跟我情同手足，咱一家人不说两家话，虽说老蒋不待见咱们，可凭着咱们手里的枪杆子，凭着各位的文韬武略用兵才能，在这一带咱们独立为王。日本人不敢惹咱们，八路军也奈何我们不得。可是，把我们改编来改编去的，名头换来换去，军饷枪弹补给却有一时无一时的，眼看着别人吃肉，咱只能吃点儿残汤剩羹，背后没有靠山，咱心里不踏实呀！大家说，是不是？

大家附和着说：是呀，是呀。

师长又说：你们在下面带兵打仗，出生入死，我心里疼呀，没有枪弹补给，没有军饷发下去，时间长了，你们作难不说，军心也不稳哪！说着竟然落下泪来。

大家见师长动了情，都很感动，纷纷举杯说：师座体贴我们，我们一定竭尽全力为师座卖命，你怎么说，我们怎么干！

师长见大家这样说，也摆出誓同生死的老大哥样子，举起杯来一饮而尽说：为了咱们出生入死的弟兄，我一定给大家找一条好出路！大家也都干了自己的酒杯。

过了几天，熊师长单独约见龙旅长，在一起推心置腹谈得很晚，最后才说：有个事情我对谁都没说，今天，想听听你的意见。

龙旅长说：师座，有话请说。

这时师长的五姨太推门进来，满面笑容地给二人茶碗里续上水，轻声问师长：宜方，都这么晚了，龙旅长可能都饿了，我让人给你们准备些消夜吧？

师长向她摆摆手说：好，好，把门关起来，不要打扰。看着她出门才继续说：由于这个事情关系重大，我头一个先跟你商量。

看着师长说话藏头露尾的样子，龙定海旅长感觉到此次谈话内容非同小可，一定是和队伍的前途有关。他一面装作认真的样子，一面在脑子里急速地分析判断：要开拔？打大仗？人事变动？与自己有关？

师长点着了一根雪茄吸了一口，看着龙旅长慢慢地说：定海，咱们在一起有七八年了吧，你的队伍是咱们师里实力和战斗力最强的，从团长到旅长，也是我一手把你提上来的，我看中你是个难得的人才，也看中你的义气和忠心。之所以要和你商量一个关乎咱们队伍命运的大事，也因为你是我最信赖的人。

龙旅长点点头没有说话，可他的心里似乎有一些沉重的预感。

师长说：最近，平常不管我们的第一战区长官命令我们开到豫北一线，迎战从豫东过来的一支日本军队。日本人，上次你的队伍跟他们也交过手了，装备精良，作战能力强，让我们顶上去等于去送死，我才不会干这种傻事！八路军方面两次找我，要我以民族大义为重，和他们一起打鬼子。我知道他们的心思，是想一步一步收编我们，这当然是做梦娶媳妇，尽想好事。现在，还有一个方面的开出条件，就是接受整编，给枪给钱，维持一方治安。

熊震师长说完，拿起面巾轻轻地擦了擦嘴角，瞟了龙定海一眼。

龙旅长听着就明白师长的意思了，凭印象搜索了一遍几个有实力的大头目，感觉他们都还不具备把熊宜方纳入自己麾下的能力。他不解地问：就不知道这个给枪给钱的主儿，是个什么样的背景？

熊震见龙定海问到了要害，沉吟了半天才说：这是南京方面的。

龙定海还是没搞明白：老蒋不是跑到重庆去了，南京还有谁呀？

熊震笑着说：南京又成立了新政府了，你还不知道？

龙定海恍然大悟：噢，师座说的是汪精卫呀！这不是要跟日本人合作了吗？

熊震说：跟日本人合作，那是汪精卫的事情，咱们管不了，我们只是隶属于他管辖。这样，我们既不跟日本人对抗，也不同老蒋冲突，唯一的敌人就是共产党的八路军和新四军。

龙旅长听了，半天没有吭气，他从师长说话的口气中，能听出来他的选择倾向了。他浑身燥热，心潮起伏，反复在斟酌着词句，考虑怎样来表明自己的意见。他喝了一口茶，慢慢说：师座，你向来都是观大局、处大事的人，定海一直是把你当作父辈来尊重的，对你做出的决定，我从不含糊，坚定不移地执行。然而，这一次，为了军饷和装备，竟要与日本人化敌为友，甚至为他们做事，我怎么想，这事都做不得！日本人正在强占我土地，屠杀我人民，是我们不共戴天的仇人！怎么能和他们合作？这是做汉奸呀！这是千人唾万人骂的事情！师座肯定是让人给迷惑了，这条路可千万走不得！

熊震被龙定海说得脸上红白不定，半晌说不出话来，端起茶杯把茶水都泼在了腿上。他镇定了一下，忍住气轻声说道：定海，你误会我的意思了，这只是个权宜之计，我们并不是要当汉奸，我只想让我们这个队伍能存活下去。这一万多人，每天要吃要喝，冬夏要换装，消耗要补给，月月要关饷，我得四处去筹措呀！咱不是老蒋的嫡系，打仗把你推到最前面，给钱补给把你排在最后面，别人吃肉咱喝汤不说，时时刻刻还有把你缩编和去掉番号的可能。兄弟，你不在我的位子上，你管上这一摊儿就知道，我这个师长有多难了。

龙旅长能理解师长的难处，但还是不能接受被南京方面整编的思路，他没有说话，他在思考。熊震见他不吭气，认为自己一番道理打动了定海，就接着说：一下子改换门庭，放在谁，都马上接受不了。定海，你放心，这一切都由我出面，挨骂受气背坏名由我一个人撑着。我想，这一步棋是个险招儿，但对咱们队伍来说，是个好事，不管谁是爹娘，咱先吃饱养壮了再说！我认为这事儿天塌不下来，万一就是天塌下来，有我顶着，没有你们的责任！

定海还是没说话，他非常痛苦，对于这个多年尊敬的老上司一番说道，他不能反驳，但也不能依从，因为军人的服从和从心里的尊重，使他不能这样做。然而，在这个大是大非面前，他绝不可能违背良心去和自己民族的敌人同流合污。小时候，父亲给自己兄弟三个讲岳飞，讲文天祥，讲郑成功，讲义和团，在讲到外族入侵造成的国破家亡、百姓苦难时慷慨激昂，义愤填膺，而对英雄的崇敬，对卖国贼的鄙视的神情，他至今还历历在目。因此，他绝不能赞同师长的做法，他宁可为了自己的民族去同侵略者作殊死的战斗，甚至捐躯疆场，也绝不会为了一点儿军饷而出卖祖国，为虎作伥！想到这里，他心里豁然开朗，准备理直气壮地劝一下师长。

熊震以为定海想通了，他用手制止了要说话的龙旅长，靠近他一步，推心置腹地说：我都安排好了，整编以后，把你报请提为副师长兼旅长，作战训练的事情由你来安排，我主要在上面活动，要钱要装备，把咱们师武装成一流的正规的国家队伍。到那个时候，我们就不受谁的窝囊气了。熊震说得手舞足蹈，踌躇满志，似乎那边答应的那个金灿灿的中将军衔已经挂在脖子两边了。

就在熊震师长准备给龙旅长进一步说明整编的方案时，龙定海站了起来，他略带歉意地对熊震师长说：师座，我明白你的意思。看来，整编方案已经木已成舟了。不过，作为你的一个下属，作为一个受过你大恩大德的人，我还想劝一下师座，任何出卖国家利益、与人民为敌的人，都没有好下场！师座千万不能干这种上对不起祖宗，下愧对后代，遭万世唾骂的事情！请师座三思而行。

他向师长敬了一个礼，拿起手套说：天晚了，我回去了。转身准备出门。只听见身后师长冷冷地说：就不回去了吧，来人，带龙旅长去休息！

四个马弁进来站在龙旅长两边，一个恭敬地说：龙旅长，请！

龙定海知道，自己被软禁了。

龙定海旅的参谋长半夜从旅长警卫连长偷派回来的人报告中得知，龙旅长被师长留下，他的枪被收走了。参谋长并不知道队伍要被整编的事情，但人被留下，枪被收走，肯定说明龙旅长与师长之间发生了大事情。他不敢怠慢，立即通知三位团长、三位营长前来商量。他们刚坐定，师参谋长带着一个营的队伍赶到旅部。师参谋长招呼大家坐下，宣布说：正好大家都在，我说明一下，龙旅长要陪同师座去会见政府大员，这几天可能暂时回不来，本旅的事情暂时由兄弟我代管，希望各位同人支持！明天一早，咱们这里见面，现在请大家回去休息吧。

龙旅长被软禁的第二天，一团淡团长深夜潜入龙旅长的房间。两人见面后没有寒暄，淡团长直接问道：为什么事情？

龙旅长说：要把我们整编，准备当汉奸二鬼子，我坚决不同意。

淡团长问：怎么打算？现在要不要出去？

龙旅长说：现在不能出去，明天晚上这个时候带一个连来，控制并说服师长让他收回成命！

淡团长说：知道了。转身从窗户出去，消失在黑夜中。

淡团长走后不久，房门开了，灯也亮了，熊师长的五姨太走了进来。看着一身睡衣的龙旅长，她大大方方地坐下来说：不好意思，打扰龙旅长休息了，宜方让我来劝劝你。她回头对护卫的两个卫士说：你们出去吧，我单独同龙旅长谈谈。

今天白天，熊师长同龙旅长又谈了两次，他们各执己见，谁也没有说服谁，定海连师长摆下的家宴都没有吃，转身回到自己的房子。他没想到，师座能把自己的五姨太派来当说客，而且是三更半夜的时候。

五姨太倒是很随便，她说：龙旅长呀，你是个英雄式的人物，可就是太死板，不灵活。师长是好意，给你们找一个又有钱又稳妥的靠山，咋就不开窍呢？

龙旅长从她进门就很反感，心想，师长也不能如此下作，用自己太太施美人计来征服我。他看错人了，我龙定海岂是一个女人所能收买得了的。听着五姨太说话，他一言不发。

五姨太又坐近了一点儿问：龙旅长真要坚定不移打鬼子？

龙旅长看着她依然不出声。

五姨太声音亲切地问：龙旅长，我知道你对我有看法。你大概还不知道，几年前，我还是北平燕京大学的学生。我还在街上游行演讲，抵制焚烧日货，高喊口号打倒日本帝国主义呢！你以为我愿意你们整编成皇协军，帮着日本人打中国人？我也劝过他多次，他真是吃了秤砣铁了心，九头牛也拉不回来。

龙旅长冷冷地问：那你来是什么意思？

五姨太轻声说：你们俩晚上的谈话，我都听见了。我对你言谈中表现出的一个铮铮铁骨的中国人气概深表钦佩。中国要都是熊震那样的软骨头就完了。今晚我冒险来，是要告诉你一个消息。

龙旅长问：什么消息？

五姨太压低声音说：明天一早，他们要把你转移到信阳去，你可早做思想准备。

龙旅长一愣，这个消息是他没有想到的。他一直认为，五姨太是师长派来当说客的，也兼有试探他的意思。现在她突然说出这个消息，真还弄不清这个五姨太是人是鬼了。定海决定冒一下险。他凑近五姨太说：能不能帮我一个忙？

五姨太问：帮什么忙？

定海轻轻说：帮我给一个朋友送个字条。一定要找个可靠机灵的人去。

五姨太说：这你放心，不会误你的事儿。

定海在一张小纸上写了四个字：突变速动

五姨太没有看，仔细把纸叠好，缠夹在一个发卡上问：到哪里，交给谁？

定海看着她的眼睛，一字一句地说：我的旅，一团，团长。现在快去！

聪明的五姨太站起来大声说：龙旅长，你好好考虑考虑。师长的话，你一定要听。常言说得好：识时务者为俊杰。不要辜负了师长的一片好心。说完就走了出去。

龙旅长熄了灯，在黑暗中焦急地等待着，祸福随时可能降临。一个时辰过去，五更时分，他凭借感觉，知道有一群人的脚步声从远而近，他急忙穿好衣服皮靴，靠着窗户边在谛听。时间不长窗户轻轻被推开了，一个人跳了进来，从身形看就是淡团长。定海叫了一声：世雄。

淡团长马上转过来对龙定海说：旅长，你的手令来得很及时。我现在带了一个加强营过来，参谋长带三个连看住师长的警卫营。加强连我带进来，已经命令一个排长带人去把师长请过来，其余的在外围警戒。现在请你到师长客厅，下面的戏，你来唱吧。

龙定海走进客厅，师长坐在他平时固定的长桌上首，背后站着一个排自己旅的部下。往常部下见到他，都会一齐立正，今天一个个无动于衷且神色严峻。因为在这种特殊气氛中，要跟师长对话，他来不及探究他们的反常，命令道：你们都先出去吧！结果没有一个人行动。

龙定海有些恼怒地训斥道：我命令你们出去，为什么站在这里不动？

士兵里一个答道：龙旅长，我们在这里要保卫熊师长的安全！

士兵里叽叽喳喳说起来：熊师长为了我们有吃有穿有新式装备要整编，你为什么不同意？

你们当官的每天有吃有喝，我们现在连杂粮都吃不饱了。

整编以后我们可以进大城市吃香的喝辣的，总比在这山沟里强！

师长是好人哪，你的旅长还是师长提上来的，可不能忘恩负义呀！

我们要整编，我们愿意跟着师长走！

听到里头乱糟糟的说话声，淡团长不知发生了什么事，急忙跑了进来，士兵们看见自己的顶头上司进来，都不作声了。

龙旅长本想利用这个较为强硬的形式迫使师长收回成命，接受第一战区的命令，迎战东来的日本鬼子。没想到前去看管迎接师长的自己的部下，就在这短短的一会儿时间，接受了师长的蛊惑说教，公开站到自己的反面。龙定海立即意识到这个问题的严重性，如果应对处理得不好，很快会在整个队伍中引起连锁反应。

他待大家平静下来，先对师长说：师座，打扰你了，不得已采取这个形式，目的还是想和你好好谈谈。

师长冷着脸一言不发。

龙定海抬起身，恢复了以往的神态，镇定地看了大家一眼，然后说：既然大家要保护师长的安全，既然大家对我龙定海不愿意接受整编有意见，那么好，今天咱们当面锣对面鼓，把这个事情说清楚。我的两把枪都让师长收走了，你们个个手里都有枪。如果你们感觉我说得不对，不在理，你们可以开枪当场打死我！如果我说得有道理，你们再退出去，我和师长单独再谈咱们队伍的前途问题。

淡团长手里紧握着手枪，紧张地注视着这一排人的动静。

龙旅长缓缓地说：近一年来，我们队伍始终在河南湖北一带转悠。由于不能得到正常补给，大家生活很差，经常吃粗粮，有时候，还不能管饱。一两个月才能见一次肉。上次我们跟鬼子干了一仗，才给大家发了一点儿鬼子的罐头和香烟。作为旅长，我感觉很对不住大家。

龙旅长顿了一下，继续说：不过，条件再艰苦，我们仍然是国家的军队，保卫国家保卫民众，是我们军人的职责。现在，日本人已经占领了我们一半的国土，而且继续在向前推进，一路杀人放火，实行烧光、杀光、抢光的三光政策。而我们游荡在这大山里头，就是为了躲避与日本军队的正面冲突！老百姓问我们：养兵千日，用兵一时，我们养你们是干什么用的？我无言以对。

龙旅长有些激动，他平静了一下接着说：大家希望整编，希望过上像中央军一样的生活，这是没错的。然而，是谁来整编我们？不是中央军，而是南京的汪精卫！经过他整编以后，我们就变成了跟着鬼子一起杀人放火，欺负老百姓的二鬼子、皇协军了。

下面骚动起来，不少人窃窃私语。淡团长喊道：不要讲话，听旅长说！

龙旅长停了一下说：我们都看过戏，有人还看过或听过书，自古到今，奸臣和汉奸是最可恨的，他们帮着敌人侵害国家，祸害民众，能起到敌人起不到的坏作用！人们提起他们，恨不得吃他们的肉，剥他们的皮，要知道，一人当汉奸，全家都抬不起头啊，为什么？汉奸是我们中间出现的劣种败类，是可耻的东西，是死了以后不能见祖宗的东西！大家说，我们能去当汉奸，当走狗，当卖国贼吗？

下面不少人喊着：坚决不当汉奸！当汉奸就是当走狗，就是卖国贼！

看到大家的反应，龙旅长也很激动，他接着说：咱们师长可能是受了坏人的蒙骗，急于给大家找一条改善处境的路子，想带着大家接受整编，然而，却忘记了，这是饮鸩止渴的自我毁灭行为。我是坚决反对整编的，我们绝不能跟杀我同胞，侵占我国土的日本鬼子同流合污。更不能穿上他们的衣服，拿上他们的武器去糟践自己的父老乡亲！

龙旅长说到这儿，义正词严地说：我愿意接受第一战区的命令，开上前线打日本鬼子，直到把日本鬼子赶出中国去！我的话完了，如果你们有人还要整编，那么就请向我开枪吧，我死而无悔！

一排的兵士羞愧地低下了头。

坐在长桌顶端的熊震师长看到刚才被他已经劝化准备反正的兵士又被龙定海说得倒戈过来，认为大势已去。他偷偷从裤子口袋里掏出手枪，悄悄把子弹推上膛，就在他猛地从桌下把枪准备拿起来的时候，站在他后面的几个兵士发现了，其中一个连忙用步枪横过来卡在熊师长的脖子上，熊师长猛一扣扳机，子弹打到地板又弹起来，把一块儿写着“护国保民”镜框的玻璃打碎了。由于大家都注意突然的枪响和子弹的动向，卡着师长脖子的那个兵士一直紧卡不松，待大家回过神来再看师长的时候，熊师长口边已经流出鲜血，气绝身亡。

龙旅长一面命令人盛殓熊师长，一面命令自己的参谋长让队伍向师部集结，处于紧急状态。然后请师参谋长、另两个旅长和炮团、骑兵团、工兵团、警卫团等团长一起前来议事。五姨太也参加了会议。

会议由师参谋长主持，他简单说了一下情况。

龙旅长首先为熊师长的死主动承担责任，接着，他陈述了熊师长要接受南京政府整编，将队伍归属为协助日本鬼子在中国进行统治的皇协军的情况。这一点，五姨太不仅予以确认，而且还出具了不少来往的书信和熊师长的日记。龙旅长公开表明态度，他坚决反对南京政府对队伍整编，并明确提出愿意率领自己的队伍上前线打鬼子。

师参谋长是熊师长的心腹，整编这个事情最早就是由他引进的。熊师长一死，他先是一惊，后是一喜。他认为这支队伍现在可以由他来操控了。他认定龙定海是做成这件事情的最大障碍，利用其他人尚不明确内幕的机会，先把他除掉，并借此树立自己威望。因此，在龙旅长讲完之后，他不等别人说话，急不可耐地说：整编不整编，是上峰考虑决定的事情，作为军人，天职就是服从！龙旅长非但不支持师座的决策，反而鼓动兵士闹事，趁机杀死师长，这是哗变！这样的人还能留在队伍里头，来人哪，先把龙定海绑起来！

会议室里里外外担任警卫的都是淡团长的人，淡团长不说话，没有人会听师参谋长的。这时，五姨太站起来说：参谋长，处理事情要看前因后果，整编队伍的结果明摆是要归降日本人，这是稍有良知的人都所不齿的。龙旅长据理力争，避免陷我军于不义，你不表彰也就是了，怎么能给他扣上哗变的帽子？哗变是什么？哗变就是队伍众人的叛变，现在的队伍变了吗？大家都在这儿，还没有说上三句话，你就绑人，还分不分青红皂白？

师参谋长讥讽地说：我说五姨太，你丈夫让人打死了，你不找仇人算账，怎么还替仇人说话呀？你和龙旅长两个到底是怎么回事儿呀！

五姨太不甘示弱，反唇相讥道：我是个女流之辈，尚知道礼义廉耻，不给日本人当走狗，而你一个大男人，却整天和日本人勾勾搭搭，这次整编就是你反复撺掇师长跟日本人接触的！日本人不是给你已经许了一个副师长了嘛！

听了两个人的对话，另外两个旅长坐不住了，蔡旅长说：参谋长，我现在还没弄清楚其中的是非曲直，不过，这整编本来就是正邪两重天的事儿，我们不听你们之间的狗扯羊皮。现在商量大事要紧！

马旅长说：就是，师长不在了，我们现在要决定接受哪里指挥的问题，不要动不动就抓人。抓人是军法处的事情，一个旅长，不是你说抓就抓的。

两个旅长的话，把师参谋长给镇住了，他尴尬地笑笑说：是啊，是啊，现在我们商量，我们到底是跟重庆方面联系，还是跟南京方面联系。现在的问题是，重庆方面只让我们上前线，不给军饷不给装备，我们是巧媳妇难为无米之炊呀！南京方面答应，先给大洋十万，补充军需装备，就地待命，等候收编。大家看，我们怎么办？

下面立刻叽叽喳喳议论起来。

就在大家莫衷一是的时候，机要员一声报告送进来一份电报，她看了一下会场，直接把电报送给了五姨太。五姨太接过电报，高兴地站起来念道：

新一师：你部今晨发生的情况已知。以龙定海旅长为首的有国家责任感的军人们，在大是大非面前，不惧暴力，敢于抗争，捍卫了国家和民族的利益，特给予赞扬。

命令：

新一师师长暂由龙定海代理。

第一战区司令长官　卫立煌

附：战区特派员今天到达新一师。

第二十四章

日本鬼子飞机的轰炸还在继续，甚至在去年还把位于西安市中心的钟楼和鼓楼都炸毁了一部分。自从当局组织的多个火炮群进行有效的反击以后，鬼子飞机才不敢像刚开始两年那样肆无忌惮，超低空轰炸了。它们在即将飞临西安上空的时候，很注意掌握高度，十分谨慎地搜寻目标。看见地面的高射炮打上来，慌忙躲避，仓皇中丢下肚子里的炸弹就逃窜了。尽管这样，炸弹有时候还是能落到城里头，但相比较以前是少了一些。

老掌柜龙定山每天早晨都要坐着车过来，问候大掌柜的病情，了解他服药吃饭和睡觉的情况，给罗婶交代一些事情，然后再到铺子里去。他已经把大魁从瓷器店调出来，让他临时替代大掌柜经管这一摊儿。定山先叫大魁在城里找门面，准备让服装铺子尽快开门。等到中山大街上的一个两间开的门面订好协约，他突然有了一个新的想法。当即把大魁、靳铁锁叫到钟楼根儿下的瓷器店，给包括兰馨和罗浩明在内的人宣布道：瓷器店搬到中山大街与尚仁路口新租赁的铺子，现在这个地方要把服装铺搬进来。

对于老掌柜的这个决定，大家都觉得很突然，但谁也没有说话。只有兰馨一听，立马叫好，她说：这样调换一下，是个绝好的主意，服装生意是咱们铺子的立业之本，也是进润大户，把最好的位置让给它，理所应当。更何况，隆丰福就是从这里起家的！

兰馨这样一说，其他人一片随声附和。三天的工夫，两边的铺子经过同时修整，红红火火地都开业了。

大掌柜自牛玉莲去世之后一病不起，七十多岁的他尽管耳聪目明，头脑清楚，然而，体质和精神状态每况愈下，饭量越来越少，人越来越瘦，见人来时也没有以前那样和颜悦色、谈笑自如的神情了。几个老朋友轮换着来看他，陪他说话，鼓励他早日康复，他只是摇着头勉强笑笑。有天，宋先生给大掌柜买了两个热腾腾的糯软香甜的八宝镜糕，搁在手里边走边喊：快，快，快，老哥，你看兄弟给你送啥来咧？

大掌柜扭过头来一看，哑然失笑道：哄娃来了！

宋先生坏笑着说：可不，有个人就跟个碎娃儿一样，不好好吃饭，那就拿这拌个零嘴儿，不饱肚子听个叭叭声。给，快趁热吃！

大掌柜笑着不动。

宋先生又问：你吃不吃？

大掌柜说：我不吃。

宋先生说：你不吃？你不吃，我给你学个你不吃的样子，看你像他不像他。刚才我走到巷子口，一个年轻媳妇坐在门口正在给娃喂奶，碎娃贪耍不肯吃奶。他爷在一边指着奶头给娃说，快吃，快吃，你不吃，你不吃，我就吃了！一句话把个大掌柜说得忍不住笑了起来。

大掌柜笑过感慨地说：老宋，在药铺，你是拿树皮草根给人治病呢；到屋里，你是拿笑话给人治病呢。你一来，我的病就好了一半了。他装作异常喜欢的样子，把那两个小镜糕很勉强地咽了下去。

罗婶以为大掌柜真的爱吃镜糕，第二天就叫人又给买了两个，结果放在那儿，大掌柜看都不看。

又一天，大掌柜的两个朋友老吕和老舒来看他。知道大掌柜一直不想吃饭，两个人把一包回坊上很有名气的腊羊肉放到小炕桌上，这个腊羊肉不仅做得绵软稀烂，而且异香扑鼻，两人让了一下大掌柜，大掌柜闭着眼睛摇摇头说，不吃，他俩也不客气，一口肉一口酒，嘴巴叭叭作响。看着他俩吃得这么上口，大掌柜禁不住问道：就是个腊羊肉嘛，谁没吃过，就把你俩咋香成那样？

老舒说：辇止坡老童家的嘛，连西太后到西安闻见这味儿，把龙车凤辇都停在半坡上，非要尝一下不可，咋能不香！

老吕说：西太后啥没吃过，能叫西太后说好，肯定是香得不得了。不信，你尝一块儿。说着，给大掌柜夹了一块儿放到嘴里。

大掌柜一口吃下意犹未尽，老舒又给他嘴里放了一块儿，待到老吕再放第三块时，罗婶上前挡住说：不敢，不敢，他只能吃些稀的，这羊肉不好克化。

大掌柜说：叫我再吃一口。又把一块儿腊羊肉吃了下去。

下午吃饭的时候，大掌柜破例又喝了一小碗小米米汤，罗婶担心的大掌柜半夜肚子疼也没有发生。

定山知道了这个秘密，每天都派一个和大掌柜比较熟悉亲近的人，轮换着买一种不重样的易消化的小吃给大掌柜送去，想好词儿逗他高兴，劝他多吃点儿东西。大掌柜拗不过众人的面子，也明白大家盼他康复的心意，开始强迫自己吃饭，随着饮食增加，心情好转，身体慢慢好起来，这其中自然还少不了李鸿达的功劳。

李鸿达这个十二岁了，还经常在母亲怀里撒娇的孩子，随着母亲起灵时，自己猛地摔下老盆的那一刻，似乎才明白自己已经永远地失去母亲了。埋完母亲的当晚，一直要由母亲陪着才能睡觉的他，破例钻进父亲的被窝。

大掌柜在牛玉莲死后心灰意冷，一辈子唯一的一个自己忘年交的心爱妻子突然撒手而去，白发人送黑发人，他从心理上无论如何是无法接受的。妻子的开朗、贤惠、善解人意和对自己的一往情深，使他更加刻骨地思念，也无穷地自责，以至于在朦胧中频繁地相会，使他整天处于极度的激愤悲痛和虚无缥缈之中。清醒的时候，他对别人的劝说充耳不闻，有了一点儿希望自己早点儿下世，早点儿见到牛玉莲的神往。聪慧的儿子能看出父亲的痛苦，但他还不会劝说父亲，只能拿自己光光的身子紧贴着父亲，期盼着能减轻父亲的痛苦。每当这个时候，大掌柜似乎才清醒，万一自己走了，这个可怜的孩子，该怎么办呢？

一天，大掌柜在儿子上学时无意中忘带的一个国文写作本子里看到一篇文章，题目是：《痛苦》

人人都经历过痛苦，但痛苦的程度是不同的。有谁能比我承受如此之大的痛苦？我的母亲永远离我而去了。

母亲视我如掌上明珠，每天只要第一眼看到我，总是要首先抱住我，亲我几口。接下来总是千篇一律地问我：想吃什么？想要什么？

先生打手了没有？饿了渴了早点儿说！那个时候，我总是很不耐烦，把这看作是老一套。现在，母亲去世了，没有人来亲我了，也很少有人来问我这些了，即便有人问，也是很客气的，丝毫没有爱的气息。我终于明白了，母亲原来对我的，那是真正的母爱，是世界上最伟大的爱！

失去母爱，是人生最大的痛苦。没有母爱的孩子，是最可怜的孩子！然而，我的痛苦还没有终结。

现在，我又面临着另一个更大的痛苦。我的父亲在母亲去世后卧病在床，不思饮食，郁郁寡欢。父亲是我心中的大树，是一座高不可攀的大山。尽管他没有像母亲那样对我事事关心，问长问短，但我能感觉到他对我处处关爱的目光，时时呵护的身影。我知道，他是比母亲更为关心我的成长、我的学业和我的前途的人，也是对我寄托着更大期望的人。如果说，母爱是纯洁的，那么，父爱就是深沉厚重的，它是呵护我的另一只翅膀。

然而，我隐隐地感到，父亲正要慢慢离我而去。

我已经失掉了月亮，我还要失掉太阳吗？

我的痛苦向谁诉说？

先生的批语是：少年的苦难也许是一笔财富。好孩子，怀抱月亮，朝着太阳开始自己灿烂的人生吧！

大掌柜看着儿子这篇无声的呐喊，无泪的痛哭，自己老泪纵横，饮泣不止。他一直认为，儿子还是个对人生事理懵懂不开的小孩子呢，没想到，他已经在默默中承受着那么大的痛苦，头脑里已经思考了那么多的问题。尤其是儿子文章最后的那句：我已经失掉了月亮，我还要失掉太阳吗？这句天问式的呼喊，他认为，儿子是喊给他这个当父亲的！自己要是再这样消沉下去，儿子真是要失去太阳了！为了儿子，我也要顽强地活下去！

他开始努力地吃饭，有意识地多吃一点儿，可是，肠胃毕竟不是精神所能完全作用的，一大碗苞谷糁带半个馒头吃下去不久，又翻肠倒肚地吐出来。罗婶只好劝他吃少一点儿，吃勤一点儿，慢慢增加。过了几天，大掌柜吃饭就好得多了，已经能够在院子里走动走动了。

一天，定山过来看他，看见他气色比以前好了，头脸也收拾得整洁光鲜，高兴地说：大掌柜再养一段时间，就可以到钟楼根儿铺子里来了。

大掌柜听了，把定山请进客厅坐下，一杯茶喝过，他恳切地对老掌柜说：定山，你今天说了这个话，我想就这个话，跟你说几句心里话。我今年七十三了，其实，前几年我就感到力不从心，每天就是坐在楼上不动，一天扛下来也是筋疲力尽，年岁不饶人哪！自牛玉莲一死，我身上的毛病都出来了，腰腿不好，肠胃不好，咳嗽吐痰，有时还头晕目眩，整夜都睡不着觉。铺子尽管对我照顾得很好，接送有车，跑腿有人，茶饭单做，随时可以睡一会儿，但精神一直处在紧张状态。说来也怪，在铺子喝茶看报回来都觉着累；可在家栽花弄草，整理旧书，常常累得满头大汗，稍微一歇，就缓过来了。这就是在外和在家的区别。现在，我知道，无论从体力还是精力，包括智力，明显跟年轻人不能比了。另外，还要给年轻人让路呢！我的意思就是，铺子我就不去了，接下来几年，叫我好好歇上几年，把鸿达教育好，这一辈子，也算对得起玉莲和我自己了。

定山听了半天没有作声。他也看出，大掌柜这两年体力精力明显地不如以前了，没事儿的时候，他常常打盹儿，甚至在和客人谈生意停顿片刻的时候，他也不知不觉地就睡过去了。让人感觉，他的确太疲劳了，定山常常不忍心让大掌柜出去干什么事情，只让他遇到事情时动动嘴，出出主意。然而，大掌柜可不是那种只会指手画脚的人。安排了事情，他必须亲自去盯着，没弄完，不弄好，他一定不会离开。他把事情从一开始就考虑得很细，每个步骤都安排好，谁有什么能耐，适合干什么，他都了如指掌。因此，几个铺子不管大小事情只要确定了的，定山就不操心了，结果肯定比预想得要好。

定山回想起大掌柜刚到铺子的时候，一间门面，他带着两个伙计，站在铺柜里头。大掌柜一看，说这不行，人站在里头是等客呢，站在外头是叫客呢，买卖是喊着叫着请进来的，不是等进来的。大掌柜每天无论风吹日晒都坚持站在门口，主动招揽买主。他为人谦和，看客人身份先答上话茬，再谈天说地联络感情。不想买的，让他热情介绍得不好意思，也挑着买一点儿，想买货的买了一件甚至还要再捎上一件才走，实在不买的交个朋友，下回来就是买主。由于大掌柜热情好客，说话得体，加上货真价实，讲究信誉，隆丰福铺子的人慢慢多起来，生意越做越好。铺子几乎一两年一扩大，六七年工夫就变成当时西安唯一的五间门面的大商铺。后来，隆丰福多灾多难，每次都是大掌柜帮着自己趋利避害，逢凶化吉，在动荡的年代把隆丰福的大旗搁到现在。在这个过程中，大掌柜的两个妻子都为铺子付出了生命。然而，大掌柜并没有额外向自己要求过什么，除了给他买的一院两进两出房子之外，大掌柜每月一百五十个银洋再没有增加过，年底也只有一千左右银洋的分红。不过，凡是隆丰福铺子出大事遭大灾的当年，大掌柜是一定不领分红的，定山派人送到家几次，大掌柜退回来几次。仔细算下来，大掌柜实际拿分红的次数没有多少回。定山只好用一些其他方式去弥补。

铺子里头每年都在招人，大掌柜乡下的儿子、孙子有的都是符合条件的，听说孩子们多次找到他，要进来学相公或者打杂，他一概拒绝了。他说：老掌柜信任我，让我帮他管这一摊子，没有你们，我在这儿派谁管谁说谁，没有顾虑。你们来了，必然有一个亲疏远近的问题。别人在对待你们的时候，也得要考虑我的面子。这样，隆丰福的事情就管不好，我就对不住老掌柜对我的信任。所以，越是自己人，越是亲戚，越是朋友，这个事情越不能做。我宁可多给你们些钱，也不能让你们坏了我这里的规矩！

对待这样一个兢兢业业、为隆丰福做过重大贡献的父亲级的合作伙伴，现在提出要离开自己，定山心里百感交集，难离难舍。刚才他在略微的回忆中，眼泪止不住地流了下来。

定山想到，自己父亲不到六十五岁时，定海一次回来，很强硬地不让父亲再干了，并拿出一万银洋说，他把这个纸坊买了，父亲只好把纸坊卖给别人，自己在家里吟诗写字。而大掌柜已经七十三岁了，且有病在身，自己还要求他继续为隆丰福工作，是不是自己太不近人情了？定山否定了这个说法。他认为，自己已经把大掌柜锁定为隆丰福不可或缺的一个有机的组成部分了。他甚至这样想，在没有大掌柜通盘运作的情况下，隆丰福的生意，怎么才能像以前那样的经营下去？

不管怎么评价大掌柜对隆丰福的贡献，大掌柜离开隆丰福已经成为不可逆转的事实了。但是，龙定山没有简单处理这个事情。

在全铺子人员参加的专门为大掌柜七十三岁寿辰举办的寿宴上，老掌柜龙定山宣布：李万禄先生为隆丰福铺子的终身大掌柜，铺子今后不再另设大掌柜。从明天开始，大掌柜就不用每天到铺子里来了，铺子一部洋车专门为大掌柜使用。大掌柜参与铺子大事的规划和处理工作，随时可以过问铺子的任何摊摊的经营和管理事宜。有权调动人员，有权任免各摊上的相公、掌柜等。铺子的任何人员，如有对大掌柜任何冒犯的语言和行为，都将受到最严厉的惩处。大掌柜的月例和年终分红与以往一样不变。定山讲完，又把一块大花红缎罩着的长方牌匾揭开，只见上面刻着“隆丰福功臣”的五个红底金字。看到牌匾，当场爆发出一阵热烈的掌声。寿宴后，大伙儿敲锣打鼓把牌匾送到大掌柜家里。

面对老掌柜这一系列行动，大掌柜默默地看着，没有推辞，也没有表示接受。只是在大家热烈的掌声中，站起来说了几句话：我本是个乡下的教书先生，是老掌柜把我叫过来给他帮忙，这一帮就是二十多年。既然受人之托，就要把事情做好。回想起来，我在有些地方做得并不好，甚至还给隆丰福带来过损失。跟大家相处，也不免或有言重声高、责备训斥的口吻，肯定有得罪或者照顾不周的地方，请原谅我这个老汉吧！现在，我干不动了，回去歇着，老掌柜给了我这么高的评价和待遇，我受之有愧。以后，各位没事了，常到我家里来坐坐，我先谢谢大家了。

回到家里，大掌柜就叫人把牌匾取下用红缎子包了起来，放在一边，也不再到铺子里去。

大掌柜正式退休以后不久，程爱如回来了。她挺着大肚子，坐着洋车先到鸿运楼，一看自己待了十几年的饭店被炸成一摊废墟，当时就大哭起来。随后来到牛玉莲的家，见到大掌柜，才知道跟自己最好的牛姐也去世的消息，悲痛欲绝，两次哭得晕了过去。大掌柜赶紧叫罗婶请先生调治，扎针灌药，折腾了半天才缓了过来。大掌柜知道程爱如无依无靠，鸿运楼是她的唯一去处。现在，鸿运楼没有了，当下就无家可归。想想她再去哪里都不合适，就让罗婶安排人收拾了一间宽敞亮堂的厦房，把铺盖枕褥、生活用具，甚至坐月子需用的一切都预备好，把程爱如安顿好，让她舒心地住下来。

大掌柜对罗婶说：程爱如虽不是主家，但也不是下人。她是牛玉莲认的干姊妹，又是老掌柜按自己干女儿名义嫁出去的姑娘，现在回来，是回娘家来了。因为住在老掌柜那儿不方便，落脚到这儿，到这儿是回干姐家来了。交代底下人要精心侍候，花钱由我这儿拿。

罗婶笑着说：侍候都没麻达，只是这班辈上听起来咋有些乱。老掌柜的干女儿，比你低两辈儿，又是牛掌柜的妹子，跟你成一个辈了。

大掌柜说：干亲不论班辈，今后一律称呼她为大小姐。

下午休息了一个时辰，起来后罗婶服侍着吃了些东西，程爱如洗漱换衣之后，来到客厅见大掌柜。程爱如比牛玉莲小十三岁，身材适中、面目姣好。虽然脸上身上显露出怀孕的痕迹，但依然风姿绰约，楚楚动人。她穿着当下流行的时尚女装，脸上薄施脂粉，头发梳理别致，一派富家妇人的形象。跟大掌柜在鸿运楼初次见她时候那种局促寒碜的样子，判若两人。

程爱如还是按照以前的样子进门称呼行礼：大掌柜，万福。

大掌柜摆摆手指着对面的椅子说：坐吧。

程爱如说：大掌柜身体看来清减多了，是不是吃饭胃口不太好？

大掌柜笑笑说：饭量还罢了，只是睡觉不好，人老了，免不了都是这样。

在随后的问答和程爱如的叙述中，大掌柜加上对前事的回忆，终于明白了程爱如这次回归的原因。

原来，前年夏天时候，牛玉莲就发现有一个队伍上的官长最近几乎天天到饭店里来。每次点几个菜，要一壶酒，老是叫程爱如过去，两人说说笑笑一阵子。大概过了半个月，一天下午，程爱如给她说，要出去一下。牛玉莲问：是不是那个当兵的叫你？程爱如点点头。

牛玉莲告诫道：妹子，少跟当兵的在一块儿胡黏搅（来往纠缠），人家把煤黑子叫埋了没死的，把当兵的叫死了没埋的！那些人不定啥时候就开拔走了，不定啥时候就叫阎王爷收了。咱不会寻个好的！

程爱如不敢吱声，脸上满是乞求。

看着程爱如急切的样子，知道她当下正在热头上，不好扫她的兴，就说：去吧，去吧，妹子，不过，我给你把话可要说清楚，对这种没根基的人，千万要把自己身子守好，说得再好，不能先把自己卖了！早些回来！

这个叫她的人是队伍上的一个连长，家是东北的，在长安县郭杜一带驻扎。连长那天下午骑着马在南大街口等着，程爱如从鸿运楼出来，直奔过去，顾不得路人指指点点，说三道四，坐在连长的马屁股上就朝郭杜方向跑去，当天晚上，就没有回来。第二天中午回到鸿运楼，牛玉莲半天就没理她。下午，看着牛姐脸色有所缓和，她才怯生生地对牛玉莲说：姐，路太远，实在回不来，别生我的气啊！

牛玉莲故意不高兴地说：我生啥气嘛，我妹子会妹夫去了，当姐的高兴还来不及呢！不过，这个妹夫真不是个东西，八字还没见一撇，就敢把人带出去一夜不回来！

程爱如羞得不敢看牛姐，低声说：我们说话说到二更，后来我把他辞走了。

牛姐嘴不饶人地说：刚把他辞走，灯一灭，他又来咧！你哄不了我！

一句话把个程爱如羞得面色如血，哀求地对牛玉莲说：牛姐，你就饶了我吧！

牛玉莲脸定得平平地继续说：我不问你俩那些事儿，我只问你，他跟你说过没有，什么时候结婚？

程爱如低着头轻轻地说：他让我回来问家里，什么时候让他这个将来的女婿进门下聘礼？

牛玉莲说：看来，你俩已经在一起，把啥话都说了。既然都到这个地步了，爱如，你就自己拿主意吧！

程爱如一听这话，立马就哭了，她边哭边说：姐，我孤苦一人，在这儿举目无亲，你就是我的亲人。他说的家，就是这鸿运楼，长辈就是你，你不给我拿主意，我就没主意了！说着，就更痛心地哭了起来。

程爱如一哭，就把牛玉莲的心化软了，她也陪着流眼泪说：妹子，嫑哭，嫑哭，姐没说不管你的事嘛，你去洗洗脸，一会儿咱俩好好盘算一下。

大掌柜认为，程爱如尽管是牛玉莲属下的人，但她原来可是范大掌柜的贴心人。范大掌柜人虽不在了，但朋友一大圈儿，程爱如出嫁，多少人睁着眼睛看着呢，叫牛玉莲张罗这个事情不妥，必须由定山老掌柜出面，体体面面，风风光光地把这个事情摆顺做圆，叫大家不能弹嫌（挑毛病）。

定山知道这个事情以后，一口答应由隆丰福名义操办。他派大魁和靳铁锁到郭杜兵营里去见一下这个连长，把他的根基弄清楚，给他把话说明白。大魁和靳铁锁两个人衣冠楚楚，坐着由两匹高头大马拉着的雕龙画凤大凉棚新式软轱辘大轿车来到军营，见到了那个有点儿酒糟鼻子，说话好带个嗯嗯声音的大个子连长。连长没想到，程爱如还有这么体面的背景，酒糟鼻子立马有点儿发紫，忙不迭地叫勤务兵倒茶递烟，把伙头班胖厨子叫过来安排打酒炒菜。

大魁摆开架子，给这位让人看了不太顺眼的连长说：程爱如是大字号隆丰福老掌柜的干女儿，当然就是大家闺秀。小连长闻听立马正襟危坐，没想到自己在饭馆子里头吃酒，还幸运地结上了一门富贵亲戚和一个如花似玉的端盘子漂亮姐了。他内心一阵狂喜，酒糟鼻头又由紫转红。

大魁注视着小连长面部变化，端着架子继续说：连长如果真心愿娶她为妻，一切都必须按西安本地的规矩来，明媒正娶，大操大办，队伍上也必须有体面人证婚。新房要叫娘家嫂子过眼，酒席要得舅家人满意。如果娘家人对其中的礼数、操办的路数不认可，这事就弄不成。小连长听了脑袋点得就像饿鸡啄米，嘴里嗯嗯之外还一个劲儿地是，嗯嗯，是是，嗯嗯，是是是，嗯嗯。靳铁锁看着只好拿咳嗽压笑声。

胖厨子拿出看家本领，拌了四个凉大碗，炒了四个热钵子，最后上了一个能把两只脚放进去的大盆汤，里头还真的漂着四个猪蹄子。

回来的路上，靳铁锁问大魁：为啥凉的热的都是四个？为啥汤盆里飘着猪蹄子？这是骂咱呢，还是骂连长呢？

大魁问：你咋能说是骂人呢？

靳铁锁说：这不是热死你凉死你烫死你，最后喝口洗脚水的意思。

大魁听了不在意地说：老靳，你就是爱琢磨。管他呢，反正又不是骂咱，骂那个连长，那家伙可能还不灵性。

婚礼如期举行。隆丰福给出嫁的老掌柜干女儿陪了六个樟木包角铜锁银挂的大箱子，六个式样各异的西式精巧工艺制作的私房细软小箱子。大小箱子里都放满嫁妆，光六个大箱子里就分别放了六百银洋的压箱钱，还不包括首饰头面，绫罗绸缎，银器古董，等等。队伍上接亲来的十六挂大马车拉着城里的靓女俊男、阔爷贵妇，似太妃游春，如长虫溜道，前呼后拥，浩浩荡荡向城西南滑了过去。大魁作为娘家兄弟坐在第一辆马车上，牛玉莲作为娘家姐专程送程爱如出嫁坐在第二辆花轿马车上。龙定山则在城里味华斋摆下二十桌专门宴请政界、商界的新老朋友。

席间，宋先生对老掌柜说：定山，这事办得好！耍说你，连我的一桩心愿都了了。我想了一下，这事由你出钱不合适，你把陪送程爱如的所有花销报个数，这个钱由范大掌柜的那个存金里出。

常松亭老掌柜也说：是呀，老范的人，理应花老范的钱。人家老范的钱在那儿搁着呢，老范有知，他也是高兴的！

大掌柜知道，范大掌柜的那一疙瘩钱，一直由宋先生保管，放在钱庄里生利息。这么多年来，本滚利，利滚利，已经翻了几个跟头了，如果支出程爱如出嫁的整个花费，可能连一半利息都用不了。

定山说：不用，不用，这些年隆丰福死人多，嫁人少，这一回热闹红火一下，给咱自己添些喜气财气！

宋先生说：老范的钱由咱四个人共管，我和常老先生都同意了。大掌柜，你同意不同意？

大掌柜笑着说：情通理顺，锦上添花，咋能不同意嘛！

宋先生说：那就不用说了，定山你报一下，咱四个把字一签，我照单付账。这个钱，也该动一动了。

定山见大家都这么说，也就默认了。

接下来，宋先生又是一个接一个的荤笑话，把大家弄得都喝多了。

程爱如婚后不到半年，嗯嗯连长的队伍要开拔了。牛玉莲劝程爱如不要跟着走，留在西安等着他。程爱如说：那是个热粘皮，离不得，叫我不论他走到哪里，都得跟着。这回听说是往北面走，说不定还能回我家去看看。

牛玉莲问：家里还有谁？

程爱如说：父母如果在，大概五十七八了，还有一个弟弟。

牛玉莲说：要是这样，你就跟着走一趟，看看父母尽尽孝心也好。你把不能带的东西都送回来，搁到你原来住的那间房子里，把门锁好，我安排人给你照看着。

程爱如感动地说：姐呀，我还没想到的事情，你都给我安排好了，叫我还说啥呢！我只能多叫几个姐，姐，姐，姐呀！叫着叫着，就泣不成声了。程爱如根本没有想到，这次和牛姐分开，竟然是永诀！

嗯嗯连长他们的队伍在渭北一带转了几个月，后来才又往北走，跑了一阵，离程爱如家乡洛川还隔着两个县。看着妻子思乡心切，嗯嗯连长派人到北面侦察了一回，尽管这里是跟八路军对峙地区，但老百姓还是可以过来过去的。趁着队伍休整，他给营长打了个招呼，派了一个班的人护送程爱如。他们化装成老百姓，由一个当地人带着，三三两两行进，七拐八绕地最后来到程爱如家乡的村子。

看着尊贵富态、穿着比村里大财东老婆柳木根还要阔气惹眼，有人保护有人服侍的阔太太，父母根本就不敢认她，她叫了几声爸妈，二老都不敢答应。程爱如给爹娘跪下，泪流满面地叫着，并说出自己的小名，二老才相信，是自己失踪多年的姑娘回来了，不免喜极而泣。哭声把周围邻居都弄得不知道发生了什么事情，纷纷过来看，才知道是程家早就没音信的姑娘粉旦看爹妈来了。程爱如赶快把一些稀罕的细木梳、小镜子、花卡子、彩绳子等小玩意儿分送给大家。

众人散去之后，程爱如把分装在十几个人身上的东西和银洋都集中起来，半夜的时候偷偷告诉父母，并让父亲挖了一个坑，把一千个银洋和一些头面首饰埋在地下，又给了他们些零散的银洋，让二老平常使用。父母见她带回来这么多钱，问了几回，钱是咋来的？程爱如也不愿多说。只是说，她在西安，这次是路过回来看看，以后啥时候再回来，就没下数了。第二天一早，就匆匆离开了。

在她怀孕五个月的时候，她被留在一个县城里，队伍开拔了。嗯嗯连长临走的时候告诉她：这次是打个小仗，十天半月就回来，叫她不要操心。给她留了一把手枪，教给她用法。勤务兵催了三回，他才走。

两个月过去了。一天，队伍上来了三个人，带回来嗯嗯连长的一顶帽子，一只怀表和队伍上给的五十个银洋。来人说：吉连长在一次进攻时，被机枪打中四枪，当时就气绝身亡，没有留下任何遗言。人被安葬在一个大沟的半坡上，一块儿石碑上写着名字。具体地点写在这张纸上。

程爱如眼泪在流着，但没有哭出来，直到三个人走了，她还是那样坐着，一直到第二天。第二天下午，她就坐着雇来的骡车，辗转半个多月才到西安。

程爱如回来的消息，老掌柜当天就知道了。晚上，程爱如上门看望了老掌柜。听到大掌柜把她安排得很周到，定山也很高兴。他说：先住在大掌柜家里吧，以后再考虑咋样安排。平心静气，把孩子生下来，抚养好，这是你的一个终身依靠。有啥难处就说话，这里就是你的家，这里的人，都是你的亲人。

程爱如不免又是一阵感激的饮泣。

过了几天，负责清理鸿运楼现场的段栓柱过来报告大掌柜：一个塌了半边的房子里有几个大小箱子和几个包袱，一直存在加工场的库房里，都还基本完好，老掌柜让问大掌柜，是不是都搬过来？

大掌柜知道这可能是程爱如的东西，告诉栓柱说：登记完了，把这些先搬过来，让大小姐辨认一下。

东西拉过来一大车，程爱如确认都是自己的东西，向大掌柜和栓柱千恩万谢，庆幸自己大难之后，上天还给自己和孩子留下养命之财！

大掌柜说：偶然得不来，命里自有之。你的娃是个福星！

程爱如为了超度牛姐，也为了感谢上苍给了自己孩子并保留了财产，她把一千银洋捐给对门的卧龙寺，初一十五准定要去礼佛烧香。两个月后，她顺利产下一个男孩。满月那天，她请大掌柜给孩子起个名字，大掌柜根据他爸的姓和程爱如的姓，给这个孩子起了一个响亮的名字：吉程，谐音有继承的意思。新中国成立以后，这个吉程怀揣着父亲留下的怀表，从学校毕业以后，经过七八年苦熬，还当了市上一个部门的小领导。

段栓柱清理出了鸿运楼的账目，钱箱，仓库的许多东西，还有牛玉莲的许多私人用品，定山让全部送到大掌柜家里。大掌柜怕睹物思人，引起更大伤心，他让罗婶在一个大房子收拾整理，各归其类。属于铺子的财产，全都送交大魁处理。

大掌柜知道，程爱如住在这里时间长了，有人会说闲话，干脆让程爱如提出，当众由她认大掌柜为干爸，当面向大掌柜起誓：程爱如在大掌柜生前如奉亲生父亲，尽女儿之孝。死后披麻戴孝，奠酒献饭，尽孝子之能。程爱如跪在观世音菩萨神像前焚香祈祷许愿，并对大掌柜三拜九叩行了认亲大礼。从此以后，那些见不得太阳的流言蜚语销声匿迹了。

天快黑的时候，老掌柜龙定山从钟楼服装铺子出来，他要到加工场再去看看。大魁尽管替代大掌柜经管铺子整个这一摊儿，可他不善于分辨轻重缓急，容易顾此失彼，另外，他的确没有大掌柜那种判断能力和解决问题的水平。当矛盾集中在一起的时候，他急躁、毛糙，甚至责怪下属，造成有时人员关系紧张。诸如此类的迹象表明，大魁对于铺子的全局管理，现在显然还不能胜任。定山最不放心的是加工场遇到时间紧。加工量大的活儿，由于一些关键的问题不能及时疏通，造成停工、怠工，影响交货时间，使铺子的信誉受到影响，也让内部员工情绪低落。所以，他必须天天到这里来一趟。

他走进加工场，看见大魁正在跟几个掌柜商量事情。他老远打了个招呼，没有干扰他们。前后都走了一遍，发现没有什么需要他解决的事情，就坐车出来。

洋车顺着顺城巷子往前走，天已麻擦黑了，路上几乎没有人。尽管路面有点儿坑坑洼洼，他还是感觉洋车拉的速度加快了。就在这个时候，一辆洋车从很远的对面拐进了这条巷子，定山隐隐约约看到好像车上坐着一个身穿白色服装的女人。他正要把目光移开，突然发现树后窜出一个人，一把上去抢过女人手中的一个白色的包，扭头就向这边跑过来。拉车的宁娃见他跑过来，就让在一边，后面的女孩儿坐在车上喊着：我的包，我的包包被抢了！

定山脚踏着车踏板喊道：宁娃，停下，把贼娃子截住！

宁娃放下车把，迎着贼娃子就冲了上去。不料贼娃子突然向里一拐，摆脱了宁娃。贼娃子已经到了定山坐的车跟前了，定山猛然下车，把车把一横，贼娃子没料到这一下，绊了一跤摔在地上。定山上去踩住他的手，宁娃过来从他手里抢过皮包交给老掌柜。这时，后面的洋车也赶到了。定山笑着把包还给女孩儿说：完璧归赵，吓了一跳。

女孩儿本来还有些紧张，一听这话，不禁失声笑了起来，突然又觉着有些失态，止住笑说：感谢大哥拔刀相助。不然，我的包包就没有了。

定山依然笑着说：天晚了，坐在车上也要小心，包包不要放在腿上。

女孩儿笑笑上车而去。

过了几天的一个晚上，定山在客厅旁边的八仙桌上正在看账本，宁娃轻轻敲门进来说：老掌柜，前两天，咱在顺城巷子见的那个被贼娃子抢包包的女娃，咋跑到咱屋来了。

定山不解地问：她来干什么？

宁娃说：我也不知道，现在齐婶屋里坐着呢！

定山一听，想着大概是齐婶的亲戚，就没有在意，继续看账本。看着看着就有点儿走神，那个女孩儿的样子老在眼前晃悠，尽管她的面目已经记不清了，但她的落落大方、曼妙率真的神情却给他留下深刻印象，尤其是那句“感谢大哥拔刀相助。不然，我的包包就没有了”的俏丽婉转的南方话和最后的那一串悦耳笑声，让他回想起来，仍觉得这个女孩儿韵味特别。

他拿响木在桌子上敲了一下，叫人把齐婶叫过来。

停了一下，齐婶来了。定山问：是不是家里来了人？

齐婶有点儿慌乱说：刚才忘了给老掌柜说，我的侄女来看我了。

定山安慰着说：我不是那个意思，只是问问她是谁。

齐婶定了心说：我大哥最小的闺女，在重庆上学，毕业了，他爸让她到这儿来看看我和他叔叔，我的一个弟弟也在这儿。

定山笑着说：我跟她还有一面之交呢。

齐婶吃了一惊问：老掌柜怎么能碰上她？

定山就把那天帮她追回包包的情况说了一遍。

齐婶问：刚才老掌柜看见她怎么不说？

定山说：我不知道是她。是宁娃告诉我，是她来了。

齐婶遗憾地说：宁娃也不早说。刚才，我已把她送出门，让她坐车回去了。

定山眼睛里闪过一丝失望，不过，立即就消失了，他随便地说：没关系，以后再见她，跟她说一声就是了，叫她有时间来这儿玩儿。

这个齐婶可是个性急的人，当天晚上，她给门头儿招呼了一下，叫了个洋车就跑到自己弟弟家，给侄女把这事说了。

这个叫齐芳闻的女孩儿听了惊讶不已：真的还有这么巧？她决定明天亲自登门看看这个帮过自己而且又是姑姑主子的人。

齐芳闻是个挺拔白净的姑娘，已经从重庆大学历史系毕业一年多了。由于生就的乐天派性格，她也没有急于给自己找个解决生活问题的地方。她喜欢旅游，爱看名山大川、古寺遗址，爱尝风味小吃、当地佳肴，也爱搜集塔石碑帖、珍宝古玩。既然四川湖北能去的地方都去了，叔叔和姑姑所在的西安，那儿是十几朝的古都，黄土里埋着近百个皇帝，古迹又多，又不打仗，为何不去那儿玩玩！给叔叔写了一封信，给爸爸打了个招呼，问妈妈要了些钱。乘江轮，过夔门，出三峡，走汉口，坐火车，跨黄河，进潼关，就到了西安。碰见龙定山那次，她来西安才七八天。

她跟定山一见如故。那天的碰面只是个说话的引子，接下来谈古迹，谈名胜，谈文物，谈古董，谈西安的风物感受。两个人谈的话题，齐婶根本就插不上嘴，看着侄女跟老掌柜两个像熟人一样说古论今，滔滔不绝，高兴处忘情畅笑，争论时不让半分，自己坐在那里，反而成了多余的人了。她索性给两人茶杯里续上水就出去了。定山看她学识渊博，谈起历史如数家珍，年代事件精确不差，干脆把自己收藏的一部分古书、拓片、玉佛、货泉、青铜器、名人字画等，拿出来让她鉴赏。把个历史系的高才生兴奋得啧啧称赞。定山给她讲了这些东西的来历，她又针对具体东西给定山讲了许多相关的典故。志趣相投，语言共同，不知不觉一个下午过去了。当晚饭摆上来的时候，两个人已经没有了初见时那种过于客气的感觉，完全是一对熟识的老朋友了。

看着落地大钟瓮声瓮气地敲了九下，齐芳闻在姑姑的催促下，才坐着麦升拉的洋车回叔叔家去。

第二天吃罢早饭，齐芳闻又来到定山府宅。在姑姑的陪同下，定山安排两部洋车拉着她，参观了几个铺子和加工场。快中午时，又回到定山府宅，继续翻看定山的藏书。姑姑说：芳娃，我们老掌柜的书，从来不让外人乱动的，他不在，你就不要乱动了。

齐芳闻边看边说：书是让人看的，只有人看，才有价值。这么多难见的好书，大概有几年就没人动了。他不看，我帮他看。

姑姑没法，只好坐在一旁看着她在书海里遨游。

中午定山回来，见她沉浸在书堆里如醉如痴，高兴地说：好长时间没看见有人在我这里这么专注地看书了。有人说，看书者如啃书；又说，自己看起书来可以把书当饭吃，把一切都能忘了，齐小姐真是如此。

齐芳闻听说，从书本里抬起头来笑笑说：那是苏俄作家高尔基说的：我坐在书籍中间，就像饥饿的人扑在面包上一样。

定山感慨地说：可惜呀，我这里的“面包”有的都快发霉了，也没时间啃！

齐芳闻脱口而出笑着说：发了霉的也是好面包，你没时间，我来帮你啃嘛。

定山听了心里一动，没有作声。齐婶闻听不高兴地说：芳娃，乱说啥子嘛，快随我下去吃饭。

定山说：齐婶，把菜摆上来，在这里一起吃。

定山让齐婶一块儿坐下吃，齐婶咋说也不肯，在旁边看着老掌柜和侄女一块儿吃饭又别扭，干脆自己下去，叫了一个叫绒花的女孩儿在旁边侍候。吃完饭，定山有事先走了，齐芳闻就在书房里看书。一本只闻其名未见其书的《平龙认》让她欣喜若狂。她像翻自己的东西一样，把开着的柜子里的书都翻了一遍。下午定山回来，她兴致勃勃地给定山讲他藏书里藏着的宝贝，并惊异地问：你一个生意人，怎么会买这些书？这些书，你都看吗？

定山告诉她：尽管是个苦出身，可从小在父亲的教授下，看了不少书，学到了很多知识，也养成了读书的好习惯。父亲看书极多，知识渊博，文章也写得极好，经常给自己兄弟几个讲书。讲过之后，一定让我们阅读原文，领会其中的深刻含义，并一定要写出真实感悟的读书笔记。

定山说着，就把自己的几本读书笔记拿出来，让齐芳闻看。齐芳闻翻开一本，只见隽秀的小楷抄写得很是工整，里头有读《庄子》的心得，读《老子》的一得之见，读《荀子》的体会，读《韩非子》的感悟，等等。不仅论述很有见地，让齐芳闻看了，也感觉非一般见识。她开始对这个生意人另眼相看了。

接下来，她又翻看了定山自拟并书写的条幅：

好读书　只为立心中正气
善贾商　但求有菜根唊香

她还看了定山写的一些诗词和小文章。不能说字字珠玑，却也锦绣满篇，时有馨香。她又翻开一本包装精美的画册，扉页上有一首诗，诗曰：

自　嘲

穷汉际会粉梅香　长安街头作贾郎
三十年间栉风雨　贤妻情深次第亡
相思不见泪如飞　号哭难遣心凄凉
逝者舍我含笑去　留得难苦一人扛

翻开第一页，画的是一个衣着简朴的女孩儿，细眉俊目，谈不上妩媚，却也清丽可人。她微笑着拿一枝红梅。右上角有一首题诗：

雪地冰天斗肃杀　含蕊吐馨争芳华
绿叶满枝寒气尽　独留相思在天涯

第二页是个体态颀长的美女，她锦衣长裙，白面秀手，一枝粉芙蓉持在手中，脸上露出含蓄的微笑。右上角的题诗是：

慈月如面投缘来　聪慧催得商机开
舍身护我含笑去　谁为思者解愁怀

第三页是个伶俐清纯的女孩儿，她秀色可餐，英气逼人。双手捧着一束百合，一副可爱的样子。右上角的题诗是：

灵秀独钟俏彩娥　财理机运一手托
天妒时忌人去病　立柱千斤拦腰折

看了由匠人作画，定山自题的私密相思书画之后，齐芳闻对龙定山有了一个比较完整的了解。至此，齐芳闻这个自以为“天下无书无事不知，无情无理不通”的大学堂骄子，才对这个在她看起来只是唯利是图的龙老掌柜，有了重新认识，重新判断。她认为，这是一个有情有义，才气深藏不露，精明睿智，胸怀广大的儒商。此后，她开始心态平等地与他探讨一些读书和历史人物的问题了。当然，她对定山人品也从心里敬重起来。

又过了两天，晌午饭吃过，定山看见天气很好，就安排人套车送齐芳闻和齐婶去大雁塔游玩。车马备好，齐婶把该拿的东西都拿好了，齐芳闻还在书房里看书。当定山催她走的时候，她说：你不陪我去，我不去。

定山一愣，随即说：大雁塔，我去过多次了，就那个样子。你去看看玩玩，早去早回。

齐芳闻不高兴地说：要是那样，还不如不去呢。我去就得看、问、查、记。其实，心中的大雁塔早已熟悉。去看真实的，就是要得一个形神契合。我姑姑不懂，如果没有个人陪着介绍，看不看，都无所谓。

见她这么说，定山笑嘻嘻地说：陪大学生逛大雁塔，本来就是美事一件，何况，还是个盈盈才女盛情相邀，不去才是瓜子呢。他让麦升给大魁招呼一声，自己和齐婶一起，陪着齐芳闻到大雁塔去。

大雁塔所在的大慈恩寺在西安城南，是一个出尘脱俗，清幽雅致，名垂神州的佛教寺院。隋朝兴建，唐朝兴盛，历朝历代香火延绵不绝，除了唐朝皇家寺院的名分之外，和它密不可分的唐僧取经故事，让它成为众多佛教僧侣向往的圣地，也成为西安著名的旅游名胜。今天由于不是初一、十五，加之晌午已过，游人寂寥，寺内显得格外空旷。齐芳闻除了焚香礼佛之外，主要是看碑石和壁画故事。登在塔顶遥看西安城的时候，她感叹道：我要是出生在唐代，说不定，也是个插金花穿红袍跨马游街的状元，也应该在这雁塔上题名，在这曲江上饮宴啊！可惜生不逢时，今非昔比，盛景不再啊！

定山笑着说：可唐朝中状元的都是男的呀。你一个小女子，即便才高八斗，恐怕也难跳龙门呀！

齐芳闻不以为然地说：中状元的都是天上的文曲星。是男是女，对于天上的神仙来说，还不是翻手之功。那个盛世年华，我肯定要变个风流倜傥的男人，你在那个时候，说不定还是个女人给我做老婆呢！说着哈哈笑了起来。

齐婶连忙训斥侄女：没大没小，跟老掌柜还能这样说话！

由于寺院门关得早，出来后定山又带她们去了附近的王宝钏寒窑。寒窑故事由于戏曲的传播，名气很大，其实，就是在曲江池的不远处，一条大沟里保留着几个王三姐当年苦等丈夫时住的窑洞和塑像，看不出什么特别的意思。有意思的是，当年放羊娃薛平贵驯服红鬃烈马时候，一个烈马藏身的妖马洞。据说，妖马洞里头十分曲折，诡秘莫测，但钻过之后的人都说很有趣味。齐芳闻坚持要钻进去看看，但黑抹咕咚的，她又有些害怕，齐婶小脚嫌黑，也没兴趣，不愿意进去。齐芳闻坚持叫定山领着一块儿进。定山劝她不听，只好自己在前齐芳闻在后一起钻进黑乎乎、七拐十八绕的妖马洞。洞内宽不过三尺，高不过普通男人的个子，定山在里头是挺身就碰头。墙壁上湿乎乎似有渗水，一个拐弯之后伸手不见五指，寂静如处世外，加上下午几乎没有游客，唯有的是他二人呼吸之声可闻。齐芳闻开始还拉着定山的衣服，后来就握住他的手。摸黑走了一段再碰鼻子拐弯的时候，定山已经走投无路，需要用两只手探路。他忙把手猛地抽回，齐芳闻吓得哇地大叫一声，低矮的洞子里立马像打雷一样震耳，这一下连定山也有点儿紧张了。他赶紧转身回来安慰她：不要害怕，拉住我的衣服，前面不远就到路口了。齐芳闻摸着定山的身体，十分紧张地一下子就把他抱住了。她胆怯地说：我害怕，好像出不去了。定山又安慰她说：妖马洞里边就是拐多绕更多，但肯定能出去，甭害怕，立马就到头了。但齐芳闻搂住定山的脖子就是不松，定山只好躬着腰，扶着她陪她站着。定山感到她半边脸上湿乎乎的，意识到她确实害怕了，就说：芳闻，别害怕，有大哥在，不会有危险的。大哥护着你，立马就能出去了。

齐芳闻依然抱住他不放，胳膊也越搂越紧，他能感到她轻轻地颤抖。

定山这时已经镇定下来，他知道，他的任何恐慌都会引起她的更大的恐惧，刚想转过头来安慰她几句，一个热辣辣的嘴唇就贴了上来。这个动作来得太过突然，定山本能地把脸扭了过去。然而，这个执着的嘴唇跟着他的脸就追了过来，顺着脸颊湿滑地贴住他这个还在躲闪的嘴唇上。恐惧和焦虑消失了，代之而来的是两颗心在默默地私语相诉。

也不知道过了多长时间，突然，定山感觉有脚步声传过来，并伴有轻轻的呼唤声：老掌柜，老掌柜！原来是车夫麦升进来了。

他俩急忙松开，定山装作焦急的样子叫道：麦升，麦升，出不去了！

麦升摸到定山跟前说：老掌柜，你钻到岔洞里了，跟我来。说着拉着老掌柜的手，定山拉着齐芳闻的手，三拐两绕地走出了妖马洞。

齐婶忙不迭地给侄女拍打身上的灰土，还埋怨地说：不让你钻，你非要钻！看看，把老掌柜也弄得找不着出口了，把人都急坏了。

麦升说：往常洞门口还有卖小蜡的，点着能照个亮，今儿个天晚了，卖蜡的也走咧。

齐芳闻笑嘻嘻地说：这叫妖马洞历险记。说完，又对着一个土窑里的王宝钏神像说：宝钏奶奶，再见啦，好好挖你的野菜吧。薛平贵打完日本鬼子就来接你喽！一句话把大家都逗笑了。

晚饭时候，定山跟齐芳闻聊了一些西安的趣闻轶事，这时，几部洋车把各铺子的账房先后都送到定山上房来交账。定山让他们把账本和钱箱放在桌子上说：我晚上看完后，明天再说。账房们行过礼，就回去了。

齐芳闻问：这账本，你天天都亲自看；钱，你天天都亲自数？

定山说：这是肯定的。每天各铺子进进出出的款和货，我必须一清二楚。否则，如何管理？

齐芳闻说：你管理还是用的老一套的方法，这是不行的。假如生意再做大一些，每天往来的钱货更多一些，账你看不过来，或者记不住，怎么办？假如你有事，一天或者几天不在，账目没有经过你的批复，钱款没有你来收支，生意是不是要受影响？

定山说：你看得很准，说得也很精辟，铺子的确存在这个问题。以前这些事情，是由我的内人来做的。现在，我也是临时顶着，以后还要想办法解决的。

齐芳闻翻看着账本，毫不客气地说：你们还是用老式的记账方法，太落后了。我从账上看不出当月的进出状况，分析不出销售上升的原因，只看到了当天卖了多少，收了多少，毛利率多少，这是个平面的概念。反映不出经营的状况，这不能适应市场流通的要求。

定山很认真地听着，他鼓励她说：你说得太好了，我也是很头疼。有时，光是大概知道挣了钱或者赔了钱，但具体说不清楚；有时，我们分析出来了，账面上看不出来。你的这一番话，我看你不是个学历史的，倒像是个学财经的。

齐芳闻说：我们宿舍有个要好的女孩儿是学财会的。有时，我没课的时候，跟着她听一些她们相关的课程。

定山玩笑地说：你偷听来的财会知识就够我们用的了，你要是能在这儿给我当个账房，就好啦！

没想到，齐芳闻竟大方地同意了：可以呀，我来给你管账，我再咨询一下我的同学，按照新式方法做账，出报表。不过，千万别叫我账房，应该叫会计，叫账房难听死了，一叫这个，就让人想起来瓜皮帽，茶色眼镜，长袍马褂衰老头子的形象。另外，你也别叫老掌柜了，年龄不老，先让人叫老了，南方都叫经理，经营管理的意思，叫掌柜的好像就是个管钱柜的，腰上挂一把钱柜大钥匙，顽固死板，阴阳怪气，抠门吝啬！说着，她又哈哈地笑起来了。

定山让她说得有些不好意思，但仍然认真地说：也只有你，敢对我这样说话。我们这里还没人批评过这一套体制。尽管这种方法使用多年，我们得心应手，但该改还得改，随着潮流走嘛！

齐芳闻又说：你铺了很多摊子，但都没有做大做精。做生意，摊子多了，就像开杂货铺；做精了，就像卖何济公（当时全国随处可见的一种提神醒脑畅销的小包药品）！

此话一出，定山就像着了魔似的，绕过桌子上前抓住齐芳闻的手，有点儿失态地说：齐小姐，不，齐会计，你是不是谁派过来专门帮我龙定山的？你把隆丰福的毛病都挑出来了！

当着小丫鬟绒花的面，齐芳闻双手被定山握得有些不好意思，她抽出手笑着说：我可不是谁派来的，我对经商一窍不通。刚才是随便说说，我不收你的咨询费，你也别把我的话都当真！哈哈，哈哈。

定山回到自己位子上，很认真地说：你毕业了，还没有事情做，我正式邀请你到我的铺子来做管理，你的薪酬你提出，我会满足你的。

齐芳闻又笑起来：看来，西安此行没有白来，不但交了一个龙老掌柜的朋友，还为自己谋到了一个饭碗，工钱还可以自己开，真是来有所值了。

等到龙定山正式问她，什么时候可以到铺子里来的时候，齐芳闻做了个鬼脸：哎呀，这个，这个，我还没有想好呢。

定山也故意逗她说：等你想好了，说不定，这个位子已经有人坐上了。

齐芳闻半开玩笑半认真地说：你别吓唬我。我要是想好了，这个位子谁也夺不去。你不是问，是谁派我来帮你的吗？告诉你吧，我不是来帮你的，是上天派我来管你的！说完，就又笑起来了。

定山笑着没有说话，他在默默地品味这句话的意思。

从此以后，天天一早，麦升拉着车就等在齐芳闻叔叔的家门口，而齐芳闻也像上班一样，几乎准时坐上车，就到定山的府宅里来。定山很快到各铺子转一圈，早早地就回来，同她在一起海阔天空地神聊。快中午时候，就坐着车陪齐芳闻挨着个儿去品尝小吃。齐芳闻说：有个成语叫乐不思蜀，现在，我真是乐不思蜀了，快要变成个陕西人啰！

齐芳闻实际是个很有思想的女孩儿，她涉猎的知识很广泛，商业贸易方面虽说不多，但也不是没有，她给定山谈了许多别人的做法，自己的想法，以及她认为应该对现有铺子管理和改造的方法。定山是作为一种知识的学习和对外界的了解，来跟她交流的，他自己感到获益匪浅。另外，她对定山说：你应该从繁杂的事务中超脱出来，像个导演一样在台下看戏，而不应该也当个演员，跟着大家一块儿唱戏。有时候，可以到外面走一走，看看外面的世界，看看别人是怎样办企业的，多交些商圈里的朋友。

这些不经意说出来的话，让定山从十分喜欢她，已经变成心里离不开她的一种情结了。他开始在思考自己如何解决他和她的关系问题。

就在这个时候，瓷器店发生了一件生意上的纠纷。事情不大，但事主借题发挥，撒泼耍赖。定山始终没有表态，他想看看，齐芳闻怎么看待这件事。事情是这样的：

外县客商在瓷器店买了一车货，因为人生地不熟，请兰馨掌柜帮忙给雇个车。罗浩明找了自己一个哥们儿赶来一辆一辕一梢的硬轱辘大车，车钱由货主和车夫自己谈好。货装好后，货主坐在车上押车回去。车出了省城往西走出十里路，正赶上农村给麦子浇二茬水，大路上随处可见挖开的小沟渠。硬轱辘车走平路倒也四平八稳，就害怕这种横截路面的沟沟渠渠，硬下硬上，冲击力很大不说，车上的货也跟着跳来跳去。这个车本是重车又是拉着娇贵的瓷器，尽管千谨慎万小心，过了几个沟渠之后，车轱辘还是有一个地方裂开了，车夫拿麻绳把那个地方绞紧，刚走不到二里路，一个硬对，一边的车轴突然断开了，车子由于辕马架着还没倒下，可刚刚独立自主的车轱辘却歪歪扭扭地向前滚了几下翻倒在辕马跟前，辕马受了惊，蹄子猛一个趔趄，车辕带着辕马整车朝没轱辘的一侧翻了过去，只听见哗啦哗啦一阵脆响，满车的瓷器瞬间变为一堆瓷片儿。

货主蹲在地上哭他的瓷器，车夫爬在车边哭他受了伤的辕马，俩人哭着哭着，就相互骂起对方了。货主骂车夫：你这是个什么烂车，没走多少路，车轴就能断了！

车夫骂货主：你不要命的往上装，一车能装一个半车的货，又一个劲儿地催快点儿走，快点儿走，车咋能不坏！

货主叫车夫赔他的货，车夫让货主赔他的马和车，俩人越骂越上火，最后扭在一起打了起来。乡村三月闲人少，打了半天连个劝架的都没有，满鼻子满脸都是血的两个家伙的样子，叫两匹马看着都拉长脸笑了。他们打了一会儿，觉得没有意思，就自动停战了。一个问一个：你说，到底怪谁？另一个说：咱俩谁都不怪，都怪那个卖瓷器的。一个说：对，是他的货，他叫的车，不怪他，怪谁？二人一商量，寻匠人把车换了一个轴，拉着一车碎瓷片片来找瓷器店。

这本来是个无理取闹的事情，瓷器本来就是个易碎的物品，何况，钱货两清，车又是货主自己雇的，走了一天了，瓷器打碎了，再找店铺索赔，于情于理，都没有道理可讲。然而人家找上门来了，一大堆瓷片倒在店门口，还不断地给路人说三道四，故意给铺子名声泼脏水。真是应了西安人常说的一句话：猪尿脬打人，臊气难闻！

大魁气得准备叫人把这家伙赶走，实在不行就叫警察局出面。定山看他的账本不说话，齐芳闻问了一些瓷器店的经营情况和这个客商的具体情况，然后问定山：老掌柜，瓷器店是想继续做下去做大呢，还是就想这样一般的维持？

定山笑笑说：我明白你的意思。有话，你就照直说吧。

齐芳闻说：依我看，这是个是非分明的事情。既然作为一个麻烦找上门来，我们霸王硬上弓，硬推死赶，问题也能解决，但必然是两败俱伤。货主肯定讨不到便宜，我们却因此落下话柄，让外人说，瓷器店唯利是图不仁义。如果我们四两拨千斤，不请警察局而请报馆来，把前因后果说清楚，是非曲直民众自有公论，而我们声明再跟货主协商一个妥善的解决办法，宁可吃亏，也要补偿货主一部分，让他也出一部分，给他把货补全，送他高高兴兴回去。今后，他仍然是我们生意的主顾，我们虽然舍掉了一些钱，却赢得了舆论的理解和支持，改变了大家的看法，还多了一个生意上的朋友，何乐而不为呢？

定山听完立马告诉大魁：齐芳闻小姐是咱铺子的会计，她说的这些很有道理，这个事情完全按她说的办，把坏事变成好事。

第三天一早，起码有三家报纸登出了这个看似让人不可思议，却又结局圆满的商业纠纷事件。一家报纸的标题是这样的：一车瓷器打成碎片，卖家认账将货补全，此事当真！第二家报纸的标题是：商家舍财取义，主顾绝处逢生，副题是：瓷器店经商技高一筹。第三家发了个评论，题目是：从无商不奸说开去。文章借隆丰福瓷器店碎瓷认账赔付的事情针砭时政，用宁可委屈自己保持信誉的商家形象，来痛斥某些官员明目张胆贪财害民的行为。结论是良商不奸，“好官”也贪。

报纸一出，瓷器店立马就成了全城人们议论的主要话题，不少人还专门跑到这个新搬来时间不长的店铺来看，有人特意买上一两件瓷器回去，得意地告诉别人，这是在报纸上说的那个瓷器店买的。瓷器店和其他隆丰福的店，一时间生意都比以前好起来。

就在这个时候，齐芳闻家里来信让她回去。这当然是齐婶和她的弟弟感觉齐芳闻最近和隆丰福铺子的老掌柜走得太近，万一出个什么事情，不好跟哥哥交代，早把侄女送回去，也让他们少操一份儿心！

齐芳闻把信交给定山看，定山看着齐芳闻问：你怎么打算？

齐芳闻说：回去是肯定的。即使我要过来在这里帮你，也要给家里说清楚。家里现在并不清楚我的情况，我打算明后天就走。

定山看着她的眼睛认真地问：能很快回来吗？家里要是不同意，你也能回来吗？你知道，这里是多么需要你吗？

齐芳闻说：你问我这些干什么？我倒是看不出来，你真的要为我回来准备干些什么。

定山迟疑了一下吞吞吐吐地说：可你始终没有把话说出来呀。

齐芳闻有点儿不高兴地说：你龙定山是经过三个老婆的人了，而我还是个黄花闺女。你还等着我说什么？妖马洞里还不能说明什么吗？你不想想，我上有父母，还有一个关系很好的男朋友和一大堆同学，这些仅靠我一个人是比较难以处理的，我孤立无援呀！你一个当大哥的，不能把解决这个事情的责任，全部放在我一个人身上啊！

定山问：我明白了，你的意思是，让我跟你一起到重庆去？

齐芳闻扑闪着大眼睛盯住定山点点头，狡黠地说：不去面见老泰山，你想让我自己光头净身地私奔到你这儿呀？

定山没有迟疑，坚定地说：那肯定不能！

定山接着凑到齐芳闻的耳朵上说：为了你齐芳闻，上刀山下火海进油锅，眨眨眼睛就不叫龙定山！

齐芳闻兴奋得眼睛晶晶亮。

定山又轻轻地说：不过，为了方便，叫你姑姑一起去。

齐芳闻刚才的那种兴奋感一下消失了，不解地问：叫我姑姑一起去？那多没意思。

定山眨眨眼睛悄声说：除了路途上方便，她去，还有很大的用处，全靠她说话呢。

齐芳闻马上就明白了：好，跟我姑姑一起去，是个聪明的主意。

经过一天准备，定山带着齐婶和齐芳闻还有两个伙计，一起上路了。

看着天黑下来，门板抬杠都已上好。罗浩明给两个小相公说：你俩早点儿睡觉，我出去一下，一会儿我还是敲三下给我开门。两个小相公答应着开始铺被褥。罗浩明晚上经常出去，有时到很晚才回来。他告诫两个小相公，不准给兰馨和大魁说他晚上出去的事情，他俩老实地答应了。

罗浩明并不是经常都到“半开门”去，那个地方，他每月都要去个两三回，基本把铺子给的月例都花在那儿了。更主要的是，他有了一个新的身份，从事一项秘密工作。他已经发展了两个下线的喽啰，指示他们暗中监视这一带共产党和激进分子的活动情况。两个小喽啰都是外地来的混混，给点儿小钱非常卖力。他教给他们跟踪、偷听和刺探的方法，规定了一套联络的要求。他们已经提供了几条很有价值的情报，上司已经两次奖励他了。今天就是按约好的时间，去分别听取他们汇报新情况的。

自从第一次去“半开门”出来被带走之后，他就被又铐又关，又放又抓，反复拷问，频繁审查，甚至还陪绑着上了一次枪毙人的法场。他们经过多次考察，最后，他才被糊里糊涂地押解到了汉中。汉中有一个国民党军统在西北地区的训练基地，在一个山沟里头，外表看起来十几间白房子围着一个操场，像个学校。可周围铁丝网一围，巡逻队经常在四周出没，老百姓不能靠近，里头人也不和外人接触，因此，谁也搞不清里头是干什么的，只觉得阴森神秘。罗浩明经过一段时间学习，才弄清楚自己被送到这里来的目的。接下来，一边洗脑，一边训练，通过五个多月脱胎换骨的强化集训，他已经从一个不关心政治的人，变成了对共产党怀有刻骨的仇恨，对激进分子、进步人士、爱国学生的行动不能容忍，得到指令，就可以对认定目标实施秘密逮捕、暗杀、伤害等丝毫没有同情怜悯之心的冷面镇压工具。他已精通各种枪械的使用，也熟练侦察、窃取、投毒、爆破等手段，当然，也练了一些防身的基本功。上司让他目前仍然以瓷器店二掌柜的身份隐藏在城东一带，对一切只用眼睛看，用耳朵听，用笔记录，有价值的随时汇报，慎重发展下线，随时接受上级指令。

罗浩明知道隆丰福的姜东民去了陕北，参加了八路军，也知道铺子曾经给边区送过裁缝机子。这些他都没汇报，一方面是兔子不吃窝边草，隆丰福是他隐藏的地方。二是他想再逮住一个大动作的时候，一块儿揭出来。但是，当他有一天从染料行的一个小相公嘴里知道，有人买了一批数量很大的煮青和靛蓝的时候，敏感地意识到，这可能是陕北八路军需要的。他安排一个喽啰死盯染料行，并把这个情报给上司做了汇报。上司命令他跟踪到底，随时采取行动。

染料被装上车朝东走去。两个喽啰一个紧盯，一个来回报告情况，罗浩明在瓷器店里坐卧不宁。兰馨看见，每天下午太阳落山的时候，总有一个水蛇腰的小伙子来找罗浩明。罗浩明跟他站在马路边上小声说话，最后，又像老朋友一样嘻嘻哈哈一阵子才分手。兰馨当然不会问他，她不喜欢罗浩明这样阳气不足的男人，然而她能看出，罗浩明背着她在干着其他事情。

水蛇腰在第三天下午来告诉罗浩明，拉染料的车到豁口后直朝北去，看来确实是要往陕北去的。当晚，兰馨刚坐上车回去，罗浩明就离开瓷器店走了，一夜都没有回来；到第二天下午，才疲惫不堪地回到铺子。罗浩明告诉兰馨说，他舅死了，忙了一夜安顿好，才赶回来。兰馨说：操办丧事是大事，累人得很，这会儿不忙，你到后头休息一会儿。罗浩明一到库房立马鼾声如雷。

实际上，他们半夜在豁口北边的一个车马店里，把那个买染料的和车夫堵在屋子里绑好，偷偷背出店外，在地里直接挖了一个坑就活埋了。回来又把染料连同马车一块儿点火烧了。等车马店人发现，他们已经骑着马跑远了。

兰馨无意给大魁说了罗浩明的事情，大魁警觉地问：罗浩明的舅死了，在大掌柜家里的罗婶应该也回去，可我昨天到大掌柜家里去，咋看见罗婶不但人在，而且像个没事儿人似的给我上茶，还问倩倩上学的情况呢，这个罗浩明肯定没说实话。

兰馨说：我看这个罗浩明现在不是个一般人物，有些事不能都让他知道。

大魁没有吭气，他在思考这个问题。

又过了一段时间，兰馨发现罗浩明总是说到药店去买药，回来也没见他拿什么药。兰馨问他怎么啦，他笑笑说：肚子疼。没过几天，他常去的那个康平西药店的掌柜就被抓了，药店也被封了。后来，大魁听管这一片的警察说：康平西药店私通共产党，给边区办了一批西药。

兰馨嘴上没说，心里就怀疑这事与罗浩明有关。

一天晚上，快半夜的时候，大魁到瓷器店敲门，进去一看，罗浩明不在。大魁问两个小相公，罗浩明到哪儿去了。两个人说：不知道。

大魁问：是就今晚出去了，还是经常晚上都出去？

两个小相公互相看着不敢说话。大魁把桌子一拍：这个店，他是主家，还是我是主家？老实说！

一个叫石娃的相公吞吞吐吐地说：罗掌柜不让我们给你说。他说，要是说了，叫我们在这儿干不成不说，还要打断一条腿！

另一个叫有粮的相公说：他隔一两天晚上就要出去一回，老是到半夜才回来。有时，天快明的时候才回来。

大魁说：还有啥，都说出来。

石娃说：他出去总是要换衣裳，戴帽子，打扮得跟平时不一样。

有粮说：有一回，我看见他出去，好像腰里别着东西，像个枪。

石娃说：我也见过，他拿过刀。

大魁见他俩再也说不出什么了，就说：好，你俩说这些，我知道了，嫑害怕，不要给他说，我来过问过你们了。你俩好好睡觉。

一个阴雨霏霏的夜晚，罗浩明带着水蛇腰和那个爱流鼻涕的喽啰，守候在北城墙下的一个小印刷厂前，弄清楚里头正在赶印一个反政府的小册子时，他跑到五岳庙门的一个房子里报告，不一会儿，宪兵就过去把人抓了。当他得意扬扬地回到瓷器店门口，准备敲门的时候，两个黑影扑上来，把他按在地上，就在拿绳子绑他的那一刹那间，罗浩明猛地挣脱开来，随手在小腿上拔出一把刀子，横飞过来，绑他的人急忙一躲，他踮起脚就跑了。此后大约有七八天都没有回来，再回来的时候，他告诉兰馨，他爸去世了。兰馨心里好笑，嘴上仍然安慰道：老人养你一辈子不容易，一定要把老人发送好。罗浩明感激地说：兰掌柜真会体贴人，对我真比亲姐姐都亲。从那以后，他晚上出去的少了一些。

有一天晚上，他去看他姑妈，到大掌柜家里去，正巧宋先生也来看大掌柜，大魁也过来问大掌柜个事情，三个人在客厅里有说有笑。罗浩明坐在姑妈的房子里有一句没一句说着闲话，耳朵却捕捉着客厅里的说话声。不长时间，宋先生告辞要走，大掌柜挽留说：天黑了，还有啥着急的事情，忙啥呢！

宋先生笑着故意说道：黑了就有黑了的事情呢！那事，只有黑了，才能做呀！

大掌柜又是一阵大笑：你呀，啥时候都没个正经，快走，快走，办你的正事去！

宋先生笑着说：今儿个真是有事，我那儿来了两个北路的朋友，托我给他们帮忙办些事。

大掌柜一听说：好，正事，有正事，就不留你了。

大魁也客气地说：宋伯伯，康群的车在门口候着呢，你走好啊！

宋先生答应着急忙坐车走了。

两天以后，宋先生的这两个客人出门后不久就再没见回来，宋先生也被宪兵队传去，被押了五六天。定山上下托人，给局长两次送钱，好不容易才把宋先生保了出来。定山问，到底为啥事，宋先生说：宪兵队总是问我跟陕北的八路军有啥来往？我说的北路朋友是两个给我送药材的耀县的贩子，人家托我给他买两个切片的旋刀，卖旋刀的说好黑了把货送来。旋刀还没买成，客人现在活不见人、死不见尸。我就奇怪了，宪兵队咋能知道我家里来客人的事情。

大魁心里明白，这事一定和罗浩明有关，他给定山私下把罗浩明的前前后后都说了，定山告诉他：他发现罗浩明不正常，已经很长时间了，这个害群之马不除，隆丰福永无宁日。对付这个钻在缝缝里的害人精要动脑筋，要安排个巧妙的办法，让他钻到圈圈里去，做到神不知鬼不觉！

大魁点点头。

第二十五章

潘瑶琼离开学校的消息，不久，龙定洋就知道了。他明白，这是因为省府公署最近又下达的一份内部文告，学校对她采取的保护性措施。公署文告根据中央政府的指示精神，公告省府各厅、各道、各县政府公署，鉴于共产党八路军在各地的频繁活动，发动民众，减租减息，建立组织，局部地区有取代当地政府，建立政权的动向；城市中也有借抗日之名，鼓动士农工商捐款捐物，且时有反政府的言论和行为。文告要求，各部门各单位严密注意共产党分子利用抗日名义进行反政府宣传和鼓动民众闹事的行为，取缔和限制一批以抗日名义活动的组织。发现秘密聚会、组织游行、张贴反政府标语等行动，要立即上报。警察、宪兵等职能部门，对于首要分子要果断进行抓捕，胁从分子也要给予严厉的训诫和取保等制裁措施。隐情不报者按胁从对待，执行不力的部门和个人，政府将责成有关机关予以裁处和惩办。

公署文告下达后，龙定洋知道潘瑶琼不可能是共产党分子，但看她积极参与抗日活动，担心给她惹上麻烦，本想打电话给她提醒一下，一个突发的情况，让他又出去了几天，等他返回后想起来，学校办公室电话那头一个人说，潘老师已经辞职离开学校了。他把电话打到潘瑶琼家里，佣人总是说：小姐不在。龙定洋心里明白，这一段时间自己冷落了瑶琼，看来，她有意在回避着他。他打算找个机会跟瑶琼好好谈谈，刚把忙不完的几项公务处理结束，又把这事给淡忘了。偶然想起来，又无法找到她，开始那个还急切的心情，也就慢慢凉了下来。

潘瑶琼离开学校以后，本想在家里平心静气地待上几天，可是从报纸上看到日本鬼子烧杀抢掠的报道，各地军民奋起抵抗的消息，她就无法平静下来。她感觉自己躲在家里，简直就是一个逃兵。不顾妈妈的劝说，她变换了一下装束，出去寻找原先跟自己一起搞过宣传的人。她去了几个地方，那几个人不是跟她一样离开了，就是谁也不知道他们的踪迹。一无所获的她，回到家里，就一头扑在床上疲倦地睡了。

一天，天下着小雨，她打着伞百无聊赖地走在大街上。这时，从后面过来一个人，在她还没有反应的时候，顺手塞给她一张字条，她愣了一下，再抬头看那个人的时候，那人已经不知钻到哪里去了。她注意了一下周围，没有发现什么特别的人，才打开字条看，上面写着：槐树街二十九号，敲门两下，有个谈先生找你。

她一下想起来，在排练小歌剧的时候，有个三十岁左右的男子曾经跟她讨论过一些细节的处理。他说得很在行，不少地方都按照他的意见改了。不凡的见识让潘瑶琼不由得另眼看他，问他是不是搞编导的？他只是笑笑说：这个剧写得很好，演出很有教育意义。刚才的意见只是随便说说，仅供你们参考。潘瑶琼希望他能多多给予指导，他说：我姓谈，以后我会来找你的。演出的时候他来过两次，也没有说什么，后来就再没有见过他了。她对他没有什么特别的印象，只是隐约感到他有些神秘。现在这个姓谈的突然采取这个方式通知她，他找她能有什么事呢？她想不出这里头有什么不妥，就决定过去看看。

她确定了一下槐树街的位置，就穿过几条街道向南拐了过去。

二十九号是个不显眼的独门小院，有些破旧的门板上刷的黑漆已经斑驳脱落。她走过去轻轻敲了两下，等了一会儿，门开了，是个年迈的大娘，看见她脸上闪过一丝笑容说：进来吧。把她让进来，随即就把门关上了。

大娘带着潘瑶琼进了一间屋子，里头坐着三个人，其中一个就是那个姓谈的。三个人见潘瑶琼进来，都很客气地站起来让座，姓谈的还把一碗水递到她的手中。潘瑶琼接了茶碗说声谢谢，就在姓谈的对面坐下。

姓谈的热情地说：很冒昧地请潘老师过来，潘老师能够如约而至，让我们很高兴。我来介绍一下。

说着指着一位四十岁左右的学者模样的人说：这位是龚先生，民声报的主笔。龚先生向潘瑶琼微笑着点点头。

姓谈的又指着另一位年轻的学生模样的人说：这位是小金，河南大学的学生。小金站起来说：潘老师好。

姓谈的说：我姓谈，谈维彬，在一家印刷厂工作。我们知道，你是大学的老师，很有才华，也很有爱国心。今天特地请你过来，就是想在一起聊聊，如何进一步唤起民众，掀起抗日高潮的问题。

潘瑶琼听他这么一说，才明白是这个意思。自己不是正要寻找他们吗，这下可真找着了。不过，她没有说话，她想听听他们是怎样计划和安排的。

谈维彬继续说：目前，日本鬼子进入河南已经两三年了，所到之处烧杀抢掠，犯下滔天罪行，引起各地人民强烈反抗。现在，他们从几条线侵入我省大部分地区，虽然遭到国军和八路军，以及地方武装的猛烈抵抗，但仍然继续向前推进，北路一线企图突破黄河和潼关，进一步控制我国的西北和西南地区，达到它灭亡中国的目的。

谈维彬停顿了一下，沉重地说：现在，由于政府当局的一些前后矛盾的政策和不负责任的宣传，使很多人并没有真正认识到日本鬼子的狼子野心和当前严峻的形势，出现了多种多样的思潮。悲观主义者认为，日本国力强盛，军队装备好，战斗力强，中国不打是亡，打也是亡，亡国是亡定了。盲目乐观主义者认为，中国地大物博，人口众多，小鬼子眼大肚子小，吞不下拿不走待不住，时间一长支持不住，自然就会退兵，一走了之。更有一种危险和可耻的思想，认为给谁都是当顺民，给日本人当良民，一样能保平安，个别败类看着不少中央军纷纷投靠日本人当了皇协军，甚至也萌发当汉奸的思想。针对这些消极甚至反动的思想，我们必须联络更多的人，利用各种形式进行宣传，让大家明白：对日本鬼子的幻想，就是对国家对民族的犯罪！豺狼就是要吃人的，对于豺狼，不但要人人喊打，而且人人都应该行动起来真打！大家只有一起行动起来，形成一个认清形势，丢掉幻想，一同起来，保卫祖国，保卫家园，保卫自己父老乡亲的全民共同行动，我们的国家才有希望！同时，要把那些亡国奴思想、汉奸思想、麻木不仁思想的危害充分揭露出来，让人们认识它的危险和丑恶。要让大家明白一个道理，中华民族现在到了最危急的关头，国家兴亡，匹夫有责。只有大家一起行动起来，才能挽救我们的国家和民族！

谈维彬滔滔不绝慷慨激昂地站着讲着，激动处不断地挥动着手臂，以至于话说完了，手臂还没有放下。

报社的龚主笔沉稳地接着说：老谈讲得很好。这些都是当前存在的主要问题。不能唤起民众，没有全民的共同参与，要赢得抗日战争的胜利，是不容易的，甚至是不可能的。先前，很多组织已经做了大量的工作，像潘老师写的歌曲，编排的抗日小歌剧，以及其他团体办的演讲、控诉，举办的罪证展览等等，都起到了非常好的宣传效果。现在，尽管当局并不支持民众起来抗日，尤其害怕共产党唤起民众的行动，这其实是不明智的举措。大敌当前，国人不能同心同德，奋勇向前，还在瞻前顾后，以邻为壑，甚至同室操戈，实在让人心痛。历史上，这样的例子不胜枚举。一般说来，官府和民间同心同德，抵御外侮，就能无往而不胜。反之，无视民间力量，愚弄百姓，甚至借外敌之力以平内乱，无异于火中取栗，自取灭亡。我赞成老谈的提议，发挥各人的优势和特长，动员一切可以动员的力量，最大可能地发动民众，掀起一个全民抗日的新高潮！

龚先生话音刚落，大学生小金就兴奋地说：两位老师讲得太好了，我也说不出更多的道理，我一定把这些思想带回去，把同学们发动起来，利用学生的优势，首先在校园里轰轰烈烈地掀起抗日高潮！也希望各位老师能够到学校里来，给我们更多的帮助。

谈维彬看着潘瑶琼说：潘老师，也说说吧。

潘瑶琼看见大家都看自己，有些不好意思，她略微低了一下头，而后微笑着说：第一次听这样的讲话，感觉道理很新颖，说服力很强，很能打动人。几位的发言，使我明白了几点。首先，抗日是全民族的事情，需要全民的参与、全民的支持。要得到全民的参与和支持，就必须把民众发动起来，有力出力，有钱出钱，让更多的人投身到抗日的热潮中去。其次，抗日是一个长期的艰苦的奋斗过程，要号召整个中华民族团结起来，摒弃党同伐异和门户之见，丢掉一切幻想，齐心协力，在各条战线上共同打击日本鬼子。第三，中国现在不缺猛士，不乏有识之士，缺乏的是民族的凝聚力，必胜的自信心和长期艰苦的拼搏奋斗精神。这一切都需要通过不断地宣传引导，让人们逐渐地认识并转化为实实在在的行动。这是一个艰苦的工作，也是一项风险性很大的工作。因为当局并不支持。我想，目前要做的事情应该很多，但应该先抓主要的。比如，想办法取得当局的认可，运用一些合法的形式，先把舆论造起来等，有步骤地开展工作。不知道，我这样理解对不对？

没等潘瑶琼把话说完，谈维彬就激动地站起来说：潘老师，你说得太好了，你理解得很全面很深刻，简直就是大家发言的总结，不愧为大学的老师。

龚先生也兴奋地看着潘瑶琼说：潘老师说话有条不紊，看似谈自己的理解，实际谈了很多很深刻很有见地的道理。看得出来，潘老师是个思想很有深度的人，很高兴潘老师能加入到我们这个团体中来。

潘瑶琼听了不好意思地摇摇头说：我什么都不懂，刚才也是随便说说，还要向各位学习。我还不清楚，咱们这是个什么团体？

谈维彬说：这是一个由省城各界人士发起的抗日救亡团体组织，名字就叫抗日救亡促进会。已经有不少有识之士和热血青年参加进来，欢迎你也能成为其中的一员。谈维彬说完，龚先生和小金就高兴地鼓起掌来。

接下来，谈维彬给潘瑶琼布置了任务，让她先创作两首救亡歌曲，要求简洁、明快，让人一听就能记住，很快就能流传开来。潘瑶琼很有信心地点了点头。

一个星期之后，两首词曲俱全的歌曲交给了谈维彬和龚先生。

两个人一看歌词连声说好，又听潘瑶琼轻轻地唱了一遍，两人更是称赞不已。龚先生提出，他再抄一遍，明天就登在新声报上。

第一首：小鬼子你往哪里跑

那是伙东洋强盗　仗着有飞机大炮
闯进神州逞疯狂　蝼蚁竟把大树摇
哪有巨人怕倭鬼　英雄从来驱虎豹

挽起臂膀举枪炮　朝着鬼子挥大刀
军民同心诛敌顽　万众怒火透天烧
分割包围撒天网　鬼子你往哪里跑

第二首：老爷送你回老家

见了鬼子别害怕　凛然正气镇住它
你能开枪打　我敢用刀杀
你是个披着人皮的狼　我怕你干啥

我怕你干啥　这是我的家
闯到我家来撒野　不揍你等啥
手起刀落一声喊　老爷送你回老家

龚先生没有用潘瑶琼的真名发表，给她的两首歌的作者起了一个笔名叫：盼利。潘瑶琼明白是期盼抗日胜利的意思；也知道，这是为了保护她，心里暗暗对这位长者充满感激。又过了两天，龚先生找到潘瑶琼，对她说：我跟社长说了一下，想请你到报社来主持一个副刊，不知你能否屈就？

潘瑶琼实际上前两天已经接受了另一个学校的聘请，担任音乐教习。但她想了一下，觉得在报社可能发挥作用的机会更多一些，就说：谢谢龚先生的关心。我得要先跟家人商量一下，再答复你。好吗？

龚先生笑笑说：可以，一定要尽快答复我哟！

三天以后，她就到报社上班了。

龙定洋终于找到了潘瑶琼。那是一天下班回去的时候，他通过车窗玻璃猛然看见一个他期待寻觅了很久的身影，他很快确定之后，要司机停车，告诉秘书，他去办一点儿事情自己回去，不要等他了。然后从道路的另一端走过来，装作无意中碰上了潘瑶琼。

潘瑶琼提着一个木提手把的花布包走在回家的路上。在报社负责副刊工作，让她开始的时候很是吃力。这是一个思想性艺术性可读性要求很高的栏目，她的那点儿音乐和书法的底子，要编辑散文、小说、诗歌、音乐、美术等充满阳春白雪和流布风情民俗方面的稿子，还真有些吃力。她几乎每天都要把稿子带回家，翻阅资料，参照书籍，请教父亲，反复修改。也多亏有龚先生不时地给她帮忙，关键时候把把关，她才能够应付下来。不过，她还是很开心的，这里接触的都是社会各阶层的人士，能了解各层面的思想和活动情况，视野开阔了许多，也增加了见识，扩宽了知识面。潘瑶琼根本没想到，在这里能碰到龙定洋，她脑子里在思考着稿子的问题，没有注意路上的行人。

龙定洋在一棵树旁站着，望着袅袅婷婷走过来的瑶琼，心里有些酸楚：曾经是相濡以沫的人呀，朝思暮想，难舍难分，为什么现在看见，反觉得这么陌生？她还是那么卓尔不群，但少了天真多了成熟，少了学生味道多了学者气息。他努力控制着自己，以平静的声音叫了一声：瑶琼。

潘瑶琼听见声音愣了一下，循着声音看过去见是龙定洋，她惊喜地叫道：定洋！燕子一样轻盈地飞到龙定洋身边。龙定洋握住她的手看着她，半天没有说话。潘瑶琼满脸地惊奇：你怎么在这儿？是在等人吧？现在见你，可真不容易了。她矜持地把手抽了回来。

龙定洋看着她的眼睛说：是我见你不容易，还是你见我不容易了？还问我在这儿等什么人。我呀，是在等一个叫潘瑶琼的女士，这不是等着了吗！这叫有缘马路来相会。

潘瑶琼也兴奋地说：当了副秘书长了，在女士面前说话，还这么不稳重，小心有失你的官体。

龙定洋依然打趣地说：在老朋友老相识面前，就应该一丝不挂地赤诚相见，哪还要遮遮掩掩装模作样地摆架子。你还把我当成个官吗？

潘瑶琼依然笑着说：我现在不但把你当成一个大官，而且当成一个官油子。定洋，你官已经做得娴熟老辣了。

龙定洋脸上有些不自在，从心里他不想伤害潘瑶琼，可还是不由自主地说了一句：瑶琼，你也不那么清纯温柔了。

潘瑶琼笑笑：因为我们面对的世界逼迫我思考，深刻思考让我提高了分辨能力，也让我学会了怎样看清事物的本质。想的东西多了，思想当然就不会那么单纯了。不过，我还是善良的，因为我有良知。

龙定洋听了半天没有说话。

潘瑶琼礼貌地说：定洋，看来，你还有事，我就不耽误你了。你在这儿等人吧，我要回家去了。说完笑了一下，就要走。

龙定洋张开手臂挡住她说：瑶琼，我们好长时间没见面了。好不容易见着了，怎么连聊几句话的时间都没有，说走就要走？

潘瑶琼笑笑说：现在不比以前，现在小女子我要为五斗米折腰了，日出而作，日落而息，辛苦得很哪！

龙定洋更是不放她走，说：正因为如此，我们才要谈谈，难道真的不想跟我说话了吗？

瑶琼说：那倒不是，我看你不是在这儿等人嘛。你有事，我就不打扰了。

龙定洋诚恳地说：我就是在等你，我真是在等你呀！

潘瑶琼见他这么说，只好说：那好吧，我陪你走走！说着，像往常一样轻轻挽住定洋的胳膊，二人顺着马路朝前走去。

他们在一家咖啡厅里坐下，定洋要了两客咖啡，瑶琼给两只杯子里分别加上牛奶和方糖，拿勺子把自己杯子搅匀后轻轻啜了一口，抬起头来，发现定洋一直在盯着她，就说：荆钗布裙，婆婆妈妈，是不是看我有些可笑？

定洋动情地说：不，瑶琼，你依然是我心中的圣女，依然是那么迷人，只是说话的风格有些变了，让我不适应了，我在追寻你过去的影子。

瑶琼微微有些脸红，心里泛起一阵涟漪，耳边似乎又响起《守望》的曲调，眼睛也有些湿润。她抬起头，柔情似水地看着定洋说：如果你还是那个教育厅的小科长多好，意气风发，才气逼人，我们在一起心照不宣，无话不谈，一个像河边的新柳，一个像岗上的白杨，彼此依存，遥相守望。

定洋似乎也回到了两人一起合唱《守望》那首歌的时候，情景历历在目，呆呆地一动不动。

瑶琼看着他柔声叫道：定洋，想什么呢？喝咖啡吧，都凉了。

定洋像从梦里醒来，不好意思地说：抱歉，我走神儿了。他拿起勺子搅动着杯子里的咖啡问道：瑶琼，你现在在哪里上班？

瑶琼笑笑说：很惭愧，现在靠抄抄写写混日子。她有意识隐瞒了在报社的情况。

定洋从衣袋里掏出几张法币票说：这是一千元，你先补贴一下，随后我再筹措一些。瑶琼，你放心，生活上的事，我不会让你为难。

瑶琼笑着把法币票推了回去说：定洋，别误会，我可不是找你讨饭的，抄抄写写固然劳累，糊口还是没有问题的，你就别像个大人物一样施舍我了吧！

定洋有些尴尬，他知道瑶琼的脾气，心高气傲，万事不求人，尤其讨厌别人同情她，但他的确是诚心的。他有些乞求地说：瑶琼，能不能把这作为我上次没有回电话的一点儿补偿？你收下，我心里会欣慰一些的。

瑶琼微微摇摇头说：定洋，你小心眼儿了。我怎么会因为一个电话去记恨你。所谓人在朝中身不由己呀，我能理解你，你不用过于自责自己。不过，我也告诉你，金钱不能解决所有问题，尤其是情谊方面的。

平时才思敏捷、能言善辩的龙定洋，今天在潘瑶琼面前出言必遭挫折，简直让他无言以对，他想换一种方式谈话，摆脱眼下这种难堪的局面。他说：瑶琼，我想编一部河南全省的文物古迹，风土人情，戏曲技艺等民俗荟萃的书。我想，你一定能给我帮上忙。不知你有没有兴趣？

听了他的话，瑶琼换了一种眼光来看龙定洋，她说：秘书长大人，日本鬼子把战火都烧到咱们鼻子底下了，没见你说，怎样组织领导军民抗击敌人，却要编这样的一本书。恕我直言，强虏在眼前杀人放火，你能那么气定心闲地坐着写这种东西吗？

定洋被她说得脸上红一阵白一阵，他解释道：抗战是中央政府和各战区管的事情，我省有几十万队伍在和日军作战，咱们老百姓总不能都上去冲锋陷阵吧！

瑶琼笑了说：首先，你把自己也包进咱们老百姓的范围，是不恰当的。你是省府公署官员，是中央政策的执行者和地方政策的制定者，在抗战的问题上，是有发言权的，并且也是可以有所作为的。再者，天下兴亡，匹夫有责，面对异族侵略，老百姓怎能把这件事推给队伍，日本鬼子烧杀抢“三光”政策，针对的就是老百姓，老百姓怎么能“作壁上观”呢？如果是某个老百姓有这样的看法，尚可谅解，一个省府的官员也如此认识，实在出乎我的预料。

不习惯于这种被指责的龙定洋勉强笑着，在瑶琼说完后，他半是调侃半是有意地说：这话乍听起来有点儿共产党宣传的味道。瑶琼妹妹，千万可不能和他们搭上边哟！

瑶琼倒是轻松地笑着说：共产党？我倒是想碰上他们，可人家瞧不上咱这小小抄写匠。我还不知道人家在哪儿呢！

正在这时，一个女人的声音传了过来：哎呀，秘书长，原来在这儿呀，可让我好找呀！

她快走到桌子跟前时，对着潘瑶琼仔细看了一眼说：有客人呀，对不起，对不起。

龙定洋有些恼怒地看着廖秘书：廖秘书，你跑到这里来干什么？

廖秘书看着潘瑶琼又看看龙定洋，没有说话。

潘瑶琼看看时尚妖艳的廖秘书，站起来礼貌地对定洋说：定洋，你可能有公事，我也该回去了。说完，对着廖秘书笑着点点头，提起花布包款款地走了。

龙定山临去重庆之前，到南院门礼泉黄算卦小屋去了一趟。他不是很相信算命，但对这个突如其来的姻缘，实在是心里没底。

在书房里，饮过待客奇茶之后，定山看见礼泉黄对他用手做了个不要说话的手势，就缄口不语。礼泉黄站起来左手扶在定山头上，右手从上到下渐次摸了定山头上及两腮的骨像，查了脸上横纹走向，鉴了掌纹，让他把左脚的鞋袜脱下来，把五个脚趾逐一察看了一遍，又仔细看了一下脚掌纹。两人洗过手，又喝了茶，礼泉黄垂下眼睛轻声说道：问婚姻，问平安。

定山见他一口就说准了，只说了个是。

礼泉黄说：姻缘在千里之外，须上门攀求。此去南方虽有绊磕，但来回顺畅；要办的事情费些周折，但总能办成，一个月到头，就能往回走了。这是你的第四房，也是你的最后一房，她命旺福长，只是你的运势下行，库底上翻，往后须好自为之。

定山还想再问，礼泉黄闭目养神，不再说话。定山只好放下十元法币，道了一声：先生费心！就坐车回来了。

前往重庆的路上，定山带着齐芳闻和她的姑姑齐婶，在麦升和栓柱的护卫下，五个人下了火车上火轮，走了水路走旱路，避开日本人控制的地方，装扮成难民模样，勤问多打听，倒也相安无事。一路上，定山与芳闻他们看山赏水，谈古论今，点评英雄，感叹时政，尽管也亲自目睹了日军烧杀抢掠留下的触目惊心的罪证，以及沿路上不同装束，进进出出有些混乱的抗战队伍，但看到战士们高昂的士气，坚定的神情，他俩仍然对最终战胜日本帝国主义充满了信心！

在一个细雨蒙蒙的下午，他们来到了重庆。

从朝天门码头上来，坐着车在齐芳闻的指引下，龙定山在新街口附近选了一家旅馆先安顿下。一起吃过饭，让麦升和栓柱两个把齐芳闻和齐婶送到家，他在旅馆里休息等待。

尽管齐芳闻和齐婶从来都没有提到过定山的年龄和续弦问题，但定山知道，这肯定是芳闻家里一个极为重要的问题，与芳闻父母费口舌的，大概就要在这个问题上。不过，他想，芳闻肯定早有准备，她会有一套说服他们的道理，眼下只能坐等其变。一顿饭的工夫，麦升和栓柱回来了。麦升说：从咱这里朝右下一个大坡，再拐上去，在一个小巷子里，门楼不高，看来是个普通人家。栓柱说：门楼是不高，可一砖到顶的大瓦房连过去三排，门口一棵老树也有些年代，我还看见门里头的照壁子，绝对是个殷实的人家。

定山说：好，芳闻她屋，迟早我要去呢，到时候，一看就知道了。估计一时三刻齐婶还来不了。我看，雨已经不下了，咱们先到街上转转看看。

麦升过去给店主招呼了一下，又问了路线，三人出门按照店主指引的方向朝前走去。

重庆果然跟汉口一样，是个大码头，人多货多，街道多，店铺多。不过，在定山他们看来，这重庆是："车在山上走，出门就爬坡，雾重日头少，男瘦美女多。"在平原上住惯了的人，头一回来到这里的人感到什么都新奇。加之成为陪都之后，外来人口大量拥入，市区空前繁荣，街上的人口音南腔北调，穿着打扮五花八门。外地的名店名铺名校纷纷挤了进来，高官大员也如过江之鲫，城市的消费水平空前高涨。听说外来的一个张打油先生看了这种情形，立马写打油一首，夹在一篇插科打诨文章里登在当地的报纸上。诗曰：

人多车多茶馆多，　讲穿讲戴讲吃喝，
捞钱休闲两不误，　绿树红花安乐窝。

定山他们三个一路沿街走去，看见街道经过修整，马路两边店铺林立，货品繁多，品种齐全，家家买卖兴隆。七长八短的大招牌，一个比一个鲜亮夺目，五颜六色的软幌子迎风招展，内容各有千秋。每家店铺门前都有人在招呼，客人请进门，先以茶招待。相公们弯腰打拱，掌柜的笑脸相迎，尽管有的话还听不甚懂，但定山他们都明白，这都是些恭维喜庆的话，让人不喜自笑，心里暖洋洋的。定山暗暗感叹：客多买卖旺，钱裕收益广呀！重庆是个做生意的好地方。他们边走边看，边看边问，不由得拐进另一条街上。这条街是一条大街，路也平一些，铺子门面更大，装潢也更讲究一些。定山进了一家山货店，跟掌柜的聊了好一阵，互留了姓名，才告别出来。看了一眼望不到头的街道，他让麦升记住街名和刚才的那家山货店，就让往回走，他操心芳闻去旅馆找他不见人着急。

回到旅馆，天已经快黑了。店掌柜果然告诉说：有一老一少两个女人来找过他们了，刚走一会儿。定山立马叫麦升去追，麦升顺着送她们回家的路小跑追了过去。在她们刚要敲门的时候叫住了。齐芳闻和姑姑又来到旅馆。

齐芳闻还是那么活跃，说：还没吃晚饭吧？等一会儿，我领你们去一家有名的火锅店去吃火锅。到重庆不吃火锅，就不算来过重庆。我们重庆的火锅那可是天下有名哟！刚一到家，齐芳闻的乡音就明显恢复了，定山有点儿诧异地看着她。

齐婶显得有些不开朗，她慢慢地对芳闻说：芳娃，你跟老掌柜到麻小辫火锅店去，我跟麦升他俩到前面的粑老二馆子去吃。

定山一听，知道芳闻可能有话要跟他说，就对麦升说：麦升，你俩带齐婶一起吃。让齐婶给你们张罗，好好尝尝重庆的火锅！

三个人一走，芳闻过去把门关上，回身就把定山抱住了，她亲着定山的脸说：一路上，都没有机会亲近一下，让我咬你一口。说着就在定山脸上轻轻咬了一下，两个嘴巴连忙就死死地咂在一起。

一番爱抚过去，定山扶她坐下问道：你爸妈怎么说？

芳闻故意不高兴地说：都到了老泰山的门口了，还说你爸妈，应该说咱爸妈！

定山急忙自我纠正说：对，对，咱爸咱妈，咱爸咱妈。哎哟，我叫了半天，还没见过咱爸咱妈是个啥样子呢！

一句话把个齐芳闻逗得咯咯咯笑个不停。

他俩来到麻小辫火锅店，拣了个小隔间坐下。芳闻要了些杂七杂八的东西，教给定山咋样煮咋样涮咋样吃，看着定山不熟练，干脆自己把菜弄好，再放到定山碗里，定山一尝，果然可口。定山说：光给我夹菜了，你自己还没吃呢！

芳闻说：现在就开始关心我啦。我要这样照顾你一辈子呢，看你咋样感谢我！

定山听了动情地说：要让你这样管我一辈子，我可真担待不起，我这个人就是不会照顾人，尤其是自己的女人，所以……

芳闻赶紧打住他的话头：好了好了，我知道你要说什么了。快别说，快别说，吃，吃！

定山喝着芳闻给他要的烧酒，满脸通红，不知是辣的还是激动，眼睛里泪汪汪的。他感慨地说：本来，我已经心如死灰了，一个个那么好的人都离我而去，我怪自己命太硬，觉得自己克人呀，不能再害人了。他又喝了一口酒，看着芳闻说：自从见了你，你渊博的知识，你青春的活力，你身上那种阴阳交柔的气质，使我像找到了一个老师，一个助手，一个管家，也找到了一个情人。我的精神又振奋起来，我对今后充满了信心。

齐芳闻拿过杯子也喝了一口酒，她哈哈笑了两声说：哎呀呀，我可受不了，让我一个人身兼这么多名分，我可当不了。我只要最后一个，当一个你的情人，而且必须是一个和你同生共死的情人！哈哈哈！

定山笑着说：对，一言以蔽之，就是个永恒情人。

芳闻嚼着一块儿毛肚，眼睛盯着定山说：可眼下家里遇到点儿麻烦，这个麻烦还很难处理，我俩的事情可能没有像原先设想的那样顺畅。

从芳闻跟她姑妈过来，定山就感觉家里可能出现了什么事情，现在，她说出来，定山并不惊奇。问道：家里发生了什么事？

芳闻说：唉，我那个不争气的二哥好赌钱。这次输大了，已经欠账三千多不说，还把家里的房子也输进去了。这两天，债主正催着让我们搬房呢！我妈急得已经病倒了，我爸正在四处借钱呢！

定山问道：房子能值多少钱？

芳闻低声说：房子抵给人家，算三千五。

定山心算了一下，一共六千五。自己这次共带了法币一万，来的路上已经用去了二千，回去还得二千，跟芳闻的事情，无论如何也得给她家里留个五千。现在看起来，要解决芳闻家的房子问题，手头这点儿钱绝对不够，而西安的钱又远水不解近渴。他想了一下，问道：你看，能不能让我见一下家里人？

芳闻说：那有啥不能，现在都在家里发愁呢。不过，我爸专门叮嘱我说，千万不能把借钱赎房子的事情告诉你。他老人家很要面子的。可他们根本不晓得，我和我带来的这个家伙，关系好得已经无话不说，我能不告诉他吗？

定山学着芳闻说话的腔调说：要是不告诉我，那我就不是你想带的那个家伙喽！

定山阴阳怪气的声调，把个芳闻笑得气都喘不上来。

二人吃完火锅，又去街上买了许多礼品，就直接到芳闻家里去了。

齐家先前果然是个殷实家庭，房子虽不是十分宽大，却也布局严谨，精工细作，是个一明两暗，上房加两对面四间厦房的小独院。只是家道中落，该修补替换的地方都在凑合维持着，彰显出落寞和无奈。听芳闻说，大哥是个码头上的小管事，早已搬出另住。二哥深得父母宠爱，可一直游手好闲，没有正经事情做，靠着父母养活。父亲是个附近老学堂的老师，教习国文和历史，高徒培养了不少，可谓桃李满天下。可自己干到六十几了，还是个每月二百元的教书匠。如果没有二哥的事情，家里日子还算吃喝不愁。二哥欠债还能推脱，可这房子，人家拿着二哥写的契约，按日子要收房。日子已经到期，把个教书匠急得寝食难安，坐卧不宁。

家里知道，刚才芳闻跟姑姑出去，肯定回来要晚一些，所以，都没睡，在等着。可没想到，芳闻竟把姑爷给带过来了。未见到定山的时候，听芳闻姑姑说，姑爷的年龄大一些，见到之后看定山，大概和芳闻的大哥差不多，模样和气质都没啥挑剔的。不过，在这个时候，也没有心思与他闲聊，老爷子知道他是个做生意的，可面对几千元的欠债，一个未娶亲的姑爷，能帮多大的忙呢？

定山先是老人的身体呀，重庆的气候呀寒暄了一番，老爷子很勉强地哼呀哈呀地应酬着，芳闻和妈妈坐在另一间屋子说话。定山见老人没有心思闲聊，就单刀直入问道：伯父，我听说咱家的房子出了些麻烦？

老爷子当时脸就红了，很不情愿地应付说：哦，房子，房子有点儿事情，没关系，没关系的。

定山接着问道：听说，二哥现在没有事情做？

老爷子听了有些不高兴，心想，怎么都问些让人不爱听的话，就搭讪着说：他最近在家，在家里看看书。

定山说：伯父，我想请他给我帮个忙，顺便也让他挣点儿钱。不知他现在能否过来说话？

老爷子听了，回头对着门外喊了一声：锦闻，你过来一下！

随着客厅房门一响，一个三十多岁的高身条男子垂着头走了进来。

老爷子暂时还无法介绍定山的身份，只好含混地说：锦闻，这位先生想请你帮个忙，你看看，有没有啥子办法？

锦闻低着头没有说话。定山笑着问他：我想找一批猪鬃，要白的，不知二哥有没有办法？

锦闻半天没有说话，突然抬起头问：要好多嘛？

定山见他接茬，就立马说道：最少要五十担，要隆昌、荣昌那些地方出的。

锦闻又问：要生鬃还是熟鬃？

定山见他问得很内行，知道有门儿就说：肯定要熟鬃，要洗得干干净净，码得整整齐齐的上等货。

锦闻想了一下说：可以，我现在出去就给你问一下。说着起身要走，定山拦住他说：不忙，不忙，我有几句话说完，你再走不迟。

定山先对老爷子说：我一个朋友办了一个工厂，需要猪鬃。我听说，家里房子出了些麻烦，我想让二哥做成这笔生意，挣点儿钱，把房子赎回来。生意的门路是现成的，本钱我来出，就是让他去找到货源。

老爷子将信将疑地问：五十担可不是个小数目，哪里搞得到这么多呀？这生意靠得住不？

没等定山说话，锦闻就说：白鬃，我知道有一批现成货，也是一个人赌钱输了，拿货抵的，具体数量我不清楚，我去一问，就晓得了。

定山说：好，如果是抵债货更好。不过，我告诉你，猪鬃现在是军方控制的物资。这事情知道的人越少越好，如果货色好，数量多，你跟他约好时间，我带你一起去谈。另外，我刚才说的这些话，你不要对外人说。

锦闻听了说声好，一扭身就出门去了。芳闻一直在门外听着，她把锦闻送出门，把门关好，进了客厅。

芳闻给父亲和定山的茶杯里续了水说：定山，你是说，汉口裘老板托你的那件事情。我都忘了，好一个龙定山，你个生意精，把生意都做到我家来了。

定山说：芳闻，你别误会。一是，朋友之托要尽心尽力，不能只应承不去办。二是，咱家房子的事情刻不容缓，急需用钱。三是，应该给二哥一个痛改前非的机会，让他把自己丢掉的，通过自己劳动挣回来。

芳闻知道父亲还有疑问，就故意问道：定山，这生意就这么好做，五十担猪鬃如果真做成了，能挣个一千元法币？

定山说：生意本身就是商人利用地域、时间和掌握的上线和下线资源多少，再运用一定的方法进行货物转移，寻求差价的一种手段。我知道谁要什么，又知道那里有什么，我动用了自己掌握的层层关系，可能在鼻子底下，货物不动地方，就把生意做成了。如果没有商人的长途贩运，往来调剂，穿针引线，拾遗补阙，这个社会运转就是不正常的，有缺憾的，甚至是极度落后的。正是商人的这种机敏、精明，货才能畅其流，物才能尽其用。然而，商人也因此落了一个奸商的恶名。

芳闻笑着说：好一派为商人张目正名的言论呀。

老爷子这时候才说话，他说：我一直对商人有看法，认为他们是靠不义之财发家的。听了这，这位先生……

芳闻说：爸，他叫龙定山，叫他定山。

老爷子说：啊，龙定山，定山，定山刚才的一套说法，我才明白经商的一些道理。一个社会，少不了商人，没有商人，我们柴米油盐酱醋茶这开门的七件事到哪里去找？我们穿的、用的，到哪里去买？当然，商人不挣钱，他不会去白干。不过，还是有黑心的商人，掺杂使假，哄抬物价，欺行霸市，让人一提起来就非常反感。如果这次能让锦闻痛改前非，走上一条正道。定山，你可就功莫大焉！

芳闻笑着说：爸，说了半天，你还是回到了经世致用上来了。

定山也笑着说：伯父操心二哥，也是对的。一个大男人不能没有事情做。男人一定要有上进心。有了上进心，就能干成事情。干成的事情多了，就有了成就感，就有可能干成自己的事业。我看，二哥一定能干成些事情。

老爷子的心情逐渐好转，刚刚准备要发表一番感叹，锦闻回来了。

他进门就报好消息：朋友那里有白猪鬃共有七十五担，黑猪鬃三十担，还有桐油、生漆等，他自己又没得门道，现在一个租用的大屋里存放，听说有人要货非常高兴，现在就可以见面。

定山想了一下，告诉锦闻：麻烦二哥再跑一趟，告诉那个人，客商今晚会朋友去了，没见上人，告诉他，明天上午见面。咱们这里，哪个馆子最大最好？

锦闻说：要说最好还是芙蓉斋，宽敞清净菜也好。

定山说：那就芙蓉斋，上午十点钟，麻烦二哥定一个小间，我们两个一起去。去了不要称兄道弟，你只称我龙掌柜就行了。

芳闻说：定山，我跟你一道去。

定山考虑了一下说：你还是不去的好，我把麦升带上。

第二天，芙蓉斋酒楼，锦闻和那个外号叫蜘蛛屁眼的詹其先到，不一会儿，定山带着麦升也到了。一阵寒暄过后，定山先请蜘蛛屁眼点菜。詹其看了半天只点了些家常菜：回锅肉，麻婆豆腐，溜肥肠。定山说：詹先生，今天我请客，堂倌，你报一下招牌菜。

堂倌报了六个大菜：蒜蓉焗扇贝，干烧岩鲤，清蒸脚鱼裙，怪味鸡块，麻油淋牛肉，海参烩鸭子。

定山说：好，六个都上，加上刚才点的三个，再上一个好汤。

堂倌一声长唱：招牌六个全上，外带回锅肉麻婆豆腐溜肥肠，好汤一个！

定山又嘱咐堂倌：先上两壶泸州老窖。

堂倌又唱：泸州老窖两壶！

酒过三巡，定山问道：詹先生，听说，贵府上有白鬃？

这个詹其本来是个依靠设赌局黑吃黑的歪道上人物，工于心计，心狠手辣，跟人打交道，就是给你断路挖坑，设局劫财。尽管常有大把银钱过手，天天肥吃海喝，但对于如此先入为主，沉稳干练，慷慨大度的生意人，还很少打交道。这次，他倒不想挖坑设局，因为，自己不擅长做生意，手里压了这些货，抵账不如银钱爽快，数额大没人敢接，一直出不了手，占地方花钱，倒还在其次，主要是让人看见心急。因此，他想摸摸来人的底细。见这个龙掌柜开始一直布菜劝酒，跟他聊些趣闻怪事，不谈猪鬃的事，还有些纳闷儿。现在终于开口了，就很干脆地说：是呀，山货一类东西都有。猪鬃是现成的。

定山问：可带有样品？

詹其说：这个东西臭烘烘的，带到这儿不雅，没带来。

定山说：这倒无妨，酒后我们一起去看看。

詹其说：货场离这儿不远，一下儿就到，看货很容易。

定山说：詹先生财力雄厚，货源广阔，人也豁达豪爽，说不定，我们还可以长期合作呢。

詹其笑着说：多一个朋友，多一条财路，今后，我们拉起手一起发财！

定山也笑着说：一起发财才能发大财，围起来抓鱼，不但大小通吃，而且称霸一方，无人敢在这个地盘上伸进第三只手，詹先生可是抓财的大手笔呀！

大家哈哈哈哈地笑了。

吃完饭，四个人坐车来到堆放山货的地方。定山看见猪鬃都整整齐齐地码放在竹筐里。打开一筐，麦升拿出一捆，定山仔细看了长度，里头猪毛和杂物的掺杂情况，各捆数量的均匀程度，心里基本满意。可他对詹其说：詹先生，我对这个是外行，回去，我派人来仔细验一下货，分个等级，晚上我们喝茶再谈。

詹其说：好，不过，今天晚上，我已经约了朋友。明天，我请你在万福楼喝酒。

定山指着麦升说：一会儿我的同掌柜带人过来，这里有人吧？

詹其说：有人有人。说着喊了一声，豇豆，等一下儿，这个同掌柜过来验货，你照看一下嘛！

豇豆看着麦升答应着：要得！

定山捏着詹其一只手说：詹先生，先给我个出手价。

詹其捏着定山的手指头说：全要，这个价；要一半，这个价。

定山点点头对着詹其一拱手：詹先生，具体我们再商量，明天见。说完坐上车就走了。

一到旅馆，定山就对麦升说：你立马到咱们昨天去的那家山货店，找那位姓蔡的掌柜，给他三元法币，请他带你去把那个猪鬃验级的把式请出来到货场验货。给验货的把式说明白，验这批货给他十五元法币。一定把货看明白，这批货，够哪个等级，就定哪个等级，把数字弄准确，不入等级的不要，然后在货堆的前中后各拿一个样品回来，不要耽搁，后头还有重要事情。麦升说：我明白了。立马就到山货店去了。

下午，麦升把样品拿回来，告诉定山都是上等货，验货把式在每捆上加了一个上等的标记。有十几担稍有差疵，也都在中上等，验货的把式说，以后要货，他可以帮忙。定山高兴地说：这又给咱们开了一条财路嘛。

定山即刻安排麦升栓柱和锦闻三个人到码头，由芳闻哥哥鸿闻安排，乘下水快船当天就走。据说，两天半就能到汉口。鸿闻又写了一封信，告诉他们，回来时，去码头找一个朋友，保证让你们尽早赶回来。定山和芳闻把他们送到码头，候船的时候，定山告诉他们，此行以麦升为主，由他介绍货品，商量一切交易细节。锦闻主要就是认识一下这个裘老板，和他拉上关系，并学习谈生意的一套方法。栓柱把地址、道路都弄清楚，负责跑腿，安排饮食。要让裘老板认可这批货，谈好要货数量，告诉他，以这个为样板，对板验货。价钱我在信里都说了，按他报的最低价给他，他接受肯定没有问题。特别要给他强调，汉口日本人查得很厉害，货只能送到宜昌，让裘老板在宜昌接货。万一有其他情况，麦升，你见机行事，就是了。

一切按照定山的安排顺利进行。麦升他们与裘老板见面后很快就谈妥了。麦升把猪鬃样板交给裘老板，又给他介绍了锦闻，锦闻跟他互留了地址，裘老板很高兴，定山把猪鬃的上线供货商也介绍给他，执意要请三位吃饭。他们推托不过，在一家小馆子吃了个便饭。裘老板心里过意不去，给每个人带了一只烧鸭和两个肉饼，让在路上吃。他们没有耽搁，到码头找到鸿闻介绍的那个朋友，朋友看了信，当时就安排他们上了一艘马上要开的上水船。在芳闻还有些惴惴不安的时候，他们已经回到旅馆了。

这笔生意做得很顺利，定山利用蜘蛛屁眼急于出货的心理，把进价又压下去两成，考虑到锦闻今后还可能要给裘老板供货，给裘老板的价格，是在他报的最高价的基础上下低了半成，运货又是鸿闻找的捎货船，价钱便宜了一半，这样，几头省下来，这批生意鬼使神差地正好挣了三千五百元法币。

老爷子大喜过望，称赞定山做生意有如大将军指挥一场大战，运筹帷幄，处事从容，胸有成竹，大获全胜。难怪芳闻这样挑剔的孩子能够青眼盼顾，女儿眼光不凡呀！

房子的危机解除了，新姑爷又是当面玩儿了一把空手钓钱的好戏，还把锦闻也引到挣钱的正道上来。人逢喜事精神爽，芳闻妈的病不治而愈，亲自跟着姑娘上街买菜，回来下厨张罗饭菜，老爷子把自己藏了十几年的涪陵头曲拿出来，把大儿子一家、二儿子和自己的妹子、芳闻的姑姑都叫齐，痛痛快快地吃了一顿欢迎和团圆的喜庆饭。老爷子多喝了几杯，加上心里高兴，话显得特别多。他一会儿夸芳闻，陕西去游山玩水玩儿得好，不但把自己多年不见的妹妹带回来了，还把自己的女婿也带回来了。定山呢，一看就不是个平常的人。人家是"处处留心皆学问"，他可是处处留心皆生意呀！几天工夫，能挣三千多法币，在一般人真是不可思议的事情。真是大将之才呀！

芳闻看出两个哥哥脸上已经快挂不住了，就对父亲说：爸，你就别夸定山了，他也不过是正好碰上这个机会，有二哥找货源，有大哥找船找朋友，没有大家帮忙，也干不成。在商言商，原本就是商人的本性。开始来，你不是还很瞧不起商人的嘛！

定山急忙阻止芳闻说下去，他说：芳闻，爸爸不是瞧不起商人，确实有些商人做昧心事赚昧心钱，这样的商人不仅让人瞧不起，而且应该被人唾弃，甚至应该绳之以法。还是古人说得好，君子爱财，取之有道。来，大家端起来，为爸妈的身体健康干一杯！

第二天，在渝华楼，定山定了一桌酒，还是昨晚的那些人。定山正式向芳闻的爸妈提出要娶芳闻为妻的要求。芳闻爸妈高兴地答应了。定山当着大家的面给二位老人磕了头，又给姑姑磕了头，轮到给芳闻大哥大嫂二哥磕头的时候，被他们死死地拉住了。大家入席共同干杯，表示对这件婚事的认可。

定山向大家说明自己回去操办婚礼的意思，得到大家的理解。定山当场把五千元法币交给芳闻父母，给芳闻姑姑大哥二哥各给了五百元法币，然后说：明后天，我就带着姑姑、芳闻和我的人回西安去了。

大家挽留了一阵，也就同意了。经过简单的准备，过了一天，他们一行五人从朝天门上船到汉口，定山安排麦升栓柱带着芳闻姑姑坐火车先走，他和芳闻去拜见了裘老板和其他几位朋友，然后，坐火车到河南去看两位弟弟。

龙定洋突然见到大哥携新嫂子来看自己高兴异常，放下手头的事情，急忙让秘书要车，然后给秘书长打了个招呼，就坐车陪哥嫂回家。金蕊雪已经接过电话，客厅里布置就绪，大门一开，就笑容满面地迎了上去。金蕊雪现在已经是两个孩子的妈妈了，依然身段苗条，光彩照人。齐芳闻不等定山介绍，就过去姐长姐短地叫开了。金蕊雪对着定山问：大哥，这是新嫂子吧？这么俊俏洒脱的一个嫂子，咋把我叫开姐姐啦。看来，我是老啦。

一句话把芳闻说了个大红脸，芳闻急忙赔不是说：我在家在学校都是最小，从来都认为自己是最小的，见到年岁差不多的姊妹都叫姐。没想到，今天可撞了个乌眼青。

龙定洋说：叫姐就叫一声姐。其实，嫂子就是个大哥小嫂子嘛。

这话让定山听了心里不舒服，上次他是和涵玉一起来的，弟兄三个一块儿吃饭的时候，定海给涵玉敬酒时就说了一句：大哥小嫂子。几年工夫，看着自己又换了一个嫂子，难怪他们说这种话。

在客厅里坐下，兄弟之间问长问短，刚说了几句，定洋卧室里的电话就响了，定洋进去接电话时，高兴地喊了起来，二哥，大哥来了，在我这儿坐着呢！好，好，我等着你。

原来，定山和芳闻到了省府公署，定洋抽空儿就给二哥定海的师部打了个电话，那边人说：师长下部队检查去了。问清楚定洋是师长的弟弟，就客气地把电话挂了。那边副官不敢怠慢，立即给师长所在的旅部打了电话，副官长把定洋来电话的事情告诉了师长。定海正在检查这个旅的训练情况，得知弟弟找他，知道可能有重要事情，就立马给定洋的办公室把电话回了过去，被告知副秘书长家里有事，先回去了。定海又把电话打到定洋家里，这才知道哥哥来了。他安排参谋长代他继续检查，自己坐车立马返回驻地，带上夫人，一起到定洋的家里来。

定海带的这个夫人就是五姨太。她是上次暗地解救他，并及时给第一战区司令长官汇报了新一师师长熊震企图投靠日本人，旅长龙定海与师长因此发生争执，并被正义的士兵误伤致死情况的人。有感于五姨太的拼死相救，也因为对她在大是大非面前大义灭亲义举的感动，在淡团长等人的撮合下，定海娶了这个叫沈岩菲的女士为二太太。

后来，定海派人去西安，专门把妻子石彩霞接到河南，与沈岩菲见了面。一个是本色的农民，一个是燕京大学的学生，两人在一起倒很谈得来。沈岩菲非常佩服石彩霞给定海吸脓吮血舔伤口，精心护理，贴心照顾的不平凡举动，也赞叹她心安理得地守在家里为定海养儿育女，看护家园，她诚心诚意地称石彩霞为姐姐。石彩霞也认为，定海在队伍上操心费力，尤其是打日本鬼子，生死不顾，衣食不周，身边必须要有人照顾。何况，沈岩菲识文断字，还能为定海做一些辅助的工作。自己在西安，城里房子孩子一摊，农村父亲庄稼一摊，都要照顾，现在还无法到定海身边来照顾他，这里有了沈岩菲，她就放心了。看到两个妻子能够相互理解，友好相处，定海心里宽慰很多，石彩霞在河南期间，他每天晚上都陪着她。临回去的时候，沈岩菲送给她很多自己心爱的东西，包括部分书籍，劝她多看些书，多掌握些知识。

前不久，定海他们师和日本军队打了一仗。刚刚进入河南的这一股日本队伍，根本没有把中国军队放在眼里，仗着坦克大炮开路，横冲直撞就杀了过来。龙师长事先得到情报，了解了鬼子大概的兵力、装备和战术情况。他事先选择了一个日军必经之路，动员当地民夫在一个隘口两边准备了许多石头和大树，民夫在敌人进攻时，都远远藏在山坡后边，队伍也向两边撤开，放鬼子先头部队过去。而后军民一起努力，实施了一个平地用堆石横木封闭隘口的闪电战术，挡住坦克的归路，把敌人截成两段。龙师长把一个旅中的两个团调过来对付机械化队伍。他又安排自己原来带的那个旅潜伏在一个洼地的四周，待敌人大队人马进入之后，以十比一的优势突然向鬼子发起攻击。他和日本鬼子较量过，知道一旦与他们接火，就要持续不断地狠打不松气，不能让他们有喘息还手的机会，不能让他们的强势装备发挥作用。双方从中午一直打到晚上，鬼子被打得鬼哭狼嚎，始终不能组织起有效的反击。在鬼子最危急的时候，日军华北司令部紧急调动飞机轰炸，又组织旁边的皇协军火炮大力支援，才帮助这伙鬼子仓皇逃出。这次战斗击毁鬼子坦克三辆，歼敌近三百人，缴获敌人先进装备五百多件，定海他们也付出了二百多人伤亡的代价。此后一段时间，鬼子不敢从这一带通过，也知道了一个让他们仇恨的名字：龙定海！而第一战区司令长官也因此检验了龙定海师的战斗能力，开始给他们配备新式装备，把他们当作正规部队编制使用。

龙定海师长的到来，在定洋住宅周围引起一阵紧张的气氛，五辆汽车并排形成一道护墙，一个连的士兵荷枪实弹护卫在四周，几辆摩托车来回穿梭巡逻，路人纷纷避让，不知这里发生了什么事情。

女主人金蕊雪早已通知了望天楼淮扬菜的几位厨子过来准备酒席，定海及夫人一到，立马开席。三兄弟与三位夫人在谦让中按大小依次入席。龙家三兄弟一个商一个兵一个官，尽管服饰不同，气质各异，但一律长脸白面，粗眉大眼，气宇轩昂。三位太太大小却颠倒了过来，金蕊雪显得最大，是一种外气内敛的古典式美女，说话沉稳，举止得体，是个典型的官太太样子，也是龙定洋理想的贤内助。沈岩菲是个端庄优雅的智慧型女性，思想独立，遇事很有主张，常在定海举棋不定的时候，给他以启发，是定海这种烈火雷霆，叱咤风云，动则千军万马，战则你死我活冲动型性格的极好补充。齐芳闻青春靓丽，率真聪慧，知识渊博又善于接受新思想新事物，对在波谲云诡的商海里沉浮拼搏了大半辈子，现已进入不惑之年的定山，是个及时又得力的助手。

丰盛的酒宴，大家倒没有吃下多少。三兄弟在一起，像是给三个妻子上家教课似的，讲述奶奶疼爱他们的故事，回忆父亲教他们识字背书写文章的情景，感叹母亲怎样含辛茹苦侍候一家老小，还要帮助爸爸晒纸收纸卖纸那难忘的时光，说到妹妹婕雯，他们又唏嘘不已，痛心惋惜又很无奈。

难得的相聚显得时间很快。天已经黑下来了，三兄弟手拉在一起难舍难分。还是定海爽快，他说：我们兄弟见一次真是不容易。现在时局不好，交通也不方便。西安，我暂时也回不去，再过一两年，形势肯定要好一些。到时候，我们一块儿在西安相见！

定山和定洋都赞同地说：对，我们在西安相见！

定海执意要请大哥大嫂到自己府宅去住一晚，定山芳闻很高兴地坐上车过去，兄弟二人在一起说了一夜的话。第二天，定山回家心切，一定要走，定海、定洋夫妇把带给父母的钱和礼物，沈岩菲把带给石彩霞的礼物，以及两位兄弟给大哥结婚的贺礼等，整整装了两个大木箱，定海让军务处拉到火车站，以军用品名义专护发往西安。火车站台上，兄弟们依依惜别。火车开出了很久，定山和芳闻的心情还是不能平静，芳闻感动地说：你们兄弟三个都是人才，各人都走了一条适合自己特点的道路，而且都有了自己的事业，着实难能可贵。不过，我说一句话，定山你不要不爱听。我有个预感，好像你们兄弟都走到了自己人生的十字路口。接下来，可能都要有重大变化，不知道你是否同意我的看法？

定山听了心里一震，仔细品味这话，感到含义很深，他脑海里在剧烈翻腾，一句话也说不出来。

火车顶着西风在黑夜中艰难地爬行。

定山征得芳闻的同意，先带着她拜见了父母，拜见了夏月荷父母，拜见了大掌柜，然后把一些主要的亲朋好友请来，在中山大街上一家新开的酒楼里摆了五桌酒席，宣布了自己和芳闻结婚的消息。在大家的一片惊愕诧异声中，定山向大家作了解释。定山说：芳闻是个大学生，提出移风易俗，婚事新办，不喜欢老一套的做法。我认为，这是一种进步的思想，符合潮流发展的要求，就同意了。另外，这次我们去了河南湖北，沿路上亲眼目睹了日本鬼子烧光抢光杀光的罪证，让人触目惊心，痛心不已。我想，从现在起，我们应该节约每一文钱支援抗日前线，不要再无谓地大手大脚地浪费了。今天，这个不成敬意的婚宴，就是告诉各位，我龙定山的婚礼不收礼，不铺张，不走形式。希望各位能够谅解，也能够从现在起，为抗日捐出自己节约的每一角钱！

定山的讲话获得大家的认可，酒席上一片叫好和赞扬的声音。

第二天，定山刚坐到服装铺楼上，负责采买保管的魏永年就上来找他。他走到定山跟前，很神秘地说：老掌柜，两年前不是有个人在咱这儿里存了一个大包袱，你还记得不？

定山点点头说：知道，怎么？

永年说：你去重庆走的那天，我在盘库的时候，突然想到那里头还有个包袱，就挪开几个围着的大箱子，钻进去查看了一下。进去发现那个包袱有两个地方叫老鼠咬破了，其中一个窟窿里的东西漏了出来。我拿起一看，都是金戒指、金项链之类的金货，另一个窟窿我把手指头伸进去一抠，都是银洋。

定山问：包袱你打开了没有？

永年说：包袱绑得很结实，缝得也很密实，我把漏出来的东西又塞了进去，拿两块油布把窟窿塞上。寻了一大块油布，叫机子给轧成一个大口袋，把这个大包袱装了进去，拿绳子又绑了几道，隔几天看一下，现在再没出现啥问题。

定山听了如释重负说：这个事情，还有谁知道？

永年说：往这个库房搁的时候，加工场有两个人帮忙抬进来。是谁，我已经忘了。后来，就再没有人知道了。

看着老掌柜没有说话，永年继续说：这么长时间没人来取了，存货的人可能有啥变故了，东西不一定要了。这么贵重的东西搁在那个地方，终究不是个长久之计。我的意思，咱把它打开，点一下数。这一两年，咱这儿叫炸了两个铺子，又死了人，损失大得很，不如拿这些给咱补贴一下。今后，万一取货的人来了，咱折合成钱给他，也是一样的。

定山等他说完，说道：别人能把东西寄放到这儿，是认着咱隆丰福的招牌来的，知道隆丰福做生意讲诚信，并且存放的东西越贵重，说明对咱的信任度越高。人家寄存的时候，并没有说多长时间来取。因此，不要说搁了两年，就是搁二十年以后来取，里头东西是个啥样子，还是个啥样子，这才叫有信誉，这才能腰杆子硬硬地站在这钟楼根儿底下做生意。

看着永年脸上羞愧的神情，定山缓和了一下口气说：永年，你能为铺子操心，说明你对铺子的忠诚，也就是像你说的，这么贵重的东西搁到那儿不是个地方，一会儿你把麦升叫上，拿洋车直接把这个东西拉到北大街房子去。这个事情，除了你我，再不要给任何人说了。说着，从口袋里掏出五元法币给他，说：这是给你的奖励，至此，我不问起你，不能再提这个事情。

永年没有接钱，他说：采买管库，这是整个铺子最要紧的事情。老掌柜，你交给我，是对我的最大的信任。我知道该说什么，不该说什么。这件事情，你放心，连内掌柜问我，我都不会说，更不要说其他人了。

定山见他这样，也没有再勉强他。下个月的月例，永年发现多了一元。

半年以后，大魁悄悄对定山说：爸，有个人想见你，你知道是谁不？

定山不解地问：谁呀，这么神神道道的？

大魁小声说：是东民，东民从山西那边回来了。

定山高兴地说：噢，东民回来了。哎呀，走了有四五年了吧。回来，叫他过来，就对咧，还用给我说？

大魁依然小声说：东民是八路，西安当局成天抓共产党八路军呢，特务们在街上跟狗一样拿鼻子乱闻，看着谁不顺眼，说绑就把人绑走了，玉祥门外天天都在枪毙人，他哪里还敢大大咧咧地过来。

定山听着没有说话，大魁继续说：昨天，一个人来找我，跟我说，有个人要见我，我就没理他。他才问我，认得东民不？我害怕是特务下的套，就说，不认得。他说，我知道你叫大魁，东民跟你是好朋友，想见你一面，人在东门外头，麻烦你去一趟。我跟着他走到东门外，在炮坊街一个僻背的小院子见到了东民。东民看来把世事弄大了，光守卫的人就五六个呢。东民说，这次来是路过，有个事情想请老掌柜帮个忙，他到铺子去，人都认识，走漏了风声，麻烦就大了，想请你过去一下。

定山听完，想了一下就说：他没说啥时候？

大魁说：他说最好白天去，做生意的，你外出没人注意你。

定山说：好，那现在就去，你陪着一块儿去。

大魁说：东民说了，就请你一个去。

定山说了声好就下楼，坐上麦升拉的车就到炮坊街十七号。东民果然就等着他。几年不见，东民显得成熟老练多了。他先向老掌柜解释自己不能过铺子去的原因，接着他对保卫人员说，让洋车先回去，在外面停着目标太大，晌午端的时候再过来接。下来就亲热地问长问短。定山把几年里铺子的情况和人员的情况，都给他简单说了，东民又是一番感慨。

定山知道他有话要说，就直截了当地问他：是不是有啥事情需要我帮忙？

东民见老掌柜直奔主题，也就回到要说的事情上来，他说：八路军在前线打鬼子很是艰苦，虽然打了不少胜仗，但由于装备和供应很差，消耗很大。自从国民党对共产党实施了“溶共、防共、限共、反共”的反动方针，并通过反共决议和一系列反共文件，在全国范围大肆破坏共产党组织，逮捕共产党员，多方面与八路军制造摩擦事件，最近中央政府又突然终止了对八路军新四军的一切供应，使得正在英勇奋战的八路军将士粮草弹药得不到补充，医药装备服装得不到供应，造成的伤亡很大。我就是刚刚从战场上下来，亲自目睹了由于缺医少药，伤员大量死亡的情况。

定山聚精会神地听着，很理解东民说的情况。

东民话锋一转说道：我之所以冒险到西安来，就是想到了你，我在老掌柜你手下干了这么多年，对你的处事为人，你的爱国精神，你的正义感，都是非常了解的。我想请你帮我给部队解决一些急需的医药问题。

定山原想东民可能是要钱，他已经有了思想准备。没想到，要他帮忙搞药品，他对这个是一窍不通，刚要说话，东民又接着说：老掌柜肯定没搞过药品，也没有门路。这个不要紧，我们已经找到了货源，这些药品都是一些止血、消炎、止疼的急需货。现在的问题是，我现在没有钱，想请老掌柜先垫付药款，待我们筹的款到了之后，一定及时归还。

定山问：大概需要多少钱？

东民说：四千元法币。

定山沉默了一下问：东民，你认识不认识一个叫贺终成的人？

东民说：贺终成？知道呀，原来是我们一个部队的。据说，派他带两个人去押解一批款项回来，结果，他们拿到巨款以后，就没有下落了。边区保卫部经调查，三人至今下落不明。估计是携款潜逃了，抓捕的通告早已经发下去了。老掌柜，怎么知道他？

定山说：这个人还是以你的名义来找咱们铺子的。大掌柜是看你的面子，才接待他的。这个人是个好人，多亏你这次来了，不然，这三个人可就冤枉死了。接着，他就把贺终成等三人在铺子存放大包袱的情况告诉了东民。并说，几个月之前，包袱被老鼠咬了，里头的东西漏了出来，才知道里头都是值钱的东西。

东民一听由惊愕到惊喜，好久以来使他倍感烦恼的药品经费问题，这不是很简单地就解决了嘛。更可喜的是，一个疑案终于水落石出了，贺终成等三个同志可能是在十分困难的情况下，想方设法为革命保护了这一笔宝贵的财产。现在，这笔财产在自己来西安的无意之中浮出水面，三位同志用行动为自己正名。这三个同志可能被敌人关押或者已经牺牲，自己有责任把他们的真实情况尽快向上级报告。

包袱被拉到东民临时住的地方。

永年一道一道地解开绳子，去掉油布，又是一道一道的绳子，解开之后，是一床被子，去掉被子，又是一条绒毯，打开绒毯，一百二十封银洋露了出来，另外的一个红缎里包着有一升大小的一包各式各样的金银首饰，里头还有一张纸，上写着：

民国二十九年三月，奉命从记（冀）东分区压（押）解一批经费回本步（部）。计有：大洋一百二十封，金项链十五条，金戒指四十三个，金桌（镯）子六个，银项圈二十一个，银鞋拔十二个，银站（簪）子三十个。

交付人：记（冀）东分区 姚显坤（手印）
接收人：边区后勤部 贺终成（手印）
帖广和（手印）
赵小卫（手印）

（本收据一式两份，此为第二份）

经过查对，实物与收据完全相符，东民再次向老掌柜表示感谢，声称一定将隆丰福铺子两年多时间，在无人认领的情况下，精心保管革命财物的崇高精神向上级汇报。他准备用这些钱，去买部队急需的救命药品，还请定山帮忙，把一部分金银兑换成法币。

定山听了以后说：东民，我有几句话，说了以后，你再决定咋办，行不？

东民知道老掌柜肯定有不同意见。以往跟老掌柜决定大事的时候，经过他头脑思考的东西，不说则已，说了，那肯定是很成熟很符合实际的方案。于是他说：老掌柜，你说，我听你的。

定山说：你们打日本是为了国家，为了民族。买药品是为了救伤员。没找到我，那不说；找到我了，我就得出一份儿力。这四千元法币我出了，也算是隆丰福给抗日出了一份儿力。

东民一听高兴地站起来，向定山敬了一个礼。

定山继续说：我思谋，这些银洋和金银器，牵扯到收据上三个人甚至四个人的名誉生死问题。我虽不懂你们共产党的章程，但我认为，你在这儿把这钱花了，回去给说一下那些银洋和金银器找到了，我已经把它花了，买了东西了，他们三个都是好人。这有些轻飘飘的，有些对人不负责任的感觉，应该让发通告的单位看看这些用命保护下来的实物，为这几个人洗清名誉。如果这些人真是为这些钱牺牲了，你想一想，你轻描淡写地处理这个事，咱从良心上咋过得去，咋对得起这些人呀？

定山看着东民低下头，接着说：我不知道，你现在是个多大的官。我总觉得，没有经过上头同意，你自作主张，让我帮你兑换，这金银的成色如何，按什么标准兑换，兑换了多少，等等，上头没见东西，你回去也说不清。你一定要记住，在外头干事的人，千万不要在金钱和女人上犯麻达，又臭人又说不清，还没人同情你。尽管你不是我的二掌柜了，说不上你了，但我是你的朋友，是真朋友，才给你说这话呢！

东民抬起头，目光炯炯地看着定山，上前一步握着定山的手，感激地说：老掌柜，你啥时候都是我的老师、长辈，啥时候都说得上我，感谢你及时提醒我，我一定按你说的去做！

两天后，定山派麦升和栓柱赶着车送东民他们回去，临走时，东民给定山写了一张四千元法币的借据。

第二十六章

喧嚣一天的街道终于安静下来了，当最后一班烟火缭绕的木炭代油的公共汽车过去之后，路上的行人就很少了。除了昏暗的路灯，街上门面里的灯光，随着门板上好，门扇关上，也都逐渐消失，像人一样辛劳了一天的城市，现在进入休息的时候了。

大魁让宁娃拉着洋车把兰馨送回家，自己把瓷器店的里里外外查看了一遍，给罗浩明和另一个叫有粮的相公说：注意门户，小心灯火，早些睡觉。出来后，顺着中山大街往钟楼方向走，他要到染料行、服装店去查看，还要到加工场再去照看一下，这是他每天已经形成习惯的工作。大掌柜当年管理铺子的一套，大魁尽量先照着学，照着做，经常还去大掌柜家里请教些问题，大掌柜是有问必答。遇到一些难缠的事情，除了请示自己父亲之外，更多的是跟大掌柜说，大掌柜给他分析这事情内在的原因，还点拨他一些看人处事的窍道，教给他一些处理方法。告诉他遇事看准了，喀里玛差（快刀斩乱麻），日中必彗，不要错过良机。处事坚持“见蛇打七寸，遇狼掴腿脚”，凡事只要掐住头，再顺着往下捋，多难的事应付起来，自己心里就有了路数了。大魁慢慢地管理起来，就自如得多了。

大魁很清楚银洋停止流通换成法币以后，物价不稳定的情况，比以前更厉害了。前方在打仗，后方的税费也在不断增加，加上连年旱灾收成不好，还听说日本人已经打到潼关，扬言要到咸阳祭拜老祖先。当局又准备疏散省城民众。因此，人心浮动，市场不稳，生意举步维艰。为了保平不赔，大魁经常和账房一起要根据市场变化的行情，调整各个货品的价钱，这样的结果，使得各个铺子经常都要发生跟买主失叨叨（争吵）的情况。前两天，服装店和染料行里发生的事情就有了些火药味，也让铺子受了些损失。

一个二十多岁的小伙子刚买了一件中山服上衣，穿回去之后，家里人都说好，样子好，色气正，布料展拓，第二天，他就把兄弟也领来了，要给兄弟也挑一件。在他兄弟试衣裳的时候，相公就告诉他：价钱涨了一块钱。这个人一听就躁（生气）了：昨天刚买的，看着好，再买一件；不到一个对时就涨一块，你们是店大欺客呢？相公们只能解释，布料辅材又涨了，没办法。还说，人家涨了一块三，我们只涨一块钱，还是少的呢！那人一气说：你涨，你涨，我不要了，还不行！放下衣裳拉起兄弟拧身就走。

过了两天，他又领着兄弟来了。原来回去之后兄弟一直不高兴，饭也不吃，问话也不搭理，把个老母亲气得骂他：你个当哥的给兄弟多一块钱都舍不得花，还有个当哥的样子没有？我把钱给你，你给你兄弟去把那件衣裳买了。他不敢违背母亲的意思，硬着头皮领着兄弟又到了服装店，还要那件衣服，相公准备挑下来的时候，就告诉他，对不住，比你上回又涨了一块，你要不要？

他把头一拧，害气地说：这价钱比屎毛都涨得快，今儿个你就是涨十块，我也得买，谁叫我看上这四个兜兜的衣裳咧！旁边一个无事在铺子里闲转的人接茬就说：伙计，你说错了，屎毛倒没长，只是你下巴上的毛，长得比屎毛快多了。他扭头一看是他门口的街痞韩福，这是个最喜欢膘凉打杂的下三烂，嘴角上有一道据说小时候被猪咬了的细长疤痕，立马反唇相讥道：我的屎毛长不长，你媳妇知道，反正这货价涨得再凶，你那比屎高不了多少的个子，是再也长不上去了。大家一听都笑起来。韩福感觉丢了人，出其不意地猛扑过来，抱住那个的腰把他顶在铺柜上，两个扭成一团滚在地上。韩福个子虽小，经常爱打架，练就了一套掏裆顶牙抠屁股的邪门歪道，几下就把大个子压在下面，众人急忙把他俩拉开，大个子新穿的中山装从领口以下被撕开了。

大个子骂了韩福又骂隆丰福。听见打架，靳铁锁从楼上急忙下来对他说：不要胡骂，有事说事。你打架撕扯了，怪谁呢？你把衣服脱下来，我让人给你拾掇好，你兄弟要的衣服这一块钱不涨了，行不？大个子黑着脸不吭气。靳铁锁又对韩福说：你个磨闲牙不捡地方的货，在隆丰福这儿耍开把式了，给你说，铺柜弄坏了，把人的衣裳也扯烂了，我给警察局招呼一声，就能来抓你，你说，咋办吧？

韩福梗着脖子说：甭拿警察局吓我，谁又不是没进去过，隆丰福咋咧，警察局长又不是你二舅！

靳铁锁见这小子出言不逊，决心教训一下他。人高马大胳膊长的靳铁锁上前一把抓住韩福的领口子，一个指头锁住他的喉咙。这小子想踢，腿不够长；

想骂，嘴张不开；想咬，头低不下。他像一只被捏在手里待宰的鸡，浑身挣扎用不上劲。靳铁锁告诉他：看你是个三斤重的鸭子二斤半的嘴，身上除了骨头没有几两肉，饶你这一回，再敢到这儿胡骚情，打得你屁的比尿的还稀！滚！一松手把韩福推出了门外。

大魁其实一直就在远一点儿的地方看着，他看靳铁锁怎样处理这件事情，等到他教训完了，韩福灰溜溜要走的时候，才过来说：哎，靳掌柜，买主来了，请进来嘛，咋叫人走了？

靳铁锁明白大魁的意思说：他说，他回去拿钱去，一会儿要买几套西服旗袍呢。

大魁故作恍然大悟地说：好，大买主，走好，走好，等着你过来。

韩福在一片笑声中消失在人群里。大个子见服装店给自己出了气，给兄弟挑了一件上衣，答应明天来取自己的衣裳。

还有一回，税务局给各铺子下通知，在正常收税的情况下，每一件货另加五角钱的捐，叫作消费捐。就是让买主在货款之外，按最小单位每个再交五角钱，这个捐，他们每三天过来数件数个来收钱。这个捐害得商户们怨声载道，市场一片沸反盈天，各处商户门前几乎都在为这个捐吵吵闹闹。一天下午，染料行来了几个外县的买主，有染房的，有洗染铺的，几十种染料，各样数量不多，都要了一些，有十斤八斤的，有半斤四两的，相公们给一个个包好。到交账的时候，这十几块钱的捐，他们就是不交，认为是多要的钱。账房把税务局的通告拿出来让看，他们也不认，柳大掌柜苦口婆心告诉，这个钱要单独给税务局放到箱子里，人家来要查呢，买主还是不给。柳大掌柜正寻思着咋样折中一下的时候，税务局的人正好到了。那个姓宁的税管一看这么多的罐罐包包立马就说：搬着尻子齐数（挨个数），一个五毛先把捐交了！一个买主带了个二十几岁的儿子，血气方刚的小伙子看着瘦小的宁税管人五人六的样子，气就不打一处来，就说：你是个失三（老儿）？说话就跟叫驴一样？闪到一岸子去！

宁税管虽然一身制服，远看着威风凛凛，脸上却是“雨打沙滩点点坑”。仗着是个收税的，三十多岁才娶了一个粗手大脚的媳妇。据他媳妇给相好的女友私下说，老宁的那个“老二”不行，经常在“门前谢恩”。这个秘密很快就让商户们都知道了，有人见了他，故意把他那个宁和硬同调，而且后音拉得很长，人们会意地一笑，老宁也不知道明白不明白，跟着大家哈哈一笑。老实说，老宁在他管的这一段，人缘还是不错的。但是，在生人面前，这个宁税管那个人上人的架子，还是很威严的。听惯了讨好和恭维话的他，猛然遭到这个“乡里棒”的责骂，有点儿像老婆一气之下把他从肚子上颠到床底下一样，尿硬不起，气却顶起来了，一百〇八个麻子个个闪亮，像个配种不成的叫驴一样地吼叫起来：辱骂国家公职人员，罚你的捐五毛变一块，少一个子儿都不成！

柳大掌柜一看这事出了麻达，刚要过去安抚宁税管，只见那个小伙子搬起地上的货就往外走，其他几个也一齐上，三下五除二把一堆货搬了个干净。宁税管一看火冒三丈，气急败坏地追了出去，抓住小伙子一甩，小伙子连人带货倒在地上。小伙子一急，爬起来一拳把个老宁打了个仰面朝天，那个威风的税务硬壳帽子咕噜咕噜滚到了马路对面。不大工夫，警察来了，几个人背着自己买的染料被带进了局子。害得染料行的人还得天天给他们送饭。

就在铺子艰难维持的情况下，一天，商会会长外号“鬼狐子”的白生财，专程来拜访隆丰福老掌柜龙定山。这个白会长以前是个省府的小官员，被人家挤出来在商会里落了脚。他知道这是个权不大油水大的地方，也就心安理得地留了下来。然而，他时刻提防别人觊觎这个位子，除了几个亲信之外，谁都不许进来。他知道龙定山实力强，有威望，想把他拉进来，为自己增加号召力，又怕他进来取代他，一直压着他，不让他出头。有次他喝酒喝高了，顺嘴说了句：龙掌柜，大家都听你的，你来当个商会副会长，是最合适不过了。大家一听都说好，他可出了一身冷汗，害怕龙定山顺坡下驴答应下来。没想到，龙定山说：咱是个生意人，做生意是本分。做会长，那是做官人的事情，我想都没想过，也不想干这个差事。一是没有时间，二是根本也干不了。龙定山这样一说，鬼狐子心里才踏实了。

以往有事，都是商会来人招呼，叫老掌柜到商会去。这次，鬼狐子带着几个人登门拜访，定山感觉一定有啥大事情。定山客气地把几位请上楼，小相公摆好烟茶，白会长笑容可掬地说：隆丰福生意越做越红火，钱挣得叫人看了眼都发馋啊！其他几个也随着会长的笑声，哈哈、嘻嘻地笑起来。

定山笑着给大家递上美丽牌纸烟，打趣地说：老虎不吃人，恶名在外，隆丰福就是赔钱，你们也认为挣大钱呢。会长你心里明得跟镜子一样，现在这生意，能把摊子顾住不关门，就是好的了，谁还能挣钱，白会长咋光是眼盯着谁家吃白馍，咋不看人家受难怅呀！

白生财会长圆滑地说：越是难怅才越见本事呢，不算你的加工场，光是这三个铺子，哪个生意不红火？服装店里头，天天人都是满的，这西安城谁不知道：俏板衣裳赶时髦，隆丰福店里挑头梢，摆设收藏讲排场，瓷器店里好货藏，要想衣裳更艳丽，就到染料行里去。龙掌柜，你的隆丰福把挑梢子的行当都占全了，说句丑话，挣钱还不是咱裤裆里摸万货（东西），出手就来嘛！哈哈。几个人一起又哈哈开了。

听了白生财的一番话，定山心里更明白了，这伙人不但是来要钱的，而且是要大钱的！他心里十分反感：商会不想办法向政府争取些有利于经商的政策，提供些方便条件，总是跟会长的名字一样，想从商户身上刮些油水、白生些财。他抱定一个宗旨：小钱可以，大钱没有！他故意打着哈哈：难得会长今儿个清闲，咱寻个地方喝茶，我这儿有四川的好叶子。

白会长连忙摆手：没时间，没时间。现在，上头催得跟鬼吹火一样，这两天脚不停点地开会，头一家，就先到你这儿。

定山带点儿揶揄地说道：多谢白会长，有了好事，头一个想到我。

白会长露出鬼狐子的本相，藏头露尾地说：前方又打了一个大胜仗，知道不？

定山说：报纸上看见了，打得好。

白会长说：无论胜仗败仗，打仗就是打钱呢，钱多就能买好枪好炮，枪炮不行，打仗肯定就难赢。现在，日本鬼子跟猪一样，一个劲儿朝前拱呢。咱的队伍，现在就是看准了机会，就收拾它一家伙！定山你想，前方在拼死拼活打仗，咱后方是不是也得要大力支援，对不对？

定山听了心里松了一口气说：支援抗战，义不容辞，我家老二，就在河南跟日本鬼子正打得热火朝天呢！

白会长惊讶地说：光听说你家老二在河南，还不知道是个当兵的，你还是个抗属，这就更好了。为抗日将士捐款，龙掌柜肯定没有麻达了！

其他人附和着说：当哥的给兄弟捐款，不但心甘情愿，而且有多少拿多少，一点儿都不心疼。

白会长拿出一张单子交给定山，定山一看是一张捐献武器的价目表。上面罗列了许多武器的价钱，步枪三百元，冲锋枪五百元，迫击炮一千元，轻机枪二千元，重机枪三千五百元，山炮六千元，高射炮一万元，还有汽车、坦克、飞机等，明码标价。

白会长问定山：龙掌柜，上峰给咱商会一共下了八千元的捐款，也就是一个山炮的指标。我想，隆丰福三个铺子加一个加工场，给咱商会扛一个大头儿，捐个一千元如何？

定山看着单子蹙着眉头没有说话。

白会长说：我也知道，给你派得有些多，可咱算一下，新迁来的那些工厂和商铺，省府下的有政策，保护安排，生根发展，税收减半，捐摊全免。这些都是些大头，可一分钱都收不上。剩下的咱这些老基本店铺，数个个不少，挤水水不多。捐得好的，几十一百，还有十块八块的。由于是捐款，咱也不能强迫，只能多作揖多烧香，多说好话多赔笑脸，捐多少是多少。我都发愁这八千元咋完成呢。你再不扛这个大头，咱商会只能关门了。说完，他两手一摊，无可奈何地叹了一口气。

定山给大家茶碗里都续上水，笑着对白会长说：白会长，商会不能关门，你的会长还要当好。抗日这是举国全民的大事，尽管生意难做，但咱西安开铺子的明白人还是不少，不会出现像你说的大家都舍不得出钱的事情。商人当然是将本求利的人，但也是爱国的，对日本鬼子侵略恨的是咬牙切齿。因此，在这样的大是大非面前，并不会比那些只会耍嘴皮子功夫的人贡献少！可就是有这样一些人，平时看不起商人，当面背后骂我们是奸商，可一遇到要钱的时候，头一个就先想到商人，好像商人的钱都不是正道上来的，要起钱来有理气长，口大气粗。他们认为，商人最好欺负，掏了你的钱，扎了他的势，还要骂你一声：南山的核桃，就得砸着吃！

白会长听了这话，感到有些“洗脚水泡茶，味道不对”，于是站起来说：龙掌柜，你有些误会了。不是说咱商人不爱国，也不是说大家都不掏钱，只是说，现在这生意不好，各家都不宽余，拿不出多少钱。刚才给你说的那个数，实在有难处，减一半也能成。

定山笑着说：白会长，是你误会我的意思了。我说这话，并不是想少捐钱，而是要提醒各位，给抗日捐款这事是一项爱国的正义行动，不同于往常的派款派捐，要理直气壮地给大家说明白，让大家知道，这钱是干啥用的。尽管我还不知道大家是咋想的，但我估摸着，这八千元不难完成。

白会长平时最忌讳别人说他没本事，听了定山这一番话，他自己心里也略微有了底，可他又不愿意让定山的见识占了先，就说：龙掌柜，其实说出了我要说的话，商户们还是通情达理的。我也认为，这一回咱不派不摊，让商户们自觉自愿，根据自己的能力为国家尽一份力。龙掌柜，你到底捐多少？

定山说：白会长，你看得起隆丰福，隆丰福也不能驳你白会长的面子，会长先到其他商户去宣传动员。至于我，我给你吃一颗定心丸，我捐的肯定不会比你给我定的码子少！

白会长听了定山这句话，一颗悬着的心终于稳住了。他站起来笑着说：人说大丈夫言而有信，龙掌柜的话肯定一诺千金，兄弟相信，兄弟佩服。告辞，改日，咱会上见。

五天后的一个上午，西安商界为抗日前线捐款仪式在钟楼东南角的空地上举行，二百多人参加了这个庄严的仪式。西安行营的一个军官和省府工商厅的副厅长分别讲了话，一阵热烈的锣鼓响过之后，捐款仪式开始了。白会长简单说了几句，就照着名单点名，请捐款单位上来直接交款，第一个就是隆丰福。

龙定山微笑着走到台前，向挂着的孙中山像鞠了一躬，然后，把提着的一个小包放到桌子上，掏出一叠钱交给登记人。白会长十分关注隆丰福捐款的数目，眼睛盯着那一叠钱。登记人问：龙掌柜，捐多少？

定山声音不大，但口齿清亮地说：六千。

登记人有点儿不相信地反问了一句：多少？

定山重复了一句：六千。然后就拿起包走了回来。

当登记人点清了现金，很肯定地向白会长报出六千这个数字的时候，白会长激动地向台上台下大声宣布道：隆丰福捐款六千元！霎时间，会场上响起一片掌声，大家纷纷议论起来。白会长本来心里准备，隆丰福的捐款是一千或者稍多一点儿，甚至还准备接受龙定山的八百或者六百元。这个六千元，他根本没有思想准备。不过，他反应还是很快的，没有继续宣读下一个捐款单位的名字，而是请隆丰福的老掌柜龙定山先生上台来讲话。坐在台上的几个官员显然对白会长的这个决定非常赞赏，很高兴地鼓起掌来。

在白会长又一次的催促下，龙定山走到台前面对着大家鞠了一躬，清了嗓子沉稳地说了起来：各位同人，感谢白会长给隆丰福这个说话的机会。今年上半年，我去四川的时候，一路上亲眼看见日本鬼子侵占我大好河山，实行野蛮罪恶的三光政策，给广大同胞带来巨大灾难的惨痛景象。作为一个中国人，一个炎黄的子孙，面对野兽的暴行，我无能为力。我的眼在流泪，我的心在流血，为自己的无能而羞愧。现在，我们有了这样的一个机会，这就是为抗日有钱出钱，有力出力的机会。尽管现在人心浮动，生意萧条，每家铺子买卖都很艰难，都是在微利中求生存；但我们比起那些在敌人铁蹄下生活的同胞们，我们处境要好多了。我们起码没有生命的危险，起码还有房子住，有饭吃。我们应该想到，正是由于前方的队伍在跟敌人浴血奋战，是他们把敌人死死地挡在了潼关以外、黄河以东，我们才有这样的安宁。我们给他们捐一杆枪，捐一门炮，难道不应该吗？隆丰福捐这点儿钱，是微不足道的。但是，这还是我们的人每顿饭省半个馍，大家多跑腿少雇车，一张纸半锭墨省出来的。我们认为，为了前方将士多打胜仗，我们多吃些苦，多省一口，多捐一点儿，我们心甘情愿，我们认为值得！

定山在一片热烈的掌声中鞠躬走下台。接下来，捐款的人明显地踊跃起来。有人在包好的纸包外显然又加了一些钱；有人被点到后，让稍等一会儿，可能是派人取钱去了；还有的没有被点名的铺子，看到这情景也上来主动捐款，最后，连一些围观的路人，拉洋车的，吹糖人的，卖镜糕的，卖疙瘩剁的（麦芽糖块）也都上来五毛一块地主动捐款。晌午端，捐款仪式结束了，根据安排，凡来开会的人，都到益华楼吃羊肉泡馍。那几个军政人员看见最后交上来的很多都是零毛毛钱，可能不想吃，也可能不好意思吃，反正，在白会长再三再四的邀请下，一个个都不去，拉得急了，就说：把节省的饭钱也捐了吧。

登记人最后给白会长报出的捐款数字是一万六千七百二十六元八角。白会长擦了擦头上的汗水，满意地说：好好，翻了一番，半个月没白忙活，成绩不小呀！

城里在捐款，农村在拉壮丁。拉壮丁就是给队伍上输送兵源。本来，在这国难当头的时候，任何一个年轻男子到队伍上当兵，是义不容辞、天经地义的事情，可国民党当局硬是把一个可以宣传鼓励，让个人家庭可以引以为荣的正事，变成了上压下派，死拉活拽，民躲官追，当兵就像上阎王殿一样的恐怖差事。其间，给官员们以权谋私、贪赃枉法、敲诈勒索造成了很多机会，也成了国民党在大陆后期一道独特丑陋的西洋景。

先是塬上七十多岁的同福带着孙子来找龙柏廉，想叫他给定山说一下，让孙子在隆丰福铺子里干个相公，或者当个伙计，给不给钱，都是次要的，只要能躲过这个拉壮丁的茬口就行。因为政府有个规定：公务员、商人、学生三种人可以不当壮丁。龙柏廉轻易不出门，见自己的恩人同福哥为这事情找他，二话不说，坐上同福的车，就来到省城找大儿子。定山自然是热情接待，问给保长塞钱了没有？同福说：先塞了五块，一看不行，又塞了五块，这是一亩地的钱呀，保长还没松口。后来，听说是接兵的死活不答应，又给接兵的塞了十块，人家鼻子连哼都没哼。打听后才知道，凡是被派上壮丁的，家家都抢着塞钱给管征兵的，乞求让把自己孩子的壮丁免除了。这些家伙谁送都要，今天刚给你说，不要紧了，明天又说，非去不可，把老百姓折腾得死去活来。孙子看见爷爷不断地往外掏钱，害气地说：不给他钱了，我去当兵就是了。我就不信，去了就非死不可。爷爷还是不忍心，就想到到城里当相公的这条路。定山当然是毫无条件地把这个叫春禄的小伙子留下了。

没想到，春禄在城里当相公的事情，不知咋给泄露出去了。当时，壮丁跑了，惩罚是很严的，轻的是打、罚，重的就是判刑，几年大牢坐出来，还得去当兵。没过几天，队伍上就来了几个人到隆丰福要人。开始，加工场一口咬定没有这个人，那个当官的一巴掌把常怀德拨到一边去，就让人在大院子里各个房子里搜查起来，很快就把春禄找出来了。这伙人刚要打，定山坐着车赶到了，大喊一声：不能打人！那几个当兵的没把定山的话当回事，抽出皮带刚抡起来，麦升跟大魁都冲了上去，其他伙计也一拥而上，把他们的枪口朝上一推，当兵的立马就老实了。不过，那个当官的还是大声喊道：追捕逃兵，任何人不得阻拦，谁敢挡，就抓谁！

定山上前和蔼地说：他还没当兵呢，还不能算逃兵。他现在是我铺子的相公，经商的人不能派壮丁。这个，你们清楚吧？

那个当官的说：商人不派壮丁，这话是对的。可在派他壮丁的时候，他还是西王寨子的农民，他叫王春禄，他自己在壮丁登记单上还签的有字，这只是前半个月的事情。那个时候，他还不是你铺子的相公吧？

见当官的这样说，定山知道硬顶下去，对处理这件事情不利，他还是缓缓地说：弟兄们远道而来，又累又乏，可能还没吃饭，这里也不是说话的地方。我看让人陪着先到外头吃个饭，兄弟们休息一下，有话咱慢慢说嘛。

这话比他排长的命令都管用，几个兵说了声好，转过身就往外走，排长也无奈地跟在后边。

几个当兵的，是由大魁和麦升两个陪着招待的。西关葫芦头（猪骨浓汤加肥肠冒饼）外带几个特色凉菜，两壶西凤酒，把几个湖北兵吃得余香满口，意犹未尽，饱嗝连连。大魁望着几个汤干馍净的空老碗，问排长：兄弟们还要点什么？排长说：没想到，猪屁股里还能出来这么好的味道，这个饭菜最适合当兵的吃了。

大魁说：西安比这好吃的吃喝还多着呢，官长以后有机会过来，慢慢地都品尝一下。

这个小排长高兴地说：好呀，等塬上把兵弄齐了，我们就下来了。到时候，我来找你。

大魁也装着高兴地说：能成嘛，到时候一定陪你。哎，官长，这个小伙子的事，咋办呢？

小排长用牙签剔着牙含混地说：他的名字已经报到省上了，换不了，不去，都不行了。

大魁说：照你这么说，刚才的这饭是白吃了？

小排长有些难为情地说：我们只是奉命行事。决定这事，还要给我们的大官说，我估计你们的钱没送到数儿。不过，话说回来，现如今，要办这么大个事儿，这个饭十顿也办不成。

就在大魁陪着这几个当兵的吃饭的过程中，东民的媳妇史竹青也带着一个小伙子来找老掌柜了。竹青见了定山没说话，先呜呜地哭起来。定山知道东民在八路军队伍上，竹青一个人带着两个孩子，日子过得十分艰难，可她从来没有找过他。今天哭得这么恓惶，肯定是遇到实在迈不过的坎儿了。定山安慰着她，让她把啥难处说出来。

竹青抽抽搭搭地说，本来她是没脸来见老掌柜的，东民不给铺子出力，跑得几年都没个音信，自己一点儿也指望不上。现在，娘家最小的兄弟被拉了壮丁，人家都在托人求情呢，咱还能不管？可两个哥哥都是老实人，钱也花了，人也找了，临末了，还是非走不可。她实在想不出啥办法了，只好来求老掌柜帮忙。

定山看了看这个叫史东祥的小伙子，身体很壮实，问了几句话，看起来也挺机灵的。就说：我一个亲戚的娃，也是在这事上正麻缠着呢。干脆一块儿叫来，我想先说上几句话，说完，咱再商量咋办。竹青点点头答应了，定山先安排他们吃饭，然后让人把王春禄也叫到加工场的客厅里来，与竹青和她兄弟见了面。定山又让人，把麦升和栓柱也叫来一起听。

定山仔细问了两个小伙子家里的情况，又问了他们对到队伍上去的看法。没想到，史东祥和王春禄两个对当兵并不反感。一个说：家里糠菜半年粮，走一个人，能给家里省不少粮食。另一个说：年轻人到外边闯一闯，有出息，总比一辈子打牛后半截子强。

两个小伙子的说法，开始很让定山意外，但他很快就理解了年轻人的心思。正处于充满幻想，躁动不安青春期的年轻人，和他们长辈的想法是不同的。他们对当兵的后果想得很少，只是渴望从乡村那个狭小的天地里挣脱出来。定山联想到自己在这个年龄的时候，对于父亲让他跟着学习造纸这行很是反感，情愿三伏天顶着太阳晒，三九天冻得打哆嗦，在省城里推着水车送水，也不愿囿于家庭那个小圈子里。当他在腊月二十三过年回家，把自己挣来的一捧铜子儿、麻钱、银角子当面交给父亲的时候，那个成就感，那个自豪感，让他把手上的裂子、脚上的冻疮带来的痛苦，都忘得干干净净。看到两个小伙子的这种认识，定山从心里高兴，一个新的想法在脑子里形成了。

可是，弟弟的话让竹青大吃一惊。本来她想，弟弟肯定会说一通父母年龄大，家里离不开，自己不情愿等等的话。没想到，他竟然还表达了想去的愿望，这让她十分恼怒。当场训斥弟弟：当兵就要上战场，上了战场，那枪子儿可不长眼睛，父母抓养你，是容易的吗？家里尽量把你往回拉，可你还争着争着要往里钻！你是刚才的白米饭吃闷了，还是进城来看瓜（傻）了？

定山待竹青把气撒完，才缓缓地说：年轻人敢说真话，是一种有勇气的表现；敢想敢闯，又是一种有出息的行为。以我个人的眼光，两个小伙子将来都有出息。小伙子有出息，就要给他机会，让他抓住机会发展自己，蹲在家里，他就难以有机会，靠每天把日头从东山背到西山，很难干成什么大事情。

说到这里，定山话头一转说道：前几个月，我到河南湖北去了一趟，亲眼看见日本鬼子把一片一片的村子烧成平地，把咱们中国人用机枪成十上百地打死在沟壕旁。国军和八路军正在各条战线上打击着敌人。拉壮丁，实际上就是给队伍补充后备力量。如果大家你不去，我不去，日本鬼子不是没人打了嘛，鬼子早就打进潼关来到西安了。鬼子在河南湖北能烧杀能抢掠，到陕西一样能杀人放火。那时候，咱还能坐在这儿安安宁宁说话吗？咱即便没有被杀被抢，也不知道早窝到什么地方去了！城里不断在宣传热血男儿要奔赴前方，有志青年应该在国家有难的时候为国出力，这就是咱念书时学的“国家有难，匹夫有责”的意思。我的年龄大了，上不了战场了，我就尽我的力量为队伍捐款，捐的尽管不多，但也是三个铺子近半年的收入。我认为，只有人人都行动起来，为抗战出一份力，打败日本，赢得胜利，咱才能过上安宁日子。因此，不要把出壮丁都看成是坏事，上前线打日本，是给国家出力，给民族争气，为保卫父老乡亲尽职尽责，是正当的事，是体面的事，也是一个热血男儿壮怀激烈的正义之举！长辈们爱护你们，想把你们保护在自己的身边，这是亲情使然，应该感恩。如果说，实在留不住，与其被人追撵强迫，与其花钱求人，还不如慷慨从军，堂堂正正当兵，为国家为自己建功立业。

说到这里，定山看见两个小伙子得到支持，情绪激动的样子，心里很高兴。但他知道，他们家里的认识问题还没解决。于是，他继续说：我想分别派一个人跟你们两个到家里去，尽量交涉，能不去就不去，实在办不成，把办事的钱留给你们家里，你俩到队伍上好好干，争取混出个眉眼来，给自己扬名，也给家里光宗耀祖。

定山的一席话，说得两个小伙子热血沸腾，跃跃欲试，竹青也似有触动，答应一切按定山的安排为是。麦升随着几个当兵的，带上王春禄一起到塬上，让栓柱陪着竹青和史东祥一起去西高桥。

麦升见到那个两颗门牙露在外头的官长跟他一谈，听出来最少要三百元，才有可能让壮丁不去的意思，就礼貌地退出来。按照定山讲的那一套，给同福爷爷把抗战打鬼子的道理一摆，老人家深明大义，称赞麦升道理说得好，国难当头，要以小家服从大家，咱不上前线，谁上前线！表示谁都不找了，全家高高兴兴送春禄当兵去。麦升把定山带来的一百五十元钱交给同福爷爷说：我们老掌柜知道，道理一讲，爷爷肯定就会想得通的。因此，我就没想着把钱给他。留给爷爷，春禄不在，这些钱留给家里补贴一点儿。

同福爷爷说：这个钱，你带回去，我不缺钱。你掌柜的派你来，把道理挑明，也给春禄指了一条大路，这就好得很，我等着春禄给我报喜讯回来。

麦升借口不敢违抗老掌柜的安排为由，硬是把钱留下了。

王春禄由于是自愿出壮丁的，等待的时候，没受啥委屈，来到潼关队伍上后，虚心学习，肯动脑筋，加上有眼色会说话，连长让他当个传令兵，几个月后就当上了班长，一年以后晋升排长。在日本鬼子投降前的几个月，他们出潼关与鬼子打了一仗，他们排杀敌十六个，缴获枪支二十一支，获得嘉奖，并升为连副。鬼子投降以后，他们换上美式服装，调转枪口跟解放军打仗。同福爷爷跑到河南，把孙子死拉活拽硬从队伍上偷着弄回家。告诉他，咱是打日本去的，日本鬼子被打跑咧，咱不打自己人。那个时候兵荒马乱，战事紧，调动频繁，人员变动大，春禄以受伤为名，回来重新当了农民，避开了死亡的可能，却在后来的岁月里被定为反革命分子、管制对象，二十多年里抬不起头，“文革”期间被多次批斗，老年时候才享上平安生活的福。

栓柱办的史东祥的事情却费了周折。接兵的官长说，要想不去伸出一个巴掌，栓柱问道：官长要五十元？官长点点头。栓柱也不及多想，就把五十元递了过去。眼看着官长把史东祥的名字划掉了。史东祥倒没有怎么高兴，全家却一片兴高采烈。栓柱把剩下的一百元交给竹青，自己就回来交差了。没想到，刚过五天，竹青又来找他了，说昨天半夜，接兵的把东祥突然带走了。她跟着接兵的人一块儿去见官长，官长脑袋摇得像拨浪鼓一样：什么钱？什么钱？没见过，我不可能要钱的，不要胡说，再胡说，我让人把你抓起来！

栓柱一听就急了，给定山说：老掌柜，我是看着他把名字勾掉的，我找他去！

竹青说；昨天半夜把壮丁全带走了，人到哪里，都不知道。

定山说：栓柱不会说谎，肯定是这个官长把咱们骗了，我明天到省府征兵局去查一下，看有没有啥办法。

竹青说：去了就去了，打日本，他也应该去，我就是来把这事说一下，千万不要怪栓柱，栓柱也是一心一意想把这事办好呢。

定山说；我不会冤枉人的。不过，这个事情没办好，有些对不起人。定山又拿出一百元交给竹青说：给老人多宽心，叫娃出去闯一闯！

竹青含着眼泪点点头。

这个史东祥被送到陕北的队伍上，没去打日本鬼子，却在陕北跟八路军搞摩擦。一年以后的一天晚上他站哨，被八路军抓了舌头，问完情况后，被关在一个窑洞里。几天以后，被解送到边区受训。受训结束，一个首长模样的人问他，是愿意留下当八路军，还是愿意回家？

看着这个队伍不打人不骂人，对自己这个俘虏说话也是和和气气的，想起姐夫当年到了这里，自己就决定留下了，八路军不好，他肯定不会留。这里虽说天天吃杂粮，但能吃饱。回家去，还不是没吃没穿，弄不好还要被拉壮丁。想到这里，他对那个首长说：我不回去，我要留下当八路。

首长说：好呀，欢迎你，史东祥同志，你现在就是八路军的一员了。通讯员，把史东祥同志先领到后勤处去换军装，然后把他送到铁八团去报到。史东祥被铁八团安排到三营一连当了一名战士。

史东祥在国军的时候，遇到一个好班长。史东祥人小又很乖巧，很让班长喜欢。这个班长是个神枪手，没事的时候，总是拿枪在练瞄准。枪法很准，轻易不开枪，一打肯定是枪枪开花。队伍休整的时候，连长常派他背个枪出去，每次都能打点儿野味回来，连里大家吃肉，全靠他那一杆枪呢。班长出去的时候总是喜欢带着史东祥。史东祥耳濡目染，虚心学习，加上老班长手把手地教他，慢慢地枪法大有长进。后来，在一次连里安排的枪法比赛的时候，班长十枪十中，他十枪九中。连长夸他：好小子，你把你们班长的绝招学到手了。超过你班长，我让你当班长！后来，连长又让比了几次，史东祥老是十枪九中，从没有超过班长。

史东祥所在的铁八团不久就渡过黄河，在山西一带与进犯的鬼子短兵相接。铁八团打硬仗是有名的，团长命令三营在最短时间里拿下一块开阔地，为包围敌人做好准备。然而，鬼子依仗着一挺重机枪，两挺轻机枪封锁，三营几次突击都被挡了回来。营长命令一连掩护，准备调来迫击炮对付重机枪，可是两门迫击炮都因为损坏不能使用，把营长气得直骂娘，只好请求兄弟营的迫击炮支援，可因为距离太远，一时还过不来，急得团团转。

史东祥趴在掩体里计算着距离，他向班长请求道：班长，能不能把你的枪让我用一下？

班长问他干什么？

史东祥说：我想上到左前方那个坡上，看看能不能从侧面打到那个鬼子的机枪。

班长目测了一下距离说：近乎一千米，有点儿软，你的枪法行不行？

史东祥说：我的枪不行，我看，你的枪可以，我想试试。

班长怀疑地看了他一眼，把枪给了他，和他一起爬上了阵地左边的土坡。史东祥校正了一下枪，把子弹检查了一下，重新装好，然后平心静气地卧好瞄准。看着他足足瞄了一分钟没有动静，班长有些急说：没把握就算了。话未落音，步枪击发，鬼子的重机枪突然不响了。

大家还没有反应过来，重机枪又响起来。班长看见鬼子把被打死的射手拉走，又一个立马补充上来。史东祥卧着还没有动，一分钟后，步枪又击发，重机枪又一次哑火了。史东祥急忙爬起身拉着班长滚下坡来，刚滚下来，他们卧着的地方几发炮弹就落了下来。营长指挥部队趁着重机枪哑火的间隙攻了上去。战斗结束后，营参谋来调查打死鬼子机枪手的情况，班长汇报是新兵史东祥。史东祥报告说：是班长给我的好枪，指挥我消灭两个机枪射手的。后来营部上报团部，请求给六班长焦大进记小功一次，新战士史东祥嘉奖一次。不用说，史东祥很快就当上了副班长。

凭借好枪法和乖巧的处事为人，史东祥屡立战功，职务也在不断上升。到三年解放战争结束，中华人民共和国成立的时候，他已经是中国人民解放军华北野战军的一名团长了。

罗浩明最近奉命监视一个有名望的士绅参议。据说，这个人不但思想激进，而且爱给当局挑毛病。还听说，最近他在给延安方面办事，就是没有抓住把柄。上司命令，严密监视，一旦抓住事实，立马抓人。罗浩明现在手下已经有五六个喽啰了。他安排他们装扮成要饭的，钉鞋的，拉洋车的，白天晚上不间断地两人一班轮流监视跟踪，每天天黑以后把跟踪的情况给他汇报，特殊情况要立马报告。

兰馨坐在铺子的后面，一般不谈生意，可进来的人，她都看得一清二楚。她对到店里来假装买货，实际是给罗浩明送字条的几个人都认清了。这些人看一会儿瓷器，咳嗽一声，顺手把小纸蛋儿放进陈列的碗里或者香炉上，他们走后稍停一会儿，罗浩明就会装作整理样品过去拿走，不长时间，他就会去茅子蹲一会儿。兰馨每天回去会给大魁学说这些事情，大魁听了只是点点头，并不说什么。

今天晚上，罗浩明照例出了门直往东门那边走去。下午他收到的字条上写着：胡子家先后来过五六个人，两个人来了，一会儿就走了，剩下三个一直在里头。他感到这是一个重要情况，很有可能是在商讨什么大事情。他想，此时来不及请示上司，准备抓住机会先摸摸底再说。

罗浩明每个月能得到五百元的活动费，给喽啰们一共发个一百多元，剩下的都是他的。别看他在店里对买主低头哈腰，在外面对喽啰们，那可是一脸的痞相，指手画脚不说，动不动对不满意的人和事还骂上几句。他早就跟头儿说过，瓷器店自己不想干了，出来专门搞特工算了，在那儿能把人憋死。头儿骂他目光短浅，不明白让他潜伏的意义。这个不起眼的瓷器店，能让他接触各方面的人，掌握社会上的思想潮流，人们对政府的反应，还能探听收集商界的动态，以合法的身份指挥手下人进行特殊监视。头儿又说，这两年你干得不错，没有暴露身份，这是最大的成功。以后，还有更重要的事情要让你做。现在千万不能急躁，要沉住气，力戒任何懈怠和鲁莽的思想和行为。头儿告诉他，现在监视的这个人很有活动能力，一定要把他看紧，争取从他身上挖出些线索或者钓出大鱼来。为了让他死心塌地卖命去干，头儿给他又甩出二百元纸钞来。

罗浩明屏声静气地聆听着上司的训话，仔细地品味着他说话的意思。尤其在这一叠法币甩在桌子上的时候，他像又被注射了一针兴奋剂，热血沸腾，激情澎湃，不仅对上司更加俯首帖耳，唯命是从，而且下决心漂亮地完成好这次任务，以期得到更多的奖赏。想到这里，他迅速地盘算着自己下一步的行动，设计了一个阴险的方案。

他们已经守候到晚上十二点多了。看着两个喽啰有点儿瞌睡，罗浩明把自己的小酒壶递过去，让他们每人抿一口，提提精神。约莫又过了一袋烟的工夫，大门开了，客人们陆续出来，洋车也从偏门拉出来。罗浩明突然看见一个熟悉的身影：麦升。他再定睛朝大门一看，最后一个出来的是自己的老掌柜。他拍了水蛇腰一下，水蛇腰身子一扭，在黑暗中随着第一辆车走了，又拍了鼻涕虫两下，鼻涕虫跟着第二辆车走了。看着老掌柜坐上车消失在黑暗中，他心里突然涌起一个恶狠狠的念头，如果老掌柜这次真惹上麻达，就势把他一下整倒，甚至整死！到时候，我跟头儿说说，把隆丰福要过来，连他那个新娶的重眉大眼的小媳妇一块儿弄到手，我罗浩明也要过一下当主子的瘾！

这位开明的参议员是一个手眼通天的活动家，早年追随孙中山，参加同盟会，在陕西参与组建靖国军，反对军阀专制，提倡民主平等，还多次募捐资金兴修水利，兴办学校，造福桑梓，在民众中很有威望，一直是省上的参议员。这位田参议员今年参加清明黄帝陵祭奠大典后，应邀到延安去访问了一下，所见所闻，令他颇为感慨。在陕北那样贫瘠的土地上，军队阵容整齐，练兵一丝不苟，老百姓丰衣足食，喜气洋洋，到处是一派欣欣向荣，生机勃勃的景象。当他看见医院里那些从抗日前方运回来的八路军伤员，由于缺医少药，用盐水当消毒药剂，用木匠锯当截肢工具，很多伤员由于缺少必要的救治而丧命的时候，内心受到巨大震撼，原来对共产党的种种偏见消除了，明白这是一支正义之师，爱国之师。他们不顾国民政府那样的反面宣传，不顾围困，不顾封锁，在极端困苦的条件下，自力更生，艰苦奋斗，克服种种困难，坚持上前线打击日本鬼子，而且战绩辉煌。在被深深感动的同时，他开始寻思怎样尽自己的力量帮助他们。回到西安之后，他联络了几个参议员，决定用募捐的方法，先为边区运送一批药品和医疗用品。他的提议得到大家的赞同。但是，这个消息也被特务机关掌握了。罗浩明所在的军统就率先关注这件事情。

定山是在宋先生的引荐下。认识田参议员的。当大家听到田参议员对边区医疗状况的介绍，都十分震惊。对于参议员提出募捐的倡议都很支持，纷纷慷慨解囊，几天时间，各界就凑了两万多元。由于其他社会名流参议员实业界头目商户掌柜等，对医药都不懂，大家一致提出，中药由天顺堂掌柜宋先生筹办，西药由广仁医院的陈主任筹办，款项由擅长管理的隆丰福掌柜龙先生保管分发记账。罗浩明看见龙定山的那天晚上，就是田参议召集宋先生、陈主任和龙掌柜，一起商量募捐款使用分配问题的。通过跟踪，这四个人的身份都明确了，接下来，就是要搞清楚他们要干的事情如何进行了，罗浩明决定自己亲自出马。

罗浩明先在另外两个喽啰的帮助下，跳进田参议的家，趴在参议员卧室的窗外，想听他说点儿什么，结果除了咳嗽吐痰，参议就没有说话。后来，他用拨吊术钻进一个下人住的房子，用手一试头发是两个并排睡着的女佣人。他想，有可能是端茶倒水的丫鬟，她们在旁边伺候，肯定能说出点儿情况。他运用学过的对付姑娘的两头锁紧法，两只手同时出动，一手伸进内裤抠住交裆处，另一只手卡住喉咙，嘴巴在耳边说话，万一她要出声，嘴巴就堵死她的嘴巴。当他一只手刚伸进内裤就泄气了，一摸肚子，就知道原来这不是个姑娘，而是个年岁较大的粗使婆子，婆子被惊醒大声叫唤了一声，不得已，他在喉咙上猛掐了一下，婆子不出声了。另一个被婆子的叫声惊醒了，不满地咕哝了一句：喊叫啥呢，又做噩梦了吧。翻身又睡了。一无所获的他，只好从后墙上翻出来。

又过了几天，传来条子写道：正在备马车，看来一会儿要出去。看着离关门还有一段时间，罗浩明坐卧不安，这时，大魁又来了。罗浩明硬着头皮给兰馨说：兰姐，我肚子疼，想提前走一会儿。兰馨还没来得及说话，大魁说：去吧，去吧，叫宋先生给你扎一针。

罗浩明一溜烟地跑了。

罗浩明坐着洋车远远跟着马车。马车出北门后上了龙首塬，在一个不远的村子旁边停下，车上下来两个人，一个是参议家的管事，一个是担水、买菜的伙计，没有看见田参议。他们把十几棵白菜搬上车，又装了一口袋洋芋，管事跟主家说了半天话，才坐车回来。洋车下塬的时候，天黑看不见路，把罗浩明和水蛇腰摔下来两回，罗浩明气得到家后给车钱时少给车夫一块儿，车夫跟前跟后央求，罗浩明说：过来。车夫凑到跟前，他左右开弓打了车夫两个耳刮子说：行了，俩五毛，给你了！车夫捂着脸哭着拉车走了。又一次大清早，喽啰跑来报告：亲眼看见参议坐着车出去了。罗浩明指示鼻涕虫带个人跟紧，看他跟谁联络，鼻涕虫跟着马车来到南大街。田参议下了车进了益华楼泡馍馆，上了楼坐在一个临窗的雅间里，慢慢地喝着茶缓缓地掰着馍。两个饦饦馍掰好，堂倌问清泡馍还是小炒？泡馍再问清是干刨还是水围城？牛肉羊肉？肥的？瘦的？肥瘦相间？然后下楼去把切好的肉用碟子端上来，让食客过目，最后再问清楚口味轻重，还有啥要求？才把碟子扣在馍上端着碗下楼。一袋烟工夫，一碗银丝织网，蒜苗飘香，馍如珠玉，肉色红亮的牛肉煮馍就放在田参议的桌子上。田参议不紧不慢地用筷子和舌头向水围城发起进攻，直到他满头大汗地把最后一瓣糖蒜嚼下去的时候，那座骨汤环绕，用膏粱筑起的堡垒，只剩下碗底一口汤水了。

田参议消停地享用着美食早餐，鼻涕虫和另一个拐子三蹲在斜对面的痔疮诊所的门口，天冷肚子饿，还不敢离窝，直到田参议喝过清口汤，撂下二角钱，优哉游哉地下楼上车而去，他两个才急不可耐地每人买了两个白吉馍，撕咬着回到田参议的家门口。

蹲守了几天毫无结果，罗浩明决定自己出马，找一个薄弱环节下手，一定要弄个水落石出。一天夜里漆黑一片，刮着西北风，人们早早都睡了。罗浩明通过蹲守的人知道，广仁医院的陈主任，这几天，天天很晚才回来，今天到现在还没回来，他决定从陈主任身上开刀。他选了巷子口一间无门无窗已经被人废弃的小房做隐蔽点，三个人藏在里头等着陈主任回来。

大约十一点时候，有个人过来了，望风的鼻涕虫说：这个就是陈。罗浩明一摆手，大家把嘴脸用黑绸巾包起来，两个人把在门口，待陈走过来一把揪进来，脚下一绊，来人顺势就趴在地上，还没等他叫出口，人被捂着嘴翻过来，一只手像钳子一样卡住他的脖子，他连气都喘不上来。鼻涕虫说：我们知道，你干什么去了。老老实实把你跟田参议他们的事情说出来。不然，头给你切下来。他把一把刀在陈主任脸上晃了晃，罗浩明这时候才松开陈的脖子。

陈喘了口气吞吞吐吐地说：田参议让我给他找几种药品，问问价，再没干什么事情。

鼻涕虫继续问：什么药，要多少？

陈说：磺胺药，雷弗奴尔，凝血剂，红汞等。

鼻涕虫听不懂，不耐烦地问：这些都是干什么用的，数量多少？

陈说：都是家庭常用药，只是问问，没有让买。

罗浩明见鼻涕虫没问出名堂，不得已自己压低嗓子问道：听说，募捐有一笔钱，这些钱现在哪里？

陈主任看他们问钱，以为是图财截道的，就含混地说：钱，我不知道。就是有钱，也是在银行放着，或者在隆丰福铺子掌柜的那儿搁着。我只是个医生，不管闲事。

鼻涕虫问：你说的都是实话？

陈说：我不说谎，也不敢说谎。

看着再也问不出什么了，罗浩明站起来，其他人也都认为，这家伙油水不大，准备放他走的时候，罗浩明突然拿刀顶住陈的脑袋，声色俱厉地说：你不说实话，那就别怪我不客气了！说着，拉住陈的右边耳朵，蹭的一声就割了下来，并把那个耳朵拿过来让陈看。借着外头路灯的光，陈主任看见，他用手一挤，耳朵的鲜血就嗤出来。罗浩明恶狠狠地说：我先割这个小的，你不说，我就把你的那个吃饭的家伙也割下来！

自己的耳朵除了照镜子，一般人都是没见过的。猛地一下放到眼前，还真有些不认识，但是，流血和疼痛告诉他，那真是自己摸过但没正眼看过的耳朵。害怕加上剧痛，陈像一口袋粮食一样地倒在地上了。他满脸流汗，气喘吁吁地说：他们募捐搞药品，我只是应个名，没做什么事。天顺堂掌柜管买中药，隆丰福掌柜管钱，我只是跑腿，什么都不知道。求你们放过我，把耳朵给我。

罗浩明狡猾地笑笑说：想叫我放了你容易，从明天起，你每天晌午之前，把他们为这件事情的进行情况写成字条塞在这个墙缝里，买的东西是什么，有多少，在什么地方，谁付的钱，谁来提货，什么时候运走，还有什么人参与此事，等等，知道什么就写什么，还可以写你们医院还有谁是共产党，谁是积极分子，现在有没有八路军或者边区的人在医院看病，记住，只要跟共产党沾边的事都可以写。哪天，我们收不到你的条子，那天就直接去你家。如果有重大情报，到时候，我会给你奖赏。说完，他把耳朵交给陈，大声问道：听明白了没有？

陈嘴里喃喃着说：听，听明白，明白了。掉在地上的眼镜也忘了拾，一摇一晃地出了破房子朝自己家走去。

当天晚上，陈主任回家之后，时间不长又从家里出来，来到刚才的破房子里，给自己注射了一针药，就靠在墙边静静地死去了，手里还捏着自己的那只耳朵。

罗浩明他们第二天就知道陈主任死了的消息。他无所谓地说：这家伙是个软骨头，不死的话，我还想发展他为咱们的情报员呢！水蛇腰接口说：现在，他只好到阎王爷那儿当情报员去了！几个人吃着粉汤羊血，哈哈大笑起来。

就在陈主任死后的第三天麻明的时候，有人路过破房子，发现里头设了一个灵堂，桌子正中的一个牌位上写着：忠义之士陈天抒先生灵位，牌位两边各点着一根酒杯粗的白色蜡烛，中间摆着一个香炉，里头插着七八炷香，旁边还放着一些散香，显然有人已经祭奠过了。桌子两边用绳子挂着白纸写着的一副对联：

弱士遇害 民众敢问公理何在

恶棍横死 天谴从来不会弄错

灵桌前面跪着一个人，他弯腰前伏，脑袋耷拉下来，脖子上拴着一根绳子直吊在房梁上，背上贴着一张黄纸，上写：害人贼罗浩明。

此事沸沸扬扬闹了两天，警察局派人来看过，没说话，也没干啥，就走了。后来几个不三不四的人过来扳起死者的头仔细看了看，也不动声色地走了。街上偶尔有人向里头探头探脑，周围有人在转来转去，但罗浩明尸体也一直没人来收拾。罗婶哭着央求大魁，大魁说：不知道他咋能弄成这个样子，咱害怕惹麻达呀。最后，叫麦升跟有粮去买了一口薄皮棺材，由罗婶陪着把他收殓了，拉到乱葬岗子草草地埋了。罗浩明之死，让许多人弄不清，猜不透是哪方面人干的。

在当局把注意力都集中在田参议等几个头头脑脑人物的时候，齐芳闻带着栓柱悄悄地坐火车来到汉口，通过裘老板引荐，见到了一位药品经营方面的专家米博士，了解掌握了一些普通药品知识和货源、价钱、数量，以及销售情况，心里基本上有数了。尤其是她第一次听说了盘尼西林这个神秘的药品名字，并通过咨询和阅读有关资料，知道了它的神奇功效。在无法与定山联络的情况下，她决心找到这种尚不为一般人所知的药品，借以代表大家支持抗日的一片赤诚之心。看到日本人在汉口盘查得很严，她就坐车返回到河南，找到二弟龙定洋告诉他，她现在做药品生意，希望能够帮她找到一种叫盘尼西林的药。

龙定洋先把嫂子和栓柱安排到自己家里，然后把主管药品的官员叫到办公室了解盘尼西林的情况。官员汇报说：这种药品世界上只有几个国家生产，我国虽有生产但数量极少，现在用的一般都是从外国进口的，因此十分珍贵。外界把它看成是一种能够起死回生的神药，主要是对受伤后发炎发烧，化脓肿胀的症状有奇效。省里现在储存着一部分备品。由于是控制物资，加之价格比较贵，一般医院都是应急使用，用量很少。

龙秘书长问了价钱告诉他：有个地方提出需要这个药品，可给他们供一些。官员表示，秘书长说话，咋办都中，叫他们来办吧。龙秘书长叫秘书找了一个人，很容易就帮着把这件事情搞定了。然后，让人在车站订了一个到西安的特间，亲自把嫂子和栓柱，以及带的东西送上火车，给车长打了招呼，嘱咐他安排人一路照应。回去后立马给大哥打了个电报过去。

当田参议带着宋先生、龙掌柜，利用特殊的见面方法，把五十盒盘尼西林交到八路军西安办事处一位处长的手里的时候，这位处长激动地说：太好了，太珍贵了！我们一直在设法寻找购买这个药品，由于鬼子和政府当局封锁得很厉害，搞到它付出的代价太大了。参议员和各位抗日爱国人士给我们送来了这么贵重的药品，它的价值是用金钱无法衡量的，可以说，一针药就是一个伤员的性命啊！我代表八路军将士衷心地感谢你们。

事后，田参议与宋先生、龙掌柜在一起回顾这件事情的时候，感慨地说：这次，我们共同导演了一出明修栈道、暗度陈仓的好戏，戏的结局甚至出乎意料，但却十分完美。尽管陈主任不幸被逼献出性命，但他以一己之命换回几百人的生命，陈主任的在天之灵，应该感到欣慰了。害他的狗东西则被神秘人巧妙处死，让此事又充满戏剧性和诡秘色彩。而龙掌柜出其不意派内人千里迢迢，不辞辛劳去寻找药品，夫人有胆有识，遇机会敢于临时决断，把这件事办得比我们要求的效果更好，充分表达了我们大家的心意，实在是一位商界的巾帼奇才呀！

宋先生笑着说：能给龙掌柜当老婆的人，商业头脑是必须具备的，应变能力又是隆丰福经商的首要一点。不过，对于一个名牌大学的学生来说，这些应该都不成问题。不然，龙掌柜如何敢把这样重大的事情交给她去操办呢。

定山笑着说：田参议和老宋过奖了，这只是偶然的机遇，正好有熟人帮忙，也来不及征求意见，她就擅自做主，几个巧碰在一块儿了。实在不值得夸赞。不过，通过这件事情，我发现，尽管我们只是做了一些力所能及的小事，但对抗日前线却发挥了这么大的作用。这说明什么，说明这样的事情不仅做得好，而且今后还应该继续做下去。仅靠偶尔募捐一下是不够的，应该动员大家随时就可以捐助，积累到一定数量了，就给前线送一批。这个钱专款专用，由专门的人员管理。

田参议听了非常高兴，他说：龙掌柜，你说得太好了。支援抗日应该变成一个经常性的事情，随时随地都应该鼓励人们来做。这个方法国外就有，叫，叫，他一下想不起来了。

宋先生接口说：国外叫基金。

田参议说：对，基金，基金。经常募捐，集中使用，是一种民众支持，政府认可的合法的公益活动。我看，我们完全可以搞一个。

宋先生说：这个基金开始必须先由几个大的工商户拿出一定资金垫底，这件事没有田参议出面，是谁也办不成的。

定山接着说：然后再组织人员宣传、鼓动，在社会上广泛募集，多少不拘，集腋成裘，就可以办成一些大事情。

田参议说：这个事情不仅是集资的问题，还有唤起民众爱国热忱，齐心协力为取得抗战胜利共同奋斗的积极作用。这个事情干好了，可是功德无量啊！

三个人都很兴奋，一直商量到很晚。

齐芳闻在没有去采办药品之前，已经做了很长时间的市场调查，她想为隆丰福再找出一条新的经营路子。但调查结论是，比起汉口、重庆这些大城市，西安相对来说，地处偏僻，经济发展落后，工商业基础薄弱，输出资源多以山林农田出产为主，人员主要以进城农民和外来难民组成，生活贫困，购买力低下，属于低层次消费水平。处在这样的经济环境中，工商业只能适应这样的基础，不可能有太大的作为。另外，国家遭受外敌入侵，战事频仍，物流不畅，经济凋敝，民不聊生，物价飞涨，法币持续贬值，也是商业难以振兴的根本。基于以上原因，她认识到，自己的丈夫龙定山在西安经商多年，算得上是一个比较成功的商人。他根据西安商业的特点，能够游刃有余地运作几十年，应该说，是很了不起的。自己现在还不可能拿出什么比他更高明的策略和方法来。但她知道，作为一个妻子，理所应当地应该成为他事业上的贤内助。内助现在是肯定的，但要加上这个贤字，不仅分量沉重，内容也就丰富庞杂得多了。她认为，定山的前三个妻子中，能称得上贤内助的只有黄涵玉。而自己呢，这个贤字，现在只能望其项背，心里鼓劲学着做着努力着。总有一天，自己也会给隆丰福的招牌上添上一道耀眼的辉光。她自己暗暗下了决心。

从河南回来的路上，她就在思考汉口遇到的那些货物整进整出，被称作搞批发生意商户的经营之道。他们以几个或几十个产品为独家专卖经营，不零售，只以一定要求的数量在一个地区以较大的差价卖给一家有一定实力的商户，实际上是建立了自己的生意同盟。这个同盟像蜘蛛网一样，遍布许多省市地区，由他们在所属区域内再建立自己的生意同盟进行零售。裘老板生产的牙刷、刷子和那个药品经营专家米博士的药品，也都是采取这样的方法经营的。这样经营的生意不但稳定，而且做得很有规模。那么，隆丰福能不能向这方面发展呢？即便不能像人家那样发展，能不能先做个分销商呢？像盘尼西林这样的稀缺品种，像何济公、妙济丹、万金油、红花油等这些专门缓解头疼脑热、腰酸腿痛且又价格低廉的大众化小品种，在西安应该都有很大的市场。根据米博士提供的拿货价和批发价，中间的利差还是可观的，刨去费用，做好了，不亚于一个服装店的收入。自己能不能从这方面开出一条新路呢？她决定回去后先跟定山谈谈。

齐芳闻是在龙定山处理完盘尼西林的事情之后，一次定山心情很好的晚饭期间，向他慢慢地说出自己的想法的。她很策略地先介绍了裘老板刷子和牙刷生意兴旺情况，然后再说医药专家经营药品批发的忙碌情景。她说得很轻松，把他们每天大概的出货量报了一下，然后赞叹地说：他们做得很轻松，有一定规模且在逐渐增长，真是值得我们效法的。

定山一听就明白了，拉起她的手抚摸着说：看来，我们芳闻是想动药品批发生意的心思了。这行当，对我来说，可是个绝对生疏的生意，我估摸着，你也不是内行。买卖上有一句话说：隔行如隔山，隔山如闯关。跨行经营一般是大忌，咱俩可是一点儿经验都没有呀！

齐芳闻不以为然地说：当初开瓷器店的时候，你也不是什么都不懂嘛。涵玉姐还不是搞得有声有色。

定山笑起来说：我就知道，你要说这话堵我。涵玉原本就是瓷器世家出身，她可是内行中的内行，她收买了很多古瓷，曾经要出去搞古董生意，我嫌女人路上不方便，没答应她。她总是埋怨我坐失良机，丢掉了许多轻松赚钱的机会。

齐芳闻身子走过去并排坐在定山的身边说：涵玉姐的话是对的。的确，有的商业机会是不能错过的。我听说，生意行当里也有一句话，叫作商场如战场。战场上，优秀的将军就是因为能够抓住稍纵即逝的战机，从而赢得整场战斗的胜利。商机也是一样，机会来了，也不能放过；你不抓，可能就被别人抓走了。这就是同样地在做生意，为什么有人能够越做越大，有人七八年过去，还是老样子的原因。

齐芳闻见定山没有吭气，继续说：难道你忘了，在重庆我家，家里正在为房子款发愁的时候，你灵机一动忽然做起猪鬃生意。当时，你对猪鬃了解多少？还不是拿你做服装瓷器的手段，灵活运作，做成了一批猪鬃生意，轻巧地把人家一个如花似玉的姑娘弄到手了吗！是吧，龙哥哥。她叫龙哥哥的时候，还特意在定山鼻子上捏了一下。

几句话把定山说得心潮澎湃。芳闻那调皮可爱的神情，尤其那双流光溢彩会说话的眼睛，把定山也撩拨起来，他扳过她的脸，就把自己发烫的嘴唇贴了上去，芳闻也小鸟依人地伏在他怀里，跟他打起嘴仗。定山激情起来，一只手慢慢向她胸前摸去。芳闻在他耳边轻声说：哥哥，现在不是时候，晚上，我陪你尽兴。

一阵缠绵过后，定山拉起芳闻的手说：我们出去走走。

路上，定山感慨地说：刚才你说得很是，我也明白这个道理。可近几年，我自己也感到胆子小了。涵玉去世，大掌柜离去之后，已经没有人在我面前说这种话了。加上时局不稳，钱不值钱，我整天都有一种如履薄冰的感觉。因此，对这种吃不透的行当，从心里就不想碰。要知道，挣钱有如拽车上坡，赔钱就像石头滚山呀！

齐芳闻挎着定山的一只胳膊，边走边轻轻地说：这个事情的风险，我考虑过了。大不了就是货出不去，砸在自己手里。但有风险，也有机会。应该看到，西药店现在西安只有一两家，西药特点是见效快，服用方便。有些经常在外面跑的人、有钱人都开始使用西药，西医医院整天都有人看病，我看，这个市场还是能做起来的。西药主要是拉丁文，我在学校学过，找本医药字典应付这些东西，我不成问题。并且我们要做的，不是直接卖药，而是把药批发给西安的药店和西安以外的各县城卖药的人，让他们代替我们卖药。这就是学裘老板他们不零售，专做批发的那种形式。另外，我去汉口时跟那个米博士谈过，他可以先给我们一部分药品让试销，实在卖不出去，只要不超过期限，可以给他退回去。龙哥哥，能不能先试试？

定山在这之前，已经对芳闻的提议思考过，对这个生意倒也没有多大反感，只是顾虑她一个年轻女子，在这动荡的社会里东跑西颠不安全。另外，自从跟芳闻在一起，她的活泼直率，她的青春靓丽，让他真有点儿舍不得离开她。见她这么执着，心里就默许了。他学着她娇滴滴的口吻说：齐妹妹，试试就试试吧。

齐芳闻笑着毫无顾忌地在他脸上亲了一口。

经过两天准备，齐芳闻又带着栓柱来到汉口，见到了米博士。芳闻说明来意，米博士很高兴，表示很愿意与齐女士合作。他提出想听听她回去如何来组建自己的生意同盟，怎样发展管理和促进同盟进行销售工作。

由于早有准备，齐芳闻对米博士的问题胸有成竹，侃侃而谈。她谈了第一步的计划，先在西安发展五家销售点，在周边县城发展三家。来之前派人已经打听过了，医药批发手续很简单，花钱办个开业执照就可以营业。她准备在每个点开业前，自己要亲自去给讲述怎么介绍药品，什么药适合什么病服用，怎么服用、禁忌，遇到有些人服用后不对劲的情况，怎么缓解等。要求他们所卖的药品都必须执行统一价格，避免发生相互倾轧、拆台的情况。至于其他的问题，因为还没有经验，希望得到米博士的指点。

米博士听了认为，芳闻女士的想法很好，比较实际，也能够行得通，可以把陕西这个地区交给齐女士来打理。不过，米博士还是要求齐女士找一家店铺做铺保。这个自然难不倒齐芳闻，她拿出两份隆丰福盖有大印的合作协约交给米博士，米博士看后心里有了底，但还是要求在汉口找一家铺保。齐芳闻当即提出由裘老板的万兴记刷业工厂铺保，由于米博士与裘老板本来就是朋友，见芳闻这样说，反倒有些不好意思起来。

米博士告诉齐芳闻，他决定首批配给她内科、外科、五官科、妇科等各类品种共计五千元的药品，这些品种足够她发展供应十个零售点。又给她介绍了一些管理这些药品零售店的基本要点，以及药品保管的方法和经营的策略。然后拿起协约，很严肃地告诉她，协约规定两个月必须来汉口清理货款，并购进下一批的货。超过两个月不来清货款，不来进货，不仅由铺保另加一成代为偿还全部货款，而且今后不再给你供货，余货也不退。米博士说这些话的时候，开始的那种亲切笑容，学者的风度都没有了，完全是一种施舍者对受施者居高临下发话的口吻，面孔让人感觉有些狰狞。

齐芳闻耐心地听完他的话，面带笑容地说：米博士不仅是医药博士，而且还应该是个销售博士，说话滴水不漏，协约内容设计得严丝合缝，纯粹是一张我买你卖的生意关系，看不出丝毫的同盟友情。我很赞赏米博士的严谨与务实。

齐芳闻这几句软中带刺的恭维，让米博士有些不好意思，不过，他还是说：这就是协约，带有法律条文性质的协约，就是无情的硬性规定，不可能含有温情的东西。当然啦，我们在具体执行的时候，有的条条杠杠是可以松动的，尤其是你齐女士，我更要格外优待了。

齐芳闻对这个一会儿唱红脸，一会儿唱白脸的米博士起初的尊重已经减少了一半，但她依然保持着那迷人的微笑说：米博士，首次两个月时间，是不是有点儿紧，前两次都按三个月行不行？刚刚开始，有个适应的过程，以后两个月就没问题了。

米博士考虑了一下说：第一次按三个月，以后仍然是两个月。这次因为是你，我还从来没有对谁开过这个先例。

齐芳闻看出来，这个米博士是个固执且难以沟通的人，有些担心今后的合作，但她仍然笑嘻嘻地说：感谢米博士给我开了先例，我一定把生意做好，报答你的照顾。

办结了一切手续，栓柱准备把六个大箱子拉走的时候，货物因为货单上缺米博士的一个签字而出不了门。栓柱过来找芳闻说，芳闻拿进去让米博士签字。米博士把门闭上过来拉住芳闻的手说：齐小姐，字是肯定要签的。今天先等一等，晚上，我还要请你喝酒呢。如果酒喝得愉快，不但字要签，我还可以再配送你一部分畅销货。明白吗？

在他拉住她手的那一瞬间，齐芳闻的脸腾地就红了，心里战栗了一下，她明白他的意思。但聪明的她很快就镇静下来，依然笑嘻嘻地说：应该是我请你喝酒才对，哪能再让你破费呀。我看现在时间正好，我们一起出去吧！

米博士顿时精神焕发又神秘地说：齐小姐，喝酒是在晚上，而且就是我们两个人，晚上两个人在一起，会很愉快的！

齐芳闻看着他摇头摆尾的样子，想起定山送她上车时的话：芳闻，聪明是你的财富，你的聪明让我对你所干的事情有信心。我等着你胜利归来。想到这儿，她立马大方地说：好，晚上，我陪你喝酒。

晚上，齐芳闻如约来到米博士办公室。窗帘严实的办公室灯光显得很暧昧，一个玻璃台面上摆着一盘切香肠，一盘切烧鹅，一个精巧银制的大碗里盛着水果沙拉，旁边摆着两只高脚酒杯和一瓶法国白兰地。米博士刚刮过脸，白条纹衬衣上打着鲜红的金丝领带。他在沙发上正看着什么，听见敲门就高兴地说：请进。看见齐芳闻带着一束花走了进来，很高兴地站起来接过鲜花闻了一下说：花美人美，我都喜欢，请坐。齐芳闻坐在他对面的椅子上。

米博士打开白兰地给齐芳闻先斟了半杯，又给自己也斟上半杯，然后端起来说：齐小姐，为了我们两个特殊的友谊，先干一杯！

齐芳闻没有端杯子，她明知故问地笑着问道：我拿钱买货，自寻铺保，接受你合作同盟严格的条款，这应该属于普通买卖关系，米博士说的特殊友谊，是什么意思？

米博士被问得有些尴尬，他略怔了一下说道：啊哈，特殊嘛，就是除了买卖关系之外，我们之间还有私人友谊，这应该是比买卖更珍贵的东西，为了这个，难道我们还不应该干杯吗？

齐芳闻趁米博士啊哈的时候，用小拇指在嘴唇沾了一点儿口红，在自己面前的高脚杯底座边上抹了一星点。听完米博士的话，她揶揄地说：我们之间还有私人友谊吗？我可看不出来，一张出门货单上你的名字都不肯签，害得我的伙计等在旅馆里走不了。博士的友谊可真是有博士的风格呀！

芳闻的几句话把米博士说成了大红脸，他急忙辩解说：谁说我不签啦，谁说我不签啦？我签，我签！他伸过手来向芳闻要货单。

芳闻故意不搭理他，用手绢像赶蚊子一样在面前扇着。米博士不好意思地对芳闻说：齐小姐生气了？得罪了，得罪了。请把货单拿出来，我签，好吧。齐芳闻从包里取出货单扔在桌子上。

米博士拿起货单走到写字台前凑着灯光在上面签了字，齐芳闻趁着这个机会，不动声色地把两只酒杯调换了一下。然后，把签过字的货单装进手包里。

米博士端起酒杯向着芳闻说道：齐小姐，现在可以干杯了吧？

芳闻站起来端着酒杯微笑着说：这真叫敬酒不吃吃罚酒。为了你的签字，干杯！

米博士也微笑着说：齐小姐，你很厉害，也更可爱。说着，一仰脖子把酒灌进嘴里。芳闻借着写字台上的灯光，看见高脚杯底上的那一星点红色一闪，也在自己杯子里轻轻地啜了一口。

趁着米博士又倒酒的时候，芳闻走到门口看着天说：是不是下雨了？顺手把货单递给一直守在门口的栓柱，关上门，又走了回来。

米博士五马长枪地神吹了一通自己的创业过程，炫耀自己如何会做生意，现在积累了多少财富等。然后走到墙边，在一个根本就看不出来有什么设施的地方，用钥匙一捅拉开一扇门，请齐芳闻进去参观他的内室，芳闻笑着谢绝了。见芳闻不肯去，米博士重新坐下恭维了芳闻一番，接下来就是如何仰慕齐小姐，很想和齐小姐交一个亲密无间的朋友，等等。

齐芳闻装作很有兴趣地听着，并不断鼓励他喝酒，米博士高兴地连喝了几杯。芳闻看见米博士说话语速变慢，眼皮老往下耷拉，知道刚才自己的酒杯里肯定被他下了药，对这个米博士连一点儿好感都没有了。米博士似乎也知道自己喝进了药酒，挣扎着要起来，但终究没能起来。他含混不清地请芳闻给他从抽屉里拿一个绿色的瓶子，芳闻拿出递给了他，他取出两片放在嘴里，用酒冲了下去。看着昏昏欲睡的米博士勉强给她笑着，芳闻站起身对他说：谢谢你的好酒，米博士，我走了。拎起自己的手包，头也不回地走出门去。

第二十七章

午夜时分，天边一弯孤寂的冷月，地面上显得格外漆黑。沿山蜿蜒而出的一条不太平整的官道上，五辆架着机枪的摩托车开路，两台满载着荷枪实弹士兵的大卡车断后，一辆黑色的别克轿车夹在中间，由南向北疾驰而去。轿车上坐着新编十六师师长龙定海和参谋长淡世雄。

刚才，他俩和几个旅长还在一起喝茶聊天，军部突然打来电话，通知龙师长和参谋长立即赶到集团军长官署参加紧急会议。龙师长知道，最近日本军队连续增加兵力，几个旅团师团从几条战线同时推进，攻势凶狠，有猛打快跑、长驱直入之势。集团军司令长官说，鬼子的目的是企图打通运输补给线，大量给外地运输作战队伍和战略物资。为了粉碎敌人的阴谋，掌握铁路大动脉的控制权，集团军的几个方面的队伍，都在不同方位与鬼子进行着激烈的战斗。龙师长根据自己掌握的战场形势，心想，鬼子战略意图很明显，摆出一副志在必得的进攻架势，动用了飞机、坦克和新式火炮，在阻击面前不惜使用一切手段。龙师长派出去的三个侦察连报回来的情况都是：鬼子成建制地整体推进，火力强硬，讲究战术运用，虽然双方互有胜负，但我方损失很大。

淡参谋长也曾经带着人两次到前沿观察，回来汇报时认为，对付这样的敌人，仅凭我们的装备，死打硬拼，肯定是赢不了的，必须动脑筋以巧取胜。他认为，根据当前战场的态势，离新十六师出战的时候不远了。龙师长闭着眼睛想到这儿，不禁心里说：还真让参谋长说着了，这个时候叫我们过去，肯定是要动用自己的队伍了。

龙师长和参谋长快走到作战大厅门口的时候，门口守候的副官就高声传道：十六师龙师长到！然后一个请字，欠身示意他们进去，两边卫兵持枪示注目礼，他俩挺胸抬头，气宇轩昂地跨进大门。绕过回廊，进到作战大厅，看见几位集团军长官正围在沙盘前说话，自己的军长也在那儿。他俩向前紧走了两步，双脚一并拢，向着长官一个敬礼，龙师长说：报告司令长官，龙定海奉命来到！

集团军副司令长官扭过头来一招手说：啊，定海老弟来了，你们快过来。龙定海和淡参谋长一前一后走到沙盘跟前，听他们说话。

副司令长官对龙师长说：龙师长，距离你部八十里地的二十七师被困在礶口一带，现命你部立即前往增援，解救二十七师，并与他们一起完成阻击任务。

龙师长注视着长官说道：是。

副司令长官问道：什么时候出发？什么时候到达？什么时候能够解围？

龙师长跟淡参谋长轻轻耳语几句，立刻果断地回答：天亮之前出发，天黑之前到达，明天夜里之前解围！

副司令长官说了一声：好！接着对大家说：有点儿虎狼之师的样子，说明我点将没有点错。旁边的几位鼓起掌来。

集团军参谋长过来对龙师长说：龙师长，你们先走，补充的弹药和部分装备随后就到，误不了你的事情。

军长对龙师长说：礶口一带地形，你都熟悉，这股鬼子可是刚从河北前线调过来的一支老牌队伍。据说，能攻善守，是个难对付的主儿。军中无戏言，既然领了军令，怀中就要有破敌之策。要多动脑筋，做好打硬仗的准备。二十七师解救出来之后，你们两支队伍共同协作，堵住鬼子西进的通路，随时跟我保持联系。

龙师长声音不大但坚定地说：定海明白，一定完成任务。

副司令长官说：兵贵神速。龙师长，你可以回去准备行动了。

定海一个立正，向各位敬了一个礼，带着淡参谋长转身出门而去。

龙师长刚回到师部，胡副师长报告，队伍都已经集结完毕，团以上官长都在师部等候，能够听到临近营房中车动马鸣的声音。原来，在师长领受任务的时候，淡参谋长已经给等候在门外的副官长下了集结的命令，副官长当时就把命令用电话传了回去。

队伍在四更时分，成几路从三个方向向礶口急行军，不到晌午，先头队伍就接近了礶口。各部按照部署要求就地隐蔽，吃饭休息，等待命令。几个侦察连早已把最新情况报了回来，淡参谋长领着一伙参谋在完成方案的最后整理工作，龙师长站在地图前长久地审视思索着。

最新的情况是，礶口已被鬼子攻破。二十七师的一个旅已经被打散，另两个旅一部分队伍退守到附近的矮山上，借助山地有利地形与鬼子抗争。阵地上能看到三四辆被击溃的坦克，敌人飞机还在对有的阵地进行轰炸。派去与二十七师师部联系的副参谋长等人没有找到师部。据军长说，该师师长突发急病，经被送回去，参谋长代行指挥。

看来按原计划先解围后阻击，两个师联合行动的方案已不可能，新十六师只能接替二十七师单独应战了。

一个侦察连长汇报的情况引起龙师长的注意。他说：他们潜入到礶口的南边，发现部分鬼子的部队带着装备正向经礶口往南方向的大路转移。他跟副师长和淡参谋长研究，认为这和集团军提供的情报是一致的，敌人围礶口是虚为西进，实为借路南下。南边一百三十里路的地方，另有一条从东延伸过来的铁路，这才是鬼子的真正目的。眼下，继续围攻礶口就是不让礶口驻军干扰他们的南下计划。为了证实这一判断，龙师长又亲往南路侦察。远远看去，只见日军部分队伍还在佯攻，其余的正在收拾帐篷辎重准备拔营，远处尘土飞扬，日军部队的车马正源源不断地朝礶口开了过来。龙师长当机立断决定改变计划，趁日军拔营和即将借路之际，堵截围歼这股企图南下的鬼子。他把计划立即向集团军部和军长汇报，得到批准之后，马上由参谋长部署作战方案。

围歼命令下达后，隐蔽在礶口南端的五三一旅首先向刚刚拐上南路的鬼子部队发起攻击，五三二旅迂回到准备拔营鬼子的侧面突袭。突如其来的攻击让长途跋涉、疲惫不堪的鬼子措手不及，阵形一下子就乱了，仓促中胡乱朝土山上还击。在丢下一些尸体之后，这些建制完整、训练有素的部队很快就整好队形，架枪支炮准备反击。但攻击的队伍动作更快，土山上的队伍迅速从岔口、草丛、树后冲下来，全线发起冲锋，很快就和鬼子搅在一起，那些长枪短炮霎时就失去了作用，耀武扬威的坦克、飞机、火炮们也干看着这杀声震天的场面无能为力。

这是一个两面都是土塬，十丈宽窄的狭长地带，沟里双方队伍交织在一起，后面的增援部队无法上来。短兵相接的白刃格斗使鬼子如逢克星，只有招架之力，很快就现出败势来。

几年以来，龙定海师就是在装备简陋的条件下，利用近战和群狼战老虎的方法发挥自己的威势。这种威势的特点就是：贴上去，动真功，斗生死，狭路相逢勇者胜。在龙师长这种思想的指导下，新十六师各团都有一个以大刀、刺刀和武功见长的敢死队。这些敢死队的队员平时分散在各连排中，教练各单位的士兵。战时一声令下，立即就能组织起来形成一支插向敌人要害的匕首。这把匕首，不仅冲击力不可小觑，而且还有很强的鼓舞士气的作用，并且屡试不爽。

冲入敌人军阵中的将士们，大刀上飞血花，刺刀下泣鬼神。两个三个斗一个，拳脚摔跤一齐上，杀得鬼子鬼哭狼嚎，屁滚尿流，溃不成军。一阵砍瓜切菜的猛杀之后，号声一响，淡黄色军服的战士们立即窜上高坡隐藏起来，阵地上只留下深黄色血花花的一片尸体。坦克开过来，看见满地的自己人尸体和伤兵，不能前进，原地朝着土山轰击，等待后面部队上来清理。这时，鬼子没想到，土山上几种炮火轮番向坦克轰击，坦克被动挨打，瘫在地上动弹不得不说，而且把前进的通道也堵住了。后面的部队被拥塞在这狭长的沟道里，指挥官立即意识到处境的危险，急忙传令部队用火力封住沟道两边的所有路口，前队变后队全部后撤。

尽管鬼子力图做到有秩序地撤出，但上千的人马车辆大队在一个狭窄的沟道里掉头，谈何容易？马嘶人喊，马达轰鸣，蓝烟缭绕，尘土飞扬，沟道里乱作一团。就在这个时候，从三里多长的土山两边顶上，飞下来大量的手榴弹、炸药包和树干、石头、土块等，又给这混乱送来了死亡的礼物。无奈之下，在飞机的配合下，未进沟的部队用山炮对着沟道两边的山坡狂轰，才把沟道里的残兵败将撤了出来。

首战告捷，天已黑尽，师部命令两个旅各留一个团守在沟道两边，加紧休息，时刻备战，注意消灭前来清理沟道坦克和障碍物的敌人，其余的团按原方案向目标点运动。在淡参谋长的带领下，另一个一直隐蔽未动的五三三旅悄悄地向敌人后边迂回过去。这是他们整体战术的第二步，叫作“杀猪杀屁股”。被称为“围圈杀群猪”的第一步行动，已经实现了。现在，龙师长和胡副师长在一个山坳的临时作战指挥部里，与两个旅长和炮团、工兵团、骑兵团的团长们，讨论明天的第三步“斩头砍腰捅屁股”行动。

龙师长很高兴地说：今天仗打得很漂亮，歼敌六百多人，成功地阻击了鬼子的进攻步伐，实现了战术要求。他简单解释了明天行动的要点，强调了统一动作与各自为战的关系，并鼓励大家说：军长下午跟我通话说，这次只要能够完成三天的阻击，就算我们圆满完成集团军交给的任务，集团军给的奖励是一个旅的全套美式装备！我想，这次谁打得好，就装备谁！

大家一听兴奋地议论起来，都希望自己能够得到这个幸运的机会。

龙师长继续说：装备的事情，大家回去再讨论。我要提醒的是，明天，不，今夜鬼子就可能实施报复，为了提防晚上鬼子偷袭，各团可派小股队伍去袭扰敌人。怎么行动，你们可以自行决定。目的就是扰乱敌人休息，利用我们地形熟悉的特点，消灭它的有生力量。记住，打阻击硬堵是堵不住的，只有主动出击，狠狠杀伤它的有生力量，打得它不敢上来，或者上不来了，我们才能完成阻击任务。

会议在大家跃跃欲试的情绪中结束。

当天晚上，胡副师长带两个旅迂回到敌人中部，这四个团都采取一半人休息待命，一半人游击袭扰的方式，以营连为单位出击，摸岗哨，炸厨房，围歼离群的小股鬼子，放火烧毁敌人的辎重给养物资，破坏大炮、坦克，袭击鬼子的队部等，闹得沿大道驻扎的鬼子寝食难安，急得哇哇乱叫，有的干脆朝着大路两边毫无目的地乱开起枪来。

一夜的袭扰果然见效。当东方刚刚现出一丝亮色，周围还是懵懂灰黑一片，起床的哨声还没响起，宿营在沟道外面平地的日军阵地上已经乱作一团。疲惫的士兵忙着在寻找自己在混乱中遗失的帽子鞋子枪支弹药，官长们在检查损坏的武器和被毁的装备物资；被打死打伤的士兵让人抬出来放在田地里，救护兵忙乱地穿梭在各担架中间；面对着被烧毁的粮草和炸毁的厨房，官长用耳光在教训着相关的士兵；没休息好和没有吃早饭的士兵情绪明显低落。部队集合和出发的时间都没有往常那样齐整准确。

就在这个时候，大路两边突然又响起激烈的枪炮声。炮团的榴弹炮、加农炮朝着鬼子集中的地方连续轰击，各队伍自己的大小炮也助威似的对着鬼子狂轰滥炸。平地上无遮无拦，所有的人和物都成了炮火轰击的目标。鬼子们只好趴在地上躲避炮弹，不少的鬼子被炸得随着自己的断胳膊断腿飞上了天。炮火还在轰鸣的时候，两边的队伍分成几路在轻重机枪的掩护下，向炮火中的鬼子营地冲了过去。在即将接近鬼子营地的时候，炮火戛然而止。以轻机枪、卡宾枪、大刀开路的七八条冲锋纵队迅速插入鬼子营地，把长达五六里路的鬼子方阵一下子分割成六七段，然后逐个包围起来，这叫关起门来打狗。而淡参谋长率领的五三三旅拂晓前即吃掉了鬼子旅团尾部的机枪中队和辎重联队，然后从屁股后面向前猛攻，鬼子混成旅团就像点着的鞭炮一样，尾巴一点点脱落。这就是所谓的斩头砍腰捅屁股行动。

一个躲在田野里土墙后边拉肚子的步兵中队长，在纵队向他们发起冲锋的时候，侥幸脱离部队逃过一劫。他趴在墙头上看着中国军队对失去抵抗能力的部下们痛下杀手时，心中涌起一阵钻心的痛楚，嘴里暗暗骂着：可恨的中国病夫！然而，当他看见一个军士挥刀的动作非常像自己砍杀俘虏或者民众的时候，又联想到前不久在河北一个村子里，面对上百个手无寸铁的农民的那天。由于他们不肯说出打死皇军士兵的人是谁，自己命令部下不准用枪，全部用刀解决。部下们用刺刀，用战刀冲向人群时，也是这个样子。那次，军士们抓过来一串儿七八个村民，都是老头儿老太太，一个军士笑着说，请队长给自己的战刀饮血养刃。他自己哈哈笑着出其不意地抡起武士刀，一个旋风般的转体劈杀，八颗人头瞬时整齐地排列在围观军士的脚下。动作之快捷，刀法之精准，让他身后的文职人员都鼓起掌来。今天，是那个没加热的罐头救了自己，不然，在刚才那个很像自己风格的大刀片面前，我绝对可以拼杀一阵，但肯定不敌这伙人的大刀和刺刀，说不定，现在自己已经身首异处了。在暗自庆幸的同时，他突然想到自己怎么办？跑，往哪儿跑？这一身军装，这一口日本话，走到哪里都会被认出来，都会被打死。冲进自己阵营里去？也不可能，自己还没到跟前，就会被劈死。今天这个打法，自己部队算是遇到厉害的对手了，看来大限已到，难逃死亡的厄运。与其被中国军人打死，还不如自己了断自己！

他的眼泪流下来，不过，他仍然认为自己是天皇的武士，应该以武士的方式结束自己，以效忠天皇。可是，武士剖腹是要用刀的，战刀没在身边，只有用手枪了。用手枪也不能在这个地方，这个地方有自己刚拉的一摊腥臭的大便，武士是不能死在大便旁边的。那么，就再找一个地方吧。他看见不远处有一座小桥，好，就在桥上，我要像姿三四郎一样死去！就在他摇摇晃晃朝小桥走去的路上，猛不防头上从背后重重地挨了一棍。在倒下的那一刻，他回头看了一眼打他的人，是一个满脸皱纹的老头儿！而他还是不情愿地栽倒在一个沤粪的大坑边，嘴里含着中国人的粪便见天皇去了。

围歼行动进行得很顺利，不断有各团的战况报过来，龙师长密切注视着地图，指示副参谋长通知各侦察连扩大搜索，注意周边敌情变化。果然，中午刚过，新情况出现了。骑兵连侦察员飞马跑来报告，从北面县城过来有一百多皇协军！另一个侦察员也跑来报告，南边有两路队伍朝我部移动，一路是开着汽车的鬼子，有两辆大卡车。一路是跑步前进的皇协军，有五十多人。龙师长立即给骑兵团下达命令：以最快速度堵住南面过来的鬼子和皇协军！命令守在沟道北面的一六七团派出一个营，迅速打掉北面的皇协军。这时，淡参谋长的电话过来了，告诉师长，约有十辆坦克，十几辆运兵车沿大路开了过来，估计再有半个钟头，就与我们接上火了。我的两个团已经掉过头来，准备迎战。估计鬼子后面还可能有队伍上来。

作战部摆出战场进行图和敌人增援形势图，参谋部报来战势进展应对方案和几种结果的预计方案。龙师长看过几种应对方案之后，感到都把鬼子反扑的能力估计低了。他认为，几千鬼子被围在这里，总部的老鬼子们肯定急得火烧屁股，他们会不惜一切代价进行救援。目前的救兵只是一部分，很快就会拥来更多的敌人。现在，必须做出最坏的打算！他一面命令参谋部重新制订方案，一面立即把情况报告给军长，军长同意他的下一步思路，并决定先派一个骑兵团和一个坦克团支援他们。

龙师长命令副参谋长带领工兵团，由特务营保护，立即进攻比较靠前的鬼子炮兵联队，将所有的大炮全部炸毁，然后再伺机破坏各大队的机枪中队，得手后退到沟道里分段大量埋设地雷。特务营在保护的同时，注意搜寻敌人混成旅团指挥部，发现机会可当机立断，灵活处理，必要时可请相邻队伍协助。龙师长要求他们动作要快，速战速决。副参谋长领命而去。龙师长在观察了三个旅的战斗情况后，下达命令：各部注意，集中兵力，成建制地歼灭敌人有生力量，速战速决，两个钟头内解决战斗，不接受投降！

龙师长现在最关心的是鬼子增援部队进展情况。他要通了淡参谋长的电话。淡参谋长说：我们已经与鬼子接上火啦。这里是一马平川，鬼子凭借坦克开路，阻击难度很大，已击毁了两部坦克，后面的鬼子正源源不断地拥上来，我估计坚持的时间不会太久。

龙师长问：坚持三个钟头有没有困难？

淡参谋长说：三个钟头没问题！

龙师长说：好，电话里不说了，马上把命令送达你。

龙师长的命令是：两个钟头以后，你们逐渐撤出战斗，不要回礶口，撤到南面的老牛岭里。我派炮团掩护你们，随时保持联系。

两个钟头以后，围攻混成旅团的两个旅边打边撤，三个钟头以后已经全部撤完了。天逐渐黑了下来，阵地上尸首遍地，狼藉一片。轻重机枪被砸成几段；带不走的钢炮、炸药、手雷、子弹都被引爆；车辆、帐篷、厨房被毁坏；粮食、罐头、水桶也抛撒了一地。部分困兽犹斗的鬼子蜷缩在一起，拿着步枪向着已经撤得很远的队伍射击。

淡参谋长一边和旅长共同指挥着战斗，一边商量着撤退的问题。旅长主张采取递减战术，打一阵儿撤出一个团。淡参谋长说：不能让鬼子看出我们的撤退意图。前面不远是一条干河，河沿的这边是一溜高坡。我们组织几次反冲锋，把鬼子压回到河沿的那边，守住制高点，三个团一个上来打一阵，打的过程中，另一个团就上来接替，先打的边打边撤，顺着河沿一直就能进到老牛岭。最后一个团打的时候，有制高点掩护，留下一个连做疑兵，让炮兵再支援一下，我们可以把损失做到最小。旅长一听高兴地说：参谋长真是小诸葛，撤退前，各团都打一下能提提精神，而且顺着河沿走安全得多。好，我去下命令！

淡参谋长又给工兵团团长安排，命令他们在队伍撤退完之前，在敌人前进的所有道路上都埋上地雷，把缴获的弹药，凡是我们带不走的，都堆积到河沿我们一边，留几个人拉好导火索，待敌人进攻时炸毁它，为撤退再争取一点儿时间。

就在淡参谋长和旅长两个随着最后一个团边打边撤的时候，影影绰绰看见一群人有的骑马，有的跑步，朝自己这边追过来。警卫连立即扑了过去，一看是自己人，再一看是副参谋长带着特务营的人，还押着几个骑马的鬼子跑了过来。副参谋长和特务营营长疾步，走到淡参谋长跟前敬了一个礼说：报告参谋长，我们抓住了鬼子的旅团长！淡参谋长大喜过望，兴奋地说：太好了，特务营首功一件！怎么还让他骑马？

特务营营长说：这小子不配合，一个劲儿喊叫，还用头撞树，要为天皇效忠，没办法，才把他绑到马上。

淡参谋长问：后面怎么还跟了一群？

特务营长说：我们收拾了他们的警卫中队，把指挥部一窝儿都端来了。

淡参谋长说：现在情况紧急，没条件管他们那么多人，最大的贼头抓住了，小虾小蟹用处不大，先派人把贼头押走，其余的就地处决了，免得麻烦。

特务营长立正敬礼，说了一声是，就跑回去安排了。

淡参谋长和副参谋长转身刚要上马，只听见刚才打阻击的河边震天动地的一声巨响，后面跟着还噼噼啪啪响个不停，火光把半边天都映红了。大家都知道，这是工兵团的人在鬼子进攻的时候把弹药和枪械引爆了。大家在一片愉快的气氛中向老牛岭进发，刚走不远，他们身后又传来一阵卡宾枪的连发射击声和手榴弹的轰击声。淡参谋长心里说：鬼子呀，鬼子，杀中国人的时候，你们是野兽。现在，你们也尝尝野兽挨杀时候的滋味吧！

五三三旅顺利地撤到老牛岭里，在距离南去大路很近的山坳背后宿营，等待新的任务。淡参谋长留下副参谋长随五三三旅一起，自己带着警卫连连夜押解着日军旅团长回到师部。

胡副师长带的两个旅也按龙师长的命令，连夜撤回到礶口和礶口前面的沟道两边的坡塬上就地休息，炮团和增援的坦克团埋伏在沟道的西口。工兵团连夜在附近伐了上百棵大树，横七竖八地在沟道中部拥塞了半里路，并在沟道两边的土坡上准备了许多小桶的汽油和柴油，由士兵到时候见机行事。一切准备好，龙定海师等着应对明天日军更大更猛烈的进攻。

鬼子混成旅团旅团长是一个中等个子，粗壮身子，戴着一副黑框眼镜，镜片后边一直向外射着凶光的家伙。从他身上搜出来的证件上看出，他叫濑田鸠夫，上任混成旅团旅团长不足三个月的时间 。龙师长先让副官长作一般审问。副官长进门按军阶向双手被绑在背后，坐在椅子上的日本旅团长行了军礼，然后通过翻译告诉他，根据战场规则，作为俘虏的你，必须接受中国军队的审问，如实回答问题，是否明白？

濑田双眼紧盯着副官长一言不发。

副官长不在意他的傲慢，又说：报上你的名字，军阶，年龄，部队番号。

濑田依然无动于衷。

副官长提高了声音说：濑田鸠夫，告诉你，你的旅团已经被彻底打垮了。你现在是中国军队的俘虏，我们有权审问你，也有权处治你。如果再不配合再不开口的话，我们就要按照中国军队的方法来让你说话。

濑田鸠夫似乎被冰冻住了，保持着一个姿势，不说一句话。

副官长示意翻译过去跟他交流一下。翻译过去小声跟他嘀咕了几句，过来跟副官长说：他说，他尿憋得厉害，要小便一下。

副官长说：告诉他，如果小便完回来回答问话，就可以去；他不答应，就别去！

翻译对他叽里咕噜说了一阵，那个肥硕的脑袋轻轻点了点。翻译对副官长说，他同意。

副官长告诉翻译，给他说，让他出门朝前走七步，双手解开，就地撒尿。四个警卫在他后边子弹上膛，只要敢耍任何花样，一齐开火！

听明白了的濑田在翻译的陪同下走出房门，朝前走了六步就不走了。原来他看见再走一步，前面就是一个深沟的沟沿，翻译让士兵给他解开捆手的绳子，他却站在原地一动不动。

翻译催促他赶快尿，他还是不动。又催了一遍，他转过身来说，尿完了。翻译一看，军呢马裤的下边，流下来的尿不仅灌满了皮靴，而且还在地面上洇湿了一大片。

拖着尿湿的裤子和皮靴，濑田又被后绑着手坐在那把椅子上。再开始审问的时候，濑田只说了一句话：我不接受比我军阶低的军人的问话。

副官长感到这个要求不能被拒绝，命令把他押下去。

第二天，在礶口阻击三天任务顺利完成的时候，佩戴着中将军衔的龙定海师长亲自审问濑田鸠夫。龙师长两边是佩戴着少将军衔的胡副师长和淡参谋长。大厅两边整齐地各站着一排崭新美式装备的士兵。

被押送过来刚走到门口的濑田鸠夫看到这个阵势，立刻吃了一惊，在两个高大的卫士的抓握下他被推进审判庭，按在椅子上。濑田马上又站了起来，深深地朝龙师长鞠了一躬，然后嘴里叽里咕噜说了一通话。翻译说：濑田说，双手被绑无法行军礼，日军华北方面军第三七九混成旅团旅团长濑田鸠夫愿意接受长官的问讯。

龙师长从心里有点儿赞赏这个顽固地执行军队通用规矩，讲究军阶等级，被俘了仍然保持军人姿态的旅团长。但当他翻开军部电报发过来的濑田鸠夫简历的时候，才知道这是一个双手沾满中国人民鲜血的凶残的刽子手。仅在河北的一次扫荡中，就用各种手段杀死平民四百多人。他还把俘虏的八路军战士和民兵绑在立柱上，供日本新兵练刺刀，练完之后，不管死活都喂狼狗。他还有一个嗜好，喜欢把抢来的活牛活羊活鸡当场烤着吃，弄得这些活物在火上凄惨地哀叫，一二里路都听得见。他说过，在他的眼里，中国人都不能被算作人，他们只能是被宰杀的动物。因此，凡是他带着军队经过的地方，基本不留活的东西。当地老百姓给他起了一个外号：十八层地狱底下跑出来的日本恶鬼。

集团军司令部给龙师长的电报里专门有几句话：按高级俘虏对待他，可以审问一下，严加保护，尽快送集团军司令部处置。

龙师长问道：从军多少年了？未到中国前是什么职务？

濑田答道：十八年。在国内时是个步兵中队长。

龙师长厉声问他：经你的手，杀了多少中国人？

濑田一下子被问蒙了，半天才结结巴巴地回答：这个问题，问题，他迟疑了一下继续说：没有统计过，少说也有几十个吧。军人嘛，杀人是很正常的事情。

龙师长说：几十个？你说得太轻巧了吧！你在河北扫荡的时候，就亲手杀了一百九十七个中国人，昨天，你还用战刀砍死了我的两个士兵！这是中国人给你记的账。走到哪里，你都赖不掉。中国有一句老话，叫作血债还要血来偿！你看怎么偿还吧？

濑田说：为天皇效命，走到今天，我已经很满足了。我虽不是常胜将军，但很少打这样的败仗。这两天跟你们军队交战，我总是被算计，老是慢了一步。我真弄不清，你们是怎么指挥的，地形、时间对你们有利，但运用战术对我的突袭，我都布置了应对战术了，还是让你们抢先了。我真佩服将军这样善于用兵的军人，因此，虽败但不羞耻。

濑田又站起来向龙师长鞠了一躬。接着说：不过，第一回合，由于我的一时大意，不幸被抓了，我们没有交手的机会了。但是，后面上来的池田旅团长，那可是个老谋深算的将军，我们都尊称他为智慧狐狸，你跟他一交手，就知道了。最后，我恳求将军能够满足我的一个要求，请将我的战刀还给我，我想用它完成我的一个最后的心愿，体面地向我的天皇献出我的忠心。他说完又站起来向龙师长深深地鞠了一躬。

龙师长听了蔑视地笑了一下，没有作声。

就在这个时候，日军两架轰炸机从远处呼啸而来，淡参谋长感觉飞行线路冲着自己这个方向而来，他来不及说话，急忙把龙师长一拉一按，二人一同卧倒在大书案下面，一颗炸弹呼啸着落了下来，轰然一声爆炸了。

五月端午节，西安天气已经很热了，在干燥的空气中，人们短衣薄裤走在太阳地里，能感到头上热辣辣的。很多人都戴上凉帽、草帽，不戴帽子的，也得用个扇子把头脸护上。女人们则是用各式各样的洋伞来显示自己或者遮挡自己。街上人来人往，比往常明显增加了许多，这个传统节日的气氛，还是很浓厚的。

与往日不同的是，不少街道上那些卖粽子的，卖绿豆糕的，炸油糕的，卖雄黄的，卖香药的，卖香包的，卖艾蒿的，打破平时不敢占马路的规定，在各大街道边沿上摆成一长溜儿的卖货摊儿。许多糕点铺子，老招牌饮食店，京货铺等，也把自己传统的名吃名品摆出来凑场面。摊摊相接的饮食长溜儿就着树荫，往往一扯就有近半里路长，人们像检阅一样一家家挨着看过去，卖东西的也不停点地招呼着，形成了特有的端午节风景。

尽管卖吃食的地方显得挤挤扎扎，热热闹闹，可人们却是问得多，买得少。有些人咬着牙买上几个粽子油糕回去哄哄娃娃，大人们看一眼，就算把端午节过了。为啥人们问得多买得少？其实，买的卖的大家心里都明白，这物价涨得太争火了，甚至冒了标了，老百姓过不起这个节了。去年端午，一个油糕卖三个元人们都喊叫贵，今年要十八个元！粽子二十五个元，绿豆糕一斤干脆要一百元。有钱人一问，不动声色，该买五斤买二斤，该买十个买五个。小户人家一问，立马像蝎子蜇了一样，伸出的指头往回一缩，不敢还口，转身就走。大部分人家的端午节就在这没有油糕、粽子、雄黄酒的气氛中过去了。

看着这端午节疯了一样的物价，老百姓更忧虑的是，黑面和苞谷小米涨了多少？粽子油糕可以不吃，这糊口粮，那是天天少不了的呀！尽管今年庄稼长势不错，这物价一天一涨，闹得人心惶惶。有些人后来干脆形成了一种毛病，大赶早一蹬上裤子，先小跑到米面铺子门口去看一下粮价牌子，涨了就不着急，跌了赶快就排队！当时流行一句话：覅操心衣裳裤子，先顾住嘴跟肚子！粮价成了其他物价涨跌的参照物，讲价钱、谈工钱、问收入，都以值多少斤小米或者几袋洋面为标准。

当年一块银洋兑换一元的法币，现在有人把它垫在鞋壳廊里，有人用它叠飞机给孩子玩儿。原始的以物易物交易又抬头了，被禁止流通的银洋又暗地里充当硬通货了。

当天后半夜，兰馨迷糊了一阵儿，就再也睡不着了。大魁到现在还没有回来，她有些担心。平时晚上他也经常出去，但很少这么晚回来过。她知道，他不是为铺子的事忙碌，也不怀疑他在外面干什么坏事。凭着她观察男人的眼光，她知道，大魁一不是赌博，二不是找女人。他一直在干着一些不能问、不能说的神秘事情。看得出来，这些事情对大魁来说，似乎是相当重要的。一次，兰馨故意问他，深更半夜的在外面折腾什么？显得很疲倦的大魁在她脸上亲了一口，轻声说：干的是正事，以后你就知道了，现在千万不要跟别人说！

兰馨是欣赏有本事男人的。开始，她有些瞧不上大魁，认为他胸无大志，是个只知道黏在女人身上没多大出息的小男人。自从大掌柜从隆丰福退出，大魁接管了铺子的全面管理责任以后，兰馨才逐渐看出他经商处事、谋划应变的才能。后来，她发现，也有些不认识的人经常来找大魁，跟他在一起小声嘀咕些什么，显然不是谈生意的事。她还害怕，他跟罗浩明混在一起。后来，罗浩明被弄死的那天晚上，大魁也是到天快亮的时候才回来，兰馨心里就有点儿疑惑。第二天一早，公公到瓷器店找大魁，听见他在睡觉，她要去叫醒，公公摆摆手，就坐车走了，她就有些数了。一次，大魁出去前换衣服时，无意中被她看见带着的一把手枪，她的担心也更多了，甚至还有一点儿不祥的感觉。

今天，大魁好像有什么大事。上午，公公派人接他俩同齐芳闻一起去给大掌柜、夏月荷父母、二娘石彩霞送节礼的时候，大魁就明显借故有事没去。晚上又是在给老掌柜汇报完铺子的事情以后，晚饭都没吃就又跑出去。她操心大魁回来门头儿听不见开门晚，自己衣服都没脱，斜靠着床架假寐，耳朵听着窗户外头。就在她心神不定的时候，远远地听见有洋车跑来的声音，这个令人惊心的动静，真的就在自家门前停下了。兰馨正在屏声静气地等待的时候，敲门的声音响了。她一挺身下床，鞋都来不及勾，就跑了过去。敲门的显然不是大魁，又一次又快又急地敲起来。兰馨赶在门头儿前面打开了门。一个人背着大魁冲了进来，洋车已经不见了踪影。

背大魁的人是麦升。大魁受了伤，从他身上衬衣染的那么多血，就能看出伤还很重，头耷拉在麦升的肩头上，眼睛紧闭着。兰馨第一眼看见大魁这个样子，惊恐加悲痛哇地叫了一声。麦升轻轻地把大魁放在床上说：是枪伤，一枪在肩膀上，一枪在小肚子上。流了不少血，得赶快请先生！麦升喘了一口气，又说：不敢到洋医院，警察们已经开始搜查了！

定山和齐芳闻闻声也都起来了。定山叫人打水帮着麦升洗一下换一套衣服。齐芳闻叫宁娃拉上车，带上老掌柜的帖子赶快到高智怡医院，请高院长派一名外科大夫过来。接着，齐芳闻又叫人准备温水，在盆里头撒了些青盐，自己到房子里取来了红汞、酒精、药棉、纱布等，先让人帮忙把大魁的衬衣脱下来，结果费了半天劲，也没脱下来。兰馨拿过一把剪子，三下五除二就把衬衣和裤子都剪开了。没见过枪伤的女人们看见半凝固半流血的伤口，都啊的一声叫了起来。齐芳闻拿镊子夹着药棉，先把伤口边缘清洗干净，把流血的地方用药棉堵住，再拿纱布把伤口盖上，等着大夫过来。兰馨则拿毛巾在给大魁擦脸擦手，接着用勺子给他一儿点一点儿喂水。

大魁慢慢睁开眼睛，首先看见齐芳闻不好意思地咧咧嘴，齐芳闻用手示意他不要说话。兰馨俯在他身子旁边轻轻地说：别动，已经请大夫去了。并用手在他额头上试了试温度。

高智怡院长和外科大夫一起来了。见面就说定山：龙掌柜，叫我还让人拿帖子，不然，好像我不来似的。

定山急忙请高院长到客厅里坐，高院长说：深更半夜坐啥呢，先看病人。领着外科大夫一起来到床前。高院长看了一眼，就说：枪伤。

定山看着高院长嗯了一声。

外科大夫探查了一下对高院长说：肩伤不太要紧，子弹穿过骨头出去了。腹部子弹还在里头，要立马手术。

高院长对定山说：龙掌柜，你家老大肚子的伤挺重的，要拉到我那儿去开刀。

定山问：就在这儿开，行不行？

高院长马上明白了，但还是坚持道：一定得在我那儿，消毒不好发炎了很麻烦。弄完，咱神不知鬼不觉送回来就行了。

远处，能听见拉着警笛的汽车在街道上飞跑的声音。

高院长说：手术耽误不得，肚子上的伤有生命危险。我们现在回去准备，你们赶快把人送过来。说完，两人出门坐车就回去了。

定山让麦升在门口盯着，让兰馨给大魁换好衣服准备等宁娃回来送他去医院。兰馨边给大魁换衣服，边对定山说：爸，直接出大门有危险，再想个办法吧。

齐芳闻说：兰馨说得对，我看让人背着出后门，从小巷子拐出去，另一个人去迎宁娃，约好地方碰面，以防万一。

定山以拳砸手说：好。大魁身量重，还得麦升背，叫门头儿去迎宁娃。

兰馨说：我跟大魁一块儿走。

定山嫌人多目标太大，齐芳闻却说好。她说：为了避嫌，干脆让大魁换上女人的衣服，装作女人要生孩子的样子，兰馨跟上也像那么回事，路上有谁看见了，也不至于怀疑啥。

大家听了都说好。定山叫大家分头准备，按芳闻说的进行。

就在这个时候，麦升小跑过来说：像是警察过来了！

大家一下都慌了，定山说：不要乱，麦升你背大魁出后门，先在老何家的那个铁匠铺子里头躲一下，门头自斌你也从后门出去，想办法寻个车。快走，快！

门头先出去，看着没人一招手，麦升背着大魁三拐两转就钻进后面一条街的何背锅子（罗锅）铁匠铺。铁匠铺是个两面透风的草棚子，炉子还热烘烘的，砧子怕人偷，在上头压了一大块生铁，门头一个人搬不动。麦升背着大魁在里头转了两圈找不到个坐的地方，门头二话没说，就把一个小水瓮扳倒，水流干后把底儿翻过来，让麦升背着大魁坐在上面，自己跑出去找车。兰馨这时候也赶到了，拿着一床被子和枕头。

门头转了一圈也没有找到车，忽然一个什么东西把他绊了一下，一看是个谁家扔出来不要的破藤椅，他顺脚一踢就走。刚走两步一想，这椅子不是可以抬着走嘛！回过身又把椅子看了看，摇了摇，觉得还能行，就拿到铁匠铺里来。万般无奈之下，只好把大魁放在椅子上，头背后塞个枕头，身上盖床被子，门头和麦升一前一后抬着，兰馨在旁边照护着，黑抹咕咚凭印象往前走。走到中正路上，有了路灯才好走一些。朝南刚走了一会儿，两个巡夜的警察没精打采地迎面走过来，大声喊叫着：干啥的？

兰馨虽然心里紧张，但早有准备，连忙上前说：兄弟媳妇生娃呢，到广仁医院！

两个警察扫了一眼捂得严严实实，用椅子抬着的“孕妇”，其中一个叹息着说：又多了一个吃饭的，光会冷夙（使劲）地生，咋不想咋样养活呀！

另一个接口说：你耍熬煎，能生就能养。现在这人，没啥大本事，就会生娃！

两个家伙没话找话地晃悠着过去了。

手术进行得很顺利，子弹取出来，据大夫说，没有伤着主要器官，伤口内部清洗消毒后就缝合了。担心警察的突然检查，高院长把大魁放在产科病房，让兰馨给大魁像月婆子一样拿帕子包着头，被子上搭着件兰馨的花衣服，把大魁的鞋压在枕头底下，兰馨一直守在跟前。白天有两个警察来过一次，高院长陪着在院里头转了一圈，还特地到外科病房看了看就走了。晚上，定山就派人套车在西城门外等着，由麦升、兰馨护送大魁到双水磨爷爷家，高院长安排外科大夫陪着去观察一晚上。

送走了大魁、兰馨他们，定山躺在床上的时候，心里老是不踏实。这次大魁受伤，究竟是什么原因，他不清楚，但肯定跟反对政府的活动有关。定山对现今的政府和政策也很不满，但他并不赞成用武力的方法去对抗。老百姓你有多大的能耐，斗得过政府拥有的警察和军队？尽管敢于反对的人不少，但当局杀起人来也不手软。听说现在玉祥门外护城河边上几乎天天都在枪毙人，四城外头荒地里经常也在活埋人。人们都在传说，要是好端端的一个人几天十几天见不到面，十有八九就是叫失塌（暗害）了。听宁娃说，他亲眼看见有一回天快黑的时候有人在活埋一个女共产党，才二十五六的样子，可能是个学校的老师。坑挖好了，一个小头目问女的招不招？留着唰唰头的女的说：你们局长都没问出啥东西，你还能比你局长强？那个小头目说：死到眼前了，嘴还硬得跟钉子一样，那你就沤粪去吧！女的没等他们动手，自己跳进坑里。想到这里，联想大魁的枪伤，定山出了一身冷汗。

齐芳闻看了一会儿书，扭过头看见定山在发愣，问道：是不是在想大魁的事？

定山长出了一口气说：是啊，大魁干的肯定是有道理的事，可太叫人劳神了。

齐芳闻像是突然想起来说：大魁伤得不轻。我估计，今天晚上肯定不好过。

定山说：高院长说，今天晚上是一大关，关键是发炎，一发炎就非常麻烦。他说，大魁还在鬼门关跟前呢！

说到这儿，定山突然想起，八路军办事处的那位处长指着他们捐赠的药品说过，这一针药就是一个战士生命的话。他问齐芳闻：那个救命的盘什么林，你是不是还有个样品？

齐芳闻也想起来说：你不说，我还忘记了，就是，你兄弟定洋的手下，专门给我了一盒样品，还告诉我，要低温存放。我在咱地下室里放着呢！说完，急忙穿起衣服，让定山打开灯，挪开八仙桌，掀起地下室的地板，俩人一块儿下去把那盒药取上来。

定山看着这个六支装的精致的小方盒说：也许，大魁的命就在这盒药里。说着，他起来就换衣服。齐芳闻不解地问：你要干什么？

定山说：你睡吧，我想现在到双水磨去一趟。

齐芳闻说：马车也不在，麦升也不在，深更半夜地你咋去？

定山边穿衣服边说：我骑马带着栓柱去。

齐芳闻说：你也别带栓柱了，我跟你一起去！问题是，你出得了城门吗？

定山说：长泰现在守西门，还是个班长。我去说一声，不行给两个钱，能出去。只是你跟着我，遇到个什么事，还是个累赘。

齐芳闻说：我就要当你的小累赘，我要跟你一起去嘛，你一个人，我也不放心嘛！

定山只好答应她，叫门头招呼栓柱备马，自己把那支从来没有用过的小手枪装在怀里。两匹马牵到门外，定山说：内掌柜不会骑马，一匹就够了。

栓柱说：天黑路远，你们去得有个人陪护上，我跟着一块儿去。

定山点点头默许了。

当天半夜大魁就出现了高烧，满头满身烧得烫手，人一直迷迷糊糊地说胡话，打了退烧针，吃了药，也无济于事。外科大夫用酒精给大魁擦身降温，用热水泡脚，并让人用新井水浸毛巾敷额头，可毛巾都冒热气了，高烧依然退不下来。折腾到半夜，大夫把伤口又检查了一遍说：手术后炎症很厉害，一般退烧药都不行，只有盘尼西林才能压下去，一针就行。

兰馨好像听过盘尼西林这个名字，但她搞不清楚哪里能找到，过去问麦升。麦升正睡得迷迷糊糊，一听说盘尼西林四个字立马清醒了，说：上次商会捐给八路军的药，就是盘尼西林！那就是内掌柜办的。

兰馨说：大魁烧得很厉害，大夫说，非盘尼西林不可。

麦升边穿衣服边说：我马上回省城去，问内掌柜有什么办法。

兰馨含着眼泪说：那就再辛苦你一趟，想办法找到，快去快回！

麦升用凉水抹了一把脸，骑上那匹黑梢马就上了大路。

麦升走了时间不长，定山带着齐芳闻和栓柱就到了，定山路熟，两匹马是抄小路过来的，和麦升打了个错茬。就在兰馨心里像汤煮的时候，盘尼西林送来了，兰馨顿时涕泪交加。

一针盘尼西林打进去，不大工夫，大魁的烧就退了。

六支盘尼西林只用了一支，看着外科大夫爱不释手的样子，定山就说：那五支，你给高院长带回去，开刀和治疗的费用，我回去跟高院长结算。大夫临走的时候，定山送给他两块银洋。

高院长不仅不要开刀治疗费用，还坚持给定山一根金条。他说：这个东西，在我手里可就成了宝贝，要紧关口，一支一条命呀！

从大魁遮遮掩掩的叙述中，兰馨拼接出一个不太完整的故事。

西安城里有几个宣传抗日，反对摩擦，保护进步人士的组织，一直在地下活动着。大魁参加的是一个叫抗战联盟的组织，头儿是一个大学的教授，具体的由一个中学校长跟他联系。大魁是第五分队的队长，第五分队有十七个人，其中五个都是隆丰福的，已经有两年多时间了，参加过多次宣传、集会、除奸、护送和营救行动。大魁筹划仔细，行动谨慎，善于未雨绸缪，因此，每次大都有惊无险。

最近，从沦陷区来了八个有些名气的进步人士要到边区参观，一下火车，就被警察当局抓起来了。这些人在监狱中举行了绝食抗议，消息被报纸披露出来，在西安各界引起一片抗议声援的风潮。在八路军办事处的交涉下，迫于压力，当局只好放人。这些人出来后被记者们和青年学生团团围住，请他们谈谈见闻和感想。在有关方面组织下，为他们召开了一个联谊叙谈会。

这八个人在联谊叙谈会上列举了日本帝国主义强占我国土，掠夺我资源，屠杀我民众的滔天罪行，也揭露了国民党政府消极抗日，积极反共的行径。他们希望能够通过边区参观，把共产党抗日的真正情况反映出来，动员更多的力量投入抗日战线，争取抗战的最后胜利！

其中的一位教授和两位新闻记者，用了大量的事实对国民政府纵容汪伪政权，捕杀抗日进步人士，在各抗日根据地制造摩擦等行为，进行了无情的揭露和批评。听众们义愤填膺，呼喊口号表示支持。特务们在会场内外大肆捣乱，狂喊乱叫，敲锣放炮，干扰会议进行，并打伤维持秩序的工作人员，引起大家的不满和抗议。在会议结束的时候，特务们趁机抓人，会场秩序大乱。几个教授和记者又被抓走。据说，简单审讯了一下，押在一间房子里。内线传出来消息说，当晚可能就将他们处决！

大魁接到上级组织的通知，要求他们分队安排力量，选择时机，在路上或者现场把人抢回来。天快黑的时候，他带着麦升和加工场里的三个伙计，一起到了太阳庙门一带查看动静，然后把人按行刑队可能走的路线，两个电线杆一个分布开。这时，分队的其他成员又从小巷子里过来，一共十二个。一看人来齐了大魁很高兴，他把两个副队长叫过来，对行动做了安排。

这时，平时总是和他单线联系的苏校长过来说，今晚还有一部分自己人一块儿参与行动，他们也在周围。到时候，大魁你们负责抢人，对付押送和行刑人员都是他们的事情。人被抢出来之后，有十几辆洋车就在旁边等候，你们见车就上，要分散跑，初步定在西马道城墙玉祥门往南的第九个电线杆底下的城墙洞里集中，万一有变化，你们临时决定，下一步还有人接应。

大魁知道，苏校长说的还有一部分自己人是神枪队，这是专门对付那些押送囚车警卫队伍的。以前，几次行动他们参与过。看似普通人，一旦行动起来，各怀绝技，动作神出鬼没，拳脚搏击功夫过人，枪法精准，出手即中要害。他们往往把主要敌人解决之后，一声呼哨立马无踪无影，叫人惊叹不已。警察局十分头疼这支身份不明，专门与警察作对的武装。交了几次手吃了几次亏。打又打不上，躲又躲不开，抓又抓不住，只好在每次行动时严密封锁消息，出其不意地进行。

天气热了，守候的人跟周围纳凉的人穿插在一起，有些人席地而坐，谈天说地，有的靠着墙装作打盹儿，有的干脆寻个可以躺下的地方，把鞋垫在头下装睡，眼睛却一直盯着巷子的出口。都小半夜了，还没有动静。大魁坐在暗处心里有点儿着急。一个跑堂的过来悄悄咬着耳朵对大魁说：行刑的地方变了，改在草场坡活埋，挖坑的人已经出去了。可能再等一会儿就带人了。

大魁立马通知两个副队长，送人地方变为草场坡，会合地改在小雁塔门口。约莫又过了一个钟头，负责观察的麦升在巷子口的树上摇着白毛巾，大魁看见，也把毛巾向街上摇了几下，周围的自己人都不动声色地知会了，陆陆续续地朝里头的一个小街道走去。

一辆站着十几个背着长枪警察的十轮大卡车先开了出来，后面紧跟着一辆闷罐子囚车。刚拐进一条街道，两辆送水车三躲两晃地挡住去路，就在司机按喇叭叫让路的时候，十来个人从汽车四周跳上了大卡车，前后两辆车的司机和警长，也一同被从两边拉下了车。这些警察以前就曾经被绑过，知道乖乖地不动死不了，胡骚情（乱说乱动的反抗）挨打受伤，命还不保。因此，几乎没听见呼喊和打斗，警察们一个个被捂住嘴，双手从背后绑起来，脸朝下放在汽车大厢里。囚车的门用搜到的钥匙已经打开，六个人被接下车，迅速坐上同大魁他们一起过来的洋车消失在黑夜中。一切衔接得如此流畅紧凑，前后只用了两分钟时间，待警察局监督车赶过来的时候，两辆车四门大开地停在路上，大卡车上像堆了半车猪一样摞着被绑的警察。一点数，自己人一个不少，枪一条也没丢，唯独少了囚车上六个待决的囚犯！

监督车的那个老警察看着眼前这个景象，轻轻地摇摇头，向自己车司机喊道：还发啥呆呢，快掉头，回去报告！小警车立马像老鼠一样蹿回去了。

六个人先后都被送到小雁塔。大魁安排他们坐在大门里头，每人给了一个肉夹馍，八九辆洋车也在暗处候着。这时，一辆没开灯的小汽车开过来，悄没声息地停在门口，下来一个人轻声说：快，让他们六个快上车！

大魁一看是苏校长，立马叫人把他们领过来。就在他们往车里挤着坐，还有一个没上来的时候，两辆警车呼啸着开了过来，大魁把最后一个硬塞进车，车门还没关，警察的枪就打过来了，小车冒着枪弹从两辆警车中间钻过去，飞快地消失在黑暗中。一辆警车立马发动追了过去。

大魁掏出枪指挥大家撤进小雁塔的院子里，并向敌人还击。警察们正稀里哗啦下车，一看有人朝他们打枪，立马就地卧倒，朝打枪的地方集中射击。大魁躲在一棵大树后边，还想和对方对打，刚要开枪，枪被一只手抓过去，他扭头一看是麦升。麦升说：人都撤进去了，你打枪，把敌人都引到你这里，怎么脱身呀！

趁着敌人射击间隙时间，麦升一把拉着大魁就钻进身旁的树丛里。警察们知道里头人有枪，不敢贸然追过来，只是在外头乱喊：赶快出来，你们已经被包围了，跑不了啦！喊的时候还砰砰地开了几枪。

就在外头狂喊乱叫的时候，大魁已经指挥其他人从几个墙豁口分散跑出去了，隆丰福的四个人始终跟着大魁。麦升对大魁说：别人都撤了，我看旁边有个豁口，咱们从这儿走吧。大魁一摆手，大家跟着他朝豁口跑过去。就在这时，对面突然打过来两枪，大魁一下子扑倒在地。麦升也就势卧倒在地，抓过大魁手里的枪就打了过去，对面立马哎哟了一声，又打了一枪，没有动静。麦升对其他几个说：快，各寻出路，撤出去！大魁自己爬起来，麦升把他背在身上钻进另一个树丛中，逐渐靠近一个豁口，听听没有动静，他又轻轻爬起来往外看了看，确定没有人后，再背着大魁爬了出去。铺子的一个叫银锁的伙计跟着麦升爬出来，他让他们躲在大树底下等着，自己想办法寻辆车。不一会儿，还真找来了一辆洋车，两个人护着大魁回到家，银锁自己回加工场去了。

看着睡眠深沉的大魁，兰馨想，这个比自己小两岁的男人，这几年成熟得多了。他很有自己的性格，在大是大非面前，他有主见，敢想敢干。这次，还有以前的几次，劫囚车，除内奸，给边区护送人员，物资等，干的都是把脑袋揙在裤腰带上的事情，他到底为了啥？兰馨想了半天还没有答案。只听他无意中说过一句，这个腐败软弱又穷凶极恶的政府，迟早要被推翻！他咋老是跟官家作对呢？

这次事情，公公没有半点儿责备的意思，大魁受伤自己也不懊悔，家里两个主事的大男人看法是如此的一致，自己还有什么可说的？遇上这个让人担惊受怕的男人，只能求菩萨保佑，保佑他吉人天相，好人平安！她连忙给太婆供养的菩萨恭恭敬敬地上了三炷香。

齐芳闻的西药和中西合成制药简便包装的成药批发生意逐渐站住了脚，西安城区有八个点在供货，一些小医院也在她那里进货，外县也有五个地方中药铺里捎带着卖她批发的西药。她凭着药品盒子上的厂家地址，写信过去，提出进货要求。很快回信就来了，上海、杭州、广州三地的厂家不仅寄来报价单，还发了一部分样品。她把报价和米博士的供货价格一比较，就明白上次就这一笔货，米博士从她手里赚了多少钱。由于信中提到还要采购一些西药的要求，广州回信中还附了一份西药产品的明细和价格。

为了摸清国产药和进口药的进货渠道，建立长期稳定的贸易关系，齐芳闻决定亲自到这些地方去一趟。她跟定山商量两人一块儿去，既是考察进货，又是蜜月旅行。本来还要把栓柱带上，考虑以后他还有可能跑去进货，可齐芳闻为了玩儿得尽兴，让他留在医药公司里照顾生意。而定山也因为大魁身体复原，可以正常理事，兰馨主持大柜兢兢业业，一丝不苟。铺子一摊儿自己不用更多操心，加上与齐芳闻结婚时婚礼过于简朴，心里终怀歉意。对于她的这个要求，几乎没有思考，就欣然答应了。

初秋西安，天气已分早晚，尽管中午还是夏天般的暑热，但日头一落山，立马就有爽风凉气上来，人们那种浮躁的心情也就沉静了许多。可这个时候往南方走，就是另一番感受了。定山带着齐芳闻过郑州、拐徐州、转上海、游杭州，最后来到广州。一路上火车、轮船、汽车、小艇轮番换乘，旅馆两三天一变，主食是由面变米，菜也是由咸变甜，鸡鸭鱼肉又是另一种味道。齐芳闻如鱼得水，怡然自得，一路上指点江山，谈古论今，兴奋不已。定山毕竟是走南闯北的人，对这些倒还能接受，只是那溽热的气温和湿蒸多雨的天气，让定山还是很不舒服，常常有喘不上气来的感觉。另外，还有一个让他心里十分不痛快的是，到处都是横行霸道，不可一世的日本人。乡村里能看到烧杀抢掠的景象，城市里则是设岗盘查，随意抓人，在街道上打骂凌辱中国人，恶行累累。不过，在阴霾中，他还是看到了阵阵的光明。在上海，卖茶叶蛋同时也卖小药品的老太太，只卖中国产的人丹，而不卖日本产的仁丹；在杭州，他俩坐洋车游玩的时候，有人就把几张反日的传单塞到他的怀里；在广州，他俩在旅馆的楼上看见，在一个小巷子里，几个中国人在狠命地揍一个日本人。尽管日本人控制得很厉害，一些禁运的物资还是在地下南来北往。因此，他认为此行非常值得，自己不仅大开眼界，大受裨益，而且，增强了自己中国人的信心。凭着他生意人的眼睛，不但看出这里市井繁华的根源，也开启了自己发展的一些新思路。

齐芳闻在定山的陪同下，先后和上海的童涵春、华美药房，杭州的胡庆余堂和广州的徐宁远堂、何济公等药店（厂）签订了长期供货协议，并分别付了第一笔货款，由他们把货直接发往西安。就在他们办完事情，药厂老板夫妇盛情邀请龙老板夫妇夜游珠江的时候，定山他们意外地碰上了一个人。

华灯初上，他们登上一艘华丽的游船，边吃边欣赏两岸美丽的夜景。老板和定山两个尽量用对方能听得懂的话在聊天。这时，一个五十多岁文质彬彬的先生走了过来，对着定山礼貌地问：请问，先生是陕西来的吧？

定山一怔，急忙站起来说：是的，陕西西安。请问，先生怎么能听出来我是陕西人呢？

来人面带笑容说：我在西安待过好几年呢，西安话我一听特别亲切。

定山高兴地说：哎呀，待过几年也算半个乡党呢，幸会，幸会。

药厂老板一看龙老板遇到熟人，张罗着找椅子请坐。

来人看见这边地方窄小，就说：先生如果不介意，请到我那边坐一坐，那边只有我和朋友两个。

定山跟药厂老板打个招呼，就对来人说：好，到你那里坐一坐。

就在来人转过身，定山刚要迈腿的时候，药店老板站起来，在定山耳边说了一句：提防骗子！齐芳闻见老板如此，也站起来说：我跟你一块儿去。

来人的桌子旁坐着一位衣着华丽的年轻妇人，来人介绍说：这是我的朋友。

定山向妇人点点头致意，向来人介绍齐芳闻：这是内人。

来人看着芳闻文绉绉地夸赞道：眉如翠羽，肌如白雪，腰如束素，齿如含贝。夫人来此，真为穗城增辉也！

齐芳闻含笑不客气地回了一句：先生莫非登徒子之后乎？

来人见芳闻应对绵里藏针，知道不是可以轻易玩笑之人，满脸通红地表示歉意：失敬，失敬，不才无意冒犯，望夫人不要生气。

定山大度地说：乡党遇乡党，玩笑拉家常，不必在意。请问先生贵姓？

来人连忙起身：不敢，免贵姓彭，彭品岗。

定山说：听口音再加上贵姓，先生可能是湖北人吧。

彭品岗很高兴地说：先生好眼力，湖北黄陂。先生贵姓？

定山谦恭地说：不才姓龙，龙定山。

彭品岗的酸味儿又上来了，他说：猛虎定山，蛟龙定海，先生应该更名为龙定海才是。

齐芳闻对这个咬文嚼字、说话不搭调的掉书袋有些反感，不满地剜了他一眼。彭品岗倒没有看见，她旁边的女人却是瞄见了，捂着嘴偷偷地笑了。

定山依然谦恭地说：鄙人名字为舍身的寺庙方丈所赐，我的兄弟叫龙定海。

彭品岗说：失礼，失礼。哎，你一说，我倒想起来了，你兄弟的名字和最近一位负伤的抗日将军的名字一模一样。

定山一听吓了一跳，急忙问道：什么负伤的将军？

彭品岗说：你没看报？国军的一位将军，叫龙定海，在河南与日本鬼子交战，打死敌人九百多人，打伤一千多人，师部遭遇敌机轰炸，将军身负重伤！

定山一听，愣在那里半天不动，眼泪哗哗地流了下来。齐芳闻急忙问彭品岗：报纸在哪里，报纸在哪里？

彭品岗也愣住了，看着定山这个样子，怯生生地问芳闻：莫非这位龙掌柜认识那位将军？

旁边的女子说：呆头鹅，还看不出，那位将军就是这位先生的兄弟！

彭品岗明白过来，他急头急脑地打开自己的皮箱乱翻起来，从中拿出一张报纸，还没找到那一版，就被齐芳闻抽了过去。她迅速找到第一版，右上角处一排黑体大字的标题映入眼帘：

击溃日军混成旅团 英勇师长身负重伤

下面是一则简短的消息报道：

> 记者向俊河南报道　国军新编第十六师在和日军华北司令部三七九混成旅团的一场阻击战中，中国壮士在装备处于劣势的情况下，利用天时地利优势，诱敌深入，发挥近战优势，局部以多打少，奋勇杀敌，顽强鏖战三天，成功将建制混成旅团击溃。打死敌军八百七十九人，皇协军六十二人，打伤敌人一千一百多人，活捉敌旅长濑田鸠夫。国军师长龙定海将军在审问敌旅长的时候，遭遇敌机轰炸，身负重伤，副师长和师参谋长已壮烈殉国，敌酋濑田鸠夫也在轰炸中死亡。

定山拿着报纸抖抖索索连看了两遍，伏在桌子上痛哭起来，齐芳闻也陪着流眼泪。满船的人都围过来问长问短，传看着报纸。当他们从彭品岗口中知道，定山就是这位身负重伤的国军师长的哥哥的时候，一个个肃然起敬，向他们表示安慰。纷纷把自己桌上的水果、点心拿过来，堆在他们的桌子上。彭品岗以主人的身份向大家表示感谢。药厂老板也过来安慰定山，并说：凭着你是抗日将军的哥哥，我在你要货数量的基础上，给你多发一倍的货过去，以表示对这位将军的敬意！

船上的人问明白缘由之后，都高兴得鼓起掌来。

定山和齐芳闻已经没有心思赏夜景了，急着想下船，立马赶到弟弟那里去。船老板告诉定山，现在不能下船，下了船，你也没办法回去，要等船到头转回去，在码头下船，有车才能回去。彭品岗提出，能不能现在就掉头，让这位龙掌柜提前回去？船老板说，只要大家同意，我马上掉头没有关系。船上的人听说后都表示同意，于是，船在走了一半路程的时候就往回拐了。定山很不好意思，连连向大家表示感谢。大家反而安慰他，要他不要着急，赶快去看受伤的龙师长，代他们向师长问好，祝他早日康复！

彭品岗在定山跟大家说话的时候，趁机问齐芳闻：我想麻烦问一下夫人，在西安听说过一个叫那兰馨的女人吗？

齐芳闻心里一震，但她不动声色地问：不认识。她是干什么的？

彭品岗回头看着自己旁边的女人站着跟别人说话，急忙说：她是我的第二个妻子，已经失散了十几年了。还不知道她是否在人世。夫人回去，能不能帮我打听一下？

齐芳闻说：这个没有问题，我回去让我的手下一定给你落实一下。问题是如果这个人还在，你是什么意思？

彭品岗见芳闻问得尖锐，底气不足地说：我没有什么意思，了解一下她的情况。另外，我在皇城还有一套房子，不知怎么处置了。

齐芳闻问他：你现在是干什么的？

彭品岗说：我在做批货生意。就是代理大宗货物的买进卖出。什么赚钱干什么。

齐芳闻一听来了兴趣，问：药品也做吗？比如，盘尼西林？

彭品岗说：药品也做，盘尼西林，我现在就有，还有一些其他品种。

齐芳闻说：请问贵公司在什么地方？

彭品岗说：下九路三百二十一号，天鹿洋行。说着把自己的名折递了上来。

齐芳闻看见这里不是说话的地方，就说：下船后，我们能否到贵公司去看看？

彭品岗这时又摆起老板的架子说：那好说啦，下船坐我的车一道去啦。

在齐芳闻反复的劝说下，定山才答应到彭品岗的公司去看看。

天鹿公司是个一间门面，上下两层的小公司，楼下架阁里摆着各种各样货物的样品，楼上是两间宽敞洽谈生意的地方。一边是西式的大围圈皮沙发，玻璃茶几，西式茶具，显得洋气十足。一边是中式的红木细雕镶嵌的四桌八椅茶台，青花茶壶茶碗，倒有些古香古色。房子两头，则是多宝阁陈列的古董和齐齐一排的玻璃书柜。虽说中西混杂，有些不伦不类，总的看来，还算清净雅致，像个五行八作谈生意的地方。

路上，齐芳闻已经跟定山说了彭品岗是兰馨前夫的事情，叫定山装作不知道兰馨的样子，探一探彭品岗的底，再看看他能否合作。定山答应了。

齐芳闻果然看见有盘尼西林，还有一些西安稀缺的药品。定山则看见有细纱、洋布、服装面料和新式样服装，以及琳琅满目的工艺品、瓷器等。齐芳闻跟定山商量后开了一个单子，彭品岗看了以后说：这些货都没问题，库里都有，明天即可发货。齐芳闻提出要把盘尼西林亲自带上，彭品岗说：一是路上日本人查得很严，二是你们保管不好，容易失效。我把它封好，夹在其他货中间，不受风吹雨淋，赶你们回去，时间不长，货就到了。齐芳闻提出自己只能先付一半货款，彭品岗很大方地说：隆丰福铺子，我在西安时就知道，现在只能做得比以前更大了，不怕你们不还钱。另外，龙将军那么大的名气，我尊敬他，这点儿钱你们不给，我也不在乎。

齐芳闻听着他的话，心里不舒服了，她说：我先付一半，货到再付清，这也是生意上的一般做法，你啰里啰唆说了这么多，好像我们就是来骗你的货似的。动不动就说，不还也不要紧，我们是不是说了不还了？做生意讲诚信，我还没问，我们走了，你万一不发货了，怎么办呢！你夹枪带棒地乱说一通，让人连一点儿诚意都感觉不到。

齐芳闻的话，又把彭品岗说了个大红脸，那个一直跟着他的那个女人插嘴说：人家药厂老板都因为龙掌柜是龙师长的哥哥多发一倍的货，你就不能少要这一半的款？你还请求人家给你帮忙办事呢！

定山一看这话说到这里，有点儿味道不对了，连忙说：我们不是这个意思。如果彭老板实在不同意先付一半的话，我付完全款都可以。今后，我们还想长期打交道呢，不要为这个小事伤了和气。

定山停顿了一下继续说：你要打听的人那兰馨，就在我家，她现在是我的大儿媳妇，主管我们铺子的大柜，已经有一个女儿，今年都十二岁了，在女子中学上学。

彭品岗一听，连忙用手纸捂住脸，轻轻地啜泣着。

定山接着说：你的那一院房子，由于在政府院子里头，被政府当局无偿征用了，我托人去交涉了很长时间，当局才给了五千银洋，刨去上下打点，最后请客花的钱，实际只落了一千银洋。

彭品岗听了很惭愧地说：当时，省府一班人马撤得很急，我把大部分钱都带走了，给她没留多少钱。后来，听说刘镇华围城八个多月，我真不知道她是怎么过来的。看着在军队里也没有多大长进，趁着一次采买的机会，我就跑了出来，也不敢回西安，只好东躲西藏，最后到了广州，靠着一个朋友帮忙，慢慢做起了生意，这两年才有了一点儿起色。

彭品岗说到这里，恢复了原来的神态，他笑着说：话都说出来了，我的心里也敞亮了，咱们说不清道不白地还有那么一点儿关系，也算是半个亲戚吧。以后咱们常来常往，生意上，你放心，我不赚你的钱！

定山也笑着说：彭老板跟我是两个半，半个乡党，半个亲戚，也算有缘啊！不过，咱们关系归关系，生意归生意，各赚各的钱，你如果供货不赚钱，那我也不能要你的货！

彭品岗连声说，好，好，好，够朋友，够朋友。

第二天一早，定山夫妇在火车站站台上与药厂老板和彭品岗握手道别，随着一声长笛，火车直奔河南方向而去。

在一家大医院里，定山和齐芳闻见到了弟弟定海。

两间布局严谨，设施齐全的病房里，龙定海师长躺在宽大的病床上，脸色蜡黄，眼睛紧闭，处于昏迷之中。他身上缠满了绷带，接插着各种管子，医生和护士们在旁边忙来忙去。二房夫人沈岩菲一直昼夜守在他身边，大房夫人石彩霞带着六岁的大儿子昨天才赶到，两个女人轮换帮着护士给定海喂水、擦洗、换药。龙定洋天天都过来照看，随时帮着解决治疗以外方面的问题。

据副官长说，当时炮弹落在门外，半个审判大厅都被炸飞了。淡参谋长护在龙师长身上，自己被炸成几段，龙师长左腿也被炸掉了，头上、身上多处受伤。大夫说，他现在还处于病危阶段。上峰命令战区把龙师长用飞机送到重庆治疗，但大夫说，现在身体几个地方还在出血，脏器很脆弱，根本不敢移动，只能就地抢救性治疗，稍一移动，就有危险。上峰同意医院意见，告诉院长，派去的外科专家正在赶来的路上。

定山长久地坐在弟弟身旁，只要大夫不在，他就轻轻地给弟弟讲家里的情况，讲父母的身体、吃饭、睡觉情况，讲西安的变化，讲羊肉泡馍，讲岐山臊子面，讲玫瑰柿子饼，讲肉丸胡辣汤。然后拉着定海的一只手，反复揉搓着，叫着定海的小名：海娃，海娃，咱俩一块儿到城墙上摘酸枣吃走！海娃，咱俩一块儿念书时，你把我的毛笔头拔掉了，安了半天没安上，后来连笔头都没咧，我叫你赔，你说，长大了给你赔个金的，现在长大了，你还没赔我呢。就这样，定山一直絮絮叨叨地说个不停。医生隔了一会儿来看监测仪表，高兴地说：几项指标都上来了，看来，病人的生命力增强了。

两天以后，定海睁开了眼睛，开始有点儿茫然，慢慢才恢复了神智，认识大哥，认识石彩霞和沈岩菲，对儿子不认识，儿子有点儿害怕地站在床前叫他：大。他还有点儿不习惯，眼睛瞪了娃一眼，把娃吓哭了，石彩霞死拉活拉，他就是再不到床跟前来。沈岩菲抱着两岁的女儿叫定海看，小丫头一见定海就扑过去要爸爸抱，沈岩菲只好把她抱近些，让她的脸贴着定海的脸。小丫头甜甜地说：爸爸打鬼子受伤了，好好休息。一句话把大家都逗笑了。

定山考虑铺子的事情，他让齐芳闻先回西安去。定洋和沈岩菲都劝他一块儿回去。他说：弟弟这个样子，我哪儿还有心思做生意，我一定要等到兄弟没有危险了，再走。不然，我回去怎么跟父母交代呀！

他和定洋把齐芳闻送上火车后就急忙回到病房，坐在定海身边。定海还不能讲话，眼睛一直盯着他，他又给他讲大雁塔，讲曲江池，讲卧龙寺，讲八仙庵，讲莲花池，讲革命公园，讲城墙城河，从城墙上钩槐花讲到槐花麦饭，讲到马齿菜饼子，讲到冬天逮麻雀用泥裹了在火里烧熟了抢着吃。讲得定海目光炯炯，讲得他慢慢地睡着了。

石彩霞不要医院膳食房送来的流食，她亲自给定海做饭，一会儿疙瘩鸡蛋拌汤，一会儿香油蒸蛋羹，一会儿冲牛骨髓芝麻炒面，一会儿小米青菜水饭，一会儿八宝藕粉，一会儿枣肉沫糊。膳食护士看了她做的流食，惊叹不已，这个营养搭配之合理，之全面，之适口，是他们灶上不能比拟的。她决定把原料拿来，在石彩霞的指导下，学着为抗日英雄龙师长做营养餐。

定海的身体逐渐好起来，可以靠着靠垫坐一会儿了，而且能吃一些像样的饭菜，脸上有了一些光泽，也能够简单地说话了。他问副官长：淡参谋长和副师长他们怎么样？

副官长含糊其词地说：他们都好着呢。

龙师长说：淡参谋长、把我压在他身下，我都断了一条腿，他们咋能没事呢？

副官长假装认真地说：他们就是没事，昨天还在师里检查呢。

这个谎撒得不好，定海马上问：那他咋不来看我呢？

副官长慌了神急忙说：他来看你的时候，你还昏迷不醒呢。

定海立马说：我命令你，尽快把淡参谋长叫来，我要和他商量这次战斗的总结问题！

副官长看着这个谎再撒不下去了，只好又撒了一个谎：报告师长，淡参谋长副师长他们也都在医院里住着呢，现在还来不了。

定海不依不饶，说道：告诉我，他们在那个医院，我去看他们。

副官长被逼到墙角，只好实话实说：报告师长，军长不让我给你说实话，我没有办法再对你隐瞒了，副师长和淡参谋长都阵亡了。说着他哭起来。

定海眼里涌出泪水，他早就预料到了，现在，不过才被证实了。

定海一哭，可把医生吓坏了，像他这种情况，根本就不能激动，激动的后果可能引起新伤口崩裂，导致出血，难以愈合。并且，几处内脏受伤还在恢复，情绪的剧烈波动，容易引起内出血。假如发生，可能就有生命危险。医生最后让护士轮流值班，始终在病房保持一个人，严禁来人与病人每次说话超过五分钟，对于有刺激性的语言，要立即制止。龙师长在严密地看护下安静地休息了半个多月。

这半个月，龙师长想得最多的还是淡参谋长，这个来自陕西杨凌的血性汉子，头脑灵活，英勇善战，是一个优秀的高级指挥官。他为人忠诚，尤其对朋友甘愿两肋插刀，在生死关头，奋不顾身，把生的机会留给我，他自己却粉身碎骨。这是何等的忠义，何等深厚的兄弟情谊？自己用着兄弟换回来的性命，睡在这里养尊处优，良心何在？情义何在？

他叫来副官长，吩咐他安排车，他要到淡参谋长的坟上去看看。大夫开始坚决不同意，龙师长不说什么，就是坚持不吃饭，这可把石彩霞急坏了，连找大夫好几次。值日护士也找大夫说，师长不吃饭，可是大事。此事惊动了院长，院长知道龙师长的脾气，劝也没用，干脆顺水推舟，医院的抢救车带上医生护士随行保护，以防万一，去吧！

在老战友的墓前，龙师长坐了很久，跟他们像平时在一起时一样随便地和淡参谋长拉着家常。他把这次战斗的利弊过失历数了一遍，并对老战友立下誓言，一定要让队伍打下一架日本飞机，为老战友报仇！

新编十六师经过短暂休整，新任命五三一旅旅长为代师长，开赴另一个战场与鬼子作战。临行前，代师长特来向老师长辞行，并诚恳地希望能够聆听老师长的教诲。

龙师长握住新师长的手说：新十六师历来尊崇的几句话就是：摸清看准，打起来要狠，戳腰袭头，捌屁股断根。你带队伍只要记住这些就够了。我上不了前线了，可我给淡参谋长发了誓言，一定要打下一架日本飞机给他和副师长报仇。这个誓言只能由你来实现了，我等着你的喜讯。

代师长举手向龙师长敬礼，目光炯炯，语气坚定地说：我一定要早日打下飞机，完成师长布置的任务！

一天早晨，二夫人沈岩菲正陪着龙师长在案头看报，副官在门口响亮地喊了一声：报告，待龙师长哼了一声，就兴冲冲地快步走了进来，手里拿着一张电文高兴地喊道：师长，日本投降了！

龙师长拿着报纸的手抖了一下，猛地扭过头来问了一句：什么，你说什么，再说一遍！

副官立正报告说：军长发来电报，称：日本天皇已经接受了《波茨坦公告》，通过无线电广播宣布无条件投降啦！

龙师长一把夺过电报急不可耐地看起来。电文很简单，就是副官说的那几句话。他把电文背面翻过来，想再寻找一点儿更多的消息，但他失望了。这么重大的事情，就是这样简单的几句话！他高兴，激动，疑惑，遗憾又不甘心！他感到心在欢快地跳动，周身的血液在急速地涌流，几处伤口也在隐隐约约地鼓胀。他感到自己需要用什么方式来宣泄一下，他用眼睛向四周扫描着。石彩霞看见了，问他要什么？他指了指那两瓶作为陈设用的贵州茅台酒。石彩霞爱怜地看着他，摇摇头说：现在不能，等你好了以后再喝。他脸憋得通红，无可奈何地把攥紧了的拳头狠狠地砸在案头上。过了一会儿，广播里开始播放由我方播音员宣读的日本天皇的《受降诏书》，龙师长听着听着生起气来，情绪激动地大骂起来：这个狗日的天皇，欺负我们中国八年了，杀死打伤我们多少同胞？在我国犯下了多少罪行？这个家国恨，民族仇还没清算呢，怎么就让他投降了？

副官兴冲冲地又来了，他送来一件军邮品。龙师长接过一看是新十六师急件，打开一看，他高兴地大叫一声：打得好，不愧是我带出的队伍！原来那是一封给老师长的报喜信，还附着一张照片。

信中写道：老师长，我们完成了你交给的任务，八月八日这天，高射炮团在行进的火车上击落了一架前来轰炸的日本飞机，敌机冒着火栽在铁路不远处的一个山坡上爆炸了。爆炸现场的照片附后，请师长审阅。

龙师长看后异常兴奋，用手支撑着一条腿的身体站起来，向石彩霞喊道：拿酒来！拿酒来！声音大得有点儿吓人。

石彩霞惊恐地看着他没有动，值日的护士也吓得不知所措。龙师长又喊道：拿酒来！我闻一下也好！

石彩霞害怕他过于激动，就小心地把瓶子递了过去。

龙师长拧开盖子说：特大喜讯，没有酒怎么可以！嘴对着瓶口就灌了几口。石彩霞赶快用手把酒瓶夺了过来。龙师长喊着：真过瘾呀，我们赢啦！我们胜利啦！

他忘记了自己是一条腿，猛地想朝前走去，身子一下失去平衡，向一边猛倒过去，石彩霞没有扶住他，他的身体重重地栽倒在地板上。大家慌忙把他扶起来，龙师长眼睛一动不动地睁着，嘴里和伤口都流出鲜血来。

第二十八章

龙定海师长壮烈牺牲之后，战区根据上峰命令，以军队高级将领规格，择日在对日军受降的前线，由龙师长原部队为龙定海将军举行了隆重的公祭仪式。在猎猎军旗前，在呜咽的军号声中，面对龙师长的巨幅画像，近万名将士持枪致礼，同声高呼：龙定海师长，中华英杰，日寇克星，为国捐躯，英名长存！万人同声连呼三遍，声震长空，地动山摇。接着，鸣炮四十一响，象征龙师长四十一岁。在这隆隆的重炮声中，将士们好像又看见了师长坚毅沉着地分析敌情，淡定从容地排兵布阵，把酒长歌地与官兵同乐的情景。他们还清楚地记着，自从龙师长来后，往山窝里躲藏得少了，上战场打胜仗次数多了，尤其是多次漂亮地歼灭日本鬼子，再也不挨老百姓的骂了，老百姓亲切地称他们为打“老日”的队伍；他们再没有饿过肚子，再没被欠过军饷，服装和装备也比以前正规多了。许多人想到这儿，默默地流出了眼泪，甚至哭出声来。

在一片悲愤的气氛中，中央特派员和战区司令分别宣读了蒋委员长的唁电和悼词。全体将士缅怀老师长，决心发扬老十六师的传统精神。口号声响彻山谷，回音传得很远很远。

龙定海师长的两个夫人在他生前关系一直情同姊妹，相互礼让，和谐相处。没想到，在定海遗体归葬的地点问题上，两人各执一词，互不相让，最后争执不下，使这个事情陷入僵局。龙定山和龙定洋兄弟两个在极度悲痛之后，对她们的争执也不好插嘴，只好默默听任她们各抒己见。龙定洋是作为省府方面全权代表和龙师长至亲的双重身份出现的。

沈岩菲提出她家在北平有一块儿墓地，面水靠山，风景秀丽，又在天子脚下，想把定海葬在那里。希望彩霞姐也能到北平去，二人一起为定海守灵。石彩霞一听就火了，说：定海活是西安人，死是西安鬼，他肯定要在西安龙家老坟里安葬，咋能跑到他都没去过的深山野洼里去？不要说，你那儿是天子脚下，西安周边埋的皇上冢疙瘩多得数都数不清！再说，我跑到你老家算干啥呢！

沈岩菲耐心地解释说：那可不是什么深山野洼，那是我家通州，物产丰富，交通便利，就是你不去，你来祭扫，也比我去西安方便多了。

石彩霞得理不让人地说：论地方，定海是西安人；论大小，我为先你为后；论常理，人死落叶归根；论继承，我生的是个男娃，你生的是个女孩儿，搁像执幡摔老盆，都得靠他的这个儿子。这四点都决定了定海必须回西安。

战区的一位主任在听了她俩的说话之后，为她们对龙师长的深厚感情而感动不已。看到她们争执不下，甚至已经有些伤了感情，只好先和省府代表把龙师长安葬的事情请示各自上峰，得到指示精神后，先商量好操作方案，报请批准，再向她们说明。主任说：二位夫人不要争了，龙师长是为抗日壮烈而死，他功勋卓著，义薄云天，称得上是国家的脊梁，民族的骄傲！他安葬在哪里，已经不是二位夫人的私事了，要由战区和政府来安排。现在，我来给二位夫人介绍一下安排的意见。考虑到龙师长是牺牲在豫西，豫西一带又是龙师长长期驻守和战斗过的地方，在这里，他有过多次战胜日本军队的战例，为阻止鬼子西进、南下，发挥了极其重要的作用。因此，战区决定，在龙师长壮烈牺牲的地方，建一座抗日英烈纪念陵苑，这个陵苑里除龙师长之外，还有他的两个助手胡副师长和淡参谋长。陵苑要设计得大方精美，成为老百姓瞻仰和祭奠的一个景观。因此，你们就不要费心了，相信这个陵苑，比你们哪一位都修建得好，也更有纪念意义。

这个意见是龙定洋一起参与讨论的，并且定洋也给哥哥交过底的。所以，主任说过之后，首先得到龙定山和龙定洋的同意。龙定山看着她们都没有吭气就说：主任刚才说了，定海为抗日而死，是民族英雄！他的安葬，是国家的事，是政府的事，二位弟妹就不要再争来争去了。

见主任和大伯哥这样说，她们也都认为有理，都表示同意。

由于陵苑修建好还有近一年时间，政府决定，先将龙师长及另外两位将军的灵柩在一个寺庙里用砖箍起来保护好，等陵苑建好之后，再举行仪式迁葬过去。二位夫人在隆重地做了生离死别的祭奠之后，都表示要尽快离开这个令人肝肠寸断的地方。

沈岩菲拿了定海的怀表、钢笔和他们在一起的照片，共同生活的用品和定海的笔记、信件、书籍等，说要给孩子做个纪念。石彩霞把定海的血衣和换下来的一套军装、军帽、马靴、军刀等东西统统带回家，并坚持要把定海的一副身着将军服的大幅照片带走，对其余分给她的东西提出，统统都给岩菲妹子。沈岩菲更是表示自己用不了多少东西，坚持让彩霞姐全部拿回去。两人互相客气地又推让起来。在定山和定洋的主持下决定，除了定海生前曾经明确过六只鼎和预先存好要给父母的金钱交给父母外，余下的东西二一添作五，二位夫人一人一半，愿要的自己带走，不愿要的或送人或变卖，一切自便。银钱细软也是一人一半，两人都表示多给对方，自己少拿。最后，还是定山说话，一人一半，如果想给对方，是你们自己私下的事情。

抗日英烈纪念陵苑建好之后，二人一西一东几乎是同时赶到。参加完公祭之后，由定山主持再家祭一次。她二人把孩子都带来了，定山，定洋也把自己妻子和他们的几个孩子都带过来，参加祭奠，并让他们瞻仰学习这位龙家引以为自豪的英雄人物。之后，在龙定洋家里，龙定海的二位夫人在一起做了一次长谈之后，自此各奔东西。

沈岩菲通过朋友的关系，带着女儿龙海翎先到香港，再到美国。自己在洛杉矶一家银行做职员，供海翎上学。等她再回到河南和西安寻找定海的墓地的时候，已经是古稀之人了，只有齐芳闻，她还认识，其他一切都已物是人非了。

石彩霞回去后，在大伯哥的帮助下，把定海的血衣和军服用棺木盛殓起来，在龙家坟地给定海修了一座衣冠冢，立了一个碑，上写：抗日阵亡将军龙定海之墓。除了每年清明上河南去祭奠一次之外，四时八节都到衣冠冢前祭奠，多年从不间断。在家里，她为定海布置了一个小小的纪念堂。正中悬挂着龙定海将军全身佩枪挂刀的大幅照片，两边是西安知名书法家撰写的一副对联：

上马击狂倭　将军曾经半日倥偬半日偷闲

卸甲做寓公　隐士倒是整天佩枪整天绸缪

定海像前的桌子上，一对白蜡昼夜亮着，香炉里时常香烟缭绕。每天不管家里吃什么饭菜，都给桌上摆一份，酒杯里的酒永远都是新斟满的，四时的瓜果梨桃都是最新鲜的。定海的儿子龙佩凡每天上学前放学后，要向父亲的遗像鞠躬致礼，在贪玩耽误功课或者犯了错误的时候，这里就是他反省认错的地方。

石彩霞终生没有再婚，一直守着自己心爱的人的照片平静地活着。直到有一天，一群人吼叫着要烧掉这个反动军官的照片，拆掉这个装神弄鬼的桌子的时候，她扑上去，用身子紧紧护着定海的照片，在争夺和拳打脚踢中咽下最后一口气。

金蕊雪急头拌脑地推开龙定洋办公室的大门就闯了进去，看见定洋正在跟几位同人说着什么，才意识到自己的唐突，不好意思地笑着说：定洋，有个事，你能不能出来一下？

龙定洋感觉妻子一定有什么大事，向在座的几位表示了一下歉意，就走了出来。见他闭上门，金蕊雪小声又急切地对定洋说：不好啦，潘瑶琼被抓走啦！听了这话，龙定洋吃了一惊，他看了左右一眼，着急地问：什么时候，谁抓走的，你咋知道的？

金蕊雪说：你一下问这么多，我咋知道！在家里，我接了一个电话，自称是潘瑶琼家的保姆，说潘瑶琼家里出了点儿事情，请我到她家里去一趟。去了我才知道，潘瑶琼已经两三天没有回家了，潘瑶琼的父母因着急病倒了，都躺在床上。保姆到报馆里听人说，还有一位龚先生也失踪三四天了，可能都是被抓走了。

龙定洋听了半天没有作声，脑子在迅速分析着可能是哪个部门干的。金蕊雪说：你快想办法，那么好的一个人进到那些地方，多遭罪呀！你一定救救她呀！佩弦他们在家，我先回去了。说完就走了。

尽管这两年，龙定洋和潘瑶琼几乎就没有来往了，但他一听潘瑶琼被抓，心里还是很震惊的，尤其金蕊雪那着急的样子，使他很感动，潘瑶琼以她的人格魅力和优雅气质，已经成为他们不可多得的朋友。

龙定洋亲自通过电话查问了警备区、警察局、宪兵队都回答没有，他回想起刚才金蕊雪说的便衣，不禁疑惑起来，难道是军统、中统？要是他们中的任何一个，就很麻烦了。他让省府一个跟这两方面都有些关系的朋友打听，得到准确的消息潘瑶琼是被军统控制着。

龙定洋知道，日本投降以后，军统和中统的主要目标就是共产党，难道潘瑶琼是共产党分子不成？他一直认为，潘瑶琼是个艺术型人才，她的兴趣主要在音乐和书法，对政治不是很敏感。她正直热情，事业心、责任感很强，虽然写了一些抗日的歌曲和歌剧，都是她特长的发挥，并不是她的政治倾向。龙定洋换了一个坐姿，把两条腿伸到一个坐凳上担着，这样更舒服一些。他想起来，那次与潘瑶琼喝咖啡邀请她一起编写方志时，她出乎意料的冲动和反感神情，倒真有点儿共产党宣传的以服务天下大众为己任、以救国救民反对日本侵略为宗旨的味道，而自己那个时候被她指责得简直就像是一个麻木不仁、对民族存亡事不关己的懦夫庸人似的。当时，他确实有些生气，过后一想，瑶琼是小姐的脾气、小妹妹的撒娇，自己完全不必计较。后来他想开导开导她，可官场里的争斗，战事的频仍，省府来回地搬迁，使他无暇顾及。现在，她出事了，联想起来，还真是有这方面的嫌疑。想到冰清玉洁的瑶琼为了诺言而守望，为了守望而不婚不嫁，自甘寂寞的守贞情操，龙定洋眼睛有些湿润。再想到那些心狠手辣的家伙们，可能使用种种卑鄙的手段折磨瑶琼的时候，龙定洋感觉血一下子涌到脸上，隐隐地感到有些头痛。他再也坐不住了，腾地坐起来抓起了电话。

接电话的人时间不长就来到龙定洋办公室，把门关好后，走到办公桌跟前看着他问：什么事？龙定洋知道他不坐，也不让他，直截了当地说：捞一个人！

什么人？在什么地方？

一个女的，在军统，叫潘瑶琼。

难度很大，法币二十万！

中，几天见人？

要看机会，可能你得亲自去识别一下，事成之后，送你家里？

不，送到上次那个地方。

明白。来人转身出门，没有一丝声音。

两天后的夜里，天上繁星一片，万籁俱静。

两块小石头一先一后落到龙定洋住的院子里，叮当一响。龙定洋轻轻起身，换了一套深色衣服，提着小包从后门出去，抬腿就上了等在门前的汽车，消失在夜色中。

汽车前面副驾驶的位置空着，后排一号位子上坐着一个高大的蒙面人。龙定洋上来坐稳后把小包递给他说：这是一半，剩下的明天叫人给你。蒙面人没有说话，把小包塞到怀里，对司机说：到邱家坟。

汽车停在邱家坟旁边的一个大土包后边，灭灯熄火。蒙面人下车朝坟地里拐过去，龙定洋也下了车保持一定距离跟在后面。时间不长，坟地前面的路上从东面飞奔过来两匹马，快到山包时猛地一个急停，马儿急切地咴咴叫了两声，路边窜出来两个人，从后面马背上快速扶下一个人，就钻进坟地，两匹马风驰电掣般地向前跑开了。大约两三分钟时间，三辆摩托车在前，一辆架着机关枪的大卡车从后面追了过来。车灯雪亮，马达轰鸣，像一只嗅着猎物的恶狼狂奔而去。

大个子招呼龙定洋过去辨认，龙定洋看躺在地上的人虽然受了伤，眼睛紧闭着，但一眼就认出是潘瑶琼。刚要说话，大个子一只手捂住他的嘴，给另一个黑衣人做了个手势，他背起潘瑶琼就往坟地里头跑。大个子拉着龙定洋也紧跑几步趴在一个坟堆后面。就在这时，又有几辆摩托车飞驰而来，在坟地里头用车灯照来照去，并朝这边开了几枪。

等着摩托车走远，大个子领着他们才在另一条路上了汽车。汽车摸黑在凹凸不平的土路上颠簸着，龙定洋把潘瑶琼紧紧地搂在怀里。停了一会儿，潘瑶琼可能是被颠簸弄醒了，也可能不习惯这样被人搂着，挣扎着要起来，龙定洋在她耳边轻轻地说：瑶琼，我是定洋，你被救出来啦！潘瑶琼一听，眼泪细细地流下来，一句话也说不出来。

潘瑶琼当晚被安排在龙定洋干妈郭大娘家里。郭大娘家前年由龙定洋安排把草房重新翻盖了一下，一砖到顶一明四暗的大瓦房，还修了一个飞檐兽脊的砖门楼。郭大娘开始不让修门楼，嫌太招摇，龙定洋非让修，他说：气气派派盖房子，红红火火过日子，有啥招摇！郭大娘只好依着定洋。她给他专门收拾了一间房子，留着他们有时间回来住。龙定洋回来看她的时候倒没有住过，只是上次，龙定洋在这儿安排了一个受到追捕，被他解救的南京来的私交朋友住了几天。这次，潘瑶琼出来，他也首先想到这儿。

潘瑶琼先是被一般性审问了一下，没问出个啥，被抽了几鞭子，她像个普通女孩子一样，又哭又闹，装作忍受不了晕了过去，被关了起来，准备在同案抓齐之后再审。据说，拘捕她的原因，还是报纸上在她主持的栏目里经常编发一些顶角带刺的小文章，揭露政府腐败无能，文章里有“内战内行，外战外行；见百姓挺腰，吹胡子瞪眼，见洋人弯腰，遛屁股献脸；法币，法币，砖头厚一沓看不了一场戏！共同打日本，胜利自煎急！”等等言辞，引起有关部门关注，专查文章作者，专查栏目编辑。这一查就查到龚先生和潘瑶琼的头上，他俩一先一后都被秘密逮捕，当局怀疑他们是共产党或者起码是共产党的外围骨干。

郭大娘见是龙定洋送来的人，知道都有来历，不是一般人。她从不问长问短，一律热情招待。再一看还是个姑娘，不仅人长得金枝玉叶一般，而且举止高雅、超凡脱俗，喜欢地一个劲儿给两个儿媳妇夸赞：你看看都是个人，人家咋就生得那么好，咋看咋顺样！她要是张画儿，我非把她挂在墙上天天看看。

潘瑶琼知道郭大娘，她听龙定洋说过，也知道她是龙定洋婚姻的大媒人。看见大娘慈祥可亲、热情好客的样子，从心底对大娘充满了崇敬和感激之情。每次大娘送水送饭过来，她都发自内心地表示谢意。郭大娘总是笑嘻嘻地说：

平时请都请不来，现在能到这儿住几天，是我们小户人家的福分哪，粗茶淡饭的谢个啥！

潘瑶琼在这儿待着，尽管十分安全吃住无忧，心里却焦急万分，一是担心父母着急上火，弄出个什么病来。二是跟组织无法联系，自己还有许多事情要安排。在这里什么消息也没有，真是急死人了。两三天以后，身上的伤在郭大娘的精心护理下，倒是慢慢好了，嘴上却起了几个泡。把个郭大娘急得又是白糖水冲鸡蛋花，又是苦菜根芦苇尖熬汤，催着看着让她喝了下火。

她来这儿的第四天，龙定洋坐着车绕了一大圈，确信没有人跟踪之后，才拐到这里来看她。龙定洋告诉潘瑶琼，已经去家里看过她父母了，给老人报过平安，说你在外边一切都好，老人也放心了。潘瑶琼听了，才略微安心。龙定洋望着有些憔悴的潘瑶琼，又兴奋地告诉她，那个小报社已经被查封了，他跟一个朋友谈好了，过两天接她回去，直接去一家外国机构驻河南办事处上班，作内勤秘书工作。

潘瑶琼对这个工作倒没有怎么高兴，只是请定洋给她带一封信回去发了。龙定洋把信放在包里，又出去跟干娘说了一会儿话，就坐着车回去了。那封信不知是忘了还是有意没发，几天之后，他把潘瑶琼接回家的时候，那封信还在包里，他没有拆开，趁没人的时候烧了。

潘瑶琼没有去那个办事处上班，而是根据组织安排，到铁路局当了一名火车调度室的调度员。利用这个职务，给组织提供了许多军用物资调配和队伍调动情况的信息，及时有力地配合了人民解放战争，并领导各级工人组织和城市各阶层人士，为保卫重点设施、挫败敌特分子破坏阴谋、迎接城市解放，发挥了重要作用。

她和龙定洋虽然同在一城却无缘见面。她隔了两年到定洋家里去找，房子早已易主，打电话问省府秘书处，对方也说不清他的去处。潘瑶琼总是认为，定洋是因为解救自己才被解的职，十分内疚。当他们再次相见的时候，已经是解放后了。当时，她担任一个城市的副市长，在新中国建国十周年特赦的一批改造好罪犯的大会上，代表国家宣布本市特赦人员名单时，发现了龙定洋的名字，他们是在特殊的场合下相见的。

救出潘瑶琼以后不久，政府下令查处日伪期间与日本人和南京汪伪政权有来往的公务人员。廖秘书以其张扬无忌地与日本人公开在省府进出，替日本人办事，穿日本军服炫耀等行为，首当其冲地被收监审查。软骨头的她，还没动刑仅吓唬了几句，就如数家珍地交代了七八个人，其中就有龙定洋。

她把日本人如何喜欢龙秘书长的书法，如何想跟龙秘书长见面叙谈，龙秘书长写的一副对联日本人给了二百个大洋，龙秘书长的一个以书法相交的日本朋友，因涉嫌收买文物字画被宪兵队抓走，后经龙秘书长营救送走的事情统统交代出来。就是不提自己怎样给日本人提供国军布防情报，帮助日本人收买偷运国家文物，被三个日本人灌醉之后，脱得一丝不挂，她的衣服上被放了一个挂弦的手雷，整整三天三夜被迫与一群鬼子混在一起的事情。

廖秘书倒是没事了，龙定洋和其他几个省府的官员相继被免职，被收监，被判刑。龙定洋因为没有实质性的问题，还因为有一个为抗日阵亡的将军哥哥，加上秘书长给他周旋，老丈人上下使钱，关了两个多月就放出来了。

丢官赋闲的龙定洋百无聊赖，每天以书为友，以酒解愁，以写字为乐趣。他的老丈人金老爷子经常过来看他，跟他喝酒聊天，切磋书法技艺。时间长了，有一次似乎无意地对他说：定洋，这国民政府看来不中呀！国家治不好，连年灾荒，物价飞涨，钱不值钱！能打过日本人，打不过共产党，我看它持久不了呀！万一有个鱼龙变化，对你可是不利呀。你现在不当那个官是好事，你说呢？

定洋没有作声，只是轻轻点点头。

金老爷子继续说：人常说，官帽压顶不如一艺在身。官帽子不牢靠，个人的手艺那可跑不了，任何时候，你都有一碗饭吃。你看，我就凭这接骨的手艺，咱家从来都吃喝不愁，而且，子孙都不愁！

定洋若有所思，他给老爷子续上茶，眼睛注视着太师椅的虎腿。

金老爷子没有在意定洋的眼光，他把灭了的卷烟重新点上火，嘬了两口继续说：我思谋了几天，还是要劝你，你就不要再想着回去做官了。从现在起，你跟着我把这接骨的手艺好好学。你人也聪明，文墨又深，我手把手教你，不出半年，你就能够自立门户，接诊看病了。将来三个孩子哪个愿意学，好好传给他，让咱金家的这绝门手艺发扬光大！

龙定洋感激地对老爷子说：爹，你真是为我操透了心啊！可我知道，金家有规矩，传男不传女，我要跟你学了这一行，坏了金家的规矩不说，让我两个哥不高兴，两个姐有看法，别人还看不起我。因此，我不能接你的手艺。

龙定洋停了一下，看见金蕊雪也过来坐在旁边，继续说：不过，爹的一席话打开了我的思路，人这一辈子不是只有一条路，除了做官，我还能干其他事情。而且，我已经有了一些想法，我想试试看。

金老爷子听了定洋的一番话，高兴地说：我早就看出来，你不是个抓小鱼摸螃蟹之辈，你肯定有自己的长远计划！当然，这也不是着急的事。弄啥，咋弄，思量好了再说。

这天，翁婿二人都喝得酩酊大醉。

龙定洋受了老岳父的启发，本想继续从事文化戏曲方面的研究和整理，看着这危机四伏的政权，动荡莫测的局势，他的调查研究计划很难进行，即便自己费尽千辛万苦搞出来的东西，可能也没有多少人关注。想一想，那股涌上来的冲动心情先凉了下来。

他抬头从窗户望出去，看见不久前才接回来的一位干娘在秋阳下坐着藤椅在晒太阳。这是自己在被监禁期间，同室的那个七十多岁老中医的老伴儿。老中医因为给八路军看病治伤被抓进来。老人无儿无女，只有个比自己还大两岁的老伴儿。就是因为老人的这个老伴儿，他和老先生还有一段难忘的交往呢！

老先生进来已经几个月了，沉默寡言，一般不跟人说话。看到龙定洋举止谦恭，对自己处处照顾，两个人有着共同语言，觉得很是投缘。在大概了解了龙定洋的身份之后，一次，曾问他愿不愿意跟自己学医。当时，监房里就他们两个人，无事可做，也是为了尊重老人，龙定洋就点头答应了。老人只有一个条件，就是如果龙定洋先出去，到他家里看看，给他老婆带个口信儿。如果一年后老中医还没出去，请龙定洋把他老婆接到自己家里去，给她养老送终。龙定洋握住老先生的手，认真地说：如果我先出去，我要设法救你出去，万一暂时救不出去，我一定照顾好老大娘。如果你真有个三长两短，我一定把大娘接到我家，当自己的老人一样养老送终。

见龙定洋是个诚信君子，老人让他要来纸和笔，凭着自己多年行医的经验，把自己最拿手的几个奇效秘方一一告诉了龙定洋，让他用笔记录下来。然后告诉他，在什么情况下用什么方子，在什么情况下方子加减，内服什么，外用什么，紧急情况下怎样处置，病势向好的方向发展的时候，该怎样攻守兼备，协调阴阳。为了让龙定洋这个门外汉真正掌握治病的基本机理，他还手把手地教给龙定洋怎样号脉，怎样判断病情，怎样试探用药，确诊之后，怎样辨证施治、内外兼攻、扶正祛邪，最后达到阴阳平衡，病去人安的目的。龙定洋都做了认真详细的记录。

老先生又给他讲解中医的三因、四诊、六经、八纲、八法，以及脏腑、经络、气血等理论关系和汤头歌诀、中药十八反等基本知识。龙定洋对中医以前虽从未涉足过，但现在用心听了，理解还是很快的，加上他深厚的古文底子，很快就能融会贯通，举一反三。老先生称赞他是可造之才，出去如果能够系统学习中医理论，虚心求教，认真钻研，加上自己给他的这些奇效秘方，十年之后，必成名医。龙定洋只是把这当成消愁解闷的乐子，尽管嘴里唯唯诺诺，心里并没有把这个行当放在自己今后设定的目标上。

出来之后，他先去看了老先生的老伴儿，给她留了一些钱，告诉她，老先生在里头能吃能睡，精神很好，不久就能出来，让老太太放心，过几天，他还会过来看她。老太太说，她再不哭了，高高兴兴地等老伴儿回来！看着老太太孤独无靠的样子，龙定洋感觉，自己有责任一定要尽快把老先生救出来。

他又花了五万法币，动用了自己以前的关系，经过一个多月的努力，老先生终于被救出来了。然而，十几天后，老先生就去世了。临终前，老先生握住龙定洋的手，断断续续地说：我没看错，你是个仁义君子，我有一箱明清版的医书医案，全都送给你，还有攒下的三两黄金也都给你，唯一的条件就是把你大娘接到你家去养老送终！龙定洋含着眼泪点头答应。

龙定洋安排好老先生的丧事，根据老太太的意愿，老先生百日满了之后，把她接了过来。龙定洋早就给金蕊雪说好，按自己老人一样称呼服侍，金蕊雪也是贤惠之人，对老人关心备至，给下人做出样子。老先生给的那三两黄金，龙定洋也交给老太太收执，平时再给老太太一些零用钱。老太太总是千恩万谢，称颂龙定洋好人好福。老太太也是明白事理的人，经常给孩子们买些吃食玩具，在家里帮着下人们做一些力所能及的事情，不多嘴不多事，很得大家的喜欢。

写书编志不成，龙定洋想，无事可做，还不如按照老先生说的先学习学习中医。古人就有“不为良相必为良医”的说法，做个医师虽不能大福大贵、光宗耀祖，却也能像岳父说的混个衣食无忧。他先找了一些医书典籍慢慢翻看起来，开始乱看一通没有趣味。他索性沉下心从浅入深，从基本理论到诊察判断，从治疗法则到处方规则，从辨证施治到药性药理，边看边记，勤问勤思。遇到难以理解、深奥晦涩的问题，他不耻下问，走访先贤名师，回来后做好笔记。他经常给自己列出许多问题，自己先写出答案，再对照医案，看看名家是怎样处理的，找出不同点，多问几个为什么？经过多次的这种找差距，挑毛病，寻特点，终于慢慢地看出名家对病因病势判断理解之精到，高手在药理药性把握运用方面手法之高妙。

就在他忘我读书，对中医中药从浅尝辄止到如醉如痴深入钻研的时候，一个偶然的机会，更坚定了他从事中医的决心。

一个乌云满天但又不像要下雨的下午，龙定洋午睡起来准备出门去。金蕊雪问他到哪儿去，他说，想看看老师何秉坤去。金蕊雪不放心他一个人出去说：我陪你去。龙定洋没有作声，金蕊雪给保姆安排了一下几个孩子放学回来照看和经管老太太吃饭的事情后，就叫人要来车一块儿走了。

何秉坤照例是不在家。保姆说：先生一早出去，一般要到晚饭时候才回来。龙定洋说：老师不在，我看看师母。保姆说：老夫人病了。龙定洋说：师母病了，我更应该看望才是。说着就进了门在客厅坐下。

金蕊雪把带来的东西放在桌子上，就随保姆进到内室看望定洋师母。师母听说是定洋夫妇来了，很高兴，坚持要起来，梳洗了一下由保姆搀扶着到客厅。龙定洋慌忙扶着老人坐好，招呼她喝茶，然后询问病情。

老人说，两三个月来，不知怎么搞的，肚子慢慢胀起来了，憋得慌，一翻身，里头像是有水在响，自己感觉乏困，不想吃饭，光想睡觉。中医先生把这叫蜘蛛胀，药都吃了几十服了，能好一点儿，还是胀，越来越难受。看来，这病是难好了。

龙定洋看着师母说话，发现她明显瘦了，面色青黄，嘴唇发紫，有些发喘，肚子稍微隆起，和几个月前见她时富态从容的样子判若两人。他说了一些宽心话，拉过她的手试着号了脉，答应回去请两位有名的老先生过来给看看。金蕊雪看着老人虚弱的样子，知道不宜久留，说了一些外头喜庆的事情让老人高兴，趁着老人眉笑眼开的时候告辞出来。

回来的车上，龙定洋回想着师母变化，感慨这人生在世，除了时光、世事对人的百般煎熬之外，疾病更是一个难以躲避的大敌！轻则让你遍尝酸甜苦辣，受罪折财，落得个咳嗽气喘、腰弯腿瘸；重则让你怪病缠身，痛苦难当，家财散尽，最后抛妻舍子，含恨不得善终。现在看来，行医治病不仅是一门可以养家糊口的手艺，而且真是一个可以悬壶济世、为民造福、积德行善的事业。既然自己在政坛有志不能作为，何不把身心投入到治病救人这个济众益世的方面来呢！师母的病，刚才通过望闻问切，自己心里已经有了几分了解，病情虽然来势凶险，但仍在可控制的范围之内，现在如果内外兼攻，辨证施治，再加上自己手上现成的秘方，治愈应该不成问题。何不牛刀小试，借此检验一下自己当下的能力如何呢？

为了慎重起见，他先邀请了两位自己尊崇的老医师，分别给师母看病下药，听他们怎样判断病情，提出施治方案，看他们开方下药，结合自己的看法，找出相同点和不同点，最后由自己亲自为师母施治。

看了两位老医师的方子，都是先补后攻。他根据师母的体质尚健和病程不长的特点，加上有外用药支持的情况，大胆决定采用攻补兼施的方法，把老先生交给自己的灵活运用、随病情变化而方法变化的方略都用上去，先试一服。老先生的方子果然是绝妙，在师母腹部几个部位贴上自制的膏贴之后立即服药。一炷香的工夫，站在周围的人仔细能听到她肚子里像细细水流的声音，时间不长，师母鼓着的肚子似乎瘪了下去。再过一会儿，师母提出要小解，回来时候，走路的步态明显轻松了许多。何秉坤高兴地说：定洋啊，我正琢磨着你下来后干个什么事呢，可你已经当起中医先生了，一开张就先给你师母看病，而且旗开得胜。看来，你是干啥成啥呀！

龙定洋谦虚地说：恩公过奖了。学生是恩公教导扶持起来的，我的半斤八两，你是最清楚的，学医也是偶然机遇而为之。之所以敢给师母治病，首先，是看师母病得痛苦，其次，是我有治这个病的秘方。

何秉坤说：定洋，这步棋可能非你所愿。其实，你峰回路转走了一个妙招。现在外患刚灭，内战骤起，这一年多时间过来，我看这形势不怎么好哇！咱们都是在政府部门出入过的人，现如今，各级政府都是个十分尴尬的角色，行不得职能，更多的是拆东墙补西墙，应付战事。因此，多事之秋，离开政府这个是非之地，是个高明的选择，而从医对你来说，又是个聪明的选择。

龙定洋把恩公的话仔细品味了一下，深以为是地说：恩公高瞻远瞩，看到局势和事理的深处，让学生茅塞顿开。看来，从医这条路子，我应该坚定地走下去了。

何秉坤高兴地说：凭着你的文才和聪慧，加上执着和勤奋，你一定可以成为一个像样的中医先生的。

此后，龙定洋不断查阅医书医案，虚心请教名医前辈，时刻观察师母病情变化，随时调整用药用量，认真做好记录。用了三个月的时间，治好了师母的鼓胀症，老人又恢复了以往的神采。

龙定洋带着金蕊雪和孩子回了一趟西安，看望父母、哥嫂，把自己弃政从医的事情向大家做了禀告，特别安抚了二嫂石彩霞。他还单独和大哥在一起，痛心地回忆了哥三个当年在河南相聚时，期待着两年后一起回西安的约定，都情不自禁地大哭起来。爷爷和奶奶已经从失去定海的巨大悲痛中逐渐摆脱出来，把定洋第一次带回的四个长得像仙童龙女的宝贝孙子、孙女，搂搂这个，抱抱那个，爱不释怀。奶奶说：三男一女四个娃，男娃都有点儿像他妈，女娃像她爸，都是咋样心疼咋样长，叫人爱不够。爷爷说：关键你看佩弦、佩豫的神气，一副内慧外清、钟灵毓秀的样子，这娃跟佩涵、佩鸣一样，都是吾家之灵驹也！奶奶不高兴地说：又酸上了，依我看，我家的孙子孙女个个都是上房梁栽立柱的好材料！奶奶的话，一下子把爷爷的鼻涕眼泪都笑出来了。

龙定洋回到河南，跟老丈人一起商量之后，把现住的房子卖了，把家搬到市里，在一个宽敞清静的地方开了一家专治疑难杂症的诊所。由于他继承了老先生的一套秘方验方，又系统地学习了老先生留给他的古版医书医案，在一些深层次疑难问题上，屡屡得到名家高手指点，加上自己刻苦钻研，大胆设疑、小心试探，关键时刻果断用药，几种疗法围而攻之，甚至反常规施治，从看似毫无关联处下手，达到牵一发而动全身的效果。他成功诊治了不少正牌医院感觉棘手、同行犯难的怪病杂症，为不少病家解除了病困疾苦，神医之名口碑相传，不胫而走。几年以后，除了本省的病人之外，周边六省十八府的求医者，车载马驮，如朝山拜庙般络绎不绝地寻了过来。求医者往往需候二至三日方能按序号由龙先生诊疗一次，无论达官贵胄平民百姓，概莫如此。凡是他说能治的病，如鼓胀、如瘰疬、如肺痈、如梅核气，等等，针药膏帖、刮灸拔割之后，必然能明显见轻，继而病退神生，血旺气清。病愈者送旗献匾，见轻者现身说法，更是让这个原本清净的街上车水马龙、水泄不通。诊所的半条街都相继改成旅社和饭馆，此盛况一直延续到新中国成立后三反五反的时候为止。

大魁悄悄地对兰馨说：我出去一下，晚上可能回来得晚，不要等我。兰馨问：现在就走，饭也不吃？大魁把双节棍藏进衣袖，把手枪插在腰间的枪套里，整理好衣服，抬起头说：一个急事，来不及了。说着就下楼去，几步就跨出了瓷器店的门。兰馨拿着包好的两块酥饼追下来，都没追上。

麦升和栓柱已经等在路边的一棵树下，看着大魁过去，他俩远远地跟在后面。正好一辆公共车到站，大魁抢先跳上车，他两个随着排队的人也挤了上去。车到西门，他们下了车，从旁边拐进顺城巷子往北走。大魁看见自己队里通知的几个人也在前面分散坐着、走着，不动声色地数了一下，加上他们三个，一共九个，齐了。

大魁快步走了一程，停下来装作倒鞋里的沙子，回头看看没有人，打了个口哨，迅速钻进一个废弃的城墙洞子。麦升在外面放哨，其余的人也都陆续进到里头。一个叫灵性的小个子把提着的一包肉夹馍每人两个发给大家，给麦升也送了两个。等灵性回来，大魁就开始宣布这次行动的计划和安排。

大魁他们队现在已经被编为神枪队特别行动队，他是队长。根据上级紧急指示，今晚营救的可能是几位即将被秘密处决的民主人士。神枪队的三个队负责对付警察、行刑队和撤退时的保卫等，特别行动队负责直接解救人员。大魁从队里挑的这几个人，个个都是拳脚打斗的高手，跟着他已经执行过多次任务了。今晚被处决的人，据说是三个，大魁按两人一组准备了四个组，有备无患，到时候，按被解救人员的次序对口行动。每天行刑都是在太阳落山以后，现在时间还早，他要求大家早点儿看好有利位置，把进入和退却的路线再默识一下。另外，把可能发生的情况再想得充分一些，一定做到万无一失。大魁自己估计了几点：敌人行动提前或推后；突然变换行刑地点；警察加强戒严；自己人员被阻隔在外围无法进入，等等，大魁都有针对性地制订出对策，再想想还可能发生的情况，一时还估摸不出来。

就在大家按要求分散在城河周围等待的时候，大魁发现，远远的一个约有三十多人的警察中队朝城河沿跑步过来，队伍前排的人还扛着三挺轻机枪。他们一出现，立马把四周围的人都吸引过来，不少人都交头接耳地说：天天枪毙人都是后晌，今儿个日头还这么高呢，提前就张罗开咧，看样子还是个大脑兮！

一会会儿，河沿两边就站满了围观的人。

行刑果然出其不意地提前了，并且还加强了警戒力量。这一点，大魁没预计到！根据布防情况估计，囚车要等一会儿才能过来。他往大队长那儿看了一眼，大队长见他看过来，把头往外一摆，他立马挤出人群走了出去。大魁看见其他三个队长也都往大队长那边走去。大队长像个农民一样，头上戴着一个草帽子，跟大魁装作不认识的样子，结结巴巴问了句：到潘家村往阿达走？过去有顺车没？

大魁明白了，笑着说：牙长的一截儿不用坐车！

大队长说：你还不快走，警察多得跟老鸹一样，弄不好，一会儿得开火了。

大魁说：走，咱趁早离这儿远远的。

大队长说：他开他的火，咱走咱的路，两不相干！说着右手往上一扬，食指和中指伸出来成了一个二字，朝西南紧走了一段，一扭身拐进一个巷子。

他俩的对话和手势，另外三个队长都听也看明白了：转移地方，执行第二套方案。大魁靠着一棵树根坐下来，其余的三三两两走到巷子口也拐了进去。看着自己的人都进完了，大魁环视了一下周围，没有发现异常情况，就起身进了巷子。

这是一个宽敞农家大户，后院里停着一辆十轮大卡车，前面进去的人大部分已经换好服装，有秩序地站在车上。见他进来，大队长一挥手，让他先上车，拿上东西在车上换衣服。两个农民模样的人打开后门，汽车轰鸣着开了出去。大魁在麦升的帮助下换好衣服，挎好武器。他朝周围一看：大家清一色的钢盔、皮鞋，美式军装，德国新式步枪，再配上淡茶色的风镜，真是阵容肃整、威风凛凛。

这时，大队长在中间给大家说：我们劫法场有困难，现在改为半路上拦截刑车。迎面碰上后，仍然是一队二队收拾押解的警察，三队配合别动队抢出被押人员，别动队现在站在最后边。卡车拐上大路后急行了一段不长时间，大魁看见一个在对面路边卖沙果的妇女，把头上的帕帕儿拉下来在手里甩了甩，大卡车立马朝左拐了进去，刚走不远，迎面就碰上开过来的一辆指挥车，一辆囚车，一辆行刑车。巷子太窄，只能通过一辆车。对方见是军车，指挥车上下来一个警官过来交涉。大魁他们迅速下车扑了过去，麦升刚把囚车的门打开，只听见里头一声枪响，大魁、栓柱和麦升抢先跳上去，迎着再次即将击发的手枪，双节棍“嗖”的一声打过去，对方应声而倒。大魁一看，一位留着胡子的人被他身旁押解的警察击中头部倒在地上，另外几个警察刚想动手，早被麦升和栓柱他们制伏了。两个被救和那个受伤的人，由其他人扶着下了囚车上了大卡车。

大卡车正在往外后退出的时候，大魁看见远远地迎面又开过来了一车全副武装的警察。警车还在急速的行进中，车头上的机枪就扫了过来。一队二队已经把车上的行刑警察收拾绑好了，立马下车借着房屋树木和汽车的掩护对付新来的敌人。十几支冲锋枪一起开火，警车轮胎一瘪，撞在墙上，车上的机枪也立马哑了火。大卡车强力轰鸣着退出巷子，拉着被解救的三个人和大魁他们队的成员朝城西南方向驶去。时间不长，一队和二队的人也开着警车追了上来。受伤的人由于伤势过重，抬下车时，已经牺牲了。事后大队长还是肯定了这次行动的成绩，大魁却检讨自己的动作慢了一步，造成这次解救行动的重大失误。

仅过了两天，上级又给别动队下达命令：以最快速度打掉一个一直负责侦察、跟踪，专门给特务当局提供共产党和进步人士活动情况，被称为“黑扫帚”的三人小组。大魁仅仅知道为首的姓楮，叫楮盛义，甘肃人，以前是旧军队里的侦察连班长。无正当职业，以告密、监视为业，偶尔也干点暗杀、抢劫的勾当。其余二人情况不明。

大魁接受任务之后，把队里几个骨干叫在一起商量，首先要搞清楚这伙人的真实身份，活动规律，有什么嗜好，只要抓住一，个就可一网打尽。灵性说：这伙人一般都喜欢抽和嫖，在那些地方多寻，兴许能碰上。

一个比灵性大个三四岁，敦实机敏的小伙儿东石说：在警察局门口守候，比在那些地方稳妥得多，平民百姓进警察局的有几个？能去的多少都是有啥瓜葛的人，看准几个，分头跟踪，肯定能顺蔓摸瓜把他挑出来。

栓柱说：警察局门口能叫你守候？稍站一会儿，就撵你。

东石说：我可以在它门口摆个修鞋摊。

大魁说：特务们在七贤庄八路军办事处门口摆修鞋摊，你又在人家门口摆，瓜屄都能看出你是个假的！况且，那里头的人穿的都是皮鞋，你也修不了。

麦升说：我看，这倒是个好办法。不过，咱不修鞋，咱卖烟卷，挎个盘子来回转，远远地看着，见有可疑的人就跟上。鞋摊子，你想走还走不了。

大魁说：对，这个办法好。灵性，你跟东石两个明儿个就在警察局门口卖烟监视，遇到紧急情况，就到南大街粉巷口万货全杂货铺找雷大辛，他会帮你。他给了一沓子法币让他们去办。

就在大魁为张网捕鱼一无所获烦躁的时候，靳铁锁突然找到他说：我在街上好像看见骗咱的那个白俭银了。

大魁问：他发现你了没有？

靳铁锁说：没有，他当时在前头走，我看着有点儿像，就离远一点儿跟着，一直跟到他住的地方，一个女人开的门，白俭银把提包交给她，就进去了。

大魁问：住在什么地方？

靳铁锁说：西门白鹭湾。

大魁说：好，今儿黑把他狗日的掏了。

中午，大魁就派原来跑上跑下给白俭银倒茶招呼的那个小相公树森穿了一套乡下娃的衣裳，在白鹭湾大椿树下来回走着，盯着那个砖门楼里的大门。后晌天快黑的时候，一个女人开门出来看了看，然后走到西大街上叫了一辆洋车过来，只见白俭银架着一副墨镜，戴着一顶礼帽，穿着灰色阴丹士林长衫，夹着一个皮包上车而去。大魁叫人把树森换回来，问明情况，果然是白俭银。他让树森吃点儿东西再回去，让麦升通知另外三个人，今晚一起行动。

晚上十点多，大魁再次问明树森监视的白俭银确实回来在家之后，半夜一点多，带着别动队的麦升、栓柱和东石、雷大辛、灵性共六个人过来。灵性轻松地翻墙进去，在照壁跟前抛出两个像青蛙似的活物，一蹦一跳地先把那条晚上放出来、叫黑狮头的大黑狗引过来，灵性的手不停地做着一个叠腕连环的动作，狗便一声不叫，呆呆地看着他。灵性过去摸着黑狗耳朵背后的一个地方，用手指捻了几捻，黑狗乖乖地卧在地上一动不动。他然后把大门拉开一条缝儿，大家依次进来。灵性看着狗，东石监视院子，另外四个人在弄开上房门之后，鱼贯进入，控制了两边的厢房。

东厢房里头人可能有所觉察，能听出是一个人光着脚轻轻走路的声音，走到门口不动了，可能是在听在看。大魁他们都屏住气等他出来，不料他又上床去了。大家都看着大魁，大魁知道这个人机警得很，还有武器，既然已经醒来，自己就不能贸然进入，他在考虑下一步。麦升在他耳边轻轻说：还得把他引出来。大魁点点头。

麦升出去对灵性耳语了几句，他刚进来，就听见院子里黑狗跟另一只狗在嬉戏叫唤的声音，而且越叫越厉害。东厢房的人忍不住了，开门出来再拉开上房门，非常奇怪地说：上房门咋开着？

大家在暗处这才看清，这是个一丝不挂的年轻女人。她这一声把厢房里的人叫起来了，一个男人提着枪也是赤条条地跑出来说：有人进来了！

躲在旁边的麦升说时慢，那时快，两手捏着男的手腕子一拧，男的猛不防，摔了个鲜鱼上滩，“啪”的一声脆响，那女的也同时被栓柱按在地上，吱里哇啦地乱喊叫。那男的还是有点儿功夫的，尽管摔在地上，枪也被夺了，但他稍一停顿，还没等麦升上脚踩住他，一个瘪驴翻身，又站了起来。麦升行家不乱，趁他立足未稳，在他小腿肚子上猛踩一脚，他又跪在地上，麦升一个窝脖把他压翻在地，随手从腰后抽出绳子把他捆了个结实，嘴也被堵上了。与此同时，雷大辛和大魁冲进西厢房，进去一看，里头睡着一个十三四岁的姑娘，看见他们冲进来，吓得拿被子把头捂住，只露了两条腿。大魁给雷大辛说：把她也绑了。就走了出来。

还没成家的栓柱面对光溜溜一条鱼似的女人下不了手，看见她喊叫，只能用手捂她的嘴，人家头一摆又捂不住了，急得他连忙把自己的一只鞋的鞋垫子抠出来，一卷塞进她嘴里，然后手忙脚乱地把她的两只手扯到背后拉起来，不敢看女人的脸和羞处。大魁过来，才帮他把女人收拾住。

大魁让栓柱和雷大辛在西厢房看着两个女人把衣服穿好，绑好。让麦升也给男的套上裤子，披上衣裳，给他们都捂上眼睛。这时灵性进来告诉说：车已经来了！大魁让屋子里的三个人把两女一男押上车，他在两个房子简单搜查了一遍，拿了些桌子上的函件、本子、皮包和三个箱子，就把门锁上离开了。

大卡车出西门一直往南，在南窑头一个离村子较远的小学校门前停下来。大魁把两个女人留在车上，把男的拉下去先审。大魁问他姓名，他回答叫王振荣。问他是干什么的，他说是做买卖的。做什么买卖？做粮食生意。大魁问他：现在新麦多少钱一斤？他支支吾吾答不上来。大魁突然喊了一声：白俭银！他怔了一下，很快就承认自己叫白俭银。大魁一看这家伙肯定也不叫白俭银，又大喝一声：楮盛义！对方一惊，脸上红白不定，镇定了一下说：老哥弄错了吧，我不叫楮盛义。大魁步步紧逼，大声问道：你到底叫什么？他急忙回答：我叫黄志华！

他的回答连记录的雷大辛都生气了，说：这一会儿，你这龟子㞞就四个名字了，个个都不一样。

大魁从他拿的那把德国名牌小手枪就知道，这不是一个简单角色，又发现他家里还有一些文函、书信类的东西，立马他就联想到自己要追查的人，因此，就决定先震慑他一下，看看反应。看得出来，这是个极为狡猾的家伙，为了不让他摸清自己的底细，先让他交代骗取隆丰福货款的事情。

大魁一问隆丰福的事情，这家伙心里有了底，认为这是一伙拿人钱财，为人出气的“黑斗虫”。他简单地说了一下骗隆丰福的经过，说都是那个南方骗子设的局，自己只是人家叫来在一场戏里演了个小角色，事毕人家只给了一千银洋，其他啥也不知道。几句话把自己推得干干净净。

大魁知道，自己这一般的审问不会有多少结果，他给雷大辛嘀咕了几句，雷大辛立马出去了。

大魁敲山震虎地突然问道：去年，六个从渭南去陕北的学生，是不是你活埋的？马旗寨印刷厂是不是你放的火？多次跟踪陶参议，秘密监视陶参议开会，参与抓捕他们三个人的，是不是你？

他一下子又迷糊了：这些人到底是干什么的，他们到底想问什么？看这样子，咋又像共产党？

就在他满腹狐疑、惴惴不安的时候，雷大辛进来，在大魁的耳朵边，却又故意让这个家伙听见：她老婆啥都说了。

这时，又进来两个当地人，把镢头、铁锨和一个担笼往地上一撂，叉着手站在一旁。大魁说：既然你老婆把啥都说了，我们就不用问你了，一会儿就放她们回去。你现在自己给自己挖坑！

两个精壮小伙儿把他一扯，拉到挖坑工具跟前命令道：放麻利些！

这家伙站起来对大魁说：老哥，你们弄错了，我确实是个本分的生意人，你刚才说的那些，我都不知道，你们把我冤枉了。

大魁没有作声，雷大辛说：冤枉不冤枉，只有你知道。你不想说话，我们也不想费神，坑挖好，把你送走，我们也就交差了。快，快！

一个小伙儿把镬头递到他手里，他一拿上蹲在地上就哭开了。

大魁使个眼色，一个小伙儿朝他屁股上踢了一脚，另一个拿起一根绳子在他身上乱抽起来。绳子是那种农民自己拧的牛毛生皮绳，打起人来像一条带刺的软棍，十几下抽过，他的衣服上就渗出一朵朵血花。那家伙没有了体面，杀猪似的喊叫起来。小伙子没有停手，继续抽打，终于他受不了了，跪在地上向大魁求饶：别打啦。别打啦。我说，我都说！

在边打边审中，他才吞吞吐吐地交代了一些情况。

他叫谷自杰，一次在环县跟八路军的遭遇中，他们营被打得七零八落，他还算灵活，钻进一家农户的麦秸垛子里头，才算捡了一条命。后来碰着楮盛义，看见他为偷喝了人家水桶里的水，被几个人围起来打得可怜，过去求情才救他脱身。以后他俩就结拜为兄弟，跑到西安来投奔楮盛义在火车站卖茶水的二舅。楮盛义他二舅卖茶水虽说蝇头小利，却还抽得起大烟土，原因就是他是有人雇用的眼线，专门凭借这个特殊地段和职业，把来来往往他认为像是外地来的青年学生、进步人士，或者有共产党嫌疑的人报告给他的上司，只要抓到了真的，他就有一笔可观的奖金。几年下来，他舅的草房变成了瓦房，连他舅妈都换了。他两个挤在他舅家里，几天之后，他舅就烦了。他舅通过上司把他俩介绍给了一个白胖子叫宗安智，也就是住在西京招待所旁边一个楼上人称三老板的人。三老板问了他俩姓名，籍贯，原来干过啥之后，脸一变吼道：拉下去，关了。当天晚上就被五花大绑拉到草场坡上头枪毙。枪一响，十个人都倒了，他三个被拉起来，稀里糊涂地觉着自己没死，又被送回监房。第二天白胖子就宣布楮盛义、谷自杰、丛留朝三人为第五行动组，也称“黑扫帚行动组”，楮盛义为组长。后来才知道，他们这是中统下属的一个组织。

他们干的事情不少。开始没事的时候，有一次，楮盛义跟着白胖子到外县去了，他俩偷偷参与过一次对隆丰福的诈骗活动，他假扮的就是白俭银，丛留朝就是小憨厚，其他的都是另一个组的人。刚才问的那些，都是他们干的，主要还是上司安排、楮盛义带头，他俩只是跟着打下手。楮盛义现住在西柳巷，丛留朝住在印花布园。

大魁听到这里，感觉基本都清楚了，看看再有一个钟头天就要亮了，安排麦升和东石、灵性三个留在这里看管，由大队长过来处理，其他人跟他回去。当天晚上，尽管楮盛义提高了警惕，没有在家里住，大魁带着另一部分队员分两路同时潜入他们家中。秘密抓住了丛留朝，又从家人口中得知楮盛义朋友的地址，在他朋友麻将桌上把他抓了出来。至此，一个长期与人民为敌，残酷杀害共产党人、革命志士和民主人士的罪恶组织“黑扫帚”被打掉了，连那个在火车站摆茶摊的楮盛义他二舅也收拾了。然而，尽管大家行动时都用黑布捂着脸，不说话，可麻将桌上一个人死盯着大魁，大魁感觉到他的目光，一回头也认出他。原来他的女儿也在女中上学，一次在学校还跟大魁说过话，大魁感到自己的身份暴露了。

为了应对敌人对神枪队的搜捕，保护自己的同志，也为了提高神枪队整体思想觉悟和作战能力，地下党组织决定把神枪队的一部分骨干人员拉到周至的山里集训一段时间。据说，要四个月时间，头一名就是龙大魁，而这个事情让大魁犯了难。

几年来，自从一次偶然机会，大魁在晚上用双节棍救了一个被追得无路可逃的中年人，认识了神枪队的一个队长。后经这个队长介绍进入到这个组织之后，不管是夜间行动，还是偶尔的白天出击，大魁可以把铺子的事情安排停当，晚上出去半夜回来，白天偶尔离开一会儿，给爸妈打不打招呼，都无所谓。尽管干爸看样子都知道，但从来也没有问过他、说过他。这次则不然，要出去这么长时间，不给老掌柜说明白，是万万不行的。可怎样说呢，干爸的脾气他是知道的，如果说不好，干爸要是不让去，不就把大事给耽搁了！想了半天也没有好主意，他想听听兰馨的意见。

兰馨见他实话实说，也就很认真地说：按道理，这个事，咱爸不会阻拦你，因为你干的是一般人还认不清的正事、大事。但是，这毕竟现在不能说是正大光明的事，而且还是要把脑袋挂在裤腰上的事。你是一直都没有给他挑明过，这是你的不应该。上次你受伤，从请先生、安排车送到爷爷家，半夜亲自送盘尼西林，该干啥干啥，给你把心操透了！我认为，咱爸是精明透顶的人，你的这些大大小小事情，他心里明白得跟镜子一样，可他就是不问你。我想，是他尊重你，理解你，怕你为难；不阻止你，遇事帮助你，就是对你行为的认可！

兰馨看着大魁认真听着，知道这些话打动了他，继续说：我知道，你心里有些怕他，但让外人看来，你是有意向他隐瞒，是不尊重他的表现！这事放在我，我也会不高兴。还有一点，你没有想一想，你现在是整个铺子没有敲明叫响，实际啥事都是你说了算的大掌柜。你一拍屁股走了，留下的这一大摊子，你叫他怎么办？

见大魁不吭气，兰馨换了一种声调继续说：咱们夫妻一场，我知道。你人大心大，现在已经不是前几年的大魁了。你干的事情不瞒我，尽管我不赞成，但也不拉你的后腿，因为你是男人！男人就应该干一些女人们可能不理解，不赞成，甚至担惊受怕的事情，不受些大难怅大挫折的男人，其实不能叫大男人。大男人当然不是李逵式的头脑简单，也不是张飞式的粗暴武断，他要有胸怀魄力，睿智机谋，也要通明事理，练达世情。只有把天理国法人情的次序摆顺了，把处事活人、创业治家的事情都做好了，才算是把一个大男人当成了！你现在正是做大男人的时候，你要学会做一个大男人！

大魁默不作声地听着，等着兰馨把这一席话说完，才用诧异的眼光看着她说：平时也不见你讲什么大道理，今儿个这些话，我有些不相信是你说的。

兰馨说：平时你只是把我当你的老婆看，自己总把自己当大男人，啥事都是你自作主张，弄出麻达了才来问我，我也懒得给你说这些话。

大魁搓着手说：没想到，我在被窝里一直还搂着一个诸葛亮，不过，可是个母的！说罢，自己先哈哈笑了起来。

兰馨冷着脸说：别得意了，先想好你跟咱爸咋说你的事情吧。

大魁连忙说：就是，就是，咋样说着好？诸葛姐，你给咱出主意。

兰馨说：你也甭紧张，咱爸是通情达理的人，不会为难你。今儿黑，我陪你一块儿说。话可先说好，今后你要是发达了，敢起坏心，想把我一脚蹬了，到时候，看你姐用啥法子收拾你！

大魁尴尬地说：哎呀呀，你把还没影儿时候的事情都想到了，我现在还为咋样说话发愁呢！看来，被窝里有个诸葛亮，不是个啥好事情。

兰馨把他耳朵狠狠地拧了一把。

晚上的煎饼卷辣椒鸡蛋、红豆稀米汤吃毕，定山用茶漱了口，正要起身，兰馨笑着说：爸，大魁有个事情要给你说呢，你等一下。

齐芳闻挪着粗笨的身子笑嘻嘻地问：哟，大魁又有什么好消息啦？我也听听。

定山对齐芳闻说：你不舒服，就到里头躺一会儿，这儿没啥事。

齐芳闻说：刚吃过，谁能躺得下，坐一会儿。

兰馨说：娘，不但要坐，还要多走走，多活动活动，生的时候就顺当一些。

齐芳闻说：我啥都不懂，到时候还真有些害怕，你可得多帮我。

兰馨笑着说：你放心，到时候人多着呢。你不是说，还要把姨婆请来吗，啥时候到？

齐芳闻说：现在到处打仗，路上不太平，我妈可能来不了。

兰馨笑着说：没问题，姨婆来不了，还有姑婆在，还有我们大家呢。别担心，到时候肯定顺当得很！

定山也笑着说：看，看，说是大魁有话要说，这么又扯到一岸子（一边）去了。大魁，你说，有啥事？

兰馨知道，大魁在定山面前说话总是有些紧张，干脆越俎代庖替大魁先开个头，省得他结结巴巴地尴尬。她过去把门关上回来轻声说：大魁近年来在外头参加了一个跟共产党有些瓜葛的秘密组织。主要是宣传抗日爱国，停止内战，实行民主，再就是保护民主进步人士，铲除内奸变节分子等。还把原来骗过咱的那个白俭银也逮住了，已经交给上级处理。上次受伤就是为救六个立马被枪毙的外来记者和教授。

齐芳闻说：哎哟，我们当年宣传抗日，争取民主，都是游行，贴标语，喊口号，大魁可是真刀实枪地跟当局干呢，真了不起！

兰馨接着说：这次抓那个白俭银的时候，大魁他们钻进他的一个朋友家里，遇到了一个说过话的人，可能被认出来。他的上级为了保护他，抽调他出去受训一阵子，得几个月时间。今儿个大魁就是想问爸，看去不去？

齐芳闻说：哎呀，既然让人认出来，那随时就有危险，出去避一避是上策，不能等着让人家来抓呀！

定山没有说话，齐芳闻又说：大魁是个铺子离不开的人。他这一走，当下还没有个能撑起来的人。定山，你咋不说话呢？

定山从沉思中回过神儿来问：大魁，你咋样想的？

大魁拘谨地咳嗽了两声说：参加到这里头已经有三四年了，开始只是跟着别人打伙声呢，以后就慢慢明白这个事情的意义。我看出来，光从我记事的时候起，穷人挣死巴活地天天把日头从东背到西，到头来吃不饱穿不暖，糠菜还只有半年粮。乡绅地保逼租、要粮、摊工、派款、抓壮丁，一年四季都叫你不得安宁。遇到灾荒之年，卖儿卖女，背井离乡。城里穷人也是一样，打零工拾破烂做小买卖，在夹缝里求生存，在皮鞭棍棒下度日月。为什么受苦受难的总是穷人？因为这是个吃人的社会，这是个为军阀、官僚、大资本家服务的国家，他们就是要依靠老百姓的血汗来养肥自己，因此，对下层的民众，他们就是残酷统治，拼命压榨剥削，直到吸尽最后一滴血。这不是我们民众的政府，这个社会也不是老百姓自己的社会，大家应该像推墙一样，齐心协力把它推倒，建立一个人民当家做主的新社会！我现在干的，就是给这个旧社会挖墓的事情。

大魁一口气像演讲一样，滔滔不绝地讲了一番都能听懂，却说不出来的大道理。中间，兰馨有点儿担心地走到窗户跟前看了两次，担心有人在外面偷听。

大魁接着补充道：爸，这么长时间以来，我之所以没有给你说，主要是怕你为我担心，我知道，我干的这是在老虎嘴上拔胡子的事情，随时都有上断头台的可能，因为当局在镇压反对派方面从来手不软，而且是“宁可错杀一千，也绝不放过一个”。但我认定自己走的是光明大道，干的是救苦救难的大事。因此，即便是前面有千难万险，我也决不畏缩，决不后悔！我已经抱定一个心思，一人做事一人当，自己一旦有个啥事情，绝不连累铺子不连累老婆娃！兰馨给我讲了男人应该努力成为一个大男人，我现在就是要学着做一个顶天立地的大男人！

大魁说完，大家都没有说话，房子里静悄悄地，都等着定山说话。

定山站起来在房子里转了一圈，回过身来看着大家说：朝堂不清忠良现，时代动荡尖刺多！咱隆丰福已经给这个社会送了不少尖刺式的人物了。像吴盛萌、王明均、姜东民，现在又有龙大魁、同麦升，段栓柱，就连加工场的牛把式、张把式，因为去了一趟陕北边区，现在偶尔还有那边的朋友来寻他俩。这不是个坏事，这是特殊环境下的一种必然造化，也是世事潮流在隆丰福影响的结果。我不是个激进新潮的人，但我能知道好坏，分得清忠奸，大风大浪到来的时候不会转向。大魁刚才说了，这是个吃人的社会，不是咱平民百姓的国家，要大家一起用力把这一堵墙推倒，而且是在给这个旧社会挖墓。这已经不是普通老百姓能说的话了，这说明大魁已经不仅仅是时代尖刺，而是公开站在这个社会对立面的斗士了。知道了这个，就不难理解大魁一系列的行为和这次要离开铺子的问题了。我的意见很简单，大魁必须去，而且这次去了，可能就回不到咱铺子了。因为，他这个大男人需要一个比隆丰福更大的空间去发展。这一点，我只是一种感觉，大魁你必须有这样的准备。而麦升和栓柱两个不能去，大魁走后，他留下的空位，必须有人要顶上，现在，非麦升不可，栓柱帮着你娘料理医药公司，你娘很快要临产，医药那边生意更不能离人，这是我不说，你们也能看到的问题。

定山说完，慢慢在椅子上坐下，齐芳闻首先赞同地喊了一句：说得好，你把道理说透了，安排得也不错，我也是这个意思。

还没等其他人说话，定山又说：刚才我听兰馨说了一句，大魁已经叫人认出来了的话。我想，这是大魁应该立马离开的最要紧的原因！都知道当局杀起人来手不软。而现在，咱躲刀的动作却是秧答迷睁（漫不经心），这是很可怕的，说明大魁你的稚嫩，到现在把当局的面目还没认清，危险就在眼前！我的意思，大魁今夜准备，明儿个天不亮就离开！

定山的分析令人无可辩驳，他的决定当然也就不容置疑。兰馨大魁答应着起身表示同意，接着就告辞出来。

短暂的一夜很快就即将过去。还未交五更的时候，兰馨就起来叫醒厨子备饭。她把大魁要带的衣物钱票收拾在一个包里，放在顺手的地方。刚要出门到厨房去，就听见远远地敲大门的声音，她以为是耳朵听贫了，把头伸出房门外细听，敲门的声音急促起来。她有些诧异，紧接着她听见一声难听的野猫恼怒的嚎叫声。刚才还睡得深沉的大魁突然穿衣下床、勾鞋提袋子，从她身后挤出门去，脚在斜对面靠墙的假山石头上一点，飞身过墙就不见了。就在这个时候，大门开了，只听见麦升变了一种苍老的声调问道：啥事嘛，这么早就叫门？七八个人一把推开他，就闯了进来，个个手里拿着枪朝二进、三进门坊里头跑过去，最后进来的一个人用手枪顶着麦升问：龙大魁在哪个房子？

麦升依然苍老颤抖着说：他几天都没回来了。

那人问：他住那个房子？带我们去！

只见麦升披着一件棉袄，佝偻着腰走到一间房门前喊道：龙掌柜，龙掌柜！不见动静，他拍拍门，仍然无人答应，就说：几天都没见人了。那人不耐烦，一脚把门踹开，里头被子枕头整齐地放着，空无一人。那人大吼一声：挨个儿房子给我搜！

这时，上房的门开了，院子的灯也亮了，龙定山衣着整齐地从里头走了出来。他来到为首的那个人跟前，打了一拱问道：请问，各位到我这里有何贵干？

为首的说：我们来抓共产党的头目！

龙定山说：这里是隆丰福掌柜的私人住宅，哪儿来的共产党的头目，你们搞错了吧？

为首的把龙定山看了看说：你大概就是隆丰福的掌柜吧？对不住，兄弟奉命来抓你铺子的龙大魁，请你把人交出来，免得咱们伤了和气！

龙定山刚才在房子里头就听见麦升说话了，一个口径地说：龙大魁呀，有五六天都没见人了，我还寻他呢。

旁边一个小喽啰说：不对，昨天天黑的时候，我亲眼看见他从这个大门进来的。怎么能说，他几天都不见了呢！

龙定山抓住他的话把儿问：那你看见，为啥当时不把他逮住，还说人进来了。都过了一个晚上了，这时候来问我们要人，我还问你呢，人在阿达？

小喽啰说：我一直盯到现在，他没出去，肯定在屋里！

龙定山对那个为首的说：好，老总，你的人说，人在屋里，你叫人把大门跟三个院子都守好，咱挨个儿房子往过查。他若在，不但人让你带走，我再给各位老总每人五万法币赔情！可要是没有这个人呢，这位兄弟，你可要说个啥吧！警备司令部的陈司令，西安行营的蒋主任，我可是都能说上话的！

龙定山这一番话，还真把对方镇住了，为首的笑着问：这个龙大魁真的不在这里？

龙定山也笑着说：我说，你肯定不信。来，来，咱从前到后一间一间地查。查完了，你心里明白，我也就清白了。

这时，各个房子的人都起来了，定山又叫门头把锁着的房子门都打开，他领着为首的挨个儿往过看，还没看一半，为首的就不看了。他也不傻，人家敢这样叫他看，肯定是没有，再看下去就不识相了。他把那个盯梢的喽啰骂了一句：我说，你长的那眼睛是出气的，明明没有嘛，你硬说看见了，看你就是个吃冤枉的，还不快滚！

一帮半夜突然集合，满以为能逮住个共产党的头目，挣个十万八万法币的家伙们，灰溜溜地走了。那个为首的出门之后，又派那个盯梢的喽啰连续在暗中盯了五天，最后还是灰溜溜地把他撤回去了。

第二十九章

转眼之间天气就到深秋了。大大小小的黄叶无力地从枝头上飘落下来，来不及寻找地方就落在渗井旁，茅厕边，沟渠里，有的则隐藏在瓦楞间、女墙内，个别顽固的还挂在树梢上，随风招摇着。

宋先生一早起来，打了一套太极拳，吃了两个荷包蛋，就着酽茶又捏了一块水晶饼慢慢嚼着。就在这时候，一个穿着邋遢、身形矫健的人突然揭开竹帘走了进来，把嘴里塞着点心的宋先生吓了一跳。来人嘴一咧，朝宋先生一拱手，就大大方方地坐在宋先生茶几旁边的椅子上。

宋先生怎么也想不通，他是咋样进来的，几道门跟前都有人呀！一眨眼的工夫，他的脑子转了七八个圈：远房亲戚？不认得。报丧的？没戴孝。看病的？非至亲不可能到内室里来。要账的？几道门盘查，他进不来呀。只有一个可能，此人非正道进来，非正常目的而来！大概理出来人的企图之后，他咳嗽了一声，威严地叫道：上茶！

学生应声端着茶进来，宋先生训斥道：客人来了，也不知道招呼。学生低声回答：没看见先生进来。他放下茶杯准备出去，宋先生说：就在这儿侍候着。

来人也不客气，端起茶杯一饮而尽，放下杯子说：本人在前方打日本受了伤，现在将息了一阵子，准备回队伍上去。俺团长给我说：遇到难处了，就找天顺堂的宋掌柜，啥事都好办。所以，我就来了。

宋先生一听，果然是敲诈的来了。他寻思：是福不是祸，是祸躲不过，先摸摸底。就问：你团长是谁，叫个啥名字？

来人惊奇地问：我们团长，你都不知道，我们团长，说着从怀里掏出一把盒子炮往茶几上啪的一摔说：就是它！

一辈子号脉看病的宋先生见了这真的杀人的铁机器，心里还真是一惊，不过，转而一想在自己屋里，有学生在跟前，心里稍微安稳了一点儿。他又恢复了爱说笑的毛病，打趣地说道：哎呀，我当你说谁呢，这个“团长”咱都认得嘛，炮筒子脾气，一不对劲，就嗵嗵嗵乱叫唤，“团长”歪（厉害）着呢！

来人得意地笑了说：知道就好，好说好办，快一点儿！

宋先生笑着说：好，你说要啥，要药装药，要粮抬粮！

来人一听，有些不高兴，认为这老汉是个二眯（智力不全），连他的话都听不明白。摆着架子站起来在屋子里张牙舞爪地走来走去说道：老子在前方卖命，腿都打断了，看病欠了一尻子的债没法还。我，一不要粮二不要药，就要一千现大洋！

宋先生为难地说：银洋现在弄不下，你要法币我给你一筐！

来人一听更加生气，指着宋先生的鼻子说：一筐法币能买二十斤萝卜，我还拿不动。不要，就要银洋，一个都不能少！

宋先生一把将他的盒子炮拿在手里说：你实在不要，我也没有办法，你把你"团长"带上到别的家去商量，看谁家能给你银洋。

来人一看宋先生把他的盒子炮拿在手里，立马喊道：小心，子弹上膛着呢，一扣就响了！快搁下！

宋先生双手捉住盒子炮对准来人说：一扣就能响，叫我试活试活！他装作要开的样子，把来人吓得满屋子乱跑乱躲，嘴里还喊着：放下，放下！快给我，给我些！宋先生的学生也跟着乱躲乱藏。

宋先生站起来走到来人跟前说：你说一扣就能响，这咋不响呢？说着，一用劲只听见"嘭"的一声，枪果然响了，地上的方砖上立马被钻了一个洞。屋里的三个人都被吓呆了，外面的人听见枪声也跑进来。来人气急败坏地要夺枪，嘴里喊着：快给我，里头还有子弹呢！宋先生往后退了一步，枪依然端在胸前，对着来人，惊慌失措地说：还真是个能响的真家伙！

来人夺枪不成，继而以威胁的口吻说：谁敢说不是真的，你看看地上这个眼儿！说着用左脚在弹坑旁点着：你看，你看，一个枪眼儿一丈深！

大家把注意力都集中在这个弹坑上，不知是有意还是紧张，宋先生手里的枪"嘭"的一声又响了，子弹直接打到来人伸出来的那只脚上，"嗵"的一下，来人一屁股坐到地上，抱着脚喊叫起来。

宋先生擦了擦满头的汗，把枪交给夫人收了，回到椅子上喝了一口茶，看着坐在地上的来人说：对不住，对不住。不知道咋弄的，没动弹，咋又响了，叫你挂彩了。甭害怕，枪伤好治，我这儿有的是好药。

来人看着脚背上不停流血的脚，恼怒且又沮丧地说：你把我吃饭的饭碗打咧，你要养活我一辈子！

宋先生说：你也甭闹活着叫我养活，我也不把你往警察局里送，咱都甭弄这损人不利己的事。你在啥地方住，我叫人给你把脚伤上药包扎后送回去，天天上门换药，七天就能走路了。另外，再叫人给你屋里送两筐法币，算是对你的补偿。这一下，咱俩今后就成了朋友了。有啥事，我还可以帮你嘛！不过，你的那手段就不要再显摆了。今儿个放在旁人，你的命就没咧。

来人无奈地点点头。屋子里的人七手八脚把他弄到外头去。

因为齐芳闻临产，应龙定山之约，今天要过去给孕妇探视号脉。处理完诈骗的事情，他就坐车来到定山府宅。齐芳闻姑妈守在旁边，齐芳闻倒是安静地在看书。

宋先生知道明天就是产期，他看了齐芳闻的气色和舌头，问了吃饭和大小二便，又号了脉，对芳闻说：一切都好，心态放平和，少吃多餐，可能在明天半夜的时候。

芳闻姑姑一再表示谢意。

宋先生正要出门的时候，定山回来了。两人执手又回到客厅坐下。定山告诉宋先生：大魁媳妇原来的丈夫从广州来了。在铺子各处看了一圈之后，谈了许多可以合作的项目，还给兰馨带了许多礼物。让人没想到的是，兰馨死活不愿意跟他前夫见面，后来给说了半天好话，勉强见了，兰馨只是无声地流泪，一句话也不说，弄得他前夫十分尴尬，连顿饭都没吃，十分无趣地回旅馆去了。

宋先生说：好，兰馨是个聪明的女子。这种一二十年音信全无，叫人怨恨交加，已无情感可言的人猛不大叉（突然）回来，而且有可能追问房权钱物的事情，最高明的处理方法就是跟刘备借荆州一样，甭说话，光是哭，叫对方有话说不出，有理道不得。不然，两个一扯起旧事，一问原来的钱物房产，她无言以对不行，说起来又有诉不尽的恩恩怨怨，道不明的陈年旧情烂账。现在天各一方，物是人非，一切都在不言中。这是个再好不能的方法。当然，这说明，兰馨确实已经跟前夫恩断义绝了。

定山说：你这一分析，还真有些道理。兰馨跟大魁两个过得好好的，他可绝不能再插上一杠子！还有，兰馨在我这儿现在执掌钱柜呢，管得头头是道，井井有条，也不敢再横生枝节。

宋先生说：你放心，这事也把兰馨考验了，放手叫她管，那是个有头脑能理事的女人。

宋先生说完凑近定山说：我今儿个来，是给你报一个不好的消息。听说有人把你告了！告你私自流通银洋，压低药品价格，扰乱市场，不当得利。还听有人说得有根有梢，法院的传票这一两天就到了！

定山听了半天没作声，停了一会儿说：能以这个罪名发难的人，都是同行，看来有人跟咱们记仇，记得深了！不过，这人是谁呢？他想了一下，还是没有个头绪，以拳砸手说：不管他是谁，兵来将挡，水来土屯，隆丰福几十年来，就是在这风风雨雨中过来的！

天黑严了以后，加工场的采买兼仓库总管魏永年，把天天都来巡查的同麦升掌柜送走，在南边一个存放贵重货物的库房大门上又加了一把锁，他给两个值夜的守护说：黑了不准睡觉，你俩不要在一起谝闲传（聊天），分开在院子里走，勤看勤听，多在外头，少在屋里，把两个大狼狗放开，一定不能出麻达！两个守护唯唯诺诺，一再点头答应。永年这才放心地往外走。

这个魏永年是龙定山舅家他的一个表弟，论辈分，他把定山叫哥，就因为这一点，定山才把这买进发出，经常与银钱、各种货物、材料打交道的事情交给他来管。这许多年来，他也是兢兢业业，把这一摊儿管得井井有条，大体上没出过什么麻达，定山对他还是很满意的。当然，又是主家的亲戚，又深得主家信任，例钱现在又是铺子里最高的，慢慢不由自主地，他就在一般人员面前摆起半个主子的架子来，大家自然谁也不敢招惹他。

他的媳妇在乡下，由于采买外出和给定山父母经常送东西的便利，一两个月里总有一次回家的机会，比起铺子那些相公伙计，他能比较多地跟媳妇享受皮肉之欢，这让那些干熬着的相公伙计们很是羡慕。然而，永年还是个爱看闲书的人。只有他，在忙完自己的事情之后，可以在自己的小房子里整理库房进出手续，记些流水账，没事的时候看看书。他爱看那些艳情小说，尤其爱看其中露骨的男欢女爱情节的描写，看到情浓处，血脉贲张，“小弟弟”遥相呼应，他恨不得自己即刻置身其中，享受主人公的那般快活。因此，免不了就经常干些“十个欺负一个”的勾当。

俗话说：有命之人不在忙，无福之人跑断肠。这永年也算是个有些艳福的人。两年前，他无意之中就结识了一个让他把艳想艳遇变成实实在在艳享的女人。

那是一个冬天黄昏的时候，他从服装店出来绕过钟楼，顺着西大街往回走，路过桥梓口一家粮店，一个人提着面口袋要走，一个伙计拉住面口袋不放。伙计说：钱不得够，你走不成！那个说：我实在没有了，下回我给你补上。伙计说：下回，下回我到阿达寻你呀？不行，不行，把面倒出来些！那个说：你让我一回些，就五斤面，再一倒，就没有多少了。

永年这才听出来，买面的是一个女的。由于她背着身子站着，又用纱巾围着脸，永年看不清她的模样。不过，她那诱人的身材和好听的说话声音，倒是引逗着永年很想看清她的脸。他两个人还是不松不放，永年过去跟伙计说：庆福，你把口袋松了，她还差你多少钱？

那个叫庆福的见是隆丰福的采买魏掌柜，立马满脸堆笑地说：是魏掌柜呀，你过来了，她，她还差法币五万。

那个女的转过头来看着永年说：大前个我买了五斤面就是这么多钱，今儿个来买就说差五万，涨得也太快了！

魏永年注意到，尽管纱巾把大半个脸护着，可露出的那两个大眼睛也是两汪盈盈秋水，他一下子就看出秋水里泛出的含情秋波。他摆出大铺子掌柜的派头对伙计说：庆福呀，这五万元记到我的账上，明儿个进货的时候一块儿算！

那个叫庆福的伙计一听立马点头哈腰：魏掌柜既然这么说，那就按你说的办。他对那女人说：还不谢一下魏掌柜！

那个女人才把纱巾取开，露出笑容对着永年说：谢了，魏掌柜！

永年一看，果然是一张白净妩媚的脸。他很大度地说：区区小事，不值得谢我，快回去做饭去吧。

女人给了他一个感激、感谢、歉意、留恋的笑脸，围上纱巾提上面粉走了。永年朝她的背影看了一眼，又和伙计聊了几句才朝回走。他刚拐进巷子，只见那个女人在路旁站着，见他过来又是解开纱巾笑着说：魏掌柜，今天不是你，不光丢人现眼，我连饭都做不成了！

永年奇怪地问：你家在这儿住？

女人说：我家不在这儿住，我是专门在这儿等你呢。

永年问：你咋知道我要从这儿过？

女人说：我见过你，知道你在北马道旁边干事，肯定从这儿走。

永年问：那你家住在阿达？

女人说：你不管我住在阿达，你跟我走，到我屋里坐一下，吃碗我擀的面。

永年说：不去，不去，你才买了那一点儿面，我再一吃，你家就不够了。

女人说：反正是吃了上顿没下顿，也不差你一碗面！

永年看她是真诚的，就跟着她拐了两条街，来到一户低矮的平房跟前，敲了一下门，门开了，就见一个干瘦苍白拱着腰的男人接过面口袋，看了一眼永年招呼着说：来了。就进到屋里去了。

女人解下纱巾，招呼永年坐下说：魏掌柜，我这地方狭窄，甭嫌弃。刚才的那个是我老汉，叫他先拾掇，一会儿我给咱擀面，我擀的面，你没吃过，一吃，你就知道了。就是小家小户的，没有好调和。

永年环顾了屋里，房子不大，也没有啥家具，一张床占了大部分地方，旁边放了些乱七八糟的东西，永年都看不出是干什么用的。永年看了半天，都想不出这个家庭是依靠什么手段生活的。

女人看出永年的疑惑，就直接告诉他说：我老汉是专门给寿枋上描金、嵌线、镶玉、画花卉的，现在人都穷了，这行当的生意少得很，十天半个月都接不到一个活儿，因此，我才碰上今天这个丢脸的事。说着有些感伤，似乎眼泪要掉下来的样子。

男人出来对她说：面和好窝了一会儿了，可以擀了。说完，朝永年咧嘴笑了一下。

女人站起来对永年说：你坐着，我擀面去，一会儿就好了。他给自己男人说：剥蒜去！就进了厨房。

男人取了一个碗，蹲在一旁默默地剥着蒜，永年看他这个样子，明白他在家中的地位，也不好跟他再说什么，只能静静地等着吃面。

等男人把蒜砸成蒜泥的时候，女人分两次把三碗面端了上来。永年一看是那种一指宽的面条上边烫着鲜菠菜，热油泼过葱花红辣椒的油泼面，碧绿加雪白，顶着一片鲜红，飘着熟油和刚出锅面条激烈交合后散发出来的香味，再配上浓郁的蒜香，真是一碗勾人馋虫的美味佳肴。

女人替永年把面搅好，推到他跟前说：也没有啥菜，凑合吃吧。

他男人端起碗自己到厨房里吃去了，女人看着永年吃，自己才慢慢吃起来。永年问：看来生活不宽裕，要是大哥再找不到活儿，这冬天可难过呀！要想办法呢。

女人眼睛看着别处，停下筷子说：甭说冬天，这顿饭都是两天来的头一顿饭，买面的钱还是我寻对门剃头匠借的。咳，剃头匠，借一点儿钱跟要他的命似的，不摸摸你的手，掐掐你的腰，不掏钱。唉，想啥办法呢，他又没有其他本事，能凑合一天算一天吧！

看着女人好看的脸上现出无奈的神情，永年的面也吃得没有滋味，他还是很快把面吃完，放下筷子，从口袋里掏出一沓法币放在桌子上说：先把借人的钱还了，如果有啥能干的活儿，我来叫他。说着起身就要走。

女人慌忙挡住他说：你今天帮我垫了五万，又给我这么多钱，我连你姓啥叫啥都不知道，你就要走，你叫我心里咋过得去呀！

永年说：没缘分，碰不上就算了；既然遇上了，我眼看着你有难处，能不管？以后你有难处，我还会帮忙的。说着就走到门口。

女人见留不住他，也不勉强，回头对跟在后头的男人低声说道：还不送送去！男人像老鼠一样溜出门，对永年说：走好，没事过来。

第二天天刚擦黑，永年在加工场院子里刚一出现，那个男的就在门口向他招手，他急忙走过去问：什么事？男人说：屋里包的饺子，请你一定过去吃。永年说：我这里有饭，不过去了。男人说：还是过去吧，实心实意的，你不去，我就一直在这儿等着。永年无法，只好叫灶上把自己的那一份菜和馍打到碗里，叫男的端着先回去。他过去给常怀德打了个招呼再出来，路上，他还买了一瓶酒和一块儿腊牛肉。

有酒有肉有饺子，一顿饭自然都吃得兴高采烈。由于是第二次见面，比上次熟识了一些，说话也随便多了。那男的有点儿贪杯，永年和女人吃着菜和饺子，他却一杯接一杯地喝酒，不大一会儿，就有点儿醉态了。看着女人没有制止的意思，永年当然也不能管他。又把两杯喝下去，他就滚到床上鼾声很大地睡着了。

永年和女人也都喝了点儿酒，见男人睡了，两个人都不吃了，眼睛毫无顾忌地看着对方。女人在酒精的作用下，衬着灯光显得非常动人，白的地方更白，润的地方更润。两朵酡红把她的脸描绘得如同唱戏的小旦一样，一双会说话的眼睛向永年传递着渴求的情波。永年看着她也有些不能自持了，不由自主地走过去把她抱了起来。女人自然曲意逢迎，两人经过简短的爱抚之后，立马进入到有情男女但又不是夫妻的那种非常急切需求、配合异常默契自然的肉体穿插的互动之中。

开始永年还有顾忌，身体还有些发抖，边在女的身上做动作边注意着男人，动作不连贯，力度也不够。女人紧紧搂住他，把两条白腿箍在他的腰上，紧紧地夹着他深入的部分。在他耳边说：别管他，他这一醉，两个时辰醒不过来。永年心里便不再顾忌男人，把全部的精力用在了女人的身上。也许是动作太猛，也许是床铺年久失修，在两个人狂放的动作进入高潮的时候，床的一头突然塌了下来，三个人一下子滚在了一起。女人的大腿贴住了永年的脸，而那个男人的嘴几乎咬住永年的根。突如其来的震动和毛茸茸的刺激让那男的醒了。

那个醉意朦胧的男人对眼前的两个赤条条的男女似乎并不感到惊奇，他的头从大腿底下钻出来，一个麻利地一缩一躬从地上站起来，走到饭桌旁首先把永年的衣服裤子抓到手，然后坐在一旁欣赏着两个光身男女狼狈的样子。女人很快穿上衣服，并让男人把衣服还给永年。男人不给，女人骂道：小心你的皮！男人嘟囔着说：我再没本事，也不能让一个男人当着我的面睡我的女人！

永年躲躲闪闪地说：老哥，这事是有些不美气，你先把衣裳给我，我穿上以后，咱好好说。

男人说：衣裳不能给，你一穿上就跑咧，啥都不承认了。

永年一看这家伙不但有心眼，而且有目的，索性坐下来对男人说：你说，你有啥都说出来。

男人依然嘟囔着说：你俩有了这一回，就有第二回，第三回。我经常出去做活，也管不住你们，你俩这样是给我脸上抹屎呢！既然你把便宜占了，既然我又是个穷寒人家，既然你俩今后还要来往，既然，……

女人训斥他说：好好说你的话，既然既然的，黏啥呢！

男人叫女人一说就不既然了，他依然嘟囔着问道：这事你不能白占便宜，我得要钱！你看是来一回收一回钱呢，还是按月收钱呢？

永年明白了，这叫借色诈财，自己被黏上了。又一想，这个女的不像个“放鹰”的呀，自己完全是无意碰上的。看看这个女的，还是很招人喜欢的，想想自己也需要个近便的女人在一起泄泄心火。他正要说话，那个女人说：你不要听他的，他是个小人。

男人反驳说：你跟人把咱的床都弄塌火咧，我还没问你个一二三，你倒说我是小人，他倒成了大人了。你还有脸说这话！看他走了，我咋样拾掇你！

女人说：你敢，看你有那胆没有！

永年说：甭说闲话，你就按月说。

男人说：按月说，就按月说，一个月十个银洋！

永年说：太多了吧，还能少不？

男人说：口不二价，这事不还价！

永年说：不还价，我就不来了。你就说，今儿个多少钱？

男人说：算了，算了，八个，八个，给你让一点儿。今儿个你给一个银洋。刚才没有尽兴，还可以把事情弄完。

双方达成协议，永年无论什么时候来，男人必须让出地方，每月初一先交钱。两年来，永年成了这个家里的一口人了，自己的老家反而不想回去了。

今天晚上出去，还是到女人家去，随着物价上涨，他每月给女人的银洋已经涨到十个了。

永年在别人跟前可以颐指气使，但就是害怕定山，因为铺子里规矩严得很，他这事一旦让定山知道了，恐怕这个差事就没有了。因此，每次他都十分诡秘，待加工场里人都走完，确信没有人知道他的行踪，转上两个圈子以后，再到洪青枝家里去。那个女人叫洪青枝，一个听起来怪怪的名字。洪青枝跟他同岁，那个叫尹三的男的比他大五岁。现在他也不干美化棺材的事情了，有时跑腿给永年帮忙买个铺子需要的东西，有点儿零活他去干一干，挣点儿小钱。没事儿的时候，他总是泡在烟馆里头，抽一些廉价的假“白面儿”。

今天，洪青枝跟尹三都在，永年进来坐在桌子旁，刚端起洪青枝递过来的茶杯，尹三悄悄告诉永年，青枝怀孕了，两个多月了。

永年一听惊讶地问：真的？你咋知道？

尹三说：开始不知道，前一向她害娃（怀孕反应）厉害得很呢，吃啥吐啥，没给你说。昨天请先生号了一下脉，先生说有喜了，一个劲儿恭喜、恭喜呀地给我说。

永年问：谁的？

尹三奇怪地看着永年说：还问谁的？鳖的！我跟他结婚都十三年了，我把她的底下都快弄烂了，她的肚子一直就没有动静。先生给我看病说，我一辈子无子！你吃得好，身强力壮，花样又多，几天攒上一包子到这儿来一放，咋能不怀上？还有她见你那个骚情样子，就像张嘴等着接喝的一样，你们两情相悦，真心相对，怀不上就是你也有麻达！是你的，难道还不高兴吗？

永年既高兴又疑惑，扭过头来问洪青枝：是真格的？

洪青枝睁着大眼睛看着他认真地点点头。

永年这下可犯了愁，农村已经有了两个儿子了，跟洪青枝的这个不明不白的娃，将来咋处置呀？大了领回去，自己那个母夜叉的老婆肯定容不下，自己在这儿带不成，也不敢带，这可咋办呀！

洪青枝看着他心猿意马的样子，知道他有心思，走过来坐在他旁边说：永年，十三年了，我头一回尝到要当妈的感觉，我真是睡觉都高兴得笑醒来了，这是咱俩的骨血，我一定要把娃抚养成人！

尹三说：你们三个有爸有妈有娃，成了一家子了，把我不是撂到二梁上去了！

洪青枝说：你这个瓜㞗，脑子从来不拐弯。你不想想，永年他肯定不敢给旁人说，这是他的娃，我肯定也不能说，这是永年的娃，外头人谁敢说，这不是你的娃？只不过永年当的是暗爸，你当的是明爸！

尹三恍然大悟地说：对呀，我还是正茬的，永年你是个暗茬的。不过，不管是明茬也好，暗茬也罢，反正你永年逃脱不了干系，从现在开始，恐怕这十个银洋不行了吧！

洪青枝恼怒地说：你就认得钱，就知道要钱！我给你说，从今往后，不准再到烟馆去了，你也寻个正经事情干一干，将来给娃做个好样子。她转过来对永年说：永年，你也不容易，还有一家子人要养活，钱也不要增加了，咱搭伙儿一块儿把娃养活大，你就安安然然当你的爸。

永年感激地看了洪青枝一眼，从口袋里掏出一沓钱放在她跟前说：买些营养的东西，好好补补，千万不要叫你跟娃受亏。说完就回去了。

从此，永年就背上一个自己套上的枷锁，除了十个银洋之外，还要根据情况，额外再给洪青枝补贴一些钱。而尹三时不时地还要敲打他一点儿。

洪青枝临盆了，一个胖乎乎的女孩儿。尽管尹三嘟嘟囔囔地说了句赔钱货，可洪青枝却高兴得合不拢嘴，眼睛不离开孩子的脸庞，不停地说：妈的小棉袄，妈的好棉袄！妈的奴奴娃！永年抽时间就来看看娃，抱着娃百感交集：我也有了女儿了，有一个漂亮的女孩儿了！

孩子满月的当天，永年晚上过来补喝满月酒。他和尹三两个推杯换盏，把中午客人喝剩下的半斤喝完，尹三又去打了一斤，都喝完了。因为是喜事，三个人都高兴，洪青枝也没有劝阻他俩。他两个人都是心里清白，脚手不听使唤了。

尹三说：有了娃之后，开销大得多了，一个娃比两个大人的开销都大，咱这娃还能吃，青枝还要补养。这个月把你给的，我挣的，青枝存的都花出去了。我们有些撑不住了。永年，得要想办法呢！

永年说：这个月我多给了三个银洋，还有些零钱，长此以往，我恐怕也拿不出来，我的收入每月是死的呀！

尹三说：咱俩是拴在一搭的两个蚂蚱，为了这个小命，咱要拼着命弄钱养活她呀！虽然娃姓尹，可那是你的种子呀！我为了钱，已经不管丢人现丑，人戳后脊背，啥事都弄呢。你呀，脑子要灵活一点儿！

永年说：再灵活，总不能叫我去偷去抢吧！

尹三说：偷跟抢，那是没本事的人才走的一条路。你手里有权，库里有货，成天进进出出，掉个渣渣儿，娃就吃不了。

永年说：那不行，那是铺子的，一笔一笔都有账呢，动不得！

尹三说：账还不是你做的，掌柜的都是记大账，星星点点的，他根本就记不住，这个，你最清楚，方子还要我教你？

永年半天不说话，尹三又说：我的一个朋友想要十捆洋纱，而且知道你的库里有，一捆给这个。他张开一个巴掌给永年看。

永年没说话，起身过去把娃又看了看，跟洪青枝打了个招呼，就摇摇晃晃地出门走了。

过了几天，一辆带篷的马车在库房里正在发货的时候进来，手持老掌柜手写的函件，从库房里提走洋纱十捆。又过了两个多月，一个人坐着洋车带着篷布到库房又提走了五捆洋纱。由于一切行动都很正常，没有人怀疑这里头有什么问题。后来，除了洋纱，还有其他一些东西，也被外人拉走。

今冬的第一场雪，在人们还没有思想准备的时候悄悄降临了。

早晨起来一推开房门，铺天盖地的银白直晃人的眼睛，清新沁凉的空气和纯洁壮美的景色，又让人心胸开阔、精神振奋，对未来似乎也滋生了新的憧憬。尽管西安街头流传着现时“马路不平、电灯不明、电话不灵、特务横行”种种不满的说法；尽管物价涨得比火车跑得都快，税费增加的样样比牛毛都多；尽管老百姓手里都捏有几十万、几百万的法币，过的依然是吃了上顿没下顿的恓惶日子。这场早来的雪提示着人们，这一年就要过去了，新的希望又来了，“瑞雪兆丰年”嘛！

龙定山洗漱完毕，坐在客厅里喝茶。尽管形势不稳、生意萧条，但心里还是为这个看了叫人格外喜欢的三儿子而高兴。果然如宋先生所言，三天前天快亮时，齐芳闻顺利地产下一个胖乎乎的“牛牛娃”。小家伙方面大耳，哭声响亮，吃起奶来狼吞虎咽，吃饱就睡，睡醒就吃，也不闹人。芳闻姑姑高兴地说：这娃儿额宽脸长、脚厚手方，又是龙家一个抓金管银的享福贵人。

母子平安固然让人高兴，然而龙定山也在焦急地等待着一个不愿意见到的事情出现，那就是宋先生说的法院传票。定山心里清楚，原先自己经营服装铺子、瓷器店、鸿运楼、染料行、加工场的时候，由于每个铺子都在本行当里是挑梢子的，也引起过同行的嫉妒和中伤，甚至铺子还遭到过个别人的捣乱和破坏。但那只是一时一事，属于低层次的发泄行为。这次就不同了，由于药品公司批发价格较同行低，齐芳闻为人宽厚，说话随和，生意越做越红火，上门要货的小户、中户越来越多，有些医院也直接从这里进货，难免就要冲击市里几个大药店和药品批发商的生意。但这次他们好像不来阴的，而是直接向法院起诉，企图通过法律手段来把隆丰福的这门生意打倒。当然，说他们不来阴的，并不是说，他们多么光明正大，这肯定是经过多次密谋、策划、取证，甚至与律师和法官的沟通后才实施的。并且，现在的法院跟过去的衙门尽管叫法不一样，其实质还是大同小异。依然是“法院大门朝南开，有理没钱甭进来”，没有私下的钱权交易，他们断然是不敢轻易打这场官司的！

定山想着，心里说：打官司花钱倒不怕，你们敢花，我也能花，也花得起。问题是他们到底告的啥？到底掌握咱的啥问题？尽管宋先生说了几条，但传票不来，自己心里还是没底。

吃了早饭，他坐上车就到了钟楼根儿下的服装铺子。下雪天，棉衣、皮衣柜台前还有生意，其他柜台前都是空荡荡的。为了保值，他和麦升商量，货品定价都是以当天洋面（机器加工的面粉）的价钱换算成每件货的现时售价，或者干脆标上：半袋洋面，五袋洋面，十八袋半洋面，等等，而且只收银洋、铜子儿，一般不要法币。市面上大小的铺子也都差不多是这样。有些铺子收法币时报价都是一万的八沓，或者五万的六沓半，都不数数了。法币贬值现在就像笼不住的野马，有时候面值连本身的纸钱都不值，人们只好用它倒换成稍微稳定的银洋，隆丰福的门外就有很多人在倒换银洋。家里存有银洋的人，现在日子能好过一些，但银洋毕竟是有限的呀！

银洋有限，人们就把参照物对准洋面、洋纱。洋面、洋纱本身的价钱相对稳定，有时一天几涨，完全是法币贬值的结果。尤其是洋面，价格一涨，所有货品的售价立马跟着变化。几乎每个铺子都有专人在洋面批发地方看市价，价跌了倒不着急，一涨上去赶紧往回跑报信儿。隆丰福甚至发生过买主正在交钱，账房通知价提一成，相公听了立马把交过来的钱往外推，买主硬往里塞。双方相持不下，铺子掌柜的就为难了，只好赔笑脸，说好话，骂这世道不是东西，最后还是请买主加点儿钱。龙定山只能感叹，这买卖真是做不成了！

中午他刚在床上眯了一会儿，就听靳铁锁上来禀告，一个自称律师的人找他，问他，见还是不见？

定山急忙叫请上来，自己洗漱了一下出来相见。

律师西服革履，头发亮得见点光就四处乱闪，两只明显向前外凸的门牙一说话，就让人想起老鼠，再配上那两只四处乱看的绿豆眼睛，让人对他说话的动机就有一点儿不放心的感觉。绿豆眼睛见龙掌柜走过来，夹着皮包站起来向他伸出一只手，嘴里说：见到龙掌柜十分荣幸！

龙定山礼貌地与他握了手，招呼他坐下。绿豆眼睛开宗明义地说：我受我的委托人的委托，想通过你了解几个问题，希望能给予配合。

龙定山真诚地看着他，等着那两颗招牌式的牙齿被舌头舔了一下，又被嘴唇勉强包住不动之后，才开口说话：请问先生贵姓，在哪里高就，受谁的委托，找我想解决什么问题？

定山沉稳得体的问话，一下子就让绿豆眼睛黯然失色，他显得有点儿不自在。不过，不愧是见过世面的人，很快就恢复常态。在嘴皮和牙齿的配合中，立马给自己画了一幅像：鄙人都天丰，热河政法学院法学专业毕业，现为咸宁律师所律师，曾经多次代理票号商铺，以及公司的银钱债务纠纷，这些官司几乎是有打必赢。这次，我受三秦大药房、济民大药房、终南药局和约翰内斯医药公司委托，代理他们的诉讼请求。

定山问：请问这些药房和医药公司起诉我们些什么问题？

都天丰踌躇了一下说：这个案子还在取证阶段，我对我事主的有关问题还不能透露，现在，只能是我问你什么，你回答什么，请你能够合作。

定山一听知道这是一个浅薄无能且又喜欢以大肚子扛人的家伙，他无意与他谈下去，叫了一句：同掌柜，你上来。就起身对都天丰说道：你的问题，由我的同掌柜来回答。就下楼去了。

稍等了一会儿，麦升上来了。麦升热情地为都天丰斟茶，然后单刀直入地问他：你来我们这里是想干什么？

都天丰刚要介绍自己，麦升用手做了个阻止的动作说：你光说，你要干什么？

在咄咄逼人的麦升面前，都天丰只好说：为了完成这个案子的准备工作，我想询问你们一些相关的问题，以完成起诉工作。

麦升听完说：我明白了，你是想从我们这里问出对你帮别人打官司有利，还能把它列成我们罪状的问题，然后在法庭上一举把我们打倒。是不是？

都天丰摇摇头说：不对，不对，你不能这样理解，这叫取证，这是我的权利。你们必须尊重我的权利！

麦升板起脸说道：律师，你有你的权利；我不是律师，也有我的权利。你有权利问，我有权利不说。你快带着你的权利回家去吧！告诉你，隆丰福见过的律师能坐两三桌，还没有见过你这种拿权利吓唬人的律师！如果还没学会当律师，赶快回你学校再回个锅。不然，这律师的名字只能沤粪去了。

都天丰很不满意地夹着包往楼下走去，嘴里还嘟嘟囔囔地埋怨着什么，出门的时候还叫门槛绊了一下，差一点儿来个“狗吃屎”。

下午，杨文承和秦梅冒着雪坐车来到定山府宅来看齐芳闻。定山和文承在客厅喝茶，秦梅与齐芳闻在内室说话。两个人尽管因语言差异，对话不是很顺畅，但醋熘加手势，相互之间都能意会，不时地从房子里传出她们嘻嘻哈哈的笑声。打官司的事情，定山不想让齐芳闻知道，怕她担心，就没有给她说。临产前一个月，定山就不让她往铺子去了，她在家里憋的时间长了，很想了解些外面的情况，就向秦梅打听有没有什么有趣的事情。

秦梅一听她问这个，没开口，自己就先笑了。她给齐芳闻讲了两个她亲身经历、亲眼看见的事情。

十天以前，因为天冷刮风，她们关门早，伙计们都在隔壁的另一院房子里早早睡了，文承也已经睡下了，她把屋子里收拾了一下，给几个娃都加了搭在上面的被子，自己准备洗一洗，也要睡了。就在这时，大门口传来了敲门声。敲门的声音不慌不乱，但一直不停。她犹豫了半天，到底开不开？文承说：你去看看，兴许是谁有啥要紧的事情。她穿过放网套案子的大厅，走到大门跟前透过门缝向外看了看，什么也看不见。她大着胆子问了一声：谁？外头人说：杨家嫂子，我是别荞麦，专门给你们送棉花的。秦梅一听是自己铺子的常客，就取了顶门杠把门打开。门扇刚开了一半，一个白乎乎光身子的人就挤了进来，把秦梅吓了一跳，“哦”了一声，半天说不出一句话。别荞麦进门就往黑处躲，哆哆嗦嗦地说：杨家嫂子，你覅害怕，刚才在你铺子斜对面的小巷子里，我叫两个人打劫了！银洋、怀表、眼镜都拿走了不算，还把衣裳都剥光了，我连旅馆都回不去，只好不怕丢丑跑到你这儿来了！这时文承已经起来了，连忙取了一条被子给他披在身上，秦梅下伙房给他熬了一碗红糖生姜汤，又找了一身文承穿的棉衣裳、皮帽子，让他穿戴上。文承给他说，就在这里安排一间房子休息，天亮了再回去。这个别荞麦死活不肯，坚持要回到自己住的旅馆去。文承给他取了些零钱，开门等了一会儿，看见来了一辆洋车，招呼着他坐上，看着他走远才进门休息。

不想，不到半个时辰，敲门声又响起来了，秦梅吓得钻进被窝不敢出来，文承等了一会儿看敲门声不停，只好穿起衣服又起来，没想到门一开又是那个别荞麦，还是全身精光，只穿了一条内裤。这次一挤进门就哭了起来：你叫我住在这儿，我没听，死拧着要回去。没想到那个拉洋车的就是个瞎㞞，把我拉进一个背巷子，两个人就等在那儿，二话不说，又是剥了个精光。我回旅馆太远，只好溜着墙根又走过来。路上碰上两个巡夜的警察，警察说：你碰上剥衣党咧，哪一天没有几个人被剥得光光的。覅说你，就是警察，一个人在街上走，都叫人剥过衣裳呢！现在，这人都穷疯了！

文承哭笑不得，只得安排一个房子让他先睡，秦梅又是翻箱倒柜地给他找衣裳。别荞麦第二天起来之后，生意也不做了，连饭都没吃，急忙回旅馆收拾东西就回渭南去了。临走时说：西安这地方叫人怕怕地了得，一夜叫剥了两回，我再待在这儿，说不定连皮都叫剥了！

齐芳闻听了又气又笑，只能感叹：这个社会已经堕落得不成样子了！这样的社会是没有前途的。

秦梅待她平静了之后，又说了一个稀罕事。

那是天还不太冷的时候，她带着一个叫金旺的伙计到南门外头去收欠款。回来的时候，天已经快黑了。远远地看见几个叫花子围着一堆火在吃东西，兴高采烈地有说有笑。吃的什么看不清，反正气味怪怪的。他俩走到跟前一看，只见是一个洗衣服的铁盆里煮着肉，有红肉，有白肉，还有白菜、萝卜。他们看不清是什么肉，但秦梅分明看见一截小孩儿的腿，脚趾头都清清楚楚。一个年纪大一点儿的见他们看，立马用筷子把腿塞到其他肉下面，没想到，一只小孩手又漂上来了。秦梅后来听旁边村里人说，下午这里刚埋了一个死娃子，这伙人就来了。村民说，盆里不光是死娃子，还有死猫烂狗，这伙人见啥吃啥！看着齐芳闻干呕起来，秦梅急忙停口不说了。

外面，定山和文承说了些闲话，慢慢就扯到几个大药房要跟他打官司的事情上来。定山说了宋先生带话的几条，又把律师上门的情况说了一遍。最后不解地说：各做各的生意，咱也没有撞磕谁，这几个一块儿联合起来告咱，我就想不通，他们能告个啥？能有个啥理由，不让别人做生意，只能由你们几家做？奇怪的是，这事光打雷不下雨，这么长时间了，也没见传票下来。让人还急得很。

文承听了有意无意地说：大哥，你想一想，最近撞磕过谁没有？我咋看着，这里头不像是个同行买卖争高低的问题，有点儿在背后整人、塞腿使绊子的味道！

文承的几句话把定山提醒了，他越想越感到，这里头就是有文章，可撞磕了谁呢？猛然他想起秋后看戏的一件事，前后一联想，对了，肯定是它！

定山算不上是个戏迷，但一有闲暇，还是爱到三意社、尚友社、易俗社这些秦腔剧社去看一场。齐芳闻有时去，有时不去，她更爱去竹笆市上的电影院看电影。定山约了几个朋友一块儿去，记得上次有宋先生、常老掌柜，杨文承那次因为外出没来。

戏还没开，在开场锣鼓声中，人们慢慢坐满了剧场。他们三个的桌子在前边靠左边一点儿的地方，边喝茶，边嗑瓜子，时不时茶坊还把喷了廉价香水的热毛巾递上来。就在锣鼓家伙的声音变成管弦齐鸣，本戏前头的两个折子戏就要开场之际，一个公事员模样的人走了过来，对着龙定山就说：是隆丰福的龙掌柜吧？我们厅长想请你过去坐一会儿，请赏个面子。

龙定山一愣，这许多年，他除了商会会长，现在，几乎不和任何官府、队伍上的人来往。多年来的经历，使他深知道，跟他们来往甚至仅仅沾上个边，出力赔钱误工夫不说，到后场还可能惹得一身骚！因此，即便有人着意介绍，或者当官的自己寻上门，他都轻描淡写地寒暄一下，买东西的便宜几个钱，不买东西的送个小物件打发一下，反正绝不和他们深交。

定山矜持地站起来笑着说：我跟省府的各位大人从来没有来往，生意人胆小怕事，也不认识厅长大人，感谢厅长大人的盛情相邀，请代为致谢，我就不过去了。

来人有些不悦，以居高临下的口吻说：厅长大人能请你，那是给你的大面子，多少人托人送礼想见厅长一面，厅长大人还没时间。龙掌柜可不要不识抬举哟！

来人的一番话把龙定山说得很不痛快，隐藏在他血液中的叛逆因子被激活了。他感觉自己身子抖了一下，满腔的血好像瞬间冲上了头顶，眼睛都有些模糊了。他随即深吸了一口气，努力控制住自己的情绪，而后不软不硬地把来人的话顶了回去。定山说：不错，厅长大人请我的面子确实很大，但人分三六九等，喜好追求各自不同。有些人爱攀扯官府，以壮声威，有些人却不爱跟达官贵人拉扯，图的是自在安然。我就是不爱拉扯的那一等子的人。因此，你认为，这是荣耀，是抬举；而我感觉，却是负担。

台上的折子戏已经唱开了，“杀庙”的韩琦已经持刀在台上转了半场。见来人张口结舌有些下不来台，常老先生说了一句：定山，过去招呼一下，把人的面子搁住。宋先生也笑着说：和为贵，定山过去敷衍两句。看他们这样说，定山换了一种口气对来人说：看先生，你也是一个场面上的人，既然已经说出不识抬举这个话了，我把你的话搁住，识一次抬举，走，我跟你过去见厅长大人一面。说完，绕过桌子径直走到中间靠前面的桌子跟前，对坐着的几位一拱手说：隆丰福掌柜龙定山向各位致意，小铺子还望各位多加关照，有啥需要请言一声，在下一定尽力。今儿黑王玉琴的三娘教子，声情并茂，念唱第一，好戏难得，咱先看戏，后会有期。说罢，拱拱手就要离开。

旁边坐的一个人开口道：龙掌柜可是个急性子，叫你过来，就是有事找你，没事扯这个闲淡干什么！他用手指着中间一位肥头大耳的官僚说：这位是工商厅臧厅长，是直接管你们商户的顶头上司。九月十七是臧厅长的六十大寿，隆丰福可是个大买卖铺子，龙掌柜可要来恭贺一下呀！说着就把一份请柬甩了过来。

龙定山见这人语言粗鲁，动作蛮横，心里老大不快，就没有拿那份请柬，把拱着的手收回，准备离去。还是刚才去请他的那个公事员从桌上拾起请柬，递到定山手上。定山拿了请柬，再没说话，就回到自己桌边。

宋先生看了请柬说：又是一个巧要钱！

常老掌柜摇摇头叹息地说：达官贵人就是爱娶太太爱过寿，办一次搂一次财，世道就是叫这些人弄得不成样子了。

定山说：我就不明白，他们咋能认识我？这个请柬像是预先写好的。

常老先生说：厅长不认得，他底下还有那么多办事的人呢，想打听你，那还不是容易的事情。

宋先生说：定山，不与官府交结，对一个生意人来说，是洁身自好的法宝，但场面上的应酬还是不可少的，尤其是寻上门的这些明敲暗诈得应付时还要应付。小不忍，则乱大谋呀！

定山当时还没有从刚才的烦扰中摆脱出来，只是应付地点点头，并没有往心里去，甚至戏散了，连那个放在桌子上的请柬都忘了拿，事后把这个事干脆忘记了。现在回忆起来，大概就是这位臧厅长在背后做的醋（使的坏）。之所以风声透出来，却迟迟不见动静，一是可能没有拿到能把人整倒的证据，二是想让咱知道，害怕打官司，就私下寻他们和解。

文承听了也深以为是。

这件事情看起来，不了了之，没想到，后来却给隆丰福又几乎造成了一次灭顶之灾。

尽管齐芳闻在坐月子，可医药批发的生意却一刻也没有停止。每天都有人到瓷器店楼上来看样品、谈进货。栓柱带着几个伙计忙得不可开交。买主在选好品种，算好价钱，在兰馨那儿交过钱之后，栓柱在单子上签个字，伙计们就拿着单子到后头库房里提货，过来交给买主。数量大的，或者帮着买主送到他的店里，或者帮着他们把货送到车站。每天上午和下午分两次，栓柱让伙计把出货四联单中的一份送给齐芳闻，以便她随时掌握公司经营和库存的情况。

栓柱已经算是一个在医药行当里业务非常熟练的人物了。他文化程度不高，对西药更是从来没有接触过，跟上齐芳闻做起药品生意以后，凭着他的勤奋好学，博闻强记，他不但对每种药品的名字、规格、用量、单价、产地了如指掌，还对它的功能主治、反应禁忌、整件数量等，也十分清楚。对那些都是洋文的外国药品，他根据齐芳闻教给他的念法和盒子外面的图案，记住它的全部要点。买主询问的时候，他总是有问必答，对他们提出的其他要求，能解决的尽量帮助解决。这些都得益于他手边一个自制的小册子，他把每个药品的特点和同类品种的区别都记清楚，对哪些病有特效，也特别注明，让他们卖药时好给病人能说清楚。他还随时记录库存的变化，体现出每个品种当天和几天内发货的情况，同时，也把客户进货的情况记录下来，做到对客户心中有数。在敏感的价格上，齐芳闻给的发货底价，他控制和防守是很严的，宁可生意不做，也决不越雷池一步。因此，齐芳闻对他不仅非常信任，而且把业务也放手让他去做。她没坐月子之前，除了熟人和大客户，一般的客户也都是由栓柱去接谈，有时候，她一时弄不清的事情，还得问栓柱。坐月子之后，栓柱就是药品公司的全权掌柜了。

栓柱这人不苟言笑，才开始跟他接触的人，觉得他有点儿面冷，好像不好接近。真的处过事以后，都能够感觉到他真诚地为人和对朋友的古道热肠。因此，栓柱不但熟悉了业内的不少同行，而且也交了许多业务上的朋友。

齐芳闻对栓柱的人品和能力很满意，但对药品销售情况不满意。她根据在南方看到的药品销售做法，让栓柱组织两三个伙计，在城区内和城门外四大城关、稍门等地，遇到杂货铺，纸烟摊，茶馆等，就给掌柜的送几包药品的样品，再给人家铺子里贴几张药品的宣传画，然后叫一个嗓子好的伙计编成秦腔唱出来，给各位掌柜的做宣传：

头疼粉治头疼头晕那是神速快捷，半炷香立等见效；

十滴水治疗中暑和肠胃不适，那是夏秋一宝，一用就好；

红药水别看瓶子小，小伤口，小疮小疖肿，抹抹就能长好；

戒烟丸让你戒除烟毒，改掉恶习，从此恢复饮食强身健体真神奇；

冻疮膏、蛤蚆油，专治冻疮、脸皴手皴裂口子，保手护脚妙妙妙；

还有人丹，宝丹，大圣丹，还有八卦丹，妙济丹，时疫丹，避瘟除瘴，行气化瘀，消暑祛烦，防蚊叮虫咬，化风湿疹块，调理肠胃，开胸顺气，须臾不可缺少，效果妙不可言。

这种宣传的方法从来没有见过，掌柜们都觉得很新鲜。听了一番说道，再亲身一试，掌柜们感觉效果和说的差不离，对这些药品就产生了兴趣。伙计们就动员他们铺子代销，一种先在这儿放五包（盒），规定了卖出的价钱和来收款的价钱，告诉他们十天以后再来收钱，卖不完可以退货。有人来就照着我们说的给别人宣传，弄不清的时候就看包包上印的说明。卖一包挣一半儿，不用跑腿不担风险就挣钱，掌柜们心里一算账，这个好事谁能不愿意？几天下来，二三十个铺子、摊子就都有货了。第十天的时候去收钱，绝大多数都卖完了，个别没卖完的也不愿意退货，还要继续卖。有的还嫌来得晚了，一些人用着好还要买可没有货了！

根据栓柱事先的安排，每个铺子摊点各种都再放十包（盒），规定五天来收钱，五天去了，又是大部分都卖完了，还是要货。行，再按照以前的法子来。经过掌柜们动脑筋、想办法宣传，这些药品人们都知道了，药也卖顺了。

杂货铺的来人买盐打酱油，掌柜的告诉他：捎包头疼粉吧，这是中国人造的洋药，抽着疼，拧着疼，钻着疼的各种头疼，一吃就好！

有人来买手纸，掌柜的告诉他：跑肚拉稀，呕吐泛酸，十滴水治肠胃那是一绝，只喝十滴，把你的后门把得牢牢的！

给买烟的找钱，看见来人手上的冻疮，卖烟的说：宁花钱抽烟，不舍得买个蛤蜊油，这东西天天搽一搽，不出五天，你这冻疮准好！

很快，来来往往的人们都知道这些铺子摊点有这种服用方便，价钱便宜，立马见效的“洋药”，有个头疼脑热、腰酸腿痛，泛酸拉稀，就到烟摊杂货铺买上一包两包一喝，好像就是管事。谁要是身体那块有点儿不舒服，要去找先生看。有人就说了：到杂货铺问问有什么药，买一包喝了就好了，寻啥先生呢！

从第四回开始，收钱送货，伙计们说话口气就变了：对不起，货可以给，得付现钱。掌柜们先是一怔，接着脑子一转，知道这“不摊水光挣钱”的买卖弄不成了。可也都尝了甜头了，心想有人还想插一杠子弄这事呢，有钱不挣是瓜子！付现钱就付现钱，这货我不愁卖不了。可就一样，你五天必须来送一次货，不能让我断了档了！伙计们响亮地答应：没麻达，五天来一回，保证误不了你挣钱！下回再给你带些新品种。

一些看着眼馋的大一点儿的杂货铺子也找上门来，要求经销药品。栓柱就派人到他铺子去看，门面宽展，有些实力的，叫他们专门让出一截柜台，最好换成玻璃柜台，里头装上电灯，刷上白漆，把各种药品在里头都摆好，标上价钱，在门口把宣传画贴上，由专人照管药品销售。为了不和小铺子、小摊点争生意，给他们又放了一些新品种，利用他们门脸大、招牌大的特点，扩大一般品种的销售。这样，小品种药品和一般品种药品的销路都打开了。

据兰馨每月的收账和支出统计，入冬以后，药品公司的销售额占全铺子的四成，抛去各种应摊的费用和人员饷钱，净挣的钱是整个铺子的三成半还强。龙定山不能不另眼看待这个行当了。

就在这个时候，彭品岗从广州过来跟龙定山商量一宗大买卖。

彭品岗依然带着那个不算老也不年轻的女朋友住在西北大旅社里。考虑到兰馨的关系，定山没有请他俩到自己府宅去，而是在西安饭庄为他们接风。吃饭时，他告诉龙定山：我通过广州的朋友，在汉口搞到一批洋纱，这是一个倒闭厂子的存货，现在急于出手。我知道你一直在做洋纱生意，想跟你一块儿合作做这笔买卖。

定山说：洋纱现在和洋面一样，是西安两大保值物资之一，很抢手。不知货的成色如何？

彭品岗从提包里拿出一个油布包，打开后拿出一束纱线交给定山。定山拿过来仔细一看，色泽白柔，精纺细支，纤维绵长，粗细均一。应该属于上等的产品。他放下纱线问彭品岗：有多少货？什么价？

彭品岗撕了一块儿葫芦鸡的胸脯肉给他女朋友，用餐巾擦了擦手说：数目很大，有五千捆，价钱还比较便宜。他伸出右手到桌子下面跟定山手谈。两人收手之后，彭品岗说：事成之后，我的朋友要拿一成。

定山感觉这个成色的货这个价钱确实比较便宜，就说：朋友帮忙，事成之后提一成理所应当。你看这事怎么操作？

彭品岗不好意思地笑了笑说：人家有一个条件。

定山问：什么条件？

彭品岗说：不要金圆券，不要银洋，只要大黄鱼。

定山明白，对方只要十两一个的金条。他有些不解地说：这可就难了，谁能拿得出这么多金条呀！这个生意看来难做了。

彭品岗吃着酸甜酥脆的松鼠鱼，半天才说：不然，这个好事咋能跑到西安来呢！我也是有难处，才来找你的呀。你可以找朋友筹措一下。

定山为难地说：时局乱成这个样子，胡宗南在西安都坐不稳了，靠抓人杀人维持着，往后还不知道咋样变化呢。现在商家都把口袋捂得很紧，见面都先哭穷，不是特别知己，谁都不会轻易往外掏钱！

彭品岗说：这时候才是商机！别人都观望的时候你下手，你就占了先机！而且，钱是死的，只要变成货，钱就活了，何况，这是个紧俏货，在你手里就停不住，一倒手，钱又回来了，钱数可是增加了。

定山说：话是对的，做生意可不像你说得那么轻巧呀！盛世古董乱世黄金，谁不知道这个时候要把黄金抓在手里呀。

彭品岗把冰糖银耳桑葚汤喝了几口，用餐巾揩揩嘴，看着定山说：龙老弟，人生难得几回搏呀！我感觉，这事情对你、对我，都是一次难得的机会。这个机会抓住了，我们都上了一个台阶喽！这个货一翻手最少一倍的利呀。好吧，你回去好好考虑一下，我们明天再谈。说着，站了起来，跟定山握了握手。临上车前，对定山说：请代问贵夫人好，我给你的小宝宝还有一个礼物呢，明天带过来。

回家的路上，定山一直在思考这个生意。洋纱目前是最热门的保值和交换的物资，说一声有货要出，金条、美钞立马给你手里塞，银洋更是成箱成摞地抬。彭品岗说的这批货，他倒不是凑不够这么多的金条，也不担心出货有啥问题，他担心这批货一到，树大招风，给自己招惹麻烦。乱世不露财嘛！

晚饭时，他给齐芳闻和兰馨谈了这件事，也说了自己的想法。他想听听她俩的看法。

齐芳闻说：这个生意没有什么不能做的，商人嘛，啥挣钱就做啥，隆丰福本来就是一棵大树，招风不招风都看你是大树，生意做成了，才是真正的大树。关键我对彭品岗这个人看不顺眼，兰馨你可别介意，这个人老让我觉着不踏实，可不能让他给骗了。

定山说：芳闻，你对他总有些偏见。带着偏见看人，这个人，你咋看都不顺眼。他跟咱做了几次生意，从数量到价钱，都很讲信誉，这一次汇的药款，人家亲自把货带来了，时间很快的。兰馨，你说呢？

兰馨认真听着，让她说话，她笑了一下说：按说，这么大的一笔生意，又是热门生意找上门，的确是好事。其实，大铺子就应该做大生意，一年做几个大生意，比守着这么多小摊摊辛苦干一年，要自在得多。听说南方很多公司就是住在大楼上专做买进卖出大生意的，公司里根本不见货，货在老板的算盘里，货在公共的库房里。然而，这个生意，我不敢说，能做不能做。

兰馨看着齐芳闻笑了一下，又说：我娘刚才说我别介意，其实，跟彭品岗分开已经一二十年了，彼此感情都没有了，说他不用顾忌我，他跟一般人是一样的。不过，我知道他很聪明，但聪明的变异就是狡猾，人一狡猾就可能坑别人，害别人。害人之心不可有，防人之心不可无。现在的这个兵荒马乱的时代，害人的人不可避免就多起来了。我只是提醒爸要小心。

齐芳闻说：兰馨这话是实在的。小买卖上骗人没有多大意思，大买卖上跌一跤，损失可就大了，尤其现在这个时候，还是三思而行的好。

定山笑着说：你们咋都想到彭品岗骗人的问题上来了，以我的眼光，他还不是那种以坑蒙拐骗为手段敛财的人。何况，有你们二位提醒，我肯定会不见兔子不撒鹰，还不至于让他骗了。

兰馨说：现在柜上的钱全部拿出来也凑不够你要的三成，还要留一部分流通费用，另外，这个月的月饷也快发了。

定山说：这个生意不动用柜上的钱，我自己筹措，要拿银洋兑换金条有点儿麻烦。问题是我去想把麦升带上，他一走，铺子这一摊儿暂时就没人照看了。

齐芳闻说：你放心走吧，我会安排，铺子不要操心，一心一意把那个大生意把握好。

兰馨说：我娘还没出月呢，我会帮她。

定山说：这样，我就放心了，你们辛苦一下，我想，去的时间不会太长。明天，我再探探彭品岗的底，把细节都搞清楚。

第五天的中午，龙定山带着麦升，在彭品岗的引导下来到汉阳一家公司。在老板的办公室里，龙定山把穿着的狐皮大衣脱了，里头的紫羔小皮袄也让他有些热不可耐，可是不能再脱了，连解开都不能。因为，贴身的衬衣里，带的金条都在里头缝着的小口袋里一条一条地插着。他带着一半，麦升带着一半。

跟老板一谈，一切都跟彭品岗说的一样，看了样品也没有问题，又一起到库房看了大货，然后在一家饭店的包间里，仔细谈了价格、交货方式、付款办法。

定山提出，他必须亲自看着货物出库，点好数量，运到车站办好发运手续，再付款。老板坚决不同意，要求付完款再发货。经过彭品岗的两面做工作，先付一半出库装车，办好发运手续拿到货单再付清剩余的一半。双方都做了让步，定山在另一间房子里把应付的金条拿出来，给老板先交了一半。约定下午都在车站验货办手续，定山让麦升先到库房监督装货。

到了车站，定山拿到货单一看五千捆洋纱变成两千五百捆，定山急忙问老板怎么回事？老板一指彭品岗说：你问他去。

定山问彭品岗：怎么只装了一半？

彭品岗说：还有一半要给我啦，不然，你都拿走了，我拿什么赚钱呢？

定山见他果然在耍花招，十分生气，质问道：我们不是说好，这个生意一块儿做，事成之后按四六分成嘛，你怎么能背信弃义呢？

彭品岗说：不是我背信弃义，而是你的人对你背信弃义了。你不看看你的伙计去哪儿了？

定山一看麦升果然不见了，刚才他说去厕所，半天就没见回来。

彭品岗说：你的伙计已经把你另一半的生意做了，他已经把两千五百捆洋纱用汽车拉走了，款都付清了，他跟我合作了。

定山惊异加气愤，半天都说不出话来。

纱厂老板同情地对定山说：龙老板，这年头，浑身是眼还不够用呢，怎么能对一个下人如此放心呢！算了，等于这两千五百捆货款你已经付清了，晚上就有一趟车，回去再说吧！

定山咬牙切齿地对彭品岗说：连兰馨都提醒我，说你这个人狡猾，叫我要提防着点，这事情是你一手在背后搞的吧？

彭品岗说：兰馨还是了解我的。不过，她把我看得太坏了。这个事情，你可冤枉我了，是她找的我，要我跟她合作。龙掌柜，你记住，小钱上干净的人，不一定都是经济上靠得住的人；顶得住大钱诱惑的人，才是你真正可以信任的人。这个买卖从一开始，你就错了。

龙定山失魂落魄地回到西安。

定山回到家正赶上刚出生的小儿子发烧，芳闻姑姑抱着孩子坐着车，由两个丫鬟陪着四处求医。孩子刚吃过药睡着了，齐芳闻张罗着叫人给定山打水洗漱、上茶做饭。定山疲惫地坐在椅子上睡着了。晚上，兰馨回来跟定山寒暄了几句就问道：咋没看见麦升？定山含糊地说：他有点儿事儿。

兰馨首先从公公脸上看出此行的不尽如人意。

第二天早上，定山叫人把永年叫来，把提货大票交给他说：洋纱这两天就到了，勤到火车站去问着，货到立马就雇车拉回来。

齐芳闻让孩子发烧弄得寝食难安，也顾不得问定山去湖北的事情，晚上定山在对面的房子里休息，因此，她并不知道洋纱的情况。见永年拿着大票要走，就说：永年，拿来让我看看。

齐芳闻看了一眼数字就问：怎么是两千五百捆，不是五千吗？

定山没有说话，齐芳闻知道其中有问题，但没有说什么，只是对永年说：这些货，永年你入库后另外堆放，把库里原来存的洋纱数字给我报一下。

永年说：明天我报过来。说完就拿着大票走了。

晚上吃饭时，定山才把麦升的事情说了。

齐芳闻听罢就哭了。她伤心地说：这个人看起来很正派，一直都像是忠心耿耿的。没想到，在这么大的钱数上把我们坑了。铺子少一半的资产让他拿走啦！

兰馨说：小心眼儿的人，随时贪小便宜；大智慧的人，等机会劫豪财。这个麦升城府极深，不露声色，平时兢兢业业，深得信任。逮着机会他就狠咬一口。这种人能成大事，也可能要遭横祸。

同麦升的行为在定山心里成了一个难解的谜。

永年在听了齐芳闻要他报库房里洋纱账的要求之后，认为她肯定知道自己什么事情了，心里早就有准备的他，从定山府宅出来之后就去了洪青枝家。尹三在烟馆没回来，他告诉洪青枝，他从库房里拉洋纱和其他东西的事情败露了，人家要查账呢！

洪青枝一听惊慌失措，抓住永年说：这可咋办呀？咋办呀！

永年安慰她说：不要紧，我早就防顾着呢。现在，你要听我的。

洪青枝望着他点点头。

永年说：你把自己的东西和娃的东西收拾一下，放在顺手的地方，不要让尹三看见。我去再弄一回洋纱变成钱，就过来接你。咱俩抱着娃一块儿到外地去。好好过咱俩的日子。凭着我，保证不叫你再受恓惶。

洪青枝说：那尹三他，他咋办？

永年说：现在还能顾上他？有他还是个累赘。他命大，叫他好好活去。你千万可不能给他露出一点儿要走的意思，我随时都可能过来接你。

洪青枝心情复杂地点点头。

永年安排完洪青枝，就去找收货的人，一切谈好，趁着中午人休息的时候，他叫了一辆车到库房，把剩下的五十五捆洋纱拉走了三十捆。这时，常怀德过来问他：这是给阿达发货呢？有条子没有？

永年见了他心里一惊，但他还是大着胆子说：老掌柜叫给杨文承掌柜先把洋纱送过去，条子随后再补。

常怀德说：杨掌柜平时只要个一捆两捆，这次咋要这么多？

永年勉强地笑着说：人家掌柜的之间的事，咱闹不清楚。

常怀德没有说话，只是用怀疑的眼光看着满头大汗装车的永年。

一车洋纱顺利出手，拿了钱的永年立马跑回加工场，在门口偷看了半天，没有看出有什么异常，才向自己的房子走去。他简单收拾了东西，把乱七八糟的东西往被褥里一卷，用绳子把被褥绑好，把那张提货大票放在桌子上，然后假装上茅子出去转了一趟，正好看见一个新来的小伙计在里头蹲着，心里一喜说：继槐，一会儿屉完了，帮着我把铺盖卷扛出去，叫人给拆洗一下。

继槐答应了。他出来还没走到房子门口，继槐已经跟在身后了，把他还吓了一跳。他让继槐把铺盖卷扛到门口老槐树底下等他，他立马就出来。他出来后正好一辆洋车过来，他上去就走了。

继槐回来，常怀德问他：你把魏掌柜的铺盖卷扛出去了，他说啥了？

继槐不解地说：他说叫人拆洗去了。

常怀德说：走，到他房子看看去。

来到房子，只见里头狼藉一片，只有一张提货大票端端正正地放在桌子上。常怀德意识到有麻达，立马带着继槐出去追，哪里还有个人影儿！常怀德给几个摊头交代了一下，给继槐说：你在这儿看门，无论是谁，一个柴火棍棍儿都不准放出去！说完就出去找了个洋车，给老掌柜报信儿去了。

经过查库对账，库里应有洋纱八十七捆，现在只剩了二十五捆了。白布少了五匹，蓝布少了九匹，成衣棉衣少了两捆共二十套。

定山心里暗暗埋怨自己：因为是自己亲戚，太相信他了，没有人能管他，给他监守自盗创造了条件，才让他给铺子弄了这么大的乱子，幸亏他还没敢动这提货大票的心思。他为铺子这短短几天出现这两个自己最信任的人背叛自己而痛心疾首，也为自己自大掌柜之后疏于管理而深感后悔，他太需要一个像大掌柜这样精于管理、善于知人善任的人了。他想赶快把这两千五百捆洋纱出手，把损失的那一半金条挣回来，这趟买卖就算打个平手罢了！

他把提货大票自己拿上，准备明天亲自去车站提货。

当天晚上，后半夜时分，一个黑衣人背着绳子从加工场库房后墙攀上去，费了好大劲才钻过铁丝网，顺墙溜下来。他刚落地，一只黑狗顺着墙根就奔过来。黑衣人就地一坐，双手在狗来的方向不停地做着一种类似缠线的盘绕动作，黑狗见状就不跑了，而是慢慢地走过来，听到黑衣人嘴里咕噜着什么，乖乖地在他跟前卧了下来。黑衣人掏出些东西放在地上，黑狗闻了闻就吃起来。黑衣人嘴里又发出一种类似狗叫的声音，不一会儿，又一只黄狗也跑过来，安静地卧在黑狗旁边，也吃起来。东西吃完了，都趴在地上似睡非睡地把头贴在地上。

黑衣人轻轻起身，贴着仓库墙溜到一个窗户下面，掏出一副像爪子样的东西戴在手上，攀着砖墙三蹬两扒就上去了，推开窗户钻了进去。大约过了半个时辰，他从窗户又钻出来，还没落地就被两个巡夜的抓住了。

巡夜的不见狗在院子里跑了，叫了两声不见动静，在院子里寻狗的时候走到这里，正赶上黑衣人从窗户里出来，抓个正着。

两个人把黑衣人拉到房子里先审：钻进去干啥去了？

黑衣人说：想偷东西，一看没啥拿的，就出来了。

问：叫个啥？

答：叫永年。

问：你也叫永年？俺这儿的永年都跑了，可又逮住你这个永年！怪咧。

答：不怪，就是他叫我来的。

问：你跟他认得？

答：不但认得，而且有夺妻之恨，他把我老婆跟娃都拐跑了。他偷了你库房的东西换成钱，有钱就来弄我老婆，我恨死你这库房了，恨死隆丰福了，我活不成，也叫你们好过不了！

巡夜的一听这个家伙麻达还不小，心想这事他们自己处理不了，刚想商量办法，就闻着一股焦煳的味道。一个跑出去一看，库房里头着火了，赶紧喊叫了一声：失火了，失火了！另一个一听也失急慌忙跑了出去。尹三一看没人管他了，从地上站起来，一转身就跑出去了。黑狗和黄狗这时也醒了，听见喊叫跑过来，看见一个陌生的人影儿在跑，它俩同时扑了上去。

两个巡夜的急忙把睡在加工场外边的伙计们喊叫起来，常怀德光腿只披了一件棉褂褂就跑了过来，他立马派人先给老掌柜送信儿，接着组织人担水，拿家伙撬门进去灭火。

常怀德气咻咻地问巡夜的咋回事？

巡夜的人说：放火的人抓住了，在房子呢！

他们急忙往过走，还没走到房子，只见两只狗围着一个血肉模糊的人在咬，翻过来一看，已经气若游丝了。

春天就要来了。春天是万物复苏，是万紫千红，是新希望的开始。在这个新旧交替，红红火火的时代即将到来的时候，作为一个几十年声名显赫的大商号，隆丰福偏偏咋就灾祸连连呢？

人们想起了礼泉黄临终时说的几句话：一朝一代兴替的时候，很多世事包括有的人，也跟着一块儿就兴起来了。当这个朝代快要绝灭的时候，其中不少世事和有些人也必定跟着它一块儿绝灭，这是天道必然。我就是跟着绝灭的那一伙人里的一个，西安还有一些大脑兮大字号也要跟着绝灭！

隆丰福接连几起祸事，是不是绝灭的前兆呢？

第 三 十 章

民国三十八年（一九四九年）惊蛰刚过，关中平原里的河道山川、塬坡田畴，春的气息急不可耐地都争相显露出来。先是那一丛丛星星点点的迎春花黄嫩嫩地送来了冰雪尚存的第一道生命的亮色，让人在诧异中流露出惊喜；再是那杏花、梨花白花花地连成一道道白练，结成一团团白云，就像俏妇头上一个个亮眼的发饰；再往后，那如波似涛，层层密密，云蒸霞蔚般的桃花就开了。那个粉嫩，那个嫣红，那个叫人一眼看不透的闪闪灼灼，那个醉人的清新气息，会让人感受到自然的神奇，生命之壮美，生活的新希望。八百里秦川和古老的西安城，在如花似锦的春意中苏醒了。

一个特大的消息是老蒋“下野”了。据说，共产党在东北、华北、华东跟国民党打了三个大仗，歼灭了老蒋上百万精锐的队伍，一下子把老蒋的一条腿和一条胳膊卸掉了。彭德怀又在陕北把胡宗南的十几万军队打垮了，老蒋“保住西北，打通西南”的计划，也因此落了空。听说国民党内部吵吵闹闹，老蒋撑不住火了（坚持不住），“引退”下来，大权交给李宗仁了。西安的胡宗南行辕尽管依然戒备森严，出入八面威风。但他心里也是四面楚歌，明知道西安周边的县城相继失守，即将兵临城下，孤城难保。但为了全盘计划，也为了面子，死守心不安，欲走又不能，着实进退维谷。但他手中仍有几十万军队，只不过在共军摧枯拉朽的攻势下，穷于应付，军心已散，已无多大作战能力。他开始大量抢购粮食，准备先把一些机关、学校和军政人员的眷属撤到汉中去，开始了善后的第一步。一时间西安城里乱成一团糟，物价已经没有交换的标准了，随口说出来的数字叫你嘴张得能塞进去一个蒸馍。那个出生还没满半岁的金圆券就跟擦屁股纸一样，五十、一百的由于不能流通了，扔得到处都是。其他面值较高的三沓、五沓拿着它几乎买不来任何东西了。用来交换的货币就是银洋，再就是实物的洋面、洋纱。社会似乎又回到以物易物的原始社会了。

龙定山被营救出来不久，一直躺在家里。齐芳闻为了营救定山，拖着还没满月的身子，带着靳铁锁到处奔走。宋先生和杨文承上下托人，找到几位有些影响的议员，一面通过他们据理力争，一面私下花钱，先后用了十三根金条，才答应大年三十放人。没想到，大年二十九晚上，定山意外地被救出来了。在这连环的灾难发生以后，他已经被非法关押了两个多月了。

回忆起那一段惨痛的经历，这个一辈子在商海中劈波斩浪的弄潮儿，对眼下这个社会的黑暗、军警官僚的贪婪无耻、小喽啰的卑鄙下流痛恨不已。说起当时的情景，他常常激愤得语不成句。大家只是通过齐芳闻的叙述，才大致知道了一些情况。

永年盗卖洋纱携款潜逃的那天后半夜，龙定山闻听仓库起火，顾不上坐车就跑出门，还是宁娃拉着车从后面赶上来，才把他送到加工场。来到仓库跟前，火已经被扑灭了，只是抢出来的东西，有的还在冒着烟，空气中弥漫着一股硫黄味儿。常怀德告诉他，由于没有库房的钥匙，里头起火时，大门打不开，他们撬门用了些时间。顶棚烧毁了掉下来，加大了火势，咱这都是棉毛衣物，还不敢过多用水泼，尽量叫人往外搬，把着火的东西往外拉，不少人手脸都烧烂了。简单清点了一下，没沾火的东西比较少，大部分都有损伤，有些烧得已经不能用了，损失是比较大的。另外，放火的人叫狗咬得不得动弹了。定山过去看了一下，好像已经死了，他叫人拉到一边，用席片盖上。天已蒙蒙亮了。

就在这个时候，救火队的人来了。也不知道他们咋样得到的消息，七八个人拉着一个抹了红漆的水龙车，穿靴戴帽一路上大呼小叫地跑了过来，后头跟了一伙早上起来脸都没洗来看热闹的人。

水龙车拉进门，一话不问，二话不说，拧开阀门就要往仓库里头喷水。靳铁锁知道，只要这水一放，不管多少就得收钱，他上前急忙挡住：正月十五贴门神，迟咧！火都灭了跑过来张惊啥呢！快揭瓦，快揭瓦（快走）！他两只手像轰鸭子一样把他们挡住并往出撵。

一个小头目过来张牙舞爪地说：谁说火灭咧？这不是还冒烟呢嘛？把俺们请来了，说不要就想撵回去，没这么容易！你这火神爷，我可是好请难打发！

靳铁锁、常怀德都过去问他：谁请你来咧？

常怀德说：火着了这么长时间不见个你的人影儿，拾掇完了，你跑来放水来咧，里头的东西不敢见水，你知道不知道？

小头目见两个大个子围着他有些怯火，后退一步提高嗓门儿喊道：你说啥？嫌我们来得迟咧，为救火，我们也不能住到你屋里等着嘛！我们就是住到你屋里，你老婆愿意，你还不答应呢。他的话让跟来的那一伙哈哈大笑起来。

常怀德气得要过去打他，靳铁锁一把把他拉住。靳铁锁一看，这样下去弄不好要把事情弄糟，上前一步要跟那个小头目说话，把那家伙吓得转身就跑，嘴里还喊着：做啥，你还想打人呀？

靳铁锁又气又笑，说道：我跟你商量一下，看把你吓得就像驴惊了一样，你害怕啥呢？

那家伙听了才不跑了，转过身说：你就站到那儿，你说，咋的话？

靳铁锁停下脚说：看你们大清干早跑过来了，尽管火已灭了，没有功劳还有苦劳，给你们三个银洋，去吃个羊肉泡馍，就不说那些淡话了。得成？

小头目一听说：不成！我们这来了不管放不放水，来一回一千银洋！看你说话和气，减个二百，给八百银洋算咧。

常怀德说：凭啥给你八百银洋？你这叫据公诈财！拉着这比尿桶大不了多少的碎水桶，跑过来连个喷嚏都没打，指天画地地就要八百银洋，没有王法了，我看，你这是不想端这个饭碗子了。

小头目一看自己的底被揭穿，气急败坏地说：你这么大的库房，管理不严，自酿大火，还失火不报，危及四邻八舍，影响城市安全，并且还刁难公务人员，妨碍执行灭火任务。依照城区防火条例，罚款银洋五千，限三日内交清！过期不交，加罚两千！

常怀德气得上前拉住那个小头目，质问他：谁管理不严，谁自酿大火？告诉你，放火的人已经叫我们抓住了！不信，你看。

他拉着小头目三五步就来到用席片盖着的尹三尸体旁。

小头目一看，妈呀，一个人头脸全是血，就像一个血葫芦。他挣脱常怀德的手，边跑边喊：不得了，不但失了火，还出了人命，这事，咱管不了，警察局会来拾掇他，走，走！一伙家伙像一窝蜂一样跑了。

一直在旁边看着的定山知道坏事了，他把靳铁锁和常怀德叫到房子里告诉他们：警察局很快就会来找麻烦，不要争吵，以事实说话，静观事态变化，几千银洋数目的罚款可以答应下来。为了争取主动，常怀德你立马跑到警察局去报案，说明真相，防止那个家伙胡说乱咬。靳铁锁你在这儿现场看着，来人好好接待，该花钱就花，我这里有一百银洋，你先拿着，不够，直接找内掌柜。记住，一定大事化小，小事化了，再不敢惹麻达了。说完，他二人立马分开行动。

定山因为惦记着火车站洋纱的事情，安排完这里的事，他立马到车站去了。他想，加工场已经出了事，洋纱再不能出一点点麻达了。他催促宁娃快一点儿，先回去拿大票，再到火车站。

没想到，更大的麻烦在等着他。

早晨的火车站尽管到站和发车的车次很少，广场上积聚的人不多，但仍然是一个南来北往各色人等忽聚忽散，人流量很大的地方。其中还有一些就是利用这个特殊的地理位置，进行诈骗、拐卖、偷窃、抢劫、情色交易、假币兑换等等的罪恶活动。

洋车到了提货处，定山在窗口问：汉口发来的一批洋纱到货了没有？窗口里头一个还没睡醒的小伙子懒洋洋地扭过头对旁边坐着的一个毛胡子说：有人来问洋纱！

大胡子一听，立马把担在桌子上的脚放下来，对小伙子说：给他说，让他在外头等一会儿，给他查一下。

定山见他这样说，感觉有些奇怪，因为他从来没有办过这种事情，也没有太在意，离开窗口在旁边来回转悠。时间不长，有几个人朝窗口走过来，他退让到一边，一个过去到窗口看了一下，里头立马喊了一声：谁的洋纱？

定山赶快过去答应说：我的洋纱！那几个人一拥而上，就把他绑了起来。定山不解地问：干啥，干啥呢，平白无故为啥绑人？宁娃远远看见，急忙跑过来喊道：你们凭什么抓人？这是隆丰福的老掌柜！

其中一个领头的一听说：好哇，隆丰福的，等的就是他！带走。

宁娃还想上前，定山说：别管我，快回去报信儿！

宁娃拉着车一溜烟地跑了。

定山被推上一辆帆布小棚汽车，坐在车厢左边的一排木板椅上，旁边和对面各坐着两个人，那个领头的坐在车前头司机的旁边。车开了之后，定山问道：我到车站提我自己的东西，你们凭什么抓我？你们是哪个部门的？

后边的四个人呆呆地坐着，都不吭声。前面的那个领头的说：现在，你什么也不要问，到地方，你就知道了。

车子后面没有窗户，定山只能脸侧着从汽车前面玻璃透过来的一点儿街景判断自己到了什么地方，很不准确。但他知道，车子没有出城，是在城东南什么地方。他们在一个大院子下了车，他被带进一个显然不是牢房的房子里。里头放着一床一凳，门后边放了一个尿桶。床是光床板，什么铺盖也没有。他刚进来，门就咣当一声锁上了。

定山坐在凳子上思考自己为什么因为洋纱的事情被抓进来。洋纱不是大烟土，不是枪支弹药，不是违禁物品，正当的生意，凭什么抓人？抓自己的是什么部门，什么人？不是警察局，不是警备区，也不是队伍，因为这些地方的人都穿着有特制的服装，而这里的都穿着便服，走路，动作也不像训练过的样子。难道是中统，军统，三青团？他始终理不出一个头绪来。他从门缝往外张望，看着偶尔过来过去的人，希望能够找出一个自己认识的人来。但他失望了，始终都是这五六个人露面，他一个也不认识。

中午他们开饭了，人们拿着碗筷走到一间房子里吃饭，也没有人来理睬他。他早晨天不亮就起来到加工场，后来到家里换了一件衣服，拿了提货大票就出来。当时他已经想好了，这批货先在自己府宅里放一半，另一半放在杨文承家里，货放好之后再吃饭。没想到自己莫名其妙地被抓进来了。尽管心事重重，可这饥饿的感觉也是很难受的。看着一个个吃完后都离开了，饭堂的门也锁了，就是没人来搭理他，他失望地躺在木床板上睡着了。

他被开门声惊醒了，急忙坐起来，一看外边天已经黑了。一个伙夫端着一个碗，拿着一双筷子进来了。伙夫把碗往板凳上一放说了声：吃饭。转身就往外走，刚走两步，又转回来看着他说：你是隆丰福的老掌柜？

定山一看并不认识，但他还是因有人认识他而高兴，他问：请问你贵姓？我看着你有些面熟。

伙夫说：我姓吕，我哥是你南院门铺子里的厨子，我见过你。

定山一听高兴地说：噢，你是吕师的兄弟，看起来就是像。

吕厨子摆了摆手，示意不要声张，小声说：这是菜和馍，我知道你不得够，等一会儿人出去了，我再给你送一点儿。说完出去把门锁上了。

有了认识的人，定山心里很高兴，他狼吞虎咽地把半碗炒茄子和一个蒸馍吃了，等着吕厨子再来。

已经快半夜了，吕厨子才过来，房子里头没有灯，两个人摸着黑在说话。吕厨子说：明天可能要审你。听说是一个处长审。

定山问：这里是什么地方？是什么人把我抓进来的？

吕厨子说：这是工商厅的一个不知叫啥的管理处。我也弄不清他们都干些什么，不是他们抓的你，你只是临时在这儿关几天。

定山问：工商厅有什么权利抓人？你知道为啥抓我吧？

吕厨子说：不知道。

定山说：你能不能给我铺子送个信？

吕厨子说：你先甭着急，我一送信，人家知道，我认识你，我把饭碗打了都没啥，你连个照看的人都没有了。等两天，把情形弄清楚了，再送信不迟。天冷了，没被褥，你将就一下，我走了。

定山起身送他出门。

第二天，吕厨子送来的饭菜数量明显增加了，表面上不跟他说话，只是说一两个字提示他。例如：大官来，提审。定山也就明白了。

来的所谓大官并没有审问他，审问他的仍然是抓他的那个小头目。

有人把门打开，给里头放了一把椅子，吃过饭，那个小头目进来坐下，门口站了一个人。

小头目进来问定山：龙掌柜晚上睡得可好？这里简陋一些，比不上你家里，将就一下。呵呵，呵呵。

定山知道这是在调侃他，似笑非笑地回应了一下。

小头目坐下，开始非正式地审问。他问道：龙掌柜，呵呵，你隆丰福一次买这么多洋纱干什么？

定山看着这没有记录，随口谈话式的审问，知道是应付差事式的审问，因此也就不打算正式回答他的问题，只想通过他了解一些背后的情况。他笑着

说：隆丰福是做商业的，商业就是要流通商品，买洋纱也是一门生意嘛。

小头目又呵呵地笑了两声说：呵呵，你知道不知道，洋纱现在是资敌的物资？见定山没有反应，他接着说：资敌，知道不？全部给共军拿去了，呵呵，共军正缺这东西，你偏偏就给人家送去了，看你的罪大不大？呵呵。

定山知道他这是胡说八道，问他：是谁把洋纱送给共军了？

小头目说：是你呀，呵呵，洋纱不是你的吗？共军把你的洋纱弄走了，你不是资敌是什么？

定山知道他没有说实话，抓住他说话的漏洞问他：我的洋纱在火车站搁着还没取出来呢，你说我资敌，你为什么不说火车站资敌？再说，共军能有这么大的能耐，跑进西安省城把二千五百捆洋纱拉出去？这有没有可能？

几句话把小喽啰问得无话可说，他张口结舌地说：共，共军神通广大，你，你咋知道人家没有办法把洋纱弄走？呵呵。

定山说：看你年岁也不小了，一辈子走南闯北见的世事也不少了，刚才你给我安的那个罪名，实在太可笑了。再说了，如果有资敌嫌疑，那也是警察局的事情，你们是什么部门，有什么权利拘审人？

小头目说：问我们是什么部门？告诉你，呵呵，本人是厅长大人手下直接管辖的一个行动队，专门缉私，专管物资进出的。还管不了洋纱？呵呵。

定山明知故问：那你们是工商厅的人了？你们臧厅长，我认识。

小头目见露了底有些慌，又听认识臧厅长，奇怪地问：你认识臧厅长？那，那他……

定山这才知道，是姓臧的搞的鬼，故作轻松地说：我们交往不多，但关系还不错，他六十大寿我出差去了，没去成，他是不是因为这个事不高兴了呀？你给他说，朋友嘛，来日方长，山不转水转，以后打交道的时间还多着呢，有啥事好说。

小头目见定山这么说话，也就客气得多了，他讨好地说：我和隆丰福还共过事呢，不过那是很早的时候了。呵呵。

定山惊奇地问：共过什么事？我咋不认识你。

小头目说：我叫秦合贵，原来跟你姜东民掌柜一起去过外藩做过买卖。（他有意识回避了大烟土换枪支的事情）呵呵。

他这一说，定山想起来了。为了避嫌，督军从死牢里提出这个大烟贩子秦合贵，让他假扮大掌柜，与白俄谈判做生意。本来事情完结后，班长按照卫士长的安排，在路上要把他解决掉，在东民的劝解下，留了他一条命，没想到，在这儿遇上了。定山说：当年，还是我们东民掌柜在班长面前给你说了好话，留下你未杀。不然，你也没有今天。

秦合贵说：这个我也知道，东民兄弟是个好人，他的救命之恩，我永世不忘。呵呵，他现在哪里？

定山说：他到外地去了，他回来，我让他来找你。既然说到这儿了，咱们都是自己人了，我的这事，你能不能给帮个忙？

秦合贵说：咋个帮忙法？

定山说：让我和你的臧厅长见一面？另外，麻烦你给家里招呼一声，给我送一套被褥。

秦合贵想了半天，最后说：这个，小的还真做不了主。呵呵，我回去请示一下，看行不行。他起身往外走，门随即又锁上了。

不知秦合贵说得咋样，定山很快就被转移到另一个地方，条件更差，秦合贵也不见了。

天气越来越冷，定山一直被关在一个土窑里，蓬头垢面，冷得只能在土窑里来回走路取暖。一天两顿饭，虽说差得很，倒是能吃饱，可就是与世隔绝，没人来问，也没有一点儿消息，让他心如汤煮，念若死灰。

一天晚上，定山听见土窑旁边来了一伙人，进进出出，唱和白道，很快他就闻见一股酒肉的香味。他仔细听他们说话，原来是一伙单身的职员在隔壁土窑里聚会呢。他们说三道四，偶尔也提到臧厅长，隐隐约约听说秦合贵的名字，好像说秦合贵给厅里办了一件大事，弄回来一批值钱物资。又说今年过年能给处长发五捆洋纱，科长三捆，职员一捆。厅里一共得拿出三四百捆洋纱呢。

定山听到这里，突然明白了，工商厅把自己拘禁在这里，一方面，是要强行没收这批洋纱；另一方面，利用他的人身再诈取铺子的赎金。这时候，一个人可能是喝多了，跑到关他的土窑前撒尿。定山见人说话心切，千不该万不该地又犯了一个错误。等那个人尿完在系裤子的时候，轻轻地叫了一声：先生，先生。他的叫声把那个家伙吓了一跳，裤子还没勒好抬脚就跑，还喊了一句：有鬼，有鬼！

众人都过来到这个平时从来不用的土窑一看，里头黑抹咕咚啥也看不清楚，定山见人来就大声说：我是隆丰福的掌柜，叫龙定山，平白无故被关在这里十几天了，请你们放我出去，或者给我家里报个信，我一定重重感谢！

大家面面相觑，谁也不说话，回到隔壁土窑里，赶紧把东西一收拾都跑了。第二天，他就又被转移了。这次，他被关在一家冬天存放蔬菜的地窨子里。里头倒也干爽，顶头有一个透气窗，一条斜坡从上面下来。除了一个老太太每天到门口给放两次饭菜之外，连点儿其他声音都听不到，更不要说见人了。他试着跟老太太说话，老太太只是对着他笑，不说话。原来老太太是个哑巴。白天，晚上，下雪了，天晴了，过一天就像一年。西北风吹过来，吹得地窨子上面的椽头茅草呜呜直响，这个平生很少下泪的汉子也呜呜地哭了。后来，远处传来放炮的声音，他知道，快过年了。

一天半夜，他被地窖子门上的声音惊醒了，一种不祥的感觉浮了上来，难道是要对自己下手了？他翻身起来，趴在门边听着，不像是用钥匙开门，而是在拿东西撬，能听到铁器具在一起痛苦地纠缠扭动的声响，终于咔吧一声门开了。

一个人打着手电摸着墙走下来，手电在四周照着，通过手电的散反光，定山看到一个熟悉的面孔：栓柱。他激动地叫了一声：栓柱！栓柱一听愣了一下，连忙用手电照了他一下，诧异地说：是老掌柜呀，原来是你在这里，这里头还有人没有？

定山说：就我一个。你还找其他人？

栓柱说：找到你就是最大的收获！来人。

外面立马下来两个人，一个背起他就往外走。栓柱从后面打着手电给他照路。

原来，栓柱他们当晚奉命解救一位被关押的进步人士，经过多次摸底，发现有人经常给一个地窖子里送饭，估计肯定有人被关在里面，当晚他们实施了解救行动。不想却是铺子上上下下把人都寻疯了的老掌柜！这真是踏破铁鞋无觅处，得来全不费工夫。

齐芳闻给栓柱专门置办了酒菜，把靳铁锁和常怀德两个请过来作陪，她和兰馨代表定山向栓柱表示感谢，同时还给栓柱了一份很重的奖励。栓柱得知臧厅长收了十三根金条才答应放人，并且得知自己是在他放人之前无意中救出了老掌柜这个过程之后，心里愤愤不平。他没有回家过年，而是找了几个别动队的朋友在一块儿喝酒商量，并在大年初四的夜里，钻进了臧厅长的家里。

臧厅长家防范比较严，光保镖就七八个，因为是过年，只留了两个。一个保镖喝醉了，一个无聊地在掷色子，推牌九。栓柱他们很容易地上去把两个绑成一对儿靠背的大粽子。前面两个已经摸到臧厅长的开着灯的书房门口。从门缝往里一看，臧厅长正在跟一个年轻女人调情，先抱住她亲嘴，又拿手在她身上摸起来，后来把她抱到他的大圈椅上，一个坐着，一个站着两人就运动起来。栓柱把保镖收拾好，里头的运动刚开始。同伙让他看咋办，他一瞧这是最佳战机，他拨开房门，三脚两步闯了进去，一个泰山压顶，把两个性味正浓的家伙牢牢地叠压在一起，顺手就把嘴也堵上了。

栓柱叫一个人换着腔调向他说话：你爷我是北山下来过年的，听说你最近发了一笔大财，不义之财独个儿花不吉利，爷来分一半保你岁岁平安。咋样，是要命呀，还是挨刀呀？

臧厅长吓得浑身乱抖，一个劲儿点头，栓柱把他嘴上的脏布去掉，让他说话。他喘了一口气说：头一个书柜里有两箱银洋，你们拿去。一个人过去拉开柜门，果然有两箱银洋。栓柱心里有底，拿枪顶住他的头，那个同伙又说：你是哄瓜娃呢，这点儿东西能叫大财？老实说，金条在哪儿？

臧厅长结结巴巴地说：金条上缴了，只有银洋。

旁边一个同伙手一把伸过去，抓住他还没提上裤子露在外边像个缩头乌龟的厅长他“二弟”说：不说实话，先割老二，再割老大！

臧厅长一下子吓得瘫在地上，连连求饶：有金条，有金条！在地下室。

那个同伙命令道：提上裤子走，再敢要花子，把你卸成八块不说，其他人一个都过不了初五！臧厅长浑身颤抖着提着裤子出了书房，走到他住的上房卧室。他老婆已经被控制了，其他丫鬟婆子也被锁在一间屋里。他去一个隐秘的地方拿出钥匙，插在墙根上，在一个八仙桌下一个砖上一踩，旁边露出一个洞口。他先下去，栓柱紧跟着他往下走。栓柱让他把灯打开，他没开，手摸到一个什么东西，一转身就打过来，“呼”的一声，栓柱早有防备，一闪身子弹飞出去把房子墙上挂的一个镜子打碎了。栓柱就手一推一蹬，臧厅长就滚下去了。他跨上一步压在他身上，把枪夺了，后面同伙紧跟着下来，塞住他的嘴，把他裤子脱下来套在他头上，把他的手从后面绑了起来。

灯打开了，小小地库里琳琅满目，金银玉器、绫罗绸缎、古玩文物、银洋美钞应有尽有。栓柱跟另一个简单耳语了几句，先搜查出金条一共七十四根，连箱子抬走，再把美钞和银洋全部抬上去，其他东西因为不好拿，也不懂，一概不要。东西拉出去后，当晚全部交给大队长，只说明有十三根金条是他们老掌柜的，大队长让他把十三根金条带回去，其余上缴给上级领导。神枪队奖励了段栓柱和一起去的几个队员。栓柱把十三根金条交给内掌柜齐芳闻。

眼下正月已经过完，吃过二月二的祺子豆，房檐上的冰溜子开始噼里啪啦往下掉，风儿也有些暖意了。省城里大部分铺子都还关着门，街上行人也不多，马路上也没有了往年的热闹，只有些拉洋车的在马路上跑来跑去。有些带伤的不带伤的当兵的在街上晃悠着，他们在挎包里装着很多不值钱的金圆券，只要看见商铺开门，就闯进去强行买东西。谁敢不收，立马就连打带骂砸摊子。少数开门的铺子都叫个人站在马路上看着，一见有当兵的过来，立马上门关张。大多数人都躲在自己家里，窥测外面的动静。有些相好的朋友偷偷聚在一起，交换些听来的消息，分析一下当前的局势。

在定山府宅，定山已经被送回双水磨老家去了。来看他的宋先生、杨文承、常老掌柜、李大掌柜和负责接待的靳铁锁等，坐在府宅里边喝酒边说话。齐芳闻和兰馨坐在旁边的椅子上陪着他们。从桌上的酒菜情形，就能看出来，他们在一起已经谈了很长时间了。

宋先生问：加工场那边烧的损失有多大？

靳铁锁说：放火的人钻到库房里头，给各个地方都搁的是芒硝和硫黄木炭末混合后的棉花，硝棉还拿沾了药的棉线连接着。放好之后，在一个地方一点火，各个地方立马都着起来了。因此货物和原料损失得很大，坯布、棉花、成衣，还有皮筒子、贵重的细二毛、狐皮、貂皮的损失都比较大。有不少东西，抢出来已经不能用了。

宋先生问：那事情最后咋了结了？

靳铁锁说：警察局来了好吃好喝招待，给领头的队长塞了一千银洋，跟来的警察每人给了一百。当场罚款两千，就算把这事情抹过去了。

杨文承说：这个放火的是个阴损毒辣的家伙，用的就是置人死地的方子，尽管发现得早，损失还是太大了。

常老掌柜说：老人们常说，宁得罪君子，不得罪小人，小人心地龌龊，行为卑鄙，害人往往从狠处下手，常常置人于死地而后快。所谓十年君子淡如水，一朝小人祸事多，大概就是这个意思。

李大掌柜颤巍巍地说：弄大事，开始的时候用自己亲戚可以成事，事情起来以后，有些亲戚就是坏事的根苗。尤其是不能把一个人多年不变地定死在一个位置上，日久必生异变。其二，任何时候，任何地方，不能产生除了主家之外，没人能管、没人敢管的人物，这种人十有八九，可能就是害群之马。其三，大小环节，前后衔接，都要有章程，无论是谁，都要按章程办。不能因为是主家，是亲近的人，就随便乱了章程。章程一乱，必起祸端。其四，牵涉到钱物的事情，多设一两道关口，多让个人把关，所谓“眼睛多了失误少”，这样做只有好处，没有啥不好。不要怕啥事情都让底下人知道不好，那些不受重视的人里头往往有忠臣。其五，事端苗子冒出来的时候，要下硬手，一把就把它掐死，既不能放任不管，也不能心存侥幸，稍有疏忽，千里大堤，毁于蚁穴，百年基业，垮于小隙。这是我多年来的一点儿心得，说出来叫大家参考。

大掌柜说完，头上虚汗乱流，气喘吁吁。兰馨连忙把热布帕递上去。靳铁锁赶快给茶盅续上茶。一席话说得在座的人个个点头称是。

宋先生动情地说：老哥，想不到你退出铺子这么多年了，说出来的治理法则还是至理名言，如雷贯耳啊！别人不管，我首先把这几条记下，回去照着来。

杨文承感慨地说：大掌柜之于隆丰福那是有一半的功劳在里头，我是从头至尾的见证。这两年，世事越来越复杂了，我大哥铺子的管理看来是有些跟不上了。发生这些事情看是偶然，实则是必然。

常老掌柜说：当务之急是隆丰福如何往下走，铺子关门，仓库被烧，资财损失巨大，人心浮动。不知定山是怎么想的？

大家把目光都集中在齐芳闻的脸上，等着她说话。

齐芳闻说：早晨我才从双水磨回来，定山看来精神受到很大的刺激，不愿意见人，不愿意说话，整天除了睡觉就是写大字，一写就是一天，看着让人心疼。她说着就想掉下眼泪来。

宋先生说：一个人，在短短的时间里接二连三遭受生意上的打击，又受到非法拘禁这么长时间了，遭受着暗无天日的土牢生活。想一想，寒冬腊月，就一身夹衣，两顿粗粝饮食，睡在光床板上，还经历着有理没处说，有话没人听的精神折磨，最后还是物财两失，生意难以为继的结果。这种情况不落在谁身上，谁是无法感受那种精神消磨的残酷。时间是最好也是最有效的治疗方法，过上一两个月以后，我想，他就会好一些。

宋先生说的这些，杨文承有着深刻的体验，他无语地点点头。

大掌柜说：内掌柜要带着娃多陪着他，现在他不愿意见外人，可最害怕孤独。跟他不要提铺子的事，多说些家长里短，儿女情长的事情，让他从那个噩梦里摆脱出来。周末了，叫几个娃都回去看看他，多给他一些天伦之乐。

常老掌柜说：过上一两个月，咱们一块儿去看看他，到那个时候，他肯定就缓过来了。内掌柜，你见了他先带个好，就说我们几个都想他呢！

齐芳闻含着眼泪点点头。

宋先生刚回家就听学生说，一个人一直在客厅里等着他，说是请他出诊。宋先生哦了一声，先进上房洗脸喝茶，换了衣服，再到客厅来见来人。

来人见宋先生进来，立马起身问候，换茶之后宋先生问道：请问是谁病了，什么病症？

来人站起来说：是家父病了，时昏时醒，时有高烧，已请几位先生看过，处方平平，不见好转。都说先生断脉如神，下药精准，特请先生辛劳出诊一趟，医酬从优。

宋先生看来人二十几岁，衣冠楚楚，谈吐不俗，知道不是一般病人，既然能叫几位先生已经看过，肯定不是一般病症。他轻轻笑了一下说：哪个先生没看好过几个病人，我并没有你说的那么神奇，既然几位先生用药效果都不好，恐怕我也没有回天之术。

来人一听有些着急，几乎是恳求地说：家母曾经请先生看过病，服药之后明显见轻，几服之后神清气爽，寝食如常。因此，家父的病一定请你去看，她才放心。

宋先生见他这么说，也不好推辞，只好让人收拾东西，带着学生一块儿走。门口早有一辆汽车在等着，时间不长，汽车就在一家有人站岗的门楼前停了下来。

病人是个很有身份的人。这一点，从门口的警卫、住宅的规模、家庭的陈

设和进进出出的人员就能看出来。一个四十多岁的妇人坐在厅堂里，看见宋先生进来，她很礼貌地站起来，笑着说：烦劳先生辛苦一趟。

宋先生看她似曾见过面，就笑着说道：为病家祛疾除病是医家的职责，谈不上辛苦。他从容地坐下，学生站在一旁。喝过茶之后问道：先看看病人如何？

来接他的那个青年立马上前引路，他们来到一间宽大的房子里，病人躺在一个宋先生早年在督军府里看见过的珠贝镶嵌雕漆拔步床里。这种房中的房床在西安是极少见的，整个床就是一个雕梁画栋的里外间房子，人在房床外间的门外就要先脱鞋，上了外间有饮茶器具，有的还放有马桶。跨过小门槛进到里间，可以坐在加了帷帐的大床前为病人看病。仅凭这张床，就知道病人的富裕和讲究。

病人仰面躺在床上，脸色灰白，嘴唇青乌，瘦骨嶙峋，昏睡不醒。尽管里头收拾得很干净，点有熏香，但还是能闻到一股人体发出的臭味。宋先生明白，这是病入膏肓病人的一个特征。

学生放好腕枕，把病人的一只手臂移出来搭好，宋先生三指点腕，双目微闭，静心调息切脉。病人脉搏初切似无，少顷如鸟雀啄米，忽而又无，忽而又来，如此再三。他起身叫学生坐下复切，自己则出去来到客厅里。

病人的儿子仍在前面引导，招呼看茶就座。稍停了一会儿，他的学生和那位妇人前后进来，学生仍立在他身后，妇人坐下就问：敢问先生，这病有何良方？

宋先生说：首先，这病耽搁了，由轻而重，由重而衰，由衰而竭。再者，病人烟瘾过大，烟毒已深，脏器对药石已拒之不受。第三，病人长期气血亏耗，阴阳衰竭，清窍失养，不相维系，加之精绝阴缩，神无所依而昏迷。目下汤石之药已经无能为力，估计病人也就是两三日的光景。

妇人一听就抽抽搭搭地哭起来，青年也红着眼圈哀求宋先生：请先生一定要救家父一命，哪怕就是醒来与我们见一面也成。

宋先生看着这一母一子哀恸的样子，回想起范大掌柜得病时的情形，遂决定把自己秘不示人的家传绝门药丸拿出来。他说道：我有一药可让他醒来，跟你们见个面，时间很短，只能说几句话，而且必须在太阳下山之前进行。

青年一听连声说好，妇人一看天气都快下午了，急忙说：那现在就抓紧时间吧！

宋先生说：药还在我的药房里搁着，必须我回去取，用药还要我来操作。不过，这个我是有言在先，用这一丸药一根大金条，我操作又是一根金条。

妇人和青年都说可以，可以，请先生抓紧坐车过去拿。

药很快取来了，宋先生问青年是不是病人的亲生儿子，青年说是。妇人说：问这有什么意思？

宋先生说：这个药的一半必须由亲生子女的唾沫研和灌入病人口中，另一半放在鼻子下面嗅闻，病人方可苏醒，如果不是亲生，此药便无功效。

妇人闻听，便把儿子拉到另一间房子说了半天，最后妇人进来说：让他去请他的哥哥过来。

宋先生心里明白，表面不动声色。眼看着太阳就要落山了，人还没有过来。妇人着急地频频站到门口张望，不时有人过来问妇人有何吩咐。后来终于一个秘书把人请来了，是一个跟妇人年纪相仿，黄杆蜡瘦，长得跟他爸相似的烟鬼式的人物。这个人来了之后谁也不理，大大咧咧地朝沙发上一坐就说：找我来什么事？

妇人说：老爷子病得很重，现在要给他喂一种药，需要你的唾沫，所以叫你回来，这也是你一个尽孝心的机会。

黄杆蜡瘦说：你们平时霸着老爷子不让我见面，要唾沫的时候想到我了，唾沫你们都有，为啥非要我的？

妇人求助式地看了宋先生一眼，然后对他说：我们的唾沫都用过了，现在又要灌药，这次想叫你来，不然，今后落你埋怨。

黄杆蜡瘦盯着宋先生说：这个馊主意，是你出的吧？你们这些没本事光会骗钱的江湖郎中，看不了病就会出这些怪点子，用我的唾沫就能治好我爸的病？骗人吧！

妇人唯恐宋先生生气，急忙说：就一点儿唾沫，你犯不着说那些话。你说吧，半碗唾沫你要多少钱？

黄杆蜡瘦一听钱，立马来了精神说：好，不多要，十根金条，必须是大的。

妇人一口答应，叫佣人拿来一个空碗，叫他漱过口开始吐唾沫。黄杆蜡瘦刚吐一口就说：不行，先把金条放到这里，我不放心。

妇人无奈，只好叫儿子把金条取来放在碗旁边，黄杆蜡瘦才开始吐唾沫。

黄杆蜡瘦吐得口干舌燥，好不容易才吐了少半碗，妇人焦急地问宋先生够不够？

其实，早就够了，宋先生为了惩罚那个家伙，故意不说够，就让他吐。等到问他了，才说可以了。黄杆蜡瘦收起金条依然谁也不理，扬长而去。

宋先生看看天，太阳已经落山了。为难地说：阳气尽了，现在来不及了。明天吧。

妇人害怕病人明天有变化，着急地催促宋先生赶快灌药，宋先生无奈只好答应试试。他把一个用金箔包着的药丸剥开，用一个切刀把药丸切成两半，一半沾了唾沫用胶布粘在两个鼻孔前面让病人嗅，另一半则放在一个汤匙里用筷子研碎，用唾沫化开，撬开病人牙齿用汤匙压着舌头把药灌下去，又用唾沫冲了冲。最后，在两只脚心和个别脚趾间分别又贴上一个小膏药。

一切停当宋先生说：再有一会儿，病人眼睛就睁开了，可以跟他说你们最要紧的话，他也能说一些简单的话，只有不到半炷香的工夫，一定要抓紧。说完就带着学生走到客厅里。母子二人赶紧把门关上，连秘书都不让在里头。

半炷香过后，母子二人来到客厅，青年进门就向宋先生下跪，被宋先生连忙拉住了。二人都带着泪痕向宋先生道谢，感谢宋先生帮他们完成了一项最为重要的事情。接着青年从内室拿出一个锦盒，双手递给宋先生，宋先生打开一看是十根大金条。宋先生从中取出两个，把锦盒推回去说：君子一言，驷马难追。我说好是两根金条，我只拿两根，你们多给的，我决然不敢领受。

妇人说：两个是你应该取的，另外的是我的一点儿心意。他儿子半碗唾沫就要十根，先生你帮我完成了这么大的事情，还不应该多拿几根？请先生一定不要推辞。

宋先生起身再谢妇人相赠之意，但锦盒他坚辞不受，出门而去。母子二人望着宋先生背影泪流满面。

后来他才知道，病人是一位前省主席，年轻的时候纵横疆场，杀人如麻，特别是在镇压抗日爱国人士、爱国学生和共产党方面，更是心狠手辣，手段多样，被人称为“活阎王”。他为了敛财，强令一些地方的农民大量种植罂粟，开办烟土加工厂，用烟土换来的资财，大肆挥霍，过着骄奢淫逸的生活，光太太就娶了六房，最后，还是在烟毒女人金钱的戕害下，在便血高烧喘息中痛苦地死去。

宋先生感叹道：

人一生不可作恶，
作恶必自食恶果，
任凭你威风凛凛，
任凭你肆意挥霍，
任凭你杀人如麻，
任凭你风流快活，
孽越大，死越惨，
财越多，享不着，
小疾让你生如死，
重病送你见阎罗，
大树倒时猢狲散，
黄泉路上孤鬼挪。

天谴何时曾错误？
地狱恶鬼挤成窝！

龙定山在写了一段时间字之后，喜欢骑着驴，带着一个小伙计到西安城周边和渭北塬上，专找那些荒冢大丘，古寺老庵去凭吊历史、寻访古迹、拓印碑石，常常一去就是十天半月。西安外围经常枪炮声此起彼伏，听说游击队不断地在袭击胡宗南的队伍，西安人这一段时间都很少到乡下去，这时候还到处乱跑，害得齐芳闻老是派人寻他。她还一再给随行的小伙计叮咛：走到哪里给旅馆留个条子，告诉你们几月几号离开到哪里去了，让人好找。

一天，他们走到终南山的一个深谷里，听当地人说，岭那边山上头有一座古庙，甚是古朴清幽。他俩就翻山越岭，攀岩越涧，费了很大工夫，来到一个人迹罕至的高山小庙前。这个名叫云中观的道观，位于一座山峰突出的山嘴上，地势险要，风光无限。更绝的是，在这几十棵大树环护着的小道观旁边，有一个终年流淌不息的清泉。道观很小，只是在一间石头垒砌的大房子里供奉着一尊太上老君的神像，神像两旁各站着一个童子。像前有一个供桌，摆着香炉。香炉前面是一个功德箱，功德箱前面是三个供香客们跪拜的蒲团。大房子连通着旁边一个小屋子，是这个道观里唯一的道人的住所。

道人仙风道骨，鹤发童颜，见到有人上来非常高兴，说：你们是今年来的第五拨人。他热情地汲水烧茶，并拿出松子、核桃、野果等招待他们。望着这白云青天、松海峻岭、流泉小庙的世外人间，龙定山的心里顿时充满了喜悦和向往。他顾不上喝茶休息，参拜过老君像之后，在这小小的地盘上走来走去，到处看个不停。最后说，我找到自己的归宿了。他的话把小伙计吓了一跳，不解地看着主人的一举一动。

晚饭过后，他们和道士坐在太上老君的像前聊天。定山问：请问道长，如果我想到这里修行。不知可否接纳？

道士摇摇头：想修行是好事。不过，你还没有修行的慧根。来这里的人，不少都说想到这里修行，至今一个也没有留下，何也？兴之所至，随口而出，戏言耳！

定山不以为然地摇摇头。

道士说：蓝天白云，孤观细泉，无红尘烦扰，无官禄相争，罕有儿女情长，不闻酒肉荤腥。初来者都觉得清心寡欲，气顺身闲。不过十天，有人就开始烦躁不安，十五天以后提出下山看看，不归者多多，归来者能坚持一个月以上者，只有一人，三个月者尚无一人。

定山说：我不是个轻易做决定的人。遁入空门，早有此心，不过未遇到机缘，也没有寻到合适的地方。因此，此愿始终未了。

道士说：看得出，你是受了大磨难之后才来的。心灰意冷，悲观厌世，才使你产生出世的想法，这很自然，不过，这不是你应该的选择。观你的形象，你不是个自甘寂寞的人，你是干过大事，而且还有壮志未酬，身遭劫难遂生的愤世之举，但在这个时候出世，是你人生选择的下策。

几句话点中要害，使定山心灵震动，他无语地看着道士听他继续说。道士说：其实，人的一生，有人就像走平路，尽管有些高高低低，但基本一路顺畅，可一生平平淡淡，谈不上有所作为，只能是连个声影都留不下的人，这是大多数。这些人往往把希望寄托在下一代身上；有些人一辈子都像在爬坡，上去下来，坑坑洼洼，左拐右转，坎坷很多，事情做了不少，成就也有，但没有丰功伟绩，因此，总不甘心。但争来斗去，结果总是一样。有些人则像在钻山，一会儿登高，一会儿下河，得意时香车宝马，一呼百应，一掷千金，失意时如逢山洪，势如破竹，溃不成军，甚至送命。这些人一辈子大轰大嗡，大得大失，像在刀尖上跳舞，有的下场也不一定好；当然，还有少数人大半辈子都是要风得风，要雨得雨，鱼龙变化，总得其时，派斗党争，稳坐上风，养尊处优，名利双收。其中也有人只在一念之差，一事不慎，甚至遭受牢狱刀枪之灾，败了泼天的家财，毁了一世名誉。总的说来，人的一生肯定都是坎坷不平，有人轻些，少些，有人大些，多些。一旦官丢了，财破了，家败了，这些人便生出出世的想法，自认为看破红尘，实质是想逃避现实，换一下环境。结果，原本尘世中人，千丝万缕难以剪断，心不清净，受不了清苦，耐不得寂寞，最终还得回到尘世中去。能够铁了心出家的人那是人中极品，是凤毛麟角。

定山听了，深为他精辟的一席话所折服。

道士说：你可以在这里住几天，吐一吐胸中怨气，泄一泄淤积的私愤，坐在松下静心想一想，不要想以前的恩恩怨怨，多想想今后的宠辱不惊，随遇而安，积德行善，一切随缘。想通了，就回去。

第七天的早晨，定山带着小伙计向道士作别。他把带来的东西都留给道士，怀着一身的轻松回到西安。此时，青麦已经开始拔节。

隆丰福除了医药公司、瓷器店之外，服装店、染料行和加工场仍然没有开门，可相公伙计们都在忙碌着。首先，是大魁回来了，根据上级组织的要求，领导神枪队成员和部分积极分子开展护厂、护校活动。他给齐芳闻打个招呼，让加工场给制作一批红套袖和一批作为自卫武器用的三尺短木棍。由于数量大，工人们白天晚上都在加班干。这些东西在保卫面粉厂、发电厂、火柴厂、大华纱厂等企业和一些学校时发挥了重要作用。

再者是龙佩涵、龙佩鸣、李鸿达、龙溪倩他们也回来了。佩涵、佩鸣、鸿达哥三个，佩涵二十二岁最大，其余两个比老大阶梯形地小一岁，都是西北大学的学生。大魁的女儿龙溪倩今年十六岁，是女子中学的学生。由于反对学校南迁，抵制校方对坚决不走学生断粮断补贴的制裁，请娘和奶奶给钱给粮，支持学生正义的行动。齐芳闻当然不能怠慢，安排人每天给学生蒸馍、烙锅盔，炒菜做饭送过去。

第三是姜东民派了后勤部的一个副部长拿着姜部长的亲笔信来拜访龙掌柜，龙掌柜不在，就向内掌柜汇报。大意是，解放军已经推进到西安城周边，西安城不日即可攻克。现在部队急需各种医药和救护用品，数量多多益善，具体事宜由祁副部长当面协商，请大力协助为盼。齐芳闻见到来人热情接待，私下问兰馨，这个事情如何处理？兰馨说：东民原来是铺子的掌柜，跟老掌柜情同兄弟，理应全力支持。现在眼看着这天快要翻过来了，咱铺子上上下下都在支持共产党，难道还能不支持共产党领导下的解放军？

齐芳闻并不是不想支持，只是定山不在，且数量很大，她必须跟个人商量，见兰馨这么说，她就下定决心全力满足军队的要求。她把栓柱叫过来，把这事一说，栓柱是一百个支持，立马就拿出随身带的库存账本，一起跟副部长商量。副部长确定了品种、数量，计算出金额，付给当时还未在西安流通的《中国人民银行券》（人民币的前身），告诉她，这是以后要使用的代用货币，你不要担心，万一有什么问题，到时候不管是找姜部长，找我，找解放军任何一个领导，都能帮你解决问题。

齐芳闻说：解放军来打胡宗南，我们高兴得不得了，这个害人的政府，害人的军队早就该滚下去了！解放军将士们流血牺牲，捐献这些药品和用品，是应该的，我们就没打算要钱。你们牺牲的是血肉和生命，我们付出的只是一点儿金钱，比起生命来，金钱的价值不值一谈。隆丰福支持抗日，支持革命是一贯的。今后，如果你们随时需要，随时来找我们就行了。

副部长感激地说：来的时候，姜部长就说了，尽管隆丰福是个商铺，那里的龙掌柜不仅深明大义，而且思想进步，十分支持革命，十几年如一日，是有传统的。来到这里一看，果然名不虚传，我代表我们部队，代表姜部长向隆丰福表示感谢！说着，端端正正敬了一个军礼。弄得齐芳闻无所措手脚，只好站起来还了一躬。

副部长他们在栓柱的帮助下，趁着晚上关城门之前的混乱，把药品等弄出城。栓柱刚回到府宅给齐芳闻汇报，定山回来了。

洗换完毕，吃过晚饭，齐芳闻把这一宗宗的事情给定山一一汇报。定山只是听着，不说一句话，末了说了句：好，我累了，要睡觉。躺下就呼呼地睡着了。

一连几天，尽管远处枪声、炮声时断时续，城里的队伍、警察们跑来跑去，大卡车进进出出，还在抓人，枪毙人，还在收税，搜刮粮食，还在贴告示要商铺开门，让学生上课。但谁都能看出这个时候他们的慌乱与不安，色厉内荏，底气不足，似乎在处理后事。

定山每天都在街上走着看着，他想看看一个王朝倒台之前的挣扎和疯狂。在中山大街上，他看见一辆小车靠边停了下来，从里头出来一个又高又胖的官员，开始他没有在意，胖子一扭头，他看清楚了，是臧厅长！他想都没想，紧走几步上去，招呼说：是臧厅长啊，你还好吧？臧厅长看见他一愣，突然想起来尴尬地笑笑，连忙又钻回车里。定山拉住他还来不及关上的门说：臧厅长，咱们还有一笔账没有了结呢，什么时候找你呢？臧厅长嘴里胡乱叽咕着什么，捅了司机一拳喊道：快开车，快！车门还没关好的汽车一溜烟地跑了。

又一天晴朗的早晨，大魁一早跑过来告诉干爸：今天解放军就要打进来了。胡宗南的队伍都跑光了，城里只有两千人的民众自卫队。不过，民众自卫总队早就在我们控制之下，一个副总指挥已经做好工作，解放军来了就起义，可能打不起来。定山听了只是点点头，没说什么。

就在定山和齐芳闻一起吃午饭的时候，齐婶急死忙活地跑进来喘着气说：芳娃，那个麦升，同麦升他，他回来了！

定山和齐芳闻都吃了一惊，齐芳闻问：他在哪里？

齐婶说：他就在门口，正跟兰馨说话呢。

定山没有说话，不过，饭已经吃不下去了，他拿起茶壶喝了两口。

齐芳闻急忙出去站在上房门口喊道：麦升，快进来呀。

麦升应了一声快步走进上房。兰馨也跟着进来。麦升看见定山说：老掌柜，我回来了。

定山笑着问：后来，你跑到哪里去了，叫我寻了半天，不见人影儿。

齐芳闻给麦升倒了一杯茶问：麦升，你还没吃饭吧？要么一块儿吃。

麦升说：我给老掌柜先把事说完再吃。他转过来给定山说：彭品岗知道我拿了一半金条，到了汉口就跟我商量，让我跟他一块儿干，把这一半货倒到襄樊去，说价钱比西安还好，并定好利润我俩一人一半。我没有机会跟你沟通，只能先答应下来。我想，如果这条路子可行，今后咱们也能做。

麦升喝了一口茶继续说：车开到襄樊，这里有几个织布厂，正等着洋纱呢。在货栈里就有几家来谈生意。我和彭品岗都不放话，他们三家自己竞价，最后一个看来是个大户的老板一锤定音，叫了一个另外两个不敢接受的价钱，我一看可以，就定下来了。这个价确实比西安翻一番的价还高。当然还是十两一根的大金条结算。事情完了之后，我们一起吃饭，趁着他们喝酒高兴之际，我带着金条悄悄走了，我的包都没有拿。

麦升接着说：我又回到汉口，躲了十几天，确认彭品岗不在汉口了，又找了一家纺纱厂谈洋纱，价钱涨了，但都谈好了，可他们没有这么多货，我又在汉口等了一个多月，过完年才把货弄齐，一共买了五千捆洋纱，我雇了八个保镖在火车站昼夜看守，等了好长时间才装上火车，一路上走走停停，好不容易回到西安，现在货在火车站大库，保镖还在守着货。

麦升说话的时候，定山的眼睛一直看着桌子的一角，没有任何表情。直到麦升说：现在货在火车站大库，并把提货大票放在他面前，他清楚地看见写着洋纱，五千捆的时候，才缓缓地说：麦升，这世事要变了，隆丰福今后要靠你们这些人了。

这时候，只听见西门那边轰的一声巨响，接着就听见有不少人奔跑的声音。大门外有人喊道：解放军进城了！西安解放了！

定山嘴里囔囔着：解放了，天亮了！

二〇〇七年十一月至二〇〇九年六月 第一稿

七月至八月　第一次修改

后　记

这部长篇小说起笔于二○○七年，初稿完成于二○○九年。跨越三个年头，实际写作时间为一年零八个月。

民国时期是中国历史上一个短暂而又特殊的时代。尽管只有短短的三十八年，可这个畸形的时代孕育了中国特殊的政治和经济形态，也产生了特殊的人物和特殊的社会现象。《龙吟长安》通过民国时期西安一个著名商铺隆丰福跌宕起伏的发展经历，反映当时社会，从军到民，从工到商，从官僚到百姓，从匪盗到土豪，社会各个阶层人们的众生相。从一个社会局部勾画出在三座大山压迫下，中国人民在夹缝中生存，在痛苦中呻吟，在暂时的平静中欢乐，在逐渐觉醒中反抗的种种表现。它应该是一幅北方城市当时社会风情的白描画图。

主人公龙定山是一个旧时代西安商人的典型，他精明干练，谦恭诚信，从相公娃成长为商业巨子。商铺屡遭危难，他屡次消沉又屡次奋起，使得隆丰福这块招牌在颤颤巍巍的三十多年中支撑到新中国成立前夕。他的大弟弟龙定海，是个有些传奇色彩的人物。他前匪后官，逐渐成长为一个意志坚定，深谋远虑，能征善战，屡建奇功的神勇将军，最后壮烈地牺牲在抗日战场上，让人唏歔不已。二弟龙定洋，乖巧聪慧，文辞精深，人生前期是个幸运儿。投亲奇遇，贵人相助，爱妻之外还有红颜知己，官做到副省一级。虽后来落魄，归宿让人有些惋惜，也应该是他最好的结局了。

有人说，你写的都是走向末路的人物，为什么不能给他们一个光明的出路呢？我只能说，在一个大的社会变革时代，有人彷徨等待，有人为国尽忠，有人急流勇退，既是他们各自的人生轨迹所致，也是当时各色人物的真实写照。当然，走向革命的青年也有一大批人，他们代表的是社会的新生力量，他们的发展历程，应该是另外书里的内容了。

书中的人物形象、事件均为虚构，恳请各位读者不必对号入座。

文学写作是一项十分艰苦的工作，既是超强的脑力劳动，也是消耗性极大的体力劳动，没有此种经历的人，是不能理解这种劳动的苦和累的。搜集资料，谋篇布局，斟酌人物，推敲细节，遣词造句，以至废寝忘食，夜不能寐，甚至搁笔长久思索。

一年零八个月中，因病停止写作就经历了四次，都是连续五六天在诊所里打点滴。最后一次竟然连打九天还不见好，又求助于中医和偏方。在书稿临近结尾时，拉肚子两个多月不能痊愈，中医西医专家教授都找了，慢泻还是止不住，体重减了六公斤。这种情况，表面上一会儿是腹泻，一会儿上呼吸道感染，好像症状不同，实际上都是劳累所致。因此，我理解了作家们为何有的疾病缠身，有的英年早逝的缘由。也同时明白了，当一个人投身到写作队伍里的时候，他其实首先是献身到这个看起来风光，实际上痛苦的行当里头去了。并进一步联想到，当一个人无声无息，长时间不露面的时候，那他一定是又开始忍受着寂寞，默默无闻地进行着灵与肉的艰苦拼搏，像十月怀胎一样孕育着新作，把全部的心思和心血都倾注在新作品上的时候。那是一场耗心血，劳筋骨，熬五脏，作茧自缚，燃烧生命，痛苦并快乐着的历程。

一个文学大家说过，作家把作品发表出来，它在客观上就不是作家私人的物件，作品已经成为社会的东西了。社会的东西理应由社会来评价它，处分它，归置它。我很以为是，《龙吟长安》也应该如此。对我来说，它是处女作，尽管作品还有不尽如人意的地方，毕竟是心血之作，扉页的献词隐含着我的心声。

第一版《龙吟长安》出版到现在已有四个年头了。当年，它在参加文博会书展时，被一家影视公司挑选看中，很快就签订了电视连续剧改编协议，据说，最近该剧已进入投拍阶段了，期待着电视连续剧对本书的诠释和扩展。

几年来，这部书经过几次印刷，配发在全国大小三十一个网站上网购销售，又由几个著名阅读网站同时收费下载，仅一家的手机阅读网当时的下载量已达到四十多万人次。本来是件求之不得的好事，却让我高兴不起来，并且还给我带来了不少烦恼。现在，烦恼已随落花流水去，想想本书能有这么多的人阅读，还是一件让人高兴的事。

不少看过这本书的朋友同事，还有一些先前并不熟悉的朋友，通过各种方式向我表示他们读后的收获，或者跟我探讨一些内容和情节问题，提出十分中肯的建议。有的甚至把中间的错别字一个个详细记录下来，标明页码拿过来，希望能在再版时更正。《现代审计与经济》主编侯兴国先生、咸阳市总工会宣传部张翟西斌先生、西电集团报编辑焦丽芳女士、文化艺术报记者许凯先生等，都在不同的刊物上发表了推荐和评论文章，省市图书馆和我的母校图书馆都对这本书进行了收藏。我的朋友魏来潮先生、苗四定先生、马蔚荟先生、赵振华先生、王延林先生、赵文有先生、程宇女士等，为了向外推广这本书，做了许多积极有效的工作。这些让我十分感动。在此，一并表示我诚挚的谢意。

太白文艺出版社决定重新出版《龙吟长安》，是一件值得庆贺的事情。我期待着它能有一个华丽的转身，让更多的人认识新中国成立前的西安，认识不一般的陕西人。对于出版社这一严谨敬业务实的工作精神，除了表示感激之外，我只有用多写新作来回报。

更让人高兴的是，老朋友老作家侯兴国先生，闻听此书要重新出版，提出要为新版书写点儿什么，我当然求之不得，不久，一篇妙笔生花的序就写好了。序对全书作了提纲挈领的点评，也对我作了简单的介绍。他对全书阅读之仔细，理解之深刻，评论之中肯，令我感动。

对新版书稿，我仅仅浏览过一遍，个别细部做了些许补充，没有做修改。在我看来，这本书可以比作一座已经投入使用的大厦，任何的取舍和添加，都会对它最初设计的整体格局和风貌造成破坏。更没有必要像美容一样，削磨撑垫，为了赶时髦，炮制出一个跟原著大相径庭的作品。关于书中的不足，我只能在“长安三部曲”中的之二、之三里来补充完善了。

对于这部作品的完成，得益于众多朋友的鼓励和帮助。感谢一版责任编辑曹彦先生，人物设计宋黎明先生，封面设计鸿雪先生，封面题字毛建中先生。还要特别感谢，许多为此书出版发行做了不少事，说了不少话的朋友。在图书再版的过程中，我有幸结识了钮琦先生和强紫芳女士，二位是这本书的编辑。钮琦先生是位资深的出版人，也是出版社的主要领导之一。他说实话办实事，言必信行必果，让人感到为人的正派和诚信；强女士认真负责，一丝不苟，跟他们合作，我感觉很愉快。借书出版之际，特表示诚挚的谢意。

李靖瑜

二〇一三年十月十日